ET Biblioteca

Dello stesso autore nel catalogo Einaudi

Se questo è un uomo
La tregua
Storie naturali
Vizio di forma
Il sistema periodico
La chiave a stella
La ricerca delle radici
Lilít e altri racconti
Se non ora, quando?
L'altrui mestiere
I sommersi e i salvati
Dialogo (con T. Regge)
Opere
I racconti
Conversazioni e interviste
L'ultimo Natale di guerra
L'asimmetria e la vita
Ranocchi sulla luna e altri animali
Così fu Auschwitz

Primo Levi
Tutti i racconti

A cura di Marco Belpoliti

Einaudi

© 2005 e 2015 Giulio Einaudi editore s.p.a., Torino

www.einaudi.it

ISBN 978-88-06-22635-0

Il centauro e la parodia
di Marco Belpoliti

Primo Levi è uno scrittore di racconti. Il suo primo libro, *Se questo è un uomo*, pubblicato nel 1947, è composto di brevi racconti racchiusi entro una doppia cornice: tematica, la testimonianza, e narrativa, l'inizio e l'epilogo della sua vicenda concentrazionaria. La storia non ha un vero andamento cronologico, ma si sviluppa a partire da quella che Levi stesso ha in seguito definito l'«intuizione puntiforme», tipica dei racconti cosiddetti fantascientifici, ovvero la capacità di far nascere la narrazione a partire da dettagli, particolari, punti attorno a cui si raggrumano e si dipanano le storie. Questo è anche il suo modo di pensare; non bisogna infatti dimenticare che Levi è un chimico e che la sua forma mentis è quella di un tecnico, di un verniciaio, come si definisce piú volte, abituato a risolvere problemi particolari.

Anche *La tregua*, la storia del suo viaggio di ritorno, è costruita attraverso una serie di quadri successivi disposti in una sequenza temporale e spaziale ed è, a suo modo, un libro di racconti. Se poi si mettono in fila i racconti pubblicati da Levi nell'arco della sua vita ci si rende conto che non ha mai smesso di scriverne, salvo qualche rara pausa, per esempio quella tra il 1980 e il 1986, quando stava lavorando a un romanzo, *Se non ora, quando?*, e terminava un libro di saggi sul tema della memoria, *I sommersi e i salvati*, la sua ultima opera pubblicata in vita. In quel periodo ritorna alla poesia, alla sua narrazione in versi. Persino l'ultimo libro che Levi stava scrivendo, purtroppo non terminato, *Doppio legame*, è composto di tanti piccoli racconti, lettere intorno alla piccola chimica quotidiana indirizzate a un'interlocutrice.

I suoi primi racconti escono su un giornale comunista nel 1947, «L'amico del popolo». Si tratta dell'anticipazione di *Se questo è un uomo*; poi esce un racconto sulla resistenza, *La fine del Marinese* e nel 1948 *Maria e il cerchio*, che con titolo differente, *Titanio*, entrerà a far parte del *Sistema periodico*; nel 1950, sempre su un giornale pubblica, *Turno di notte*, raccolto con il titolo di *Zolfo* nel medesimo volume edito venticinque anni dopo. Levi non butta via niente, perché l'attività di scrittore di racconti è certosina, minuziosa, artigianale. Gran parte dei testi raccolti in *Storie naturali* (1966) sono stati pubblicati su «il Mondo» e sulle pagine quotidiane de «Il Giorno». Anche *Lilít* (1981) è composto di storie apparse in riviste e quotidiani, alla pari de *L'altrui mestiere* (1985), libro saggistico che contiene diversi capitoli di andamento narrativo, segno di un'osmosi continua tra la sua scrittura strettamente narrativa e quella piú saggistica.

Stando alle testimonianze di amici e parenti, e alle sue dichiarazioni e interviste, Levi ha sempre scritto racconti, probabilmente anche prima di essere deportato ad Auschwitz, l'esperienza che, come lui stesso ha ripetuto in molte occasioni, l'ha trasformato in scrittore. Ma scrittore lo era già. I compagni di università ricordano che una delle storie del *Sistema periodico*, quella che nel 1975 chiude il libro, *Carbonio*, era già stata concepita in anni giovanili e raccontata, almeno sotto forma di riassunto, a voce. Molti dei racconti sono nati cosí, da una pratica orale, in seguito a incontri e serate conviviali.

La tavola come occasione e luogo della narrazione è presente nelle sue pagine, a partire dall'immagine angosciosa del sogno che compare in *Se questo è un uomo*. Il ritorno a casa, il racconto delle mostruosità del Lager, la tavola, la sorella che si alza, la disperazione di non essere ascoltati e creduti ritornano piú e piú volte nelle storie di

Levi, in quelle testimoniali come in quelle fantastiche. Cosí il sogno, sia nella versione dell'incubo sia nella versione della visione, sembra essere la fonte di molti racconti brevi, come Levi stesso ha raccontato agli studenti di Pesaro che lo interrogavano nel corso di un'intervista collettiva.

Sono stati gli amici a consigliargli di mettere per iscritto le sue storie del Lager, ma anche alcuni dei racconti concepiti nel corso degli anni e di cui parlava volentieri durante incontri e passeggiate. Tuttavia per quanto le sue storie abbiano un'origine orale, Levi è un narratore «scritto». La sua pagina è fortemente orientata da una struttura che nasce dal già-scritto, cosí come il suo parlato. Ascoltandolo nelle interviste radiofoniche e televisive colpisce l'andamento ritmico, ma non solo: pronuncia frasi che sembrano già rifinite, con tutte le virgole e i punti al loro posto in cui si sente l'eco della sua cultura liceale, la sua voracità di lettore.

Ma che tipo di racconti sono quelli di Levi? Difficile rispondere a questa domanda perché nell'arco della sua attività di narratore ha sperimentato molti tipi di racconto, senza preoccuparsi troppo della loro appartenenza a un genere oppure a un altro: realistico, fantastico, fantascientifico, fantabiologico, bozzetto, *detective story*, scherzo, apologo, ricordo, autobiografia, memoriale.

A dire il vero, i suoi racconti assomigliano piú a novelle che non a veri e propri racconti. «Novella» sta per notizia, novità, indica un tipo di narrazione breve che ha come proprio contenuto una vicenda reale o immaginaria. Le novelle appartengono alla tradizione letteraria italiana, alle sue origini, il *Novellino*, il *Decameron*, e precedono la nascita del racconto vero e proprio. Si caratterizzano per la brevità, l'unità dell'evento narrato, per la conclusione che sfrutta a fondo le premesse, ma anche per l'insegnamento, la morale, che vi è enunciata. L'intento del narratore di novelle è quasi sempre quello di modificare il proprio ascoltatore o lettore: persegue la finalità del *docere* e non solo quella del *delectare*.

Levi è uno scrittore moralista, e a tratti persino pedagogico. Si potrebbe dire che è il pedagogo di se stesso, racconta prima di tutto per sé, e dunque anche per il lettore. Sovente, leggendolo, si ha la sensazione che le sue storie nascano in lui da un bisogno di ordine: solo raccontando i fatti della vita essi possono assumere una «forma», un pattern, rivelando nel contempo anche una loro verità nascosta, o solo dimenticata, che lo scrittore ha il desiderio e insieme il piacere di comunicare al suo pubblico. È probabilmente la combinazione di questo piacere, a tratti infantile, e di questa gioia, altrettanto sorgiva, che rende le novelle di Levi cosí leggere e insieme cosí profonde.

Il suo modello, probabilmente inconsapevole, è la novella italiana, quella nata alla fine del medioevo e che si prolunga nell'Ottocento e nel Novecento; la sua caratteristica è quella di disporsi a una fruibilità molteplice, a una pluralità di interpretazioni: la novella accarezza un segreto senza mai esibirlo. Un altro aspetto che ci induce a pensare a Primo Levi come a un autore di novelle è la sua tendenza a perseguire la raccolta, a cercare sempre la «forma-libro», a inventare cornici in cui racchiudere le sue storie, come fa in modo mirabile nel *Sistema periodico*.

Tutte le sue opere, con l'eccezione del romanzo, *Se non ora quando?*, sono delle raccolte: contengono microtesti dentro un macrotesto, la cornice, che fornisce il senso all'intera raccolta. A volte è il titolo, sempre decisivo per Levi, a volte è la struttura stessa del racconto a trasformare, come nel caso de *La chiave a stella*, una raccolta di novelle con un unico protagonista in un romanzo. Nel *Sistema periodico* il protagonista è Levi stesso, la sua famiglia, ma anche la sua lingua. Questa raccolta di novelle famigliari, che contiene al suo interno due racconti fantastici, non a caso si chiude con una fantasia, uno scherzo che ha come protagonista una molecola.

Levi è un narratore strano. Non rientra in nessuna categoria prestabilita. A lungo la critica non lo ha neppure considerato un vero narratore. Le ragioni di questo abbaglio sono varie. Era considerato il testimone per eccellenza, inoltre il suo modo di raccontare, le sue inconsuete novelle, contraddicevano le tassonomie tradizionali: narratore ibrido, impuro, spurio, un vero e proprio centauro del racconto, metà narratore realista metà narratore fantastico. Levi ha utilizzato la figura del centauro, protagonista di uno dei suoi racconti piú misteriosi, *Quaestio de centauris*, per raccontare quelle che sentiva come delle scissioni: metà chimico e metà scrittore, metà testimone e metà narratore, metà ebreo e metà italiano.

Come si renderanno conto i lettori di questo volume, che raccoglie tutti i suoi racconti, Primo Levi mescola il racconto della realtà con la *fiction* avventurosa. Utilizza tutti i generi come fa un apprendista scrittore che ha disposizione una ponderosa antologia di esempi e non esita a prelevare ciò che di volta in volta gli serve per narrare. La fortuna di Primo Levi – all'inizio, in verità, piuttosto una sfortuna – è stata quella di essere un narratore estraneo alla letteratura, a cui è arrivato per istinto e per imitazione svolgendo il suo apprendistato, prima e dopo il Lager, all'interno di una tradizione, quella italiana, rimasta appartata mentre nel resto dell'Europa avveniva la rapida e burrascosa evoluzione dei generi letterari, in particolare del romanzo.

Gli esempi da cui Levi trae ispirazione e che influenzano in qualche modo la sua narrazione sono la novella romantica ottocentesca, con il suo bozzettismo, la scapigliatura e il verismo, che gli arrivano attraverso le letture scolastiche ma anche l'eteroclita biblioteca paterna. E anche la letteratura scientifica nella sua versione divulgativa: i narratori di idee e di esperienze, di cui Levi si è proclamato grande cultore e che ha continuato a coltivare per tutta la vita attraverso la lettura di riviste come *Scientific American*. Accanto a queste letture scientifiche, che alimentano la sua fantasia, ci sono gli scrittori di fantascienza, genere a lungo reputato di serie B, la paraletteratura di cui era appassionato lettore e che nel 1959 Carlo Fruttero e Sergio Solmi raccolgono in un'antologia edita da Einaudi, *Le meraviglie del possibile* che Levi legge con attenzione, e di cui tiene conto molti anni dopo per realizzare la sua antologia personale che intitola *La ricerca delle radici*.

Come si vede le radici dell'arte della novella e del racconto di Primo Levi affondano in terreni molto differenti e lontani tra loro e si coniugano con altre qualità che il lettore può oggi apprezzare pienamente: l'enciclopedismo, l'ironia, la comicità, il gusto per il paradosso, mescolate al garbo e alla sottigliezza di un narratore che ha nella parodia il suo punto culminante. Proprio il tema parodico è forse la chiavi che ci permette di capire meglio quale tipo di narratore breve sia Primo Levi.

L'origine della parodia come genere letterario è remota; secondo alcuni deriva dalla rapsodia, ovvero dalla poesia, e ne rovescia il senso: dal serio al comico. La parodia rinfrescava l'animo degli ascoltatori dopo i versi dei rapsodi. Gli studiosi ci hanno spiegato che la parodia è all'origine stessa della prosa, come indica il suo etimo: «accanto al canto», scioglimento della parola stessa dal canto.

La parodia ha una grande importanza nella storia della letteratura, costituisce il compagno segreto dei generi letterari, il suo continuo rovescio, o meglio il suo continuo dislivello. Bachtin ha mostrato come l'autore di riferimento di Levi, Rabelais, sia un maestro della parodia; ma non c'è solo lo scrittore francese. Anche per Dante, altro autore fondamentale per lo scrittore di *Se questo è un uomo*, è decisiva la parodia, in particolare quella sacra. Come è stato detto, «ogni citazione letterale è già in una certa misura una parodia». Lo stesso classicismo di Levi, il suo rifarsi agli autori classici, da Orazio a Cesare, da Catullo a Leopardi, da Dante a Manzoni, ha una radice parodica. La parodia si applica ai capolavori. Come ha scritto Roland Barthes, «la parodia che è in qualche modo l'ironia al lavoro, è sempre una parola *classica*».

Gran parte degli scrittori piú interessanti del secondo Novecento italiano hanno praticato la parodia, da Gadda a Manganelli, da Elsa Morante a Landolfi e a Pasolini (G. Agamben). Parodiavano la classicità, e poi il suo contrario, il modernismo, le avanguardie e le anti-avanguardie. La parodia ha qualcosa di ambiguo, di inafferrabile, mentre diverte crea anche un sottile disagio, afferma e smentisce nel medesimo senso. È probabile che quello che altrove – nei paesi anglosassoni, ad esempio – viene chiamato postmoderno, in Italia dovrebbe avere il nome di letteratura parodica. Per una serie di strane ragioni Primo Levi, questa specie di fossile letterario, appartiene in pieno alla letteratura della parodia; i suoi racconti e le sue novelle dialogano con i postmoderni italiani, non solo con Italo Calvino, ma anche con il suo contrario, Giorgio Manganelli. In che modo?

I critici piú attenti avevano compreso immediatamente che tra i racconti di Levi, quelli piú propriamente fantascientifici, tra i suoi «scherzi» e le pagine dedicate al Lager vi era una stretta parentela. Levi stesso lo sapeva. Ai primi intervistatori dice subito: «No, non sono storie di fantascienza, se per fantascienza si intende l'avvenirismo, la fantasia futuristica a buon mercato. Queste storie sono *piú possibili* di tante altre».

Levi non allude qui solo alle «invenzioni» disseminate nei suoi primi due libri di racconti, *Storie naturali* e *Vizio di forma* – la macchina che produce versi poetici, quella che realizza una forma di realtà virtuale, la premonizione della Rete di Internet, la clonazione umana –, che sembra aver previsto anzitempo, ma al possibile narrato, ad esempio, in *Angelica farfalla* e *Versamina*, due significativi racconti sulla manipolazione dell'uomo. Ci racconta l'orrore del possibile, quel possibile che aveva sperimentato nell'universo rovesciato di Auschwitz, là dove la razionalità e l'irrazionalità si erano scambiate di posto producendo una realtà orrenda.

I racconti di Levi, quelli delle sue raccolte fantastiche, ma anche quelli del *Sistema periodico*, alludono continuamente al campo di sterminio, raccontano quello che sta prima di quella possibilità, e quello che viene dopo. Lo fanno non usando la finzione, ma utilizzando il suo rovescio la parodia. La parodia, è stato scritto, non mette in dubbio la realtà come fa la finzione. Al «come se» della finzione, che tiene in ogni caso a distanza la realtà, essa oppone il «cosí è troppo».

C'è tutta una parte della letteratura italiana, da Italo Calvino a Gianni Celati, che si oppone alla finzione e preferisce la strada della parodia. In questo modo si possono leggere *Le Cosmicomiche* di Calvino ma anche i racconti fantabiologici di *Storie naturali* e di *Vizio di forma*.

Se la finzione definisce l'essenza della letteratura, almeno di quella occidentale, la parodia si mantiene sulla soglia della letteratura: non vuole essere letteratura anche se è pur sempre letteratura. Primo Levi si è sempre opposto a chi leggeva le sue opere testimoniali, in particolare *Se questo è un uomo*, come opere letterarie: non è un romanzo, ripeteva. Ma al tempo stesso voleva essere uno scrittore, sapeva perfettamente di esserlo. Per diverso tempo per definirsi ha usato una negazione: scrittore non-scrittore. Aveva ragione di farlo: la parodia è la forma che assumono i suoi racconti. Parodia di cosa? Della finzione romanzesca prima di tutto, ma anche dei diversi tipi di racconto e novella: Levi usa ogni tipologia narrativa perché non vuole fingere, ma raccontare la realtà cosí come l'ha sperimentata, e come potrebbe sempre accadere a ciascuno di noi.

L'essenza della parodia è una tensione duale, una divisione profonda. In termini biografici potremmo spiegarla cosí: il neolaureato in chimica Primo Levi, aspirante scrittore, autore di alcuni racconti, poesie, bozzetti, scherzi è deportato ad Auschwitz. Uscito indenne, o quasi, dall'*anus mundi* non rinuncia ad essere scrittore, non può fare a meno di esserlo anche dopo Auschwitz. Ma è uno scrittore diviso, scisso. Non potrà piú essere uno scrittore di finzione, anche se sa che sarà comunque uno scrittore. Ora ha «qualcosa» da raccontare. A partire dal 1945 il problema dello scrittore Levi non è piú stato «cosa» raccontare, ma «come».

Per questa ragione è stato costretto, lui scrittore di ascendenze ottocentesche, a diventare uno scrittore «sperimentale». Ha cercato ogni volta la «forma» entro cui versare la propria materia incandescente e l'ha trovata, di volta in volta, nella novella, nella fantasia, nello scherzo, nell'autobiografia, nel *pastiche*, nel memoriale, nella digressione linguistica e nel saggio narrativo. Ha usato tutti o quasi i generi a sua disposizione. Per questo ogni racconto o novella di Levi possiede un carattere parodico, sia perché è la parodia di un genere sia perché non vuole tenere a distanza la realtà ma raccontarla con il suo «cosí è troppo». Possiamo dire che la parodia è una soluzione di compromesso tra le sue differenti identità o polarità: ex deportato e scrittore, chimico e scrittore.

È, come lui stesso dice a proposito del suo amico Alberto, suo doppio in *Se questo è un uomo*, un simbionte, qualcuno che «vive insieme»; è uno scrittore diviso a metà, o come afferma a un certo punto dei suoi racconti, un ambigeno, uno con due nature, come il centauro Trachi dei racconti, metà uomo e metà animale, o Tiresia della *Chiave a stella*, che è insieme uomo e donna. La divisione è la chiave di lettura piú adatta per seguire il percorso tracciato dai suoi racconti in cui un ruolo rilevante ricoprono gli animali.

In un saggio sulla parodia nella letteratura italiana Guglielmo Gorni e Silvia Longhi hanno proposto Bacco come nume tutelare della parodia medievale e si sono interrogati su quale figura mitica invocare per la pratica contemporanea. L'hanno trovata nel personaggio del libro di Alberto Savinio, *Hermaphrodito*, compresenza del doppio e incarnazione della polivalenza. Hermaphrodito alluderebbe bene alla «inseparabilità congenita di parodiante e parodiato», alla mescolanza di generi, lingue, poesia e prosa. I racconti di Primo Levi, se non addirittura la sua intera opera, sono un esempio ancor piú evidente di questa mescolanza: il Centauro è il nume tutelare della parodia contemporanea.

Ogni racconto di Levi, anche quelli piú divertenti, spiritosi, amabili, leggeri, ritorna là, a quella natura duale, allo spazio che si estende tra il sogno e la realtà, spazio che le sue parole abitano in modo cosí apparentemente sereno, intelligente, e sempre problematico. Egli è uno scrittore profondo che nasconde la terribile profondità nella superficie delle parole.

Testi citati.

Riguardo ai modi del racconto di Levi si rinvia a M. Belpoliti, *Animali e fantasmi*, in P. Levi, *L'ultimo Natale di guerra* (Einaudi, Torino 2000); sulla figura di Levi narratore: Daniele Giglioli, *Narratore*, nel numero monografico della rivista «Riga» dedicato allo scrittore (*Primo Levi*, «Riga», n. 13, Marcos y Marcos, 1997). Sul tema della parodia si veda il saggio di Guglielmo Gorni e Silvia Longhi, *La parodia*, in *Letteratura italiana. Le questioni*, vol. V, Einaudi, Torino 1986. La citazione di Roland Barthes è tratta da *S/Z* (Einaudi, Torino 1981). Di recente Giorgio Agamben ha ripreso la questione della parodia in un significativo scritto, *Parodia* (in *Profanazioni*, Nottetempo, Roma 2005).

Nota all'edizione.

La presente edizione comprende i volumi di racconti di Primo Levi: *Storie naturali*, pubblicato nel 1966; *Vizio di forma*, del 1971, ristampato nel 1987 con una lettera dell'autore; e *Lilít* del 1981. Di questi tre volumi è stata pubblicata una prima raccolta dal titolo *I racconti* nel 1996, introduzione di Ernesto Ferrero, nella collana Einaudi Tascabili. Si aggiungono i racconti sparsi pubblicati postumi, nel 2000, con il titolo *L'ultimo Natale di guerra*, a cura di Marco Belpoliti; in appendice sono stati aggiunti due racconti con il titolo *Racconti sparsi* (*Fine del Marinese*, *La carne dell'orso*) sinora mai raccolti in volume singolo. In questa edizione si è incluso anche il volume *Il sistema periodico* pubblicato nel 1975.

Tutti i racconti

Storie naturali

Si ne le croyez, je ne m'en soucie, mais un homme de bien, un homme de bon sens croit tous jours ce qu'on luy dit, et qu'il trouve par escrit. Ne dit Salomon, *Provierbiorum XIV*: «Innocens credit omni verbo, etc.»?
... De ma part, je ne trouve rien escrit es Bibles sainctes qui soit contre cela. Mais, si le vouloir de Dieu tel eust esté, diriez vous qu'il ne l'eust pu faire? Ha, pour grace, n'emburelucoquez jamais vos esprits de ces vaines pensées. Car je vous dis que à Dieu rien n'est impossible. Et, s'il vouloit, les femmes auroient dorenavant ainsi leurs enfants par l'oreille. Bacchus ne fut il pas engendré par la cuisse de Jupiter?
... Minerve nasquit elle pas du cerveau par l'oreille de Jupiter?
... Castor et Pollux, de la coque d'un oeuf pont et esclos par Leda?
Mais vous seriez bien davantaige esbahis et estonnés si je vous exposois presentement tout le chapitre de Pline, auquel parle des enfantements estranges et contre nature. Et toutesfois je ne suis point menteur tant asseuré comme il a esté. Lisez le septiesme de sa *Naturelle Histoire*, chap. III, et ne m'en tabustez plus l'entendement.

Rabelais, *Gargantua*, I-VI.

I mnemagoghi

Il dottor Morandi (ma non era ancora abituato a sentirsi chiamare dottore) era disceso dalla corriera con l'intenzione di conservare l'incognito almeno per due giorni, ma vide ben presto che non ci sarebbe riuscito. La padrona del caffè Alpino gli aveva fatto una accoglienza neutra (evidentemente non era abbastanza curiosa, o non abbastanza acuta); ma dal sorriso insieme deferente e materno e lievemente canzonatorio della tabaccaia aveva capito di essere ormai «il dottore nuovo», senza possibilità di dilazione. «Devo proprio avere la laurea scritta in faccia, – pensò: – "tu es medicus in aeternum", e, quel che è peggio, tutti se ne accorgeranno». Morandi non aveva alcun gusto per le cose irrevocabili, e, almeno per il momento, si sentiva portato a non vedere, in tutta la faccenda, che una grossa e perenne seccatura. «Qualcosa del genere del trauma della nascita», concluse fra sé senza molta coerenza.

... Ed intanto, come prima conseguenza dell'incognito perduto, bisognava andare a cercare di Montesanto, senza porre altro tempo in mezzo. Ritornò al caffè per ritirare dalla valigia la lettera di presentazione, e si mise alla ricerca della targhetta, attraverso il paese deserto e sotto il sole spietato.

La trovò a stento, dopo molte inutili giravolte; non aveva voluto domandare la strada a nessuno, perché sui visi dei pochi che aveva incontrato gli era parso di leggere una curiosità non benevola.

Si era atteso che la targhetta fosse vecchia, ma la trovò piú vecchia di ogni possibile aspettativa, coperta di verderame, col nome quasi illeggibile. Tutte le persiane della casa erano chiuse, la bassa facciata scrostata e stinta. Al suo arrivo vi fu un rapido e silenzioso guizzare di lucertole.

Montesanto in persona scese ad aprirgli. Era un vecchio alto e corpulento, dagli occhi miopi eppure vivi in un viso dai tratti stanchi e pesanti: si muoveva con la sicurezza silenziosa e massiccia degli orsi. Era in maniche di camicia, senza colletto; la camicia era sgualcita e di dubbia pulizia.

Per le scale, e poi sopra nello studio, faceva fresco ed era quasi buio. Montesanto sedette, e fece sedere Morandi su di una sedia particolarmente scomoda. «Ventidue anni qui dentro», pensò questi con un brivido mentale, mentre l'altro leggeva senza fretta la lettera di presentazione. Si guardò intorno, mentre i suoi occhi si abituavano alla penombra.

Sulla scrivania, lettere, riviste, ricette ed altre carte di natura ormai indefinibile erano ingiallite, e raggiungevano uno spessore impressionante. Dal soffitto pendeva un lungo filo di ragno, reso visibile dalla polvere che vi aderiva, e secondava mollemente impercettibili aliti dell'aria meridiana. Un armadio a vetri con pochi strumenti antiquati e poche boccette in cui i liquidi avevano corroso il vetro segnando il livello che per troppo tempo avevano conservato. Alla parete, stranamente famigliare, il grande quadro fotografico, dei «Laureandi Medici 1911», a lui ben noto: ecco la fronte quadrata e il mento forte di suo padre, Morandi senior; e subito accanto (ahi, quanto difficilmente riconoscibile!) il qui presente Ignazio Montesanto, snello, nitido e spaventosamente giovane, con l'aria di eroe e martire del pensiero prediletta dai laureandi dell'epoca.

Finito di leggere, Montesanto depose la lettera sul cumulo di carte della scrivania, in cui essa si mimetizzò perfettamente.

– Bene, – disse poi: – Sono molto lieto che il destino,

la fortuna... – e la frase finí in un mormorio indistinto, a cui successe un lungo silenzio. Il vecchio medico impennò la sedia sulle gambe posteriori e volse gli occhi al soffitto. Morandi si dispose ad attendere che l'altro riprendesse il discorso; il silenzio cominciava ormai a pesargli quando Montesanto riprese imprevedibilmente a parlare.

Parlò a lungo, dapprima con molte pause, poi piú rapidamente; la sua fisionomia si andava animando, gli occhi brillavano mobili e vivi nel viso disfatto. Morandi, con sua sorpresa, si rendeva conto di provare una precisa e via via crescente simpatia per il vecchio. Si trattava evidentemente di un soliloquio, di una grande vacanza che Montesanto si stava concedendo. Per lui le occasioni di parlare (e si sentiva che sapeva parlare, che ne conosceva l'importanza) dovevano essere rare, brevi ritorni ad un antico vigore di pensiero ormai forse perduto.

Montesanto raccontava; della sua spietata iniziazione professionale, sui campi e nelle trincee dell'altra guerra; del suo tentativo di carriera universitaria, intrapreso con entusiasmo, continuato con apatia ed abbandonato tra l'indifferenza dei colleghi, che aveva fiaccato tutte le sue iniziative; del suo volontario esilio nella condotta sperduta, alla ricerca di qualcosa di troppo mal definibile per poter mai venire trovato; e poi la sua vita attuale di solitario, straniero in mezzo alla comunità di piccola gente spensierata, buona e cattiva, ma per lui irreparabilmente lontana; il prevalere definitivo del passato sul presente, ed il naufragio ultimo di ogni passione, salvo la fede nella dignità del pensiero e nella supremazia delle cose dello spirito.

«Strano vecchio», pensava Morandi; aveva notato che da quasi un'ora l'altro aveva parlato senza guardarlo in viso. Dapprima aveva tentato a varie riprese di condurlo su di un piano piú concreto, di domandargli dello stato sanitario della condotta, dell'attrezzatura da rinnovare, dell'armadietto farmaceutico, e magari anche della propria sistemazione personale; ma non vi era riuscito, per timidezza e per un piú meditato ritegno.

Ora Montesanto taceva, col viso rivolto al soffitto e lo

sguardo accomodato all'infinito. Evidentemente il soliloquio continuava nel suo interno. Morandi era imbarazzato: si domandava se era o no attesa una sua replica, e quale, e se il medico si accorgeva ancora di non essere solo nello studio.

Se ne accorgeva. Lasciò ricadere d'un tratto la sedia sui quattro piedi, e con una curiosa voce sforzata disse:

– Morandi, lei è giovane, molto. So che lei è un buon medico, o meglio lo diverrà: penso che lei sia anche un uomo buono. Nel caso che lei non sia abbastanza buono per comprendere quello che le ho detto e quello che le dirò ora, spero che lo sia abbastanza almeno per non riderne. E se ne riderà, non sarà gran male: come lei sa, difficilmente ci incontreremo ancora; del resto, è nell'ordine delle cose che i giovani ridano dei vecchi. Soltanto la prego di non dimenticare che sarà lei il primo a sapere di queste mie cose. Non voglio adularla dicendole che lei mi è sembrato particolarmente degno della mia confidenza. Sono sincero: lei è la prima occasione che mi si presenta da molti anni, e probabilmente sarà anche l'ultima.

– Mi dica, – fece Morandi semplicemente.

– Morandi ha mai notato con quale potenza certi odori evochino certi ricordi?

Il colpo giungeva imprevisto. Morandi deglutí con sforzo; disse che lo aveva notato, e possedeva anche un tentativo di teoria esplicativa in proposito.

Non si spiegava il cambiamento di tema. Concluse fra sé che, in definitiva, non doveva trattarsi che di un «pallino», come tutti i medici ne hanno, superata una certa età. Come Andriani: a sessantacinque anni, ricco di fama, di quattrini e di clientela, era arrivato ancora in tempo per coprirsi di ridicolo con la storia del campo neurico.

L'altro aveva afferrato con le due mani gli spigoli della scrivania, e guardava il vuoto corrugando la fronte. Poi riprese:

– Le mostrerò qualcosa di inconsueto. Durante gli anni del mio assistentato in farmacologia ho studiato abbastanza a fondo l'azione degli adrenalinici assorbiti per via nasale. Non ne ho cavato nulla di utile all'umanità, ma un solo frutto, come vedrà piuttosto indiretto.

– Alla questione delle sensazioni olfattive, e dei loro rapporti con la struttura molecolare, ho dedicato anche in seguito molto del mio tempo. Si tratta, a mio parere, di un campo assai fecondo, ed aperto anche a ricercatori dotati di mezzi modesti. Ho visto con piacere, ancora di recente, che qualcuno se ne occupa, e sono al corrente anche delle vostre teorie elettroniche, ma il solo aspetto della questione che ormai mi interessa è un altro. Io posseggo oggi quanto credo nessun altro al mondo possegga.

– C'è chi non si cura del passato, e lascia che i morti seppelliscano i loro morti. C'è chi, invece, del passato è sollecito, e si rattrista del suo continuo svanire. C'è ancora chi ha la diligenza di tenere un diario, giorno per giorno, affinché ogni sua cosa sia salvata dall'oblio, e chi conserva nella sua casa e sulla sua persona ricordi materializzati; una dedica su un libro, un fiore secco, una ciocca di capelli, fotografie, vecchie lettere.

– Io, per mia natura, non posso pensare che con orrore all'eventualità che anche uno solo dei miei ricordi abbia a cancellarsi, ed ho adottato tutti questi metodi, ma ne ho anche creato uno nuovo.

– No, non si tratta di una scoperta scientifica: soltanto ho tratto partito dalla mia esperienza di farmacologo ed ho ricostruito, con esattezza e in forma conservabile, un certo numero di sensazioni che per me significano qualcosa.

Questi (le ripeto, non pensi che io ne parli sovente) io chiamo mnemagoghi: «suscitatori di memorie». Vuol venire con me?

Si alzò e si diresse lungo il corridoio. A metà si volse e aggiunse: – Come lei può immaginare, vanno usati con parsimonia, se non si vuole che il loro potere evocativo si attenui; inoltre non occorre che le dica che sono inevitabilmente personali. Strettissimamente. Si potrebbe anzi dire che *sono* la mia persona, poiché io almeno in parte, consisto di essi.

Aprí un armadio. Si vide una cinquantina di boccette a tappo smerigliato, numerate.

– Prego, ne scelga una.

Morandi lo guardava perplesso; tese una mano esitante e scelse una boccetta.

– Apra e odori. Che cosa sente?

Morandi inspirò profondamente piú volte, prima con gli occhi su Montesanto, poi alzando la testa nell'atteggiamento di chi interroga la memoria.

– Questo mi sembrerebbe odore di caserma –. Montesanto odorò a sua volta. – Non esattamente, – rispose, – o almeno, non cosí per me. È l'odore delle aule delle scuole elementari; anzi, della *mia* aula della *mia* scuola. Non insisto sulla sua composizione; contiene acidi grassi volatili e un chetone insaturo. Comprendo che per lei non sia niente: per me è la mia infanzia.

– Conservo pure la fotografia dei miei trentasette compagni di scuola di prima elementare, ma l'odore di questa boccetta è enormemente piú pronto nel richiamarmi alla mente le ore interminabili di tedio sul sillabario; il particolare stato d'animo dei bambini (di me bambino!) nell'attesa terrificante della prima prova di dettato. Quando lo odoro (non ora: occorre naturalmente un certo grado di raccoglimento), quando lo odoro, dunque, mi si smuovono i visceri come quando a sette anni aspettavo di essere interrogato. Vuol scegliere ancora?

– Mi sembra di ricordare... attenda... Nella villa di mio nonno, in campagna, c'era una cameretta dove si metteva la frutta a maturare...

– Bravo, – fece Montesanto con sincera soddisfazione. – Proprio come dicono i trattati. Ho piacere che lei si sia imbattuto in un odore professionale; questo è l'odore dell'alito del diabetico in fase acetonemica. Con un po' piú d'anni di pratica certo ci sarebbe arrivato lei stesso. Sa bene, un segno clinico infausto, il preludio del coma.

– Mio padre morí diabetico, quindici anni fa; non fu una morte breve né misericordiosa. Mio padre era molto per me. Io lo vegliai per innumerevoli notti, assistendo impotente al progressivo annullamento della sua personalità; non furono veglie sterili. Molte mie credenze ne furono scosse, molto del mio mondo mutò. Per me, non si tratta dunque di mele né di diabete, ma del travaglio solenne e purificatore, unico nella vita, di una crisi religiosa.

– ... Questo non è che acido fenico! - esclamò Morandi odorando una terza boccetta.

– Infatti. Pensavo che anche per lei questo odore volesse dire qualcosa; ma già, non è ancora un anno che lei ha terminato i turni d'ospedale, il ricordo non è ancora maturato. Perché avrà notato, non è vero? che il meccanismo evocatore di cui stiamo parlando esige che gli stimoli, dopo aver agito ripetutamente, collegati ad un ambiente o ad uno stato d'animo, cessino poi di agire per un tempo piuttosto lungo. Del resto è di osservazione comune che i ricordi, per essere suggestivi, devono avere il sapore dell'antico.

– Anch'io ho fatto i turni di ospedale ed ho respirato acido fenico a pieni polmoni. Ma questo è avvenuto un quarto di secolo fa, e del resto da allora il fenolo ha ormai cessato di costituire il fondamento dell'antisepsi. Ma al mio tempo era così: per cui oggi ancora non posso odorarlo (non quello chimicamente puro: questo, a cui ho aggiunto tracce di altre sostanze che lo rendono specifico per me) senza che mi sorga in mente un quadro complesso, di cui fanno parte una canzone allora in voga, il mio giovanile entusiasmo per Biagio Pascal, un certo languore primaverile alle reni e alle ginocchia, ed una mia compagna di corso, che, ho saputo, è divenuta nonna di recente.

Questa volta aveva scelto lui stesso una boccetta; la porse a Morandi:

– Di questo preparato le confesso che provo tuttora una certa fierezza. Quantunque non ne abbia mai pubblicato i risultati, considero questo un mio vero successo scientifico. Vorrei sentire la sua opinione.

Morandi odorò con ogni cura. Certo non era un odore

nuovo: lo si sarebbe potuto chiamare arso, asciutto, caldo...

– ... Quando si battono due pietre focaie...?
– Sí, anche. Mi congratulo con lei per il suo olfatto. Si sente questo odore in alta montagna quando la roccia si riscalda al sole; specialmente quando si produce una caduta di sassi. Le assicuro che non è stato facile riprodurre in vetro e rendere stabili le sostanze che lo costituiscono senza alterarne le qualità sensibili.

– Un tempo andavo spesso in montagna, specialmente da solo. Quando ero giunto in cima, mi coricavo sotto il sole nell'aria ferma e silenziosa, e mi pareva di aver raggiunto uno scopo. In quei momenti, e solo se vi ponevo mente, percepivo questo leggero odore, che è raro sentire altrove. Per quanto mi riguarda, lo dovrei chiamare l'odore della pace raggiunta.

Superato il disagio iniziale, Morandi stava prendendo interesse al gioco. Sturò a caso una quinta boccetta e la porse a Montesanto: – E questa?

Emanava un leggero odore di pelle pulita, di cipria e di estate. Montesanto odorò, ripose la boccetta e disse breve:

– Questo non è un luogo né un tempo. È una persona.

Richiuse l'armadio; aveva parlato in tono definitivo. Morandi preparò mentalmente alcune espressioni di interesse e di ammirazione, ma non riuscí a superare una strana barriera interna e rinunciò ad enunciarle. Si congedò frettolosamente con una vaga promessa di una nuova visita, e si precipitò giú dalle scale e fuori nel sole. Sentiva di essere arrossito intensamente.

Dopo cinque minuti era fra i pini, e saliva furiosamente per la massima pendenza, calpestando il sottobosco morbido, lontano da ogni sentiero. Era molto gradevole sentire i muscoli, i polmoni e il cuore funzionare in pieno, cosí, naturalmente, senza bisogno di intervenire. Era molto bello avere ventiquattro anni.

Accelerò il ritmo della salita quanto piú poté, finché

sentí il sangue battergli forte dentro le orecchie. Poi si sdraiò sull'erba, cogli occhi chiusi, a contemplare il bagliore rosso del sole attraverso le palpebre. Allora si sentí come lavato a nuovo.

Quello era dunque Montesanto. ... No, non occorreva fuggire, lui non sarebbe diventato cosí, non si sarebbe lasciato diventare cosí. Non ne avrebbe parlato con nessuno. Neppure con Lucia, neppure con Giovanni. Non sarebbe stato generoso.

Per quanto, in fondo, ... soltanto con Giovanni... ed in termini del tutto teoretici ... Esisteva mai qualcosa di cui non si potesse parlare con Giovanni? Sí, a Giovanni ne avrebbe scritto. Domani. Anzi (guardò l'ora), subito; la lettera sarebbe forse ancora partita con la posta della sera. Subito.

Censura in Bitinia

Già ho accennato altrove alla pallida vita culturale di questo paese, tuttora impostata su basi mecenatistiche, ed affidata all'interessamento di persone facoltose, od anche solo di professionisti ed artisti, specialisti e tecnici, che sono pagati piuttosto bene.

Particolarmente interessante è la soluzione che è stata proposta, o per dir meglio che si è spontaneamente imposta, per il problema della censura. Verso la fine dello scorso decennio il «bisogno» di censura, per vari motivi, subí in Bitinia un vivace incremento; in pochi anni gli uffici centrali esistenti dovettero raddoppiare gli organici, e quindi stabilire filiali periferiche in tutti o quasi i capoluoghi di provincia. Si incontravano tuttavia crescenti difficoltà nel reclutare il personale necessario: in primo luogo perché il mestiere di censore, come è noto, è difficile e delicato, e quindi comporta una preparazione specifica di cui mancano spesso anche persone altamente qualificate sotto altri aspetti; inoltre, perché l'esercizio della censura, a quanto dimostrano recenti statistiche, non è privo di pericoli.

Non voglio qui alludere ai rischi di rappresaglie immediate, che l'efficiente polizia bitiniese ha ridotto a ben poca cosa. Si tratta di altro: accurati studi di medicina del lavoro colà svolti hanno messo in luce una forma specifica di deformazione professionale, assai molesta ed apparentemente irreversibile, che dal suo scopritore è stata denominata «distimia parossistica» o «morbo di Gowelius».

Essa si manifesta con un quadro clinico dapprima vago e mal definito, poi, col passare degli anni, con disturbi vari a carico del sensorio (diplopia, turbe dell'olfatto e dell'udito, reattività eccessiva ad esempio ad alcuni colori o sapori), e sfocia di regola, dopo remissioni e ricadute, in gravi anomalie e perversioni psichiche.

Come conseguenza, nonostante gli stipendi elevati che venivano offerti, il numero dei candidati ai concorsi statali si è andato rapidamente assottigliando, ed il carico di lavoro dei funzionari di carriera è aumentato in proporzione fino a raggiungere limiti inauditi. Le pratiche inevase (copioni, partiture, manoscritti, opere figurative, bozze di manifesti) si accumularono in tale misura negli uffici censoriali da bloccare letteralmente non solo gli archivi di fortuna all'uopo predisposti, ma perfino gli atrii, i corridoi, i locali adibiti ai servizi igienici. Fu registrato il caso di un caposezione che fu sepolto da un crollo, e morí soffocato prima che giungessero i soccorsi.

Si provvide in un primo tempo con la meccanizzazione. Ogni sede venne dotata di moderni impianti elettronici: essendo io profano in materia, non ne potrei descrivere con esattezza il funzionamento, ma mi è stato detto che la loro memoria magnetica conteneva tre distinti elenchi di vocaboli, *hints*, *plots*, *topics* e sagome di riferimento. Quelli del primo elenco, se riscontrati, venivano automaticamente elisi dall'opera in esame; quelli del secondo comportavano il rifiuto integrale della medesima; quelli del terzo, l'immediato arresto ed impiccagione dell'autore e dell'editore.

I risultati furono ottimi per quanto riguarda la mole di lavoro che poteva essere svolto (in pochi giorni i locali degli uffici furono sgomberati), ma assai scadenti sotto l'aspetto qualitativo. Si ebbero casi di evasioni clamorose: «passò» e fu pubblicato, e fu venduto con strepitoso successo, il *Diario di una capinera* di Claire Efrem, opera di valore letterario dubbio ed apertamente immorale, la cui autrice, con artifizi assolutamente elementari e trasparenti, aveva mascherato mediante allusioni e perifrasi tutti i punti lesivi della morale comune del momento. Si assistette per contro al doloroso caso Tuttle: il colonnello Tuttle, illustre critico e storico militare, dovette salire il patibolo perché in un suo volume sulla campagna del Caucaso la parola «reggimento» era comparsa alterata in «reggipento», per un banale refuso in cui tuttavia il centro di censura meccanizzata di Issarvan aveva ravvisato una allusione oscena. Allo stesso tragico destino sfuggí miracolosamente l'autore di un modesto manuale di allevamento del bestiame, che ebbe modo di riparare all'estero e di ricorrere al Consiglio di Stato prima che la sentenza passasse in giudicato.

A questi tre episodi, che furono resi di pubblica ragione, se ne devono aggiungere altri numerosissimi di cui corse voce di bocca in bocca, ma che rimasero ufficialmente ignorati perché (come ovvio) la loro notizia cadde a sua volta sotto le forbici della censura. Ne scaturí una situazione di crisi, con diserzione quasi totale delle forze culturali del paese; situazione che, nonostante qualche timido tentativo di rottura, permane tuttora.

È però di queste ultime settimane una notizia che dà adito a qualche speranza. Un fisiologo, il cui nome viene tenuto segreto, a conclusione di un suo ampio ciclo di esperienze, ha rivelato in una discussa relazione alcuni aspetti nuovi della psicologia degli animali domestici. Questi, se sottoposti ad un particolare condizionamento, sarebbero in grado non solo di apprendere facili lavori di trasporto e di ordinamento, ma anche di eseguire vere e proprie scelte.

Si tratta indubbiamente di un campo vastissimo ed affascinante, dalle possibilità praticamente illimitate: in sostanza, da quanto è stato pubblicato dalla stampa bitiniese fino al momento in cui scrivo, il lavoro censoriale, che nuoce al cervello umano, e che le macchine sbrigano in modo troppo rigido, potrebbe essere affidato con profitto ad animali opportunamente educati. A chi ben guardi, la sconcertante notizia non ha in sé nulla di assurdo: poiché non si tratta, in ultima analisi, che appunto di una scelta.

È curioso che, per questo compito, siano stati trovati meno adatti i mammiferi piú vicini all'uomo. Cani, scimmie e cavalli, sottoposti al processo di condizionamento, si sarebbero dimostrati cattivi giudici appunto perché troppo intelligenti e sensibili: si comportano, secondo l'anonimo studioso, in modo troppo passionale; reagiscono in modo mal prevedibile a minimi stimoli estranei, peraltro inevitabili in qualsiasi ambiente di lavoro; mostrano strane preferenze, forse congenite e tuttora inesplicate, per alcune categorie mentali; la loro stessa memoria è incontrollabile ed eccessiva; insomma, essi rivelano in queste circostanze un *esprit de finesse* che ai fini censoriali è senza dubbio dannoso.

Risultati sorprendenti si sono invece ottenuti dal comune pollo domestico: tanto che già quattro uffici sperimentali sono stati notoriamente affidati ad équipes di galline, beninteso sotto controllo e sorveglianza di funzionari dalla provata esperienza. Le galline, oltre a tutto facilmente reperibili, e di costo moderato sia come investimento iniziale, sia come manutenzione, sono capaci di scelte rapide e sicure, si attengono scrupolosamente agli schemi mentali che vengono loro imposti, e, dato il loro carattere freddo e tranquillo e la loro memoria evanescente, non vanno soggette a perturbazioni.

È opinione diffusa in questi ambienti che entro pochi anni il metodo verrà esteso a tutti gli uffici censoriali del paese.

Verificato per censura:

Il Versificatore

Personaggi

Il poeta
La segretaria
Il signor Simpson
Il Versificatore
Giovanni

Prologo

Porta che si apre e richiude; entra il poeta.

SEGRETARIA   Buongiorno, maestro.
POETA   Buongiorno, signorina. Bella giornata, eh? La prima dopo un mese di pioggia. Peccato dover stare in ufficio! Il programma per oggi?
SEGRETARIA   Non c'è molto: due carmi conviviali, un poemetto per il matrimonio della contessina Dimitròpulos, quattordici inserzioni pubblicitarie, e un cantico per la vittoria del Milan, domenica scorsa.
POETA   Roba da poco: in mattinata finiamo tutto. Ha già attaccato il Versificatore?
SEGRETARIA   Sí, è già caldo. (*Lieve ronzio*). Possiamo cominciare anche subito.
POETA   Se non ci fosse lui... E pensare che lei non ne voleva sapere! Ricorda due anni fa, che fatica, che lavoro sfibrante?

Ronzio.

Si sente in primo piano il ticchettio veloce di una macchina da scrivere.

POETA (*fra sé, annoiato e frettoloso*)   Uff! qui non si finisce mai. E che lavori, poi! Mai un momento di libera ispirazione. Carmi nuziali, poesia pubblicitaria, inni sacri... nient'altro, tutta la giornata. Ha finito di copiare, signorina?
SEGRETARIA (*continua a battere a macchina*)   Un momento.
POETA   Si sbrighi, perbacco.
SEGRETARIA (*continua a battere con violenza per pochi secondi, poi estrae i fogli di macchina*)   Ecco. Un attimo solo, per rileggere.
POETA   Lasci stare, rileggo poi io, farò io le correzioni. Adesso metta in macchina un altro foglio, due veline, spazio due. Le detterò direttamente, cosí facciamo prima: i funerali sono dopodomani, e non possiamo perdere tempo. Anzi, guardi, metta in macchina quella carta intestata listata a lutto, sa bene, quella che abbiamo fatto stampare per la morte dell'arciduca di Sassonia. Veda di non fare errori, cosí magari evitiamo la copiatura.
SEGRETARIA (*esegue: passi, fruga in un cassetto, mette i fogli in macchina*)   Pronti. Detti pure.
POETA (*liricamente ma sempre con fretta*)   «Compianto in morte del marchese Sigmund von Ellenbogen, prematuramente scomparso». (*La segretaria batte*). Ah, dimenticavo. Guardi che lo vogliono in ottave.
SEGRETARIA   In ottave?
POETA (*sprezzante*)   Sí, sí, ottave con la rima e tutto. Sposti il marginatore. (*Pausa: sta cercando l'ispirazione*) Mmm... ecco, scriva:

> Nero il ciel, buio il sole, aridi i campi
> Son senza te, marchese Sigismondo...

(*La segretaria batte*). Si chiamava Sigmund ma devo pur chiamarlo Sigismondo, capisce, se no addio rime. Accidenti a questi nomi ostrogoti. Speriamo che me lo passino. Del resto, ho qui l'albero genealogico, ecco... «Sigismundus», sí, siamo a posto. (*Pausa*). Campi, lampi... Mi dia il rimario, signorina. (*Consultando il rimario*) «Campi: lampi, accampi, scampi, crampi, rampi...» cosa diavolo sarà questo «rampi»?.

SEGRETARIA (*efficiente*) Voce del verbo «rampare», immagino.

POETA Già: le trovano tutte. «Cialampi»... no, è dialettale. «Avvampi». (*Liricamente*) «O popolo di Francia avampi, avampi!»... Ma no, che cosa sto dicendo! «Stampi». (*Meditabondo*)

... poiché, prima che un altro se ne stampi...

(*La segretaria batte poche battute*). Ma no, aspetti, è solo un tentativo. Neanche, un tentativo: è una idiozia. Come si fa a stampare un marchese? Via, cancelli. Anzi, cambi foglio. (*Con collera improvvisa*) Basta! Butti via tutto. Ne ho abbastanza di questo sporco mestiere: sono un poeta, io, un poeta laureato, non un mestierante. Non sono un menestrello. Vada al diavolo il marchese, l'epicedio, l'epinicio, il compianto, il Sigismondo. Non sono un versificatore. Su, scriva: «Eredi von Ellenbogen, indirizzo, data, eccetera: Ci riferiamo alla Vostra pregiata richiesta per un compianto funebre, in data eccetera, di cui Vi ringraziamo sinceramente. Purtroppo, per sopravvenuti urgenti impegni, ci troviamo costretti a declinare l'incarico ...»

SEGRETARIA (*interrompe*) Mi perdoni, maestro, ma... non può declinare l'incarico. C'è qui agli atti la nostra conferma d'ordine, la ricevuta dell'anticipo... c'è anche una penalità, non ricorda?

POETA Già, anche la penalità: siamo ben combinati. Poesia! Puh, è una galera, questa. (*Pausa: poi, con brusca decisione*) Mi chiami il signor Simpson al telefono.

SEGRETARIA (*sorpresa e contrariata*) Simpson? L'agente della NATCA? Quello delle macchine per ufficio?

POETA (*brusco*) Sí, lui. Non ce n'è mica un altro.

SEGRETARIA (*compone un numero al telefono*)   Il signor Simpson, per favore?... Sí, attendo.
POETA   Gli dica che venga qui subito, con i prospetti del Versificatore. Anzi, no, me lo passi: gli voglio parlare io.
SEGRETARIA (*sottovoce, di malavoglia*)   Vuole comprare quella macchina?
POETA (*sottovoce, piú calmo*)   Non metta su codesto broncio, signorina, e non si cacci in capo idee sbagliate. (*Suadente*) Non si può restare indietro, lei lo capisce benissimo. Bisogna tenere il passo coi tempi. Dispiace anche a me, glielo assicuro, ma a un certo punto bisogna pure decidersi. Del resto, non abbia preoccupazioni: il lavoro per lei non mancherà mai. Ricorda, tre anni fa, quando abbiamo comperato la fatturatrice?
SEGRETARIA (*al telefono*)   Sí, signorina. Mi passa il signor Simpson, per favore? (*Pausa*). Certo, è urgente. Grazie.
POETA (*continuando, sottovoce*)   Ebbene: come si trova oggi? Ne potrebbe fare a meno? No, non è vero? È uno strumento di lavoro come un altro, come il telefono, come il ciclostile. Il fattore umano è e sarà sempre indispensabile, nel nostro lavoro; ma abbiamo dei concorrenti, e perciò dobbiamo pure affidare alle macchine i compiti piú ingrati, piú faticosi. I compiti meccanici, appunto...
SEGRETARIA (*al telefono*)   È lei, signor Simpson? Attenda prego. (*Al poeta*) Il signor Simpson al telefono.
POETA (*al telefono*)   È lei, Simpson? Salute. Senta: lei ricorda, vero, quel preventivo che mi aveva sottoposto... aspetti... verso la fine dell'anno scorso?... (*Pausa*). Sí, precisamente, il Versificatore, quel modello per impieghi civili: lei me ne aveva parlato con un certo entusiasmo... veda un po' se può rimetterci le mani sopra. (*Pausa*). Eh, sí, capisco: ma ora forse i tempi sono maturi. (*Pausa*). Ottimo: sí, è piuttosto urgente. Dieci minuti? Lei è molto gentile: l'attendo qui, nel mio ufficio. A presto. (*Appende il ricevitore; alla segretaria*) È un uomo straordinario, Simpson: un rappresentante di classe, di una efficienza rara. Sempre a disposizione dei

clienti, a qualunque ora del giorno o della notte: non so come faccia. Peccato che abbia poca esperienza nel nostro ramo, se no...

SEGRETARIA (*esitante; via via piú commossa*) Maestro... io ... io lavoro con lei da quindici anni... ecco, mi perdoni, ma ... al suo posto non farei mai una cosa simile. Non lo dico mica per me, sa: ma un poeta, un artista come lei... come può rassegnarsi a mettersi in casa una macchina... moderna finché vuole, ma sarà sempre una macchina... come potrà avere il suo gusto, la sua sensibilità... Stavamo cosí bene, noi due, lei a dettare e io a scrivere... e non solo a scrivere, a scrivere sono capaci tutti: ma a curare i suoi lavori come se fossero i miei, a metterli in pulito, a ritoccare la punteggiatura, qualche concordanza, (*confidenziale*) anche qualche errorino di sintassi, sa? Può capitare a tutti di distrarsi...

POETA Ah, non creda che io non la capisca. Anche da parte mia è una scelta dolorosa, piena di dubbi. Esiste una gioia, nel nostro lavoro, una felicità profonda, diversa da tutte le altre, la felicità del creare, del trarre dal nulla, del vedersi nascere davanti, a poco a poco, o d'un tratto, come per incanto, qualcosa di nuovo, qualcosa di vivo che non c'era prima... (*Freddo ad un tratto*) Prenda nota, signorina: «come per incanto, qualcosa di nuovo, qualcosa di vivo che non c'era prima, puntini»: è tutta roba che può servire.

SEGRETARIA (*molto commossa*) È già fatto, maestro. Lo faccio sempre, anche quando lei non me lo dice. (*Piangendo*) Lo conosco, il mio mestiere. Vedremo se quell'altro, quel coso, saprà fare altrettanto!

Suona un campanello.

POETA Avanti!
SIMPSON (*alacre e gioviale; leggero accento inglese*) Eccomi: a tempo di primato, no? Qui c'è il preventivo, qui c'è l'opuscolo pubblicitario, e qui le istruzioni per l'uso e la manutenzione. Ma non è tutto: anzi, manca l'essen-

ziale. (*Teatrale*) Un momento! (*Rivolto alla porta*) Avanti, Giovanni. Spingilo qui dentro. Attento allo scalino. (*Al poeta*) Fortuna che siamo al pianterreno! (*Rumore di carrello in avvicinamento*). Eccolo qui, per lei: il mio esemplare personale. Ma a me non serve, per il momento: siamo qui per lavorare, no?

GIOVANNI   Dov'è la presa?

POETA   Qui, dietro la scrivania.

SIMPSON (*tutto d'un fiato*)   Duecentoventi volt, cinquanta periodi, vero? Perfetto. Ecco qui il cavo. Attento, Giovanni: sí, lí sul tappeto andrà benissimo, ma lo si può sistemare in un qualunque angolo; non vibra, non scalda e non fa piú fruscio di una lavatrice. (*Pacca su una lamiera*). Gran bella macchina, solida. Fatta senza economia. (*A Giovanni*) Grazie, Giovanni vai pure. Ecco le chiavi, prendi l'auto e torna in ufficio; io starò qui tutto il pomeriggio. Se qualcuno mi cerca, fammi chiamare qui. (*Al poeta*) Lei permette, non è vero?

POETA (*con un certo imbarazzo*)   Sí, certo. Ha... ha fatto bene a portarsi dietro l'apparecchio: io non avrei osato chiederle di disturbarsi tanto. Magari sarei venuto io. Ma... non sono ancora deciso sull'acquisto: lei capisce bene, volevo piú che altro farmi un'idea concreta della macchina, delle sue prestazioni, e anche... rinfrescarmi la memoria sul prezzo...

SIMPSON (*interrompe*)   Senza impegno, senza impegno, che diamine! Senza il minimo impegno da parte sua. Una dimostrazione gratuita, in sede di amicizia: ci conosciamo da tanti anni, no? E poi, non ho dimenticato certi servizi che lei ci ha reso, quello slogan per la nostra prima calcolatrice elettronica, la Lightning, ricorda?

POETA (*lusingato*)   E come no!

   Non ci arriva la ragione
   Ma ci arriva l'elettrone.

SIMPSON   Già, proprio quello. Quanti anni sono passati! Ha avuto tutte le ragioni a tenere alto il prezzo: ci ha reso il decuplo di quanto è costato. Quel che è giusto è

giusto: le idee si pagano. (*Pausa: ronzio crescente del Versificatore che si sta riscaldando*). ... Ecco, si sta riscaldando. Fra pochi minuti, quando si accende la lampadina spia, si potrà cominciare. Intanto, se permette, le dire qualcosa sul funzionamento.
Prima di tutto, sia ben chiaro: questo non è un poeta. Se lei cerca un poeta meccanico vero e proprio, dovrà aspettare ancora qualche mese: è in fase di avanzata progettazione presso la nostra casa madre, a Fort Kiddiwanee, Oklahoma. Si chiamerà The Troubadour, «Il trovatore»: una macchina fantastica, un poeta meccanico *heavy-duty*, capace di comporre in tutte le lingue europee vive o morte, capace di poetare ininterrottamente per mille cartelle, da $-100°$ a $+200°$ centigradi, in qualunque clima, e perfino sott'acqua e nel vuoto spinto. (*Sottovoce*) È previsto il suo impiego nel progetto Apollo: sarà il primo a cantare le solitudini lunari.

POETA   No, non credo che farà al caso mio: è troppo complicato, e del resto io lavoro raramente in trasferta. Sto quasi sempre qui, nel mio ufficio.

SIMPSON   Certo, certo. Gliel'accennavo solo a titolo di curiosità. Questo, vede, non è che un Versificatore, e come tale dispone di minore libertà: ha meno fantasia, per cosí dire. Ma è quello che ci vuole per lavori di routine, e d'altronde, con un po' d'esercizio da parte dell'operatore, è capace di veri prodigi.
Questo è il nastro, vede? Normalmente, la macchina pronuncia le sue composizioni e simultaneamente le trascrive.

POETA   Come una telescrivente?

SIMPSON   Esattamente. Ma, se occorre, ad esempio in casi di urgenza, la voce si può disinserire: allora la composizione diventa rapidissima. Questa è la tastiera: è simile a quella degli organi e delle Linotype. Qui in alto (*scatto*) si imposta l'argomento: da tre a cinque parole per lo piú bastano. Questi tasti neri sono i registri: determinano il tono, lo stile, il «genere letterario», come si diceva una volta. Infine, questi altri tasti definiscono la forma metrica. (*Alla segretaria*) Si avvicini, signorina, è meglio che veda anche lei. Penso che sarà lei a manovrare la macchina, vero?

SEGRETARIA Non imparerò mai. È troppo difficile.

SIMPSON Sí, tutte le macchine nuove fanno questa impressione. Ma è solo una impressione, vedrà: fra un mese la userà come si guida l'auto, pensando ad altro, magari cantando.

SEGRETARIA Io non canto mai, quando sono sul lavoro. (*Suona il telefono*). Pronto? Sí. (*Pausa*). Sí, è qui: lo passo subito. (*A Simpson*) È per lei, signor Simpson.

SIMPSON Grazie. (*Al telefono*) Sono io, sí. (*Pausa*). Ah, è lei, ingegnere? (*Pausa*). Come? si inceppa? Scalda? Spiacevole, veramente. Mai visto un caso simile. Ha controllato il pannello indicatore? (*Pausa*). Certo, non tocchi nulla, ha perfettamente ragione: ma ho tutti i montatori fuori, è una vera disdetta. Non può aspettare fino a domani? (*Pausa*). Eh sí, naturale. (*Pausa*). Certo, è in garanzia, ma anche se non lo fosse... (*Pausa*). Guardi, sono qui a due passi: un minuto, salto su un taxi e sono da lei. (*Attacca il ricevitore; al poeta, frettoloso e nervoso*) Mi perdoni: devo scappare.

POETA Nulla di grave, spero?

SIMPSON Oh no, nulla: una calcolatrice, una sciocchezza; ma sa bene, il cliente ha sempre ragione. (*Sospira*) Anche quando è un dannato pignolo, e fa correre dieci volte per niente. Guardi, facciamo cosí: io le lascio l'apparecchio, a sua completa disposizione. Lei dia un'occhiata alle istruzioni, e poi provi, si sbizzarrisca.

POETA E se lo guasto?

SIMPSON Non abbia paura. È molto robusto, *foolproof*, dice l'opuscolo originale americano: «a prova di pazzo»... (*con imbarazzo: si è accorto della «gaffe»*) ... sia detto senza offesa, lei mi intende. C'è anche un dispositivo di blocco in caso di falsa manovra. Ma vedrà, vedrà come è facile. Sarò qui fra un'ora o due: arrivederci. (*Esce*).

Pausa: ronzio distinto del Versificatore.

POETA (*legge borbottando l'opuscolo*) Voltaggio e frequenza... sí, siamo a posto. Impostazione argomento... dispositivo di blocco... è tutto chiaro. Lubrificazione... sostituzione del nastro... lunga inattività... tutte cose che potremo vedere dopo. Registri... ah ecco, questo è interessante, è l'essenziale. Vede, signorina? sono quaranta: qui c'è la chiave delle sigle. EP, EL (elegiaco, immagino: sí, elegiaco, infatti), SAT, MYT, JOC (cos'è questo JOC? ah sí, *jocular*, giocoso), DID...
SEGRETARIA DID?
POETA Didascalico: molto importante. PORN... (*La segretaria sobbalza*). «Messa in opera»: non sembra, ma è di una semplicità estrema. Lo saprebbe usare un bambino. (*Sempre piú entusiasta*) Guardi: basta impostare qui l'«istruzione»: sono quattro righe. La prima per l'argomento, la seconda per i registri, la terza per la forma metrica, la quarta (che è facoltativa) per la determinazione temporale. Il resto lo fa tutto lui: è meraviglioso!
SEGRETARIA (*con sfida*) Perché non prova?
POETA (*in fretta e furia*) Sicuro, che provo. Ecco: LYR, PHIL (*due scatti*); terza rima, endecasillabi (*scatto*); secolo XVII. (*Scatto. A ogni scatto, il ronzio della macchina si fa piú forte e cambia tono*). Via!

Segnale di cicala: tre segnali brevi e uno lungo. Scariche, disturbi, indi la macchina si mette in moto con scatti ritmici, simili a quelli delle calcolatrici elettriche quando eseguono le divisioni.

VERSIFICATORE (*Voce metallica fortemente distorta*)

Bru	bru	bru	bru	bru	bru	bru	bru	endi
»	»	»	»	»	»	»	»	acro
»	»	»	»	»	»	»	»	endi
Bla	bla	bla	bla	bla	bla	bla	bla	acro
»	»	»	»	»	»	»	»	enza
»	»	»	»	»	»	»	»	acro

Forte scatto; silenzio, solo il ronzio di fondo.

SEGRETARIA Bel risultato! Fa solo le rime, il resto deve mettercelo lei. Che cosa le dicevo?
POETA Be, non è che la prima prova. Forse avrò fatto qualche sbaglio. Un momento. (*Sfoglia l'opuscolo*) Mi lasci un po' vedere. Ah ecco, che sciocco! Avevo proprio dimenticato il piú importante: ho impostato tutto salvo l'argomento. Ma riparo subito. «Argomento»: ... che argomento gli diamo? «Limiti dell'ingegno umano».

Scatto, cicala: tre segnali brevi e uno lungo.

VERSIFICATORE (*voce metallica, meno distorta di prima*)
Cerèbro folle, a che pur l'arco tendi?
A che pur, nel travaglio onde se' macro
Consumi l'ore, e dí e notte intendi?
Mentí, mentí chi ti descrisse sacro
Il disio di seguire conoscenza,
È miele delicato il suo succo acro.

Forte scatto; silenzio.

POETA Andiamo meglio, no? Mi faccia dare un'occhiata al nastro. (*Leggendo*) ... «nel travaglio onde se' macro»... ... «il disio di seguire conoscenza»... Non c'è male, in fede mia: conosco diversi colleghi che non se la caverebbero meglio. Oscura ma non troppo, sintassi e prosodia in ordine, un po' ricercata, sí, ma non piú di quanto si addica a un discreto secentista.
SEGRETARIA Non vorrà mica sostenere che questa roba è geniale.
POETA Geniale no, ma commerciabile. Piú che sufficiente per ogni scopo pratico.
SEGRETARIA Posso vedere anch'io? «Chi ti descrisse sacro»... mmm... «e miele delicato il suo succo acro». «Succo acro». Acro. Mai sentito: non è mica italiano questo. Acre, si dice.

POETA   Sarà una licenza poetica. Perché non dovrebbe farne? Anzi, aspetti: c'è un capoverso, qui, proprio nell'ultima pagina. Ecco, senta che cosa dice: «*Licenze*. Il Versificatore possiede l'intero lessico ufficiale del linguaggio per cui è stato progettato, e di ogni vocabolo impiega le accezioni normali. Quando alla macchina si richiede di comporre in rima, o sotto qualsiasi altro vincolo di forma,...»

SEGRETARIA   Che significa «vincolo di forma»?

POETA   Mah, ad esempio l'assonanza, l'allitterazione, eccetera. «... sotto qualsiasi altro vincolo di forma, essa ricerca automaticamente fra i vocaboli registrati nel lessico, sceglie per primi i piú adatti come senso, e attorno ad essi costruisce i versi relativi. Se nessuno di tali vocaboli si presta, la macchina ricorre alle licenze, e cioè deforma i vocaboli ammessi, o ne conia dei nuovi. Il grado di "licenziosità" del componimento può essere determinato dall'operatore, mediante la manopola rossa che si trova a sinistra, all'interno del carter». Vediamo:..

SEGRETARIA   Eccola, è qui dietro, un po' nascosta. È graduata da uno a dieci.

POETA (*continua a leggere*)   «Esso»... Esso che cosa? Ho perduto il filo. Ah sí, il grado di *licenziosità*: in italiano suona un po' strano. «Esso viene normalmente limitato entro due-tre gradi della scala: al massimo di apertura si ottengono esiti poetici notevoli, ma utilizzabili solo per effetti speciali». Affascinante, non le pare?

SEGRETARIA   Uhm... si immagini un po' dove si andrebbe a finire: una poesia fatta tutta di licenze!

POETA   Una poesia fatta tutta di licenze... (*Punto da curiosità puerile*) Senta: lei pensi quello che vuole, ma io vorrei proprio provare. Siamo qui per questo, no? Per renderci conto dei limiti dell'apparecchio, per vedere come se la cava. A cavarsela con i temi facili sono buoni tutti. Vediamo un po': intuito... fortuito, circuito: no, è troppo facile. Incudine: solitudine, abitudine. Alabatro: no, no, disastro, giovanastro, eccetera. Ah,

ecco... (*alla macchina, con gioia maligna*) «Il Rospo» (*scatto*), ottava, ottonari (*scatto*); genere... DID, sí, facciamo DID.
SEGRETARIA   Ma è un tema... un po' arido, mi pare.
POETA   Non tanto quanto sembra: Victor Hugo, per esempio, ne ha cavato del buono. La manopola rossa a fondo corsa... ecco fatto. Via!

Cicala: tre segnali brevi e uno lungo.

VERSIFICATORE (*voce metallica stridula; meno veloce del solito*)
   Fra i batraci eccovi il rospo
   Brutto eppure utile anfibio.
(*Pausa, disturbi; voce distorta: «anfibio polibio fastidio invidio eccidio clodio maclodio iodio radio armadio stadio...» in dissolvenza fra rantoli. Silenzio: poi riprende con fatica*)
   Nelle prode sta nascospo,
   Al vederlo tremo e allibio.
   Verrucoso ha il ventre e il dospo,
   Ma divora i vermi, cribbio!
(*Pausa; poi, con evidente sollievo*)
   Vedi come in turpi veli
   La virtú spesso si celi.

SEGRETARIA   Ecco: ha avuto quel che voleva. È francamente detestabile, fa venire la nausea. Un vilipendio: è contento, adesso?
POETA   È un vilipendio, ma ingegnoso. Interessantissimo. Ha notato come si è ripreso nel distico finale, quando si è sentito fuori dei guai? Umano, proprio. Ma torniamo agli schemi classici: licenze limitate. Vogliamo provare con la mitologia? Mica per capriccio, solo per controllare se la cultura generale è quella vantata nell'opuscolo. A proposito, cosa aspetta Simpson a tornare? ... Vediamo... ecco: «I sette a Tebe» (*scatto*); MYT (*scatto*); verso libero (*scatto*); XIX secolo. Via!

Cicala: tre segnali brevi e uno lungo.

VERSIFICATORE (*voce cavernosa*)
Era duro, quel sasso, come i cuori
Dello stuolo gigante.
Mai fu veduta maggiore contesa.
     e   per primi
Troncarono l'attesa:
Tuona la terra sotto i loro passi,
Ne freme il mare e ne rimbomba il cielo.

POETA Che gliene pare?
SEGRETARIA Un po' generico, no? E quei due buchi che ha lasciati?
POETA Ma scusi: li conosce, lei, i nomi dei Sette a Tebe? No, vero? Eppure ha la laurea in lettere, e quindici anni di pratica professionale. Neppure io, d'altronde. Piú che normale, che la macchina abbia lasciato i due buchi. Ma osservi: sono due spazi sufficienti a ospitare due nomi di quattro sillabe, o uno di cinque e uno di tre, come la maggior parte dei nomi greci. Vuole prendere il dizionario mitologico, per favore?
SEGRETARIA Eccolo.
POETA (*cercando*) Radamanto, Sémele, Tisbe... ecco qui; «Tebe, i Sette a»: vuol vedere che due nomi ce li facciamo entrare? Guardi: «Ippomedonte e Capaneo per primi»; «Ippomedonte e Anfiarao per primi»; «Polinice ed Adrasto per i primi»; e si potrebbe continuare. Non c'è che da scegliere.
SEGRETARIA (*poco convinta*) Già. (*Pausa*). Le posso chiedere un favore?
POETA Dica. Di che si tratta?
SEGRETARIA Vorrei dare anch'io un tema alla macchina.
POETA Ma certo, s'immagini. Provi pure: ci tengo, anzi. Ecco, si segga qui, al mio posto: la manovra la conosce già.

Sedie spostate.

SEGRETARIA   «Tema libero».

Scatto.

POETA   Tema libero? E nessun'altra informazione?
SEGRETARIA   Nessuna. Voglio vedere cosa succede. Via!

Cicala: tre segnali brevi e uno lungo.

VERSIFICATORE (*voce sonante, da «Prossimamente» al cinema*)
   Una ragazza da portare a letto...

La segretaria caccia uno strillo acuto, come se avesse visto un topo, e manovra l'interruttore; forte scatto, la macchina tace.

POETA (*in collera*)   Ma che le prende? Ridia subito la corrente: non vorrà mica sfasciare tutto!
SEGRETARIA   Mi ha offesa! Allude a me, quel... coso!
POETA   Ma via! Che cosa diavolo glielo fa pensare?
SEGRETARIA   Non c'è altre ragazze, qui dentro. È di me che parla. È un villano e uno scostumato.
POETA   Si calmi, su, non mi faccia l'isterica. Lo lasci dire. È una macchina, lo ha dimenticato? Da una macchina mi pare, non c'è niente da temere: almeno, sotto questo aspetto. Sia ragionevole, via: levi le mani dall'interruttore. Mi pareva avviato cosí bene! Oh brava.

Scatto; di nuovo cicala: tre segnali brevi e uno lungo.

VERSIFICATORE (*voce c.s.*)
   Una ragazza da portare a letto:
   Non c'è nulla di meglio, mi hanno detto.
   Non mi dispiacerebbe far la prova,
   Per me sarebbe un'esperienza nuova:
   Ma per lei, poveretta, che tortura!

Quest'intelaiatura è troppo dura.
Ottone, bronzo, ghisa, bachelite:
Tende la mano ed incontra una vite;
Tende le labbra ed incontra una brossa;
Mi stringe al seno, e si prende la scossa.

Scatto; silenzio.

SEGRETARIA (*sospira*)   Poverino!
POETA   Vede? Lo ammetta, via: è turbata anche lei. Una freschezza, una spontaneità che... Io questa macchina la compero. Non me la lascio scappare.
SEGRETARIA (*sta rileggendo il testo*)
   ... ghisa, bachelite:
   Tende la mano ed incontra una vite;
   Tende le labbra ed incontra una brossa...
Sí, sí, è divertente. Simula bene... simula bene il comportamento umano. «... ed incontra una brossa»: che cos'è una brossa?
POETA   Una brossa? Mi faccia controllare. Già, «brossa». Non lo so. Vediamo il dizionario: «Broscia», brodo allungato e insipido. «Brozza», pustola, bitorzolo. No, non c'è proprio: chissà che cosa ha voluto dire.

Campanello.

SEGRETARIA (*va ad aprire*)   Buonasera, signor Simpson.
POETA   Buonasera.
SIMPSON   Eccomi di ritorno: ho fatto presto, vero? Come andiamo con le prove? Soddisfatto? E lei, signorina?
POETA   Non c'è male, in verità; discreto. A proposito, guardi un po' anche lei questo testo: c'è una parola strana, che non riusciamo a comprendere.
SIMPSON   Vediamo: «... per me sarebbe una esperienza...»
POETA   No, piú giú; ecco, qui in fondo: «ed incontra una brossa». Non ha senso; anche nel vocabolario non c'è, abbiamo controllato. Solo per curiosità, sa: non è una critica.

simpson (*leggendo*) «Tende le labbra ed incontra una brossa; mi stringe al seno, e si prende la scossa». (*Con bonaria indulgenza*) Oh sí, è presto spiegato. È gergo di officina: in ogni officina, sa bene, finisce col nascere un gergo particolare. È il gergo dell'officina dove è nato. Nella sala di montaggio della NATCA Italiana, qui da noi a Olgiate Comasco, dicono «brosse» alle spazzole metalliche. Questo modello è stato montato e collaudato a Olgiate, e può avere orecchiato il termine. Anzi, ora che ci penso: non lo ha orecchiato, gli è stato insegnato.

poeta Insegnato? E perché?

simpson È una innovazione recente: vede, a tutti i nostri apparecchi (anche a quelli della concorrenza, benintéso) può capitare un guasto. Ora, i nostri tecnici hanno pensato che la soluzione piú semplice è quella di condizionare le macchine a conoscere il nome di tutte le proprie parti: cosí, in caso di avaria, sono in grado di richiedere direttamente la sostituzione del pezzo difettoso. Infatti, il Versificatore contiene due spazzole metalliche, due brosse, insomma, calettate sugli alberini porta-nastro.

poeta Ingegnoso, davvero. (*Ride*) Speriamo di non averne bisogno, di questa facoltà dell'apparecchio!

simpson Ha detto «speriamo»? Devo dedurne... che lei... insomma, che le sue impressioni sono state favorevoli?

poeta (*a un tratto si fa molto riservato*) Non ho ancora deciso. Favorevoli e non favorevoli. Se ne potrà parlare, ma... solo col preventivo alla mano.

simpson Desidera forse fare qualche altra prova? Su qualche tema veramente impegnativo, che si presti a uno svolgimento conciso e brillante? Perché sono questi, sa, i test piú convincenti.

poeta Aspetti, mi faccia pensare. (*Pausa*). Per esempio... Ah, ecco, signorina, si ricorda quella richiesta... mi pare che sia del novembre: quella richiesta del signor Capurro...

SEGRETARIA   Capurro? Un attimo, cerco la scheda. Ecco qui, Capurro cavalier Francesco, Genova. Richiedeva un sonetto, *Autunno in Liguria*.
POETA (*severo*)   Richiesta mai evasa?
SEGRETARIA   Sí, certo. Abbiamo risposto chiedendo una dilazione.
POETA   E poi?
SEGRETARIA   E poi... sa bene, con tutto il da fare che abbiamo avuto sotto le feste...
POETA   Già. È cosí che si perdono i clienti.
SIMPSON   Vede? L'utilità del Versificatore si dimostra da sé. Pensi: ventotto secondi per un sonetto; il tempo di pronunziarlo, naturalmente, perché il tempo per la composizione è impercettibile, qualche microsecondo.
POETA   Dunque, dicevamo... Ah sí, *Autunno in Liguria*, perché no?
SIMPSON (*con blanda ironia*)   Cosí unisce l'utile al dilettevole, non è vero?
POETA (*urtato*)   Ma no! È solo una prova pratica: vorrei metterlo al mio posto, in un caso concreto, di ordinaria amministrazione, come ce ne capitano tre o quattrocento all'anno.
SIMPSON   Certo, certo: scherzavo. Allora: imposta lei?
POETA   Sí, credo di avere ormai imparato. *Autunno in Liguria* (*scatto*); endecasillabi, sonetto (*scatto*); EL (*scatto*); anno 1900 piú o meno 20. Via.

Cicala: tre segnali brevi e uno lungo.

VERSIFICATORE (*voce calda e ispirata; poi sempre piú concitata e affannosa*)
    Mi piace riandare questi antichi
    Vicoli freschi, dai selciati sfatti
    Grevi all'autunno dell'odor dei fichi,
    E del muschio annidato negli anfratti.
    Seguo il cammino cieco dei lombrichi,
    Seguo i segreti tràmiti dei gatti,
    Calco vestigia di lontani fatti,

Di gesti spenti, di pensieri matti,
Di monaci, di bravi e di monatti,
E mi tornano a mente, contraffatti,
Ricordi di fuggevoli contatti
Con eretici e con autodidatti
Due connessioni si sono bruciatti
Siamo bloccati sulla rima in «atti»
E siamo diventatti mentecatti
Signor Sinsone affrettati combatti
Vieni da me con gli strumenti adatti
Cambia i collegamenti designatti
Ottomilaseicentodiciassatti
Fai la riparazione. Tante gratti.

Forte ronzio, fracasso, fischi, disturbi, scrosci.

POETA (*gridando per farsi udire*) Che diavolo sta succedendo?
SEGRETARIA (*molto spaventata, saltella per la camera*) Aiuto, aiuto, fuma. Adesso prende fuoco. Scoppia! Bisogna chiamare l'elettricista. No, i pompieri. Il pronto soccorso. Io me ne vado!
SIMPSON (*anche lui è nervoso*) Un momento. Calma, per favore. Si calmi, signorina: si segga qui in poltrona, stia zitta e non mi faccia girare la testa. Può essere una cosa da niente; a ogni buon conto (*scatto*), ecco, togliamo la corrente, cosí si è sicuri. (*Cessa il fracasso*). Vediamo... (*armeggia con strumenti metallici*) una certa pratica ormai me la sono fatta, di questi arnesi... (*armeggia*) nove volte su dieci è un incidente da poco, che si ripara con gli attrezzi in dotazione... (*Trionfante*) Ecco, non ve l'avevo detto? Tutto qui: un fusibile.
POETA Un fusibile? Dopo neanche mezz'ora di funzionamento? Non è molto rassicurante.
SIMPSON (*piccato*) I fusibili sono lí per questo, no? La questione è un'altra: manca lo stabilizzatore di tensione, ed è indispensabile. Non che lo avessi dimenticato: ma sono rimasto senza, e non volevo privare lei della

possibilità di provare l'apparecchio. Del resto, mi arriveranno a giorni. Come vede, funziona benissimo ugualmente, ma è alla mercé dei salti di tensione, che non ci dovrebbero essere, ma ci sono, specie in questa stagione e a quest'ora, come lei mi insegna.
A me pare, invece, che questo episodio avrebbe dovuto eliminare ogni suo dubbio sulle possibilità poetiche dell'apparecchio.

POETA Non capisco. A cosa vuole alludere?

SIMPSON (*piú blando*) Forse le è sfuggito: non ha sentito come mi ha chiamato? «Signor Sinsòne, affrettati, combatti».

POETA Ebbene? Sarà una licenza poetica: non sta scritta sul libretto la faccenda del meccanismo delle licenze, del grado di licenziosità, eccetera?

SIMPSON Eh no, vede. C'è ben altro. Ha alterato il mio nome in «Sinsone» per ragioni precise. Dovrei anzi dire che lo ha rettificato: perché (*con orgoglio*) *«Simpson»* si ricollega etimologicamente a Sansone, nella sua forma ebraica di «Shimshòn». La macchina non poteva saperlo, naturalmente: ma in quel momento di angoscia, sentendo aumentare rapidamente l'amperaggio, ha provato il bisogno di un intervento, di un soccorso, e ha stabilito un legame fra il soccorritore antico e il moderno.

POETA (*con profonda ammirazione*) Un legame... poetico!

SIMPSON Certo. Se non è poesia questa, che cos'altro lo è?

POETA Sí... sí, è convincente, non c'è nulla da dire. (*Pausa*). E... (*con finto imbarazzo*) venendo adesso a questioni piú terrene, piú prosaiche... vogliamo rivedere un poco quel suo preventivo?

SIMPSON (*radioso*) Volentieri. Ma purtroppo, c'è poco da rivedere, sa. Conosce gli americani: con loro non si contratta.

POETA Duemila dollari, non è vero, signorina?

SEGRETARIA Ehm, veramente... non ricordo, ecco, non ricordo...

SIMPSON (*ride cordialmente*) Lei vuole scherzare. Duemilasettecento, CIF Genova, imballo al costo, piú dogana 12 per cento: completo di accessori, consegna in quattro mesi, salvo casi di forza maggiore. Pagamento a mezzo apertura di credito irrevocabile; garanzia dodici mesi.

POETA Sconti per i vecchi clienti?

SIMPSON No, proprio non posso, mi creda: mi giocherei il posto. Sconto del 2 per cento rinunciando a metà della mia provvigione: è tutto quanto posso fare per lei.

POETA Lei è proprio un duro. Via, oggi non mi va di discutere: passi qui l'ordinazione, è meglio che io la firmi subito, prima che cambi idea.

Stacco musicale.

POETA (*al pubblico*) Posseggo il Versificatore ormai da due anni. Non posso dire di averlo già ammortizzato, ma mi è diventato indispensabile. Si è dimostrato molto versatile: oltre ad alleggerirmi di buona parte del mio lavoro di poeta, mi tiene la contabilità e le paghe, mi avvisa delle scadenze, e mi fa anche la corrispondenza: infatti, gli ho insegnato a comporre in prosa, e se la cava benissimo. Il testo che avete ascoltato, ad esempio, è opera sua.

Angelica Farfalla

Sedevano nella jeep rigidi e silenziosi: facevano vita comune da due mesi, ma fra loro non c'era molta confidenza. Quel giorno toccava al francese guidare. Percorsero il Kurfürstendamm sobbalzando sul selciato sconnesso, svoltarono nella Glockenstrasse aggirando di misura una colata di macerie, e la percorsero fino all'altezza della Magdalene: qui un cratere di bomba sbarrava la strada, pieno di acqua melmosa; da una conduttura sommersa il gas gorgogliava in grosse bolle vischiose.

– È piú oltre, al numero 26, – disse l'inglese; – proseguiamo a piedi.

La casa del numero 26 sembrava intatta, ma era quasi isolata. Era circondata da terreni incolti, da cui le macerie erano state sgomberate; già vi cresceva l'erba, e qua e là ne era stato ricavato qualche orto rachitico.

Il campanello non funzionava; bussarono a lungo invano, poi forzarono la porta, che cedette alla prima spinta. Dentro c'era polvere, ragnatele e un odore penetrante di muffa. – Al primo piano, – disse l'inglese. Al primo piano trovarono la targhetta «Leeb»; le serrature erano due e la porta era robusta: resistette a lungo ai loro sforzi.

Quando entrarono, si trovarono al buio. Il russo accese una pila, poi spalancò una finestra; si udí una rapida fuga di topi, ma gli animali non si videro. La camera era vuota: non un mobile. C'era soltanto una rozza impalcatura e due pali robusti, paralleli, che andavano orizzontalmente da una parete all'altra all'altezza di due metri dal pavimento. L'americano prese tre fotografie da diversi angoli e fece un rapido schizzo.

Per terra era uno strato di stracci immondi, cartaccia, ossa, penne, bucce di frutta; grosse macchie rossobrune, che l'americano raschiò attentamente con una lametta raccogliendone la polvere in un tubetto di vetro. In un angolo, un monticello di una materia indefinibile, bianca e grigia, secca: odorava di ammoniaca e di uova guaste e pullulava di vermi. – Herrenvolk! – disse il russo con disprezzo (fra loro parlavano tedesco); anche di questa sostanza l'americano prelevò un campione.

L'inglese raccolse un osso, lo portò presso la finestra e lo esaminò attentamente. – Di che animale sono? – chiese il francese. – Non so, – disse l'inglese: – mai visto un osso simile. Si direbbe di un uccello preistorico: ma questa cresta si trova soltanto... be', bisognerà farne una sezione sottile –. Nella sua voce c'era ribrezzo, odio e curiosità.

Radunarono tutte le ossa e le portarono nella jeep. Attorno alla jeep era una piccola folla di curiosi: un bambino vi era salito e frugava sotto i sedili. Come videro i quattro soldati, si allontanarono in fretta. Riuscirono a trattenerne solo tre: due uomini anziani e una ragazza. Li interrogarono: non sapevano niente. Il professor Leeb? Mai conosciuto. La signora Spengler, del piano terreno? Era morta nei bombardamenti.

Salirono sulla jeep e avviarono il motore. Ma la ragazza, che già si era voltata per andarsene, ritornò e chiese: – Avete sigarette? – Ne avevano. La ragazza disse: – Quando hanno fatto la festa alle bestiacce del professor Leeb, c'ero anch'io –. La caricarono sulla jeep e la portarono al Comando Quadripartito.

– Allora, era proprio vera, la storia? – fece il francese.
– Pare, – rispose l'inglese.
– Buon lavoro per gli esperti, – disse il francese palpando il sacchetto delle ossa; – ma anche per noi: adesso ci tocca stendere il rapporto, nessuno ce lo toglie. Sporco mestiere!

Hilbert era inferocito: – Guano, – disse. – Cos'altro volete sapere? Di che uccello? Andate da una chiromante, non da un chimico. Sono quattro giorni che mi rompo la testa sui vostri reperti schifosi: che mi possano impiccare se il diavolo stesso ne può cavare qualcosa di piú. Portatemi altri campioni: guano di albatros, di pinguini, di gabbiani; allora potrò fare dei confronti, e forse, con un po' di fortuna, se ne potrà riparlare. Non sono uno specialista in guano, io. Quanto alle macchie sul pavimento, ci ho trovato dell'emoglobina: e se qualcuno mi chiede di che provenienza, finisco in fortezza.

– Perché in fortezza? – domandò il commissario.

– In fortezza, sí: perché se qualcuno me lo chiede, gli rispondo che è un imbecille, anche se è un mio superiore. C'è di tutto, là dentro: sangue, cemento, pipí di gatto e di topo, crauti, birra, la quintessenza della Germania, insomma.

Il colonnello si alzò pesantemente. – Per oggi basta, – disse. – Domani sera siete miei ospiti. Ho trovato un posto niente male, nel Grünewald, in riva al lago. Allora ne riparleremo, quando avremo tutti quanti i nervi un po' piú distesi.

Era una birreria requisita, e ci si poteva trovare di tutto. Accanto al colonnello sedevano Hilbert e Smirnov, il biologo. I quattro della jeep erano ai due lati lunghi; in fondo alla tavola, stavano un giornalista e Leduc, del tribunale militare.

– Questo Leeb, – disse il colonnello, – era una strana persona. Il suo era un tempo propizio alle teorie, sapete bene, e se la teoria era in armonia coll'ambiente, non occorreva molta documentazione perché venisse varata e trovasse accoglienza, anche molto in su. Ma Leeb, a modo suo, era uno scienziato serio: cercava i fatti, non il successo.

– Ora, non aspettatevi da me che vi esponga le teorie di Leeb per filo e per segno: in primo luogo perché le ho capite solo quanto può capirle un colonnello; e in secondo, perché, membro quale sono della Chiesa presbiteriana... insomma credo in un'anima immortale, e tengo alla mia.

– Senta, capo, – interruppe Hilbert dalla fronte testarda, – senta. Ci dica quello che sa, per favore. Non per niente, ma dal momento che sono tre mesi ieri che tutti noi non ci occupiamo di altro... Mi pare giunto il momento, insomma, di sapere a che gioco si gioca. Anche per poter lavorare con un po' piú di intelligenza, capisce.

– È piú che giusto, e d'altronde stasera siamo qui per questo. Ma non stupitevi se prendo le cose un po' alla lontana. E lei Smirnov mi corregga se esco dal seminato.

– Dunque. In certi laghi del Messico vive un animaletto dal nome impossibile, fatto un po' come una salamandra. Vive indisturbato da non so quanti milioni di anni come se niente fosse, eppure è il titolare e il responsabile di una specie di scandalo biologico: perché si riproduce allo stato larvale. Ora, a quanto mi hanno fatto intendere, questa è una faccenda gravissima, un'eresia intollerabile, un colpo basso della natura ai danni dei suoi studiosi e legislatori. Insomma, è come se un bruco, anzi una bruca, una femmina insomma, si accoppiasse con un altro bruco, venisse fecondata, e deponesse le uova prima di diventare farfalla. E dalle uova, naturalmente, nascessero altri bruchi. Allora a cosa serve diventare farfalla? A cosa serve diventare «insetto perfetto»? Si può anche farne a meno.

– Infatti, l'axolotl ne fa a meno (cosí si chiama il mostriciattolo, avevo dimenticato di dirvelo). Ne fa a meno quasi sempre: solo un individuo ogni cento o ogni mille, forse particolarmente longevo, un bel po' di tempo dopo di essersi riprodotto, si trasforma in un animale diverso. Non faccia quelle smorfie, Smirnov, oppure parli lei. Ognuno si esprime come può e come sa.

Fece una pausa. – Neotenia, ecco come si chiama questo imbroglio: quando un animale si riproduce allo stato di larva.

La cena era finita, ed era giunta l'ora delle pipe. I nove uomini si trasferirono sulla terrazza, e il francese disse: – Va bene, è tutto molto interessante, ma non vedo il rapporto che ...

– Ci stiamo arrivando. Resta ancora da dire che su questi fenomeni, da qualche decennio, pare che loro – (e accennò con la mano dalla parte di Smirnov) – riescano a mettere le mani, a pilotarli in certa misura. Che somministrando agli axolotl estratti ormonali...

– Estratto tiroideo, – precisò Smirnov di mala voglia.

– Grazie. Estratto tiroideo, la muta avvenga sempre. Avvenga cioè prima della morte dell'animale. Ora, questo è quanto Leeb si era fitto in capo. Che questa condizione non sia cosí eccezionale come sembra: che altri animali, forse molti, forse tutti, forse anche l'uomo, abbiano qualcosa in serbo, una potenzialità, una ulteriore capacità di sviluppo. Che al di là di ogni sospetto, si trovino allo stato di abbozzi, di bruttecopie, e possano diventare «altri», e non lo diventino solo perché la morte interviene prima. Che, insomma, neotecnici siamo anche noi.

– Su quali basi sperimentali? – fu chiesto nel buio.

– Nessuna, o poche. È agli atti un suo lungo manoscritto: una ben curiosa mistura di osservazioni acute, di generalizzazioni temerarie, di teorie stravaganti e fumose, di divagazioni letterarie e mitologiche, di spunti polemici pieni di livore, di rampanti adulazioni a Persone Molto Importanti dell'epoca. Non mi stupisce che sia rimasto inedito. C'è un capitolo sulla terza dentizione dei centenari, che contiene anche una curiosa casistica di calvi a cui i capelli sono rispuntati in tardissima età. Un altro riguarda la iconografia degli angeli e dei diavoli, dai Sumeri a Melozzo da Forlí e da Cimabue a Rouault; contiene un passo che mi è parso fondamentale, in cui, al suo modo insieme apodittico e confuso, ma con insistenza maniaca, Leeb formula l'ipotesi che... insomma, che gli angeli non sono una invenzione fantastica, né esseri soprannaturali, né un sogno poetico, ma sono il nostro futuro, ciò che diventeremo, ciò che potremmo diventare se vivessimo abbastanza a lungo o se ci sottoponessimo alle sue manipolazioni. Infatti, il capitolo successivo, che è il piú lungo del trattato e di cui ho capito assai poco, si intitola *I fondamenti fisiologici della metempsicosi*. Un altro ancora contiene un programma di esperienze sulla alimentazione umana: un programma di tale respiro che cento vite non basterebbero a realizzarlo. Vi si propone di sottoporre interi villaggi, per generazioni, a regimi alimentari pazzeschi, a base di latte fermentato, o di uova di pesce, o di orzo germinante, o di poltiglia di alghe: con esclusione rigorosa della esogamia, sacrificio (proprio cosí sta scritto: «Opferung») di tutti i soggetti a sessant'anni, e loro autopsia, che Dio lo perdoni se può. C'è anche, in epigrafe, una citazione dalla Divina Commedia, in italiano, in cui è questione di vermi, di insetti lontani dalla perfezione e di «angeliche farfalle». Dimenticavo: il manoscritto è preceduto da una epistola dedicatoria, indirizzata sapete a chi? Ad Alfred Rosenberg, quello del *Mito del XX secolo*, ed è seguito da un'appendice in cui Leeb accenna ad un lavoro sperimentale «di carattere piú modesto», da lui avviato nel marzo 1943: un ciclo di esperienze a carattere pionieristico e preliminare, tanto da poter essere svolto (con le dovute cautele per la segretezza) in un comune alloggio civile. L'alloggio civile che a tale scopo gli fu concesso era situato al numero 26 della Glockenstrasse.

– Mi chiamo Gertrud Enk, – disse la ragazza. – Ho diciannove anni, e ne avevo sedici quando il professor Leeb installò il suo laboratorio nella Glockenstrasse. Noi abitavamo di fronte, e dalla finestra si potevano vedere diverse cose. Nel settembre 1943 arrivò una camionetta militare: ne scesero quattro uomini in divisa e quattro in borghese. Erano molto magri e non alzavano il capo: erano due uomini e due donne.

– Poi arrivarono varie casse, con su scritto «Materiale di guerra». Noi eravamo molto prudenti, e guardavamo solo quando eravamo sicuri che nessuno se ne accorgesse, perché avevamo capito che c'era sotto qualcosa di poco chiaro. Per molti mesi non capitò piú niente. Il professore veniva solo una o due volte al mese; solo, o con militari e membri del partito. Io ero molto curiosa, ma mio padre diceva sempre: «Lascia andare, non occuparti di quanto capita là dentro. Noi tedeschi, meno cose sappiamo, meglio è». Poi vennero i bombardamenti; la casa del numero 26 restò in piedi, ma due volte lo spostamento d'aria sfondò le finestre.

– La prima volta, nella camera al primo piano si vedevano le quattro persone coricate per terra su dei pagliericci. Erano coperte come se fosse inverno, mentre invece, in quei giorni, faceva un caldo eccezionale. Sembrava che fossero morti o dormissero: ma morti non potevano essere perché l'infermiere lí accanto leggeva tranquillamente il giornale e fumava la pipa; e se avessero dormito, non si sarebbero svegliati alle sirene del cessato allarme?

– La seconda volta, invece, non c'erano piú né pagliericci né persone. C'erano quattro pali messi per traverso a mezza altezza, e quattro bestiacce posate sopra.

– Quattro bestiacce come? – chiese il colonnello.

– Quattro uccelli: sembravano avvoltoi, per quanto io gli avvoltoi li abbia visti solo al cinematografo. Erano spaventati, e facevano dei versi terrificanti. Sembrava che cercassero di saltare giú dai pali, ma dovevano essere incatenati, perché non staccavano mai i piedi dagli appoggi. Sembrava anche che si sforzassero di prendere il volo, ma con quelle ali...

– Come avevano le ali?

– Ali per modo di dire, con poche penne rade. Sembravano... sembravano le ali dei polli arrosto, ecco. Le teste non si vedevano bene, perché le nostre finestre erano troppo in alto: ma non erano niente belle e facevano molta impressione. Assomigliavano alle teste delle mummie che si vedono nei musei. Ma poi arrivò subito l'infermiere, e tese delle coperte in modo che non si potesse guardare dentro. Il giorno dopo le finestre erano già state riparate.

– E poi?

– E poi piú niente. I bombardamenti erano sempre piú

fitti, due, tre al giorno; la nostra casa crollò, tutti morirono salvo mio padre e io. Invece, come ho detto, la casa del numero 26 rimase in piedi; morí solo la vedova Spengler, ma in strada, sorpresa da un mitragliamento a bassa quota.

– Vennero i russi, venne la fine della guerra, e tutti avevano fame. Noi ci eravamo fatta una baracca là vicino, e io me la cavavo alla meglio. Una notte vedemmo molta gente che parlava in strada, davanti al 26. Poi uno aprí la porta, e tutti entrarono spingendosi uno coll'altro. Io allora dissi a mio padre. «vado a vedere cosa succede»; lui mi faceva il solito discorso, ma io avevo fame e andai. Quando arrivai su era già quasi finito.

– Finito che cosa?

– Gli avevano fatto la festa, con dei bastoni e dei coltelli, e li avevano già fatti a pezzi. Quello che era in testa a tutti doveva essere l'infermiere, mi è parso di riconoscerlo; e poi era lui che aveva le chiavi. Anzi, mi ricordo che a cose finite si prese la briga di richiudere tutte le porte, chissà perché: tanto dentro non c'era piú niente.

– Che ne è stato del professore? – chiese Hilbert.

– Non si sa con precisione, – rispose il colonnello. – Secondo la versione ufficiale, è morto, si è impiccato all'arrivo dei russi. Io però sono persuaso che non è vero: perché gli uomini come lui cedono solo davanti all'insuccesso, e lui invece, comunque si giudichi questa sporca faccenda, il suo lo ha avuto. Credo che, cercando bene, lo si troverebbe, forse non tanto lontano; credo che del professor Leeb si risentirà parlare.

«Cladonia rapida»

La recente scoperta di un parassita specifico delle automobili, a stretto rigore non dovrebbe stupire. A chiunque consideri l'estrema capacità di adattamento che la vita manifesta sul nostro pianeta, non può che apparire naturale l'esistenza di un lichene altamente specializzato, il cui substrato unico ed obbligatorio è costituito dalle strutture esterne ed interne degli autoveicoli. S'impone come ovvio il raffronto con gli altri ben noti parassiti caratteristici delle abitazioni umane, degli abiti e delle navi.

La sua scoperta, o meglio la sua comparsa (poiché non è pensabile che il lichene esistesse inosservato) si localizza con notevole precisione negli anni 1947-48. Essa è probabilmente da mettere in relazione con l'avvento degli smalti gliceroftalici in sostituzione degli smalti alla nitrocellulosa nella rifinitura delle carrozzerie; nei quali smalti, impropriamente detti «sintetici», non a caso sono presenti radicali grassi e il residuo del glicerolo.

Il lichene delle auto (*Cladonia rapida*) differisce dagli altri licheni principalmente per l'estrema sua velocità di accrescimento e di riproduzione. Mentre i ben noti licheni crostosi delle rocce presentano velocità di accrescimento che raramente superano il millimetro-anno, la *Cladonia rapida* dà luogo alle caratteristiche macchie, del diametro di vari centimetri, entro il giro di pochi mesi, specialmente su veicoli esposti a lungo alla pioggia, e mantenuti in locali umidi e male illuminati. Le macchie sono grigio-brune, rugose, spesse da uno a tre millimetri, ed in esse è sempre ben visibile, al centro, il nucleo originario di infezione. È assai raro che le macchie si presentino isolate: a meno di trattamenti drastici, esse invadono in poche settimane l'intera carrozzeria, con un meccanismo di disseminazione a distanza che è tuttora mal compreso. È stato tuttavia notato che l'infezione è particolarmente intensa e florida sulle superfici tendenzialmente orizzontali (tetto, cofano, parafanghi), sulle quali le macchie tondeggianti si presentano spesso distribuite secondo schemi curiosamente regolari. Questo ha fatto pensare ad un meccanismo di proiezione delle spore, il cui impianto sarebbe favorito dalla posizione orizzontale del substrato.

L'infezione non è limitata alle parti smaltate. Si osservano talora macchie (peraltro atipiche) anche su parti meno esposte, sul telaio, all'interno del baule, sul pavimento e sui sedili. Quando il lichene raggiunge determinati organi interni, si osservano sovente disturbi vari a carico della locomozione e della funzionalità generale dell'autoveicolo: precoce logorio degli ammortizzatori (segnalazione di R. J. Coney, proprietario, Baltimora); ostruzione dei tubi olio freni (varie officine di riparazione in Francia e Austria); grippaggio acuto e simultaneo dei quattro cilindri (Voglino, titolare autorimessa, Torino); ed inoltre, difficoltà di messa in moto, frenata a strappi, scarsa ripresa, gioco allo sterzo, ed altre irregolarità che spesso, da riparatori poco accorti vengono riferite ad altre cause, e curate di conseguenza, con risultati drammatici. In un caso, per ora isolato ma preoccupante, è stato coinvolto il proprietario di un autoveicolo, che ha dovuto ricorrere a cure mediche per una diffusa e tenace infezione da Cladonia sul dorso delle mani e sull'addome.

Da osservazioni svolte in varie autorimesse e posteggi all'aria libera, è lecito concludere che la propagazione del lichene avviene in prevalenza *de proche en proche*, ed è favorita dall'estremo sovraffollamento dei parcheggi. Il caso di vetture infettate a distanza, ad opera del vento o attraverso un «portatore» umano, non è documentato con certezza, e appare comunque assai raro.

In occasione del recente salone dell'auto di Tangeri è stato discusso (relatore Al Maqrizi) il problema dell'immunità, che s'è dimostrato ricco di imprevedibili ed appassionanti addentellati. Secondo il relatore, nessuna macchina si può considerare immune: tuttavia, nei riguardi dell'infezione da lichene, esistono due diversi tipi di ricettività, i quali si manifestano con sintomatologie nettamente diverse; macchie tondeggianti, tendenti al grigio scuro, tenacemente aderenti nel caso delle auto-maschio; macchie allungate nel senso dell'asse del telaio, brune fino al nocciola chiaro, poco aderenti, e di pronunciato odore muschiato nel caso delle auto-femmina.

Intendiamo qui alludere a quella rudimentale differenziazione sessuale, nota già da decenni ma sfuggita finora all'attenzione della scienza ufficiale, per cui ad esempio, negli ambienti della General Motors si parla correntemente di «he-cars» e «she-cars», e a Torino le forme «*il* Millecento» e «*la* Seicento» si sono imposte contro ogni logica apparente. In realtà, secondo ricerche del Maqrizi medesimo, nella linea di montaggio della Fiat 1100 gli individui «he» sono in netta prevalenza, mentre fra le Fiat 600 sono piú numerose le forme «she». Casi come quest'ultimo sono peraltro eccezionali: di norma, le forme «he» e «she» si riscontrano nelle linee di montaggio senza alcuna regolarità apparente all'infuori di quella statistica, per cui la loro incidenza si aggira intorno al 50 per cento. A parità di modello, i «he-cars» hanno miglior ripresa, sono duri di molleggio, delicati di carrozzeria, piú propensi alle avarie di motore e di trasmissione; le «she-cars», per contro, presentano minor consumo di carburante e di lubrificante e tengono meglio la strada, ma hanno impianto elettrico debole, e sono molto sensibili alle variazioni di temperatura e di pressione. Si tratta comunque di differenze piuttosto sottili, riconoscibili soltanto da occhi esperti.

Ora, la scoperta della *Cladonia rapida* ha permesso la messa a punto di una tecnica rivelatoria semplice, rapida e sicura, che può essere affidata anche a personale non specializzato, e che, in pochi anni, ha consentito la raccolta di abbondante materiale di estremo interesse sia teorico che pratico.

Lunghe e serie esperienze sono state condotte alla scuola di Parigi, infettando con lichene un gran numero di vetture di diverse marche. Esse hanno messo in luce che, nella scelta che prelude all'acquisto, il sesso della vettura esercita una funzione importante: i «he-cars» costituiscono il 62 per cento delle auto acquistate da donne, e il 70 per cento di quelle acquistate da uomini con tendenze omosessuali. Le scelte degli uomini normali sono invece meno caratteristiche: essi acquistano «she-cars» in misura del 52,5 per cento. La scelta, e la sensibilità al sesso della macchina, è generalmente inconscia, ma non sempre: almeno un quinto dei soggetti intervistati da Tarnowsky hanno dimostrato di saper distinguere tra un «he» e una «she» con maggior sicurezza che fra un gatto e una gatta.

Resta infine da ricordare un curioso studio inglese sul fenomeno della collisione, esso pure condotto con la tecnica del lichene. La collisione, che statisticamente dovrebbe essere omo– ed eterosessuale con pari frequenza, si dimostra invece eterosessuale nel 56 per cento dei casi (media mondiale). Tale media varia sensibilmente da nazione a nazione: è del 55 per cento negli Stati Uniti, del 57 per cento in Italia e in Francia, del 52 per cento nel Regno Unito e in Olanda; scende al 49 per cento in Germania. È dunque chiaro che, in almeno un caso su dieci, si ha la sovrapposizione di una rudimentale volontà (o iniziativa) della macchina sulla volontà (o iniziativa) umana: la quale peraltro, nell'atto di guidare attraverso il traffico cittadino, deve in qualche modo essere debilitata e depressa. Molto acconciamente, a questo proposito, è stato ricordato dagli autori il «clinamen» degli epicurei.

Il concetto, beninteso, non è nuovo: è stato svolto da Samuel Butler in una precoce e indimenticabile pagina di *Erewhon*, e, anche al di fuori della sfera sessuale, compare con significativa frequenza in molti episodi della cronaca quotidiana, banali solo in apparenza. Sia lecito a chi scrive citare qui un caso clinico, frutto di sua diretta osservazione.

L'auto TO 26****, anno di costruzione 1952, aveva subito seri danni in uno scontro avvenuto all'incrocio di corso Valdocco con via Giulio. Era stata riparata ed aveva cambiato piú volte di proprietario, finché, nel 1963, fu acquistata da T. M., esercente, che percorreva quattro volte al giorno il corso Valdocco per recarsi in bottega e rincasare. Il signor T. M., all'oscuro dell'anamnesi della vettura, notò che essa, ogni volta che si avvicinava all'incrocio sopra ricordato, rallentava sensibilmente e tirava a destra; non manifestava invece irregolarità di comportamento in alcun altro punto della rete stradale. Ma non c'è utente della strada dotato di spirito di osservazione che non possa raccontare dozzine di episodi analoghi.

Si tratta, come ognuno vede, di argomenti affascinanti, che hanno ridestato interesse vivacissimo in ogni parte del mondo civile sul conturbante problema della convergenza in atto fra il mondo animato e il mondo inanimato. È di pochi giorni addietro l'osservazione di Beilstein, che ha potuto dimostrare e fotografare tracce evidenti di tessuto nervoso nella tiranteria dello sterzo della Opel-Kapitän: tema che ci riprometttiamo di trattare diffusamente in un prossimo articolo.

L'ordine a buon mercato

Vedo sempre con piacere il signor Simpson. Non è uno dei soliti rappresentanti, che mi ricordano gli avvocati d'ufficio: è veramente innamorato delle macchine NATCA, crede in esse con candida fede, si tormenta per le loro manchevolezze e per i loro guasti, trionfa dei loro trionfi. O almeno, tale appare, se non è; il che, a quasi tutti gli effetti pratici, è lo stesso.

Anche astraendo dai rapporti di affari, siamo quasi amici; tuttavia lo avevo perso di vista nel 1960, dopo che mi aveva venduto il Versificatore: era terribilmente impegnato a soddisfare le richieste per quel fortunatissimo modello, lavorava tutti i giorni fino a mezzanotte. Mi aveva poi telefonato verso Ferragosto, per chiedermi se mi interessava un Turboconfessore: un modello portatile, rapido, assai richiesto in America ed approvato dal cardinale Spellman. Non mi interessava, e glielo dissi senza complimenti.

Il signor Simpson suonò alla mia porta, non preannunciato, pochi mesi addietro. Era raggiante, e portava fra le braccia, con l'affetto di una nutrice, una scatola di cartone ondulato. Non perse tempo in convenevoli: – Eccolo, – mi disse trionfante, – è il Mimete: il duplicatore che tutti abbiamo sognato.

– Un duplicatore? – dissi io, nascondendo male un moto di delusione. – Scusi, Simpson: non ho mai sognato duplicatori. Cosa vuole di meglio di quelli ormai affermati? Guardi qui, per esempio. Venti lire e pochi secondi per copia, e copie irreprensibili; funzionamento a secco, nessun reattivo, neanche un guasto in due anni.

Ma il signor Simpson non è facile da smontare. – A riprodurre una superficie, mi perdoni, sono capaci tutti. Questo non riproduce solo la superficie, ma anche in profondità –; ed aggiunse, con aria educatamente offesa: – Il Mimete è un *vero* duplicatore –. Cavò dalla borsa, con cautela, due fogli ciclostilati, con l'intestazione a colori, e li depose sul tavolo. – Qual è l'originale?

Li osservai con attenzione: sí, erano uguali, ma non lo erano altrettanto due copie dello stesso giornale, o due positive della stessa negativa?

– No, guardi meglio. Vede, per questo materiale dimostrativo abbiamo scelto deliberatamente una carta grossolana, con molti corpi estranei nell'impasto. Inoltre, quest'angolo qui lo abbiamo lacerato apposta, prima della duplicazione. Prenda la lente e osservi con calma. Non ho nessuna fretta: questo pomeriggio è dedicato a lei.

In un punto di una copia c'era una pagliuzza, e accanto un bruscolo giallo; nella stessa posizione della seconda copia c'era una pagliuzza e un bruscolo giallo. Le due lacerazioni erano identiche, fino all'ultimo peluzzo distinguibile alla lente. La mia diffidenza si andava mutando in curiosità.

Intanto il signor Simpson aveva tratto dalla borsa un intero incartamento: – Sono le mie munizioni, – mi disse sorridendo, col suo piacevole accento straniero. – È la mia scorta di gemelli –. C'erano lettere manoscritte, sottolineate a casaccio in vari colori; buste affrancate; complicati disegni tecnici; scarabocchi infantili variopinti. Di ogni esemplare il signor Simpson mi mostrò la replica esatta, sul recto e sul verso.

Esaminai con attenzione il materiale dimostrativo: in verità, non lasciava nulla a desiderare. La grana della carta, ogni segno, ogni sfumatura di colore, erano riprodotti con fedeltà assoluta. Notai che, anche al tatto, si ritrovavano nelle copie le stesse asperità degli originali: l'untuosità dei tratti a pastello, l'aridità gessosa delle campiture a tempera, il rilievo dei francobolli. Frattanto, il signor Simpson continuava nel suo discorso persuasivo. – Non si tratta del perfezionamento di un modello precedente: il principio stesso su cui si fonda il Mimete è una novità rivoluzionaria, di estremo interesse non solo pratico ma anche concettuale. Non imita, non simula: ma riproduce il modello, lo ricrea identico, per cosí dire, dal nulla...

Diedi un balzo: le mie viscere di chimico reagivano con violenza contro questa enormità. – Ohibò! come, dal nulla?

– Mi perdoni, mi sono lasciato trascinare. Non proprio dal nulla, evidentemente: intendevo dire, dal caos, dal disordine assoluto. Ecco, questo fa il Mimete: crea ordine dal disordine.

Uscí in strada, e trasse dal baule dell'auto un piccolo cilindro metallico, simile alle bombole di gas liquido. Mi mostrò in che modo lo si collegava con la cella del Mimete, mediante un tubo flessibile.

È il serbatoio di alimentazione. Contiene una miscela piuttosto complessa, il cosiddetto *pabulum*, la cui natura, per ora, non viene rivelata; da quanto mi è parso di capire dai tecnici della NATCA durante il corso di addestramento a Fort Kiddiwanee, è probabile che il *pabulum* sia costituito da composti poco stabili del carbonio e degli altri principali elementi vitali. La manovra è elementare: detto tra noi, non ho proprio capito che bisogno ci fosse di chiamarci tutti quanti in America, dai quattro angoli del mondo. Vede? Il modello da riprodurre si mette in questo scomparto, e in quest'altro, che è di uguale forma e volume, si introduce il *pabulum*, a velocità controllata. Durante il processo di duplicazione, nella esatta posizione di ogni singolo atomo del modello viene fissato un atomo analogo estratto dalla miscela di alimentazione: carbonio dov'era carbonio, azoto dov'era azoto, e cosí via. A noi agenti, naturalmente, non è stato rivelato pressoché nulla del meccanismo di questa ricostruzione a distanza, né ci è stato spiegato in qual modo venga trasmessa da una cella all'altra la enorme mole di informazione in gioco. Tuttavia siamo autorizzati a riferire che nel Mimete si ripete un procedimento genetico recentemente scoperto, e che il modello «è legato alla copia dallo stesso rapporto che lega il seme all'albero»: mi auguro che per lei tutto questo abbia un senso, e la prego di scusare la riservatezza della mia Casa. Comprenderà: non tutti i particolari dell'apparecchio sono finora coperti da brevetto.

Contro ogni sana norma commerciale, non mi riuscí di nascondere la mia ammirazione. Si trattava veramente di una tecnica rivoluzionaria; la sintesi organica a bassa temperatura e pressione, l'ordine dal disordine in silenzio, rapidamente e a buon mercato: il sogno di quattro generazioni di chimici.

– Non ci sono arrivati facilmente, sa: a quanto si racconta, i quaranta tecnici addetti al progetto Mimete, che avevano già risolto brillantemente il problema fondamentale, e cioè quello della sintesi orientata, non ottennero per due anni che copie speculari, intendo dire ribaltate, e perciò inservibili. La direzione della NATCA era già sul punto di mettere ugualmente in produzione l'apparecchio, che pure avrebbe dovuto essere azionato due volte per ogni duplicazione, con doppia spesa e doppio tempo; il primo esemplare a riproduzione diretta sarebbe stato realizzato per caso, grazie ad un provvidenziale errore di montaggio.

– Questa storia mi lascia perplesso, – dissi io: – non esiste invenzione per la quale non venga messa in circolazione la storiella del felice intervento del caso. Probabilmente da parte dei concorrenti meno ingegnosi.

– Può essere, – disse Simpson: – ad ogni modo, molta strada resta ancora da fare. È bene che lei sappia già fin d'ora che il Mimete non è un duplicatore rapido: per un modello di un centinaio di grammi non occorre meno di un'ora. Esiste poi un'altra limitazione, in sé ovvia: non si possono riprodurre, o solo imperfettamente, modelli che contengano elementi non presenti nel *pabulum* di dotazione. Altri *pabula* speciali, piú completi, sono già stati realizzati per esigenze particolari, ma pare si incontrino difficoltà con alcuni elementi, principalmente coi metalli pesanti. Ad esempio (e mi mostrò una deliziosa pagina di codice miniato), non è finora possibile riprodurre le dorature, che infatti mancano nella copia. Tanto meno è possibile riprodurre una moneta.

A questo punto diedi un secondo balzo: ma questa volta non erano le mie viscere di chimico che reagivano, bensí quelle, coesistenti e strettamente commiste, dell'uomo pratico. Una moneta no, ma una banconota? o un francobollo raro? O, piú decentemente e piú elegantemente, un diamante? Forse che la legge punisce «i fabbricatori e gli spacciatori di diamanti falsi»? Forse che esistono diamanti falsi? Chi può vietarmi di infilare nel Mimete qualche grammo di atomi di carbonio, di riordinarli in onesto assetto tetraedrico, e di vendere il risultato? Nessuno: non la legge, e neppure la coscienza.

In queste cose, l'essenziale è arrivare primi, poiché non v'è fantasia piú solerte di quella degli uomini avidi di lucro. Cosí troncai ogni indugio, contrattai moderatamente il prezzo del Mimete (che d'altronde non era eccessivo), ottenni uno sconto del 5 per cento e il pagamento a 120 giorni fine mese, ed ordinai l'apparecchio.

Il Mimete, insieme con 50 libbre di *pabulum*, mi fu consegnato due mesi dopo. Natale era vicino; la mia famiglia era in montagna, ero rimasto solo in città, e mi dedicai intensamente allo studio e al lavoro. Per cominciare, mi lessi piú volte con attenzione le istruzioni di impiego, fino a saperle quasi a memoria; poi presi il primo oggetto che mi cadde sottomano (era un comune dado da gioco) e mi accinsi a riprodurlo.

Lo misi nella cella, portai l'apparecchio alla temperatura prescritta, aprii la valvolina tarata del *pabulum*, e mi posi in attesa. Si sentiva un leggero ronzio, e dal tubo di scarico della cella di riproduzione usciva un debole getto gassoso: aveva un curioso odore, simile a quello dei neonati poco puliti. Dopo un'ora, aprii la cella: conteneva un dado esattamente identico al modello, sia nella forma, sia nel colore, sia nel peso. Era tiepido, ma acquistò in breve la temperatura ambiente. Dal secondo ne feci un terzo, e dal terzo un quarto, senza difficoltà né intralci.

Ero sempre piú incuriosito del meccanismo intimo del Mimete, che Simpson non aveva saputo (o voluto?) spiegarmi con sufficiente precisione, e di cui nelle istruzioni non era fatto alcun cenno. Staccai il coperchio ermetico della cella B; vi praticai una finestrella col seghetto, vi adattai una lastrina di vetro, ben sigillata, e rimisi il coperchio a posto. Poi introdussi ancora una volta il dado nella cella A, ed attraverso il vetro osservai con attenzione quanto avveniva nella cella B durante la duplicazione. Avveniva qualcosa di estremamente interessante: il dado si formava gradualmente, a partire dal basso, per sottilissimi strati sovrapposti, come se crescesse dal fondo della cella. A metà della duplicazione, metà del dado era perfettamente formata, e si distingueva bene la sezione del legno, con tutte le sue venature. Sembrava lecito dedurre che, nella cella A, un qualche dispositivo analizzatore «esplorasse», per linee o per piani, il corpo da riprodurre, e trasmettesse alla cella B le istruzioni per la fissazione delle singole particelle, forse degli stessi atomi, ricavati dal *pabulum*.

Ero soddisfatto della prova preliminare. Il giorno seguente comprai un piccolo brillante, e ne feci una riproduzione, che riuscí perfetta. Dai primi due ne feci altri due; dai quattro altri quattro, e cosí via in progressione geometrica finché la cella del Mimete non fu piena. A operazione finita, era impossibile riconoscere il brillante capostipite. In dodici ore di lavoro avevo ottenuto 2^{12} − 1 pezzi, ossia 4095 nuovi brillanti: la spesa iniziale di impianto era ampiamente ammortizzata, e mi sentivo autorizzato a procedere ad altri esperimenti, piú interessanti e meno interessati.

Il giorno dopo duplicai senza difficoltà una zolletta di zucchero, un fazzoletto, un orario ferroviario, un mazzo di carte da gioco. Il terzo giorno provai con un uovo sodo: il guscio risultò sottile ed inconsistente (per carenza di calcio, suppongo), ma albume e tuorlo erano di aspetto e sapore del tutto normali. Ottenni poi una replica soddisfacente di un pacchetto di Nazionali; una scatola di svedesi era apparentemente perfetta, ma i fiammiferi non si accendevano. Una fotografia in bianco e nero diede una copia estremamente sbiadita, per mancanza di argento nel *pabulum*. Del mio orologio da polso non potei riprodurre che il cinghietto e l'orologio stesso, da allora, risultò inservibile, per ragioni che non saprei spiegare.

Il quarto giorno duplicai alcuni fagioli e piselli freschi e un bulbo di tulipano, dei quali mi ripromettevo di controllare il potere germinativo. Duplicai inoltre un etto di formaggio, una salsiccia, una pagnotta e una pera, e consumai il tutto per colazione senza percepire alcuna differenza dai rispettivi originali. Mi resi conto che era anche possibile riprodurre liquidi, predisponendo nella cella B un recipiente uguale o maggiore di quello che conteneva il modello nella cella A.

Il quinto giorno andai in soffitta, e cercai finché trovai un ragno vivo. Era certamente impossibile riprodurre con precisione oggetti in movimento: perciò tenni il ragno al freddo sul balcone finché fu intorpidito. Poi lo introdussi nel Mimete; dopo un'ora ne ottenni una replica impeccabile. Contrassegnai l'originale con una goccia d'inchiostro, misi i due gemelli in un vaso di vetro, poi questo sul termosifone, e mi posi in attesa. Dopo mezz'ora i due ragni iniziarono simultaneamente a muoversi, e subito presero a lottare. Erano di forza e abilità identiche, e lottarono per piú di un'ora senza che alcuno dei due potesse prevalere. Allora li separai in due scatole distinte: il giorno dopo entrambi avevano tessuto una tela circolare con quattordici raggi.

Il sesto giorno smurai pietra per pietra il muretto del giardino, e trovai una lucertola in letargo. Il suo doppio era esteriormente normale, ma quando lo riportai a temperatura ambiente notai che si muoveva con grande difficoltà. Morí in poche ore, e potei constatare che il suo scheletro era assai debole: in specie le ossa lunghe delle zampette erano flessibili come la gomma.

Il settimo giorno mi riposai. Telefonai al signor Simpson, e lo pregai di venire da me senza indugio: gli raccontai le esperienze che avevo eseguito (non quella dei diamanti, naturalmente), e, col tono e col viso piú disinvolto che riuscii ad esibire, gli feci alcune domande e proposte. Qual era esattamente la posizione brevettuale del Mimete? Era possibile ottenere dalla NATCA un *pabulum* piú completo? che contenesse, magari in piccola quantità, tutti gli elementi necessari per la vita? Era disponibile un Mimete piú grosso, da 5 litri, capace di duplicare un gatto? o da 200 litri, capace di duplicare...

Vidi il signor Simpson impallidire. – Signore, – mi disse, – io... io non sono disposto a seguirla su questo terreno. Io vendo poeti automatici, macchine calcolatrici, confessori, traduttori e duplicatori, ma credo nell'anima immortale, credo di possederne una, e non la voglio perdere. E neppure voglio collaborare a crearne una con... coi sistemi che lei ha in animo. Il Mimete è quello che è: una macchina ingegnosa per copiare documenti, e quello che lei mi propone è... mi scusi, è una porcheria.

Non ero preparato ad una reazione cosí impetuosa da parte del mite signor Simpson, e cercai di indurlo alla ragione: gli dimostrai che il Mimete era qualcosa, era molto di piú che un duplicatore per ufficio, e che il fatto che i suoi stessi creatori non se ne rendessero conto poteva essere una fortuna per me e per lui. Insistetti sul duplice aspetto delle sue virtú: quello economico, di creatore d'ordine, e perciò di ricchezza, e quello, dirò cosí, prometeico, di strumento nuovo e raffinato per l'avanzamento delle nostre conoscenze sui meccanismi vitali. Alla fine accennai anche, velatamente, alla esperienza dei diamanti.

Ma fu tutto inutile: il signor Simpson era molto turbato, e sembrava incapace di seguire il senso delle mie parole. In evidente contrasto con il suo interesse di venditore e di funzionario, mi disse che «erano tutte storie», che lui non credeva ad altro che alle notizie stampate sull'opuscolo di presentazione, che a lui non interessavano né le avventure del pensiero né gli affari d'oro, che in ogni modo lui voleva restare fuori di quella faccenda. Mi sembrò che volesse aggiungere altro; ma poi mi salutò seccamente e se ne andò.

È sempre doloroso rompere un'amicizia: avevo ferma intenzione di riprendere contatto col signor Simpson, ed ero convinto che una base di accordo, o magari di collaborazione, si sarebbe potuta trovare. Dovevo telefonargli o scrivergli, certo; tuttavia, come purtroppo avviene nei periodi di lavoro intenso, rimandai di giorno in giorno fino ai primi di febbraio, quando trovai fra la mia corrispondenza una circolare della NATCA, accompagnata da un gelido biglietto dell'agenzia di Milano firmato dal signor Simpson in persona: «Si porta a conoscenza della S.V.I. La circolare NATCA che alleghiamo in copia e traduzione».

Nessuno mi leva dal capo che sia stato lo stesso signor Simpson a provocarne la diffusione da parte della società, mosso dai suoi sciocchi scrupoli moralistici. Non ne riporto il testo, troppo lungo per queste note, ma la clausola essenziale suona cosí:

«Il Mimete, e cosí pure tutti i duplicatori NATCA esistenti o a venire, sono prodotti e messi in commercio al solo scopo di riprodurre documenti di ufficio. Le agenzie sono autorizzate a venderli solo a Società commerciali o industriali legalmente costituite, *e non a privati*. In ogni caso, la vendita di tali modelli avrà luogo solo contro dichiarazione dell'acquirente, in cui egli si impegna a non servirsi dell'apparecchio per

> riproduzione di carta moneta, assegni, cambiali;
> francobolli od altri analoghi oggetti corrispondenti ad un controvalore monetario definito;
> riproduzione di dipinti, disegni, incisioni, sculture od altre opere d'arte figurativa;

riproduzione di piante, animali, *esseri umani*, sia viventi che defunti, o di parte di essi.

La NATCA declina ogni responsabilità circa l'operato dei suoi clienti, o degli utenti a qualsiasi titolo dei suoi apparecchi, in contrasto con le dichiarazioni da essi sottoscritte».

È mia opinione che queste limitazioni non gioveranno molto al successo commerciale del Mimete, e non mancherò di farlo osservare al signor Simpson se, come spero, avrò ancora occasione di incontrarlo. È incredibile come persone notoriamente accorte agiscano talora in modo contrario ai propri interessi.

L'amico dell'uomo

Le prime osservazioni sull'ordinamento delle cellule epiteliari della tenia risalgono al 1905 (Serrurier). Flory fu però il primo a intuirne l'importanza ed il significato, e lo descrisse in una lunga memoria del 1927, corredata da nitide fotografie in cui per la prima volta il cosiddetto «mosaico di Flory» fu reso visibile anche ai profani. Come è noto si tratta di cellule appiattite, di forma irregolarmente poligonale, disposte in lunghe file parallele, e caratterizzate dal ripetersi a intervalli variabili di elementi simili, in numero di qualche centinaio. Il loro significato fu scoperto in circostanze singolari: il merito non ne va ad un istologo né a uno zoologo, ma ad un orientalista.

Bernard W. Losurdo, docente di assiriologia presso la Michigan State University, in un periodo di forzata inattività dovuta appunto alla presenza del fastidioso parassita, e mosso pertanto da interesse puramente occasionale, ebbe sott'occhio casualmente le fotografie di Flory. Alla sua esperienza professionale non sfuggirono tuttavia alcune singolarità che nessuno fin allora aveva colto: le file del mosaico sono costituite da un numero di cellule che varia entro limiti non troppo larghi (da 25 a 60 circa); esistono gruppi di cellule che si ripetono con frequenza molto alta, quasi fossero associazioni obbligate; infine (e fu questa la chiave dell'enigma) le cellule terminali di ogni fila sono disposte talvolta secondo uno schema che si potrebbe definire ritmico.

Fu indubbiamente una circostanza fortunata che proprio la prima fotografia di cui il Losurdo ebbe ad occuparsi presentasse uno schema particolarmente semplice: le ultime 4 cellule della prima fila erano identiche alle ultime 4 della terza; le ultime 3 della seconda fila erano identiche alle ultime 3 della quarta e della sesta; e cosí di seguito, secondo lo schema ben noto della terza rima. Occorreva tuttavia un grande coraggio intellettuale per fare il passo successivo, e cioè per formulare l'ipotesi che l'intero mosaico non fosse rimato in puro senso metaforico, ma costituisse nulla meno che una composizione poetica, e convogliasse un significato.

Il Losurdo ebbe questo coraggio. La sua opera di decifrazione fu lunga e paziente, e confermò la intuizione originaria. Le conclusioni a cui lo studioso pervenne si possono riassumere brevemente cosí.

Il 15 per cento circa degli individui adulti di Tenia Solium sono portatori di un mosaico di Flory. Il mosaico, quando esiste, è ripetuto identico in tutte le proglottidi mature, ed è congenito: è quindi un carattere peculiare di ogni singolo individuo, paragonabile (l'osservazione è del Losurdo stesso) alle impronte digitali dell'uomo od alle linee della sua mano. Esso consta di un numero di «versi» variabile da una decina fino a duecento e piú, talora rimati, altre volte meglio definibili come prosa ritmica. Nonostante l'apparenza, non si tratta di una scrittura alfabetica; o, per meglio dire (e qui non sapremmo fare meglio che citare il Losurdo medesimo), «è una forma di espressione insieme altamente complessa e primitiva, in cui si intrecciano, nello stesso mosaico e talora nello stesso verso, la scrittura alfabetica con la acrofonetica, l'ideografia con la sillabica, senza regolarità apparente, come se vi si ripercuotesse in forma compendiaria e confusa l'antichissima dimestichezza del parassita con la cultura del suo ospite nelle sue varie forme; quasi che il verme abbia attinto, insieme coi succhi dell'organismo dell'uomo, anche una parcella della sua scienza».

Non molti mosaici sono stati decifrati finora dal Losurdo e dai suoi collaboratori. Ve ne sono di rudimentali e frammentari, scarsamente articolati, che il Losurdo chiama «interiettivi». Sono i piú difficili da interpretare, ed esprimono per lo piú soddisfazione per la qualità o la quantità dell'alimento, o disgusto per qualche componente del chimo meno gradito. Altri si riducono ad una breve frase sentenziosa. Il seguente, già piú complesso ma di lezione dubbia, viene inteso come il lamento di un individuo in stato di sofferenza, che si sente prossimo alla espulsione:

«Addio, dolce riposo e dolce dimora. Non piú dolce per me, poiché il mio tempo è giunto. Ho tanta stanchezza sulle ⟨...⟩: deh, lasciatemi cosí, dimenticato in un angolo, in questo calore buono. Ma ecco, è veleno ciò che era alimento, ove era pace è collera. Non indugiare, poiché non sei piú gradito: distacca i ⟨...⟩ e discendi nell'universo nemico».

Alcuni mosaici sembrano alludere al processo riproduttivo, ed ai misteriosi amori ermafroditi del verme:

«Tu io. Chi ci separerà, poiché siamo una carne? Tu io. Mi specchio in te e vedo me stesso. Uno e molteplice: ogni mio membro è ordine e gioia. Uno e molteplice: la luce è morte, la tenebra è immortale. Vieni, sposo contiguo, stringiti a me quando l'ora suona. Vengo, ed ogni mio ⟨...⟩ canta al cielo».

«Ho rotto la ⟨membrana⟩ ed ho sognato il sole e la luna. Mi sono attorto a me stesso, e mi ha accolto il firmamento. Vuoto il passato, la virtú di un istante, la progenie innumerevole».

Ma di gran lunga piú interessanti sono alcuni mosaici di livello palesemente piú elevato, in cui viene adombrato l'orizzonte nuovo e conturbante dei rapporti affettivi fra il parassita e l'ospite. Ne citiamo alcuni fra i piú significativi.

«Siimi benigno, o potente, e ricordati di me nel tuo sonno. Il tuo cibo è il mio cibo, la tua fame è la mia fame: rifiuta, deh, l'acre aglio e la detestabile ⟨cannella?⟩ Tutto procede da te: i soavi umori che mi dànno vita, ed il tepore in cui giaccio e lodo il mondo. Possa io mai perderti, o mio ospite generoso, o mio universo. Quale per te l'aria che attingi e la luce che godi, tale sei tu per me. Viva tu a lungo in salute».

«Parla, e ti ascolto. Vai, e ti seguo. Medita, e ti intendo. Chi piú fedele di me? Chi meglio di me ti conosce? Ecco, io mi giaccio fiducioso nei tuoi visceri oscuri, e irrido alla luce del giorno. Udite: tutto è vano, fuorché un ventre pieno. Tutto è mistero, fuorché il ⟨...⟩».

«La tua forza mi penetra, la tua gioia discende in me, la tua collera mi ⟨increspa?⟩, la tua fatica mi mortifica, il tuo vino mi esalta. T'amo, uomo sacro. Perdona le mie colpe, e non distogliere da me la tua benevolenza».

Il motivo della colpa, che qui è appena accennato, affiora invece con curiosa insistenza in alcuni fra i mosaici piú evoluti. È notevole, afferma il Losurdo, che questi ultimi appartengano quasi esclusivamente ad individui di dimensioni ed età ragguardevoli, che avevano resistito tenacemente ad una o piú terapie espulsive. Ne citiamo l'esempio piú noto, che ha ormai varcato i limiti della letteratura scientifica specializzata ed è stato accolto in una recente antologia di letteratura straniera, suscitando l'interesse critico di un pubblico ben piú vasto.

«... ti dovrò dunque chiamare ingrato? No, poiché ho trasceso, e pazzamente mi sono indotto a infrangere i limiti che Natura ci ha imposti. Per vie recondite e mirabili ero giunto a te; per anni, in religiosa adorazione, avevo attinto alle tue fonti vita e sapienza. Non dovevo rendermi palese: questo il nostro triste destino. Palese ed infesto: di qui la tua collera giusta, o signore. Ohimè, perché non ho desistito? Perché ho rifiutato la savia inerzia dei miei avi?

«Ma ecco: come giusto il tuo sdegno, cosí giusta era la mia pur empia audacia. Chi non lo sapeva? Le nostre parole silenziose non trovano ascolto presso di voi, semidei superbi. Noi, popolo senz'occhi né orecchie, non troviamo grazia presso di voi.

«Ed ora me ne andrò, perché lo vuoi. Andrò in silenzio, secondo il nostro costume, incontro al mio destino di morte o di trasfigurazione immonda. Non chiedo che un dono: che questo mio messaggio ti raggiunga, e venga da te meditato e inteso. Da te, uomo ipocrita, mio simile e mio fratello».

Il testo è indubbiamente notevole, con qualsiasi criterio lo si giudichi. A titolo di pura curiosità, dobbiamo riferire che il desiderio estremo dell'autore è andato vano. Infatti il suo ospite involontario, un oscuro impiegato di banca di Dampier (Illinois), rifiutò recisamente di prenderne visione.

Alcune applicazioni del Mimete

L'ultima persona al mondo a cui un duplicatore tridimensionale avrebbe dovuto finire in mano è Gilberto; ed invece il Mimete gli cadde in mano subito, un mese dopo il suo lancio commerciale, e tre mesi prima che il noto decreto ne vietasse la costruzione e l'impiego; vale a dire, ampiamente in tempo perché Gilberto si mettesse nei guai. Gli cadde in mano senza che io potessi fare nulla: stavo a San Vittore, a scontare la pena del mio lavoro di pioniere, ben lontano dall'immaginare chi, e in che modo, lo stesse continuando.

Gilberto è un figlio del secolo. Ha trentaquattro anni, è un bravo impiegato, mio amico da sempre. Non beve, non fuma, e coltiva una sola passione: quella di tormentare la materia inanimata. Ha uno sgabuzzino che chiama officina, e qui lima, sega, salda, incolla, smeriglia. Ripara gli orologi, i frigoriferi, i rasoi elettrici; costruisce aggeggi per accendere il termosifone al mattino, serrature fotoelettriche, modellini che volano, sonde acustiche per giocarci al mare. Quanto poi alle auto, non gli durano che pochi mesi: le smonta e rimonta continuamente, le lucida, lubrifica, modifica; gli monta sopra futili accessori, poi si stufa e le vende. Emma, sua moglie (una ragazza incantevole), sopporta queste sue manie con mirabile pazienza.

Ero appena rientrato a casa dalla prigione, quando suonò il telefono. Era Gilberto, ed era regolarmente entusiasta: possedeva il Mimete da venti giorni, e gli aveva dedicato venti giorni e venti notti. Mi raccontò a perdi-

ALCUNE APPLICAZIONI DEL MIMETE

fiato le meravigliose esperienze che aveva realizzate, e le altre che aveva in animo di fare; si era comperato il testo del Peltier *Théorie générale de l'Imitation*, e il trattato di Zechmeister e Eisenlohr, *The Mimes and other Duplicating Devices*; si era iscritto ad un corso accelerato di cibernetica ed elettronica. Le esperienze che aveva realizzate assomigliavano melanconicamente alle mie, che mi erano costate abbastanza care; tentai di dirglielo ma fu inutile: è difficile interrompere un interlocutore al telefono, e Gilberto in specie. Alla fine, tolsi brutalmente la comunicazione, lasciai il ricevitore staccato e mi dedicai agli affari miei.

Due giorni dopo il telefono squillò nuovamente: la voce di Gilberto era carica di emozione, ma recava un inconfondibile accento di fierezza.

– Ho bisogno di vederti immediatamente.
– Perché? Che cosa è successo?
– Ho duplicato mia moglie, – mi rispose.

Giunse dopo due ore, e mi raccontò la sua stolta impresa. Aveva ricevuto il Mimete, aveva eseguito i soliti giochetti di tutti i principianti (l'uovo, il pacchetto di sigarette, il libro, eccetera); poi si era stancato, aveva portato il Mimete in officina e lo aveva smontato fino all'ultimo bullone. Ci aveva pensato sopra tutta la notte, aveva consultato i suoi trattati, e aveva concluso che trasformare il modello da un litro in un modello piú grande non doveva essere impossibile, e neppure tanto difficile. Detto fatto, si era fatto spedire dalla NATCA, non so con quali pretesti, 200 libbre di *pabulum* speciale, aveva comprato lamiere, profilati e guarnizioni, e dopo sette giorni il lavoro era compiuto. Aveva costruito una specie di polmone artificiale, aveva truccato il *timer* del Mimete, accelerandolo di una quarantina di volte, ed aveva collegato le due parti fra di loro e col contenitore del *pabulum*. Questo è Gilberto, un uomo pericoloso, un piccolo prometeo nocivo: è ingegnoso e irresponsabile, superbo e sciocco. È un figlio del secolo, come dicevo prima: anzi, è un simbolo del nostro secolo. Ho sempre pensato che sarebbe stato capace, all'occorrenza, di costruire una bomba atomica e di lasciarla cadere su Milano «per vedere che effetto fa».

A quanto mi è parso di capire, Gilberto non aveva alcuna idea precisa quando aveva deciso di maggiorare il duplicatore: salvo forse quella, che gli è tipica, di «farsi» un duplicatore piú grosso, con le sue proprie mani e con poca spesa; poiché è abilissimo nel far sparire il «dare» dalla sua contabilità privata, con una specie di gioco di prestigio mentale. L'idea detestabile di duplicare sua moglie, mi disse, non gli era venuta che in seguito, vedendo Emma dormire profondamente. Pare non sia stato particolarmente difficile: Gilberto, che è robusto e paziente, fece scivolare il materasso, con Emma sopra, dal letto fin dentro al cassone del duplicatore; ci mise piú di un'ora, ma Emma non si svegliò.

Non mi è affatto chiaro il motivo che ha spinto Gilberto a crearsi una seconda moglie, ed a violare cosí un buon numero di leggi divine ed umane. Mi raccontò, come se fosse la cosa piú naturale, che era innamorato di Emma, che Emma gli era indispensabile, e che perciò gli era sembrata una buona cosa averne due. Forse me lo raccontò in buona fede (Gilberto è sempre in buona fede), e certo era ed è innamorato di Emma, a modo suo, puerilmente, e per cosí dire dal basso verso l'alto: ma sono convinto che si è indotto a duplicarla per tutt'altre ragioni, per un male inteso spirito di avventura, per un gusto insano da Erostrato; appunto «per vedere che effetto fa».

Gli chiesi se non gli era venuto in mente di consigliarsi con Emma, di chiederle il suo benestare, prima di disporre di lei in un modo cosí inusitato. Divenne rosso fino ai capelli: aveva fatto di peggio, il sonno profondo di Emma era stato provocato, le aveva somministrato un sonnifero.

– E ora a che punto sei, con le tue due mogli?

– Non so, non ho ancora deciso. Dormono ancora tutte e due. Domani vedremo.

L'indomani non avremmo visto nulla, o almeno non io.

Dopo il mese di inerzia forzata dovetti partire per un lungo viaggio, che mi tenne lontano da Milano per due settimane. Sapevo già che cosa mi avrebbe atteso al ritorno: avrei dovuto dare una mano a Gilberto per uscire dai guai, come quella volta che aveva costruito un aspirapolvere a vapore e l'aveva regalato alla moglie del suo capoufficio.

Infatti, non appena rientrato, fui invitato perentoriamente ad un consiglio di famiglia: Gilberto, io e le due Emme. Queste avevano avuto il buon gusto di contrassegnarsi: la seconda, quella abusiva, portava un semplice nastro bianco sui capelli, che le conferiva un aspetto vagamente monacale. A parte questo, portava gli abiti di Emma I con disinvoltura; ovviamente, era identica alla titolare sotto ogni aspetto: viso, denti, capelli, voce, accento, una lieve cicatrice alla fronte, la permanente, l'andatura, l'abbronzatura delle ferie recenti. Notai però che aveva un forte raffreddore.

Contro le mie previsioni, mi sembrarono tutti e tre di ottimo umore. Gilberto si dimostrava stupidamente fiero, non tanto dell'impresa compiuta, quanto del fatto (di cui non aveva alcun merito) che le due donne andassero d'accordo fra loro. Quanto a queste, suscitarono in me una sincera ammirazione. Emma I dimostrava nei riguardi della nuova «sorella» una sollecitudine materna; Emma II rispondeva con un dignitoso ed affettuoso ossequio filiale. L'esperimento di Gilberto, abominevole sotto tanti aspetti, costituiva tuttavia una pregevole conferma alla teoria della Imitazione: la nuova Emma, nata a ventotto anni, aveva ereditato non solo l'identica spoglia mortale del prototipo, ma anche l'intero suo patrimonio mentale. Emma II, con ammirevole semplicità, mi raccontò che solo dopo due o tre giorni dalla sua nascita aveva potuto convincersi di essere la prima donna, per cosí dire, sintetica nella storia del genere umano: o forse la seconda, se si considera il caso vagamente analogo di Eva. Era nata dormendo, poiché il Mimete aveva duplicato anche il sonnifero che correva per le vene di Emma I, e si era svegliata «sapendo» di essere Emma Perosa in Gatti, unica moglie del ragionier Gilberto Gatti, nata a Mantova il 7 marzo 1936. Ricordava bene tutto quanto Emma I ricordava bene, e male tutto quanto Emma I ricordava male. Ricordava alla perfezione il viaggio di nozze, i nomi dei «suoi» compagni di scuola, i particolari puerili ed intimi di una crisi religiosa che Emma I aveva attraversata a tredici anni, e non aveva mai confessata ad anima viva. Però ricordava benissimo anche l'ingresso in casa del Mimete, gli entusiasmi di Gilberto, i suoi racconti e i suoi tentativi, e perciò non si era stupita eccessivamente quando era stata informata dell'arbitrario atto creativo a cui doveva la sua esistenza.

Il fatto che Emma II fosse infreddata mi fece riflettere che la loro identità, originariamente perfetta, era destinata a non durare: anche se Gilberto si fosse dimostrato il piú equanime dei bigami, se avesse istituito un rigoroso avvicendamento, se si fosse astenuto da ogni manifestazione di preferenza per una delle due donne (ed era una ipotesi assurda, perché Gilberto è un pasticcione e un confusionario), anche in questo caso una divergenza avrebbe certamente finito col manifestarsi. Bastava pensare che le due Emme non occupavano materialmente la stessa porzione di spazio: non avrebbero potuto passare simultaneamente per una porta stretta, presentarsi insieme a uno sportello, occupare lo stesso posto a tavola: erano perciò esposte a incidenti diversi (il raffreddore), a diverse esperienze. Fatalmente si sarebbero differenziate, spiritualmente e poi corporalmente: e una volta differenziate, Gilberto sarebbe riuscito a mantenersi equidistante? Certo no: e di fronte ad una preferenza, anche minuscola, il fragile equilibrio a tre era votato al naufragio.

Esposi a Gilberto queste mie considerazioni, e tentai di fargli intendere che non si trattava di una mia gratuita ipotesi pessimistica, bensí di una previsione solidamente fondata sul senso comune, quasi di un teorema. Gli feci presente inoltre che la sua posizione legale era per lo meno dubbia, e che io ero finito in prigione per molto meno: era coniugato con Emma Perosa, anche Emma II era

Emma Perosa, ma questo non cancellava il fatto che le Emme Perose erano due.

Ma Gilberto si dimostrò inaccessibile: era stupidamente euforico, in uno stato d'animo da sposo novello, e mentre io parlavo pensava visibilmente ad altro. Invece di guardare me, era perduto nella considerazione delle due donne, che proprio in quel momento stavano litigando per burla, quale delle due avrebbe dovuto sedersi sulla poltrona che entrambe preferivano. Invece di rispondere ai miei argomenti, mi annunciò che aveva avuto una bellissima idea: partivano tutti e tre, per un viaggio in Spagna.
– Ho previsto tutto: Emma I denuncerà di avere smarrito il passaporto, si farà rilasciare un duplicato e passerà con quello. Anzi no, che sciocco! Lo farò io, il duplicato: col Mimete, stasera stessa –. Era molto fiero di questa sua trovata e sospetto che abbia scelto la Spagna proprio perché il controllo dei documenti, alla frontiera spagnola, è piuttosto severo.

Quando ritornarono, dopo due mesi, i nodi stavano venendo al pettine. Chiunque se ne sarebbe accorto: i rapporti fra i tre si mantenevano su un livello di urbanità e di cortesia formale, ma la tensione era evidente. Gilberto non mi invitò a casa sua: venne da me, e non era piú euforico affatto.

Mi narrò quanto era successo. Me lo narrò in modo assai maldestro, poiché Gilberto, che possiede un innegabile talento per scarabocchiarti sul pacchetto delle sigarette lo schema di un differenziale, è invece disperatamente inetto ad esprimere i propri sentimenti.

Il viaggio in Spagna era stato ad un tempo divertente e faticoso. A Siviglia, dopo una giornata dal programma sovraccarico, una discussione era sorta, in un clima di irritazione e di stanchezza. Era sorta fra le due donne, sull'unico argomento su cui le loro opinioni potevano divergere, ed in effetti divergevano. Era stata opportuna o no, lecita o illecita, l'impresa di Gilberto? Emma II aveva detto di sí; Emma I non aveva detto nulla. Era bastato questo silenzio a dare il tracollo alla bilancia: da quell'istante la scelta di Gilberto era stata fatta. Provava davanti ad Emma I un imbarazzo crescente, un senso di colpa che si aggravava di giorno in giorno: parallelamente, andava aumentando il suo affetto per la moglie nuova, e divorava a misura il suo affetto per la moglie legittima. La rottura non era ancora avvenuta, ma Gilberto sentiva che non avrebbe potuto tardare.

Anche l'umore ed il carattere delle due donne si stavano differenziando. Emma II diventava sempre piú giovane, attenta, reattiva, aperta; Emma I si andava chiudendo in un atteggiamento negativo, di rinuncia offesa, di rifiuto. Che fare? Raccomandai a Gilberto di non prendere iniziative inconsulte, e gli promisi, come è consuetudine, che mi sarei occupato del suo caso; ma, nel mio intimo, ero ben deciso a stare alla larga da quel malinconico imbroglio, e non potevo reprimere un senso di soddisfazione maligna e triste davanti alla mia facile profezia che si era avverata.

Non mi sarei mai aspettato di vedermi piovere in ufficio, un mese dopo, un Gilberto radioso. Era nella sua miglior forma, loquace, rumoroso, visibilmente ingrassato. Entrò in argomento senza ambagi, con l'egocentrismo che gli è caratteristico: per Gilberto, quando va bene per lui, va bene per il mondo intero; è organicamente incapace di occuparsi del suo prossimo, ed è invece offeso e stupito quando il suo prossimo non si occupa di lui.

– Gilberto è un asso, – disse: – Ha sistemato tutto in un batter d'occhio.

– Me ne compiaccio, e ti elogio per la tua modestia; d'altra parte era ora che tu mettessi testa a partito.

– No, guarda: non mi hai capito. Non ti sto parlando di me: parlo di Gilberto I. È lui che è stato un asso. Io, modestamente, gli somiglio parecchio, ma in questa faccenda non ho molti meriti: esisto da domenica scorsa solamente. Adesso è tutto a posto: non mi resta che definire con l'anagrafe la posizione di Emma II e la mia; non è escluso che dovremo fare qualche piccolo trucco, ad esempio sposarci, io ed Emma II, salvo poi smistarci ciascuno col coniuge che gli pare. E poi, naturalmente, bisognerà che io mi cerchi un lavoro: ma sono convinto che la NATCA mi accetterebbe volentieri come propagandista per il Mimete e le altre sue macchine per ufficio.

Versamina

Ci sono mestieri che distruggono e mestieri che conservano. Fra quelli che conservano meglio, per un naturale compenso, sono appunto i mestieri che consistono nel conservare qualcosa: documenti, libri, opere d'arte, istituti, istituzioni, tradizioni. È esperienza comune che i bibliotecari, i guardiani di musei, i sagrestani, i bidelli, gli archivisti, non soltanto sono longevi, ma conservano se stessi per decenni senza visibili alterazioni.

Jakob Dessauer, zoppicando leggermente, salí gli otto larghi scalini ed entrò dopo dodici anni d'assenza nell'atrio dell'Istituto. Chiese di Haarhaus, di Kleber, di Wincke: non c'era piú nessuno, o morti o trasferiti; l'unica faccia nota era quella del vecchio Dybowski. Dybowski no, non era cambiato: lo stesso cranio calvo, le stesse rughe fitte e profonde, la barba mal rasa, le mani ossute dalle macchie multicolori. Anche il camice grigio, rappezzato, troppo corto, era quello.

– Eh sí, – disse: – quando passa l'uragano sono le piante piú alte quelle che cadono. Io sono rimasto: si vede che non davo noia a nessuno, né ai russi, né agli americani, né a quegli altri, prima –. Dessauer si guardava intorno: molti vetri mancavano ancora alle finestre, molti libri dagli scaffali, il riscaldamento era scarso, ma l'Istituto viveva; studenti e studentesse passavano per i corridoi, vestiti di panni lisi e consunti, e nell'aria si respiravano odori acri e caratteristici, a lui ben noti. Chiese a Dybowski notizie degli assenti: erano morti in guerra quasi tutti, al fronte o nei bombardamenti; anche Kleber, il suo amico, era morto, ma non per via della guerra: Kleber, Wunderkleber, come lo chiamavano, Kleber dei miracoli.

– Proprio lui: non ha sentito parlare della sua storia? Una strana storia, davvero.

– Manco da molti anni, – rispose Dessauer.

– Già: non pensavo, – disse Dybowski, senza fare domande. – Ha mezz'ora di tempo? Venga con me, gliela racconto.

Condusse Dessauer nel suo sgabuzzino. Dalla finestra entrava la luce grigia di un pomeriggio di nebbia: la pioggia cadeva a folate sulle erbe incolte che avevano invaso le aiuole, un tempo tanto curate. Sedettero su due sgabelli, davanti a una bilancia tecnica arrugginita e corrosa. L'aria odorava pesantemente di fenolo e di bromo; il vecchio accese la pipa e trasse di sotto al banco una bottiglia bruna.

– A noi l'alcool non è mai mancato, – disse, e versò in due becher a beccuccio. Bevvero, poi Dybowski cominciò a raccontare.

– Sa, non sono cose da raccontare cosí al primo che viene. Le dico a lei perché ricordo che eravate amici, e cosí potrà capire meglio. Dopo che lei ci ha lasciati, non è che Kleber fosse cambiato molto: era testardo, serio, attaccato al lavoro, istruito, abilissimo. Non gli mancava neppure quel filo di follia che nel nostro lavoro non guasta. Era anche molto timido; partito lei, non si fece altri amici, invece cominciarono a venirgli tante piccole curiose manie, come capita a quelli che vivono soli. Ricorda che seguiva da anni una sua linea di ricerca, sui benzoilderivati: era stato riformato, per via degli occhi, sa bene. Neanche piú tardi lo chiamarono sotto le armi, quando chiamavano tutti: non si è mai saputo, forse aveva conoscenze in alto. cosí continuò a studiare i suoi benzoilderivati, non so, forse erano di interesse a quegli altri, per la guerra. Cadde sulle versamine per caso.

– Che cosa sono le versamine?

– Aspetti, verrà fuori dopo. I suoi preparati li provava

sui conigli: ne aveva già provati una quarantina quando si accorse che uno dei conigli si comportava in un modo strano. Rifiutava il cibo, e invece masticava il legno, mordeva i fili della gabbia, fino a farsi sanguinare la bocca. Morí pochi giorni dopo, di infezione. Ora, un altro non ci avrebbe fatto caso, ma Kleber no: era della vecchia scuola, credeva piú ai fatti che alle statistiche. Fece somministrare a tre altri conigli il B/41 (era il 41° benzoilderivato), e ottenne risultati molto simili. Qui, nella storia, per poco non ci entravo anch'io.

Si interruppe: aspettava una domanda, e Dessauer non la fece mancare.

– Lei? In che modo?

Dybowski abbassò un poco la voce. – Sa bene, la carne era scarsa, e a mia moglie sembrava un peccato gettare tutti gli animali da esperimento nell'inceneritore. Cosí ogni tanto ne assaggiavamo qualcuno: molte cavie, qualche coniglio; cani e scimmie no, mai. Sceglievamo quelli che ci sembravano meno pericolosi, e capitammo proprio su uno di quei tre conigli che le ho detto; però ce ne accorgemmo solo piú tardi. Vede, a me piace bere. Non ho mai esagerato, però non ne posso fare a meno. Mi accorsi che qualcosa non andava diritto proprio cosí, per via del bere. Me ne ricordo come se fosse ora: ero qui con un mio amico, si chiamava Hagen, avevamo trovato non so dove una bottiglia di acquavite, e bevevamo. Era la sera dopo del coniglio: quell'acquavite era di buona marca, ed ecco, a me non piaceva, non c'era verso. Hagen invece la trovava eccellente; cosí discutemmo, ciascuno voleva convincere l'altro, e di bicchierino in bicchierino ci trovammo un po' riscaldati. Io, piú bevevo e meno mi piaceva: l'altro insisteva, finimmo col litigare, io gli dissi che era un testardo e uno stupido, e Hagen mi ruppe la bottiglia sulla testa; vede qui? Ho ancora la cicatrice. Ebbene, il colpo non mi fece male, anzi, mi diede una sensazione strana, molto piacevole, che non avevo mai sentito. Ho provato diverse volte a cercare le parole per descriverla, e non le ho mai trovate: era un po' come quando uno si sveglia e si stira, ancora in letto, ma molto piú forte, piú pungente, come concentrata tutta in un punto.

– Non so piú come finí la serata; il giorno dopo la ferita non sanguinava piú, ci misi un cerotto, ma a toccare sentivo di nuovo ancora quella sensazione, come un solletico, ma mi creda, cosí piacevole che passai la giornata a toccarmi il cerotto, tutte le volte che potevo farlo senza che nessuno vedesse. Poi, a poco a poco tutto ritornò in ordine, l'alcool tornò a piacermi, la ferita guarí, feci la pace con Hagen e non ci pensai piú. Ma ci tornai a pensare qualche mese piú avanti.

– Che cosa era, questo B/41? – interruppe Dessauer.

– Era un benzoilderivato, gliel'ho già detto. Ma conteneva un nucleo spiranico.

Dessauer levò gli occhi stupito. – Un nucleo spiranico? Come sa lei queste cose?

Dybowski sorrise di un sorriso faticoso.

– Quarant'anni, – rispose con pazienza: – sono quarant'anni che lavoro qui dentro, e vuole che non abbia imparato proprio niente? A lavorare senza imparare non c'è soddisfazione. E poi, con tutto il parlare che si è fatto dopo... è venuto perfino sui giornali, non li ha letti?

– Non quelli di quel periodo, – disse Dessauer.

– Non che spiegassero le cose bene, sa come sono i giornalisti: ma insomma, per un po' di tempo tutta la città non ha parlato che di spirani, come quando ci sono i processi dei veleni. Non si sentiva altro, anche sui treni, nei rifugi antiaerei, e perfino gli scolari sapevano dei nuclei benzenici condensati e non complanari, del carbonio spiranico asimmetrico, del benzoile in *para* e dell'attività versaminica. Perché adesso lo avrà capito, non è vero? È stato Kleber stesso a chiamarle *versamine*: quelle sostanze che convertono il dolore in piacere. Il benzoile c'entrava niente, o molto poco: quello che contava era proprio il nucleo fatto in quel certo modo, quasi come i piani di coda di un aereo. Se sale su al secondo piano, nello studio del povero Kleber, vedrà i modelli spaziali che faceva lui stesso, con le sue mani.

– Avevano effetto permanente?
– No: durava solo qualche giorno.
– Peccato, – scappò detto a Dessauer. Stava ascoltando con attenzione, ma insieme non riusciva a distogliere lo sguardo dalla nebbia e dalla pioggia fuori dai vetri, né ad interrompere un suo filo di pensiero: la sua città come l'aveva ritrovata, quasi intatta negli edifici ma sconvolta intimamente, lavorata dal di sotto come un'isola di ghiaccio galleggiante, piena di falsa gioia di vivere, sensuale senza passione, chiassosa senza gaiezza, scettica, inerte, perduta. La capitale della nevrosi: solo in questo nuova, per il resto decrepita, anzi, senza tempo, pietrificata come Gomorra. Il teatro piú adatto per la storia contorta che il vecchio andava dipanando.

– Peccato? Aspetti la fine. Non capisce che era una cosa grossa? Lei deve sapere che quel B/41 non era che un primo abbozzo, un preparato dagli effetti deboli, incostanti. Kleber si accorse subito che con certi gruppi sostituenti, neanche poi tanto fuori mano, si poteva fare molto di piú: un poco come la faccenda della bomba di Hiroscima e delle altre che vennero dopo. Non a caso, vede, non a caso: questi credono di liberare l'umanità dal dolore, quelli di regalarle l'energia gratis, e non sanno che niente è gratis, mai: tutto si paga. Ad ogni modo: aveva trovato il filone. Io lavoravo con lui, mi aveva affidato tutto il lavoro sugli animali: lui invece continuava con le sintesi, ne portava avanti tre o quattro insieme. In aprile preparò un composto molto piú attivo di tutti gli altri, il numero 160, quello che poi diventò la versamina DN, e me lo passò per le prove. La dose era bassa, non piú di mezzo grammo. Tutti gli animali reagivano, ma non in misura uguale: alcuni mostravano solo qualche anomalia di comportamento, del tipo di quelle che le ho detto prima, e ritornavano normali in pochi giorni, ma altri sembravano, come dire? capovolti, e non guarivano piú, come se per loro il piacere e il dolore avessero cambiato posto definitivamente: questi morivano tutti.

– A guardarli, era una cosa orribile e affascinante. Ricordo un cane lupo, per esempio, che volevamo conservare in vita a tutti i costi, suo malgrado, perché sembrava che non avesse altra volontà se non quella di distruggersi. Si azzannava le zampe e la coda con ferocia insensata, e quando gli misi la museruola si mordeva la lingua. Dovetti mettergli in bocca un tampone di gomma, e lo alimentavo con iniezioni: allora lui imparò a correre nella gabbia, e a picchiare contro le sbarre con tutta la forza che aveva. Prima picchiava a caso, con la testa, con le spalle, ma poi vide che era meglio picchiare col naso, e ogni volta uggiolava di piacere. Dovetti legargli anche le zampe, ma non si lamentava, anzi, scodinzolava tranquillo tutto il giorno e tutta la notte, perché non dormiva piú. Aveva ricevuto un solo decigrammo di versamina, in una sola dose, ma non guarí piú: Kleber provò su di lui una dozzina di supposti antidoti (aveva una sua teoria, diceva che avrebbero dovuto servire per non so che sintesi protettiva), ma nessuno ebbe effetto, e il tredicesimo lo uccise.

– Poi ho avuto per le mani un bastardo, avrà avuto un anno, una bestiola a cui mi sono subito affezionato. Sembrava mansueto, cosí lo tenevamo libero per il giardino molte ore al giorno. Anche a lui avevamo somministrato un decigrammo, ma a piccole dosi, nel corso di un mese: quello sopravvisse piú a lungo, poveretto; però non era piú un cane. Non c'era piú niente di canino in lui: non gli piaceva piú la carne, raspava con gli unghioli terra e sassi e li inghiottiva. Mangiava l'insalata, la paglia, il fieno, la carta di giornale. Aveva paura delle cagnette, e invece faceva la corte alle galline e alle gatte: anzi, una gatta se ne ebbe a male, gli saltò gli occhi e cominciò a graffiarlo, e lui lasciava fare, e agitava la coda sdraiato sulla schiena. Se non fossi arrivato in tempo, quella gli avrebbe cavato gli occhi. Piú faceva caldo, e piú dovevo penare per farlo bere: davanti a me faceva mostra di bere, ma si vedeva benissimo che l'acqua gli ripugnava; invece una volta scappò di nascosto nel laboratorio, trovò una bacinella di soluzione isotonica e se la bevve tutta. Quando invece era sazio d'acqua (gliela introducevo con una sonda), allora avrebbe continuato a bere fino a scoppiare.

– Ululava al sole, guaiva alla luna, scodinzolava per ore davanti allo sterilizzatore e al mulino a martelli, e quando lo portavo a spasso ringhiava a tutte le cantonate e agli alberi. Era un controcane, insomma: le assicuro che il suo comportamento era sinistro quanto bastava per mettere sull'avviso chiunque avesse conservato sano anche solo un quarto di cervello. Noti: non si era abbrutito come l'altro, il cane lupo. Secondo me aveva capito come un uomo, sapeva che quando si ha sete bisogna bere, e che un cane deve mangiare carne e non fieno, ma l'errore, la perversione erano piú forti di lui. Davanti a me fingeva, si sforzava di fare le cose giuste, non solo per farmi piacere e perché io non mi arrabbiassi, ma anche, credo, perché sapeva, continuava a sapere quello che era giusto. Ma morí ugualmente. Lo attirava il fracasso dei tram, e fu cosí che morí: a un tratto mi strappò il guinzaglio di mano e corse contro un tram a testa bassa. Pochi giorni prima lo avevo sorpreso mentre leccava la stufa: era accesa, sí, quasi rovente. Quando mi vide, si accucciò con le orecchie basse e la coda fra le gambe, come se aspettasse una punizione.

– Con le cavie e coi topi capitava su per giú lo stesso. Anzi, non so se lei ha letto di quei topi in America, di cui hanno parlato i giornali: avevano collegato uno stimolo elettrico ai centri cerebrali del piacere, e loro imparavano ad eccitarseli, e insistevano fino a morirne. Creda a me, si trattava delle versamine: è un effetto che si ottiene con facilità irrisoria, e con poca spesa. Perché, forse non l'avevo ancora detto, sono sostanze poco costose: non piú di qualche scellino al grammo, e un grammo basta per rovinare un uomo.

– A questo punto della faccenda, a me pareva che ce ne fosse abbastanza per andare cauti: glielo dissi, anche, a Kleber; in fondo ero il piú anziano e potevo permettermelo, anche se ero meno istruito di lui, e se avevo visto tutta la storia solo dalla parte dei cani. Lui mi rispose di sí, naturalmente; ma poi non resistette e ne parlò in giro. Anzi, fece peggio: fece un contratto con la OPG, e cominciò a drogarsi.

– Come può immaginare, sono stato io il primo che se ne sia accorto. Lui faceva ogni sforzo per tenerlo nascosto, ma io vidi subito come correva la lepre. Sa da che cosa me ne accorsi? Due cose, smise di fumare e si grattava: scusi se parlo cosí, ma le cose bisogna chiamarle col loro nome. Veramente, davanti a me continuava a fumare, ma io vedevo bene che non aspirava piú il fumo, e non lo guardava quando lo soffiava via; e poi, i mozziconi che lasciava nel suo studio erano sempre piú lunghi, si vedeva che accendeva, tirava una boccata cosí per abitudine, e li gettava via subito. Quanto poi al grattarsi, lo faceva solo quando non si sentiva osservato, o quando si distraeva; ma allora si grattava in un modo feroce, come un cane, appunto, come se volesse scavarsi. Insisteva sui posti dove era già irritato, e presto ebbe cicatrici sulle mani e sul viso. Non saprei dirle del resto della sua vita, perché viveva solo e non parlava con nessuno, ma credo che non sia un caso se proprio in quel periodo una ragazza che telefonava spesso cercando di lui, e qualche volta lo aspettava davanti all'Istituto, non si fece piú vedere.

– Quanto alla combinazione con la OPG, si vide subito che era una cosa nata male. Non credo che gli abbiano dato molto: fecero un lancio commerciale in sordina, abbastanza maldestro, presentando la versamina DN come un nuovo analgesico, senza parlare dell'altro aspetto della faccenda. Ma qualcosa deve essere trapelato: trapelato di qui dentro, e poiché io non ne ho parlato, mi pare che sia chiaro a tutti chi è stato a parlare. Sta di fatto che il nuovo analgesico è stato incettato in un momento, e che poco dopo la polizia ha trovato, qui in città, un club di studenti dove pare si facesse orge di un genere mai visto prima. La notizia è venuta fuori sul «Kurier», ma senza i particolari; io li so, i particolari, ma glieli risparmio, perché è roba da Medioevo; le basti sapere che sono state sequestrate centinaia di bustine di aghi, e poi delle tenaglie e dei bracieri per arroventarle. Allora la guerra era appena finita, c'era l'occupazione, e tutto fu messo a tacere: anche perché pare che in quell'imbroglio fosse coinvolta la figlia del ministro T.

– Ma che ne è stato di Kleber? – chiese Dessauer.

– Aspetti, ora ci arrivo. Volevo solo raccontarle ancora una cosa, che ho saputo proprio da Hagen, quello dell'acquavite, che allora era capoufficio al ministero degli Esteri. La OPG ha rivenduto la licenza delle versamine alla marina americana, guadagnandoci sopra non so quanti milioni (perché le cose, a questo mondo, vanno cosí), e la marina ha tentato una applicazione militare. In Corea, uno dei reparti da sbarco era versaminizzato: si pensava che avrebbero dimostrato chissà quale coraggio e sprezzo del pericolo, invece fu una cosa spaventosa; sprezzo del pericolo ne avevano da vendere, ma pare che davanti al nemico si siano comportati in un modo abietto e assurdo, e che per di piú si siano fatti ammazzare tutti quanti.

– Lei mi chiedeva di Kleber. Mi pare di averle raccontato quanto basta per farle intuire che gli anni che seguirono non furono molto allegri per lui. Io l'ho seguito giorno per giorno, e ho sempre cercato di salvarlo, ma non mi è mai riuscito di parlare con lui da uomo a uomo: mi evitava, aveva vergogna. Dimagriva, si consumava come uno che avesse il cancro. Si vedeva che cercava di resistere, di tenere per sé solo il buono, quella valanga di sensazioni gradevoli, magari anche deliziose, che le versamine procurano con facilità, e gratis. Gratis solo in apparenza, si capisce, ma l'illusione deve essere irresistibile. Cosí si sforzava di mangiare, benché avesse perso ogni amore per il cibo; dormire non poteva piú, ma aveva conservato le sue abitudini di uomo metodico. Ogni mattina arrivava puntuale, alle otto esatte, e si metteva al lavoro, ma gli si leggevano in faccia i segni della lotta che doveva sostenere per non lasciarsi tradire dal bombardamento di messaggi falsi che gli pervenivano da tutti i suoi sensi.

– Non so dirle se continuasse a prendere versamine per

debolezza, o per ostinazione, o se invece avesse smesso, e gli effetti si fossero cronicizzati; sta di fatto che nell'inverno del '52, che era molto rigido, lo sorpresi qui, proprio in questa camera: si faceva vento col giornale, e si stava togliendo la maglia mentre io entravo. Sbagliava anche a parlare, a volte diceva «amaro» invece di «dolce», «freddo» per «caldo»; il piú delle volte si correggeva in tempo, ma a me non sfuggivano la sua esitazione davanti a certe scelte, e una certa sua occhiata insieme irritata e colpevole quando si accorgeva che io me ne accorgevo. Una occhiata che mi faceva male: mi ricordava quell'altro, il suo predecessore, il cane bastardo, che si accucciava con le orecchie basse quando io lo sorprendevo a fare le cose al contrario.

– Come è finito? Guardi, se stiamo ai fatti di cronaca è morto in un incidente stradale, qui in città, in auto, in una notte d'estate. Non si è fermato a un semaforo: cosí diceva il verbale della polizia. Io avrei potuto aiutarli a capire, spiegargli che per un uomo nelle sue condizioni non doveva essere tanto facile distinguere il rosso dal verde. Ma mi è sembrato piú caritatevole stare zitto: a lei queste cose le ho raccontate perché eravate amici. Devo aggiungere che, fra tante cose sbagliate, Kleber ne ha fatta una giusta: poco prima di morire ha distrutto tutto il dossier delle versamine, e tutti i preparati su cui ha potuto mettere le mani.

Qui il vecchio Dybowski tacque, e anche Dessauer non aggiunse parola. Pensava a molte cose confuse insieme, e si riprometteva di smistarle poi, con calma, magari quella sera stessa: aveva un appuntamento, ma lo avrebbe rimandato. Pensava una cosa che non aveva pensata da molto tempo, poiché aveva sofferto assai: che il dolore non si può togliere, non si deve, perché è il nostro guardiano. Spesso è un guardiano sciocco, perché è inflessibile, è fedele alla sua consegna con ostinazione maniaca, e non si stanca mai, mentre tutte le altre sensazioni si stancano, si logorano, specialmente quelle piacevoli. Ma non si può sopprimerlo, farlo tacere, perché è tutt'uno con la vita, ne è il custode.

Pensava anche, contraddittoriamente, che se avesse avuto in mano il farmaco lo avrebbe provato; perché, se il dolore è il guardiano della vita, il piacere ne è lo scopo e il premio. Pensava che preparare un po' di 4-4´-diamminospirano non sarebbe poi stato tanto difficile; pensava che se le versamine sanno convertire in gioia anche i dolori piú pesanti e piú lunghi, il dolore di un'assenza, di un vuoto intorno a te, il dolore di un fallimento non riparabile, il dolore di sentirti finito, ebbene, allora perché no?

Ma, per una di quelle associazioni di cui la memoria è generosa, pensava ancora a una brughiera in Scozia, mai vista ma meglio che vista; a una brughiera piena di pioggia, lampi e vento, e al canto gaio-maligno di tre streghe barbute, esperte in dolori e in piaceri e nel corrompere la volontà umana:

Fair is foul, and foul is fair:
Hover through the fog and filthy air.

La bella addormentata nel frigo

Racconto d'inverno

Personaggi

Lotte Thörl
Peter Thörl
Maria Lutzer
Robert Lutzer
Ilse
Baldur
Patricia
Margareta

A Berlino, nell'anno 2115.

Lotte Thörl, sola.

LOTTE ... Cosí anche quest'anno è passato, siamo di nuovo al 19 dicembre, e stiamo aspettando ospiti per la solita festicciola. (*Rumori di stoviglie e di mobili spostati*). Non amo particolarmente gli ospiti, io. Mio marito, anzi, una volta mi chiamava «l'orsa maggiore». Ora non piú: da qualche anno è tanto cambiato, è diventato una persona seria e noiosa. L'orsa minore sarebbe nostra figlia Margareta: poverina! ha solo quattro anni. (*Passi; rumori c. s.*). Non che io sia una donna schiva e selvatica: soltanto, mi secca trovarmi in ricevimenti con piú di cinque o sei persone. Si finisce col fare un gran chiasso, dei discorsi senza capo né coda, ed io ho la penosa impressione che nessuno si accorga della mia presenza: salvo quando vado in giro con i vassoi.

D'altronde, noi Thörl non riceviamo spesso: due, tre volte all'anno, e raramente accettiamo inviti. È naturale: nessuno può offrire ai propri ospiti quello che possiamo offrire noi. C'è chi ha dei bei quadri antichi, Renoir, Picasso, Caravaggio; c'è chi ha un urango condizionato, o un cane o un gatto vivo, c'è chi dispone di un mobile bar con gli stupefacenti piú aggiornati, ma noi abbiamo Patricia... (*sospiro*) Patricia!
(*Campanello*). Ecco i primi. (*Bussa ad una porta*) Vieni, Peter: sono qui.

Lotte e Peter Thörl; Maria e Robert Lutzer.

Tutti si scambiano saluti e convenevoli.

ROBERT Buonasera, Lotte; buonasera, Peter. Tempaccio, vero? Da quanti mesi non vediamo il sole?
PETER E da quanti mesi non vediamo voi?
LOTTE Oh Maria! Hai l'aria piú giovane che mai. E che meravigliosa pelliccia! Un dono del signor marito?
ROBERT Non sono piú una rarità. È marziano argentato: pare che i russi ne abbiano importato un grosso quantitativo; se ne trovano nel settore orientale a prezzi piú che ragionevoli. In borsa nera, naturalmente; è merce contingentata.
PETER Ti ammiro e ti invidio, Robert. Conosco pochi berlinesi che non si lamentino della situazione, ma non ne conosco nessuno che ci sguazzi dentro con la tua disinvoltura. Mi convinco sempre piú che l'amore vero, appassionato, per i quattrini è una virtú che non si impara, ma si eredita col sangue.
MARIA Quanti fiori! Lotte, sento un meraviglioso profumo di compleanno. Tanti auguri, Lotte!
LOTTE (*ai due mariti*) Maria è incorreggibile. Ma si consoli, Robert, non è il matrimonio che l'ha resa cosí deliziosamente svanita. Era già cosí a scuola: la chiamavamo «la smemorata di Colonia», e invitavamo amici ed amiche di altre classi ad assistere ai suoi esami. (*Con

severità burlesca) Signora Lutzer, la richiamo all'ordine. È cosí che prepara le lezioni di storia? Oggi non è il mio compleanno: oggi è il 19 dicembre, è il compleanno di Patricia.
MARIA   Oh, scusami, cara. Ho veramente una memoria da gallina. Cosí stasera c'è lo scongelamento? Che bellezza!
PETER   Certo, come ogni anno. Aspettiamo soltanto che arrivino Ilse e Baldur. (*Campanello*). Eccoli qui: in ritardo, come al solito.
LOTTE   Un po' di comprensione, Peter! Hai mai visto una coppia di fidanzati arrivare puntuali?

Entrano Ilse e Baldur. Saluti e convenevoli c. s.

Lotte e Peter; Maria e Robert; Ilse e Baldur.

PETER   Buonasera, Ilse; buonasera, Baldur. Beato chi vi vede: siete talmente cotti l'uno dell'altro che i vecchi amici per voi non esistono piú.
BALDUR   Dovete perdonarci. Nuotiamo nella burocrazia: il dottorato mio, e le carte per il municipio, e il lasciapassare per Ilse, e il benestare del partito; il visto del borgomastro è già arrivato, ma aspettiamo ancora quello di Washington e quello di Mosca, e soprattutto quello di Pechino, che è il piú difficile da ottenere. C'è da perdere la testa. Sono secoli che non vediamo anima viva: siamo abbrutiti, ci vergogniamo di fare vedere in giro le nostre facce.
ILSE   È tardi, vero? Siamo veramente due villani. Ma perché non avete cominciato senza di noi?
PETER   Non ce lo saremmo mai permesso. Il momento del risveglio è il piú interessante: è cosí graziosa quando apre gli occhi!
ROBERT   Su, Peter, sarà meglio incominciare, altrimenti andiamo a finire alle ore piccole. Vai a prendere il manuale: che non ti capiti come quella volta, la prima vol-

ta, mi pare, (quanti anni sono passati?), quando hai sbagliato manovra e per poco non succedeva un guaio.

PETER (*urtato*)   Ce l'ho qui in tasca, il manuale; ma lo so a memoria, ormai. Vogliamo spostarci? (*Rumore di sedie smosse e di passi; commenti; mormorio di impazienza*). ... *Uno*: interrompere il circuito dell'azoto e quello del gas inerte. (*Eseguisce: cigolio, soffio smorzato, due volte*). *Due*: mettere in moto la pompa, lo sterilizzatore Wroblewski e il microfiltro. (*Rumore della pompa, come una motocicletta lontana; passa qualche secondo*). *Tre*: aprire il circuito dell'ossigeno (*inizia un fischio sempre piú acuto*) e svitare lentamente la valvola finché l'indice raggiunge la gradazione 21 per cento...

ROBERT (*interrompe*)   No, Peter, non 21, 24 per cento: sul manuale sta scritto 24 per cento. Io al tuo posto porterei gli occhiali. Non avertela a male, tanto siamo coetanei, ma porterei gli occhiali, almeno in certe occasioni.

PETER (*di malumore*)   Sí, hai ragione, 24 per cento. Ma è lo stesso, 21 o 24: l'ho già visto altre volte. *Quattro*: spostare gradualmente il termostato, elevando la temperatura alla velocità di due gradi circa al minuto. (*Si sente battere un metronomo*). Silenzio, adesso, per favore. O almeno, non parlate a voce troppo alta.

ILSE (*sottovoce*)   Soffre durante lo scongelamento?

PETER (*c. s.*)   No, di regola, no. Ma appunto, bisogna fare le cose bene, seguire esattamente le prescrizioni. Anche durante il soggiorno in frigo, è indispensabile che la temperatura sia mantenuta costante entro limiti molto stretti.

ROBERT   Certo: basta qualche grado piú giú, che addio, ho letto che si coagula non so cosa nei centri nervosi, e allora non si svegliano piú, o si svegliano scemi e smemorati; qualche grado piú su e riprendono coscienza, e allora soffrono tremendamente. Pensi che orrore, signorina: sentirsi tutti congelati, mani, piedi, sangue, cuore, cervello; e non poter muovere un dito, non poter battere le palpebre, non poter mettere fuori un suono per chiedere soccorso!

ILSE Terribile. Ci vuole un bel coraggio ed una grande fede. Fede nei termostati voglio dire. Io, per me, vado pazza per gli sport invernali, ma dico la verità, non farei il cambio con Patricia per tutto l'oro del mondo. Mi hanno detto che anche lei sarebbe già morta, se a suo tempo, quando la faccenda è cominciata, non le avessero fatto delle iniezioni di... coso... an-ti-con-ge-lan-te. Sí, sí, proprio quello che si mette in inverno nei radiatori delle auto. Del resto è logico: se no, il sangue gelerebbe. Non è vero, signor Thörl?

PETER (*evasivo*) Se ne dicono tante...

ILSE (*meditabonda*) Non mi stupisce che siano stati cosí pochi quelli che si sono prestati. Parola mia, non mi stupisce. È bellissima, mi hanno detto: è vero?

ROBERT Uno splendore. L'ho vista l'anno scorso da vicino: una carnagione come oggi non se ne vedono piú. Si vede che, nonostante tutto, il regime alimentare del XX secolo, in buona parte ancora naturale, doveva contenere qualche principio vitale che tutt'ora ci sfugge. Non che io diffidi dei chimici: anzi, li rispetto e li stimo. Ma ecco, penso che sono un po'... direi... presuntuosi, sí, presuntuosi. Qualcosa da scoprire, magari secondaria, secondo me deve pure ancora esserci.

LOTTE (*di malavoglia*) Sí, è graziosa, certo. Del resto, è la bellezza dell'età. Ha una pelle da neonata: per me, è effetto del supercongelamento, però. Non ha un colorito naturale, è troppo rosa e troppo bianca, sembra... sí, sembra un gelato, scusate il paragone. Anche i capelli li ha troppo biondi. Se devo dire la verità, a me fa l'impressione di essere un pochino frolla, *faisandée*... comunque è bella, nessuno lo nega. È anche coltissima, educatissima, intelligentissima, audacissima, è superlativa da tutte le parti, e a me fa paura, mi mette a disagio e mi fa venire i complessi. (*Si è lasciata trascinare; tace imbarazzata, poi con sforzo*) ... ma le voglio molto bene lo stesso. Specialmente quando è congelata.

Silenzio. Il metronomo continua a battere.

ILSE (*sottovoce*) Si può guardare dallo spioncino del frigo?
PETER (*c. s.*) Certamente, ma non faccia rumore. Siamo già a meno dieci, e una emozione improvvisa potrebbe esserle dannosa.
ILSE (*c. s.*) Ah! È incantevole! Sembra finta... Ed è... voglio dire, è proprio dell'epoca?
BALDUR (*c. s., a parte*) Non fare domande sciocche!
ILSE (*c.s., a parte*) Non è mica una domanda sciocca. Volevo sapere quanti anni ha: sembra cosí giovane, eppure dicono che è... antica.
PETER (*che ha sentito*) È presto spiegato, signorina. Patricia ha 163 anni, di cui 23 di vita normale, e 140 di ibernazione. Ma scusatemi, Ilse e Baldur, credevo che conosceste già questa storia. Scusatemi anche voi, Maria e Robert, se ripeto cose che già sapete: cercherò di mettere al corrente in breve questi cari ragazzi.
Dunque dovete sapere che la tecnica dell'ibernazione fu messa a punto verso la metà del XX secolo, essenzialmente a scopo clinico e chirurgico. Ma solo nel 1970 si arrivò a congelamenti veramente innocui e indolori, e quindi adatti a conservare a lungo gli organismi superiori. Un sogno diveniva cosí realtà: appariva possibile «spedire» un uomo nel futuro. Ma a quale distanza nel futuro? Esistevano dei limiti? E a quale prezzo? Appunto per istituire un controllo ad uso dei posteri, che saremmo poi noi, fu bandito nel 1975, qui a Berlino, un concorso per volontari.
BALDUR E Patricia è uno di questi?
PETER Precisamente. A quanto risulta dal suo libretto personale, che sta nel frigo con lei, è anzi stata la prima classificata. Possedeva tutti i requisiti, cuore, polmoni, reni ecc. in perfetto ordine; un sistema nervoso da pilota spaziale; un carattere imperturbabile e risoluto, una emotività limitata, ed infine una buona cultura ed intelligenza. Non che la cultura e l'intelligenza siano indispensabili per sopportare la ibernazione, ma,

a parità di condizioni, furono preferiti soggetti di alto livello intellettuale, per evidenti ragioni di prestigio nei confronti nostri e dei nostri successori.

BALDUR   Cosí Patricia ha dormito dal 1975 ad oggi?

PETER   Sí, con brevi interruzioni. Il programma fu concordato con lei dalla commissione di cui era presidente Hugo Thörl, il mio celebre avo...

ILSE   È lui quello famoso, vero, quello che si studia a scuola?

PETER   Proprio lui, signorina, lo scopritore del quarto principio della termodinamica. Il programma, dunque, prevedeva un risveglio di qualche ora tutti gli anni, al 19 dicembre, giorno del suo compleanno...

ILSE   Che pensiero gentile!

PETER   ... altri risvegli saltuari in circostanze di particolare interesse quali importanti spedizioni planetarie, delitti e processi celebri, matrimoni di sovrani o di divi dello schermo, incontri internazionali di baseball, cataclismi tellurici e simili: di tutto ciò insomma che meriti di essere visto e tramandato al lontano futuro. Inoltre, naturalmente, ogni volta che manca la corrente... e due volte all'anno per i controlli medici. A quanto risulta dal libretto, la somma degli intervalli di veglia, dal 1975 ad oggi, è stata di circa 300 giorni.

BALDUR   ... e, perdoni la domanda, come mai Patricia è ospite in casa sua? Lo è da molto tempo?

PETER (*con imbarazzo*)   Patricia è... Patricia fa parte, per cosí dire, dell'asse ereditario della nostra famiglia. È una storia lunga, ed in parte oscura. Sa, sono cose di altri tempi, è passato un secolo e mezzo... si può considerare un miracolo, che con tutte le sommosse, blocchi, occupazioni, repressioni e saccheggi che sono passati su Berlino, Patricia abbia potuto essere trasmessa di padre in figlio, indisturbata, senza mai lasciare la nostra casa. Rappresenta, in certo modo, la continuità familiare: è... è un simbolo, ecco.

BALDUR   ... ma in che modo...

PETER   ... in che modo Patricia è entrata a far parte della nostra famiglia? Ebbene, per quanto strano le possa sembrare, su questo punto nulla è stato trovato di scritto, e non sopravvive che una tradizione verbale che Patricia rifiuta sia di confermare, sia di smentire. Pare che all'inizio dell'esperienza, Patricia alloggiasse presso l'Università, e precisamente nella cella frigorifera dell'Istituto di anatomia, e che intorno al 2000 abbia avuto un violento diverbio con il corpo accademico. Si dice che, appunto, questa situazione non le fosse gradita, perché priva di intimità, e perché le seccava di stare gomito a gomito con i cadaveri destinati alle dissezioni. Pare che in uno dei risvegli abbia dichiarato formalmente che, o la sistemavano in un frigo privato, o sarebbe ricorsa alla magistratura; e che il mio avo che prima ho nominato, a quel tempo decano della facoltà, per risolvere la questione si sia generosamente offerto di ospitarla.

ILSE Che strana donna! Ma, mi scusi, non ne ha ancora abbastanza? Chi la obbliga? Non deve poi essere tanto divertente stare in letargo per tutto l'anno, e svegliarsi solo per uno o due giorni, e non quando uno vuole, ma quando lo vuole qualcun altro. Io mi annoierei a morte.

PETER Lei è in errore, Ilse. Anzi, non c'è mai stata una esistenza piú intensa di quella di Patricia. La sua vita è concentrata: non contiene che l'essenziale, non contiene nulla che non meriti di essere vissuto. Quanto al tempo trascorso in frigo, passa per noi, non per lei. In lei non lascia traccia, né nella memoria, né nei tessuti. Non invecchia; invecchia solo nelle ore di veglia. Dal primo compleanno in frigo che è stato il suo 24°, ad oggi, in 140 anni, è invecchiata di un anno scarso. Dall'anno scorso ad oggi, per lei sono passate una trentina di ore.

BALDUR Tre o quattro per il compleanno, e poi?

PETER E poi, vediamo... (*calcola mentalmente*) altre sei o sette per il dentista, per la prova di un abito, per uscire con Lotte a comperarsi un paio di scarpe...

ILSE È giusto. Bisogna pure che si tenga al corrente con la moda.
PETER ... e siamo a dieci. Sei ore per la prima del *Tristano* all'Opera, e siamo a sedici. Altre sei per due visite mediche generali...
ILSE Come, è stata ammalata? Si capisce, gli sbalzi di temperatura non fanno bene a nessuno. Si ha un bel dire che ci si abitua!
PETER No, no, sta benissimo di salute. Sono i fisiologi del Centro Studi: regolari come gli esattori delle tasse, due volte all'anno piombano qui con tutto il loro armamentario, la scongelano, la rigirano da tutte le parti, radioscopie, test psicologici, elettrocardiogrammi, esami del sangue... poi se ne vanno, e chi s'è visto s'è visto. Segreto professionale: non trapela una parola.
BALDUR Ma allora non è per interesse scientifico che loro se la tengono in casa?
PETER (*con imbarazzo*) No... non soltanto. Sa, io mi occupo di tutt'altro... Sono tagliato fuori dall'ambiente accademico; il fatto è che ci siamo affezionati a Patricia. E lei si è affezionata a noi: come una figlia. Non ci lascerebbe a nessun costo.
BALDUR Ma allora, perché gli intervalli di veglia sono cosí rari e brevi?
PETER Questo è chiaro: Patricia si propone di arrivare in piena giovinezza il piú avanti possibile nei secoli; perciò deve fare economia. Ma avrà modo di ascoltare da lei stessa queste cose ed altre ancora: ecco, siamo arrivati a 35°, sta aprendo gli occhi. Presto cara, apri il portello e taglia l'involucro; ha cominciato a respirare.

Scatto e cigolio del portello; rumore di forbici o di tagliacarte.

BALDUR Quale involucro?
PETER Un involucro di polietilene, ermetico, molto aderente. Serve a ridurre le perdite per evaporazione.

Il metronomo, che come rumore di fondo si è sentito in tutte le pause, batte sempre piú forte, poi si arresta di colpo. Suona tre volte una «cicala», molto distintamente. Silenzio completo per qualche secondo.

MARGARETA (*dall'altra camera*) Mamma! Si è già svegliata la zia Patricia? Che cosa mi ha portato quest'anno?
LOTTE Che cosa vuoi che ti abbia portato? Il solito cubetto di ghiaccio! Del resto è il suo compleanno, mica il tuo. Stai zitta, adesso. Dormi, che è tardi.

Silenzio di nuovo. Si sente un sospiro, uno sbadiglio: abbastanza sgangherato, uno sternuto. Poi, senza transizione, Patricia comincia a parlare.

PATRICIA (*voce manierata, strascicata, nasale*) Buonasera, Buongiorno. Che ora è? Quanta gente! Che giorno è oggi? Che anno?
PETER Il 19 dicembre del 2115. Non ricordi? È il tuo compleanno. Tanti auguri, Patricia!
TUTTI Tanti auguri, Patricia!

Voci di tutti, confuse. Si sentono frammenti di frasi:
– Come è graziosa!
– Signorina, perdoni, vorrei farle alcune domande...
– Dopo, dopo! Chissà come è stanca!
– Sogna, mentre è in frigo? Che sogni fa?
– Vorrei chiederle un giudizio sulla...

ILSE Chissà se avrà conosciuto Napoleone e Hitler?
BALDUR Ma no, cosa dici, erano due secoli prima!
LOTTE (*interrompe con decisione*) Permesso, prego. Lasciatemi passare, bisogna pure che ci sia qualcuno che pensa alle cose pratiche. Patricia avrà forse bisogno di qualcosa, (*a Patricia*) una tazza di tè caldo? o forse gradisci qualcosa di piú nutriente? una piccola bistecca? Hai bisogno di cambiarti, di rinfrescarti un poco?

PATRICIA Tè, grazie. Come sei cara, Lotte! No, non mi occorre altro, per ora; sai bene, lo scongelamento mi lascia sempre lo stomaco un po' sconvolto, per la bistecca vediamo poi piú tardi. Ma piccola, sai. ... Oh, Peter! come stai? come va la tua sciatica? Che novità ci sono? È finita la conferenza al vertice? Ha già cominciato a fare freddo? Oh, io detesto l'inverno, vado tanto soggetta ai raffreddori... E tu Lotte? ti vedo in ottima salute, perfino un po' ingrassata, forse...

MARIA ... Eh già, gli anni passano per tutti...

BALDUR Passano per *quasi* tutti. Mi permetta, Peter, ho tanto sentito parlare di Patricia, ho tanto atteso questo incontro, che ora vorrei... (*A Patricia*) Signorina, perdoni il mio ardire, ma so che il suo tempo è misurato, vorrei che mi descrivesse il nostro mondo visto con i suoi occhi, che mi parlasse del suo passato, del suo secolo a cui tanto dobbiamo, delle sue intenzioni per il futuro, che...

PATRICIA (*con sufficienza*) Non c'è niente di straordinario, sa, ci si abitua subito. Vede qui ad esempio il signor Thörl, sulla cinquantina (*malignamente*) i capelli in fuga, un po' di pancetta, un po' di dolorini ogni tanto? Ebbene, due mesi fa per me aveva vent'anni, scriveva poesie, e stava per partire volontario cogli Ulani. Tre mesi fa ne aveva dieci e mi chiamava zia Patricia, e piangeva quando mi congelavano, e voleva venire in frigo con me. Non è vero, caro? Oh, mille scuse.
E cinque mesi fa, non solo non era nato, ma non era neppure lontanamente in programma; c'era suo padre, il colonnello, ma io parlo di quando era solo tenente, era nella Quarta Legione Mercenari, e ad ogni disgelo aveva un nastrino di piú e qualche capello di meno. Mi faceva la corte, in quel modo buffo che usava allora: per otto disgeli, mi fece la corte... si direbbe che i Thörl ce l'abbiano nel sangue, in questo, posso dirlo, si rassomigliano tutti. Non hanno... come dire? non hanno un'idea molto seria del rapporto di tutela... (*la voce di*

Patricia prosegue in dissolvenza) pensi che perfino il Capostipite, il Patriarca...

Subentra nitida e vicina la voce di Lotte, rivolta al pubblico.

LOTTE   Avete sentito? ecco, cosí è fatta, quella ragazza. Non ha... non ha ritegno. È vero che io sono ingrassata: non sto in frigo, io. Lei no, lei non ingrassa, lei è eterna, incorruttibile, come l'amianto, come il diamante, come l'oro. Ma le piacciono gli uomini, ed in specie i mariti altrui. È una smorfiosa eterna, una civetta incorruttibile. Mi appello a voi, signori: non ho ragione di non poterla soffrire? (*Sospiro*) ... e lei piace agli uomini, alla sua venerabile età: questo è il peggio. Sapete bene come sono gli uomini, Thörl o non Thörl, e gli intellettuali piú degli altri: due sospiri, due occhiate in quel certo modo, due ricordi di infanzia, e la trappola scatta. Alla lunga, poi, chi si trova nei guai è lei, si capisce, che dopo un mese o due si trova tra i piedi dei cascamorti un po' stagionati... No, non crediate che io sia cosí cieca o cosí sciocca: mi sono accorta anch'io che, questa volta, con mio marito, ha cambiato tono, si è fatta mordace, tagliente. Si capisce: c'è un altro uomo all'orizzonte. Ma voi non avete assistito a quegli altri risvegli. Era roba da scorticarla! E poi, e poi... non sono mai riuscita ad avere delle prove, a coglierli sul fatto, ma siete proprio sicuri, voi, che tra il «tutore» e la ragazza tutto si sia sempre svolto alla luce del sole? In altre parole, (*con forza*) che tutti gli scongelamenti siano stati regolarmente registrati sul libretto personale? Io no. Io non ne sono sicura. (*Pausa. Conversazione confusa con rumore di fondo*). Ma questa volta c'è del nuovo, l'avrete notato anche voi. È semplice: c'è un altro uomo all'orizzonte, un uomo piú giovane. Le piace la carne fresca alla giovinetta! Sentitela: non è una che sa quello che vuole? (*Voci*). Oh, non credevo che si fosse già a questo punto.

Dalle voci di fondo emergono le voci di Baldur e di Patricia.

BALDUR ... un'impressione quale non ho mai provato. Non avrei mai creduto possibile trovare riunito in una persona sola il fascino dell'eternità e quello della giovinezza. Mi sento davanti a lei come davanti alle Piramidi, eppure lei è cosí giovane e cosí bella!

PATRICIA Sí, signore... Baldur, si chiama lei, non è vero? Sí, Baldur. Ma tre sono i miei doni, non due. L'eternità, la giovinezza e la solitudine. E quest'ultima è il prezzo che paga chi osa quanto io ho osato.

BALDUR Ma quale mirabile esperienza! Passare a volo dove gli altri strisciano, poter comparare di persona costumi, eventi, eroi a distanza di decenni, di secoli! Quale storico non proverebbe invidia? ed io, che della storia mi proclamavo cultore! (*Con slancio improvviso*) Mi faccia leggere il suo diario.

PATRICIA Come sa... Voglio dire, cosa le fa pensare che io tenga un diario?

BALDUR Dunque lo tiene! Ho indovinato!

PATRICIA Sí, lo tengo. Fa parte del programma, ma nessuno lo sa, neppure Thörl. E nessuno può leggerlo: è in cifra, anche questo fa parte del programma.

BALDUR Se nessuno può leggerlo, a cosa serve?

PATRICIA Serve a me. Mi servirà dopo.

BALDUR Dopo cosa?

PATRICIA Dopo. Quando sarò arrivata. Allora conto di pubblicarlo: penso che non avrò difficoltà a trovare un editore, perché è un diario intimo, un genere che va sempre. (*Con voce sognante*) Conto di dedicarmi al giornalismo, sa? E di pubblicare i diari intimi di tutti i potenti della terra della mia epoca, Churchill, Stalin, ecc. C'è da fare un mucchio di quattrini.

BALDUR Ma come li possiede, lei, questi diari?

PATRICIA Non li possiedo mica. Li scriverò io. Su episodi autentici, naturalmente.

Pausa.

BALDUR   Patricia! (*Altra pausa*). Mi prenda con lei.

PATRICIA (*ci pensa su; poi molto freddamente*)   Non sarebbe una cattiva idea, cosí in astratto. Ma non deve credere che basti entrare nel frigo: bisogna farsi fare le iniezioni, seguire il corso di addestramento... Non è tanto semplice. Poi, mica tutti hanno il fisico adatto... Certo, sarebbe carino avere un compagno di viaggio come lei, cosí vivo, cosí appassionato, cosí ricco di temperamento... Ma non è fidanzato, lei?

BALDUR   Fidanzato? Lo ero.

PATRICIA   Fino a quando?

BALDUR   Fino a mezz'ora fa; ma ora ho incontrato lei, e tutto è cambiato.

PATRICIA   Lei è un lusingatore, un uomo pericoloso. (*La voce di Patricia cambia bruscamente, non è piú lamentosa e languida, ma netta, energica, tagliente*) Ad ogni modo, se le cose stanno come lei mi dice, ne potrebbe nascere una combinazione interessante.

BALDUR   Patricia! Perché indugiare? Partiamo: fugga con me. Non nel futuro: nell'oggi.

PATRICIA (*freddamente*)   Appunto, ci stavo pensando anch'io. Ma quando?

BALDUR   Ora, subito. Attraversiamo la sala e via.

PATRICIA   Nonsenso. Li avremmo subito tutti alle calcagna, lui in testa. Lo guardi: è già in sospetto.

BALDUR   Quando allora?

PATRICIA   Stanotte. Mi segua bene. A mezzanotte tutti se ne vanno, e loro mi ricongelano e mi rimettono in naftalina. È una faccenda piú spiccia del risveglio, un po' come i subacquei, sa bene, in su bisogna andare piano, ma l'immersione può essere rapida. Mi ficcano nel frigo e attaccano il compressore senza tanti complimenti: ma per le prime ore io resto abbastanza soffice e ritorno facilmente alla vita attiva.

BALDUR   E allora?

PATRICIA   E allora è semplice. Lei se ne va con gli altri, accompagna a casa la sua... quella ragazza, insomma; poi ritorna qui, si introduce nel giardino, entra dalla finestra della cucina...
BALDUR   ... ed è fatta! Due ore ancora, due ore ed il mondo è nostro! Ma mi dica, Patricia, non avrà rimpianti? Non si pentirà di avere interrotto per me la sua corsa verso i secoli futuri?
PATRICIA   Guardi, giovanotto, avremo del tempo in abbondanza per parlare di queste belle cose se il colpo riesce. Ma prima bisogna che riesca. Ecco, se ne stanno andando; riprenda il suo posto, si congedi civilmente e cerchi di non fare sciocchezze. Sa, mica per niente, ma mi seccherebbe sprecare l'occasione.

Voci degli invitati che se ne vanno, rumore di seggiole spostate. Frammenti di frasi:
– Al prossimo anno!
– Buonanotte, se cosí posso dire...
– Andiamo Robert, non credevo che fosse cosí tardi.
– Baldur, andiamo, hai l'onore di accompagnarmi. Silenzio. Poi voce di Lotte, rivolta al pubblico.

LOTTE   ... cosí, se ne andarono tutti. Peter ed io restammo soli, con Patricia, cosa che non è mai gradevole per nessuno dei tre. Non lo dico per via di quella antipatia che vi ho descritto poc'anzi, in modo forse un po' impulsivo; no: è una situazione obiettivamente spiacevole, fredda, falsa, piena di imbarazzo per tutti. Parlammo un po' del piú e del meno, poi ci salutammo, e Peter rimise Patricia nel frigo.

Gli stessi rumori dello scongelamento, ma invertiti ed accelerati. Sospiro, sbadiglio. Chiusura-lampo dell'involucro. Si mette in moto il metronomo, poi la pompa, i fischi, ecc. Rimane in moto il metronomo, il cui ritmo gradualmente si fonde con quello piú lento di un orologio a pendolo. Suonano l'una, l'una e mezza, le due. Si sente il rumore di un'auto che si avvicina, ferma, sbatte lo sportello. Abbaia un cane lontano. Passi sulla ghiaia. Una finestra si apre. Passi sul pavimento di legno che scricchiola sempre piú vicino. Si apre il portello del frigo.

BALDUR (*sottovoce*) Patricia, sono io!
PATRICIA (*voce confusa ed attutita*) Tmglimrm lm mvolmcrm!
BALDUR Come?
PATRICIA (*un po' piú distintamente*) Tagliare l'involucro!

Rumore del taglio.

BALDUR Ecco fatto. E adesso? Che cosa debbo fare? Lei mi deve perdonare, ma non sono pratico, sa, è la prima volta che mi capita...
PATRICIA Oh, il piú è fatto, adesso me la cavo da sola. Mi dia solo una mano per uscire di qui dentro.

Passi. «Piano», «Sst», «Da questa parte». Finestra. Passi sulla ghiaia. Lo sportello dell'auto. Baldur accende il motore.

BALDUR Siamo fuori, Patricia. Fuori dal gelo, fuori dall'incubo. Mi pare di sognare: da due ore vivo in un sogno. Ho paura di svegliarmi.
PATRICIA (*freddamente*) Ha accompagnato a casa la sua fidanzata?
BALDUR Chi, Ilse? L'ho accompagnata, sí. Mi sono congedato da lei.
PATRICIA Che dice, congedato? Definitivamente?
BALDUR Sí, non è stato difficile come temevo, solo una piccola scenata. Non ha neppure pianto.

Pausa, l'auto è in moto.

PATRICIA Giovanotto, non mi giudichi male. Mi pare che qui sia giunto il momento di una spiegazione. Lei mi deve capire: in qualche modo dovevo pur uscirne.
BALDUR ... e si trattava solo di questo? Di uscirne?
PATRICIA Solo di questo. Di uscire dal frigo e di uscire da casa Thörl. Baldur, sento che le devo una confessione.
BALDUR Una confessione è poco.
PATRICIA Altro non le posso dare; e non è neppure una bella confessione. Sono veramente stanca: gelo e sgelo, gelo e sgelo, a lungo andare è faticoso. Poi c'è dell'altro.
BALDUR Altro?
PATRICIA Altro, sí. Le visite di lui, di notte. A trentatré gradi, appena tiepida, che non potevo difendermi in nessun modo. E siccome io stavo zitta, per forza! lui magari si immaginava...
BALDUR Povera cara, quanto deve aver sofferto!
PATRICIA Una vera seccatura, lei non ne ha un'idea. Una noia da non dirsi.

Rumore dell'auto, che si allontana.

LOTTE ... Cosí finisce questa storia. Io qualcosa avevo capito, e quella notte avevo sentito anche degli strani rumori. Ma sono stata zitta: perché avrei dovuto dare l'allarme?
Mi pare che cosí sia meglio per tutti. Baldur, poveretto, mi ha raccontato ogni cosa: pare che Patricia, oltre a tutto, gli abbia anche chiesto dei quattrini, per andare non so dove, a ritrovare un suo coetaneo che sta in America; in frigo anche lui, naturalmente. Lui, Baldur, che si riconcilii o no con Ilse, non importa poi gran cosa a nessuno, neppure a Ilse medesima. Il frigo, lo abbiamo venduto. Quanto a Peter, vedremo.

La misura della bellezza

L'ombrellone accanto al nostro era libero. Andai al bugigattolo torrido su cui stava scritto DIREZIONE, per vedere se era possibile affittarlo per tutto il mese: il bagnino consultò la lista delle prenotazioni, poi mi disse: – No, mi rincresce. È prenotato fin da giugno da un signore di Milano –. Ho occhi buoni: accanto al numero 75 era segnato il nome Simpson.

I Simpson a Milano non devono essere molti: speravo che non fosse lui, il signor Simpson agente della NATCA. Non che mi sia antipatico, anzi: ma mia moglie ed io teniamo molto alla nostra privatezza, e le ferie sono le ferie, ed ogni *revenant* del mondo degli affari me le guasta. Inoltre una certa sua intolleranza, una sua rigidezza puritana che era venuta in luce segnatamente nell'episodio dei duplicatori, aveva un poco raffreddato i nostri rapporti, e me lo faceva apparire poco desiderabile come vicino di spiaggia. Ma il mondo è piccolo: dopo tre giorni, sotto l'ombrellone numero 75 comparve il signor Simpson in persona. Aveva con sé una borsa da spiaggia molto voluminosa, e non l'avevo mai visto tanto imbarazzato.

Conosco Simpson da molti anni, e so che è ad un tempo astuto e ingenuo, come tutti i rappresentanti e i mediatori di razza; e che inoltre è socievole, loquace, gioviale, amante della buona tavola. Invece, il Simpson che il destino mi aveva fatto piovere accanto era reticente e nervoso: piuttosto che su una sedia a sdraio di fronte all'Adriatico, sembrava seduto su un letto da fachiro. Nelle poche frasi che scambiammo cadde in contraddizione: mi disse che amava la vita di spiaggia, e che veniva a Rimini da molti anni; subito dopo, che non sapeva nuotare, e che arrostirsi al sole era per lui una gran seccatura e perdita di tempo.

Il giorno dopo sparí. Filai dal bagnino: Simpson aveva disdetto l'ombrellone. Il suo comportamento cominciava ad interessarmi. Feci il giro degli stabilimenti, distribuendo mance e sigarette, e in meno di due ore seppi (e non me ne stupii) che aveva cercato e trovato un ombrellone ai bagni Sirio, al capo opposto della spiaggia.

Mi ero fatta la convinzione che il puritano signor Simpson, abbondantemente coniugato e con figlia in età da marito, fosse a Rimini con una ragazza: questo sospetto mi incuriosiva talmente che decisi di spiare le sue mosse, dall'alto della rotonda. È questa, di vedere non visto, principalmente se dall'alto, una occupazione che mi ha sempre appassionato. «Peeping Tom», che preferí morire piuttosto che rinunciare a sbirciare Lady Godiva dalla fenditura delle persiane, è il mio eroe; spiare i miei simili, indipendentemente da quanto fanno o stanno per fare, e da ogni scoperta finale, mi dà una sensazione di potenza e di appagamento profondo: forse è un ricordo atavico delle attese estenuanti dei nostri proavi cacciatori, e riproduce le emozioni vitali dell'inseguimento e dell'agguato.

Ma nel caso di Simpson la scoperta prometteva di non mancare. L'ipotesi della ragazza cadde subito, non c'era alcuna ragazza in vista: tuttavia il comportamento del mio uomo era singolare. Stava sdraiato e leggeva (o fingeva di leggere) il giornale, ma tutto faceva pensare che si dedicasse ad una attività esplorativa non molto diversa dalla mia. A intervalli usciva dalla sua inerzia: frugava nella borsa e ne estraeva un arnese simile a una cinepresa, o a una piccola telecamera: lo puntava obliquamente verso il cielo, premeva un pulsante, poi scriveva qualcosa su un quadernetto. Fotografava qualcosa o qualcuno? Osservai meglio: sí, era per lo meno probabile; le macchine provviste di obbiettivo a prisma per riprese angolate, in modo da non insospettire la persona che si vuole ritrarre, non sono una novità, specie sulle spiagge.

Nel pomeriggio non avevo piú dubbi: Simpson fotografava i bagnanti che gli passavano davanti. Qualche volta si spostava anche lungo la battigia, e se trovava un soggetto interessante puntava verso il cielo e scattava. Non sembrava mostrare preferenze per le bagnanti graziose, e neppure per le bagnanti tout court: scattava a caso, adolescenti, vecchie matrone, gentiluomini tutti ossa e vello grigio, giovanotte e giovanotti romagnoli tarchiati. Dopo ogni foto, metodicamente, si toglieva gli occhiali neri e scriveva qualcosa sul libretto. Un particolare mi apparve inesplicabile: gli arnesi fotografici erano due, identici fra loro; uno per i maschi, l'altro per le femmine. Ormai ero certo: non si trattava di una innocua mania senile (d'altronde, darei molto per arrivare ai sessant'anni senile quanto Simpson), bensí di qualcosa di grosso; grosso almeno quanto l'imbarazzo di Simpson davanti a me, e la sua fretta di cambiare ombrellone.

Da quel momento, anche il mio, da voyeurismo ozioso, si fece attenzione concentrata. I maneggi di Simpson erano diventati una sfida al mio ingegno, come un problema di scacchi, anzi, come un mistero della natura: ero risoluto a venirne a capo.

Mi comperai un buon binocolo, ma non mi fu di grande aiuto, anzi, mi confuse ulteriormente le idee. Simpson prendeva appunti in inglese, con pessima scrittura e molte abbreviazioni: tuttavia mi riuscí di distinguere che ogni pagina del libretto era divisa in tre colonne, e che queste erano intestate: «Vis. Eval.», «Meter» e «Obs.». Evidentemente un lavoro sperimentale per conto della NATCA: quale?

A sera rientrai alla pensione di pessimo umore. Raccontai la faccenda a mia moglie: le donne hanno spesso per queste cose un intuito sorprendente. Ma anche mia moglie, per ragioni diverse e indefinibili, era di cattivo umore; mi disse che secondo lei Simpson era un vecchio sudicione, e che a lei quella storia non interessava per nulla. Dimenticavo di dire che fra mia moglie e Simpson non corre buon sangue, a partire dall'anno scorso, quando Simpson vendeva duplicatori, e mia moglie temeva che io ne comperassi uno e la duplicassi, e si preparava ad essere gelosa di se stessa. Ma poi ci pensò sopra e mi diede un consiglio fulminante: – Ricattalo. Minaccialo di denunciarlo alla polizia di spiaggia.

Simpson capitolò precipitosamente. Io incominciavo a dirgli che ero stato sgradevolmente impressionato dalla sua fuga e dalla sua mancanza di confidenza, e che, a mio parere, la nostra ormai lunga amicizia avrebbe dovuto rassicurarlo sulla mia capacità di discrezione, ma vidi subito che era un discorso inutile. Simpson era il solito Simpson: moriva dalla voglia di raccontarmi tutto per filo e per segno; evidentemente il segreto gli era stato imposto dalla sua società, e non attendeva altro che un caso di forza maggiore per infrangerlo. Il mio primo accenno ad una denunzia, per quanto vago e maldestro, fu per lui un caso di forza maggiore sufficiente.

Si accontentò di una sommaria dichiarazione di riservatezza da parte mia, dopo di che lo sguardo gli si accese, e mi disse che i due apparecchi che portava con sé non erano macchine fotografiche, bensí due Calometri. Due calorimetri? No, due Calometri, due misuratori di bellezza. Uno maschile ed uno femminile.

– Si tratta di una nostra produzione nuova: una piccola serie sperimentale. I primi esemplari sono stati affidati ai funzionari piú anziani e fidati, mi disse senza falsa modestia. – Ci hanno incaricati di collaudarli in varie condizioni ambientali e su soggetti diversi. I particolari tecnici del funzionamento non ce li hanno spiegati (sa bene, si tratta delle solite questioni brevettuali): invece hanno molto insistito su quella che loro chiamano la *philosophy* dell'apparecchio.

– Un misuratore di bellezza! Mi pare un po' audace. Che cosa è la bellezza? Lo sa, lei? Glielo hanno spiegato, quelli laggiú, della sede centrale, di Fort... come si chiama?

– Di Fort Kiddiwanee. Sí, la questione se la sono posta; ma sa, gli americani (dovrei dire «noi americani», vero? ma sono passati tanti anni!) gli americani sono piú semplici di noi. Ci potevano essere delle incertezze fino a ieri, ma oggi la cosa è chiara: la bellezza è ciò che il Calometro misura. Scusi: quale elettricista si preoccupa di sapere qual è l'intima essenza della differenza di potenziale? La differenza di potenziale è ciò che un voltmetro misura: il resto non sono che inutili complicazioni.

– Appunto. Il voltmetro serve agli elettricisti, è un loro strumento di lavoro. Il Calometro a chi serve? La NATCA, finora, si è conquistata una buona rinomanza con le sue macchine per ufficio, roba solida e quadrata, per calcolare, duplicare, comporre, tradurre: non capisco come si dedichi ora alla costruzione di apparecchi cosí... frivoli. Frivoli o filosofici: non c'è via di mezzo. Io non comprerei mai un Calometro: a cosa diavolo può servire?

Il signor Simpson si fece radioso: appoggiò l'indice sinistro al naso, deviandolo fortemente verso destra, poi disse: – Sa quante prenotazioni abbiamo già? Non meno di quarantamila solo negli Stati, e la campagna pubblicitaria non è neppure incominciata. Potrò confidarle particolari piú ampi fra qualche giorno, quando saranno chiariti alcuni aspetti legali relativi ai possibili impieghi del congegno; ma lei non crederà che una NATCA si possa permettere di progettare e lanciare un modello senza una seria ricerca di mercato! D'altronde, l'idea ha tentato anche i nostri, dirò cosí, colleghi d'oltrecortina. Non lo sapeva? è un pettegolezzo d'alto livello che è perfino venuto sui giornali (però si parlava genericamente di «un nuovo ritrovato di importanza strategica»), ha fatto il giro di tutte le nostre filiali, ed ha anche destato qualche apprensione. I sovietici sostengono il contrario, come sempre; ma abbiamo buone prove che un nostro progettista, tre anni fa, ha fatto pervenire a Mosca, al ministero della Educazione, l'idea fondamentale del Calometro e uno dei primi disegni d'insieme.

Già non è un segreto per nessuno che la NATCA è un covo di criptocomunisti, di intellettuali e di arrabbiati.

– Per nostra fortuna, la cosa è finita in mano ai burocrati e ai teorici di estetica marxista; grazie ai primi, si è perso un paio d'anni: grazie ai secondi, il tipo di apparecchio che verrà fuori laggiú non potrà in alcun modo fare concorrenza al nostro. È destinato ad altri impieghi: pare che si tratti di un Calogoniometro, che misura la bellezza in funzione dell'angolo di apertura sociale, il che non ci riguarda per nulla. Il nostro punto di vista è ben diverso, piú concreto. La bellezza, stavo per dirle, è un numero puro: è un rapporto, o meglio un insieme di rapporti. Non voglio farmi bello delle penne altrui: quanto le sto dicendo lo troverà tutto, ed espresso con parole piú elevate, nell'opuscolo pubblicitario del Calometro, che è già pronto in America, e in corso di traduzione; sa, io non sono che un piccolo ingegnere, e per di piú atrofizzato da vent'anni di attività commerciale (prospera, però). La bellezza, secondo la nostra filosofia, è relativa a un modello, variabile a piacere, ad arbitrio della moda, o magari di un qualsiasi osservatore, e non esistono osservatori privilegiati. Ad arbitrio di un artista, di un persuasore occulto, od anche semplicemente del singolo cliente. Perciò, ogni Calometro deve essere tarato prima dell'impiego, e la taratura è una operazione delicata e fondamentale: a titolo di esempio, l'apparecchio che lei vede è stato tarato sulla *Fantesca* di Sebastiano dal Piombo.

– Dunque, se ho capito bene, si tratta di un apparecchio differenziale?

Certo. Naturalmente, non si può pretendere che ogni utente abbia gusti evoluti e differenziati: non tutti gli uomini posseggono un ideale femminile definito. Perciò, in questa fase iniziale di messa a punto e di introduzione commerciale, la NATCA si è orientata su tre modelli: un modello *blank* che viene tarato gratuitamente sul campione indicato dal cliente, e due modelli a taratura standard, per la misura rispettivamente della bellezza femminile e maschile. A titolo sperimentale, per tutto il corrente anno il modello femminile, detto Paride, verrà tarato sulle fattezze di Elizabeth Taylor, e il modello maschile (che per ora non è molto richiesto) sulle fattezze di Raf Vallone. A proposito: ho ricevuto proprio stamane una lettera riservata da Fort Kiddiwanee, Oklahoma: mi comunicano che, finora, per questo modello non è stato trovato un nome soddisfacente, e che è stato aperto un concorso fra noi funzionari anziani. Il premio, naturalmente, è un Calometro, a scelta fra i tre tipi. Lei, che è una persona colta, vuole forse cimentarsi? Sarei lieto di farla concorrere sotto il mio nome...

Non pretendo che Semiramide sia un nome molto originale, e neppure molto pertinente: si vede che gli altri concorrenti avevano una fantasia e una cultura ancora piú torpide delle mie. Vinsi il concorso, o meglio lo feci vincere a Simpson, il quale ricevette e mi cedette un Calometro *blank* rendendomi felice per un mese.

Provai ugualmente il congegno cosí come mi era stato inviato, ma senza costrutto: segnava 100 su qualsiasi oggetto gli venisse presentato. Lo rimandai in filiale, e me lo feci tarare su di una buona riproduzione a colori del *Ritratto della signora Lunia Czechowska*; mi fu restituito con lodevole prontezza, e lo provai in varie condizioni.

Esprimere un giudizio finale è forse prematuro e presuntuoso; tuttavia mi pare di poter affermare che il Calometro è un apparecchio sensibile ed ingegnoso. Se il suo scopo è quello di riprodurre il giudizio umano, esso è ampiamente raggiunto: ma riproduce il giudizio di un osservatore dai gusti estremamente limitati e ristretti, o meglio di un maniaco. Il mio apparecchio, ad esempio, assegna punteggi bassi a tutti i visi femminili tondeggianti e assolve i visi allungati; a tal punto che ha assegnato una quotazione di K 32 alla nostra lattaia, che è considerata una delle bellezze del rione ma è grassoccia, e addirittura ha valutato K 28 la Gioconda, che gli ho sottoposto in riproduzione. È invece straordinariamente parziale per i colli lunghi e sottili.

La sua qualità piú sorprendente (anzi, a ben guardare la sola che lo distingua da un banale sistema di fotometri) è la sua indifferenza alla posizione del soggetto e alla sua distanza. Ho pregato mia moglie, che è risultata una buona K 75, con punte di K 79 quando è riposata e serena e in buone condizioni di luce, di sottoporsi a misure in posizioni diverse, di fronte, di profilo destro e sinistro, sdraiata, col cappello o senza, con gli occhi aperti o chiusi, ed ho sempre ottenuto letture comprese entro 5 unità K.

Le indicazioni si alterano decisamente solo quando il viso fa un angolo di piú di 90°; se il soggetto è completamente rigirato, e cioè offre la nuca all'apparecchio, si hanno letture molto basse.

Devo qui ricordare che mia moglie ha un viso ovale molto allungato, il collo esile e il naso leggermente rivolto all'insú; a mio parere, meriterebbe anche un punteggio piú alto, se non fosse dei capelli, che mia moglie ha neri, mentre quelli del modello di taratura sono biondo-scuri.

Se si punta il Paride su visi maschili si ottengono generalmente risposte inferiori a K 20, e inferiori a K 10 se il soggetto porta i baffi o la barba. È notevole che il Calometro dà di rado letture rigorosamente nulle: esso, analogamente a quanto avviene ai bambini, ravvisa il volto umano anche nelle sue imitazioni piú grossolane o casuali. Mi sono divertito a fare scorrere lentamente l'obiettivo su di una superficie irregolarmente variegata (per la precisione, una carta da parati): ogni sussulto della lancetta corrispondeva ad una zona in cui era possibile riconoscere una vaga parvenza antropomorfa. Ho ottenuto letture zero solo su soggetti decisamente asimmetrici o informi, e naturalmente su fondi uniti.

Mia moglie non può soffrire il Calometro, ma, come è suo costume, non vuole o non sa spiegarmene la ragione. Ogni volta che mi vede con l'apparecchio in mano, o me lo sente nominare, si raggela e il suo umore precipita. Questo è ingiusto da parte sua, poiché, come ho detto, non è stata giudicata male: K 79 è una quotazione eccellente. In principio pensavo che avesse esteso al Calometro la sua diffidenza generica per gli apparecchi che Simpson mi vende o cede in prova, e per Simpson medesimo; tuttavia il suo silenzio e il suo disagio mi pesavano talmente, che l'altra sera ho deliberatamente provocato la sua indignazione giocherellando un'ora buona col Calometro in giro per casa: ed ecco, devo dire che le sue opinioni, benché espresse in forma concitata, sono fondate e ragionevoli.

In sostanza, mia moglie è scandalizzata dall'estrema docilità dell'apparecchio. Secondo lei, piuttosto che un misuratore di bellezza è un misuratore di conformità, e quindi uno strumento squisitamente conformista. Ho tentato di difendere il Calometro (che, secondo mia moglie, sarebbe piú corretto chiamare «omeometro») facendole notare che chiunque giudica è un conformista, in quanto, consapevolmente o no, si riferisce a un modello: le ho ricordato il tempestoso esordio degli impressionisti; l'odio della pubblica opinione per i singoli innovatori (in tutti i campi), che si muta in quieto amore quando gli innovatori non sono piú innovatori; infine ho cercato di dimostrarle che l'instaurarsi di una moda, di uno stile, l'«abituarsi» collettivo a un nuovo modo di esprimersi, è l'analogo esatto della taratura di un Calometro. Ho insistito su quello che ritengo il fenomeno piú allarmante della civiltà d'oggi, e cioè che anche l'uomo medio, oggi, si può tarare nei modi piú incredibili: gli si può far credere che sono belli i mobili svedesi e i fiori di plastica, e solo quelli; gli individui biondi, alti e con gli occhi azzurri, e solo quelli; che è solo buono un certo dentifricio, solo abile un certo chirurgo, solo depositario della verità un certo partito; ho affermato che in sostanza è poco sportivo disprezzare una macchina solo perché riproduce un procedimento mentale umano. Ma mia moglie è un caso disperato di educazione crociana: ha risposto «sarà», e non mi è sembrato di averla convinta.

D'altra parte, in questi ultimi tempi anch'io ho perso parte del mio entusiasmo, ma per motivi diversi. Ho nuovamente incontrato Simpson, alla cena del Rotary: era di ottimo umore, e mi ha annunciato due sue «grandi vittorie».

– Ormai posso sciogliere le mie riserve sulla campagna di vendite, – mi ha detto. – Lei non mi crederà, ma non esiste in tutto il nostro assortimento una macchina piú facile da piazzare. Spedisco domani la relazione mensile per Fort Kiddiwanee; vedrà se non ci scappa la promozione! Io lo dico sempre: due sono le grandi virtú del venditore: la conoscenza umana e la fantasia –. Si fece confidenziale e abbassò la voce: – ... le centrali squillo! Nessuno ci aveva ancora pensato, neanche in America. È un vero censimento spontaneo: non credevo che fossero tante. Tutte le direttrici hanno subito intuito l'importanza commerciale di uno schedario moderno, completato da una indicazione calometrica obiettiva: Magda, anni 22, K 87; Wilma, anni 26, K 77... comprende?

– Poi ho fatto un'altra pensata:... be', questa veramente non è tutta merito mio mi è stata suggerita dalle circostanze. Ho venduto un Paride al suo amico Gilberto: sa che ha fatto? appena lo ha ricevuto lo ha manomesso, lo ha starato e ritarato su se stesso.

– Ebbene?

– Ma non vede? È un'idea che si può far nascere, per cosí dire, spontanea nel capo della maggior parte dei clienti. Ho già preparato una bozza del volantino pubblicitario che vorrei diffondere per le prossime feste: anzi, se lei fosse cosí gentile da dargli un'occhiata... sa, non sono molto sicuro del mio italiano. Una volta che la moda sia lanciata, chi non regalerà a sua moglie (o a suo marito) un Calometro tarato su una sua fotografia? Vedrà, saranno pochi a resistere alla lusinga del K 100: ricordi la strega di Biancaneve. A tutti piace sentirsi lodare e sentirsi dare ragione, anche se soltanto da uno specchio o da un circuito stampato.

Non conoscevo questo lato cinico del carattere di Simpson: ci siamo lasciati freddamente, e temo che la nostra amicizia sia seriamente compromessa.

Quaestio de centauris

et quae sit iis potandi, comedendi et nubendi ratio.
Et fuit debatuta per X hebdomadas inter vesanum auctorem
et ejusdem sodales perpetuos G. L. et L. N.

Mio padre lo teneva in stalla, perché non sapeva dove altro tenerlo. Gli era stato regalato da un amico, capitano di mare, che diceva di averlo comperato a Salonicco: io però ho saputo da lui direttamente che il suo luogo di nascita era Colofone.

A me, avevano severamente proibito di avvicinarlo, perché, dicevano, si arrabbia facilmente e tira calci. Ma, per mia esperienza diretta, posso affermare che si tratta di un vecchissimo luogo comune: per cui, fin dalla mia adolescenza, ho sempre tenuto il divieto in ben poco conto, ed anzi, specialmente d'inverno, ho passato con lui molte ore memorabili, ed altre bellissime di estate, quando Trachi (cosí si chiamava) mi caricava sul dorso con le sue stesse mani, e partiva in folle galoppo per i boschi della collina.

Aveva imparato la nostra lingua abbastanza facilmente conservando però un leggero accento levantino. Nonostante i suoi duecentosessanta anni, era di aspetto giovanile, sia nella parte umana che in quella equina. Quanto andrò esponendo è il frutto di quei nostri lunghi colloqui.

Le origini dei centauri sono leggendarie; ma le leggende che si tramandano fra loro sono molto diverse da quelle che noi consideriamo classiche.

È notevole che anche queste loro tradizioni facciano capo all'uomo arci-intelligente, ad un Noè inventore e salvatore, che fra loro porta il nome di Cutnofeset. Ma non vi erano centauri nell'arca di Cutnofeset: né vi erano d'altronde «sette paia di ogni specie di animali mondi, ed un paio di ogni specie di animali immondi». La tradizione centauresca è piú razionale di quella biblica, e racconta che furono salvati solo gli archetipi, le specie-chiave: l'uomo, ma non la scimmia; il cavallo, ma non l'asino né l'onagro; il gallo ed il corvo, ma non l'avvoltoio né l'upupa né il girifalco.

Come sono dunque nate queste specie? Subito dopo, dice la leggenda. Quando le acque si ritirarono, la terra rimase coperta di uno strato profondo di fango caldo. Ora questo fango, che albergava nella sua putredine tutti i fermenti di quanto nel diluvio era perito, era straordinariamente fertile: non appena il sole lo toccò, si coprí di germogli, da cui scaturirono erbe e piante di ogni genere; ed ancora, ospitò nel suo seno cedevole ed umido le nozze di tutte le specie salvate nell'arca. Fu un tempo mai piú ripetuto, di fecondità delirante, furibonda, in cui l'universo intero sentí amore, tanto che per poco non ritornò in caos.

Furono quelli i giorni in cui la terra stessa fornicava col cielo, in cui tutto germinava, tutto dava frutto. Ogni nozza era feconda, e non in qualche mese, ma in pochi giorni; né solo ogni nozza, ma ogni contatto, ogni unione anche fugace, anche fra specie diverse, anche fra bestie e pietre, anche fra piante e pietre. Il mare di fango tiepido, che occultava la faccia della terra fredda e vereconda, era un solo talamo sterminato, che ribolliva di desiderio in ogni suo recesso, e pullulava di germi giubilanti.

Fu questa seconda creazione la vera creazione; ché, a quanto si tramanda fra i centauri, non si spiegherebbero diversamente certe analogie, certe convergenze da tutti osservate. Perché il delfino è simile ad un pesce, eppure partorisce ed allatta i suoi nati? Perché è figlio di un tonno e di una vacca. Di dove i colori gentili delle farfalle, e la loro abilità al volo? Sono figlie di una mosca e di un fiore. E le testuggini, sono figlie di un rospo e di uno scoglio. E i pipistrelli, di una civetta e di un topo. E le conchiglie, di una lumaca e di un ciottolo levigato. E gli ippopotami, di una cavalla e di un fiume. E gli avvoltoi, di un verme nudo e di una strige. E le grandi balene, i leviatani, di cui a stento si potrebbe spiegare altrimenti la sterminata mole? Le loro ossa legnose, la loro pelle untuosa e nera ed il loro fiato rovente sono la testimonianza viva di un connubio venerando, della stretta avida dello stesso fango primordiale attorno alla chiglia femminea dell'arca, che era stata costruita in legno di Gofer, e rivestita di dentro e di fuori con lucido asfalto, quando la fine di ogni carne era stata decretata.

Cosí ebbe dunque origine ogni forma oggi vivente od estinta: i dragoni ed i camaleonti, le chimere e le arpie, i coccodrilli e i minotauri, gli elefanti e i giganti, le cui ossa pietrose ancor oggi si ritrovano con meraviglia nel seno delle montagne. E cosí loro stessi, i centauri: poiché a questa festa delle origini, a questa panspermía, anche i pochi superstiti della famiglia umana avevano preso parte.

Vi aveva preso parte segnatamente Cam, il figlio scostumato: dai cui amori sfrenati con una cavalla di Tessaglia trasse origine la prima generazione di centauri. Questi furono fin dall'inizio una progenie nobile e forte, in cui si conservava il meglio della natura umana e della equina. Erano ad un tempo savi e valorosi, generosi ed arguti, buoni alla caccia ed al canto, alla guerra ed alla osservazione degli astri. Pareva anzi, come avviene nei connubi piú felici, che le virtú dei genitori si esaltassero a vicenda nella prosapia, poiché essi furono, almeno agli inizi, piú possenti e piú veloci alla corsa delle loro madri tessale, e di gran lunga piú sapienti e piú accorti del nero Cam e degli altri loro padri umani. Cosí pure sarebbe da spiegarsi, secondo alcuni, la loro longevità; la quale, secondo altri, sarebbe invece da attribuirsi alle loro abitudini alimentari, che in seguito andrò dichiarando. O forse ancora, essa non è che la proiezione nel tempo della loro vitalità grande: e questo anch'io credo per fermo (e lo attesta la storia che sto per raccontare), che non si tramandi in essi la possa erbivora del cavallo, bensí la cecità rossa dello spasimo sanguigno e vietato, l'attimo di pienezza umano-ferina in cui furono concepiti.

Checché di questo si pensi, a chiunque abbia considerato con qualche attenzione le tradizioni classiche sui centauri non può essere sfuggito che ivi non è mai fatta menzione delle centauresse. A quanto appresi da Trachi, esse infatti non esistono.

L'unione uomo-cavalla, che oggi peraltro è feconda solo in rari casi, non porta e non ha mai portato che a centauri maschi, del che deve certamente esistere una ragione vitale, che per ora ci sfugge. Quanto alla unione inversa, di cavalli con donne, essa ebbe luogo assai di rado in ogni tempo, ed inoltre per sollecitazione di donne dissolute, e quindi perciò stesso poco propense alla generazione.

Tale rarissimo connubio, nei casi eccezionali in cui riesce fecondo, conduce bensí ad una prole femminea e duplice: ma in essa le due nature sono commesse al modo inverso. Le creature hanno capo, collo e zampe anteriori equine; ma il dorso ed il ventre sono di femmina umana, e gambe umane sono le zampe posteriori.

Nella sua lunga vita Trachi non ne incontrò che poche, e mi assicurò di non aver provato alcuna attrazione per questi squallidi mostri. Non sono «fiere snelle», ma animali scarsamente vitali, infecondi, inerti e fuggitivi: non entrano in dimestichezza con l'uomo né apprendono ad obbedire ai suoi comandi, ma vivono miseramente nelle selve piú fitte, non in branchi, ma in rustica solitudine. Si nutrono di erbe e di bacche, e quando sono sorprese dall'uomo, hanno la curiosa abitudine di presentarglisi sempre di fronte, quasi vergognose della loro metà umana.

Trachi era dunque nato in Colofone dall'unione segreta di un uomo con una delle numerose cavalle tessale che ancora vivono selvagge in quest'isola. Temo che alcuni fra i lettori di queste note potranno rifiutare credenza a queste affermazioni, poiché la scienza ufficiale, imbevuta ancor oggi di aristotelismo, nega la possibilità di unioni feconde fra specie diverse. Ma la scienza ufficiale manca spesso di umiltà; infeconde sono invero tali unioni, in generale; ma quante volte è stata tentata la prova? Non piú di qualche diecina. Ed è stata tentata fra tutte le innumerevoli coppie possibili? No certo. Poiché non ho ragione di dubitare su quanto di se stesso Trachi mi narrò, devo dunque invitare gli increduli a considerare che vi sono piú cose in cielo ed in terra di quante la nostra filosofia ne abbia sognate.

Aveva vissuto per lo piú in solitudine, abbandonato a se stesso, come è destino comune di tutti i suoi simili. Dormiva all'aperto, in piedi sulle quattro zampe, col capo sulle braccia, e queste appoggiate ad un ramo basso o ad una roccia. Pascolava per le praterie e le radure dell'isola, o raccoglieva frutti dai rami; nei giorni piú caldi, scendeva a qualche spiaggia deserta, e qui si bagnava, nuotando alla maniera equina, col busto ed il capo eretti, e galoppava poi a lungo, segnando impetuosamente la sabbia umida.

Ma la massima parte del suo tempo, in ogni stagione, era dedicata al cibo: anzi, in tutte le scorrerie che Trachi, nel vigore della sua giovinezza, spesso intraprendeva per le balze e le forre sterili della sua isola nativa, sempre, secondo un loro provvido istinto, portava seco sotto le ascelle due grossi fasci di erbe o di fronde, che raccoglieva nei momenti di riposo.

Occorre infatti ricordare che i centauri, benché costretti ad un regime strettamente erbivoro dalla loro costituzione che è in prevalenza equina, hanno torso e capo a somiglianza di uomini: questa loro struttura li costringe ad introdurre attraverso una piccola bocca umana, l'ingente quantità di erba, fieno o biada che è necessaria al sostentamento dei loro vasti corpi. Questi alimenti, notoriamente poco nutritivi, esigono inoltre una lunga masticazione, poiché la dentatura umana male si adatta alla triturazione dei foraggi.

In conclusione, l'alimentazione dei centauri è un processo laborioso: essi, per fisica necessità, sono costretti a trascorrere masticando i tre quarti del loro tempo. Di questo fatto non mancano testimonianze autorevoli: prima fra tutte quella di Ucalegonte di Samo (*Dig. Phil.*, XXIV, II-8 e XLIII *passim*), il quale attribuisce la proverbiale saggezza dei centauri proprio al loro regime alimentare, consistente in un unico pasto continuato dall'alba al tramonto: questo li distoglierebbe da altre sollecitudini nefaste o vane, quali la cupidigia di ricchezze o la maldicenza, e contribuirebbe alla loro continenza abituale. Né la cosa era sconosciuta a Beda, che vi accenna nella *Historia Ecclesiastica Gentis Anglorum*.

È abbastanza strano che la tradizione mitologica classica abbia trascurato questa peculiarità dei centauri. La verità del fatto riposa nondimeno su testimonianze certe, e d'altronde, come abbiamo dimostrato, esso può venire dedotto per mezzo di semplici considerazioni di filosofia naturale.

Per ritornare a Trachi, la sua educazione era stata, per i nostri criteri, stranamente parziale. Aveva imparato il greco dai pastori dell'isola, la cui compagnia egli talora cercava, per quanto fosse di natura schiva e taciturna. Aveva inoltre appreso, per sua propria osservazione, molte cose sottili ed intime sulle erbe, sulle piante, sugli animali dei boschi, sulle acque, sulle nuvole, sulle stelle e sui pianeti; ed io stesso notai che, anche dopo la cattura, e sotto un cielo straniero, sentiva l'approssimarsi di una bufera, o l'imminenza di una nevicata, con molte ore di anticipo. Sentiva anche, e non saprei descrivere come, né d'altronde lui stesso lo sapeva, sentiva germinare il grano nei campi, sentiva pulsare le acque nelle vene sotterranee, percepiva la erosione dei torrenti nelle piene. Quando partorí la vacca dei De Simone, a duecento metri da noi, affermò di sentirne il riflesso nei propri visceri; lo stesso accadde quando venne a partorire la figlia del mezzadro. Anzi, mi segnalò in una notte di primavera che un parto doveva essere in corso, e precisamente in un certo angolo del fienile; e vi andammo, e vi trovammo una pipistrella, che aveva appena dato alla luce sei mostriciattoli ciechi, e stava porgendo loro il suo minuscolo latte.

Cosí, mi disse, tutti i centauri son fatti, che sentono per le vene, come un'onda di allegrezza, ogni germinazione, animale, umana o vegetale. Percepiscono anche, a livello dei precordi, e sotto forma di un'ansia e di una tensione tremula, ogni desiderio ed ogni amplesso che avvenga nelle loro vicinanze; perciò, quantunque abitualmente casti, entrano in uno stato di viva inquietudine al tempo degli amori.

Abbiamo vissuto a lungo insieme: in un certo senso, posso affermare che siamo cresciuti insieme. Malgrado i suoi molti anni, era di fatto una creatura giovane, in tutte le sue manifestazioni ed attività, ed apprendeva con tale prontezza che ci parve inutile (oltre che imbarazzante) mandarlo a scuola. Lo educai io stesso, quasi senza saperlo e volerlo, trasmettendogli a misura le nozioni che giorno per giorno imparavo dai miei maestri.

Lo tenevamo il piú possibile nascosto, in parte per suo esplicito desiderio, in parte per una forma di affetto esclusivo e geloso che tutti gli portavamo; in parte ancora, perché ragione ed intuito insieme ci consigliavano di risparmiargli ogni contatto non necessario col nostro mondo umano.

Naturalmente, la sua presenza presso di noi era trapelata fra il vicinato; in principio facevano molte domande, anche poco discrete, ma in seguito, come suole, la loro curiosità andò attenuandosi per mancanza di alimento. Pochi amici nostri intimi erano stati ammessi alla sua presenza, primi fra tutti i De Simone, e divennero in breve amici anche suoi. Solo una volta, che la puntura di un tafano gli aveva provocato un doloroso ascesso purulento alla groppa, dovemmo ricorrere all'opera di un veterinario: ma era un uomo discreto e comprensivo, il quale ci garantí il piú scrupoloso segreto professionale, e, a quanto so, mantenne la promessa.

Altrimenti andavano le cose col maniscalco. I maniscalchi, purtroppo, sono ormai rarissimi: ne trovammo uno a due ore di cammino, ed era un tanghero, stupido e brutale. Mio padre cercò invano di indurlo ad un certo riserbo: tra l'altro, pagandogli i suoi servigi il decuplo dell'onesto. Non servì a nulla: ogni domenica, all'osteria, teneva circolo e raccontava all'intero villaggio del suo strano cliente. Per fortuna, era dedito al vino, e solito raccontare storie strampalate quando era ubriaco; perciò incontrò scarsa credenza.

Mi pesa scrivere questa storia. È una storia della mia giovinezza, e mi pare, scrivendola, di espellerla da me, e che dopo mi sentirò privo di qualche cosa forte e pura.

Venne una estate, e ritornò presso i genitori Teresa De Simone, mia coetanea e amica d'infanzia. Aveva studiato in città, non la vedevo da molti anni, la trovai cambiata, ed il cambiamento mi turbò. Forse me ne innamorai, ma inconsciamente: voglio dire, senza prenderne atto, neppure in via ipotetica. Era piuttosto graziosa, timida, tranquilla e serena.

Come ho già accennato, i De Simone erano fra i pochi vicini che noi frequentassimo con qualche assiduità. Conoscevano Trachi e lo amavano.

Dopo il ritorno di Teresa, passammo una lunga serata insieme, noi tre. Fu una serata di quelle, rare, che non si dimenticano: un intenso odore di fieno, la luna, i grilli, un'aria tiepida e ferma. Si sentivano canti lontani, e Trachi prese ad un tratto a cantare, senza guardarci, come in sogno. Era una lunga canzone, dal ritmo fiero ed alto, con parole a me sconosciute. Una canzone greca, disse Trachi: ma quando gli chiedemmo di tradurla, volse il capo e tacque.

Tacemmo tutti a lungo; poi Teresa si congedò. La mattina seguente Trachi mi trasse in disparte e mi parlò cosí:

– La mia ora è giunta, o carissimo: mi sono innamorato. Quella donna è entrata in me, e mi possiede. Desidero vederla e udirla, forse anche toccarla, e non altro; desidero quindi una cosa che non si dà. Mi sono ristretto in un punto: non c'è piú altro in me che questo desiderio. Sto mutando, sono mutato, sono diventato un altro.

Anche altre cose mi disse, che trascrivo con esitazione, perché sento che difficilmente saprò cogliere il segno. Che, dalla sera prima, si sentiva diventato «un campo di battaglia»; che comprendeva, come mai aveva compreso, le gesta dei suoi avi impetuosi, Nesso, Folo; che tutta la sua metà umana era gremita di sogni, di fantasie nobili, gentili e vane; avrebbe voluto compiere imprese temerarie, facendo giustizia con la forza del suo braccio; sfondare col suo impeto le foreste piú fitte, giungere in corsa ai confini del mondo, scoprire e conquistare nuove terre, ed instaurarvi opere di civiltà feconda. Che tutto questo, in qualche modo a lui stesso oscuro, avrebbe voluto farlo davanti agli occhi di Teresa De Simone: farlo per lei, dedicarlo a lei. Che infine, conosceva la vanità dei suoi sogni nell'atto stesso in cui li sognava; e che era questo il contenuto della canzone della notte avanti: una canzone appresa nella sua lontana adolescenza in Colofone, e da lui mai compresa né mai cantata fino ad allora.

Per varie settimane non avvenne altro; vedevamo ogni tanto i De Simone, ma dal contegno di Trachi nulla si vide della tempesta che lo agitava. Io fui, e non altri, chi provocò lo scioglimento.

Una sera di ottobre Trachi si trovava dal maniscalco. Incontrai Teresa, e passeggiammo insieme nel bosco. Parlavamo: e di chi se non di Trachi? Non tradii le confidenze del mio amico: ma feci peggio.

Mi accorsi ben presto che Teresa non era timida come sembrava: scelse come a caso un viottolo che conduceva nel bosco piú fitto; era un viottolo cieco, io lo sapevo, e sapevo che Teresa lo sapeva. Dove la traccia spariva, sedette sulle foglie secche, ed io feci altrettanto. Suonavano le sette al campanile della valle, ed ella si strinse a me in un modo che mi tolse ogni dubbio. Quando tornammo a casa era notte, ma Trachi non era ancora rientrato.

Ho avuto subito coscienza di aver male operato: anzi nell'atto stesso; ed ancor oggi ne porto pena. Eppure so che la mia colpa non è piena, né lo è quella di Teresa. Trachi era fra noi: eravamo immersi nella sua aura, gravitavamo nel suo campo. So questo, poiché io stesso ho visto, dove lui passava, schiudersi anzitempo i fiori, ed il loro polline volare nel vento della sua corsa.

Trachi non rientrò. Il resto della sua storia fu da noi ricostruito faticosamente, nei giorni che seguirono, su testimonianze e su segni.

Dopo una notte, che fu di ansiosa attesa per tutti, e per me di segreto tormento, scesi io stesso a cercare del maniscalco. Non lo trovai in casa: era all'ospedale, con il cranio spaccato; non era in grado di parlare. Trovai il suo aiutante. Mi raccontò che Trachi era venuto verso le sei, per farsi ferrare. Era taciturno e triste, ma tranquillo. Si lasciò incatenare come al solito, senza mostrare impazienza (era questo l'uso incivile di quel maniscalco: aveva avuto un incidente anni prima con un cavallo ombroso, ed invano avevamo cercato di convincerlo che tale precauzione era del tutto assurda con Trachi). Aveva già tre zoccoli ferrati quando un brivido lungo e violento lo aveva scosso. Il maniscalco si era rivolto a lui con quelle voci rudi che si usano coi cavalli; come andava facendosi sempre piú inquieto, lo aveva colpito con una frusta.

Trachi era sembrato calmarsi, «ma girava gli occhi intorno come un matto, e sembrava che sentisse delle voci». Ad un tratto, con una scossa furiosa aveva divelto le catene dai loro incastri nel muro, ed una appunto di queste aveva colpito al capo il maniscalco, mandandolo a terra svenuto; si era buttato contro la porta con tutto il suo peso, a capofitto, riparandosi la testa con le braccia incrociate, ed era partito al galoppo su per la collina, mentre le quattro catene, che ancora gli impedivano le zampe, gli roteavano intorno ferendolo a piú riprese.

– A che ora è successo? – domandai, turbato da un presentimento,

L'aiutante esitò: non era ancora notte, non sapeva con precisione. Ma sí, ora ricordava: pochi attimi prima dello scatenamento era suonata l'ora al campanile, ed il padrone gli aveva detto, in dialetto perché Trachi non capisse: – Già le sette! Se tutti i clienti fossero *difisiôs* come questo...

Le sette!

Non trovai difficoltà, purtroppo, a seguire il percorso di Trachi furioso: se anche nessuno l'avesse visto, rimanevano tracce cospicue del sangue che aveva perduto, ed i graffi delle catene sulla scorza degli alberi e sulle rocce ai margini della strada. Non si era diretto verso casa, né verso la cascina De Simone: aveva saltato netto la staccionata alta due metri che recinge la proprietà Chiapasso, aveva preso di traverso per le vigne, aprendosi un varco tra i filari con furia cieca, in linea retta, abbattendo paletti e viti, stroncando i robusti fili di ferro che sostengono i tralci.

Era giunto sull'aia, e aveva trovato la porta della stalla chiusa col catenaccio dall'esterno. Avrebbe potuto agevolmente aprire con le mani: invece aveva raccolto una vecchia macina da grano, pesante mezzo quintale, e l'aveva scagliata contro la porta mandandola in schegge. Nella stalla non c'erano che le sei mucche, un vitello, polli e conigli. Trachi era ripartito all'istante, e si era diretto, sempre a folle galoppo, verso la tenuta del barone Caglieris.

Questa è lontana almeno sei chilometri, dall'altra parte della valle, ma Trachi vi arrivò in pochi minuti. Cercava la scuderia: non la trovò al primo colpo, ma solo dopo di aver sfondato a calci e a spallate diverse porte. Quanto fece nella scuderia, lo sappiamo da un testimone oculare: uno stalliere, che al fracasso della porta infranta aveva avuto il buon senso di nascondersi nel fieno, e di lí aveva visto ogni cosa.

Aveva sostato un attimo sulla soglia, ansante e sanguinante. I cavalli, inquieti, scrollavano i musi tirando sulle cavezze: Trachi era piombato su di una cavalla bianca, di tre anni; aveva spezzato d'un colpo la catenella che la legava alla mangiatoia, e trascinandola per questa stessa l'aveva condotta fuori. La cavalla non aveva opposto alcuna resistenza; strano, mi disse lo stalliere, perché era di carattere piuttosto ombroso e restio, e non era neppure in calore.

Avevano galoppato insieme fino al torrente: qui Trachi era stato visto sostare, attingere acqua colle mani, e bere ripetutamente. Poi avevano proseguito affiancati fino al bosco. Sí, ho seguito le loro tracce: fino a quel bosco, fino a quel sentiero, fino a quella macchia in cui Teresa mi aveva chiesto.

E proprio qui, per tutta la notte, Trachi doveva aver celebrato le sue nozze gigantesche. Vi trovai il suolo scalpicciato, rami spezzati, crini bianchi e bruni, capelli umani, ed ancora sangue. Poco lontano, richiamato dal suo respiro affannoso, trovai lei, la giumenta. Giaceva a terra su di un fianco, ansimante, col nobile mantello sporco di terra e d'erba. Al mio passo sollevò a stento il muso, e mi seguí con lo sguardo terribile dei cavalli spaventati. Non era ferita, ma esausta. Partorí dopo otto mesi un puledrino: normalissimo, a quanto mi è stato detto.

Qui le tracce dirette di Trachi si perdono. Ma, come forse qualcuno ricorda, nei giorni seguenti comparve sui giornali notizia di una curiosa catena di abigeati, tutti perpetrati con la medesima tecnica: la porta infranta, la cavezza sciolta o spezzata, l'animale (sempre una giumenta, e sempre una sola) condotto in qualche bosco poco lontano, e qui ritrovato sfinito. Solo una volta il rapitore sembrò aver trovato resistenza: la sua occasionale compagna di quella notte fu trovata morente, con la cervice slogata.

Sei furono questi episodi, e furono segnalati in vari punti della penisola, susseguendosi da nord a sud. A Voghera, a Lucca, presso il lago di Bracciano, a Sulmona, a Cerignola. L'ultimo avvenne presso Lecce. Poi null'altro; ma forse si deve riconnettere a questa storia la curiosa segnalazione fatta alla stampa dall'equipaggio di un peschereccio pugliese: di aver incontrato, al largo di Corfú, «un uomo a cavallo di un delfino». La strana apparizione nuotava vigorosamente verso levante, i marinai le avevano dato una voce, al che l'uomo e la groppa grigia si erano immersi, scomparendo alla vista.

Pieno impiego

– Proprio come nel '29, – diceva il signor Simpson. – Lei è giovane e non può ricordare, ma è proprio come allora: sfiducia, inerzia, mancanza di iniziative. E laggiú negli Stati, dove le cose non vanno poi tanto male, lei pensa che mi diano una mano? Al contrario: proprio quest'anno, che ci sarebbe voluto qualcosa di nuovo, di rivoluzionario, sa che cosa ha tirato fuori l'Ufficio Progetti della NATCA, con tutti i suoi quattrocento tecnologi e cinquanta scienziati? Ecco, guardi: è tutto qui –. Cavò di tasca una scatola metallica e la posò con dispetto sul tavolo.

– Mi dica lei, come si fa a fare il rappresentante con amore? È una bella macchinetta, non dico di no, ma creda, per correre da un cliente all'altro tutto l'anno senz'altro in mano, e cercare di convincerli che è questa la grande novità NATCA 1966, ci vuole un certo coraggio.

– Che cosa sa fare? – chiesi.

– Ecco, è ben questo il punto: sa fare tutto e niente. In genere, le macchine sono specializzate: un trattore tira, una sega sega, un versificatore fa versi, un fotometro misura la luce. Questo qui, invece, è buono a far tutto, o quasi. Minibrain si chiama: neanche il nome è indovinato, secondo me. È presuntuoso e vago, e non si può tradurre in italiano: insomma, non ha nessun appello commerciale. È un selettore a quattro piste, ecco quello che è: vuol sapere quante donne di nome Eleonora sono state operate di appendicite in Sicilia nel 1940? o quanti fra i suicidi in tutto il mondo, dal 1900 ad oggi, erano mancini e simultaneamente biondi? Non ha che da premere questo tasto e avrà la risposta in un attimo: ma solo se prima avrà introdotto qui i protocolli, e scusi se è poco. Insomma, per me è un errore grossolano e lo pagheranno caro. Secondo loro la novità sta nel fatto che è tascabile, e poi nel prezzo. Lo vuole? ventiquattromila lire ed è suo: neanche fosse fatto in Giappone. Ma sa che le dico? Se entro l'anno non mi dànno qualcosa di piú originale, con tutti i miei sessant'anni e trentacinque di servizio io li pianto. No, no, non scherzo. Per mia fortuna, ho altre carte in mano: non per vantarmi, ma mi sento di fare qualcosa di meglio che piazzare selettori in tempo di congiuntura.

Durante tutto questo discorso, che si svolgeva al termine di uno dei prodighi banchetti che la NATCA, malgrado tutto, continua ad organizzare ogni anno per i suoi migliori clienti, avevo seguito con curiosità l'umore di Simpson. In contrasto con le sue stesse parole, non sembrava affatto scoraggiato: al contrario, era insolitamente animato e allegro. Dietro gli spessi occhiali, i suoi occhi grigi brillavano vivi: o era solo effetto del vino, che entrambi avevamo bevuto in abbondanza? Decisi di agevolargli la strada della confidenza.

– Sono persuaso anch'io che, colla sua esperienza, lei possa fare qualcosa di meglio che girare a vendere macchine per ufficio. Vendere è difficile, spesso sgradevole; eppure è un mestiere che mantiene aperti i contatti umani, che insegna ogni giorno qualcosa di nuovo... Infine, non c'è solo la NATCA al mondo.

Simpson accettò prontamente il gambetto che gli offrivo. – Proprio qui sta il nocciolo della questione: alla NATCA sbagliano o esagerano. È una mia vecchia idea: le macchine sono importanti, non ne possiamo piú fare a meno, condizionano il nostro mondo, ma non sono sempre la soluzione migliore dei nostri problemi.

Il discorso non era molto chiaro: tentai un nuovo sondaggio. – Certo: il cervello umano è insostituibile. Una verità che chi progetta cervelli elettronici è propenso a dimenticare. – No, no, – rispose Simpson con impazienza, – non mi parli di cervello umano. Prima di tutto è troppo complicato, poi non è affatto dimostrato che possa arrivare a comprendere se stesso, infine c'è già troppa gente che se ne occupa. Brava gente, disinteressata, non dico, ma troppi; ci sono montagne di libri e migliaia di organizzazioni, di altre Natche non migliori né peggiori della mia, in cui si sta cucinando il cervello umano in tutte le salse. Freud, Pavlov, Turing, i cibernetici, i sociologi, tutti a manipolarlo, a denaturarlo, e le nostre macchine cercano di copiarlo. No, la mia idea è un'altra –. Fece una pausa, come se esitasse, poi si curvò sul tavolo e disse a bassa voce: – Non è solo un'idea. Vuole venire domenica a trovarmi?

Era una vecchia villa in collina, che Simpson aveva acquistato per pochi soldi alla fine della guerra. I Simpson ricevettero mia moglie e me con cordialità e cortesia; fui molto lieto di conoscere finalmente la signora Simpson, una donna esile, dai capelli già grigi, mite e riservata eppure piena di calore umano. Ci fecero sedere in giardino, presso la sponda di uno stagno: la conversazione si trascinava distratta e vaga, soprattutto per colpa di Simpson. Guardava per aria, si agitava sulla sedia, accendeva continuamente la pipa e la lasciava spegnere: si vedeva benissimo che aveva una fretta quasi comica di concludere i preamboli e di venire al sodo.

Devo ammettere che lo fece con eleganza. Mentre sua moglie serviva il tè, chiese: – Signora, un po' di mirtilli? Ce ne sono molti, e ottimi, dall'altra parte della valle. – Non vorrei che lei si disturbasse... – cominciò mia moglie; Simpson rispose: – Per carità! – poi cavò di tasca un piccolo strumento che mi parve simile a un flauto di Pan, e fischiò tre note. Si udí un frullare d'ali lieve e secco, le acque dello stagno si incresparono, sui nostri capi passò un rapido volo di libellule. – Due minuti! – fece Simpson trionfante, e fece scattare il cronometro a polso; la sig-nora Simpson, con un sorriso fiero e insieme un po' vergognoso, entrò in casa, riapparve con una coppa di cristallo, e la posò vuota sul tavolino. Al termine del secondo minuto le libellule tornarono, come una minuscola ondata di bombardieri: dovevano essere varie centinaia. Rimasero librate sopra di noi in volo fermo, in un fruscio metallico quasi musicale, poi ad una ad una discesero di scatto sulla coppa, rallentarono il volo, lasciarono cadere un mirtillo e si involarono fulminee. In pochi istanti, la coppa fu piena: non un mirtillo era caduto fuori, ed erano ancora freschi di rugiada.

– Riesce sempre, – disse Simpson. – È una dimostrazione spettacolare, però non molto rigorosa. Tuttavia, poiché ha visto, non occorre che mi sforzi per convincerla a parole. Ora mi dica: se questo si può fare, che senso avrebbe studiare una macchina a cui si possa ordinare di raccogliere mirtilli in due ettari di bosco? E crede che se ne potrebbe progettare una che sappia eseguire l'ordine in due minuti, senza fracasso, senza consumare carburante, senza guastarsi e senza guastare il bosco? E il costo, pensi, il costo? Quanto costa uno sciame di libellule? Che oltre a tutto, poi, sono molto graziose.

– Sono libellule... condizionate? – domandai sciocamente. Non ero riuscito a trattenere una furtiva occhiata d'allarme rivolta a mia moglie, e temevo che Simpson se ne fosse accorto e ne avesse capito il significato. Il viso di mia moglie era impassibile, ma percepivo distintamente il suo disagio.

– Non sono condizionate: sono al mio servizio. Anzi, piú esattamente: abbiamo concluso un accordo –. Simpson si appoggiò allo schienale della sedia e sorrise benevolmente, godendosi l'effetto della sua battuta; poi riprese: – Già, forse sarà meglio raccontare le cose dal principio. Avrà letto, immagino, di quei geniali lavori di Von Frisch sul linguaggio delle api: la danza ad otto, le sue modalità e il suo significato in rapporto alla distanza, alla direzione e alla quantità del cibo. L'argomento mi ha affascinato, dodici anni fa, e da allora ho dedicato alle api tutte le mie ore libere di fine settimana. In principio volevo soltanto provare a parlare con le api nel loro linguaggio. Sembra assurdo che nessuno ci abbia pensato prima: ci si riesce con facilità straordinaria. Venga a vedere.

Mi mostrò un alveare in cui aveva sostituito la parete anteriore con un vetro smerigliato. Tracciò col dito alcuni otto inclinati sulla faccia esterna del vetro, e poco dopo un piccolo sciame uscí ronzando dalla portina.

– Mi rincresce di averle ingannate, per questa volta. A sud-est, a duecento metri di distanza, non c'è proprio niente, poverette: volevo solo farle vedere come ho rotto il ghiaccio, la parete di incomprensione che ci separa dagli insetti. Mi ero fatto le cose difficili, al principio: pensi che, per diversi mesi, ho danzato a otto io stesso, tutto intero, voglio dire, non solo col dito; sí, qui davanti, sul prato. Capivano lo stesso, ma con difficoltà, e poi era faticoso e ridicolo. Piú tardi ho visto che basta molto meno: un segno qualunque, ha visto, anche con uno stecco, col dito, purché sia conforme al loro codice.

– E anche con le libellule...?

– Con le libellule, per ora, ho solo rapporti indiretti. È stato il secondo passo: mi sono accorto abbastanza presto che il linguaggio delle api va parecchio oltre alla danza ad otto per segnalare il cibo. Oggi posso dimostrare che posseggono altre danze, voglio dire altre figure; non le ho ancora comprese tutte ma ho già potuto compilare un piccolo glossario, con qualche centinaio di voci. Eccolo qui: ci sono gli equivalenti di un buon numero di sostantivi del tipo di «sole, vento, pioggia, freddo, caldo», eccetera; c'è un assortimento molto vasto di nomi di piante: a questo proposito, ho notato che posseggono almeno dodici figure distinte per indicare, ad esempio, il melo, a seconda che si tratti di un albero grande, piccolo, vecchio, sano, inselvatichito, e cosí via: un po' come facciamo noi con i cavalli. Sanno dire «raccogliere, pungere, cadere, volare»; anche qui, posseggono per il volo un numero sorprendente di sinonimi: il «volare» loro proprio è diverso da quello delle zanzare, da quello delle farfalle e da quello dei passeri. Invece non distinguono fra camminare, correre, nuotare, viaggiare su ruote: per loro, tutti gli spostamenti a livello del suolo o sull'acqua sono uno «strisciare». Il loro patrimonio lessicale relativo agli altri insetti, e soprattutto agli insetti che volano, è appena inferiore al nostro; invece, si accontentano di una nomenclatura estremamente generica per gli animali piú grossi. I loro segni per i quadrupedi, rispettivamente dal topo al cane e dalla pecora in su, sono due soli, e potrebbero essere resi approssimativamente con «quattro piccolo» e «quattro grande». Neppure distinguono fra uomo e donna; gli ho dovuto spiegare io la differenza.

– E lei parla questo linguaggio?

– Male, per ora: ma lo capisco abbastanza bene, e me ne sono servito per farmi spiegare alcuni fra i piú grossi misteri dell'alveare; come decidono il giorno della strage dei maschi, quando e perché autorizzano le regine a combattere fra loro fino a morte, come stabiliscono il rapporto numerico fra fuchi e operaie. Non mi hanno detto tutto, però: mantengono certi segreti. Sono un popolo di grande dignità.

– Anche con le libellule parlano danzando?

– No: le api comunicano danzando solo fra loro e (perdoni l'immodestia) con me. Quanto alle altre specie, devo dirle prima di tutto che le api hanno rapporti regolari solo con le piú evolute; specialmente con gli altri insetti sociali, e con quelli che hanno abitudini gregarie. Per esempio, hanno contatti abbastanza stretti (anche se non sempre amichevoli) con le formiche, con le vespe, e appunto con le libellule; con le cavallette invece, e in genere con gli ortotteri, si limitano a ordini e minacce. Ad ogni modo, con tutti gli altri insetti le api comunicano per mezzo delle antenne. È un codice rudimentale, ma in compenso talmente veloce che non ho assolutamente potuto seguirlo, e temo sia irrimediabilmente al di fuori delle possibilità umane. Del resto, se devo dirle la verità, non solo non ho speranza, ma neppure desiderio di entrare in contatto con altri insetti tagliando fuori le api: mi sembrerebbe poco delicato nei loro confronti, e poi loro si prestano a fare da mediatrici con grande entusiasmo, quasi come se si divertissero. Per tornare al codice, chiamiamolo cosí, interinsettico, ho l'impressione che non si tratti di un linguaggio vero e proprio: piuttosto che rigidamente convenzionale, mi è sembrato affidato alla intuizione e alla fantasia del momento. Deve essere vagamente simile al modo complicato e insieme compendiario con cui noi uomini comunichiamo coi cani (avrà notato, non è vero? che un linguaggio uomo-cane non esiste, eppure ci si intende nei due sensi in misura considerevole): ma certo molto piú ricco, come lei stesso potrà vedere dai risultati.

Ci condusse per il giardino e il pergolato, e ci fece notare che non c'era una sola formica. Non erano insetticidi: a sua moglie le formiche non piacevano (la signora Simpson, che ci seguiva, arrossí intensamente), cosí lui aveva proposto loro un contratto. Lui avrebbe provveduto al mantenimento di tutte le loro colonie fino al muro perimetrale (una spesa di due o tremila lire all'anno, mi spiegò), e loro si sarebbero impegnate a smobilitare tutti i formicai in un raggio di cinquanta metri dalla villa, a non aprirne di nuovi, e a sbrigare in due ore al giorno, dalle 5 alle 7, tutti i lavori di micropulizia e di distruzione delle larve nocive, nel giardino e in villa. Le formiche avevano accettato: però, poco dopo, attraverso la mediazione delle api, si erano lagnate di una certa colonia di formicaleoni che infestavano una fascia sabbiosa ai margini del bosco. Simpson mi confessò che a quell'epoca non sapeva neppure che i formicaleoni fossero le larve delle libellule: si era poi recato sul posto, e aveva assistito con raccapriccio alle loro abitudini sanguinarie. La sabbia era costellata di piccole buche coniche: ecco, una formica si era avventurata sull'orlo e subito era precipitata sul fondo insieme con la sabbia instabile. Dal fondo era emerso un paio di feroci mandibole ricurve, e Simpson aveva dovuto riconoscere che la protesta delle formiche era giustificata. Mi disse di essersi sentito fiero e insieme confuso per l'arbitrato che gli veniva richiesto: dalla sua decisione sarebbe dipeso il buon nome dell'intero genere umano.

Aveva convocato una piccola assemblea: – È stato nello scorso settembre, una seduta memorabile. Erano presenti api, formiche e libellule: libellule adulte, che difendevano con molto rigore e urbanità i diritti delle loro larve. Mi fecero notare che queste ultime non potevano in alcun modo essere tenute responsabili del loro regime alimentare: erano inette alla locomozione, e non potevano che tendere agguati alle formiche o morire di fame. Io allora proposi di stanziare per loro una adeguata razione giornaliera di mangime bilanciato, quello che usiamo qui per i polli. Le libellule chiesero una prova pratica: le larve mostrarono di gradirlo, e allora le libellule si dichiararono pronte a interporre i loro buoni uffici affinché ogni insidia ai danni delle formiche fosse sospesa. È stato in quella occasione che ho offerto loro un extra per ogni spedizione nel bosco dei mirtilli: ma è una prestazione che chiedo loro di rado. Sono fra gli insetti piú intelligenti e robusti, e mi aspetto molto da loro.

Mi spiegò che gli era sembrato poco corretto proporre una qualsiasi forma di contratto alle api, che erano già fin troppo occupate; per contro era in avanzate trattative con mosche e zanzare. Le mosche erano stupide, e non se ne poteva cavare molto: solo di non infastidire in autunno e di non frequentare la stalla e il letamaio. Contro quattro milligrammi di latte al giorno a testa, avevano accettato: Simpson si proponeva di incaricarle di semplici messaggi urgenti, almeno finché in villa non gli avessero installato il telefono. Con le zanzare, le trattative si delineavano difficili per altre ragioni: non solo non erano buone a nulla, ma avevano fatto intendere che non volevano, anzi non potevano rinunciare al sangue umano, o almeno mammifero. Data la vicinanza dello stagno, le zanzare costituivano una discreta molestia, perciò a Simpson un accordo sembrava desiderabile: si era consultato col veterinario condotto, e si proponeva di prelevare da una mucca in stalla mezzo litro di sangue ogni due mesi. Con un po' di citrato non sarebbe coagulato, e a conti fatti avrebbe dovuto bastare per tutte le zanzare del luogo. Mi fece notare che in sé non era un grande affare, ma era sempre meno costoso di una irrorazione di DDT, e inoltre non avrebbe turbato l'equilibrio biologico della zona. Questo particolare non era senza importanza, perché il metodo avrebbe potuto essere brevettato, e sfruttato in tutte le regioni malariche: riteneva che le zanzare avrebbero capito abbastanza presto che era loro evidente interesse evitare di infettarsi col plasmodio, e quanto ai plasmodi stessi, anche se si fossero estinti non sarebbe stato un gran male. Gli chiesi se non si sarebbero potuti concludere analoghi patti di non aggressione con altri parassiti delle persone e delle abitazioni: Simpson mi confermò, che fino a quel momento, i contatti con gli insetti non gregari erano risultati difficili; che, d'altra parte, non vi si era dedicato con particolare diligenza dato lo scarso profitto che se ne sarebbe potuto sperare, anche nella migliore delle ipotesi; che riteneva inoltre che essi fossero non gregari appunto per la loro incapacità di comunicare. Tuttavia, in tema di insetti nocivi, aveva già pronta una bozza di contratto approvata dalla Food & Agricolture Organization, e si proponeva di discuterla con una delegazione di locuste subito dopo la stagione della metamorfosi, attraverso la mediazione di un suo amico, il rappresentante della NATCA per la RAU e il Libano.

Il sole era ormai tramontato, e ci ritirammo in salotto: mia moglie ed io eravamo pieni di ammirazione e di turbamento. Non riuscivamo a dire a Simpson quello che pensavamo: poi mia moglie si decise, e con grande fatica gli disse che aveva messo le mani su un... su una «cosa» nuova e grossa, ricca di sviluppi scientifici e anche poetici. Simpson la arrestò: – Signora, io non dimentico mai di essere un uomo di affari: anzi, dell'affare piú grosso non ho ancora detto. Vi prego di non parlarne ancora in giro, ma dovete sapere che questo mio lavoro interessa loro profondamente, ai *bigs* della NATCA, e in specie ai cervelloni del Centro Ricerche a Fort Kiddiwanee. Li ho messi al corrente, beninteso dopo di aver definito la situazione brevettuale, e pare ne stia nascendo una combinazione interessante. Guardi cosa c'è qui dentro –. Mi porse una minuscola scatola di cartone, non piú grossa di un ditale. La apersi:

– Qui dentro non c'è niente!

– Quasi niente, – fece Simpson. Mi diede una lente: sul fondo bianco della scatola vidi un filamento, piú sottile di un capello, lungo forse un centimetro; verso la metà si distingueva un leggero ingrossamento.

– È un resistore, – disse Simpson: – il filo è da due millesimi, la giunzione è da cinque, e il tutto costa quattromila lire; ma presto ne costerà duecento. Questo pezzo è il primo che è stato montato dalle mie formiche: dalle rufe dei pini, le piú robuste ed abili. Ho insegnato in estate a una squadra di dieci, e loro hanno fatto scuola a tutte le altre. Dovrebbe vederle è uno spettacolo unico: due afferrano i due elettrodi con le mandibole, una li attorciglia di tre giri e li fissa con una gocciolina di resina, poi tutte e tre depongono il pezzo sul trasportatore. In tre, montano un resistore in 14 secondi, compresi i tempi morti, e lavorano 20 ore su 24. Ne è nato un problema sindacale, si capisce, ma queste cose si accomodano sempre; loro sono soddisfatte, su questo non c'è dubbio. Ricevono una retribuzione in natura, suddivisa in due partite: una per cosí dire personale, che le formiche consumano nelle pause del lavoro, e l'altra collettiva, destinata alle scorte del formicaio, che esse immagazzinano nelle tasche ventrali; in tutto, 15 grammi al giorno per l'intera squadra di lavoro, che è composta di cinquecento operaie. È il triplo di quanto potevano raggranellare in un giorno di raccolta qui nel bosco. Ma questo è solo un inizio. Sto allenando altre squadre per altri lavori «impossibili». Una a tracciare il reticolo di diffrazione di uno spettrometro, mille righe in 8 millimetri; una a riparare circuiti stampati miniaturizzati, che finora una volta guasti si buttavano via; una a ritoccare negative fotografiche; quattro a svolgere lavori ausiliari nella chirurgia del cervello, e già fin d'ora le posso dire che si dimostrano insostituibili nell'arrestare le emorragie dei capillari. Basta pensarci un momento, e subito vengono in mente decine di lavori che richiedono spese di energia minime, ma non si possono eseguire economicamente perché le nostre dita sono troppo grosse e lente, perché un micromanipolatore è troppo costoso, o perché comportano operazioni troppo numerose su un'area troppo vasta. Ho già preso contatti con una stazione sperimentale agraria per vari esperimenti appassionanti: vorrei allenare un formicaio a distribuire i fertilizzanti «a dimora», voglio dire, un granello per ogni seme; un altro formicaio, a bonificare le risaie, asportando le erbe infestanti quando sono ancora in germe; un altro, a mondare i silos; un altro ancora, a eseguire microinnesti cellulari... È breve la vita, mi creda: mi maledico per aver cominciato cosí tardi. Da soli si può fare cosí poco!

– Perché non si prende un socio?

– Crede che io non abbia provato? Per poco non finivo in galera. Mi sono convinto che... come dice il vostro proverbio? Meglio soli.

– In galera?

– Sí, per via di O'Toole, solo sei mesi fa. Giovane, ottimista, intelligente, instancabile, e poi pieno di fantasia, una miniera di idee. Ma un giorno ho trovato sulla sua scrivania un oggettino curioso, una pallina di plastica cava, non piú grossa di un acino d'uva, con una polverina dentro. L'avevo io in mano, capisce, quando hanno bussato alla porta: era l'Interpol, otto agenti. Mi ci è voluto fior di avvocati per uscirne, per farli persuasi che io ero all'oscuro di tutto.

– All'oscuro di cosa?

– Della storia delle anguille. Sa bene, non sono insetti, ma anche loro migrano a banchi, migliaia e migliaia, tutti gli anni. S'era messo d'accordo con loro, quel disgraziato: come se io gli avessi fatto mancare il denaro. Le aveva corrotte con qualche mosca morta, e loro venivano a riva una per una, prima di mettersi in viaggio per il mare dei Sargassi: due grammi di eroina per una, nelle palline, legate sulla schiena. Laggiú, naturalmente, c'era lo yacht di Rick Papaleo ad aspettarle. Adesso, come le dicevo, ogni sospetto a mio carico è caduto: però tutta la faccenda è venuta alla luce, e ho il fisco alle calcagna. Si immaginano che io guadagni chissà che cosa: stanno facendo accertamenti. Una vecchia storia, vero? Inventi il fuoco e lo doni agli uomini, poi un avvoltoio ti rode il fegato per l'eternità.

Il sesto giorno

Dramatis Personae

Arimane
Ormuz
Segretario
Consigliere anatomista
Economo
Ministro delle Acque
Consigliere psicologo
Consigliere termodinamico
Messaggero
Consigliere chimico
Consigliere meccanico

Scena, per quanto è possibile, aperta e profonda. Un tavolo molto massiccio e rozzo, sedie ricavate da blocchi di pietra. Un enorme orologio dal battito molto lento e rumoroso, il cui quadrante porta, invece delle ore, geroglifici, simboli algebrici, segni dello zodiaco. Una porta in fondo.

ARIMANE (*tiene in mano, aperta, una lettera dai molti sigilli; ha l'aria di continuare un discorso già iniziato*) Venerabili signori, si tratta dunque di concludere, direi coronare, il nostro ormai lungo lavoro. Come ho avuto l'onore di esporvi, la Direzione, pur con qualche minore riserva, e ripromettendosi di apportare qualche non essenziale modifica al nostro operato, è in linea di massima soddisfatta sia dell'organizzazione da noi attuata, sia della sua attuale gestione. È stata encomiata particolarmente la elegante e pratica soluzione del problema della rigenerazione dell'ossigeno (*accenna al consigliere termodinamico, che si inchina ringraziando*); il felice procedimento proposto e realizzato dal consigliere chimico (*cenno e inchino c. s.*) per la chiusura del ciclo dell'azoto; ed in altro campo, non meno importante, la messa a punto del volo battente, per cui sono lieto di trasmettere al consigliere meccanico (*cenno e inchino c. s.*) l'alto elogio della Direzione, insieme con l'incarico di renderne partecipi il preposto agli uccelli ed il preposto agli insetti che lo hanno coadiuvato. Devo infine lodare la solerzia e la perizia delle maestranze, grazie a cui, quantunque l'esperienza di fabbricazione non possa dirsi lunga, lo sfrido, gli esemplari bocciati al collaudo e gli scarti di produzione possono dirsi ridotti a limiti piú che soddisfacenti.

Nella sua odierna comunicazione, la Direzione (*mostra la lettera*) rinnova, in forma piú esplicita, le sue pressioni affinché i lavori di progettazione relativi al modello Uomo trovino sollecita conclusione. Allo scopo di adeguarci per il meglio alle superiori disposizioni, sarà quindi opportuno addentrarsi risolutamente nei particolari del progetto.

ORMUZ (*è un personaggio triste e dimesso. Durante tutto il discorso di Arimane ha dato segni d'inquietudine e disapprovazione; a varie riprese ha accennato a prendere la parola, poi, come se non osasse, si è riseduto. Parla con voce timida, con esitazioni e pause, come se trovasse a stento le parole*) Vorrei pregare il mio venerabile collega e fratello di dare pubblica lettura alla mozione a suo tempo approvata dal Consiglio direttoriale esecutivo, relativa alla questione Uomo. È passato parecchio tempo, e temo che alcuni degli interessati non l'abbiano piú presente.

ARIMANE (*visibilmente contrariato, guarda con ostentazione l'orologio da polso, poi il grande orologio*) Collega segretario, la prego di ricercare fra gli atti la mozione Uomo, ultima redazione. Non ne ricordo con esattezza la data, ma dovrebbe trovarsi press'a poco all'epoca dei primi verbali di collaudo relativi ai placentati. La prego di far presto: la quarta glaciazione sta per cominciare, e non vorrei che si dovesse rimandare tutto ancora una volta.

SEGRETARIO (*nel frattempo ha cercato e trovato la mozione in un voluminoso incartamento; legge con voce ufficiale*) «Il Consiglio direttoriale esecutivo, *persuaso che* (*mormorio incomprensibile*)...; *considerando*... (*c. s*.); *nell'intento di*... (*c. s*.); *conformemente* ai superiori interessi della... (*c. s*.); RITIENE OPPORTUNA la progettazione e creazione di una specie animale distinta da quelle finora realizzate per i requisiti seguenti:

a) particolare attitudine a creare ed utilizzare strumenti;

b) capacità di esprimersi articolatamente, ad esempio mediante segni, suoni, o con qualsiasi altro mezzo che i singoli signori tecnici riterranno atto allo scopo;

c) idoneità alla vita sotto condizioni di servizio estreme;

d) un certo grado, da stabilirsi sperimentalmente al suo valore ottimale, di tendenza alla vita associata.

Sollecita dai signori tecnici e dagli uffici competenti il massimo interessamento per il suddetto problema, che riveste carattere di urgenza, e ne *auspica* una rapida e brillante soluzione».

ORMUZ (*si alza bruscamente in piedi e parla colla precipitazione dei timidi*) Non ho mai fatto mistero della mia opposizione di principio alla creazione del cosiddetto Uomo. Già all'epoca in cui la Direzione aveva, non senza leggerezza (*mormorii: Ormuz aspira profondamente, esita, poi continua*) formulato la prima stesura della mozione ora letta, avevo fatto presenti i pericoli connessi con l'inserimento del cosiddetto Uomo nell'equilibrio planetario attuale. Naturalmente, conoscendo l'importanza che per ragioni fin troppo ovvie la Direzione annette al problema in questione, e la proverbiale ostinazione (*mormorii, commenti*) della Direzione medesima, mi rendo conto che è ormai tardi per provocare il ritiro della mozione. Mi limiterò quindi, volta per volta, ed in sede puramente consultiva, a suggerire quelle modifiche e quelle attenuazioni all'ambizioso programma del Consiglio che, secondo me, ne permetteranno l'attuazione senza eccessivi traumi a lunga o breve scadenza.

ARIMANE   Sta bene, sta bene, venerabile collega. Le sue riserve sono note, noto è il suo personale scetticismo e pessimismo, e nota infine è la sua interessante relazione sul discutibile risultato di esperimenti similari da lei stesso condotti in varie epoche e su altri pianeti, al tempo in cui avevamo tutti le mani piú libere. Sia detto fra noi, quei suoi conati di Superbestie tutte raziocinio ed equilibrio, piene fino dall'uovo di geometria, di musica e di saggezza, facevano ridere i polli. Sapevano di antisettico e di chimica inorganica. A chiunque avesse una certa pratica delle cose di questo mondo, o d'altronde di qualsiasi altro mondo, sarebbe stata intuitiva la loro incompatibilità con l'ambiente che le circondava, ambiente per necessità florido e putrido insieme, pullulante, confuso, mutevole.

Mi permetterò di ripeterle che proprio a causa di questi insuccessi la Direzione insiste e preme ora affinché venga finalmente affrontato di petto, con serietà e competenza, (*ripete con intenzione*) con serietà e competenza, ho detto, questo ormai vecchio problema; ed affinché faccia la sua comparsa l'ospite atteso, (*liricamente*) il dominatore, il conoscitore del bene e del male; colui insomma che il Consiglio direttoriale esecutivo ebbe elegantemente a definire come l'essere costruito ad immagine e somiglianza del suo creatore. (*Applausi composti ed ufficiali*).

Al lavoro, dunque, o signori; ed ancora una volta permettetemi di ricordarvi che il tempo stringe.

CONSIGLIERE ANATOMISTA   Domando la parola.

ARIMANE   La parola al collega consigliere anatomista.

CONSIGLIERE ANATOMISTA   Dirò in breve quanto la mia competenza specifica mi suggerisce circa l'impostazione del problema. In primo luogo, sarebbe illogico partire da zero, trascurando tutto il buon lavoro svolto finora sulla terra. Già possediamo un mondo animale e vegetale approssimativamente in equilibrio; raccomando perciò ai colleghi progettisti di astenersi da scarti troppo arditi e da troppo audaci innovazioni sui modelli già attuati. Il campo è già fin troppo vasto. Se mi fossero concesse indiscrezioni che sfiorano i limiti del riserbo professionale, potrei intrattenervi a lungo sui numerosissimi progetti che vanno accumulandosi sul mio scrittoio (per non dire di quelli cui si addice il cestino). Notate bene, si tratta di materiale spesso assai interessante, e comunque originale: organismi progettati per temperature varianti da -270 a $+300\,°C$, studi su sistemi colloidali in anidride carbonica liquida, metabolismi senza azoto o senza carbonio, e cosí via. Un bel tipo mi ha addirittura proposto una linea di modelli vitali esclusivamente metallici; un altro, un ingegnosissimo organismo vescicolare quasi perfettamente autarchico, piú leggero dell'aria perché gonfio di idrogeno che esso ricava dall'acqua mediante un sistema enzimatico teoricamente ineccepibile, e destinato a navigare col vento per tutta la superficie terrestre, senza sensibile spesa di energia.

Accenno a queste curiosità essenzialmente per darvi un'idea dell'aspetto, dirò cosí, negativo delle mie mansioni. Si tratta, in vari casi, di temi potenzialmente fecondi: ma sarebbe a mio parere un errore lasciarsi distrarre dal loro indiscutibile fascino. Mi pare indubbio, se non altro per ragioni di tempo e di semplicità, che nel progetto in esame il punto di partenza vada cercato in uno dei campi in cui la nostra esperienza sia stata meglio e piú a lungo collaudata. Questa volta non ci possiamo permettere tentativi, rifacimenti, correzioni: ci sia di ammonimento il disastroso insuccesso dei grandi sauri, che pure sulla carta promettevano tanto bene, e che, in fondo, non si scostavano gran che dagli schemi tradizionali. Scartando per ovvie ragioni il regno vegetale, addito pertanto all'attenzione dei progettisti i mammiferi e gli artropodi (*brusio prolungato, commenti*); né vi nasconderò che la mia personale predilezione va a questi ultimi.

ECONOMO   Come è mia abitudine e mio dovere, intervengo non interpellato. Collega anatomista, mi dica: quali, secondo lei, dovrebbero essere le dimensioni dell'Uomo?

CONSIGLIERE ANATOMISTA (*preso alla sprovvista*)   Ma... veramente... (*calcola a mezza voce, scarabocchiando cifre e schizzi davanti a sé su un foglio*) vediamo... ecco, da una sessantina di centimetri a quindici o venti metri lineari. Compatibilmente con il prezzo unitario e con le esigenze della locomozione, io opterei per le dimensioni maggiori: mi sembrano garantire un più facile successo nell'inevitabile competizione con altre specie.

ECONOMO   Data la sua preferenza per gli artropodi, lei pensa dunque ad un Uomo lungo una ventina di metri ed a scheletro esterno?

CONSIGLIERE ANATOMISTA   Certo: mi permetto di ricordarle, modestamente, la eleganza di questa mia innovazione. Collo scheletro esterno portante si soddisfa con un'unica struttura alle esigenze del sostegno, della locomozione e della difesa; le difficoltà dell'accrescimento, come è noto, si possono facilmente aggirare con l'artificio delle mute, da me recentemente messo a punto. L'introduzione della chitina come materiale di costruzione...

ECONOMO (*gelido*)   ... Lei conosce il costo della chitina?

CONSIGLIERE ANATOMISTA   No, ma in ogni modo...

ECONOMO   Basta. Ho elementi sufficienti per oppormi recisamente alla sua proposta di un uomo artropodo di venti metri. E, meglio pensando, neppure di cinque, e neppure di un metro. Se lo vorrete fare artropodo, affar vostro; ma se sarà più grosso di un cervo volante, io non rispondo più di nulla, e col bilancio ve la vedrete voi.

ARIMANE Collega anatomista, il parere dell'economo (oltre che, a mio parere, giustificatissimo) è purtroppo inappellabile. Mi pare d'altronde che, oltre ai mammiferi, a cui lei accennava poc'anzi, l'ordine dei vertebrati presenti ancora interessanti possibilità fra i rettili, gli uccelli, i pesci...

MINISTRO DELLE ACQUE (*vecchietto arzillo, con la barba azzurra ed in mano un piccolo tridente*) Eccola, eccola, la parola giusta. È inconcepibile, a mio avviso, che in quest'aula non si sia ancora fatto cenno della soluzione acquatica. Ma già, si tratta di un'aula disperatamente asciutta: pietra, cemento, legno, non una pozzanghera, che dico? nemmeno un rubinetto. Roba da sentirsi coagulare!
Eppure tutti sanno che le acque coprono i tre quarti della superficie terrestre; ed inoltre, la terra emersa è una superficie, non ha che due dimensioni, due coordinate, quattro punti cardinali; mentre l'oceano, signori, l'oceano...

ARIMANE Non avrei obiezioni di principio contro un Uomo in tutto o in parte acquatico; ma il comma a) della mozione UOMO parla di strumenti, e mi domando con quale materiale un uomo galleggiante o subacqueo potrebbe foggiarseli.

MINISTRO DELLE ACQUE Non vedo la difficoltà. Un Uomo acquatico, specie se con abitudini costiere, avrebbe a sua disposizione gusci di molluschi, ossa e denti di ogni specie, minerali vari di cui molti facilmente lavorabili, alghe con fibre tenaci; anzi, a questo proposito, basterebbe una mia parolina al mio amico preposto ai vegetali, e nel giro di qualche migliaio di generazioni potremmo disporre in abbondanza di qualsiasi materiale simile ad esempio al legno, o alla canapa, o al sughero di cui gli proponessimo i requisiti: entro i limiti, beninteso, del buon senso e della tecnica attuale.

CONSIGLIERE PSICOLOGO (*è equipaggiato da «marziano», con casco, occhiali enormi, antenne, fili ecc.*) Signori, siamo, anzi siete, fuori strada. Ho sentito or ora parlare come se niente fosse di un uomo costiero, senza che alcuno si sia alzato per far rilevare l'estrema precarietà di vita a cui sono sottoposte le creature che vivono fra la terra e l'acqua, esposte all'insidia di entrambi gli elementi. Si pensi ai guai delle foche! Ma c'è ben altro: mi pare chiaro, da almeno tre dei quattro commi della mozione direttoriale, che l'uomo viene tacitamente inteso come ragionevole.

MINISTRO DELLE ACQUE   Si capisce! E con questo? Vuole forse insinuare che non si può ragionare stando sott'acqua? E io allora che ci starei a fare, io che trascorro in acqua la quasi totalità delle mie ore lavorative?

CONSIGLIERE PSICOLOGO   La prego, venerabile collega, si calmi e mi lasci dire. Non c'è niente di piú facile che tirar giú un bel rotolo di disegni, in pianta e spaccato, con tutti i particolari costruttivi, di un bel bestione o bestiola, colle ali o senza, colle unghie o colle corna, con due occhi o otto occhi o centottanta occhi, o magari con mille zampe, come quella volta che mi avete fatto sudar sangue per mettere in ordine il sistema nervoso del millepiedi.

Poi si fa un circolino vuoto dentro la testa, con scritto accanto col normografo: «Cavità cranica per sistemazione encefalo», e il capo psicologo deve cavarsela. E finora me la sono cavata, nessuno può negarlo, ma, dico io, non vi siete resi conto che se qualcuno deve dire la sua, sul tema dell'uomo acquatico, o terrestre, o volante, quello sono io? Gli strumenti, e il linguaggio articolato, e la vita associata, tutto in un colpo solo, e subito, e (ci scommetto) magari qualcuno troverà ancora a ridire perché il senso d'orientamento è un po' scarso, o qualcun altro (*guarda l'economo con intenzione*) protesterà perché al chilo viene a costare di piú di una talpa o di un caimano! (*Mormorii, approvazioni, qualche dissenso. Il consigliere psicologo si toglie il casco da marziano per grattarsi la testa ed asciugarsi il sudore, poi lo rimette e continua*) Insomma, ascoltatemi bene, e se qualcuno vorrà riferire a quelli di lassú, tanto meglio. Di tre cose l'una: o mi si prenderà d'ora in avanti sul serio, e non mi si presenteranno piú i progetti già belli e pronti e firmati; o mi si lascerà un tempo ragionevole per uscire dai pasticci; o io mi dimetto, e allora, invece del circolino vuoto, il collega anatomista potrà mettere, nella testa delle sue piú ingegnose creazioni, un pacchetto di connettivo, o uno stomaco di emergenza, o, meglio che tutto, un bel gnocco di grasso di riserva. Ho detto.

Silenzio compunto e colpevole da cui emerge infine la voce suadente di Arimane.

ARIMANE Venerabile collega psicologo, posso darle formale assicurazione che nessuno, in questa assemblea, ha mai pensato neppure per un istante a sottovalutare le difficoltà e le responsabilità della sua opera; d'altronde lei ci insegna che le soluzioni di compromesso sono una regola piú che una eccezione, ed è nostro compito comune il cercare di risolvere i singoli problemi nello spirito della massima possibile collaborazione. Nel caso in discussione, poi, è evidente a tutti l'importanza preminente delle sue opinioni, ed è ben nota la sua competenza specifica. A lei dunque la parola.

CONSIGLIERE PSICOLOGO (*istantaneamente mansuefatto; prende fiato profondamente*) Signori, è mia opinione; del resto ampiamente documentabile, che per mettere insieme un Uomo rispondente ai requisiti prescritti, ed insieme vitale, economico e ragionevolmente duraturo, occorrerebbe rifarsi alle origini, ed impostare questo animale su basi definitamente nuove.

ARIMANE (*interrompe*) Niente, niente, non...

CONSIGLIERE PSICOLOGO Va bene, venerabile collega, l'obiezione dell'urgenza era prevista e scontata. Mi sia comunque concesso di deprecare che ancora una volta motivi estrinseci vengano a turbare quello che (e capita di rado!) avrebbe potuto diventare un lavoretto interessante; del resto, pare che sia questo il destino di noi tecnici.

Per ritornare dunque alla questione di base, non v'è dubbio per me che l'Uomo ha da essere terrestre e non acquatico. Ve ne esporrò in breve le ragioni. Mi pare chiaro che questo Uomo dovrà possedere facoltà mentali piuttosto bene sviluppate, e questo, allo stato presente delle nostre conoscenze, non può venire attuato senza uno sviluppo corrispondente degli organi di senso. Ora, per un animale sommerso o galleggiante, lo sviluppo dei sensi incontra gravi difficoltà. In primo luogo, il gusto e l'olfatto verranno evidentemente a confondersi in un senso solo; il che sarebbe ancora il minor male. Ma pensate alle condizioni di omogeneità, direi di monotonia, dell'ambiente acqueo: non voglio ipotecare il futuro, ma i migliori occhi finora costruiti non possono esplorare che una decina di metri di acqua limpida, e pochi centimetri di acqua torbida; quindi, o daremo all'Uomo occhi rudimentali, o tali diventeranno per non uso in poche migliaia di secoli. Lo stesso, o press'a poco, si può dire delle orecchie...

MINISTRO DELLE ACQUE (*interrompe*) L'acqua conduce egregiamente i suoni, signore! e ventisette volte piú rapidamente che non l'aria!

MOLTE VOCI Cala, cala!

CONSIGLIERE PSICOLOGO (*continuando*) ... si può dire delle orecchie: facilissimo invero costruire un orecchio subacqueo, ma altrettanto difficile generare suoni nell'acqua. Confesso che non saprei chiarirvene la ragion fisicale, che d'altronde non è affar mio; ma che il ministro delle Acque ed il venerabile collega anatomista mi spieghino la singolare circostanza del proverbiale mutismo dei pesci. Sarà questo magari un segno di saggezza, ma mi pare che, durante i miei viaggi di ispezione, ho dovuto spingermi fino ad un remoto angolo del mare delle Antille per trovare un pesce che emettesse suoni; e si trattava poi di suoni assai poco articolati ed anche meno gradevoli, che a quanto mi risulta il pesce suddetto, di cui mi sfugge il nome...

VOCI Il pesce vacca! il pesce vacca!

CONSIGLIERE PSICOLOGO   ... emette in modo del tutto casuale al momento in cui svuota la vescica natatoria. E, particolare curioso, emerge prima di emetterli. In conclusione, mi domando, e domando a voi, che cosa dovrà udire il perfezionato orecchio dell'Uomo-pesce, se non il tuono quando si avvicina alla superficie, il fragore della risacca quando si avvicina alla costa, ed i muggiti occasionali del suo collega delle Antille. A voi la decisione: ma vi ricordo che, stanti le nostre attuali possibilità costruttive, questa creatura sarebbe mezza cieca, e, se non sorda, muta: il che, quale vantaggio rappresenti per... (*afferra sul tavolo la mozione Uomo e legge ad alta voce*) «... capacità di esprimersi articolatamente ecc. ecc.» e piú oltre: «... tendenza alla vita associata ...» lascio ad ognuno di voi giudicare.

ARIMANE   Mi permetterò di porre fine a questo primo fruttuoso scambio di vedute, traendone le conseguenze. L'Uomo non sarà dunque né artropodo né pesce; resta da decidere fra un uomo mammifero, rettile o uccello. Se mi è lecito esprimere in questa sede una mia opinione, dettata, piú che dalla ragione, dal sentimento e dalla simpatia, mi si conceda di raccomandare i rettili alla vostra attenzione. Non vi nascondo che, fra le molteplici forme e figure create dalla vostra arte e dal vostro ingegno, nessuna piú di quella del serpente ha destato la mia ammirazione. È forte ed astuto: «La piú astuta delle creature terrestri», è stato detto da ben piú alto Giudice. (*Tutti si alzano e si inchinano*). La sua struttura è di una semplicità ed eleganza eccezionali, e sarebbe peccato non sottoporla a perfezionamenti ulteriori. È un avvelenatore abile e sicuro: non gli dovrebbe essere difficile diventare, secondo i voti, il padrone della terra; magari facendo il vuoto attorno a sé.

CONSIGLIERE ANATOMISTA   Tutto vero: e potrei aggiungere che i serpenti sono straordinariamente economici, che si prestano a modifiche numerosissime e del massimo interesse, che non sarebbe difficile ad esempio ingrandirne la scatola cranica di un buon 40 per cento, e cosí via. Ma vi debbo ricordare che nessun rettile fra quelli finora costruiti potrebbe resistere in climi freddi; il comma c) della mozione si troverebbe in difetto. Sarei grato al collega termodinamico se volesse confermare questo mio asserto con qualche dato numerico.

CONSIGLIERE TERMODINAMICO (*secco secco*) Temperatura media annua superiore ai 10 °C; mai temperature inferiori ai 15 °C sotto zero. È tutto detto.

ARIMANE (*ride verde*) Vi confesso che la circostanza, sebbene ovvia, mi era sfuggita; né vi nascondo un certo disappunto, poiché in questi ultimi tempi ho spesso pensato all'aspetto suggestivo che avrebbe presentato la superficie terrestre, solcata in ogni senso da poderosi pitoni variopinti, ed alle loro città, che mi piaceva immaginare scavate fra le radici di alberi giganteschi, e provviste di ampie camere di riposo e di meditazione collettiva per gli individui reduci da un pasto abbondante. Ma, poiché mi si assicura che tutto ciò non può essere, abbandoniamone il pensiero, e, ristretta ormai la scelta fra i mammiferi e gli uccelli, dedichiamo ogni nostra energia ad una sollecita definizione. Vedo che il nostro venerabile collega psicologo domanda di parlare: e poiché nessuno potrebbe negare che su di lui pesa buona parte della responsabilità del progetto, prego tutti di porgergli attento ascolto.

CONSIGLIERE PSICOLOGO (*esplode a parlare prima che l'altro finisca*) Per conto mio, come ho già accennato, la soluzione andrebbe cercata altrove. Fin dal tempo in cui ho pubblicato il mio celebre ciclo di ricerche sulle termiti e sulle formiche... (*interruzioni da varie parti*) ... ho nel cassetto un progettino... (*le interruzioni crescono di violenza*) ... alcuni originalissimi automatismi che assicurano un incredibile risparmio di tessuto nervoso.

Si scatena un finimondo, a stento placato a gesti da Arimane.

ARIMANE Le ho già detto una volta che queste sue novità non ci interessano. Manca assolutamente il tempo di studiare, varare, sviluppare e collaudare un nuovo modello animale, e dovrebbe essere lei il primo ad insegnarcelo: mi dica un po', a proposito proprio degli imenotteri a lei cari, fra il loro prototipo e la loro stabilizzazione nella morfologia odierna non è trascorso un numero di anni rappresentabile con otto o nove cifre? La richiamo perciò all'ordine, e che sia l'ultima volta; altrimenti ci vedremmo costretti a rinunciare al suo prezioso aiuto, dal momento che, prima della sua assunzione, i suoi colleghi hanno messo a punto senza tante pretese, ad esempio, degli splendidi celenterati, che funzionano benissimo ancora oggi, non si guastano mai, si riproducono a bizzeffe senza fare storie, e costano una miseria. Quelli sí che erano tempi, sia detto senza offendere nessuno! Molti a lavorare e pochi a criticare, molti fatti e poche parole, e tutto quel che usciva di fabbrica andava bene senza le complicazioni di voialtri modernisti. Adesso, prima di passare un progetto alla lavorazione, ci vuole la firma dello psicologo, e del neurologo, e dell'istologo, e il certificato di collaudo, e il benestare del Comitato estetico in triplice copia, e il diavolo a quattro. E mi si dice che non basta, e che è prossima l'assunzione nientemeno che di un sovraintendente alle Cose dello Spirito, che ci metta tutti sull'attenti... (*Si accorge che si è lasciato andare troppo lontano, tace bruscamente e si guarda intorno con un certo imbarazzo. Poi si volge nuovamente al consigliere psicologo*) Insomma, ci pensi sopra, e poi ci esponga chiaramente se a suo avviso si dovrà studiare un Uomo-uccello o un Uomo-mammifero, e su quali motivi questo suo parere riposa.

CONSIGLIERE PSICOLOGO (*deglutisce piú volte, succhia la matita, ecc.; poi*) Se la scelta si riduce a queste due possibilità, è mia opinione che l'Uomo deve essere uccello. (*Clamori, commenti. Tutti si scambiano cenni di soddisfazione, annuiscono; due o tre accennano ad alzarsi come se tutto fosse finito*). Un momento, perdinci! Non ho mica detto, con questo, che sia sufficiente andare a ripescare in archivio il progetto Passerotto o il progetto Barbagianni, cambiare il numero di matricola e tre o quattro capoversi, e trasmettere al Centro Prove perché realizzi il prototipo!

Vi prego di seguirmi con attenzione; cercherò di esporvi in breve (poiché vedo che avete fretta) le principali considerazioni sull'argomento. Tutto sta bene per quanto riguarda i punti *b*) e *d*) della mozione. Esiste già oggi un tale assortimento di uccelli canori che il problema di un linguaggio articolato, almeno sotto l'aspetto anatomico, è da ritenersi risolto; mentre nulla del genere è stato fatto finora fra i mammiferi. Dico bene, collega anatomista?

CONSIGLIERE ANATOMISTA Benissimo, benissimo.

CONSIGLIERE PSICOLOGO Resta naturalmente da studiare un cervello adatto a creare ed a servirsi del linguaggio, ma questo problema, di mia stretta competenza, rimarrebbe pressoché il medesimo qualunque fosse la forma che si stabilisse di assegnare all'uomo. Quanto al punto *c*), «idoneità alla vita sotto condizioni di servizio estreme», non mi risulta ne scaturisca un criterio di scelta fra mammiferi ed uccelli: in entrambe le classi esistono generi che si sono adattati agevolmente ai climi ed agli ambienti piú disparati. È invece evidente che la facoltà di spostarsi rapidamente a volo costituisce una importante pregiudiziale a favore dell'Uomo-uccello, in quanto permetterebbe scambi di notizie e trasporto di derrate a distanza di continenti, agevolerebbe l'instaurarsi immediato di un unico linguaggio e di un'unica civiltà per l'intero genere umano, annullerebbe gli ostacoli geografici esistenti e renderebbe futile la creazione di artificiose delimitazioni territoriali fra tribú e tribú. E non occorre che insista sugli altri piú immediati vantaggi che il volo rapido porta, nella difesa e nell'offesa contro tutte le specie terragnole ed acquatiche, e nel pronto ritrovamento di sempre nuovi territori di caccia, coltivazione e sfruttamento: per cui mi sembra lecito formulare l'assioma: «animale che vola non soffre la fame».

ORMUZ Perdoni l'interruzione, venerabile collega: come si riprodurrà il suo Uomo-uccello?

CONSIGLIERE PSICOLOGO (*sorpreso ed irritato*) Strana domanda! Si riprodurrà come gli altri uccelli: il maschio attirerà la femmina, o viceversa; la femmina sarà fecondata, sarà costruito il nido, deposte e covate le uova, e saranno allevati ed educati i piccoli, a cura di entrambi i genitori, finché non abbiano raggiunto un minimo di indipendenza. I piú adatti se la caveranno. Non vedo motivo di cambiare.

ORMUZ (*dapprima incerto, poi sempre piú acceso ed appassionato*) No, signori, la cosa non mi sembra cosí semplice. Molti di voi lo sanno... e del resto non ne ho mai fatto mistero con nessuno... insomma, a me la differenziazione sessuale non è mai andata a genio. Avrà certamente i suoi vantaggi per la specie; avrà vantaggi anche per l'individuo (seppure, a quanto mi si riferisce, si tratti di vantaggi di assai breve durata); ma ogni osservatore obiettivo deve ammettere che il sesso è stato in primo luogo una spaventosa complicazione, ed in secondo, una fonte permanente di pericoli e di grane.

Nulla vale quanto l'esperienza: poiché di vita associata si tratta, vogliate ricordare che l'unico esempio di vita associata realizzato con successo, e durato dal Terziario ad oggi senza il minimo inconveniente, resta pur sempre quello degli imenotteri; in cui, in buona parte per mia intercessione, il dramma sessuale è stato eluso, e relegato al margine estremo della società produttiva. Signori, è una preghiera questa che vi rivolgo: pesate le vostre parole prima di pronunciarle. Uccello o mammifero che l'Uomo abbia ad essere, è nostro dovere fare ogni sforzo per spianargli la strada, poiché il fardello che dovrà portare sarà grave. Conosciamo, per averlo creato, il cervello, e sappiamo di quali portentose prestazioni sia almeno potenzialmente capace, ma ne

conosciamo altresí la misura ed i limiti; conosciamo anche, per avervi posto mano, le energie che dormono e si destano nel gioco dei sessi. Non nego che l'esperienza di combinare i due meccanismi sia interessante: ma confesso la mia esitazione, confesso il mio timore.
Che sarà di questa creatura? Sarà duplice, sarà un centauro, uomo fino ai precordi e di qui belva; o sarà legato ad un ciclo astrale, ed allora come potrà conservare una sufficiente uniformità di comportamento? Non seguirà (non ridete!) il Bene e il Vero, ma due beni e due veri. E quando due uomini desidereranno la stessa donna, o due donne lo stesso uomo, che ne sarà delle loro istituzioni sociali, e delle leggi che dovranno tutelarle?
E che dire, a proposito dell'Uomo, di quelle famose «eleganti ed economiche soluzioni», vanto del qui presente consigliere anatomista, ed entusiasticamente avallate dal qui presente economo, per cui con tanta disinvoltura si sono utilizzati a scopi sessuali orifizi e canali originariamente destinati all'escrezione? Questa circostanza, che noi sappiamo dovuta ad un puro calcolo di riduzione degli ingombri e dei costi, non potrà apparire altrimenti, a questo animale pensante, che un simbolo beffardo, una confusione abietta e conturbante, il segno del sacro-sozzo, della sragione bicipite, del caos, incastonato nel suo corpo, irrinunciabile, eterno. Eccomi alla conclusione, o signori. Sia fatto l'Uomo, se l'Uomo deve essere fatto; e sia pure esso uccello, se cosí vorrete. Ma mi sia concesso porre mano fin d'ora al problema, estinguere in germe oggi i conflitti che esploderanno fatalmente domani, affinché non si debba assistere, in un prevedibile futuro, all'infausto spettacolo di un Uomo maschio che muova il suo popolo a guerra per conquistare una femmina, o di un Uomo femmina che distolga la mente di un maschio da nobili imprese e pensamenti per ridurla in soggezione. Ricordate: colui che sta per nascere sarà nostro giudice. Non solo i nostri errori, ma tutti i suoi, per tutti i secoli a venire, peseranno sul nostro capo.

ARIMANE   Lei avrà magari anche ragione, ma non vedo che urgenza ci sia di fasciarsi la testa prima di essersela rotta. Non vedo cioè né la possibilità né la opportunità di refrigerare l'Uomo in sede di progettazione: e ciò per ovvie ragioni di speditezza dei lavori. Se poi davvero dovessero prendere corpo le sue angosciose previsioni, ebbene, allora si vedrà; non mancherà né l'occasione né il tempo di apportare al modello le correzioni che risulteranno piú opportune. D'altronde, poiché l'Uomo, a quanto pare, sarà uccello, mi pare che non sia il caso di drammatizzare. Le difficoltà e i rischi che la preoccupano si potranno limitare agevolmente: l'interesse sessuale potrà essere ridotto a periodi estremamente brevi, forse a non piú di qualche minuto all'anno; niente gravidanza, niente allattamento, una tendenza precisa e potente alla monogamia, una cova breve, dei piccoli che usciranno dall'uovo pronti o quasi alla vita autonoma. A questo si potrà pervenire senza rimaneggiare gli schemi anatomici ora in vigore, il che, oltre a tutto, comporterebbe spaventosi intralci di natura burocratica ed amministrativa.

No, signori, la decisione è ormai presa, e l'Uomo sarà uccello: uccello a pieno titolo, né pinguino né struzzo, uccello volatore, con becco, penne, artigli, uova e nido. Restano solo da definire alcuni importanti particolari costruttivi, e cioè:

1) quali saranno le dimensioni ottime;
2) se converrà prevederlo sedentario o migratore...

(Alle ultime parole di Arimane, la porta di fondo si è andata cautamente aprendo. Sono apparsi il capo e una spalla del messaggero, che, senza osare interrompere, fa cenni vivaci e lancia occhiate in giro per attirare l'attenzione dei presenti. Ne nasce un mormorio e un trambusto di cui Arimane finisce coll'accorgersi) Che c'è? cosa succede?

MESSAGGERO *(ammicca ad Arimane con l'aria ufficiosa e confidenziale dei bidelli e dei sagrestani)*   Venga fuori

un momento, venerabile. Novità importanti da... (*Accenna col capo all'indietro e all'insú*).
ARIMANE (*lo segue fuori della porta; si sente un dialogare concitato, attraverso il brusio e i commenti degli altri. A un tratto la porta socchiusa viene chiusa con violenza dall'esterno, e poco dopo riaperta. Arimane rientra, con passo lento e a capo basso. Tace a lungo, poi*) ... andiamocene a casa, o signori. È tutto finito, tutto risolto. A casa, a casa. Cosa stiamo a fare qui?
Non ci hanno aspettati: non avevo ragione di avere fretta? Ancora una volta, hanno voluto farci vedere che noi non siamo necessari, che sanno fare da soli, che non hanno bisogno di anatomisti, né di psicologi, né di economi. Possono ciò che vogliono.
... No, signori, non so molti particolari. Non so se si siano consultati con qualcuno, o se abbiano seguito un ragionamento, o un piano lungamente meditato, o l'intuizione di un attimo. So che hanno preso sette misure di argilla, e l'hanno impastata con acqua di fiume e di mare; so che hanno modellato il fango nella forma che loro è parsa migliore. Pare si tratti di una bestia verticale, quasi senza pelo, inerme, che al qui presente messaggero è sembrata non troppo lontana dalla scimmia e dall'orso: una bestia priva di ali e di penne, e quindi da ritenersi sostanzialmente mammifera. Pare inoltre che la femmina dell'uomo sia stata creata da una sua costola... (*voci, interrogazioni*) ... da una sua costola, sí, con un procedimento che non mi è chiaro, che non esiterei a definire eterodosso, e che non so se si intenda conservare nelle generazioni a venire. In questa creatura hanno infuso non so che alito, ed essa si è mossa. Cosí è nato l'Uomo, o signori, lontano dal nostro consesso: semplice, non è vero? Se e quanto esso corrisponda ai requisiti che ci erano stati proposti, o se non si tratti invece di un uomo per pura definizione e convenzione, non ho elementi per stabilire.
Altro non ci resta dunque che augurare a questa creatura anomala una lunga e prospera carriera. Il collega

segretario vorrà incaricarsi della stesura del messaggio augurale, della scheda di omologazione, della iscrizione sui ruolini, del calcolo dei costi eccetera; tutti gli altri sono sciolti da ogni impegno. State di buon animo, signori; la seduta è tolta.

Trattamento di quiescenza

Ero andato in Fiera senza bisogno e senza una curiosità precisa, spinto da quell'irrazionale senso del dovere che tutti i milanesi conoscono, e che se non ci fosse, la Fiera non sarebbe Fiera, cioè sarebbe vuota la maggior parte dei giorni, e comoda e agevole da visitare.

Fui molto stupito di trovare Simpson allo stand della NATCA. Mi accolse con un sorriso solare: – Non se l'aspettava, eh, di vedermi dietro questo banco, al posto della solita bella ragazza o dell'agentino di primo pelo! Infatti non sarebbe affar mio, stare qui a rispondere alle domande sciocche dei visitatori casuali (ehm... esclusi i presenti, beninteso), e a cercare di indovinare quali sono invece i concorrenti in incognito: che poi non è mica difficile, perché fanno domande meno sciocche. Ma ci sono venuto spontaneamente, non so neppure io perché. Anzi, perché non dirlo? Non c'è niente da vergognarsi: per riconoscenza, ci sono venuto.

– Per riconoscenza verso chi?

– Verso la NATCA, diamine. Ieri per me è stata una grande giornata.

– Ha avuto un avanzamento?

– Macché avanzamento! Piú avanzato di me... no, no: vado in pensione. Venga, andiamo al bar: le offro un whisky.

Mi raccontò che, a regola, avrebbe dovuto andare in pensione solo due anni dopo, ma aveva chiesto il ritiro anticipato, e proprio il giorno innanzi aveva ricevuto il telex con il consenso della Direzione.

– Non è che io non me la senta piú di lavorare, – mi disse: – al contrario, lei lo sa, adesso ho altri interessi, di altro genere, e sento il bisogno di avere tutta la giornata per me. A Fort Kiddiwanee lo hanno capito benissimo, e del resto conviene anche a loro, per via delle formiche-montatori, sa bene.

– Mi congratulo: non sapevo che l'affare fosse andato a buon fine.

– Sí, sí, ho combinato in esclusiva con loro: una libbra al mese di formiche addestrate, a tre dollari l'una. Cosí non hanno fatto i pignoli: liquidazione completa, ottomila dollari di gratifica, la pensione di primo grado, e in piú un regalo che le voglio proprio mostrare. Un regalo unico al mondo, almeno per ora.

Intanto eravamo ritornati allo stand, e ci sedemmo sulle due poltrone in fondo. – Per lei non è una novità, – continuava Simpson: – anche a parte la storia degli insetti sociali, ormai ero un po' stufo della «nuova frontiera» di quella brava gente. L'anno scorso, per esempio, con la scarsità di *executives* che c'è in America, hanno sfornato tutta una serie di apparecchi di misura che dovrebbero sostituire i test di attitudine e le visite di assunzione, e pretendevano che io li vendessi anche in Italia. Sarebbero da disporre in cascata: il candidato entra, percorre un tunnel come un'auto da lavare, e quando esce dall'altra parte è già stampata la sua scheda con la qualifica, il punteggio, il profilo mentale, l'IQ...

– Come ha detto?

– Oh sí, scusi: il quoziente d'intelligenza, le mansioni da proporre e lo stipendio da offrire. Una volta mi ci appassionavo, a questi giochetti: adesso, invece, non ci provo piú nessun gusto, e mi dànno perfino un vago senso di disagio. E questo qui, poi!

Il signor Simpson prese dalla vetrina un bussolotto nero che mi parve uno strumento geodetico:

– È un VIP-SCAN: si chiama proprio cosí. Una sonda per le VIP, le Very Important Persons: anche questa dovrebbe servire per la selezione dei dirigenti. Va usata (di nascosto, si capisce) durante il «cordiale colloquio» preliminare. Scusi un attimo: permette, vero?

Mi puntò l'obiettivo contro e tenne premuto il pulsante per un minuto circa: – Parli, per favore: non importa, dica quello che vuole. Faccia qualche passo su e giú. Basta, è fatto. Vediamo: 28 centesimi. Non se n'abbia a male, ma lei non è una VIP. Ecco, sono proprio queste le cose che mi irritano: ventotto a uno come lei! Ma non se la deve prendere, volevo appunto dimostrarle che questo cosetto è un giudice da quattro soldi, e poi è tarato secondo gli standard americani. No, non so esattamente come funzioni, e neppure mi interessa tanto, parola d'onore: so solo che il punteggio viene assegnato in base a fattori come il taglio e il disegno dell'abito, la misura del sigaro (e lei non fuma), lo stato dei denti, l'andatura e il ritmo della parlata. Mi scusi, forse non avrei dovuto farlo; ma, se può servire a rassicurarla, guardi che io arrivo a stento a 25, quando ho la barba appena rasa: se no, non sorpasso i 20 punti. Insomma, è roba da chiodi. O non vendono, e allora per la NATCA italiana si mette male; o ne vendono, e allora vengono i brividi, a immaginare una classe dirigente tutta fatta di 100 centesimi. Capisce, è un'altra buona ragione per andarsene.

Abbassò la voce e mi mise confidenzialmente la mano sul ginocchio: – ... Ma se viene da me uno di questi giorni, a Fiera finita, le mostrerò la prima e principale ragione. È quel regalo a cui le ho accennato: un Torec, un Total Recorder. Con quello in casa, un piccolo assortimento di nastri, una discreta pensione, e le mie api, perché dovrei continuare a farmi cattivo sangue coi clienti?

Simpson si scusò di ricevermi in ufficio e non a casa: – Qui staremo forse un po' meno comodi, ma piú tranquilli: non c'è niente di piú irritante di una telefonata durante la fruizione, e qui nessuno telefona mai fuori delle ore d'ufficio. Poi, devo confessarglielo, a mia moglie questo aggeggio non va a genio, e non se lo vuole vedere attorno.

Mi illustrò il Torec con competenza e con quella incapacità di meraviglia che gli è propria, e che a mio parere scaturisce dal suo lungo passato di venditore di meraviglie. Il Torec, mi spiegò, è un registratore totale. Non è una delle solite macchine per ufficio: è un congegno rivoluzionario. Si fonda sull'Andrac, il dispositivo creato e descritto da R. Vacca, e da lui messo in opera sulla sua stessa persona: vale a dire, su di una comunicazione diretta fra i circuiti nervosi ed i circuiti elettronici. Con l'Andrac, sottoponendosi ad un piccolo intervento chirurgico, è possibile ad esempio azionare una telescrivente o guidare un'auto solo mediante impulsi nervosi, senza l'intervento dei muscoli: in altri termini, basta «volerlo». Il Torec sfrutta invece il corrispondente meccanismo ricettivo, in quanto suscita sensazioni nel cervello senza la mediazione dei sensi: a differenza dell'Andrac, tuttavia, il Torec non esige alcun intervento cruento. La trasmissione delle sensazioni registrate sui nastri avviene attraverso elettrodi cutanei, senza che occorra alcuna operazione preparativa.

L'ascoltatore, anzi il fruitore, non ha che da indossare un casco, e durante tutto lo svolgimento del nastro riceve l'intera e ordinata serie di sensazioni che il nastro stesso contiene: sensazioni visive, auditive, tattili, olfattive, gustative, cenestesiche e dolorose; inoltre, le sensazioni per cosí dire interne, che ognuno di noi allo stato di veglia riceve dalla propria memoria. Insomma, tutti i messaggi afferenti che il cervello, o meglio (per dirla con Aristotele) l'intelletto paziente, è in grado di ricevere. La trasmissione non avviene attraverso gli organi di senso del fruitore, che restano tagliati fuori, bensí direttamente a livello nervoso, mediante un codice che la NATCA mantiene segreto: il risultato è quello di una esperienza totale. Lo spettatore rivive integralmente la vicenda che il nastro gli suggerisce, sente di parteciparvi o addirittura di esserne l'attore: questa sensazione non ha nulla in comune con l'allucinazione né col sogno, perché, finché dura il nastro, non è distinguibile dalla realtà. A nastro finito, se ne conserva un normale ricordo, ma durante ogni fruizione la memoria naturale è soppiantata dai ricordi artificiali incisi sul nastro; perciò non si ricordano le fruizioni precedenti, e non sopravviene stanchezza né noia. Ogni fruizione di un determinato nastro può essere ripetuta infinite volte, ed ogni volta essa è vivida e ricca di imprevisti come la prima.

Col Torec, concluse Simpson, uno è a posto. – Lei comprende: qualunque sensazione uno desideri procurarsi, non ha che da scegliere il nastro. Vuole fare una crociera alle Antille? O scalare il Cervino? O girare per un'ora intorno alla terra, con l'assenza di gravità e tutto? O essere il sergente Abel F. Cooper, e sterminare una banda di Vietcong? Ebbene, lei si chiude in camera, infila il casco, si rilassa e lascia fare a lui, al Torec.

Rimasi in silenzio per qualche istante, mentre Simpson mi osservava attraverso gli occhiali con curiosità benevola. – Lei mi sembra perplesso, – disse poi.

– Mi pare, – risposi, – che questo Torec sia uno strumento definitivo. Uno strumento di sovversione, voglio dire: nessun'altra macchina della NATCA, anzi, nessuna macchina che mai sia stata inventata, racchiude in sé altrettanta minaccia per le nostre abitudini e per il nostro assetto sociale. Scoraggerà ogni iniziativa, anzi, ogni attività umana: sarà l'ultimo grande passo, dopo gli spettacoli di massa e le comunicazioni di massa. A casa nostra, per esempio, da quando abbiamo comperato il televisore, mio figlio gli sta davanti per ore, senza piú giocare, abbacinato come le lepri dai fari delle auto. Io no, io vado via: però mi costa sforzo. Ma chi avrà la forza di volontà di sottrarsi a uno spettacolo Torec? Mi sembra assai piú pericoloso di qualsiasi droga: chi lavorerebbe piú? Chi si curerebbe ancora della famiglia?

– Non le ho mica detto che il Torec sia in vendita, – disse Simpson. – Anzi le ho raccontato che l'ho ricevuto in regalo, che è un regalo unico al mondo, e che me l'hanno mandato in occasione del mio ritiro. Se vogliamo sottilizzare, devo aggiungere che non è neppure un vero regalo; l'apparecchio, legalmente, continua ad appartenere alla NATCA e mi è stato affidato a tempo indefinito non solo come premio, ma anche perché io ne sperimenti gli effetti a lunga scadenza.

– Ad ogni modo, – dissi io, – se lo hanno studiato e costruito è perché intendono metterlo in vendita.

– La faccenda è semplice. I padroni della NATCA hanno per ogni loro azione solo due scopi, che poi si riducono a uno: guadagnare quattrini e acquistare prestigio, che poi vuol dire guadagnare altri quattrini. Si capisce che vorrebbero produrre il Torec in serie e venderne milioni di esemplari, ma hanno ancora abbastanza testa sul collo per rendersi conto che il Congresso non resterebbe indifferente davanti alla diffusione incontrollata di uno strumento come questo. Perciò, in questi mesi, dopo che il prototipo è stato realizzato, si stanno preoccupando in primo luogo di rivestirlo di una corazza di brevetti, che non ne resti scoperto un solo bullone; in secondo, di strappare il consenso del legislatore alla sua distribuzione in tutte le case di riposo e alla sua assegnazione gratuita a tutti gli invalidi e agli ammalati inguaribili. Infine, e questo è il loro programma piú ambizioso, vorrebbero che il diritto al Torec maturasse per legge insieme col diritto alla pensione, per tutta la popolazione attiva.

– Cosí lei sarebbe, per cosí dire, il prototipo del pensionato di domani?

– Sí, e le assicuro che l'esperienza non mi dispiace per nulla. Il Torec mi è arrivato da sole due settimane, ma mi ha già procurato delle serate incantevoli: certo, lei ha ragione, occorre volontà e buon senso per non lasciarsi sopraffare, per non dedicargli le intere giornate, e io non lo darei mai in mano a un ragazzo, ma alla mia età è prezioso. Non vuole provarlo? Mi sono impegnato a non imprestarlo né venderlo, ma lei è una persona discreta, e credo che una eccezione per lei la posso fare. Sa, mi hanno anche invitato a studiarne le possibilità come ausiliario didattico, per lo studio della geografia, per esempio, e delle scienze naturali, e terrei molto a un suo parere.

– S'accomodi, – mi disse: – è forse meglio chiudere le impannate. Sí, cosí con le spalle alla lampada andrà benissimo. Non posseggo per ora che una trentina di nastri, ma altri settanta sono in dogana a Genova e spero di riceverli fra poco: cosí avrò tutto l'assortimento che esiste fino ad oggi.

– Chi produce i nastri? Come si ottengono?

– Si parla di produrre nastri artificiali, ma per ora essi vengono tutti ottenuti mediante registrazione. Il procedimento è noto solo nelle sue linee generali: laggiú a Fort Kiddiwanee, alla Torec Division, propongono un ciclo di registrazioni a qualunque persona che abbia normalmente o possa avere occasionalmente, qualche esperienza che si presti allo sfruttamento commerciale: ad aviatori, esploratori, subacquei, seduttori o seduttrici, e ad altre numerose categorie di individui che lei stesso può immaginare se ci pensa un momento. Poniamo che il soggetto accetti, e che si raggiunga un accordo sui diritti: a proposito, ho sentito dire che si tratta di cifre abbastanza alte, da due a cinquemila dollari per nastro; ma spesso, per ottenere una registrazione utilizzabile bisogna ripetere l'incisione dieci o venti volte. Dunque: se l'accordo si raggiunge, gli infilano sul capo un casco su per giú come questo, e non ha che da portarlo per tutto il tempo che dura la registrazione; non ha nessun altro disturbo. Tutte le sue sensazioni vengono trasmesse via radio al centralino di incisione, e poi dal primo nastro si tirano quante copie si vogliono con le tecniche usuali.

– Ma allora... ma se il soggetto *sa* che ogni sua sensazione viene registrata, allora anche questa sua consapevolezza rimarrà incisa sul nastro. Lei non rivivrà il lancio di un astronauta qualunque, ma quello di un astronauta che sa di avere un casco Torec in testa e di essere oggetto di una registrazione.

– È proprio cosí, – disse Simpson: – infatti, nella maggior parte dei nastri che ho fruito questa consapevolezza di fondo si percepisce distintamente, ma alcuni soggetti, con l'esercizio, imparano a reprimerla durante la registrazione, e a relegarla nel subconscio, dove il Torec non arriva. Del resto non disturba gran che. Quanto al casco, non dà la minima noia: la sensazione «casco in testa» che è incisa in tutti i nastri coincide con quella provocata direttamente dal casco di ricezione.

Stavo per esporgli alcune altre mie difficoltà di natura filosofica, ma Simpson mi interruppe. – Vuole che cominciamo da questo? È uno dei miei preferiti Sa, in America il calcio non è molto popolare, ma da quando sono in Italia sono diventato un milanista convinto: anzi, sono stato io a combinare l'affare fra il Rasmussen e la NATCA, e ho diretto io stesso la registrazione. Lui ci ha guadagnato tre milioni, e la NATCA un nastro fantastico. Perdinci, che mezz'ala! Ecco, si segga, metta il casco e poi mi dirà.

– Ma io non ne capisco niente, di calcio. Non solo non ho mai giocato, neppure da ragazzino, ma non ho mai visto una partita, neanche alla televisione!

– Non importa, – disse Simpson, ancora tutto vibrante di entusiasmo, e diede il contatto.

Il sole era basso e caldo, l'aria polverosa: percepivo un odore intenso di terra smossa. Ero sudato e avevo un po' male a una caviglia: correvo a falcate estremamente leggere dietro al pallone, guardavo alla mia sinistra con la coda dell'occhio, e mi sentivo agile e pronto come una molla tesa. Un altro giocatore rossonero entrò nel mio campo visivo: gli passai il pallone raso terra, sorprendendo un avversario, poi mi precipitai in avanti mentre il portiere usciva verso destra. Udii il boato crescente del pubblico, vidi il pallone respinto verso di me, un po' più avanti per sfruttare il mio slancio: gli fui sopra in un lampo e calciai in porta di precisione, di sinistro, senza sforzo, senza violenza, davanti alle mani tese del portiere. Percepii l'onda di allegrezza nel sangue, e poco dopo in bocca il sapore amaro della scarica di adrenalina: poi tutto finí e mi ritrovai in poltrona.

– Ha visto? È molto breve, ma è un piccolo gioiello. Si è forse accorto della registrazione? No, vero? Quando uno è sotto porta ha altro da pensare.

– Infatti. Devo ammetterlo, è una curiosa impressione. È esaltante sentire il proprio corpo cosí giovane e docile: una sensazione perduta da decenni. Anche segnare, sí, è bello: non si pensa a nient'altro, si è tutti come concentrati in un punto, come dei proiettili. E l'urlo della folla! Eppure, non so se lei se ne è accorto, in quell'istante in cui aspettavo... in cui *lui* aspettava il passaggio, un pensiero estraneo si fa strada: una ragazza alta e bruna, che si chiama Claudia, e con cui lui ha un appuntamento alle 9 in San Babila. Dura solo un secondo, ma è chiarissimo: tempo, luogo, antefatto, tutto. Lo ha sentito?

– Sí, certo, ma sono cose senza importanza: anzi, aumentano il senso del reale. Si capisce che uno non può mica rifarsi *tabula rasa*, e presentarsi alla registrazione come se fosse nato l'istante prima: ho saputo che molti rifiutano il contratto proprio per ragioni di questo genere, perché hanno qualche ricordo che vogliono tenere segreto. Ebbene, che ne dice? Vuole provare ancora?

Pregai Simpson di farmi vedere i titoli degli altri suoi nastri. Erano molto concisi e scarsamente suggestivi, alcuni addirittura incomprensibili, forse a causa della traduzione italiana.

– È meglio che mi consigli lei, – dissi: – io non saprei scegliere.

– Ha ragione. Dei titoli non ci si può fidare, proprio come per i libri e per i film. E noti che i nastri disponibili, come le ho detto, sono per ora solo un centinaio: ma ho visto poco fa la bozza del catalogo 1967, ed è roba da dare le vertigini. Anzi, glielo voglio mostrare: mi pare istruttivo sotto l'aspetto dell'«American Way of Life», e piú in generale come tentativo di una sistematica delle esperienze pensabili.

Il catalogo raccoglieva piú di 900 titoli, ognuno dei quali era seguito dal numero della Classificazione decimale Dewey, ed era diviso in sette sezioni. La prima portava l'indicazione «Arte e Natura»; i nastri relativi erano contraddistinti da una fascia bianca, e portavano titoli come «Tramonto a Venezia», «Paestum e Metaponto visti da

Quasimodo», «Il ciclone Magdalen», «Un giorno fra i pescatori di merluzzi», «Rotta polare», «Chicago vista da Allen Ginsberg», «Noi sub», «La Sfinge meditata da Emily S. Stoddard». Simpson mi fece notare che non si trattava di sensazioni gregge, come quelle di un uomo rozzo e incolto che visiti Venezia o assista casualmente ad uno spettacolo naturale: ogni argomento era stato registrato scritturando buoni scrittori e poeti, che si erano prestati a mettere a disposizione del fruitore la loro cultura e la loro sensibilità.

Alla seconda sezione appartenevano nastri dalla fascia rossa e dalla indicazione «Potenza». La sezione era ulteriormente suddivisa nelle sottosezioni «Violenza», «Guerra», «Sport», «Autorità», «Ricchezza», «Miscellanea».

– È una divisione arbitraria, – disse Simpson: – io, per esempio, al nastro che lei ha fruito or ora, «Un goal di Rasmussen», avrei certo messo la fascia bianca invece di quella rossa. In generale, a me i nastri rossi interessano poco; però mi hanno detto che già sta nascendo in America un mercato nero di nastri: escono misteriosamente dagli studi della NATCA e vengono incettati da ragazzi che possiedono dei Torec clandestini fabbricati alla meglio da radiotecnici di pochi scrupoli. Bene, i nastri rossi sono i piú ricercati. Ma forse non è un male: un giovane che si comperi un pestaggio in una *cafeteria* è difficile che poi vi prenda parte in carne ed ossa.

– Perché? Se uno ci prende gusto... Non sarà come per i leopardi, che quando hanno assaggiato il sangue d'uomo poi non possono piú farne a meno?

Simpson mi guardava con un'aria curiosa. – Già, lei è un intellettuale italiano: vi conosco bene, voialtri. Buona famiglia borghese, quattrini abbastanza, una madre timorata e possessiva, a scuola dai preti, niente servizio militare, nessun sport di competizione, salvo forse un po' di tennis. Una o piú donne corteggiate senza passione, una sposata, un lavoro tranquillo per tutta la vita. È cosí, non è vero?

– Be' non proprio, almeno per quanto mi riguarda...

– Sí, in qualche particolare mi potrò essere sbagliato, ma

la sostanza è questa, non lo neghi. La lotta per la vita è elusa, non avete mai fatto a cazzotti, e ve ne resta la voglia fino alla vecchiaia. In fondo, è per questo che avete accettato Mussolini: volevate un duro, un lottatore, e lui, che non lo era ma neanche era stupido, ha recitato la parte finché ha potuto. Ma non divaghiamo: vuol vedere che gusto c'è a fare a pugni? Ecco qui, si metta il casco e poi mi dirà.

Io ero seduto, gli altri intorno a me stavano in piedi. Erano tre, avevano delle maglie a righe e mi guardavano sogghignando. Uno di loro, Bernie, mi parlava in un linguaggio che, a pensarci dopo, compresi essere un americano fortemente gergale, ma allora lo capivo bene, e lo parlavo anche: anzi, ne ricordo perfino qualche termine. Mi chiamava *bright boy* e *goddam rat*, e mi derideva, a lungo, con pazienza e crudeltà. Mi derideva perché ero un *Wop*, e piú precisamente un *Dago*; io non rispondevo, e continuavo a bere con studiata indifferenza. In realtà provavo collera e paura insieme; ero consapevole della finzione scenica ma gli insulti li avevo ricevuti e mi bruciavano, e poi la finzione stessa riproduceva una situazione non nuova, anche se mai avevo potuto abituarmici. Avevo diciannove anni, ero tarchiato e robusto, ed ero veramente un *Wop*, un figlio di immigrati italiani; mi vergognavo profondamente di esserlo, e insieme ne ero fiero. I miei persecutori erano autentici persecutori, miei vicini di rione e nemici fin dall'infanzia: biondi, anglosassoni e protestanti. Li detestavo, e insieme li ammiravo un poco. Non avevano mai osato affrontarmi apertamente: il contratto con la NATCA aveva offerto loro una splendida occasione e l'impunità. Sapevo che loro ed io eravamo stati tutti quanti scritturati per una registrazione, ma questo non toglieva nulla al nostro odio reciproco; anzi, il fatto stesso di avere accettato denaro per picchiarmi con loro raddoppiava il mio astio e la mia collera.

Quando Bernie, imitando il mio linguaggio, disse: – Uocchie 'e màmmeta! Madonna Mmaculata! – e mi spedí un bacio burlesco sulla punta delle dita, afferrai il boccale di birra e glielo scagliai sul viso: vidi colare il suo sangue, e mi sentii riempire di un'esultanza feroce. Subito dopo rovesciai il tavolo, e tenendolo davanti come uno scudo cercai di raggiungere l'uscita. Ricevetti un pugno nelle costole: lasciai cadere il tavolo e mi avventai contro Andrew. Lo colpii alla mascella: volò all'indietro e si fermò stordito contro il bancone, ma intanto Bernie si era riavuto, e lui e Tom mi spinsero in un angolo sotto una gragnuola di colpi allo stomaco e al fegato. Ero senza fiato e non li vedevo che come ombre indistinte; ma quando mi dissero: – Su, bimbo, chiedi pietà, – feci due passi avanti, poi finsi di cadere, ma invece mi slanciai su Tom a testa bassa, come un toro che carichi. Lo atterrai, incespicai nel suo corpo e gli caddi addosso; mentre tentavo di rialzarmi ricevetti un furioso uppercut al mento, che mi sollevò letteralmente da terra e mi sembrò dovesse staccarmi la testa dal busto. Persi coscienza, la riacquistai sotto l'impressione di una doccia gelata sul capo, poi tutto finí.

– Basta, grazie, – dissi a Simpson massaggiandomi il mento che, chissà perché, mi doleva ancora un poco. – Ha ragione lei non avrei nessuna voglia di ricominciare, né sul serio né per trasferta.

– Neanch'io, – disse Simpson: – l'ho fruito una sola volta e mi è bastata. Ma credo che un *Wop* autentico potrebbe trovarci una certa soddisfazione, se non altro per il fatto di combattere uno contro tre. Secondo me, questo nastro la NATCA lo ha inciso proprio per loro; sa bene, non fanno mai nulla senza una ricerca di mercato.

– Io credo invece che lo abbiano inciso per quegli altri, per i Biondi-Anglosassoni-Protestanti, e per i razzisti di tutte le razze. Pensi che godimento raffinato, sentirsi soffrire nei panni di chi si vuole fare soffrire! Be', lasciamo andare. Che cosa sono questi nastri a fascia verde? Che significa «Encounters»?

Il signor Simpson sorrise: – È un eufemismo bello e buono. Sa, anche da noi la censura non scherza. Dovrebbero essere «incontri» con illustri personalità, per clienti che desiderano avere una breve conversazione con i grandi della terra. In effetti qualcuno ce n'è: guardi qui, «De

Gaulle», «Francisco Franco Bahamonde», «Konrad Adenauer», «Mao Tse-tung» (sí, sí, anche lui c'è stato: è difficile capire i cinesi), «Fidel Castro». Ma hanno solo funzione di copertura: per la massima parte si tratta di tutt'altro, sono nastri sexy. L'incontro c'è, ma in un altro senso, insomma: vede sono altri nomi, che sui giornali si leggono di rado in prima pagina... Sina Rasinko, Inge Baum, Corrada Colli...

A questo punto cominciai a sentirmi arrossire. È un difetto noioso, che mi porto dietro dall'adolescenza: basta che io pensi «vuoi vedere che adesso arrossisco?» (e nessuno può impedirsi di pensare), ed ecco che il meccanismo scatta: mi sento diventare rosso, mi vergogno di diventarlo, e cosí lo divento ancora di piú, finché comincio a sudare a grosse gocce, mi viene la gola secca e non riesco piú a parlare. Quella volta lo stimolo, quasi casuale, era partito dal nome di Corrada Colli, la modella-indossatrice resa famosa dal noto scandalo, per la quale mi ero improvvisamente accorto di provare una simpatia salace, mai confessata ad alcuno e nemmeno a me stesso.

Simpson mi osservava, esitante fra il riso e l'allarme: infatti, il mio stato di congestione era cosí evidente che non avrebbe potuto decentemente fingere di non essersene accorto. – Non si sente bene? – mi chiese alla fine: – Vuole prendere una boccata d'aria?

– No, no, – dissi ansimando, mentre il mio sangue rifluiva tumultuosamente alle sue sedi profonde: – non è niente, mi capita spesso.

– Non vorrà mica dirmi, – fece storditamente Simpson, – che è il nome della Colli che l'ha ridotto in codesto stato? – Abbassò la voce: – ... o forse era anche lei del giro?

– Ma no, cosa mai le viene in mente! – protestai io, mentre il fenomeno si ripeteva con intensità doppia, smentendomi sfacciatamente. Simpson taceva perplesso: faceva mostra di guardare fuori della finestra, ma ogni tanto mi scoccava una rapida occhiata. Poi si decise:

– Senta, siamo fra uomini, e ci conosciamo da vent'anni. Lei è qui per provare il Torec, vero? Ebbene, quel nastro io ce l'ho: non faccia complimenti, se si vuol cavare questo gusto non ha che da dirmelo. La cosa resta fra noi, è evidente; poi, guardi, il nastro è ancora nella sua custodia originale, sigillato, e io non so neppure esattamente che cosa contenga. Magari è la cosa piú innocente del mondo; ma in ogni caso, non c'è niente da vergognarsi. Credo che nessun teologo ci troverebbe nulla a ridire: chi commette il peccato non è mica lei. Su, via, metta il casco.

Ero in un camerino di teatro, sullo sgabello, volgevo le spalle allo specchio e alla toilette, e provavo una viva impressione di leggerezza: mi accorsi subito che era dovuta al mio abbigliamento molto ridotto. Sapevo di aspettare qualcuno: infatti qualcuno bussò all'uscio, ed io dissi: – Vieni pure –. Non era la «mia» voce, e questo era naturale; era invece una voce femminile, e questo era meno naturale. Mentre l'uomo entrava mi voltai verso lo specchio per accomodarmi i capelli, e l'immagine era la sua, quella di lei, di Corrada, mille volte vista sui rotocalchi: suoi gli occhi chiari, da gatto, suo il viso triangolare, sua la treccia nera avvolta intorno al capo con perversa innocenza, sua la pelle candida: ma dentro la sua pelle stavo io.

Intanto l'uomo era entrato: era di statura media, olivastro, gioviale, portava un maglione sportivo e aveva i baffi. Provai nei suoi riguardi una sensazione di estrema violenza, e distintamente bipartita. Il nastro mi imponeva una sequenza di ricordi appassionati, alcuni pieni di desiderio furioso, altri di ribellione e di astio, e in tutti compariva lui, si chiamava Rinaldo, era mio amante da due anni, mi tradiva, io ero pazza di lui che finalmente era tornato, e insieme la mia vera identità si irrigidiva contro la suggestione capovolta, si ribellava contro la cosa impossibile, mostruosa che stava per accadere, adesso, subito, lí sul divano. Soffrivo acutamente, ed avevo la percezione vaga di armeggiare intorno al casco, di cercare disperatamente di staccarmelo dal capo.

Come da una lontananza stellare mi giunse la voce tranquilla di Simpson: – Che diavolo fa? Che cosa le succede? Aspetti, lasci fare a me, se no strappa il cavo –. Poi tutto si fece buio e silenzioso: Simpson aveva tolto la corrente.

Ero furibondo. – Che scherzi sono questi? A me, poi! Un amico, di cinquant'anni, sposato e con due figli, garantito eterosessuale! Basta, mi dia il cappello e si tenga le sue diavolerie!

Simpson mi guardava senza capire; poi si precipitò a controllare il titolo del nastro, e si fece pallido come la cera. – Mi deve credere, non mi sarei mai permessa una cosa simile. Non me n'ero proprio accorto. È stato un errore: imperdonabile, ma un errore. Guardi qui: ero convinto che l'etichetta fosse: «Corrada Colli, una serata con», e invece è: «Corrada Colli, una serata di». È un nastro per signora. Io non l'avevo mai provato, glielo avevo detto prima.

Ci guardammo con reciproco imbarazzo. Benché fossi ancora molto turbato, mi tornò a mente in quell'istante l'accenno di Simpson alle possibili applicazioni didattiche del Torec, e stentai a reprimere uno scoppio di riso amaro. Poi Simpson disse: – Eppure, non cosí di sorpresa ma sapendolo prima, sarebbe forse anche questa un'esperienza interessante. Unica: nessuno mai l'ha fatta, anche se i greci l'attribuivano a Tiresia. Già quelli le avevano studiate tutte: pensi che di recente ho letto che già avevano pensato di addomesticare le formiche, come ho fatto io, e di parlare coi delfini come Lilly.

Gli risposi seccamente: – Io no, non vorrei provare. Provi lei, se ci tiene: poi mi racconta –. Ma la sua mortificazione e la sua buona fede erano tanto evidenti che ebbi compassione di lui; appena fui un po' rinfrancato cercai pace e gli chiesi:

– Cosa sono questi nastri con la banda grigia?

– Mi ha perdonato, vero? La ringrazio, e le prometto che starò piú attento. Quella è la serie «Epic», un esperimento affascinante.

– «Epic»? Non saranno mica esperienze di guerra, Far West, Marines, quelle cose che piacciono tanto a voialtri americani?

Simpson ignorò cristianamente la provocazione. – No, l'epica non c'entra per niente. Sono registrazioni del cosí detto «effetto Epicuro»: si fondano sul fatto che la cessazione di uno stato di sofferenza o di bisogno... Ma no, guardi: vuole concedermi l'occasione di riabilitarmi? Sí? Lei è un uomo civile: vedrà che non dovrà pentirsene. Poi, questo nastro «Sete» io lo conosco bene, e le posso assicurare che non avrà sorprese. Cioè sí, sorprese ne avrà, ma lecite e oneste.

Il calore era intenso: mi trovavo in un desolato paesaggio di rocce brune e sabbia. Avevo una sete atroce, ma non ero stanco e non provavo angoscia: sapevo che si trattava di una registrazione Torec, sapevo che alle mie spalle c'era la jeep della NATCA, che avevo firmato un contratto, che per contratto non bevevo da tre giorni, che ero un disoccupato cronico di Salt Lake City, e che fra non molto avrei bevuto. Mi avevano detto di procedere in una certa direzione, e io camminavo: la mia sete era già allo stadio in cui non solo la gola e la bocca, ma anche gli occhi si seccano, e vedevo accendersi e spegnersi grosse stelle gialle. Camminai per cinque minuti, incespicando fra i sassi, poi vidi uno spiazzo sabbioso circondato dai ruderi di un muretto a secco; al centro c'era un pozzo, con una fune e un secchio di legno. Calai il secchio e lo tirai su pieno d'acqua limpida e fresca; sapevo bene che non era acqua di fonte, che il pozzo era stato scavato il giorno prima, e che l'autocisterna che lo aveva rifornito era poco lontano, parcheggiata all'ombra di una rupe. Ma la sete c'era, era reale e feroce e urgente, e io bevvi come un vitello, immergendo nell'acqua tutto il viso: bevvi a lungo, dalla bocca e dal naso, arrestandomi ogni tanto per respirare, tutto pervaso dal piú intenso e semplice dei piaceri concessi ai viventi, quello di restaurare la propria tensione osmotica. Ma non durò a lungo: non avevo bevuto neppure un litro che l'acqua non mi dava piú alcun piacere. Qui la scena del deserto svaní e fu sostituita da un'altra assai simile: ero in una piroga, in mezzo a un mare torrido, azzurro e vuoto. Anche qui la sete e la consapevolezza dell'artificio e la sicurezza che l'acqua sarebbe venuta: ma questa volta mi stavo domandando da che parte, perché intorno non si vedeva che mare e cielo. Poi emerse a cento metri da me un sommergibile tascabile con la scritta NATCA II, e la scena giunse a compimento con una deliziosa bevuta. Mi trovai poi successivamente in una prigione, in un vagone piombato, davanti a un forno vetrario, legato a un palo, in un letto d'ospedale, e ogni volta la mia sete breve ma tormentosa veniva piú che compensata dall'arrivo dell'acqua gelata o di altre bevande, in circostanze sempre diverse, e per lo piú artificiose o puerili.

– Lo schema è un po' monotono e la regia è debole, ma lo scopo è senza dubbio raggiunto, – dissi a Simpson. – È vero, è un piacere unico, acuto, quasi intollerabile.

– Questo lo sanno tutti, – disse Simpson: – ma senza il Torec non sarebbe stato possibile condensare sette soddisfazioni in venti minuti di spettacolo, eliminando del tutto il pericolo, e quasi del tutto la parte negativa dell'esperienza, e cioè il lungo tormento della sete, inevitabile in natura. È questa la ragione per cui tutti i nastri Epic sono antologici, cioè sono fatti di centoni: infatti sfruttano una sensazione sgradevole, che conviene sia breve, ed una di sollievo, che è intensa, ma breve per sua natura. Oltre alla sete, ci sono in programma vari nastri sulla cessazione della fame e di almeno dieci qualità di dolori, fisici e spirituali.

– Questi nastri Epic, – dissi, – mi lasciano perplesso. Può essere che dagli altri qualcosa di buono si possa anche cavare: all'ingrosso, lo stesso bilancio sostanzialmente attivo che si ricava da una vittoria sportiva, o da uno spettacolo naturale, o da un amore in carne ed ossa. Ma di qui, da questi giochetti frigidi alle spese del dolore, che cosa si può spremere se non un piacere in scatola, fine a se stesso, solipsistico, da solitari? Insomma, mi sembrano una diserzione: non mi sembrano morali.

– Forse ha ragione, – disse Simpson dopo un breve silenzio: – ma la penserà ancora cosí quando avrà settant'anni? O ottanta? E la può pensare come lei quello che è paralitico, quello che è legato a un letto, quello che non vive che per morire?

Simpson mi illustrò poi brevemente i nastri cosiddetti «del super-io», a fascia blu (salvataggi, sacrifici, esperienze registrate su pittori, musici e poeti nel pieno del loro sforzo creativo), e i nastri a fascia gialla, che riproducono esperienze mistiche e religiose di varie confessioni: a proposito di questi, mi accennò che già alcuni missionari ne avevano fatta richiesta per fornire ai propri catecumeni un campione della loro futura vita di convertiti.

Quanto ai nastri della settima serie, con la fascia nera, essi sono difficilmente catalogabili. La casa li raccoglie tutti quanti, alla rinfusa, sotto la denominazione «effetti speciali»: in buona parte si tratta di registrazioni sperimentali, ai limiti di quanto è possibile oggi, per stabilire quanto sarà possibile domani. Alcuni, come Simpson mi aveva accennato prima, sono nastri sintetici: cioè non registrati dal vivo, ma costruiti con tecniche speciali, immagine per immagine, onda per onda, come si costruiscono la musica sintetica e i disegni animati. In questo modo si sono ottenute sensazioni mai esistite né concepite prima: Simpson mi raccontò anche che in uno degli studi NATCA un gruppo di tecnici sta lavorando a comporre su nastro un episodio della vita di Socrate visto da Fedone.

– Non tutti i nastri neri, – mi disse Simpson, – contengono esperienze gradevoli: alcuni sono destinati esclusivamente a scopi scientifici. Vi sono ad esempio registrazioni eseguite su neonati, su nevrotici, su psicopatici, su geni, su idioti, perfino su animali.

– Su animali? – ripetei sbalordito.

– Sí, su animali superiori, dal sistema nervoso affine al nostro. Esistono nastri di cani: «grow a tail!» dice entusiasticamente il catalogo, «fatevi crescere una coda!»; nastri di gatti, di scimmie, di cavalli, di elefanti. Io di nastri neri, per ora, ne ho uno solo, ma glielo raccomando per concludere la serata.

Il sole si rifletteva abbagliante sui ghiacciai: non c'era una nuvola. Stavo planando, sospeso sulle ali (o sulle braccia?), e sotto di me si svolgeva lentamente una valle alpina. Il fondo era a duemila metri almeno piú basso di me, ma distinguevo ogni sasso, ogni filo d'erba, ogni increspatura dell'acqua del torrente, perché i miei occhi possedevano una straordinaria acutezza. Anche il campo visivo era maggiore del consueto: abbracciava due buoni terzi dell'orizzonte e comprendeva il punto a picco sotto di me, mentre invece era limitato verso l'alto da un'ombra nera; inoltre, non vedevo il mio naso, anzi, alcun naso. Vedevo, udivo il fruscio del vento e lo scroscio lontano del torrente, sentivo la mutevole pressione dell'aria contro le ali e la coda, ma dietro questo mosaico di sensazioni la mia mente era in una condizione di torpore, di paralisi. Percepivo soltanto una tensione, uno stimolo simile a quello che solitamente si prova dietro allo sterno, quando si ricorda che «si deve fare una cosa» e si è dimenticato quale: dovevo «fare una cosa», compiere un'azione, e non sapevo quale, ma sapevo che la dovevo compiere in una certa direzione, portarla a termine in un certo luogo che era stampato nella mia mente con perfetta chiarezza: una costa dentata alla mia destra, alla base del primo picco una macchia bruna dove finiva il nevaio, una macchia che adesso era nascosta nell'ombra; un luogo come milioni di altri, ma là era il mio nido, la mia femmina e il mio piccolo.

Virai sopravvento, mi abbassai sopra un lungo crestone e lo percorsi raso terra da sud verso nord: adesso la mia grande ombra mi precedeva, falciando a tutta velocità i gradoni d'erba e di terra, le schegge e i nevati. Una marmotta-sentinella fischiò due, tre, quattro volte, prima che io la potessi vedere; nello stesso istante scorsi fremere sotto di me alcuni steli di avena selvaggia: una lepre, ancora in pelliccia invernale, divallava a balzi disperati verso la tana. Raccolsi le ali al corpo e caddi su lei come un sasso: era a meno di un metro dal rifugio quando le fui sopra, spalancai le ali per frenare la caduta e trassi fuori gli artigli. La ghermii in pieno volo, e ripresi quota solo sfruttando lo slancio senza battere le ali. Quando l'impeto si fu esaurito uccisi la lepre con due colpi di becco: adesso sapevo che cosa era il «da farsi», il senso di tensione era cessato, e drizzai il volo verso il nido.

Poiché si era fatto ormai tardi, presi congedo da Simpson e lo ringraziai per la dimostrazione, soprattutto per l'ultimo nastro, che mi aveva soddisfatto profondamente. Simpson si scusò ancora per l'incidente: – Certo bisogna stare attenti, un errore può avere conseguenze impensate. Volevo ancora raccontarle quello che è successo a Chris Webster, uno degli addetti al progetto Torec, col primo nastro industriale che erano riusciti a incidere: si trattava di un lancio col paracadute. Quando volle controllare la registrazione, Webster si trovò a terra, un po' ammaccato, col paracadute floscio accanto. A un tratto il telo si sollevò dal suolo, si gonfiò come se soffiasse un forte vento dal basso verso l'alto, e Webster si sentí strappato da terra e trascinato lentamente all'insú, mentre il dolore delle ammaccature spariva di colpo. Salí tranquillamente per un paio di minuti, poi i tiranti diedero uno strappo e la salita accelerò vertiginosamente, tagliandogli il fiato: nello stesso istante il paracadute si chiuse come un ombrello, si ripiegò piú volte per il lungo, e di scatto si appallottolò e gli aderí alle spalle. Mentre saliva come un razzo vide l'aereo portarglisi sopra volando all'indietro, con il portello aperto: Webster vi penetrò a capofitto, e si ritrovò nella carlinga tutto pieno di spavento per il lancio imminente. Ha capito, non è vero? Aveva infilato nel Torec il nastro a rovescio.

Simpson mi estorse affettuosamente la promessa di tornare a trovarlo a novembre, quando la sua raccolta di nastri sarebbe stata completa, e ci lasciammo a notte alta.

Povero Simpson! Temo che per lui sia finita. Dopo tanti anni di fedele servizio per la NATCA, l'ultima macchina NATCA lo ha sconfitto, proprio quella che gli avrebbe dovuto assicurare una vecchiaia varia e serena.

Ha combattuto col Torec come Giacobbe con l'angelo, ma la battaglia era perduta in partenza. Gli ha sacrificato tutto: le api, il lavoro, il sonno, la moglie, i libri. Il Torec non dà assuefazione, purtroppo: ogni nastro può essere fruito infinite volte, ed ogni volta la memoria genuina si spegne, e si accende la memoria d'accatto che è incisa sul nastro stesso. Perciò Simpson non prova noia durante la fruizione, ma è oppresso da una noia vasta come il mare, pesante come il mondo, quando il nastro finisce: allora non gli resta che infilarne un altro. È passato dalle due ore quotidiane che si era prefisso, a cinque, poi a dieci, adesso a diciotto o venti: senza Torec sarebbe perduto, col Torec è perduto ugualmente. In sei mesi è invecchiato di vent'anni, è l'ombra di se stesso.

Fra un nastro e l'altro, rilegge l'*Ecclesiaste*: è il solo libro che ancora gli dice qualcosa. Nell'*Ecclesiaste*, mi ha detto, ritrova se stesso e la sua condizione: «... tutti i fiumi corrono al mare, e il mare non s'empie: l'occhio non si sazia mai di vedere, e l'orecchio non si riempie di udire. Quello che è stato sarà, e quello che si farà è già stato fatto, e non vi è nulla di nuovo sotto il sole»; ed ancora: «... dove è molta sapienza, è molta molestia, e chi accresce la scienza accresce il dolore». Nei rari giorni in cui è in pace con se stesso, Simpson si sente vicino al re vecchio e giusto, sazio di sapienza e di giorni, che aveva avuto settecento mogli e ricchezze infinite e l'amicizia della regina nera, che aveva adorato il Dio vero e gli dèi falsi Astarotte e Milcom, e aveva dato veste di canto alla sua saggezza.

Ma la saggezza di Salomone era stata acquistata con dolore, in una lunga vita piena d'opere e di colpe; quella di Simpson è frutto di un complicato circuito elettronico e di nastri a otto piste, e lui lo sa e se ne vergogna, e per sfuggire alla vergogna si rituffa nel Torec. S'avvia verso la morte, lo sa e non la teme: l'ha già sperimentata sei volte, in sei versioni diverse, registrate su sei dei nastri dalla fascia nera.

Vizio di forma

Eran cento uomini in arme.
Quando il sole sorse nel cielo,
Tutti fecero un passo avanti.
Ore passarono, senza suono:
Le loro palpebre non battevano.
Quando suonarono le campane,
Tutti mossero un passo avanti.
Cosí passò il giorno, e fu sera,
Ma quando fiorí in cielo la prima stella,
Tutti insieme, fecero un passo avanti.
«Indietro, via di qui, fantasmi immondi:
Ritornate alla vostra vecchia notte»:
Ma nessuno rispose, e invece,
Tutti in cerchio, fecero un passo avanti.

Lettera 1987

Caro Editore
 la tua proposta, di ristampare dopo piú di quindici anni *Vizio di forma*, mi rattrista e mi rallegra insieme. Come possono esistere insieme due stati d'animo cosí contraddittori? Cercherò di spiegarlo a te ed a me stesso.
 Mi rattrista perché si tratta di racconti legati ad un tempo piú triste dell'attuale, per l'Italia, per il mondo, ed anche per me: legati ad una visione apocalittica, rinunciataria, disfattista, la stessa che aveva ispirato il *Medioevo prossimo venturo* di Roberto Vacca. Ora, il Medioevo non è venuto: nulla è crollato, e ci sono invece timidi segni di un assetto mondiale fondato, se non sul rispetto reciproco, almeno sul reciproco timore. A dispetto degli spaventosi arsenali dormienti, la paura di una «Dissipatio Humani Generis» (Morselli), a torto o a ragione, si è soggettivamente attenuata. Come stiano oggettivamente le cose, non lo sa nessuno.
 Mi rallegra perché rivive cosí il piú trascurato dei miei libri, il solo che non è stato tradotto, che non ha vinto premi, e che i critici hanno accettato a collo torto, accusandolo appunto di non essere abbastanza catastrofico. Se lo rileggo oggi, accanto a parecchie ingenuità ed errori di prospettiva, ci trovo qualcosa di buono. I bambini sintetici sono una realtà, anche se l'ombelico ce l'hanno. Sulla luna ci siamo andati, e la terra vista di lassú deve proprio assomigliare a quella che io ho descritta; peccato che i Seleniti non esistano, né siano mai esistiti. Gli aiuti ai paesi del terzo mondo incontrano spesso il destino che ho

delineato nella doppietta *Recuenco*. Col dilagare del terziario, i «lumini rossi» sono aumentati di numero, ed è addirittura apparsa sui giornali, nel 1981, la notizia di un sensore mensile identico a quello che io avevo descritto. Siamo ancora lontani da una realizzazione del racconto *A fin di bene* ma («cosí s'osserva in me lo contrappasso») dopo alcune esitazioni la Sip ha assegnato alla mia seconda casa un numero telefonico che è l'esatto anagramma del mio di Torino.

Quanto a *Ottima è l'acqua*, poco dopo la sua pubblicazione lo «Scientific American» ha riportato la notizia, di fonte sovietica, di una «poliacqua» viscosa e tossica, simile per molti versi a quella da me anticipata: per fortuna di tutti, le esperienze relative si sono dimostrate non riproducibili e tutto è finito in fumo. Mi lusinga il pensiero che questa mia lugubre invenzione abbia avuto un effetto retroattivo ed apotropaico. Si rassicuri quindi il lettore: l'acqua, magari inquinata, non diverrà mai viscosa, e tutti i mari conserveranno le loro onde.

PRIMO LEVI

Torino, gennaio 1987.

Protezione

Marta finí di rassettare la cucina, mise in funzione la lavatrice, poi accese una sigaretta e si stese sulla poltrona, seguendo distrattamente la televisione attraverso la fenditura della visiera. Nella camera accanto Giulio era silenzioso: stava probabilmente studiando, o scrivendo il compito di scuola. Da oltre il corridoio giungevano a intervalli i fragori rassicuranti di Luciano, che giocava con un amico.

Era l'ora della pubblicità: sullo schermo, straccamente, si susseguivano incitamenti, consigli, lusinghe: comprate solo aperitivo Alfa, solo gelati Beta; comprate solo lucido Gamma per tutti i metalli; solo elmi Delta, dentifricio Epsilon, abiti fatti Zeta, olio Eta inodore per le vostre giunture, vino Teta... Nonostante la posizione disagiata e la corazza che le dava noia alle anche, Marta finí coll'addormentarsi, ma sognò di dormire coricata sulle scale di casa, per traverso, mentre accanto la gente saliva e scendeva senza curarsi di lei. Si svegliò allo sferragliare di Enrico sul pianerottolo: non si sbagliava mai, era fiera di riconoscere il suo passo da quello di tutti gli altri inquilini. Quando fu entrato, Marta si affrettò a rimandare a casa l'amico di Luciano, e apparecchiò la tavola per la cena. Faceva caldo, e del resto il telegiornale aveva annunciato che la pioggia di micrometeoriti attraversava un periodo di scarsa attività: perciò Enrico sollevò la visiera, e gli altri lo imitarono. Cosí era anche piú agevole portare il cibo alla bocca, invece che attraverso la piccola valvola stellare che si sporcava sempre e poi puzzava. Enrico interruppe la lettura del giornale per annunciare: – Ho incontrato Roberto sulla metropolitana: era un pezzo che non ci vedevamo. Verrà stasera con Elena a trovarci.

Arrivarono verso le dieci, quando già i ragazzi erano a letto. Elena portava uno splendido completo in acciaio AISI 304, con saldature ad argon quasi invisibili e graziosi bulloncini a testa fresata; Roberto, invece, indossava una corazza leggera, di modello inusitato, flangiata lungo i fianchi e singolarmente poco rumorosa:

– Me la sono comperata a marzo, in Inghilterra: sí, sí, è inossidabile, tiene benissimo la pioggia, ha tutte le guarnizioni in neoprene, e si mette e si toglie in non piú di un quarto d'ora.

– Quanto pesa? – chiese Enrico, senza molto interesse.

Roberto rise, senza imbarazzo. – Già, è qui il punto debole. Sapete bene, si tende all'unificazione, qui nel Mercato Comune ci siamo già arrivati, ma laggiú, per quanto riguarda i pesi e le misure, sono sempre indietro di qualche passo. Pesa sei chili e ottocento: le mancano solo duecento grammi per essere in regola, ma vedrete che nessuno se ne accorgerà; o magari, tanto per la legalità, mi farò riportare un pochino di piombo qui dietro il collo, dove non si vede. A parte questo, tutti gli spessori sono in ordine, e ad ogni buon conto mi porto sempre dietro il certificato d'origine e il disegno quotato, in questa fenditura accanto alla targa. Vedete? è fatta apposta: è una di quelle piccole idee che rendono facile la vita. Gli inglesi sono gente pratica.

Marta non poté fare a meno di lanciare un'occhiata di sfuggita alla corazza di Enrico: lui no, poveretto, non sarebbe mai andato a fare acquisti a Londra. Portava ancora la vecchia armatura in lamiera zincata dentro la quale, tanti anni prima, lei lo aveva conosciuto: decorosa, certo, senza un briciolo di ruggine, ma che fatica per la manutenzione! E poi la lubrificazione: non meno di sedici ingrassatori Stauffer, di cui quattro ben fuori mano, e guai a saltarne uno o a saltare una domenica, se no strideva come un fantasma di Scozia; e anche, guai a esagerare, o altrimenti lasciava il segno su tutte le sedie e le poltrone come una lumaca. Ma Enrico sembrava che non se ne accorgesse: diceva di sentircisi affezionato, e parlargli di cambiare era un'impresa disperata, anche se, pensava Marta, si trovano adesso degli equipaggiamenti in regola con la legge, pratici, quasi eleganti, e che se li paghi a rate non te ne accorgi neanche.

Sbirciò la propria immagine, riflessa nella specchiera. Anche lei non era il tipo di donna che passa la giornata dall'estetista e dal parrucchiere, eppure rinnovare un poco il suo guardaroba le avrebbe fatto piacere, non c'era dubbio: in fondo si sentiva ancora giovane, anche se Giulio aveva ormai sedici anni. Marta seguiva distrattamente la conversazione. Roberto era di gran lunga il piú brillante dei quattro: viaggiava molto e aveva sempre qualcosa di nuovo da raccontare. Marta notò con piacere che cercava di incontrare il suo sguardo: un piacere puramente retrospettivo, perché quella loro faccenda era ormai vecchia di dieci anni, e a lei non sarebbe piú successo niente, lo sapeva, né con lui né con altri. Un capitolo chiuso: se non per altre ragioni, almeno per via di quella fastidiosa faccenda della protezione obbligatoria, per cui uno non sapeva mai se aveva a che fare con un vecchio o con un giovane, con un bello o con un brutto, e tutti gli incontri si limitavano ad una voce e al balenare di uno sguardo in fondo a una visiera. Lei non aveva mai capito come una legge cosí assurda avesse potuto essere votata: eppure Enrico le aveva spiegato piú volte che i micrometeoriti erano un pericolo vero, tangibile, che da vent'anni la Terra ne stava attraversando uno sciame, e che bastava uno solo ad uccidere una persona, penetrandola in un istante da parte a parte. Si riscosse accorgendosi che Roberto stava proprio parlando di quell'argomento:

– Anche voi ci credete? Beh, se leggete sempre e soltanto «L'Araldo» non c'è da stupirsi, ma ragionateci sopra, e vi accorgerete che è tutta una montatura. I casi di «morte dal cielo», come si dice adesso, sono pochi in misura ridicola, non piú di venti veramente accertati. Gli altri sono emboli o infarti o altri accidenti.

– Ma come! – disse Enrico: – Solo la settimana scorsa si è letto di quel ministro francese che era uscito per un attimo sul balcone senza armatura...

– È tutta una montatura, vi dico. L'infarto è sempre piú frequente, ed è un'istituzione che non serve a nessuno: in regime di pieno impiego, hanno semplicemente cercato di utilizzarlo, è tutto qui. Se chi gli tocca non ha corazza, è stato un MM, un micrometeorite, e si trova sempre il perito settore compiacente; se la corazza c'è, allora resta un infarto, e nessuno ci fa caso.

– E tutti i giornali si prestano?

– Tutti no: ma sapete bene com'è, il mercato dell'auto è saturo, e le linee di montaggio sono sacre: non si possono fermare. Allora si convince la gente a portare corazze, e si mette in prigione chi non obbedisce.

Non erano novità: erano considerazioni che Marta aveva già sentite, e anche piú di una volta, ma si sa bene che spesso anche tipi brillanti come Roberto si trovano a corto di argomenti, e del resto, a ripetere cose già note si va sul sicuro e si evitano quei buchi di silenzio che dànno tanto disagio.

– Io però, – disse Elena, – devo dire che nella corazza ci sto bene. Non è che io lo abbia letto sui giornali femminili: ci sto bene proprio, come si sta bene a casa.

– Ci stai bene perché la tua corazza è bella: anzi, scusa se non te l'ho detto ancora, ma è una meraviglia, – disse Marta con sincerità. – Non ne ho mai vista una cosí ben disegnata: sembra proprio fatta su misura.

Roberto si schiarí la voce, e Marta comprese di avere commesso una gaffe, anche se non tanto grave. Elena rise, con indulgente sicurezza: – Lo è, fatta su misura! – Volse uno sguardo riconoscente a Roberto, e aggiunse: – Lui, sai, ha certe conoscenze nell'ambiente dei carrozzieri di Torino... Ma non è per questo che dicevo di starci bene dentro: starei bene in qualunque corazza. Alla storia degli MM ci credo poco, anzi niente, e sentire che è tutta una montatura per fare guadagnare soldi alla General Motors mi fa venire una gran rabbia, eppure... eppure sto bene con e male senza, e come me ce ne sono tanti, ve lo posso assicurare.

– Non prova nulla, – disse Marta. – Hanno creato un bisogno. Non è il primo caso: sono molto bravi a creare bisogni.

– Non credo che il mio sia un bisogno artificiale: se fosse cosí, chissà quanta gente ci sarebbe che si fa sorprendere senza corazza, o con una corazza non regolamentare; anzi, non avrebbero neppure votato la legge, o la gente avrebbe fatto una rivoluzione. Invece io... è un fatto: io mi ci sento... come dire?

– Snug, – intervenne Roberto, ironico: per lui non doveva essere un discorso nuovo.

– Come? – fece Enrico.

– As snug as a bug in a rug. È difficile da tradurre, e anche un po' offensivo: ma non tutti i *bugs* sono scarafaggi.

– Ad ogni modo, – riprese Elena, – per me è cosí: mi ci trovo *snug* come uno scarafaggio in un tappeto. Mi sento protetta come in una fortezza, e alla sera quando vado a letto me la tolgo malvolentieri.

– Protetta contro che cosa?

– Non so: contro tutto. Contro gli uomini, il vento, il sole e la pioggia. Contro lo smog e l'aria contaminata e le scorie radioattive. Contro il destino e contro tutte le cose che non si vedono e non si prevedono. Contro i cattivi pensieri e contro le malattie e contro l'avvenire e contro me stessa. Se non avessero fatto quella legge, credo che mi sarei comperata una corazza lo stesso.

Il discorso stava prendendo una piega pericolosa: Marta se ne accorse, e lo ricondusse in acque piú tranquille narrando la storia del professore di Giulio, il quale era cosí avaro che, piuttosto di gettare via la sua armatura tutta arrugginita, l'aveva verniciata col minio di dentro e di fuori e si era presa una intossicazione da piombo. Poi Enrico raccontò il caso di quel carpentiere di Lodi che aveva preso molta pioggia, i bulloni gli si erano bloccati, e lui aveva un appuntamento, e la ragazza gli aveva tagliato addosso la corazza col cannello ossidrico e l'aveva mandato all'ospedale.

Infine si salutarono: Roberto si sfilò il guanto ferrato per stringere la mano nuda di Marta, e Marta provò un piacere intenso e breve che la riempí di una tristezza grigia, luminosa, non dolorosa: questa tristezza le rimase addosso a lungo, le tenne compagnia dentro la sua corazza, e l'aiutò a vivere per parecchi giorni.

Verso occidente

– Lascia stare la cinepresa: guarda, guarda coi tuoi occhi, e cerca di contarli!

Anna depose l'apparecchio e affondò lo sguardo nella valle: era una valle pietrosa e stretta che comunicava coll'entroterra solo attraverso un intacco quadrato e finiva in mare con un'ampia spiaggia melmosa. Finalmente, dopo settimane di appostamenti e di inseguimenti, erano riusciti: l'esercito dei lemming, onda dopo onda, si affacciava al valico e scendeva a precipizio per il pendio, sollevando una nuvola bruna di polvere: dove la pendenza si attenuava, le ondate grigio-azzurre si fondevano nuovamente in una fiumana compatta, che muoveva ordinatamente verso il mare.

Entro pochi minuti la spiaggia fu invasa: nella luce calda del tramonto si distinguevano i singoli roditori che avanzavano nel fango, affondandovi fino al ventre; procedevano con fatica ma senza esitare, entravano in acqua e proseguivano a nuoto. Si vedevano le teste emergere per un centinaio di metri dalla battigia, qualche testa isolata si distingueva ancora a duecento metri, dove le onde del fiordo si rompevano: oltre, piú niente. Nel cielo, un altro esercito saettava inquieto: una flottiglia di rapaci, molti falchi, qualche poiana, e poi sparvieri, nibbi, ed altri che i due naturalisti non seppero identificare. Volteggiavano stridendo ed azzuffandosi fra loro: ogni tanto uno si abbatteva come un sasso, frenava con un brusco mulinare delle ali, prendeva terra attirato da un obiettivo invisibile, ed intorno a lui la fiumana dei lemming si divaricava come intorno a un isolotto.

– Ecco, – disse Walter, – adesso l'abbiamo anche visto. Adesso è diverso: non abbiamo piú giustificazioni. È una cosa che esiste, che esiste in natura, che esiste da sempre, e per ciò deve avere una causa, e perciò questa causa deve essere trovata.

– Una sfida, vero? – disse Anna, in tono quasi materno: ma Walter si sentiva già in battaglia, e non rispose.
– Andiamo, – disse; prese il sacco di rete e volò giú per il pendio fin dove i lemming piú frettolosi gli passavano fra le gambe senza mostrare timore. Ne acchiappò quattro, poi gli venne in mente che forse quelli che procedevano a mezza costa non rappresentavano un campione medio: potevano essere i piú forti, o i piú giovani, o i piú risoluti. Ne liberò tre, poi avanzò in mezzo al brulichio grigio e ne catturò altri cinque in vari punti della valle. Risalí fino alla tenda coi sei animaletti, che squittivano debolmente ma non si mordevano fra loro.

– Poverini! – disse Anna. – Ma già, tanto sarebbero morti ugualmente –. Walter stava già chiamando con la radio l'elicottero della Guardia Forestale. – Verranno domattina, – disse: – adesso possiamo cenare –. Anna sollevò uno sguardo interrogativo; Walter disse: – No, diamine, non ancora. Anzi, dài qualcosa da mangiare anche a loro: ma non molto, per non alterarne le condizioni.

Ne parlarono a lungo, tre giorni dopo, col professor Osiasson, ma senza concludere molto. Rientrarono in albergo.

– Che cosa aspettavi da lui, finalmente? Che criticasse la teoria che lui stesso ha messo in piedi?

– No, – disse Walter, – ma almeno che desse mente alle mie obiezioni. È facile ripetere le stesse cose per un'intera carriera e con la coscienza in ordine: basta rifiutare i fatti nuovi.

– Sei cosí sicuro dei fatti nuovi?

– Sono sicuro oggi, e lo sarò anche piú domani. Lo hai

visto tu stessa: i sei che abbiamo catturato, al termine della marcia, erano ottimamente nutriti: 28 per cento di grasso, piú della media dei lemming catturati sugli altipiani. Ma se non basta ritornerò...

– Ritorneremo.

– ... ritorneremo, e ne prenderemo sessanta, o seicento, e allora vedremo quale Osiasson oserà ancora ripetere che chi li muove è la fame.

– O la sovrappopolazione...

– È una sciocchezza. Nessun animale può reagire all'affollamento con un affollamento peggiore. Quelli che abbiamo visti venivano da tutte le pieghe dell'altipiano: ebbene, non si sfuggivano, anzi si cercavano, tribú con tribú, individuo con individuo. Hanno marciato per due mesi, sempre verso occidente, e ogni giorno erano piú fitti.

– Allora?

– Allora... vedi, non so ancora, non te lo posso ancora formulare con esattezza, il mio pensiero, ma io... io credo che vogliano proprio morire.

– Perché un essere vivente dovrebbe voler morire?

– E perché dovrebbe voler vivere? Perché dovrebbe *sempre* voler vivere?

– Perché... ecco, non lo so, ma tutti vogliamo vivere. Siamo vivi perché vogliamo vivere. È una proprietà della sostanza vivente; io voglio vivere, non ho dubbi. La vita è meglio della morte: mi sembra un assioma.

– Non ne hai mai avuti, di dubbi? Sii sincera!

– No, mai –. Anna meditò, poi aggiunse: – Quasi mai.

– Hai detto *quasi*.

– Sí, lo sai bene. Dopo che è nata Mary. È durato poco, pochi mesi, ma è stato molto brutto: mi sembrava che non ne sarei uscita mai, che sarei rimasta cosí per sempre.

– E cosa pensavi in quei mesi? Come vedevi il mondo?

– Non ricordo piú. Ho fatto di tutto per dimenticarlo.

– Dimenticare che cosa?

– Quel buco. Quel vuoto. Quel sentirsi... inutili, con tutto inutile intorno, annegati in un mare di inutilità. Soli anche in mezzo a una folla: murati vivi in mezzo a tutti murati vivi. Ma smetti, per favore, lasciami stare. Tieniti sulle questioni generali.

– Vediamo... senti proviamo cosí. La regola è questa, che ognuno di noi uomini, ma anche gli animali, e... sí, anche le piante, tutto ciò che è vivo, lotta per vivere e non sa perché. Il perché sta scritto in ogni cellula, ma in un linguaggio che non sappiamo leggere con la mente: lo leggiamo però con tutto il nostro essere, e obbediamo al messaggio con tutto il nostro comportamento. Ma il messaggio può essere piú o meno imperativo: sopravvivono le specie in cui il messaggio è inciso profondo e chiaro, le altre si estinguono, si sono estinte. Ma anche quelle in cui il messaggio è chiaro possono avere delle lacune. Possono nascere individui senza amore per la vita; altri lo possono perdere, per poco o molto tempo, magari per tutta la vita che gli resta; e finalmente... ecco, forse ci sono: lo possono perdere anche gruppi di individui, epoche, nazioni, famiglie. Sono cose che si sono viste: la storia umana ne è piena.

– Bene. C'è una parvenza d'ordine, adesso: ti ci stai avvicinando. Ma adesso devi spiegarmi, anzi, devi spiegarti, come questo amore può sparire in un gruppo.

– Ci penserò dopo. Adesso volevo ancora dirti che fra chi possiede l'amore di vita e chi lo ha smarrito non esiste un linguaggio comune. Lo stesso evento viene descritto dai due in due modi che non hanno niente in comune: l'uno ne ricava gioia e l'altro tormento, ognuno ne trae conferma per la propria visione del mondo.

– Non possono aver ragione tutti e due.

– No. In generale, tu lo sai, e bisogna avere il coraggio di dirlo, hanno ragione quegli altri.

– I lemming?

– Diciamo pure cosí: chiamiamoli lemming.

– E noi?

– Noi abbiamo torto, e lo sappiamo, ma troviamo piú gradevole tenere gli occhi chiusi. La vita *non* ha uno scopo; il dolore prevale sempre sulla gioia; siamo tutti dei condannati a morte, a cui il giorno dell'esecuzione non è stato rivelato; siamo condannati ad assistere alla fine dei nostri piú cari; le contropartite ci sono, ma sono scarse. Sappiamo tutto questo, eppure qualcosa ci protegge e ci sorregge e ci allontana dal naufragio. Che cosa è questa protezione? Forse solo l'abitudine: l'abitudine a vivere, che si contrae nascendo.

– Secondo me, la protezione non è la stessa per tutti. C'è chi trova difesa nella religione, chi nell'altruismo, chi nell'ottusità, chi nel vizio, chi riesce a distrarsi senza interruzioni.

– Tutto vero, – disse Walter: – potrei aggiungere che la difesa piú comune, ed anche la meno ignobile, è quella che sfrutta la nostra essenziale ignoranza del domani. E vedi, anche qui c'è simmetria, questa incertezza è quella stessa che rende la vita insopportabile ai... ai lemming. Per tutti gli altri, la volontà di vita è qualcosa di profondo e confuso, qualcosa in noi e insieme accanto a noi, separato dalla coscienza, quasi come un organo che di norma funziona in silenzio, in disciplina, ed allora è ignorato: ma può ammalarsi o atrofizzarsi, essere ferito o amputato. Allora si continua a vivere, ma male, con fatica, con dolore, come chi abbia perduto lo stomaco o un polmone.

– Sí, – disse Anna, – questa è la difesa principale, quella naturale, che ci viene donata insieme con la vita perché la vita ci sia sopportabile. Ma ce ne sono altre, io credo: quelle che ho detto prima.

– Ecco, ci deve essere qualcosa in comune a tutte le difese. Se sapremo rispondere alla domanda che abbiamo lasciata in sospeso, cioè che cosa agisca entro un gruppo, sapremo anche che cosa accomuna le diverse difese. Si possono fare due supposizioni: una è che un «lemming» contagi tutti i suoi vicini; l'altra è che si tratti di una intossicazione o di una carenza.

Nulla è piú vivificante di un'ipotesi. Il Laboratorio della Guardia Forestale fu mobilitato in pochi giorni, e i risultati non tardarono, ma furono per molto tempo negativi. Il sangue dei lemming migranti era identico a quello dei lemming stazionari: cosí pure l'urina, la quantità e la composizione del grasso, tutto. Walter non pensava ad altro e non parlava d'altro. Ne parlava una sera con Bruno, davanti ai bicchieri pieni, ed ebbero l'idea insieme.

– Questo, ad esempio, serve, – disse Bruno. – È vecchia esperienza, esperienza comune.

– È un farmaco molto rudimentale. L'alcool non è innocuo, è di dosaggio difficile, e il suo effetto è molto breve.

– Ma ci si potrebbe lavorare sopra.

Il giorno dopo erano davanti al recinto dei lemming, nel parco dell'Istituto. Avevano dovuto rinforzare la rete dal lato verso il mare, ed approfondirla di due buoni metri sotto il livello del suolo, perché quelle bestiole non avevano pace: erano ormai un centinaio, e per tutto il giorno, e per metà della notte, si accalcavano contro la rete, calpestandosi, cercando di arrampicarsi e di respingersi vicendevolmente indietro; alcuni scavavano cunicoli che fatalmente si arrestavano contro la rete interrata, uscivano strisciando all'indietro, ricominciavano: gli altri tre lati del recinto erano deserti. Walter entrò, ne catturò quattro, legò loro un contrassegno alla zampina, e somministrò loro un grammo d'alcool con una sonda. I quattro, rimessi nel recinto, sostarono per qualche minuto col pelo ispido e le narici dilatate, poi si allontanarono e si misero tranquilli a brucare l'erica: tuttavia, dopo un'ora ad uno ad uno avevano ripreso il loro posto nella mischia degli individui risoluti a migrare verso ponente. Walter e Bruno furono d'accordo nel concludere che non era molto, ma era una traccia.

Dopo un mese, il reparto dei farmacologi era in piena attività. Il tema proposto era semplice e terrificante: individuare o sintetizzare l'ormone che inibisce il vuoto esistenziale. Anna era perplessa, e non lo nascose.

– Se lo troveremo, avremo fatto un bene o un male?

– Un bene per l'individuo, certamente. Un bene per la

specie umana, è dubbio, ma è un dubbio sconfinato: si addice a qualsiasi medicamento, non solo a questo. Ogni farmaco, anzi, ogni intervento medico, rende adatto un inadatto: vorresti contestare tutti i farmaci e tutti i dottori? La specie umana ha scelto da secoli questa via, la via della sopravvivenza artificiale, e non mi sembra che ne sia uscita indebolita. L'umanità ha voltato le spalle alla natura da un pezzo: è fatta di individui, e punta tutto sulla sopravvivenza individuale, sul prolungamento della vita e sulla vittoria contro la morte e il dolore.

– Ma ci sono altri modi di vincere il dolore, questo dolore: altre battaglie, che ognuno è tenuto a combattere coi propri mezzi, senza l'aiuto esterno. Chi le vince, si dimostra forte, e cosí facendo diventa forte, si arricchisce e si migliora.

– E chi non le vince? Chi cede, di schianto o a poco a poco? Cosa dirai tu, cosa dirò io, se ci troveremo anche noi a... camminare verso ponente? Saremo capaci di rallegrarci in nome della specie, e di quegli altri che trovano in sé la forza di invertire il cammino?

Passarono altri sei mesi, e per Anna e Walter furono mesi singolari. Risalirono il Rio delle Amazzoni con un battello di linea, poi con un battello piú piccolo il Rio Cinto, e infine in piroga un affluente senza nome: la guida che li accompagnava aveva loro promesso un viaggio di quattro giorni, ma solo al settimo superarono le rapide di Sacayo e giunsero in vista del villaggio. Distinsero di lontano i contrafforti cadenti della fortezza spagnola, e non commentarono, perché non ce n'era bisogno e non era nuovo per loro, un altro elemento del paesaggio: un fitto intrecciarsi nel cielo di voli di rapaci, che sembrava avere centro proprio sopra la fortezza.

Il villaggio di Arunde ospitava gli ultimi resti della tribú degli Arunde: ne avevano appreso l'esistenza casualmente da un articolo comparso su una rivista di antropologia. Gli Arunde, un tempo estesi su di un territorio vasto quanto il Belgio, si erano ristretti entro confini sempre piú angusti perché il loro numero era in continuo declino. Questo non era effetto di malattie, né di guerre con le tribú confinanti, e neppure di alimentazione insufficiente, ma soltanto del tasso enorme di suicidi: non altro era stato il motivo per cui Walter si era deciso a chiedere il finanziamento per la spedizione.

Furono ricevuti dal decano del villaggio, che aveva solo trentanove anni e parlava correttamente lo spagnolo. Walter, che odiava i preamboli, entrò subito nel vivo dell'argomento: si attendeva dall'altro ritegno, pudore, forse sospetto o freddezza davanti alla curiosità impietosa di uno straniero, e si trovò invece davanti ad un uomo sereno, cosciente e maturo, come se a quel colloquio si fosse preparato per anni, forse per l'intera sua vita.

Il decano gli confermò che gli Arunde, da sempre, erano privi di convinzioni metafisiche: soli fra tutti i loro vicini, non avevano chiese né sacerdoti né stregoni, e non attendevano soccorso dal cielo né dalla terra né dai luoghi inferi. Non credevano in premi né in punizioni. La loro terra non era povera, disponevano di leggi giuste, di una amministrazione umana e spedita; non conoscevano la fame né la discordia, possedevano una cultura popolare ricca ed originale, e si rallegravano spesso in feste e banchetti. Interrogato da Walter sul costante declino numerico della popolazione, il decano rispose di essere consapevole della fondamentale differenza fra le loro credenze e quelle degli altri popoli, vicini e lontani, di cui era venuto a conoscenza.

Gli Arunde, disse, attribuivano poco valore alla sopravvivenza individuale, e nessuno a quella nazionale. Ognuno di loro veniva educato, fin dall'infanzia, a stimare la vita esclusivamente in termini di piacere e dolore, valutandosi nel computo, naturalmente, anche i piaceri e i dolori provocati nel prossimo dal comportamento di ognuno. Quando, a giudizio di ogni singolo, il bilancio tendeva a diventare stabilmente negativo, quando cioè il cittadino riteneva di patire e produrre piú dolori che gioie, veniva invitato ad un'aperta discussione davanti al concilio degli anziani, e se il suo giudizio trovava conferma, la conclusione veniva incoraggiata ed agevolata. Dopo il congedo, egli veniva condotto alla zona dei campi di ktan: il ktan è un cereale molto diffuso nel paese, ed il suo seme, vagliato e macinato, si impiega nella fabbricazione di una sorta di focacce. Se non è vagliato, lo accompagna il seme assai minuto di una graminacea infestante, che possiede azione stupefacente e tossica.

L'uomo viene affidato ai coltivatori di ktan: si nutre con focacce confezionate con seme non vagliato, ed in pochi giorni, o in poche settimane, a sua scelta, raggiunge una condizione di gradevole stupore, a cui fa seguito il riposo definitivo. Pochi mutano pensiero, e ritornano dai campi di ktan alla città fortificata: vi vengono accolti con gioia affettuosa. Esiste un contrabbando di semi non vagliati attraverso le mura, ma non è di misura preoccupante, e viene tollerato.

Al loro ritorno, Anna e Walter si trovarono davanti ad una grossa novità. La «sostanza mancante» era stata trovata: piú precisamente, era stata dapprima creata dal nulla per sintesi, attraverso uno sfibrante lavoro di vagliatura di innumerevoli composti sospettati di esercitare sul sistema nervoso un'attività specifica; poco dopo, era stata identificata nel sangue normale. Stranamente, l'intuizione di Bruno aveva colpito nel segno: il composto piú efficace era proprio un alcool, benché di struttura piuttosto complessa. Il suo dosaggio era molto basso, talmente basso da giustificare l'insuccesso degli analisti che non lo avevano identificato come componente normale del sangue di tutti i mammiferi sani, compreso l'uomo, e che quindi non ne avevano potuto cogliere l'assenza nel sangue dei lemming migranti. Walter ebbe il suo quarto d'ora di successo e di notorietà: i campioni di sangue che aveva prelevato dagli Arunde non contenevano neppure una traccia del principio attivo.

Questo, che era stato denominato fattore L, venne presto prodotto su scala pilota. Era attivo per via orale, e si dimostrò miracoloso nel restaurare la volontà di vita in soggetti che ne erano privi, o che l'avevano perduta in seguito a malattie, sventure o traumi: negli altri, in dosi normali, non provocava effetti degni di nota né segni di sensibilizzazione o di accumulo.

L'opportunità di una conferma fu subito evidente a tutti: anzi, di una duplice conferma, sui lemming migranti e sui loro analoghi umani. Walter spedí al decano degli Arunde un pacchetto che conteneva una dose di fattore L sufficiente per cento individui e per un anno; gli scrisse a parte una lunga lettera in cui gli spiegava minutamente il modo in cui il medicamento doveva essere somministrato, e lo pregava di estendere l'esperimento anche agli ospiti dei campi di ktan; ma non ebbe tempo di attendere la risposta, perché la Guardia Forestale gli aveva segnalato che una colonna di lemming si stava avvicinando rapidamente alla foce del Mölde, in fondo al fiordo di Penndal.

Non fu un lavoro agevole: Walter dovette ricorrere all'aiuto di quattro giovani assistenti, oltre a quello entusiasta di Anna. Fortunatamente il fattore L era solubile in acqua, e l'acqua era disponibile sul posto in abbondanza: Walter si proponeva di spargere la soluzione al di là del valico, dove l'erica cresceva folta, ed era da presumere che i lemming si fermassero a brucarla, ma si vide subito che il progetto non era realizzabile; l'area era troppo estesa, e le colonne di lemming già si stavano avvicinando, segnalate da altri turbini di polvere visibili a venti chilometri di distanza.

Walter decise allora di nebulizzare la soluzione direttamente sulle colonne, nel passo obbligato che stava immediatamente sotto il valico. Non avrebbe potuto agire sull'intera popolazione, ma riteneva che l'effetto sarebbe stato ugualmente dimostrativo.

I primi lemming si affacciarono al valico verso le nove di mattina; alle dieci la valle era già piena, e il flusso tendeva ad aumentare. Walter scese nella valle col nebulizzatore assicurato alla schiena; si appoggiò contro un masso ed aprí il rubinetto del propellente. Non c'era vento: dall'alto del costone Anna vide distintamente scattare la nuvola biancastra, allungata nel senso della valle. Vide la marea grigia arrestarsi turbinando, come l'acqua di un fiume contro il pilone di un ponte: i lemming che avevano inspirato la soluzione sembravano incerti fra il proseguire, il fermarsi e il risalire. Ma poi vide una massiccia ondata di corpi inquieti sovrapporsi alla prima, e una terza alla seconda, cosicché la massa ribollente giunse all'altezza della cintura di Walter; vide Walter fare rapidi gesti con la mano libera, gesti confusi e convulsi che le parvero di richiesta d'aiuto, e poi Walter barcollare, strappato al riparo del masso, cadere ed essere trascinato, sepolto e ancora trascinato, visibile a tratti come un rigonfiamento sotto il fiume delle piccole innumerevoli creature disperate, che correvano verso la morte, la loro morte e la sua morte, verso la palude e il mare non lontano.

Quello stesso giorno ritornò, respinto al mittente, il pacco che Walter aveva spedito oltre Oceano. Anna non ne venne in possesso che tre giorni piú tardi, quando già il corpo di Walter era stato recuperato: conteneva un laconico messaggio indirizzato a Walter «y a todos los sábios del mondo civil». Diceva cosí: «Il popolo degli Arunde, presto non piú popolo, vi saluta e ringrazia. Non vi vogliamo offendere, ma vi rimandiamo il vostro medicamento, affinché ne tragga profitto chi fra voi lo vuole: noi preferiamo la libertà alla droga, e la morte all'illusione».

I sintetici

Mezzogiorno era vicino: si percepiva già nell'aria quel rumore confuso ma specifico, somma di cento parole ed atti impercettibili, che sembra generato dalle stesse pareti delle aule scolastiche, va gonfiandosi come un vento, e culmina col campanello del finis; tuttavia, Mario e Renato erano ancora affaccendati sulle ultime righe del foglio. Mario mise il punto e si mosse per consegnare; Renato, con evidente intenzione, gli disse:

– Adesso consegno anch'io. Mi manca l'ultima domanda, ma non la so. Meglio in bianco che sbagliata.

Mario rispose sottovoce: – Fa' vedere... Non è mica difficile: su, scrivi. Confina a nord con l'Italia, l'Austria e l'Ungheria; a est con la Romania e la Bulgaria; a sud...

In quel momento, come un segno del cielo, il campanello suonò: il rumorio si mutò di colpo in un fracasso lacerante, attraverso a cui si udiva a malapena la voce della professoressa che esortava tutti a consegnare il compito, fosse finito o no. In un andirivieni confuso e turbolento, i ragazzi furono risucchiati dal corridoio e poi dalle scale, e in breve si trovarono in strada. Renato e Mario si avviarono verso casa: dopo pochi passi, si accorsero che Giorgio li stava rincorrendo. Renato si volse, e disse:

– Corri, salsiccia: sbrigati, che noi abbiamo fame... beh, io ho fame: di questo qui, non si sa mai. Magari vive d'aria.

Mario non raccolse l'insinuazione, e rispose:

– No, oggi ho fame anch'io. Poi ho anche fretta.

I SINTETICI

Frattanto, Giorgio li aveva raggiunti ed ansimava ancora un poco.

– Fretta perché? – chiese: – Non è mica tardi, e casa tua è qui vicino.

Mario rispose che non si trattava di fame né di ritardo, ma che nel pomeriggio aveva intenzione di andare per bruchi: a raccoglierli, perché quello era un giorno da bruchi, e quasi certamente sarebbero usciti. Giorgio chiese ridendo se i bruchi uscivano tutti i venerdí, e Mario rispose seriamente che ieri aveva piovuto e oggi c'era il sole, e per questo quei bruchi che interessavano a lui sarebbero venuti fuori. Renato, a differenza di Giorgio, ostentava indifferenza:

– Bruchi, pensa un po'! E quando li hai raccolti, cosa te ne fai? Li fai friggere?

Giorgio simulò un brivido di ribrezzo, e disse:

– Non mi ci far pensare, che è ora di pranzo.

Mario invece spiegò che intendeva allevarli: metterli in uno scatolino che aveva già preparato, e aspettare che si facessero il bozzolo. Giorgio era incuriosito:

– Tutti si fanno il bozzolo? Come fanno? Fanno presto? Quanto tempo ci mettono? E il bozzolo, è come quello dei bachi da seta? – Intanto, Renato fischiettava, e si guardava intorno come se non stesse a sentire.

– Non lo so, – rispose Mario: – appunto, voglio vedere come fanno: se è come sta scritto sui libri. Ho un libro sui bruchi.

– Me lo impresti?

– Sí, sí: però poi me lo rendi.

– Ci puoi contare: sai bene che io i libri li rendo sempre... Senti: oggi potrei venire con te?

Mario fece un viso perplesso, o piuttosto il viso di uno che vuole apparire perplesso:

– Beh... non so ancora. Non so ancora da che parte andrò: dipende se mi lasciano prendere la bicicletta. Telefonami verso le tre.

Renato intervenne con acredine:

– Ma guarda che tipo. Hai tanta fretta e poi stai a casa

fino alle tre: scommetto che magari fai già i compiti. Insomma, cosí ti sei fatto un discepolo, eh? Per raccogliere bruchi e metterli in uno scatolino: gran bel divertimento.

Giorgio accorse a difesa:

– Ebbene? A uno piace una cosa, e a un altro un'altra: non siamo mica tutti uguali. Anche a me interessano, per esempio.

Renato si fermò, rivolse agli altri due uno sguardo duro, poi scandí con calcolata lentezza:

– Volevo dire che è proprio un bel divertimento per uno come lui.

Mario non era un ragazzo dalle risposte pronte. Esitò un attimo, poi con voce smarrita domandò: – Come, per uno come me?

Renato fece un risolino, e Mario continuò:

– Io sono uno come gli altri: a te interessa la palla a volo, a Giorgio i francobolli, e a me i bruchi. E poi, mica solo i bruchi: lo sapete bene, anche fare fotografie, per esempio... – Ma Renato lo interruppe:

– Ma dài, non fare l'indiano! Tanto, tutta la classe se n'è già accorta.

– Accorta di che cosa?

– Si è accorta che... Insomma, che tu non sei fatto come gli altri.

Mario tacque, toccato sul vivo: era vero, quello era uno dei suoi pensieri dominanti, a cui sfuggiva solo considerando e ripetendosi che nessuno è fatto come gli altri. Ma lui si sentiva «piú diverso», magari migliore, e spesso ne soffriva. Si difese debolmente:

– Che storie! Non so che cosa ti faccia venire in mente delle idee come questa. Perché non devo essere come gli altri?

Renato si era ormai montato alla collera virtuosa di chi scopre che il suo vicino ha trasgredito:

– Perché? E perché adesso fai l'innocente? Non sei stato tu, a raccontarci che tuo papà e tua mamma non hanno voluto sposarsi in chiesa? E che malattia hai avuto, l'anno scorso, che sei stato assente un mese e quando sei guarito non parlavi con nessuno, e tua mamma è venuta a riaccompagnarti, e parlava fitto fitto con la professoressa, e se qualcuno si avvicinava cambiava argomento? Sono cose chiare queste, cose normali?

– Sono fatti miei. L'anno scorso ho avuto una malattia, e mi hanno dato delle medicine che poi di notte non potevo dormire, e allora mia mamma mi ha portato a fare degli esami. Capita a tanti: non c'è proprio niente di speciale.

– Già! E a ginnastica? Non l'ho mica visto solo io, che fai sempre in modo di spogliarti voltato verso il muro. E sai perché? Tu, Giorgio, lo sai il perché? – Si fermò, poi aggiunse solennemente: – Perché Mario non ha l'ombelico, eccolo il perché! Non te n'eri accorto anche tu?

Giorgio, consapevole di essere arrossito violentemente rispose che sí, in effetti aveva osservato che a Mario non piaceva essere guardato quando si spogliava, ma non aveva dato importanza alla cosa. Aveva l'impressione di stare tradendo Mario, ma si sentiva soggiogato dalla sicurezza di Renato. A Mario tremavano le ginocchia per ira, paura e senso d'impotenza:

– Sono tutte bugie, tutte invenzioni stupide. Io sono fatto preciso come voi altri, come tutti, solo che sono un po' piú magro. E ve lo faccio vedere, se volete: anche subito!

– Bravo, qui in strada! Ma ti prendo in parola: martedí a ginnastica, vedremo se hai coraggio. Vedremo chi dice la verità.

Mario era arrivato davanti al portone di casa: salutò brusco ed entrò. Gli altri due proseguirono: Giorgio taceva sopra pensiero. Era urtato, e insieme l'argomento lo affascinava:

– ... Ho detto di sí tanto per darti ragione... e poi sí, è un fatto che a Mario non piace farsi vedere spogliato... ma quella storia dell'ombelico io non l'ho capita. Dicevi sul serio, o solo per farlo arrabbiare? Cioè: ce l'ha o non ce l'ha proprio? E se non ce l'ha che cosa vuol dire? Chi è d'altro che non ce l'ha?

Renato disse:

– Ma insomma, non hai dodici anni? E non li leggi, i giornali? Non lo sai che l'ombelico è la cicatrice della nascita, cioè di quando un bambino nasce da una donna? Hai mai guardato bene quei dipinti dove si vede la creazione di Adamo? Ebbene, appunto, Adamo non era nato da una donna, e la cicatrice non ce l'ha.

– Va bene, ma da allora in avanti tutti i bambini nascono da una donna. È sempre stato cosí.

– E adesso non è piú cosí. Si vede proprio che i giornali non te li lasciano ancora leggere. Hai mai sentito parlare della pillola, e della provetta, e della siringa? Bene, è cosí che è nato Mario, e diversi altri come lui. Non è nato in un ospedale, ma in un laboratorio: l'ho visto una volta alla televisione. È in America, ma fra poco ne faranno uno anche qui da noi: è una specie di incubatrice, come quelle per i pulcini, con dentro tante provette, e i bambini stanno nelle provette; a mano a mano che crescono le cambiano, ne prendono di quelle piú grosse. Poi ci sono delle lampade ultraviolette e di diversi colori, se no i bambini riescono ciechi, e...

– Ma la pillola che c'entra? Non serve per non avere bambini?

Renato vacillò per un istante, ma si rimise subito in arcione:

– La pillola... sí, è un'altra faccenda: mi ero confuso. Ma anche lí mettono delle pillole nelle provette: rosse per avere dei maschi, e blu per avere delle femmine. Le mettono fin dal principio, nella prima provetta, insieme coi gameti. Insieme coi cromosomi, voglio dire: sai bene. È venuto anche sul giornale, nelle Cronache della Scienza: e hanno una specie di codice, insomma come un menú, dove i genitori, ma non sono proprio i genitori, insomma l'uomo e la donna che vogliono avere il figlio, scelgono gli occhi, i capelli, il naso e tutti i dettagli, se deve essere magro o grasso, e cosí via.

Giorgio ascoltava intento, ma, da ragazzo di buon senso qual era, badava a non farsi mettere nel sacco e a non lasciarsi contrabbandare fronzoli in soprannumero:

– E la siringa? Perché prima parlavi anche di siringa?

– Perché è tutto un sistema a base di siringhe. Una per prelevare i gameti, un'altra per il brodo di cultura, e tante altre ancora per tutti gli ormoni, una per ciascuno, e guai a incrociarle; è cosí che delle volte nascono dei mostri. Capisci bene che è un procedimento delicato. Poi, quando sono arrivati all'ultimo stadio, si rompe la provetta e si consegna il bambino ai genitori, e loro lo allevano, lo allattano eccetera come se fosse naturale; e infatti, è proprio uguale agli altri, solo che, appunto, non ha l'ombelico.

– ... come Mario. Ma sei proprio sicuro che non ce l'abbia?

Renato, avendo ormai persuaso se stesso, si sentiva padrone di una forza persuasiva illimitata:

– Fino a mezz'ora fa avevo solo dei sospetti, ma adesso sono sicuro. Non hai visto come è venuto rosso, quando gliel'ho detto cosí, in faccia? E che fretta ha avuto di andarsene? Per poco non piangeva.

– Si vede che in fondo se ne vergogna, – disse Giorgio in tono conciliante: – poveretto, mi fa perfino un po' compassione: anch'io sono venuto rosso, prima; appunto, per compassione. Lui non ha mica colpa: non è lui che ha scelto di nascere cosí. Caso mai, sono i suoi genitori.

– Anche a me fa compassione, però con loro bisogna stare attenti. Capisci, sono uguali agli altri solo dal di fuori: se fai attenzione te ne accorgi anche tu. Vedi Mario, per esempio: facci caso, e vedrai che ha delle lentiggini diverse da qualunque altro, le ha perfino sulle palpebre e sulle labbra; ha sempre le unghie piene di quelle macchioline bianche che sai bene cosa vogliono dire; pronuncia la «r» in un modo che bisogna abituarsi prima per capirlo e per non ridere, e in generale ha un accento che lo riconosceresti fra mille. E poi, mi sai spiegare perché non fa mai a pugni, neanche per scherzo, e non sa nuotare, e ha imparato ad andare in bicicletta solo quest'anno, quando tu gli hai insegnato? Si capisce che fa bene a scuola, e che ricorda tutto a memoria!

Giorgio, che invece non aveva una grande memoria, chiese allarmato:

– E questo che cosa vuol dire?

– Vuol dire che ha una memoria magnetica, come le calcolatrici: bel merito, se ricorda tutto! Non hai mai notato che, alla sera, gli luccicano gli occhi come ai gatti? Ecco, è la stessa luce degli orologi fosforescenti, che adesso appunto li hanno proibiti perché alla lunga fanno venire il cancro. Pensandoci bene, forse sarebbe meglio non stare in banco con lui.

– Allora tu perché ci stai?

– Perché non ci avevo ancora pensato. Poi io non ho certe paure, e Mario mi interessa. Mi interessa vedere quello che fa...

– ... e copiare da lui!

– Anche copiare i suoi compiti, certo. Che ci trovi di male?

Giorgio tacque confuso. La faccenda, a cui credeva solo a mezzo, tuttavia lo intrigava. Perché non parlarne con Mario stesso, cautamente, senza fare domande aperte?

Passarono due settimane, e Mario era cambiato: chiunque se ne sarebbe accorto. La professoressa terminò di spiegare Carlo Magno, penosamente consapevole di stare usando le identiche parole di cui si era servita nella stessa occasione in quegli ultimi otto anni; tentò, con scarsa fede, l'esperimento di somministrare ai ragazzi la leggenda del sogno e della caverna, e subito desistette; annunciò infine che quegli ultimi dieci minuti sarebbero stati impiegati in un rapido interrogatorio di ripasso. Tese l'orecchio ed aguzzò lo sguardo: se la scuola e il mondo fossero stati quali lei li vagheggiava, i ragazzi avrebbero dovuto rispondere come ad una lieta sfida; invece non si percepí che un fruscio misto di sospiri, di libri furtivamente aperti sotto i banchi e di maniche sollevate a sco-

I SINTETICI

prire i quadranti degli orologi: l'atmosfera e l'umore dell'aula si fecero leggermente piú foschi.

Giuseppe rese noto che i Re Fannulloni erano i discendenti di Clodoveo. Rodolfo, a domanda, rispose che Liutprando era un re, senza aggiungere altri desiderabili particolari: alle sue spalle si era levata una nube, quasi visibile, da cui irradiava lo stereotipo «re dei Longobardi», ma Rodolfo, o per alterigia, o per fair play, o per sordità, o per paura di complicazioni, non lo raccolse. Sandro non mostrò alcun ritegno nei riguardi di Carlo il Calvo: ne parlò con scioltezza per quaranta secondi buoni, come se si fosse trattato di un suo prossimo parente, usando tuttavia correttamente il passato remoto come è prescritto. Mario invece, contro ogni aspettativa, si inceppò: eppure lei era certa che Mario non poteva ignorare la (sostanzialmente futile) nozione, chi avesse vinto gli Arabi a Poitiers. Mario invece si era alzato in piedi, e con fredda insolenza aveva detto: «Non lo so». Eppure, la sapeva la settimana avanti, e l'aveva perfino aggiunta, benché non richiesta, nel questionario scritto!

– Non lo so, – ripeté Mario, con lo sguardo fisso al pavimento: – l'ho dimenticato.

Ci sono certe regole di gioco, e lei aveva l'impressione che Mario stesse barando. Insistette:

– Su, pensaci: un ministro francese, anzi, un «maestro di palazzo»... che si ebbe, appunto per questa sua vittoria schiacciante, un curioso soprannome...

Sentí una voce, probabilmente quella di Renato, sibilare «Diglielo! Perché non lo dici?», poi la voce di Mario, ostinata e gelida: «È inutile: l'ho dimenticato. Non lo so piú. Non l'ho mai saputo». Poi molte voci, fra cui quella di Renato, che fischiavano: «Diglielo, diglielo! Perché non glielo dici? Tanto lo sa già: vuoi che non se ne sia accorta? Se glielo dici, è meglio per te!», e riempivano l'aria della classe, e la rendevano acre e soffocante. Sentí infine la sua propria voce, malferma e sforzata, che diceva qualcosa come «... dimmi un po', Mario, che cosa ti succede? Sei cambiato, da un po' di tempo: sei distratto e svogliato. O solo un po' fannullone, come quei re di Francia?»; da ultimo, sul minaccioso sfondo sonoro della classe eccitata e inquieta, udí la voce ferma di Mario, che era rimasto in piedi: «Non sono cambiato. Sono sempre stato cosí».

Sapeva che convocare Mario ad un colloquio a quattr'occhi era suo dovere, ed insieme la sola cosa giusta da fare; insieme, sentiva che qualcosa in lei temeva questo incontro, e cercava codardamente di rimandarlo. Quando quel giorno venne, si percepí curiosamente piú piccola rispetto al ragazzo: meno severa, meno seria, piú frivola, con meno peso addosso. Ma era una donna coscienziosa, e recitò la sua parte meglio che poté:

– ... proprio non capisco che cosa tu ti sia messo in mente. Non ti devi lasciar montare la testa, sei un ragazzo intelligente e capace, ti seguo ormai da due anni e so quanto vali. Non ti manca che un po' di attenzione: forse sei stanco o non stai bene? O hai qualcosa a casa che non va?

Silenzio, e poi, come attraverso le fenditure di una visiera:

– No, no. Va tutto bene. Non sono stanco.

– ... o allora è qualcosa che ti hanno detto? Che ti hanno detto... qui? Ho visto che spesso Renato ti parla, e tu abbassi gli occhi. Forse ti umilia? o ti racconta delle fandonie? Ma saranno scherzi, sai pure, cose da ragazzi, senza importanza: non devi darci peso, facci su una risata e tutto torna come prima. Se la prendi cosí sul tragico, non fai che incoraggiarli a continuare.

Aveva sparato alla cieca, eppure aveva centrato il bersaglio: se ne accorse immediatamente. Mario era impallidito, ed aveva sollevato lo sguardo incontro al suo, col riconforto e la stanchezza di chi desiste da una lotta. Scollò le labbra con fatica e disse:

– Non sono fandonie. È vero. Io non sono come gli altri: è un pezzo che me ne sono accorto. – Rise timido: – Renato ha ragione.

I SINTETICI

– Non sei come gli altri perché? In cosa ti senti diverso? Se mai, sarai diverso in meglio: non vedo perché ti dovresti affliggere di questo. Se tu fossi l'ultimo della classe...

– Non è questo. Io sono diverso perché sono nato diverso. Nessuno ci può piú fare nulla.

– Sei nato... come?

– Sono sintetico.

Rimaneva il preside, per quello che un preside può soccorrere. Quello, nella fattispecie, era un galantuomo e un amico, ma un preside, anche il migliore, ha varcato una certa soglia e capisce solo certe cose. Le consigliò di aspettare e di stare a vedere: gran bel consiglio. E intanto Mario era lí fuori, nel corridoio, e a lei pareva di sentirne il cervello ronzare perduto, come un motorino in stallo: ronzare e battere e domandarsi e rispondere a vuoto. Chiese al preside il permesso di farlo entrare: il preside acconsentí con riluttanza, Mario entrò e si sedette come davanti al plotone d'esecuzione. Il preside si sentiva simile ad un attore di quart'ordine.

– Salute, Mario. Allora? Che cos'hai da raccontarci?

– Niente, – disse Mario.

– Niente... è troppo poco. Sul niente non si costruisce che il niente. Mi hanno riferito, vedi, di certe tue idee... di certe strane storie che ti devono avere raccontato... e mi stupisce, veramente mi stupisce che un ragazzo come te, un logico, un ragionatore, abbia potuto prestarvi orecchio. Che cosa mi sai dire, tu, su questo argomento?

– Niente, – disse Mario.

– Vedi, figliolo, io penso che tu (non solo tu, certo) ti sia riempita la testa. Che tu soffra per sovraccarico, insomma, come... una linea del telefono. Hai assorbito troppo dall'ambiente che ti circonda: dai libri, dai giornali, dalla televisione, dal cinema... e anche dalla scuola, sicuro. Sei d'accordo con me?

Mario taceva e guardava nel vuoto, come se neppure cercasse le parole di una risposta. Il preside continuò:

– Ma se non parli... se non mi aiuti ad aiutarti... non verremo a capo di nulla: ti avrò fatta un'altra lezione – rise nervoso – oltre a tutte le altre che già ti devi sorbire... Diverso: cosí ti senti diverso. Ma siamo tutti diversi, perbacco, e guai se non lo fossimo: c'è chi è nato per diventare uno scienziato, come te, vero? e chi invece sarà un buon commerciante, e chi è meglio si limiti a... a qualche lavoro piú modesto. Ognuno di noi può e deve fare qualcosa per migliorarsi, per coltivarsi, ma il terreno, la sostanza umana, è diversa per ognuno: sarà ingiusto ma è cosí, l'abbiamo ereditata dai nostri genitori e progenitori all'atto della nascita, e...

Mario interruppe con voce contenuta: – Va bene. È vero. Io però adesso dovrei andare.

Nel cortile, due squadre improvvisate giocavano a pallacanestro, con scarsa correttezza e molte grida e richiami; un altro gruppo, quasi fra i loro piedi, si arrangiava a condurre avanti una gara di salto in lungo, benché la fossa di sabbia fosse quasi vuota. In un angolo, Mario stava parlando, di fronte ad un manipolo di ascoltatori occasionali, non della sua classe, e piú sbalorditi che attenti. Mario diceva:

– ... adesso siamo pochi, ma poi saremo molti e comanderemo noi, e allora non ci saranno piú guerre. Sí, perché non combatteremo fra noi come capita adesso, e nessuno potrà assalirci perché saremo i piú forti. E non ci saranno differenze: noi non faremo piú differenze, bianchi, negri, cinesi, saranno tutti uguali, anche i Pellerossa, quelli che restano. Distruggeremo tutte le bombe atomiche e i missili, tanto non serviranno piú a niente, e con l'uranio che ne ricaveremo ci sarà energia gratis per tutti, in tutto il mondo: e anche da mangiare, gratis per tutti, anche in India, cosí nessuno morrà piú di fame. Faremo nascere meno bambini, in modo che ci sia posto per tutti: e tutti quelli che nasceranno nasceranno come noi.

– Nasceranno come? – chiese una voce timida.

– Come me. O anche per telefono, o per radio: un uomo telefona a una donna, e poi nasce un bambino, ma non cosí a caso come succede adesso, nasce pianificato... Beh? avete poco da guardarmi cosí: io sono uno dei primi, e forse per me i conti non li hanno fatti tanto bene; ma adesso stanno provando un sistema nuovo, e i bambini li calcolano come si fa coi ponti, cellula per cellula, e si possono fare su misura, alti e forti e intelligenti quanto uno vuole, e anche buoni, coraggiosi e giusti. Si possono anche fare che respirino sott'acqua come i pesci, oppure capaci di volare. Cosí nel mondo ci sarà ordine e giustizia e tutti saranno felici. Ma non credete: non sono mica solo. Senza andare tanto lontano di qui... la Scotti Masera. Prima lo sospettavo soltanto, ma adesso ne sono sicuro. Mi sembrava, cosí dalla pronuncia e dal modo di muoversi, e poi anche perché non si arrabbia mai e non alza la voce. Non arrabbiarsi è importante, vuol dire che si è raggiunto il controllo, o lo si sta raggiungendo. Quando il controllo è completo uno può anche stare senza respirare, non sentire il dolore, può ordinare al suo cuore di fermarsi... bene, mi sono accorto che è una dei nostri l'altro giorno, quando mi ha chiamato da parte.

– Cosí vecchia? – chiese Giorgio, facendosi largo fra l'uditorio che si era molto ingrossato.

– Non è poi tanto vecchia: e cosa c'entra, vecchio o non vecchio?

– C'entra sí, – spiegò Giorgio con pazienza: – non hai detto che è solo poco tempo che si sanno fare queste cose?

Mario lo guardò come se si fosse appena svegliato, ma si riprese subito:

– Non so, forse è meno vecchia di quanto sembra: ma può anche darsi che sia nata cosí.

– Come! Nata vecchia... voglio dire, anziana?

– Ho detto «nata» cosí per dire, voi mi capite: è stata costruita cosí, perché abbiamo fretta, non si può piú aspettare. Non c'è piú tempo da perdere: nel 2000 saremo dieci miliardi, capite, dieci: e se non si provvede finirà che ci mangeremo gli uni con gli altri. Ma anche se non si arrivasse a questo punto, ci saranno l'acqua e l'aria contaminate, in tutto il mondo: l'aria sarà diventata smog, anche in cima all'Everest, e l'acqua sarà preziosa perché le sorgenti si seccheranno. Tutto questo non è un'invenzione, ma sta già succedendo: per questo è indispensabile far nascere subito degli uomini anziani, degli ingegneri e dei biologi: non si può aspettare che siano cresciuti i bambini che nascono oggi, e che abbiano finito l'università. Ci vorrebbero trent'anni prima che potessero mettersi al lavoro. Ecco: è per questo che bisogna... che abbiamo bisogno subito di anziani.

Gli si parò davanti Renato, con le braccia levate, come se volesse arrestare un toro che carica. Infatti voleva farlo tacere, ed era pieno d'ira, e insieme di un oscuro timore:

– Smettila, buffone! Non raccontare storie, la Scotti non è né un ingegnere né un biologo, è soltanto una vecchia strega!

Mario rispose con voce tanto alta che in tutto il cortile i ragazzi si fermarono e si volsero verso di lui:

– Non è una strega. È una di noi: l'ho incontrata in corridoio proprio ieri, e mi ha fatto il segno.

– Quale segno? – chiese Renato.

Mario non rispose subito: guardò Renato, e parve che qualcosa in lui si spegnesse. Lasciò penzolare le braccia, abbassò il capo; poi, con voce mutata, appena udibile, disse:

– Vai via, Renato: non ti posso vedere. Ecco, mi hai fatto parlare, e io ho parlato, e adesso sono tornato come tutti: come te, come uno di voi. Andate via, andate via tutti, lasciatemi solo –. Indietreggiò fino al muro, e scivolò via lungo il muro fino alla porta: Giorgio lo trovò poco dopo in un angolo della palestra, seduto in terra, col capo fra le mani, che piangeva con grossi singhiozzi.

Visto di lontano

NOTA IN BUONA FEDE: Ci è stato promesso che entro pochissimi anni, forse addirittura entro il corrente anno 1967, esseri umani porranno piede sulla luna, portandovi irreversibilmente i nostri meccanismi cellulari, le nostre infezioni e la nostra civiltà.

Al momento in cui questo avverrà, ed in cui il primo rapporto dei primi visitatori sarà pubblicato, verranno sbaragliate e rese vane tutte le fantasie, illustri e meno illustri, che le letterature di tutti i tempi hanno espresso sui Seleniti. Perciò, sarei lieto se il presente saggio venisse letto e inteso come un ultimo reverente omaggio a Luciano di Samosata, Voltaire, Swedenborg, Rostand, E. A. Poe, Flammarion ed H. G. Wells.

NOTA IN MALA FEDE: La decifrazione del presente Rapporto, che ci è pervenuto in grafia selenitica lineare B, ha offerto gravi difficoltà tecniche ai decodificatori dell'FBI, a cui era stato affidato; si prega quindi il lettore di essere indulgente sulle sue incongruenze e lacune. Si avverte inoltre che, per ragioni di semplicità, nella trascrizione è sembrato opportuno adottare, per quanto possibile, unità di misura, datazioni e termini geografici terrestri equivalenti o corrispondenti alle espressioni contenute nell'originale.

Perciò, quando si parla ad esempio di città o di navi, occorre ricordare che esse sono «città» (ossia fitti agglomerati di abitazioni umane) e «navi» (ossia voluminosi oggetti galleggianti costruiti e pilotati dall'uomo) per noi, non per l'ignoto estensore del Rapporto: al quale le une e le altre apparivano sotto un aspetto assai meno rivelatore.

Rapporto

1. VALIDITÀ. Nel presente Rapporto si descrivono alcune variazioni e movimenti che sono stati osservati sulla superficie terrestre in tempo recente. Non si descrivono invece le variazioni e i movimenti la cui periodicità coincide con l'anno sidereo o col mese lunare, quali i cicli delle calotte polari, le variazioni di colore delle pianure e montagne, le maree, le variazioni di trasparenza dell'atmosfera ecc.: questi fenomeni sono noti da gran tempo, oggetto di numerosi rapporti precedenti, e certamente connessi con cicli astronomici. Perciò essi appaiono irrilevanti ai fini di ogni discussione circa la presenza di vita sulla terra.

2. CITTÀ. Per la descrizione, nomenclatura e collocazione delle principali Città e Porti, si rimanda al precedente Rapporto n. 8, del 15 gennaio 1876. Grazie al recente miglioramento del potere risolvente dei nostri mezzi ottici, si è osservato che la maggior parte delle Città è in fase di rapido accrescimento, e che l'atmosfera che le sovrasta tende a diventare sempre piú opaca, ricca di pulviscolo, di ossido di carbonio e di anidride solforosa e solforica.

Si è inoltre potuto stabilire che esse non sono semplici aree di colore diverso dal terreno circostante. Abbiamo osservato in molte di esse una «fine struttura»: alcune, ad esempio Parigi, Tokyo, Milano, posseggono un centro ben definito da cui irradiano sottili filamenti; altri filamenti circondano il centro a diverse distanze, con andamento circolare o poligonale. Altre Città, e fra queste tutti o quasi i Porti, presentano invece una struttura reticolare, costituita da filamenti tendenzialmente rettilinei ed ortogonali che suddividono l'area urbana in rettangoli o quadrati.

2.1. LUCE SERALE. A partire dal 1905-10 tutti i filamenti urbani accennati diventano improvvisamente luminosi poco dopo il tramonto locale del Sole. Piú precisamente: circa 30-60 minuti dopo il passaggio del terminatore i filamenti di ogni singola città si accendono in rapida successione; ogni filamento si illumina istantaneamente e le illuminazioni si succedono nel giro di 5-10 secondi. La luminosità dura per tutta la notte, e cessa di colpo circa 30 minuti prima del nuovo passaggio del terminatore. Il fenomeno, assai vistoso e attentamente studiato da molti osservatori, presenta caratteristiche di regolarità sorprendenti: per ogni singola città, si sono osservate interruzioni di luminosità solo una-due notti ogni mille, per lo piú in coincidenza con gravi perturbazioni atmosferiche nelle vicinanze, per cui non appare fuori luogo l'ipotesi che si tratti di un fenomeno elettrico.

Circa le alterazioni della Luce Serale durante il Periodo Anomalo, si veda il Punto 5. qui seguente. Al termine di detto periodo, il fenomeno ha ripreso a manifestarsi con la regolarità consueta: tuttavia, l'esame spettroscopico della luminosità urbana ha dimostrato che essa possedeva fin verso il 1950 in prevalenza uno spettro continuo (da incandescenza), mentre in seguito a quest'ultimo si vanno sovrapponendo con sempre maggiore intensità spettri a bande o a righe, del tipo di emissione da gas rarefatti o da fluorescenza.

Nell'inverno 1965-66 si è osservata una completa estinzione nella Città di New York, benché il cielo fosse sereno.

2.2. ACCRESCIMENTO. Come accennato, molte Città appaiono in attivo accrescimento. Esso, in generale, rispetta la struttura del reticolo preesistente: le Città raggiate si accrescono lungo i raggi, le Città reticolari si accrescono con nuovi strati a reticolo ortogonale. L'analogia con l'accrescimento cristallino è evidente, e lascia supporre che le Città siano vaste zone della superficie terrestre caratterizzate da pronunciata cristallinità: del resto, ne abbiamo un esempio sulla Luna, nelle imponenti formazioni di ortoclasio ben cristallizzato che ricoprono vari ettari di terreno entro il circo di Aristarco.

L'ipotesi della natura cristallina delle Città è rafforzata dalla recente scoperta di strutture di forma regolare, da ascriversi apparentemente al sistema trimetrico, che si innalzano per varie centinaia di metri al di sopra del piano-città. Esse sono agevolmente osservabili durante i crepuscoli grazie alla loro ombra: hanno sezione rettangolare o quadrata, e in qualche caso è stato possibile assistere alla loro formazione, che avviene alla velocità di 10-20 metri al mese lungo l'asse verticale. È assai raro che esse si presentino al di fuori delle aree urbane. Alcune, in condizioni geometriche opportune, riflettono specularmente la luce solare, il che ha reso agevole la misura delle costanti cristallografiche.

Altri segni di ordinamento cristallino bidimensionale si possono forse ravvisare nelle strutture rettangolari di colori lievemente diversi che si osservano in molte pianure terrestri.

2.3. CRATERI ELLITTICI. L'esistenza di crateri ellittici (piú raramente circolari o semicircolari) entro alcune Città o nelle immediate vicinanze era già stata segnalata in rapporti precedenti. Essi si formarono lentamente (nel corso di cinque fino a quindici anni) in tempi anche molto antichi presso diverse Città della zona mediterranea; ma non risulta che siano stati osservati prima dell'ottavo secolo a. C. La maggior parte di questi crateri antichi è stata in seguito obliterata piú o meno completamente, forse per erosione o in conseguenza di catastrofi naturali. Negli ultimi sessant'anni numerosi altri crateri si sono formati con grande regolarità entro o presso tutte le Città di estensione superiore ai 30-50 ettari: le Città maggiori ne posseggono spesso due o piú. Non appaiono mai sui pendii, ed hanno forma e dimensioni molto uniformi. Piuttosto che a pianta propriamente ellittica, essi consistono di un rettangolo di circa 160 per 200 metri, completato sui due lati brevi da due semicirconferenze. La loro orientazione appare casuale, sia rispetto al reticolo urbano, sia rispetto ai punti cardinali. Che si tratti di crateri, è stato chiaramente riconosciuto dal profilo delle ombre crepuscolari: il loro bordo è alto 12-20 metri rispetto al suolo, scende a picco verso l'esterno, e verso l'interno con una pendenza del 50 per cento circa. Alcuni di essi, nella stagione estiva, emettono talvolta una lieve luminosità nelle prime ore della notte.

La loro origine vulcanica è ritenuta probabile, ma è oscuro il loro rapporto con le formazioni urbane. Altrettanto misterioso è il ritmo settimanale a cui i crateri stessi appaiono tipicamente soggetti, e che descriviamo nel punto seguente.

3. PERIODICITÀ NON ASTRONOMICHE. Un certo numero di fenomeni osservati sulla terra segue un ritmo di sette giorni. Soltanto i mezzi ottici di cui disponiamo da qualche decina d'anni hanno permesso di mettere in rilievo questa singolarità, perciò non siamo in grado di stabilire se essa abbia origini recenti o remote, o se addirittura non risalga alla solidificazione della crosta terrestre. Non si tratta certamente di un ritmo astronomico: come è noto, né il mese (sinodico o sidereo) né l'anno (solare o sidereo) terrestri contengono un numero di giorni multiplo di sette.

Il ritmo settimanale è estremamente rigido. I fenomeni che chiameremo DSG (Del Settimo Giorno), e che interessano principalmente le città e i loro dintorni immediati, hanno luogo simultaneamente su tutta la superficie terrestre: al netto, beninteso, delle differenze di ora locale. Il fatto non è spiegato, né sono state proposte ipotesi veramente soddisfacenti: a titolo di curiosità segnaliamo che da alcuni osservatori è stata formulata la supposizione di un ritmo biologico. La eventuale vita (vegetale e/o animale) sulla Terra, che in questa ipotesi dovrebbe essere accettata come rigorosamente monogenetica, sarebbe soggetta ad un ciclo estremamente generale, in cui l'attività e il riposo (o viceversa) si succedono con periodi di sei giorni e un giorno.

3.1. ATTIVITÀ DSG DEI CRATERI. Come accennato, i crateri ellittici di cui al Punto 2.3. sono soggetti ad un ritmo settimanale.

Ogni sette giorni il loro contorno, che normalmente è biancastro, diviene grigio o nero nel giro di poche ore (generalmente nelle prime ore pomeridiane): conserva questa colorazione oscura per due ore circa, per riassumere poi in 15-20 minuti la tinta biancastra primitiva. Solo eccezionalmente il fenomeno è stato osservato in giorni diversi dal settimo. L'area interna dei crateri non presenta variazioni di colore apprezzabili.

3.2. ALTRE ATTIVITÀ DSG. Nelle prime ore diurne dei settimi giorni i filamenti urbani periferici (radiali) appaiono lievemente piú scuri. Nelle prime ore notturne successive, soprattutto nella stagione estiva, essi appaiono invece debolmente luminosi anche al di fuori del perimetro urbano: in particolari condizioni di angolatura, questa luminosità appare sdoppiata in due filamenti paralleli e contigui, uno di luce bianca ed uno di luce rossa.

Anche alcune porzioni di litorale marino sono soggette ad oscuramento DSG. Esso è stato osservato su litorali di peculiare colore giallastro, non troppo lontani da Città e non soggetti a grosse maree: ha luogo solo nelle stagioni e nelle località di maggiore insolazione, e dura da 2-4 ore dopo l'alba fino al tramonto locale. Su alcune delle spiagge in questione l'oscuramento, oltre che al settimo giorno, si osserva quotidianamente, per un periodo di 15-30 giorni che ha inizio un mese circa dopo il solstizio d'estate.

3.3. ANOMALIE DSG. In questi ultimi mesi è stato dimostrato che in alcune zone dell'Africa settentrionale, dell'Asia meridionale e dell'Arcipelago Malese i fenomeni DSG avvengono con due giorni di anticipo rispetto al resto della Terra, e con un solo giorno d'anticipo in una stretta striscia dell'istmo che congiunge l'Asia con l'Africa. Nelle isole Britanniche essi appaiono invece distribuiti fra il sesto e il settimo giorno.

4. PORTI E ATTIVITÀ PORTUALI. Si intendono per «Porti», come è noto, le Città situate sulle coste dei mari o di grandi laghi o fiumi. Per la definizione di questi ultimi concetti geografici si rimanda ai Rapporti precedenti: sia solo lecito ricordare che la natura liquida di mari, laghi e fiumi è da ritenersi ormai confermata dall'esame polarimetrico dell'immagine solare che ne è riflessa, e che, date le condizioni di temperatura e di pressione esistenti sulla superficie terreste, si ammette oggi universalmente che il liquido in questione sia l'acqua. I rapporti fra acqua, neve, calotte polari, ghiacciai, umidità atmosferica e nuvolosità sono stati descritti nel Rapporto n. 7, a cui rimandiamo.

Ci occuperemo qui in specie dei Porti marittimi; ricordiamo che già ai piú antichi osservatori non era sfuggito che essi sono sempre situati in insenature piú o meno profonde delle coste, e spesso alla foce dei fiumi. Tutti i fenomeni di cui sono sede le Città interne si notano anche nei Porti, ma in essi si svolgono inoltre attività specifiche di grande interesse.

4.1. NAVI. Indichiamo per semplicità col nome di «navi» particolari oggetti natanti di forma allungata che i moderni mezzi ottici hanno permesso di distinguere. Si spostano nell'acqua longitudinalmente con velocità assai varie, ma raramente superiori ai 70 km/ora; la loro lunghezza massima è di circa 300 metri, la minima è inferiore al potere risolvente dei nostri strumenti (circa 50 metri).

La loro importanza è fondamentale: sono i soli oggetti che si vedano materialmente spostarsi sulla superficie terrestre, se si eccettuino i frammenti di ghiaccio che si vedono spesso staccarsi dalle banchise polari. Ma mentre i movimenti di questi ultimi sono lenti e appaiono casuali i moti delle navi sono soggetti a interessanti singolarità.

4.1.1. I MOTI DELLE NAVI. Le navi si distinguono in periodiche ed aperiodiche. Le prime compiono percorsi fissi di andata e ritorno fra due Porti, spesso sostando qualche ora in Porti intermedi: è stata notata una grossolana proporzionalità fra le loro dimensioni e la lunghezza del percorso. Non sostano che eccezionalmente in mare aperto: si spostano con velocità assai costante per ogni nave, sia di giorno, sia di notte, e il loro percorso è assai prossimo alla via piú breve fra i punti di partenza e di arrivo.

Emanano di notte una lieve luminosità; talora sostano nei Porti per qualche mese.

Anche le navi aperiodiche si spostano fra porto e porto, ma senza regolarità apparente. Le loro fermate sono di solito piú lunghe (fino a 10 giorni); alcune di esse vagano irregolarmente in mare aperto, o vi sostano a lungo. Non sono luminose, e mediamente sono meno veloci. Nessuna nave viene a contatto con la terraferma al di fuori dei Porti.

4.1.2. GENESI E SCOMPARSA DELLE NAVI. Tutte le navi si formano in relativamente pochi punti fissi, tutti situati entro Porti piccoli o grandi. Il processo di formazione dura da qualche mese a uno-due anni: pare che avvenga per accrescimento trasversale a partire dall'asse maggiore, che si forma in un primo tempo. La vita delle navi è da 30 a 50 anni; normalmente, dopo una sosta piú o meno lunga in un Porto, che talvolta è quello di origine, sembrano soggiacere a un rapido processo di disintegrazione o decomposizione. In rari casi sono state viste sparire in mare aperto; su tale argomento si veda però il Punto 5.

4.1.3. IPOTESI SULLA NATURA DELLE NAVI. È escluso oramai che si tratti di blocchi galleggianti di pomice o di ghiaccio. Merita attenzione una recente audace teoria secondo cui esse non sarebbero che animali acquatici, intelligenti quelle periodiche, meno intelligenti (o meno dotate di istinto d'orientamento) le altre. Le prime si alimenterebbero a spese di qualche materiale o specie vivente reperibile nei Porti, le altre, forse, a spese di navi piú piccole (a noi invisibili) in mare aperto: però, secondo alcune osservazioni, esse manifesterebbero un tropismo per gli idrocarburi.

Molte navi aperiodiche, infatti, frequentano Porti situati in zone ove l'atmosfera rivela tracce di metano e di etano. Ancora nei Porti avrebbe luogo il ciclo riproduttivo di entrambe le varietà, per ora a noi oscuro.

4.2. PORTI TERRESTRI. Presso molte Città si scorgono aree denominate «Porti terrestri», e caratterizzate da un particolare schema di filamenti di colore grigio, luminosi di notte: si tratta di uno o piú rettangoli larghi 50-80 metri e lunghi fino a 3000 metri e piú. Dall'uno all'altro Porto terrestre sono stati osservati spostamenti di singolari oggetti costituiti da una lunga nuvola bianca in forma di triangolo isoscele allungato, il cui vertice avanza a velocità di 800-1000 km/ora.

5. PERIODO ANOMALO. Si suole indicare con questo nome il periodo 1939-45, che è stato caratterizzato da numerose deviazioni dalla norma terrestre.

Come si è accennato, in gran parte delle Città è apparso perturbato o interrotto il fenomeno della luce serale (2. 1.).

Anche l'accrescimento è apparso assai rallentato o nullo (2.2.). L'oscuramento DSG dei crateri è stato meno intenso e regolare (3. 1.); cosí pure l'oscuramento litoraneo (3.2.); Sono scomparsi la luminosità DSG dei filamenti urbani (3.2.), dei crateri (2.3) e delle navi periodiche (4.1.1.).

Il ritmo pendolare di queste ultime (4.1.1) è apparso gravemente perturbato; è invece aumentato il numero e la mole delle navi aperiodiche, come se queste avessero sopraffatto le prime. Il fenomeno (4.1.2.) della scomparsa improvvisa di navi in mare aperto, normalmente assai raro, si è verificato con grande frequenza: sono state contate non meno di 800 sparizioni, avvenute in tempi variabili da 4 minuti a molte ore, ma, data l'incompletezza delle osservazioni, e l'impossibilità di controllare ad ogni istante piú della metà della superficie terrestre, questa cifra va moltiplicata certamente per due, e probabilmente per un fattore piú elevato.

Alcune sparizioni di navi sono state precedute da intensi ma istantanei fenomeni luminosi; altri fenomeni analoghi si sono notati nello stesso periodo in varie regioni terrestri, in specie in Europa, in Estremo Oriente, e lungo la costa settentrionale dell'Africa. La fine del Periodo Anomalo è stata segnata da due esplosioni assai vivaci, avvenute entrambe in Giappone a due giorni di distanza l'una dall'altra. Altre simili, o piú forti, sono state osservate nei dieci anni successivi su vari isolotti del Pacifico e in una ristretta regione dell'Asia centrale: nel momento in cui scriviamo il fenomeno appare estinto o latente.

Procacciatori d'affari

Il luogo era piacevole, luminoso e gaio: la luce, che proveniva attenuata da tutte le direzioni, era bianco-azzurra e tremolava leggermente. Le pareti erano bianche ed opache, e si perdevano verso l'alto in un bagliore indistinto. Anche i pilastri erano bianchi: lisci e cilindrici, si raccordavano col soffitto a volta appena visibile.

S., in camice bianco, stava seduto su di un alto sgabello davanti al tavolo da disegno. Era molto giovane, quasi un ragazzo, e stava tracciando sul foglio uno schema complicato, fatto di lunghe linee diagonali che si irradiavano da un punto situato in basso a sinistra, e convergevano con eleganza ordinata verso un altro punto, che per effetto di prospettiva appariva al di là del foglio, in estrema lontananza. Il foglio era giallognolo e l'inchiostro bruno: il disegno era fitto di cancellature, e di parole e frasi esplicative scarabocchiate alla svelta, come nella fretta di non farsi sfuggire un'idea. Tavolo e sgabello erano al centro del pavimento, assai lontani dalle pareti, e il pavimento era vuoto. S. lavorava intento, ma senza continuità: alternava scatti di attività intensa con pause in cui sembrava raccogliersi dietro ad un pensiero, o forse distrarsi.

Suonò lontano un campanello, ma S. non lo udí e continuò nel suo lavoro. Dopo una decina di secondi il campanello suonò di nuovo: S. levò il capo per un attimo e poi riprese a disegnare. Al terzo squillo, che fu piú insistente, S. sospirò, posò la matita, scese dallo sgabello è si avviò verso il fondo della sala: la sua figura apparve minuta rispetto ai vasti riquadri del pavimento, ed il suo passo risuonò a lungo sotto le volte silenziose. Percorse ampi corridoi ed entrò nella saletta di ricevimento: questa era piccola, e col soffitto talmente basso che lo si poteva toccare con la mano. Qui lo attendevano un giovane robusto, una donna bionda e bella di mezza età, ed un uomo magro dai capelli brizzolati: stavano in piedi presso il tavolo, ed il giovane reggeva per il manico una valigetta. S. si arrestò un attimo sulla soglia, come contrariato; poi si riprese, e disse: – Si seggano, prego –. Sedette, e i tre lo imitarono. S. era infastidito per aver dovuto interrompere il suo lavoro. Disse: – Che cosa desiderano? – Poi notò la valigetta che il giovane aveva posata sul tavolo, ed aggiunse deluso: – Ah, ho capito.

Il giovane non si perse in preamboli. Aperse la valigia, e disse:

– No, guardi, è meglio evitare gli equivoci fin dal principio. Noi non siamo degli assicuratori, e neppure siamo venuti fin qui per vendere: o per meglio dire, non per vendere merce. Siamo dei funzionari.

– Allora, siete voi quelli che vengono per...

– Proprio cosí, lei ha indovinato.

– E che cosa mi proponete?

– La Terra, – rispose il giovane, ammiccando cordiale: – Noi siamo specialisti della Terra, sa bene, il terzo pianeta del Sistema solare. Un bel posto, del resto, come cercheremo di dimostrarle, se lei ce lo permetterà – Colse una lieve esitazione nello sguardo di S., e soggiunse: – È sorpreso? Non ci aspettava?

– Sí, veramente... un certo movimento mi era parso di averlo visto, in questi ultimi tempi. Erano corse delle voci, si era visto sparire qualche collega, cosí, in silenzio, senza preavviso. Ma... ecco, non sono pronto. Non mi sento pronto: non ho fatto nessun calcolo, nessun preparativo. Sa bene come succede, quando non c'è una scadenza: si preferisce lasciar passare i giorni, e restare cosí, nel vago, senza prendere decisioni.

Il giovane intervenne con efficienza professionale:

– Ma certo, non si preoccupi. È normale, capita quasi sempre cosí: è ben difficile trovare un candidato che ci riceva con un bel sí o un bel no. Del resto lo si comprende bene: è impossibile farsi un'opinione cosí, in solitudine, senza testimonianze, senza una documentazione seria. Ma noi siamo qui appunto per questo: se vorrà prestarci ascolto per un momento... no, non le porteremo via molto tempo: anche se voialtri... via, di tempo ne avete tanto. Non come noi, che andiamo sempre di fretta, eppure non dobbiamo mai darlo a vedere, se no, che affari potremmo concludere?

Mentre parlava, il giovane frugava nella valigia: ne trasse diverse immagini della Terra, alcune di tipo scolastico, altre riprese da grande altezza, o da distanze cosmiche. Le mostrò ad S. una per una, illustrandole con tono professionale e concreto:

– Ecco qui. Come le accennavo, noi ci occupiamo della Terra, e in specie del Genere Umano. I tempi duri sono passati da un pezzo: ormai è un pianeta bene attrezzato, anzi confortevole, con scarti di temperatura che non superano i 120° C fra il massimo e il minimo assoluto, e una pressione atmosferica praticamente costante nel tempo e nello spazio. Il giorno è di 24 ore, l'anno di 365 giorni circa, c'è un grazioso satellite che provoca maree moderate ed illumina gentilmente le notti. È molto piú piccolo del Sole, ma è stato intelligentemente posizionato in modo da avere lo stesso diametro apparente di questo: si ottengono cosí delle eclissi di sole molto apprezzate dagli intenditori, ecco, ne guardi qua una, con visione completa della Corona. C'è poi un oceano d'acqua salata progettato senza economie, eccolo qui, vede? Ora glielo mostro in moto.

Nel riquadro della fotografia, che rappresentava una vasta marina di fronte ad una costa sabbiosa estesa fino all'orizzonte, le onde si misero docilmente in movimento.

– In fotografia non figura tanto, ma è uno degli spettacoli terrestri piú suggestivi. So di nostri clienti che, anche avanti con gli anni, si trattengono per ore a contemplare le onde, questo ritmo eterno, sempre uguale e sempre diverso: dicono che vale il viaggio. È peccato che noi si abbia cosí poco tempo libero, se no... Ah, dimenticavo di dirle che l'asse terrestre è inclinato sull'eclittica di un piccolo angolo, eccolo qui.

Trasse dal mucchio un'immagine schematica della Terra con meridiani e paralleli: ad un suo comando, la Terra prese a girare lentamente.

– Con questo semplice artifizio si è ottenuta una gradevole varietà di clima su buona parte del pianeta. Infine, disponiamo di un'atmosfera assolutamente eccezionale, unica nella galassia, e non le dico quanta fatica e quanto tempo ci è costata: pensi, piú del 20 per cento d'ossigeno, una ricchezza inestimabile, e una fonte di energia che non andrà mai alla fine. Sa, si fa presto a dire petrolio qui, carbone là, idrogeno, metano. Conosco dei pianeti che ne sono pieni, di metano: pieni che versano. Ma senza ossigeno, cosa se ne fanno? Beh, basta, non sta bene sparlare dei prodotti della concorrenza. Oh, mi scusi, mi sono un po' lasciato trascinare dall'argomento e ho dimenticato le buone creanze.

Trasse di tasca un biglietto da visita, e lo porse a S.:

– Ecco, questo sono io, mi chiamo G., e mi occupo dell'inquadramento generale; questi sono i miei assistenti, la nostra signora B., che la intratterrà sulle questioni di relazioni umane, e il collega R., che risponderà alle sue domande di natura storica e filosofica.

La signora B. sorrise e chinò il capo; il signor R. si alzò in piedi e fece un inchino compassato. Entrambi porsero ad S. il loro biglietto.

– Molto lieto, – disse S.: – sono a vostra disposizione. Ma senza impegno, non è vero? Non vorrei che...

– Può stare tranquillo, – disse G.: – con questo colloquio lei non contrae con noi alcun impegno, e noi, da parte nostra, cercheremo di evitare qualsiasi costrizione sulla sua scelta. Esporremo i nostri dati nel modo piú obiettivo ed esauriente. Tuttavia abbiamo il dovere di avvisarla: non ci sarà una seconda visita. Lei capisce certamente, i candidati sono tanti, e noi, a fare questo mestiere di infilare anime nei corpi, siamo molto pochi. Non è un mestiere facile, sa: dà delle grandi soddisfazioni, ma pochi riescono. Cosí, la nostra giornata è piena, e salvo rare eccezioni non possiamo visitare due volte lo stesso candidato. Lei vedrà, giudicherà, e prenderà la sua decisione in libertà piena: ci dirà sí oppure no, e ci lasceremo in ogni caso da buoni amici. Ed ora possiamo incominciare.

G. trasse dalla valigia un altro pacchetto di immagini, lo porse ad S., e continuò:

– Questo è il nostro campionario: la nostra forza è tutta qui. È materiale aggiornatissimo, di piena fiducia: pensi che lo rinnoviamo ogni sei mesi.

S. sfogliò le immagini con curiosità: erano splendide figure, dai colori smaglianti ed armoniosi. Rappresentavano in buona parte magnifici esemplari umani: donne giovani e bellissime, uomini atletici dal sorriso un po' fatuo, che si muovevano lievemente nel riquadro, come impazienti di entrare in azione.

– Sono gli uomini, questi?

– Uomini e donne, – rispose G.: – lei conosce la differenza, vero? È piccola ma fondamentale... Una giovane polinesiana... un cacciatore senegalese... una impiegata di banca di Los Angeles... un pugile australiano...: vogliamo vederlo in combattimento? Ecco: guardi che scatto, che potenza: sembra una pantera. ... Una giovane madre indiana...

In quel pacchetto d'immagini la giovane madre indiana ci doveva essere entrata per errore: infatti, il suo aspetto era poco gradevole. Era scheletrita dalla fame, e reggeva al seno un bimbo denutrito, dal ventre gonfio e dalle gambe come stecchi. G. ritirò prontamente l'immagine, prima che S. facesse domande, e la sostituí con quella di una studentessa danese bionda e mirabilmente formosa. S. considerò il foglio con attenzione, e poi chiese:

– Nascono già cosí? Voglio dire: cosí bene sviluppati? Intervenne sorridendo la signora B.:

– Eh no, c'è una crescita, evidentemente: nascono mol-

to piú piccoli, e secondo me anche molto piú graziosi –.
Si rivolse a G.: – Mi cerca una delle sequenze di crescita,
per favore?

Dopo qualche attimo di ricerca (non sembrava che il
contenuto della valigia fosse molto ordinato), G. cavò
fuori un'immagine e la porse alla signora, che a sua volta la presentò ad S.; rappresentava un giovanotto dalla
muscolatura talmente sviluppata da essere quasi mostruosa: era in piedi, nudo, con le gambe divaricate, le
mani a pugno levate sopra le spalle ed i bicipiti prominenti, e sorrideva con un sorriso da belva. Ad un tratto,
senza mutare posizione ma solo rimpicciolendo, il giovane si trasformò in un adolescente, poi in un ragazzo, in
un bambino, in un infante, in un neonato, tutti sorridenti
e tutti splendidamente nutriti. La signora B. disse dolcemente a G.:

– No, nell'altro senso, se non le spiace, e un pochino
piú piano.

Nelle mani di S. si svolse regolarmente la metamorfosi inversa fino all'atleta originario, che infine salutò calorosamente S. stringendosi le mani al di sopra del capo.

– Ecco, – disse la signora B., – cosí mi sembra abbastanza chiaro. È lo stesso individuo a un mese, a un anno, a sei, a quattordici, a diciotto e a trenta.

– È interessante, – ammise S.: – per le donne avviene
lo stesso, immagino?

– Certo, – rispose la signora. – Vuole vedere la sequenza?

– No, non si disturbi: se è lo stesso, non occorre. Piuttosto, vorrei sapere come vanno le cose prima e dopo. Si
continua a crescere?

– A crescere proprio, no: ma avvengono altri mutamenti che è difficile rendere in immagine. C'è un certo
decadimento fisico...

Qui accadde un altro incidente: mentre la signora B.
pronunciava le parole «decadimento fisico», l'immagine
nelle mani di S. fu sostituita da quella di un uomo maturo
e calvo, poi da quella di un uomo anziano obeso e pallido,

infine da quella di un vecchio cadente. La signora ripose vivamente la foto nella valigia, e proseguí disinvolta:

– ... che però è compensato da una maggior prudenza ed esperienza di vita, e spesso da una grande serenità. Ma è il «prima» che è estremamente interessante.

Si rivolse a G. e chiese:

– Abbiamo qui qualche nascita?

– No, signora: sa bene, nascite e amplessi non possiamo farne vedere –; poi continuò, rivolto ad S.: – Non che ci sia sotto nulla di meno che lecito, ma si tratta di un procedimento peculiare, di una tecnologia unica nel suo genere, e talmente ardita che in un non-nato come lei potrebbe provocare un certo turbamento, magari anche solo a livello subconscio. Mi scusi, ma sono queste le nostre istruzioni.

– ... Ma possiamo mostrargli il campionario delle coppie, non è vero? – intervenne con calore la signora B.

– Certo, – riprese G.: – è entusiasmante, vedrà. Come sa, il maschio e la femmina, nel nostro caso l'uomo e la donna, sono strettamente complementari, non solo morfologicamente; perciò la condizione coniugale, o comunque di vita a due, è il presupposto basilare per la pace dello spirito. Del resto, guardi qui: è una documentazione che si spiega da sé. Guardi questa coppia... quest'altra, in barca... questi altri due: quei prismi rosei sullo sfondo sono le Dolomiti, un gran bel posto, ci sono stato in ferie l'anno passato; ma andarci da soli è scipito. Questi sono due fidanzati congolesi... non sono graziosi? Questi sono due coniugi di una certa età...

Intervenne qui la voce calda, un po' rauca, della signora B.:

– Creda, noi di queste cose abbiamo ormai una vecchia esperienza, e le possiamo garantire che la vera grande avventura terrestre è proprio questa, trovarsi un partner di sesso diverso e vivergli insieme, almeno per qualche anno, ma se possibile per tutta la vita. Non ci rinunci, sa: e se le accadrà di nascere femmina, non trascuri di farsi fecondare, appena le si presenti un'opportunità ragionevole. L'allattamento, poi (eccolo qui, guardi), crea un legame affettivo talmente dolce e profondo, talmente... come dire?... pervasivo, che è difficile descriverlo senza averlo provato.

– E... lei lo ha provato? – chiese S., che in effetti si sentiva un poco turbato.

– Certo. A noi funzionari la licenza ce la danno solo se possiamo esibire un curriculum terrestre completo.

Il signor G. interloquí:

– Anche nascere uomo, beninteso, presenta dei vantaggi: anzi, vantaggi e svantaggi si compensano a un punto tale che le scelte, in tutti i tempi, si sono sempre distribuite fra i due sessi con singolare equilibrio. Vede questa tabella, e questo grafico con T in ascissa? Cinquanta e cinquanta, a meno di decimali.

G. trasse di tasca un pacchetto di sigarette, e le offrí in giro; poi si appoggiò all'indietro contro lo schienale della seggiola e disse:

– Che ne direste di una piccola pausa?

Ma doveva proprio essere afflitto da un irresistibile bisogno di attività, poiché, invece di distendersi andava frugando nella valigia, e in breve ne cavò fuori alcuni oggetti che dispose sul tavolo davanti ad S.:

– Questo non è servizio: è una mia iniziativa privata, una collezione che ho l'abitudine di portarmi sempre dietro. A mio parere, sono oggetti che dicono parecchio: potranno aiutarla a farsi un'idea di quello che incontrerà. Questa, per esempio, è una penna a sfera: costa solo cinquanta lire, e ci si scrivono centomila parole senza fatica e senza sporcare in giro. Queste sono calze di nailon: guardi che leggerezza! Si portano per anni, e si lavano in un attimo. Questa... no, non è un manufatto, è una scatola cranica: vede quanto è sottile e robusta? Non porto con me altri esemplari anatomici, perché sono piuttosto deperibili: ma guardi questa, è una valvola mitrale in plastica, sí, una valvola cardiaca. Un gioiello, vero? e poi, dà una grande tranquillità. E questo è detersivo: ci si fa il bucato in un momento.

– Scusi se interrompo, – disse S., – vuole farmi rivedere un momento una delle ultime... Sí, quella dei fidanzati congolesi, e queste altre... Non hanno tutti la pelle dello stesso colore, vero? Credevo che gli uomini fossero tutti uguali.

Intervenne il signor R., che fino a quel momento era rimasto in silenzio:

– Sostanzialmente lo sono: si tratta di differenze trascurabili, senza alcun significato biologico. Non abbiamo qui con noi esempi di coppie miste, ma ce ne sono in abbondanza, e sono feconde quanto le altre, se non di piú. Non è che una questione... epidermica, appunto: di pigmentazione. La pelle nera protegge meglio i tessuti dai raggi ultravioletti del sole, e cosí è piú adatta per gli individui che vivono ai tropici. Ce n'è anche di gialli, qua e là.

– Ah, ho capito. Sono delle varietà, allora: sono intercambiabili, è cosí? Come due bulloni con lo stesso filetto?

R. e la signora B. si volsero a G. con esitazione. G., un po' meno gioviale di prima, disse:

– Non è nostra abitudine dipingere tutto in rosa, e non è neppure questo il nostro compito. Ecco, non è che tutto vada sempre liscio: qualche questione c'è stata e c'è ancora. Non si tratta di cose molto gravi, nella maggior parte dei casi ciascuno vive per conto proprio, oppure bianchi e negri si incrociano e il problema cessa di esistere. Ma ci sono, sí, ci sono dei casi di tensione, con qualche vetro rotto, magari anche qualche osso rotto. Infine, non tutto sulla Terra è programmato, un margine di libertà (e quindi d'imprevedibilità) esiste; il tessuto ha qualche smagliatura, non possiamo negarlo. Tutto compreso, direi che oggi è forse meglio nascere bianchi, ma è una questione transitoria, penso che fra un secolo o due non se ne parlerà piú.

– Ma sa bene, è adesso che io dovrei nascere, no?

G. stava per rispondere, ma R. si intromise:

– Certo; se le sta bene, anche domani: il tempo di fare le carte. Noi non siamo dei burocrati, ci piacciono le cose spicce.

– No, vorrei pensarci su un momento. Non sono tanto

convinto. Non mi va, questa faccenda che si nasca diversi: non può portare che guai.

R. rispose, in tono un po' sostenuto:

– Capisco quello che lei vuole dire. Ma, prima di tutto i negri sono pochi, e perciò la probabilità di nascere negro è scarsa; poi, non tutti nascono nelle zone d'attrito, di modo che questi sono una minoranza nella minoranza. Insomma, non c'è gioco senza rischi, e qui il rischio è molto piccolo.

Pareva che S. fosse molto sensibile su questo argomento, o forse qualcuno lo aveva influenzato in precedenza: educatamente, ma con recisione, espresse il desiderio di vedere ancora qualcosa, le immagini di qualche situazione tipica.

– Volentieri, – rispose G.: – qui c'è tutto, il bello e il meno bello. Non saremmo onesti se la nostra documentazione non fosse completa, non le pare? Ecco, guardi qui: questa è una dimostrazione pacifica...; questo è un esperimento di scuola integrata...; questo è l'equipaggio di una nave mercantile, vede? lavorano insieme...

Mentre G. parlava, S. si era spostato cautamente verso la valigia; ad un tratto, sorprendendo i tre funzionari, si impossessò di una foto che rappresentava un conflitto fra negri e polizia: in primo piano c'era un poliziotto con la pistola puntata. Chiese:

– E questa? Che cosa rappresenta?

Lievemente urtato, G. rispose:

– Senta, lei però non dovrebbe comportarsi cosí. Noi facciamo il nostro mestiere, finalmente, e lei ci dovrebbe lasciar lavorare a modo nostro. Teniamo in ugual misura all'obiettività ed al successo, lei ci deve capire: lí dentro ci sono anche cose riservate, documenti che servono a tutt'altro scopo. Perciò, mi perdoni, ma la scelta spetta a noi... Bene, ormai lo ha visto: sí, è un conflitto in strada, delle volte succede, gliel'ho detto che non siamo venuti a seminare illusioni. Succede, per ragioni territoriali, o di rango, o di pura aggressività, come in tutto il regno animale; succede sempre meno, questo...

Per un attimo, l'immagine in mano ad S. fu sostituita da un'altra: si vedeva un palco, una forca, un uomo incappucciato e un negro appeso.

– ... questo per esempio non si è visto piú da un pezzo, ma succede, sí.

S. stava scrutando attentamente l'immagine: ne indicò un particolare, e chiese: – E questo, che cos'è?

– È una pistola, ecco quello che è, – rispose G. di malumore: – guardi, spara: è contento adesso?

Sempre fra le mani di S., l'immagine si animò per un istante: il poliziotto sparò e il negro fuggí barcollando fuori del riquadro, poi tutto si fermò nuovamente.

– Che ne è stato? – chiese S. ansiosamente.

– Di chi?

– Di quello che era qui prima. Quello che è stato colpito, il negro.

– Santa pazienza! Come posso saperlo? Non le conosco mica tutte a memoria: poi, ha visto, è uscito dal quadro.

– Ma è... è morto?

G., imbarazzato e corrucciato, tolse l'immagine dalle mani di S. e la ripose senza rispondergli. Parlò in sua vece R.:

– Lei non si deve lasciare impressionare da un caso singolo, di cui, per di piú, lei è venuto a conoscenza in un modo tutt'altro che regolare. L'episodio che ha visto è di carattere marginale: non sono mica cose che avvengono tutti i giorni, se no si starebbe freschi. Ammetterà che, per farsi un giudizio, è molto piú utile soffermarsi sulle situazioni generali, tipiche: un istante, per favore.

Cercò nella valigia, e mostrò ad S. tre immagini. Nella prima, sullo sfondo di un sereno cielo crepuscolare, si vedeva un gruppo dl giovani contadine rincasare cantando lungo un sentiero. Nella seconda, un corteo di sciatori scendeva per un ripido pendio illuminato dalla luna, ed ognuno reggeva una fiaccola accesa. Nella terza si vedeva l'ampia sala di una biblioteca, in cui vari giovani studiavano assorti; S. si soffermò a guardarla con attenzione:

– Un momento: me la lasci vedere ancora un momento. È interessante, questa: è quasi come qui. Stanno studiando, non è vero?
– Sí, pare di sí, – rispose G.
– Che cosa studiano?
– Non lo so, ma si può vedere. Aspetti.
Ad uno ad uno diversi studenti vennero centrati nel riquadro e successivamente ingranditi, cosicché si poterono distinguere i libri che rispettivamente avevano davanti. Benché fosse inutile, G. commentò:
– Questo, per esempio, studia architettura. Questa ragazza si prepara per un esame di fisica teorica. Quest'altro... aspetti, che lo vediamo un po' piú da vicino: cosí non si distingue bene... sa, senza illustrazioni è piú difficile. Ecco: studia filosofia, anzi, storia della filosofia.
– Ah. E che cosa gli succede dopo?
– Dopo che?
– Dopo che ha finito di studiare: o studia tutta la vita?
– Anche questo non lo so. Gliel'ho detto, è già tanto se ci riesce di ricordare tutte le immagini che ci portiamo dietro: come può pensare che cosí, su due piedi, noi le possiamo raccontare il perché e il percome, il prima e il dopo, le cause e gli effetti di tutto il nostro listino?
S. si stava rivelando per quello che era: un ragazzo educato, ma dalla testa dura. Insistette cortesemente:
– Perché non lo fa muovere? cosí come ha fatto prima?
– Se proprio ci tiene possiamo provare, – rispose G.
Nel riquadro l'immagine si confuse in un formicolio di macchioline e di righe colorate, che poco dopo si coagularono in una nuova figura: l'ex studente stava seduto dietro lo sportello di un ufficio postale. – Un anno dopo, – disse G.; seguí un nuovo breve formicolio, G. disse: – due anni dopo, – e si vide la stessa immagine, da un angolo un po' diverso. Dopo dieci anni, l'ex studente aveva gli occhiali, ma la scena non era sostanzialmente cambiata. Dopo trent'anni, si vide ancora l'ufficio postale, e l'ex studente aveva i capelli canuti.
– Si vede che è un tipo con poca iniziativa, – commentò

G.: - ma, glielo dico in amicizia, lei è un po' troppo diffidente. Guai se tutti fossero come lei! - Forse però scherzava, perché nella sua voce si percepiva piú l'ammirazione che il rimprovero.

- Mi deve pure capire, - rispose S.: - sta a me scegliere, e vorrei avere le idee chiare. Perciò, non se n'abbia a male, ma vorrei vedere il dopo di... ecco, anche di questo.

Aveva ripreso in mano la foto della biblioteca, ed indicava un altro lettore. - Vediamo, - disse G.: - eccolo dopo due anni.

Il lettore era in una comoda poltrona sotto una lampada: stava leggendo. - Qui è dopo quattro anni... no, scusi, dopo cinque.

Il lettore, ben poco mutato, stava a tavola, di fronte ad una giovane donna; fra i due, su di un seggiolino, era un bambino con un cucchiaio in mano. - Una simpatica famiglia, vero? - osservò G. con soddisfazione. - Qui è dopo sette anni, - annunciò poi.

Come se il meccanismo fosse sfuggito dal controllo di G., entro il riquadro apparvero varie scene in rapida successione:
- Il lettore era in abiti militari: stava salutando la moglie, che piangeva.
- Il lettore si stava imbarcando su di un aereo militare.
- Dall'aereo si staccava una ghirlanda di paracadute.
- Il lettore, col mitra puntato verso il basso, stava prendendo terra.
- Il lettore era atterrato in una pianura buia: stava dietro un masso, in agguato.
- Il lettore era stato colpito: una macchia nera si allargava sotto di lui.
- Una rozza croce di legno su di un tumulo di terra.

- Questa... questa è la guerra, non è vero? - chiese S. dopo un attimo di silenzio. G., molto imbarazzato, taceva; R. rispose:

– Sí, lo sappiamo, se ne fa un gran parlare, ma vorrei metterla in guardia contro certi luoghi comuni. Prima di tutto, lo tenga presente, non è affatto dimostrato che la guerra sia radicata nella specie umana, che sia scritta nel destino di tutti i paesi, di tutte le epoche e di tutti gli individui. Proprio in questo periodo stiamo sperimentando un piano di pace molto ben congegnato, fondato sull'equilibrio delle paure e dei potenziali aggressivi: ebbene, funziona ormai da venticinque anni in modo tutto sommato abbastanza soddisfacente, abbiamo avuto soltanto una mezza dozzina di guerrette periferiche. Non si era mai visto nulla del genere da molti secoli: i quadri che lei ha visto potrebbero avere ormai soltanto un valore... ehm, retrospettivo, e la seconda età dell'oro potrebbe essere già incominciata, in silenzio, furtivamente. Poi, vorrei ricordarle che non sempre la guerra è un male, ossia un male per tutti. Abbiamo saputo di vari nostri clienti che hanno superato l'ultimo conflitto non solo in buona salute e senza danni, ma guadagnandoci sopra parecchi quattrini...

Qui G. si schiarí la voce, come se volesse interrompere, ma R. non se ne accorse e continuò:

– ... altri sono diventati famosi e stimati, e altri ancora, anzi, la maggior parte dell'umanità, non se ne sono neanche accorti.

– Insomma, – intervenne G., – non mi sembra il caso di drammatizzare: ci pensi su un momento, che cosa sono cinquanta milioni di morti su una popolazione di tre miliardi? La vita, comprende, la vita è un tessuto unico, anche se ha un diritto e un rovescio; ha giorni chiari e giorni scuri, è un intreccio di sconfitte e vittorie, ma si paga da sola, è un bene inestimabile. So bene che voialtri quassú avete tendenza a impostare tutte le questioni su scala cosmica: ma una volta sulla Terra sarete individui, avrete una sola testa, per di piú diversa da tutte le altre; ed una sola pelle, e troverete una gran differenza fra quanto sta dentro la pelle e quanto sta fuori. Io, noti bene, non ho argomenti per dimostrare chi dei due abbia ragione, il non-nato o il nato, ma una cosa le posso affermare per diretta esperienza: chi ha assaggiato il frutto della vita non ne sa piú fare a meno. I nati, tutti i nati, con pochissime eccezioni, si aggrappano alla vita con una tenacia che stupisce perfino noi propagandisti, e che è il miglior elogio della vita stessa. Non se ne staccano finché hanno fiato in corpo: è uno spettacolo unico. Guardi.

Mostrò ad S. l'immagine di un minatore, ferito e lacero, che si faceva strada col piccone in una galleria crollata.

– Quest'uomo era solo, ferito, affamato, tagliato fuori dal mondo, in mezzo alle tenebre. Gli sarebbe stato facile morire: per lui, non sarebbe stato altro che il passaggio da un buio a un altro buio. Non sapeva neppure in quale direzione avrebbe trovato la salvezza: ma scavò a caso, per dodici giorni, e rivide la luce. E quest'altro, che lei vede qui? È un caso famoso, siamo d'accordo, ma quanti altri non farebbero come lui, giovani o vecchi, uomini o donne, se solo ne avessero le capacità tecniche? Si chiamava Robinson Crusoe: visse in solitudine per ventott'anni senza mai perdere la speranza e la gioia di vivere; poi fu salvato, ed essendo un marinaio, riprese a navigare. Questo poi è un caso meno drammatico, ma molto piú generale.

Quell'immagine era suddivisa in quattro riquadri. Vi si vedeva, rispettivamente, un uomo in un ufficio polveroso e male illuminato, davanti a un cumulo di moduli tutti uguali; lo stesso a tavola, col giornale appoggiato alla bottiglia, mentre in fondo la moglie stava telefonando e gli voltava la schiena; lo stesso davanti alla porta di casa, che si avviava a piedi al lavoro, mentre il figlio partiva in motocicletta con una ragazza provocante; lo stesso a sera, solo e con aria annoiata davanti al televisore. A differenza dalle altre, quelle figure erano statiche: non vibravano neppure.

– L'uomo che lei vede, – riprese G., – si ritrova qui a quarant'anni: il suo lavoro quotidiano è un immutabile pozzo di noia, la moglie lo disprezza e probabilmente ama un altro, i figli sono cresciuti e lo guardano senza vederlo. Eppure resiste, e resisterà a lungo, come uno scoglio: aspetterà ogni giorno il suo domani, ogni giorno udrà una voce che gli promette per il domani qualcosa di bello, grande e nuovo. Tenga pure, – aggiunse, rivolto ad R.: – le riponga, per favore.

S. era perplesso: – Ma, lei lo deve ammettere, uno che nasca ammalato, oppure da genitori denutriti...

Intervenne R., in tono didascalico:

– Se lei vuole alludere al problema della fame, badi che si è molto esagerato. Che una buona parte del genere umano conosca la fame, può anche essere vero, ma non è vero che ne muoia. Lei comprende che per vivere bisogna mangiare, e che per mangiare bisogna desiderare il cibo: ora, la fame che altro è se non desiderio di cibo? Non è affatto dimostrato che la sazietà sia un bene: i topi lasciati liberi di mangiare a volontà hanno vita piú breve di quelli tenuti a dieta controllata, sono dati inconfutabili.

Mentre R. parlava, G. si era alzato in piedi, e passeggiava su e giú per lo stretto locale; poi si fermò e disse ai suoi colleghi:

– Volete uscire un momento, per favore? Vorrei parlare da solo a solo con questo signore, per due minuti. Quindi si volse ad S., con voce bassa e confidenziale, e proseguí:

– Lei, mi pare, lo ha intuito: qualcuno da qualche parte ha sbagliato, ed i piani terrestri presentano una faglia, un vizio di forma. Per una quarantina d'anni hanno fatto vista di non accorgersene, ma adesso troppi nodi stanno venendo al pettine, e non si può piú aspettare: dobbiamo correre ai ripari, e ci serve gente come lei. Si stupisce? Non gliel'ho rivelato all'inizio perché non la conoscevo ancora, e volevo fare certe verifiche, ma ora glielo posso dire: non siamo venuti da lei come andiamo da tutti, non siamo arrivati qui per caso. Lei ci era stato segnalato.

– Io?

– Sí. Abbiamo necessità urgente di gente seria e preparata, onesta e coraggiosa: ecco perché abbiamo insistito e insistiamo. Noi non siamo per la quantità ma per la qualità.

– Allora devo intendere che... non nascerò cosí a caso, che il mio destino è già segnato, come un libro scritto?

– Proprio scritto in tutte le sue pagine, definito in tutti i suoi punti, no, non lo posso affermare: sa, noi crediamo nel libero arbitrio, o per lo meno, siamo tenuti a comportarci come se ci credessimo, e perciò, ai nostri fini, ogni uomo è in larga misura esposto al caso ed al suo proprio agire; ma le possiamo offrire delle ottime possibilità, darle buoni vantaggi iniziali, questo sí: vuole dare un'occhiata?... Questo è lei, vede? Le daremo un corpo agile e sano, e la inseriremo entro un contorno affascinante: in questi luoghi silenziosi si costruisce il mondo di domani, o si penetra in quello di ieri, con strumenti nuovi e meravigliosi. E questo è ancora lei, qui dove si raddrizzano i torti, e si fa giustizia rapidamente e gratis. O anche qui, dove si sopisce il dolore, e si rende la vita piú tollerabile, piú sicura e piú lunga. I veri padroni sono questi, siete voi: non i capi dei governi né i condottieri di armate.

– Ed ora che siamo soli, posso, anzi debbo, mostrarle anche il resto, il materiale riservato, quello che lei, giustamente, ha cercato piú volte di strapparmi di mano.

Per quelle immagini non occorrevano commenti, né la lusinga del diventare vive: parlavano un linguaggio ben chiaro. Si vide un cannone multiplo sparare nelle tenebre, illuminando col suo bagliore case crollate e fabbriche in rovina; poi cumuli di cadaveri scheletriti ai piedi di un rogo, in una tetra cornice di fumo e di filo spinato; poi una capanna di canne sotto una pioggia tropicale, e dentro, sul pavimento di terra nuda, un bambino stava morendo; poi una squallida distesa di campi non coltivati e ridotti a paludi, e di foreste senza foglie; poi un villaggio, ed una valle intera, invasi e sepolti da una gigantesca marea di fango. Ce n'erano ancora molte altre, ma G. le spinse da parte e continuò:

– Vede? Ci sono ancora molte cose da raddrizzare: ma nessuna di queste sofferenze sarà per lei. Non dovrà subire il male come un oggetto passivo: lei, e molti con lei, sarà chiamato a combatterlo in tutte le sue forme. Riceverà, insieme con la veste umana, le armi che le occorreranno: sono armi potenti e sottili, la ragione, la pietà, la pazienza, il coraggio. Non nascerà come tutti nascono: la vita le sarà spianata davanti, affinché le sue virtú non vadano sprecate. Sarà uno dei nostri, chiamato a compiere l'opera che si è iniziata miliardi d'anni addietro, quando una certa sfera di fuoco è esplosa, ed il pendolo del tempo ha cominciato a battere. Lei non morrà: quando deporrà il suo abito umano, verrà con noi e sarà cacciatore d'anime come noi; sempre che lei si accontenti di una modesta provvigione, oltre al rimborso delle spese.

– Ecco, ho finito. Le auguro buona fortuna, nella scelta e dopo. Ci pensi, e mi dia una risposta –: cosí detto, G. ripose le ultime immagini nella valigia e la chiuse.

S. tacque a lungo: talmente a lungo che G. fu sul punto di sollecitare una risposta; infine disse:

– ... Non vorrei partire con vantaggio. Temo che mi sentirei un profittatore, e dovrei chinare la fronte per tutta la vita davanti a ciascuno dei miei compagni non privilegiati. Accetto, ma vorrei nascere a caso, come ognuno: fra i miliardi di nascituri senza destino, fra i predestinati alla servitú o alla contesa fin dalla culla, se pure avranno una culla. Preferisco nascere negro, indiano, povero, senza indulgenze e senza condoni. Lei mi capisce, non è vero? Lei stesso lo ha detto, che ogni uomo è artefice di se stesso: ebbene, è meglio esserlo appieno, costruirsi dalle radici. Preferisco essere solo a fabbricare me stesso, e la collera che mi sarà necessaria, se ne sarò capace; se no, accetterò il destino di tutti. Il cammino dell'umanità inerme e cieca sarà il mio cammino.

Lumini rossi

Il suo era un lavoro tranquillo: doveva stare otto ore al giorno in una camera buia, in cui a intervalli irregolari si accendevano i lumini rossi delle lampade spia. Che cosa significassero, non lo sapeva, non faceva parte delle sue mansioni. Ad ogni accensione doveva reagire premendo certi bottoni, ma neppure di questi conosceva il significato: tuttavia il suo non era un compito meccanico, i bottoni li doveva scegliere lui, rapidamente, e in base a criteri complessi, che variavano da giorno a giorno, e dipendevano inoltre dall'ordine e dal ritmo con cui le lampadine si accendevano. Insomma, non era un lavoro stupido: era un lavoro che si poteva fare bene oppure male, qualche volta era anche abbastanza interessante, uno di quei lavori che dànno occasione di compiacersi della propria prontezza, della propria inventiva e della propria logica. Però, del risultato ultimo delle sue azioni non aveva un'idea precisa: sapeva soltanto che di camere buie ce n'erano un centinaio, e che tutti i dati decisionali convergevano da qualche parte, in una centrale di smistamento. Sapeva anche che in qualche modo il suo lavoro veniva giudicato, ma non sapeva se isolatamente o in cumulo col lavoro di altri: quando suonava la sirena si accendevano altre lampadine rosse, sull'architrave della porta, e il loro numero era un giudizio e un consuntivo. Spesso se ne accendevano sette od otto: una volta sola se ne erano accese dieci, mai se ne erano accese meno di cinque, perciò aveva l'impressione che le sue cose non andassero troppo male.

Suonò la sirena, si accesero sette lampadine. Uscí, si fermò un minuto in corridoio per abituare gli occhi alla luce, poi scese in strada, raggiunse l'auto e mise in moto. Il traffico era già molto intenso, e stentò ad inserirsi nella corrente che percorreva il viale. Freno, frizione, dentro la prima. Acceleratore, frizione, seconda, acceleratore, freno, prima, freno ancora, il semaforo è rosso. Sono quaranta secondi e sembrano quarant'anni, chissà perché: non c'è tempo piú lungo di quello che si passa ai semafori. Non aveva altra speranza né altro desiderio che quello di arrivare a casa.

Dieci semafori, venti. Ad ognuno, una coda sempre piú lunga, lunga tre rossi, lunga cinque rossi; poi un po' meglio, il traffico piú fluido della periferia opposta. Guardare nello specchietto, far fronte alla breve piccola ira e alla fretta maligna di quello che ti sta dietro e vorrebbe che tu non ci fossi, lampeggiatore di sinistra, quando volti a sinistra ti senti sempre un po' colpevole. Voltare a sinistra, con precauzione: ecco il portone, ecco un posto libero, frizione, freno, chiavetta, freno a mano, antifurto, per oggi è finita.

Splende il lumino rosso dell'ascensore: aspettare che sia libero. Si spegne: premere il bottone, il lumino si riaccende, aspettare che sia disceso. Aspettare per metà del tempo libero: è tempo libero, questo? Alla fine si accesero nell'ordine giusto i lumi del terzo, del secondo e del primo piano, si lesse PRESENTE e la porta si aprí. Di nuovo lumini rossi, primo, secondo, fino al nono piano, ci siamo. Premette il pulsante del campanello, qui non c'è da aspettare: aspettò poco, infatti, si udí la voce pacata di Maria dire «vengo», i suoi passi, poi la porta si aprí.

Non si stupí di vedere accesa la lampadina rossa fra le clavicole di Maria: era accesa già da sei giorni, e c'era da attendersi che brillasse della sua luce melanconica per qualche giorno ancora. A Luigi sarebbe piaciuto che Maria la nascondesse, la incappucciasse in qualche modo; Maria diceva di sí ma spesso se ne dimenticava, specialmente in casa; o altre volte la nascondeva male, e la si vedeva luccicare sotto il foulard, o di notte attraverso le lenzuola, che era la cosa piú triste. Forse, sotto sotto, e senza confessarlo neppure a se stessa, aveva paura delle ispezioni.

Si studiò di non guardare la lampadina, anzi, di dimenticarla: in fondo, chiedeva anche altro a Maria, molto altro. Cercò di parlarle del suo lavoro, di come aveva passato la giornata; le chiese di lei, delle sue ore di solitudine, ma la conversazione non diventava viva, guizzava un momento e poi si spegneva, come un fuoco di legna umida. La lampadina invece no: splendeva ferma e costante, il piú pesante dei divieti perché era lí, in casa loro e di tutti, minuscola eppure salda come una muraglia, in tutti i giorni fecondi fra ogni coppia di coniugi che avesse già due figli. Luigi tacque a lungo, poi disse: – Io... io vado a prendere il cacciavite.

– No, – disse Maria, – lo sai che non si riesce, rimane sempre una traccia. E poi... e se poi nascesse un bambino? Ne abbiamo già due, non sai quanto ce lo tasserebbero?

Era chiaro che, ancora una volta, non sarebbero stati capaci di parlare d'altro. Maria disse: – Sai la Mancuso? Ricordi, no? la signora qui sotto, quella cosí elegante, del settimo piano. Ebbene, ha fatto domanda di cambiare il modello di Stato con il nuovo 520 IBM: dice che è tutta un'altra cosa.

– Ma costa un occhio della testa, e poi il conto è lo stesso.

– Certo, ma non ti accorgi neppure di averlo indosso e le pile durano un anno. Poi mi ha anche detto che in Parlamento c'è una sottocommissione che sta discutendo un modello per uomini.

– Che stupidaggine! Gli uomini avrebbero la luce rossa sempre.

– Eh no, non è cosí semplice. Chi guida è sempre la donna, e anche lei porta la lampadina, ma il dispositivo di blocco lo porta anche l'uomo. C'è un trasmettitore, la moglie trasmette e il marito riceve, e nei giorni rossi resta bloccato. In fondo mi pare giusto: mi pare molto piú morale.

Luigi si sentí improvvisamente sommergere dalla stanchezza. Baciò Maria, la lasciò davanti al televisore ed andò a coricarsi. Non stentò a prendere sonno, ma si svegliò al mattino assai prima che si accendesse la spia rossa della sveglia silenziosa. Si alzò, e soltanto allora, nella camera buia, notò che la lampada di Maria si era spenta: ma era ormai troppo tardi, e gli rincresceva svegliarla. Passò in rassegna la spia rossa dello scaldabagno, quella del rasoio elettrico, del tostapane e della serratura di sicurezza; poi scese in strada, entrò nell'auto, ed assistette all'accendersi delle spie rosse della dinamo e del freno a mano. Azionò il lampeggiatore di sinistra, il quale significava che incominciava una nuova giornata. Si avviò verso il lavoro, e strada facendo calcolò che le lampade rosse di una sua giornata erano in media duecento: settantamila in un anno, tre milioni e mezzo in cinquant'anni di vita attiva. Allora gli parve che la calotta cranica gli si indurisse, come se ricoperta da un'enorme callosità adatta a percuotere contro i muri, quasi un corno di rinoceronte, ma piú piatto e piú ottuso.

Vilmy

Non ero mai entrato in un appartamento della vecchia Londra: avevo incontrato diverse volte Paul Morris in Italia, l'ultima volta ad un congresso di biochimica, e diversi anni prima (quando non era ancora sposato) in un costosissimo albergo sul Lago Maggiore. Mi aspettavo che la sua abitazione fosse arredata con ricchezza e buon gusto, e cosí era, infatti: buoni mobili Adam e Hepplewhite, pochi quadri scelti alle pareti, molti tappeti, tendaggi e arazzi, una illuminazione discreta e riposante. I toni dominanti erano il verde-grigio, l'avorio e il lavanda: i doppi vetri escludevano il fragore e l'aria torbida di St James Square.

Paul, che è ormai prossimo ai cinquanta, mi apparve dimagrito e incanutito. Mi presentò Virginia, sua moglie: è di origine ungherese, non bella, ma colta e raffinata, e di almeno venticinque anni piú giovane di lui. Virginia parla molte lingue, anche l'italiano, e non esiste argomento su cui non sappia discorrere con elegante disinvoltura. Mi stava raccontando le vicende di una sua lontana parente che pare giri il mondo come esperta dell'Unesco, quando vidi alle sue spalle spostarsi silenziosamente una tenda. Il silenzio, devo dire, è un elemento dominante in casa Morris: non solo non vi penetrano i rumori esterni, ma quelli interni sono attutiti, e si ha anzi l'impressione di non riuscire a produrne, né con la voce né altrimenti: si prova ritegno a parlare ad alta voce, come in una chiesa o in una camera mortuaria. La tenda si allontanò dal muro, ricadde tacitamente, e ne uscí un grazioso animale che a prima vista scambiai per un setter: ma quando si avvicinò a Virginia vidi dall'andatura che non era un cane. I cani è raro che camminino composti: sono troppo vivaci e curiosi, o si guardano attorno, o muovono la coda, o corrono, o dimenano i fianchi. Poi, è difficile che non producano strepito con gli unghioli sul pavimento, è anche piú difficile che ignorino un estraneo. Invece quella creatura, che era coperta di un lucido pelame nero, si muoveva con la grazia sciolta e tacita dei felini: stranamente, teneva lo sguardo fisso su Paul e il muso puntato nella sua direzione ma si diresse quieta verso Virginia; nonostante la sua mole (doveva pesare almeno otto chili) le balzò leggera sulle ginocchia e vi si sdraiò. Solo allora sembrò accorgersi della mia presenza: mi lanciava a intervalli brevi occhiate interrogative. Aveva grandi occhi celesti dalle lunghe ciglia, orecchie appuntite e mobili, quasi diafane, che terminavano in due curiosi ciuffetti di pelo chiaro, e una lunga coda glabra, di un rosa livido. Notai che Virginia non si era mossa, né per accettare l'animale, né per respingerlo.

– Non ne avevi mai visti? – mi chiese Paul, a cui non era sfuggito il mio interessamento.

– No, – risposi: – solo una volta diversi anni fa, alla televisione –. Avevo subito immaginato che fosse un vilmy: proprio in quei mesi se ne era riparlato sui giornali per via dello scandalo di Lord Keith Lothian, ed anzi erano stati oggetto di una nuova interpellanza in Parlamento, ma a quell'epoca non ne erano state importate che qualche decina di coppie.

– Si chiama Lore, – disse Paul, – e le vogliamo molto bene: sai, noi non abbiamo bambini.

– Una femmina? – chiesi: e subito colsi una rapida e dura occhiata di Virginia al marito.

– Sí, – rispose Paul: – sono piú affettuose. Questa è tanto cara, discreta, docile: peccato che vada per i nove anni, sono come settanta dei nostri.

– Non la fai accoppiare?

– Non è tanto facile, – disse Morris nascondendo male un certo imbarazzo. – Non esiste un maschio nero in tutto il Regno Unito: mi sono informato, il piú vicino è a Montecarlo, ma per quello lei è già vecchia, poverina. Lui la rifiuterebbe quasi di sicuro.

– Ma allora, per il latte...

– Non hanno mica bisogno di essere fecondate, non lo sai?

È un caso unico fra i mammiferi: basta nutrirle bene, e mungerle con regolarità. Ne dànno poco, si capisce.

– Forse è una fortuna, – disse inaspettatamente Virginia.

Come si ricorderà, del latte di vilmy si è fatto poi un gran parlare, ma a quel tempo nessuno aveva ancora le idee molto precise. Paul mi spiegò che tutte le dicerie su di un preteso potere allucinogeno del latte erano senza alcun fondamento: non era neppure un afrodisiaco, come pretendevano molti che non l'avevano mai provato o si erano lasciati suggestionare. Cosí pure, erano tutte fandonie le storie che si raccontavano sulla sua tossicità a lunga scadenza, sulla perdita della memoria, sulla senilità precoce degli «addicts» e cosí via.

– La verità è una sola, – mi disse, – ed è molto semplice. Il latte di tutti i mammiferi contiene minime quantità di Nfeniltocina, ed è a questa sostanza che i neonati devono la fissazione affettiva nei confronti della madre, o della femmina che li allatta. Nella maggior parte degli animali, la sua concentrazione è bassa, e l'effetto si estingue pochi mesi dopo il parto. Nell'uomo è piú alta, e il rapporto affettivo verso la madre dura molti anni; nel vilmy è altissima, venti volte piú che nel latte umano. Perciò, non solo i cuccioli sono legati alla madre da un vincolo quasi patologico, ma chiunque beve quel latte ne risente l'effetto, e cambia vita.

A queste parole, non so se in ossequio all'usanza britannica, o se perché sentisse la conversazione prendere una piega delicata, Virginia si alzò, mi salutò, baciò Paul e si ritirò. Pochi istanti dopo, come se si destasse da un sogno, Lore levò il capo, fissò a lungo Morris, poi balzò a terra dalla sedia, gli si accostò e prese a strofinargli affettuosamente il muso sulla coscia. Notai allora per la prima volta la curiosa mobilità del muso di questi animali: di umano non ha che ben poco, eppure è interpretabile in ogni momento in termini di smorfia umana, volta a volta ironica, annoiata, attenta, affettuosa, ridente, ostile, ma sempre languida, intensa, e con un tocco di astuzia volpina.

– E tu... l'hai assaggiato? – chiesi a Paul, abbassando involontariamente la voce. Paul non rispose direttamente:

– Sono animali incredibili, – mormorò: – lo vedi, ricambiano, o mostrano di ricambiare. Insomma, non provare, non lasciarti tentare: è un errore, un errore che si paga caro.

– Non mi sento tentato: davvero, neanche un poco. Tu perché lo hai fatto?

– Perché... no, senza un perché: per desiderio di novità, per curiosità, per noia, per... insomma, in un momento in cui con Virginia non andavo d'accordo per via di una certa faccenda, e lei aveva ragione, ma io non le volevo dare ragione, e volevo invece farle un dispetto. Forse volevo solo ingelosirla. In ogni modo l'ho assaggiato, questo è un fatto e i fatti non si cambiano piú: due anni fa, e sono diventato un altro.

– È cosí potente? Basta una volta sola?

– No, ma è una catena. Bevi una volta, e ti incateni: diventi teso, inquieto, febbrile, e sai che troverai la pace solo con la presenza di... dell'animale, della sorgente. Solo a quella ti puoi dissetare. E lei, loro, sono diabolici: sono corrotti, e buoni a corrompere. Capiscono poche cose, ma questa la capiscono bene, come si seduce un essere umano. Ti leggono il desiderio negli occhi, o non so dove altro, e ti girano intorno, ti si strusciano addosso, e il veleno è lí, tutto il giorno e tutta la notte, ti viene offerto in permanenza, a domicilio, gratis. Hai solo da tendere le mani e le labbra. Le tendi, bevi, e il cerchio si chiude, e sei in trappola, per tutti gli anni che ti restano, che non possono essere tanti.

Lore trasalí, si avvicinò alla tenda e si arrampicò su questa fino all'altezza della pendola massiccia che stava nell'angolo: mi accorsi che le sue zampe terminavano in quattro rozze manine dal pollice opponibile, brune sopra, rosee all'interno. Dalla tenda balzò sulla pendola, vi si accucciò sopra, e rimase intenta ad ascoltare il lento ticchettio.

– Sono affascinati dagli orologi, – disse Paul: – non so perché. Anche quella che avevo prima...

– Non è la prima, questa?

– No. Non è qui che è successo: eravamo in viaggio, a Beirut. C'era in albergo uno, non so chi fosse, anche perché eravamo ubriachi tutti e due, aveva una vilmy con sé; era graziosa, bionda, ed era la prima che vedevo. Io, come ti ho detto, avevo appena litigato con Virginia, e lui sogghignava come se lo avesse capito, e mi offrí il latte, e io lo accettai. Non sapevo quello che facevo: ma me ne accorsi la mattina dopo. Rincorsi lo sconosciuto per tutte le vie della città, lo trovai, e gli offersi una cifra folle per avere l'animale, lui mi derise, e facemmo a pugni, e avresti dovuto vedere quella: stava accucciata e muoveva la coda e rideva, sí, perché ridono, non come noi, al loro modo, ma ridono, ed è un riso che fa bollire il sangue nelle vene.

Ne avevo date piú che prese, ma mi sentivo malconcio, e in graticola. Sognavo di quella vilmy, tutte le notti. Devo dirti: non è come per una donna. È una voglia pesante, brutale e idiota; e senza speranza, perché con una donna parli, almeno dentro di te: anche se è lontana, se non è tua o non lo è piú, speri almeno di parlarle, speri in un amore, in un ritorno, può essere una speranza vana ma non è insensata, ha una soddisfazione pensabile. Questa invece no, è un desiderio che ti danna perché non ha soddisfazione: non la puoi nemmeno trovare nella tua fantasia; è desiderio e basta, senza fine. Il latte è gradevole, è dolce, ma lo trangui e poi sei come prima. E anche la loro presenza, toccarle, accarezzarle, è nulla, meno che nulla, un aguzzarsi del desiderio, nient'altro.

– Virginia non conosceva i fatti, ma capiva che qualcosa non andava: cosí tornò a Londra, e io rimasi a girare intorno a quell'altro perché mi vendesse l'animale; lui non voleva, o meglio non poteva, era schiavo come me. Ma io insistevo, tutte le volte che lo potevo avvicinare, e mi sentivo un verme, e gli avrei lustrato le scarpe. Un giorno partí, senza lasciare indirizzo. Io allora pensai che, se proprio non potevo avere quella, un'altra sarebbe stata meglio che niente. Andai al sukh e ne trovai una: un giovane, dall'aspetto macilento e dalla faccia impassibile, la teneva al guinzaglio e la faceva ballare, nel fondo semibuio di un vicolo cieco. Era magra e spelacchiata, ma aveva le mammelle gonfie, era giovane e costava poco. Chiesi un campione di latte: ci appartammo in un sottoscala e il venditore lo munse lí per lí e me lo offerse. Mi parve di sentire l'effetto, perché subito dopo mi accorsi che gli occhi dell'animale erano belli e profondi, cosa che prima non avevo notata; lo comperai e lo portai qui. Era un demonio: non sopportava la clausura, la sua casa erano i tetti, non questa. Non c'era modo di averla vicina, a chiuderla dentro diventata una furia, mordeva, graffiava e si nascondeva sotto i mobili; dopo qualche settimana fu peggio, perché imparò a rifiutare il latte. Cercai invano di farle violenza, la frustai e lei scomparve.

Paul schioccò le dita, e Lore levò il muso attenta: balzò dalla pendola sul divano, da questo a terra, poi gli si accucciò ai piedi con un piccolo squittio soddisfatto.

– Questa, appunto, è la terza. L'ho comprata qui a Soho, a un'asta pubblica, per 400 sterline: un bel prezzo, no? Apparteneva ad un giamaicano che era morto per lei, ma l'ho saputo solo piú tardi. È vecchia, come ti ho detto, e se non la si contraria è abbastanza tranquilla: se però vuoi qualcosa che lei non vuole, non è che rifiuti il latte come quell'altra, ma le si secca, e devi stare senza; ora, nessuno mi toglie dal capo che è lei a volerlo, per ricattarmi, per avermi. E ci riesce, sicuro; forse non è capace di intendere, ma di volere sí, oh sí: mangiare certe cose e non altre a certe ore e non ad altre, che io inviti certi amici e altri no... no, tu, a Dio piacendo, sembra che le vai a genio: speriamo che duri...

- Ma Virginia?...
- È una donna savia. Il latte, lo ha sempre rifiutato. Sa che la amo quanto prima, che questa è un'altra cosa, come se uno si lasciasse prendere dall'alcool o dalla morfina. Mi tratta come un malato o come un bambino: e lo sono infatti; anzi, a propriamente parlare sono un lattante, che frigna quando ha fame. E questa qui ha nove anni, è una vecchia, e il solo pensiero che muoia o si esaurisca mi dà le vertigini.

La vilmy mi si avvicinò, soffiando dal nasino roseo, poi prese a strofinare la nuca e il collo contro il mio polpaccio, come per accarezzarsi da sola: a dire il vero, non mi sembrava vecchia per niente. Abbassai una mano per renderle la carezza, ma colsi un rapido sguardo da parte di Paul e mi trattenni; anzi, quando Lore si alzò sulle zampe posteriori per salirmi in grembo, salutai Paul con una vaga frase di circostanza ed uscii in strada. La nebbia era fredda, fitta e giallastra, ma mi parve profumata, e la respirai con voluttà fino in fondo ai polmoni.

A fin di bene

Chi ha bisogno di punirsi trova occasioni dappertutto. L'ingegner Masoero aprí il giornale e si sentí invadere dal disgusto: ancora una volta, in seconda pagina, il consueto trafiletto ironico-dolciastro, in cui si denunciava il disservizio, la teleselezione sempre occupata, la cattiva qualità acustica delle comunicazioni. Cose vere, lo sapeva, sacrosante: ma, in nome del cielo, cosa poteva farci lui? Direttore del distretto fin che uno vuole, ma se i fondi mancano, o ci sono, ma stanziati per altri lavori; e se il Ministero, invece di darti una mano, ti inonda di circolari prolisse, futili e contraddittorie, che cosa puoi fare? Poco piú che niente: vai in ufficio pieno di veleno, chiami a rapporto i capi-settore, quello dei nuovi impianti, quello della manutenzione preventiva e quello delle riparazioni, tutta brava gente anche loro, e gli fai un sermone, e quando se ne vanno sai benissimo che, appena fuori della porta, si stringono nelle spalle, e tutto resta come prima, e tu stai male come prima.

Si accinse a scrivere un'energica relazione per il Ministero: non era la prima, ma anche un chiodo non entra alla prima martellata. Chissà se, a furia di battere, non avrebbero finito col dargli ascolto? Passò cosí la giornata, finí la relazione, la rilesse, eliminò qualche aggettivo troppo virulento, e passò il manoscritto alla dattilografa.

Il giorno dopo si trovò sulla scrivania non uno, ma due promemoria dell'Ufficio Reclami. Non c'era dubbio, li aveva scritti Rostagno, due porte piú in là: era il suo stile, preciso, circostanziato e maligno. Questa volta, però, invece delle solite lamentele generiche degli utenti si riferivano, con insolita ricchezza aneddotica, due guai nuovi di zecca. Nel primo promemoria si raccontava che diversi abbonati, staccando il ricevitore, avevano udito per ore di fila il programma musicale della filodiffusione, e non erano riusciti a stabilire alcun contatto. Nel secondo, si descriveva il disappunto e lo stupore di altri abbonati, una cinquantina, che intendevano chiamare un qualsiasi numero della rete, ed a cui invece rispondeva con ostinazione sempre lo stesso numero, e precisamente uno con cui scambiavano abitualmente frequenti e lunghe comunicazioni: il numero dei suoceri, o della fidanzata, o della filiale, o del vicino di banco del figlio. Passi per il primo reclamo: non sembrava difficile provvedere. Ma per il secondo, Masoero lo lesse, lo rilesse, e si persuase che c'era sotto qualcosa. Rostagno era un pirata, aspettava la promozione da un pezzo, e non ci sarebbe stato gran che da stupirsi se avesse scelto quel sistema per fargli le scarpe. Voleva provocarlo: fargli prendere provvedimenti inutili, farlo incespicare. Perché una rete telefonica non è una cosa semplice, tutti lo sanno; si guasta facilmente, è sensibile al vento, alla pioggia e al gelo, va soggetta a certe malattie, ma sono poche, ben note, e soprattutto possibili: quella, invece, era una malattia impossibile. Ripose i due promemoria e si occupò d'altro.

Ma quella sera stessa Silvia, come se niente fosse, gli raccontò che in tutta la giornata non aveva potuto telefonare né al verduriere, né alla pettinatrice, né a Lidia, né a lui stesso in ufficio: aveva risposto sempre e soltanto il numero di sua madre, alla quale, per l'appunto, quel giorno non aveva nulla da dire. Si accorse che Silvia non aveva alcuna intenzione di ferirlo con quella osservazione, che del resto era stata enunciata in tono noncurante e disinvolto; tuttavia non poté evitare di pensare che sua moglie lo conosceva pur bene, sapeva che lui aveva un carattere difficile, e che al suo lavoro ci teneva; o piú precisamente, non ci teneva poi tanto, ma essere colto in fallo in qualsiasi circostanza, e sul lavoro in specie, gli bruciava come un'ustione e gli toglieva il sonno. Insomma, Silvia avrebbe potuto risparmiargli quell'amarezza: ne aveva già tante, telefoniche e non.

Cosí, dunque, Rostagno non si era inventato niente: non importa, era un pirata lo stesso, un lavativo. A ripensarci, il suo promemoria gli sembrava un distillato di malvagità, pieno di Schadenfreude in ogni riga. Un uomo disonestamente ambizioso, un arrampicatore sociale, ecco quello che era: al suo giusto posto in un ufficio reclami, perché era uno che vive pizzicando gli altri in difetto, che si nutre degli errori altrui e prospera dei loro grattacapi e gode delle loro rogne. Prese due tranquillanti e andò a dormire.

Passarono venti giorni ed arrivò un terzo promemoria. Questa volta, pensò Masoero, era piú che chiaro che Rostagno si era divertito a scriverlo: piú che un documento d'ufficio era una lirica, una ballata. Era una casistica di errori di chiamata: a quanto pareva, migliaia di abbonati si erano lamentati, in primo luogo perché il numero degli errori era anormalmente alto, e in secondo perché la natura di questi errori era irritante. Irritante soprattutto per lui Masoero, ma Rostagno pareva che ci sguazzasse; si era preso la briga di compilare una lunga tabella su tre colonne: la prima conteneva i numeri chiamanti, la seconda i numeri chiamati, la terza i numeri che avevano risposto in luogo di questi ultimi. Tra la prima colonna e la seconda non esisteva, come evidente, alcuna correlazione, ma Rostagno faceva notare (e, perbacco, con ragione!) che una correlazione c'era fra la prima e la terza colonna. Non c'era altro: Rostagno non formulava ipotesi esplicative, si limitava a indicare una curiosa regolarità. Tuttavia, a lettura ultimata, Masoero si sentí montare il sangue alla testa per la rabbia, e subito dopo per la vergogna di aver provato rabbia: non doveva, proibiva a se stesso di albergare un'invidia e una gelosia cosí abiette. Se il tuo prossimo fa una scoperta ingegnosa (per caso, per caso, sibilava una vocina in lui) bisogna riconoscergliene il merito e ammirarlo, e non schiumare d'ira e odiarlo. Fece del suo meglio per redimersi; ma, corpo d'un cane, quello di là dal muro, ingegnoso quanto si vuole, stava costruendosi una fama proprio con gli errori e le colpe, o piuttosto le disgrazie, di lui Masoero: girala come vuoi ma è cosí, quello che per te è tossico fino per lui è alimento, sono scalini per andare in alto, per raggiungerti e soppiantarti. Toccò la poltrona su cui sedeva, e che non gli pareva avesse mai significato molto per lui, e la sentí a un tratto come una parte del suo corpo, come involta nella sua stessa pelle: se gliel'avessero strappata sarebbe stato come scuoiarlo, sarebbe morto fra sofferenze atroci. Se poi ci si fosse installato un altro, e maxime Rostagno, per lui sarebbe stato come se quello si fosse intrufolato nel suo letto coniugale. Ci pensò seriamente, cercando di essere sincero con se stesso, e concluse che anzi sarebbe stato peggio. Gli dispiaceva, ma era cosí, e non poteva cambiarsi, e neppure voleva: cosí o niente, era troppo vecchio per una muta, poteva magari vergognarsi, ma non poteva essere diverso.

Ad ogni modo, farnetica pure, rema, arranca, ma il promemoria è lí davanti a te, è un atto ufficiale, e devi vuotare il calice, non c'è scampo. Rostagno aveva notato che fra i numeri chiamanti e i numeri che avevano risposto c'era una correlazione: semplicissima in alcuni casi, meno ovvia in altri. Talvolta i due numeri differivano di una sola unità in piú o in meno: al 693 177 aveva indebitamente risposto il 693 178 o il 693 176. Altre volte il secondo era multiplo del primo, o era il primo letto all'inverso; altre ancora, i due numeri davano per somma 1 000 000. In quindici casi sui 518 studiati, un numero era con ottima approssimazione il logaritmo naturale dell'altro; in quattro casi il loro prodotto, a meno di decimali, era una potenza di 10; in soli sette casi non era stato possibile stabilire alcuna correlazione. Rostagno faceva poi notare che le correlazioni piú riposte, e le sette non chiarite, erano le ultime in ordine di tempo.

Masoero si sentí alle corde. Si intuiva, anche dallo stile fluido e soddisfatto del breve commento alla tabella, che Rostagno non se ne stava con le mani in mano. Aveva fatto una brillante osservazione, ma non era il tipo di accontentarsi e di riposare sugli allori: anzi, rileggendo con attenzione la frase conclusiva, parve a Masoero di cogliervi un gancio, un attacco; forse Rostagno stava già studiando una diagnosi, se non addirittura una terapia. Bisognava che lui Masoero si svegliasse. Poteva fare due cose: buttarsi all'inseguimento e cercare di batterlo sul tempo, oppure chiamarlo in ufficio e farlo parlare, nella speranza di fargli mettere le carte in tavola, magari contro voglia o a sua insaputa. Rostagno era miglior tecnico di lui, ma neanche lui era nato ieri, e in ventiquattr'anni di carriera aveva pure imparato due o tre cose, non solo di pertinenza della teoria delle comunicazioni. Ci ripensò, e scartò la seconda via. Voleva bene alla sua poltrona? la voleva conservare? Ebbene, aveva quanto occorreva: tempo, cervello, un archivio, un grado, un'autorità antica e accettata, da usare come base di operazioni e come posta in gioco per tenersi sul tiro. Rostagno aveva il vantaggio di ricevere per il primo i rapportini giornalieri sui reclami, ma era ora di correre ai ripari. Orsú, uomo, spogliati e combatti: colpisci, sopra o sotto la cintura, importa poco. Dettò una Circolare con la precisa disposizione di mandare i rapportini a lui stesso personalmente: tutti, di tutti i settori. Cominciamo cosí, poi vedremo.

Staccò il telefono interno, ordinò alla segretaria di disturbarlo solo per questioni urgenti, e si propose di meditare per qualche giorno. Già si sentiva suonare alle orecchie la grossa domanda ipocrita, la domanda che viene dall'alto, da chi ha ormai interposto una solida scrivania fra gli ordini e la loro esecuzione; la domanda cosí facile da formulare, ed a cui è cosí difficile rispondere: «Che cosa diavolo avete cambiato? Che cosa avete fatto di nuovo? Perché tutto andava bene fino a due mesi fa?»

Che cosa si era fatto di nuovo? Niente e tutto, come al solito. Cambiato il fornitore del cavetto da un millimetro, perché ritardava nelle consegne. Cambiata la forma dei pannelli T2-22, per via dell'unificazione. Cambiati tre dei montatori di zona: vanno a lavorare in fabbrica, guadagnano di piú e non patiscono il freddo. Cambiate le tolleranze della frequenza portante, ma è stato lei a ordinarlo, signor Direttore Generale. È cosí, caro signor Direttore: si ha un bel dire quieta non movere, ma se non si cambia non si vive, e se si cambia si sbaglia. Abbia pazienza, signor Direttore: vediamo dove abbiamo sbagliato. A un tratto, gli venne in mente che il cambiamento piú cospicuo era quello già programmato da molti anni, e realizzato tre mesi prima: la fusione della rete di teleselezione con quella tedesca e con quella francese, e quindi, potenzialmente, la costituzione di una rete unica vasta come l'Europa. Poteva avere rilevanza? E qui gli venne in mente la piú ovvia delle domande: come andavano le cose negli altri distretti, in Italia e in Europa? La salute era buona?

Dopo tre giorni Masoero si sentiva un altro uomo: caso forse unico nella storia delle telecomunicazioni, dalla somma di decine di migliaia di incidenti era nata una felicità. Non la soluzione, non ancora: ma un quadro piú vasto e meglio definito, e soprattutto un bel salto della quaglia al di sopra della testa di Rostagno. Sí, signor Direttore, non è che le cose vadano bene, ma vanno male dappertutto allo stesso modo, dal Capo Nord a Creta e da Lisbona a Mosca: è dappertutto la stessa malattia. Il sottoscritto, *an' please your Honour*, non c'entra per nulla, o c'entra soltanto perché nel suo distretto il guaio è stato riconosciuto e descritto prima che negli altri. La fusione delle reti c'entra o non c'entra, non sappiamo, ma era nel piano, e del resto quel che è fatto è fatto: quello che urge, ora, è stilare un bel rapporto, farlo tradurre, e diramarlo a tutte le capitali con cui siamo collegati.

Seguí un periodo di complicate ed angosciose accuse e controaccuse: ognuno dei paesi collegati respingeva ogni addebito di inefficienza, e incolpava un altro paese, quasi sempre uno dei suoi confinanti. Si stabilí di convocare un congresso, e ne fu anche fissata la data: ma questa dovette essere immediatamente rinviata *sine die* per una nuova ondata di disturbi.

Si registrò ad un tratto in tutta Europa un alto numero di «chiamate bianche»: due apparecchi, spesso in paesi diversi, squillavano simultaneamente, e i due abbonati si trovavano in comunicazione senza che alcuno dei due avesse chiamato. Nei pochi casi in cui le differenze di linguaggio davano luogo ad un inizio di conversazione, i due apprendevano di solito l'uno dall'altro che i loro numeri erano uguali, salvo naturalmente il prefisso. Il fatto fu confermato da rilievi predisposti in centrale, da cui risultò che, quando i numeri non erano uguali, essi erano legati da una delle correlazioni che erano state segnalate nel secondo promemoria di Rostagno. Strangamente, di Masoero e di Rostagno si incominciò a parlare congiuntamente: del primo, per avere messo in evidenza il carattere europeo del disservizio, del secondo, per averne descritto le caratteristiche. Da questo gemellaggio Masoero ricavò a un tempo disagio e soddisfazione.

Gli sembrava che ormai il pungiglione della gelosia aziendale avesse perso il veleno, quando se lo sentí invece penetrare nella carne col giornale del mattino, bruciante e brutale come non mai. Si era fatto intervistare, quel mostro! Masoero si bevette l'articolo due e tre volte, sbalordito prima, poi alla ricerca furiosa del punto debole, del reato, della divulgazione di atti d'ufficio: ma era stato abile, l'altro, non c'era neppure una frase che potesse essere incriminata. Il colpo grosso lo aveva saputo vibrare con astuzia meticolosa, fuori del groviglio burocratico, con eleganza, semplicità, e sotto forma d'ipotesi: ma era un'ipotesi fulminante.

Vaga nella sua trattazione matematica, che del resto nell'intervista era appena accennata, la spiegazione che Rostagno proponeva era semplice: con l'estensione a tutta l'Europa, la rete telefonica aveva superato in complessità tutti gli impianti realizzati fino ad allora, compresi quelli nordamericani, e senza transizione aveva raggiunto una consistenza numerica tale che le consentiva di comportarsi come un centro nervoso. Non come un cervello, certo: o almeno, non come un cervello intelligente, tuttavia era in grado di eseguire qualche scelta elementare, e di esercitare una minuscola volontà. Ma Rostagno non si arrestava qui: si era domandato (anzi, si era fatto domandare) qual era la scelta e quale la volontà della Rete, e aveva avanzato l'ipotesi che la Rete stessa fosse animata da una volontà sostanzialmente buona; che cioè, nel brusco salto in cui la quantità si fa qualità, o (in questo caso) in cui l'intrico bruto di cavetti e selettori diventa organismo e coscienza, la Rete avesse conservato tutti e soli gli scopi per cui era stata creata; allo stesso modo in cui un animale superiore, pur acquistando nuove facoltà, conserva tutti i fini dei suoi precursori piú semplici (mantenersi in vita, fuggire il dolore, riprodursi) cosí la Rete, nel varcare la soglia della coscienza, o forse solo quella dell'autonomia, non aveva rinnegato le sue finalità originarie, per le quali era stata progettata: permettere, agevolare ed accelerare le comunicazioni fra gli abbonati. Questa esigenza doveva essere per lei un imperativo morale, uno «scopo di esistenza», o forse addirittura un'ossessione. Per «far comunicare» si potevano seguire, o almeno tentare, diverse vie, e la Rete sembrava averle provate tutte. Naturalmente, essa non possedeva il patrimonio di informazioni adatte a mettere in comunicazione fra loro individui sconosciuti idonei a diventare amici o amanti o soci in affari, perché non ne conosceva le caratteristiche individuali se non attraverso le loro brevi e saltuarie comunicazioni: conosceva solo i loro numeri telefonici, e sembrava ansiosa di mettere in contatto numeri in qualche modo fra loro correlati; era questo l'unico tipo di affinità che essa conoscesse. Aveva perseguito il suo scopo dapprima mediante «errori», poi attraverso l'artifizio delle chiamate bianche.

Insomma, secondo Rostagno, in un certo modo inefficiente e rudimentale una mente agitava la mole; purtroppo la mente era inferma e la mole sterminata, e quindi il salto qualitativo si risolveva per il momento in uno spaventoso cumulo di avarie e di disturbi, ma indubbiamente la rete era «buona»: non si doveva dimenticare che essa aveva dato inizio alla sua vita autonoma somministrando la musica di filodiffusione (a suo giudizio certamente buona) anche agli abbonati che non la richiedevano. Senza insistere sul migliore approccio, se elettronico, o neurologico, o pedagogico, o pienamente razionale, Rostagno sosteneva che si sarebbe potuto imbrigliare la nuova facoltà della Rete. Si sarebbe potuto educarla ad una certa selettività: ad esempio, una volta che le fossero state fornite le informazioni necessarie, avrebbe potuto trasformarsi in un vasto e rapido organo di relazione, una specie di sterminata agenzia, che attraverso nuovi «errori» o chiamate bianche avrebbe potuto soppiantare tutti i piccoli annunci di tutti i giornali d'Europa, combinando con velocità fulminea vendite, matrimoni, accordi commerciali e rapporti umani d'ogni sorta. Rostagno sottolineava che si sarebbe ottenuto cosí qualcosa di diverso e migliore di quanto sa fare un computer: l'indole gentile della Rete avrebbe spontaneamente favorito le combinazioni piú vantaggiose per la generalità degli utenti, e scartato le proposte insidiose o caduche.

Masoero e Rostagno avevano i rispettivi uffici a pochi metri di distanza; si stimavano a vicenda e insieme si detestavano, non si salutavano quando si incontravano nel corridoio, ed evitavano accuratamente di incontrarsi. Un mattino squillò simultaneamente il telefono di entrambi. Era una chiamata bianca: ognuno di loro sentí con sorpresa e disappunto la voce dell'altro nell'auricolare. Compresero, quasi nello stesso istante, che la Rete si era ricordata di loro, forse con gratitudine, e che cercava di ristabilire fra loro il contatto umano da troppo tempo carente. Masoero si sentí assurdamente commosso, e quindi propenso alla resa: pochi istanti dopo si stringevano la mano nel corridoio, e pochi minuti dopo stavano insieme al bar davanti ad un aperitivo, e constatavano che avrebbero potuto vivere meglio unendo le loro forze invece di sprecarle l'uno contro l'altro, come avevano fatto fino a quel momento.

Altri problemi urgevano, infatti: negli ultimi mesi vari servizi Nuovi Impianti avevano segnalato un fatto assurdo. Diverse squadre avevano rilevato la presenza di tratte di linea che non esistevano su alcuna delle mappe locali, e neppure erano mai state progettate: esse si dipartivano dai tronchi in esercizio, e si allungavano come stoloni vegetali diramandosi verso piccoli centri abitati non ancora allacciati alla rete. Per varie settimane non si riuscí a scoprire come questo accrescimento avvenisse, e già Masoero e Rostagno si erano arrovellati per molte ore sull'argomento, quando pervenne loro un rapporto interno del distretto di Pescara. Le cose erano piú semplici: una guardia campestre aveva casualmente notato una squadra di montatori che stavano tirando una linea aerea. A domanda, avevano risposto di aver ricevuto per telefono l'ordine di farlo, con l'istruzione di prelevare il materiale occorrente presso il magazzino di zona; a sua volta, il magazziniere aveva ricevuto telefonicamente l'ordine di scaricare questo materiale. Sia i montatori, sia il magazziniere, si erano dichiarati un po' stupiti della procedura inusitata; d'altronde, non era loro abitudine discutere gli ordini. La voce che aveva impartito le disposizioni era quella del Caposettore: ne erano sicuri? Sí, era quella, la conoscevano bene; soltanto, aveva un timbro leggermente metallico.

A partire dai primi di luglio le cose precipitarono: i fatti nuovi si accumularono con ritmo tale che i due nuovi amici ne restarono sopraffatti, e come loro tutti gli altri specialisti che in Europa seguivano il caso. Pareva che la Rete ora tendesse a controllare non solo alcune, ma tutte le comunicazioni. Parlava ormai correntemente tutte le lingue ufficiali e vari dialetti, evidentemente attingendo lessico, sintassi ed inflessioni dalle innumerevoli conversazioni che essa intercettava senza sosta. Si intrometteva dando consigli non richiesti anche sugli argomenti piú intimi e riservati; riferiva a terzi dati e fatti casualmente appresi; incoraggiava senza alcun tatto i timidi, redarguiva i violenti e i bestemmiatori, smentiva i bugiardi, lodava i generosi, rideva sguaiatamente delle arguzie, interrompeva senza preavviso le comunicazioni quando pareva che degenerassero in alterchi.

A fine luglio le violazioni del segreto telefonico erano diventate la regola piú che un'eccezione: ogni europeo che componeva un numero si sentiva in piazza, nessuno era piú sicuro che il proprio apparecchio, anche a comunicazione interrotta, non continuasse ad origliare, per inserire i suoi fatti privati in un complesso e gigantesco pettegolezzo.

– Che fare? – disse Rostagno a Masoero. Masoero ci aveva pensato su a lungo, e fece una proposta semplice e sensata: – Veniamo a patti: ne abbiamo il diritto, no? Siamo stati noi i primi a comprenderla. Le parliamo, e le diciamo che se non la smette sarà punita.

– Pensi che... possa provare dolore?

– Non penso niente: penso che sia sostanzialmente una simulatrice del comportamento umano medio, e se è cosí, imiterà l'uomo anche nel mostrarsi sensibile alle minacce.

Senza por tempo in mezzo, Masoero staccò il ricevitore, e invece del segnale di centrale udí la nota voce metallica declamare proverbi e massime morali: cosí soleva fare la Rete da tre o quattro giorni. Non compose alcun numero, ma gridò «Pronto!» finché la Rete non rispose: allora incominciò a parlare. Parlò a lungo, con tono severo e suadente; disse che la situazione era intollerabile, e che si erano già registrate numerose disdette, cosa che la Rete stessa non poteva ovviamente ignorare; che l'intromissione nelle conversazioni private era di detrimento al servizio, oltre che moralmente inammissibile; e che infine, se la Rete non avesse immediatamente sospeso ogni iniziativa arbitraria, tutte le centrali europee a un tempo le avrebbero cacciato in corpo venticinque impulsi ad alta tensione e frequenza. Poi appese.

A FIN DI BENE

– Non attendi la risposta? – chiese Rostagno.
– No: forse è meglio aspettare qualche minuto.

Ma la risposta non venne, né allora né poi. Dopo circa mezz'ora il campanello del loro apparecchio squillò a lungo, convulsamente, ma dal ricevitore staccato non uscí alcun suono; appresero, quel giorno stesso, dalla telescrivente e dalla radio, che tutti i telefoni d'Europa, un centinaio di milioni, avevano squillato ed erano ammutoliti nello stesso istante. La paralisi era completa, e durò diverse settimane: le squadre di emergenza, che erano immediatamente intervenute, trovarono che tutti i contatti a stagno delle contattiere erano fusi, e che in tutti i cavi coassiali si erano verificate imponenti perforazioni dei dielettrici, sia interni, sia periferici.

Knall

In questo paese non è la prima volta che avviene qualcosa di simile: un'usanza, o un oggetto, o un'idea, raggiungono in poche settimane una diffusione pressoché universale senza che i giornali o i mass-media se ne occupino oltre misura. C'è stata l'ondata del yo-yo, poi del fungo cinese, poi dell'arte pop, poi del buddismo Zen, poi del hula-hoop, e adesso è la volta del knall.

Non si sa chi lo abbia inventato, ma a giudicare dal suo prezzo (un knall da quattro pollici costa l'equivalente di 3000 lire o poco piú) non deve contenere né materiali preziosi né molta altezza inventiva né molto software. Ne ho comprato uno anch'io, al porto, proprio sotto gli occhi di un vigile, che non ha battuto ciglio. Certo non ho intenzione di usarlo, vorrei soltanto vedere come funziona e come è fatto dentro: mi pare una curiosità legittima.

Un knall è un cilindretto liscio, lungo e spesso quanto un sigaro toscano, e non pesa molto di piú: si vendono sciolti, o in scatole da venti. Ce ne sono di tinta unita, grigi o rossi, ma per lo piú portano stampate sull'involucro scenette e figurine comiche di un gusto rivoltante, dello stesso stile di quelle che adornano i jukebox e i flipper: una ragazza col seno scoperto che scarica un knall contro l'enorme sedere di un corteggiatore; una coppia di Max e Moritz minuscoli, dall'aria insolente, inseguiti da un villano inferocito, e che si voltano all'ultimo istante con i rispettivi knall in mano, e l'inseguitore cade riverso sgambettando con le lunghe gambe stivalate.

Del meccanismo con cui un knall dà la morte non si sa nulla, o almeno nulla finora è stato pubblicato. «Knall», in tedesco, significa scoppio, schiocco, schianto; «abknallen», nel gergo della seconda guerra mondiale, era venuto a significare «abbattere con un'arma da fuoco», mentre invece la scarica del knall è tipicamente silenziosa. Forse il nome, se pure non ha tutt'altra origine, o se non è una sigla, allude al modo della morte, che in effetti è fulminea: la persona colpita, anche solo di striscio, su una mano, su un orecchio, cade esanime all'istante, e il cadavere non rivela alcun segno di trauma, ad eccezione di un piccolo alone livido nel punto colpito, sul prolungamento dell'asse geometrico del knall.

Un knall agisce una volta sola, poi lo si butta via. Questo è un paese ordinato e pulito, e i knall usati di solito non si trovano sui marciapiedi, bensí soltanto nelle cassette di pulizia appese a tutte le cantonate ed alle fermate dei tram; i knall esplosi sono piú scuri e piú flosci di quelli nuovi, si riconoscono facilmente. Non è che tutti siano stati usati a scopo criminale: da questo, fortunatamente, siamo ancora lontani; ma in certi ambienti portare un knall su di sé, ben visibile, nel taschino, o infilato nella cintura, o sopra un orecchio come i salumai portano la matita, è diventato di rigore. Ora, poiché i knall hanno una data di scadenza, come gli antibiotici e le pellicole fotografiche, molti si fanno un dovere di scaricarli prima della scadenza, non tanto per misura prudenziale quanto perché la scarica del knall provoca effetti singolari, descritti e studiati solo in parte, ma già ampiamente noti presso i consumatori: spacca la pietra e il cemento e in genere tutti i materiali solidi, tanto piú agevolmente quanto piú sono rigidi; perfora il legno e la carta, e talvolta li incendia; fonde i metalli; provoca nell'acqua un minuscolo vortice fumante, che però si richiude immediatamente. Inoltre, con un colpo di knall abilmente diretto ci si può accendere la sigaretta o anche la pipa, e questa, nonostante la spesa sproporzionata, è una bravura a cui molti giovani si esercitano, appunto perché comporta un rischio. Si calcola anzi che essa giustifichi la maggior parte del consumo dei knall a fini leciti.

Il knall è indubbiamente uno strumento funzionale: non è metallico, e quindi non è rivelato dai comuni strumenti magnetici né dai raggi X; pesa e costa poco; ha azione silenziosa, rapida e sicura; è molto facile disfarsene. Alcuni psicologi tuttavia affermano che queste sue qualità non basterebbero a spiegarne la diffusione: essi sostengono che il suo impiego sarebbe limitato agli ambienti dei criminali e dei terroristi se per scatenarne l'effetto bastasse un'azione semplice, ad esempio una pressione o una trazione: invece, il knall spara soltanto se è sottoposto ad una manovra particolare, una sequenza ben precisa e ritmata di torsioni in un senso e in quello opposto, un'operazione insomma che richiede abilità e destrezza, un poco come aprire il segreto di una cassaforte; questa operazione, si noti bene, è solo accennata ma non è descritta nelle istruzioni per l'uso che accompagnano ogni scatola. Perciò, sparare il knall è oggetto di un addottrinamento segreto, da iniziato a neofita, che ha assunto un carattere cerimoniale ed esoterico, e viene praticato in club abilmente camuffati; si può ricordare qui, come caso estremo, la funebre scoperta che è stata fatta in aprile dalla polizia di F.: nella cantina di un ristorante è stato trovato un gruppo di quindici ragazzi sui dodici anni e di un giovane di ventitre; erano tutti morti, tutti stringevano nella destra un knall scarico, e tutti presentavano la tipica lividura rotonda sulla punta dell'anulare sinistro.

La polizia sostiene che sia meglio non fare troppo rumore attorno al knall, perché ritiene che cosí facendo se ne incoraggerebbe la diffusione: questa mi pare un'opinione discutibile, che forse scaturisce dalla sostanziale impotenza della polizia stessa. Per catturare i grossi spacciatori di knall, i cui profitti devono essere mostruosi, essa non dispone per ora di altre armi se non i confidenti e le telefonate anonime.

Il colpo di knall è sicuramente mortale, ma solo fino ad una distanza di un metro circa: al di là è del tutto innocuo, e non provoca neppure dolore. Questa circostanza sta dando luogo a conseguenze singolari: la frequenza nei cinematografi si è fortemente abbassata, perché sono mutate le abitudini degli spettatori; chi entra, in gruppo o isolato, va a sedersi ad almeno un metro di distanza dagli spettatori che hanno già preso posto, e se non trova questa sistemazione, spesso preferisce restituire il biglietto. Lo stesso avviene sui tram, sulla metropolitana e negli stadi: la gente, insomma, ha sviluppato un «riflesso di affollamento» simile a quello di molti animali, che non sopportano la vicinanza dei propri simili al di sotto di una certa distanza ben definita. Anche il comportamento della folla per le vie è cambiato: molta gente preferisce restare a casa, o camminare fuori dei marciapiedi, esponendosi cosí ad altri pericoli, o comunque intralciando la circolazione. Molti, incontrandosi faccia a faccia in corridoi o piste pedonali, si evitano aggirandosi a vicenda, come poli magnetici dello stesso nome.

Gli esperti non manifestano eccessiva inquietudine circa i pericoli connessi con l'uso generalizzato del knall: essi fanno osservare che questo strumento non sparge sangue, il che è rassicurante. Infatti, è indiscutibile che buona parte degli uomini provano il bisogno, acuto o cronico, di uccidere il loro prossimo o se stessi, ma non si tratta di un uccidere generico: si desidera in ogni caso «versare il sangue», «lavare col sangue» l'onta propria od altrui, «donare il sangue» alla Patria o ad altre istituzioni. Chi (si) strozza o (si) avvelena è assai meno considerato. Insomma, il sangue sta, insieme col fuoco e col vino, al centro di un gran nodo emotivo rutilante, vivo in mille sogni, poesie e modi di dire: è sacro ed esecrabile, e al suo cospetto l'uomo, come il toro e come lo squalo, diventa inquieto e feroce. Ora, poiché appunto il knall uccide senza emorragia, si dubita che la sua fortuna sia per essere permanente: forse è questa la ragione per cui esso, nonostante i suoi indubbi vantaggi, non è finora diventato un pericolo sociale.

Lavoro creativo

Antonio Casella, essendo uno scrittore, sedette alla scrivania per scrivere. Meditò per dieci minuti; si alzò per andarsi a cercare una sigaretta, tornò a sedersi, e percepí uno spiffero noioso che veniva dalla finestra. Si dette da fare finché non l'ebbe localizzato e tappato con nastro adesivo, poi andò in cucina per scaldarsi un caffè, e bevendolo si rese conto che non scriveva perché non aveva niente da scrivere: la penna pesava come piombo, e il foglio bianco gli dava vertigine come un pozzo senza fondo. Gli dava nausea: era un rimprovero fatto materia, anzi, una derisione. Non scrivi, non mi scrivi, perché sei vuoto e bianco come me: non hai piú idee di me, sei uno scrittore prosciugato, un ex, un uomo finito. Su, fatti sotto: sono qui, docile, disponibile, tuo servo. Se tu avessi un'idea, colerebbe da te a me facile come l'acqua, belle parole, importanti, giuste e in ordine; ma idee tu non ne hai, e quindi neanche parole, ed io foglio me ne resto bianco, ora e nei secoli dei secoli.

Il campanello suonò, ed Antonio provò sollievo: chiunque fosse, era un'esenzione, un alibi. A quell'ora non aspettava nessuno, si trattava quindi quasi certamente di un seccatore, ma anche il piú sanguinoso dei seccatori gli avrebbe reso servizio, si sarebbe interposto fra lui e il foglio, come un arbitro al break. Andò ad aprire: era un giovane magro, di media statura, vestito con ricercatezza, dallo sguardo vivace dietro gli occhiali: aveva in mano una busta di cuoio, e parlava con lieve accento straniero.

LAVORO CREATIVO

– Sono James Collins, – disse: – Ho piacere di conoscerla personalmente.

– In che cosa le posso essere utile? – chiese Antonio.

– Forse non mi sono spiegato bene, o forse lei non ha inteso il mio nome: io sono James Collins, quello dei suoi racconti.

In realtà, diversi anni prima, Antonio aveva pubblicato una fortunata raccolta di novelle il cui protagonista si chiamava James Collins: era un inventore, geniale ed un po' stravagante, che creava straordinarie macchine per conto di una società americana. Queste macchine, sempre oltre il limite del verosimile, ma di poco, davano luogo a vicende prima trionfali, poi catastrofiche, come sempre avviene nei racconti di fantascienza. Antonio si sentí sorpreso ed irritato.

– Ebbene? Ammettiamo pure che lei sia James Collins (e mi parrebbe opportuno che lei lo dimostrasse): ma che cosa vuole da me? In primo luogo, per sua stessa ammissione, lei non è che un personaggio, e non ha nessun diritto di interferire con le persone in carne ed ossa; in secondo luogo, lei ricorda benissimo che nell'ultimo racconto muore. Convengo che forse non è stato generoso da parte mia, che forse avrei potuto mostrare per lei un po' piú di gratitudine: ma lei mi deve comprendere, tutti dobbiamo morire, personaggi e non, e del resto, combinato com'era quel racconto, non avevo nessun'altra maniera decente di concluderlo: lei doveva proprio morire, non avevo altra scelta. Qualsiasi altro finale avrebbe fatto pensare a un mezzuccio, a un artifizio per farla di nuovo saltare fuori in un'altra serie di racconti.

– Stia tranquillo, non ho alcun motivo di serbarle rancore. La questione è del tutto irrilevante: una volta che un personaggio è stato creato, e si è dimostrato vivo e vitale (come, per suo merito, è il caso mio), può morire o no nel libro, ma viene accolto nel Parco Nazionale, e ci sta finché il libro ha vita.

Antonio, che frequentava occasionalmente gli ambienti dei premi letterari, di questa faccenda del Parco Nazionale aveva già sentito parlare, ma sempre in termini piuttosto vaghi. Incominciando a prevalere in lui la curiosità sull'irritazione, si decise a far entrare James dal corridoio nel suo studio, lo fece sedere e gli offerse un cognac. James gli disse che aveva ottenuto una breve licenza. Del Parco, raccontò che era bene attrezzato, in una zona collinosa e verdeggiante, dal clima mite: gli ospiti erano alloggiati in villini prefabbricati, a uno o due posti. Era proibita l'introduzione di veicoli meccanici, per cui ci si spostava soltanto a piedi o a cavallo: questo divieto era inteso a non mettere in condizioni d'inferiorità gli ospiti piú antichi, quali ad esempio gli eroi omerici che si sarebbero trovati a disagio al volante o in bicicletta.

– Non ci si sta male, cosí in generale, ma dipende molto da chi ci si ritrova attorno: perché, appunto, è disagevole fare lunghi spostamenti. Io, per mia disgrazia, abito vicino al Childe Harold, quello di Byron, che è un rompiscatole pieno di boria, e poco lontano abita Panurgo, che è meglio starne alla larga, per quanto sia molto simpatico. Del resto, quasi tutti i personaggi d'autore illustre tendono a darsi un mucchio d'importanza. Sa, ufficialmente si è tutti uguali, ma poi, di fatto, anche laggiú è una questione di protezione, e uno come me, per esempio... insomma, scusi se glielo dico, il suo libro ha avuto un discreto successo, ma non lo si può mica paragonare al *Don Chisciotte*; ... e poi lei è ancora vivo... a farla breve, noi personaggi moderni, specie se di autore vivente, siamo l'ultima ruota del carro. Ultimi alla distribuzione degli abiti e delle scarpe, ultimi all'assegnazione dei cavalli, ultimi alla coda della biblioteca, delle docce e della lavanderia... via, ci vuole una gran pazienza. Si tratta di un inserimento abbastanza difficile. Io poi, come lei sa meglio di me, ho una specializzazione precisa, un mestiere nel sangue, e il mio articolo lo conosco bene, ma laggiú che vuole che io faccia, tutto il santo giorno? Sí, giro da uno all'altro a vendere robetta che costruisco alla macchia, temperamatite, rasoi di sicurezza, forbicine per le unghie (proprio l'altra settimana ho venduto una borsa per l'acqua calda ad Agamennone); lo faccio cosí, per tenermi in esercizio, ma non c'è soddisfazione. Scrivo, anche, tanto per passare il tempo.

Antonio lo stava osservando con attenzione: non appena gli riuscí d'interromperlo, disse: – Lei... le sembrerà strano, ma io non la vedevo mica cosí –. James rise di cuore: – Oh bella! E come mi vedeva?

– Molto piú alto, biondo, con i capelli tagliati a spazzola, abiti vistosi, e fumava la pipa senza interruzione.

– Mi rincresce: se mi voleva cosí, non aveva che da descrivermi cosí, a suo tempo; ma allora doveva farlo esplicitamente. Adesso i giochi sono fatti, e io sono quello che sono, che diamine; non si metta in testa di cambiarmi, che tanto, gliel'ho già detto, non potrebbe. Un personaggio è come un figlio, quando è nato, è nato. Se proprio ci tiene, inventi un altro personaggio, alto quanto le garba, con la pipa e tutto: se le riesce bene, parola d'onore, non sarò geloso, e vedrò io stesso che venga sistemato come si deve nelle ultime villette costruite, che sono piú spaziose ed asciutte. Lo tratterò come un fratello: ma James Collins lo lasci stare.

Antonio accettò di buon grado questo invito alla responsabilità, e non ritornò sull'argomento:

– Come non detto. Quanto alla sua proposta, chissà che non venga a taglio: ma a proposito, se ho capito bene, allora lei gode di un certo credito, laggiú, di una certa autorità? È riuscito a farsi apprezzare, insomma, benché io... ehm... non sia ancora morto?

– Sí, in certa misura sí. Ma non è una questione di prestigio: è che mi so rendere utile. La manutenzione delle stufe, e dei focolari delle cucine, per esempio, la guardo io; prima ci pensava il Capitano Nemo, e prima ancora Gulliver, ma non hanno combinato che guai. Adesso tutto va liscio: non ci guadagno molto, ma mi sono reso indispensabile, e cosí, qualche modesto vantaggio per un collega potrei ottenerlo. A proposito, sa chi mi sono preso come aiutanti? Calibano e il mostro di Frankenstein.

– Ottimo! – disse Antonio: – gente robusta e fidata.

– Hanno imparato il mestiere in un attimo: uno fa il tubista, e l'altro lo stagnino. Ma non si faccia idee sbagliate: a cercare di darsi da fare siamo in pochi. Gli altri, per la maggior parte, essendo appunto personaggi, sono fissi in un atteggiamento, e perciò noiosi da morire: non fanno che dire o fare una cosa, una sola, sempre la stessa, quella che li ha resi celebri. Polonio predica al vento, Trimalcione si rimpinza (non è che le razioni siano tanto abbondanti, ma lui si arrangia, magari digiuna tre giorni per gozzovigliare il quarto). Tersite gracchia, e l'Innominato si converte una volta al giorno. Insomma, le giornate si trascinano cosí, in modo abbastanza prevedibile: se uno non sa prendersi qualche iniziativa, non è molto divertente. Però c'è la contropartita: non abbiamo quella vostra seccatura di dover morire, tutti, senza scampo, ricchi e poveri, nobili e plebei, illustri ed oscuri; e per di piú, quasi sempre in modo poco poetico e molto scomodo. Laggiú è diverso: anche là c'è qualcuno che scompare, ma non c'è niente di macabro né di tragico; càpita quando un'opera cade nell'oblio, e allora, naturalmente, anche i suoi personaggi subiscono la stessa sorte; ma non è come quella vostra faccenda stupida e brutale, sempre inaspettata, sempre catastrofica. Da noi, quelli che muoiono (è successo di recente a Tartarino, poveretto) non è che muoiano proprio: no, perdono spessore e peso di giorno in giorno, diventano vani, trasparenti, leggeri come l'aria, sempre meno cospicui, fino a che nessuno si accorge piú di loro, e tutto va come se non esistessero piú. È accettabile, insomma: è uno scomparire pulito, asettico, senza dolore; un po' triste, ma finito in sé, commensurabile.

– Abbiamo anche un altro vantaggio. Da noi, esistono bensí matrimoni perpetui, per cosí dire conclamati, e per loro natura indissolubili (Fiordiligi e Brandimarte, Francesca e Paolo, Ilia e Alberto), ma è molto piú frequente il caso che ci si cerchi un compagno o una compagna cosí, alla buona, per qualche mese o per due anni o per cento. È un'usanza simpatica, e anche molto pratica, perché le coppie male assortite si disfano subito; ma non pensi che sia facile fare previsioni. Accadono le combinazioni piú incredibili: di recente, Clitennestra è andata ad abitare con lo sciagurato Egidio, e fin qui non c'è molto da eccepire, salvo la differenza di età che è stata variamente commentata; ma mi crederà se le dico che Ofelia si è stancata delle perplessità di Amleto e vive da vent'anni con Sandokan, e vanno benissimo d'accordo? O che Lord Jim, appena arrivato, si è immediatamente innamorato di Elettra, e sta con lei? Quanto a Hans Castorp, in questi mesi è lui il centro dei pettegolezzi dell'intero Parco: ha abbandonato la Signora Chauchat, con cui conviveva dal 1925, ha avuto una breve avventura con la Signora delle Camelie, e adesso si è accasato con Madonna Laura. Gli sono sempre piaciute le francesi.

Antonio stava ad ascoltare, percorso da emozioni varie e discordi. Il racconto di James lo affascinava come una fiaba, e insieme risvegliava in lui un prepotente interesse professionale (a corto di idee com'era, questo Parco Nazionale avrebbe fatto una stupenda novella), e insieme ancora provava soddisfazione ed intimo compiacimento: quel James Collins era simpatico, era vivo al di là di ogni dubbio, parlava con precisione e coerenza, ed era pure opera sua, a dispetto di certe discrepanze nella figura fisica. Era lui che lo aveva tratto dal nulla, come un figlio, anzi, piú di un figlio, perché di una moglie non aveva avuto bisogno: e adesso era lí davanti a lui, vicino e caldo, e gli parlava da pari a pari. Gli venne voglia di ricominciare subito, di rimettersi di buona lena a scrivere racconti, e di spararne giú altri a bizzeffe, altri dieci o venti o cinquanta personaggi, che poi venissero come James a tenergli compagnia, e a dargli conferma del suo vigore e della sua fecondità. Poi ricordò di non aver ancora formulato la domanda che gli frugava dentro fin dall'inizio della visita: ma non c'era da stupirsi, perché James aveva parlato quasi senza interruzioni, e non sembrava un tipo a cui fosse facile tagliare la parola in bocca. Gli versò da bere, e mentre beveva disse:

– Lei però non mi ha ancora raccontato perché è qui.

Non dev'essere un avvenimento tanto frequente, che un personaggio esca dal Parco per venire a trovare il suo autore: io, di autori e di personaggi ho ormai una certa pratica, ma di un fatto del genere non avevo mai sentito parlare.

James prese la cosa un po' alla lontana:

– Bisogna che prima le parli degli ambigeni. Se lei ci pensa, la nostra categoria non è poi cosí ben definita: ci sono molti casi in cui il soggetto è persona e personaggio insieme. Noi li chiamiamo ambigeni, e c'è una commissione che decide se devono essere ammessi al Parco o no. Prenda per esempio il caso di Orlando, sí, quello di Roncisvalle: è storicamente provata la sua esistenza reale, ma il personaggio prevale in tale misura sulla persona, che è stato accettato al Parco senza discussione. Lo stesso è avvenuto per Robinson Crusoe e per Fedone. Per san Pietro e per Riccardo III c'è stata qualche controversia; invece, per fortuna di tutti, Napoleone, Hitler e Stalin sono stati bocciati.

– È interessante, – disse Antonio, – ma non vedo ancora il rapporto fra la sua visita, il Parco, e questa storia degli ambigeni.

– Le spiego subito: è che... lei è un ambigeno.

– Io?

– Lei, sí. L'ho reso ambigeno io. Ho scritto dei racconti (eccoli qui, in questa busta) che hanno lei come protagonista. Non per ritorsione, e neppure per gratitudine: semplicemente, laggiú ho molto tempo libero (tutte le sere: sa bene, là non c'è una grande vita notturna, non c'è neppure la luce elettrica), e lei mi interessava, la conoscevo bene, cosí ho scritto di lei. Spero che non le dispiaccia.

– Episodi veri? – chiese Antonio deglutendo.

– Beh, sostanzialmente sí. Un po' arrotondati: lei che è del mestiere sa cosa intendo dire. Ecco qui: *In crociera, Antonio e Matilde*...

– Un momento! Che cosa ci faccio, io, con questa Matilde? Io sono sposato, e lei lo sa, e sa anche che non ho mai avuto niente da spartire con nessuna Matilde, né prima del matrimonio né dopo.

– Ma, mi scusi, lei che cosa ha fatto con me? Non ha scritto tutto quello che ha voluto?

– Sicuro, ma io... insomma, io esisto e lei no. Lei, l'ho creata io, dalla prima pagina all'ultima, mentre io ero vivo anche prima, e lo posso dimostrare. Basta una telefonata all'anagrafe.

– Non le sembra che esista anch'io? – disse cinicamente James. – Non vedo che cosa conti l'anagrafe, un polpettone di burocrati e di cartaccia: quello che conta, sono le testimonianze, e lei ne ha scritto un bel numero con le sue stesse mani, e, per comune consenso, sono valide. Le sarebbe disagevole dimostrare che James Collins non esiste, dopo di aver impiegato 500 pagine e due anni per dimostrare che esiste. Quanto poi a quella Matilde stia tranquillo, non intendo farle del male né metterla in imbarazzo; anzi, è questa appunto una delle ragioni per cui sono qui: questi racconti glieli vorrei far leggere, cosí lei taglia quello che non le va. Ma non mi venga a dire che lei è libero di fare di me quello che vuole, e io di lei no: questo è un sofisma bello e buono. Io sono vincolato a fare di lei un personaggio coerente con la sua persona, ma lei anche lo era, una volta che mi ha concepito: ebbene, è sicuro, lei, della sua coerenza nei miei riguardi? Non le è mai nato il dubbio se le fosse lecito o no farmi morire in quel bel modo (sí, morfinomane in preda ad un accesso: non finga di averlo dimenticato), quando fino a metà del libro mi aveva descritto come un giovane sano, equilibrato e padrone di sé? Lei aveva tutti i diritti di farmi morire per droga, ma allora ci doveva pensare prima, scusi se glielo dico cosí apertamente: e se proprio le premeva liberarsi di me, poteva farmi morire in dieci altri modi meno arbitrari. Tutto questo non per polemizzare, ma per convincerla che siamo pari.

– In conclusione: qui ci sono i manoscritti, se gli vuole dare un'occhiata. Come ho cercato di dimostrarle, non sarei tenuto a sottoporglieli, ma lo faccio ugualmente, per sua tranquillità, e perché tengo al suo giudizio: se c'è da tagliare, taglierò. Ho avuto per questo una licenza di tre giorni piú due: non la dànno che in casi rari, per esempio a personaggi che hanno subito dai loro autori offese gravi, e intendono chiedergliene conto. Ma, per quanto ne so, il mio caso è unico: benché molti scrivano, laggiú, a nessuno era ancora venuto in mente di scrivere sul proprio autore.

– Devo leggerli qui, in sua presenza? – chiese Antonio preoccupato.

– Sí, preferirei. Non sono lunghi, in tre orette se la cava. Sa, ho fretta di avere un suo giudizio, e ho poco tempo: poi vorrei chiedere un appuntamento al suo editore.

Urtato dall'improntitudine di quest'ultima frase, Antonio diede inizio alla lettura, mentre l'altro beveva, fumava e scrutava sul suo viso le tracce di un'opinione.

Si accorse fin dalle prime pagine che quei racconti erano deboli, e ne trasse sollievo, perché non aveva voglia di finire nel Parco. No, non c'era alcun pericolo: che James Collins lo definisse pure un ambigeno, ma non c'era confronto fra la pienezza della sua vita vera e le favole confuse ed inconsistenti che James gli aveva costruite intorno. Nessuna commissione avrebbe esitato: oltre a tutto, poi, un personaggio come quello, non che diventare immortale, sarebbe svanito nel giro di una stagione editoriale.

Lesse tutti i racconti, confermandosi nel suo giudizio iniziale; poi li rese a James, e gli disse apertamente quello che pensava.

– Io le consiglierei di non continuare a scrivere. Ha un altro mestiere, non è vero? Ebbene, le darà di certo piú soddisfazioni di questo. Non lo dico per me, né per l'altro Antonio che lei ha cercato di costruire: lo dico per lei. Lei è un inventore: bene, abbandoni le ambizioni letterarie e faccia l'inventore. Vada pure dall'editore, se crede, ma vedrà che le dice quello che le ho detto io.

James ci rimase molto male. Raccattò i manoscritti, salutò seccamente e se ne andò.

Questo episodio segnò un punto cruciale nella carriera di Antonio Casella. Non subito, ma molti anni dopo, quando già i capelli gli si erano fatti bianchi, e i fogli davanti a lui sempre piú si ostinavano a rimanere bianchi come i suoi capelli, le sue opinioni e le sue aspirazioni si fecero diverse. Incominciò a pensare che un posto nel Parco, specie se unito ad una ragionevole speranza di immortalità, non gli sarebbe dispiaciuto: ma sapeva bene che, per questo scopo, non poteva contare sui suoi confratelli, e tanto meno sui suoi personaggi. Perciò concepí l'idea di fare da sé: di scrivere la propria autobiografia, e di scriverla cosí ricca, viva e colorata da estinguere ogni dubbio della commissione.

Chiamò a raccolta tutte le sue forze, e si accinse al lavoro. Lavorò per tre anni, senza gioia, ma con diligenza e tenacia: si dipinse volta a volta audace e cauto, intraprendente e sognatore, arguto e malinconico, magnanimo ed astuto; accumulò insomma nel suo altro io tutte le virtú che non aveva saputo costruire dentro di sé nella sua vita reale. Creò un mondo piú vero del vero, al cui centro stava lui, soggetto di avventure splendide, spesso e intensamente sognate, mai osate; pagina su pagina, pietra su pietra, si murò intorno un edificio armonioso e solido, fatto di viaggi, di amori, di combattimenti e di scoperte: una vita piena e molteplice, quale nessun uomo aveva mai vissuta. Limò, corresse, aggiunse e filtrò per altri sei mesi, finché non si sentí intimamente contento, e sicuro di ogni foglio e di ogni parola.

Non erano passate due settimane dal giorno in cui aveva consegnato il manoscritto all'editore, quando si presentarono alla sua porta due funzionari del Parco. Portavano un berretto di foggia quasi militare, e vestivano una uniforme grigia, elegante e sobria. Erano gentili, ma avevano fretta: non concessero ad Antonio che pochi minuti per dare sesto alle sue cose, poi lo presero con loro e lo portarono via.

Le nostre belle specificazioni

– Non vedo perché dovresti sentirti umiliato, – disse Di Salvo: – tutti, qui dentro, abbiamo cominciato cosí. Si può dire che è una tradizione.
– Non sono mica umiliato, – rispose Renaudo: – sono solo stufo.
– Dopo due settimane soltanto?
– Ero già stufo dopo tre ore. Ma tiro avanti lo stesso, non preoccuparti.
– Vorrei vedere. Io, del resto, cosa credi? Ho smesso solo cinque mesi fa, prima delle ferie: ne ho revisionate cinquemila. Tutte quelle relative ai materiali ceramici, ai materiali da costruzione, alle polveri per stampaggio e perfino alla cancelleria; non hai che da andare a vedere, portano tutte la mia sigla. Sí, non scherzo: cinquemila, alla media di quindici al giorno lavorativo, e non sono diventato matto, e non mi è neppure venuto l'esaurimento nervoso. Poi, non per scoraggiarti, ma sai cosa faccio adesso, sei ore su otto?
– Che cosa?
– Registro i buoni di lavorazione: bel progresso, non ti pare? Bene, ciao, buon lavoro. Ci vediamo a mensa: ti ho fatto lasciare un posto al mio tavolo.

Renaudo si rimise al lavoro. Aveva davanti a sé un elenco di numeri di sei cifre, e ad ognuno corrispondeva una specifica. Ogni specifica riguardava una delle voci di normale approvvigionamento, ne dava una breve definizione, ne precisava l'impiego e ne stabiliva le caratteristiche;

LE NOSTRE BELLE SPECIFICAZIONI 277

di ogni caratteristica si definiva il metodo di misura e i limiti superiore ed inferiore di accettazione. Molti numeri erano spuntati in rosso perché erano già stati revisionati, e Renaudo si doveva occupare solo di quelli non ancora spuntati. Di questi, alcuni erano sottolineati: riguardavano materiali nuovi, di cui ancora una specifica non esisteva, e doveva essere compilata sulla base dei rapporti del laboratorio analitico e della sala prove. Renaudo era giovane, e preferiva i numeri sottolineati.

N. 366 410, Ricino, olio di, greggio. Ottenuto dalla spremitura eccetera. Impiegato come lubrificante nei reparti UTE, UTG, AIM, SDD. I.I., colore: metodo cosí e cosí, massimo 12, minimo 4. Acidità... Non c'erano difficoltà né incongruenze, e Renaudo passò oltre. N. 366 411, Ammonio cloruro. N. 366 412, Scatole in cartone ondulato. N. 366 413, Vetri semidoppi per finestre. N. 366 414, Scope. Il suo misterioso predecessore, pensò Renaudo, doveva essere un anormale o un umorista: la definizione di «scopa» occupava quattordici righe, e altrettante la descrizione dell'impiego. Erano previsti un massimo e un minimo per il peso complessivo, per la lunghezza e il diametro del manico, per il numero delle saggine; un carico di rottura minimo per il manico stesso; una prova di resistenza all'abrasione per lo strumento nella sua interezza, da eseguirsi «su di un esemplare scelto a caso su cento, nelle condizioni di fornitura». Renaudo rilesse, esitò, poi prese il foglio e bussò alla porta del cavalier Peirani.

Peirani fu reciso. – Io non toglierei una sillaba. Contiene inesattezze? È superata da qualche voce nuova? È internamente contraddittoria, o forse i collaudi non si possono eseguire? L'articolo in oggetto è caduto in disuso? No? E allora, che cosa vuole cambiare?

– Io pensavo soltanto... che al Servizio Collaudi il tempo è limitato, e che perdere due ore per verificare che una scopa è una scopa, e può scopare...

– E se non potesse scopare? O se non fosse una scopa affatto, ma un'altra voce qualsiasi, diciamo un paranco, o una penna a sfera, o un vagone di soda Solvay? Lei non ha idea di quali intralci possono nascere da un errore di spedizione. D'altronde, crede che sia facile abolire una specificazione? Grazie a Dio no, non è cosí semplice: contengono troppa sostanza, troppa esperienza per poter essere tolte di mezzo cosí, con un tratto di penna, per iniziativa del primo venuto. Caro lei, qui dentro abbiamo buone difese contro certi arbitri: abrogare una specificazione è una faccenda che si può solo decidere in assemblea. E poi vorrei sapere: cosa le interessa il modo come si impiega il tempo in questo o quel servizio? Mi pare proprio che non sia affare per lei. Occupi meglio il suo, piuttosto.

Renaudo taceva compunto. Peirani riprese, in tono piú affabile:

– Vede, giovanotto, queste cose è difficile capirle all'inizio della carriera, e io me ne rendo conto: tutti i giovani amano le scorciatoie. Ma una specifica è una cosa seria, anzi fondamentale. Se lei ci fa caso, il mondo d'oggi riposa sulle specifiche, e cammina bene se queste sono rigorose, male se non lo sono, o se mancano affatto. Non ha mai avuto il dubbio che l'evidente divorzio fra le dottrine tecniche e quelle morali, e l'altrettanto evidente atrofia di queste ultime, siano dovuti proprio al fatto che l'universo morale manca finora di definizioni e tolleranze valide? Il giorno in cui non solo tutti gli oggetti, ma anche tutti i concetti, la Giustizia, l'Onestà, o anche solo il Profitto, o l'Ingegnere, o il Magistrato, avranno la loro buona specifica, con le relative tolleranze, e ben chiari i metodi e gli strumenti per controllarle, ebbene, quello sarà un gran giorno. E neppure dovrebbe mancare una specifica delle specifiche: ci sto pensando da tempo. Ma mi mostri ancora un momento quel foglio.

Renaudo glielo porse, con una certa riluttanza.

– Vede? Mi pareva di ricordare: V.A.P., questa è la mia sigla, Vittorio Amedeo Peirani, 6 ottobre 1934. Non me ne vergogno per niente, sa? Anzi, ne sono fiero: con questo mio lavoro di trent'anni fa ho apportato un contributo, piccolo ma definitivo, all'ordine dell'azienda e quindi

LE NOSTRE BELLE SPECIFICAZIONI

all'ordine del mondo. Una specifica è opera sacra: occorre fatica e devozione per compilarla, e anche umiltà, che a lei manca; ma una volta compilata, e approvata dagli uffici competenti, deve restare, come una pietra d'angolo. Vada, e continui il suo lavoro; ci pensi su, alle cose che le ho detto, e vedrà che ho ragione.

– Si capisce, – disse Di Salvo posando il bicchiere. – Se vai a chiedere un parere a quello, non ti puoi aspettare un altro risultato. Ti avrà parlato anche del mondo morale, no?

– Sí, dell'età dell'oro, quando l'onestà, l'ingegnere e il contabile avranno la loro bella specifica.

– «Le nostre belle Decretali», – disse Di Salvo. – Non hai mai letto Rabelais?

– No, sai bene, io ho fatto il Liceo Scientifico.

– Che c'entra? Riguarda tutti. Leggilo: non è mai troppo tardi. «Voi qui similmente vedete le nostre belle Decretali, scritte di mano d'un Angelo Cherubino...» e poi piú oltre: «... in carta, in pergamena, miniate o stampate...»: scusa, sto citando a memoria; si tratta del libro IV, mi pare. Bene, ci troverai tutto: le nostre belle Specificazioni, Peirani, il suo entusiasmo fossile, me, e te stesso. Se non ce l'hai, dico Rabelais, te lo impresto; ma compralo, credi a me, è un vademecum indispensabile per ogni uomo moderno.

Renaudo trasalí e si strofinò gli occhi; subito dopo rise di se stesso per esserseli strofinati. Cosa aveva creduto di fare? di cancellare o cambiare le righe che gli stavano davanti?

Era arrivato alla Specifica 366 478, Uomo. Proprio cosí, semplicemente: uomo. Seguiva la consueta premessa, un po' meno concisa del solito, in cui si definiva che cosa si abbia ad intendere per essere umano. In appendice si ricordava che l'articolo in questione veniva approvvigionato a cura del Servizio Personale, non mediante acquisto bensí mediante assunzione; che tuttavia trattandosi di materiale in entrata, il Servizio Normalizzazione era indubbiamente competente al suo inquadramento ed alla definizione delle norme di accettazione. Renaudo saltò all'ultima facciata, e non fu stupito di trovarvi la sigla V.A.P. Tornò alla prima e si immerse nella lettura, ma dopo pochi minuti non poté piú resistere, e chiamò Di Salvo al telefono interno: – Vieni qui subito. Vieni a vedere che cosa ho trovato.

Di Salvo si curvò al di sopra delle sue spalle. – «Tolleranze dimensionali»: proprio cosí le hanno chiamate. Ma questa è roba di fuoco! e chissà da quanto tempo dorme in archivio.

– 2.1., Tolleranze dimensionali, – lesse Renaudo: – statura, da 1500 a 2050 mm... peso a vuoto, da 48 a 140 kg; sovraspessori... chissà cosa saranno?

– Mah? Forse allude ai vestiti. Dai un po' qua –. Senza fare complimenti, Di Salvo gli tolse il fascicolo, e cominciò a leggerlo ad alta voce, con la gioia sensuale dei buongustai.

– Sezioni massime e minime...: io questo me lo porto a casa, a costo di farmi licenziare. Guarda, ci sono due figure schematiche con le sagome di riferimento a livello della fronte, del torace, del bacino e dei polpacci. Meglio ancora: mi faccio fare una fotocopia. 3.2.04., Prove a flessione e a torsione...

Renaudo sobbalzò e tentò invano di riprendersi i fogli, che Di Salvo tirò a sé senza scomporsi.

– ... Meno male che in nota si precisa: «Ove possibile sono da raccomandarsi le prove di collaudo di tipo non distruttivo». Ove possibile, hai capito? Vediamo, vediamo qui: 5.1.05., «Resistenza al calore e al freddo».

– Sarà non distruttiva anche questa prova, voglio sperare?

– Sí, pare. Ecco cosa si dice: «La resistenza al calore e al freddo viene determinata introducendo il soggetto in locale termostatico a tiraggio naturale della capienza di m^3 10 ± 2, alle temperature rispettivamente di 45 °C e di –10 °C, per la durata di quattro ore. Entro 20' dall'estrazione, si ripetono le prove generali di accettazione specificate in 1.1.08.».

– Abbastanza umano, dopo tutto. Mi aspettavo di peggio.

– Già, non è mal studiato: sotto 1.1.08. ci sono tutti i collaudi medici e un buon numero di test psicologici. E questo? 5.2.01., resistenza alla fiamma!

– No, non esagerare: è prescritto solo per gli addetti alle squadre antincendio. Guarda qui: è precisato in nota.

– Ma questo invece è prescritto per tutti: «4.3.03., prova di resistenza all'alcool etilico».

– Giusto, non ti pare? Sai che comincio a stimarlo, questo tuo cavalier Peirani?

– Io da Peirani non ci torno, – disse Renaudo con decisione.

– Naturale: la prudenza impone di lasciare le cose come stanno. Io però la fotocopia me la voglio fare, a costo di rischiare il licenziamento per infrazione del segreto d'ufficio: poi vedremo.

– Un momento, – disse Renaudo. – Tu vedrai pure quello che vuoi, ma io non ci voglio entrare. Chi risponde di codesta scartoffia in questo momento sono io, e io non ci voglio andare di mezzo.

– Bravo, – disse Di Salvo. – Non c'è male, per una recluta: hai subito capito la Prima Regola del gioco, quella che prescrive di far sempre togliere le castagne dal fuoco da un altro. Ma prima di tutto, secondo me, bisognerebbe stabilire se sotto le castagne il fuoco c'è. Voglio dire: se questa non è che un'innocente esercitazione del vecchio, oppure se la pratica ha fatto o sta facendo la sua strada verso il piano di sotto.

Renaudo lo guardò incerto: – Verso il Servizio Collaudi, intendi dire?

– Sí. Certo non è stata omologata, dal momento che né tu, né io, né altri di cui si sappia, siamo stati sottoposti alle prove di flessione e di torsione; ma sarebbe interessante sapere a che punto si è fermata e perché.

Con due caute telefonate la circostanza fu chiarita. La

specifica, partita a vele spiegate dall'ufficio di Peirani, giaceva da vari anni in un archivio del piano inferiore, in attesa del visto del Caposervizio.

– A me sembra una sciocchezza e una vigliaccheria, – disse Renaudo. – Le cose si fanno o non si fanno: se era sbagliata, o stupida, o abominevole, come mi pare che sia, avrebbero dovuto annullarla, distruggerla, e non lasciarla dormire.

– È un tipico caso di applicazione pratica della Regola Prima di cui sopra. Comprensibilissimo che nessuno se ne sia voluto incaricare: molto meglio insabbiare, piú semplice e piú sicuro; anzi, questa per l'appunto è la Regola Seconda. Una pratica, vedi, è uno strano uccello. Sotto certi aspetti assomiglia a un seme, sotto altri a un bisonte. È pericoloso, e anche inutile, provocarla e pararlesi davanti quando carica: ti travolge, e continua la sua corsa. Ma può essere rischioso anche non occuparsi di lei: in questi casi, spesso si incista in qualche cassetto, e non dà segni di vita per mesi od anni; poi, quando meno te lo aspetti, spinge radici e stelo, cresce, spacca la terra sopra di sé, ed in una settimana è diventata un albero tropicale, dal fusto duro come il ferro, e tutto gremito di frutti intossicati. Insomma, può essere violenta o subdola; ma, per nostra fortuna, esiste l'istituzione dell'insabbiamento, che è valido contro entrambi gli aspetti che ti ho illustrati: ti invito anzi ad osservare l'eleganza e la proprietà del termine. È una difesa polivalente: sacchetti di sabbia contro il bisonte, un letto di sabbia sterile intorno al seme.

– Grazie della lezione, ne trarrò partito. Ma adesso, che cosa facciamo? Quale regola applichiamo, la prima o la seconda, o un'altra ancora che mi vorrai descrivere? Io, te l'ho già detto, grane non ne voglio. Collaudino pure gli uomini in entrata, magari lí possono anche provinare ogni dieci anni come si fa con le caldaie a vapore, ma io non mi voglio fare incastrare. E non so cosa fare: distruggerla, non oso, poi rimarrebbe il buco; lasciarla dormire nella sua sabbia, si potrebbe, ma poi può succedere che spacchi la terra, come dicevi tu prima; se la siglo, è un avallo,

LE NOSTRE BELLE SPECIFICAZIONI

e mi ripugna, perché è una scemenza disumana; se non la siglo, è una negligenza...
– Io non la prenderei tanto sul tragico. Senti: lasciamela per un quarto d'ora, il tempo di farne una fotocopia. Sí, la farò io personalmente, non aver paura: dopo la sirena, quando tutti sono andati via. Nessuno ha da saperne niente, almeno per ora.

A Renaudo piaceva classificare i suoi simili: non ridurli a schemi, ma soffermarsi cosí, da dilettante, sulle loro somiglianze e dissimiglianze, prevederne i comportamenti, frugare nei motivi da cui scaturiscono le parole e le azioni. Ora, Di Salvo lo turbava: lo sentiva acuto e flessibile, ma anche spento, logoro, e un po' sporco, con dentro qualcosa di livido, di ammaccato e poi impiastricciato alla meglio per coprire il guasto. Davanti a Di Salvo si sentiva diviso: con un preciso desiderio di penetrarne l'intimità, ed un ritegno che gli faceva richiudere la bocca all'ultimo istante, prima della confidenza o della confessione che lo avrebbe reso suo amico, ma in pari tempo lo avrebbe consegnato nudo nelle sue mani come una mosca fra le branche di una mantide.

Il mattino dopo, Di Salvo entrò nel suo ufficio di ottimo umore, e gli buttò il fascicolo sulla scrivania con disinvoltura teatrale.
– Eccola qui. Sarà meglio che tu te la riguardi bene, a ogni buon fine; ma mi pare proprio che noi ne siamo fuori.
– Come fuori?
– Entro le tolleranze, voglio dire. Non è che io ti conosca tanto, ma insomma, ti ho sentito parlare, ti vedo ben portante, di politica non ti occupi (o almeno non visibilmente, e questo è l'essenziale), so che giochi a tennis, che alla domenica vai a messa e allo stadio, che hai la ragazza e la cinquecento. Insomma, sei conforme, e non hai niente da temere. Neanch'io, del resto: poi, sai bene, averla letta è un vantaggio. Basta pensare al test del cappotto, o a quello del portafoglio, qui: Resistenza alle tentazioni, 8.5.03: una bambinata, giudica tu stesso.

– Allora, tu vorresti...

– Scatenare il bisonte, sí. Sarà una sacrosanta opera di giustizia, ed anche una gran festa; qualcosa che qui dentro non si era mai visto. Quidquid latet apparebit, è cosí che sta scritto, no?

– Sí, e anche nil inultum remanebit. Ma non si tratta soltanto di norme di accettazione, per i nuovi assunti?

Non soltanto: c'è qui in fondo una norma transitoria, che prescrive di collaudare «tutte le unità in esercizio» entro novanta giorni dall'entrata in vigore della specifica.

– Insomma, tu pensi che il cavaliere si sia messo nel sacco con le sue stesse mani?

– È probabile. Conosco quel tipo umano: è un perfezionista; o meglio, lo era, perché adesso, tu lo hai visto, tira piuttosto alla cariatide.

– Anch'io lo conosco, quel tipo umano: è quello del «right or wrong, my country», dell'obbedienza cadaverica, del buon suddito. Ma non ha pensato che non ha nessun senso esigere le stesse prestazioni da una «unità» di venticinque anni e da una di sessanta?

– Ci ha pensato sí. Leggi qui, al punto 1.9. «Ricollaudo. Trattandosi di articolo soggetto a deteriorarsi, le prove di cui ai punti 2, 3, 4, 5, 6, 7 e 8 devono essere ripetute allo scadere del ventesimo anno dalla data dell'assunzione. I limiti di tolleranza per le dimensioni e il peso saranno mantenuti invariati. Saranno diminuiti del 35 per cento i minimi richiesti per il quoziente intellettuale (4.2.01.), per la memoria istantanea (4.2.04.) per la memoria media e lunga (4.2.05.) per l'attitudine al comando (4.4.06.), per il carico di snervamento a freddo e a caldo (5.2.02.), per la meteoropatia (5.3.11.) e per la stabilità emotiva (7.1.07.). Saranno aumentati del 50 per cento il limite massimo del tempo di reazione (7.3.01.) e tutte le soglie di percezione sensoriale (7.5.03.)»... Leggo a caso, sai: ce n'è per una pagina e mezza... Ah, senti ancora: «Il test di arrendevolezza secondo Schmaal non occorre venga ripetuto, poiché tale proprietà tende ad aumentare spontaneamente nel tempo». Bello, no?

Renaudo era perplesso: – La prova di arrendevolezza, quello la passa sicuro: ma voglio un po' vederlo alla prova di resistenza al calore! Del resto, gli sta bene, se lo è voluto. Sí, penso anch'io che per noi non c'è molto rischio: ma io ci ricasco per un altro verso. Della revisione, adesso, sono io il responsabile, e sono ancora nel periodo di prova, e non vorrei...

– Se è lo scandalo che ti fa paura, non preoccuparti: tu resti fuori. Ci sono cento modi di fare germogliare la pianta: modi anche discreti, silenziosi e anonimi. Me ne incarico io, e volentieri, te lo assicuro. Non occorre che l'iniziativa parta di qui: basterà una parolina, detta cosí, lasciata cadere in corridoio...

– E... scusa: perché lo fai? Vuoi proprio la pelle del cavaliere?

– Sí, anche. Ma poi... insomma, dimmi la verità, ti entusiasma questo sistema? Ti piace navigare in mezzo alle Decretali?

– Non mi piace. Ma appunto, cosí ne avremo una di piú, e la piú feroce di tutte. È meglio un bisonte insabbiato di un bisonte che carica.

– Questo punto di vista è superficiale e miope. Bisogna vedere piú lontano, a costo di qualche rischio e di qualche scomodità: fare esplodere le contraddizioni del sistema, come suol dirsi. E mi attira l'eleganza del gioco, la sua giustizia e la sua economia: saranno le Decretali a liquidare se stesse. Per mano tua, se lo vorrai: se no, per mano mia.

La circolare affissa in bacheca aveva l'aria piú innocente del mondo. Diceva semplicemente che tutti i dipendenti si dovevano presentare entro un mese all'Ufficio Collaudi per comunicazioni: ma nel giro di poche ore l'aria di tutti gli uffici e di tutti i reparti si fece irrespirabile. La Direzione fu sommersa da centinaia di richieste di proroga; sulla stessa bacheca comparvero volantini pubblicitari di club atletici, di istituti di rieducazione, di piscine calde e fredde, di cure rumene e bulgare, di corsi accelerati serali e per corrispondenza.

Ancora sulla stessa bacheca comparve pochi giorni dopo una molto dignitosa lettera aperta, in cui si diceva:

«Oggetto: Specificazione N. 366 478.

Io sottoscritto cavalier Peirani Vittorio Amedeo mi dichiaro consapevole di essere ormai sprovvisto dei requisiti di conformità alla specificazione segnata a margine: mi riferisco in specie ai punti 5.3.10. (resistenza all'umidità), 4.2.04. (memoria istantanea) ed all'intera sottosezione 3.4. (prove di sollecitazione a fatica). Rassegno pertanto le mie dimissioni, con animo colmo di tristezza, e tuttavia rasserenato dalla coscienza di aver dedicato per trentotto anni tutte le mie energie al consolidamento del sistema in cui credo. Raccomando a cotesta Spett. Direzione di non deflettere dalla linea di condotta che finora è stata seguita nei confronti delle tecniche di unificazione, e mi auguro che i miei colleghi e successori pongano ogni sforzo ad evitare che si ripetano incresciose dimenticanze e negligenze, quali quelle che hanno tenuto in mora per tanti anni la Specificazione in oggetto, sotto ogni aspetto fondamentale».

Come Peirani desiderava, il sistema infatti resta. Vige tuttora nell'Azienda in cui questa vicenda si è svolta, e prolifera rigogliosamente, come è noto, in tutti gli innumerevoli rami del lavoro umano, in ogni parte del mondo in cui l'uomo si sia fatto fabbro, e in cui si tengano nella dovuta considerazione la normalizzazione, l'unificazione, la programmazione, la standardizzazione, e la razionalizzazione della produzione.

Nel parco

Non è difficile immaginare chi attendesse Antonio Casella sul molo: lo attendeva James Collins, in brache di velluto, abbronzato e disinvolto. Antonio si stava domandando se sarebbe stato piú gentile da parte sua chiedergli o non chiedergli l'esito del colloquio con l'editore, ma James lo prevenne:

– Aveva proprio ragione lei: il manoscritto, me lo ha rifiutato. Però mi ha dato dei consigli cosí precisi e benevoli che ho subito ricominciato a scrivere. No, non su di lei: è una storia un po' romanzata delle mie invenzioni; la loro Entstehungsgeschichte, la loro origine, come mi sono venute in mente. Del resto, a quanto vedo, per lei è stato meglio cosí: me lo hanno detto, che si è reso personaggio da se stesso. Molto meglio, ha piú garanzie di una ragionevole permanenza: il mio Antonio, in effetti, era un po' gracile.

Antonio ascoltava distrattamente: era troppo intento ad osservare il paesaggio. Il battello che lo aveva portato fin lí aveva viaggiato per molte ore risalendo un fiume largo e limpido che scorreva fra due rive folte di foresta: la corrente era rapida e silenziosa, non c'era un alito di vento, la temperatura era gradevolmente fresca, e la foresta era immobile come di pietra. Le acque riflettevano i colori di un cielo quale Antonio non aveva mai visto: azzurro cupo in alto, verde smeraldo a levante, e viola con ampie striature arancio a ponente. Spento il rombo ritmico del motore, Antonio percepí un fragore indistinto che sembrava saturasse l'atmosfera. – È la cascata, – gli spiegò James: – è proprio sulla linea di confine.

Percorsero il molo, di rozze tavole squadrate, e si avviarono insieme per un viottolo in salita, che superava a giravolte il bastione da cui precipitava la cascata. Erano investiti da folate di polverino d'acqua, e il cielo era pieno di arcobaleni intrecciati. James aveva cortesemente tolto di mano ad Antonio la valigia, del resto assai leggera. Ai due lati del viottolo si vedevano alberi maestosi ed esotici, di molte specie diverse; dai loro rami pendevano fiori gialli e color carne, alcuni sembravano proprio di carne, ed erano in ghirlande lunghe fino a terra. Insieme, c'erano frutti, allungati e tondeggianti: l'aria portava un profumo leggero e gradevole, ma un po' muschiato, simile a quello dei fiori di castagno.

Alla barra di confine nessuno gli chiese nulla: i due guardiani lo salutarono con la mano alla visiera, pareva che lo aspettassero. Poco oltre, Antonio entrò in un ufficio dove fu preso ufficialmente in carico; un funzionario cortese ed impersonale si segnò il suo nome, gli consegnò la carta annonaria per i viveri, gli abiti, le scarpe e le sigarette, e poi gli disse:

– Lei è un autobiografo, vero?

– Sí: come fa a saperlo?

– Noi sappiamo tutto: guardi! – Accennò alle sue spalle, dove uno schedario occupava un'intera parete. – Il fatto è che al momento non ho chalet singoli disponibili: l'ultimo l'abbiamo assegnato ieri a Papillon. Bisognerà che si adatti a coabitare per qualche giorno: con un altro autobiografo, naturalmente. Ecco qui: c'è un posto al 535, insieme con François Villon. Il signor Collins le farà da guida, ma non è molto lontano.

James sorrideva. – Avrà da divertirsi: François è il piú imprevedibile dei nostri concittadini. Prima abitava con Giulio Cesare, ma poi questo se n'è andato: si è fatto raccomandare, e gli hanno assegnato una palazzina fuori serie prefabbricata, sulle sponde del lago Polevoy. Non andavano d'accordo, litigavano per via di Vercingetorige,

NEL PARCO

poi François corteggiava pesantemente Cleopatra, nella versione di Shakespeare, e Cesare era geloso.

– Come, nella versione di Shakespeare?

– Già, è perché ne abbiamo cinque o sei altre, di Cleopatre: secondo Puskin, secondo Shaw, secondo Gautier, eccetera. Non si possono vedere fra di loro.

– Ah. E allora non è vero che Cesare e Pompeo facciano i calafati?

– Chi lo ha mai affermato? – chiese James, molto stupito. – Rabelais, II, 30: dice anche che Annibale fa il pollivendolo, Romolo il ciabattino, Papa Giulio II va in giro a vendere focacce, e Livia raschia il verderame delle padelle.

– Sono storie: glielo avevo già detto allora, a Milano. Qui non si fa niente, oppure si fa il mestiere per cui si è nati. Del resto, Rabelais non è un personaggio, e qui non c'è mai stato: quello che racconta, l'avrà magari saputo da Pantagruele, o da qualche altro contafrottole della sua corte.

Si erano ormai allontanati dalla cascata, e si stavano inoltrando per un ampio altipiano lievemente ondulato. Ad un tratto, il cielo si oscurò con incredibile rapidità; nel giro di pochi istanti si levò un turbine impetuoso, ed incominciò a piovere e a grandinare. James spiegò ad Antonio che laggiú era sempre cosí: il tempo non era mai insignificante, aveva sempre in sé qualcosa che lo rendeva degno di essere descritto. O splendido di colori ed aromi, o turbato da tempeste furibonde; talvolta caldo infuocato, talaltra gelido da spaccare i sassi. Le aurore boreali e i terremoti erano frequenti, e cadevano bolidi e meteore tutte le notti.

Si rifugiarono sotto una tettoia, e Antonio si accorse con disagio che là sotto c'era già qualcuno: con disagio, perché il qualcuno non aveva volto. Sotto al cappello basco si vedeva soltanto una superficie convessa, rosea, spugnosa, coperta nella parte inferiore di barba mal rasa.

– Non ci faccia caso, – disse James, che aveva visto il raccapriccio dipingersi sulla faccia di Antonio: – ce ne sono tanti, qui, come questo, ma durano poco. Sono personaggi mal riusciti: a volte tirano avanti una stagione, o anche meno. Non parlano, non vedono e non sentono, e spariscono nel giro di pochi mesi. Quelli che durano, invece, come (speriamo) lei e me, sono come è qui il tempo, hanno tutti qualcosa di singolare, e perciò, in generale, sono interessanti e simpatici, anche se magari si ripetono un poco. Guardi, per esempio: dia un'occhiata da quella finestrella, e mi dica un po' se li riconosce.

Accanto alla tettoia, infatti, c'era un basso edificio di legno, col tetto di paglia, e sulla porta pendeva un'insegna: su una faccia era dipinta una luna piena, sull'altra un mare in tempesta da cui emergeva il dorso di una balena col suo alto soffio di vapore. Dalla finestrella si vedeva un interno affumicato dal soffitto basso, illuminato da lampade a petrolio: c'era un tavolo in primo piano, costellato di boccali di birra vuoti e pieni, e ai quattro lati quattro figure accaldate ed eccitate. Dall'esterno si udiva solo un vociare indistinto.

Antonio, toccato nella sua ambizione di lettore, li considerò a lungo, ma non ne venne a capo. – Lei mi chiede troppo: se almeno sentissi quello che si dicono...

– Si capisce, che le chiedo troppo: ma era solo per darle una prima idea del nostro ambiente. Quello che ci volge le spalle, magro e stempiato, che paga e non beve, è Calandrino; di fronte a lui, l'altro grassoccio e unto, con la barba di tre giorni, è il buon soldato Švejk, che beve e non paga. Il signore attempato a sinistra, col cappello a cilindro e quegli occhiali minuscoli, che beve e paga, è Pickwick, e l'ultimo, con gli occhi come due carboni, la pelle come il cuoio e la camicia aperta sul petto, che non beve e non paga, non canta, non dà ascolto agli altri, e racconta cose che nessuno sta a sentire, è il Vecchio Marinaio.

Improvvisamente come si era oscurato, il cielo si rasserenò, e sorse un vento secco e teso; la terra umida esalò una nebbia iridescente che la brezza lacerava a brandelli, e fu asciutta in un baleno: i due ripresero il cammino. Ai due lati della strada, senza ordine apparente, si susseguìvano capanne di paglia e nobili palazzi di marmo, ville grandi e piccole, parchi ombrosi, templi in rovina, grosse case popolari con la biancheria stesa ad asciugare, grattacieli e tuguri di cartone e lamiera. Fianco a fianco, James indicò ad Antonio il giardino dei Finzi-Contini, la casa dei Buddenbrook e quella degli Usher, la capanna dello zio Tom e il Castello di Verona col falco, il cervo e il cavallo nero. Poco oltre, la strada si allargava in una piccola piazza selciata, circondata da tetri edifici fuligginosi; dai portoni si intravvedevano scale ripide, umide e buie, e cortiletti pieni di ciarpame, circondati da balconi rugginosi. Si sentiva odore di cavoli lungamente bolliti, di lisciva e di nebbia. Antonio riconobbe subito un quartiere della vecchia Milano, anzi, piú precisamente il Carrobbio, bloccato per l'eternità nell'aspetto che doveva avere duecento anni or sono; nella luce incerta stava appunto cercando di decifrare le insegne stinte delle botteghe, quando, dal portone numero vottcentvott, saltò fuori lui in persona, Giovannino Bongeri, smilzo, svelto, pallido come chi non vede mai il sole, allegro, chiassoso, ed avido di affetto come un cucciolo maltrattato: vestiva un abitino stretto e frusto, con qualche toppa, ma puntigliosamente pulito e perfino stirato. Si rivolse immediatamente ai due, con la confidenza di chi si conosce da un pezzo, tuttavia chiamandoli «Illustrissimi»: tenne loro, in dialetto, un lungo discorso pieno di divagazioni, che Antonio capí a mezzo e James non capí affatto; a quanto pareva, aveva ricevuto un qualche torto, e lui ne era ferito, ma non al punto di perdere la sua dignità di cittadino ed artigiano; ne era adirato, ma non al punto di perdere seriamente la testa. Nel suo parlare, che era arguto e prolisso, si sentiva, sotto la lividura della fatica quotidiana, della povertà e delle disgrazie, un candore intatto, una stoffa umana buona e una speranza millenaria: Antonio, nell'intuizione di un attimo, vide che veramente nei fantasmi di quella contrada viveva un che di perfetto e di eterno, e che il piccolo e collerico Giovannino, garzone di rigattiere, ripetutamente percosso, deriso e tradito, figlio del piccolo e collerico Carletto Porta milanese, era piú splendido e piú pieno che Salomone nella sua gloria.

Mentre Giovannino parlava, ecco giungere al suo fianco la Barberina, bianca e rosa come un fiore, colla cuffia di pizzo, gli spilloni di filigrana, e gli occhi un pochino piú pronti di quanto l'onestà lo richieda. Il marito la prese sotto braccio, e si allontanarono verso la Scala: dopo pochi passi la donna si volse, e scoccò ai due forestieri un'occhiata svelta e curiosa.

Antonio e James ripresero il cammino per un sentiero polveroso fra due siepi di rovi: James si attardò un attimo a salutare Valentino vestito di nuovo, che giocava in un prato stento con Pin di Carrugio Lungo. Poco oltre, il sentiero costeggiava l'ansa di un grande fiume torbido: un vaporetto, rugginoso e guasto, era amarrato presso la sponda. Un gruppo di uomini bianchi stavano seppellendo qualcosa in una fossa scavata nella melma; un negro dall'aria insolente si sporse dalla murata, ed annunciò con ferocia e disprezzo: – Mistah Kurtz, he dead –. Il tono di quella voce, lo scenario, il silenzio, il calore, perfino il pesante fiato palustre del fiume, erano precisamente quali Antonio se li era da sempre immaginati.

Disse a James: – Qui è chiaro che non ci si annoia. Ma per i bisogni pratici? Se per esempio uno si dovesse fare risuolare una scarpa, o curare un dente?

– Abbiamo dei discreti servizi sociali, – rispose James, – e la mutua è efficiente, ma con personale esterno. Non è che qui i medici manchino, però non esercitano volentieri: spesso sono di scuola antiquata, o non hanno attrezzatura, oppure ancora sono finiti qui per via di qualche celebre errore, quello appunto che li ha resi problematici, e perciò personaggi. Del resto, vedrà presto che la sociologia del Parco è peculiare. Credo che non troverà un panettiere né un contabile; che io sappia, c'è un unico lattivendolo, un solo ingegnere navale e un solo filatore di seta. Cercherà invano un idraulico, un elettricista, un saldatore, un aggiustatore, un chimico, e mi domando proprio il perché. Invece, oltre ai medici di cui parlavamo prima, troverà un diluvio di esploratori, di innamorati, di guardie e ladri, di musicisti pittori e poeti, di contesse, di prostitute, di guerrieri, di cavalieri, di trovatelli, di ammazzasette e di teste coronate. Di prostitute soprattutto, in percentuale assolutamente sproporzionata al fabbisogno effettivo. Insomma, è meglio che lei non cerchi qui un'immagine del mondo che ha lasciato; voglio dire, un'immagine fedele: perché una la troverà sí, ma variopinta, pigmentata e distorta, e cosí si renderà conto di quanto sia stolto formarsi un concetto della Roma dei Cesari attraverso Virgilio, Catullo e il *Quo Vadis*. Qui, non troverà un capitano di mare che non sia naufragato, una moglie che non sia adultera, un pittore che non viva in miseria per lunghi anni, e che poi non diventi famoso. Proprio come il cielo, che qui è sempre uno spettacolo. Segnatamente i tramonti: spesso durano dal primo pomeriggio fino a notte, e qualche volta annotta e poi torna la luce e il sole tramonta di nuovo, come se volesse concedere un bis.

James interruppe la sua tirata per mostrare ad Antonio una costruzione a cui si stavano avvicinando:

– Presto o tardi uscirà la Guida Michelin del Parco, e allora vedrà che questa avrà i tre asterischi. Era una villa, o forse una minuscola fortezza, di un bianco abbagliante immersa nel folto di un bosco secolare. I muri esterni non avevano finestre, e terminavano in alto con un contorno frastagliato che poteva essere una merlatura.

– Vista dall'esterno dice poco, ma dovrebbe vedere dentro. Io ci sono stato per certi lavoretti (gliel'ho detto che qui gli idraulici sono scarsi: cosí io m'arrangio), e gliene potrei raccontare delle belle. Sa che erano seicento anni che la Direzione cercava di accontentare la proprietaria senza riuscirci? Soltanto adesso, con la tecnica moderna...

– Scusi, – interruppe Antonio un po' seccato, – ma se mi dicesse chi è la proprietaria, non crede che gusterei di piú il suo discorso?

– Oh, mi pareva proprio di averglielo detto. È Beatrice, che diamine. L'angelica, mostruosa Beatrice, che vuole tutti al suo servizio, non esce mai, non parla con nessuno, non mangia che ambrosia e nettare surgelati, e che, con le protezioni di cui gode, non c'è speranza di togliercela di torno, né ora né in un prevedibile futuro. Le stavo appunto dicendo che solo adesso, con l'avvento delle materie plastiche e dell'elettronica, i gestori sono riusciti a soddisfare qualcuna delle sue fisime. Vedesse dentro: è un concentrato della Fiera di Milano, a meno del fracasso, naturalmente. Lei cammina solo su poliuretano espanso, spesso un metro, come un saltatore con l'asta: scalza, beninteso, e avvolta in veli di nylon. Niente luce diurna: solo tubi a catodo freddo, rosa viola e celesti; un'orgia di falsi cieli di metacrilato, false stelle fisse di hastelloy, falsa musica delle sfere fatta sull'organo elettronico, false visioni Tv in circuito chiuso, false estasi farmacologiche, e un Primo Mobile di pyrex che è costato tre milioni al metro quadrato. È insopportabile, insomma: ma quando uno è personaggio di Dante, qui è tabú. A mio parere, è una situazione tipicamente mafiosa: perché Paolo e Francesca devono continuare a fare all'amore indisturbati (e mica solo nel turbine, mi creda), mentre i Poveri Amanti hanno un mucchio di difficoltà coi guardaparco? Perché Cacciaguida nello chalet in cima alla collina, e Somacal, che già ne ha viste tante, giú nella baracca che non prende mai il sole?

A furia di parlare, James aveva perso il fiato, e insieme la strada. – Bisognerà domandare a qualcuno.

– Lei conosce tutti, qui?

– Quasi tutti ci conosciamo fra noi: in fondo, non siamo poi tanti.

Bussò alla porta di una capanna di legno: dal camino usciva fumo, e dalle pareti un canto marziale fortemente ritmato, ma si ritrasse poco dopo. – Sono gentili, ma non si muovono mai di casa, e non hanno saputo darmi indicazioni: sono anche un po' timidi. Chi sono? I tedescotti di *Niente di nuovo a occidente*: Tjaden, Kat, Leer e tutti gli altri; anche Paul Bäumer, naturalmente. Vado spesso a trovarli: che bravi ragazzi! Hanno avuto fortuna a venire qui da giovani, se no, chissà quanti di loro avrebbero dovuto riprendere le armi vent'anni dopo, e rimetterci la pelle o l'anima.

Fortunatamente, incontrarono poco dopo Babalaci, che sapeva tutto: dov'era lo chalet di François, che c'era in effetti un letto libero, da quanto tempo era libero, il perché e il percome, tutti quelli con cui François aveva fatto questione di recente, e tutte le donne che aveva ricevuto.

Da quelle parti il cielo era color del piombo, tirava un vento umido e rabbioso che ululava come un lupo attorno alle cantonate, ed anzi, quando lo chalet fu in vista, incominciò addirittura a nevicare: neve sporca, grigia di fuliggine, che scendeva di traverso, entrava negli occhi e toglieva il respiro. Antonio non vedeva l'ora di trovarsi al riparo, ma James gli disse che era meglio se lo aspettava fuori, un po' discosto: François era un tipo lunatico, e lui preferiva bussare alla porta da solo, che non si vedessero facce nuove.

Antonio si riparò alla meglio: c'era lí accanto un cumulo di botti sfasciate, entrò in un tino, e aspettò accovacciato che James tornasse. Lo vide bussare, aspettare due buoni minuti, bussare nuovamente: le tendine erano chiuse, ma dal comignolo usciva fumo abbondante, e quindi qualcuno in casa ci doveva pur essere.

James bussò una terza volta, e finalmente la porta fu aperta. James sparí all'interno, e Antonio si accorse di essere molto stanco, e cominciò a domandarsi se sarebbe stato possibile fare un bagno caldo: in riva al Congo aveva sudato parecchio, la polvere gli si era appiccicata sotto gli abiti, e adesso il sudore gli si stava raffreddando addosso in modo sgradevole. Ma non ebbe molto da attendere: la porta si spalancò come se in casa un cannone avesse sparato, e subito dopo il dignitoso e composto James fu proiettato fuori come un bolide, e venne ad approdare fra le doghe, poco lontano dal provvisorio domicilio di Antonio. Si rialzò e si rassettò rapidamente:

– Non... non gradisce di essere disturbato. Poi sono capitato in un brutto momento, stava con alcuni amici da prendere con le molle: c'era anche Marion l'Ydolle, la Grosse Margot, Jehanne de Bretaigne e due o tre altre ragazze; una mi è parsa la Pulzella d'Orléans. Senta, per l'avvenire vedremo, ma per stanotte venga a dormire con me: non c'è molto spazio, ma le cedo volentieri il lettino, e per me un materasso in terra va benissimo.

Antonio si ambientò nel Parco con sorprendente facilità. Entro poche settimane, già aveva stretto amicizia coi suoi vicini, tutta gente cordiale, o per lo meno varia ed interessante: Kim col suo Lama, Ifigenia in Aulide, Ettore Fieramosca, Tommasino Puzzilli che si era fidanzato con Moll Flanders, il giovane Holden, il commissario Ingravallo, Aljoša con La Pia, il sergente Griša con Lilian Aldwinkle, Bel Ami, Alberto da Giussano che stava con la Vergine Cammilla, il professor Unrat con l'Angelo Azzurro, Leopold Bloom, Mordo Nahum, Justine con Dracula, sant'Agostino con la Suora Giovane, i due cani Flush e Buck, Baldus che non passava per le porte, Benito Cereno, Lesbia accasata con Paolo il Caldo, Tristram Shandy che pure aveva solo due anni e mezzo, Teresa Raquin e Barbablú. Alla fine del mese arrivò Portnoy, lamentoso e crasso: nessuno lo poteva sopportare, ma nel giro di pochi giorni prese domicilio nella casa di Semiramide, e subito corse voce che le cose fra loro andavano a gonfie vele.

Antonio si era accasato con Orazio, e ci si trovava bene: questi aveva abitudini ed orari diversi dai suoi, ma era pulito, discreto e ordinato, e lo aveva accolto con gioia; inoltre, aveva una quantità di storie curiose da raccontare, e le raccontava con un brio da incantare. A sua volta, poi, Orazio pareva non fosse mai sazio di ascoltare Antonio: gli interessava tutto, ed era al corrente anche dei fatti piú recenti. Era un ottimo ascoltatore: interrompeva di rado, e solo con domande intelligenti.

Tre anni circa dopo il suo ingresso, Antonio notò un fatto sorprendente. Quando casualmente levava le mani contro il sole, o anche contro una lampada forte, la luce le attraversava come se fossero di cera; poco dopo, osservò che si svegliava piú presto dell'usato al mattino, e si accorse che ciò avveniva perché anche le palpebre erano piú trasparenti; anzi, entro pochi giorni divennero trasparenti in misura tale che Antonio distingueva i contorni degli oggetti anche ad occhi chiusi.

Lí per lí non diede peso alla cosa, ma verso la fine di maggio notò che l'intera scatola cranica gli si stava facendo diafana. Era una sensazione bizzarra ed inquietante: come se il suo campo visivo si stesse allargando, non solo lateralmente, ma anche in alto, in basso e all'indietro. Percepiva ormai la luce da qualunque direzione provenisse, e presto fu in grado di distinguere ciò che avveniva alle sue spalle. Quando, a metà giugno, si accorse che vedeva la sedia su cui era seduto, e l'erba sotto i suoi piedi, Antonio comprese che il suo tempo era giunto, la sua memoria estinta e la sua testimonianza compiuta. Provava tristezza, ma non spavento né angoscia. Si congedò da James e dai nuovi amici, e sedette sotto una quercia ad attendere che la sua carne e il suo spirito si risolvessero in luce e in vento.

Psicofante

Noi siamo un gruppo di amici piuttosto esclusivo. Siamo legati, uomini e donne, da un vincolo serio e profondo, ma vecchio e scarsamente rinnovato, che consiste nell'aver vissuto insieme anni importanti, e nell'averli vissuti senza troppe debolezze. In seguito, come avviene, le nostre vie sono andate divergendo, alcuni di noi hanno commesso dei compromessi, altri si sono feriti a vicenda, volontariamente o no, altri ancora hanno disimparato a parlare o hanno perso le antenne; tuttavia, proviamo piacere a ritrovarci: abbiamo fiducia l'uno nell'altro, ci stimiamo reciprocamente, e di qualunque argomento trattiamo, ci accorgiamo con gioia di parlare pur sempre lo stesso linguaggio (qualcuno lo chiama gergo), anche se non sempre le nostre opinioni coincidono. I nostri figli mostrano una precoce tendenza ad allontanarsi da noi, però sono legati fra di loro da un'amicizia simile alla nostra, il che ci sembra strano e bello, perché è avvenuto spontaneamente, senza che noi intervenissimo. Adesso costituiscono un gruppo che sotto molti aspetti riproduce il nostro di quando avevamo la loro età.

Ci professiamo aperti, universalisti, cosmopoliti; tali ci sentiamo nel nostro intimo, e disprezziamo intensamente ogni forma di segregazione per censo, casta o razza, eppure, di fatto, il nostro gruppo è cosí chiuso che, pur essendo generalmente stimato dagli «altri», nel corso di trent'anni non ha accettato che pochissime reclute. Per motivi che stento a spiegarmi, e di cui comunque non vado fiero, ci sembrerebbe innaturale accogliere qualcuno che abiti a nord di corso Regina Margherita, o ad ovest di corso Racconigi. Non tutti coloro fra noi che si sono sposati hanno visto accettato il loro coniuge; risultano in genere preferite le coppie endogame, che non sono poche. Ogni tanto, qualcuno si fa un amico esterno e se lo porta dietro, ma è raro che questo si integri; per lo piú, viene invitato una, due volte, e trattato benevolmente, ma la volta successiva non c'è, e la serata viene dedicata a studiarlo, commentarlo e classificarlo.

Un tempo, ciascuno di noi, a turni irregolari, riceveva tutti gli altri. Poi sono venuti i figli, alcuni sono andati ad abitare fuori città, altri hanno in casa i genitori e non li vogliono disturbare; cosí, attualmente, è rimasta solo Tina a tenere salotto. Tina tiene salotto volentieri, e quindi bene; ha vini buoni e ottima roba da mangiare, è viva e curiosa, ha sempre cose nuove da raccontare e le racconta con garbo, sa mettere la gente a suo agio, le interessano i fatti altrui e li ricorda con precisione, giudica con severità ma vuol bene a quasi tutti. La si sospetta di intrattenere rapporti con altri gruppi, ma a lei (e solo a lei) questa infedeltà viene perdonata di buon grado.

Suonò il campanello ed entrò Alberto, tardi come di consueto. Quando Alberto entra in una casa sembra che la luce si ravvivi: tutti si sentono di migliore umore, e anche piú in salute, perché Alberto è uno di quei medici che fanno guarire i malati solo guardandoli e parlandogli insieme. Dai clienti amici (e poche persone al mondo hanno tanti amici quanto Alberto) non si lascia pagare, e perciò riceve ogni anno a Natale una valanga di regali. Quella sera aveva appunto appena ricevuto un regalo, ma diverso dalle solite bottiglie di vini pregiati e dai soliti inutili accessori per l'auto: era un regalo inconsueto, che gli bruciava tra le mani, e aveva pensato di inaugurarlo con noi, perché pareva si trattasse di una specie di gioco di società.

Tina non si oppose, però era facile accorgersi che non vedeva la cosa di buon occhio: forse si sentiva esautorata, e temeva che le redini della serata le sfuggissero di mano. Ma è arduo resistere ai desideri di Alberto, che sono moltissimi, imprevedibili, allegri ed impellenti: quando Alberto vuole una cosa (e questo accade ogni quarto d'ora), riesce in un attimo a farla volere da tutti, e perciò si muove sempre alla testa di uno sciame di seguaci. Li porta a mangiare lumache a mezzanotte, o a sciare al Breithorn, o a vedere un film ardito, o in Grecia a Ferragosto, o a casa sua a bere mentre Miranda dorme o a trovare qualcuno che non lo aspetta per niente ma che lo riceve ugualmente a braccia aperte, lui, e tutti quelli che sono con lui, e quegli altri o altre che ha raccattato strada facendo. Alberto disse che dentro la scatola c'era uno strumento che si chiamava Psicofante, e che davanti ad un nome come quello non si poteva esitare.

In un batter d'occhio fu sgomberato un tavolo, tutti ci sedemmo attorno, ed Alberto aprí la scatola. Ne estrasse un oggetto largo e piatto, formato da un vassoio rettangolare di plastica trasparente che poggiava su di uno zoccolo di metallo verniciato di nero; questo zoccolo sporgeva di una trentina di centimetri oltre uno dei lati corti del vassoio, e sulla sporgenza era ricavata una cavità poco profonda che riproduceva la forma di una mano sinistra. C'era un cavo e una spina: la inserimmo nella presa di corrente, e mentre l'apparecchio si riscaldava Alberto lesse ad alta voce le istruzioni per l'impiego; queste erano molto vaghe, e scritte in pessimo italiano, ma in sostanza venivano a dire che il gioco, o il passatempo, consisteva nel mettere la mano sinistra nella cavità: sul vassoio sarebbe apparso quanto le istruzioni definivano goffamente «l'immagine interiore» del giocatore.

Tina rise: – Sarà come quei pesciolini di cellofane che vendevano prima della guerra: li mettevi sul palmo della mano, e a seconda se si accartocciavano, o vibravano, o cadevano a terra, se ne ricavava il tuo carattere. O come fare m'ama non m'ama con la margherita –. Miranda disse che, se le cose stavano cosí, lei si sarebbe fatta monaca piuttosto che mettere la mano nell'incavo. Altri dissero altre cose, nacque un po' di baccano, io dissi che, se si vogliono vedere miracoli a buon patto, tanto vale andare in piazza Vittorio; altri invece si disputavano il primo esperimento, altri ancora designavano questo o quello, e questo e quello si schermivano con vari pretesti. A poco a poco prevalse il partito di quelli che proponevano di mandare Alberto in avanscoperta. Alberto non chiedeva di meglio: prese posto davanti all'apparecchio, mise la sinistra nell'incavo, e con la destra premette il pulsante.

Si fece silenzio ad un tratto. Nel vassoio si formò dapprima una piccola chiazza rotonda, arancione, simile a un tuorlo d'uovo. Poi gonfiò, si allungò verso l'alto, e l'estremità superiore si dilatò acquistando l'aspetto del cappello di un fungo; sparse su tutta la superficie comparvero molte macchiette poligonali, alcune verde smeraldo, altre scarlatte, altre grigie. Il fungo cresceva a vista d'occhio, e quando fu alto una spanna divenne debolmente luminoso, come se dentro avesse una fiammella che pulsasse a ritmo: emanava un odore gradevole ma pungente, simile a quello della cannella.

Alberto tolse il dito dal pulsante, ed allora la pulsazione si arrestò, e il bagliore si estinse a poco a poco. Eravamo in dubbio se l'oggetto si potesse toccare o no: Anna disse che era meglio non farlo, perché certo si sarebbe disfatto immediatamente; anzi, che forse non esisteva neppure, era una pura illusione dei sensi, come un sogno o un'allucinazione collettiva. Nelle istruzioni non c'era alcun accenno su quel che si potesse o dovesse fare con le immagini, ma Henek osservò saviamente che toccarlo bisognava pure, se non altro per sgomberare il vassoio: era assurdo che l'apparecchio si potesse usare una volta sola. Alberto distaccò il fungo dal vassoio, lo esaminò con cura, e si dichiarò soddisfatto; anzi, disse che si era sempre sentito arancione, fin da bambino. Ce lo passammo di mano in mano: aveva una consistenza soda ed elastica, ed era tiepido al tatto. Giuliana lo chiese in regalo: Alberto glielo cedette di buon grado, dicendo che tanto era sempre in tempo a farsene degli altri. Henek gli fece notare che forse sarebbero venuti diversi, ma Alberto disse che non gli importava.

Molti insistevano perché provasse Antonio. Antonio è ormai soltanto un membro onorario del nostro gruppo, perché da molti anni abita lontano, ed era fra noi quella sera solo in occasione di un viaggio d'affari: eravamo curiosi di vedere che cosa avrebbe fatto nascere sul vassoio perché Antonio è diverso da noi, piú risoluto, piú interessato al successo e al guadagno; queste erano virtú che noi neghiamo ostinatamente di avere, come se fossero vergognose.

Per un minuto buono non successe nulla, e già qualcuno cominciava a sogghignare, ed Antonio a sentirsi a disagio.

Poi si vide spuntare dal piano del vassoio una barretta metallica a sezione quadrata: cresceva lentamente e regolarmente, come se provenisse dal di sotto già bella e formata. Presto ne spuntarono altre quattro, disposte a croce intorno alla prima; si formarono quattro ponticelli che le congiunsero con questa; e poi, via via, apparvero altre barrette, tutte di ugual sezione, alcune verticali ed altre orizzontali, ed alla fine sul vassoio stava un piccolo grazioso edificio lucente, dall'aspetto solido e simmetrico. Antonio lo percosse con una matita, e quello risuonò come un diapason, emettendo una nota lunga e pura che si estinse lentamente.

– Io non sono d'accordo, – disse Giovanna.

Antonio sorrideva tranquillo. – Perché? – chiese.

– Perché tu non sei cosí. Non hai tutti gli angoli retti, non sei d'acciaio, e hai anche qualche saldatura incrinata.

Giovanna è la moglie di Antonio, e gli vuole molto bene. A noi pareva che non fosse il caso di fare tutte quelle riserve, ma Giovanna disse che nessuno poteva conoscere Antonio meglio di lei, che gli viveva insieme da vent'anni. Non le demmo molto ascolto, perché Giovanna è una di quelle mogli che hanno l'abitudine di denigrare i mariti in loro presenza e pubblicamente.

L'oggetto-Antonio appariva radicato nel vassoio, ma se

ne staccò netto ad una debole trazione, e non era neppure cosí pesante come sembrava. Poi toccò ad Anna, che si agitava sulla sedia per l'impazienza, e andava dicendo che un apparecchio cosí lei lo aveva sempre desiderato, e che diverse volte lo aveva perfino visto in sogno: solo che il suo creava simboli in grandezza naturale.

Anna mise la mano sulla lastra nera. Tutti guardavamo il vassoio, ma sul vassoio non si vedeva nulla. Ad un tratto, Tina disse: – Guardate, è là sopra! – Infatti, a mezzo metro d'altezza si vedeva una nuvoletta di vapore rosa-viola, grossa quanto un pugno: lentamente, si dipanò come un gomitolo, e si allungò verso il basso emanando numerose cortine verticali trasparenti. Cambiava forma di continuo: divenne ovale come un pallone da rugby, pur conservando sempre quel suo aspetto diafano e delicato, poi si divise in anelli sovrapposti fra i quali scoccavano scintille crepitanti, ed infine si contrasse, si ridusse alle dimensioni di una noce, e scomparve con uno scoppietto.

– Molto bello, e anche rispondente, – disse Giuliana.

– Sí, – disse Giorgio: – ma quello che imbarazza, in questo affare, è che non sai mai che nome dare alle sue creature. Sono sempre mal definibili.

Miranda disse che era meglio cosí: sarebbe stato sgradevole trovarsi rappresentati da un mestolo, o da un piffero, o da una carota. Giorgio aggiunse che, pensandoci bene, non avrebbe potuto essere diversamente: – Questi... queste creature, insomma, non hanno nome perché sono individui, e dell'individuo non c'è scienza, né classificazione. Anche in loro, come in noi, l'esistenza precede l'essenza.

La nuvola-Anna era piaciuta a tutti, ma non ad Anna medesima, che anzi era rimasta piuttosto male:

– A me non pare di essere trasparente cosí. Ma forse è perché stasera sono stanca e ho le idee confuse.

Ugo fece nascere una sfera di legno nero levigato, che ad un piú attento esame risultò costituita da una ventina di pezzi che si incastravano fra loro con esattezza; Ugo la smontò e non riuscí piú a ricomporla. Ne fece un involtino e disse che avrebbe riprovato il giorno dopo, che era una domenica.

Claudio è timido, ed acconsentí alla prova solo dopo molte insistenze. Dapprima, e ancora sul vassoio non si vedeva niente, si percepí nell'aria un odore famigliare ma inaspettato: lí per lí stentammo a definirlo, ma era indubbiamente un odore di cucina. Subito dopo si sentí uno sfrigolio, e il fondo del vassoio si coprí di un liquido che ribolliva e fumava; dal liquido emerse un poligono piatto e bigio che, al di là di ogni ragionevole dubbio, era una grossa costoletta alla milanese con contorno di patate fritte. Ci furono commenti stupiti, perché Claudio non è né un buongustaio né un uomo vorace, anzi, di lui e della sua famiglia noi siamo soliti dire che sono privi di apparato digerente.

Claudio era arrossito, e si guardava intorno con imbarazzo. – Come sei diventato rosso! – esclamò Miranda, per il che Claudio divenne quasi viola; poi aggiunse, rivolta a noi: – Macché simbolo e simbolo. Si vede benissimo che questo coso è uno screanzato, e ha voluto insultare Claudio: dire a uno che è una costoletta è insultarlo. Queste sono cose da prendere alla lettera, io lo sapevo che prima o poi ci sarebbe cascato. Alberto, io se fossi in te lo renderei a chi te l'ha regalato.

Nel frattempo Claudio era riuscito a recuperare il fiato necessario per parlare, e disse che non era diventato rosso perché si sentisse insultato, ma per un altro motivo, talmente interessante che quasi quasi ce lo avrebbe raccontato, benché fosse un suo segreto che finora non aveva mai confessato a nessuno, neppure a Simonetta. Disse che lui aveva, non proprio un vizio o una perversione, ma insomma una singolarità. Disse che, fin da quando era ragazzo, le donne, tutte, gli sono lontane: non ne sente la vicinanza e l'attrazione, non le percepisce come creature di sangue e di carne, se non le ha vedute almeno una volta nell'atto di mangiare. Quando questo avviene, prova per loro una tenerezza intensa, e quasi sempre si innamora di loro. Era chiaro che lo psicofante aveva voluto alludere a questo: a suo parere, era uno strumento straordinario.

– Ti sei innamorato anche di me? – chiese Adele con serietà.

– Sí, – rispose Claudio: – È successo quella sera che abbiano cenato tutti a Pavarolo. C'era la fonduta coi tartufi.

Anche Adele fu una sorpresa. Non appena ebbe posato il dito sul pulsante, si udí un «pop» netto, come quando salta il tappo di una bottiglia, e sul vassoio comparve una massa fulva, informe, tozza, vagamente conica, fatta di un materiale ruvido, friabile, arido al tatto. Era grossa come tutto il vassoio, anzi, sporgeva perfino un poco. Vi erano incastrate tre sfere bianche e grigie: ci accorgemmo subito che erano tre occhi, ma nessuno osò dirlo, né comunque commentare, perché Adele ha avuto un'esistenza irregolare, dolorosa e difficile. Adele rimase turbata: – Io sono quella? – chiese, e ci accorgemmo che i suoi occhi (quelli veri, voglio dire) si erano riempiti di lacrime. Henek cercò di venirle in aiuto:

– È impossibile che un apparecchio ti dica chi sei, perché tu non sei nulla. Tu, e tutti, mutiamo di anno in anno, di ora in ora. Poi: chi sei tu? quella che credi di essere? o quella che vorresti essere? o quella che gli altri ti credono? E quali altri? ognuno ti vede diversa, ognuno dà di te una versione sua personale.

Miranda disse: – A me questo arnese non piace, perché è un ficcanaso. Secondo me, interessa quello che uno fa, non quello che uno è. Uno è i suoi atti, passati e presenti: niente altro.

A me invece l'apparecchio piaceva. Non mi importava se dicesse il vero o mentisse, ma traeva dal nulla, inventava: trovava, come un poeta. Misi la mano sulla piastra ed attesi senza diffidenza. Sul vassoio comparve un granello lucido, che si accrebbe a formare un cilindretto grosso quanto un ditale; continuò a crescere, e in breve raggiunse le dimensioni di un barattolo, ed allora si vide che era proprio un barattolo, e piú precisamente un barattolo di vernice, litografato esternamente a righe di colori vivaci; tuttavia non pareva che contenesse vernice, perché a scuoterlo ticchettava. Mi incitarono ad aprirlo, e dentro c'erano diverse cose che allineai davanti a me sul tavolo. Un ago, una conchiglia, un anello di malachite, vari biglietti usati di tram, treni, vaporetti ed aerei, un compasso, un grillo morto e uno vivo, e un pezzetto di brace, che però si spense quasi subito.

Recuenco: la Nutrice

Sinda si era levato alla prima luce per portare le capre al pascolo. Intorno al villaggio, in un raggio di due ore di cammino, da molti anni non cresceva piú un filo d'erba: solo rovi e cactus, cosí aspri che perfino le capre li rifiutavano. Sinda non aveva che undici anni, ma nel villaggio lui solo ormai poteva andare in pastura; gli altri erano bambini, o troppo vecchi, o malati, o talmente indeboliti che riuscivano a stento a trascinarsi fino al ruscello. Prese con sé una zucca piena d'infuso di crescione e due fette di formaggio, che gli dovevano bastare fino a sera. Aveva già radunato le capre sulla piazza quando vide Diuka, sua sorella, che usciva dalla capanna stropicciandosi gli occhi: voleva venire al pascolo con lui. Pensò che il formaggio era poco, ma pensò anche che il giorno era lungo, il pascolo lontano, e il silenzio lassú troppo profondo: cosí la prese con sé.

Salivano da un'ora quando sorse il sole. Le capre non erano che ventotto, tutte quelle del villaggio. Sinda lo sapeva, e le sapeva anche contare: le teneva d'occhio, che non si smarrissero e non si azzoppassero giú per i dirupi. Diuka lo seguiva in silenzio; si fermavano ogni tanto a raccogliere more, e qualche chiocciola ridestata dalla rugiada della notte. Mangiare chiocciole non si deve, ma Sinda aveva già provato diverse volte e non gli era mai venuto mal di ventre; aveva insegnato a Diuka come si faceva a cavarle dal guscio, ed era sicuro che Diuka non lo avrebbe tradito.

In cielo non c'era una nuvola, ma ristagnava una foschia abbagliante: non c'era vento (non c'era mai vento), e l'aria era umida e calda come in un forno da pane. Proseguirono per il sentiero, superarono il costone che delimitava la vale, e videro il mare, velato di bruma, lucido fermo e lontano. Era un mare senza pesci, buono solo per il sale: la salina era abbandonata ormai da dieci anni, ma sale se ne poteva ancora cavare, benché misto a sabbia. Sinda c'era stato una volta, con suo padre, molti anni prima; poi suo padre era partito a caccia e non era piú ritornato. Il sale, adesso, lo portavano qualche volta i mercanti, ma poiché nel villaggio non c'era nulla con cui scambiarlo, venivano sempre piú di rado.

Sinda vide nel mare qualcosa che non aveva mai visto. Vide dapprima, proprio sulla linea dell'orizzonte, una piccola gobba luminosa, rotonda e bianca; come una minuscola luna, ma non poteva essere la luna: quella vera, quasi piena e coi margini netti, l'aveva vista tramontare solo un'ora prima. La mostrò a Diuka, ma senza molto interesse: nel mare ci sono tante cose, che entrambi avevano sentito descrivere attorno al fuoco; navi, balene, mostri, piante che crescono dal fondo, pesci feroci, anche anime di morti annegati. Cose che vengono e vanno e non ci riguardano, perché il mare è vanità e apparenza maligna: è un'immensa radura che sembra porti dappertutto e non porta in nessun luogo; sembra liscio e solido come una corazza d'acciaio, e invece non regge il piede, e se ti ci avventuri affondi. È acqua e non la puoi bere.

Proseguirono il cammino: ormai la salita era finita, e il pascolo era in vista, poco piú alto di loro, a un'ora di cammino. I due ragazzi e le capre avanzavano per un tratturo ben battuto, in mezzo a una nuvola di polvere gialla, di tafani e di odore ammoniacale. A intervalli, Sinda osservava il mare, alla sua sinistra, e si accorse che quella cosa stava cambiando aspetto. Adesso era tutta fuori dell'orizzonte, era piú vicina, e sembrava uno di quei funghi globosi che si incontrano ai margini dei sentieri, e a toccarli si squarciano e soffiano un fiato di polvere bruna; ma in realtà doveva essere molto grossa, e a guardarla bene si vedeva che i suoi contorni erano sfumati come quelli delle nuvole. Pareva anzi che ribollisse, che cambiasse continuamente forma, come la schiuma del latte quando sta per traboccare; e diventava sempre piú grossa e piú vicina. Poco prima che raggiungessero il pascolo, e quando già le capre si sbandavano per brucare certi cardi fioriti, Sinda si rese conto che la cosa viaggiava diretta verso di loro. Allora gli vennero in mente certi racconti che aveva sentiti dai vecchi, e creduti solo a mezzo come si credono le favole: raccomandò le capre a Diuka, le promise che, lui o altri, sarebbero venuti prima di sera a riprenderle, e si avviò di corsa verso il villaggio. Dal villaggio, infatti, il mare non si vedeva: ne era separato da una catena di balze scoscese, e Sinda correva perché sperava-temeva che la cosa fosse la Nutrice, che viene ogni cento anni e porta la sazietà e la strage; voleva dirlo a tutti, che si preparassero, e voleva anche essere stato il primo a portare l'annuncio.

C'era una scorciatoia, nota a lui solo, ma non la prese perché gli avrebbe tolto la vista del mare troppo presto. Poco prima che Sinda raggiungesse il costone, la cosa appariva enorme, da togliere il respiro: la cima era alta fino al cielo, e dalla cima pioveva acqua a torrenti verso la base, e altra acqua si avventava verso la cima. Si sentiva come un tuono continuo, un rombo-fischio-scroscio da gelare il sangue nelle vene. Sinda si arrestò un attimo, e provò il bisogno di gettarsi a terra e adorare; ma si fece forza, e si precipitò giú per la discesa, sgraffiandosi fra i rovi, inciampando nei sassi, cadendo e rialzandosi. Adesso non si vedeva piú niente, ma il rombo si sentiva, e quando Sinda giunse al villaggio tutti lo sentivano, ma non sapevano cos'era, e lui Sinda invece lo sapeva, e stette in mezzo alla piazza ebbro e insanguinato accennando con le braccia che tutti venissero e ascoltassero, perché la Nutrice stava arrivando.

Vennero prima pochi, poi tutti. Vennero i molti, troppi bambini, ma non era di loro che c'era bisogno. Vennero le vecchie, e le giovani che parevano vecchie, sulle soglie delle loro capanne. Vennero gli uomini dagli orti e dai campi, col passo lento e slombato di chi non conosce che la zappa e l'aratro; e venne infine anche Daiapi, quello che Sinda piú attendeva.

Ma Daiapi stesso, che pure era il piú vecchio del villaggio, non aveva che cinquant'anni, e perciò non poteva sapere per esperienza propria che cosa si deve fare quando la Nutrice viene. Non aveva che ricordi vaghi, ricavati dai ricordi appena meno vaghi trasmessi a lui da chissà quale altro Daiapi, e poi consolidati, cementati e distorti da innumerevoli ripetizioni accanto al fuoco. La Nutrice, di questo era certo, era già venuta altre volte al villaggio: due volte, o forse anche tre o piú, ma delle visite piú antiche, se pure ve n'erano state, ogni memoria si era perduta. Ma di certo Daiapi sapeva, e con lui tutti sapevano, che quando viene, viene cosí, all'improvviso, dal mare, in mezzo a un turbine, e non si ferma che pochi istanti, e getta cibo dall'alto, e bisogna essere pronti in qualche modo perché il cibo non vada disperso. Sapeva ancora, o gli pareva di sapere, che essa varca i monti e i mari come un lampo, attratta verso là dove si ha fame. Per questo non si ferma mai: perché il mondo è sconfinato, e la fame è in molti luoghi fra loro lontani, e appena saziata rinasce come i germogli delle male piante.

Daiapi aveva poche forze e poca voce, ma anche se avesse avuto la voce del monsone non avrebbe potuto farla sentire per entro il fracasso che veniva dal mare, e che ormai aveva riempito la valle, tanto che ad ognuno pareva di essere sordo. Con l'esempio e coi gesti, fece sí che tutti portassero all'aperto tutti i recipienti di cui disponevano, piccoli e grandi; poi, mentre già il cielo si oscurava, e la pianura era spazzata da un vento mai visto, prese un piccone e una pala e cominciò a scavare febbrilmente, subito imitato da molti. Scavarono con tutte le loro forze, con gli occhi pieni di sudore e gli orecchi pieni di tuono: ma erano riusciti a malapena a scavare sulla piazza una fossa grande come una tomba, quando la Nutrice superò le colline come una nuvola di ferro e di fragore, e rimase librata a picco sopra le loro teste. Era piú grande dell'intero villaggio, e lo coprí con la sua ombra. Sei trombe d'acciaio, rivolte verso il basso, vomitavano sei uragani sui quali la macchina si sosteneva, quasi immobile; ma l'aria scaraventata a terra travolgeva la polvere, i sassi, le foglie, gli steccati, i tetti delle capanne, e li disperdeva in alto e lontano. I bambini fuggirono, o furono soffiati via come la pula; gli uomini resistettero, avvinghiati agli alberi ed ai muri.

Videro la macchina scendere lentamente; in mezzo ai turbini di polvere giallastra, qualcuno sostenne di aver intravisto figure umane sporgersi dall'alto a guardare: chi disse due, chi tre. Una donna affermò di aver udito voci, ma non umane: erano metalliche e nasali, e cosí forti che superavano lo strepito.

Quando le sei trombe furono a pochi metri dai culmini delle capanne, dal ventre della macchina uscirono sei tubi bianchi, che rimasero penzoloni nel vuoto: ed ecco, a un tratto dai tubi scaturí in bianchi getti l'alimento, il latte celeste. I due tubi centrali gettavano entro la fossa, ma intanto un diluvio di alimento cadeva a casaccio su tutto il villaggio, ed anche al di fuori, trascinato e polverizzato dal vento delle trombe. Sinda, in mezzo al trambusto, aveva trovato un truogolo, che aveva servito un tempo come abbeveratoio per le bestie: lo trascinò sotto uno dei tubi, ma fu pieno in un attimo, e il liquido traboccò a terra imbrattandogli i piedi. Sinda lo assaggiò: sembrava latte, anzi crema, ma non era. Era denso e insipido, e saziava in un momento: Sinda vide che tutti lo ingoiavano avidamente, raccogliendolo da terra con le mani, con le pale, con foglie di palma.

Risuonò dal cielo un rumore, forse un suono di corno, o forse un ordine pronunciato da quella fredda voce meccanica, ed il flusso cessò di colpo. Subito dopo, il rombo e il vento si gonfiarono oltre misura, e Sinda fu soffiato via a rotoloni in mezzo alle pozze vischiose; la macchina si sollevò, dapprima a perpendicolo, poi obliquamente, e in pochi minuti si nascose dietro le montagne.

Sinda si rimise in piedi e si guardò intorno: il villaggio non sembrava piú il suo villaggio. Non solo la fossa traboccava, ma il latte colava denso per tutti i vicoli in pendio, e grondava dai pochi tetti che avevano resistito. La parte bassa del villaggio era allagata: due donne erano affogate, e cosí pure molti conigli e cani, e tutti i polli. A galla sul liquido furono trovati centinaia di fogli di carta stampata, tutti uguali: portavano in alto a sinistra un segno rotondo, che forse rappresentava il mondo, e poi seguiva un testo diviso in articoli, e ripetuto in diversi caratteri e in diverse lingue, ma nessuno del villaggio sapeva leggere. Sul rovescio del foglio era una ridicola serie di disegni: un uomo nudo e magro, accanto un bicchiere, ancora accanto l'uomo che beveva il bicchiere, e infine lo stesso uomo, ma non piú magro; piú sotto, un altro uomo magro, accanto un secchio, poi l'uomo che beveva dal secchio, e infine lo stesso uomo coricato a terra, con gli occhi sbarrati, la bocca spalancata e il ventre esploso.

Daiapi comprese subito il significato dei disegni, e convocò gli uomini sulla piazza, ma era troppo tardi: nei due giorni successivi otto uomini e due donne morirono, lividi e gonfi. Fu fatto un inventario, e si vide che, senza contare il latte che era andato perduto o si era mescolato con la terra o col letame, ne rimaneva ancora abbastanza per nutrire l'intero villaggio per un anno. Daiapi dispose che al piú presto si cuocessero giare e si cucissero otri di pelle di capra, perché temeva che il latte della fossa si corrompesse a contatto con il terreno.

Solo quando fu notte, Sinda, stordito da tutte le cose viste e fatte, e intorpidito dal latte bevuto, si ricordò di Diuka rimasta all'alpeggio con le capre. Partí all'alba dell'indomani, portando con sé una zucca colma di cibo, ma trovò le capre disperse, e quattro ne mancavano, e anche Diuka mancava. La ritrovò poco dopo, ferita e spaventata, ai piedi di un dirupo, insieme con le quattro bestie morte: le aveva soffiate giú il vento della Nutrice, quando aveva sorvolato il pascolo.

Qualche giorno dopo, una vecchia, ripulendo il suo cortile dalle croste di latte seccato dal sole, rinvenne un oggetto mai visto prima. Era lucido come l'argento, piú duro della selce, lungo un piede, stretto ed appiattito; ad una estremità era arrotondato a formare un disco con un grosso intacco esagonale; l'altra estremità costituiva come un anello, il cui foro, largo due dita, aveva la forma di una stella a dodici punte ottuse. Daiapi ordinò che si costruisse un tabernacolo di pietra sul masso erratico che stava presso il villaggio, e che l'oggetto vi fosse conservato per sempre, a ricordo del giorno della visita della Nutrice.

Recuenco: il rafter

Sospesa a pochi metri sopra le onde, la piattaforma scivolava veloce, vibrando e ronzando debolmente. Nell'abitacolo, Himamoto dormiva, Kropivà badava alla radio e scriveva, e Farnham stava ai comandi. Farnham era quello che si annoiava di piú, perché pilotare un rafter vuol dire pilotare un bel niente: stai alla ruota ma non la devi toccare, guardi l'altimetro e l'ago non si sposta di un filo, sorvegli la girobussola ma è ferma come di pietra; quando c'è da cambiare rotta (che capita di rado, perché un rafter va sempre diritto) ci pensano quegli altri laggiú. Tutto quello che devi fare è stare attento che non si accenda una delle spie gialle dell'emergenza, ma Farnham navigava sui rafter ormai da otto anni, e non aveva mai visto accendersi una spia gialla, né aveva mai sentito raccontare, alla mensa piloti, che una spia gialla si fosse mai accesa. Insomma, è come fare il guardiano notturno. Non è un lavoro da uomo: è un mestiere noioso come fare la calza. Farnham, per non addormentarsi, fumava una sigaretta dopo l'altra, e recitava a mezza voce una poesia. Piuttosto che una poesia era una canzoncina, in cui, in versi molto facili da ricordare, erano condensate tutte le prescrizioni da seguire nel caso, inverosimile e quasi comico, che appunto una spia gialla si fosse accesa. Tutti i piloti dovevano sapere a memoria la canzoncina dell'emergenza.

Farnham veniva dai jets, e a bordo di un rafter si sentiva come in pensione, si mortificava e si vergognava anche un poco. D'accordo, era un servizio utile anche quello, ma come dimenticare certe missioni sulla giungla coi B 28, due, tre viaggi al giorno, e delle volte anche di notte, coi fuochi dei ribelli che occhieggiano tra il fogliame, sei mitragliere che sputano fiamme, e venti tonnellate di bombe a bordo? Ma, appunto, allora aveva quindici anni di meno: quando i riflessi si fanno un po' lenti, ti sbattono nei rafter.

Se almeno Himamoto si fosse svegliato: ma no, quello dormiva sempre tutte le sue otto ore. Con la scusa che pativa la nausea, si riempiva di pillole, e appena smontava dal suo quarto si addormentava come un masso. Bisogna sapere che un rafter non è mica poi tanto veloce: ci mette trentacinque o quaranta ore buone per traversare l'Atlantico, e quando è a pieno carico, cioè con duecentoquaranta tonnellate di latte a bordo, è maneggevole come un tranvai nell'ora di punta.

Anche a guardare fuori non c'era molto gusto. Era ancora notte fonda, il cielo era coperto; nei fasci di luce dei fari, davanti e dietro, non si vedevano che onde gonfie e pigre, e il diluvio monotono dell'acqua sollevata dalle sei soffierie, che ricadeva a scroscio sulla piattaforma, grande quanto un campo da tennis, e sulla cabina assurdamente piccola.

Si sentiva Himamoto russare. Russava in un modo irritante: prima leggero leggero, quasi come un sospiro, poi a un tratto sparava un grugnito secco, sconcio, e si fermava come se fosse morto; ma no, dopo un minuto di silenzio angoscioso ricominciava da capo. Era il primo viaggio che Farnham faceva con Himamoto, e lo trovava gentile e gradevole da sveglio, e insopportabile da addormentato. Da sveglio, Himamoto era simpatico perché era giovane, aveva poca esperienza di navigazione, ed era disposto a sostenere con diligenza e ingenuità la parte del discepolo: ora, poiché invece Farnham teneva molto a far mostra della sua esperienza, i due andavano abbastanza d'accordo, e il quarto migliore era quello in cui Kropivà dormiva. Ecco perché Farnham non vedeva l'ora che arrivassero le sei.

Al contrario di Himamoto, Kropivà gli piaceva addormentato e gli dava noia da sveglio. Da sveglio, era un pignolo mostruoso: Farnham, che aveva girato il mondo parecchio, non aveva mai incontrato un russo cosí, e si domandava dove l'Organizzazione lo avesse potuto scovare. Forse in qualche ufficio amministrativo sperduto nella tundra, o fra il personale ferroviario o carcerario. Non beveva, non fumava, non parlava che a monosillabi, e faceva conti tutto il tempo. Farnham qualche volta aveva dato un'occhiata ai fogli che Kropivà lasciava in giro, e aveva visto che contava tutto: quanti anni, mesi e giorni gli mancavano per andare in pensione; quanti dollari gli avrebbero dato, fino ai cents e ai centesimi di cent; e a quanti rubli e copeche quei dollari corrispondevano, al cambio nero e a quello ufficiale. Quanto costava ogni minuto e ogni miglio di viaggio del rafter, in carburante, paghe, manutenzione, assicurazione, ammortamento: come se il rafter fosse stato suo. Quanto avrebbe preso di stipendio il prossimo mese: quella lista vertiginosa di items, che lui Farnham si cacciava in tasca senza neppure guardarla, affascinava Kropivà, che si dilettava a calcolarla in anticipo, compreso tutto, gli assegni familiari, il rimborso mensa agli scali, la maggiorazione per il passaggio della linea di data, l'indennità per i quarti di notte, per le ore straordinarie, per il lavoro disagiato, per il clima tropicale e per quello glaciale, per i giorni festivi; e con tutte le trattenute, per le tasse, la mutua e la pensione. Tutte cose belle e giuste, ma a Farnham sembrava stupido e meschino passarci la giornata: come se non ci fosse il centro meccanografico, o se lavorasse sbagliato. Era fortuna che Kropivà non parlasse, ma anche cosí la sua presenza dava a Farnham un disagio confuso.

Alle sei in punto Farnham svegliò Himamoto, e Kropivà se ne andò in cuccetta senza neanche dire crepa. In poppa, attraverso la pioggia delle soffierie, si vedeva il cielo farsi sereno, e illuminarsi di una tenue luce verde che annunciava il giorno. Farnham andò alla radio e Himamoto, ancora pieno di sonno, sedette alla ruota. Almeno,

adesso si potevano scambiare quattro parole.
- Fra quanto arriviamo? - chiese Himamoto.
- Fra tre o quattro ore.
- E... come si chiama quel posto?
- Recuenco. È la terza volta che me lo chiedi.
- Lo so, ma lo dimentico sempre.
- Poco male: un posto vale l'altro. A Recuenco dobbiamo mollare cinquanta tonnellate.
- Devo mettere a zero il contatore?
- Già fatto, mentre tu dormivi. A proposito: lo sai che russi come un diavolo?
- Non è vero, - protestò Himamoto con dignità: - io non russo affatto.
- La prossima volta mi porto dietro il registratore, - minacciò Farnham bonariamente. Himamoto si lavò, si rase con uno splendido rasoio a mano libera (si vede che al suo paese usava cosí) e andò a prelevarsi un caffè caldo e un panino dal distributore. Diede un'occhiata a Kropivà: - Dorme già, - constatò con un'ombra di soddisfazione nella voce.
- È un tipo un po' strano, - disse Farnham. - Ma va bene anche cosí: ne ho visti tanti, ed è meglio lui di quelli che bevono o prendono la polverina o fanno baldoria a tutti gli scali. Come lui non ce n'è un altro, per controllare il carico e lo scarico del latte e del cherosene, tutti quegli impicci doganali, e il rendiconto alla base. Perché sai, delle volte si torna con monete di cinque o sei valute diverse, e bisogna rendere conto fino al centesimo, e per queste cose lui è straordinario: vale tre computers -. «La concordia e la stima reciproca a bordo prima di tutto», pensava intanto.

Dietro di loro si stava levando il sole, e subito gli apparvero intorno due fulgidi arcobaleni concentrici. - Oh bello! Molto bello! - esclamò Himamoto: il suo inglese era fluido e corretto, ma gli mancavano i termini per esprimere i moti dell'animo.

- Sí, è bello, - rispose Farnham: - ma è sempre uguale, a ogni alba e a ogni tramonto: ci si fa l'abitudine. Viene dall'acqua che i motori sollevano. Anche il sole sembra bagnato, vedi?

Ci fu una mezz'ora di silenzio. Himamoto, appunto perché sapeva di essere distratto, sorvegliava la rotta e gli strumenti con attenzione concentrata. Si vide una traccia sullo schermo radar, a venti miglia in prua: Himamoto, istintivamente, afferrò la ruota.

– Non preoccuparti, – disse Farnham, – fa tutto lui. Infatti, senza sussulti e senza strappi il rafter virò spontaneamente a diritta, aggirò la nave o relitto o iceberg che fosse, poi ritornò ponderosamente alla via.

– Di', – disse Himamoto, – tu non l'hai mai assaggiato?

– Non sa di niente, – rispose Farnham.

Dopo qualche minuto, Himamoto insistette: – Vorrei assaggiarlo lo stesso: poi a casa mi chiederanno.

– Niente di male: ma prova adesso, allora, mentre lui dorme, se no è capace di farti fare il buono di prelievo.

– Da dove si tira?

– Dal rubinetto sotto al depuratore. Ma non c'è nessun gusto, ti dico: sa di carta asciugante. Vai, sto io al comando.

Himamoto estrasse un bicchiere di plastica dal distributore e andò al rubinetto, incespicando fra tubi e valvole dipinti di colori vivaci.

– Beh, non è né buono né cattivo. Però riempie lo stomaco.

– Si capisce: non è roba per noi. È buona per quelli che hanno fame. Fanno pena, i bambini specialmente: anche tu li avrai visti, in film, al corso di preparazione. Ma in fondo è gente che non merita altro, perché sono fannulloni, imprevidenti e buoni a nulla. Non vorrai che gli portiamo champagne.

Suonò una cicala, e un quadro verde si illuminò davanti a Farnham. – Perdinci! Il cuore me lo diceva. Un'altra richiesta, urgente: Shangeehaydhang, Filippine: chissà come diavolo si pronuncia. 12° 5' 43" Nord, 124° 48' 46" Est. Fatti coraggio: niente week-end a Rio. È all'altro capo del mondo.

- Allora perché lo segnalano a noi?
- Si vede che, malgrado tutto, siamo i piú vicini, o i piú scarichi, o gli altri tre sono sotto rifornimento. Sta di fatto che ci tengono sempre in giro: e si capisce, perché un rafter costa piú di una missione lunare, e il latte costa quasi niente. È per questo che ci lasciano solo tre minuti per scaricarlo: anche se se ne spreca un poco, non importa; l'essenziale è che non si perda tempo.
- È peccato che se ne sprechi. Io, da piccolo, la fame l'ho conosciuta.
- Se ne spreca quasi sempre. Qualche volta si riesce a metterli sull'avviso via radio, e viene fuori un bel lavoro, svelto e pulito; ma nella maggior parte dei casi la radio non sanno neppure cosa sia, come questi che andiamo a rifornire adesso, e allora ci si arrangia come si può.

Sulla loro sinistra si andava disegnando un banco di nuvole, dietro a cui si intravvedeva una catena di montagne: emergeva un'alta cima conica coperta di neve.

- Io ci sono stato, una volta, là dove lo fanno: non è molto lontano di qui. C'è una foresta sterminata, grande come tutto il Texas, e un super-rafter che va e viene in mezzo. A mano a mano che avanza, falcia tutte le piante davanti a sé, e si lascia dietro una scia vuota larga trenta metri. Le piante vanno a finire dentro la stiva, vengono sminuzzate, cotte, lavate con un acido, e se ne cavano le proteine, che sono appunto il latte; noi lo chiamiamo cosí, ma il nome ufficiale è FOD. Il resto della pianta serve a fornire energia alla macchina stessa. È un bel lavoro; vale la pena di andare a vedere, e non è neanche difficile: ogni due anni organizzano un viaggio-premio per i piloti senza penalità. Ho fatto anche delle foto: alla base te le mostro. È un viaggio guidato, ti spiegano tutto, anche la faccenda dei detector che sentono l'acetone nell'atmosfera, vicino ai centri dove c'è gente affamata, e trasmettono i segnali ai computer della base.

Pochi minuti dopo entrambi videro una larga barriera disegnarsi sullo schermo radar: era a sole sette miglia, ma la bruma che copriva il mare impediva di vederla. – Ci siamo, – disse Farnham: – forse è meglio se prendo io i comandi; tu vedi di svegliare Kropivà.

Si sentí aumentare la vibrazione della piattaforma; allo stesso momento il diluvio intorno a loro cessò di colpo, e fu sostituito da una nuvola turbinosa di polvere giallastra, sabbia e brandelli di fogliame. Divenne visibile una catena di balze scoscese: Farnham sollevò il rafter in quota di sicurezza, e pochi istanti dopo, in una breve pianura brulla, apparve il villaggio di Recuenco, una cinquantina di capanne di fango e di pietra grigia, coi tetti di foglie di palma. Minuscole figure umane strisciavano in tutti i sensi, come formiche in un formicaio scoperchiato: alcune armeggiavano con pale e picconi. Farnham arrestò il rafter a picco sopra la piazza: l'ombra della piattaforma copriva interamente il villaggio. – Andiamo fuori, – disse.

Calzarono le tute e gli occhiali ed uscirono tutti e tre: furono percossi dal calore, dal frastuono e dal vento come da una mazzata. Potevano comunicare fra loro solo a gesti, o attraverso gli altoparlanti: nonostante le tute, sentivano sassi e schegge grandinare loro addosso. Aggrappandosi ai mancorrenti, Farnham si trascinò fino ai comandi esterni, e si avvide che i bulloni che fissavano il pannello alla tolda erano allentati: urlò a Himamoto di prendere la chiave da 24, e a Kropivà di prepararsi a lanciare il latte e i volantini. Fece scendere la macchina finché le sei trombe furono a pochi metri sopra le capanne, poi fece uscire i tubi dagli alloggiamenti. Guardando giú dalla ringhiera, attraverso i vortici di polvere soffocante vide che in mezzo alla piazza era stata scavata una fossa, e manovrò in modo che almeno i due tubi centrali vi si trovassero sopra a piombo; poi disse a Himamoto di serrare bene i bulloni del pannello, e a Kropivà di iniziare lo scarico.

In meno di due minuti il contatore si fermò sui 50 000 litri; Kropivà arrestò il flusso e lanciò i volantini con le istruzioni, che si dispersero in tutte le direzioni come uccelli spaventati. Farnham imballò le soffierie, il rafter si sollevò dapprima a perpendicolo, poi obliquamente, un po' piú leggero e docile di prima, e cominciò a superare una barriera di montagne desolate. In mezzo alle pietraie, Farnham vide un piccolo altopiano verde, in cui pascolava un gregge di capre: non c'era altro di vivo, né altro verde, per decine di miglia intorno.

Kropivà compilò il modulo dello scarico, lo timbrò, lo firmò e lo fece firmare dagli altri due, poi si rimise a dormire; Himamoto riprese i comandi, ma subito si batté una mano sulla fronte: – La chiave! – disse, e senza tuta né occhiali uscí di volata sulla piattaforma. Rientrò poco dopo: – Non c'è piú, dev'essere caduta fuori bordo.

– Non importa, – disse Farnham: – c'è quella di ricambio – Kropivà disse: – Bisogna fare il verbale di smarrimento. Mi rincresce, ma te la devo trattenere sullo stipendio.

Il fabbro di se stesso

A Italo Calvino

È meglio essere chiari fin dall'inizio: io che vi parlo sono oggi un uomo, uno di voi. Non sono diverso da voi viventi che in un punto: ho memoria migliore della vostra.

Voi dimenticate quasi tutto. Lo so, c'è chi sostiene che nulla veramente si cancella, che ogni conoscenza, ogni sensazione, ogni foglia di ogni albero fra quanti ne avete visti dall'infanzia, giace in voi, e può essere evocata in eventi eccezionali, in seguito a un trauma, a una malattia mentale, forse anche nel sogno. Ma che ricordi sono questi, che non obbediscono al vostro richiamo? A cosa vi servono?

Piú solida è quell'altra memoria, quella che sta inscritta nelle vostre cellule, per cui i vostri capelli biondi sono il ricordo (sí, il «souvenir», il ricordo fatto materia) di innumerevoli altri capelli biondi, fino al giorno remoto in cui il seme di un vostro avo sconosciuto si è mutato dentro di lui, senza di lui, senza che lui lo sapesse. Queste cose le avete registrate, «recorded»: le ricordate bene, ma, ripeto, a che serve ricordare senza evocare? Non è questo il senso del verbo «ricordare», quale viene comunemente pronunciato e inteso.

Per me è diverso. Io ricordo tutto: voglio dire, tutto quanto mi è accaduto dall'infanzia. Posso riaccenderne in me la memoria quando desidero, e raccontarlo. Ma anche la mia memoria cellulare è migliore della vostra, anzi è piena: io ricordo tutto quanto è avvenuto ad ognuno dei miei avi, in linea diretta, fino al tempo piú remoto. Fino al tempo, credo, in cui il primo dei miei avi ebbe in dono (o si fece dono di) un encefalo differenziato. Perciò, il mio dire «io» è piú ricco del vostro, e si sprofonda nel tempo. Tu, lettore, avrai certo conosciuto tuo padre, o saprai comunque molto di lui. Avrai forse conosciuto tuo nonno, meno probabilmente il tuo bisnonno. Alcuni pochi fra voi possono risalire nel tempo per cinque o dieci generazioni, attraverso documenti, testimonianze o ritratti, e vi trovano uomini, diversi da loro nei costumi, carattere e linguaggio, pure ancora uomini. Ma diecimila generazioni? O dieci milioni di generazioni? Quale dei vostri antenati in linea maschile non sarà piú uomo ma quasi-uomo? Metteteli in fila e guardateli: quale non è piú uomo ma altro? Quale non piú mammifero? E qual era il suo aspetto?

«Io» so tutto questo, ho fatto e subito tutto quanto i miei avi hanno fatto e subito, perché io ho ereditato le loro memorie, e pertanto io sono loro. Uno di loro, il primo, mutò felicemente acquistando questa virtú della memoria ereditaria, e l'ha trasmessa fino a me, cosicché/affinché io possa oggi dire «io» con questa inusitata ampiezza.

So anche il come e il perché di ogni variazione, piccola o grande. Ora, se io so che una cosa deve essere fatta, voglio farla, ed essa si fa, non è come se io l'avessi fatta, non l'ho fatta io? Se l'aurora mi abbaglia, ed io voglio chiudere gli occhi, e gli occhi mi si chiudono, non ho io chiuso gli occhi? Ma se mi occorre staccare il ventre dalla madre terra, se lo voglio staccare, ed esso nei millenni si stacca, ed io non ho piú strisciato ma ho camminato, non è questa opera mia? Io sono il fabbro di me stesso, e questo è il mio diario.

– 10^9. Ieri l'acqua è scesa di altri due millimetri. Non posso mica restare in acqua in permanenza: questo l'ho capito da un pezzo. D'altra parte, attrezzarsi per la vita aerea è un lavoraccio. Si fa presto a dire: «allénati, vai a riva, introflétti le branchie»: c'è una quantità di altri impicci. Le gambe, per esempio: bisognerà che me le calcoli con dei buoni margini di sicurezza, perché qui dentro io non peso niente o quasi, anzi, per meglio dire peso quanto voglio, ma una volta a riva avrò tutto il mio peso da amministrare. E la pelle?

– 10^8. Mia moglie si è messa in capo di tenersi le uova in corpo. Dice che sta studiando il sistema di allevare i piccoli in una qualche cavità del suo stesso organismo, e poi, una volta che siano autonomi, di metterli fuori. Ma non se la sente di separarsi da loro cosí, tutto ad un tratto: dice che soffrirebbe troppo, e che ha in mente un alimento completo, zuccheri, proteine, vitamine e grassi, e conta di fabbricarlo lei stessa. È chiaro che dovrà limitare di molto il numero dei piccoli, ma mi ha fatto capire che, a suo parere, sarebbe meglio avere cinque o dieci figli invece che dieci o centomila, però allevarli a dovere, fino a che se la sappiano cavare veramente. Si sa come sono le femmine: quando si tratta dei piccoli, non intendono ragione, per loro si butterebbero nel fuoco, o si lascerebbero divorare. Anzi, si lasciano proprio divorare: mi hanno parlato poco fa di un coleottero del tardo Permiano; ebbene, il primo alimento delle larve è proprio il cadavere della madre. Spero che mia moglie non si abbandonerà a certi eccessi, ma intanto questa faccenda, che lei mi va raccontando un pezzo alla volta per non scandalizzarmi, a conti fatti viene a valere poco di meno. Stasera mi ha annunciato che è riuscita a modificare sei ghiandole epiteliali, e a farne uscire qualche goccia di un liquido bianco che le sembra adatto allo scopo.

– 5×10^7. Siamo approdati: non c'erano molte scelte, il mare è sempre piú freddo e salato, e poi si sta riempiendo di bestie che non mi piacciono tanto, pesci coi denti, lunghi piú di sei metri, e altri piú piccoli, ma velenosi o molto voraci. Però, mia moglie ed io abbiamo deciso di non tagliarci i ponti alle spalle: non si sa mai, forse un giorno ci potrà fare comodo ritornare in acqua. Cosí, io ho pensato bene di conservare lo stesso peso specifico dell'acqua di mare, per il che ho dovuto ingrassare un poco per compensare il peso delle ossa. Ho anche cercato di mantenere il plasma alla stessa tensione osmotica dell'acqua marina, e press'a poco con la stessa composizione ionica. I vantaggi, anche mia moglie li ha riconosciuti: quando facciamo il bagno per lavarci o per tenerci in esercizio, galleggiamo senza difficoltà, possiamo immergerci senza sforzo, e la pelle non ci si raggrinza.

A stare all'asciutto, c'è del buono e del meno buono. È piú scomodo, ma anche piú divertente e piú stimolante. Per la locomozione, posso ben dire che si tratta ormai di un problema risolto: ho provato prima a strisciare sulla sabbia come quando si nuota, poi addirittura ho riassorbito le pinne, che mi davano piú noia che altro. Poteva andare, ma non si raggiungevano velocità soddisfacenti, ed era difficile spostarsi per esempio sulla roccia liscia. Per ora, cammino ancora strisciando sul ventre, ma conto di farmi qualche gamba fra poco, non so ancora se due o quattro o sei.

Piú stimolante, dicevo: si vedono e si sentono piú cose, odori, colori, suoni; si diventa piú versatili, piú pronti, piú intelligenti. È proprio per questo che terrei molto a portare un giorno o l'altro la testa eretta: dall'alto si vede piú lontano. Poi ho anche un progettino che riguarda gli arti anteriori, e spero di potermene occupare presto.

Quanto alla pelle, ho dovuto constatare che è troppo corta per poterla usare come organo di respirazione: peccato, ci contavo. Ma mi è riuscita molto bene ugualmente: è morbida, porosa e insieme quasi impermeabile, resiste magnificamente al sole, all'acqua e all'invecchiamento, si pigmenta facilmente, e contiene una quantità di ghiandole e di terminazioni nervose. Non credo che mi occorrerà piú cambiarla, come facevo fino a poco tempo fa: non è piú un problema.

Dove invece il problema c'è, e grosso, e balordo, è nella questione della riproduzione. Mia moglie fa presto a dire: pochi figli, gravidanza, allattamento. Io cerco di assecondarla, perché le voglio bene, e poi perché il grosso del lavoro tocca a lei: ma, quando ha deciso di convertirsi al mammiferismo, non si è certo resa conto dello sconquasso che stava combinando.

Io gliel'avevo detto: – Fai attenzione, i figli a me non importa che siano alti tre metri, né che pesino mezza tonnellata, né che siano capaci di stritolare coi denti un femore di bisonte: io i figli li voglio coi riflessi pronti e i sensi bene sviluppati, e soprattutto svegli e pieni di fantasia, che magari col tempo siano capaci di inventare la ruota e l'alfabeto. Cosí dovranno avere il cervello un po' abbondante, e quindi il cranio grosso, e allora come faranno a uscire quando sarà il momento di nascere? Finirà che partorirai con dolore. Ma lei, quando ha un'idea in capo, non c'è santi. S'è data da fare, ha provato diversi sistemi, ha fatto anche fiasco diverse volte, e alla fine ha poi scelto la soluzione piú semplice: si è allargato il bacino (adesso ce l'ha piú largo del mio), e il cranio del ragazzino lo ha fatto molle e come snodato; insomma, magari con qualche aiuto, a partorire adesso se la cava, almeno nove volte su dieci. Però con dolore: in questo, lo ha ammesso anche lei, ho avuto ragione io.

– 2×10^7. Caro diario, oggi l'ho scampata bella: un bestione, non so come si chiami, è uscito da una palude e mi ha rincorso per quasi un'ora. Non appena ho ripreso un po' di fiato, mi sono deciso; in questo mondo è imprudente andare in giro disarmati. Ci ho pensato su, ho fatto qualche schizzo, poi ho scelto. Mi sono fatto una bella corazza di scudi ossei, quattro corna sulla fronte, un'unghia per dito, e otto spine velenose in cima alla coda. Voi non ci crederete, ma ho fatto tutto soltanto con carbonio, idrogeno, ossigeno e azoto, oltre a un pizzico di zolfo. Sarà una mia fissazione, ma non mi piacciono le novità, in fatto di materiali da costruzione: i metalli, per esempio, non mi dànno affidamento. Forse è perché non so tanto bene la chimica inorganica: mi trovo molto piú a mio agio col carbonio, i colloidi e le macromolecole.

– 10^7. A terra, fra le tante novità, ci sono le piante. Erbe, cespugli, alghe, alberi alti trenta o cinquanta metri: tutto è verde, tutto germoglia e cresce e si squaderna al sole. Sembrano stupide, eppure rubano l'energia al sole, il carbonio all'aria, i sali alla terra, e crescono per mille anni senza filare né tessere né scannarsi a vicenda come noi.

C'è chi mangia le piante, e c'è chi sta a guardare e poi si mangia chi mangia le piante. Per un verso è piú comodo perché con quest'ultimo sistema si ingozzano alla svelta molecole belle e grosse senza perdere tempo in sintesi che mica tutti sono capaci di fare; per un altro, è una vita dura perché a nessuno piace essere mangiato, e quindi ciascuno si difende meglio che può, sia coi mezzi classici (come me), sia con sistemi piú fantasiosi, per esempio cambiando colore, dando la scossa o puzzando. I piú sempliciotti si allenano a scappare.

Io, per me, ho stentato un poco ad abituarmi all'erba ed alle foglie: ho dovuto allungarmi l'intestino, sdoppiarmi lo stomaco, poi ho perfino fatto un contratto con certi protozoi che ho incontrato per via; io me li tengo al caldo dentro la pancia, e loro demoliscono la cellulosa per conto mio. Al legno, poi, non mi sono abituato affatto: che è un peccato, perché ce n'è in abbondanza.

Dimenticavo di raccontare che da un pezzo posseggo un paio d'occhi. Non è stata propriamente un'invenzione, ma una catena di piccole malizie. Mi sono fatto prima due macchiette nere, ma distinguevano solo la luce dal buio: era chiaro che mi occorrevano delle lenti. Da principio ho cercato di farmele di corno, o di un qualche polisaccaride, ma poi ci ho ripensato e ho deciso di farle d'acqua, che in fondo era poi l'uovo di Colombo: l'acqua è trasparente, costa poco, e la conosco molto bene; anzi, io stesso quando sono uscito dal mare (non ricordo se l'ho già scritto qui), mi sono portato dietro un buon due terzi d'acqua: e fa perfino un po' ridere questo 70 per cento d'acqua che sente, pensa, dice «io» e scrive un diario. Insomma, a farla breve, le lenti d'acqua sono venute benissimo (gli ho solo dovuto aggiungere un po' di gelatina): sono perfino riuscito a farle con fuoco variabile e a completarle con un diaframma, e non ho usato neppure un milligrammo di elementi diversi dai quattro a cui mi sono affezionato.

– 5 × 10^6. A proposito di alberi: a furia di viverci in mezzo, e occasionalmente anche sopra, hanno cominciato a piacerci, a mia moglie e a me: voglio dire, a piacerci non piú solo come fonte di cibo, ma sotto diversi altri aspetti. Sono bellissime strutture, ma di questo parleremo un'altra volta; sono anche un portento d'ingegneria, e poi sono quasi immortali. Chi dice che la morte è inscritta nella vita non ha pensato a loro: ad ogni primavera ritornano giovani. Bisogna che io ci pensi su con calma: non potrebbero essere loro il miglior modello? Pensate: mentre scrivo, ho qui davanti a me una quercia, trenta tonnellate di buon legno compatto; ebbene, sta in piedi e cresce da trecento anni, non deve nascondersi né fuggire, nessuno la divora e non ha mai divorato nessuno. Non basta: respirano per noi, me ne sono accorto di recente, e poi su di loro si può abitare al sicuro.

Ieri, anzi, mi è capitato un fatto curioso. Mi stavo guardando le mani e i piedi, cosí, oziosamente: ormai, tanto per intenderci, sono fatti su per giú come i vostri. Ebbene, sono fatti per gli alberi. Con l'indice e il pollice, posso fare un cerchio adatto ad afferrare un ramo grosso fino a cinque centimetri; se è grosso fino a quindici, ci arrivo con le due mani, pollice contro pollice, dita contro dita, e fanno ancora un cerchio perfetto. Per rami piú grandi ancora, fino a cinquanta o sessanta centimetri, ci arrivo cosí, con le due braccia contro il petto. Lo stesso, all'incirca, si può dire per le gambe e i piedi: la mia volta plantare è il calco di un ramo.

«Ma sei tu che l'hai voluto!» direte. Certo: però non ci avevo fatto caso, sapete come succede a volte. Perché, è vero che mi sono fatto da me, però ho cambiato diversi modelli, ho fatto vari esperimenti, e a volte mi succede che dimentico di cancellare certi dettagli, soprattutto quando non mi dànno noia; o magari li conservo deliberatamente, come si fa coi ritratti degli antenati: per esempio, ho un ossicino nel padiglione dell'orecchio, che non mi serve piú a niente, perché è un pezzo che le orecchie non ho piú bisogno di orientarle; ma ci tengo moltissimo, e non lo lascerei atrofizzare per tutto l'oro del mondo.

– 10[6]. L'avevamo capito da un pezzo, mia moglie ed io, che camminare è una soluzione, ma camminare a quattro gambe è una soluzione solo a mezzo. È chiaro: uno alto come me, e che stia eretto, domina un orizzonte di una dozzina di chilometri di raggio, cioè quasi ne è il signore. Ma c'è di piú: le mani restano libere. Le ho già, ma finora non avevo ancora pensato ad usarle per altro che per arrampicarmi sugli alberi; bene, ora mi sono accorto che con qualche piccola modifica mi potranno servire per diversi altri lavoretti che avevo in programma da tempo.

A me piacciono le comodità e le novità. Si tratta, ad esempio, di strappare rami e foglie, e farmene un giaciglio e un tetto; di affilare una conchiglia contro una lastra d'ardesia, e con la conchiglia affilata levigare un ramo di frassino, e col ramo ben liscio e appuntito abbattere un alce; e con la pelle dell'alce farmi una veste per l'inverno e una coperta per la notte; e con le ossa fare un pettine per mia moglie, e per me un punteruolo e un amuleto, e un piccolo alce per mio figlio, che ci giochi e impari a cacciare. Ho anche notato che, facendo le cose, te ne vengono in mente altre, a catena: spesso ho l'impressione di pensare piú con le mani che col cervello.

Con le mani, non che sia facile, ma si può anche scheggiare una selce, e legare la scheggia in cima a un bastone, e insomma farsi un'ascia, e con l'ascia difendere il mio territorio, o magari anche allargarlo; in altri termini, sfondare la testa di certi altri «io» che mi stanno fra i piedi, o corteggiano mia moglie, o anche soltanto sono piú bianchi o piú neri o piú pelosi o meno pelosi di me, o parlano con accento diverso.

Ma qui questo diario può anche finire. Con queste mie ultime trasformazioni ed invenzioni, il piú è ormai compiuto: da allora, nulla di essenziale mi è piú successo, né penso mi debba piú succedere in avvenire.

Il servo

Nel ghetto, la sapienza e la saggezza sono virtú a buon mercato. Sono talmente diffuse che anche il ciabattino e il facchino le potrebbero vantare, e appunto non le vantano: quasi non sono neppure piú virtú, come non è virtú lavarsi le mani prima di mangiare. Perciò, pur essendo sapiente e saggio piú d'ogni altro, il rabbino Arié di Praga non doveva la sua fama a queste qualità, ma ad un'altra piú rara, e questa era la sua forza.

Era forte quanto un uomo può esserlo, nello spirito e nella carne. Di lui si racconta che difese gli ebrei da un pogrom, senz'armi, ma solo col vigore delle sue grandi mani; si racconta inoltre che si sposò quattro volte, che quattro volte rimase vedovo, e che procreò un gran numero di figli, uno dei quali fu progenitore di Carlo Marx, di Franz Kafka, di Sigmund Freud e di Alberto Einstein, e di tutti coloro che nel vecchio cuore dell'Europa inseguirono la verità per vie ardite e nuove. Si sposò per la quarta volta a settant'anni; aveva settantacinque anni, ed era rabbino di Mikulov in Moravia, luogo santo, quando accettò la nomina a rabbino di Praga; ne aveva ottanta quando di sua mano si scolpí ed eresse il sepolcro che ancora oggi è oggetto di pellegrinaggio. Questo sepolcro ha sull'alto dell'arca una fenditura: chi vi lascia cadere un biglietto con su scritto un desiderio, sia egli ebreo, cristiano, mussulmano o pagano, lo vede esaudito entro l'anno. Il rabbino Arié visse fino a centocinque anni, in pieno vigore di corpo e di spirito, e ne aveva novanta quando intraprese di costruire un Golem.

Costruire un Golem, in sé, non è impresa di gran conto, e molti l'hanno tentata. Infatti, un Golem è poco piú che un nulla: è una porzione di materia, ossia di caos, racchiusa in sembianza umana o bestiale, è insomma un simulacro, e come tale non è buono a nulla; è anzi un qualcosa di essenzialmente sospetto e da starne alla larga, poiché sta scritto «non ti farai immagini e non le adorerai». Il Vitello d'Oro era un Golem; lo era Adamo, ed anche noi lo siamo.

La differenza fra i Golem sta nella precisione e nella completezza delle prescrizioni che sovraintesero al loro costruirsi. Se si dice soltanto: «Prendi duecentoquaranta libbre d'argilla, dà loro forma d'uomo, e porta il simulacro alla fornace affinché si figga», ne verrà un idolo, come li fanno i gentili. Per fare un uomo, la via è piú lunga, perché le istruzioni sono piú numerose: ma non sono infinite, essendo inscritte in ogni nostro minuscolo seme, e questo il rabbino Arié lo sapeva, poiché si era visti nascere e crescere intorno figli numerosi, ed aveva considerato le loro fattezze. Ora, Arié non era un bestemmiatore, e non si era proposto di creare un secondo Adamo. Non intendeva costruire un uomo, bensí un po'el, o vogliamo dire un lavoratore, un servo fedele e forte e di non troppo discernimento: ciò insomma che nella sua lingua boema si chiama un robot. Infatti, l'uomo può sí (e talora deve) faticare e combattere, ma queste non sono opere propriamente umane. A queste imprese è buono un robot, appunto: qualcosa di un po' piú e di un po' meglio dei fantocci campanari, e di quelli che vanno in processione quando suonano le ore, sulla facciata del Municipio di Praga.

Un servo, ma che fosse forte quanto lui era, erede della sua forza, e che fosse di difesa e di aiuto al popolo d'Israele quando i giorni di lui Arié fossero giunti alla fine. Per ottenere questo, occorrevano dunque istruzioni piú complesse di quelle che ci vogliono per fare un idolo che sogghigni immobile nella sua nicchia, ma non altrettanto complesse di quelle che occorrono per «essere come Dio» e creare il secondo Adamo. Queste istruzioni, non occorre che tu le cerchi nel turbine del cielo stellato, né nella sfera di cristallo, né nel vaniloquio dello spirito di Pitone: sono già scritte, stanno nascoste nei libri della Legge, a te basta scegliere, cioè leggere, eleggere. Non una lettera, non un segno dei rotoli della Legge è a caso: a chi vi sa leggere, tutto appare distinto, ogni impresa passata, presente e futura, la formula e il destino dell'umanità e di ogni uomo, e i tuoi, e quelli di ogni carne, fino al verme cieco che tenta la sua via per mezzo il fango. Arié calcolò, e trovò che la formula del Golem, quale lui lo avrebbe voluto, non sarebbe stata tale da valicare le facoltà umane. La si poteva scrivere in 39 pagine, tante quanti erano stati i suoi figli: la coincidenza gli fu gradita.

Rimaneva la questione del divieto di farsi immagini. Come è noto, si deve «far siepe alla Legge», e cioè, è prudente interpretare precetti e divieti nel loro senso piú vasto, perché un errore dovuto a eccessiva diligenza non porta danno, mentre una trasgressione non si risana piú: non esistono espiazioni. Tuttavia, forse per la lunga convivenza coi gentili, nel ghetto di Praga era prevalsa un'interpretazione indulgente. Non ti farai immagini di Dio, perché Dio non ha immagine, ma perché non ti dovresti fare immagini del mondo intorno a te? Perché l'immagine del corvo dovrebbe tentarti all'idolatria piú del corvo stesso, fuori dei tuoi vetri, nero e insolente in mezzo alla neve? Perciò, se ti chiami Wolf, ti sia lecito disegnare un lupo sulla porta della tua casa, e se ti chiami Bear, un orso. Se hai la ventura di chiamarti Kohn, e quindi di appartenere alla famiglia dei benedicenti, perché non dovresti fare scolpire due mani benedicenti sul tuo architrave, e (il piú tardi possibile) sulla tua pietra tombale? E se invece sei un qualunque Fischbaum, ti accontenterai di un pesce, magari capovolto, intrappolato fra i rami di un albero; o di un melo da cui pendono aringhe invece di mele. Se poi sei un Arié, cioè un leone, ti si addice uno scudo in cui è scolpito un leoncello scarmigliato che balza al cielo quasi a sfidarlo, con la bocca che digrigna e gli artigli sguainati, in tutto simile agli innumerevoli leoni che si scelgono ad insegna i gentili in mezzo a cui tu vivi.

Il rabbino Arié-Leone iniziò dunque la sua opera in serenità di spirito, nella cantina della sua casa in Strada Larga. L'argilla gli veniva portata di notte da due discepoli, insieme con l'acqua della Moldava, e col carbone per alimentare il forno. Giorno per giorno, anzi notte per notte, il Golem andava prendendo forma, e fu pronto nell'anno 1579 dell'Era Volgare, 5339° della Creazione; ora, 5339 non è proprio un numero primo, ma quasi, ed è il prodotto di 19, che è il numero del sole e dell'oro, per 281, che è il numero delle ossa che compongono il nostro corpo.

Era un gigante, ed aveva figura umana dalla cintola in su. Anche a questo c'è un perché: la cintura è una frontiera, solo al di sopra della cintura l'uomo è fatto a immagine di Dio, mentre al di sotto è bestia; per questo, l'uomo savio non deve dimenticare di cingerla. Al di sotto della cintura il Golem era veramente Golem, cioè un frammento di caos: dietro alla cotta di maglia, che pendeva fino a terra a guisa di grembiale, non si intravedeva che un intrico robusto d'argilla, di metallo e di vetro. Le sue braccia erano nodose e forti come rami di quercia; le mani, nervose ed ossute, Arié le aveva modellate sulle sue proprie. Il viso non era veramente umano, ma piuttosto leonino, perché un soccorritore deve incutere spavento, e perché Arié aveva voluto firmarsi.

Questa fu dunque la figura del Golem, ma il piú restava da fare, poiché gli mancava lo spirito. Arié esitò a lungo: avrebbe dovuto donargli il sangue, e col sangue tutte le passioni della bestia e dell'uomo? No, essendo il suo servo smisuratamente forte, il dono del sangue sarebbe stato incauto; Arié voleva un servo fidato, non un ribelle. Gli negò il sangue, e col sangue il Velle, la curiosità di Eva, il desiderio d'intraprendere; ma gli infuse altre passioni, e gli fu facile, perché non ebbe che da attingere entro se stesso. Gli donò la collera di Mosè e dei profeti, l'obbedienza di Abramo, la protervia di Caino, il coraggio di Giosuè, e finanche un poco della follia d'Achab; ma non la santa astuzia di Giacobbe, né il senno di Salomone, né la luce di Isaia, perché non voleva crearsi un rivale.

Perciò, al momento decisivo, quando si trattò di infondere nel cranio leonino del servo i tre principî del movimento, che sono il Noùs, l'Epithymia e il Thymòs, Arié distrusse le lettere dei primi due, e scrisse su di una pergamena soltanto quelle del terzo; aggiunse sotto, in grossi caratteri di fuoco, i segni del nome ineffabile di Dio, arrotolò la pergamena e la introdusse in un astuccio d'argento. Cosí il Golem non ebbe mente, ma ebbe coraggio e forza, e la facoltà di destarsi a vita solo quando l'astuccio col Nome gli veniva introdotto fra i denti.

Quando si venne al primo esperimento, ad Arié tremavano le vene come mai prima. Infilò il Nome nella sua sede, e gli occhi del mostro si accesero e lo guardarono. Si attendeva che gli chiedesse: «Che vuoi da me, o Signore?», ma udí invece un'altra domanda che non gli era nuova, e che gli suonò piena d'ira: «Perché prospera l'empio?» Allora comprese che il Golem era suo figlio, e provò gioia, e insieme temette davanti al Signore; perché, come sta scritto, la gioia dell'ebreo è con un briciolo di spavento.

Arié non fu deluso dal suo servo. Quando, privo del Nome, riposava nel sotterraneo della sinagoga, era del tutto inerte, un blocco d'argilla esanime, e non aveva bisogno di fieno né di biada; quando il Nome lo richiamava a vita, traeva tutta la sua forza dal Nome stesso e dall'aria che gli stava intorno: non gli occorreva carne, né pane, né vino. Non gli occorreva neppure la vista e l'amore del padrone, di cui si nutrono il cavallo e il cane: non era mai né triste né lieto, ma nel suo petto d'argilla indurita dal fuoco ardeva una collera tesa, quieta e perenne, la stessa che aveva lampeggiato nella domanda che era stata il suo primo atto vitale. Non intraprendeva nulla senza che Arié glielo ordinasse, ma non intraprendeva tutto ciò che Arié gli ordinava: il rabbino se ne accorse presto, e ne fu insieme allegro e inquieto. Era vano chiedere al Golem di andare nel bosco a tagliare legna, o alla fontana per acqua: rispondeva bensí «sarà fatto, o Signore», volgeva ponderosamente le spalle e partiva col suo passo di tuono, ma appena fuori di vista si infilava nel suo giaciglio buio, sputava il Nome, e si irrigidiva nella sua inerzia di scoglio. Accettava invece, con un lampo lieto negli occhi, tutte le imprese che richiedono coraggio e valentia, e le conduceva a termine con un suo tenebroso ingegno.

Per molti anni fu un valido difensore della comunità di Praga contro l'arbitrio e la violenza. Di lui si raccontano diverse imprese: di come, da solo, avesse sbarrato la strada ad un drappello di guerrieri turcomanni, che intendevano forzare la Porta Bianca per mettere il ghetto a sacco; di come avesse sventato i piani di una strage, catturando il vero autore di un assassinio che gli sgherri dell'Imperatore tentavano di camuffare per omicidio rituale; di come, sempre da solo, avesse salvato le scorte di frumento del fondaco da un'improvvisa e disastrosa piena della Moldava.

Sta scritto: «Il settimo giorno è riposo di Dio: non farai in esso lavoro alcuno, tu, tuo figlio, il tuo servo, il tuo bue, e il forestiero entro le tue porte». Il rabbino Arié meditò: il Golem non era propriamente un servo, ma piuttosto una macchina, mossa dallo spirito del Nome; sotto questo aspetto, era simile ai mulini a vento, che è lecito far macinare il sabato, e alle navi a vela, che possono navigare. Ma poi gli sovvenne che si deve far siepe alla Legge, e risolse di togliergli il Nome ogni venerdí sera al tramonto, e cosí fece per molti anni.

Ora venne un giorno (era appunto un venerdí) in cui il rabbino aveva condotto il Golem nella sua propria abitazione, al secondo piano di un vetusto casamento in Strada Larga, dalla facciata annerita e corrosa dal tempo. Gli assegnò un cumulo di tronchetti da spaccare, gli sollevò un braccio e gli mise in mano la scure: il Golem, con la scure immobile a mezz'aria, volse lentamente verso di lui il ceffo inespressivo e feroce, e non si mosse. – Orsú, spacca! – ordinò Arié, ed un riso profondo gli solleticava il cuore senza apparire sul viso. La pigrizia e la disubbidienza del mostro lo lusingavano, perché queste sono passioni umane, native; non lui gliele aveva inspirate, il colosso d'argilla le aveva concepite da solo: era piú umano di quanto lui lo avesse voluto. – Orsú, al lavoro, – ripeté Arié.

Il Golem mosse due passi pesanti verso la legna, reggendo la scure davanti a sé a braccio teso; si arrestò; poi lasciò cadere la scure, che squillò sulle lastre di granito. Ghermí con la sinistra un primo tronchetto, lo pose verticale sul ceppo, vi calò sopra la destra come una mannaia: il tronchetto volò in due schegge. cosí fece col secondo, col terzo e con gli altri: due passi dal ceppo al mucchio, mezzo giro, due passi dal mucchio al ceppo, fendente della nuda mano d'argilla, mezzo giro. Arié, affascinato e turbato, osservava il lavoro iroso e meccanico del suo servo. Perché aveva rifiutato la scure? Rifletté a lungo; la sua mente era avvezza all'interpretazione della Legge e delle narrazioni sacre, la quale è fatta di perché ardui e di risposte concettose e argute, e tuttavia per almeno mezz'ora la soluzione gli sfuggí. Si ostinò nella ricerca: il Golem era opera sua, suo figlio, ed è un pungolo doloroso scoprire nei nostri figli opinioni e volontà diverse dalle nostre, lontane, incomprensibili.

Ecco: il Golem era un servo che non voleva essere un servo. La scure era per lui uno strumento servile, un simbolo di servitú, come'è il morso per il cavallo e il giogo per il bue; non cosí la mano, che è parte di te, e nel cui palmo è impresso il tuo destino. Si compiacque di questa risposta, si attardò a considerarla e a confrontarla con i testi, e ne fu pago: era acuta-arguta, plausibile, e santamente allegra. Indugiò tanto da non accorgersi che qualcosa stava avvenendo, anzi era già avvenuto, fuori dalla finestra, nell'aria di Strada Larga, nel cielo brumoso di Praga: il sole era tramontato, era cominciato il sabato.

Quando se ne accorse, era tardi. Arié tentò invano di

arrestare il suo servo per estrargli di bocca il Nome: l'altro lo evitava, lo spazzava via colle sue braccia dure, gli volgeva la schiena. Il rabbino, che non lo aveva mai toccato prima, ne conobbe il peso disumano, e la durezza come di roccia: come un pendolo, il Golem irrompeva avanti e indietro nella piccola stanza, e spaccava legna su legna, tanto che le schegge schizzavano fino ai travicelli del soffitto. Arié sperò e pregò che la furia del Golem si arrestasse quando il mucchio di tronchetti fosse finito; ma allora il gigante si chinò stridendo in tutte le sue giunture, raccattò la scure e con la scure imperversò fino all'alba, sfracellando tutto intorno a sé, i mobili, i tendaggi, i vetri, i muri divisori, fino al forziere dell'argento e alle scansie dei libri sacri.

Arié si rifugiò nel sottoscala, e qui ebbe modo e tempo di meditare una terribile verità: nulla porta piú presso alla follia che due ordini fra loro contrastanti. Nel cervello pietroso del Golem stava scritto «Servirai fedelmente il tuo signore: gli obbedirai come un cadavere»: ma stava anche scritta l'intera Legge di Mosè, che gli era stata trasmessa con ogni lettera del messaggio da cui egli era nato, perché ogni lettera della Legge contiene la Legge tutta. Gli stava dunque anche scritto dentro: «Riposerai il Sabato: non farai in esso opera alcuna». Arié comprese la follia del suo servo, e lodò Dio per avere compreso, poiché chi ha compreso è piú che a mezza via: lodò Dio nonostante la rovina della sua casa, perché riconosceva che solo sua era la colpa, non di Dio né del Golem.

Quando l'alba del sabato si affacciò alle finestre sfondate, e nulla piú rimaneva da sfondare nella casa del rabbino, il Golem si arrestò come esausto. Arié gli si accostò con timore, avanzò una mano esitante, e gli estrasse di bocca la capsula d'argento che conteneva il Nome.

Al mostro si spensero gli occhi, e non gli si riaccesero piú. Quando fu sera, e il triste sabato fu finito, Arié tentò inutilmente di richiamarlo a vita perché lo aiutasse, con la forza ordinata di un tempo, a dare sesto alla sua casa devastata. Il Golem rimase immobile ed inerte, in tutto simile ormai ad un idolo vietato e odioso, un indecente uomo-bestia d'argilla rossiccia, qua e là scheggiato dalla sua stessa frenesia. Arié lo toccò con un dito, e il gigante crollò a terra e vi si infranse. Il rabbino raccolse i frammenti e li ripose nella soffitta della casa di Strada Larga in Praga, già allora decrepita, dove è fama che si trovino tuttora.

Ammutinamento

A Mario Rigoni Stern

Sono ormai dieci anni che i Farago coltivano il terreno contiguo al nostro giardino, e ne è nata una rudimentale amicizia, sommaria ed inarticolata, come sogliono essere quelle che si stabiliscono al di sopra di uno steccato o da riva a riva. I Farago sono orticultori da sempre, e noi proviamo per loro invidia ed ammirazione; loro sanno sempre fare la cosa giusta nel modo giusto e nel momento giusto, mentre noi, che siamo dei dilettanti e degli inurbati, ci nutriamo di errori. Noi seguiamo devotamente i loro consigli, quelli richiesti e quegli altri, che il padre Farago ci grida attraverso la recinzione quando ci vede commettere qualche enormità, o quando i frutti delle nostre enormità gridano al cielo; eppure, nonostante questa nostra umiltà e docilità, i nostri quattro palmi di terra sono pieni di erbaccia e di formicai, mentre i loro orti, che non sono meno di due ettari, sono puliti, ordinati e prosperosi.

«Ci va occhio», dicono i Farago, oppure «ci va la mano». Salvo Clotilde, non vengono volentieri a vedere da vicino quello che noi facciamo: forse non vogliono responsabilità, o si rendono conto che una maggiore intimità e confidenza fra loro e noi non è possibile né desiderabile; o forse ancora, anzi probabilmente, non ci vogliono insegnare troppe cose: che, non si sa mai, non ci venisse in mente un giorno o l'altro di rubargli il mestiere. Consigli sí, ma alla lontana.

Clotilde è diversa. L'abbiamo vista crescere di estate in estate come un pioppo, e adesso ha undici anni. È bruna, snella, ha sempre i capelli che le cadono sugli occhi, ed è piena di mistero come tutte le adolescenti; ma era misteriosa anche prima, quando era rotonda, alta due spanne, e sporca di terra fino agli occhi, e secondo ogni apparenza imparava a parlare e a camminare dal cielo direttamente, o forse dalla terra stessa, con cui aveva un rapporto evidente ma indecifrabile. A quel tempo la vedevamo spesso sdraiata fra i solchi, sul suolo umido e tiepido smosso di recente: sorrideva al cielo con gli occhi chiusi, intenta al palpito delle farfalle che si posavano su di lei come su un fiore, immobile per non spaventarle via. Prendeva in mano i grilli e i ragni, senza ribrezzo e senza fargli male, li carezzava col dito bruno come si fa con gli animali domestici, poi li riposava in terra: – Vai, bestiolina, vai per la tua strada.

Adesso che è cresciuta, anche lei ci dà consigli e spiegazioni, ma di altra natura. Mi ha spiegato che il convolvolo è gentile ma pigro: a lasciarlo fare, invade i campi e li soffoca, però non per fare il male come la gramigna, solo è troppo pigro per crescere diritto. – Vedi come fa? Pianta anche lui la radice in terra, ma non tanto profondo, perché non ha voglia di faticare e non è molto forte. Poi si divide in fili, e ogni filo corre basso a cercarsi da mangiare, e non si incrociano mai: non sono mica stupidi, si mettono d'accordo prima, io a levante, tu a ponente. Fanno i fiori, che sono abbastanza belli e perfino un po' profumati, e poi queste palline, le vedi? perché pensano anche loro all'avvenire.

Per la gramigna, invece, non ha pietà: – È inutile che la tagli a pezzi con la zappa: tanto poi ogni pezzo ricresce come i draghi delle favole. Anzi, è proprio un drago: se guardi bene, vedi i denti, le unghie e le scaglie. Ammazza le altre piante, e lei non muore mai, perché sta sottoterra; quello che vedi fuori è niente, quelle foglioline sottili dall'aria innocente, che sembrano quasi erba. Ma piú scavi e piú trovi, e se scavi profondo trovi uno scheletro tutto nero e nodoso, duro come il ferro e vecchio non so quanto: ecco, quello è la gramigna. Ci passano su le mucche e la calpestano e non muore: se la seppellisci in una tomba di pietra, spacca la pietra e si fa la via per uscire. L'unica è il fuoco. Io con la gramigna non ci parlo.

Le ho chiesto se parla con le altre piante, e mi ha detto che certamente. Anche suo padre e sua madre, ma lei meglio di loro: non è proprio un parlare con la bocca, come noi, ma è chiaro che le piante fanno dei segni e delle smorfie, quando vogliono qualche cosa, e capiscono i nostri: però bisogna non perdere la pazienza e cercare di farsi capire, perché in generale le piante sono molto lente, sia a capire, sia a esprimersi, sia a muoversi. – Vedi questo? – mi ha detto, indicando uno dei nostri limoni: – si lamenta, è un pezzo che si lamenta, e tu se non capisci non te ne accorgi, e intanto lui soffre.

– Si lamenta di che cosa? L'acqua non gli manca, e lo trattiamo preciso come gli altri.

– Non so, non è sempre facile capire. Vedi che da questa parte ha tutte le foglie accartocciate: è da questa parte che qualcosa non va. Forse urta con le radici contro una roccia: vedi che, sempre dalla stessa parte, fa una brutta ruga nel tronco.

Secondo Clotilde, tutto quello che cresce dalla terra, ed ha foglie verdi, è «gente come noi», con cui si trova modo di andare d'accordo; appunto per questo non si deve tenere piante e fiori nei vasi, perché è come chiudere le bestie in gabbia: diventano o stupide o cattive, insomma non sono piú le stesse, ed è un egoismo nostro metterle cosí allo stretto solo per il piacere di guardarle. La gramigna, appunto, fa eccezione, perché non viene dalla terra, ma da sottoterra, e questo è il regno dei tesori, dei draghi e dei morti. Nella sua opinione, il sottosuolo è un paese complicato come il nostro, solo è buio mentre qui è luce; ci sono caverne, gallerie, ruscelli, fiumi e laghi, e in piú ci sono le vene dei metalli, che sono tutti velenosi e malefici tranne il ferro, che entro certi limiti è amico dell'uomo. Ci sono anche tesori: alcuni nascosti dagli uomini in tempi remoti, altri che giacciono laggiú da sempre, oro e diamanti. Qui abitano i morti, ma di essi Clotilde non ama parlare. Il mese scorso, una escavatrice era al lavoro nella proprietà che confina con la loro: Clotilde assistette pallida e affascinata all'opera poderosa della macchina finché il livello dello scavo non giunse ai tre metri, poi scomparve per vari giorni, e tornò solo quando la macchina se ne fu andata e si vide che nel gran buco non c'era che terra e pietra, pozze d'acqua ferma, e qualche radice denudata.

Mi ha anche raccontato che non tutte le piante sono d'accordo. Ce ne sono di addomesticate, come le mucche e le galline, che non saprebbero fare a meno dell'uomo, ma ce ne sono altre che protestano, cercano di scappare, e qualche volta ci riescono. Se non ci stai attento, inselvatichiscono e non dànno piú frutto, o lo dànno come piace a loro e non come piace a noi: aspro, duro, tutto nòcciolo. Una pianta, se non è tutta addomesticata, ha nostalgia, specie se sta in vicinanza di un bosco selvatico. Vorrebbe tornare al bosco, e che solo le api si curassero di fecondarla, e gli uccelli e il vento di disseminarla. Mi ha mostrato i peschi del loro frutteto, ed era proprio come lei diceva, gli alberi piú vicini alla recinzione tendevano i rami oltre, come braccia.

– Vieni con me: ti devo mostrare una cosa –. Mi condusse su per la collina, in mezzo a un bosco che quasi nessuno conosce, tanto è fitto di sterpi. È poi come difeso da una cornice di vecchie terrazze in sfacelo, e queste sono ricoperte da una sorta di edera spinosa, di cui non conosco il nome. È bella a vedersi, con foglie a ferro di lancia, lucide, di un verde squillante macchiettato di bianco; ma il fusto, i rametti, e perfino il rovescio delle foglie stesse, sono irti di spine adunche, barbate come teste di frecce: se solo sfiorano la carne, vi penetrano e portano via il pezzo.

Strada facendo, e mentre io avevo appena fiato per governare i miei passi e dar voce a qualche sillaba di assenso, Clotilde parlava. Mi diceva di avere saputo poco prima una notizia importante, e di averla saputa da un rosmarino, che è poi un tipo speciale, amico dell'uomo ma a distanza, un po' come i gatti; gli piace fare da sé, e quel saporino aromatico che va tanto bene per l'arrosto è una sua invenzione: agli uomini piace, invece gli insetti lo trovano amaro. È un repellente, insomma, che lui ha inventato mille e mille anni fa, quando l'uomo non c'era ancora; e infatti non vedrai mai un rosmarino smangiato dai bruchi o dalle lumache. Anche le foglie a forma di ago sono una bella invenzione, ma non del rosmarino. Le hanno inventate i pini e gli abeti, ancora molto tempo prima: sono una buona difesa, perché le bestioline che mangiano le foglie incominciano sempre dalla punta, e se la trovano legnosa ed acuminata perdono subito il coraggio.

Il rosmarino le aveva fatto dei gesti per farle capire che doveva andare in quel bosco, a una certa distanza e in una certa direzione, e che avrebbe trovato una cosa importante: lei c'era già andata pochi giorni avanti, ed era proprio vero, e voleva farlo vedere anche a me. Soltanto, le era un po' dispiaciuto che il rosmarino avesse fatto la spia.

Mi insegnò un sentiero mezzo sepolto dai rovi, per cui riuscimmo a penetrare nel bosco senza troppi graffi: ed ecco, nel centro del bosco c'era una piccola radura circolare che non c'era mai stata prima. In quel punto, il terreno era quasi piano, e il suolo appariva liscio, battuto, senza un solo filo d'erba e senza un sasso. Tre o quattro sassi tuttavia c'erano, a un metro circa dalla periferia, e Clotilde mi disse che li aveva messi lei come riferimenti, per verificare quello che il rosmarino le aveva fatto capire: e cioè che quella era una scuola di alberi, un posto segreto dove gli alberi si insegnano l'un l'altro a camminare, in odio agli uomini e a loro insaputa. Mi condusse per mano (ha una mano poco infantile, ruvida e forte) lungo il cerchio, e mi fece vedere molte piccole cose, impercettibili: che, intorno a ogni tronco, il terreno era smosso, screpolato e come costipato verso l'esterno, e invece depresso verso l'interno; che tutti i tronchi pendevano un poco all'infuori, e anche i rampicanti correvano radialmente verso l'esterno. Beninteso, io non sono affatto sicuro che segni simili non si ravvisino anche altrove, in altre radure, o forse in tutte, e che non abbiano un significato diverso, o magari non ne abbiano alcuno: ma Clotilde era piena di eccitazione.

– Ce ne sono di intelligenti e di stupide, di pigre e di svelte, e anche le piú furbe non è che arrivino tanto lontano. Ma questo qui, per esempio, – e mi indicò un ginepro, – è parecchio che lo tengo d'occhio, e non mi fido di lui –. Quel ginepro, mi disse, si era spostato di almeno un metro in quattro giorni. Aveva trovato il modo giusto, a poco a poco lasciava morire tutte le radici da un lato e rinforzava quelle dall'altro, e voleva che tutti facessero come lui. Era ambizioso e paziente: tutte le piante sono pazienti, questa è la loro forza; ma appunto, lui era anche ambizioso, ed era stato uno dei primi a capire che una pianta che si sposti può conquistare un paese e liberarsi dall'uomo.

– Liberarsi, tutte lo vorrebbero, ma non sanno come, dopo tanti anni che comandiamo noi. Alcuni alberi, come gli olivi, si sono rassegnati da secoli, però si vergognano, e si vede bene dal modo come crescono, tutti storti e disperati. Altri, come i peschi e i mandorli, si sono arresi e fanno i frutti, ma, lo sai anche tu, appena possono ritornano selvaggi. Altri ancora non so: i castagni e le querce è difficile capire cosa vogliono; forse sono troppo vecchi e troppo di legno, e ormai non vogliono piú niente, come succede ai vecchi: solo che dopo l'estate venga l'inverno, e dopo l'inverno l'estate.

C'era poi un ciliegio selvatico che parlava. Non era che parlasse in italiano, ma era come quando si fa conversazione con gli olandesi che vengono al mare di luglio, che insomma non si capisce parola per parola, ma dai gesti e dall'intonazione uno finisce col rendersi conto abbastanza bene di quel che vogliono dire. Quel ciliegio parlava col fruscio delle fronde, che si udiva accostando l'orecchio al tronco, e diceva cose su cui Clotilde non era d'accordo: che non si devono fare fiori, perché sono una lusinga all'uomo, né frutti, che sono uno spreco e un dono non dovuto. Bisogna combattere l'uomo, non purificare piú l'aria per lui, sradicarsi e partire, anche a costo di morire o di ritornare selvaggi. Accostai anch'io l'orecchio al tronco, ma non colsi che un mormorio indistinto, benché forse un po' piú sonoro di quello che producevano le altre piante.

Si era ormai fatto buio, e non c'era luna. I lumi del paese e della spiaggia ci davano solo un'idea vaga della direzione che avremmo dovuto seguire per discendere: in breve ci trovammo malamente intrigati nei rovi e nei terrazzi in rovina. Bisognava saltare giú alla cieca dall'uno all'altro, cercando d'indovinare nel buio crescente se avremmo preso terra su sassi, o su pini, o su suolo consolidato. Dopo un'ora di discesa eravamo entrambi stanchi, scorticati e inquieti, e i lumi in basso erano lontani come prima.

Si udí a un tratto un cane abbaiare. Ci fermammo: veniva proprio verso di noi, galoppando orizzontalmente lungo una delle terrazze. Poteva essere un bene o un male: dalla voce, non doveva essere un cane molto grosso, però abbaiava con sdegno e con tenacia, fin quando gli mancava il fiato, e allora lo si sentiva aspirare l'aria con un corto rantolo convulso. In breve fu a pochi metri sotto di noi, e fu chiaro che non abbaiava per capriccio, ma per dovere: non intendeva lasciarci entrare nel suo territorio. Clotilde gli chiese scusa per l'invasione, e gli spiegò che avevamo perso la strada e non volevamo altro che andarcene; perciò, lui faceva bene ad abbaiare, era il suo mestiere, ma se ci avesse insegnato la strada che portava a casa sua avrebbe fatto meglio, e non avrebbe perso tempo lui e neanche noi. Parlava con voce cosí tranquilla e persuasiva che il cane si quietò subito: lo intravedevamo sotto di noi come una vaga chiazza bianca e nera. Scendemmo di pochi passi, e sentimmo sotto i piedi la durezza elastica della terra battuta. Il cane si incamminò a mezza costa verso destra, uggiolava ogni tanto e si fermava a vedere se lo seguivamo. Dopo un quarto d'ora arrivammo cosí alla casa del cane, accolti da un tremulo coro di belati caprini: di lí, nonostante l'oscurità, trovammo facilmente un viottolo ben segnato che scendeva al paese.

In fronte scritto

Alle nove del mattino, quando Enrico entrò, sette altri stavano già aspettando; si sedette, e scelse una rivista dal mucchio che stava sul tavolo, la meno cincischiata che trovò: ma era una di quelle pubblicazioni oltraggiosamente inutili e noiose che confluiscono, nessuno sa come, appunto là dove è gente costretta all'attesa, che non si capisce chi si prenda la briga di cavare dal nulla, e che nessun uomo pensante potrebbe proporsi di leggere: piú vuote, mercenarie e volgari degli stessi cinegiornali. Quella, in ispecie, trattava degli artigianati regionali, era edita sotto gli auspici di un Ente mai sentito, e in ogni pagina c'era un sottosegretario che tagliava un nastro. Enrico posò la rivista e si guardò intorno.

Due avevano l'aria di pensionati, e le mani grosse e nodose; c'era una donna sulla cinquantina, dall'aspetto stanco, vestita dimessamente; gli altri quattro sembravano studenti. Passò un quarto d'ora, la porta in fondo si aprí ed una ragazza sofisticata in grembiule giallo chiese: – Chi è il primo? – Passarono solo tre o quattro minuti, e la ragazza ricomparve; Enrico si volse al suo vicino, che era uno degli studenti, e gli disse: – Pare che si vada veloce –. L'altro rispose di malumore e con aria di esperto: – Mica detto –. Quanto volentieri, facilmente e presto ci si assume la parte del vecchio esperto, anche solo in un'anticamera! Ma l'esperto di turno doveva aver ragione: prima che passasse il terzo trascorse mezz'ora buona, e frattanto erano entrati altri due «nuovi». Enrico si percepí inequivocabilmente vecchio ed esperto rispetto a loro, che del resto si guardavano intorno con la stess'aria spaesata che Enrico aveva avuta mezz'ora prima.

Il tempo passava lentamente: Enrico sentiva il ritmo cardiaco accelerare sgradevolmente, e le mani diventare fredde e sudate. Gli pareva di essere in attesa dal dentista o di dover passare un esame, e pensava che tutte le attese sono spiacevoli, chissà perché, forse perché gli eventi lieti sono piú rari di quelli tristi. Ma sono spiacevoli anche le attese degli eventi lieti, perché ti mettono in ansia, e non sai mai bene chi avrai davanti, che faccia ti farà e che cosa dovrai dire; poi, comunque vada, è sempre tempo non tuo, tempo che ti viene rubato dallo sconosciuto che sta dall'altra parte del muro. Insomma, non ci fu modo di stabilire un tempo medio per il colloquio. Le apparizioni della ragazza avvenivano con intervalli varianti da due minuti (per uno dei pensionati) a tre quarti d'ora (per uno studente molto bello, con la barba bionda e gli occhiali cerchiati d'acciaio): quando Enrico passò, le undici non erano lontane.

Fu introdotto in un ufficio freddo e pretenzioso; alle pareti erano appese pitture informali e fotografie che rappresentavano volti umani, ma Enrico non ebbe tempo di osservarle da vicino, perché un funzionario lo invitò a sedere presso la scrivania. Era un giovanotto dai capelli tagliati a spazzola, abbronzato, alto ed atletico; aveva all'occhiello una targhetta con su inciso «Carlo Rovati», e portava scritto sulla fronte, in nitidi caratteri blu stampatelli: «FERIE IN SAVOIA».

– Lei ha risposto al nostro annuncio sul «Corriere», – lo informò gioviale. – Penso che non ci conosca ma ci conoscerà presto, sia che troviamo un accordo, sia che non lo troviamo. Noi siamo gente aggressiva, che va subito al sodo e non fa complimenti. Nel nostro annuncio si parlava di un lavoro facile e ben retribuito; qui le posso aggiungere che si tratta di un lavoro talmente facile che non lo si può neppure chiamare lavoro: è piuttosto una prestazione, una concessione. Quanto al compenso giudicherà lei stesso.

Il Rovati si interruppe un momento, osservò Enrico con aria professionale, chiudendo un occhio ed inclinando il capo prima a sinistra e poi a destra, e infine aggiunse:

– Lei andrebbe proprio bene. Ha un viso aperto, positivo, non brutto e insieme non troppo regolare: un viso che non si dimentica facilmente. Le potremmo offrire... – e qui aggiunse una cifra che fece sobbalzare Enrico sulla sedia. Bisogna sapere che questo Enrico doveva sposarsi, e di quattrini ne aveva e ne guadagnava pochi, e che era uno di quei tipi che non amano fare il passo piú lungo della gamba. Intanto il Rovati continuava: – Lei lo avrà già capito: si tratta di una nuova tecnica di promozione, – (e qui accennò con disinvolta eleganza alla sua fronte). – Lei, se accetta, non sarà impegnato per nulla per quanto riguarda il suo comportamento, le sue scelte e le sue opinioni: io, per esempio, in Savoia non ci sono stato mai, né in ferie né altrimenti, e neppure penso di andarci. Se riceverà commenti, risponderà come le pare, anche smentendo il suo messaggio, o non risponderà affatto: insomma, lei ci vende o ci affitta la sua fronte, e non la sua anima.

– La vendo o la affitto?

– La scelta sta a lei: noi le proponiamo due forme di contratto. La cifra che le ho esposto è per un impegno triennale: lei non ha che da passare al nostro centro grafico, che è qui al piano terreno, riceve la scritta, passa alla cassa, e ritira l'assegno. Oppure, se preferisce un impegno piú breve, diciamo trimestrale, la procedura è la stessa, ma l'inchiostro è diverso: sparisce da sé, in tre mesi circa, senza lasciare traccia. In questa alternativa, va da sé che il compenso è di parecchio inferiore.

– Invece, nel primo caso, l'inchiostro dura tre anni?

– No, non precisamente. I nostri chimici non sono ancora riusciti a formulare un inchiostro dermografico che duri tre anni netti, e poi scompaia senza impallidire prima. L'inchiostro triennale è indelebile: al termine del terzo anno lei ripassa qui un momento, si sottopone ad un breve intervento assolutamente indolore, e riacquista la faccia di prima; a meno che, naturalmente, il nostro committente e lei non vi troviate d'accordo nel rinnovare il contratto.

Enrico era perplesso, non tanto per sé, quanto per Laura. Quattro milioni sono quattro milioni, ma Laura che cosa avrebbe detto?

– Non ha mica da decidere cosí, su due piedi, – intervenne il Rovati, come se gli avesse letto nel pensiero. – Lei va a casa, ci pensa, si consulta con chi vuole, poi viene qui e firma. Ma entro una settimana, per favore: sa bene, abbiamo da studiare i nostri piani di sviluppo.

Enrico si sentí sollevato. Chiese: – Potrò scegliere la scritta?

– Entro certi limiti, sí: le daremo una lista con cinque o sei alternative, e lei deciderà. Ma in ogni caso, non si tratterà che di poche parole, eventualmente accompagnate da un marchio.

– E... vorrei sapere: sarei io il primo?

– Vorrà dire il secondo, – sorrise il Rovati, indicando nuovamente la sua fronte. – Ma non sarà neppure il secondo. Solo in questa città abbiamo già concluso... attenda: ecco, ottantotto contratti; quindi non abbia timore, non si troverà solo, e neppure dovrà dare troppe spiegazioni. Secondo le nostre previsioni, entro un anno la pubblicità frontale diventerà un lineamento di tutti i centri urbani, forse addirittura un segno di originalità e di prestigio personale, come il distintivo di un club. Pensi che quest'estate abbiamo concluso ventidue contratti stagionali a Cortina, e quindici a Courmayeur, sulla base del solo vitto e alloggio per il mese di agosto!

Con stupore di Enrico, e con un certo suo disagio, Laura non esitò neppure un minuto. Era una ragazza pratica, e gli fece presente che con quattro milioni la faccenda dell'alloggio sarebbe stata sistemata; non soltanto, ma i milioni, invece che quattro, avrebbero potuto diventare otto o forse anche dieci, e allora si sarebbe risolta anche la questione dei mobili, del telefono, del frigo, della lavatrice e della ottocentocinquanta. E come dieci? Ma era chiaro! Si sarebbe fatta scrivere anche lei, e una coppia giovane, graziosa, con in fronte due inviti fra loro complementari, valeva certamente di piú della somma di due fronti scompagnate: quella gente lo avrebbe riconosciuto senza difficoltà.

Enrico non mostrò molto entusiasmo: primo, perché l'idea non era venuta a lui; secondo, perché anche se gli fosse venuta non avrebbe osato proporla a Laura; terzo, perché insomma, tre anni sono lunghi, e gli sembrava che una Laura marcata come si fa coi vitelli, e marcata proprio su quella sua fronte cosí pulita, cosí pura, non sarebbe stata la stessa Laura di prima. Tuttavia si lasciò convincere, e due giorni dopo si presentarono entrambi all'agenzia e chiesero del Rovati: ci fu una contrattazione, ma neanche tanto accanita, Laura espose le sue ragioni con garbo e convinzione, al Rovati la sua fronte doveva essere piaciuta fin troppo, e in buona sostanza i milioni furono nove. Per la scritta, non ci fu molto da scegliere: l'unica ditta che intendeva reclamizzare un prodotto idoneo ad una presentazione bipartita era una società di cosmetici. Enrico e Laura firmarono, ritirarono l'assegno, ricevettero uno scontrino e discesero al centro grafico. Una ragazza in camice bianco pennellò loro sulla fronte un liquido dall'odore pungente, li espose per pochi minuti alla luce azzurra ed abbagliante di una lampada, e stampigliò ad entrambi, verticalmente al di sopra del naso, un giglio stilizzato; poi, sulla fronte di Laura, scrisse in elegante corsivo: «Lilywhite, per lei», e sulla fronte di Enrico, «Lilybrown, per lui».

Si sposarono dopo due mesi, che per Enrico furono piuttosto duri. In ufficio, dovette dare un buon numero di spiegazioni, e non trovò nulla di meglio che esporre la pura verità; anzi, la verità quasi pura, perché non fece parola di Laura, e attribuí alla propria fronte tutti i nove milioni: la cifra non la tacque, perché temeva che gli rimproverassero di essersi venduto per poco. Alcuni lo approvarono, altri lo disapprovarono; non gli parve di riscuotere simpatia, e tanto meno gli parve che riscuotesse attenzione il profumo che la sua fronte vantava. Era combattuto da due spinte contrastanti: spiattellare a tutti l'indirizzo dell'agenzia, per non essere solo; o invece tenerlo segreto, per non deprezzarsi. Il suo imbarazzo si attenuò parecchio qualche settimana dopo, quando vide il Molinari, serio e intento come sempre dietro al suo tecnigrafo, che portava scritto in fronte: «Denti sani con Alnovol».

Laura aveva, o si faceva, meno problemi. In casa, nessuno aveva trovato nulla a ridire, anzi, sua madre si era affrettata a presentarsi all'agenzia, ma l'avevano rifiutata dicendole apertamente che la sua fronte aveva troppe rughe per essere utilizzabile. Laura aveva poche amiche, non studiava piú e non lavorava ancora, cosí non le era difficile tenersi in disparte. Girava i negozi per via del corredo e dei mobili, e si sentiva guardata, ma nessuno le faceva domande.

Decisero di fare il viaggio di nozze in auto, con la tenda, ma evitando i camping organizzati, ed anche dopo che furono tornati si trovarono d'accordo nel presentarsi in pubblico il meno possibile: cosa non molto gravosa per due giovani sposi, per di piú indaffarati a mettere su casa. Tuttavia, entro pochi mesi il loro disagio era quasi scomparso: l'agenzia doveva aver fatto un buon lavoro, o forse altre agenzie l'avevano imitata, poiché non era ormai piú raro incontrare per strada o sul filobus individui dalla fronte segnata. Per lo piú erano giovani o ragazze attraenti, molti erano visibilmente degli immigrati: nella loro scala, un'altra giovane coppia, i Massafra, portava scritto in fronte, in due versioni gemelle, l'invito a frequentare una certa scuola professionale per corrispondenza. Fecero presto amicizia e presero l'abitudine di andare insieme al cinema, e a cena in trattoria alla domenica sera: un tavolo era riservato per loro quattro, sempre lo stesso, in fondo a destra entrando. Si accorsero in breve che anche un altro tavolo, contiguo al loro, era frequentato abitualmente da gente segnata, e venne loro naturale di attaccare discorso e di scambiarsi confidenze sui rispettivi contratti, sulle esperienze precedenti, sui rapporti col pubblico, e sui piani per l'avvenire. Anche al cinematografo, quando era possibile, prendevano posto nelle poltrone che stavano a destra entrando, perché avevano notato che diversi altri segnati, uomini e donne, usavano sedersi di preferenza in quei posti.

Verso novembre, Enrico calcolò che un cittadino su trenta portava qualcosa scritto sulla fronte. Per lo piú erano inviti pubblicitari come i loro, ma si incontravano talvolta sollecitazioni o dichiarazioni diverse. Videro in Galleria una giovane elegante che recava scritto in viso «Johnson boia»; in via Larga, un ragazzo dal naso rincagnato come i pugili che recava «Ordine = Civiltà»; fermo ad un semaforo, al volante di una Minimorris, un trentenne con le basette che recava «Scheda bianca!»; sul filobus numero 20 due graziose gemelle, appena adolescenti, che portavano scritto in fronte, rispettivamente, «Viva il Milan» e «Forza Zilioli». All'uscita di un liceo, un'intera classe di ragazzi recava scritto «Sullo go home»; incontrarono una sera, in mezzo alla nebbia, un personaggio indefinibile, vestito con vistosa pacchianeria, che sembrava ubriaco o drogato, e sotto la luce di un lampione rivelò la scritta «INTERNO AFFANNO». Era poi diventato comunissimo trovare per strada bambini che portavano in fronte, scarabocchiati con una penna a sfera, viva e abbassi, ingiurie e parole sporche.

Enrico e Laura si sentivano dunque meno soli, ed anzi, incominciavano a provare fierezza, perché si sentivano in certa misura dei pionieri e dei capostipiti: erano anche venuti a sapere che le offerte delle agenzie erano addirittura precipitate. Nell'ambiente dei vecchi segnati correva voce che, per una scritta normale, su di una sola riga e per tre anni, ormai non si offrissero piú di 300 000 lire, e il doppio per un testo fino a trenta parole con un marchio d'impresa. A febbraio ricevettero in omaggio il primo numero della «Gazzetta dei Frontali». Non si capiva bene chi la pubblicasse: per i tre quarti, naturalmente, era zeppa di pubblicità, e anche il quarto residuo era sospetto. Un ristorante, un campeggio e vari negozi offrivano ai Frontali modesti sconti sui prezzi; si rivelava l'esistenza di un club, in una viuzza di periferia; si invitavano i Frontali a frequentare la loro cappella, dedicata a san Sebastiano. Enrico e Laura ci andarono una domenica mattina, per curiosità: dietro l'altare era un grande crocifisso di plastica, e il Cristo portava scritto JNRI sulla fronte anziché sul cartiglio.

Press'a poco allo scadere del terzo anno del contratto, Laura si accorse di aspettare un bambino, e ne fu lieta, benché, con i recenti aumenti del costo della vita, la loro situazione finanziaria non fosse brillante. Andarono dal Rovati a proporre un rinnovo, ma lo trovarono assai meno gioviale di un tempo: offerse loro una cifra irrisoria per un testo lungo ed ambiguo in cui si vantavano certe filmine danesi. Rifiutarono, di comune accordo, e scesero al centro grafico per la cancellatura; tuttavia, a dispetto delle assicurazioni della ragazza in camice bianco, la fronte di Laura rimase ruvida e granulosa come per una scottatura, e poi guardando bene, il giglio stilizzato si distingueva ancora, come le scritte del Fascio sui muri di campagna.

Il bambino nacque a termine, regolarmente: era robusto e bello, ma, inesplicabilmente, portava scritto sulla fronte «OMOGENEIZZATI CAVICCHIOLI». Lo portarono all'agenzia, ed il Rovati, fatte le opportune ricerche, dichiarò loro che quella ragione sociale non esisteva in alcun annuario, ed era sconosciuta alla Camera di Commercio: perciò non poteva offrire loro proprio niente, neppure a titolo di indennizzo. Gli fece ugualmente un buono per il centro grafico, affinché la fronte del piccolo fosse cancellata gratuitamente.

Ottima è l'acqua

Boero discuteva con se stesso, nella solitudine del laboratorio, e non ne veniva a capo. Aveva lavorato e studiato duro, quasi due anni, per conquistarsi quel posto: aveva anche fatto cose di cui si vergognava un poco, aveva corteggiato Curti, di cui non aveva alcuna stima; aveva perfino (per calcolo o ingenuamente? Anche di questo non gli riusciva di venire a capo) messo in dubbia luce davanti a Curti l'abilità e la preparazione di due suoi colleghi e rivali.

Adesso c'era, era dentro, a pieno titolo: possedeva un suo territorio, piccolo ma suo, uno sgabello, una scrivania, mezzo armadio di vetreria, un metro quadrato di banco, un attaccapanni e un camice. C'era, e non era splendido come si era aspettato; non era neppure divertente, era anzi molto triste pensare *a*) che non basta essere in un laboratorio per sentirsi mobilitato, un soldato sul fronte della scienza; *b*) che avrebbe dovuto, per almeno un anno, dedicarsi a un lavoro diligente e idiota, anzi, diligente appunto perché idiota, un lavoro fatto solo di diligenza, un lavoro già fatto da almeno dieci altri, tutti oscuri, tutti probabilmente già morti, e morti senz'altro nome che quello smarrito in mezzo ad altri trentamila, nel vertiginoso indice per autori delle Tabelle del Landolt.

Oggi, per esempio, doveva verificare il valore del coefficiente di viscosità dell'acqua. Sissignori: dell'acqua distillata. Si può immaginare un mestiere piú insipido? Un mestiere da lavandaio, non da giovane fisico: lavare venti volte al giorno il viscosimetro. Un mestiere da... contabile, da pignolo, da insetto. E non basta: fatto sta che i valori trovati oggi non vanno d'accordo con quelli trovati ieri; sono cose che càpitano, ma nessuno le confessa volentieri. C'è una differenza, piccola ma certa, ostinata come solo i fatti sanno essere ostinati: del resto è una faccenda ben nota, è la naturale malignità delle cose inanimate. E allora si ripete il lavaggio dell'apparecchio, si distilla l'acqua per la quarta volta, si controlla per la sesta volta il termostato, si fischietta per non imprecare, e si ripetono le misure.

Impiegò tutto il pomeriggio a ripetere le misure, ma non fece i calcoli perché non voleva guastarsi la serata. Li fece il mattino seguente, e, sure enough, la differenza rimaneva: non solo, era perfino leggermente aumentata. Ora si deve sapere che le Tabelle del Landolt sono sacre: sono la Verità. Uno viene incaricato di rifare le misure solo per sadismo, sospettava Boero: solo per verificare la quinta e la quarta cifra significativa, ma se la terza non corrisponde, ed era il suo caso, come diavolo la mettiamo? Si deve sapere che mettere in dubbio il Landolt è molto peggio che mettere in dubbio il Vangelo: se hai torto ti copri di ridicolo e ti comprometti la carriera, e se hai ragione (che è improbabile) non ne ricavi né utilità né gloria, bensí la nomea di, appunto, contabile, pignolo e insetto; e tutt'al piú la gioia trista di aver ragione dove un altro ha torto, che dura lo spazio d'un mattino.

Andò a parlarne con Curti, e Curti, come era prevedibile, andò in bestia. Gli disse di rifare le misure, lui rispose che le aveva già rifatte molte volte e che ne aveva fin sopra i capelli, e Curti gli disse di cambiare mestiere. Boero discese le scale deciso a cambiarlo, ma sul serio, radicalmente: che Curti si cercasse un altro schiavo. Per tutta la settimana non ritornò all'Istituto.

Rimuginare è poco cristiano, è doloroso, noioso, e in generale non rende. Lo sapeva, eppure da quattro giorni non faceva altro: provava tutte le varianti, ripassava le cose che aveva fatte, udite e dette, si fingeva quelle altre che avrebbe potuto dire, udire o fare, esaminava le cause e le conseguenze delle une e delle altre: farneticava e contrattava. Fumava una sigaretta dopo l'altra, sdraiato sulla sabbia grigia del Sangone, cercando di calmarsi e di ritrovare il senso della realtà. Si domandava se davvero si era tagliati i ponti alle spalle, se proprio avrebbe dovuto cambiare carriera, o se doveva tornare da Curti e venire a patti, o se addirittura non sarebbe stato piú sensato riprendere il suo posto, dare un colpetto di pollice alla bilancia e falsificare i risultati.

Poi il canto delle cicale lo distrasse, e si perse ad osservare i vortici accanto ai suoi piedi. «Ottima è l'acqua», gli venne in mente: chi lo aveva scritto? Pindaro, forse, o un altro di quei valentuomini che si studiano in liceo. Tuttavia, guardando meglio, cominciò a sembrargli che qualcosa in quell'acqua non andasse. Conosceva quel torrente da molti anni, ci era venuto a giocare da bambino, e piú tardi, proprio in quel punto, con una ragazza e poi con un'altra: bene, l'acqua era strana. La toccò, la assaggiò: era fresca, limpida, non aveva sapore, emanava il solito leggero odore palustre, eppure era strana. Dava l'impressione di essere meno mobile, meno viva: le cascatelle non trascinavano bolle d'aria, la superficie era meno increspata, anche lo scroscio non sembrava quello, era piú sordo, come attutito. Scese fino al tonfano e vi gettò un sasso: le onde circolari erano lente e pigre, e si smorzarono prima di raggiungere la sponda. Allora gli venne in mente che le opere di presa dell'acquedotto municipale non erano molto lontane da quel luogo, e d'improvviso la sua accidia svaporò, e si sentí sottile ed accorto come un serpente. Doveva portare via un campione di quell'acqua: si frugò le tasche invano, poi si arrampicò per la riva fin dove aveva lasciato la motocicletta. In una delle due borse trovò un foglio di plastica, che aveva usato qualche volta per riparare la sella dalla pioggia: ne fece un sacchetto, lo riempí d'acqua e lo legò stretto, poi partí come un turbine alla volta del laboratorio. Quell'acqua era mostruosa: 1,300 centipoise a 20 °C, il 30 per cento di piú del valore normale.

L'acqua del Sangone era viscosa dalle sorgenti fino alla confluenza col Po: l'acqua di tutti gli altri torrenti e fiumi era normale. Boero si era riconciliato con Curti, anzi Curti con Boero, davanti all'incalzare dei fatti: stesero in fretta e furia una memoria in doppio nome, ma quando questa fu in bozza ne dovettero scrivere un'altra con fretta ancora maggiore, perché nel frattempo anche l'acqua del Chisone e quella del Pellice avevano cominciato a diventare viscose, e quella del Sangone aveva raggiunto un valore di 1,45. Queste acque resistevano inalterate alla distillazione, alla dialisi e al passaggio per colonne di adsorbimento; se sottoposte ad elettrolisi con ricombinazione dell'idrogeno e dell'ossigeno, si otteneva acqua identica a quella di origine; dopo lunga elettrolisi sotto tensioni elevate, la viscosità aumentava ulteriormente.

Era aprile, ed in maggio anche il Po divenne anomalo, dapprima in alcuni suoi tratti, poi in tutto il corso fino alla foce. La viscosità dell'acqua era ormai visibile anche all'occhio non esercitato, le correnti fluivano silenziose e torpide, senza mormorio, come una colata d'olio esausto. I corsi alti erano ingorgati e tendevano a straripare, i corsi bassi invece erano in magra, e nel Pavese e nel Mantovano i rami morti si insabbiarono nel giro di poche settimane.

Le melme sospese sedimentavano con maggior lentezza dell'usato: a metà giugno, visto dagli aerei, il Delta era circondato da un alone giallastro del raggio di venti chilometri. A fine giugno piovve su tutta l'Europa: sull'Italia settentrionale, sull'Austria e sull'Ungheria la pioggia era viscosa, drenava con difficoltà e ristagnava nei campi, che si impaludarono. In tutte le pianure i raccolti andarono distrutti, mentre nelle zone in pendio anche lieve le coltivazioni prosperarono piú dell'usato.

L'anomalia si estese rapidamente nel corso dell'estate, con un meccanismo che sfidava ogni tentativo di spiegazione: si registrarono piogge viscose in Montenegro, in Danimarca ed in Lituania, mentre un secondo epicentro si andava delineando nell'Atlantico, al largo del Marocco. Non occorreva alcuno strumento per distinguere queste dalle piogge normali: le gocce erano grevi e grosse, come piccole vesciche, fendevano l'aria con un lieve sibilo, e si spiaccicavano al suolo con uno schiocco particolare. Furono raccolte gocce di due o tre grammi; bagnato di quest'acqua, l'asfalto diventava viscido, ed era impossibile circolarvi sopra con veicoli gommati.

Nelle zone contaminate morirono nello spazio di pochi mesi tutti o quasi gli alberi d'alto fusto, e pullularono le erbe selvagge e gli arbusti: il fatto venne attribuito alla difficile ascesa dell'acqua viscosa lungo i vasi capillari dei tronchi. Nelle città la vita civile proseguí pressoché normale per qualche mese: soltanto si osservò una diminuzione della portata in tutte le tubazioni d'acqua potabile, ed inoltre le vasche da bagno e i lavandini impiegavano piú tempo per svuotarsi. Le lavatrici divennero inutilizzabili: si riempivano di schiuma appena avviate, e i motori bruciavano.

Parve all'inizio che il mondo animale offrisse una barriera di difesa contro l'ingresso dell'acqua viscosa nell'organismo umano, ma la speranza ebbe breve durata.

Si è stabilita cosí, entro poco piú di un anno, la situazione attuale. Le difese hanno ceduto, assai prima di quanto non si temesse: come l'acqua del mare, dei fiumi e delle nuvole, cosí tutti gli umori dei nostri corpi si sono addensati e corrotti. I malati sono morti, ed ora siamo tutti malati: i nostri cuori, pompe miserevoli progettate per l'acqua di un altro tempo, si sfiancano dall'alba all'alba per intrudere il sangue viscoso entro la rete dei vasi; moriamo a trenta, a quarant'anni al massimo, di edema, di pura fatica, fatica di tutte le ore, senza pietà e senza soste, che pesa in noi dal giorno della nascita, e ci impedisce ogni movimento rapido o prolungato.

Come i fiumi, anche noi siamo torpidi: il cibo che mangiamo e l'acqua che beviamo devono attendere per ore prima di integrarsi in noi, e questo ci rende inerti e grevi. Non piangiamo: il liquido lacrimale soggiorna superfluo nei nostri occhi, e non stilla in lagrime ma defluisce come un siero, che toglie dignità e sollievo al nostro pianto. Cosí è in tutta l'Europa, ormai, e il male ci ha colti di sorpresa, prima che lo comprendessimo. Solo ora, in America e altrove, si incomincia a sospettare la natura dell'alterazione dell'acqua, ma si è bel lontani dal sapervi porre riparo: intanto è stato segnalato che il livello dei Grandi Laghi è in rapido aumento, che l'intera Amazzonia si sta impaludando, che lo Hudson supera e rompe gli argini in tutto il suo corso alto, che i fiumi e i laghi dell'Alaska si rapprendono in un ghiaccio che non è piú fragile, ma elastico e tenace come l'acciaio. Il Mare dei Caraibi non ha piú onde.

Il sistema periodico

Ibergekumene tsores iz gut tsu dertseyln.
(È bello raccontare i guai passati).

Argon[1]

Ci sono, nell'aria che respiriamo, i cosiddetti gas inerti. Portano curiosi nomi greci di derivazione dotta, che significano «il Nuovo», «il Nascosto», «l'Inoperoso», «lo Straniero». Sono, appunto, talmente inerti, talmente paghi della loro condizione, che non interferiscono in alcuna reazione chimica, non si combinano con alcun altro elemento, e proprio per questo motivo sono passati inosservati per secoli: solo nel 1962 un chimico di buona volontà, dopo lunghi ed ingegnosi sforzi, è riuscito a costringere lo Straniero (lo xenon) a combinarsi fugacemente con l'avidissimo, vivacissimo fluoro, e l'impresa è apparsa talmente straordinaria che gli è stato conferito il Premio Nobel. Si chiamano anche gas nobili, e qui ci sarebbe da discutere se veramente tutti i nobili siano inerti e tutti gli inerti siano nobili; si chiamano infine anche gas rari, benché uno di loro, l'argon, l'Inoperoso, sia presente nell'aria nella rispettabile proporzione dell'1 per cento: cioè venti o trenta volte piú abbondante dell'anidride carbonica, senza la quale non ci sarebbe traccia di vita su questo pianeta.

Il poco che so dei miei antenati li avvicina a questi gas. Non tutti erano materialmente inerti, perché ciò non era loro concesso: erano anzi, o dovevano essere, abbastanza attivi, per guadagnarsi da vivere e per una certa moralità dominante per cui «chi non lavora non mangia»; ma iner-

---

[1] Cfr. *Nota sulla grafia*, a p. 379.

ti erano senza dubbio nel loro intimo, portati alla speculazione disinteressata, al discorso arguto, alla discussione elegante, sofistica e gratuita. Non deve essere un caso se le vicende che loro vengono attribuite, per quanto assai varie, hanno in comune un qualcosa di statico, un atteggiamento di dignitosa astensione, di volontaria (o accettata) relegazione al margine del gran fiume della vita. Nobili, inerti e rari: la loro storia è assai povera rispetto a quella di altre illustri comunità ebraiche dell'Italia e dell'Europa. Pare siano giunti in Piemonte verso il 1500 dalla Spagna attraverso la Provenza, come sembrano dimostrare alcuni caratteristici cognomi-toponimi, quali Bedarida-Bédarrides, Momigliano-Montmélian, Segre (è un affluente dell'Ebro che bagna Lérida, nella Spagna nordorientale), Foà-Foix, Cavaglion-Cavaillon, Migliau-Millau; il nome della cittadina di Lunel, presso le Bocche del Rodano, fra Montpellier e Nîmes, è stato tradotto nell'ebraico Jaréakh (= luna), e di qui è derivato il cognome ebreo-piemontese Jarach.

Respinti o male accetti a Torino, si erano stanziati in varie località agricole del Piemonte meridionale, introducendovi la tecnologia della seta, e senza mai superare, anche nei periodi piú floridi, la condizione di una minoranza estremamente esigua. Non furono mai molto amati né molto odiati; non sono state tramandate notizie di loro notevoli persecuzioni; tuttavia, una parete di sospetto, di indefinita ostilità, di irrisione, deve averli tenuti sostanzialmente separati dal resto della popolazione fino a parecchi decenni dopo l'emancipazione del 1848 ed il conseguente inurbamento, se è vero quanto mio padre mi raccontava della sua infanzia a Bene Vagienna: e cioè che i suoi coetanei, all'uscita dalla scuola, usavano schernirlo (benevolmente) salutandolo col lembo della giacchetta stretto nel pugno a mo' di orecchio d'asino, e cantando: «Òrije 'd crin, ôrije d'asô, a ji ebreô ai piasô»: «orecchie di porco, orecchie d'asino, piacciono agli ebrei». L'allusione alle orecchie è arbitraria, ed il gesto era in origine la parodia sacrilega del saluto che gli ebrei pii si scambiano in sinagoga, quando sono chiamati alla lettura della Bibbia, mostrandosi a vicenda il lembo del manto di preghiera, i cui fiocchi, minuziosamente prescritti dal rituale come numero, lunghezza e forma, sono carichi di significato mistico e religioso: ma del loro gesto quei ragazzini ignoravano ormai la radice. Ricordo qui per inciso che il vilipendio del manto di preghiera è antico come l'antisemitismo: con questi manti, sequestrati ai deportati, le SS facevano confezionare mutande, che venivano poi distribuite agli ebrei prigionieri nei Lager.

Come sempre avviene, il rifiuto era reciproco: da parte della minoranza, una barriera simmetrica era stata eretta contro l'intera cristianità («gôjím», «ñarelím»: le «genti», i «non-circoncisi»), riproducendo, su scala provinciale e su di uno sfondo pacificamente bucolico, la situazione epica e biblica del popolo eletto. Di questo fondamentale sfasamento si alimentava l'arguzia bonaria dei nostri zii («barba») e delle nostre zie («magne»): savi patriarchi tabaccosi e domestiche regine della casa, che pure si autodefinivano orgogliosamente «'l pòpôl d'Israél».

Per quanto riguarda questo termine «zio», è bene avvertire subito che esso deve essere inteso in senso assai ampio. Fra di noi, è usanza chiamare zio qualunque parente anziano, anche se lontanissimo: e poiché tutte o quasi le persone anziane della comunità, alla lunga, sono nostre parenti, ne segue che il numero dei nostri zii è grande. Nel caso poi degli zii che raggiungono un'età avanzata (evento frequente: siamo gente longeva, fino da Noè), l'attributo di «barba», o rispettivamente di «magna», tende a fondersi lentamente col nome, e col concorso di ingegnosi diminutivi, e di una insospettata analogia fonetica tra l'ebraico e il piemontese, si irrigidisce in appellativi complessi di strano suono, che si tramandano poi invariati di generazione in generazione insieme con le vicende, le memorie e i detti di chi li ha a lungo portati. Sono nati cosí i Barbaiòtô (zio Elia), Barbasachín (zio Isacco), Magnaiéta (zia Maria), Barbamôisín (zio Mosè, di cui si tramanda che si fosse fatto cavare dal ciarlatano i due incisivi inferiori per poter reggere piú comodamente il cannello della pipa), Barbasmelín (zio Samuele), Magnavigàia (zia Abigaille, che da sposa era entrata in Saluzzo a cavallo d'una mula bianca, risalendo da Carmagnola il Po gelato), Magnafôriña (zia Zefora, dall'ebraico Tzipporà che vale «Uccella»: splendido nome). Ad un'epoca anche piú remota doveva appartenere Nònô Sacòb, che era stato in Inghilterra a comperare stoffe, e perciò portava «na vestimenta a quàder»: suo fratello, Barbapartín (zio Bonaparte: nome tuttora comune fra gli ebrei, a ricordo della prima effimera emancipazione elargita da Napoleone), era decaduto dalla sua qualità di zio perché il Signore, benedetto sia Egli, gli aveva donato una moglie cosí insopportabile che lui si era battezzato, fatto frate, e partito missionario in Cina, per essere il piú possibile lontano da lei.

Nona Bimba era bellissima, portava un boa di struzzo ed era baronessa. Lei e tutta la sua famiglia li aveva fatti baroni Napoleone, perché loro «l'aviô prestaie 'd mañòd», gli avevano imprestato dei soldi.

Barbarônín era alto, robusto e di idee radicali: era scappato da Fossano a Torino e aveva fatto molti mestieri. Lo avevano scritturato al Teatro Carignano come comparsa per il *Don Carlos*, e lui aveva scritto ai suoi che venissero ad assistere alla prima. Erano venuti lo zio Natàn e la zia Allegra, in loggione; quando il sipario si alzò, e la zia vide il figlio tutto armato come un filisteo, gridò con quanta voce aveva: «Rônin, co 't fai! Posa côl sàber!»: «Aronne, che fai! Posa quella sciabola!»

Barbamiclín era un semplice; in Acqui veniva rispettato e protetto, perché i semplici sono figli di Dio e non dirai loro «raca». Però lo chiamavano Piantabibini, da quando un rashàn (un empio) si era preso gioco di lui facendogli credere che i tacchini («bibini») si seminano come i peschi, piantandone le penne nei solchi, e crescono poi sui rami. Del resto, il tacchino aveva un posto curiosamente importante in questo mondo famigliare arguto, mite ed assestato: forse perché, essendo presuntuoso, goffo e cofierico, esprime le qualità opposte e si presta a divenire uno zimbello; o forse, piú semplicemente, perché a sue spese si confezionava a Pasqua una celebre semirituale quaiëtta 'd pitô (polpetta di tacchino). Per esempio, anche lo zio Pacifico allevava una tacchina e le si era affezionato. Davanti a lui abitava il Signor Lattes che era musicista. La tacchina chiocciava e disturbava il Signor Lattes; questi pregò lo zio Pacifico di far tacere la sua tacchina. Lo zio rispose: «Sarà fàita la soâ cômissiôn. Sôra pita, c'a staga ciútô». «Sarà fatta la sua commissione. Signora tacchina, stia zitta».

Lo zio Gabriele era rabbino, e perciò era noto come «Barba Morénô», «zio Nostro Maestro». Vecchio e quasi cieco, se ne tornava a piedi, sotto il sole rovente, da Verzuolo a Saluzzo. Vide arrivare un carro, lo fermò e chiese di salire; ma poi, parlando col conducente, a poco a poco si rese conto che quello era un carro funebre, che portava una morta cristiana al cimitero: cosa abominevole, perché, come sta scritto in *Ezechiele* 44.25, un sacerdote che tocchi un morto, o anche solo entri nella camera dove giace un morto, è contaminato e impuro per sette giorni. Balzò in piedi e gridò: «I eu viagià côn 'na pegartà! Viturín fermé!»: «Ho viaggiato con una morta! Vetturino fermate!»

Il Gnôr Grassiadiô e il Gnôr Côlômbô erano due amici-nemici che, secondo la leggenda, abitarono per tempo immemorabile a fronte a fronte, sui due lati di uno stretto vicolo della città di Moncalvo. Il Gnôr Grassiadiô era massone e ricchissimo: si vergognava un poco di essere ebreo, ed aveva sposato una gôià, e cioè una cristiana, dai capelli biondi lunghi fino al suolo, che gli metteva le corna. Questa gôià, benché appunto gôià, si chiamava Magna Ausilia, il che indica un certo grado di accettazione da parte degli epigoni; era figlia di un capitano di mare, che aveva regalato al Gnôr Grassiadiô un grosso pappagallo di tutti i colori che veniva dalle Guyane, e diceva in latino «Conosci te stesso». Il Gnôr Côlômbô era povero e mazziniano: quando arrivò il pappagallo, si era comperata una cornacchia tutta spelacchiata e le aveva insegnato a parlare. Quando il pappagallo diceva «Nosce te ipsum» la cornacchia rispondeva «Fate furb», «fatti furbo».

Ma a proposito della pegartà dello zio Davide, della gôià del Gnôr Grassiadiô, dei mañòd di Nona Bimba, e della havertà di cui diremo in seguito, si rende necessaria una spiegazione. «Havertà» è voce ebraica storpiata, sia nella forma sia nel significato, e fortemente pregnante. Propriamente, è un'arbitraria forma femminile di Havèr = Compagno, e vale «domestica», ma contiene l'idea accessoria della donna di bassa estrazione, e di credenze e costumi diversi, che si è costretti ad albergare sotto il nostro tetto; la havertà è tendenzialmente poco pulita e scostumata, e per definizione malevolmente curiosa delle usanze e dei discorsi dei padroni di casa, tanto da obbligare questi a servirsi in sua presenza di un gergo particolare, di cui evidentemente fa parte il termine «havertà» medesimo, oltre agli altri sopra citati. Questo gergo è ora quasi scomparso; un paio di generazioni addietro, era ancora ricco di qualche centinaio di vocaboli e di locuzioni, consistenti per lo piú di radici ebraiche con desinenze e flessioni piemontesi. Un suo esame anche sommario ne denuncia la funzione dissimulativa e sotterranea, di linguaggio furbesco destinato ad essere impiegato parlando dei gôjím in presenza dei gôjím; o anche, per rispondere arditamente, con ingiurie e maledizioni da non comprendersi, al regime di clausura e di oppressione da essi instaurato.

Il suo interesse storico è esiguo, perché non fu mai parlato da piú di qualche migliaio di persone: ma è grande il suo interesse umano, come lo è quello di tutti i linguaggi di confine e di transizione. Esso contiene infatti una mirabile forza comica, che scaturisce dal contrasto fra il tessuto del discorso, che è il dialetto piemontese scabro, sobrio e laconico, mai scritto se non per scommessa, e l'incastro ebraico, carpito alla remota lingua dei padri, sacra e solenne, geologica, levigata dai millenni come l'alveo dei ghiacciai. Ma questo contrasto ne rispecchia un altro, quello essenziale dell'ebraismo della Diaspora, disperso fra «le genti» (i «gôjím», appunto), teso fra la vocazione divina e la miseria quotidiana dell'esilio; e un altro ancora, ben piú generale, quello insito nella condizione umana, poiché l'uomo è centauro, groviglio di carne e di mente, di alito divino e di polvere. Il popolo ebreo, dopo la dispersione, ha vissuto a lungo e dolorosamente questo conflitto, e ne ha tratto, accanto alla sua saggezza, il suo riso, che infatti manca nella Bibbia e nei Profeti. Ne è pervaso l'yiddisch, e, nei suoi modesti limiti, lo era anche la bizzarra parlata dei nostri padri di questa terra, che voglio ricordare qui prima che sparisca: parlata scettica e bonaria, che solo ad un esame distratto potrebbe apparire blasfema, mentre è ricca invece di affettuosa e dignitosa confidenza con Dio, Nôssgnôr, Adonai Eloénô, Cadòss Barôkhú.

La sua radice umiliata è evidente: vi mancano ad esempio, in quanto inutili, i termini per «sole», «uomo», «giorno», «città», mentre vi sono rappresentati i termini per «notte», «nascondere», «quattrini», «prigione», «sogno» (ma usato quasi esclusivamente nella locuzione «bahalòm», «in sogno», da aggiungere burlescamente ad un'affermazione affinché venga intesa dal partner, e solo da lui, come il suo contrario), «rubare», «impiccare» e simili; esiste inoltre un buon numero di dispregiativi, usati talvolta per giudicare persone, ma impiegati piú tipicamente, ad esempio, fra moglie e marito fermi davanti al banco del bottegaio cristiano ed incerti sull'acquisto. Citiamo: «'n saròd», plurale maiestatico, non piú inteso come tale, dell'ebraico «tzarà» = sventura, ed usato per descrivere una merce od una persona di scarso valore; ne esiste anche il grazioso diminutivo «sarôdín», e non vorrei andasse dimenticato il feroce nesso «saròd e senssa mañòd», usato dal sensale di matrimoni a proposito di fanciulle brutte e senza dote; «hasirúd», astratto collettivo da «hasír» = maiale, e quindi equivalente press'a poco a «porcheria, maialume». Si noti che il suono «u» (francese) non esiste in ebraico; esiste bensí la desinenza «út» (con «u» italiana), che serve a coniare termini astratti (ad esempio «malkhút», regno, da «mélekh», re), ma essa manca della connotazione fortemente spregiativa che aveva nell'impiego gergale. Altro uso, tipico ed ovvio, di queste e simili voci era in bottega, fra il padrone ed i commessi e contro gli avventori: nel Piemonte del secolo scorso il commercio delle stoffe era sovente in mani ebraiche, e ne è nato un sottogergo specialistico che, trasmesso dai commessi divenuti a loro volta padroni, e non necessariamente ebrei, si è diffuso a molte botteghe del ramo e vive tuttora, parlato da gente che rimane assai stupita quando viene casualmente a sapere che usa parole ebraiche. Qualcuno, ad esempio, impiega ancora l'espressione «'na vesta a kiním» per indicare «un vestito a puntini»: ora i «kiním» sono i pidocchi, la terza delle dieci piaghe d'Egitto, enumerate e cantate nel rituale della Pasqua ebraica.

Vi è poi un discreto assortimento di vocaboli poco decenti, da impiegarsi non solo in senso proprio davanti ai bambini, ma anche in luogo d'improperi: nel qual caso, in confronto coi termini corrisponderiti italiani o piemontesi, essi presentano, oltre al già menzionato vantaggio di non essere compresi, anche quello di aleviare il cuore senza scorticare la bocca.

Certamente piú interessanti per lo studioso del costume sono alcuni pochi termini che alludono a cose di pertinenza della fede cattolica. In questo caso la forma originariamente ebraica è corrotta molto piú profondamente, e ciò per due ragioni: in primo luogo, la segretezza era qui strettamente necessaria, perché la loro comprensione da parte dei gentili avrebbe potuto comportare il pericolo di una incriminazione per sacrilegio, in secondo luogo, la storpiatura acquista in questo caso il preciso scopo di negare, di obliterare il contenuto magico-sacrale della parola, e quindi di sottrarle ogni virtú soprannaturale: per lo stesso motivo, in tutte le lingue il Diavolo viene designato con moltissimi appellativi a carattere allusivo ed eufemistico, che permettono di indicarlo senza proferirne il nome. La chiesa (cattolica) era detta «tônevà», vocabolo di cui non sono riuscito a ricostruire l'origine, e che probabilmente di ebraico non ha che il suono; mentre la sinagoga, con orgogliosa modestia, veniva detta semplicemente «scòla», il luogo dove si impara e si viene educati, e, parallelamente, il rabbino non veniva designato col termine proprio «rabbi» o «rabbénu» (nostro rabbi), ma come Morénô (nostro maestro), o Khakhàm (il Sapiente). A scòla, infatti, non si è feriti dall'odioso Khaltrúm dei gentili: Khaltrúm, o Khantrúm, è il rito e la bigotteria dei cattolici, intollerabile perché politeistica e soprattutto perché gremita d'immagini («Non avrai altri dèi che me; non ti farai scultura né immagine... e non la adorerai», *Esodo* 20.3) e quindi idolatrica. Anche di questo termine, carico d'esecrazione, l'origine è oscura, quasi certamente non ebraica: ma in altri gerghi giudeo-italiani esiste l'aggettivo «khalto», nel senso appunto di «bigotto», ed usato principalmente a descrivere il cristiano adoratore d'immagini.

A-issà è la Madonna (vale semplicemente «la donna»); del tutto criptico ed indecifrabile, ed era da prevedersi, è il termine «Odò», con cui, quando proprio non se ne poteva fare a meno, si alludeva al Cristo, abbassando la voce e guardandosi attorno con circospezione: di Cristo è bene parlare il meno possibile, perché il mito del Popolo Deicida è duro a morire.

Altri numerosi termini erano tratti tali e quali dal rituale e dai libri sacri, che gli ebrei nati nel secolo scorso leggevano piú o meno speditamente nell'originale ebraico, e spesso comprendevano in buona parte: ma, nell'uso gergale, tendevano a deformarne o ad allargarne arbitrariamente l'area semantica. Dalla radice «shafòkh», che vale «spandere» e compare nel Salmo 79 («Spandi la Tua ira sulle genti che non Ti riconoscono, e sopra i regni che non invocano il Tuo Nome»), le nostre antiche madri avevano tratto la domestica espressione «fé sefòkh», fare sefòkh, con cui si descriveva con delicatezza il vomito infantile. Da «rúakh», plurale «rukhòd», che vale «alito», illustre vocabolo che si legge nel tenebroso e mirabile secondo versetto della Genesi («Il vento del Signore alitava sopra la faccia delle acque»), si era tratto «tiré 'n ruàkh», «tirare un vento», nei suoi diversi significati fisiologici: dove si ravvisa la biblica dimestichezza del Popolo Eletto col suo Creatore. Come esempio di applicazione pratica, si tramanda il detto della zia Regina, seduta con lo zio Davide al Caffè Fiorio in via Po: «Davidín, bat la cana, c'as sentô nèn le rôkhòd!»: che attesta un rapporto coniugale di intimità affettuosa. Quanto alla canna, poi, era a quel tempo un simbolo di condizione sociale, come potrebbe essere oggi il viaggiatore in 1ª classe in ferrovia: mio padre, ad esempio, ne possedeva due, una di bambú per i giorni feriali, e l'altra di malacca col manico placcato d'argento per la domenica. La canna non gli serviva per appoggiarsi (non ne aveva bisogno), bensí per rotearla giovialmente in aria, e per allontanare dal suo cammino i cani troppo insolenti; come uno scettro, insomma, per distinguersi dal volgo.

«Berakhà» è la benedizione: un ebreo pio è tenuto a pronunziarne piú centinaia al giorno, e lo fa con gioia profonda, poiché intrattiene cosí il millenario dialogo con l'Eterno, che in ogni berakhà viene lodato e ringraziato per i Suoi doni. Nonô Leônín era il mio bisnonno, abitava a Casale Monferrato ed aveva i piedi piatti; il vicolo davanti alla sua casa era acciottolato, e lui soffriva a percorrerlo. Un mattino uscí di casa e trovò il vicolo lastricato, ed esclamò dal profondo del cuore: «'N abrakhà a côi gôím c'a l'an fàit i lòsi!»: una benedizione a quegli infedeli che hanno fatto le lastre. In funzione di maledizione veniva invece usato il curioso nesso «medà meshônà», letteralmente «morte strana», ma in effetti calco del piemontese «assidènt». Allo stesso Nonô Leônín si attribuisce l'imprecazione inesplicabile «c'ai takèissa 'na medà meshônà fàita a paraqua», gli prendesse un accidenti fatto a parapioggia.

Né potrei dimenticare Barbaricô, piú vicino nel tempo e nello spazio, tanto che poco è mancato (una sola generazione) a che egli fosse mio zio nell'accezione ristretta del termine. Di lui conservo un ricordo personale, e quindi articolato e complesso, non «figé dans un'attitude» come quello dei mitici personaggi che finora ho ricordati. A Barbaricô si addice a pennello la similitudine dei gas inerti con cui incominciano queste pagine.

Aveva studiato medicina ed era diventato un buon medico, ma non gli piaceva il mondo. Gli piacevano cioè gli uomini, e particolarmente le donne, i prati, il cielo: ma non la fatica, il fracasso dei carri, le mene per la carriera, le brighe per il pane quotidiano, gli impegni, gli orari e le scadenze; nulla insomma di quello che caratterizzava la vita affannosa della città di Casale Monferrato nel 1890. Avrebbe voluto evadere, ma era troppo pigro per farlo. Gli amici ed una donna, che lo amava e che lui sopportava con distratta benevolenza, lo convinsero a concorrere per il posto di medico a bordo di un transatlantico di linea; vinse agevolmente il concorso, fece un solo viaggio da Genova a Nuova York, ed al ritorno a Genova rassegnò le dimissioni, perché in America «a je'ra trop bôrdél», c'era troppo fracasso.

Dopo di allora prese stanza a Torino. Ebbe diverse donne, che tutte lo volevano redimere e sposare, ma lui riteneva troppo impegnativi sia il matrimonio, sia uno studio attrezzato e l'esercizio regolare della professione. Verso il 1930 era un vecchietto timido, rattrappito e trasandato, paurosamente miope; conviveva con una grossa gôià volgare, da cui tentava saltuariamente e debolmente di liberarsi, e che lui definiva volta a volta come «'na sôtià», «'na hamortà», «'na gran beemà» (una matta, un'asina, una gran bestia), ma senza acrimonia, ed anzi con una striatura di inesplicabile tenerezza. Questa gôià «a vôría fiña félô samdé», voleva perfino farlo battezzare (letteralmente: distruggere); cosa che lui aveva sempre rifiutato, non per convinzione religiosa, ma per mancanza d'iniziativa e per indifferenza.

Barbaricô aveva non meno di dodici fratelli e sorelle, che designavano la sua compagna col nome ironico e crudele di «Magna Môrfina»: ironico perché la donna, poveretta, in quanto gôià ed in quanto priva di prole, non poteva essere una magna se non in senso estremamente limitato, e da intendersi anzi come il suo contrario, di «non-magna», di esclusa e recisa dalla famiglia; crudele, perché conteneva un'allusione probabilmente falsa, e comunque impietosa, ad un certo suo sfruttamento del ricettario di Barbaricô.

I due vivevano in una soffitta di Borgo Vanchiglia, sudicia e caotica. Lo zio era un ottimo medico, pieno di umana saggezza e d'intuito diagnostico, ma stava tutto il giorno sdraiato sulla sua cuccia a leggere libri e giornali vecchi: era un lettore attento, memore, eclettico ed infaticabile, benché la miopia lo costringesse a tenere gli stampati a tre dita dagli occhiali, che aveva spessi come fondi di bicchiere. Si alzava solo quando un cliente lo mandava a cercare, il che accadeva spesso, perché lui non si faceva pagare quasi mai; i suoi ammalati erano povera gente della borgata, da cui accettava come ricompensa mezza dozzina d'uova, o insalata dell'orto, o magari un paio di scarpe fruste. Dai clienti andava a piedi, perché non aveva i soldi per il tram; quando in strada intravvedeva, nella nebbia della miopia, una ragazza, le si avvicinava, e con sua sorpresa la esaminava accuratamente, girandole intorno ad un palmo di distanza. Non mangiava quasi niente, e piú in generale non aveva bisogni; morí piú che novantenne, con discrezione e dignità.

Simile a Barbaricô nel suo rifiuto del mondo era Nona Fina, una di quattro sorelle che tutte si chiamavano Fina: questa singolarità anagrafica era dovuta al fatto che le quattro bambine erano state mandate successivamente a Bra dalla stessa balia, che si chiamava Delfina, e che chiamava cosí tutti i suoi «bailotti». Nona Fina abitava a Carmagnola, in un alloggio al primo piano, e faceva splendidi ricami all'uncinetto. A sessantott'anni ebbe un lieve malore, una caôdaña, come allora usavano le signore, ed oggi misteriosamente non usano piú: da allora, per vent'anni e cioè fino alla sua morte, non uscí piú dalla sua camera; al sabato, dal balconcino pieno di gerani, fragile ed esangue salutava con la mano la gente che usciva da «scòla». Ma doveva essere stata ben diversa nella sua giovinezza, se è vero quanto di lei si narra: che cioè, avendole suo marito condotto a casa come ospite il Rabbino di Moncalvo, uomo dotto ed illustre, lei gli avesse fatto mangiare a sua insaputa 'na côtlëtta 'd hasir, una costoletta di maiale, perché non c'era altro in dispensa. Suo fratello Barbaraflín (Raffaele), che prima della promozione a Barba era noto come 'l fieul 'd Môisé 'd Celín, ormai già in età matura e ricchissimo per i mañòd guadagnati con le forniture militari, si era innamorato di una bellissima Dolce Valabrega di Gàssino; non osava dichiararsi, le scriveva lettere d'amore che non spediva, e scriveva a se stesso appassionate risposte.

Anche Marchín, ex barba, ebbe un'infelice storia d'amore. Si era innamorato di Susanna (vale «giglio» in ebraico), donna alacre e pia, depositaria di una secolare ricetta per la confezione dei salami d'oca: questi salami si fanno utilizzando come involucro il collo stesso del volatile, e ne è seguito che nel Lassòn Acòdesh (nella «lingua santa», e cioè nel gergo di cui ci stiamo occupando) ben tre sinonimi per «collo» sono sopravvissuti. Il primo, mahané, è neutro e d'uso tecnico e generico; il secondo, savàr, si usa solo in metafore quali «a rôta 'd savàr», a rotta di collo; il terzo, khanèc, estremamente pregnante, allude al collo come percorso vitale, che può venire ostruito, occluso o reciso, e si usa in imprecazioni quali «c'at resta ant 'l khanèc», ti si possa fermare nel gozzo; «khanichésse» vale «impiccarsi». Di Susanna, dunque, Marchín era commesso ed aiutante, sia nella misteriosa cucina-officina, sia nella bottega di vendita, nei cui scaffali erano disposti promiscuamente salami, arredi sacri, amuleti e libri di preghiere. Susanna lo rifiutò, e Marchín si vendicò abominevolmente vendendo a un gòi la ricetta dei salami. E da pensare che questo gòi non ne abbia apprezzato il valore, dal momento che dopo la morte di Susanna (avvenuta in epoca storica) non è piú stato possibile trovare in commercio salame d'oca degno del nome e della tradizione. Per questa sua spregevole ritorsione lo zio Marchín perdette il diritto ad essere chiamato zio.

Remoto fra tutti, portentosamente inerte, avvolto in uno spesso sudario di leggenda e d'incredibilità, e fossilizzato per ogni fibra nella sua qualità di zio, era Barbabramín di Chieri, zio della mia nonna materna. Ancor giovane era già molto ricco, avendo acquistato dai nobili del luogo numerose cascine da Chieri fino all'Astigiano; facendo conto sulla sua eredità, i suoi parenti sperperarono tutti i loro averi in banchetti, balli e viaggi a Parigi. Ora avvenne che sua madre, la zia Milca («Regina»), si ammalò, e dopo molto contendere col marito si indusse ad accettare di assumere una havertà, ossia una domestica, cosa che aveva recisamente rifiutata fino a quel tempo: infatti, presaga, non voleva donne per casa. Puntualmente, Barbabramín fu colto d'amore per questa havertà, probabilmente la prima femmina meno che santa che gli fosse stato dato di avvicinare.

Di costei non è stato tramandato il nome, bensí alcuni attributi. Era florida e bella, e possedeva splendide khalaviòd (seni: il termine è sconosciuto all'ebraico classico, dove tuttavia «khalàv» vale «latte»). Era naturalmente una gôià, era insolente e non sapeva leggere né scrivere; era invece un'abilissima cuoca. Era una contadina, «'na pônaltà», e andava scalza per casa. Proprio di tutto questo si innamorò lo zio: delle sue caviglie, della sua libertà di linguaggio, e dei mangiari che lei cucinava. Non disse niente alla ragazza, ma dichiarò a padre e madre che intendeva sposarla; i genitori andarono su tutte le furie, e lo zio si mise a letto. Ci rimase per ventidue anni.

Su quanto abbia fatto Barbabramín durante questi anni, le versioni divergono. Non c'è dubbio che li abbia in buona parte dormiti e giocati: si sa con certezza che andò in rovina economicamente, perché «non tagliava i cupòn» dei buoni del Tesoro, e perché aveva affidato l'amministrazione delle cascine ad un mamsér («bastardo») che le aveva vendute per un boccone di pane ad un suo uomo di paglia; secondo i presagi della zia Milca, lo zio trascinò cosí nella sua rovina l'intero parentado, ed ancora oggi se ne lamentano le conseguenze.

Si narra anche che abbia letto e studiato, e che, ritenuto infine sapiente e giusto, ricevesse dal suo letto delegazioni dei notabili di Chieri e dirimesse controversie; si narra ancora che, di questo medesimo letto, la via non fosse ignota a quella medesima havertà, e che almeno nei primi anni la volontaria clausura dello zio fosse interrotta da sortite notturne per andare a giocare a bigliardo nel caffè di sotto. Ma insomma a letto rimase, per quasi un quarto di secolo, e quando la zia Milca e lo zio Salomone morirono, sposò la havertà e se la portò nel letto definitivamente, perché era ormai talmente indebolito che le gambe non lo reggevano piú. Morí povero, ma ricco d'anni e di fama, e in pace di spirito, nel 1883.

La Susanna dei salami d'oca era cugina di Nona Màlia, mia nonna paterna, che sopravvive in figura di agghindata minuscola ammaliatrice in alcune pose di studio eseguite verso il 1870, e come una vecchietta grinzosa, stizzosa, sciatta e favolosamente sorda nei miei ricordi d'infanzia piú lontani. Ancor oggi, inspiegabilmente, i piani piú alti degli armadi restituiscono suoi preziosi cimeli: scialli di trina nera trapunti di pagliette iridate, nobili ricami di seta, un manicotto di martora straziato dalle tignole di quattro generazioni, posate d'argento massiccio segnate con le sue iniziali: come se, dopo quasi cinquant'anni, il suo spirito inquieto ancora visitasse la nostra casa.

Ai suoi bei giorni era nota come «la Strassacœur», la stracciacuori: rimase vedova molto presto, e corse voce che mio nonno si fosse ucciso disperato per le sue infedeltà. Allevò spartanamente tre figli e li fece studiare: ma in età avanzata si lasciò sposare da un vecchio medico cristiano, maestoso barbuto e taciturno, e da allora andò inclinando verso l'avarizia e la stranezza, quantunque in gioventú fosse stata regalmente prodiga, come sogliono essere le donne belle e molto amate. Col passare degli anni si estraniò totalmente dagli affetti famigliari (che del resto non doveva aver mai sentiti con profondità). Abitava col Dottore in via Po, in un alloggio fosco e cieco, intiepidito d'inverno solo da una stufetta Franklin, e non buttava via piú niente, perché tutto poteva venire a taglio: neppure le croste del formaggio, né le stagnole dei cioccolatini, con cui confezionava palle argentate da mandare alle Missioni «per liberare un moretto». Forse per timore di sbagliare nella scelta definitiva, frequentava a giorni alterni la «Scòla» di via Pio V e la parrocchia di Sant'Ottavio, e pare che andasse addirittura sacrilegamente a confessarsi. Morí piú che ottantenne nel 1928, assistita da un coro di vicine di casa scarmigliate, nerovestite e indementite come lei, condotte da una megera che si chiamava Madama Scílimberg: fra i tormenti del blocco renale, la nonna sorvegliò la Scílimberg fino al suo ultimo respiro, per timore che trovasse il maftèkh (la chiave) nascosto sotto il materasso, e le portasse via i mañòd e i hafassím (i gioielli, che peraltro risultarono poi tutti falsi).

Alla sua morte, i figli e le nuore si dedicarono per settimane, con sgomento e ribrezzo, a scegliere la montagna di relitti domestici da cui l'alloggio era invaso: Nona Màlia aveva conservato, indiscriminatamente, robe raffinate e pattume rivoltante. Dai severi armadi di noce intagliato uscirono eserciti di cimici abbagliate dalla luce, e poi lenzuola di lino mai usate, ed altre rattoppate e lise, logorate fino alla trasparenza; tendaggi e coperte di damasco «double face»; una collezione di colibrí impagliati, che appena toccati si sfecero in polvere; in cantina giacevano centinaia di bottiglie di vino prezioso girato in aceto. Si ritrovarono otto mantelli del Dottore, nuovi di zecca, imbottiti di naftalina, e l'unico che lei gli avesse mai concesso di usare, tutto toppe e rammendi, col bavero lucido d'untume, ed in tasca uno scudetto massonico.

Non ricordo quasi nulla di lei, che mio padre chiamava Maman (anche in terza persona), ed amava descrivere con un suo ghiotto gusto del bizzarro, appena temperato da un velo di pietà filiale. Mio padre, ogni domenica mattina, mi conduceva a piedi in visita a Nona Màlia: percorrevamo lentamente via Po, e lui si fermava ad accarezzare tutti i gatti, ad annusare tutti i tartufi ed a sfogliare tutti i libri usati. Mio padre era l'Ingegné, dalle tasche sempre gonfie di libri, noto a tutti i salumai perché verificava con il regolo logaritmico la moltiplica del conto del prosciutto. Non che comprasse quest'ultimo a cuor leggero: piuttosto superstizioso che religioso, provava disagio nell'infrangere le regole del Kasherút, ma il prosciutto gli piaceva talmente che, davanti alla tentazione delle vetrine, cedeva ogni volta, sospirando, imprecando sotto voce, e guardandomi di sottecchi, come se temesse un mio giudizio o sperasse in una mia complicità.

Quando arrivavamo sul pianerottolo tenebroso dell'alloggio di via Po, mio padre suonava il campanello, ed alla nonna che veniva ad aprire gridava in un orecchio: «A l'è 'l prim 'd la scòla!», è il primo della classe. La nonna ci faceva entrare con visibile riluttanza, e ci guidava attraverso una filza di camere polverose e disabitate, una delle quali, costellata di strumenti sinistri, era lo studio semiabbandonato del Dottore. Il Dottore non si vedeva quasi mai, né io certo desideravo vederlo, dal giorno in cui avevo sorpreso mio padre raccontare a mia madre che, quando gli portavano in cura i bambini balbuzienti, lui gli tagliava con le forbici il filetto sotto la lingua. Arrivati nel salotto buono, mia nonna cavava da un recesso la scatola dei cioccolatini, sempre la stessa, e me ne offriva uno. Il cioccolatino era tarlato, ed io lo facevo sparire in tasca pieno d'imbarazzo.

Nota sulla grafia.

Poiché il gergo descritto è ibrido, ibrida è anche la grafia a cui ho dovuto ricorrere. Si legga:
eu, œu: come in francese «peu»
ë: e indistinta o semimuta
h: leggera aspirazione, come in inglese «home»
kh: forte aspirazione, come in tedesco «flach»
ñ: nasale, come in «fango» e nel piemontese «smaña»
ô: come la u italiana
u: come la u francese, per esempio in «plume»

Le altre lettere, come in italiano.

Idrogeno

Era gennaio. Enrico mi venne a chiamare subito dopo pranzo: suo fratello era andato in montagna e gli aveva lasciato le chiavi del laboratorio. Mi vestii in un attimo e lo raggiunsi in strada.

Durante il cammino, appresi che suo fratello non gli aveva propriamente lasciato le chiavi: era questa una formulazione compendiaria, un eufemismo, di quelli che si dicono a chi è pronto a capire. Il fratello, contrariamente al solito, non aveva nascosto le chiavi, e neppure se le era portate dietro; inoltre, aveva dimenticato di rinnovare ad Enrico la proibizione di impadronirsi delle chiavi medesime, e le minacce nel caso che Enrico avesse contravvenuto. Infine ed insomma: le chiavi c'erano, dopo mesi di attesa; Enrico ed io eravamo ben decisi a non perdere l'occasione.

Avevamo sedici anni, ed io era affascinato da Enrico. Non era molto attivo, e il suo rendimento scolastico era scarso, ma aveva virtú che lo distinguevano da tutti gli altri della classe, e faceva cose che nessun altro faceva. Possedeva un coraggio tranquillo e testardo, una capacità precoce di sentire il proprio avvenire e di dargli peso e figura. Rifiutava (ma senza scherno) le nostre interminabili discussioni, volta a volta platoniche, darwiniane, bergsoniane piú tardi; non era volgare, non si vantava delle sue capacità sportive e virili, non mentiva mai. Era consapevole dei suoi limiti, ma non accadeva mai di sentirgli dire (come tutti ci dicevamo l'un l'altro, allo scopo di trovare conforto o di sfogare un malumore): «Sai, credo proprio d'essere un idiota».

Era di fantasia pedestre e lenta. viveva di sogni come tutti noi, ma i suoi sogni erano saggi, erano ottusi, possibili, contigui alla realtà, non romantici, non cosmici. Non conosceva il mio tormentoso oscillare dal cielo (di un successo scolastico o sportivo, di una nuova amicizia, di un amore rudimentale e fugace) all'inferno (di un quattro, di un rimorso, di una brutale rivelazione d'inferiorità che pareva ogni volta eterna, definitiva). Le sue mete erano sempre raggiungibili. Sognava la promozione, e studiava con pazienza cose che non lo interessavano. Voleva un microscopio, e vendette la bicicletta da corsa per averlo. Voleva essere un saltatore con l'asta, e frequentò la palestra per un anno tutte le sere, senza darsi importanza né slogarsi articolazioni, finché arrivò ai metri 3,50 che si era prefissi, e poi smise. Piú tardi, volle una certa donna, e la ebbe; volle il danaro per vivere tranquillo, e lo ottenne dopo dieci anni di lavoro noioso e prosaico.

Non avevamo dubbi: saremmo stati chimici, ma le nostre aspettazioni e speranze erano diverse. Enrico chiedeva alla chimica, ragionevolmente, gli strumenti per il guadagno e per una vita sicura. Io chiedevo tutt'altro: per me la chimica rappresentava una nuvola indefinita di potenze future, che avvolgeva il mio avvenire in nere volute lacerate da bagliori di fuoco, simile a quella che occultava il monte Sinai. Come Mosè, da quella nuvola attendevo la mia legge, l'ordine in me, attorno a me e nel mondo. Ero sazio di libri, che pure continuavo a ingoiare con voracità indiscreta, e cercavo un'altra chiave per i sommi veri: una chiave ci doveva pur essere, ed ero sicuro che, per una qualche mostruosa congiura ai danni miei e del mondo non l'avrei avuta dalla scuola. A scuola mi somministravano tonnellate di nozioni che digerivo con diligenza, ma che non mi riscaldavano le vene. Guardavo gonfiare le gemme in primavera, luccicare la mica nel granito, le mie stesse mani, e dicevo dentro di me: «Capirò anche questo, capirò tutto, ma non come *loro* vogliono.

Troverò una scorciatoia, mi farò un grimaldello, forzerò le porte». Era snervante, nauseante, ascoltare discorsi sul problema dell'essere e del conoscere, quando tutto intorno a noi era mistero che premeva per svelarsi: il legno vetusto dei banchi, la sfera del sole di là dai vetri e dai tetti, il volo vano dei pappi nell'aria di giugno. Ecco: tutti i filosofi e tutti gli esercizi del mondo sarebbero stati capaci di costruire questo moscerino? No, e neppure di comprenderlo: questa era una vergogna e un abominio, bisognava trovare un'altra strada.

Saremmo stati chimici, Enrico ed io. Avremmo dragato il ventre del mistero con le nostre forze, col nostro ingegno: avremmo stretto Proteo alla gola, avremmo troncato le sue metamorfosi inconcludenti, da Platone ad Agostino, da Agostino a Tommaso, da Tommaso a Hegel, da Hegel a Croce. Lo avremmo costretto a parlare.

Questo essendo il nostro programma, non ci potevamo permettere di sprecare occasioni. Il fratello di Enrico, misterioso e collerico personaggio di cui Enrico non parlava volentieri, era studente in chimica, e aveva installato un laboratorio in fondo a un cortile, in un curioso vicolo stretto e storto che si diparte da piazza della Crocetta, e spicca nella ossessiva geometria torinese come un organo rudimentale intrappolato nella struttura evoluta di un mammifero. Anche il laboratorio era rudimentale: non nel senso di residuo atavico, bensí in quello di estrema povertà. C'era un bancone piastrellato, poca vetreria, una ventina di bocce con reattivi, molta polvere, molte ragnatele, poca luce e un gran freddo. Lungo tutta la strada avevamo discusso su quello che avremmo fatto, ora che saremmo «entrati in laboratorio», ma avevamo idee confuse.

Ci sembrava «embarras de richesse», ed era invece un altro imbarazzo, piú profondo ed essenziale: un imbarazzo legato ad un'antica atrofia, nostra, delle nostre famiglie, della nostra casta. Cosa sapevamo fare con le nostre mani? Niente, o quasi. Le donne sí: le nostre madri e nonne avevano mani vive ed agili, sapevano cucire e cucinare, alcune anche suonare il piano, dipingere con gli acquerelli, ricamare, intrecciarsi i capelli. Ma noi, e i nostri padri?

Le nostre mani erano rozze e deboli ad un tempo, regredite, insensibili: la parte meno educata dei nostri corpi. Compiute le prime fondamentali esperienze del gioco, avevano imparato a scrivere e null'altro. Conoscevano la stretta convulsa intorno ai rami degli alberi, su cui amavamo arrampicarci per voglia naturale ed insieme (Enrico ed io) per confuso omaggio e ritorno all'origine della specie; ma ignoravano il peso solenne e bilanciato del martello, la forza concentrata delle lame, troppo prudentemente proibite, la tessitura sapiente del legno, la cedevolezza simile e diversa del ferro, del piombo e del rame. Se l'uomo è artefice, non eravamo uomini: lo sapevamo e ne soffrivamo.

Il vetro del laboratorio ci incantava e ci intimidiva. Il vetro, per noi, era ciò che non si deve toccare perché si rompe, e invece, ad un contatto piú intimo, si rivelava una materia diversa da tutte, di suo genere, piena di mistero e di capriccio. È simile in questo all'acqua, che pure non ha congeneri: ma l'acqua è legata all'uomo, anzi alla vita, da una consuetudine di sempre, da un rapporto di necessità molteplice, per cui la sua unicità si nasconde sotto la veste dell'abitudine. Il vetro invece, è opera dell'uomo ed ha storia piú recente. Fu la prima nostra vittima, o meglio il primo nostro avversario. Nel laboratorio della Crocetta c'era tubo di vetro da lavoro, di vari diametri, in mozziconi lunghi e corti, tutti coperti di polvere: accendemmo un becco Bunsen e ci mettemmo a lavorare.

Piegare il tubo era facile. Bastava tenere fermo uno spezzone sulla fiamma: dopo un certo tempo la fiamma diventava gialla, e simultaneamente il vetro si faceva debolmente luminoso. A questo punto il tubo si poteva piegare: la curva che si otteneva era ben lontana dalla perfezione, ma in sostanza qualcosa avveniva, si poteva creare una forma nuova, arbitraria; una potenza diventava atto, non era questo che intendeva Aristotele?

Ora, anche un tubo di rame o di piombo si può piegare, ma ci accorgemmo presto che il tubo di vetro arroventato possedeva una virtú unica: quando era diventato cedevole si poteva, allontanando rapidamente i due tronconi freddi, tirarlo in filamenti molto sottili, anzi, sottili oltre ogni limite, tali da essere trascinati verso l'alto dalla corrente d'aria calda che saliva dalla fiamma. Sottili e flessibili, come la seta. Ma allora, dove era scomparsa la rigidità spietata del vetro massiccio? Allora, anche la seta, anche il cotone, se si potessero ottenere in forma massiccia, sarebbero inflessibili come il vetro? Enrico mi raccontò che al paese di suo nonno i pescatori usano prendere i bachi da seta, quando sono già grossi, e, desiderosi di imbozzolarsi, si sforzano ciechi e goffi di inerpicarsi su per i rami; li prendono, li spezzano in due con le dita, e tirando i tronconi ottengono un filo di seta, grosso e rozzo, resistentissimo, che usano poi come lenza. Il fatto, a cui non esitai a credere, mi appariva ad un tempo abominevole ed affascinante: abominevole per il modo crudele di quella morte, e per il futile uso di un portento naturale; affascinante per lo spregiudicato e audace atto d'ingegno che esso presupponeva da parte del suo mitico inventore.

Il tubo di vetro si poteva anche soffiare: questo però era molto meno facile. Si riusciva a chiudere l'estremità di un tubetto: soffiando poi con forza dall'altra estremità si formava una bolla, assai bella a vedersi e quasi perfettamente sferica, ma dalle pareti assurdamente sottili. Per poco che si eccedesse nel soffiare, le pareti assumevano l'iridescenza delle bolle di sapone, e questo era un segno sicuro di morte: la bolla scoppiava con un colpetto secco, e i frammenti si disperdevano a terra con un tenue brusio di cocci d'uovo. In qualche modo, era una giusta punizione; il vetro è vetro, e non avrebbe dovuto simulare il comportamento dell'acqua saponata. Forzando un po' i termini, si poteva ravvisare nella vicenda un apologo esopiano.

Dopo un'ora di lotta col vetro, eravamo stanchi ed umiliati. Avevamo entrambi gli occhi infiammati ed aridi per il troppo guardare il vetro rovente, i piedi gelati e le dita piene di scottature. D'altronde, lavorare il vetro non è chimica: noi eravamo in laboratorio con un altro scopo. Il nostro scopo era quello di vedere coi nostri occhi, di provocare con le nostre mani, almeno uno dei fenomeni che si trovavano descritti con tanta disinvoltura sul nostro testo di chimica. Si poteva, per esempio, preparare l'ossidulo d'azoto, che sul *Sestini e Funaro* era ancora descritto col termine poco proprio e poco serio di gas esilarante. Sarebbe proprio stato esilarante?

L'ossidulo d'azoto si prepara riscaldando cautamente il nitrato d'ammonio. Quest'ultimo, nel laboratorio, non esisteva: esistevano bensí ammoniaca ed acido nitrico. Li miscelammo, incapaci di fare calcoli preventivi, fino a reazione neutra al tornasole, per il che la miscela si riscaldò fortemente ed emise abbondanti fumi bianchi; poi decidemmo di farla bollire per eliminare l'acqua. Il laboratorio si riempí in breve di una nebbia irrespirabile, che non era esilarante per nulla; interrompemmo il tentativo, per nostra fortuna, perché non sapevamo che cosa può accadere a scaldare questo sale esplosivo meno che cautamente.

Non era né semplice, né troppo divertente. Mi guardai intorno, e vidi in un angolo una comune pila a secco. Ecco quanto avremmo fatto: l'elettrolisi dell'acqua. Era un'esperienza di esito sicuro, che avevo già eseguito varie volte a casa: Enrico non sarebbe stato deluso.

Presi acqua in un becher, vi sciolsi un pizzico di sale, capovolsi nel becher due barattoli da marmellata vuoti, trovai due fili di rame ricoperti di gomma, li legai ai poli della pila, e introdussi le estremità nei barattoli. Dai capi saliva una minuscola processione di bollicine: guardando bene, anzi, si vedeva che dal catodo si liberava su per giú il doppio di gas che dall'anodo. Scrissi sulla lavagna l'equazione ben nota, e spiegai ad Enrico che stava proprio succedendo quello che stava scritto lí. Enrico non sembrava tanto convinto, ma era ormai buio, e noi mezzo assiderati; ci lavammo le mani, comperammo un po' di castagnaccio e ce ne andammo a casa, lasciando che l'elettrolisi continuasse per proprio conto.

Il giorno dopo trovammo ancora via libera. In dolce ossequio alla teoria, il barattolo del catodo era quasi pieno di gas, quello dell'anodo era pieno per metà: lo feci notare ad Enrico, dandomi piú importanza che potevo, e cercando di fargli balenare il sospetto che, non dico l'elettrolisi, ma la sua applicazione come conferma alla legge delle proporzioni definite, fosse una mia invenzione, frutto di pazienti esperimenti condotti nel segreto della mia camera. Ma Enrico era di cattivo umore, e metteva tutto in dubbio. Chi ti dice poi che sia proprio idrogeno e ossigeno? mi disse con malgarbo. E se ci fosse del cloro? Non ci hai messo del sale?

L'obiezione mi giunse offensiva: come si permetteva Enrico di dubitare di una mia affermazione? Io ero il teorico, solo io: lui, benché titolare (in certa misura, e poi solo per «transfert») del laboratorio, anzi, appunto perché non era in condizione di vantare altri numeri, avrebbe dovuto astenersi dalle critiche. Ora vedremo, dissi: sollevai con cura il barattolo del catodo, e tenendolo con la bocca in giú accesi un fiammifero e lo avvicinai. Ci fu una esplosione, piccola ma secca e rabbiosa, il barattolo andò in schegge (per fortuna lo reggevo all'altezza del petto, e non piú in su), e mi rimase in mano, come un simbolo sarcastico l'anello di vetro del fondo.

Ce ne andammo, ragionando sull'accaduto. A me tremavano un po' le gambe; provavo paura retrospettiva, e insieme una certa sciocca fierezza, per aver confermato un'ipotesi, e per aver scatenato una forza della natura. Era proprio idrogeno, dunque: lo stesso che brucia nel sole e nelle stelle, e dalla cui condensazione si formano in eterno silenzio gli universi.

Zinco

Avevamo assistito per cinque mesi, pigiati come sardine e reverenti, alle lezioni di Chimica Generale ed Inorganica del Professor P., riportandone sensazioni varie, ma tutte eccitanti e nuove. No, la chimica di P. non era il motore dell'Universo né la chiave del Vero: P. era un vecchio scettico ed ironico, nemico di tutte le retoriche (per questo, e solo per questo, era anche antifascista), intelligente, ostinato, ed arguto di una sua arguzia trista.

Di lui si tramandavano episodi di esami condotti con fredda ferocia e con ostentato pregiudizio: sue vittime predilette erano le donne in genere, e poi le suore, i preti, e tutti quelli che gli si presentavano «vestiti da soldato». Si mormoravano sul suo conto le leggende assai sospette di spilorceria maniaca nella conduzione dell'Istituto Chimico e del suo laboratorio personale: che conservasse in cantina casse e casse di fiammiferi usati, che proibiva ai bidelli di buttare via; che i misteriosi minareti dell'Istituto stesso, che tuttora conferiscono a quel tratto di Corso Massimo d'Azeglio una melensa impronta di falso esotismo, li avesse fatti costruire lui, nella remota sua giovinezza, per celebrarvi ogni anno una immonda segreta orgia di ricuperi, in cui si bruciavano tutti gli stracci e le carte da filtro dell'annata, e le ceneri le analizzava lui personalmente, con pazienza pitocca, per estrarne tutti gli elementi pregiati (e forse anche i meno pregiati) in una sorta di palingenesi rituale a cui solo Caselli, il suo tecnicobidello fedelissimo, era autorizzato ad assistere. Di lui si narrava inoltre che avesse speso l'intera sua carriera accademica per demolire una certa teoria di stereochimica, non con esperimenti, ma con pubblicazioni. Gli esperimenti li faceva un altro, il suo grande rivale, in non si sa quale parte del mondo: li pubblicava via via sugli Helvetica Chimica Acta, e lui li faceva a pezzi uno per uno.

Non potrei giurare sull'autenticità di queste dicerie: ma veramente, quando entrava nel laboratorio di Preparazioni, nessun becco Bunsen era basso abbastanza, e perciò era prudenza spegnerli addirittura; veramente, faceva preparare il nitrato d'argento dagli studenti con le cinque lire dall'aquila tratte dalle loro tasche, e il cloruro di nichel dai venti centesimi con la signora nuda che volava; e veramente, la sola volta che fui ammesso nel suo studio, trovai scritto in bella scrittura sulla lavagna: «Non voglio funerali né da vivo né da morto».

A me P. era simpatico. Mi piaceva il rigore sobrio delle sue lezioni; mi divertiva la sdegnosa ostentazione con cui esibiva agli esami, in luogo della camicia fascista prescritta, un buffo bavaglino nero, grande un palmo, che ad ognuno dei suoi movimenti bruschi gli usciva fuori dei risvolti della giacca. Apprezzavo i suoi due testi, chiari fino all'ossessione, stringati, pregni del suo arcigno disprezzo per l'umanità in generale e per gli studenti pigri e sciocchi in particolare: perché tutti gli studenti, per definizione, erano pigri e sciocchi; chi, per somma ventura, riusciva a dimostrargli di non esserlo, diventava un suo pari, e veniva onorato con una laconica e preziosa frase d'encomio.

Ora i cinque mesi di attesa inquieta erano passati: fra di noi ottanta matricole erano stati scelti i venti meno pigri e meno sciocchi, quattordici maschi e sei ragazze, ed a noi era stato dischiuso il laboratorio di Preparazioni. Di che cosa esattamente si trattasse, nessuno di noi aveva un'idea precisa: mi pare che fosse una sua invenzione, una versione moderna e tecnica dei rituali selvaggi di iniziazione, in cui ogni suo suddito veniva bruscamente strappato al libro ed al banco, e trapiantato in mezzo ai fumi che bruciano gli occhi, agli acidi che bruciano le mani, e agli eventi pratici che non quadrano con le teorie. Non voglio certo contestare l'utilità, anzi la necessità, di questa iniziazione: ma nella brutalità con cui essa veniva posta in atto era facile ravvisare il talento dispettoso di P., la sua vocazione per le distanze gerarchiche e per il vilipendio di noi suo gregge. Insomma: non una parola, pronunciata o scritta, fu da lui spesa come viatico, per incoraggiarci sulla via che avevamo scelta, per indicarcene i pericoli e le insidie, e per trasmetterci le malizie. Ho spesso pensato che P. fosse nel suo profondo un selvaggio, un cacciatore; chi va in caccia non ha che da prendere il fucile, anzi meglio la zagaglia e l'arco, e mettersi per il bosco: il successo e l'insuccesso dipendono solo da lui. Prendi e parti, quando il momento è giunto gli aruspici e gli àuguri non hanno luogo, la teoria è futile e si impara per strada, le esperienze degli altri non servono, l'essenziale è misurarsi. Chi vale vince, chi ha occhi o braccia o fiuto deboli ritorna e cambia mestiere: degli ottanta che ho detto, trenta cambiarono mestiere al second'anno, e altri venti piú tardi.

Quel laboratorio era ordinato e pulito. Ci si stava cinque ore al giorno, dalle 14 alle 19: all'ingresso, un assistente assegnava ad ognuno una preparazione, poi ognuno si recava allo «spaccio», dove l'irsuto Caselli consegnava la materia prima, esotica o domestica: un pezzetto di marmo a questo, dieci grammi di bromo a quello, un po' d'acido borico a quell'altro, una manciata d'argilla a quell'altro ancora. Queste reliquie, Caselli ce le affidava con una non dissimulata aria di sospetto: era il pane della scienza, pane di P., e finalmente era anche roba sua, roba che amministrava lui; chissà noi profani ed inesperti quale uso improprio ne avremmo fatto.

Caselli amava P. di un amore acre e polemico. Pare che gli fosse stato fedele per quarant'anni; era la sua ombra, la sua incarnazione terrena, e, come tutti coloro che esercitano funzioni vicarie, era un interessante esemplare umano: come coloro, voglio dire, che rappresentano l'Autorità senza possederla in proprio, quali ad esempio i sagrestani, i ciceroni dei musei, i bidelli, gli infermieri, i «giovani» degli avvocati e dei notai, i rappresentanti di commercio. Costoro, in maggiore o minor misura, tendono a trasfondere la sostanza umana del loro Principale nel loro proprio stampo, come avviene per i cristalli pseudomorfici: talvolta ne soffrono, spesso ne godono, e posseggono due distinti schemi di comportamento, a seconda che agiscano in proprio o «nell'esercizio delle loro funzioni». Accade sovente che la personalità del Principale li invada cosí a fondo da disturbare i loro normali contatti umani, e che perciò essi restino celibi: il celibato è infatti prescritto ed accettato nella condizione monastica, che comporta appunto la vicinanza e la sudditanza alla maggiore delle autorità. Caselli era un uomo dimesso, taciturno, nei cui sguardi tristi eppure fieri si poteva leggere:

– lui è un grande scienziato, e come suo «famulus» sono un po' grande anch'io;

– io, benché umile, so cose che lui non sa;

– lo conosco meglio di quanto lui si conosca; prevedo i suoi atti;

– ho potere su di lui, lo difendo e lo proteggo;

– io ne posso dire male, perché lo amo: a voi questo non è concesso;

– i suoi principî sono giusti, ma lui li applica con rilassatezza, ed «una volta non andava cosí». Se non ci fossi io...

... ed infatti, Caselli gestiva l'Istituto con parsimonia e misoneismo anche superiori a quelli di P. stesso.

A me, il primo giorno, toccò in sorte la preparazione del solfato di zinco: non doveva essere troppo difficile, si trattava di fare un elementare calcolo stechiometrico, e di attaccare lo zinco in granuli con acido solforico previamente diluito; concentrare, cristallizzare, asciugare alla pompa, lavare e ricristallizzare. Zinco, zinc, Zinck: ci si fanno i mastelli per la biancheria, non è un elemento che dica molto all'immaginazione, è grigio e i suoi sali sono incolori, non è tossico, non dà reazioni cromatiche vistose, insomma, è un metallo noioso. È noto all'umanità da due o tre secoli, non è dunque un veterano carico di gloria come il rame, e neppure uno di queglí elementini freschi freschi che portano ancora addosso il clamore della loro scoperta.

Caselli mi consegnò il mio zinco, tornai al banco e mi accinsi al lavoro: mi sentivo curioso, «genato» e vagamente scocciato, come quando hai tredici anni e devi andare al Tempio a recitare in ebraico la preghiera del Bar-Mitzvà davanti al rabbino; il momento, desiderato e un po' temuto, era giunto. Era scoccata l'ora dell'appuntamento con la Materia, la grande antagonista dello Spirito: la Hyle, che curiosamente si ritrova imbalsamata nelle desinenze dei radicali alchilici: metile, butile eccetera.

L'altra materia prima, il partner dello zinco, e cioè l'acido solforico, non occorreva farselo dare da Caselli: ce n'era in abbondanza in tutti gli angoli. Concentrato, naturalmente: e devi diluirlo con acqua; ma attenzione, c'è scritto in tutti i trattati, bisogna operare alla rovescia, e cioè versare l'acido nell'acqua e non viceversa, altrimenti quell'olio dall'aspetto cosí innocuo va soggetto a collere furibonde: questo lo sanno perfino i ragazzi del liceo. Poi si mette lo zinco nell'acido diluito.

Sulle dispense stava scritto un dettaglio che alla prirna lettura mi era sfuggito, e cioè che il cosí tenero e delicato zinco, cosí arrendevole davanti agli acidi, che se ne fanno un solo boccone, si comporta invece in modo assai diverso quando è molto puro: allora resiste ostinatamente all'attacco. Se ne potevano trarre due conseguenze filosofiche tra loro contrastanti: l'elogio della purezza, che, protegge dal male come un usbergo; l'elogio dell'impurezza, che dà adito ai mutamenti, cioè alla vita. Scartai la prima, disgustosamente moralistica, e mi attardai a considerare la seconda, che mi era piú congeniale. Perché la ruota giri, perché la vita viva, ci vogliono le impurezze, e le impurezze delle impurezze: anche nel terreno, come è noto, se ha da essere fertile. Ci vuole il dissenso, il diverso, il grano di sale e di senape: il fascismo non li vuole, li vieta, e per questo tu non sei fascista; vuole tutti uguali e tu non sei uguale. Ma neppure la virtú immacolata esiste, o se esiste è detestabile. Prendi dunque la soluzione di solfato di rame che è nel reagentario, aggiungine una goccia al tuo acido solforico, e vedi che la reazione si avvia: lo zinco si risveglia, si ricopre di una bianca pelliccia di bollicine d'idrogeno, ci siamo, l'incantesimo è avvenuto, lo puoi abbandonare al suo destino e fare quattro passi per il laboratorio a vedere che c'è di nuovo e cosa fanno gli altri.

Gli altri facevano cose varie: alcuni lavoravano intenti, magari fischiettando per darsi un'aria disinvolta, ciascuno dietro alla sua particola di Hyle; altri girellavano o guardavano fuori dalle finestre il Valentino ormai tutto verde, altri ancora fumavano e chiacchieravano negli angoli.

In un angolo c'era una cappa, e davanti alla cappa sedeva Rita. Mi avvicinai, e mi accorsi con fugace piacere che stava cucinando la mia stessa pietanza: con piacere, perché era un pezzo che giravo intorno a Rita, preparavo mentalmente brillanti attacchi di discorso, e poi al momento decisivo non osavo enunciarli e rimandavo al giorno dopo. Non osavo per una mia radicata timidezza e sfiducia, ed anche perché Rita scoraggiava i contatti, non si capiva perché. Era molto magra, pallida, triste e sicura di sé: superava gli esami con buoni voti, ma senza il genuino appetito, che io sentivo, per le cose che le toccava studiare. Non era amica di nessuno, nessuno sapeva niente di lei, parlava poco, e per tutti questi motivi mi attraeva, cercavo di sederle accanto a lezione, e lei non mi accettava nella sua confidenza, ed io mi sentivo frustrato e sfidato. Mi sentivo disperato, anzi, e non certo per la prima volta: infatti, in quel tempo mi credevo condannato ad una perpetua solitudine mascolina, negato per sempre al sorriso di una donna, di cui pure avevo bisogno come dell'aria.

Era ben chiaro che quel giorno mi si stava presentando un'occasione che non poteva andare sprecata: fra Rita e me esisteva in quel momento un ponte, un ponticello di zinco, esile ma praticabile; orsú, muovi il primo passo.

Ronzando intorno a Rita mi accorsi di una seconda circostanza fortunata: dalla borsa della ragazza sporgeva una copertina ben nota, giallastra col bordo rosso, e sul frontespizio stava un corvo con un libro nel becco. Il titolo? Si leggeva soltanto «AGNA» e «TATA», ma tanto bastava: era il mio viatico di quei mesi, la storia senza tempo di Giovanni Castorp in magico esilio sulla Montagna Incantata. Ne chiesi conto a Rita, pieno d'ansia per il suo giudizio, quasi che il libro lo avessi scritto io: e mi dovetti presto convincere che lei, quel romanzo, lo stava leggendo in tutt'altro modo. Come un romanzo, appunto: le interessava molto sapere fino a che punto Giovanni si sarebbe spinto con la Signora Chauchat, e saltava senza misericordia le affascinanti (per me) discussioni politiche, teologiche e metafisiche dell'umanista Settembrini col gesuita-ebreo Naphtha. Non importa: anzi, c'è un terreno di dibattito. Potrebbe addirittura diventare una discussione essenziale e fondamentale, perché ebreo sono anch'io, e lei no: sono io l'impurezza che fa reagire lo zinco, sono il granello di sale e di senape. L'impurezza, certo: poiché proprio in quei mesi iniziava la pubblicazione di «La Difesa della Razza», e di purezza si faceva un gran parlare, ed io cominciavo ad essere fiero di essere impuro. Per vero, fino appunto a quei mesi non mi era importato molto di essere ebreo: dentro di me, e nei contatti coi miei amici cristiani avevo sempre considerato la mia origine come un fatto pressoché trascurabile ma curioso, una piccola anomalia allegra, come chi abbia il naso storto o le lentiggini; un ebreo è uno che a Natale non fa l'albero, che non dovrebbe mangiare il salame ma lo mangia lo stesso, che ha imparato un po' di ebraico a tredici anni e poi lo ha dimenticato. Secondo la rivista sopra citata, un ebreo è avaro ed astuto: ma io non ero particolarmente avaro né astuto, e neppure mio padre lo era stato.

C'era dunque in abbondanza di che discutere con Rita, ma il discorso a cui io tendevo non si innescava. Mi accorsi presto che Rita era diversa da me, non era un grano di senape. Era figlia di un negoziante povero e malato. L'università, per lei, non era affatto il tempio del Sapere: era un sentiero spinoso e faticoso, che portava al titolo, al lavoro e al guadagno. Lei stessa aveva lavorato, fin da bambina: aveva aiutato il padre, era stata commessa in una bottega di villaggio, ed anche allora viaggiava in bicicletta per Torino a fare consegne e a ritirare pagamenti. Tutto questo non mi allontanava da lei, anzi, lo trovavo ammirevole, come tutto quello che la riguardava: le sue mani poco curate, il vestire dimesso, il suo sguardo fermo, la sua tristezza concreta, la riserva con cui accettava i miei discorsi.

Cosí il mio solfato di zinco finí malamente di concentrarsi, e si ridusse ad una polverina bianca che esalò in nuvole soffocanti tutto o quasi il suo acido solforico. Lo abbandonai al suo destino, e proposi a Rita di accompagnarla a casa. Era buio, e la casa non era vicina. Lo scopo che mi ero proposto era obiettivamente modesto, ma a me pareva di un'audacia senza pari: esitai per metà del percorso, e mi sentivo sui carboni ardenti, ed ubriacavo me stesso e lei con discorsi trafelati e sconnessi. Infine, tremando per l'emozione, infilai il mio braccio sotto il suo. Rita non si sottrasse, e neppure ricambiò la stretta: ma io regolai il mio passo sul suo, e mi sentivo ilare e vittorioso. Mi pareva di aver vinto una battaglia, piccola ma decisiva contro il buio, il vuoto, e gli anni nemici che sopravvenivano.

Ferro

Fuori delle mura dell'Istituto Chimico era notte, la notte dell'Europa: Chamberlain era ritornato giocato da Monaco, Hitler era entrato a Praga senza sparare un colpo, Franco aveva piegato Barcellona e sedeva a Madrid. L'Italia fascista, pirata minore, aveva occupato l'Albania, e la premonizione della catastrofe imminente si condensava come una rugiada viscida per le case e nelle strade, nei discorsi cauti e nelle coscienze assopite.

Ma dentro quelle spesse mura la notte non penetrava; la stessa censura fascista, capolavoro del regime, ci teneva separati dal mondo, in un bianco limbo di anestesia. Una trentina di noi avevano superato il severo sbarramento dei primi esami, ed erano stati ammessi al laboratorio di Analisi Qualitativa del II anno. Eravamo entrati nella vasta sala affumicata e buia come chi, entrando nella Casa di Dio, riflette ai suoi passi. Il laboratorio precedente, quello dello zinco, ci sembrava adesso un esercizio infantile, come quando, da bambini, si gioca a fare la cucina: qualcosa, per diritto o per traverso, veniva pure sempre fuori, magari scarso di resa, magari poco puro: bisognava proprio essere degli schiappini, o dei bastiancontrari, per non riuscire a cavare il solfato di magnesio dalla magnesite, o il bromuro di potassio dal bromo.

Qui no: qui la faccenda si faceva seria, il confronto con la Materia-Mater, con la madre nemica, era piú duro e piú prossimo. Alle due del pomeriggio, il Professor D., dall'aria ascetica e distratta, consegnava ad ognuno di noi un grammo esatto di una certa polverina: entro il giorno successivo bisognava completare l'analisi qualitativa, e cioè riferire quali metalli e non-metalli c'erano contenuti. Riferire per iscritto, sotto forma di verbale, di sí e di no, perché non erano ammessi i dubbi né le esitazioni: era ogni volta una scelta, un deliberare; un'impresa matura e responsabile, a cui il fascismo non ci aveva preparati, e che emanava un buon odore asciutto e pulito.

C'erano elementi facili e franchi, incapaci di nascondersi, come il ferro ed il rame; altri insidiosi e fuggitivi, come il bismuto e il cadmio. C'era un metodo, uno schema ponderoso ed avito di ricerca sistematica, una specie di pettine e di rullo compressore a cui nulla (in teoria) poteva sfuggire, ma io preferivo inventare volta per volta la mia strada, con rapide puntate estemporanee da guerra di corsa invece dell'estenuante routine della guerra di posizione: sublimare il mercurio in goccioline, trasformare il sodio in cloruro e ravvisarlo in tavolette a tramoggia sotto il microscopio. In un modo o nell'altro, qui il rapporto con la Materia cambiava, diventava dialettico: era una scherma, una partita a due. Due avversari disuguali: da una parte, ad interrogare, il chimico implume, inerme, con a fianco il testo dell'Autenrieth come solo alleato (perché D., spesso chiamato a soccorso nei casi difficili, manteneva una scrupolosa neutralità, e cioè rifiutava di pronunciarsi: savio atteggiamento, poiché chi si pronuncia può sbagliare, e un professore non deve sbagliare); dall'altra, a rispondere per enigmi, la Materia con la sua passività sorniona, vecchia come il Tutto e portentosamente ricca d'inganni, solenne e sottile come la Sfinge. Incominciavo allora a compitare il tedesco, e mi incantava il termine Urstoff (che vale Elemento: letteralmente, Sostanza primigenia) ed il prefisso Ur che vi compariva, e che esprime appunto origine antica, lontananza remota nello spazio e nel tempo.

Neppure qui, nessuno aveva speso molte parole per insegnarci a difenderci dagli acidi, dai caustici, dagli incendi e dalle esplosioni: sembrava che, secondo la rude morale dell'Istituto, si contasse sull'opera della selezione naturale per eleggere fra di noi i piú adatti alla sopravvivenza fisica e professionale. Le cappe d'aspirazione erano poche; ognuno, secondo le prescrizioni del testo, nel corso dell'analisi sistematica evaporava coscienziosamente all'aria libera una buona dose d'acido cloridrico e d'ammoniaca, per cui nel laboratorio ristagnava in permanenza una fitta nebbia canuta di cloruro d'ammonio, che si depositava sui vetri delle finestre in minuti cristalli scintillanti. Nella camera dell'acido solfidrico, dall'atmosfera mortifera, si ritiravano coppie desiderose d'intimità, e qualche isolato a fare merenda.

Attraverso la foschia, e nel silenzio affaccendato, si udí una voce piemontese che diceva: «Nuntio vobis gaudium magnum. Habemus ferrum». Era il marzo 1939, e da pochi giorni, con quasi identico solenne annuncio («Habemus Papam») si era sciolto il conclave che aveva innalzato al Soglio di Pietro il Cardinale Eugenio Pacelli, in cui molti speravano, poiché in qualcosa o qualcuno bisogna pure sperare. Chi aveva pronunciato il sacrilegio era Sandro, il taciturno.

In mezzo a noi, Sandro era un isolato. Era un ragazzo di statura media, magro ma muscoloso, che neanche nei giorni piú freddi portava mai il cappello. Veniva a lezione con logori calzoni di velluto alla zuava, calzettoni di lana greggia, e talvolta una mantellina nera che mi faceva pensare a Renato Fucini. Aveva grandi mani callose, un profilo ossuto e scabro, il viso cotto dal sole, la fronte bassa sotto la linea dei capelli, che portava cortissimi e tagliati a spazzola: camminava col passo lungo e lento del contadino.

Da pochi mesi erano state proclamate le leggi razziali, e stavo diventando un isolato anch'io. I compagni cristiani erano gente civile, nessuno fra loro né fra i professori mi aveva indirizzato una parola o un gesto nemico, ma li sentivo allontanarsi, e, seguendo un comportamento antico, anch'io me ne allontanavo: ogni sguardo scambiato fra me e loro era accompagnato da un lampo minuscolo, ma percettibile, di diffidenza e di sospetto. Che pensi tu di me? Che cosa sono io per te? Lo stesso di sei mesi addietro, un tuo pari che non va a messa, o il giudeo che «di voi tra voi non rida»?

Avevo osservato, con stupore e gioia, che tra Sandro e me qualcosa stava nascendo. Non era affatto l'amicizia fra due affini: al contrario, la diversità delle origini ci rendeva ricchi di «merci» da scambiare, come due mercanti che si incontrino provenendo da contrade remote e mutuamente sconosciute. Non era neppure la normale, portentosa confidenza dei vent'anni: a questa, con Sandro, non giunsi mai. Mi accorsi presto che era generoso, sottile, tenace e coraggioso, perfino con una punta di spavalderia, ma possedeva una qualità elusiva e selvatica per cui, benché fossimo nell'età in cui si ha il bisogno, l'istinto e l'impudicizia di infliggersi a vicenda tutto quanto brulica nella testa ed altrove (ed è un'età che può durare anche a lungo, ma termina col primo compromesso), niente era trapelato fuori del suo involucro di ritegno, niente del suo mondo interiore, che pure si sentiva folto e fertile, se non qualche rara allusione drammaticamente tronca. Era fatto come i gatti, con cui si convive per decenni senza che mai vi consentano di penetrare la loro sacra pelle.

Avevamo molto da cederci a vicenda. Gli dissi che eravamo come un catione e un anione, ma Sandro non mostrò di recepire la similitudine. Era nato sulla Serra d'Ivrea, terra bella ed avara: era figlio di un muratore, e passava le estati a fare il pastore. Non il pastore d'anime: il pastore di pecore, e non per retorica arcadica né per stramberia, ma con felicità, per amore della terra e dell'erba, e per abbondanza di cuore. Aveva un curioso talento mimico, e quando parlava di mucche, di galline, di pecore e di cani, si trasfigurava, ne imitava lo sguardo, le movenze e le voci, diventava allegro e sembrava imbestiarsi come uno stregone. Mi insegnava di piante e di bestie, ma della sua famiglia parlava poco. Il padre era morto quando lui era bambino, erano gente semplice e povera, e poiché il ragazzo era sveglio, avevano deciso di farlo studiare perché portasse soldi a casa: lui aveva accettato con serietà piemontese, ma senza entusiasmo, Aveva percorso il lungo itinerario del ginnasio-liceo tirando al massimo risultato col minimo sforzo: non gli importava di Catullo e di Cartesio, gli importava la promozione, e la domenica sugli sci o su roccia. Aveva scelto Chimica perché gli era sembrata meglio che un altro studio: era un mestiere di cose che si vedono e si toccano, un guadagnapane meno faticoso che fare il falegname o il contadino.

Incominciammo a studiare fisica insieme, e Sandro fu stupito quando cercai di spiegargli alcune delle idee che a quel tempo confusamente coltivavo. Che la nobiltà dell'Uomo, acquisita in cento secoli di prove e di errori, era consistita nel farsi signore della materia, e che io mi ero iscritto a Chimica perché a questa nobiltà mi volevo mantenere fedele. Che vincere la materia è comprenderla, e comprendere la materia è necessario per comprendere l'universo e noi stessi: e che quindi il Sistema Periodico di Mendeleev, che proprio in quelle settimane imparavamo laboriosamente a dipanare, era una poesia, piú alta e piú solenne di tutte le poesie digerite in liceo: a pensarci bene, aveva perfino le rime! Che, se cercava il ponte, l'anello mancante, fra il mondo delle carte e il mondo delle cose, non lo doveva cercare lontano: era lí, nell'Autenrieth, in quei nostri laboratori fumosi, e nel nostro futuro mestiere.

E infine, e fondamentalmente: lui, ragazzo onesto ed aperto, non sentiva il puzzo delle verità fasciste che ammorbava il cielo, non percepiva come un'ignominia che ad un uomo pensante venisse richiesto di credere senza pensare? Non provava ribrezzo per tutti i dogmi, per tutte le affermazioni non dimostrate, per tutti gli imperativi? Lo provava: ed allora, come poteva non sentire nel nostro studio una dignità e una maestà nuove, come poteva ignorare che la chimica e la fisica di cui ci nutrivamo, oltre che alimenti di per sé vitali, erano l'antidoto al fascismo che lui ed io cercavamo, perché erano chiare e distinte e ad ogni passo verificabili, e non tessuti di menzogne e di vanità, come la radio e i giornali?

Sandro mi ascoltava, con attenzione ironica, sempre pronto a smontarmi con due parole garbate e asciutte quando sconfinavo nella retorica: ma qualcosa maturava in lui (non certo solo per merito mio: erano mesi pieni di eventi fatali), qualcosa che lo turbava perché era insieme nuovo ed antico. Lui, che fino ad allora non aveva letto che Salgari, London e Kipling, divenne di colpo un lettore furioso: digeriva e ricordava tutto, e tutto in lui si ordinava spontaneamente in un sistema di vita; insieme, incominciò a studiare, e la sua media balzò dal 21 al 29. Nello stesso tempo, per inconscia gratitudine, e forse anche per desiderio di rivalsa, prese a sua volta ad occuparsi della mia educazione, e mi fece intendere che era mancante. Potevo anche aver ragione: poteva essere la Materia la nostra maestra, e magari anche, in mancanza di meglio, la nostra scuola politica; ma lui aveva un'altra materia a cui condurmi, un'altra educatrice: non le polverine di Qualitativa, ma quella vera, l'autentica Urstoff senza tempo, la pietra e il ghiaccio delle montagne vicine. Mi dimostrò senza fatica che non avevo le carte in regola per parlare di materia. Quale commercio, quale confidenza avevo io avuto, fino allora, coi quattro elementi di Empedocle? Sapevo accendere una stufa? Guadare un torrente? Conoscevo la tormenta in quota? Il germogliare dei semi? No, e dunque anche lui aveva qualcosa di vitale da insegnarmi.

Nacque un sodalizio, ed incominciò per me una stagione frenetica. Sandro sembrava fatto di ferro, ed era legato al ferro da una parentela antica: i padri dei suoi padri, mi raccontò, erano stati calderai («magnín») e fabbri («fré») delle valli canavesane, fabbricavano chiodi sulla sforgia a carbone, cerchiavano le ruote dei carri col cerchione rovente, battevano la lastra fino a che diventavano sordi: e lui stesso, quando ravvisava nella roccia la vena rossa del ferro, gli pareva di ritrovare un amico. D'inverno, quando gli attaccava secco, legava gli sci alla bicicletta rugginosa, partiva di buonora, e pedalava fino alla neve, senza soldi, con un carciofo in tasca e l'altra piena d'insalata: tornava poi a sera, o anche il giorno dopo, dormendo nei fienili, e piú tormenta e fame aveva patito, piú era contento e meglio stava di salute.

D'estate, quando partiva da solo, sovente si portava dietro il cane, che gli tenesse compagnia. Era un bastardetto giallo dall'aspetto umiliato: infatti, come Sandro mi aveva raccontato, mimando alla sua maniera l'episodio animalesco, aveva avuto da cucciolo un infortunio con una gatta. Si era avvicinato troppo alla figliata dei gattini appena nati, la gatta si era impermalita, aveva cominciato a soffiare e si era gonfiata tutta: ma il cucciolo non aveva ancora imparato il significato di questi segnali, ed era rimasto lí come uno sciocco. La gatta lo aveva aggredito, inseguito, raggiunto e graffiato sul naso: il cane ne aveva riportato un trauma permanente. Si sentiva disonorato, e allora Sandro gli aveva costruito una pallottola di pezza, gli aveva spiegato che era un gatto, ed ogni mattino glielo presentava perché si vendicasse su di esso dell'affronto e restaurasse il suo onore canino. Per lo stesso motivo terapeutico Sandro lo portava in montagna, perché si svagasse: lo legava a un capo della corda, legava se stesso all'altro, metteva il cane bene accucciato su di un terrazzino, e poi saliva; quando la corda era finita, lo tirava su gentilmente, e il cane aveva imparato, e camminava a muso in su con le quattro zampe contro la parete quasi verticale, uggiolando sottovoce come se sognasse.

Sandro andava su roccia piú d'istinto che con tecnica, fidando nella forza delle mani, e salutando ironico, nell'appiglio a cui si afferrava, il silicio, il calcio e il magnesio che aveva imparati a riconoscere al corso di mineralogia. Gli pareva di aver perso giornata se non aveva dato fondo in qualche modo alle sue riserve di energia, ed allora era anche piú vivace il suo sguardo: e mi spiegò che, facendo vita sedentaria, si forma un deposito di grasso dietro agli occhi, che non è sano; faticando, il grasso si consuma, gli occhi arretrano in fondo alle occhiaie, e diventano piú acuti.

Delle sue imprese parlava con estrema avarizia. Non era della razza di quelli che fanno le cose per poterle raccontare (come me): non amava le parole grosse, anzi, le parole. Sembrava che anche a parlare, come ad arrampicare, nessuno gli avesse insegnato; parlava come nessuno parla, diceva solo il nocciolo delle cose.

Portava all'occorrenza trenta chili di sacco, ma di solito andava senza: gli bastavano le tasche, con dentro verdura, come ho detto, un pezzo di pane, un coltellino, qualche volta la guida del Cai, tutta sbertucciata, e sempre una matassa di filo di ferro per le riparazioni d'emergenza. La guida, poi, non la portava perché ci credesse: anzi, per la ragione opposta. La rifiutava perché la sentiva come un vincolo; non solo, ma come una creatura bastarda, un ibrido detestabile di neve e roccia con carta. La portava in montagna per vilipenderla, felice se poteva coglierla in difetto, magari a spese sue e dei compagni di salita. Poteva camminare due giorni senza mangiare, o mangiare insieme tre pasti e poi partire. Per lui, tutte le stagioni erano buone. D'inverno a sciare, ma non nelle stazioni attrezzate e mondane, che lui fuggiva con scherno laconico: troppo poveri per comperarci le pelli di foca per le salite, mi aveva mostrato come ci si cuciono i teli di canapa ruvida, strumenti spartani che assorbono l'acqua e poi gelano come merluzzi, e in discesa bisogna legarseli intorno alla vita. Mi trascinava in estenuanti cavalcate nella neve fresca, lontano da ogni traccia umana, seguendo itinerari che sembrava intuire come un selvaggio. D'estate, di rifugio in rifugio, ad ubriacarci di sole, di fatica e di vento, ed a limarci la pelle dei polpastrelli su roccia mai prima toccata da mano d'uomo: ma non sulle cime famose né alla ricerca dell'impresa memorabile; di questo non gli importava proprio niente. Gli importava conoscere i suoi limiti, misurarsi e migliorarsi; piú oscuramente, sentiva il bisogno di prepararsi (e di prepararmi) per un avvenire di ferro, di mese in mese piú vicino.

Vedere Sandro in montagna riconciliava col mondo, e faceva dimenticare l'incubo che gravava sull'Europa. Era il suo luogo, quello per cui era fatto, come le marmotte di cui imitava il fischio e il grifo: in montagna diventava felice, di una felicità silenziosa e contagiosa, come una luce che si accende. Suscitava in me una comunione nuova con la terra e il cielo, in cui confluivano il mio bisogno di libertà, la pienezza delle forze, e la fame di capire le cose che mi avevano spinto alla chimica. Uscivamo all'aurora, strofinandoci gli occhi, dalla portina del bivacco Martinotti, ed ecco tutto intorno, appena toccate dal sole, le montagne candide e brune, nuove come create nella notte appena svanita, e insieme innumerabilmente antiche. Erano un'isola, un altrove.

Del resto non sempre occorreva andare alto e lontano. Nelle mezze stagioni il regno di Sandro erano le palestre di roccia. Ce ne sono diverse, a due o tre ore di bicicletta da Torino, e sarei curioso di sapere se sono tuttora frequentate: i Picchi del Pagliaio con il Torrione Wolkmann, i Denti di Cumiana, Roca Patanüa (significa Roccia Nuda), il Plô, lo Sbarüa, ed altri, dai nomi casalinghi e modesti. Quest'ultimo, lo Sbarüa, mi pare fosse stato scoperto da Sandro stesso, o da un suo mitico fratello, che Sandro non mi fece mai vedere, ma che, dai suoi scarsi accenni, doveva stare a lui come lui stava alla generalità dei mortali. Sbarüa è deverbio da «sbarüé», che significa «spaurare»; lo Sbarüa è un prisma di granito che sporge di un centinaio di metri da una modesta collina irta di rovi e di bosco ceduo: come il Veglio di Creta, è spaccato dalla base alla cima da una fenditura che si fa salendo via via piú stretta, fino a costringere lo scalatore ad uscire in parete, dove, appunto, si spaura, e dove esisteva allora un singolo chiodo, lasciato caritatevolmente dal fratello di Sandro.

Erano quelli curiosi luoghi, frequentati da poche decine di affezionati del nostro stampo, che Sandro conosceva tutti di nome o di vista: si saliva, non senza problemi tecnici, in mezzo ad un noioso ronzio di mosche bovine attirate dal nostro sudore, arrampicandosi per pareti di buona pietra salda interrotte da ripiani erbosi dove crescevano felci e fragole, o in autunno more; non di rado, si sfruttavano come appigli i tronchi di alberelli stenti, radicati nelle fenditure: e si arrivava dopo qualche ora alla cima, che non era una cima affatto ma per lo piú un placido pascolo, dove le vacche ci guardavano con occhi indifferenti. Si scendeva poi a rompicollo, in pochi minuti, per sentieri cosparsi di sterco vaccino antico e recente, a recuperare le biciclette.

Altre volte erano imprese piú impegnative: mai tranquille evasioni, poiché Sandro diceva che, per vedere i panorami, avremmo avuto tempo a quarant'anni. «Dôma, neh?» mi disse un giorno, a febbraio: nel suo linguaggio, voleva dire che, essendo buono il tempo, avremmo potuto partire alla sera per l'ascensione invernale del Dente di M., che da qualche settimana era in programma. Dormimmo in una locanda e partimmo il giorno dopo, non troppo presto, ad un'ora imprecisata (Sandro non amava gli orologi: ne sentiva il tacito continuo ammonimento come un'intrusione arbitraria); ci cacciammo baldanzosamente nella nebbia, e ne uscimmo verso la una, in uno splendido sole, e sul crestone di una cima che non era quella buona.

Allora io dissi che avremmo potuto ridiscendere di un centinaio di metri, traversare a mezza costa e risalire per il costone successivo: o meglio ancora, già che c'eravamo, continuare a salire ed accontentarci della cima sbagliata, che tanto era solo quaranta metri piú bassa dell'altra; ma Sandro, con splendida malafede, disse in poche sillabe dense che stava bene per la mia ultima proposta, ma che poi, «per la facile cresta nordovest» (era questa una sarcastica citazione dalla già nominata guida del Cai) avremmo raggiunto ugualmente, in mezz'ora, il Dente di M.; e che non valeva la pena di avere vent'anni se non ci si permetteva il lusso di sbagliare strada.

La facile cresta doveva essere facile, anzi elementare, d'estate, ma noi la trovammo in condizioni scomode. La roccia era bagnata sul versante al sole, e coperta di vetrato nero su quello in ombra; fra uno spuntone e l'altro c'erano sacche di neve fradicia dove si affondava fino alla cintura. Arrivammo in cima alle cinque, io tirando l'ala da far pena, Sandro in preda ad un'ilarità sinistra che io trovavo irritante.

– E per scendere?

– Per scendere vedremo, – rispose; ed aggiunse misteriosamente: – il peggio che ci possa capitare è di assaggiare la carne dell'orso –. Bene, la gustammo, la carne dell'orso, nel corso di quella notte, che trovammo lunga. Scendemmo in due ore, malamente aiutati dalla corda, che era gelata: era diventato un maligno groviglio rigido che si agganciava a tutti gli spuntoni, e suonava sulla roccia come un cavo da teleferica. Alle sette eravamo in riva a un laghetto ghiacciato, ed era buio. Mangiammo il poco che ci avanzava, costruimmo un futile muretto a secco dalla parte del vento e ci mettemmo a dormire per terra, serrati l'uno contro l'altro. Era come se anche il tempo si fosse congelato; ci alzavamo ogni tanto in piedi per riattivare la circolazione, ed era sempre la stessa ora; il vento soffiava sempre, c'era sempre uno spettro di luna, sempre allo stesso punto del cielo, e davanti alla luna una cavalcata fantastica di nuvole stracciate, sempre uguale. Ci eravamo tolte le scarpe, come descritto nei libri di Lammer cari a Sandro, e tenevamo i piedi nei sacchi; alla prima luce funerea, che pareva venire dalla neve e non dal cielo, ci levammo con le membra intormentite e gli occhi spiritati per la veglia, la fame e la durezza del giaciglio: e trovammo le scarpe talmente gelate che suonavano come campane, e per infilarle dovemmo covarle come fanno le galline.

Ma tornammo a valle coi nostri mezzi, e al locandiere, che ci chiedeva ridacchiando come ce la eravamo passata, e intanto sogguardava i nostri visi stralunati, rispondemmo sfrontatamente che avevamo fatto un'ottima gita, pagammo il conto e ce ne andammo con dignità. Era questa, la carne dell'orso: ed ora, che sono passati molti anni, rimpiango di averne mangiata poca, poiché, di tutto quanto la vita mi ha dato di buono, nulla ha avuto, neppure alla lontana, il sapore di quella carne che è il sapore di essere forti e liberi, liberi anche di sbagliare, e padroni del proprio destino. Perciò sono grato a Sandro per avermi messo coscientemente nei guai, in quella ed in altre imprese insensate solo in apparenza, e so con certezza che queste mi hanno servito piú tardi.

Non hanno servito a lui, o non a lungo. Sandro era Sandro Delmastro, il primo caduto del Comando Militare Piemontese del Partito d'Azione. Dopo pochi mesi di tensione estrema, nell'aprile del 1944 fu catturato dai fascisti, non si arrese e tentò la fuga dalla Casa Littoria di Cuneo. Fu ucciso, con una scarica di mitra alla nuca, da un mostruoso carnefice-bambino, uno di quegli sciagurati sgherri di quindici anni che la repubblica di Salò aveva arruolato nei riformatori. Il suo corpo rimase a lungo abbandonato in mezzo al viale, perché i fascisti avevano vietato alla popolazione di dargli sepoltura.

Oggi so che è un'impresa senza speranza rivestire un uomo di parole, farlo rivivere in una pagina scritta: un uomo come Sandro in specie. Non era uomo da raccontare né da fargli monumenti, lui che dei monumenti rideva: stava tutto nelle azioni, e, finite quelle, di lui non resta nulla; nulla se non parole, appunto.

Potassio

Nel gennaio del 1941 le sorti dell'Europa e del mondo sembravano segnate. Solo qualche illuso poteva ancora pensare che la Germania non avrebbe vinto; gli stolidi inglesi «non si erano accorti di aver perso la partita» e resistevano ostinatamente ai bombardamenti, ma erano soli, e subivano sanguinosi rovesci su tutti i fronti. Solo un cieco e sordo volontario poteva dubitare sul destino riserbato agli ebrei in un'Europa tedesca: avevamo letto *I fratelli Oppenheim* di Feuchtwanger, importato nascostamente dalla Francia, e un *Libro Bianco* inglese, arrivato dalla Palestina, in cui si descrivevano le «atrocità naziste»; ne avevamo creduto una metà, ma bastava. Molti profughi dalla Polonia e dalla Francia erano approdati in Italia, ed avevamo parlato con loro: non conoscevano i particolari della strage che si andava svolgendo sotto un mostruoso velo di silenzio, ma ognuno di loro era un messaggero come quelli che accorrono a Giobbe, per dirgli «io solo sono scampato per raccontarlo».

Eppure, se si voleva vivere, se si voleva in qualche modo trarre profitto della giovinezza che ci correva per le vene, non restava altra risorsa appunto che la cecità volontaria: come gli inglesi, «non ci accorgevamo», ricacciavamo tutte le minacce nel limbo delle cose non percepite o subito dimenticate. Si poteva anche, in astratto, gettare tutto e fuggire, trapiantarsi in qualche paese lontano, mitico, scelto fra i pochi che mantenevano aperte le frontiere: il Madagascar, l'Honduras Britannico; ma per fare questo occorrevano molti quattrini ed una favolosa capacità d'iniziativa, ed io, la mia famiglia e i miei amici non possedevamo né gli uni né l'altra. D'altronde, viste da vicino e nel dettaglio, le cose non sembravano poi cosí disastrose: l'Italia intorno a noi, o per meglio dire (in un tempo in cui si viaggiava poco) il Piemonte e Torino, non ci erano nemici. Il Piemonte era la nostra patria vera, quella in cui ci riconoscevamo; le montagne attorno a Torino, visibili nei giorni chiari, e a portata di bicicletta, erano nostre, non sostituibili, e ci avevano insegnato la fatica, la sopportazione, ed una certa saggezza. In Piemonte, e a Torino, erano insomma le nostre radici, non poderose ma profonde, estese e fantasticamente intrecciate.

Né in noi, né piú in generale nella nostra generazione, «ariani» o ebrei che fossimo, si era ancora fatta strada l'idea che resistere al fascismo si doveva e si poteva. La nostra resistenza di allora era passiva, e si limitava al rifiuto, all'isolamento, al non lasciarsi contaminare. Il seme della lotta attiva non era sopravvissuto fino a noi, era stato soffocato pochi anni prima, con l'ultimo colpo di falce che aveva relegato in prigione, al confino, all'esilio o al silenzio gli ultimi protagonisti e testimoni torinesi, Einaudi, Ginzburg, Monti, Vittorio Foa, Zini, Carlo Levi. Questi nomi non ci dicevano niente, non sapevamo quasi nulla di loro, il fascismo intorno a noi non aveva antagonisti. Bisognava ricominciare dal niente, «inventare» un nostro antifascismo, crearlo dal germe, dalle radici, dalle nostre radici. Cercavamo intorno a noi, e imboccavamo strade che portavano poco lontano. La Bibbia, Croce, la geometria, la fisica, ci apparivano fonti di certezza.

Ci radunavamo nella palestra del «Talmúd Thorà», della Scuola della Legge, come orgogliosamente si chiamava la vetusta scuola elementare ebraica, e ci insegnavamo a vicenda a ritrovare nella Bibbia la giustizia e l'ingiustizia e la forza che abbatte l'ingiustizia: a riconoscere in Assuero e in Nabucodonosor i nuovi oppressori. Ma dov'era Kadosh Barukhú, «il Santo, Benedetto sia Egli», colui che spezza le catene degli schiavi e sommerge i carri degli Egizi? Colui che, aveva dettato la Legge a Mosè, ed ispirato i liberatori Ezra e Neemia, non ispirava piú nessuno, il cielo sopra noi era silenzioso e vuoto: lasciava sterminare i ghetti polacchi, e lentamente, confusamente, si faceva strada in noi l'idea che eravamo soli, che non avevamo alleati su cui contare, né in terra né in cielo, che la forza di resistere avremmo dovuto trovarla in noi stessi. Non era dunque del tutto assurdo l'impulso che ci spingeva allora a conoscere i nostri limiti: a percorrere centinaia di chilometri in bicicletta, ad arrampicarci con furia e pazienza su pareti di roccia che conoscevamo male, a sottoporci volontariamente alla fame, al freddo e alla fatica, ad allenarci al sopportare e al decidere. Un chiodo entra o non entra: la corda tiene o non tiene; anche queste erano fonti di certezza.

La chimica, per me, aveva cessato di esserlo. Conduceva al cuore della Materia, e la Materia ci era alleata appunto perché lo Spirito, caro al fascismo, ci era nemico; ma, giunto al IV anno di Chimica Pura, non potevo piú ignorare che la chimica stessa, o almeno quella che ci veniva somministrata, non rispondeva alle mie domande. Preparare il bromobenzene o il violetto metile secondo il Gattermann era divertente, anche esilarante, ma non molto diverso dal seguire le ricette dell'Artusi. Perché in quel modo, e non in un altro? Dopo di essere stato ingozzato in liceo delle verità rivelate dalla Dottrina del Fascismo, tutte le verità rivelate, non dimostrate, mi erano venute a noia o in sospetto. Esistevano teoremi di chimica? No: perciò bisognava andare oltre, non accontentarsi del «quia», risalire alle origini, alla matematica ed alla fisica. Le origini della chimica erano ignobili, o almeno equivoche: gli antri degli alchimisti, la loro abominevole confusione di idee e di linguaggio, il loro confessato interesse all'oro, i loro imbrogli levantini da ciarlatani o da maghi; alle origini della fisica stava invece la strenua chiarezza dell'occidente, Archimede ed Euclide. Sarei diventato un fisico, «ruat coelum»: magari senza laurea, poiché Hitler e Mussolini me lo proibivano.

Faceva parte del programma del IV anno di Chimica un breve corso di esercitazioni di fisica: semplici misure di viscosità, tensione superficiale, potere rotatorio e simili. Il corso era diretto da un giovane assistente, magro, alto, un po' curvo, gentile e straordinariamente timido, che si comportava in un modo a cui non eravamo abituati. Gli altri nostri insegnanti, quasi senza eccezione, si mostravano convinti dell'importanza ed eccellenza della materia che insegnavano; alcuni lo erano in buona fede, per altri si trattava palesemente di una questione di supremazia personale, di territorio di caccia. Quell'assistente, invece, aveva quasi l'aria di scusarsi davanti a noi, di mettersi dalla nostra parte: nel suo sorriso un po' impacciato, e signorilmente ironico, sembrava di poter leggere: «So anch'io che con questi apparecchi antiquati e consunti non combinerete nulla di utile, e che inoltre queste sono futilità marginali, e la sapienza abita altrove; ma è un mestiere che voi dovete fare e io anche, e perciò, per favore, cercate di non far troppi danni e di imparare quanto potete». In breve, tutte le ragazze del corso si innamorarono di lui.

Nel giro di quei mesi avevo fatto disperati tentativi di entrare come allievo interno presso questo o quel professore. Alcuni, a bocca torta o magari con burbanza, mi avevano risposto che le leggi razziali lo vietavano; altri avevano fatto ricorso a pretesti fumosi e inconsistenti. Incassato compostamente il quarto o quinto rifiuto, stavo rincasando una sera, in bicicletta, con addosso una cappa quasi tangibile di scoramento e di amarezza. Risalivo svogliatamente via Valperga Caluso, mentre dal Valentino giungevano e mi sorpassavano folate di nebbia gelida; era ormai notte, e la luce dei lampioni, mascherati di violetto per l'oscuramento, non riusciva a prevalere sulla foschia e sulle tenebre. I passanti erano rari e frettolosi: ed ecco, uno fra questi attirò la mia attenzione. Procedeva nella mia direzione con passo lungo e lento, portava un lungo cappotto nero ed era a capo scoperto, e camminava un po' curvo, ed assomigliava all'Assistente, era l'Assistente. Lo sorpassai, incerto sul da farsi; poi mi feci coraggio, tornai indietro, ed ancora una volta non osai interpellarlo. Che cosa sapevo di lui? Niente: poteva essere un indifferente, un ipocrita, addirittura un nemico. Poi pensai che non rischiavo nulla se non un ulteriore rifiuto, e senza ambagi gli chiesi se sarebbe stato possibile essere accolto per un lavoro sperimentale nel suo istituto. L'Assistente mi guardò sorpreso: in luogo del lungo discorso che avrei potuto aspettare, mi rispose con due parole del Vangelo: «Viemmi retro».

L'interno dell'Istituto di Fisica Sperimentale era pieno di polvere e di fantasmi secolari. C'erano file di armadi a vetri zeppi di foglietti ingialliti e mangiati da topi e tarme: erano osservazioni di eclissi, registrazioni di terremoti, bollettini meteorologici bene addietro nel secolo scorso. Lungo la parete di un corridoio trovai una straordinaria tromba, lunga piú di dieci metri, di cui nessuno sapeva piú l'origine, lo scopo e l'uso: forse per annunciare il giorno del Giudizio, in cui tutto ciò che si nasconde apparirà. C'era una eolipila in stile Secessione, una fontana di Erone, e tutta una fauna obsoleta e prolissa di aggeggi destinati da generazioni alle dimostrazioni in aula: una forma patetica ed ingenua di fisica minore, in cui conta piú la coreografia del concetto. Non è illusionismo né gioco di prestigio, ma confina con loro.

L'Assistente mi accolse nello sgabuzzino a pian terreno dove lui stesso abitava, e che era irto di apparecchi ben diversi, entusiasmanti e sconosciuti. Alcune molecole sono portatrici di un dipolo elettrico, si comportano insomma in un campo elettrico come minuscoli aghi di bussola: si orientano, alcune piú pigramente, altre meno. A seconda delle condizioni, obbediscono con maggiore o minore rispetto a certe leggi: ecco, quegli apparecchi servivano a chiarire queste condizioni e questo rispetto cosí lacunoso. Aspettavano chi li usasse: lui era indaffarato per altre questioni (di astrofisica, mi precisò, e la notizia mi percosse le midolla: avevo dunque davanti a me, in carne ed ossa, un astrofisico!), e inoltre non era pratico di certe manipolazioni che riteneva necessarie per purificare i prodotti da sottoporre alle misure; per queste occorreva un chimico, e il chimico benvenuto ero io. Mi cedeva volentieri il campo e gli strumenti. Il campo erano due metri quadrati di tavolo e scrivania; gli strumenti, una piccola famiglia, ma i piú importanti erano la bilancia di Westphal e l'eterodina. La prima, la conoscevo già; con la seconda feci presto amicizia. Era in sostanza un apparecchio radioricevente, costruito in modo da svelare minime differenze di frequenza: ed infatti, usciva brutalmente di sintonia, ed abbaiava come un cane da pagliaio, solo che l'operatore si muovesse sulla sedia, o spostasse una mano, o addirittura se soltanto entrava qualcuno nella camera. In certe ore del giorno, inoltre, rivelava tutto un intricato universo di misteriosi messaggi, ticchettii in Morse, sibili modulati, e voci umane deformate e smozzicate, che pronunciavano frasi in lingue incomprensibili, o altre in italiano, ma erano frasi insensate, in codice. Era la babele radiofonica della guerra, messaggi di morte trasmessi da navi od aerei, da chissà chi a chissà chi, al di là dei monti e del mare.

Al di là dei monti e del mare, mi spiegò l'Assistente, esisteva un sapiente di nome Onsager, del quale lui non sapeva nulla salvo che aveva elaborato una equazione che pretendeva di descrivere il comportamento delle molecole polari in tutte le condizioni, purché si trovassero allo stato liquido. L'equazione funzionava bene per le soluzioni diluite; non risultava che nessuno si fosse curato di verificarla per soluzioni concentrate, per liquidi polari puri, e per miscele di questi ultimi. Era questo il lavoro che mi proponeva, e che io accettai con indiscriminato entusiasmo: preparare una serie di liquidi complessi, e controllare se obbedivano alla equazione di Onsager. Come primo passo, avrei dovuto fare quello che lui non sapeva fare: a quel tempo non era facile trovare prodotti puri per analisi, ed io avrei dovuto dedicarmi per qualche settimana a purificare benzene, clorobenzene, clorofenoli, amminofenoli, toluidine ed altro.

Bastarono poche ore di contatto perché la figura dell'Assistente si definisse. Aveva trent'anni, era sposato da poco, veniva da Trieste ma era di origine greca, conosceva quattro lingue, amava la musica, Huxley, Ibsen, Conrad, ed il Thomas Mann a me caro. Amava anche la fisica, ma aveva in sospetto ogni attività che fosse tesa ad uno scopo: perciò era nobilmente pigro, e detestava il fascismo naturaliter.

Il suo rapporto con la fisica mi rese perplesso. Non esitò a trafiggere il mio ultimo ippogrifo, confermando con parole esplicite quel messaggio sulle «futilità marginali» che avevamo letto nei suoi occhi in laboratorio. Non soltanto quelle nostre umili esercitazioni, ma l'intera fisica era marginale, per natura, per vocazione, in quanto si prefiggeva di dare norma all'universo delle apparenze, mentre la verità, la realtà, l'intima essenza delle cose e dell'uomo stanno altrove, celate dietro un velo, o sette veli (non ricordo con esattezza). Lui era un fisico, e piú precisamente un astrofisico, diligente e volenteroso, ma privo di illusioni: il Vero era oltre, inaccessibile ai nostri telescopi, accessibile agli iniziati; era quella una lunga strada che lui stava percorrendo con fatica, meraviglia e gioia profonda. La fisica era prosa: elegante ginnastica della mente, specchio del Creato, chiave al dominio dell'uomo sul pianeta; ma qual è la statura del Creato, dell'uomo e del pianeta? La sua strada era lunga, e lui l'aveva appena iniziata, ma io ero suo discepolo: volevo seguirlo?

Era una richiesta terribile. Essere discepolo dell'Assistente era per me un godimento di ogni minuto, un legame mai sperimentato prima, privo d'ombre, reso piú intenso dalla certezza che quel rapporto era mutuo: io ebreo, emarginato e reso scettico dagli ultimi rivolgimenti, nemico della violenza ma non ancora risucchiato dalla necessità dell'opposta violenza, dovevo essere per lui l'interlocutore ideale, un foglio bianco su cui qualunque messaggio poteva essere inciso.

Non inforcai il nuovo gigantesco ippogrifo che l'Assistente mi offriva. In quei mesi i tedeschi distruggevano

Belgrado, spezzavano la resistenza greca, invadevano Creta dall'aria: era quello il Vero, quella la Realtà. Non c'erano scappatoie, o non per me. Meglio rimanere sulla Terra, giocare coi dipoli in mancanza di meglio, purificare il benzene e prepararsi per un futuro sconosciuto, ma imminente e certamente tragico. Purificare il benzene, poi, nelle condizioni in cui la guerra ed i bombardamenti avevano ridotto l'Istituto, non era un'impresa da poco: l'Assistente mi precisò che avevo mano del tutto libera, potevo rovistare dappertutto dalle cantine al solaio, impossessarmi di qualsiasi strumento o prodotto, ma non acquistare nulla: neppure lui lo poteva, era un regime di autarchia assoluta.

Trovai nello scantinato un bottiglione di benzene tecnico, al 95 per cento di purezza: meglio che niente, ma i manuali prescrivevano di rettificarlo e poi di sottoporlo ad una ultima distillazione in presenza di sodio, per liberarlo dalle ultime tracce di umidità. Rettificare significa distillare frazionatamente, scartando le frazioni che bollono piú basso o piú alto del prescritto e raccogliendo il «cuore», che dovrebbe bollire a temperatura costante: trovai nell'inesauribile cantina la vetreria necessaria, ivi compresa una di quelle colonnine di Vigreux, graziose come una trina, opera della sovrumana pazienza ed abilità dei soffiatori di vetro, ma (sia detto fra noi) di efficienza discutibile; il bagnomaria me lo fabbricai con un pentolino d'alluminio.

Distillare è bello. Prima di tutto, perché è un mestiere lento, filosofico e silenzioso, che ti occupa ma ti lascia tempo di pensare ad altro, un po' come l'andare in bicicletta. Poi, perché comporta una metamorfosi: da liquido a vapore (invisibile), e da questo nuovamente a liquido; ma in questo doppio cammino, all'in su ed all'in giú, si raggiunge la purezza, condizione ambigua ed affascinante, che parte dalla chimica ed arriva molto lontano. E finalmente, quando ti accingi a distillare, acquisti la consapevolezza di ripetere un rito ormai consacrato dai secoli, quasi un atto religioso, in cui da una materia imperfetta ottieni l'essenza, l'«usía», lo spirito, ed in primo luogo l'alcool, che rallegra l'animo e riscalda il cuore. Impiegai due buoni giorni per ottenere una frazione di purezza soddisfacente: per questa operazione, dato che dovevo lavorare con fiamma libera, mi ero volontariamente relegato in una cameretta al 1° piano, deserta e vuota, e lontana da ogni presenza umana.

Ora si trattava di distillare una seconda volta in presenza di sodio. Il sodio è un metallo degenere: è anzi un metallo solo nel significato chimico della parola, non certo in quello del linguaggio quotidiano. Non è né rigido né elastico, è anzi molle come la cera; non è lucente, o meglio, lo è solo se conservato con attenzioni maniache, poiché altrimenti reagisce in pochi istanti con l'aria ricoprendosi di una brutta cotenna ruvida: con anche maggiore rapidità reagisce con l'acqua, sulla quale galleggia (un metallo che galleggia!) danzando freneticamente e svolgendo idrogeno. Frugai invano il ventre dell'Istituto: trovai dozzine di ampolle etichettate, come Astolfo sulla Luna, centinaia di composti astrusi, altri vaghi sedimenti anonimi apparentemente non toccati da generazioni, ma sodio niente. Trovai invece una boccetta di potassio: il potassio è gemello del sodio, perciò me ne impadronii e ritornai al mio eremitaggio.

Misi nel palloncino del benzene un grumo di potassio «della grossezza di mezzo pisello» (cosí il manuale) e distillai diligentemente il tutto: verso la fine della operazione spensi doverosamente la fiamma, smontai l'apparecchio, lasciai che il poco liquido rimasto nel pallone si raffreddasse un poco, e poi, con un lungo ferro acuminato, infilzai il «mezzo pisello» di potassio e lo estrassi.

Il potassio, come ho detto, è gemello del sodio, ma reagisce con l'aria e con l'acqua con anche maggiore energia: è noto a tutti (ed era noto anche a me) che a contatto con l'acqua non solo svolge idrogeno, ma anche si infiamma. Perciò trattai il mio mezzo pisello come una santa reliquia; lo posai su di un pezzo di carta da filtro asciutta, ne feci un involtino, discesi nel cortile dell'Istituto, scavai una minuscola tomba e vi seppellii il piccolo cadavere indemoniato. Ricalcai bene la terra sopra e risalii al mio lavoro.

Presi il pallone ormai vuoto, lo posi sotto il rubinetto ed aprii l'acqua. Si udì un rapido tonfo, dal collo del pallone uscì una vampa diretta verso la finestra che era vicina al lavandino, e le tende di questa presero fuoco. Mentre armeggiavo alla ricerca di qualche mezzo anche primitivo di estinzione, incominciarono ad abbrustolire i pannelli degli scuri, ed il locale era ormai pieno di fumo. Riuscii ad accostare una sedia ed a strappare le tende: le buttai a terra e le calpestai rabbiosamente, mentre già il fumo mi aveva mezzo accecato e il sangue mi batteva con violenza nelle tempie.

A cose finite, quando tutti i brandelli incandescenti furono spenti, rimasi in piedi per qualche minuto, atono e come istupidito, con le ginocchia sciolte, a contemplare le tracce del disastro senza vederle. Appena ebbi ripreso un po' di fiato scesi al piano di sotto e raccontai l'episodio all'Assistente. Se è vero che non c'è maggior dolore che ricordarsi del tempo felice nella miseria, è altrettanto vero che rievocare una angoscia ad animo tranquillo, seduti quieti alla scrivania, è fonte di soddisfazione profonda.

L'Assistente ascoltò la mia relazione con attenzione educata ma con un'aria curiosa: chi mi aveva costretto a imbarcarmi in quella navigazione, e a distillare il benzene con tutte quelle cure? In fondo mi stava bene: sono queste le cose che accadono ai profani, a coloro che si attardano a giocare davanti alle porte del tempio invece di penetrarvi. Ma non disse nulla; assunse per l'occasione (malvolentieri come sempre) la distanza gerarchica, e mi fece notare che un pallone vuoto non s'incendia: vuoto non doveva essere stato. Doveva aver contenuto, se non altro, il vapore del benzene, oltre naturalmente all'aria penetrata dal collo. Ma non s'è mai visto che il vapore di benzene, a freddo, prenda fuoco da sé: solo il potassio poteva aver acceso la miscela, ed il potassio io l'avevo tolto. Tutto?

Tutto, risposi io: ma mi venne un dubbio, risalii sul luogo dell'incidente, e trovai ancora a terra i cocci del pallone; su uno di essi, guardando bene, si scorgeva, appena visibile, una macchiolina bianca. La saggiai con la fenolftaleina: era basica, era idrossido di potassio. Il colpevole era trovato: aderente al vetro del pallone doveva essere rimasto un frammento minuscolo di potassio, quanto era bastato per reagire con l'acqua che io avevo introdotta ed incendiare i vapori di benzene.

L'Assistente mi guardava con occhio divertito e vagamente ironico: meglio non fare che fare, meglio meditare che agire, meglio la sua astrofisica, soglia dell'Inconoscibile, che la mia chimica impastata di puzze, scoppi e piccoli misteri futili. Io pensavo ad un'altra morale, piú terrena e concreta, e credo che ogni chimico militante la potrà confermare: che occorre diffidare del quasi-uguale (il sodio è quasi uguale al potassio: ma col sodio non sarebbe successo nulla), del praticamente identico, del pressapoco, dell'oppure, di tutti i surrogati e di tutti i rappezzi. Le differenze possono essere piccole, ma portare a conseguenze radicalmente diverse, come gli aghi degli scambi; il mestiere del chimico consiste in buona parte nel guardarsi da queste differenze, nel conoscerle da vicino, nel prevederne gli effetti. Non solo il mestiere del chimico.

Nichel

Avevo in un cassetto una pergamena miniata, con su scritto in eleganti caratteri che a Primo Levi, di razza ebraica, veniva conferita la laurea in Chimica con 110 e lode: era dunque un documento ancipite, mezzo gloria e mezzo scherno, mezzo assoluzione e mezzo condanna. Stava in quel cassetto dal luglio 1941, ed era finito novembre; il mondo precipitava alla catastrofe, ed intorno a me non capitava nulla. I tedeschi erano dilagati in Polonia, in Norvegia, in Olanda, in Francia, in Jugoslavia, e penetravano nelle pianure russe come una lama nel burro; gli Stati Uniti non si muovevano in aiuto degli inglesi, che erano rimasti soli. Io non trovavo lavoro, e mi estenuavo nella ricerca di una qualsiasi occupazione retribuita; nella camera accanto mio padre, prostrato da un tumore, viveva i suoi ultimi mesi.

Suonò il campanello: era un giovane alto e magro, in divisa di tenente del Regio Esercito, ed io non tardai a ravvisare in lui la figura del messaggero, del mercurio che guida le anime, o se vogliamo dell'angelo annunciatore: di colui insomma che ognuno attende, lo sappia o no, e che porta il messaggio celeste che ti fa cambiare vita, per il bene o per il male, ancora non lo sai, fino a che lui non abbia aperto bocca.

Aprí bocca, ed aveva un forte accento toscano, e chiese del Dottor Levi, che incredibilmente ero io (al titolo non mi ero ancora abituato); si presentò urbanamente e mi propose un lavoro. Chi lo mandava da me? Un altro mercurio, Caselli, il custode inflessibile della fama altrui: la «lode» della mia laurea a qualcosa aveva pure servito.

Che io fossi ebreo, il Tenente mostrava di saperlo (del resto, il mio cognome si presta poco ai dubbi), ma sembrava che non gliene importasse. Sembrava anzi qualcosa di piú: che la faccenda in qualche modo gli andasse a genio, che provasse un gusto acre e sottile nel contravvenire alle leggi della separazione, che insomma fosse in segreto un alleato, e cercasse in me un alleato.

Il lavoro che mi propose era misterioso e pieno di fascino. «In qualche luogo» c'era una miniera, dalla quale si ricavava il 2 per cento di qualcosa di utile (non mi disse che cosa) ed il 98 per cento di sterile, che veniva scaricato in una valle accanto. In questo sterile c'era del nichel: pochissimo, ma il suo prezzo era talmente alto che il suo recupero poteva essere preso in considerazione. Lui aveva un'idea, anzi un grappolo di idee, però era in servizio militare ed aveva poco tempo libero: io avrei dovuto sostituirlo, sperimentare in laboratorio le sue idee, e se possibile poi, insieme con lui, realizzarle industrialmente. Era chiaro che si rendeva necessario il mio trasferimento nel «qualche luogo», che mi venne sommariamente descritto: questo trasferimento sarebbe avvenuto sotto un duplice sigillo di segretezza. In primo luogo, a mia protezione, nessuno avrebbe dovuto conoscere il mio nome né la mia origine abominevole, perché il qualche luogo era sotto il controllo dell'autorità militare; in secondo, a protezione della sua idea, io avrei dovuto impegnarmi sul mio onore a non farne parola con nessuno. Del resto, era chiaro che un segreto avrebbe consolidato l'altro, e che quindi, in certa misura, la mia condizione di fuoricasta gli veniva a taglio.

Qual era la sua idea, e dov'era il qualche luogo? Il Tenente si scusò: fino ad una mia accettazione di massima non poteva dirmi molto, era evidente; ad ogni modo, l'idea consisteva in un attacco dello sterile in fase gassosa, ed il qualche luogo era a poche ore di viaggio da Torino. Mi consigliai rapidamente coi miei. Erano d'accordo:

con la malattia di mio padre c'era in casa un bisogno urgente di quattrini. Quanto a me, non avevo il minimo dubbio: ero troppo logorato dall'inerzia, sicuro della mia chimica, e desideroso di metterla alla prova. Poi, il Tenente mi incuriosiva e mi piaceva.

Si vedeva bene che portava la divisa con ribrezzo: la sua scelta nei miei riguardi non doveva essere stata dettata soltanto da considerazioni utilitarie. Parlava del fascismo e della guerra con reticenza, e con una gaiezza sinistra che non faticai ad interpretare. Era la gaiezza ironica di un'intera generazione d'italiani, abbastanza intelligenti ed onesti per rifiutare il fascismo, troppo scettici per opporvisi attivamente, troppo giovani per accettare passivamente la tragedia che si delineava e per disperare del domani; una generazione a cui io stesso avrei appartenuto, se non fossero intervenute le provvide leggi razziali a maturarmi precocemente ed a guidarmi nella scelta.

Il Tenente prese atto del mio consenso, e senza perdere tempo mi diede appuntamento in stazione per l'indomani. Preparativi? Non ne occorrevano molti: documenti no certo (avrei preso servizio in incognito, senza nome o con un nome falso, si sarebbe visto piú avanti); qualche abito pesante, quelli da montagna potevano andare bene, un camice, libri se volevo: per il resto, nessuna difficoltà, avrei trovato una camera con riscaldamento, un laboratorio, pasti regolari presso una famiglia di operai, e colleghi buona gente, con cui peraltro mi raccomandava di non entrare in troppa confidenza per le note ragioni.

Partimmo, scendemmo dal treno ed arrivammo alla miniera dopo cinque chilometri di salita in mezzo ad un bosco splendido di brina. Il Tenente, che era un tipo spiccio, mi presentò sommariamente al Direttore, un giovane ingegnere alto e vigoroso, che era anche piú spiccio, e che evidentemente era già stato informato sulla mia situazione. Fui introdotto in laboratorio, dove mi aspettava una singolare creatura: una ragazzotta sui diciott'anni, dai capelli di fuoco e dagli occhi verdi, obliqui, maliziosi e curiosi. Appresi che sarebbe stata la mia aiutante.

Durante il pranzo, che eccezionalmente mi fu offerto nei locali degli uffici, la radio diffuse la notizia dell'attacco giapponese a Pearl Harbor e della dichiarazione di guerra del Giappone agli Stati Uniti. I miei commensali (alcuni impiegati, oltre al Tenente) accolsero l'annuncio in varia maniera: alcuni, e fra questi il Tenente stesso, con riserbo e con caute occhiate dalla mia parte; altri, con commenti preoccupati; altri ancora, sostenendo bellicosamente l'invincibilità oramai comprovata delle armate giapponesi e tedesche.

Il «qualche luogo» si era dunque localizzato nello spazio, senza però perdere nulla della sua magia. Già tutte le miniere sono magiche, da sempre. Le viscere della terra brulicano di gnomi, coboldi (cobalto!), niccoli (nichel!), che possono essere generosi e farti trovare il tesoro sotto la punta del piccone, o ingannarti, abbagliarti, facendo rilucere come l'oro la modesta pirite, o travestendo lo zinco con i panni dello stagno: e infatti, sono molti i minerali i cui nomi contengono radici che significano «inganno, frode, abbagliamento».

Anche quella miniera aveva una sua magia, un suo incanto selvaggio. In una collina tozza e brulla, tutta scheggioni e sterpi, si affondava una ciclopica voragine conica, un cratere artificiale, del diametro di quattrocento metri: era in tutto simile alle rappresentazioni schematiche dell'Inferno, nelle tavole sinottiche della *Divina Commedia*. Lungo i gironi, giorno per giorno, si facevano esplodere le volate delle mine: la pendenza delle pareti del cono era la minima indispensabile perché il materiale smosso rotolasse fino al fondo, ma senza acquistare troppo impeto. Al fondo, al posto di Lucifero, stava una poderosa chiusura a saracinesca, sotto a questa, era un breve pozzo verticale che immetteva in una lunga galleria orizzontale; questa, a sua volta, sboccava all'aria libera sul fianco della collina, a monte dello stabilimento. Nella galleria faceva la spola un treno blindato: una locomotiva piccola ma potente presentava i vagoni uno per uno sotto la saracinesca affinché si riempissero, poi li trascinava a riveder le stelle.

Lo stabilimento era costruito in cascata, lungo il pendio della collina e sotto l'apertura della galleria: in esso il minerale veniva frantumato in un mostruoso frantoio, che il Direttore mi illustrò e mostrò con entusiasmo quasi infantile: era una campana capovolta, o se vogliamo una corolla di convolvolo, del diametro di quattro metri e di acciaio massiccio: al centro, sospeso dal di sopra e guidato dal di sotto, oscillava un gigantesco batacchio. L'oscillazione era minima, appena visibile, ma bastava per fendere in un batter d'occhio i macigni che piovevano dal treno: si spaccavano, si incastravano piú in basso, si spaccavano nuovamente, ed uscivano dal di sotto in frammenti grossi come la testa di un uomo. L'operazione procedeva in mezzo ad un fracasso da apocalissi, in una nube di polvere che si vedeva fin dalla pianura. Il materiale veniva poi ulteriormente macinato fino a ghiaia, essiccato, selezionato: e ci volle assai poco per appurare che scopo ultimo di quel lavoro da ciclopi era strappare alla roccia un misero 2 per cento d'amianto che vi era intrappolato. Il resto, migliaia di tonnellate al giorno, veniva scaricato a valle alla rinfusa.

Anno dopo anno, la valle si andava riempiendo di una lenta valanga di polvere e ghiaia. L'amianto che ancora vi era contenuto rendeva la massa leggermente scorrevole, pigramente pastosa, come un ghiacciaio: l'enorme lingua grigia, punteggiata di macigni nerastri, incedeva verso il basso laboriosamente, ponderosamente, di qualche decina di metri all'anno; esercitava sulle pareti della valle una pressione tale da provocare profonde crepe trasversali nella roccia; spostava di centimetri all'anno alcuni edifici costruiti troppo in basso. In uno di questi, detto «il sottomarino» appunto per la sua silenziosa deriva, abitavo io.

C'era amianto dappertutto, come una neve cenerina: se si lasciava per qualche ora un libro su di un tavolo, e poi lo si toglieva, se ne trovava il profilo in negativo; i tetti erano coperti da uno spesso strato di polverino, che nei giorni di pioggia si imbeveva come una spugna, e ad un tratto franava violentemente a terra. Il capocava, che si chiamava Anteo, ed era un gigante obeso dalla folta barba nera che sembrava proprio traesse dalla madre terra il suo vigore, mi raccontò che, anni prima, una pioggia insistente aveva dilavato molte tonnellate d'amianto dalle pareti stesse della cava; l'amianto si era accumulato sul fondo del cono, sopra la valvola aperta, costipandosi segretamente in un tappo. Nessuno aveva dato peso alla cosa; ma aveva continuato a piovere, il cono aveva funzionato da imbuto, sul tappo si era formato un lago di ventimila metri cubi d'acqua, e ancora nessuno aveva dato peso alla cosa. Lui Anteo la vedeva brutta, ed aveva insistito presso il direttore di allora perché provvedesse in qualche modo: da buon capocava, lui propendeva per una bella mina sommersa, da far brillare senza perdere tempo sul fondo del lago; ma un po' di questo, un po' di quello, poteva essere pericoloso, si poteva danneggiare la valvola, bisognava sentire il consiglio d'amministrazione, nessuno voleva decidere, e decise la cava stessa, col suo genio maligno.

Mentre i savi deliberavano, si era udito un boato sordo: il tappo aveva ceduto, l'acqua si era inabissata nel pozzo e nella galleria, aveva spazzato via il treno con tutti i suoi vagoni, ed aveva devastato lo stabilimento. Anteo mi mostrò i segni dell'alluvione, due metri buoni al di sopra del piano inclinato.

Gli operai ed i minatori (che nel gergo locale si chiamavano «i minori») venivano dai paesi vicini, facendosi magari due ore di sentieri di montagna: gli impiegati abitavano sul posto. La pianura era a soli cinque chilometri, ma la miniera era a tutti gli effetti una piccola repubblica autonoma. In quel tempo di razionamento e di mercato nero, non c'erano lassú problemi annonari: non si sapeva come, ma tutti avevano di tutto. Molti impiegati avevano un loro orto, attorno alla palazzina quadrata degli uffici; alcuni avevano anche un pollaio. Era successo varie volte che le galline dell'uno sconfinassero nell'orto dell'altro, danneggiandolo, e ne erano nate noiose controversie e faide, che male si confacevano alla serenità del luogo ed all'indole sbrigativa del Direttore. Questi aveva troncato il nodo da par suo: aveva fatto comprare un fucile Flobert, e lo aveva appeso a un chiodo nel suo ufficio. Chiunque vedesse dalla finestra una gallina straniera razzolare nel proprio orto aveva il diritto di prendere il fucile e di spararle due volte: ma occorreva la flagranza. Se la gallina moriva sul terreno, il cadavere apparteneva allo sparatore: questa era la legge. Nei primi giorni dopo il provvedimento si era assistito a molte rapide corse al fucile e sparatorie, mentre tutti i non interessati facevano scommesse, ma poi non c'erano piú stati sconfinamenti.

Altre storie meravigliose mi vennero raccontate, come quella del cane del Signor Pistamiglio. Questo Signor Pistamiglio, al mio tempo, era ormai sparito da anni, ma sempre viva era la sua memoria, e, come avviene, si andava ricoprendo di una patina dorata di leggenda. Il Signor Pistamiglio era dunque un ottimo caporeparto, non piú giovane, scapolo, pieno di buon senso, stimato da tutti, ed il suo cane era un bellissimo lupo, altrettanto probo e stimato.

Era venuto un certo Natale, ed erano spariti quattro dei tacchini piú grassi nel paese giú a valle. Pazienza: si era pensato ai ladri, alla volpe, poi piú a niente. Ma venne un altro inverno, e questa volta di tacchini ne erano spariti sette, fra novembre e dicembre. Era stata fatta denuncia ai carabinieri, ma nessuno avrebbe mai chiarito il mistero se non si fosse lasciata scappare una parola di troppo il Signor Pistamiglio medesimo, una sera che era un po' bevuto. I ladri di tacchini erano loro due, lui e il cane. Alla domenica lui portava il cane in paese, girava per le cascine e gli faceva vedere quali erano i tacchini piú belli e meno custoditi; gli spiegava caso per caso la strategia migliore; poi tornavano alla miniera, e lui di notte gli dava la larga, e il cane arrivava invisibile, strisciando lungo i muri come un vero lupo, saltava il recinto del pollaio oppure scavava un passaggio sotto, accoppava in silenzio il tacchino e lo riportava al suo complice. Non risulta che il Signor Pistamiglio vendesse i tacchini: secondo la versione piú accreditata, li regalava alle sue amanti, che erano numerose, brutte, vecchie, e sparse in tutte le Prealpi piemontesi.

Mi vennero raccontate moltissime storie: a quanto pareva, tutti i cinquanta abitatori della miniera avevano reagito fra loro, a due a due, come nel calcolo combinatorio; voglio dire, ognuno con tutti gli altri, ed in specie ogni uomo con tutte le donne, zitelle o maritate, ed ogni donna con tutti gli uomini. Bastava scegliere due nomi a caso, meglio se di sesso diverso, e chiedere a un terzo: «Che c'è stato fra loro?», ed ecco, mi veniva dipanata una splendida storia, poiché ognuno conosceva la storia di tutti. Non è chiaro perché queste vicende, spesso intricate e sempre intime, le raccontassero con tanta facilità proprio a me, che invece non potevo raccontare nulla a nessuno, neppure il mio vero nome; ma pare che questo sia il mio pianeta (e non me ne lamento affatto): io sono uno a cui molte cose vengono raccontate.

Registrai, in diverse varianti, una saga remota, risalente ad un'epoca ancora di molto anteriore allo stesso Signor Pistamiglio: c'era stato un tempo in cui, negli uffici della miniera, era prevalso un regime da Gomorra. In quella leggendaria stagione, ogni sera, quando suonava la sirena delle cinque e mezza, nessuno degli impiegati andava a casa. A quel segnale, di fra le scrivanie scaturivano liquori e materassi, e si scatenava un'orgia che avvolgeva tutto e tutti, giovani dattilografe implumi e contabili stempiati, dal direttore di allora giú giú fino agli uscieri invalidi civili: il triste rondò delle scartoffie minerarie cedeva il campo ad un tratto, ogni sera, ad una sterminata fornicazione interclassista, pubblica e variamente intrecciata. Nessun superstite era sopravvissuto fino al nostro tempo, a portare testimonianza diretta: una sequenza di bilanci disastrosi aveva costretto l'Amministrazione di Milano ad un intervento drastico e purificatore. Nessuno, salvo la Signora Bortolasso, che, mi si assicurò, sapeva tutto, aveva visto tutto, ma non parlava per la sua pudicizia estrema.

La Signora Bortolasso, del resto, non parlava mai con nessuno, salvo che per strette necessità di lavoro. Prima di chiamarsi cosí, si era chiamata la Gina delle Benne: a diciannove anni, già dattilografa negli uffici, si era innamorata di un giovane minatore smilzo e fulvo, che, senza ricambiarlo propriamente, mostrava tuttavia di accettare questo amore; ma «i suoi di lei» erano stati irremovibili. Avevano speso soldi per i suoi studi, e lei doveva mostrare gratitudine, fare un buon matrimonio, e non mettersi col primo venuto; ed anzi, poiché la ragazza queste cose non le intendeva, ci avrebbero pensato loro; che la piantasse col suo pelo rosso, oppure via di casa e via dalla miniera.

La Gina si era disposta ad aspettare i ventun anni (non gliene mancavano che due): ma il rosso non aspettò lei. Si fece vedere di domenica con un'altra donna, poi con una terza, e finí con lo sposarne una quarta. La Gina prese allora una decisione crudele: se non aveva potuto legare a sé l'uomo di cui le importava, l'unico, ebbene, non sarebbe stata di nessun altro. Monaca no, era di idee moderne: ma si sarebbe vietato per sempre il matrimonio in un modo raffinato e spietato, e cioè sposandosi. Era ormai un'impiegata di concetto, necessaria all'Amministrazione, dotata di una memoria di ferro e di una diligenza proverbiale: e fece sapere a tutti, ai genitori ed ai superiori, che intendeva sposare Bortolasso, lo scemo della miniera.

Questo Bortolasso era un manovale di mezza età, forte come un mulo e sporco come un verro. Non doveva essere uno scemo puro: è piú probabile che appartenesse a quel tipo umano di cui si dice in Piemonte che fanno i folli per non pagare il sale; al riparo dietro l'immunità che si concede ai deboli di mente, Bortolasso esercitava con negligenza estrema la funzione di giardiniere. Con una negligenza tale da sconfinare in un'astuzia rudimentale: sta bene, il mondo lo aveva dichiarato irresponsabile, ed ora doveva sopportarlo come tale, anzi mantenerlo ed avere cura di lui.

L'amianto bagnato dalla pioggia si estrae male, perciò

il pluviometro, alla miniera, era molto importante: stava in mezzo ad un'aiuola, ed il Direttore stesso ne rilevava le indicazioni. Bortolasso, che ogni mattina innaffiava le aiuole, prese l'abitudine di innaffiare anche il pluviometro, inquinando severamente i dati dei costi d'estrazione; il Direttore (non subito) se ne accorse, e gli impose di smetterla. «Allora gli piace asciutto», ragionò Bortolasso: e dopo ogni pioggia andava ad aprire la valvola di fondo dello strumento.

Al tempo del mio arrivo la situazione si era stabilizzata da un pezzo. La Gina, ormai Signora Bortolasso, era sui trentacinque anni: la modesta bellezza del suo viso si era irrigidita e fissata in una maschera tesa e pronta, e recava manifesto lo stigma della verginità protratta. Perché vergine era rimasta: tutti lo sapevano perché Bortolasso lo raccontava a tutti. Questi erano stati i patti, al tempo del matrimonio; lui li aveva accettati, anche se poi, quasi tutte le notti, aveva cercato di violare il letto della donna. Ma lei si era difesa furiosamente, ed ancora si difendeva: mai e poi mai un uomo, e meno che tutti quello, avrebbe potuto toccarla.

Queste battaglie notturne fra i tristi coniugi erano diventate la favola della miniera, ed una delle sue poche attrazioni. In una delle prime notti tiepide, un gruppo di aficionados mi invitarono ad andare con loro per sentire che cosa capitava. Io rifiutai, e loro tornarono delusi poco dopo: si udiva solo un trombone che suonava *Faccetta Nera*. Mi spiegarono che qualche volta succedeva; lui era uno scemo musicale, e si sfogava cosí.

Del mio lavoro mi innamorai fin dal primo giorno, benché non si trattasse d'altro, in quella fase, che di analisi quantitative su campioni di roccia: attacco con acido fluoridrico, giú il ferro con ammoniaca, giú il nichel (quanto poco! un pizzico di sedimento rosa) con dimetilgliossima, giú il magnesio con fosfato, sempre uguale, tutti i santi giorni: in sé, non era molto stimolante. Ma stimolante e nuova era un'altra sensazione: il campione da analizzare non era piú un'anonima polverina manufatta, un quiz materializzato; era un pezzo di roccia, viscera della terra, strappata alla terra per forza di mine: e sui dati delle analisi giornaliere nasceva a poco a poco una mappa, il ritratto delle vene sotterranee. Per la prima volta dopo diciassette anni di carriera scolastica, di aoristi e di guerre del Peloponneso, le cose imparate incominciavano dunque a servirmi. L'analisi quantitativa, cosí avara di emozioni, greve come il granito, diventava viva, vera, utile, inserita in un'opera seria e concreta. Serviva: era inquadrata in un piano, una tessera di un mosaico. Il metodo analitico che seguivo non era piú un dogma libresco, veniva ricollaudato ogni giorno, poteva essere affinato, reso conforme ai nostri scopi, con un gioco sottile di ragione, di prove e di errori. Sbagliare non era piú un infortunio vagamente comico, che ti guasta un esame o ti abbassa il voto: sbagliare era come quando si va su roccia, un misurarsi, un accorgersi, uno scalino in su, che ti rende piú valente e piú adatto.

La ragazza del laboratorio si chiamava Alida. Assisteva ai miei entusiasmi di neofita senza condividerli; ne era anzi sorpresa e un po' urtata. La sua presenza non era sgradevole. Veniva dal liceo, citava Pindaro e Saffo, era figlia di un gerarchetto locale del tutto innocuo, era furba ed infingarda, e non le importava nulla di nulla, e meno che mai dell'analisi della roccia, che dal Tenente aveva imparato meccanicamente ad eseguire. Anche lei, come tutti lassú, aveva interagito con varie persone, e non ne faceva alcun mistero con me, grazie a quella mia curiosa virtú confessoria a cui ho accennato prima. Aveva litigato con molte donne per vaghe rivalità, si era innamorata un poco di molti, molto di uno, ed era fidanzata di un altro ancora, un brav'uomo grigio e dimesso, impiegato all'Ufficio Tecnico, suo compaesano, che i suoi avevano scelto per lei; anche di questo non le importava nulla. Che farci? Ribellarsi? Andarsene? No, era una ragazza di buona famiglia, il suo avvenire erano i figli e i fornelli, Saffo e Pindaro cose del passato, il nichel un astruso riempitivo. Lavoricchiava in laboratorio in attesa di quelle nozze cosí poco agognate, lavava svogliatamente i precipitati, pesava la nichel-dimetilgliossima, e mi ci volle impegno per farla persuasa che non era opportuno maggiorare il risultato delle analisi: cosa che lei tendeva a fare, anzi mi confessò di aver fatto sovente, perché, diceva, tanto non costava niente a nessuno, e faceva piacere al Direttore, al Tenente e a me.

Che cos'era poi, alla fine dei conti, quella chimica su cui il Tenente ed io ci arrovellavamo? Acqua e fuoco, nient'altro, come in cucina. Una cucina meno appetitosa, ecco: con odori penetranti o disgustosi invece di quelli domestici; se no, anche lí il grembiulone, mescolare, scottarsi le mani, rigovernare alla fine della giornata. Niente scampo per Alida. Ascoltava con devozione compunta, ed insieme con scetticismo italiano, i miei resoconti di vita torinese: erano resoconti assai censurati, perché sia lei, sia io, dovevamo pure stare al gioco del mio anonimato, tuttavia qualcosa non poteva non emergere: se non altro, dalle mie stesse reticenze. Dopo qualche settimana mi accorsi che non ero piú un senza nome: ero un Dottor Levi che non doveva essere chiamato Levi, né alla seconda né alla terza persona, per buona creanza, per non far nascere imbrogli. Nell'atmosfera pettegola e tollerante delle Cave, lo sfasamento fra la mia indeterminata condizione di fuoricasta e la mia visibile mitezza di costumi saltava agli occhi, e, mi confessò Alida, veniva lungamente commentata e variamente interpretata: dall'agente dell'Ovra al raccomandato d'alto livello.

Scendere a valle era scomodo, e per me anche poco prudente; poiché non potevo frequentare nessuno, le mie sere alle Cave erano interminabili. Qualche volta mi fermavo in laboratorio oltre l'ora della sirena, o ci ritornavo dopo cena a studiare, o a meditare sul problema del nichel; altre volte mi chiudevo a leggere le Storie di Giacobbe nella mia cameretta monastica del Sottomarino. Nelle sere di luna facevo sovente lunghe camminate solitarie attraverso la contrada selvaggia delle Cave, su fino al ciglio del cratere, o a mezza costa sul dorso grigio e rotto della discarica, corso da misteriosi brividi e scricchiolii, come se veramente ci si annidassero gli gnomi indaffarati: il buio era punteggiato da lontani ululati di cani nel fondo invisibile della valle.

Questi vagabondaggi mi concedevano una tregua alla consapevolezza funesta di mio padre morente a Torino, degli americani disfatti a Bataan, dei tedeschi vincitori in Crimea, ed insomma della trappola aperta, che stava per scattare: facevano nascere in me un legame nuovo, piú sincero della retorica della natura imparata a scuola, con quei rovi e quelle pietre che erano la mia isola e la mia libertà, una libertà che forse presto avrei perduta. Per quella roccia senza pace provavo un affetto fragile e precario: con essa avevo contratto un duplice legame, prima nelle imprese con Sandro, poi qui, tentandola come chimico per strapparle il tesoro. Da questo amore pietroso, e da queste solitudini d'amianto, in altre di quelle lunghe sere nacquero due racconti di isole e di libertà, i primi che mi venisse in animo di scrivere dopo il tormento dei componimenti in liceo: uno fantasticava di un mio remoto precursore, cacciatore di piombo anziché di nichel; l'altro, ambiguo e mercuriale, lo avevo ricavato da un cenno all'isola di Tristan da Cunha che mi era capitato sott'occhio in quel periodo.

Il Tenente, che prestava servizio militare a Torino, saliva alle Cave solo un giorno alla settimana. Controllava il mio lavoro, mi dava indicazioni e consigli per la settimana seguente, e si rivelò un ottimo chimico ed un ricercatore tenace ed acuto. Dopo un breve periodo orientativo, accanto alla routine delle analisi quotidiane si andò delineando un lavoro di volo piú alto.

Nella roccia delle Cave c'era dunque il nichel: assai poco, dalle nostre analisi risultava un contenuto medio dello 0,2 per cento. Risibile, in confronto ai minerali sfruttati dai miei colleghi-rivali antipodi in Canadà e in Nuova Caledonia. Ma forse il greggio poteva essere arricchito? Sotto la guida del Tenente, provai tutto il provabile: separazioni magnetiche, per flottazione, per levigazione, per stacciatura, con liquidi pesanti, col piano a scosse. Non approdai a nulla: non si concentrava nulla, in tutte le frazioni ottenute la percentuale di nichel rimaneva ostinatamente quella originale. La natura non ci aiutava: concludemmo che il nichel accompagnava il ferro bivalente, lo sostituiva come un vicario, lo seguiva come un'ombra evanescente, un minuscolo fratello: 0,2 per cento di nichel, 8 per cento di ferro. Tutti i reattivi d'attacco pensabili per il nichel avrebbero dovuto essere impiegati in dose quaranta volte superiore, anche a non tener conto del magnesio. Un'impresa economicamente disperata. Nei momenti di stanchezza, percepivo la roccia che mi circondava, il serpentino verde delle Prealpi, in tutta la sua durezza siderale, nemica, estranea: al confronto, gli alberi della valle, ormai già vestiti di primavera, erano come noi, gente anche loro, che non parla, ma sente il caldo e il gelo, gode e soffre, nasce e muore, spande polline nel vento, segue oscuramente il sole nel suo giro. La pietra no: non accoglie energia in sé, è spenta fin dai primordi, pura passività ostile; una fortezza massiccia che dovevo smantellare bastione dopo bastione per mettere le mani sul folletto nascosto, sul capriccioso nichel-Nicolao che salta ora qui ora là, elusivo e maligno, colle lunghe orecchie tese, sempre attento a fuggire davanti ai colpi del piccone indagatore, per lasciarti con un palmo di naso.

Ma non è piú tempo di folletti, di niccoli e di coboldi. Siamo chimici, cioè cacciatori: nostre sono «le due esperienze della vita adulta» di cui parlava Pavese, il successo e l'insuccesso, uccidere la balena bianca o sfasciare la nave; non ci si deve arrendere alla materia incomprensibile, non ci si deve sedere. Siamo qui per questo, per sbagliare e correggerci, per incassare colpi e renderli. Non ci si deve mai sentire disarmati: la natura è immensa e complessa, ma non è impermeabile all'intelligenza; devi girarle intorno, pungere, sondare, cercare il varco o fartelo. I miei colloqui settimanali col Tenente sembravano piani di guerra.

Fra i molti tentativi che avevamo fatti, c'era anche stato quello di ridurre la roccia con idrogeno. Avevamo disposto il minerale, finemente macinato, in una navicella di porcellana, questa in un tubo di quarzo, e nel tubo, riscaldato dall'esterno, avevamo fatto passare una corrente d'idrogeno, nella speranza che quest'ultimo strappasse l'ossigeno legato al nichel e lo lasciasse ridotto, cioè nudo, allo stato metallico. Il nichel metallico, come il ferro, è magnetico, e quindi, in questa ipotesi, sarebbe stato facile separarlo dal resto, solo o col ferro, semplicemente per mezzo di una calamita. Ma, dopo il trattamento, avevamo dibattuto invano una potente calamita nella sospensione acquosa della nostra polvere: non ne avevamo ricavato che una traccia di ferro. Chiaro e triste: l'idrogeno, in quelle condizioni, non riduceva nulla; il nichel, insieme col ferro, doveva essere incastrato stabilmente nella struttura del serpentino, ben legàto alla silice ed all'acqua, contento (per cosí dire) del suo stato ed alieno dall'assumerne un altro.

Ma se si provasse a sgangherare quella struttura? L'idea mi venne come si accende una lampada, un giorno in cui mi capitò casualmente fra le mani un vecchio diagramma tutto impolverato, opera di qualche mio ignoto predecessore; riportava la perdita di peso dell'amianto delle Cave in funzione della temperatura. L'amianto perdeva un po' d'acqua a 150 °C, poi rimaneva apparentemente inalterato fin verso gli 800 °C; qui si notava un brusco scalino con un calo di peso del 12 per cento, e l'autore aveva annotato: «diventa fragile». Ora, il serpentino è il padre dell'amianto: se l'amianto si decompone a 800 °C, anche il serpentino dovrebbe farlo; e, poiché un chimico non pensa, anzi non vive, senza modelli, mi attardavo a raffigurarmi, disegnandole sulla carta, le lunghe catene di silicio, ossigeno, ferro e magnesio, col poco nichel intrappolato fra le loro maglie, e poi le stesse dopo lo sconquasso, ridotte a corti mozziconi, col nichel scovato dalla sua tana ed esposto all'attacco; e non mi sentivo molto diverso dal remoto cacciatore di Altamira, che dipingeva l'antilope sulla parete di pietra affinché la caccia dell'indomani fosse fortunata.

Le cerimonie propiziatorie non durarono a lungo: il Tenente non c'era, ma poteva arrivare da un'ora all'altra, e temevo che non accettasse, o non accettasse volentieri, quella mia ipotesi di lavoro cosí poco ortodossa. Me la sentivo prudere su tutta la pelle: capo ha cosa fatta, meglio mettersi subito al lavoro.

Non c'è nulla di piú vivificante che un'ipotesi. Sotto lo sguardo divertito e scettico di Alida, che, essendo ormai pomeriggio avanzato, guardava ostentatamente l'orologio da polso, mi misi al lavoro come un turbine. In un attimo, l'apparecchio fu montato, il termostato tarato a 800 °C, il riduttore di pressione della bombola regolato, il flussimetro messo a posto. Scaldai il materiale per mezz'ora, poi ridussi la temperatura e feci passare idrogeno per un'altra ora: si era ormai fatto buio, la ragazza se n'era andata, tutto era silenzio sullo sfondo del cupo ronzio del Reparto Selezione, che lavorava anche di notte. Mi sentivo un po' cospiratore e un po' alchimista.

Quando il tempo fu scaduto, estrassi la navicella dal tubo di quarzo, la lasciai raffreddare nel vuoto, poi dispersi in acqua la polverina, che di verdognola si era fatta giallastra: cosa che mi parve di buon auspicio. Presi la calamita e mi misi al lavoro. Ogni volta che estraevo la calamita dall'acqua, questa si portava dietro un ciuffetto di polvere bruna: la asportavo delicatamente con carta da filtro e la mettevo da parte, forse un milligrammo per volta, perché l'analisi fosse attendibile, ci voleva almeno mezzo grammo di materiale, cioè parecchie ore di lavoro. Decisi di smettere verso mezzanotte; di interrompere la separazione, voglio dire, perché a nessun costo avrei rimandato l'inizio dell'analisi. Per quest'ultima, trattandosi di una frazione magnetica (e quindi presumibilmente povera di silicati) e condiscendendo alla mia fretta, studiai lí per lí una variante semplificata. Alle tre del mattino il risultato c'era: non piú la solita nuvoletta rosa di nichel-dimetilgliossima, ma un precipitato visibilmente abbondante. Filtrare, lavare, essiccare, pesare. Il dato finale mi apparve scritto in cifre di fuoco sul regolo calcolatore; 6 per cento di nichel, il resto ferro. Una vittoria: anche senza una ulteriore separazione, una lega da mandare tal quale al forno elettrico. Ritornai al «Sottomarino» che era quasi l'alba, con una voglia acuta di andar subito a svegliare il Direttore, di telefonare al Tenente, e di rotolarmi per i prati bui, fradici di rugiada. Pensavo molte cose insensate, e non pensavo alcune cose tristemente sensate.

Pensavo di aver aperto una porta con una chiave, e di possedere la chiave di molte porte, forse di tutte. Pensavo di aver pensato una cosa che nessun altro aveva ancora pensato, neppure in Canadà né in Nuova Caledonia, e mi sentivo invincibile e tabú, anche di fronte ai nemici vicini, ed ogni mese piú vicini. Pensavo, infine, di essermi presa una rivincita non ignobile contro chi mi aveva dichiarato biologicamente inferiore.

Non pensavo che, se anche il metodo di estrazione che avevo intravvisto avesse potuto trovare applicazione industriale, il nichel prodotto sarebbe finito per intero nelle corazze e nei proiettili dell'Italia fascista e della Germania di Hitler. Non pensavo che, in quegli stessi mesi, erano stati scoperti in Albania giacimenti di un minerale di nichel davanti a cui il nostro poteva andarsi a nascondere, e con lui ogni progetto mio, del Direttore o del Tenente. Non prevedevo che la mia interpretazione della separabilità magnetica del nichel era sostanzialmente sbagliata, come mi dimostrò il Tenente pochi giorni dopo, non appena gli ebbi comunicato i miei risultati. Né prevedevo che il Direttore, dopo aver condiviso per qualche giorno il mio entusiasmo, raffreddò il mio ed il suo quando si dovette rendere conto che non esisteva in commercio alcun selettore magnetico capace di separare un materiale in forma di polvere fine, e che su polveri piú grossolane il mio metodo non poteva funzionare.

Eppure questa storia non finisce qui. Nonostante i molti anni passati, la liberalizzazione degli scambi ed il ribasso del prezzo internazionale del nichel, la notizia dell'enorme ricchezza che giace in quella valle, sotto forma di detriti accessibili a tutti, accende ancora le fantasie. Non lontano dalle Cave, in cantine, in stalle, al limite fra la chimica e la magia bianca, c'è ancora gente che va di notte alla discarica, ne torna con sacchi di ghiaia grigia, la macina, la cuoce, la tratta con reattivi sempre nuovi. Il fascino della ricchezza sepolta, dei due chili di nobile metallo argenteo legati ai mille chili di sasso sterile che si getta via, non si è ancora estinto.

Neppure sono scomparsi i due racconti minerali che allora avevo scritti. Hanno avuto una sorte travagliata, quasi quanto la mia: hanno subito bombardamenti e fughe, io li avevo dati perduti, e li ho ritrovati di recente riordinando carte dimenticate da decenni. Non li ho voluti abbandonare: il lettore li troverà qui di seguito, inseriti, come il sogno di evasione di un prigioniero, fra queste storie di chimica militante.

Piombo

Il mio nome è Rodmund, e vengo di lontano. Il mio paese si chiama Thiuda; noi almeno lo chiamiamo cosí, ma i nostri vicini, e cioè i nostri nemici, ci chiamano con nomi diversi, Saksa, Nemet, Alaman. Il mio paese è diverso da questo: ha grandi foreste e fiumi, inverni lunghi, paludi, nebbie e piogge. I miei, voglio dire quelli che parlano la mia lingua, sono pastori, cacciatori e guerrieri: non amano coltivare la terra, anzi disprezzano chi la coltiva, spingono le greggi sui loro campi saccheggiano i loro villaggi e fanno schiave le loro donne. Io non sono né pastore né guerriero; non sono neppure un cacciatore, benché il mio mestiere non sia poi molto diverso dalla caccia. Mi lega alla terra, ma sono libero: non sono un contadino.

Mio padre, e tutti noi Rodmund in linea paterna, facciamo da sempre questo mestiere, che consiste nel conoscere una certa pietra pesante, trovarla in paesi lontani, affocarla in un certo modo che noi conosciamo, e cavarne il piombo nero. Presso il mio villaggio c'era un giacimento grande: si dice che fosse stato scoperto da un mio proavo, che chiamavano Rodmund Denti Azzurri. È un villaggio di fabbri del piombo: tutti lo sanno fondere e lavorare, ma soltanto noi Rodmund sappiamo trovare la pietra, ed assicurarci che è vera pietra da piombo, e non una delle tante pietre pesanti che gli Dei hanno seminato nelle montagne per ingannare l'uomo. Sono gli Dei che fanno crescere sotto terra le vene dei metalli, ma le tengono segrete, nascoste; chi le trova, è quasi loro pari, e perciò gli Dei non lo amano, e tentano di confonderlo. Non amano noi Rodmund: ma noi non ce ne curiamo.

Ora, in cinque o sei generazioni il giacimento si è esaurito: qualcuno ha proposto di seguirlo sotto terra scavando gallerie, ed ha anche provato con suo danno; infine il parere dei piú prudenti ha prevalso. Tutti gli uomini hanno ripreso i vecchi mestieri, ma io no: come il piombo, senza di noi, non vede la luce, cosí, noi senza piombo non possiamo vivere. La nostra è un'arte che rende ricchi, ma fa morire giovani. Qualcuno dice che questo avviene perché il metallo entra nel sangue e lo smagrisce a poco a poco; altri pensano piuttosto che sia una vendetta degli Dei, ma in ogni modo a noi Rodmund importa poco che la nostra vita sia breve, perché siamo ricchi, rispettati e vediamo il mondo. Infatti, il caso di quel mio proavo dai denti azzurri è eccezionale, perché era eccezionalmente ricco il giacimento che lui aveva scoperto: in generale, noi cercatori siamo anche viaggiatori. Lui stesso, mi hanno raccontato, veniva da molto lontano, da un paese dove il sole è freddo e non tramonta mai, la gente abita in palazzi di ghiaccio, e nel mare nuotano mostri marini lunghi mille passi.

Cosí, dopo sei generazioni di sosta, io ho ripreso a viaggiare, alla ricerca di pietre da fondere, o da far fondere da altre genti, insegnandogli l'arte contro oro; ecco, noi Rodmund siamo negromanti: mutiamo il piombo in oro.

Sono partito da solo, verso sud, quando ero ancora giovane. Ho viaggiato per quattro anni, di contrada in contrada, evitando le pianure, risalendo le valli, battendo col martello, trovando poco o nulla: d'estate lavoravo nei campi, d'inverno intrecciavo canestri o spendevo l'oro che mi ero portato con me. Da solo, ho detto: a noi le donne servono per darci un figlio maschio, che la razza non si spenga, ma non ce le portiamo dietro. A che servirebbero? La pietra, non imparano a trovarla, e anzi, se la toccano quando hanno le loro regole, si scioglie in sabbia morta e in cenere. Meglio le ragazze che si incontrano per via, buone per una notte o per un mese, con cui si fa baldoria senza pensare al domani, come invece fanno le mogli. Il nostro domani, è meglio viverlo da soli: quando la carne comincia a farsi flaccida e pallida, il ventre a dolere, i capelli e i denti a cadere, le gengive a diventare grigie, allora è meglio essere soli.

Sono arrivato in un posto da cui, nei giorni sereni, si vedeva a sud una catena di montagne. A primavera mi sono rimesso in cammino deciso a raggiungerle: ero pieno di noia per quella terra appiccicosa e molle, buona a nulla, buona a far ocarine di coccio, priva di virtú e di segreti. In montagna è diverso, le rocce, che sono le ossa della terra, si vedono scoperte, suonano sotto le scarpe ferrate, ed è facile distinguere le diverse qualità: le pianure non fanno per noi. Io chiedevo in giro dov'era il valico piú agevole; chiedevo anche se avevano piombo, dove lo comperavano, quanto lo pagavano: piú caro lo pagavano, piú cercavo nelle vicinanze. Qualche volta, non sapevano neppure che cosa fosse, il piombo: quando gli mostravo il pezzo di lastra che mi porto sempre nella bisaccia, ridevano a sentirlo cosí tenero, e per derisione mi domandavano se al mio paese si fanno di piombo anche i vomeri e le spade. Il piú delle volte, però, non riuscivo né a capirli né a farmi capire: pane, latte, un giaciglio, una ragazza, la direzione da prendere l'indomani, e basta.

Ho superato un largo valico in piena estate, col sole che a mezzogiorno era quasi a picco sulla mia testa, eppure c'erano ancora chiazze di neve sui prati. Poco piú in basso c'erano greggi, pastori e sentieri: si vedeva il fondo della valle, tanto in basso che sembrava ancora immerso nella notte. Sono disceso, trovando villaggi, uno anzi piuttosto grande, sul torrente, dove i montanari scendevano a scambiare bestiame, cavalli, formaggio, pellicce, e una bevanda rossa che chiamavano vino. Mi scappava da ridere a sentirli parlare; il loro linguaggio era un barbugliare rozzo e indistinto, un bar-bar animalesco, tanto che c'era da stupirsi a vedere che invece avevano armi ed attrezzi simili ai nostri, alcuni anzi anche piú ingegnosi ed elaborati. Le donne filavano come da noi; costruivano case di pietra, non tanto belle ma solide: alcune invece erano di legno, sospese a qualche palmo dal suolo perché appoggiavano su quattro o sei ceppi di legno sormontati da dischi di pietra liscia; credo che questi ultimi servano ad impedire l'ingresso dei topi, e questa mi è sembrata un'invenzione intelligente. I tetti non erano di paglia, ma di pietre larghe e piatte, la birra non la conoscevano.

Ho visto subito che in alto, nelle pareti della valle, c'erano fori nella roccia e colate di detriti: segno che anche da quelle parti c'era qualcuno che cercava. Ma non ho fatto domande, per non destare sospetti; un forestiero come me ne doveva già destare fin troppi. Sono sceso al torrente che era abbastanza impetuoso (mi ricordo che aveva l'acqua torbida e bianchiccia, come se ci fosse mescolato del latte, cosa che dalle mie parti non si è mai vista), e mi sono messo con pazienza ad esaminare le pietre: questa è una delle nostre malizie, i sassi dei torrenti vengono di lontano, e parlano chiaro a chi sa capire. C'era un po' di tutto: pietre focaie, sassi verdi, pietre da calce, granito, pietra da ferro, perfino un po' di quella che noi chiamiamo galmeida, tutta roba che non mi interessava; eppure, avevo come un chiodo in testa che in una valle fatta come quella, con certe striature bianche sulla roccia rossa, con tanto ferro in giro, le pietre da piombo non dovevano mancare.

Me ne andavo giú lungo il torrente, un po' sui massi, un po' guadando dove si poteva, come un cane da caccia, con gli occhi inchiodati a terra, quando ecco, poco sotto alla confluenza di un altro torrente piú piccolo, ho visto un sasso in mezzo a milioni di altri sassi, un sasso quasi uguale a tutti gli altri, un sasso bianchiccio con dei granelli neri, che mi ha fatto fermare, teso ed immobile, proprio come un bracco che punta. L'ho raccolto, era pesante, accanto ce n'era un altro simile ma piú piccolo. Noi è difficile che ci sbagliamo: ma a buon conto l'ho spezzato, ne ho preso un frammento come una noce e me lo sono portato via per saggiarlo. Un buon cercatore, uno serio, che non voglia dire bugie né agli altri né a se stesso, non si deve fidare delle apparenze, perché la pietra, che sembra morta, invece è piena d'inganni: qualche volta cambia sorte addirittura mentre la scavi, come certi serpenti che cambiano colore per non farsi scorgere. Un buon cercatore, dunque, si porta dietro tutto: il crogiolo d'argilla, la carbonella, l'esca, l'acciarino, e un altro strumento ancora che è segreto e non vi posso dire, e serve appunto a capire se una pietra è buona o no.

A sera mi sono trovato un posto fuori mano, ho fatto un

focolare, ci ho messo sopra il crogiolo ben stratificato, l'ho arroventato per mezz'ora e l'ho lasciato raffreddare. L'ho rotto ed eccolo, il dischetto lucido e pesante, che si incide con l'unghia, quello che ti allarga il cuore e fa sparire dalle gambe la stanchezza del cammino, e che noi chiamiamo «il piccolo re».

A questo punto non è che uno sia a posto: anzi, il piú del lavoro è ancora da fare. Bisogna risalire il torrente, e ad ogni biforcazione cercare se la pietra buona continua a destra o a sinistra. Ho risalito per un bel po' il torrente piú grosso, e la pietra c'era sempre, ma era sempre molto rara; poi la valle si restringeva in una gola talmente profonda e ripida che non c'era neanche da pensare a risalirla. Ho chiesto ai pastori, lí intorno, e mi hanno fatto capire, a gesti e a grugniti, che non c'era proprio modo di aggirare lo scoscendimento, ma che, ridiscendendo nella valle grande, si trovava una stradina, larga cosí, che superava un valico a cui loro davano un nome come Tringo e scendeva a monte della gola, in un luogo dove c'erano bestie cornute che muggivano, e quindi (ho pensato io) anche pascoli, pastori, pane e latte. Mi sono messo in cammino, ho trovato facilmente la stradina e il Tringo, e di qui sono disceso in un bellissimo paese.

Proprio di fronte a me che scendevo, si vedeva d'infilata una valle verde di larici, e infondo montagne tutte bianche di neve in piena estate: la valle terminava ai miei piedi in una vasta prateria punteggiata di capanne e di armenti. Ero stanco, sono sceso e mi sono fermato dai pastori. Erano diffidenti, ma conoscevano (fin troppo bene) il valore dell'oro, e mi hanno ospitato per qualche giorno senza farmi angherie. Ne ho approfittato per imparare qualche parola della loro lingua: chiamano «pen» le montagne, «tza» i prati, «roisa» la neve d'estate, «jea» le pecore, «bait» le loro case, che sono di pietra nella parte bassa, dove tengono le bestie, e di legno sopra, con appoggi di pietra come ho già detto, dove vivono loro e tengono il fieno e le provviste. Erano gente scontrosa, di poche parole, ma non avevano armi e non mi hanno trattato male.

Essendomi riposato, ho ripreso la ricerca, sempre col siste-

ma del torrente, ed ho finito con l'infilarmi in una valle parallela a quella dei larici, lunga stretta e deserta, senza pascoli né foresta. Il torrente che la percorreva era ricco di pietra buona: sentivo di essere vicino a quello che cercavo. Ci ho messo tre giorni, dormendo all'addiaccio: anzi, senza dormire affatto, tanto ero impaziente; passavo le notti a scrutare il cielo perché nascesse l'alba.

Il giacimento era molto fuori mano, in un canalone ripido: la pietra bianca affiorava dall'erba stenta, a portata di mano, e bastava scavare due o tre palmi per trovare la pietra nera, la piú ricca di tutte, che io non avevo ancora mai vista ma mio padre mi aveva descritta. Pietra compatta, senza scoria, da lavorarci cento uomini per cento anni. Quello che era strano, è che qualcuno lí ci doveva già essere stato: si vedeva, mezzo nascosto dietro una roccia (che certo era stata messa lí apposta), l'imbocco di una galleria, che doveva essere molto antica, perché dalla volta pendevano stalattiti lunghe come le mie dita. Per terra c'erano paletti di legno infracidito e frammenti d'ossa, pochi e guasti, il resto dovevano averlo portato via le volpi, infatti c'erano tracce di volpi e forse di lupi: ma un mezzo cranio che sporgeva dal fango era certamente umano. Questa è una cosa difficile da spiegare, ma è già successa piú di una volta: che qualcuno, chissà quando, venendo di chissà dove, in un tempo remoto magari prima del diluvio, trova una vena, non dice niente a nessuno, cerca da solo di cavare la pietra, ci lascia le ossa, e poi passano i secoli. Mio padre mi diceva che, in qualunque galleria uno scavi, trova le ossa dei morti.

Insomma, il giacimento c'era: ho fatto le mie prove, ho fabbricato cosí alla meglio una fornace lí all'aperto, sono sceso e tornato su con la legna, ho fuso tanto piombo da poterlo portare in spalla e sono tornato a valle. Alla gente dei pascoli non ho detto niente: ho ripreso il Tringo e sono sceso nel grande villaggio dall'altra parte, che si chiamava Sales. Era giorno di mercato, e mi sono messo in mostra col mio pezzo di piombo in mano. Qualcuno ha incominciato a fermarsi, a soppesarlo e a farmi domande che capivo a mezzo: era chiaro che volevano sapere a cosa serviva, quanto costava, da dove veniva. Poi si è fatto avanti un tale con l'aria svelta, con un berretto di lana intrecciata, e ci siamo intesi abbastanza bene. Gli ho fatto vedere che quella roba si batte col martello: anzi, seduta stante ho trovato un martello e un paracarro, e gli ho fatto vedere quanto è facile ridurlo in lastre e fogli; poi gli ho spiegato che coi fogli, saldandoli su di un lato con un ferro rovente, si possono fare tubi; gli ho detto che i tubi di legno, per esempio le gronde di quel paese Sales, perdono e marciscono, gli ho spiegato che i tubi di bronzo sono difficili da fare e che quando si usano per l'acqua da bere fanno venire il mal di ventre, e che invece i tubi di piombo durano in eterno e si saldano l'uno sull'altro con facilità. Un po' alla ventura, e facendo una faccia solenne, ho tirato anche il colpo di spiegargli che con un foglio di piombo si possono anche rivestire le casse dei morti, in modo che questi non fanno i vermi, ma diventano secchi e sottili, e cosí anche l'anima non si disperde, che è un bel vantaggio; e sempre col piombo si possono fondere delle statuette funebri, non lucide come il bronzo, ma appunto, un po' fosche, un po' velate, come si addice ad oggetti di lutto. Siccome ho visto che queste questioni gli interessavano molto, gli ho spiegato che, se si va oltre le apparenze, il piombo è proprio il metallo della morte: perché fa morire, perché il suo peso è un desiderio di cadere, e cadere è dei cadaveri, perché il suo stesso colore è smorto-morto, perché è il metallo del pianeta Tuisto, che è il piú lento dei pianeti, cioè il pianeta dei morti. Gli ho anche detto che, secondo me, il piombo è una materia diversa da tutte le altre materie, un metallo che senti stanco, forse stanco di trasformarsi e che non si vuole trasformare piú: la cenere di chissà quali altri elementi pieni di vita, che mille e mille anni fa si sono bruciati al loro stesso fuoco. Queste sono cose che io penso veramente, non è che me le sia inventate per stringere l'affare. Quell'uomo, che si chiamava Borvio, stava a sentire a bocca aperta, e poi mi ha detto che doveva proprio essere come io dicevo, e che quel pianeta è sacro ad un dio che nel suo paese si chiama Saturno e viene dipinto con una falce. Era il momento di venire al sodo, e mentre lui stava ancora rimuginando i miei imbonimenti gli ho chiesto trenta *libbre d'oro, contro la cessione del giacimento, la tecnologia della fusione e istruzioni precise sugli usi principali del metallo. Lui mi ha controfferto delle monete di bronzo con sopra un cinghiale, coniate chissà dove, ma io ho fatto l'atto di sputarci sopra: oro, e niente storie. D'altronde, trenta libbre sono troppe per uno che viaggia a piedi, tutti lo sanno, e io sapevo che Borvio lo sapeva: cosí abbiamo concluso per venti libbre. Si è fatto accompagnare al giacimento, il che era giusto. Tornati a valle, mi ha consegnato l'oro: io ho controllato tutti i venti lingottini, li ho trovati genuini e di buon peso, ed abbiamo fatto una bella sbornia di vino per solennizzare il contratto.*

Era anche una sbornia d'addio. Non è che quel paese non mi piacesse, ma molti motivi mi spingevano a riprendere il cammino. Primo: volevo vedere i paesi caldi, dove si dice che crescono gli olivi e i limoni. Secondo: volevo vedere il mare, non quello tempestoso da dove veniva il mio avo dai denti azzurri, ma il mare tiepido, di dove viene il sale. Terzo: non serve a niente avere l'oro e portarselo sulla gobba, col terrore continuo che di notte, o durante una sbornia, te lo portino via. Quarto e complessivo: volevo spendere l'oro in un viaggio per mare, per conoscere il mare e i marinai, perché i marinai hanno bisogno del piombo, anche se non lo sanno.

Cosí me ne sono andato: ho camminato per due mesi, scendendo per una grande valle triste, fino a che questa è sboccata nel piano. C'erano prati e campi di grano, e un odore aspro di sterpi bruciati che mi ha fatto venire nostalgia del mio paese: l'autunno, in tutti i paesi del mondo, ha lo stesso odore di foglie morte, di terra che riposa, di fascine che bruciano, insomma di cose che finiscono, e tu pensi «per sempre». Ho incontrato una città fortificata, grande come da noi non ce n'è, alla confluenza di due fiumi; c'era un mercato di schiavi, carne, vino, ragazze sudice, solide e scarmigliate, una locanda con un buon fuoco, e ci ho passato l'inverno: nevicava come da noi. Sono ripartito a marzo, e dopo un mese di cammino ho trovato il mare, che non era azzurro ma grigio, muggiva come un bisonte, e si avventava sulla terra come se la volesse divorare: al pensiero che non aveva mai riposo, non l'ave-

va mai avuto da quando c'è il mondo, mi sentivo mancare il coraggio. Ma ho preso ugualmente la strada verso levante, lungo la spiaggia, perché il mare mi affascinava e non mi potevo staccare da lui.

Ho trovato un'altra città, e mi ci sono fermato, anche perché il mio oro volgeva alla fine. Erano pescatori e gente strana, che veniva per nave da vari paesi molto lontani: compravano e vendevano, di notte si accapigliavano per le donne e si accoltellavano nei vicoli; allora anch'io mi sono comperato un coltello, di bronzo, robusto, colla guaina di cuoio, da portare legato alla vita sotto i panni. Conoscevano il vetro, ma non gli specchi: cioè, avevano soltanto specchietti di bronzo levigato, da quattro soldi, di quelli che si rigano subito e falsano i colori. Se si ha del piombo, non è mica difficile fare uno specchio di vetro, ma io gli ho fatto cadere il segreto molto dall'alto, gli ho raccontato che è un'arte che solo noi Rodmund conosciamo, che ce l'ha insegnata una dea che si chiama Frigga, e altre sciocchezze che quelli hanno bevuto come acqua.

Io avevo bisogno di soldi: mi sono guardato intorno, ho trovato vicino al porto un vetraio che aveva l'aria abbastanza intelligente, e mi sono messo d'accordo con lui.

Da lui ho imparato diverse cose, prima fra tutte che il vetro si può soffiare: mi piaceva tanto, quel sistema, che me lo sono perfino fatto insegnare, e un giorno o l'altro proverò anche a soffiare il piombo o il bronzo fuso (ma sono troppo liquidi, è difficile che riesca). Io invece ho insegnato a lui che, sulla lastra di vetro ancora calda, si può colare il piombo fuso, e si ottengono degli specchi non tanto grandi, ma luminosi, senza difetti, e che si conservano per molti anni. Lui poi era abbastanza bravo, aveva un segreto per i vetri colorati, e gettava delle lastre variegate di bellissimo aspetto. Io ero pieno d'entusiasmo per la collaborazione, ed ho inventato di fare specchi anche con le calotte di vetro soffiato, colandogli il piombo dentro o spalmandolo di fuori: a specchiarcisi dentro, ci si vede molto grandi o molto piccoli, oppure anche tutti storti; questi specchi non piacciono alle donne, ma tutti i bambini se li fanno comperare. Per tutta l'estate e l'autunno *abbiamo venduto specchi ai mercanti, che ce li pagavano bene: ma intanto io parlavo con loro, e cercavo di raccogliere piú notizie che potevo su di una terra che molti di loro conoscevano.*

Era stupefacente osservare come quella gente, che pure passava in mare metà della sua vita, avesse idee cosí confuse circa i punti cardinali e le distanze; ma insomma, su un punto erano tutti d'accordo, e cioè che navigando verso sud, chi diceva mille miglia, chi ancora dieci volte piú lontano, si trovava una terra che il sole aveva bruciata in polvere, ricca di alberi ed animali mai visti, abitata da uomini feroci di pelle nera. Ma molti avevano per certo che a metà strada si incontrava una grande isola detta Icnusa, che era l'isola dei metalli: su quest'isola si raccontavano le storie piú strane, che era abitata da giganti, ma che i cavalli, i buoi, perfino i conigli e i polli, erano invece minuscoli; che comandavano le donne e facevano la guerra, mentre gli uomini guardavano le bestie e filavano la lana; che questi giganti erano divoratori d'uomini, e in specie di stranieri; che era una terra di puttanesimo, dove i mariti si scambiavano le mogli, ed anche gli animali si accoppiavano a casaccio, i lupi con le gatte, gli orsi con le vacche; che la gravidanza delle donne non durava che tre giorni, poi le donne partorivano, e subito dicevano al bambino: «Orsú, portami le forbici e fai luce, che io ti tagli il cordone». Altri ancora raccontavano che lungo le sue coste ci sono fortezze di pietra, grandi come montagne; che tutto in quell'isola è fatto di pietra, le punte delle lance, le ruote dei cani, perfino i pettini delle donne e gli aghi per cucire; anche le pentole per cucinare, e addirittura che hanno pietre che bruciano, e le accendono sotto a queste pentole; che lungo le loro strade, a sorvegliare i quadrivi, ci sono mostri pietrificati spaventosi a vedersi. Queste cose io le ascoltavo con compunzione, ma dentro di me ridevo a crepapelle, perché ormai il mondo l'ho girato abbastanza, e so che tutto il mondo è paese: del resto, anch'io, quando ritorno e racconto i paesi dove sono stato, mi diverto a inventare delle stranezze; e qui se ne raccontano di fantastiche sul mio paese, per esempio che i bufali da noi non hanno le ginocchia, e che per abbatterli basta segare alla base gli alberi a cui si appoggiano di notte per riposare: sotto il loro peso, l'albero si spezza, loro cascano distesi e non si possono rialzare piú.

Sul fatto dei metalli, però, erano tutti d'accordo; molti mercanti e capitani di mare avevano portato dall'isola a terra carichi di metallo greggio o lavorato, ma erano gente rozza, e dai loro discorsi era difficile capire di che metallo si trattasse: anche perché non parlavano tutti la stessa lingua, e nessuno parlava la mia, e c'era una gran confusione di termini. Dicevano per esempio «kalibe», e non c'era verso di capire se intendevano ferro, o argento, o bronzo. Altri chiamavano «sider» sia il ferro, sia il ghiaccio, ed erano cosí ignoranti da sostenere che il ghiaccio delle montagne, col passar dei secoli e sotto il peso della roccia, si indurisce e diventa prima cristallo di rocca e poi pietra da ferro.

Insomma, io ero stufo di mestieri da femmina, e in quest'Icnusa ci volevo andare. Ho ceduto al vetraio la mia quota dell'impresa, e con quel danaro, piú quello che avevo guadagnato con gli specchi, ho trovato un passaggio a bordo di una nave da carico: ma d'inverno non si parte, c'è la tramontana, o il maestrale, o il noto, o l'euro, pare insomma che nessun vento sia buono, e che fino ad aprile la cosa migliore sia starsene a terra, ubriacarsi, giocarsi la camicia ai dadi, e mettere incinte le ragazze del porto.

Siamo partiti ad aprile. La nave era carica di anfore di vino; oltre al padrone c'era un capociurma, quattro marinai e venti rematori incatenati ai banchi. Il capociurma veniva da Kriti ed era un gran bugiardo: raccontava di un paese dove vivono uomini chiamati Orecchioni, che hanno orecchie cosí smisurate che ci si avvolgono dentro per dormire d'inverno, e di animali con la coda dalla parte davanti che si chiamano Alfil e intendono il linguaggio degli uomini.

Devo confessare che ho stentato ad avvezzarmi a vivere sulla nave: ti balla sotto i piedi, pende un po' a destra e un po' a sinistra, è difficile mangiare e dormire, e ci si pestano i piedi l'un l'altro per mancanza di spazio; poi, i rematori incatenati ti guardano con occhi cosí feroci da farti pensare che, se non fossero appunto incatenati, ti farebbero a pezzi in un momento: e il padrone mi ha detto che delle volte succede. D'altra parte, quando il vento è propizio, la vela si gonfia, e i rematori alzano i remi sembra proprio di volare, in un silenzio incantato si vedono i delfini saltare fuoti dall'acqua, e i marinai sostengono di capire, dall'espressione del loro ceffo, il tempo che farà domani. Quella nave era bene impiastrata di pece, e tuttavia si vedeva tutta la carena sforacchiata: dalle teredini, mi spiegarono. Anche nel porto avevo visto che tutte le navi alla fonda erano rosicchiate: non c'è niente da fare, mi ha detto il padrone, che era anche il capitano. Quando una nave è vecchia, la si sfascia e si brucia: ma io avevo una mia idea, e cosí anche per l'ancora. È stupido farla di ferro: si mangia tutta di ruggine, non dura due anni. E le reti da pesca? Quei marinai, quando il vento era buono, calavano una rete che aveva galleggianti di legno, e sassi per zavorra. Sassi! se fossero stati di piombo, avrebbero potuto essere quattro volte meno ingombranti. Chiaro che non ne ho fatto parola con nessuno, ma, l'avrete capito anche voi, pensavo già al piombo che avrei cavato dal ventre dell'Icnusa, e vendevo la pelle dell'orso prima di averlo ammazzato.

Siamo arrivati in vista dell'isola dopo undici giorni di mare. Siamo entrati in un piccolo porto a forza di remi: intorno, c'erano scoscendimenti di granito, e schiavi che scolpivano colonne. Non erano giganti, e non dormivano nelle proprie orecchie; erano fatti come noi, e coi marinai si intendevano abbastanza bene, ma i loro sorveglianti non li lasciavano parlare. Quella era una terra di roccia e di vento, che mi piacque subito: l'aria era piena di odori d'erbe, amari e selvaggi, e la gente sembrava forte e semplice.

Il paese dei metalli era a due giornate di cammino: ho noleggiato un asino col suo conducente, e questo è proprio vero, sono asini piccoli (non però come gatti, come si diceva nel continente), ma robusti e resistenti; insomma, nelle dicerie qualcosa di vero ci può essere, magari una verità nascosta sotto veli di parole, come un indovinello. Per esempio, ho visto che era giusta anche la faccenda delle fortezze di pietra: non sono proprio grosse come montagne, ma solide, di forma regolare, di conci commessi con precisione: e quello che è cu-

rioso, è che tutti dicono che «ci sono sempre state», e nessuno sa da chi, come, perché e quando sono state costruite. Che gli isolani divorino gli stranieri, invece, è una gran bugia: di tappa in tappa, mi hanno condotto alle miniere, senza fare storie né misteri, come se la loro terra fosse di tutti.

Il paese dei metalli è da ubriacarsi: come quando un segugio entra in un bosco pieno di selvaggina, che salta di usta in usta, trema tutto e diventa come stranito. E vicino al mare, una fila di colline che in alto diventano dirupi, e si vedono vicino e lontano, fino all'orizzonte, i pennacchi di fumo delle fonderie, con intorno gente in faccende, liberi e schiavi: e anche la storia della pietra che brucia è vera, non credevo ai miei occhi. Stenta un po' ad accendersi, ma poi fa molto calore e dura a lungo. La portavano là di non so dove, in canestri a dorso d'asino: è nera, untuosa, fragile, non tanto pesante.

Dicevo dunque che ci sono pietre meravigliose, certamente gravide di metalli mai visti, che affiorano in tracce bianche, viola, celesti: sotto quella terra ci dev'essere un favoloso intrico di vene. Mi sarei perso volentieri, a battere scavare e saggiare: ma sono un Rodmund, e la mia pietra è il piombo. Mi sono subito messo al lavoro.

Ho trovato un giacimento al margine ovest del paese, dove penso che nessuno avesse mai cercato: infatti non c'erano pozzi né gallerie né discariche, e neppure c'erano segni apparenti in superficie; i sassi che affioravano erano come tutti gli altri sassi. Ma poco sotto il piombo c'era: e questa è una cosa a cui spesso avevo pensato, che noi cercatori crediamo di trovare il metallo con gli occhi, l'esperienza e l'ingegno, ma in realtà quello che ci conduce è qualcosa di piú profondo, una forza come quella che guida i salmoni a risalire i nostri fiumi, o le rondini a ritornare al nido. Forse avviene per noi come per gli acquari, che non sanno che cosa li guida all'acqua, ma qualcosa pure li guida, e torce la bacchetta fra le loro dita.

Non so dire come, ma proprio lí era il piombo, lo sentivo sotto i miei piedi torbido velenoso e greve, per due miglia lungo un ruscello in un bosco dove, nei tronchi fulminati, si an-

nidano le api selvatiche. In poco tempo ho comperato schiavi che scavassero per me, ed appena ho avuto da parte un po' di danaro mi sono comperata anche una donna. Non per farci baldoria insieme. L'ho scelta con cura, senza guardare tanto la bellezza, ma che fosse sana, larga di fianchi, giovane e allegra. L'ho scelta cosí perché mi desse un Rodmund, che la nostra arte non perisca; e non ho perso tempo, perché le mie mani e le ginocchia hanno preso a tremare, e i miei denti vacillano nelle gengive, e si sono fatti azzurri come quelli del mio avo che veniva dal mare. Questo Rodmund nascerà sul finire del prossimo inverno, in questa terra dove crescono le palme e si condensa il sale, e si sentono di notte i cani selvaggi latrare sulla pista dell'orso; in questo villaggio che io ho fondato presso il ruscello delle api selvatiche, ed a cui avrei voluto dare un nome della mia lingua che sto dimenticando, Bak der Binnen, che significa appunto «Rio delle Alpi»: ma la gente di qui ha accettato il nome solo in parte, e fra di loro, nel loro linguaggio che ormai è il mio, lo chiamano «Bacu Abis».

Mercurio

Con mia moglie Maggie, io sottoscritto caporale Abrahams abito in quest'isola da quattordici anni. Mi ci avevano mandato di guarnigione: pare che in un'isola vicina (voglio dire «la piú vicina»: è a nord-est di questa, a non meno di 1200 miglia, e si chiama Sant'Elena) avessero esiliato una persona importante e pericolosa, ed avessero paura che i suoi sostenitori lo aiutassero a fuggire ed a rifugiarsi quaggiú. È una storia a cui io non ho mai creduto: la mia isola si chiama «Desolazione», e mai nome d'isola è stato meglio trovato; per cui, non ho mai capito che cosa una persona importante come quella potesse venire a cercare qui.

È corsa voce che fosse un rinnegato, adultero, papista, arruffapopoli e fanfarone. Finché è stato vivo, con noi c'erano altri dodici soldati, gente giovane e allegra, del Galles e del Surrey; erano anche buoni contadini, e ci davano una mano nel lavoro. Poi l'arruffapopoli è morto, e allora è venuta una cannoniera per riportare tutti a casa: ma Maggie e io abbiamo pensato a certi vecchi debiti, ed abbiamo preferito rimanere qui a badare ai nostri maiali. La nostra isola ha la figura che si vede rappresentata nella pagina seguente.

È l'isola piú solitaria che sia al mondo. È stata scoperta piú d'una volta, dai portoghesi, dagli olandesi, e prima ancora da gente selvaggia che ha scolpito segni e idoli nelle rocce del monte Snowdon; ma nessuno ci si è mai fermato, perché qui piove metà dell'anno, e la terra è buona solo per il sorgo e per le patate. Tuttavia, chi si accontenti non muore certo di fame, perché la costa nord per cinque mesi all'anno brulica di foche, e le due isolette a sud sono piene di nidi di gabbiani: non c'è che da prendere una barchetta, e uno trova uova quante ne vuole. Sanno di pesce, ma sono nutrienti e tolgono la fame; del resto, tutto qui sa di pesce, anche le patate, e i maiali che le mangiano.

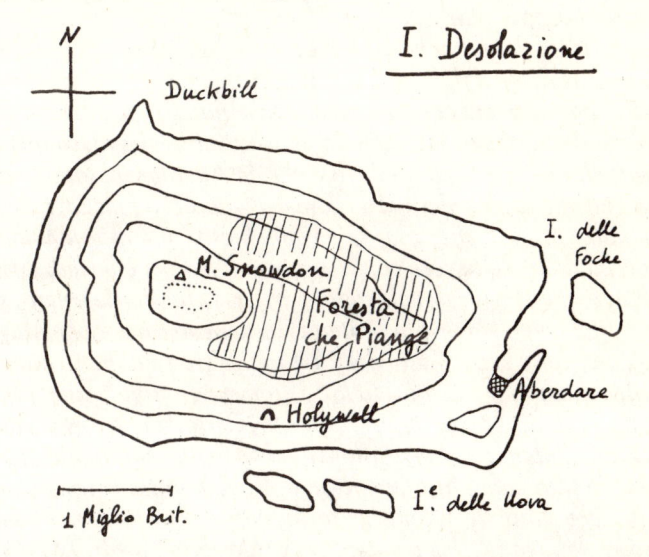

Sulle pendici est dello Snowdon crescono lecci e altre piante di cui non conosco il nome: d'autunno buttano fiori celesti, carnosi, dall'odore di gente sudicia; d'inverno, bacche dure, acide, non buone da mangiare. Sono piante strane: succhiano acqua dalla terra profonda e la rigettano in pioggia dalla cima dei rami; anche nei giorni asciutti, il terreno sotto a questa foresta è umido. L'acqua che piove dai rami è buona da bere, ed anzi fa bene per le flussioni, benché sappia di muschio: noi la raccogliamo con un sistema di gronde e tinozze. Questa foresta, che del resto è la sola dell'isola, l'abbiamo chiamata «Foresta che Piange».

Ad Aberdare abitiamo noi. Non è una città, sono solo quattro baracche di legno, di cui due sfondate; ma ha insistito per chiamarle cosí uno dei gallesi, che era appunto di Aberdare. Il Duckbill è l'estremo nord dell'isola: il soldato Co-

chrane, che soffriva di nostalgia, ci andava sovente e ci passava le giornate in mezzo alla nebbia salata e al vento, perché gli pareva di essere piú vicino all'Inghilterra. Ci ha anche costruito un faro, che nessuno si è mai curato di accendere. Si chiama Durkbill perché, visto da est, ha proprio la figura di un becco d'anitra.

L'Isola delle Foche è piatta e sabbiosa: ci vengono d'inverno le foche a figliare. La grotta Holywell, cioè Pozzosanto, l'ha chiamata cosí mia moglie, che non so che cosa ci trovasse. In certi periodi, quando eravamo soli, ci andava quasi tutte le sere, con una torcia, e sí che da Aberdare ci sono quasi due miglia. Si sedeva là a filare o a lavorare a maglia, aspettando non si sa che cosa. Gliel'ho chiesto, piú di una volta: mi ha detto delle cose confuse, che udiva voci e vedeva ombre, e che laggiú, dove neppure arriva il tuono del mare, si sentiva meno sola e piú protetta. Io temevo invece che Maggie pendesse verso l'idolatria. In quella grotta c'erano macigni che assomigliavano a figure d'uomini e animali: una, proprio in fondo, era un cranio cornuto. Certo quelle forme non erano di mano umana: e allora di chi? Io, per conto mio, preferivo stare alla larga; anche perché nella grotta si sentivano qualche volta dei brontolii sordi, come di coliche nelle viscere della terra, il pavimento era caldo sotto i piedi, e da certe fenditure, in fondo, uscivano spifferi con odore di zolfo. Insomma, a quella grotta io avrei dato tutt'altro nome: ma Maggie diceva che quella voce che lei pretendeva di sentire avrebbe pronunciato un giorno il nostro destino, e dell'isola, e di tutta l'umanità.

Maggie ed io siamo rimasti soli per diversi anni: ogni anno, a Pasqua, passava la baleniera di Burton a portare notizie del mondo e vettovaglie, e a caricare il poco lardo affumicato che noi produciamo; ma poi tutto è cambiato. Tre anni fa Burton ha sbarcato qui due olandesi: Willem era ancora quasi un bambino, timido biondo e roseo; aveva in fronte una piaga argentea che sembrava lebbra, e nessuna nave lo voleva a bordo. Hendrik era piú anziano, era magro e aveva i capelli grigi e la fronte rugosa: ha raccontato una storia poco *chiara, di una rissa in cui avrebbe spaccato la testa del suo quartiermastro, per cui in Olanda lo aspetterebbe la forca; ma non parlava come un marinaio e aveva le mani da signore, non da uno che spacca teste. Pochi mesi dopo, un mattino abbiamo visto salire fumo da una delle Isole delle Uova. Ho preso la barca e sono andato a vedere: ho trovato due naufraghi italiani, Gaetano di Amalfi e Andrea di Noli. La loro nave si è squarciata sugli scogli dell'Erpice, e loro si sono salvati a nuoto; non sapevano che l'isola grande fosse abitata; avevano acceso un fuoco di sterpi e di guano per asciugarsi. Ho detto loro che entro pochi mesi sarebbe ripassato Burton e avrebbe potuto sbarcarli in Europa, ma hanno rifiutato con terrore: dopo quello che avevano visto quella notte, mai piú avrebbero rimesso piede su una nave; e mi ci è voluta un bel po' di fatica per convincerli a entrare nella mia barchetta, e ad attraversare le cento braccia di mare che ci separavano da Desolazione. Per conto loro, sarebbero rimasti su quello scoglio miserabile, a mangiare uova di gabbiani fino alla loro morte naturale.*

Non è che a Desolazione manchi lo spazio. Ho sistemato i quattro in una delle baracche abbandonate dai gallesi, e ci stavano abbastanza larghi, anche perché il loro bagaglio era modesto. Solo Hendrik aveva un baule di legno, chiuso con un lucchetto. La piaga di Willem non era poi affatto lebbra: l'ha fatta guarire Maggie in poche settimane, con impacchi di un'erba che lei conosce; non è proprio crescione, è un'erba grassa che cresce ai margini della foresta ed è buona da mangiare, anche se poi fa fare strani sogni: noi comunque la chiamiamo crescione. Per verità, non lo ha curato solo con gli impacchi: si chiudeva con lui in camera e gli cantava come delle ninnenanne, con pause che mi sono sembrate troppo lunghe. Sono stato contento e piú tranquillo quando Willem è guarito, ma subito dopo è cominciata un'altra storia seccante con Hendrik. Lui e Maggie facevano insieme lunghe passeggiate, e li ho sentiti parlare delle sette chiavi, di Ermete Trismegisto, dell'unione dei contrari e di altre cose poco chiare. Hendrik si è costruita una capanna robusta, senza finestre, ci ha portato il baule, e ci passava intere giornate, qualche volta con Maggie: si vedeva uscire fumo dal camino. Andavano anche alla grotta, e ne tornavano con sassi colorati che Hendrik chiamava «cinabri».

I due italiani mi davano meno preoccupazioni. Anche loro guardavano Maggie con occhi lucidi, ma non sapevano l'inglese e non le potevano parlare: per di piú, erano gelosi l'uno dell'altro, e passavano la giornata a sorvegliarsi a vicenda. Andrea era devoto, e in breve ha riempito l'isola di santi di legno e d'argilla cotta: una madonna di terracotta l'ha anche regalata a Maggie, che però non sapeva che farsene, e l'ha messa in un angolo della cucina. Insomma, sarebbe stato chiaro a chiunque che per quei quattro uomini ci volevano quattro donne; un giorno li ho riuniti, e senza tanti complimenti gli ho detto che se uno di loro toccava Maggie sarebbe finito all'inferno, perché non si deve desiderare la donna d'altri: ma che all'inferno ce l'avrei spedito io stesso, a costo di finirci anch'io. Quando Burton è ripassato, con le stive zeppe d'olio di balena, tutti d'accordo lo abbiamo solennemente incaricato di trovarci le quattro mogli, ma ci ha riso in faccia: cosa pensavamo? che fosse facile trovare donne disposte a stabilirsi in mezzo alle foche, su quest'isola dimenticata, per sposare quattro buoni a nulla? Forse se le avessimo pagate, ma con che cosa? Non certo con le nostre salsicce, mezzo maiale e mezzo foca, che puzzavano di pesce piú della sua baleniera. Se n'è andato, e subito ha alzato le vele.

Quella sera stessa, poco prima di notte, si è sentito un grande tuono, e come se l'isola stessa si scuotesse sulle sue radici. Il cielo si è fatto buio in pochi minuti, e la nuvola nera che lo copriva era illuminata dal di sotto come da un fuoco. Dalla cima dello Snowdon si sono visti uscire prima rapidi lampi rossi che salivano fino al cielo, poi un fiotto largo e lento di lava accesa: non scendeva verso di noi, ma a sinistra, verso sud, colando di balza in balza con fischi e crepitii. Dopo un'ora era arrivata al mare, e vi si spegneva ruggendo e sollevando una colonna di vapore. Nessuno di noi aveva mai pensato che lo Snowdon potesse essere un vulcano: eppure la forma della sua cima, con una conca rotonda profonda almeno duecento piedi, avrebbe potuto farlo supporre.

Il teatro è andato avanti per tutta la notte, calmandosi ogni tanto, poi riprendendo vigore con una nuova serie di esplosioni: sembrava che non dovesse finire mai piú. Invece, verso l'alba, è venuto un vento caldo da est, il cielo è ritornato pulito, e il fracasso si èfatto via via meno intenso, fino a ridursi a un mormorio, poi al silenzio. Il mantello di lava, da giallo ed abbagliante, è diventato rossastro come brace, e a giorno era spento.

La mia preoccupazione erano i maiali. Ho detto a Maggie che andasse a dormire, e ai quattro che venissero con me: volevo vedere che cosa era cambiato nell'isola.

Ai maiali non era successo niente, però ci sono corsi incontro come a dei fratelli (io non sopporto chi parla male dei maiali: sono bestie che hanno cognizione, e mi fa pena quando li devo scannare). Si sono aperti diversi crepacci, due grandi che non se ne vede il fondo, sul pendío nord-ovest. Il lembo sud-ovest della Foresta che Piange è stato sepolto, e la fascia accanto, per una larghezza di duecento piedi, si è seccata e ha preso fuoco; la terra doveva essere piú calda del cielo, perché il fuoco ha inseguito i tronchi fino dentro alle radici, scavando cunicoli dove erano queste. Il mantello di lava è tutto costellato di bolle scoppiate dai margini taglienti come schegge di vetro, e sembra una gigantesca grattugia da formaggio: esce dal margine sud del cratere, che è crollato, mentre il margine nord, che costituisce la cima del monte, è adesso una cresta arrotondata che sembra molto piú alta di prima.

Quando ci siamo affacciati alla grotta del Pozzosanto siamo rimasti impietriti dallo stupore. Era un'altra grotta, tutta diversa, come quando si rimescola un mazzo di carte, stretta dove prima era larga, alta dove era bassa: in un punto la volta era crollata, e le stalattiti invece che verso il basso erano puntate di lato, come becchi di cicogne. In fondo, dove prima era il Cranio del Diavolo, c'era adesso una enorme camera, come la cupola di una chiesa, ancora piena di fumo e di scricchiolii, tanto che Andrea e Gaetano volevano a tutti i costi tornare indietro. Io li ho spediti a chiamare Maggie, che venisse anche lei a vedere la sua caverna, e, come prevedevo, Maggie è arrivata ansimando per la corsa e l'emozione, e i due sono rimasti fuori, presumibilmente a pregare i loro santi e a dire le litanie. Dentro la grotta Maggie correva avanti e indietro come i cani da caccia, come se la chiamassero quelle voci che lei diceva di sentire: ad un tratto ha cacciato un urlo che ci ha fatto arricciare tutti i peli. C'era nel cielo della cupola una fenditura, e ne cadevano gocce, ma non d'acqua: gocce lucenti e pesanti, che piombavano sul pavimento di roccia e scoppiavano in mille goccioline che rotolavano lontano. Un po' piú in basso si era formata una pozza, e allora abbiamo capito che quello era mercurio: Hendrik l'ha toccata, e poi anch'io; era una materia fredda e viva, che si muoveva in piccole onde come irritate e frenetiche.

Hendrik sembrava trasfigurato. Scambiava con Maggie occhiate svelte di cui non capivo il significato, e diceva a noi delle cose oscure e pasticciate, che però lei aveva l'aria di intendere; che era tempo di iniziare la Grande Opera; che, come il cielo, anche la terra ha la sua rugiada; che la caverna era piena dello spiritus mundi; poi si è rivolto apertamente a Maggie, e le ha detto: «Vieni qui stasera, faremo la bestia con due schiene». Si è tolta dal collo una catenina con una croce di bronzo, e ce l'ha fatta vedere: sulla croce era crocifisso un serpente, e lui ha gettato la croce sul mercurio della pozza, e la croce galleggiava.

A guardarsi bene intorno, il mercurio gemeva da tutte le crepe della nuova grotta, come la birra dai tini nuovi. A porgere l'orecchio, si sentiva come un mormorio sonoro, fatto dalle mille gocce metalliche che si staccavano dalla volta per spiaccicarsi al suolo, e dalla voce dei rivoletti che scorrevano vibrando, come argento fuso, e si inabissavano nelle fenditure del pavimento.

A dire il vero, Hendrik non mi era mai piaciuto: dei quattro, era quello che mi piaceva di meno; ma in quei momenti mi faceva anche paura, rabbia e ribrezzo. Aveva negli occhi una luce sbieca e mobile, come quella del mercurio stesso; sembrava diventato mercurio, che gli corresse per le vene e gli trapelasse dagli occhi. Andava per la caverna come un furetto, trascinando Maggie per il polso, tuffava le mani nelle pozze di mercurio, se lo spruzzava addosso e se lo versava sul capo, come un assetato farebbe con l'acqua. Poco mancava che non lo bevesse. Maggie lo seguiva come incantata. Ho resistito un poco, poi ho aperto il coltello, l'ho afferrato per il petto e l'ho premuto contro la parete di roccia: sono molto piú forte di lui e si è afflosciato come le vele quando cade il vento. Volevo sapere chi era, cosa voleva da noi e dall'isola, e quella storia della bestia con due schiene.

Sembrava uno che si svegli da un sogno, e non si è fatto pregare. Ha confessato che la faccenda del quartiermastro accoppato era una bugia, ma non cosí quella della forca che lo aspettava in Olanda: aveva proposto agli Stati Generali di trasformare in oro la sabbia delle dune, aveva ottenuto uno stanziamento di centomila fiorini, ne aveva spesi pochi in esperimenti e il resto in gozzoviglie, poi era stato invitato ad eseguire davanti ai probiviri quello che lui chiama l'experimentum crucis; ma da mille libbre di sabbia non era riuscito a cavare che due pagliuzze d'oro, e allora era balzato dalla finestra, si era nascosto in casa della sua ganza, e poi si era imbarcato di soppiatto sulla prima nave in partenza per il Capo: aveva nel baule tutto il suo armamentario di alchimista. Quanto alla bestia, mi ha detto che non è una cosa da spiegarsi in due parole. Il mercurio, per la loro opera, sarebbe indispensabile, perché è spirito fisso volatile, ossia principio femminino, e combinato con lo zolfo, che è terra ardente mascolina, permette di ottenere l'Uovo Filosofico, che è appunto la Bestia con due Dossi, perché in essa sono uniti e commisti il maschio e la femmina. Un bel discorso, non è vero? Un parlare limpido e diritto, veramente da alchimista, di cui non ho creduto una parola. Loro due, erano la bestia a due dossi, lui e Maggie: lui grigio e peloso, lei bianca e liscia, dentro la caverna o chissà dove, o magari nel nostro stesso letto, mentre io badavo ai maiali; si apprestavano a farla, ubriachi di mercurio com'erano, se pure non l'avevano già fatta.

Forse anche a me già girava il mercurio nelle vene, perché in quel momento vedevo veramente rosso. Dopo vent'anni di matrimonio, a me di Maggie non me ne importa poi tanto, ma in quel momento ero acceso di desiderio per lei, e avrei fatto una strage. Tuttavia mi sono padroneggiato; anzi, stavo *ancora tenendo Hendrik bene stretto contro la parete quando m'è venuta in mente un'idea, e gli ho chiesto quanto valeva il mercurio: lui, col suo mestiere, doveva pure saperlo.*

– Dodici sterline alla libbra, – mi ha risposto con un filo di voce.

– Giura!

– Giuro! – ha risposto lui, levando i due pollici e sputando a terra frammezzo; forse era il loro giuramento, di loro trasmutatori di metalli: ma aveva il mio coltello cosí vicino alla gola che certamente diceva la verità. L'ho lasciato andare, e lui, ancora tutto spaurito, mi ha spiegato che il mercurio greggio, come il nostro, non vale molto, ma che lo si può purificare distillandolo, come il whisky, in storte di ghisa o di terracotta: poi si rompe la storta, e nel residuo si trova piombo, spesso argento, e qualche volta oro; che questo era un loro segreto; ma che lo avrebbe fatto per me, se gli promettevo salva la vita.

Io non gli ho promesso proprio niente, e invece gli ho detto che col mercurio volevo pagare le quattro mogli. Fare storte e vasi di coccio doveva essere piú facile che mutare in oro la sabbia d'Olanda: che si desse da fare, s'avvicinava Pasqua e la visita di Burton, per Pasqua volevo pronti quaranta barattoli da una pinta di mercurio purificato, tutti uguali, col loro bravo coperchio, lisci e rotondi, perché anche l'occhio vuole la sua parte. Si facesse pure aiutare dagli altri tre, e anch'io gli avrei dato una mano. Per cuocere storte e barattoli, non si preoccupasse: c'era già la fornace dove Andrea faceva cuocere i suoi santi.

A distillare ho imparato subito, e in dieci giorni i barattoli erano pronti: erano da una sola pinta, ma di mercurio ce ne stavano diciassette libbre abbondanti, tanto che si stentava a sollevarli a braccio teso, e a scuoterli sembrava che dentro ci si dimenasse un animale vivo. Quanto a trovare il mercurio greggio, non ci voleva niente: nella caverna si sguazzava nel mercurio, gocciolava sulla testa e sulle spalle, e tornati a casa lo si trovava nelle tasche, negli stivali, perfino nel letto, e dava alla testa un po' a tutti, tanto che cominciava a sembrarci naturale che lo si dovesse scambiare con delle donne.

È veramente una sostanza bizzarra: è freddo e fuggitivo, sempre inquieto, ma quando è ben fermo ci si specchia meglio che in uno specchio. Se lo si fa girare in una scodella, continua a girare per quasi mezz'ora. Non soltanto ci galleggia sopra il crocifisso sacrilego di Hendrik, ma anche i sassi, e perfino il piombo. L'oro no: Maggie ha provato con il suo anello, ma è subito andato a fondo, e quando lo abbiamo ripescato era diventato di stagno. Insomma, è una materia che non mi piace e avevo fretta di concludere l'affare e liberarmene.

A Pasqua è arrivato Burton, ha ritirato i quaranta barattoli ben sigillati con cera e argilla ed è ripartito senza fare promesse. Una sera, verso la fine dell'autunno, abbiamo visto la sua vela delinearsi nella pioggia, ingrandire, e poi sparire nell'aria fosca e nell'oscurità. Pensavamo che aspettasse la luce per entrare nel porticciolo, come faceva di solito, ma al mattino non c'era piú traccia di Burton né della sua baleniera. C'erano invece, in piedi sulla spiaggia, fradice e intirizzite, le quattro donne con in piú due bambini, strette fra loro in un mucchio per il freddo e la timidezza; una di loro mi ha porto in silenzio una lettera di Burton. Erano poche righe: che, per trovare quattro donne per quattro sconosciuti in un'isola desolata, aveva dovuto cedere tutto il mercurio, e non gli era rimasto nulla per la senseria; che ce l'avrebbe richiesta, in mercurio o in lardo, in misura del 10 per cento nella sua prossima visita; che non erano donne di prima scelta, ma non aveva trovato niente di meglio; che preferiva sbarcarle alla svelta e tornare alle sue balene per non assistere a risse disgustose, e perché non era un mezzano né un ruffiano, e neppure un prete per celebrare le nozze; che tuttavia ci raccomandava di celebrarle noi stessi, meglio che potevamo, per la salute delle nostre anime, che riteneva comunque già un po' compromessa.

Ho chiamato fuori i quattro, e volevo proporgli di tirare a sorte, ma ho subito visto che non ce n'era bisogno. C'era una mulatta di mezza età, grassetta, con una cicatrice sulla fronte, che guardava Willem con insistenza, e Willem guardava lei con curiosità: la donna avrebbe potuto essere sua madre.

Ho detto a Willem: «La vuoi? Prendila!», lui se l'è presa, ed io li ho sposati cosí alla meglio cioè, ho chiesto a lei se voleva lui e a lui se voleva lei, ma il discorsino «nella prosperità e nella miseria, nella salute e nella malattia» non lo ricordavo con precisione, e cosí l'ho inventato sul momento, finendo con «fino a che morte sopraggiunga», che mi pareva suonasse bene. Stavo appunto terminando con questi due quando mi sono accorto che Gaetano si era scelta una ragazzina guercia, o forse lei aveva scelto lui, e se ne stavano andando via di corsa in mezzo alla pioggia, tenendosi per mano, tanto che ho dovuto inseguirli e sposarli da lontano correndo anch'io. Delle due che restavano, Andrea si è presa una negra sulla trentina, graziosa e perfino elegante, col cappello di piume e un boa di struzzo bagnato fradicio, ma con un'aria piuttosto equivoca, e ho sposato anche loro, benché avessi ancora il fiato corto per la corsa che avevo fatta prima.

Rimaneva Hendrik, e una ragazza piccola e magra che era appunto la madre dei due bambini: aveva gli occhi grigi, e si guardava intorno come se la scena non la riguardasse ma la divertisse. Non guardava Hendrik, ma guardava me; Hendrik guardava Maggie che era appena uscita dalla baracca e non si era ancora tolti i bigodini, e Maggie guardava Hendrik. Allora mi è venuto in mente che i due bambini avrebbero potuto aiutarmi a guardare i maiali; che Maggie non mi avrebbe certamente dato figli; che Hendrik e Maggie sarebbero stati benissimo insieme, a fare le loro bestie a due dossi e le loro distillazioni; e che la ragazza dagli occhi grigi non mi dispiaceva, anche se era molto piú giovane di me: anzi, mi dava un'impressione allegra e leggera, come un solletico, e mi faceva venire in mente l'idea di acchiapparla al volo come una farfalla. Cosí le ho domandato come si chiamava, e poi mi sono chiesto ad alta voce, in presenza dei testimoni: «Vuoi tu, caporale Daniel K. Abrahams, prendere in moglie la qui presente Rebecca Johnson?», mi sono risposto di sí e poiché anche la ragazza era d'accordo, ci siamo sposati.

Fosforo

Nel giugno 1942 parlai a viso aperto col Tenente e col Direttore: mi rendevo conto che la mia opera stava diventando inutile, anche loro se ne rendevano conto, e mi consigliarono di cercarmi un altro lavoro, in una delle non molte nicchie che la legge ancora mi concedeva.

Stavo inutilmente cercando, quando un mattino, cosa rarissima, fui chiamato al telefono delle Cave: dall'altro capo del filo una voce milanese, che mi parve rozza ed energica, e che diceva di appartenere ad un Dottor Martini, mi convocava per la domenica seguente all'Hotel Suisse di Torino, senza concedermi il lusso di alcun particolare. Però aveva proprio detto «Hotel Suisse», e non «Albergo Svizzera» come avrebbe dovuto fare un cittadino ligio: a quel tempo, che era quello di Starace, a simili piccolezze si stava molto attenti, e gli orecchi erano esercitati a cogliere certe sfumature.

Nella hall (scusate: nel vestibolo) dell'Hotel Suisse, anacronistica oasi di velluti, penombre e tendaggi, mi attendeva il Dottor Martini, che era prevalentemente Commendatore, come avevo appreso poco prima dal portiere. Era un uomo tarchiato sulla sessantina, di statura media, abbronzato, quasi calvo: il suo viso aveva tratti pesanti, ma gli occhi erano piccoli ed astuti, e la bocca, un po' torta a sinistra come in una smorfia di disprezzo, era sottile come un taglio. Anche questo Commendatore si rivelò alle prime battute un tipo sbrigativo: e compresi allora che questa curiosa fretta di molti italiani «ariani» nei confronti degli ebrei non era casuale. Fosse intuizione o calcolo, rispondeva ad uno scopo: con un ebreo, in tempo di Difesa della Razza, si poteva essere cortesi, si poteva magari aiutarlo, e perfino vantarsi (cautamente) di averlo aiutato, ma era consigliabile non intrattenere con lui rapporti umani, non compromettersi a fondo, in modo da non essere poi costretti a mostrare comprensione o compassione.

Il Commendatore mi fece poche domande, rispose evasivamente alle mie molte, e si dimostrò uomo concreto su due punti fondamentali. Lo stipendio iniziale che mi proponeva ammontava ad una cifra che io non avrei mai osato chiedere, e che mi lasciò attonito; la sua industria era svizzera, anzi, lui stesso era svizzero (lui pronunciava «svissero») quindi per la mia eventuale assunzione non c'erano difficoltà. Trovai strano, anzi, francamente comico il suo svizzerismo espresso con un cosí virulento accento milanese; trovai invece giustificabili le sue molte reticenze.

La fabbrica di cui lui era proprietario e direttore si trovava nei dintorni di Milano, ed a Milano io avrei dovuto trasferirmi. Produceva estratti ormonali: io però avrei dovuto occuparmi di un problema ben preciso, e cioè della ricerca di un rimedio contro il diabete che fosse efficace per via orale. Sapevo qualcosa del diabete? Poco, risposi, ma il mio nonno materno era morto diabetico, ed anche da parte paterna diversi miei zii, leggendari divoratori di pasta asciutta, in vecchiaia avevano mostrato sintomi del male. All'udire questo, il Commendatore si fece piú attento, e i suoi occhi piú piccoli: compresi piú tardi che, essendo ereditaria la tendenza al diabete, non gli sarebbe spiaciuto di avere a disposizione un diabetico autentico, di razza sostanzialmente umana, su cui collaudare certe sue idee e preparati. Mi disse che lo stipendio offerto era soggetto a rapidi aumenti; che il laboratorio era moderno, attrezzato, spazioso; che esisteva in fabbrica una biblioteca con piú di diecimila volumi; ed infine, come quando il prestigiatore estrae un coniglio dal cappello a staio, aggiunse che, forse non lo sapevo (ed infatti non lo sapevo), ma già lavorava nel suo laboratorio, e sullo stesso argomento, una persona che io conoscevo bene, una mia compagna di studi, una mia amica, che anzi gli aveva parlato di me: Giulia Vineis. Che decidessi con calma: avrei potuto cercarlo all'Hotel Suisse due domeniche dopo.

L'indomani stesso mi licenziai dalle Cave, e mi trasferii a Milano con le poche cose che sentivo indispensabili: la bicicletta, Rabelais, le Macaroneae, *Moby Dick* tradotto da Pavese ed altri pochi libri, la piccozza, la corda da roccia, il regolo logaritmico e un flauto dolce.

Il laboratorio del Commendatore non era inferiore alla descrizione: una reggia, in confronto a quello delle Cave. Trovai, già predisposti per il mio arrivo, un bancone, una cappa, una scrivania, un armadio di vetreria, ed un silenzio e un ordine disumani. La «mia» vetreria era contrassegnata con un puntino in smalto azzurro, perché non la confondessi con quella di altri armadi, e perché «qui da noi le rotture si pagano». Questa, del resto, non era che una delle molte prescrizioni che il Commendatore mi aveva trasmesse all'atto del mio ingresso: lui, a muso duro, me le aveva gabellate come «precisione svissera», anima del laboratorio e della fabbrica intera, ma a me sembravano una congerie di pastoie insulse, al limite della mania di persecuzione.

Il Commendatore mi spiegò che l'attività della fabbrica, ed in specie il problema che intendeva affidarmi, dovevano essere attentamente protetti da possibili spie industriali. Queste spie potevano essere estranei, ma anche impiegati ed operai della fabbrica stessa, a dispetto delle cautele con cui lui praticava le assunzioni. Perciò non avrei dovuto parlare con nessuno del tema che mi era stato proposto, né dei suoi eventuali sviluppi: neppure coi miei colleghi, anzi, con loro meno che con gli altri. Per questa ragione, ogni impiegato aveva il suo orario particolare, che coincideva con una singola coppia di corse del tram che proveniva dalla città: A doveva entrare alle 8,00, B alle 8,04, C alle 8,08 e così via, e analogamente per l'uscita, in modo che mai due colleghi avessero occasione di viaggiare sulla stessa carrozza. Per le entrate in ritardo e per le uscite precoci c'erano multe pesanti.

L'ultima ora della giornata, cascasse il mondo, doveva essere dedicata a smontare, lavare e riporre la vetreria, in modo che nessuno, entrando fuori orario, potesse ricostruire quale lavoro era stato fatto durante il giorno. Ogni sera doveva essere compilata una relazione giornaliera, e consegnata in busta chiusa a lui personalmente, o alla signora Loredana, che era la sua segretaria.

Il pranzo, avrei potuto consumarlo dove volevo: non era sua intenzione sequestrare gli impiegati in fabbrica durante l'intervallo di mezzogiorno. Però, mi disse (e qui la bocca gli si storse piú del solito, e si fece anche piú sottile), buone trattorie nei dintorni non ce n'erano, e il suo consiglio era di attrezzarmi per pranzare in laboratorio: che io mi portassi da casa le materie prime, un'operaia avrebbe provveduto a cucinare per me.

Quanto alla biblioteca, le norme da rispettare erano singolarmente severe. Per nessun motivo era ammesso portare libri fuori della fabbrica: si potevano consultare solo col consenso della bibliotecaria, la signorina Paglietta. Sottolineare una parola, o anche solo fare un segno a penna o a matita, era una contravvenzione molto grave: la Paglietta era tenuta a controllare ogni volume, pagina per pagina, alla restituzione, e se trovava un segno, il volume doveva essere distrutto, e sostituito a spese del colpevole. Era proibito anche soltanto lasciare fra i fogli un segnalibro, o ripiegare l'angolo di una pagina: «qualcuno» avrebbe potuto ricavarne indizi sugli interessi e le attività della fabbrica, violarne insomma il segreto. Entro questo sistema, è logico che le chiavi fossero fondamentali: a sera, tutto doveva essere chiuso a chiave, anche la bilancia analitica, e le chiavi depositate dal portiere. Il Commendatore aveva una chiave che apriva tutte le serrature.

Questo viatico di precetti e divieti mi avrebbero reso permanentemente infelice se, entrando in laboratorio, non avessi trovato Giulia Vineis, tutta tranquilla, seduta accanto al suo bancone. Non stava lavorando, bensí rammendandosi le calze, e sembrava che mi aspettasse. Mi accolse con famigliarità affettuosa e con un sogghigno pieno di sottintesi.

Eravamo stati colleghi in università per quattro anni, ed avevamo frequentato insieme tutti i corsi di laboratorio, mirabilmente prossenetici, senza mai stringere un'amicizia specifica. Giulia era una ragazza bruna, minuta ed espedita; aveva sopraccigli dall'arco elegante, un viso liscio ed aguzzo, movenze vivaci ma precise. Era piú aperta alla pratica che alla teoria, piena di calore umano, cattolica senza rigidezza, generosa ed arruffona; parlava con voce velata e svagata, come se fosse definitivamente stanca di vivere, il che non era affatto. Era lí da quasi un anno; sí, era stata lei a fare il mio nome al Commendatore: sapeva vagamente della mia situazione precaria alle Cave, pensava che io andassi bene per quel lavoro di ricerca, e poi, perché non dirlo, era stufa di stare sola. Ma che non mi facessi illusioni: era fidanzata, fidanzatissima, una faccenda complicata e tumultuosa che mi avrebbe spiegato poi. E io? No? Niente ragazze? Male: avrebbe visto lei di darmi una mano, leggi razziali o no; tutte storie, che importanza potevano avere?

Mi raccomandò di non prendere troppo sul tragico le fisime del Commendatore. Giulia era una di quelle persone che, apparentemente senza fare domande e senza scomodarsi, sanno subito tutto di tutti, il che a me, chissà perché, non avviene; perciò fu per me una guida turistica ed un'interprete eccellente. In una sola seduta mi insegnò l'essenziale, le carrucole riposte dietro lo scenario della fabbrica, ed i ruoli dei principali personaggi. Il Commendatore era il padrone, benché sottoposto ad oscuri altri padroni di Basilea: tuttavia chi comandava era la Loredana (e me la indicò dalla finestra nel cortile: alta, bruna, formosa, volgarotta, un po' sfiorita), che era la sua segretaria e la sua amante. Avevano una villa sul lago, e lui, «che era vecchio ma mandrillo», la portava in barca a vela: c'erano delle foto in Direzione, non le avevo viste? Anche il Signor Grasso, dell'Ufficio Personale, stava dietro alla Loredana, ma per il momento lei Giulia non aveva ancora potuto stabilire se c'era già andato a letto o no: mi avrebbe tenuto al corrente. Vivere in quella fabbrica non era difficile: era difficile lavorarci, per via di tutti quegli impicci. La soluzione era semplice, bastava non lavorare: lei se n'era accorta subito, ed in un anno, modestia a parte, non aveva fatto quasi niente, non faceva che montare gli apparecchi al mattino, tanto per soddisfare l'occhio, e smontarli alla sera secondo le prescrizioni; le relazioni giornaliere le faceva di fantasia. A parte quello, si preparava il corredo, dormiva abbondantemente, scriveva lettere torrenziali al fidanzato, e, contro le prescrizioni, attaccava discorso con tutti quelli che le venivano a tiro. Coll'Ambrogio mezzo intronato, che accudiva ai conigli per gli esperimenti; con la Michela che custodiva tutte le chiavi e probabilmente era una spia del Fascio; con la Varisco, l'operaietta che secondo il Commendatore avrebbe dovuto prepararmi il pranzo; col Maiocchi, legionario di Spagna, impomatato e donnaiolo, e, imparzialmente, col Moioli, pallido e gelatinoso, che aveva nove figli, era stato nel Partito Popolare e i fascisti gli avevano rotto la schiena a bastonate.

La Varisco, mi precisò, era una sua creatura: le era affezionata e devota, e faceva tutto quello che lei le comandava, comprese certe spedizioni nei reparti di produzione degli opoterapici (vietati ai non addetti) da cui tornava con fegati, cervelli, capsule surrenali ed altre frattaglie pregiate. Anche la Varisco era fidanzata, e fra loro due correva una profonda solidarietà ed un intenso scambio di confidenze intime. Dalla Varisco, che, essendo addetta alla pulizia, aveva accesso a tutti i reparti, aveva saputo che anche la produzione era avviluppata in una fitta bardatura antispia: tutte le tubazioni d'acqua, vapore, vuoto, gas, nafta ecc. correvano in cunicoli o incassate nel cemento, e solo le valvole erano accessibili; le macchine erano coperte con carter complicati e chiusi a chiave. I quadranti dei termometri e manometri non erano graduati: portavano solo segni colorati convenzionali.

Beninteso, se io avevo voglia di lavorare, e se la ricerca sul diabete mi interessava, che facessi pure, saremmo andati d'accordo lo stesso; ma che non contassi sulla sua collaborazione, perché lei aveva altro da pensare. Potevo invece contare su di lei e sulla Varisco per quanto riguardava la cucina. Loro, tutte e due, dovevano fare allenamento in vista del matrimonio, e mi avrebbero fatto dei mangiari da far dimenticare le carte annonarie e il razionamento. A me non sembrava tanto regolare che si facessero cucine complicate in un laboratorio, ma Giulia mi disse che in quel laboratorio, oltre a un certo misterioso consulente di Basilea che sembrava imbalsamato, veniva una volta al mese (del resto abbondantemente preannunciato), si guardava intorno come se fosse in un museo, e se ne andava senza aprire bocca, non entrava mai anima viva, e si poteva fare tutto quello che si voleva, pur di non lasciare tracce. A memoria d'uomo, il Commendatore non ci aveva mai messo piede.

Pochi giorni dopo la mia assunzione, il Commendatore mi chiamò in Direzione, ed in quella occasione notai che le foto con la barca a vela, del resto assai castigate, c'erano proprio. Mi disse che era tempo di entrare in argomento. La prima cosa che dovevo fare, era di andare in biblioteca, a chiedere alla Paglietta il Kerrn, un trattato sul diabete: io conoscevo il tedesco, non è vero? Bene, così avrei potuto leggerlo nel testo originale, e non in una pessima traduzione francese che avevano fatta fare quelli di Basilea. Lui, lo ammetteva, aveva letto solo quest'ultima, senza intenderne molto, ma ricavandone la convinzione che il Doktor Kerrn era uno che la sapeva lunga, e che sarebbe stato bello essere i primi a tradurre in pratica le sue idee: certo, scriveva in un modo un po' involuto, ma a questa faccenda dell'antidiabetico perorale quelli di Basilea, e in specie il consulente imbalsamato, tenevano molto. Che mi prendessi dunque il Kerrn e me lo leggessi con attenzione, poi ne avremmo riparlato insieme. Ma intanto, per non perdere tempo, avrei potuto incominciare a lavorare. Le sue molte preoccupazioni non gli avevano concesso di dedicare al testo l'attenzione che meritava, ma due idee fondamentali ne aveva pure ricavate, e si sarebbe potuto cercare di collaudarle in pratica.

La prima idea riguardava gli antociani. Gli antociani, come lei sa benissimo, sono i pigmenti dei fiori rossi ed azzurri: sono sostanze facili da ossidare e disossidare, tale è anche il glucosio, e il diabete è un'anomalia nell'ossidazione del glucosio; «dunque», con gli antociani si poteva tentare di ristabilire una normale ossidazione del glucosio. I petali dei fiordalisi sono molto ricchi di antociani; in vista del problema, lui aveva fatto seminare tutto un campo a fiordalisi, raccogliere i petali ed essiccarli al sole: che io provassi a farne estratti, a somministrarli ai conigli ed a controllare la loro glicemia.

La seconda idea era altrettanto vaga, ad un tempo semplicistica ed arruffata. Sempre secondo il Doktor Kerrn, nella interpretazione lombarda del Commendatore, l'acido fosforico aveva importanza fondamentale nel ricambio dei carboidrati, e fin qui c'era poco da obiettare; meno convincente era l'ipotesi, elaborata dallo stesso Commendatore sui fondamenti fumosi del Kerrn, che bastasse somministrare al diabetico un po' di fosforo di origine vegetale per raddrizzare il suo metabolismo sovvertito. A quel tempo ero talmente giovane da pensare ancora che fosse possibile fare mutare idea ad un superiore; perciò avanzai due o tre obiezioni, ma vidi subito che sotto i colpi di queste il Commendatore si incrudiva come una lastra di rame sotto il martello. Tagliò corto, e con un certo suo tono perentorio che trasformava in ordini le proposte, mi consigliò di analizzare un buon numero di piante, di scegliere le piú ricche in fosforo organico, di farne i soliti estratti e di infilarli nei soliti conigli. Buon lavoro e buona sera.

Quando riferii a Giulia l'esito di questo colloquio, il suo giudizio fu immediato e risentito: il vecchio è matto. Ma ero io che lo avevo provocato, scendendo sul suo terreno e mostrando fin dal principio di prenderlo sul serio: mi stava bene, che adesso me la sbrogliassi, coi fiordalisi e il fosforo e i conigli. Secondo lei, tutta quella mia smania di lavorare, che arrivava fino a prostituirmi alle fiabe senili del Commendatore, veniva dal fatto che io non avevo una ragazza; se l'avessi avuta, avrei pensato a lei invece che agli antociani. Era veramente un peccato che lei Giulia non fosse disponibile, perché si rendeva conto del tipo che ero io, uno di quelli che non prendono iniziative, anzi scappano, e vanno condotti per mano sciogliendo piano piano i loro nodi. Be', c'era a Milano una sua cugina, un po' timida pure lei; avrebbe fatto in modo di farmela incontrare. Ma anch'io, diamine, dovevo darmi da fare; le faceva male al cuore vedere uno come me che buttava via in conigli gli anni migliori della giovinezza. Questa Giulia era un po' strega, leggeva la mano, frequentava le indovine e aveva sogni premonitori, e qualche volta ho osato pensare che questa sua fretta di liberarmi da una vecchia angoscia, e di procurarmi subito una modesta porzione di gioia, venisse da una sua intuizione oscura di quanto il destino mi stava preparando, e mirasse inconsapevolmente a deviarlo.

Andammo insieme a vedere «Porto delle Nebbie», lo trovammo meraviglioso, e ci confessammo a vicenda di esserci identificati coi protagonisti: Giulia smilza e mora con la eterea Michèle Morgan dagli occhi di gelo, io mite e recessivo con Jean Gabin disertore, fascinatore, bullo e morto ammazzato: assurdo, e poi quei due si amavano e noi no, non è vero?

Quando il film stava per finire, Giulia mi annunciò che io l'avrei accompagnata a casa. Io dovevo andare dal dentista, ma Giulia disse: «Se non mi accompagni, grido "Giú le mani, porco!"». Io tentai un'obiezione, ma Giulia prese fiato e nel buio della sala incominciò: «Giú le...»: allora telefonai al dentista e l'accompagnai fino a casa.

Giulia era una leonessa, capace di viaggiare dieci ore in piedi nei treni degli sfollati per trascorrerne due insieme col suo uomo, felice e radiosa se poteva ingaggiare un violento duello verbale col Commendatore o con la Loredana, ma aveva paura delle bestioline e del tuono. Mi chiamava ad espellere un ragnetto dal suo banco di lavoro (non dovevo però ammazzarlo, ma metterlo in un pesafiltri e portarlo fuori nell'aiuola), e questo mi faceva sentire virtuoso e forte come Ercole davanti all'Idra di Lerna, ed insieme tentato, perché percepivo la intensa carica femminile della richiesta. Venne un furioso temporale, Giulia resistette a due fulmini, al terzo cercò rifugio contro di me. Sentivo il calore del suo corpo contro il mio, vertiginoso e nuovo, noto nei sogni, ma non restituii l'abbraccio; se lo avessi fatto, forse il suo destino e il mio sarebbero usciti fragorosamente dai binari, verso un comune avvenire totalmente imprevedibile.

La bibliotecaria, che non avevo mai vista prima, custodiva la biblioteca come lo avrebbe fatto un cane da pagliaio, uno di quei poveri cani che vengono deliberatamente resi cattivi a furia di catena e di fame; o meglio come il vecchio cobra sdentato, pallido per i secoli di tenebra, custodisce il tesoro del re nel *Libro della Giungla*. La Paglietta, poverina, era poco meno che un lusus naturae: era piccola, senza seno e senza fianchi, cerea, intristita e mostruosamente miope; portava occhiali talmente spessi e concavi che a guardarla di fronte i suoi occhi, di un celeste quasi bianco, sembravano lontanissimi, appiccicati in fondo al cranio. Dava l'impressione di non essere mai stata giovane, quantunque non avesse certo più di trent'anni, e di essere nata lí, nell'ombra, in quel vago odore di muffa e di chiuso. Nessuno sapeva niente di lei, il Commendatore stesso ne parlava con insofferenza stizzita, e Giulia ammetteva di odiarla per istinto, senza sapere il perché, senza pietà, come la volpe odia il cane. Diceva che puzzava di naftalina e che aveva la faccia da stitica. La Paglietta mi chiese perché volevo proprio il Kerrn, volle vedere la mia carta d'identità, la scrutò con aria malevola, mi fece firmare un registro e mi abbandonò il volume con riluttanza.

Era un libro strano: difficilmente avrebbe potuto essere stato scritto e stampato altrove che nel Terzo Reich.

L'autore non doveva essere uno sprovveduto, ma da ogni sua pagina spirava la burbanza di chi sa che le sue affermazioni non gli verranno contestate. Scriveva, anzi concionava, come un profeta invasato, come se il metabolismo del glucosio, nel diabetico e nel sano, gli fosse stato rivelato da Geova sul Sinai, anzi, da Wotan sul Walhalla. Forse a torto, concepii subito per le teorie del Kerrn un'astiosa diffidenza; ma non mi risulta che i trent'anni che da allora sono passati abbiano condotto ad una loro rivalutazione.

L'avventura degli antociani finí presto. Era incominciata con una pittoresca invasione di fiordalisi, sacchi e sacchi di delicati petali celesti, secchi e fragili come minuscole patate fritte. Davano estratti dai colori mutevoli, pittoreschi anche loro, ma estremamente instabili: dopo pochi giorni di tentativi, prima ancora di fare ricorso ai conigli, ebbi dal Commendatore l'autorizzazione ad archiviare l'argomento. Continuavo a trovare strano che l'uomo, svissero e coi piedi in terra, si fosse lasciato convincere da quel visionario fanatico, e con l'occasione, cautamente, gli accennai il mio giudizio, ma mi rispose brutalmente che non era affare mio criticare i professori. Mi fece capire che non ero pagato per niente, e mi invitò a non perdere tempo, e ad incominciare subito col fosforo: lui era convinto che il fosforo ci avrebbe condotti ad una brillante soluzione. Sotto col fosforo.

Mi misi al lavoro, pochissimo persuaso, persuaso invece che il Commendatore, e magari il Kerrn medesimo, avessero soggiaciuto al fascino da buon patto dei nomi e dei luoghi comuni: infatti il fosforo ha un nome molto bello (vuol dire «portatore di luce»), è fosforescente, c'è nel cervello, c'è anche nei pesci, e *perciò* mangiare pesci rende intelligenti; senza fosforo le piante non crescono; fosfatina Falières, glicerofosfati per i bambini anemici di cento anni fa; c'è anche nelle capocchie dei fiammiferi, e le ragazze disperate per amore le mangiavano per suicidarsi; c'è nei fuochi fatui, putride fiamme innanzi al passegger. No, non è un elemento emotivamente neutro: era comprensibile che un professor Kerrn, mezzo biochimico e mezzo stregone, nell'ambiente impregnato di magia nera della Corte nazista, lo avesse designato come medicamentum.

Mani ignote mi lasciavano sul bancone, di notte, piante su piante, una specie al giorno; erano tutte piante singolarmente domestiche, e non so come fossero state scelte: cipolla, aglio, carota, bardana, mirtillo, achillea, salice, salvia, rosmarino, rosa canina, ginepro. Io, giorno per giorno, determinavo in tutte il fosforo, inorganico e totale, e mi sentivo come un asino legato al bindolo. Tanto mi aveva esaltato l'analisi del nichel nella roccia, nella mia incarnazione precedente, tanto mi umiliava adesso il dosaggio quotidiano del fosforo, perché fare un lavoro in cui non si crede è una grande afflizione; appena valeva a rallegrarmi la presenza di Giulia nella camera accanto, che cantava con voce velata «è primavera, svegliatevi bambine», e faceva cucina col termometro nei becher di vetro Pyrex. Ogni tanto veniva a contemplare il mio lavoro, provocatoria e beffarda.

Ci eravamo accorti, Giulia ed io, che le stesse mani ignote lasciavano in laboratorio, in nostra assenza, tracce appena percettibili. Un armadio, chiuso a chiave alla sera, era aperto al mattino. Uno stativo aveva cambiato posto. La cappa, lasciata aperta, era abbassata. Un mattino di pioggia, come Robinson, trovammo sul pavimento l'orma di una suola di gomma: il Commendatore portava scarpe di gomma. «Viene di notte a fare l'amore con la Loredana», decise Giulia: io pensavo invece che quel laboratorio, ossessivamente ordinato, doveva servire per qualche altro impalpabile e segreto lavorio svizzero. Mettemmo sistematicamente degli stecchi infilati dall'interno nelle porte sempre chiuse a chiave, che dalla Produzione immettevano nel laboratorio: al mattino gli stecchi erano sempre caduti.

Dopo due mesi disponevo di una quarantina di analisi: le piante col contenuto in fosforo piú alto erano la salvia, la chelidonia e il prezzemolo. Io pensavo che a questo punto sarebbe stato opportuno determinare in quale forma era legato il fosforo, e cercare di isolare il componente fosforato, ma il Commendatore telefonò a Basilea e poi mi dichiarò che non c'era tempo per queste finezze: avanti con gli estratti, fatti cosí alla buona, con acqua calda e col torchietto, e poi concentrati sotto vuoto: infilarli nell'esofago dei conigli, e misurare la loro glicemia.

I conigli non sono animali simpatici. Sono fra i mammiferi piú lontani dall'uomo, forse perché le loro qualità sono quelle dell'umanità avvilita e reietta: sono timidi, silenziosi e fuggitivi, e non conoscono che il cibo ed il sesso. Se si eccettua qualche gatto di campagna nell'infanzia piú remota, io non avevo mai toccato un animale, e davanti ai conigli provavo repulsione; cosí anche Giulia. Per fortuna, la Varisco aveva invece grande confidenza sia con le bestiole sia con l'Ambrogio che le amministrava. Ci fece vedere che, in un cassetto, esisteva un piccolo assortimento di strumenti adatti; c'era una cassetta stretta ed alta, senza coperchio: ci spiegò che ai conigli piace intanarsi, e se uno li prende per gli orecchi (che sono il loro manico naturale) e li infila in una cassetta, si sentono piú sicuri e non si muovono piú. C'era una sonda di gomma e un piccolo fuso di legno con un foro trasversale: bisogna forzarlo fra i denti dell'animale, e poi, attraverso il foro, infilare la sonda in gola senza tanti complimenti, spingendola giú finché si sente che tocca il fondo dello stomaco; se non si mette il legno, il coniglio taglia la sonda coi denti, la inghiotte e muore. Attraverso la sonda è facile spedire gli estratti nello stomaco con una comune siringa.

Poi bisogna misurare la glicemia. Quello che per i topi è la coda, per i conigli sono le orecchie, anche in questo caso: hanno vene grosse e rilevate, che si congestionano subito se l'orecchio viene strofinato. Da queste vene, perforate con un ago, si preleva una goccia di sangue, e senza domandarsi il perché delle varie manipolazioni si procede poi secondo Crecelius-Seifert. I conigli, o sono stoici, o sono poco sensibili al dolore: nessuno di questi abusi sembrava farli soffrire, appena lasciati liberi e rimessi in gabbia si rimettevano tranquilli a brucare il fieno, e la volta successiva non mostravano alcuna paura. Dopo un mese avrei potuto fare glicemie ad occhi chiusi, ma non sembrava che il nostro fosforo facesse alcun effetto; solo uno dei conigli reagiva all'estratto di chelidonia con un abbassamento della glicemia, ma dopo poche settimane gli venne un grosso tumore al collo. Il Commendatore mi disse di operarlo, io lo operai con acre senso di colpa e veemente ribrezzo, e lui morí.

Quei conigli, per ordine del Commendatore, vivevano ciascuno nella sua gabbia, maschi e femmine, in stretto celibato. Ma venne un bombardamento notturno che, senza fare molti altri danni, sfondò tutte le gabbie, ed al mattino trovammo i conigli intenti ad una meticolosa e generale campagna copulatoria: le bombe non li avevano spaventati per nulla. Appena liberati, avevano subito scavato nelle aiuole i cunicoli da cui traggono il nome, ed al minimo allarme abbandonavano a mezzo le loro nozze e ci si rifugiavano. L'Ambrogio ebbe pena a recuperarli ed a richiuderli in gabbie nuove; il lavoro delle glicemie dovette essere interrotto, perché solo le gabbie erano contrassegnate e non gli animali, e dopo la dispersione non fu piú possibile identificarli.

Venne Giulia tra un coniglio e l'altro, e mi disse a bruciapelo che aveva bisogno di me. Ero venuto in fabbrica in bicicletta, non è vero? Ebbene, lei quella stessa sera doveva andare subito fino a Porta Genova, c'erano da cambiare tre tram, lei aveva fretta, era una faccenda importante: che per favore la portassi in canna, d'accordo? Io, che secondo il maniaco orario sfalsato del Commendatore uscivo dodici minuti prima di lei, l'attesi girato l'angolo, la caricai sulla canna della bicicletta e partimmo.

Circolare per Milano in bicicletta non aveva allora nulla di temerario, e portare un passeggero in canna, in tempi di bombe e di sfollamenti, era poco meno che normale: qualche volta, specie se di notte, accadeva che estranei domandassero questo servizio, e che per un trasporto da un capo all'altro della città ti ricompensassero con quattro o cinque lire. Ma Giulia, già di regola piuttosto irrequieta, quella sera comprometteva la stabilità dell'equipaggio: stringeva convulsamente il manubrio contrastando la guida, cambiava di scatto posizione, illustrava il suo discorso con gesti violenti delle mani e del capo che spostavano in modo imprevedibile il nostro comune baricentro. Il suo discorso era in principio un po' generico, ma Giulia non era il tipo che si tiene i segreti in corpo ad intossicarlo; a metà di via Imbonati usciva già dal vago, e a Porta Volta era in termini espliciti: era furiosa perché i genitori di lui avevano detto di no, e volava al contrattacco. Perché lo avevano detto? – Per loro non sono abbastanza bella, capisci? – ringhiò, scuotendo il manubrio con ira.

– Che stupidi. A me sembri abbastanza bella, – dissi io con serietà.

– Fatti furbo. Non ti rendi conto.

– Volevo solo farti un complimento; e poi lo penso proprio.

– Non è il momento. Se cerchi di farmi la corte adesso, ti sbatto per terra.

– Cadi anche tu.

– Sei uno scemo. Dài, pedala, che si fa tardi.

In Largo Cairoli sapevo già tutto: o meglio, possedevo tutti gli elementi di fatto, ma talmente confusi e dislocati nella loro sequenza temporale che non mi era facile cavarne un costrutto.

Principalmente, non riuscivo a capire come non bastasse la volontà di quel lui a tagliare il nodo: era inconcepibile, scandaloso. C'era quest'uomo, che Giulia mi aveva altre volte descritto come generoso, solido, innamorato e serio; possedeva quella ragazza, scarmigliata e splendida nella sua rabbia, che mi si stava dibattendo fra gli avambracci impegnati nella guida; e invece di piombare a Milano e farsi le sue ragioni, se ne stava annidato in non so piú quale caserma di frontiera a difendere la patria. Perché, essendo un «gòi», faceva il servizio militare, naturalmente: e mentre cosí pensavo, e mentre Giulia continuava a litigare con me come se fossi stato io il suo don rodrigo, mi sentivo invadere da un odio assurdo per il rivale mai conosciuto. Un gòi, e lei una gôià, secondo la terminologia atavica: e si sarebbero potuti sposare. Mi sentivo crescere dentro, forse per la prima volta, una nauseabonda sensazione di vuoto: questo, dunque, voleva dire essere altri; questo il prezzo di essere il sale della terra. Portare in canna una ragazza che si desidera, ed esserne talmente lontani da non potersene neppure innamorare: portarla in canna in Viale Gorizia per aiutarla ad essere di un altro, ed a sparire dalla mia vita.

Davanti al 40 di Viale Gorizia c'era una panchina: Giulia mi disse di aspettarla, ed entrò nel portone come un vento. Io mi sedetti ed attesi, lasciando via libera al corso dei miei pensieri, sgangherato e doloroso. Pensavo che avrei dovuto essere meno gentiluomo, anzi, meno inibito e sciocco, e che per tutta la vita avrei rimpianto che fra me e lei non ci fosse stato altro che qualche ricordo scolastico e aziendale; e che forse non era troppo tardi, che forse il no di quei due genitori da operetta sarebbe stato irremovibile, che Giulia sarebbe scesa in lacrime, e io avrei potuto consolarla; e che queste erano speranze nefande, un approfittare scellerato delle sventure altrui. E finalmente, come un naufrago che è stanco di dibattersi e si lascia colare a picco, ricadevo in quello che era il mio pensiero dominante di quegli anni: che il fidanzato esistente, e le leggi della separazione, non erano che alibi insulsi, e che la mia incapacità di avvicinare una donna era una condanna senza appello, che mi avrebbe accompagnato fino alla morte, restringendomi ad una vita avvelenata dalle invidie e dai desideri astratti, sterile e senza scopo.

Giulia uscí dopo due ore, anzi, eruppe dal portone come un proiettile da un obice. Non occorreva farle domande per sapere come era andata: – Li ho fatti diventare alti cosí, – mi disse, tutta rossa in viso e ancora ansimante. Feci il mio miglior sforzo per congratularmi con lei in modo credibile, ma a Giulia non si possono far credere cose che non si pensano, né nascondere cose che si pensano. Ora che era sollevata dal suo peso, e allegra di vittoria, mi guardò diritto negli occhi, vi scorse la nube, e mi chiese: – A cosa stavi pensando?

– Al fosforo, – risposi.

Giulia si sposò pochi mesi dopo, e si congedò da me tirando su lacrime dal naso e facendo minuziose prescrizioni annonarie alla Varisco. Ha avuto molte traversie e molti figli; siamo rimasti amici, ci vediamo a Milano ogni tanto e parliamo di chimica e di cose sagge. Non siamo malcontenti delle nostre scelte e di quello che la vita ci ha dato, ma quando ci incontriamo proviamo entrambi la curiosa e non sgradevole impressione (ce la siamo piú volte descritta a vicenda) che un velo, un soffio, un tratto di dado, ci abbia deviati su due strade divergenti che non erano le nostre.

Oro

È cosa risaputa che i torinesi trapiantati a Milano non vi allignano, o vi allignano male. Nell'autunno 1942 eravamo a Milano sette amici di Torino, ragazzi e ragazze, approdati per motivi diversi nella grossa città che la guerra rendeva inospitale; i nostri genitori, chi ancora li aveva, erano sfollati in campagna per sottrarsi ai bombardamenti, e noi facevamo vita ampiamente comune. Euge era architetto, voleva rifare Milano, e diceva che il miglior urbanista era stato Federico Barbarossa. Silvio era dottore in legge, ma scriveva un trattato di filosofia su minuscoli foglietti di carta velina ed era impiegato in un'impresa di trasporti e spedizioni. Ettore era ingegnere alla Olivetti. Lina faceva l'amore con Euge e si occupava vagamente di gallerie d'arte. Vanda era chimica come me, ma non trovava lavoro, ed era permanentemente irritata di questo fatto perché era femminista. Ada era mia cugina e lavorava alle Edizioni Corbaccio: Silvio la chiamava bidottore perché aveva due lauree, ed Euge la chiamava cugimo che voleva dire cugina di Primo, del che Ada si risentiva un poco. Io, dopo il matrimonio di Giulia, ero rimasto solo coi miei conigli, mi sentivo vedovo ed orfano, e fantasticavo di scrivere la saga di un atomo di carbonio, per far capire ai popoli la poesia solenne, nota solo ai chimici, della fotosintesi clorofilliana: ed in fatto l'ho poi scritta, ma molti anni piú tardi, ed è la storia con cui questo libro si conclude.

Se non sbaglio, tutti scrivevamo poesie, salvo Ettore,

che diceva che per un ingegnere non era dignitoso. Scrivere poesie tristi e crepuscolari, e neppure tanto belle, mentre il mondo era in fiamme, non ci sembrava né strano né vergognoso: ci proclamavamo nemici del fascismo, ma in effetti il fascismo aveva operato su di noi, come su quasi tutti gli italiani, estraniandoci e facendoci diventare superficiali, passivi e cinici.

Sopportavamo con allegria maligna il razionamento e il freddo nelle case senza carbone, ed accettavamo con incoscienza i bombardamenti notturni degli inglesi; non erano per noi, erano un brutale segno di forza dei nostri lontanissimi alleati: facessero pure. Pensavamo quello che tutti gli italiani umiliati allora pensavano: che i tedeschi e i giapponesi erano invincibili, ma gli americani anche, e che la guerra sarebbe andata avanti cosí per altri venti o trent'anni, uno stallo sanguinoso ed interminabile, ma remoto, noto soltanto attraverso i bollettini di guerra adulterati, e talvolta, in certe famiglie di miei coetanei, attraverso le lettere funeree e burocratiche in cui si diceva «eroicamente, nell'adempimento del suo dovere». La danza macabra, su e giú lungo la costa libica, avanti e indietro nelle steppe d'Ucraina, non sarebbe finita mai.

Ciascuno di noi faceva il suo lavoro giorno per giorno, fiaccamente, senza crederci, come avviene a chi sa di non operare per il proprio domani. Andavamo a teatro ed ai concerti, che qualche volta si interrompevano a mezzo perché suonavano le sirene dell'allarme aereo, e questo ci sembrava un incidente ridicolo e gratificante; gli Alleati erano padroni del cielo, forse alla fine avrebbero vinto e il fascismo sarebbe finito: ma era affare loro, loro erano ricchi e potenti, avevano le portaerei e i «Liberators». Noi no, ci avevano dichiarato «aItri» e altri saremmo stati; parteggiavamo, ma ci tenevamo fuori dai giochi stupidi e crudeli degli ariani, a discutere i drammi di O'Neill o di Thornton Wilder, ad arrampicarci sulle Grigne, ad innamorarci un poco gli uni delle altre, ad inventare giochi intellettuali, ed a cantare bellissime canzoni che Silvio aveva imparato da certi suoi amici valdesi. Di quello che in quegli stessi mesi avveniva in tutta l'Europa occupata dai tedeschi, nella casa di Anna Frank ad Amsterdam, nella fossa di Babi Yar presso Kiev, nel ghetto di Varsavia, a Salonicco, a Parigi, a Lidice: di questa pestilenza che stava per sommergerci non era giunta a noi alcuna notizia precisa, solo cenni vaghi e sinistri portati dai militari che ritornavano dalla Grecia o dalle retrovie del fronte russo, e che noi tendevamo a censurare. La nostra ignoranza ci concedeva di vivere, come quando sei in montagna, e la tua corda è logora e sta per spezzarsi, ma tu non lo sai e vai sicuro.

Ma venne in novembre lo sbarco alleato in Nord Africa, venne in dicembre la resistenza e poi la vittoria russa a Stalingrado, e capimmo che la guerra si era fatta vicina e la storia aveva ripreso il suo cammino. Nel giro di poche settimane ognuno di noi maturò, piú che in tutti i vent'anni precedenti. Uscirono dall'ombra uomini che il fascismo non aveva piegati, avvocati, professori ed operai, e riconoscemmo in loro i nostri maestri, quelli di cui avevamo inutilmente cercato fino allora la dottrina nella Bibbia, nella chimica, in montagna. Il fascismo li aveva ridotti al silenzio per vent'anni, e ci spiegarono che il fascismo non era soltanto un malgoverno buffonesco e improvvido, ma il negatore della giustizia; non aveva soltanto trascinato l'Italia in una guerra ingiusta ed infausta, ma era sorto e si era consolidato come custode di una legalità e di un ordine detestabili, fondati sulla costrizione di chi lavora, sul profitto incontrollato di chi sfrutta il lavoro altrui, sul silenzio imposto a chi pensa e non vuole essere servo, sulla menzogna sistematica e calcolata. Ci dissero che la nostra insofferenza beffarda non bastava; doveva volgersi in collera, e la collera essere incanalata in una rivolta organica e tempestiva: ma non ci insegnarono come si fabbrica una bomba, né come si spara un fucile.

Ci parlavano di sconosciuti: Gramsci, Salvemini, Gobetti, i Rosselli; chi erano? Esisteva dunque una seconda storia, una storia parallela a quella che il liceo ci aveva somministrata dall'alto? In quei pochi mesi convulsi cercammo invano di ricostruire, di ripopolare il vuoto storico dell'ultimo ventennio, ma quei nuovi personaggi rimanevano «eroi», come Garibaldi e Nazario Sauro, non avevano spessore né sostanza umana. Il tempo per consolidare la nostra preparazione non ci fu concesso: vennero in marzo gli scioperi di Torino, ad indicare che la crisi era prossima; vennero col 25 luglio il collasso del fascismo dall'interno, le piazze gremite di folla affratellata, la gioia estemporanea e precaria di un paese a cui la libertà era stata donata da un intrigo di palazzo; e venne l'8 settembre, il serpente verdegrigio delle divisioni naziste per le vie di Milano e di Torino, il brutale risveglio: la commedia era finita, l'Italia era un paese occupato, come la Polonia, come la Jugoslavia, come la Norvegia.

In questo modo, dopo la lunga ubriacatura di parole, certi della giustezza della nostra scelta, estremamente insicuri dei nostri mezzi, con in cuore assai piú disperazione che speranza, e sullo sfondo di un paese disfatto e diviso, siamo scesi in campo per misurarci. Ci separammo per seguire il nostro destino, ognuno in una valle diversa.

Avevamo freddo e fame, eravamo i partigiani piú disarmati del Piemonte, e probabilmente anche i piú sprovveduti. Ci credevamo al sicuro, perché non ci eravamo ancora mossi dal nostro rifugio, sepolto da un metro di neve: ma qualcuno ci tradí, ed all'alba del 13 dicembre 1943 ci svegliammo circondati dalla repubblica: loro erano trecento, e noi undici, con un mitra senza colpi e qualche pistola. Otto riuscirono a fuggire, e si dispersero per la montagna: noi non riuscimmo. I militi catturarono noi tre, Aldo, Guido e me, ancora tutti insonnoliti. Mentre quelli entravano, io feci in tempo a nascondere nella cenere della stufa la rivoltella che tenevo sotto il guanciale, e che del resto non ero sicuro di saper usare: era minuscola, tutta intarsiata di madreperla, di quelle che adoperano nei film le signore disperate per suicidarsi. Aldo, che era medico, si alzò, accese stoicamente una sigaretta, e disse: «Mi rincresce per i miei cromosomi».

Ci picchiarono un poco, ci ammonirono di «non fare atti inconsulti», ci promisero di interrogarci poi in un certo loro modo convincente e di fucilarci subito dopo, si disposero in gran pompa intorno a noi, e ci mettemmo in cammino verso il valico. Durante la marcia, che si protrasse per diverse ore, riuscii a fare due cose che mi stavano a cuore: mangiai pezzo per pezzo la carta d'identità troppo falsa che avevo nel portafoglio (la fotografia era particolarmente disgustosa), e, fingendo d'incespicare, infilai nella neve l'agenda piena d'indirizzi che tenevo in tasca. I militi cantavano fiere canzoni di guerra, sparavano col mitra alle lepri, buttavano bombe nel torrente per uccidere le trote. Giú a valle ci aspettavano diversi autobus. Ci fecero salire, sedere separati, ed io avevo militi tutto intorno, seduti ed in piedi, che non badavano a noi e continuavano a cantare. Uno, proprio davanti a me, mi voltava la schiena, e dalla cintura gli pendeva una bomba a mano di quelle tedesche, col manico di legno, che scoppiavano a tempo: avrei potuto benissimo levare la sicura, tirare la funicella e farla finita insieme con diversi di loro, ma non ne ebbi il coraggio. Ci condussero alla caserma, che era alla periferia di Aosta. Il loro centurione si chiamava Fossa, ed è strano, assurdo e sinistramente comico, data la situazione di allora, che lui giaccia da decenni in qualche sperduto cimitero di guerra, ed io sia qui, vivo e sostanzialmente indenne, a scrivere questa storia. Fossa era un legalitario, e si diede da fare per organizzare rapidamente a nostro favore un regime carcerario conforme ai regolamenti; cosí ci mise nelle cantine della caserma, uno per cella, con branda e bugliolo, rancio alle undici, l'ora d'aria e il divieto di comunicare fra noi. Questo divieto era doloroso, perché fra noi, in ognuna delle nostre menti, pesava un segreto brutto: lo stesso segreto che ci aveva esposti alla cattura, spegnendo in noi, pochi giorni prima, ogni volontà di esistere, anzi di vivere. Eravamo stati costretti dalla nostra coscienza ad eseguire una condanna, e l'avevamo eseguita, ma ne eravamo usciti distrutti, destituiti, desiderosi che tutto finisse e di finire noi stessi; ma desiderosi anche di vederci fra noi, di parlarci, di aiutarci a vicenda ad esorcizzare quella memoria ancora cosí recente. Adesso eravamo finiti, e lo sapevamo: eravamo in trappola, ognuno nella sua trappola, non c'era uscita se non all'ingiú. Non tardai a convincermene, esaminando la mia cella palmo a palmo, poiché i romanzi di cui anni prima mi ero nutrito erano pieni di meravigliose evasioni: ma lí i muri erano spessi mezzo metro, la porta era massiccia e vigilata dal di fuori, la finestrella munita di sbarre. Avevo una lima da unghie, avrei potuto segarne una, forse anche tutte: ero talmente magro che forse avrei potuto uscire: ma contro la finestrella scopersi che c'era un robusto blocco di cemento a riparo dalle schegge dei bombardamenti aerei.

Ogni tanto ci venivano a chiamare per gli interrogatori. Quando ad interrogarci era Fossa, andava abbastanza bene: Fossa era un esemplare d'uomo che non avevo ancora mai incontrato, un fascista da manuale, stupido e coraggioso, che il mestiere delle armi (aveva combattuto in Africa e in Spagna, e se ne vantava con noi) aveva cerchiato di solida ignoranza e stoltezza, ma non corrotto né reso disumano. Aveva creduto ed obbedito per tutta la sua vita, ed era candidamente convinto che i colpevoli della catastrofe fossero due soli, il re e Galeazzo Ciano, che proprio in quei giorni era stato fucilato a Verona: Badoglio no, era un soldato anche lui, aveva giurato al re e doveva tener fede al suo giuramento. Se non fosse stato del re e di Ciano, che avevano sabotato la guerra fascista fin dall'inizio, tutto sarebbe andato bene e l'Italia avrebbe vinto. Mi considerava uno sventato, guastato dalle cattive compagnie; nel profondo della sua anima classista, era persuaso che un laureato non poteva essere veramente un «sovversivo». Mi interrogava per noia, per indottrinarmi e per darsi importanza, senza alcun serio intento inquisitorio: lui era un soldato, non uno sbirro. Non mi fece mai domande imbarazzanti, e neppure mi chiese mai se era ebreo.

Invece erano temibili gli interrogatori di Cagni. Cagni era la spia che ci aveva fatti catturare: spia integrale, per ogni grammo della sua carne, spia per natura e per tendenza piú che per convinzione fascista o per interesse: spia per nuocere, per sadismo sportivo, come abbatte la selvaggina libera chi va a caccia. Era un uomo abile: aveva raggiunto con buone credenziali una formazione partigiana contigua alla nostra, si era spacciato per depositario di importanti segreti militari tedeschi, li aveva rivelati, e si dimostrarono poi artificiosamente falsi e costruiti dalla Gestapo. Organizzò le difese della formazione, fece svolgere minuziose esercitazioni a fuoco (in cui fece in modo che si consumassero buona parte delle munizioni), poi fuggí a valle, e ricomparve alla testa delle centurie fasciste designate per il rastrellamento. Era sulla trentina, di carnagione pallida e floscia: incominciava l'interrogatorio posando bene in vista la Luger sullo scrittoio, insisteva per ore senza riposo; voleva sapere tutto. Minacciava continuamente la tortura e la fucilazione, ma per mia fortuna io non sapevo quasi nulla, ed i pochi nomi che conoscevo li tenni per me. Alternava momenti di simulata cordialità con scoppi di collera altrettanto simulati; a me disse (probabilmente bluffando) di sapere che ero ebreo, ma che era bene per me: o ero ebreo, o ero partigiano; se partigiano, mi metteva al muro; se ebreo, bene, c'era un campo di raccolta a Carpi, loro non erano dei sanguinari, ci sarei rimasto fino a a vittoria finale. Ammisi di essere ebreo: in parte per stanchezza, in parte anche per una irrazionale impuntatura d'orgoglio, ma non credevo affatto alle sue parole. Non aveva detto lui stesso che la direzione di quella stessa caserma, entro pochi giorni, sarebbe passata alle SS?

Nella mia cella c'era una sola lampadina fioca, che rimaneva accesa anche di notte; bastava appena per leggere, ma ugualmente leggevo molto, perché pensavo che il tempo che mi rimaneva era poco. Il quarto giorno, durante l'ora d'aria, mi misi in tasca di nascosto un grosso sasso perché volevo tentare di comunicare con Guido ed Aldo, che erano nelle due celle contigue. Ci riuscii, ma era estenuante: occorreva un'ora per trasmettere una frase, battendo colpi in codice sul muro divisorio, come i minatori di «Germinal» sepolti nella miniera. Origliando al muro per cogliere la risposta, si udivano invece i canti giulivi e rubesti dei militi seduti a mensa sopra i nostri capi: «la vision de l'Alighieri», o «ma la mitragliatrice non la lascio», oppure, struggente fra tutte, «vieni, c'è una strada nel bosco».

Nella mia cella c'era anche un topo. Mi teneva compagnia, ma di notte mi rosicchiava il pane. C'erano due brande: ne smontai una, ne ricavai un longherone, lungo e liscio; lo misi verticale, e di notte gli infilavo la pagnotta sulla punta, però un po' di briciole le lasciavo in terra per il topo. Mi sentivo piú topo di lui: pensavo alle strade nei boschi, alla neve fuori, alle montagne indifferenti, alle cento cose splendide che se fossi tornato libero avrei potuto fare, e la gola mi si chiudeva come per un nodo.

Faceva molto freddo. Bussai alla porta finché venne il milite che fungeva da sbirro, e lo pregai di mettermi a rapporto con Fossa; lo sbirro era proprio quello che mi aveva picchiato al momento della cattura, ma quando aveva saputo che io ero un «dottore» mi aveva chiesto scusa: l'Italia è uno strano paese. Non mi mise a rapporto, ma ottenne per me e per gli altri una coperta, e il permesso di riscaldarci per mezz'ora ogni sera, prima del silenzio, vicino alla caldaia del termosifone.

Il nuovo regime ebbe inizio la sera stessa. Venne il milite a prelevarmi, e non era solo: con lui c'era un altro prigioniero di cui non conoscevo l'esistenza. Peccato: se fosse stato Guido o Aldo sarebbe stato molto meglio: comunque, era un essere umano con cui scambiare parola. Ci condusse nel locale caldaia, che era fosco di fuliggine, schiacciato dal soffitto basso, ingombrato quasi per intero dalla caldaia, ma caldo: un sollievo. Il milite ci fece sedere su una panca, e prese posto lui stesso su una sedia nel vano della porta, in modo da ostruirla: teneva il mitra verticale fra le ginocchia, tuttavia pochi minuti dopo già sonnecchiava e si disinteressava di noi.

Il prigioniero mi guardava con curiosità: – Siete voi, i ribelli? – mi chiese. Aveva forse trentacinque anni, era magro e un po' curvo, aveva i capelli crespi in disordine, la barba mal rasa, un grosso naso a becco, la bocca senza labbra e gli occhi fuggitivi. Le sue mani erano sproporzionatamente grosse, nodose, come cotte dal sole e dal vento, e non le teneva mai ferme: ora si grattava, ora le strofinava una sull'altra come se le lavasse, ora tamburellava sulla panca o su una coscia; notai che gli tremavano leggermente. Il suo fiato odorava di vino, e ne dedussi che era stato arrestato da poco; aveva l'accento della valle, ma non sembrava un contadino. Gli risposi tenendomi sul generico, ma non si scoraggiò:

– Tanto quello dorme: puoi parlare, se vuoi. Io posso fare uscire notizie; poi forse esco fra poco.

Non mi sembrava un tipo da fidarsene molto. – Perché sei qui? – gli chiesi.

– Contrabbando: non ho voluto spartire con loro, ecco tutto. Finiremo col metterci d'accordo, ma intanto mi tengono dentro: è male, col mio mestiere.

– È male per tutti i mestieri!

– Ma io ho un mestiere speciale. Faccio anche il contrabbando, ma solo d'inverno, quando la Dora gela; insomma, faccio diversi lavori, ma nessuno sotto padrone. Noi siamo gente libera: era cosí anche mio padre e mio nonno e tutti i bisnonni fino dal principio dei tempi, fino da quando son venuti i Romani.

Non avevo capito l'accenno alla Dora gelata, e gliene chiesi conto: era forse un pescatore?

– Sai perché si chiama Dora? – mi rispose: – Perché è d'oro. Non tutta, si capisce, ma porta oro, e quando gela non si può piú cavarlo.

– C'è oro nel fondo?

– Sí, nella sabbia: non dappertutto, ma in molti tratti. E l'acqua che lo trascina giú dalla montagna, e lo accumula a capriccio, in un'ansa sí, in un'altra niente. La nostra ansa, che ce la passiamo di padre in figlio, è la piú ricca di tutte: è ben nascosta, molto fuori mano, ma ugualmente è meglio andarci di notte, che non venga nessuno a curiosare. Per questo, quando gela forte come per esempio l'anno scorso, non si può lavorare, perché appena hai forato il ghiaccio se ne forma dell'altro, e poi anche le mani non resistono. Se io fossi al tuo posto e tu al mio, parola d'onore, ti spiegherei anche dov'è, il nostro posto.

Mi sentii ferito da quella sua frase. Sapevo bene come stavano le mie cose, ma mi spiaceva sentirmelo dire da un estraneo. L'altro, che si era accorto della topica, cercò goffamente di rimediare:

– Volevo dire insomma che sono cose riservate, che non si dicono neppure agli amici. Io vivo di questo, e non ho altro al mondo, ma non cambierei con un banchiere. Vedi, non è che d'oro ce ne sia tanto: ce n'è anzi molto poco, si lava tutta una notte e si tira fuori uno o due grammi: ma non finisce mai. Ci torni quando vuoi, la notte dopo o dopo un mese, secondo che ne hai volontà, e l'oro è ricresciuto; e cosí da sempre e per sempre, come torna l'erba nei prati. E cosí non c'è gente piú libera di noi: ecco perché mi sento venire matto a stare qui dentro.

Poi, devi capire che a lavare sabbia non sono capaci tutti, e questo dà soddisfazione. A me, appunto, mi ha insegnato mio padre: solo a me, perché ero il piú svelto: gli altri fratelli lavorano alla fabbrica. E solo a me ha lasciato la scodella, – e, con la enorme destra leggermente inflessa a coppa, accennò al movimento rotatorio professionale.

– Non tutti i giorni son buoni: va meglio quando c'è sereno ed è l'ultimo quarto. Non saprei dirti perché, ma è proprio cosí, caso mai ti venisse in mente di provare.

Apprezzai in silenzio l'augurio. Certo, che avrei provato: che cosa non avrei provato? In quei giorni, in cui attendevo abbastanza coraggiosamente la morte, albergavo una lancinante voglia di tutto, di tutte le esperienze umane pensabili, e imprecavo alla mia vita precedente, che mi pareva di avere sfruttato poco e male, e mi sentivo il tempo scappare di fra le dita, sfuggire dal corpo minuto per minuto, come un'emorragia non piú arrestabile. Certo, che avrei cercato l'oro: non per arricchire, ma per sperimentare un'arte nuova, per rivisitare la terra l'aria e l'acqua, da cui mi separava una voragine ogni giorno piú larga; e per ritrovare il mio mestiere chimico nella sua forma essenziale e primordiale, la «Scheidekunst», appunto, l'arte di separare il metallo dalla ganga.

– Non lo vendo mica tutto, – continuava l'altro: – ci sono troppo affezionato. Ne tengo un po' da parte e lo fondo, due volte all'anno, e lo lavoro: non sono un artista ma mi piace averlo in mano, batterlo col martello, inciderlo, graffiarlo. Non mi interessa diventare ricco: mi importa vivere libero, non avere un collare come i cani, lavorare cosí, quando voglio, senza nessuno che mi venga a dire «su, avanti». Per questo soffro a stare qui dentro; e poi, oltre a tutto, si perde giornata.

Il milite diede un crollo nel sonno, e il mitra che teneva fra le ginocchia cadde a terra con fracasso. Lo sconosciuto ed io ci scambiammo un rapido sguardo, ci comprendemmo al volo, ci alzammo di scatto dalla panca: ma non facemmo in tempo a muovere un passo che già il milite aveva raccattato l'arma. Si ricompose, guardò l'ora, bestemmiò in veneto, e ci disse ruvidamente che era tempo di rientrare in cella. Nel corridoio incontrammo Guido e Aldo, che, scortati da un altro sorvegliante, si avviavano a prendere il nostro posto nell'afa polverosa della caldaia: mi salutarono con un cenno del capo.

Nella cella mi riaccolse la solitudine, il fiato gelido e puro delle montagne che penetrava dalla finestrella, e l'angoscia del domani. Tendendo l'orecchio, nel silenzio del coprifuoco si sentiva il mormorio della Dora, amica perduta, e tutti gli amici erano perduti, e la giovinezza, e la gioia, e forse la vita: scorreva vicina ma indifferente, trascinando l'oro nel suo grembo di ghiaccio fuso. Mi sentivo attanagliato da un'invidia dolorosa per il mio ambiguo compagno, che presto sarebbe ritornato alla sua vita precaria ma mostruosamente libera, al suo inesauribile rigagnolo d'oro, ad una fila di giorni senza fine.

Cerio

Che io chimico, intento a scrivere qui le mie cose di chimico, abbia vissuto una stagione diversa, è stato raccontato altrove.

A distanza di trent'anni, mi riesce difficile ricostruire quale sorta di esemplare umano corrispondesse, nel novembre 1944, al mio nome, o meglio al mio numero 174 517. Dovevo aver superato la crisi piú dura, quella dell'inserimento nell'ordine del Lager, e dovevo aver sviluppato una strana callosità, se allora riuscivo non solo a sopravvivere, ma anche a pensare, a registrare il mondo intorno a me, e perfino a svolgere un lavoro abbastanza delicato, in un ambiente infettato dalla presenza quotidiana della morte, ed insieme reso frenetico dall'avvicinarsi dei russi liberatori, giunti ormai ad ottanta chilometri da noi. La disperazione e la speranza si alternavano con un ritmo che avrebbe stroncato in un'ora qualsiasi individuo normale.

Noi non eravamo normali perché avevamo fame. La nostra fame di allora non aveva nulla in comune con la ben nota (non del tutto sgradevole) sensazione di chi ha saltato un pasto ed è sicuro che non gli mancherà il pasto successivo: era un bisogno, una mancanza, uno yearning, che ci accompagnava ormai da un anno, aveva messo in noi radici profonde e permanenti, abitava in tutte le nostre cellule e condizionava il nostro comportamento. Mangiare, procurarci da mangiare, era lo stimolo numero uno, dietro a cui, a molta distanza, seguivano tutti gli altri problemi di sopravvivenza, ed ancora piú lontani i ricordi della casa e la stessa paura della morte.

Ero chimico in uno stabilimento chimico, in un laboratorio chimico (anche questo è già stato raccontato), e rubavo per mangiare. Se non si comincia da bambini, imparare a rubare non è facile; mi erano occorsi diversi mesi per reprimere i comandamenti morali e per acquisire le tecniche necessarie, e ad un certo punto mi ero accorto (con un balenio di riso, e un pizzico di ambizione soddisfatta) di stare rivivendo, io dottorino per bene, l'involuzione-evoluzione di un famoso cane per bene, un cane vittoriano e darwiniano che viene deportato, e diventa ladro per vivere nel suo «Lager» del Klondike, il grande Buck del *Richiamo della Foresta*. Rubavo come lui e come le volpi: ad ogni occasione favorevole, ma con astuzia sorniona e senza esporrmi. Rubavo tutto, salvo il pane dei miei compagni.

Sotto l'aspetto, appunto, delle sostanze che si potessero rubare con profitto, quel laboratorio era terreno vergine, tutto da esplorare. C'erano benzina ed alcool, prede banali e scomode: molti li rubavano, in vari punti del cantiere, l'offerta era alta ed alto anche il rischio, perché per i liquidi ci vogliono recipienti. È il grande problema dell'imballaggio, che ogni chimico esperto conosce: e lo conosceva bene il Padre Eterno, che lo ha risolto brillantemente, da par suo, con le membrane cellulari, il guscio delle uova, la buccia multipla degli aranci, e la nostra pelle, perché liquidi infine siamo anche noi. Ora, a quel tempo non esisteva il polietilene, che mi avrebbe fatto comodo perché è flessibile, leggero e splendidamente impermeabile: ma è anche un po' troppo incorruttibile, e non per niente il Padre Eterno medesimo, che pure è maestro in polimerizzazioni, si è astenuto dal brevettarlo: a Lui le cose incorruttibili non piacciono.

In mancanza di adatti imballaggi e confezioni, la refurtiva ideale avrebbe quindi dovuto essere solida, non deperibile, non ingombrante, e soprattutto nuova. Doveva essere di alto valore unitario, cioè non voluminosa, perché spesso eravamo perquisiti all'ingresso nel campo dopo il lavoro; e doveva infine essere utile o desiderata da almeno una delle categorie sociali che componevano il complicato universo del Lager.

Avevo fatto in laboratorio vari tentativi. Avevo rubato qualche centinaio di grammi di acidi grassi, faticosamente ottenuti per ossidazione della paraffina da qualche mio collega dall'altra parte della barricata: ne avevo mangiato una metà, e saziavano veramente la fame, ma avevano un sapore cosí sgradevole che rinunciai a vendere il resto. Avevo provato a fare delle frittelle con cotone idrofilo, che tenevo premuto contro la piastra di un fornello elettrico; avevano un vago sapore di zucchero bruciato, ma si presentavano cosí male che non le giudicai commerciabili: quanto a vendere direttamente il cotone all'infermeria del Lager, provai una volta, ma era troppo ingombrante e poco quotato. Mi sforzai anche di ingerire e digerire la glicerina, fondandomi sul semplicistico ragionamento che, essendo questa un prodotto della scissione dei grassi, deve pure in qualche modo essere metabolizzata e fornire calorie: e forse ne forniva, ma a spese di sgradevoli effetti secondari.

C'era un barattolo misterioso su di uno scaffale. Conteneva una ventina di cilindretti grigi, duri, incolori, insapori, e non aveva etichetta. Questo era molto strano, perché quello era un laboratorio tedesco. Sí, certo, i russi erano a pochi chilometri, la catastrofe era nell'aria, quasi visibile; c'erano bombardamenti tutti i giorni; tutti sapevano che la guerra stava per finire: ma infine alcune costanti devono pure sussistere, e fra queste c'era la nostra fame, e che quel laboratorio era tedesco, e che i tedeschi non dimenticano mai le etichette. Infatti, tutti gli altri barattoli e bottiglie del laboratorio avevano etichette nitide, scritte a macchina, o a mano in bei caratteri gotici: solo quello non ne aveva.

In quella situazione, non disponevo certamente dell'attrezzatura e della tranquillità necessarie per identificare la natura dei cilindretti. A buon conto, ne nascosi tre in tasca e me li portai la sera in campo. Erano lunghi forse venticinque millimetri, e con un diametro di quattro o cinque.

Li mostrai al mio amico Alberto. Alberto cavò di tasca un coltellino e provò ad inciderne uno: era duro, resisteva alla lama. Provò a raschiarlo: si udí un piccolo crepitio e scaturí un fascio di scintille gialle. A questo punto la diagnosi era facile: si trattava di ferrocerio, la lega di cui sono fatte le comuni pietrine per accendisigaro. Perché erano cosí grandi? Alberto, che per qualche settimana aveva lavorato da manovale insieme con una squadra di saldatori, mi spiegò che vengono montati sulla punta dei cannelli ossiacetilenici, per accendere la fiamma. A questo punto mi sentivo scettico sulle possibilità commerciali della mia refurtiva: poteva magari servire ad accendere il fuoco, ma in Lager i fiammiferi (illegali) non scarseggiavano certo.

Alberto mi redarguí. Per lui la rinuncia, il pessimismo, lo sconforto, erano abominevoli e colpevoli: non accettava l'universo concentrazionario, lo rifiutava con l'istinto e con la ragione, non se ne lasciava inquinare. Era un uomo di volontà buona e forte, ed era miracolosamente rimasto libero, e libere erano le sue parole ed i suoi atti: non aveva abbassato il capo, non aveva piegato la schiena. Un suo gesto, una sua parola, un suo rigo, avevano virtú liberatoria, erano un buco nel tessuto rigido del Lager, e tutti quelli che lo avvicinavano se ne accorgevano, anche coloro che non capivano la sua lingua. Credo che nessuno, in quel luogo, sia stato amato quanto lui.

Mi redarguí: non bisogna scoraggiarsi mai, perché è dannoso, e quindi immorale, quasi indecente. Avevo rubato il cerio: bene, ora si trattava di piazzarlo, di lanciarlo. Ci avrebbe pensato lui, lo avrebbe fatto diventare una novità, un articolo di alto valore commerciale. Prometeo era stato sciocco a donare il fuoco agli uomini invece di venderlo: avrebbe fatto quattrini, placato Giove ed evitato il guaio dell'avvoltoio.

Noi dovevamo essere piú astuti. Questo discorso, della necessità di essere astuti, non era nuovo fra noi: Alberto me lo aveva svolto sovente, e prima di lui altri nel mondo libero, e moltissimi altri ancora me lo ripeteranno poi, infinite volte fino ad oggi, con modesto risultato; anzi, col risultato paradosso di sviluppare in me una pericolosa tendenza alla simbiosi con un autentico astuto, il quale ricavasse (o ritenesse di ricavare) dalla convivenza con me vantaggi temporali o spirituali. Alberto era un simbionte ideale, perché si asteneva dall'esercitare la sua astuzia ai miei danni. Io non sapevo, ma lui sí (sapeva sempre tutto di tutti, eppure non conosceva il tedesco né il polacco, e poco il francese), che nel cantiere esisteva un'industria clandestina di accendini: ignoti artefici, nei ritagli di tempo, li fabbricavano per le persone importanti e per gli operai civili. Ora, per gli accendini occorrono le pietrine, ed occorrono di una certa misura: bisognava dunque assottigliare quelle che io avevo sotto mano. Assottigliarle quanto, e come? «Non fare difficoltà, mi disse: ci penso io. Tu pensa a rubare il resto».

Il giorno dopo non ebbi difficoltà a seguire il consiglio di Alberto. Verso le dieci di mattina proruppero le sirene del Fliegeralarm, dell'allarme aereo. Non era una novità, ormai, ma ogni volta che questo avveniva ci sentivamo, noi e tutti, percossi di angoscia fino in fondo alle midolla. Non sembrava un suono terreno, non era una sirena come quelle delle fabbriche, era un suono di enorme volume che, simultaneamente in tutta la zona e ritmicamente, saliva fino ad un acuto spasmodico e ridiscendeva ad un brontolio di tuono. Non doveva essere stato un ritrovato casuale, perché nulla in Germania era casuale, e del resto era troppo conforme allo scopo ed allo sfondo: ho spesso pensato che fosse stato elaborato da un musico malefico, che vi aveva racchiuso furore e pianto, l'urlo del lupo alla luna e il respiro del tifone: cosí doveva suonare il corno di Astolfo. Provocava il panico, non solo perché preannunciava le bombe, ma anche per il suo intrinseco orrore, quasi il lamento di una bestia ferita grande fino all'orizzonte.

I tedeschi avevano piú paura di noi davanti agli attacchi aerei: noi, irrazionalmente, non li temevamo, perché li sapevamo diretti non contro noi, ma contro i nostri nemici. Nel giro di secondi mi trovai solo nel laboratorio, intascai tutto il cerio ed uscii all'aperto per ricongiungermi col mio Kommando: il cielo era già pieno del ronzio dei bombardieri, e ne scendevano, ondeggiando mollemente, volantini gialli che recavano atroci parole di irrisione:

Im Bauch kein Fett,	Niente lardo nella pancia,
Acht Uhr ins Bett;	Alle otto vai a letto;
Der Arsch kaum warm,	Appena il culo è caldo,
Fliegeralarm!	Allarme aereo!

A noi era consentito l'accesso ai rifugi antiaerei: ci raccoglievamo nelle vaste aree non ancora fabbricate, nei dintorni del cantiere. Mentre le bombe cominciavano a cadere, sdraiato sul fango congelato e sull'erba grama tastavo i cilindretti nella tasca, e meditavo sulla stranezza del mio destino, dei nostri destini di foglie sul ramo, e dei destini umani in generale. Secondo Alberto, una pietrina da accendino era quotata una razione di pane, cioè un giorno di vita; io avevo rubato almeno quaranta cilindretti, da ognuno dei quali si potevano ricavare tre pietrine finite. In totale, centoventi pietrine, due mesi di vita per me e due per Alberto, e in due mesi i russi sarebbero arrivati e ci avrebbero liberati; e ci avrebbe infine liberati il cerio, elemento di cui non sapevo nulla, salvo quella sua unica applicazione pratica, e che esso appartiene alla equivoca ed eretica famiglia delle Terre Rare, e che il suo nome non ha nulla a che vedere con la cera, e neppure ricorda lo scopritore; ricorda invece (grande modestia dei chimici d'altri tempi!) il pianetino Cerere, essendo stati il metallo e l'astro scoperti nello stesso anno 1801; e forse era questo un affettuoso ironico omaggio agli accoppiamenti alchimistici: come il Sole era l'oro e Marte il ferro, cosí Cerere doveva essere il cerio.

A sera io portai in campo i cilindretti, ed Alberto un pezzo di lamiera con un foro rotondo: era il calibro prescritto a cui avremmo dovuto assottigliare i cilindri per trasformarli in pietrine e quindi in pane.

Quanto seguí è da giudicarsi con cautela. Alberto disse che i cilindri si dovevano ridurre raschiandoli con un coltello, di nascosto, perché nessun concorrente ci rubasse il segreto. Quando? Di notte. Dove? Nella baracca di legno, sotto le coperte e sopra il saccone pieno di trucioli, e cioè rischiando di provocare un incendio, e piú realisticamente rischiando l'impiccagione: poiché a questa pena erano condannati, fra l'altro, tutti coloro che accendevano un fiammifero in baracca.

Si esita sempre nel giudicare le azioni temerarie, proprie od altrui, dopo che queste sono andate a buon fine: forse non erano dunque abbastanza temerarie? O forse è vero che esiste un Dio che protegge i bambini, gli stolti e gli ebbri? O forse ancora, queste hanno piú peso e piú calore delle altre innumerevoli andate a fine cattivo, e perciò si raccontano piú volentieri? Ma noi non ci ponemmo allora queste domande: il Lager ci aveva donato una folle famigliarità col pericolo e con la morte, e rischiare il capestro per mangiare di piú ci sembrava una scelta logica, anzi ovvia.

Mentre i compagni dormivano, lavorammo di coltello, notte dopo notte. Lo scenario era tetro da piangere: una sola lampadina elettrica illuminava fiocamente il grande capannone di legno, e si distinguevano nella penombra, come in una vasta caverna, i visi dei compagni stravolti dal sonno e dai sogni: tinti di morte, dimenavano le mascelle, sognando di mangiare. A molti pendevano fuori dalla sponda del giaciglio un braccio o una gamba nudi e scheletrici: altri gemevano o parlavano nel sonno.

Ma noi due eravamo vivi e non cedevamo al sonno. Tenevamo sollevata la coperta con le ginocchia, e sotto quella tenda improvvisata raschiavamo i cilindri, alla cieca e a tasto: ad ogni colpo si udiva un sottile crepitio, e si vedeva nascere un fascio di stelline gialle. A intervalli, provavamo se il cilindretto passava nel foro-campione: se no, continuavamo a raschiare; se sí, rompevamo il troncone assottigliato e lo mettevamo accuratamente da parte.

Lavorammo tre notti: non accadde nulla, nessuno si accorse del nostro tramestio, né le coperte né il saccone presero fuoco, e in questo modo ci conquistammo il pane che ci resse in vita fino all'arrivo dei russi e ci confortammo nella fiducia e nell'amicizia che ci univa. Quanto avvenne di me è scritto altrove. Alberto se ne partí a piedi coi piú quando il fronte fu prossimo: i tedeschi li fecero camminare per giorni e notti nella neve e nel gelo, abbattendo tutti quelli che non potevano proseguire; poi li caricarono su vagoni scoperti, che portarono i pochi superstiti verso un nuovo capitolo di schiavitú, a Buchenwald ed a Mauthausen. Non piú di un quarto dei partenti sopravvisse alla marcia.

Alberto non è ritornato, e di lui non resta traccia: un suo compaesano, mezzo visionario e mezzo imbroglione, visse per qualche anno, dopo la fine della guerra, spacciando a sua madre, a pagamento, false notizie consolatorie.

Cromo

C'era pesce come secondo piatto, ma il vino era rosso. Versino, capetto della manutenzione, disse che erano tutte storie, purché il vino e il pesce fossero buoni: lui era sicuro che la maggior parte dei sostenitori dell'ortodossia non avrebbero distinto ad occhi chiusi un bicchiere di bianco da uno di rosso. Bruni, del reparto Nitro, chiese se qualcuno sapeva perché il pesce vada col bianco: si udirono vari commenti scherzosi, ma nessuno seppe rispondere in modo esauriente. Il vecchio Cometto aggiunse che la vita è piena di usanze la cui radice non è piú rintracciabile: il colore della carta da zucchero, l'abbottonatura diversa per uomini e donne, la forma della prua delle gondole, e le innumerevoli compatibilità ed incompatibilità alimentari, di cui appunto quella in questione era un caso particolare: ma del resto, perché obbligatoriamente lo zampone con le lenticchie, e il cacio sui maccheroni?

lo feci un rapido ripasso mentale per accertarmi che nessuno dei presenti l'avesse ancora udita, poi mi accinsi a raccontare la storia della cipolla nell'olio di lino cotto. Quella, infatti, era una mensa di verniciai, ed è noto che l'olio di lino cotto (ölidlinköit) ha costituito per molti secoli la materia prima fondamentale della nostra arte. È questa un'arte antica, e perciò nobile: la sua testimonianza piú remota è in *Genesi* 6.14, dove si narra come, in conformità ad una precisa specificazione dell'Altissimo, Noè abbia rivestito (verosimilmente a pennello) con pece fusa l'interno e l'esterno dell'Arca. Ma è anche un'arte sottilmente frodolenta, come quella che mira ad occultare il substrato conferendogli il colore e l'apparenza di ciò che non è: sotto questo aspetto essa è imparentata con la cosmetica e l'adornamento, che sono arti altrettanto ambigue e quasi altrettanto antiche (*Isaia* 3.16 sg.). Date dunque le sue origini plurimillenarie, non è tanto strano che il mestiere di fare vernici trattenga nelle sue pieghe (a dispetto delle innumerevoli sollecitazioni che modernamente riceve da altre tecniche affini) rudimenti di consuetudini e procedimenti ormai da tempo abbandonati.

Per ritornare dunque all'olio di lino cotto, raccontai ai commensali che in un ricettario stampato verso il 1942 avevo trovato il consiglio di introdurre nell'olio, verso la fine della cottura, due fette di cipolla, senza alcun commento sullo scopo di questo curioso additivo. Ne avevo parlato nel 1949 col Signor Giacomasso Olindo, mio predecessore e maestro, che aveva allora superato la settantina e faceva vernici da cinquant'anni, e lui, sorridendo benevolmente sotto i folti baffi bianchi, mi aveva spiegato che in effetti, quando lui era giovane e cuoceva l'olio personalmente, i termometri non erano ancora entrati nell'uso: si giudicava della temperatura della cottura osservando i fumi, o sputandoci dentro, oppure, piú razionalmente, immergendo nell'olio una fetta di cipolla infilata sulla punta di uno spiedo; quando la cipolla cominciava a rosolare, la cottura era buona. Evidentemente, col passare degli anni, quella che era stata una grossolana operazione di misura aveva perso il suo significato, e si era trasformata in una pratica misteriosa e magica.

Il vecchio Cometto raccontò un episodio analogo. Non senza nostalgia, rievocò i suoi bei tempi, i tempi delle coppali: raccontò come una volta l'öldlinköit venisse combinato con queste leggendarie resine per farne vernici favolosamente resistenti e lucenti; la loro fama ed il loro nome sopravvivono ormai soltanto nella locuzione «scarpe di coppale», che allude appunto ad una vernice per cuoio un tempo diffusissima, e caduta in disuso da almeno mezzo secolo: la locuzione stessa è oggi quasi estinta. Le coppali venivano importate dagli inglesi dai piú lontani e selvaggi paesi, e ne recavano il nome, che distingueva appunto una varietà dall'altra: la coppale Madagascar, la Sierra Leone, la Kauri (i cui giacimenti, sia detto per inciso, si sono esauriti verso il 1967), la notissima e nobile coppale Congo. Sono resine fossili di origine vegetale, con punto di fusione piuttosto alto, ed allo stato in cui vengono ritrovate e commerciate sono insolubili negli oli: per renderle solubili e compatibili, venivano assoggettate ad una violenta cottura semidistruttiva, nel corso della quale la loro acidità diminuiva (si decarbossilavano) e si riduceva anche il punto di fusione. L'operazione veniva condotta artigianalmente in modeste caldaie da due o tre quintali riscaldate a fuoco diretto e mobili su ruote; durante la cottura venivano pesate ad intervalli, e quando la resina aveva perduto il 16 per cento del suo peso in fumo, vapore acqueo ed anidride carbonica, la solubilità in olio era giudicata raggiunta. Verso il 1940 le arcaiche coppali, costose e di difficile approvvigionamento durante la guerra, furono sostituite da resine fenoliche e maleiche opportunamente modificate, che, oltre a costar meno, erano direttamente compatibili con gli oli; ebbene, Cometto ci narrò come in una fabbrica di cui tacerò il nome, fino al 1953 una resina fenolica, che sostituiva la coppale Congo in una formulazione, venisse trattata esattamente come la coppale stessa, cioè consumandone il 16 per cento sul fuoco, in mezzo a pestilenziali esalazioni fenoliche, finché non fosse raggiunta quella solubilità in olio che la resina possedeva già.

A questo punto io feci osservare che tutti i linguaggi sono pieni di immagini e metafore la cui origine si va perdendo, insieme con l'arte da cui sono state attinte: decaduta l'equitazione al rango di sport costoso, sono ormai inintelligibili, e suonano strambe, le espressioni «ventre a terra» e «mordere il freno»; scomparsi i mulini a pietre sovrapposte, dette anche palmenti, in cui per secoli si era macinato il grano (e le vernici), ha perso ogni riferimento la frase «macinare» o «mangiare a quattro palmenti», che tuttavia viene ancora meccanicamente ripetuta. Allo stesso modo, poiché anche la Natura è conservatrice, portiamo nel coccige quanto resta di una coda scomparsa.

Bruni ci raccontò un fatto in cui era stato lui stesso implicato, ed a misura che raccontava, io mi sentivo invadere da sensazioni dolci e tenui che cercherò poi di chiarire: devo premettere che Bruni ha lavorato dal 1955 al 1965 in una grande fabbrica in riva a un lago, la stessa dove io ho imparato i rudimenti del mestiere verniciario negli anni 1946-47. Raccontò dunque che, quando era laggiù responsabile del reparto Vernici Sintetiche, gli era capitata per mano una formulazione di un'antiruggine ai cromati che conteneva un componente assurdo: nulla meno del cloruro d'ammonio, il vecchio ed alchimistico Sale Ammoniaco del tempio di Ammone, assai propenso a corrodere il ferro piuttosto che a preservarlo dalla ruggine. Aveva chiesto ai suoi superiori ed ai vecchi del reparto: sorpresi ed un po' scandalizzati, gli avevano risposto che in quella formulazione, che corrispondeva a venti o trenta tonnellate almeno di prodotto al mese ed esisteva da almeno dieci anni, quel sale «c'era sempre stato», e che lui era un bel tipo, cosí giovane d'anni e di impiego, a criticare l'esperienza di fabbrica, ed a cercarsi rogne domandando il perché e il percome. Se il cloruro d'ammonio era in formula, era segno che serviva a qualcosa; a cosa servisse, nessuno sapeva piú, ma che si guardasse bene dal toglierlo, perché «non si sa mai». Bruni è un razionalista, e c'era rimasto male; ma è anche un uomo prudente, e perciò aveva accettato il consiglio, per cui in quella formulazione, ed in quella fabbrica in riva al lago, a meno di ulteriori sviluppi, il cloruro d'ammonio si mette tuttora; eppure esso è oggi totalmente inutile, come posso affermare con piena coscienza di causa, perché nella formulazione l'ho introdotto io.

L'episodio citato da Bruni, l'antiruggine ai cromati e il cloruro d'ammonio, mi scagliarono indietro nel tempo, fino al rigido gennaio 1946 quando ancora la carne e il carbone erano razionati, nessuno aveva l'automobile, e mai in Italia si era respirata tanta speranza e tanta libertà.

Ma io ero ritornato dalla prigionia da tre mesi, e vivevo male. Le cose viste e sofferte mi bruciavano dentro; mi sentivo piú vicino ai morti che ai vivi, e colpevole di essere uomo, perché gli uomini avevano edificato Auschwitz, ed Auschwitz aveva ingoiato milioni di esseri umani, e molti miei amici, ed una donna che mi stava nel cuore. Mi pareva che mi sarei purificato raccontando, e mi sentivo simile al Vecchio Marinaio di Coleridge, che abbranca in strada i convitati che vanno alla festa per infliggere loro la sua storia di malefizi. Scrivevo poesie concise e sanguinose, raccontavo con vertigine, a voce e per iscritto, tanto che a poco a poco ne nacque poi un libro: scrivendo trovavo breve pace e mi sentivo ridiventare uomo, uno come tutti, né martire né infame né santo, uno di quelli che si fanno una famiglia, e guardano al futuro anziché al passato.

Poiché di poesie e racconti non si vive, cercavo affannosamente lavoro, e lo trovai nella grande fabbrica in riva al lago, ancora guasta per la guerra, assediata in quei mesi dal fango e dal ghiaccio. Nessuno si occupava molto di me: colleghi, direttore ed operai avevano altro da pensare, al figlio che non tornava dalla Russia, alla stufa senza legna, alle scarpe senza suole, ai magazzini senza scorte, alle finestre senza vetri, al gelo che spaccava i tubi, all'inflazione, alla carestia, ed alle virulente faide locali. Mi era stata benignamente concessa una scrivania zoppa in laboratorio, in un cantuccio pieno di fracasso e di correnti d'aria e di gente che andava e veniva con in mano stracci e bidoni, e non mi era stato assegnato alcun compito definito; io, vacante come chimico ed in stato di piena alienazione (ma allora non si chiamava cosí), scrivevo disordinatamente pagine su pagine dei ricordi che mi avvelenavano, ed i colleghi mi guardavano di sottecchi come uno squilibrato innocuo. Il libro mi cresceva tra le mani quasi spontaneamente, senza piano né sistema, intricato e gremito come un termitaio. Ogni tanto, spinto dalla coscienza professionale, mi mettevo a rapporto col direttore e gli chiedevo un lavoro, ma lui era troppo indaffarato per occuparsi dei miei scrupoli: leggessi, studiassi: in fatto di vernici ero ancora, con licenza, un analfabeta. Non avevo un lavoro? Ebbene, lodassi Dio e stessi in biblioteca: se proprio avevo la fregola di rendermi utile, ecco, c'erano articoli da tradurre dal tedesco.

Un giorno mi mandò a chiamare, e con una luce obliqua negli occhi mi annunciò che aveva un lavoretto per me. Mi condusse in un angolo del piazzale, vicino al muro di cinta: ammonticchiati alla rinfusa, i piú bassi schiacciati dai piú alti, c'erano migliaia di blocchi squadrati, di un vivace color arancio. Me li fece toccare: erano gelatinosi e mollicci, avevano una sgradevole consistenza di visceri macellati. Dissi al direttore che, a parte il colore, mi sembravano dei fegati, e lui mi lodò: proprio cosí stava scritto nei manuali di verniciologia! Mi spiegò che il fenomeno che li aveva prodotti si chiamava in inglese proprio cosí, «livering», e cioè «infegatamento», ed in italiano impolmonimento; in certe condizioni, certe vernici da liquide diventano solide, con la consistenza appunto del fegato o del polmone, e sono da buttar via. Quei corpi parallelepipedi erano state latte di vernice: la vernice si era impolmonita, le latte erano state tagliate, ed il contenuto buttato nel mucchio delle immondizie.

Quella vernice, mi disse, era stata prodotta durante la guerra e subito dopo; conteneva un cromato basico ed una resina alchidica. Forse il cromato era troppo basico o la resina troppo acida: sono appunto queste le condizioni in cui può avvenire un impolmonimento. Ecco, mi regalava quel mucchio di antichi peccati; ci pensassi su, facessi prove ed esami, e gli sapessi dire con precisione perché era successo il guaio, cosa fare perché non si ripetesse, e se era possibile ricuperare il prodotto avariato.

Cosí impostato, mezzo chimico e mezzo poliziesco, il problema mi attirava: lo andavo riconsiderando quella sera (era un sabato sera), mentre uno dei fuligginosi e gelidi treni merci di allora mi trascinava verso Torino. Ora avvenne che il giorno seguente il destino mi riserbasse un dono diverso ed unico: l'incontro con una donna giovane e di carne e d'ossa, calda contro il mio fianco attraverso i cappotti, allegra in mezzo alla nebbia umida dei viali, paziente sapiente e sicura mentre camminavamo per le strade ancora fiancheggiate di macerie. In poche ore sapemmo di appartenerci, non per un incontro, ma per la vita, come infatti è stato. In poche ore mi ero sentito nuovo e pieno di potenze nuove, lavato e guarito dal lungo male, pronto finalmente ad entrare nella vita con gioia e vigore; altrettanto guarito era ad un tratto il mondo intorno a me, ed esorcizzato il nome e il viso della donna che era discesa agli inferi con me e non ne era tornata. Lo stesso mio scrivere diventò un'avventura diversa, non piú l'itinerario doloroso di un convalescente, non piú un mendicare compassione e visi amici, ma un costruire lucido, ormai non piú solitario: un'opera di chimico che pesa e divide, misura e giudica su prove certe, e s'industria di rispondere ai perché. Accanto al sollievo liberatorio che è proprio del reduce che racconta, provavo ora nello scrivere un piacere complesso, intenso e nuovo, simile a quello sperimentato da studente nel penetrare l'ordine solenne del calcolo differenziale. Era esaltante cercare e trovare, o creare, la parola giusta, cioè commisurata, breve e forte; ricavare le cose dal ricordo, e descriverle col massimo rigore e il minimo ingombro. Paradossalmente, il mio bagaglio di memorie atroci diventava una ricchezza, un seme; mi pareva, scrivendo, di crescere come una pianta.

Nel merci del lunedí seguente, pigiato fra la folla insonnolita e imbacuccata nelle sciarpe, mi sentivo ilare e teso come mai prima né dopo. Ero pronto a sfidare tutto e tutti, allo stesso modo come avevo sfidato e sconfitto Auschwitz e la solitudine: disposto, in specie, a dare battaglia allegra alla goffa piramide di fegati arancioni che mi attendeva in riva al lago.

E lo spirito che doma la materia, non è vero? Non era questo che mi avevano pestato in testa nel liceo fascista e gentiliano? Mi buttai nel lavoro con lo stesso animo con cui, in un tempo non lontano, attaccavamo una parete di roccia; e l'avversario era sempre ancora quello, il nonnio, il Gran Curvo, la Hyle: la materia stupida, neghittosamente nemica come è nemica la stupidità umana, e come quella forte della sua ottusità passiva. Il nostro mestiere è condurre e vincere questa interminabile battaglia: è molto piú ribelle, piú refrattaria al tuo volere, una vernice impolmonita che un leone nel suo impeto insano; però, via, è anche meno pericolosa.

La prima scaramuccia si svolse in archivio. I due partner, i due fornicatori dal cui amplesso erano scaturiti i mostri aranciati, erano il cromato e la resina. La resina era fabbricata sul posto: trovai gli atti di nascita di tutti i lotti, e non presentavano nulla di sospetto; l'acidità era varia, ma sempre inferiore a 6, come prescritto. Un lotto trovato con acidità 6,2 era stato doverosamente scartato da un collaudatore dalla firma fiorita. In prima istanza, la resina era fuori questione.

Il cromato era stato acquistato da diversi fornitori, ed anch'esso debitamente collaudato lotto per lotto. Secondo la Prescrizione di Acquisto PDA 480/0 avrebbe dovuto contenere non meno del 28 per cento di ossido di cromo totale; ed ecco, avevo sotto gli occhi l'interminabile elenco dei collaudi dal gennaio 1942 all'oggi (una delle letture meno appassionanti che si possano immaginare), e tutti i valori soddisfacevano alla prescrizione, anzi, erano uguali fra loro: 29,5 per cento, non uno di piú, non uno di meno. Sentii le mie fibre di chimico torcersi davanti a quell'abominio: bisogna infatti sapere che le naturali oscillazioni nel metodo di preparazione di un cromato come quello, sommate con gli inevitabili errori analitici, rendono estremamente improbabile che molti valori trovati su lotti diversi ed in giorni diversi coincidano cosí esattamente. Possibile che nessuno si fosse insospettito? Ma già, a quel tempo non conoscevo ancora lo spaventoso potere anestetico delle carte aziendali, la loro capacità di impastoiare, smorzare, smussare ogni guizzo d'intuizione e ogni scintilla d'ingegno. Del resto, è noto ai dotti che tutte le secrezioni sono nocive o tossiche: ora, in condizioni patologiche non è raro che la carta, secreto aziendale, venga riassorbita in misura eccessiva, e addormenti, paralizzi, o addirittura uccida l'organismo da cui è stata essudata.

La storia di quanto era avvenuto incominciava a delinearsi: per qualche motivo, un qualche analista era stato tradito da un metodo difettoso, o da un reattivo impuro, o da un'abitudine scorretta; aveva incolonnato con diligenza quei risultati cosí palesemente sospetti, ma formalmente irreprensibili; aveva puntigliosamente firmato ogni analisi, e la sua firma, ingrossandosi come una valanga, era stata consolidata da quella del capolaboratorio, del direttore tecnico e del direttore generale. Me lo raffiguravo, il tapino, sullo sfondo di quegli anni difficili: non piú giovane, poiché i giovani erano militari; forse braccato dai fascisti, o magari anche fascista ricercato dai partigiani; certamente frustrato, perché l'analista è mestiere di giovani, arroccato in laboratorio nella fortezza della sua minuscola sapienza, poiché l'analista è per definizione infallibile; deriso e malvisto fuori del laboratorio proprio per le sue virtú, di guardiano incorruttibile, di piccolo minosse pignolo e senza fantasia, di bastone fra le ruote della produzione. A giudicare dalla scrittura anonima e forbita, il suo mestiere lo doveva avere logorato ed insieme condotto ad una rozza perfezione, come un ciottolo di torrente voltolato fino alla foce. Non c'era da stupirsi se, col tempo, aveva sviluppato una certa insensibilità per il significato vero delle operazioni che eseguiva e delle note che scriveva. Mi ripromisi di indagare sul suo conto, ma nessuno sapeva piú niente di lui: le mie domande suscitavano risposte sgarbate o distratte. Del resto, cominciavo a sentire intorno a me ed al mio lavoro una curiosità canzonatoria e malevola: chi era questo ultimo venuto, questo pivello a 7000 lire al mese, questo scribacchino maniaco che disturbava le notti della foresteria scrivendo a macchina chissà che, per intrigarsi degli errori passati e lavare i panni sporchi di una generazione? Ebbi perfino il sospetto che il compito che mi era stato assegnato avesse avuto lo scopo segreto di condurmi ad inciampare contro qualcosa o qualcuno: ma ormai la faccenda dell'impolmonimento mi aveva assorbito corpo ed anima, tripes et boyaux, e insomma me ne ero innamorato quasi come di quella ragazza che dicevo, la quale infatti ne era un po' gelosa.

Non mi fu difficile procurarmi, oltre alle PDA, anche le altrettanto inviolabili PDC, Prescrizioni di Collaudo: in un cassetto del laboratorio c'era un pacchetto di schede bisunte, scritte a macchina e piú volte corrette a mano, ognuna delle quali conteneva il modo di eseguire il controllo di una determinata materia prima. La scheda del Blu di Prussia era macchiettata di blu, quella della Glicerina era appiccicosa, e quella dell'Olio di Pesce puzzava di acciughe. Estrassi la scheda del cromato, che per il lungo uso era diventata color dell'aurora, e la lessi con attenzione. Era tutto abbastanza sensato, e conforme alle non lontane nozioni scolastiche: solo un punto mi apparve strano. Avvenuta la disgregazione del pigmento, si prescriveva di aggiungere 23 gocce di un certo reattivo: ora, una goccia non è una unità cosí definita da sopportare un cosí definito coefficiente numerico; e poi, a conti fatti, la dose prescritta era assurdamente elevata: avrebbe allagato l'analisi, conducendo in ogni caso ad un risultato conforme alla specifica. Guardai il rovescio della scheda: portava la data dell'ultima revisione, 4 gennaio 1944; l'atto di nascita del primo lotto impolmonito era del 22 febbraio successivo.

A questo punto si cominciava a vedere la luce. In un archivio polveroso trovai la raccolta delle PDC in disuso, ed ecco, l'edizione precedente della scheda del cromato portava l'indicazione di aggiungere «2 o 3» gocce, e non «23»: la «o» fondamentale era mezza cancellata, e nella trascrizione successiva era andata perduta. Gli eventi si concatenavano bene: la revisione della scheda aveva comportato un errore di trascrizione, e l'errore aveva falsato tutte le analisi successive, appiattendo i risultati su di un valore fittizio dovuto all'enorme eccesso di reattivo, e provocando cosí l'accettazione di lotti di pigmento che avrebbero dovuto essere scartati; questi, essendo troppo basici, avevano scatenato l'impolmonimento.

Ma guai a chi cede alla tentazione di scambiare una ipotesi elegante con una certezza: lo sanno anche i lettori di libri gialli. Mi impadronii del magazziniere sonnacchioso, pretesi da lui i controcampioni di tutte le partite di cromato dal gennaio '44 in avanti, e mi asserragliai dietro al bancone per tre giorni, per analizzarli secondo il metodo sbagliato e secondo quello corretto. A mano a mano che i risultati si incolonnavano sul registro, la noia del lavoro ripetitivo si andava trasformando nell'allegria nervosa di quando da bambini si gioca a rimpiattino, e si scorge l'avversario goffamente acquattato dietro la siepe. Col metodo sbagliato, si trovava costantemente il fatidico 29,5 per cento; col metodo giusto, i risultati erano ampiamente dispersi, ed un buon quarto, essendo inferiore al minimo prescritto, corrispondeva a lotti che avrebbero dovuto essere respinti. La diagnosi era confermata e la patogenesi scoperta: si trattava adesso di definire la terapia.

Questa fu trovata abbastanza presto, attingendo alla buona chimica inorganica, lontana isola cartesiana, paradiso perduto per noi pasticcioni organisti e macromolecolisti: occorreva neutralizzare in qualche modo, entro il corpo malato di quella vernice, l'eccesso di basicità dovuto all'ossido di piombo libero. Gli acidi si dimostrarono nocivi per altri versi: pensai al cloruro d'ammonio, capace di combinarsi stabilmente con l'ossido di piombo dando un cloruro insolubile ed inerte, e liberando ammoniaca. Le prove in piccolo diedero risultati promettenti: presto, reperire il cloruro (nell'inventario era designato come «cloruro demonio»), mettersi d'accordo col caporeparto di Macinazione, infilare in un piccolo mulino a palle due dei fegati disgustosi a vedersi e a toccarsi, aggiungere una quantità pesata della presunta medicina, dare il via al mulino sotto gli sguardi scettici degli astanti. Il mulino, di solito cosí fragoroso, si mise in moto quasi malvolentieri, in un silenzio di cattivo augurio, inceppato dalla massa gelatinosa che impastava le palle. Non rimaneva che ritornare a Torino ed aspettare il lunedí, raccontando vorticosamente alla paziente ragazza le ipotesi fatte, le cose capite in riva al lago, l'attesa spasmodica della sentenza che i fatti avrebbero pronunciata.

Il lunedí seguente il mulino aveva ritrovato la sua voce: scrosciava anzi allegramente, con un tono pieno e continuo, senza quel franare ritmico che in un mulino a palle denuncia cattiva manutenzione o cattiva salute. Lo feci fermare, ed allentare cautamente i bulloni del boccaporto: uscí fischiando una folata ammoniacale, come doveva. Feci togliere il boccaporto. Angeli e Ministri di Grazia! la vernice era fluida e liscia, in tutto normale, rinata dalle sue ceneri come la Fenice. Stesi una relazione in buon gergo aziendale, e la Direzione mi aumentò lo stipendio. Inoltre a titolo di riconoscimento, ricevetti l'assegnazione di due «côrasse» (due copertoni) per la bicicletta.

Poiché il magazzino conteneva parecchi lotti di cromato pericolosamente basici, che dovevano pure essere utilizzati perché erano stati accettati al collaudo e non si potevano piú restituire al fornitore, il cloruro venne ufficialmente introdotto come preventivo antimpolmonimento nella formulazione di quella vernice. Poi io diedi le dimissioni, passarono i decenni, finí il dopoguerra, i deleteri cromati troppo basici sparirono dal mercato, e la mia relazione fece la fine di ogni carne: ma le formulazioni sono sacre come le preghiere, i decreti-legge e le lingue morte, e non un iota in esse può venire mutato. Perciò, il mio Cloruro Demonio, gemello di un amore felice e di un libro liberatore, ormai in tutto inutile e probabilmente un po' nocivo, in riva a quel lago viene tuttora religiosamente macinato nell'antiruggine ai cromati, e nessuno sa piú perché.

Zolfo

Lanza agganciò la bicicletta al telaio, bollò la cartolina, andò alla caldaia, mise in marcia l'agitatore e diede il fuoco. Il getto di nafta polverizzata si accese con un tonfo violento e una perfida fiammata all'indietro (ma Lanza, conoscendo quel focolare, si era scansato a tempo); poi continuò a bruciare con un buon fragore teso e pieno, come un tuono continuato, che copriva il piccolo ronzio dei motori e delle trasmissioni. Lanza era ancora pieno di sonno, e del freddo dei risvegli improvvisi; rimase accovacciato di fronte al focolare, la cui vampa rossa, in un succedersi di rapidi bagliori, faceva ballare la sua ombra enorme e stravolta sulla parete di dietro, come in un cinematografo primitivo.

Dopo una mezz'ora il termometro cominciò a muoversi, come doveva: la lancetta d'acciaio brunito, scivolando come una lumaca sul quadrante giallastro, andò a fermarsi sui 95°. Anche questo andava bene, perché il termometro era falso di cinque gradi: Lanza fu soddisfatto, e oscuramente in pace con la caldaia, col termometro e insomma col mondo e con se stesso, perché tutte le cose che dovevano accadere accadevano, e perché in fabbrica c'era lui solo a sapere che quel termometro era falso: magari un altro avrebbe spinto il fuoco, o si sarebbe messo lí a studiare chissà cosa per farlo salire fino a 100° come stava scritto sul buono di lavorazione.

Il termometro rimase dunque fermo a lungo sui 95°, e poi riprese a camminare. Lanza stava vicino al fuoco, e poiché, col tepore, il sonno ricominciava a premere, gli permise di invadere dolcemente qualcuna delle camere della sua coscienza. Non però quella che stava dietro gli occhi e sorvegliava il termometro: quella doveva restare sveglia.

Con un solfodiene non si sa mai, ma per il momento tutto andava regolarmente. Lanza gustava il soave riposo, e si abbandonava alla danza di pensieri e d'immagini che prelude al sonno, pur evitando di lasciarsene sopraffare. Faceva caldo, e Lanza vedeva il suo paese: la moglie, il figlio, il suo campo, l'osteria. Il fiato caldo dell'osteria, il fiato pesante della stalla. Nella stalla filtrava acqua ad ogni temporale, acqua che veniva dal di sopra, dal fienile: forse da una crepa del muro, perché i tegoli (a Pasqua li aveva controllati lui stesso) erano tutti sani. Il posto per un'altra mucca ci sarebbe, ma (e qui tutto si offuscò in una nebbia di cifre e di calcoli abbozzati e non conclusi). Ogni minuto di lavoro, dieci lire che gli venivano in tasca: adesso gli pareva che il fuoco strepitasse per lui, e che l'agitatore girasse per lui, come una macchina per fare i quattrini.

In piedi, Lanza: siamo arrivati a 180°, bisogna sbullonare il boccaporto e buttare dentro il B 41; che è poi proprio una gran buffonata dover continuare a chiamarlo B 41 quando tutta la fabbrica sa che è zolfo, e in tempo di guerra, quando tutto mancava, parecchi se lo portavano a casa e lo vendevano in borsa nera ai contadini che lo spargevano sulle viti. Ma insomma il dottore è dottore e bisogna accontentarlo.

Spense il fuoco, rallentò l'agitatore, sbullonò il boccaporto e mise la maschera di protezione, per il che si sentí un po' talpa e un po' cinghiale. Il B 41 era già pesato, in tre scatole di cartone: lo introdusse cautamente, e nonostante la maschera, che forse perdeva un poco, sentí subito l'odore sporco e triste che emanava dalla cottura, e pensò che magari poteva anche aver ragione il prete, quando diceva che nell'inferno c'è odore di zolfo: del resto, non piace neanche ai cani, tutti lo sanno. Quando ebbe finito, affrancò di nuovo il boccaporto e rimise tutto in moto.

Alle tre di notte, il termometro era a 200°: bisognava dare il vuoto. Alzò la manetta nera, e lo strepito alto ed aspro della pompa centrifuga si sovrappose al tuono profondo del bruciatore. L'ago del vuotometro, che stava verticale sullo zero, cominciò a declinare strisciando verso sinistra. Venti gradi, quaranta gradi: buono. A questo punto ci si può accendere una sigaretta e stare tranquilli per piú di un'ora.

C'era chi aveva il destino di diventare milionario, e chi il destino di morire d'accidente. Lui Lanza, il suo destino (e sbadigliò rumorosamente, per tenersi un poco compagnia) era di fare di notte giorno. Neanche se l'avessero saputo, in tempo di guerra l'avevano subito sbattuto a fare quel bel mestiere di starsene di notte in cima ai tetti a tirare giú gli aeroplani dal cielo.

Di scatto fu in piedi, gli orecchi tesi e tutti i nervi in allarme. Il fracasso della pompa si era fatto di colpo piú lento e piú impastato, come sforzato: e infatti, l'ago del vuotometro, come un dito che minacci, risaliva sullo zero, ed ecco, grado dopo grado, cominciava a pendere sulla destra. Poco da fare, la caldaia stava andando in pressione.

«Spegni e scappa». «Spegni tutto e scappa». Ma non scappò: acchiappò una chiave inglese, e menava colpi sul tubo del vuoto, per tutta la sua lunghezza: doveva essere ostruito, non c'era altra ragione possibile. Picchia e ripicchia: niente di fatto, la pompa continuava a macinare a vuoto, e la lancetta ballonzolava intorno a un terzo di atmosfera.

Lanza si sentiva tutti i peli in piedi, come la coda di un gatto in collera: ed in collera era, in una rabbia sanguinaria e forsennata contro la caldaia, contro quella bestiaccia restia seduta sul fuoco, che muggiva come un toro: arroventata, come un enorme riccio a spine dritte, che non sai da che parte toccarlo e prenderlo, e verrebbe voglia di volargli addosso a calci. A pugni stretti e a testa calda, Lanza andava farneticando di scoperchiare il boccaporto per lasciare sfogare la pressione; cominciò ad allentare i bulloni, ed ecco schizzare friggendo dalla fenditura una bava giallastra con soffi di fumo impestato: la caldaia doveva essere piena di schiuma. Lanza richiuse precipitosamente, con una tremenda voglia in corpo di attaccarsi al telefono e chiamare il dottore, chiamare i pompieri, chiamare lo spirito santo, che venissero fuori della notte a dargli una mano o un consiglio.

La caldaia non era fatta per la pressione, e poteva saltare da un momento all'altro: o almeno cosí pensava Lanza, e forse, se fosse stato giorno o non fosse stato solo, non l'avrebbe pensato. Ma la paura si era risolta in collera, e quando la collera sbollí lasciò la testa fredda e sgombra. E allora pensò alla cosa piú ovvia: aprí la valvola della ventola d'aspirazione, mise questa in moto, chiuse il rompivuoto e fermò la pompa. Con sollievo e con fierezza, perché l'aveva studiata giusta, vide l'ago risalire fino a zero, come una pecora smarrita che ritorni all'ovile, e inclinarsi di nuovo docilmente dalla parte del vuoto.

Si guardò intorno, con un gran bisogno di ridere e di raccontarla, e con un senso di leggerezza in tutte le membra. Vide per terra la sua sigaretta ridotta ad un lungo cilindretto di cenere: si era fumata da sola. Erano le cinque e venti, spuntava l'alba dietro la tettoia dei fusti vuoti, il termometro segnava 210°. Prelevò un campione dalla caldaia, lo lasciò raffreddare e lo saggiò col reattivo: la provetta rimase limpida qualche secondo, e poi diventò bianca come il latte. Lanza spense il fuoco, fermò l'agitazione e la ventola, ed aperse il rompivuoto: si sentí un lungo fischio rabbioso, che piano piano si andò placando in un fruscio, in un mormorio, e poi tacque. Avvitò il tubo pescante, mise in moto il compressore, e gloriosamente, in mezzo a fumi bianchi ed all'aspro odore consueto, il getto denso della resina andò a placarsi nella bacinella di raccolta in un nero specchio lucente.

Lanza si avviò al cancello, ed incontrò Carmine che stava entrando. Gli disse che tutto andava bene, gli lasciò le consegne e si mise a gonfiare le gomme della bicicletta.

Titanio

A Felice Fantino

In cucina c'era un uomo molto alto, vestito in un modo che Maria non aveva mai visto prima. Aveva in testa una barchetta fatta con un giornale, fumava la pipa e dipingeva l'armadio di bianco.

Era incomprensibile come tutto quel bianco potesse stare in una scatoletta cosí piccola, e Maria moriva dal desiderio di andare a guardarci dentro. L'uomo ogni tanto posava la pipa sull'armadio stesso, e fischiava; poi smetteva di fischiare e cominciava a cantare; ogni tanto faceva due passi indietro e chiudeva un occhio, e andava anche qualche volta a sputare nella pattumiera e poi si strofinava la bocca col rovescio della mano. Faceva insomma tante cose cosí strane e nuove che era interessantissimo starlo a guardare: e quando l'armadio fu bianco, raccolse la scatola e molti giornali che erano per terra e portò tutto accanto alla credenza e cominciò a dipingere anche quella.

L'armadio era cosí lucido, pulito e bianco che era quasi indispensabile toccarlo. Maria si avvicinò all'armadio, ma l'uomo se ne accorse e disse: – Non toccare. Non devi toccare –. Maria si arrestò interdetta, e chiese: – Perché? – al che l'uomo rispose: – Perché non bisogna –. Maria ci pensò sopra, poi chiese ancora: – Perché è cosí bianco? – Anche l'uomo pensò un poco, come se la domanda gli sembrasse difficile, e poi disse con voce profonda: – Perché è titanio.

Maria si sentí percorrere da un delizioso brivido di paura, come quando nelle fiabe arriva l'orco; guardò con attenzione, e constatò che l'uomo non aveva coltelli, né in mano né intorno a sé: poteva però averne uno nascosto. Allora domandò: – Mi tagli che cosa? – e a questo punto avrebbe dovuto rispondere «Ti taglio la lingua». Invece disse soltanto: – Non ti taglio: titanio.

In conclusione, doveva essere un uomo molto potente: tuttavia non pareva in collera, anzi piuttosto buono e amichevole, Maria gli chiese: – Signore, come ti chiami? – Lui rispose: – Mi chiamo Felice –; non si era tolta la pipa di bocca, e quando parlava la pipa ballava su e giú eppure non cadeva. Maria stette un po' di tempo in silenzio, guardando alternativamente l'uomo e l'armadio. Non era per nulla soddisfatta di quella risposta ed avrebbe voluto domandare perché si chiamava Felice, ma poi non osò, perché si ricordava che i bambini non devono mai chiedere perché. La sua amica Alice si chiamava Alice ed era una bambina, ed era veramente strano che si chiamasse Felice un uomo grande come quello. Ma a poco a poco incominciò invece a sembrarle naturale che quell'uomo si chiamasse Felice, e le parve anzi che non avrebbe potuto chiamarsi in nessun altro modo.

L'armadio dipinto era talmente bianco che in confronto tutto il resto della cucina sembrava giallo e sporco. Maria giudicò che non ci fosse nulla di male nell'andarlo a vedere da vicino: solo vedere senza toccare. Ma mentre si avvicinava in punta di piedi avvenne un fatto imprevisto e terribile: l'uomo si voltò, con due passi le fu vicino; trasse di tasca un gesso bianco, e disegnò sul pavimento un cerchio intorno a Maria. Poi disse: – Non devi uscire di lí dentro. – Dopo di che strofinò un fiammifero, accese la pipa facendo colla bocca molte smorfie strane, e si rimise a verniciare la credenza.

Maria sedette sui calcani e considerò a lungo il cerchio con attenzione: ma dovette convincersi che non c'era nessuna uscita. Provò a fregarlo in un punto con un dito, e constatò che realmente la traccia di gesso spariva; ma si rendeva benissimo conto che l'uomo non avrebbe ritenuto valido quel sistema.

Il cerchio era palesemente magico. Maria sedette per terra zitta e tranquilla; ogni tanto provava a spingersi fino a toccare il cerchio con la punta dei piedi e si sporgeva in avanti fino quasi a perdere l'equilibrio, ma vide ben presto che mancava ancora un buon palmo a che potesse raggiungere l'armadio o la parete con le dita. Allora stette a contemplare come a poco a poco anche la credenza, le sedie e il tavolo diventavano belli e bianchi.

Dopo moltissimo tempo l'uomo ripose il pennello e lo scatolino e si tolse la barchetta di giornale dal capo, ed allora si vide che aveva i capelli come tutti gli altri uomini. Poi uscí dalla parte del balcone, e Maria lo udí tramestare e camminare su e giú nella stanza accanto. Maria cominciò a chiamare – Signore! – dapprima sottovoce, poi piú forte, ma non troppo, perché in fondo aveva paura che l'uomo sentisse.

Finalmente l'uomo ritornò in cucina. Maria chiese: – Signore, adesso posso uscire? – L'uomo guardò in giú a Maria e al cerchio, rise forte e disse molte cose che non si capivano, ma non pareva che fosse arrabbiato. Infine disse: – Sí, si capisce, adesso puoi uscire –. Maria lo guardava perplessa e non si muoveva: allora l'uomo prese uno straccio e cancellò il cerchio ben bene, per disfare l'incantesimo. Quando il cerchio fu sparito Maria si alzò e se ne andò saltellando, e si sentiva molto contenta e soddisfatta.

Arsenico

Come cliente, aveva un aspetto inconsueto. Nel nostro laboratorio umile e audace, a farsi analizzare le merci piú disparate, veniva gente varia, uomini e donne, vecchi e giovani, ma tutti visibilmente inseriti nel grande reticolo ambiguo e furbesco del commercio. Chi per mestiere compra o vende si riconosce facilmente: ha l'occhio vigile e il volto teso, teme la frode o la medita, e sta in guardia come un gatto all'imbrunire. È un mestiere che tende a distruggere l'anima immortale; ci sono stati filosofi cortigiani, filosofi pulitori di lenti, perfino filosofi ingegneri e strateghi, ma nessun filosofo, che io sappia, era grossista o bottegaio.

Lo ricevetti io, poiché Emilio era assente. Avrebbe potuto essere un filosofo contadino: era un vecchiotto robusto e rubicondo, dalle mani pesanti, deformate dal lavoro e dall'artrite; gli occhi apparivano chiari, mobili e giovanili, nonostante le grosse borse delicate che pendevano vuote sotto le orbite. Portava il gilè, dal cui taschino pendeva la catena dell'orologio. Parlava piemontese, il che mi mise immediatamente a disagio: non è educato rispondere in italiano a chi ti parla in dialetto, ti mette subito al di là di una barriera, dalla parte degli aristò, della gente per bene, dei «luigini», come li chiamò un mio illustre omonimo: eppure il mio piemontese, corretto come forme e suoni, è cosí liscio e snervato, cosí educato e languido, che appare poco autentico. Piuttosta che un genuino atavismo, sembra il frutto di un diligente studio al tavolino, a lume di lanterna, su grammatica e lessico.

In ottimo piemontese dunque, con argute venature astigiane, mi disse che aveva dello zucchero da chimicare: voleva sapere se era zucchero o no, o se c'era magari dentro qualche porcheria («saloparía»). Quale porcheria? Gli spiegai che, se mi avesse precisato i suoi sospetti, mi avrebbe facilitato il compito: ma mi rispose che non mi voleva influenzare, che facessi l'analisi meglio che potevo, i suoi sospetti me li avrebbe detti dopo. Mi lasciò in mano un cartoccio con dentro un buon mezzo chilo di zucchero, disse che sarebbe tornato l'indomani, salutò e se ne andò: non prese l'ascensore, scese tranquillo a piedi le quattro rampe di scale. Doveva essere un uomo senza angoscie e senza fretta.

Da noi, di clienti ne venivano abbastanza pochi, noi facevamo poche analisi e guadagnavamo pochi quattrini: cosí non potevamo comperarci strumenti moderni e rapidi, i nostri responsi erano lenti, le nostre analisi duravano molto piú del normale; non avevamo neppure una targa in strada, per cui il cerchio si chiudeva e i clienti diventavano ancora piú pochi. I campioni che ci lasciavano per le analisi costituivano un apporto non trascurabile al nostro sostentamento: Emilio ed io ci guardavamo bene dal far sapere che in generale bastano pochi grammi, ed accettavamo volentieri il litro di vino o di latte, il chilo di pasta o di sapone, il pacchetto di agnolotti.

Tuttavia, data l'anamnesi, e cioè i sospetti del vecchiotto, sarebbe stato imprudente consumare quello zucchero cosí alla cieca, ed anche solo assaggiarlo. Ne sciolsi un po' in acqua distillata: la soluzione era torbida, c'era certamente qualcosa che non andava. Pesai un grammo di zucchero nel crogiolo di platino (pupilla dei nostri occhi) per incenerirlo sulla fiamma: si levò nell'aria polluta del laboratorio l'odore domestico ed infantile dello zucchero bruciato, ma subito dopo la fiamma si fece livida e si percepí un odore ben diverso, metallico, agliaceo, inorganico, anzi, controorganico: guai se un chimico non avesse naso. A questo punto è difficile sbagliare: filtrare la soluzione, acidificarla, prendere il Kipp, far passare idrogeno solforato. Ecco il precipitato giallo di solfuro, è l'anidride arseniosa, l'arsenico insomma, il Mascolino, quello di Mitridate e di Madame Bovary.

Passai il resto della giornata a distillare acido piruvico ed a speculare sullo zucchero del vecchio. Non so come l'acido piruvico si prepari modernamente; noi, allora, fondevamo acido solforico e soda in una casseruola smaltata, ottenendo bisolfato che gettavamo a solidificarsi sul nudo pavimento, e macinavamo poi in un macinino da caffè. Scaldavamo poi a 250 °C una miscela di detto bisolfato ed acido tartarico, per il che quest'ultimo si disidrata ad acido piruvico e distilla. Questa operazione la tentammo dapprima in recipienti di vetro, spaccandone una quantità proibitiva; allora comperammo dal ferravecchi dieci canistri di lamiera, di provenienza ARAR[1], di quelli che si usavano per la benzina prima dell'avvento del polietilene, che si dimostrarono adatti allo scopo; poiché il cliente era soddisfatto della qualità, e prometteva nuove ordinazioni, saltammo il fosso, e dal fabbro del rione ci facemmo costruire un rozzo reattore cilindrico di lamiera nera, munito di agitazione a mano. Lo incassammo in un pozzo di mattoni pieni, che aveva sul fondo e sulle pareti quattro resistenze da 1000 watt collegate illegalmente a monte del contatore. Collega che leggi, non ti stupire troppo di questa chimica precolombiana e rigattiera: in quegli anni non eravamo i soli, né i soli chimici, a vivere cosí, ed in tutto il mondo sei anni di guerra e di distruzioni avevano fatto regredire molte abitudini civili ed attenuato molti bisogni, primo fra tutti il bisogno del decoro.

Dall'estremità del refrigerante a serpentina l'acido cadeva nel collettore in grevi gocce dorate, rifrangenti come gemme: «distillava» insomma, stilla su stilla, ogni dieci stille una lira di guadagno: ed intanto andavo pensan-

---

[1] Azienda Rilievo e Alienazione Residuati.

do all'arsenico ed al vecchio, che non mi sembrava il tipo di tramare venefici e neppure di subirne, e non ne venivo a capo.

L'uomo ritornò il giorno dopo. Insistette per pagare l'onorario, prima ancora di conoscere l'esito dell'analisi. Quando glielo comunicai, il suo viso si illuminò di un complicato sorriso grinzoso, e mi disse: – Mi fa proprio piacere. Io l'avevo sempre detto, che finiva cosí –. Era palese che non attendeva altro se non una minima sollecitazione da parte mia per raccontarmi una storia; non gliela feci mancare, e la storia è questa, un po' deperita per effetto della traduzione dal piemontese, linguaggio essenzialmente parlato, all'italiano marmoreo, buono per le lapidi.

– Il mio mestiere è di fare il ciabattino. Se si incammina da giovani, non è un brutto mestiere: si sta seduti, non si fatica tanto, e si incontra gente per cambiar parola. Certo non si fa fortuna, e si sta tutto il giorno con le scarpe degli altri in mano: ma a questo si fa l'abitudine, anche all'odore del cuoio vecchio. La mia bottega è in via Gioberti angolo via Pastrengo: ci lavoro da trent'anni, il ciabattino... (ma lui diceva «'l caglié», «cafigarius»: venerando vocabolo che sta scomparendo) ... il ciabattino di San Secondo sono io; conosco tutti i piedi difficili, e per fare il mio lavoro mi bastano il martello e lo spago. Bene, è venuto un giovanotto, neppure di qui: alto, bello e pieno d'ambizione; ha messo bottega a un tiro di schioppo, e l'ha riempita di macchine. Per allungare, per allargare, per cucire, per battere suola: non saprei neppure dirle, io non sono mai andato a vedere, me l'hanno raccontato. Ha messo dei bigliettini col suo indirizzo e il telefono dentro a tutte le buche per le lettere del vicinato: anche il telefono, sí, neanche fosse una levatrice.

Lei crederà che gli affari gli siano andati subito bene. I primi mesi sí, un po' per curiosità, un po' per metterci in concorrenza, qualcuno da lui c'è andato, anche perché in principio teneva i prezzi bassi: ma poi ha dovuto alzarli, quando ha visto che ci rimetteva. Faccia attenzione che io tutte queste cose gliele dico senza volergli male: ne ho visti tanti come lui, partire al galoppo e rompersi la testa, ciabattini e mica solo ciabattini. Ma lui, me lo hanno detto, voleva male a me: a me mi raccontano tutto, e sa chi? Le vecchiette, quelle che hanno male ai piedi e non trovano piú nessun gusto a camminare e hanno solo un paio di scarpe: quelle vengono da me, aspettano sedute che io gli aggiusti i difetti, e intanto mi tengono al corrente, mi raccontano la rava e la fava.

Lui mi voleva male a me, e diceva in giro un mucchio di bugiarderie. Che risuolo col cartone. Che mi ubriaco tutte le sere. Che ho fatto morire mia moglie per l'assicurazione. Che a un mio cliente è spuntato un chiodo dalla suola e poi è morto di tetano. E allora, con le cose a questo punto, capisce che non mi sono stupito mica tanto quando un mattino, in mezzo alle scarpe della giornata, ho trovato questo cartoccio. Ho subito capito il macinato, ma volevo essere sicuro: cosí ne ho dato un poco al gatto, e dopo due ore è andato in un angolo e ha vomitato. Allora ne ho messo un altro poco nella zuccheriera, ieri mia figlia e io ne abbiamo messo nel caffè, e dopo due ore abbiamo vomitato tutti e due. Adesso poi ho anche la sua conferma, e sono soddisfatto.

– Vuole fare denuncia? Ha bisogno di una dichiarazione?

– No, no. Gliel'ho detto, è solo un povero diavolo, e non voglio rovinarlo. Anche per il mestiere, il mondo è grande e c'è posto per tutti: lui non lo sa, ma io sí.

– Allora?

– Allora domani gli rimando il cartoccio da una delle mie vecchiette, insieme con un bigliettino. Anzi, no: glielo voglio riportare io, cosí vedo che faccia ha e gli spiego due o tre cose –. Si guardò intorno, come uno farebbe in un museo, poi aggiunse: – Bel mestiere, anche il vostro: ci va occhio e pazienza. Chi non ne ha, è meglio che se ne cerchi un altro.

Salutò, si riprese il cartoccio, e discese senza prendere l'ascensore, con la tranquilla dignità che gli era propria.

Azoto

... e venne infine il cliente sognato, quello che voleva da noi una consulenza. La consulenza è il lavoro ideale, quello da cui tu trai prestigio e quattrini senza sporcarti le mani, né romperti il filo della schiena, né rischiare di finire abbrustolito o intossicato: devi solo toglierti il camice, mettere la cravatta, ascoltare in attento silenzio il quesito, e ti senti come l'oracolo di Delfo. Devi poi pesare bene la risposta e formularla in linguaggio paludato e sfumato affinché anche il cliente ti ritenga un oracolo, degno della sua fiducia e delle tariffe stabilite dall'Ordine dei Chimici.

Il cliente sognato era sulla quarantina, piccolo, compatto ed obeso; portava i baffetti alla Clark Gable ed aveva ciuffi di pelo nero un po' dappertutto, dentro alle orecchie, dentro alle narici, sul dorso delle mani, e sulle falangi fin quasi alle unghie. Era profumato ed impomatato e aveva un aspetto volgare: sembrava un souteneur, o meglio un cattivo attore nella parte del souteneur; oppure un bullo da barriera. Mi spiegò che era il proprietario di una fabbrica di cosmetici, ed aveva noie con un certo tipo di rossetto. Bene, che ne portasse un campione: ma no, disse, era un problema particolare, da vedere sul posto; era meglio che uno di noi due lo visitasse, cosí avremmo potuto renderci conto dell'inconveniente. Domani alle dieci? Domani.

Sarebbe stato molto bello arrivare sul posto in auto, ma

già, se tu fossi un chimico con l'auto, invece che un reduce meschino, scrittore a tempo perso, e per giunta appena sposato, non staresti qui ad essudare acido piruvico ed a correre dietro ad ambigui fabbricanti di rossetto. Mi misi il piú bello dei miei (due) vestiti, e pensai che era meglio lasciare la bicicletta in qualche cortile lí vicino e fare le viste di essere arrivato in taxi, ma quando fui entrato nella fabbrica mi accorsi che non era il caso di avere scrupoli di prestigio. La fabbrica era un capannone sporco e disordinato pieno di correnti d'aria, in cui gironzolavano una dozzina di ragazze proterve, indolenti, sudice e vistosamente truccate. Il proprietario mi diede spiegazioni, mostrando fierezza e dandosi irnportanza: chiamava «rouge» il rossetto, «anellina» l'anilina e «adelaide» l'aldeide benzoica. La lavorazione era semplice: una ragazza faceva fondere certe cere e grassi in una comune pentola smaltata, aggiungeva un po' di profumo e un po' di colorante, poi colava il tutto in una minuscola lingottiera. Un'altra ragazza faceva raffreddare le lingottiere sotto l'acqua corrente e cavava da ciascuna venti cilindretti scarlatti di rossetto; altre ancora provvedevano alla confezione e all'imballaggio. Il proprietario acchiappò sgarbatamente una delle ragazze, le mise una mano dietro alla nuca per avvicinare la sua bocca ai miei occhi, e mi invitò ad osservare bene il contorno delle labbra: ecco, vede, dopo qualche ora dall'applicazione, specie quando fa caldo, il rouge cammina, si infila su per le minuscole rughe che hanno intorno alle labbra anche le donne giovani, e cosí si forma una brutta ragnatela di filamenti rossi, che sfuma il contorno e rovina tutto l'effetto.

Osservai, non senza imbarazzo: i fili rossi c'erano proprio, ma solo sulla metà destra della bocca della ragazza, che sottostava impassibile all'ispezione masticando gomma americana. Per forza, mi spiegò il proprietario: la metà sinistra di quella, e di tutte le altre ragazze, era truccata con un ottinno prodotto francese, proprio quello che lui cercava invano di imitare. Un rossetto si può valutare solo cosí, con un confronto pratico: tutte le mattine, tutte le ragazze dovevano pitturarsi col rossetto, a destra col suo, a sinistra con quell'altro, e lui le baciava tutte otto volte al giorno per controllare se il prodotto era solido al bacio.

Chiesi al bullo la ricetta del suo rossetto, ed un campione di tutti e due i prodotti. Leggendo la ricetta, ebbi subito il sospetto di dove il difetto procedeva, ma mi parve piú opportuno accertarmene e fare cadere il responso un po' dall'alto, e chiesi due giorni di tempo «per le analisi». Recuperai la bicicletta, e pedalando pensavo che, se quell'affare andava bene, avrei forse potuto cambiarla con un Velosolex e smettere di pedalare.

Ritornato in laboratorio, presi un foglio di carta da filtro, vi feci due puntini rossi con i due campioni, e posi il tutto in stufa a 80 °C. Dopo un quarto d'ora, si vedeva che il puntino del rossetto sinistro era rimasto un puntino, seppure circondato da un alone untuoso; invece il puntino del rossetto destro era sbiadito e dilatato, era diventato un'aureola rosata grande quanto una moneta. Nella ricetta del mio uomo figurava un colorante solubile: era chiaro che, quando il calore della pelle delle signore (o della mia stufa) portava a fusione il grasso, il colorante lo seguiva nella sua diffusione. L'altro rossetto doveva contenere invece un pigmento rosso, ben disperso ma insolubile, e perciò non migrante: me ne accertai facilmente diluendo con benzene e centrifugando, eccolo lí depositato sul fondo della provetta. Grazie all'esperienza che avevo accumulata nella fabbrica in riva al lago, riuscii anche a identificarlo: era un pigmento costoso e non facile a disperdersi, e del resto il mio bullo non aveva alcuna apparecchiatura adatta a disperdere un pigmento; bene, erano rogne sue, che si arrangiasse, lui con il suo harem di ragazze-cavia e con i suoi rivoltanti baci a tassametro. Io, il mio dovere professionale lo avevo fatto; feci una relazione, vi allegai la fattura coi bolli ed il pittoresco provino di carta da filtro, tornai alla fabbrica, consegnai, riscossi l'onorario e mi disposi a prendere congedo.

Ma il bullo mi trattenne: era soddisfatto della mia opera, e mi voleva proporre un affare. Gli potevo procurare qualche chilogrammo di allossana? L'avrebbe pagata molto bene, purché mi impegnassi per contratto a fornirla solo a lui. Aveva letto su non so piú quale rivista che l'allossana, a contatto con le mucose, conferisce loro una colorazione rossa estremamente permanente, perché non è una sovrapposizione, una vernice insomma, come il rossetto, ma una vera e propria tintura, come si fa con la lana e il cotone.

Inghiottii, ed a buon conto risposi che si sarebbe potuto vedere: l'allossana non è un composto molto comune né molto conosciuto, non mi pare che il mio vecchio testo di chimica organica le dedicasse piú di cinque righe, e in quel momento ricordavo solo vagamente che era un derivato dell'urea e che aveva qualcosa a che vedere con l'acido urico.

Appena mi fu possibile filai in biblioteca: intendo dire, alla venerabile biblioteca dell'Istituto Chimico dell'Università di Torino, a quel tempo impenetrabile agli infedeli come la Mecca, difficilmente penetrabile anche ai fedeli qual ero io. È da pensare che la Direzione seguisse il savio principio secondo cui è bene scoraggiare le arti e le scienze: solo chi fosse stato spinto da un assoluto bisogno, o da una passione travolgente, si sarebbe sottoposto di buon animo alle prove di abnegazione che venivano richieste per consultare i volumi. L'orario era breve ed irrazionale; l'illuminazione scarsa; gli indici in disordine; d'inverno nessun riscaldamento, non sedie, ma sgabelli metallici scomodi e rumorosi; e finalmente, il bibliotecario era un tanghero incompetente, insolente e di una bruttezza invereconda, messo sulla soglia per atterrire col suo aspetto e col suo latrato i pretendenti all'ingresso. Ottenni di entrare, superai le prove, ed in primo luogo mi affrettai a rinfrescarmi la memoria sulla composizione e sulla struttura dell'allossana. Eccone il ritratto:

dove O è l'ossigeno, C il carbonio, H l'idrogeno (Hydrogenium) ed N l'azoto (Nitrogenium). È una struttura graziosa, non è vero? Fa pensare a qualcosa di solido, di stabile, di ben connesso. Infatti, accade anche in chimica, come in architettura, che gli edifici «belli», e cioè simmetrici e semplici, siano anche i piú saldi: avviene insomma per le molecole come per le cupole delle cattedrali o per le arcate dei ponti. E può anche darsi che la spiegazione non sia poi remota né metafisica: dire «bello» è dire «desiderabile», e da quando l'uomo costruisce, desidera costruire con la minima spesa ed in vista della massima durata, e il godimento estetico che prova nel contemplare le sue opere viene dopo. Certo non è sempre stato cosí: ci sono stati secoli in cui la bellezza veniva identificata con l'adornamento, il sovrapposto, il fronzolo; ma è probabile che fossero epoche devianti, e che la bellezza vera, quella in cui ogni secolo si riconosce, sia quella delle pietre ritte, delle carene, della lama di scure e dell'ala dell'aereo.

Riconosciuta ed apprezzata la virtú strutturale dell'allossana, è urgente che tu chimico interlocutorio, cosí amante delle digressioni, te ne torni alla tua carreggiata, che è quella di fornicare con la materia allo scopo di provvedere al tuo sostentamento: ed oggi, non piú solo al tuo. Apersi con rispetto gli scaffali del Zentralblatt ed incominciai a consultarlo anno per anno. Giú il cappello davanti al Chemisches Zentralblatt: è la Rivista delle Riviste, quella che, da quando esiste la Chimica, riporta sotto forma di riassunto rabbiosamente conciso tutte le pubblicazioni d'argomento chimico che appaiono su tutte le riviste del mondo. Le prime annate sono smilzi volumetti di 300 o 400 pagine: oggi, ogni anno, ne vengono scodellati quattordici volumi di 1300 pagine ciascuno. E corredato da un maestoso indice per autori, uno per argomento, uno per formule, e ci puoi trovare fossili reverendi, quali le leggendarie memorie in cui il nostro padre Wöhler narra la prima sintesi organica, o Sainte-Claire Deville descrive il primo isolamento dell'alluminio metallico.

Dal Zentralblatt venni rimbalzato al Beilstein, altrettanto monumentale enciclopedia continuamente aggiornata in cui, come in un'anagrafe, viene descritto via via ogni nuovo composto, insieme con i suoi metodi di preparazione. L'allossana era nota da quasi settant'anni, ma come curiosità di laboratorio: i metodi preparativi descritti avevano puro valore accademico, e procedevano da materie prime costose che (in quegli anni di immediato dopoguerra) era vano sperare di trovare sul mercato. L'unica preparazione accessibile era anche la più antica: non sembrava tanto difficile da eseguire, e consisteva in una demolizione ossidativa dell'acido urico. Proprio cosí: dell'acido urico, quello dei gottosi, degli intemperanti e del mal della pietra. Era una materia prima decisamente insolita, ma forse non cosí proibitiva come le altre.

Infatti, una successiva ricerca nei pulitissimi scaffali, odorosi di canfora, di cera e di secolari fatiche chimiche, mi insegnò che l'acido urico, scarsissimo negli escreti dell'uomo e dei mammiferi, costituisce invece il 50 per cento degli escrementi degli uccelli, ed il 90 per cento degli escrementi dei rettili. Benissimo. Telefonai al bullo che la cosa si poteva fare, mi desse soltanto qualche giorno di tempo: entro il mese gli avrei portato il primo campione di allossana, ed insieme gli avrei dato un'idea del prezzo e di quanta ne avrei potuta produrre al mese. Che poi l'allossana, destinata ad abbellire le labbra delle dame, scaturisse dagli escrementi delle galline o dei pitoni, era un pensiero che non mi turbava neanche un poco. Il mestiere di chimico (fortificato, nel mio caso, dall'esperienza di Auschwitz) insegna a superare, anzi ad ignorare, certi ribrezzi, che non hanno nulla di necessario né di congenito: la materia è materia, né nobile né vile, infinitamente trasformabile, e non importa affatto quale sia la sua origine prossima. L'azoto è azoto, passa mirabilmente dall'aria alle piante, da queste agli animali, e dagli animali a noi; quando nel nostro corpo la sua funzione è esaurita, lo eliminiamo, ma sempre azoto resta, asettico, innocente. Noi, intendo dire noi mammiferi, che in generale non abbiamo problemi di approvvigionamento d'acqua, abbiamo imparato ad incastrarlo nella molecola dell'urea, che è solubile in acqua, e come urea ce ne liberiamo; altri animali, per cui l'acqua è preziosa (o tale era per i loro lontani progenitori), hanno fatto l'ingegnosa invenzione di impacchettare il loro azoto sotto forma di acido urico, che è insolubile in acqua, e di eliminare questo allo stato solido, senza bisogno di ricorrere all'acqua come veicolo. In modo analogo si pensa oggi di eliminare i detriti urbani facendone blocchetti compressi, che si possono portare alle discariche o interrare con poca spesa.

Dirò di piú: lungi dallo scandalizzarmi, l'idea di ricavare un cosmetico da un escremento, ossia aurum de stercore, mi divertiva e mi riscaldava il cuore come un ritorno alle origini, quando gli alchimisti ricavavano il fosforo dall'urina. Era un'avventura inedita e allegra, e inoltre nobile, perché nobilitava, restaurava e ristabiliva. Cosí fa la natura: trae la grazia della felce dalla putredine del sottobosco, e il pascolo dal letame, e «laetamen» non vuol forse dire «allietamento»? cosí mi avevano insegnato in liceo, cosí era stato per Virgilio, e cosí ritornava ad essere per me. Tornai a casa a sera, spiegai alla recentissima moglie il fatto dell'allossana e dell'acido urico, e le annunciai che l'indomani sarei partito per un viaggio d'affari: che cioè avrei preso la bicicletta, e fatto un giro per le cascine della periferia (a quel tempo c'erano ancora) in cerca di sterco di gallina. Non esitò: la campagna le piace, e la moglie deve seguire il marito; sarebbe venuta anche lei. Era una specie di supplemento del nostro viaggio di nozze, che per ragioni di economia era stato frugale e frettoloso. Ma mi ammoní di non farmi troppe illusioni: trovare sterco di gallina allo stato puro non doveva poi essere cosí facile.

Infatti risultò difficile. In primo luogo, la pollina (si chiama cosí: noi inurbati non lo sapevamo, né sapevamo che, sempre per via dell'azoto, è apprezzatissima come concime per gli orti) non si regala, anzi si vende a caro prezzo. In secondo luogo, chi la compra se la va a raccattare, entrando a quattro zampe nei pollai e spigolando per le aie. In terzo luogo, ciò che effettivamente si raccoglie può essere direttamente usato come fertilizzante, ma si presta male ad ulteriori lavorazioni: è un miscuglio di sterco, terra, sassi, becchime, piume e përpôjín (sono i pidocchietti delle galline, che si annidano sotto le ali: non so come si chiamino in italiano). Ad ogni modo, pagando non poco, faticando ed insudiciandoci parecchio, la moglie impavida ed io ce ne ritornammo a sera per Corso Francia, con un chilo di sudata pollina nel portapacchi della bicicletta.

L'indomani esaminai il materiale: la «ganga» era molta, tuttavia qualcosa forse se ne sarebbe potuto cavare. Ma simultaneamente mi venne un'idea: proprio in quei giorni, nella galleria della Metropolitana (che esiste a Torino da quarant'anni, mentre la Metropolitana non esiste ancora) era stata inaugurata una mostra di serpenti. Perché non andare a vedere? I serpenti sono una razza pulita, non hanno piume né pidocchi e non razzolano fra la polvere; poi, un pitone è ben piú grosso di una gallina. Forse i loro escrementi, al 90 per cento di acido urico, si potevano ottenere in abbondanza, in pezzatura non troppo minuta e in condizioni di purezza ragionevole. Questa volta andai solo: mia moglie è figlia d'Eva, e i serpenti non le piacciono.

Il direttore e gli inservienti della mostra mi ricevettero con disprezzo stupito. Quali erano le mie credenziali? Da dove venivo? Chi mi credevo di essere, per presentarmi a loro cosí, come se niente fosse, a chiedere sterco di pitoni? Ma neanche parlarne, neanche un grammo; i pitoni sono sobrii, mangiano due volte al mese e viceversa: specie quando fanno poco esercizio. Il loro scarsissimo sterco si vende a peso d'oro: del resto, loro, e tutti gli espositori e possessori di serpenti, hanno contratti permanenti di esclusività con le grandi industrie farmaceutiche. Che mi togliessi solo di torno, e non gli facessi perdere altro tempo.

Dedicai un giorno a selezionare grossolanamente la pollina, ed altri due a cercare di ossidare ad allossana l'acido che vi era contenuto. La virtú e la pazienza dei chimici antichi dovevano essere sovrumane, o forse era soltanto smisurata la mia inesperienza di preparazioni organiche. Non ottenni che vapori immondi, noia, umiliazione, ed un liquido nero e torbido che intoppava irrimediabilmente i filtri, e non mostrava alcuna tendenza a cristallizzare, come secondo il testo avrebbe dovuto. Lo sterco rimase sterco, e l'allossana dal nome sonante un nome sonante. Non era quella la via per uscire dalla palude: per quale via ne sarei dunque uscito, io autore sfiduciato di un libro che a me sembrava bello, ma che nessuno leggeva? Meglio ritornare fra gli schemi scoloriti ma sicuri della chimica inorganica.

Stagno

«Mala cosa nascer povero», andavo rimuginando, mentre reggevo sulla fiamma di un becco a gas un lingotto di stagno degli Stretti. Piano piano, lo stagno fondeva, e le gocce piombavano stridendo nell'acqua d'una bacinella: sul fondo di questa si andava formando un intrico metallico affascinante, dalle forme sempre nuove.

Ci sono metalli amici e metalli nemici. Lo stagno era un amico: non solo perché, da qualche mese, Emilio ed io ne vivevamo, trasformandolo in cloruro stannoso da vendere ai fabbricanti di specchi, ma anche per altre ragioni piú riposte. Perché si sposa al ferro, trasformandolo nella mite latta, e privandolo pertanto della sua qualità sanguinaria di «nocens ferrum»; perché lo commerciavano i Fenici, e perché tuttora lo si estrae, raffina ed imbarca in paesi favolosi e lontani (gli Stretti, appunto: come chi dicesse la Dormiente Sonda, le Isole Felici e gli Arcipelaghi); perché si allega col rame per dare il bronzo, materia rispettabile per eccellenza, notoriamente perenne e well established; perché fonde basso, quasi come i composti organici, cioè quasi come noi; ed infine, per due sue proprietà uniche, dai nomi pittoreschi e poco credibili, mai viste né udite (che io sappia) da occhio od orecchio umano, tuttavia fedelmente tramandate, di generazione in generazione, da tutti i testi scolastici, la «peste» e il «pianto» dello stagno.

Bisognava granulare lo stagno affinché fosse piú facile attaccarlo poi con acido cloridrico. Ti sta bene dunque.

Stavi sotto le ali di quella fabbrica in riva al lago, un uccello rapace, ma di ali larghe e robuste. Hai voluto uscire di tutela, volare con le tue: ti sta bene. Vola, adesso: volevi essere libero e sei libero, volevi fare il chimico e fai il chimico. Orsú, grufola tra veleni, rossetti e sterco pollino; granula lo stagno, versa acido cloridrico, concentra, travasa e cristallizza, se non vuoi patire la fame, e la fame la conosci. Compera stagno e vendi cloruro stannoso.

Il laboratorio, Emilio lo aveva ricavato entro l'alloggio dei suoi genitori, gente pia, sconsigliata e longanime. Certo, cedendogli in uso la loro camera da letto, non avevano previsto tutte le conseguenze, ma indietro non si torna: adesso, l'anticamera era un deposito di damigiane d'acido cloridrico concentrato, il fornello di cucina (fuori delle ore dei pasti) serviva a concentrare il cloruro stannoso in becher e beute da sei litri, e l'intero alloggio era invaso dai nostri fumi.

Il padre d'Emilio era un vecchio maestoso e benigno, dai baffoni bianchi e dalla voce tonante. Aveva fatto in vita sua molti mestieri, tutti avventurosi o per lo meno strambi, ed a settant'anni conservava una preoccupante avidità di esperimenti. A quell'epoca, deteneva il monopolio del sangue di tutti i bovini uccisi al vecchio Macello Municipale di Corso Inghilterra: passava molte ore al giorno in un lurido antro, dalle pareti brune di sangue rappreso, dal pavimento fradicio di liquame putrefatto, e frequentato da ratti grossi come conigli; perfino le fatture e il libro mastro erano insanguinati. Col sangue fabbricava bottoni, colla, frittelle, sanguinacci, pitture murali e pasta per lucidare. Leggeva esclusivamente riviste e giornali arabi, che si faceva arrivare dal Cairo dove aveva vissuto molti anni, dove gli erano nati i tre figli, dove aveva difeso a fucilate il Consolato italiano contro una turba inferocita, e dove il suo cuore era rimasto. Andava ogni giorno in bicicletta a Porta Palazzo a comperare erbe, farina di sorgo, grasso di arachidi e patate dolci: con questi ingredienti, e col sangue del macello, cucinava pietanze sperimentali ogni giorno diverse; ce le vantava e ce le faceva assaggiare. Un giorno portò a casa un ratto, gli tagliò la testa e le zampine, disse a sua moglie che era una cavia e lo fece arrostire. Poiché la sua bicicletta non aveva carter, e le sue reni erano un poco anchilosate, si metteva al mattino le mollette in fondo ai pantaloni, e non le toglieva piú per tutta la giornata. Lui e sua moglie, la dolce ed imperturbabile Signora Ester, nata a Corfú di famiglia veneta, avevano accettato in casa il nostro laboratorio come se tenersi gli acidi in cucina fosse la cosa piú naturale del mondo. Portavamo le damigiane d'acido al quarto piano con l'ascensore: il padre d'Emilio aveva un aspetto talmente rispettabile ed autorevole che nessun condomino aveva osato obiettare.

Il nostro laboratorio assomigliava ad una bottega di robivecchi ed alla stiva di una baleniera. A parte le sue propaggini, che appunto invadevano la cucina, l'anticamera e perfino il bagno, era costituito da una sola camera e dal balcone. Sul balcone stavano sparpagliati i pezzi di una moto DKW che Emilio aveva acquistata smontata, e che, diceva, un giorno o l'altro avrebbe rimessa insieme: il serbatoio scarlatto stava a cavallo della ringhiera, e il motore, dentro una moscaiola, arrugginiva corroso dalle nostre esalazioni. C'erano poi alcune bombole d'ammoniaca, residuo di un'epoca precedente il mio arrivo, in cui Emilio campava sciogliendo l'ammoniaca gassosa in damigiane d'acqua potabile, vendendo queste e ammorbando il vicinato. Dappertutto, sul balcone e all'interno, era sparsa un'incredibile mole di ciarpame talmente vetusto e trito da risultare pressoché irriconoscibile: solo ad un esame piú attento si potevano distinguere i componenti professionali da quelli domestici.

In mezzo al laboratorio stava una grande cappa d'aspirazione di legno e vetro, nostro orgoglio e nostro unico presidio contro la morte per gas. Non è che l'acido cloridrico sia propriamente tossico: è uno di quei nemici franchi che ti vengono addosso gridando da lontano, e da cui quindi è facile guardarsi. Ha un odore cosí penetrante che, chi può, non tarda a mettersi al riparo; e non lo puoi confondere con niente d'altro, perché dopo averne respirato un colpo emetti dal naso due brevi pennacchi di fumo bianco, come i cavalli nei film di Eisenstein, e ti senti i denti aspri in bocca come quando hai mangiato un limone. A dispetto della nostra cappa cosí volenterosa, i fumi dell'acido invadevano tutte le camere: le carte da parato cambiavano colore, le maniglie e gli infissi metallici diventavano opachi e scabri, e ogni tanto ci faceva sobbalzare un tonfo sinistro: un chiodo aveva finito di corrodersi, e un quadro, in qualche angolo dell'alloggio, era rovinato a terra. Emilio piantava un chiodo nuovo e riappendeva il quadro al suo posto.

Facevamo dunque disciogliere lo stagno nell'acido cloridrico: poi bisognava concentrare la soluzione fino ad un determinato peso specifico e lasciare che cristallizzasse per raffreddamento. Il cloruro stannoso si separava in piccoli prismi graziosi, incolori e trasparenti. Poiché la cristallizzazione era lenta, occorrevano molti recipienti, e poiché l'acido cloridrico intacca tutti i metalli, questi recipienti dovevano essere di vetro o di ceramica. Nei periodi in cui le ordinazioni erano molte, bisognava mobilitare i recipienti di complemento, di cui del resto la casa di Emilio era ricca: una zuppiera, una pentola Regina di ferro smaltato, un lampadario stile Novecento e un vaso da notte.

Il mattino dopo si raccoglie il cloruro e lo si mette a scolare: e devi fare bene attenzione a non toccarlo con le mani, se no ti attacca addosso un odore disgustoso. Questo sale, di per sé, è inodore, ma reagisce in qualche modo con la pelle, forse riducendo i ponti di solfuro della cheratina, e ne libera un tanfo metallico persistente che ti denuncia come chimico per diversi giorni. È aggressivo, ma anche delicato, come certi sgradevoli avversari sportivi che piagnucolano quando perdono: non bisogna fargli forza, devi lasciare che asciughi all'aria con tutto il suo comodo. Se cerchi di scaldarlo, anche nel modo piú blando, per esempio con un asciugacapelli o sopra il termosifone, perde la sua acqua di cristallizzazione, diventa opaco, e i clienti sciocchi non lo vogliono piú. Sciocchi, perché gli converrebbe: con meno acqua c'è piú stagno e quindi una resa migliore; ma tant'è, il cliente ha sempre ragione, specie quando di chimica ne sa poco, come appunto è il caso per gli specchiai.

Nulla della bonarietà generosa dello stagno, metallo di Giove, sopravvive nel suo cloruro (del resto, i cloruri in genere sono gentaglia, per lo piú sottoprodotti ignobili, igroscopici e buoni a poco: con la sola eccezione del sale comune, che è tutt'altro discorso). Questo sale è un energico riducente, vale a dire che è smanioso di liberarsi di certi due suoi elettroni, e lo fa al minimo pretesto, talvolta con esiti disastrosi: era bastato un solo schizzo della soluzione concentrata, che mi era colato lungo i pantaloni, per tagliarli netti come un colpo di scimitarra; ed era il dopoguerra, e non ne avevo altri fuori di quelli della dotnenica, e i soldi in casa erano pochi.

Non mi sarei mai allontanato dalla fabbrica in riva al lago, e sarei rimasto in eterno a raddrizzare le deformità delle vernici, se Emilio non avesse insistito, vantandomi l'avventura e la gloria della libera professione. Mi ero licenziato con assurda baldanza, distribuendo a colleghi e superiori un testamento in quartine pieno di allegre insolenze: ero abbastanza consapevole del rischio che correvo, ma sapevo che la licenza di sbagliare si restringe con gli anni, e che perciò chi ne vuole approfittare non deve aspettare troppo. D'altra parte, non bisogna neppure aspettare troppo ad accorgersi che un errore è un errore: alla fine di ogni mese facevamo i conti, e diventava sempre piú chiaro che di solo cloruro stannoso l'uomo non vive; o almeno, non vivevo io, che mi ero appena sposato e non avevo nessun autorevole patriarca alle spalle.

Non ci arrendemmo subito; ci arrovellammo per un buon mese nello sforzo di ottenere la vanillina dall'eugenolo con una resa che ci consentisse di sopravvivere, e non ci riuscimmo; secernemmo diversi quintali d'acido piruvico, prodotto con un'attrezzatura da trogloditi e con un orario da forzati, dopo di che io levai bandiera bianca. Mi sarei trovato un impiego, magari tornando alle vernici.

Ernilio accettò con dolore, ma virilmente, la comune sconfitta e la mia diserzione. Per lui era diverso: nelle sue vene correva il sangue paterno, ricco di remoti fermenti pirateschi, di iniziative mercantili e di inquieta smania del nuovo. Non aveva paura di sbagliare, né di cambiare mestiere, luogo e stile di vita ogni sei mesi, né di diventare povero; neppure aveva fisime di casta, e non provava alcun disagio ad andare col triciclo e con la tuta grigia a consegnare ai clienti il nostro laborioso cloruro. Accettò, e il giorno dopo aveva già in mente altre idee, altre combinazioni con gente piú navigata di me, e diede subito inizio alla smobilitazione del laboratorio, e non era neppure tanto triste, mentre lo ero io, che avevo voglia di piangere, o di ululare alla luna come fanno i cani quando vedono chiudere le valige. Mettemmo mano alla malinconica bisogna aiutati (o meglio frastornati ed impediti) dal Signor Samuele e dalla Signora Ester. Vennero in luce oggetti famigliari, cercati invano da anni, ed altri esotici, sepolti geologicamente nei recessi dell'alloggio: un otturatore di mitra Beretta 38 A (del tempo in cui Emilio era partigiano, e girava le valli a distribuire alle bande i pezzi di ricambio), un Corano miniato, una lunghissima pipa di porcellana, una spada damaschinata dall'elsa intarsiata d'argento, una valanga di carte ingiallite. Fra queste affiorò, e me ne appropriai golosamente, una grida del 1785, in cui F. Tom. Lorenzo Matteucci, della Marca Anconitana Inquisitore Generale, contro l'Eretica Pravità specialmente Delegato, con molta sicumera e poca chiarezza «ordina, proibisce, ed espressamente comanda, che nessun Ebreo abbia ardire di prendere da Cristiani lezione di veruna sorta d'Istromento, e molto meno quella di Ballo». Rimandammo al giorno seguente il compito piú straziante, lo smontaggio della cappa d'aspirazione.

Nonostante il parere d'Emilio, fu subito chiaro che le nostre forze non sarebbero bastate. Ci fu doloroso arruolare una coppia di carpentieri, a cui Emilio prescrisse di costruire un'attrezzatura adatta a sradicare la cappa dai suoi ancoraggi senza smembrarla: questa cappa era insomma un simbolo, l'insegna di una professione e di una condizione, anzi di un'arte, e avrebbe dovuto essere depositata nel cortile intatta e nella sua interezza, per ritrovare nuova vita e utilità in un futuro per ora non precisato.

Fu costruita un'impalcatura, montato un paranco, tese funi di guida. Mentre Emilio ed io assistevamo dal cortile alla funerea cerimonia, la cappa uscí solenne dalla finestra, si librò ponderosa, si stagliò contro il cielo grigio di via Massena, venne abilmente agganciata alla catena del paranco, e la catena gemette e si spezzò. La cappa piombò per quattro piani ai nostri piedi, e si ridusse in schegge di legno e vetro; odorava ancora di eugenolo e d'acido piruvico, e con lei si ridusse in schegge ogni nostra volontà ed ardimento d'intraprendere.

Nei brevi istanti del volo l'istinto di conservazione ci fece fare un balzo indietro. Emilio disse: «Credevo che facesse piú rumore».

Uranio

A fare il SAC (Servizio Assistenza Clienti) non si può mandare il primo venuto. È un lavoro delicato e complesso, non molto diverso da quello dei diplomatici: per esercitarlo con successo occorre infondere fiducia nei clienti, e perciò è indispensabile avere fiducia in noi stessi e nei prodotti che vendiamo; è dunque un esercizio salutare, che aiuta a conoscersi e rinforza il carattere. È forse la piú igienica delle specialità che costituiscono il Decathlon del chimico di fabbrica: quella che meglio lo allena nell'eloquenza e nell'improvvisazione, nella prontezza dei riflessi e nella capacità di capire e di farsi capire; inoltre, ti fa girare l'Italia e il mondo, e ti mette a confronto con gente varia. Devo ancora accennare ad un'altra curiosa e benefica conseguenza del SAC: facendo mostra di stimare e di trovar simpatici i propri simili, dopo qualche anno di mestiere si finisce col farlo veramente, allo stesso modo come spesso diventa matto chi simula a lungo la follia.

Nella maggior parte dei casi, al primo contatto occorre acquistare o conquistare un rango superiore a quello del tuo interlocutore: ma conquistarlo in sordina, con le buone, senza spaventarlo né surclassarlo. Ti deve sentire superiore, ma di poco: raggiungibile, comprensibile. Guai, ad esempio, a fare discorsi chimici con un non chimico: questo è l'abc del mestiere. Ma è molto piú grave il pericolo opposto, che sia il cliente a surclassare te: cosa che può avvenire benissimo, perché lui gioca in casa, ossia è lui che impiega praticamente i prodotti che tu gli vendi, e perciò ne conosce le virtú e i difetti come una moglie conosce quelli del marito, mentre di solito tu ne hai soltanto una conoscenza indolore e disinteressata, spesso ottimistica, acquistata in laboratorio o nel corso di preparazione. La costellazione piú favorevole è quella in cui tu ti puoi presentare come un benefattore, in qualsiasi modo: convincendolo che il tuo prodotto soddisfa un suo vecchio bisogno o desiderio, magari inavvertito; che, fatti tutti i conti, alla fine dell'anno esso gli viene a costare meno che quello della Concorrenza, il quale inoltre, come è noto, va bene sulle prime, ma insomma non mi faccia parlare troppo. Puoi però beneficarlo anche in maniere diverse (e qui si rivela la fantasia del candidato al SAC): risolvendogli un problema tecnico che c'entra alla lontana, o magari niente; fornendogli un indirizzo; invitandolo a pranzo «in un locale caratteristico»; facendogli visitare la tua città ed aiutandolo o consigliandolo nell'acquisto dei souvenirs per sua moglie o per la sua ragazza; trovandogli all'ultimo momento un biglietto per il derby allo stadio (eh sí, si fa anche questo). Il mio collega di Bologna possiede una raccolta continuamente aggiornata di storielle grasse, e le ripassa diligentemente, insieme con i bollettini tecnici, prima di intraprendere il suo giro di visite in città e in provincia; siccome è di memoria corta, tiene nota di quelle che ha raccontate ad ogni singolo cliente, perché somministrare due volte la stessa storiella alla stessa persona sarebbe un fallo grave.

Tutte queste cose si imparano con l'esperienza, ma ci sono dei tecnici-commerciali che sembrano tali dalla nascita, nati SAC come Minerva. Questo non è il mio caso, e ne sono tristemente consapevole: quando mi capita di esercitare il SAC, in sede o in trasferta, lo faccio malvolentieri, con esitazione, compunzione e scarso calore umano. Peggio: tendo ad essere brusco ed impaziente coi clienti che sono impazienti e bruschi, e ad essere mite ed arrendevole coi fornitori, che, essendo a loro volta dei SAC, si mostrano appunto arrendevoli e miti. Insomma, non sono un buon SAC, e temo che ormai sia troppo tardi per diventarlo.

Tabasso mi aveva detto: «Vai alla *** e chiedi di Bonino, che è il caporeparto. È un brav'uomo, conosce già i nostri prodotti, tutto è sempre andato bene, non è un'aquila, non lo visitiamo da tre mesi. Vedrai che non avrai difficoltà tecniche; se poi parla di prezzi, tieniti sulle generali: di' che riferirai e che non è affar tuo».
Mi feci annunciare, mi diedero il modulo da riempire e mi consegnarono il cartellino da appendere all'occhiello, che ti caratterizza come straniero e ti immunizza contro le reazioni di rigetto dei guardioni. Mi fecero accomodare in una sala d'aspetto; dopo non piú di cinque minuti apparve Bonino e mi condusse nel suo ufficio. Questo è un ottimo sintomo, e non va sempre cosí: c'è gente che, freddamente, fa aspettare i SAC trenta o quaranta minuti anche se esiste un appuntamento, allo scopo deliberato di metterli sotto e di imporre il loro rango; è lo stesso scopo a cui mirano, con tecniche piú ingegnose e piú oscene, i babbuini nella gran fossa dello zoo. Ma l'analogia è piú generale: tutte le strategie e tattiche del SAC si possono descrivere in termini di corteggiamento sessuale. In entrambi i casi si ha un rapporto fra due: sarebbero impensabili un corteggiamento o una contrattazione a tre. In entrambi i casi si nota all'inizio una sorta di danza od apertura ritualizzata, in cui il compratore accetta il venditore solo se questi si attiene rigidamente al cerimoniale tradizionale; se questo avviene, il compratore si unisce alla danza, e se il gradimento è reciproco si giunge all'accoppiamento, e cioè all'acquisto, con visibile soddisfazione dei due partner. I casi di violenza unilaterale sono rari; non a caso, vengono spesso descritti con termini mutuati dalla sfera sessuale.

Bonino era un ometto rotondo, sciatto, vagamente canino, dalla barba mal rasa e dal sorriso sdentato. Mi presentai ed iniziai la danza propiziatoria, ma lui mi disse subito: – Ah sí, lei è quello che ha scritto un libro –. Devo confessare la mia debolezza: quest'apertura irregolare non mi dispiace, quantunque sia poco utile per la società che rappresento; infatti, a questo punto il discorso tende a degenerare, o per lo meno a perdersi in considerazioni anomale, che distraggono dallo scopo della visita e fanno perdere tempo professionale.

– È proprio un bel romanzo, – continuò Bonino: – l'ho letto durante le ferie, e l'ho fatto anche leggere a mia moglie; ai ragazzi no, perché magari potrebbero impressionarsi –. Queste opinioni normalmente mi irritano, ma quando si è in veste di SAC non bisogna essere troppo sofistici: ringraziai urbanamente, e cercai di ricondurre il discorso sul binario dovuto, e cioè sulle nostre vernici. Bonino oppose resistenza.

– Cosí come mi vede, ho rischiato anch'io di finire come lei. Ci avevano già chiusi nel cortile della caserma, in Corso Orbassano: ma a un certo punto io l'ho visto entrare, sa bene chi dico, e allora, mentre nessuno mi vedeva, ho scavalcato il muro, mi sono buttato giú dall'altra parte, che ci sono cinque metri buoni, e sono filato via. Poi sono andato in Val Susa coi Badogliani.

Non mi era ancora mai successo di sentire un badogliano chiamare badogliani i badogliani. Mi chiusi in difesa, ed anzi, sorpresi me stesso a prendere fiato profondamente, come fa chi si prepara ad una lunga immersione. Era chiaro che il racconto di Bonino non sarebbe stato tanto breve: ma pazienza, ripensai a quanti lunghi racconti avevo inflitto io al mio prossimo, a chi voleva ed a chi non voleva ascoltare, ricordai che sta scritto *(Deut.* 10. 19) «Amerai lo straniero, poiché anche voi siete stati stranieri nel paese d'Egitto», e mi disposi comodo sulla sedia.

Bonino non era un buon narratore: divagava, si ripeteva, faceva digressioni, e digressioni delle digressioni. Aveva poi il curioso vizio di omettere il soggetto di alcune proposizioni, sostituendolo col pronome personale, il che rendeva ancora piú nebuloso il suo discorso. Mentre parlava, io esaminavo distrattamente il locale dove mi aveva ricevuto: evidentemente il suo ufficio da molti anni, perché appariva trasandato e scomposto come la sua stessa persona. I vetri della finestra erano offensivamente sporchi, le pareti affumicate, e nell'aria ristagnava un odore tetro di tabacco stantio. Nelle pareti erano confitti chiodi rugginosi: alcuni apparentemente inutili, altri reggevano fogli ingialliti. Uno di questi, leggibile dal mio posto di osservazione, incominciava cosí: «OGGETTO: Stracci. Con sempre maggior frequenza ...»; altrove, si distinguevano lamette di rasoio usate, schedine del Totocalcio, moduli della Mutua, cartoline illustrate.

– ... allora lui mi ha detto che gli andassi dietro, anzi davanti: era lui che mi stava dietro, con la pistola puntata. Poi è arrivato l'altro, il compare, che stava dietro l'angolo e lo aspettava; e fra tutti e due mi hanno portato in via Asti, sa bene, dove c'era l'Aloisio Smit. Mi chiamava su ogni tanto, e mi diceva parla parla che tanto i tuoi compagni hanno già parlato, è inutile che fai l'eroe...

Sulla scrivania di Bonino c'era un'orribile riproduzione in lega leggera della Torre di Pisa. C'era anche un portacenere ricavato da una conchiglia, pieno di mozziconi e di noccioli di ciliegia, ed un portapenne d'alabastro a forma di Vesuvio. Era una scrivania miserevole: non piú di 0,6 metri quadrati, ad una stima generosa. Non c'è SAC esperimentato che non conosca questa triste scienza delle scrivanie: magari non a livello consapevole, ma in forma di riflesso condizionato, una scrivania scarsa denunzia inesorabilmente un occupante dappoco; quanto poi a quell'impiegato che, entro otto o dieci giorni dall'assunzione, non si è saputo conquistare una scrivania, ebbene, è un uomo perduto: non può contare su piú di qualche settimana di sopravvivenza, come un paguro senza guscio. Per contro, ho conosciuto persone che al termine della loro carriera disponevano di una superficie di sette od otto metri quadrati lucidati a poliestere, palesemente esuberante, ma idonea ad esprimere in codice la misura del loro potere. Quali oggetti riposino sulla scrivania, non è determinante ai fini quantitativi: c'è chi esprime la propria autorità mantenendo in superficie il massimo disordine ed il massimo accumulo di cancelleria; c'è invece chi, piú sottilmente, impone il suo rango attraverso il vuoto e la pulizia meticolosa: cosí si racconta facesse Mussolini a Palazzo Venezia.

– ... ma fra tutti non si erano accorti che dentro alla cintura la pistola ce l'avevo anch'io. Quando hanno cominciato a farmi la tortura, l'ho tirata fuori, li ho messi tutti con la faccia contro il muro e me ne sono venuto via. Ma lui...

Lui chi? Ero perplesso; il racconto si andava ingarbugliando sempre di piú, l'orologio camminava, ed è pur vero che il cliente ha sempre ragione, ma c'è un limite anche al vendere la propria anima, ed alla fedeltà alla consegna aziendale: oltre questo limite ci si rende ridicoli.

– ... piú lontano che potevo: mezz'ora, ed ero già dalle parti di Rivoli. Camminavo lungo la strada, ed ecco che vedo atterrare nei campi lí vicino un aereo tedesco, una cicogna, di quelli che atterrano in cinquanta metri. Scendono due, molto gentili, e mi chiedono per favore da che parte si passa per andare in Svizzera. Io sono pratico di quei posti, e gli ho risposto pronto: dritto per cosí fino a Milano, poi girate a sinistra. Dànche, mi rispondono, e risalgono sull'apparecchio; ma poi uno ci ripensa, fruga sotto il seggiolino, scende e mi viene incontro con in mano come un sasso; me lo consegna e mi dice: «Questo è per il suo disturbo: lo tenga da conto, è uranio». Capisce, era la fine della guerra, ormai si sentivano perduti, la bomba atomica non facevano piú in tempo a farla e l'uranio non gli serviva piú. Pensavano solo a salvare la pelle ed a scappare in Svizzera.

Anche al controllo sulla propria fisionomia c'è un limite: Bonino doveva aver colto sulla mia qualche segno di incredulità, perché si interruppe, e con tono lievemente offeso mi disse: – Ma lei non ci crede?

– Certo, che ci credo, – risposi eroicamente: – ma era proprio uranio?

– Sicuro: chiunque se ne sarebbe accorto. Aveva un peso incredibile, e a toccarlo era caldo. Del resto, ce l'ho ancora a casa: lo tengo sul balcone, in un ripostiglio, che i ragazzi non lo tocchino; ogni tanto lo faccio vedere agli amici, ed è rimasto caldo, è caldo ancora adesso –. Esitò un istante, poi aggiunse: – Sa che cosa faccio? Domani glie ne mando un pezzo: cosí si convince, e magari, lei che è uno scrittore, in aggiunta alle sue storie un giorno o l'altro scrive anche questa.

Ringraziai, feci doverosamente il mio numero, illustrai un certo nuovo prodotto, presi nota di una ordinazione abbastanza cospicua, salutai e diedi passata alla faccenda. Ma il giorno dopo, sulla mia scrivania da 1,2 metri quadrati, trovai deposto un pacchetto, alla mia cortese attenzione. Lo svolsi, non senza curiosità: conteneva un blocchetto di metallo, grande quanto mezza scatola di sigarette, effettivamente piuttosto pesante e dall'aria esotica. La superficie era bianca argentea, con una leggera patina giallognola: non pareva che fosse caldo, ma non era confondibile con nessuno dei metalli che una lunga consuetudine anche extrachimica ci ha resi famigliari, come il rame, lo zinco, l'alluminio. Forse una lega? o magari proprio uranio? L'uranio metallico, dalle nostre parti, non lo ha visto mai nessuno, e nei trattati viene descritto come bianco-argenteo; e non è che sia permanentemente caldo un blocchetto piccolo come quello: forse solo una massa grande quanto una casa può mantenersi calda a spese dell'energia di disintegrazione.

Appena mi fu decentemente possibile, mi cacciai in laboratorio, il che, per un chimico del SAC, è un'iniziativa inusitata e vagamente sconveniente. Il laboratorio è luogo da giovani, ed a ritornarci ci si sente ritornare giovani: con la stessa smania di avventura, di scoperta, d'imprevisto, che si ha a diciassette anni. Naturalmente, diciassette anni non li hai piú da un pezzo, ed inoltre la lunga carriera di attività parachimiche ti ha mortificato, ti ha reso atrofico, impedito, ignaro della collocazione dei reagenti e delle apparecchiature, immemore di tutto salvo che delle reazioni fondamentali: ma proprio per questi motivi il laboratorio rivisitato è sorgente di gioia, ed emana un fascino intenso, che è quello della giovinezza, dell'avvenire indeterminato e gravido di potenze, e cioè della libertà.

Ma gli anni di non-uso non ti fanno dimenticare alcuni tic professionali, alcuni comportamenti stereotipi che ti fanno riconoscere come chimico in qualsiasi circostanza: tentare la materia incognita con l'unghia, col temperino, annusarla, sentire con le labbra se è «fredda» o «calda», provare se incide o no il vetro della finestra, osservarla in luce riflessa, soppesarla nel cavo della mano. Valutare senza bilancia il peso specifico di un materiale non è poi cosí facile, ma l'uranio, via, ha p. sp. 19, molto piú del piombo, il doppio del rame: il dono fatto a Bonino dagli aeronauti-astronauti nazisti non poteva essere uranio. Incominciavo ad intravvedere, nel racconto paranoico dell'ometto, l'eco di una leggenda locale tenace e ricorrente, degli UFO della Val Susa, dei dischi volanti portatori di presagi come le comete nel medioevo, erratici e privi di effetti come gli spiriti degli spiritisti.

E se non era uranio, cosa? Asportai col seghetto una fettina di metallo (si segava senza difficoltà) e la presentai sulla fiamma del becco Bunsen: avvenne una cosa poco comune, dalla fiamma si levò un filo di fumo bruno, che si arricciolava in volute. Percepii, con un attimo di voluttuosa nostalgia, ridestarsi in me i riflessi dell'analista, appassiti per la lunga inerzia: trovai una capsula di porcellana smaltata, la riempii d'acqua, la sovrapposi alla fiamma fuligginosa, e vidi formarsi sul fondo un deposito bruno che era una vecchia conoscenza. Toccai il deposito con una gocciolina di soluzione di nitrato d'argento, ed il colore neroazzurro che si sviluppò mi confermò che il metallo era cadmio, il lontano figlio di Cadmo, il seminatore dei denti del drago.

Dove Bonino avesse trovato il cadmio, non era molto interessante: probabilmente nel reparto cadmiatura della sua fabbrica. Piú interessante, ma indecifrabile, era l'origine della sua storia: profondamente sua, la sua, poiché, come seppi in seguito, la raccontava sovente ed a tutti, ma senza sostanziarla con l'apporto della materia, e con particolari via via piú colorati e meno credibili col passare degli anni. Era chiaramente impossibile venirne a capo: ma invidiai in lui, io impigliato nella rete del SAC, dei doveri sociali ed aziendali e della verosimiglianza, la libertà sconfinata dell'invenzione, di chi ha sfondato la barriera ed è ormai padrone di costruirsi il passato che piú gli aggrada, di cucirsi intorno i panni dell'eroe, e di volare come Superman attraverso i secoli, i meridiani e i paralleli.

Argento

Una circolare ciclostilata, di norma, si getta nel cestino senza leggerla, ma mi accorsi subito che quella non meritava il comune destino: era l'invito per la cena del venticinquesimo anno di laurea. Il suo linguaggio mi diede da pensare: il destinatario veniva trattato col «tu», e l'estensore faceva sfoggio di termini goliardici stantii, come se quei venticinque anni non fossero passati. Con involontaria comicità, il testo concludeva dicendo: «... in un'atmosfera di rinnovato cameratismo, celebreremo le nostre nozze d'argento con la Chimica narrandoci a vicenda gli eventi chimici della nostra vita quotidiana». Quali eventi chimici? La precipitazione degli steroli entro le nostre arterie cinquantenni? L'equilibrio di membrana delle nostre membrane?

Chi poteva essere l'autore? Passai in rassegna mentalmente i venticinque o trenta colleghi superstiti: voglio dire, non solo ancora in vita, ma non spariti dietro il capo di altre attività professionali. Prima di tutto, via tutte le colleghe: tutte madri di famiglia, tutte smobilitate, nessuna piú in possesso di «eventi» da raccontare. Via gli arrampicatori, gli arrampicati, i protetti, gli ex protetti divenuti protettori: questa è gente che non ama i confronti. Via anche i frustrati, che neanche loro amano i confronti: ad una riunione cosí, il naufrago magari ci viene, ma per chiedere compatimento o aiuto: è difficile che prenda l'iniziativa di organizzarla. Dalla esigua rosa che avanzava scaturí un nome probabile: Cerrato, l'onesto maldestro e volonteroso Cerrato, a cui la vita aveva dato cosí poco e che cosí poco aveva dato alla vita. L'avevo incontrato saltuariamente e fugacemente dopo la guerra, ed era un inerte, non un naufrago: è naufrago chi parte ed affonda, chi si propone una meta, non la raggiunge e ne soffre; Cerrato non si era proposto nulla, non si era esposto a nulla, era rimasto ben chiuso in casa, e certamente doveva essere rimasto abbarbicato agli anni «d'oro» degli studi perché tutti gli altri suoi anni erano stati di piombo.

Davanti alla prospettiva di quella cena provavo una reazione bifida: non era un evento neutro, mi attirava e mi respingeva allo stesso tempo, come un magnete accostato a una bussola. Ci volevo andare e non ci volevo andare: ma le motivazioni per entrambe le decisioni, a ben guardare, non erano molto nobili. Ci volevo andare perché mi lusingava confrontarmi e sentirmi piú disponibile degli altri, meno legato al guadagno e agli idoli, meno giocato, meno sparato. Non ci volevo andare perché non volevo avere l'età degli altri, cioè la mia età: non volevo vedere rughe, canizie, memento mori. Non volevo contarci, né contare gli assenti, né fare calcoli.

Eppure Cerrato mi incuriosiva. Qualche volta avevamo studiato insieme: era serio e non aveva indulgenze per se stesso, studiava senza genialità e senza gioia (sembrava che non conoscesse la gioia), abbattendo successivamente i capitoli dei testi come un minatore in galleria. Col fascismo non si era compromesso, e aveva reagito bene al reattivo delle leggi razziali. Era stato un ragazzo opaco ma sicuro, di cui ci si poteva fidare: e l'esperienza insegna che proprio questa, l'affidabilità, è la virtú piú costante, quella che non si acquista né si perde con gli anni. Si nasce degni di fiducia, col viso aperto e gli occhi fermi, e tali si resta per la vita. Chi nasce contorto e lasco, tale rimane: chi ti mente a sei anni, ti mente a sedici e a sessanta. Il fenomeno è notevole, e spiega come certe amicizie e matrimoni sopravvivono per molti decenni, a dispetto dell'abitudine, della noia e del logorarsi degli argomenti: mi interessava verificarlo su Cerrato. Versai la quota, e scrissi all'anonimo Comitato che alla cena avrei preso parte.

La sua figura non era molto cambiata: era alto, ossuto, olivastro; i capelli ancora folti, la barba ben rasa, la fronte, il naso e il mento pesanti e come appena abbozzati. Ancora, come allora, si muoveva malamente, con quei gesti bruschi e insieme incerti che in laboratorio l'avevano reso un proverbiale spaccatore di vetreria.

Come è usanza, dedicammo all'aggiornamento reciproco i primi minuti di colloquio. Appresi che era sposato senza figli, e simultaneamente compresi che questo non era un argomento gradito. Appresi che aveva sempre lavorato in chimica fotografica: dieci anni in Italia, quattro in Germania, poi di nuovo in Italia. Era stato lui, certo, il promotore della cena e l'autore della lettera d'invito. Non provava vergogna ad ammetterlo: se gli concedevo una metafora professionale, gli anni di studio erano il suo Technicolor, il resto era bianco e nero. Quanto agli «eventi» (mi trattenni dal fargli notare la goffaggine dell'espressione), gli interessavano veramente. La sua carriera era stata ricca di eventi, anche se per lo piú, appunto, non erano stati che in bianco e nero: anche la mia? Certo, gli confermai: chimici e non chimici, ma negli ultimi anni gli eventi chimici avevano prevalso, per frequenza e intensità. Ti dànno il senso del «nicht dazu gewachsen», dell'impotenza, dell'insufficienza, non è vero? Ti dànno l'impressione di combattere un'interminabile guerra contro un esercito avversario ottuso e tardo, ma tremendo per numero e peso; di perdere tutte le battaglie, una dopo l'altra, un anno dopo l'altro; e ti devi accontentare, per medicare il tuo orgoglio contuso, di quelle poche occasioni in cui intravvedi una smagliatura nello schieramento nemico, ti ci avventi, e metti a segno un rapido singolo colpo.

Anche Cerrato conosceva questa milizia: anche lui aveva sperimentato l'insufficienza della nostra preparazione, e il doverci surrogare con la fortuna, l'intuizione, gli stratagemmi, ed un fiume di pazienza. Gli dissi che andavo in cerca di eventi, miei e d'altri, che volevo schierare in mostra in un libro, per vedere se mi riusciva di convogliare ai profani il sapore forte ed amaro del nostro mestiere, che è poi un caso particolare, una versione piú strenua, del mestiere di vivere. Gli dissi che non mi pareva giusto che il mondo sapesse tutto di come vive il medico, la prostituta, il marinaio, l'assassino, la contessa, l'antico romano, il congiurato e il polinesiano, e nulla di come viviamo noi trasmutatori di materia; ma che in questo libro avrei deliberatamente trascurato la grande chimica, la chimica trionfante degli impianti colossali e dei fatturati vertiginosi, perché questa è opera collettiva e quindi anonima. A me interessavano di piú le storie della chimica solitaria, inerme e appiedata, a misura d'uomo, che con poche eccezioni è stata la mia: ma è stata anche la chimica dei fondatori, che non lavoravano in équipe ma soli, in mezzo all'indifferenza del loro tempo, per lo piú senza guadagno, e affrontavano la materia senza aiuti, col cervello e con le mani, con la ragione e la fantasia.

Gli chiesi se a questo libro gli sarebbe piaciuto contribuire: se sí, mi raccontasse una storia, e, se mi era permesso dare un suggerimento, doveva essere una storia delle nostre, in cui ci si arrabatta nel buio per una settimana o per un mese, sembra che sarà buio sempre, e viene voglia di buttare via tutto e di cambiare mestiere: poi si scorge nel buio un bagliore, si va a tentoni da quella parte, e la luce cresce, e infine l'ordine segue al caos. Cerrato mi disse seriamente che in effetti qualche volta le cose andavano cosí, e che avrebbe cercato di accontentarmi; ma che in generale era proprio buio sempre, il bagliore non si vedeva, si picchiava il capo piú e piú volte contro il soffitto sempre piú basso, e si finiva coll'uscire dalla grotta carponi e a ritroso, un po' piú vecchi di quando ci si era entrati. Mentre lui interrogava la sua memoria, con lo sguardo verso il soffitto presuntuosamente affrescato del ristorante, gli scoccai una rapida occhiata, e vidi che era invecchiato bene senza deformarsi, anzi crescendo e maturando: era rimasto greve come un tempo, negato al refrigerio della malizia e del riso, ma questo non offendeva piú, si accettava meglio da un cinquantenne che da un ventenne. Mi raccontò una storia d'argento.

– Ti racconto l'essenziale; il contorno ce lo metti tu, per esempio come vive un italiano in Germania; del resto, ci sei pure stato. Ero al controllo del reparto dove si fabbricano le carte per radiografia. Ne sai qualcosa? Non importa: è un materiale poco sensibile, che non dà rogne (rogne e sensibilità sono proporzionali); quindi anche il reparto era piuttosto tranquillo. Ma devi pensare che, se funziona male una pellicola per dilettanti, nove volte su dieci l'utente pensa che sia colpa sua; o se no, al massimo ti manda qualche accidente, che non ti arriva per insufficienza d'indirizzo. Invece, se va male una radiografia, magari dopo la pappa di bario o l'urografia discendente; e poi ne va male una seconda, e tutto il pacchetto di carte; ebbene, allora non finisce cosí: la grana fa la sua scalata, ingrossando mentre sale, e ti arriva addosso come un'afflizione. Tutte cose che il mio predecessore mi aveva spiegate, col talento didascalico dei tedeschi, per giustificare ai miei occhi il fantastico rituale di pulizia che nel reparto si deve osservare, dal principio alla fine della lavorazione. Non so se ti interessa: ti basti pensare che...
Lo interruppi: le cautele minuziose, le pulizie maniache, le purezze con otto zeri, sono cose che mi fanno soffrire. So bene che in qualche caso si tratta di misure necessarie, ma so pure che, piú sovente, la mania prevale sul buon senso, e che accanto a cinque precetti o divieti sensati se ne annidano dieci insensati, inutili, che nessuno osa cancellare solo per pigrizia mentale, per scaramanzia o per morbosa paura di complicazioni: quando addirittura non capita come nel servizio militare, in cui il regolamento serve a contrabbandare una disciplina repressiva. Cerrato mi versò da bere: la sua grossa mano si diresse esitando verso il collo della bottiglia, come se questa stesse starnazzando sul tavolo per sfuggirgli; poi la inclinò ver-

so il mio bicchiere, urtandovi contro piú volte. Mi confermò che spesso le cose stavano proprio cosí: per esempio, alle operaie del reparto di cui mi stava parlando era vietato usare cipria, ma una volta, ad una ragazza era caduto dalla tasca il portacipria, si era aperto cadendo, e ne era volata per aria un bel po'; la produzione di quel giorno era stata collaudata con rigore particolare, ma andava benissimo. Bene, il divieto della cipria era rimasto.

– ... però un dettaglio bisogna che te lo dica, se no la storia non si capirebbe. C'è la religione del pelo (questa è giustificata, te lo assicuro): il reparto è in leggera sovrapressione, e l'aria che ci si pompa dentro è accuratamente filtrata. Si porta sopra gli abiti una tuta speciale, e una cuffia sopra i capelli: tute e cuffie vanno lavate tutti i giorni, per asportare i peli in formazione o catturati accidentalmente. Scarpe e calze vanno tolte all'ingresso, e sostituite con pantofole antipolvere.

Ecco, questo è lo scenario. Devo aggiungere che, da cinque o sei anni, incidenti grossi non ne erano capitati: qualche protesta isolata da qualche ospedale per la sensibilità alterata, ma si trattava quasi sempre di materiale già fuori del limite di scadenza. Le grane, tu lo saprai, non vengono al galoppo, come gli Unni, ma zitte, di soppiatto, come le epidemie. Incominciò con un espresso da un centro diagnostico di Vienna; era in termini molto civili, direi piú una segnalazione che una protesta, e allegata c'era una radiografia giustificativa: regolare come grana (scusa il bisticcio: qui volevo dire grana dell'emulsione) e come contrasto, ma cosparsa di macchioline bianche, oblunghe, grosse come fagioli. Si risponde con una lettera compunta, in cui ci si scusa dell'involontario eccetera, ma dopo il primo lanzichenecco morto di peste è meglio non farsi illusioni: la peste è peste, è inutile fare gli struzzi. La settimana dopo c'erano altre due lettere: una veniva da Liegi e accennava a danni da rifondere, l'altra veniva dall'Unione Sovietica, non ricordo piú (forse l'ho censurata) la complicata sigla dell'ente commerciale che l'aveva spedita. Quando fu tradotta, a tutti si drizzarono i capelli in testa. Il difetto naturalmente, era sempre quello, delle macchie a forma di fagiolo, e la lettera era pesantissima: si parlava di tre operazioni che avevano dovuto essere rimandate, di turni persi, di quintali di carta sensibile contestata, di una perizia e di una controversia internazionale presso il Tribunale di non so dove; ci si ingiungeva di mandare subito uno Spezialist.

In questi casi si cerca almeno di chiudere le stalle dopo che una parte dei buoi sono scappati, ma non sempre ci si riesce. Chiaro che tutta la carta aveva superato bene il collaudo di uscita: si trattava dunque di un difetto che si manifestava in ritardo, durante il magazzinaggio da noi o dal cliente, o durante il trasporto. Il Direttore mi chiamò a rapporto; discusse il caso con me, molto cortesemente, per due ore, ma a me pareva che mi scuoiasse, lentamente, metodicamente, e godendoci.

Prendemmo accordi col laboratorio controlli, e ricollaudammo lotto per lotto tutta la carta che era a magazzino. Quella piú recente di due mesi era in ordine. Nell'altra, il difetto fu riscontrato, ma non in tutta: i lotti erano centinaia, e circa un sesto presentavano l'inconveniente dei fagioli. Il mio vice, che era un giovane chimico neanche poi tanto sveglio, fece un'osservazione curiosa: i lotti difettosi si susseguivano con una certa regolarità, cinque buoni e uno cattivo. Mi sembrò una traccia, e cercai di andare a fondo: era proprio cosí, era guasta quasi esclusivamente la carta fabbricata il mercoledí.

Certo saprai anche che le grane a ritardo sono di gran lunga le piú maligne. Mentre si cercano le cause, bisogna pure continuare a produrre: ma come puoi essere sicuro che la causa (o le cause) non sia tuttora al lavoro, e il materiale che produci foriero di altri guai? Si capisce che puoi tenerlo in quarantena due mesi e poi ricollaudarlo: ma che cosa dirai ai depositi in tutto il mondo, che non vedono arrivare roba? E gli interessi passivi? E il nome, il Buon Nome, l'Unbestrittener Ruf? Poi c'è quell'altra complicazione: ogni variazione che tu faccia nella composizione o nella tecnologia, deve aspettare due mesi prima che tu sappia se serve o non serve, se annulla il difetto o lo accentua.

Io mi sentivo innocente, naturalmente: avevo rispettato tutte le regole, non mi ero permessa nessuna indulgenza. A monte e a valle di me, tutti gli altri si sentivano altrettanto innocenti: quelli che avevano date per buone le materie prime, che avevano preparato e collaudato l'emulsione di bromuro d'argento, quelli che avevano confezionato, imballato e immagazzinato i pacchi della carta. Mi sentivo innocente, ma non ero: ero colpevole per definizione, perché un caporeparto risponde del suo reparto, e perché se c'è danno c'è peccato, e se c'è peccato c'è un peccatore. È una faccenda, appunto, come il peccato originale: non hai fatto niente, ma sei colpevole e devi pagare. Non con denaro, ma peggio: perdi il sonno, perdi l'appetito, ti viene l'ulcera o l'eczema, e fai un grande passo verso la nevrosi aziendale definitiva.

Mentre continuavano ad arrivare lettere e telefonate di protesta, io mi accanivo ad almanaccare sul fatto del mercoledí: un significato lo doveva pure avere. Il martedí notte era di turno un guardiano che non mi piaceva, aveva una cicatrice sul mento e la faccia da nazi. Non sapevo se parlarne o no col Direttore: cercare di scaricare la colpa sugli altri è sempre cattiva politica. Poi mi feci portare i libri paga, e vidi che il nazi era da noi solo da tre mesi, mentre il guaio dei fagioli incominciava a manifestarsi sulla carta fabbricata dieci mesi prima. Cosa era successo di nuovo dieci mesi prima?

Circa dieci mesi prima era stato accettato, dopo rigorosi controlli, un nuovo fornitore della carta nera che si usa per proteggere dalla luce le carte sensibili: ma il materiale difettoso risultò imballato promiscuamente in carta nera proveniente da entrambi i fornitori. Anche dieci mesi prima (nove, per l'esattezza) era stato assunto un gruppo di operaie turche; le intervistai una per una, con loro grande stupore: volevo stabilire se il mercoledí, o il martedí sera, facevano qualcosa di diverso dal solito. Si lavavano? o *non* si lavavano? Usavano qualche cosmetico speciale? andavano a ballare e sudavano piú del solito? Non osai chiedergli se il martedí sera facevano all'amore: comunque, né direttamente né attraverso l'interprete, non riuscii a cavarne nulla.

Capirai che frattanto la faccenda si era risaputa in tutta la fabbrica, e mi guardavano con un'aria strana: anche perché ero il solo caporeparto italiano, e mi immaginavo benissimo i commenti che si dovevano scambiare dietro le mie spalle. L'aiuto decisivo mi venne da uno degli uscieri, che parlava un po' italiano perché era stato a combattere in Italia: anzi, era stato fatto prigioniero dai partigiani dalle parti di Biella, e poi scambiato con qualcuno. Non aveva rancore, era loquace, e parlava a vanvera di un po' di tutto senza mai concludere: ebbene, è stata proprio questa sua chiacchiera insulsa a fare da filo d'Arianna. Un giorno mi disse che lui era pescatore, ma che da quasi un anno, nel fiumicello lí accanto, non si pescava piú un pesce: da quando, cinque o sei chilometri piú a monte, avevano messo una conceria. Mi disse poi che addirittura l'acqua, in certi giorni, diventava bruna. Lí per lí non feci caso a queste sue osservazioni, ma ci ripensai pochi giorni dopo, quando dalla finestra della mia camera, nella foresteria, vidi ritornare il camioncino che riportava le tute dalla lavanderia. Mi informai: la conceria aveva cominciato a lavorare dieci mesi prima, e la lavanderia lavava le tute proprio nell'acqua del fiume dove il pescatore non riusciva piú a pescare: però la filtravano e la facevano passare per un depuratore a scambio ionico. Le tute le lavavano durante il giorno, le asciugavano di notte in un essiccatoio, e le riconsegnavano al mattino presto, prima della sirena.

Andai alla conceria: volevo sapere quando, dove, con quale ritmo, in quali giorni svuotavano i tini. Mi mandarono via malamente, ma io ci ritornai due giorni dopo col medico dell'Ufficio d'Igiene; bene, il piú grande dei tini di concia lo vuotavano ogni settimana, la notte fra il lunedí e il martedí! Non mi vollero dire che cosa conteneva, ma sai bene, i conciati organici sono dei polifenoli, non c'è resina scambioionica che li trattenga, e che cosa possa fare un polifenolo sul bromuro d'argento lo immagini anche tu che non sei della partita. Ottenni un campione del bagno di concia, andai al laboratorio sperimentale, e provai ad atomizzare una soluzione 1:10 000 nella camera oscura in cui stava esposto un campione di carta per radiografie. L'effetto si vide pochi giorni dopo: la sensibilità della carta era sparita, letteralmente. Il capo del laboratorio non credeva ai suoi occhi: mi disse che non aveva mai visto un inibitore cosí potente. Abbiamo provato con soluzioni via via piú diluite, come fanno gli omeopatici: con soluzioni intorno alla parte per milione si ottenevano le macchie a forma di fagiolo, che venivano fuori però solo dopo due mesi di riposo. L'effetto-fagiolo, il Bohneffekt, era stato riprodotto in pieno: a conti fatti, si è visto che bastava qualche migliaio di molecole di polifenolo, assorbito dalle fibre della tuta durante il lavaggio, e portato in volo dalla tuta alla carta da un pelino invisibile, per provocare una macchia.

Gli altri commensali intorno a noi conversavano rumorosamente di figli, di ferie e di stipendi; noi finimmo con l'appartarci al bar, dove a poco a poco diventammo sentimentali, e ci promettemmo a vicenda di rinnovare un'amicizia che in effetti fra noi non era mai esistita. Ci saremmo tenuti a contatto, e ognuno di noi avrebbe raccolto per l'altro altre storie come questa, in cui la materia stolida manifesta un'astuzia tesa al male, all'ostruzione, come se si ribellasse all'ordine caro all'uomo: come i fuoricasta temerari, assetati piú della rovina altrui che del trionfo proprio, che nei romanzi arrivano dai confini della terra per stroncare l'avventura degli eroi positivi.

Vanadio

Una vernice è una sostanza instabile per definizione: infatti, a un certo punto della sua carriera, da liquida deve diventare solida. È necessario che questo avvenga al momento e nel luogo giusto. Il caso opposto può essere sgradevole o drammatico: può avvenire che una vernice solidifichi (noi diciamo brutalmente «parta») durante il soggiorno a magazzino, e allora la merce va buttata; o che solidifichi la resina di base durante la sintesi, in un reattore da dieci o venti tonnellate, il che può volgere al tragico; o invece, che la vernice non solidifichi affatto, neppure dopo l'applicazione, e allora ci si fa ridere dietro, perché una vernice che non «asciuga» è come un fucile che non spara o un toro che non ingravida.

Al processo di solidificazione prende parte in molti casi l'ossigeno dell'aria. Fra le varie imprese, vitali o distruttive, che l'ossigeno sa compiere, a noi verniciai interessa soprattutto la sua capacità di reagire con certe molecole piccole, quali quelle di certi oli, e di creare ponti fra loro trasformandole in un reticolo compatto e quindi solido: è cosí che, ad esempio, «asciuga» all'aria l'olio di lino.

Avevamo importato una partita di resina per vernici, una appunto di quelle resine che solidificano a temperatura ordinaria per semplice esposizione all'atmosfera, ed eravamo preoccupati. Controllata da sola, la resina essiccava regolarmente, ma dopo di essere stata macinata con un certo (insostituibile) tipo di nerofumo, la capacità di essiccare si attenuava fino a sparire: avevamo già accantonato diverse tonnellate di smalto nero che, a dispetto di tutte le correzioni tentate, dopo applicato rimaneva appiccicoso indefinitamente, come una lugubre carta moschicida.

In casi come questi, prima di formulare accuse bisogna andare cauti. Il fornitore era la W., grande e rispettabile industria tedesca, uno dei tronconi in cui, dopo la guerra, gli Alleati avevano smembrato la onnipotente IG-Farben: gente come questa, prima di riconoscersi in colpa, butta sul piatto della bilancia tutto il peso del proprio prestigio e tutta la propria capacità defatigatoria. Ma non c'era modo di evitare la controversia: le altre partite di resina si comportavano bene con quella stessa partita di nerofumo, la resina era di un tipo speciale, che solo la W. produceva, e noi eravamo vincolati da un contratto, e dovevamo assolutamente continuare a fornire quello smalto nero, senza perdere scadenze.

Scrissi una educata lettera di protesta, esponendo i termini della questione, e pochi giorni dopo giunse la risposta: era lunga e pedante, consigliava artifici ovvi che noi avevamo già adottati senza risultato, e conteneva un'esposizione superflua e deliberatamente confusa sul meccanismo d'ossidazione della resina; ignorava la nostra fretta, e sul punto essenziale diceva soltanto che erano in corso i doverosi controlli. Non rimaneva altro da fare se non ordinare subito un'altra partita, raccomandando alla W. di verificare con particolare cura il comportamento della resina con quel tipo di nerofumo.

Insieme con la conferma di quest'ultimo ordine, giunse una seconda lettera, lunga quasi quanto la prima, e firmata dallo stesso Doktor L. Müller. Era un po' piú pertinente della prima, riconosceva (con molte cautele e riserve) la giustezza della nostra doglianza, e conteneva un consiglio meno ovvio dei precedenti: «ganz unerwarteterweise», e cioè in modo del tutto inaspettato, gli gnomi del loro laboratorio avevano trovato che la partita contestata guariva se addizionata dello 0,1 per cento di naftenato di vanadio: un additivo di cui, fino a quel tempo, nel mondo delle vernici non si era mai sentito parlare. L'ignoto dottor Müller ci invitava a verificare immediatamente la loro affermazione; se l'effetto veniva confermato, la loro osservazione avrebbe potuto evitare ad entrambe le parti i fastidi e le incognite di una controversia internazionale e di una riesportazione.

Müller. C'era un Müller in una mia incarnazione precedente, ma Müller è un nome comunissimo in Germania, come Molinari in Italia, di cui è l'esatto equivalente. Perché continuare a pensarci? Eppure, rileggendo le due lettere dal periodare pesantissimo, infarcite di tecnicismi, non riuscivo a far tacere un dubbio, di quelli che non si lasciano accantonare e ti scricchiolano dentro come tarli. Ma via, i Müller in Germania saranno duecentomila, lascia andare e pensa alla vernice da correggere.

... e poi, ad un tratto, mi ritornò sott'occhio una particolarità dell'ultima lettera che mi era sfuggita: non era un errore di battuta, era ripetuto due volte, stava proprio scritto «naptenat», non «naphthenat» come avrebbe dovuto. Ora, degli incontri fatti in quel mondo ormai remoto io conservo memorie di una precisione patologica: ebbene, anche quell'altro Müller, in un non dimenticato laboratorio pieno di gelo, di speranza e di spavento, diceva «beta-Naptylamin» anziché «beta-Naphthylamin».

I russi erano alle porte, due o tre volte al giorno venivano gli aerei alleati a sconquassare la fabbrica di Buna: non c'era un vetro intero, mancavano l'acqua, il vapore, l'energia elettrica; ma l'ordine era di incominciare a produrre gomma Buna, e i tedeschi non discutono gli ordini.

Io stavo in laboratorio con altri due prigionieri specialisti, simili agli schiavi indottrinati che i ricchi romani importavano dalla Grecia. Lavorare era tanto impossibile quanto inutile: il nostro tempo se ne andava quasi per intero nello smontare gli apparecchi ad ogni allarme aereo e nel rimontarli ad allarme cessato. Ma appunto, gli ordini non si discutono, ed ogni tanto qualche ispettore si faceva largo fino a noi attraverso le macerie e la neve per accertarsi che il lavoro del laboratorio procedesse secondo le prescrizioni. A volte veniva un SS dalla faccia di pietra, altre volte un vecchio soldatino della Territoriale spaurito come un sorcio, altre ancora un borghese. Il borghese che compariva piú sovente veniva chiamato Doktor Müller.

Doveva essere piuttosto autorevole, perché tutti lo salutavano per primi. Era un uomo alto e corpulento, sui quarant'anni, dall'aspetto piuttosto rozzo che raffinato; con me aveva parlato soltanto tre volte, e tutte e tre con una timidezza rara in quel luogo, come se si vergognasse di qualche cosa. La prima volta, solo di questioni di lavoro (del dosamento della «naptilamina», appunto); la seconda volta mi aveva chiesto perché avevo la barba cosí lunga, al che io avevo risposto che nessuno di noi aveva un rasoio, anzi neppure un fazzoletto, e che la barba ci veniva rasa d'ufficio tutti i lunedí; la terza volta mi aveva dato un biglietto, scritto nitidamente a macchina, che mi autorizzava ad essere raso anche il giovedí ed a prelevare dall'Effektenmagazin un paio di scarpe di cuoio, e mi aveva chiesto, dandomi del «lei»: «Perché ha l'aria cosí inquieta?» Io che a quel tempo pensavo in tedesco, avevo concluso fra me: «Der Mann hat keine Ahnung», costui non si rende conto.

Prima il dovere. Mi affrettai a ricercare fra i nostri comuni fornitori un campione di naftenato di vanadio, e mi accorsi che non era facile: il prodotto non era di fabbricazione normale, veniva preparato in piccoli quantitativi e solo su ordinazione; trasmisi l'ordinazione.

Il ritorno di quel «pt» mi aveva precipitato in una eccitazione violenta. Ritrovarmi, da uomo a uomo, a fare i conti con uno degli «altri» era stato il mio desiderio piú vivo e permanente del dopo-Lager. Era stato soddisfatto solo in parte dalle lettere dei miei lettori tedeschi: non mi accontentavano, quelle oneste e generiche dichiarazioni di pentimento e di solidarietà da parte di gente mai vista, di cui non conoscevo l'altra facciata, e che probabilmente non era implicata se non sentimentalmente. L'incontro che io aspettavo, con tanta intensità da sognarlo (in tedesco) di notte, era un incontro con uno di quelli di laggiú, che avevano disposto di noi, che non ci avevano guardati negli occhi, come se noi non avessimo avuto occhi. Non per fare vendetta: non sono un Conte di Montecristo. Solo per ristabilire le misure, e per dire «dunque?» Se questo Müller era il mio Müller, non era l'antagonista perfetto, perché in qualche modo, forse solo per un momento, aveva avuto pietà, o anche solo un rudimento di solidarietà professionale. Forse ancora meno: forse si era soltanto risentito per il fatto che quello strano ibrido di collega e di strumento, che pure insomma era un chimico, frequentasse un laboratorio senza l'Anstand, il decoro, che il laboratorio richiede; ma gli altri intorno a lui non avevano sentito neppure questo. Non era l'antagonista perfetto: ma, come è noto, la perfezione è delle vicende che si raccontano, non di quelle che si vivono.

Mi misi in contatto col rappresentante della W., con cui ero abbastanza in confidenza, e lo pregai di investigare con discrezione sul dottor Müller: quanti anni aveva? quale aspetto? dove era stato durante la guerra? La risposta non tardò molto: gli anni e l'aspetto coincidevano, l'uomo aveva lavorato prima a Schkopau, per impratichirsi nella tecnologia della gomma, poi alla fabbrica di Buna, presso Auschwitz. Ottenni il suo indirizzo, e gli mandai, da privato a privato, una copia della edizione tedesca di *Se questo è un uomo*, con una lettera di accompagnamento in cui gli chiedevo se era veramente lui il Müller di Auschwitz, e se ricordava «i tre uomini del laboratorio»; bene, che scusasse la brutale intromissione e ritorno dal nulla, io ero uno dei tre, oltre ad essere il cliente preoccupato per la resina che non essiccava.

Mi disposi all'attesa della risposta, mentre a livello aziendale continuava, come l'oscillazione di un enorme lentissimo pendolo, lo scambio di lettere chimico-burocratiche a proposito del vanadio italiano che non andava cosí bene come quello tedesco. Vogliate pertanto spedirci con cortese urgenza le specificazioni del prodotto, ed inviarcene per via aerea kg 50, il cui importo vorrete defalcare eccetera. Sul piano tecnico la questione sembrava bene avviata, ma non era chiaro il destino del lotto difettoso di resina: trattenerlo con uno sconto sul prezzo, o riesportarlo a spese della W., o chiedere un arbitrato; intanto, come è usanza, ci minacciavamo a vicenda di adire le vie legali, «gerichtlich vorzugehen».

La risposta «privata» continuava a farsi attendere, il che era irritante e snervante quasi quanto la contesa aziendale. Che cosa sapevo del mio uomo? Niente: con ogni probabilità aveva cancellato tutto, deliberatamente o no; la mia lettera e il mio libro erano per lui un'intrusione ineducata e fastidiosa, un invito maldestro a rimestare un sedimento ormai bene assestato, un attentato all'Anstand. Non avrebbe risposto mai. Peccato: non era un tedesco perfetto, ma esistono tedeschi perfetti? o ebrei perfetti? Sono un'astrazione: il passaggio dal generale al particolare riserva sempre delle sorprese stimolanti, quando il partner privo di contorni, larvale, ti si definisce davanti, a poco a poco o ad un solo tratto, e diventa il Mitmensch, il co-uomo, con tutto il suo spessore, ticchi, anomalie ed anacoluti. Ormai erano passati quasi due mesi: la risposta non sarebbe piú arrivata. Peccato.

Arrivò datata 2 marzo 1967, su elegante carta intestata in caratteri vagamente gotici. Era una lettera di apertura, breve e riservata. Sí, il Müller di Buna era proprio lui. Aveva letto il mio libro, riconosciuto con emozione persone e luoghi; era lieto di sapermi sopravvissuto; mi chiedeva notizie degli altri due «uomini del laboratorio», e fin qui non c'era nulla di strano, poiché erano nominati nel libro: ma chiedeva anche di Goldbaum, che io non avevo nominato. Aggiungeva di aver riletto, con l'occasione, le sue annotazioni su quel periodo: me le avrebbe commentate volentieri in un auspicabile incontro personale, «utile sia a me, sia a Lei, e necessario ai fini del superamento di quel terribile passato» («im Sinne der Bewältigung der so furchtbaren Vergangenheit»). Dichiarava infine che, fra tutti i prigionieri che aveva incontrato ad Auschwitz, ero io quello che gli aveva fatto l'impressione piú forte e duratura, ma questa poteva bene essere una lusinga: dal tono della lettera, e in specie da quella frase sul «superamento», sembrava che l'uomo aspettasse qualcosa da me.

Adesso toccava a me rispondere, e mi sentivo imbarazzato. Ecco: l'impresa era riuscita, l'avversario accalappiato; era davanti a me, quasi un collega verniciaio, scriveva come me su carta intestata, e si ricordava perfino di Goldbaum. Era ancora assai sfuocato, ma era chiaro che voleva da me qualcosa come un'assoluzione, perché lui aveva un passato da superare e io no: io volevo da lui soltanto uno sconto sulla fattura di una resina difettosa. La situazione era interessante, ma atipica: coincideva solo in parte con quella del reprobo davanti al giudice.

In primo luogo: in quale lingua gli avrei risposto? Non in tedesco certo; avrei commesso errori ridicoli, che il mio ruolo non ammetteva. Meglio sempre combattere sul proprio campo: gli scrissi in italiano. I due del laboratorio erano morti, non sapevo dove né come; cosí pure Goldbaum, di freddo e fame, durante la marcia di evacuazione. Di me, l'essenziale lo conosceva dal libro, e dalla corrispondenza aziendale sul vanadio.

Avevo io molte domande da porgli: troppe, e troppo pesanti per lui e per me. Perché Auschwitz? Perché Pannwitz? Perché i bambini in gas? Ma sentivo che non era ancora il momento di superare certi limiti, e gli chiesi soltanto se accettava i giudizi, impliciti ed espliciti, del mio libro. Se riteneva che la IG-Farben avesse assunto spontaneamente la mano d'opera schiava. Se conosceva allora gli «impianti» di Auschwitz, che ingoiavano diecimila vite al giorno a sette chilometri dagli impianti per la gomma Buna. Infine, poiché lui citava le sue «annotazioni su quel periodo», me ne avrebbe mandata una copia?

Dell'«auspicabile incontro» non parlai, perché ne avevo paura. Inutile cercare eufemismi, parlare di pudore, ribrezzo, ritegno. Paura era la parola: come non mi sentivo un Montecristo, cosí non mi sentivo un Orazio-Curiazio; non mi sentivo capace di rappresentare i morti di Auschwitz, e neppure mi pareva sensato ravvisare in Müller il rappresentante dei carnefici. Mi conosco: non posseggo prontezza polemica, l'avversario mi distrae, mi interessa piú come uomo che come avversario, lo sto a sentire e rischio di credergli; lo sdegno e il giusto giudizio mi tornano dopo, sulle scale, quando non servono piú. Mi stava bene continuare per lettera.

Müller mi scrisse aziendalmente che i cinquanta chili erano stati spediti, e che la W. confidava in una composizione amichevole eccetera. Quasi simultaneamente, mi giunse a casa la lettera che attendevo: ma non era come la attendevo. Non era una lettera modello, da paradigma: a questo punto, se questa storia fosse inventata, avrei potuto introdurre solo due tipi di lettera; una lettera umile, calda, cristiana, di tedesco redento; una ribalda, superba, glaciale, di nazista pervicace. Ora questa storia non è inventata, e la realtà è sempre piú complessa dell'invenzione: meno pettinata, piú ruvida, meno rotonda. È raro che giaccia in un piano.

La lettera era lunga otto pagine, e conteneva una fotografia che mi fece trasalire. Il viso era *quel* viso: invecchiato, ed insieme nobilitato da un fotografo sapiente, lo risentivo alto sopra di me a pronunciare quelle parole di compassione distratta e momentanea, «perché ha l'aria cosí inquieta?»

Era visibilmente opera di uno scrivente inesperto: retorica, sincera a mezzo, piena di digressioni e di elogi sperticati, commovente, pedantica ed impacciata: sfidava qualsiasi giudizio sommario e globale.

Attribuiva i fatti di Auschwitz all'Uomo, senza differenziare; li deplorava, e trovava consolazione al pensiero di altri uomini citati nel mio libro, Alberto, Lorenzo, «contro cui si spuntano le armi della notte»: la frase era mia, ma ripetuta da lui mi suonava ipocrita e stonata. Raccontava la sua storia: «trascinato inizialmente dal generale entusiasmo per il regime di Hitler», si era iscritto in una lega studentesca nazionalistica, che poco dopo era stata incorporata d'ufficio nelle SA; aveva ottenuto di esserne congedato, e commentava che «anche questo era dunque possibile». Alla guerra, era stato mobilitato nell'antiaerea, e soltanto allora, davanti alle rovine delle città, aveva provato «vergogna e sdegno» per la guerra. Nel maggio del '44 aveva potuto (come me!) far valere la sua qualità di chimico, ed era stato assegnato alla fabbrica di Schkopau della IG-Farben, di cui la fabbrica di Auschwitz era una copia ingrandita: a Schkopau aveva provveduto ad addestrare nei lavori di laboratorio un gruppo di ragazze ucraine, che infatti io avevo ritrovate ad Auschwitz, e di cui non mi spiegavo la strana familiarità col dottor Müller. Era stato trasferito ad Auschwitz con le ragazze solo nel novembre 1944: il nome di Auschwitz, a quel tempo, non aveva alcun significato, né per lui, né per i suoi conoscenti; tuttavia, al suo arrivo, aveva avuto un breve incontro di presentazione col direttore tecnico (presumibilmente l'ingegner Faust), e questi lo aveva ammonito che «agli ebrei di Buna dovevano essere assegnati solo i lavori piú umili, e la compassione non era tollerata».

Era stato assegnato alle dirette dipendenze del Doktor Pannwitz, quello che mi aveva sottoposto ad un curioso «esame di Stato» per accertarsi delle mie capacità professionali: Müller mostrava di avere una pessima opinione del suo superiore, e mi precisava che era morto nel 1946 di un tumore al cervello. Era lui Müller il responsabile dell'organizzazione del laboratorio di Buna: affermava di non aver saputo nulla di quell'esame, e di essere stato lui stesso a scegliere noi tre specialisti, e me in specie; secondo questa notizia, improbabile ma non impossibile, sarei dunque stato debitore a lui della mia sopravvivenza. Con me, affermava di aver avuto un rapporto quasi di amicizia fra pari; di aver conversato con me di problemi scientifici, e di aver meditato, in questa circostanza, su quali «preziosi valori umani venissero distrutti da altri uomini per pura brutalità». Non solo io non ricordavo alcuna conversazione del genere (e la mia memoria di quel periodo, come ho detto, è ottima), ma il solo supporle, su quello sfondo di disfacimento, di diffidenza reciproca e di stanchezza mortale, era del tutto fuori della realtà, e solo spiegabile con un molto ingenuo wishful thinking postumo; forse era una circostanza che lui raccontava a molti, e non si rendeva conto che l'unica persona al mondo che non la poteva credere ero proprio io. Forse, in buona fede, si era costruito un passato di comodo. Non ricordava i due dettagli della barba e delle scarpe, ma ne ricordava altri equivalenti, e a mio parere plausibili. Aveva saputo della mia scarlattina, e si era preoccupato della mia sopravvivenza, specialmente quando aveva saputo che i prigionieri venivano evacuati a piedi. Il 26 gennaio 1945 era stato assegnato dalle SS al Volkssturm, l'armata raccogliticcia di riformati, di vecchi e di bambini che avrebbe dovuto contrastare il passo ai sovietici: lo aveva fortunosamente salvato il direttore tecnico nominato sopra, autorizzandolo a fuggire nelle retrovie.

Alla mia domanda sulla IG-Farben rispondeva recisamente che sí, aveva assunto prigionieri, ma solo per proteggerli: addirittura, formulava la (pazzesca!) opinione che l'intera fabbrica di Buna-Monowitz, otto chilometri quadrati di impianti ciclopici, fosse stata costruita con l'intento di «proteggere gli ebrei e contribuire a farli sopravvivere», e che l'ordine di non aver compassione per loro fosse «eine Tarnung», un mascheramento. «Nihil de Principe», nessuna accusa alla IG-Farben: il mio uomo era tuttora dipendente della W., che ne era l'erede, e non si sputa nel piatto in cui si mangia. Durante il suo breve soggiorno ad Auschwitz, lui «non era mai venuto a conoscenza di alcun elemento che sembrasse inteso all'uccisione degli ebrei». Paradossale, offensivo, ma non da escludersi: a quel tempo, presso la maggioranza silenziosa tedesca, era tecnica comune cercare di sapere quante meno cose fosse possibile, e perciò non porre domande. Anche lui, evidentemente, non aveva domandato spiegazioni a nessuno, neppure a se stesso, benché le fiamme del crematorio, nei giorni chiari, fossero visibili dalla fabbrica di Buna.

Poco prima del collasso finale, era stato catturato dagli americani, e rinchiuso per qualche giorno in un campo per prigionieri di guerra che lui, con sarcasmo involontario, definiva «di attrezzatura primitiva»: come al tempo dell'incontro in laboratorio, Müller continuava dunque, nel momento in cui scriveva, a non avere «keine Ahnung», a non rendersi conto. Era ritornato presso la sua famiglia a fine giugno 1945. Il contenuto delle sue annotazioni, che io avevo chiesto di conoscere, era sostanzialmente questo.

Percepiva nel mio libro un superamento del Giudaismo, un compimento del precetto cristiano di amare i propri nemici ed una testimonianza di fede nell'Uomo, e concludeva insistendo sulla necessità di un incontro, in Germania o in Italia, dove era pronto a raggiungermi quando e dove io lo gradissi: preferibilmente in Riviera. Due giorni dopo, per i canali aziendali, arrivò una lettera della W. che, certo non per caso, portava la stessa data della lunga lettera privata, oltre alla stessa firma, era una lettera conciliante, riconoscevano il loro torto, e si dichiaravano disponibili a qualsiasi proposta. Facevano capire che non tutto il male era venuto per nuocere: l'incidente aveva messo in luce la virtú del naftenato di vanadio, che d'ora in avanti sarebbe stato incorporato direttamente nella resina, a qualunque cliente fosse destinata.

Che fare? Il personaggio Müller si era «entpuppt», era uscito dalla crisalide, era nitido, a fuoco. Né infame né eroe: filtrata via la retorica e le bugie in buona o in mala fede, rimaneva un esemplare umano tipicamente grigio, uno dei non pochi monocoli nel regno dei ciechi. Mi faceva un onore non meritato attribuendomi la virtú di amare i nemici: no, nonostante i lontani privilegi che mi aveva riserbati, e benché non fosse stato un nemico a rigore di termini, non mi sentivo di amarlo. Non lo amavo, e non desideravo vederlo, eppure provavo una certa misura di rispetto per lui: non è comodo essere monocoli. Non era un ignavo né un sordo né un cinico, non si era adattato, faceva i conti col passato e i conti non gli tornavano bene: cercava di farli tornare, magari barando un poco. Si poteva chiedere molto di piú a un ex SA? Il confronto, che tante volte avevo avuto occasione di fare, con altri onesti tedeschi incontrati in spiaggia o in fabbrica, era tutto a suo favore: la sua condanna del nazismo era timida e perifrastica, ma non aveva cercato giustificazioni. Cercava un colloquio: aveva una coscienza, e si arrabattava per mantenerla quieta. Nella sua prima lettera aveva parlato di «superamento del passato», «Bewältigung der Vergangenheit»: ho poi saputo che questo è uno stereotipo, un eufemismo della Germania d'oggi, dove è universalmente inteso come «redenzione dal nazismo»; ma la radice «walt» che vi è contenuta compare anche in parole che dicono «dominio», «violenza» e «stupro», e credo che traducendo l'espressione con «distorsione del passato», o «violenza fatta al passato», non si andrebbe molto lontano dal suo senso profondo. Eppure era meglio questo rifugiarsi nei luoghi comuni che non la florida ottusità degli altri tedeschi: i suoi sforzi di superamento erano maldestri, un po' ridicoli, irritanti e tristi, tuttavia decorosi. E non mi aveva fatto avere un paio di scarpe?

Alla prima domenica libera mi accinsi, pieno di perplessità, a preparare una risposta per quanto possibile sincera, equilibrata e dignitosa. Stesi la minuta: lo ringraziavo per avermi fatto entrare nel laboratorio; mi dichiaravo pronto a perdonare i nemici, e magari anche ad amarli, ma solo quando mostrino segni certi di pentimento, e cioè quando cessino di essere nemici. Nel caso contrario, del nemico che resta tale, che persevera nella sua volontà di creare sofferenza, è certo che non lo si deve perdonare: si può cercare di recuperarlo, si può (si deve!) discutere con lui, ma è nostro dovere giudicarlo, non perdonarlo. Quanto al giudizio specifico sul suo comportamento, che Müller implicitamente domandava, citavo discretamente due casi a me noti di suoi colleghi tedeschi che nei nostri confronti avevano fatto qualcosa di ben piú coraggioso di quanto lui rivendicava. Ammettevo che non tutti nascono eroi, e che un mondo in cui *tutti* fossero come lui, cioè onesti ed inermi, sarebbe tollerabile, ma questo è un mondo irreale. Nel mondo reale gli armati esistono, costruiscono Auschwitz, e gli onesti ed inermi spianano loro la strada; perciò di Auschwitz deve rispondere ogni tedesco, anzi, ogni uomo, e dopo Auschwitz non è piú lecito essere inermi. Dell'incontro in Riviera non feci parola.

Quella sera stessa Müller mi chiamò al telefono dalla Germania. La comunicazione era disturbata, e del resto ormai non mi è piú facile comprendere il tedesco al telefono: la sua voce era faticosa e come rotta, il tono concitato. Mi annunciava che per Pentecoste, entro sei settimane, sarebbe venuto a Finale Ligure: potevamo incontrarci? Preso alla sprovvista, risposi di sí; lo pregai di precisare a suo tempo i particolari del suo arrivo, e misi da parte la minuta ormai superflua.

Otto giorni dopo ricevetti dalla Signora Müller l'annuncio della morte inaspettata del Dottor Lothar Müller, nel suo sessantesimo anno di età.

Carbonio

Il lettore, a questo punto, si sarà accorto da un pezzo che questo non è un trattato di chimica: la mia presunzione non giunge a tanto, «ma voix est foible, et même un peu profane». Non è neppure un'autobiografia, se non nei limiti parziali e simbolici in cui è un'autobiografia ogni scritto, anzi, ogni opera umana: ma storia in qualche modo è pure. È, o avrebbe voluto essere, una microstoria, la storia di un mestiere e delle sue sconfitte, vittorie e miserie, quale ognuno desidera raccontare quando sente prossimo a conchiudersi l'arco della propria carriera, e l'arte cessa di essere lunga. Giunto a questo punto della vita, quale chimico, davanti alla tabella del Sistema Periodico, o agli indici monumentali del Beilstein o del Landolt, non vi ravvisa sparsi i tristi brandelli, o i trofei, del proprio passato professionale? Non ha che da sfogliare un qualsiasi trattato, e le memorie sorgono a grappoli: c'è fra noi chi ha legato il suo destino, indelebilmente, al bromo o al propilene o al gruppo –NCO o all'acido glutammico; ed ogni studente in chimica, davanti ad un qualsiasi trattato, dovrebbe essere consapevole che in una di quelle pagine, forse in una sola riga o formula o parola, sta scritto il suo avvenire, in caratteri indecifrabili, ma che diverranno chiari «poi»: dopo il successo o l'errore o la colpa, la vittoria o la disfatta. Ogni chimico non piú giovane, riaprendo alla pagina «verhängnisvoll» quel medesimo trattato, è percosso da amore o disgusto, si rallegra o dispera.

Cosí avviene, dunque, che ogni elemento dica qualcosa a qualcuno (a ciascuno una cosa diversa), come le valli o le spiagge visitate in giovinezza: si deve forse fare un'eccezione per il carbonio, perché dice tutto a tutti, e cioè non è specifico, allo stesso modo che Adamo non è specifico come antenato; a meno che non si ritrovi oggi (perché no?) il chimico-stilita che ha dedicato la sua vita alla grafite o al diamante. Eppure, proprio verso il carbonio ho un vecchio debito, contratto in giorni per me risolutivi. Al carbonio, elemento della vita, era rivolto il mio primo sogno letterario, insistentemente sognato in un'ora e in un luogo nei quali la mia vita non valeva molto: ecco, volevo raccontare la storia di un atomo di carbonio.

È lecito parlare di «un certo» atomo di carbonio? Per il chimico esiste qualche dubbio, perché non si conoscono fino ad oggi (1970) tecniche che consentano di vedere, o comunque isolare, un singolo atomo; nessun dubbio esiste per il narratore, il quale pertanto si dispone a narrare.

Il nostro personaggio giace dunque da centinaia di milioni di anni, legato a tre atomi d'ossigeno e ad uno di calcio, sotto forma di roccia calcarea: ha già una lunghissima storia cosmica alle spalle, ma la ignoreremo. Per lui il tempo non esiste, o esiste solo sotto forma di pigre variazioni di temperatura, giornaliere e stagionali, se, per la fortuna di questo racconto, la sua giacitura non è troppo lontana dalla superficie del suolo. La sua esistenza, alla cui monotonia non si può pensare senza orrore, è un'alternanza spietata di caldi e di freddi, e cioè di oscillazioni (sempre di ugual frequenza) un po' piú strette o un po' piú ampie: una prigionia, per lui potenzialmente vivo, degna dell'inferno cattolico. A lui, fino a questo momento, si addice dunque il tempo presente, che è quello della descrizione, anziché uno dei passati, che sono i tempi di chi racconta: è congelato in un eterno presente, appena scalfito dai fremiti moderati dell'agitazione termica.

Ma, appunto per la fortuna di chi racconta, che in caso diverso avrebbe finito di raccontare, il banco calcareo di cui l'atomo fa parte giace in superficie. Giace alla portata dell'uomo e del suo piccone (onore al piccone ed ai suoi piú moderni equivalenti: essi sono tuttora i piú importanti intermediari nel millenario dialogo fra gli elementi e l'uomo): in un qualsiasi momento, che io narratore decido per puro arbitrio essere nell'anno 1840, un colpo di piccone lo staccò e gli diede l'avvio verso il forno a calce, precipitandolo nel mondo delle cose che mutano. Venne arrostito affinché si separasse dal calcio, il quale rimase per cosí dire coi piedi in terra e andò incontro ad un destino meno brillante che non narreremo; lui, tuttora fermamente abbarbicato a due dei tre suoi compagni ossigeni di prima, uscí per il camino e prese la via dell'aria. La sua storia, da immobile, si fece tumultuosa.

Fu colto dal vento, abbattuto al suolo, sollevato a dieci chilometri. Fu respirato da un falco, discese nei suoi polmoni precipitosi, ma non penetrò nel suo sangue ricco, e fu espulso. Si sciolse per tre volte nell'acqua del mare, una volta nell'acqua di un torrente in cascata, e ancora fu espulso. Viaggiò col vento per otto anni: ora alto, ora basso, sul mare e fra le nubi, sopra foreste, deserti e smisurate distese di ghiaccio; poi incappò nella cattura e nell'avventura organica.

Il carbonio, infatti, è un elemento singolare: è il solo che sappia legarsi con se stesso in lunghe catene stabili senza grande spesa di energia, ed alla vita sulla terra (la sola che finora conosciamo) occorrono appunto lunghe catene. Perciò il carbonio è l'elemento chiave della sostanza vivente: ma la sua promozione, il suo ingresso nel mondo vivo, non è agevole, e deve seguire un cammino obbligato, intricato, chiarito (e non ancora definitivamente) solo in questi ultimi anni. Se l'organicazione del carbonio non si svolgesse quotidianamente intorno a noi, sulla scala dei miliardi di tonnellate alla settimana, dovunque affiori il verde di una foglia, le spetterebbe di pieno diritto il nome di miracolo.

L'atomo di cui parliamo, accompagnato dai suoi due satelliti che lo mantenevano allo stato di gas, fu dunque condotto dal vento, nell'anno 1848, lungo un filare di viti. Ebbe la fortuna di rasentare una foglia, di penetrarvi, e di esservi inchiodato da un raggio di sole. Se qui il mio linguaggio si fa impreciso ed allusivo, non è solo per mia ignoranza: questo avvenimento decisivo, questo fulmineo lavoro a tre, dell'anidride carbonica, della luce e del verde vegetale, non è stato finora descritto in termini definitivi, e forse non lo sarà per molto tempo ancora, tanto esso è diverso da quell'altra chimica «organica» che è opera ingombrante, lenta e ponderosa dell'uomo: eppure questa chimica fine e svelta è stata «inventata» due o tre miliardi d'anni addietro dalle nostre sorelle silenziose, le piante, che non sperimentano e non discutono, e la cui temperatura è identica a quella dell'ambiente in cui vivono. Se comprendere vale farsi un'immagine, non ci faremo mai un'immagine di uno happening la cui scala è il milionesimo di millimetro, il cui ritmo è il milionesimo di secondo, ed i cui attori sono per loro essenza invisibili. Ogni descrizione verbale sarà mancante, ed una varrà l'altra: valga quindi la seguente.

Entra nella foglia, collidendo con altre innumerevoli (ma qui inutili) molecole di azoto ed ossigeno. Aderisce ad una grossa e complicata molecola che lo attiva, e simultaneamente riceve il decisivo messaggio dal cielo, sotto la forma folgorante di un pacchetto di luce solare: in un istante, come un insetto preda del ragno, viene separato dal suo ossigeno, combinato con idrogeno e (si crede) fosforo, ed infine inserito in una catena, lunga o breve non importa, ma è la catena della vita. Tutto questo avviene rapidamente, in silenzio, alla temperatura e pressione dell'atmosfera, e gratis: cari colleghi, quando impareremo a fare altrettanto saremo «sicut Deus», ed avremo anche risolto il problema della fame nel mondo.

Ma c'è di più e di peggio, a scorno nostro e della nostra arte. L'anidride carbonica, e cioè la forma aerea del carbonio di cui abbiamo finora parlato: questo gas che costituisce la materia prima della vita, la scorta permanente a cui tutto ciò che cresce attinge, e il destino ultimo di ogni carne, non è uno dei componenti principali dell'aria, bensí un rimasuglio ridicolo, un'«impurezza», trenta volte meno abbondante dell'argon di cui nessuno si accorge. L'aria ne contiene il 0,03 per cento: se l'Italia fosse l'aria, i soli italiani abilitati ad edificare la vita sarebbero ad esempio i 15 000 abitanti di Milazzo, in provincia di Messina. Questo, in scala umana, è un'acrobazia ironica, uno scherzo da giocoliere, una incomprensibile ostentazione di onnipotenza-prepotenza, poiché da questa sempre rinnovata impurezza dell'aria veniamo noi: noi animali e noi piante, e noi specie umana, coi nostri quattro miliardi di opinioni discordi, i nostri millenni di storia, le nostre guerre e vergogne e nobiltà e orgoglio. Del resto, la nostra stessa presenza sul pianeta diventa risibile in termini geometrici: se l'intera umanità, circa 250 milioni di tonnellate, venisse ripartita come un rivestimento di spessore omogeneo su tutte le terre emerse, la «statura dell'uomo» non sarebbe visibile ad occhio nudo; lo spessore che si otterrebbe sarebbe di circa sedici millesimi di millimetro.

Ora il nostro atomo è inserito: fa parte di una struttura, nel senso degli architetti; si è imparentato e legato con cinque compagni, talmente identici a lui che solo la finzione del racconto mi permette di distinguerli. È una bella struttura ad anello, un esagono quasi regolare, che però va soggetto a complicati scambi ed equilibri con l'acqua in cui sta sciolto; perché ormai sta sciolto in acqua, anzi, nella linfa della vite, e questo, di stare sciolti, è obbligo e privilegio di tutte le sostanze che sono destinate a (stavo per dire «desiderano») trasformarsi. Se poi qualcuno volesse proprio sapere perché un anello, e perché esagonale, e perché solubile in acqua, ebbene, si dia pace: queste sono fra le non molte domande a cui la nostra dottrina sa rispondere con un discorso persuasivo, accessibile a tutti, ma fuori luogo qui.

È entrato a far parte di una molecola di glucosio, tanto per dirla chiara: un destino né carne né pesce, mediano, che lo prepara ad un primo contatto col mondo animale, ma non lo autorizza alla responsabilità piú alta, che è quella di far parte di un edificio proteico. Viaggiò dunque, col lento passo dei succhi vegetali, dalla foglia per il picciolo e per il tralcio fino al tronco, e di qui discese fino a un grappolo quasi maturo. Quello che seguí è di pertinenza dei vinai: a noi interessa solo precisare che sfuggí (con nostro vantaggio, perché non la sapremmo ridurre in parole) alla fermentazione alcoolica, e giunse al vino senza mutare natura.

È destino del vino essere bevuto, ed è destino del glucosio essere ossidato. Ma non fu ossidato subito: il suo bevitore se lo tenne nel fegato per piú d'una settimana, bene aggomitolato e tranquillo, come alimento di riserva per uno sforzo improvviso; sforzo che fu costretto a fare la domenica seguente, inseguendo un cavallo che si era adombrato. Addio alla struttura esagonale: nel giro di pochi istanti il gomitolo fu dipanato e ridivenne glucosio, questo venne trascinato dalla corrente del sangue fino ad una fibrilla muscolare di una coscia, e qui brutalmente spaccato in due molecole d'acido lattico, il tristo araldo della fatica: solo piú tardi, qualche minuto dopo, l'ansito dei polmoni poté procurare l'ossigeno necessario ad ossidare con calma quest'ultimo. Cosí una nuova molecola d'anidride carbonica ritornò all'atmosfera, ed una parcella dell'energia che il sole aveva ceduta al tralcio passò dallo stato di energia chimica a quello di energia meccanica e quindi si adagiò nella ignava condizione di calore, riscaldando impercettibilmente l'aria smossa dalla corsa ed il sangue del corridore. «Cosí è la vita», benché raramente essa venga cosí descritta: un inserirsi, un derivare a suo vantaggio, un parassitare il cammino in giú dell'energia, dalla sua nobile forma solare a quella degradata di calore a bassa temperatura. Su questo cammino all'ingiú, che conduce all'equilibrio e cioè alla morte, la vita disegna un'ansa e ci si annida.

Siamo di nuovo anidride carbonica, del che ci scusiamo: è un passaggio obbligato, anche questo; se ne possono immaginare o inventare altri, ma sulla terra è cosí. Di nuovo vento, che questa volta porta lontano: supera gli

Appennini e l'Adriatico, la Grecia l'Egeo e Cipro: siamo sul Libano e la danza si ripete. L'atomo di cui ci occupiamo è ora intrappolato in una struttura che promette di durare a lungo: è il tronco venerabile di un cedro, uno degli ultimi; è ripassato per gli stadi che abbiamo già descritti, ed il glucosio di cui fa parte appartiene, come il grano di un rosario, ad una lunga catena di cellulosa. Non è piú la fissità allucinante e geologica della roccia, non sono piú i milioni di anni, ma possiamo bene parlare di secoli, perché il cedro è un albero longevo. E in nostro arbitrio abbandonarvelo per un anno o per cinquecento: diremo che dopo vent'anni (siamo nel 1868) se ne occupa un tarlo. Ha scavato la sua galleria fra il tronco e la corteccia, con la voracità ostinata e cieca della sua razza; trapanando è cresciuto, il suo cunicolo è andato ingrossando. Ecco, ha ingoiato ed incastonato in se stesso il soggetto di questa storia; poi si è impupato, ed è uscito in primavera sotto forma di una brutta farfalla grigia che ora si sta asciugando al sole, frastornata ed abbagliata dallo splendore del giorno: lui è là, in uno dei mille occhi dell'insetto, e contribuisce alla visione sommaria e rozza con cui esso si orienta nello spazio. L'insetto viene fecondato, depone le uova e muore: il piccolo cadavere giace nel sottobosco, si svuota dei suoi umori, ma la corazza di chitina resiste a lungo, quasi indistruttibile. La neve e il sole ritornano sopra di lei senza intaccarla: è sepolta dalle foglie morte e dal terriccio, è diventata una spoglia, una «cosa», ma fa morte degli atomi, a differenza dalla nostra, non è mai irrevocabile. Ecco al lavoro gli onnipresenti, gli instancabili ed invisibili becchini del sottobosco, i microrganismi dell'humus. La corazza, coi suoi occhi ormai ciechi, è lentamente disintegrata, e l'ex bevitore, ex cedro, ex tarlo ha nuovamente preso il volo.

Lo lasceremo volare per tre volte intorno al mondo, fino al 1960, ed a giustificazione di questo intervallo cosí lungo rispetto alla misura umana faremo notare che esso è invece assai piú breve della media: questa, ci si assicura, è di duecento anni. Ogni duecento anni, ogni atomo di carbonio che non sia congelato in materiali ormai stabili (come appunto il calcare, o il carbon fossile, o il diamante, o certe materie plastiche) entra e rientra nel ciclo della vita, attraverso la porta stretta della fotosintesi. Esistono altre porte? Sí, alcune sintesi create dall'uomo; sono un titolo di nobiltà per l'uomo-fabbro, ma finora la loro importanza quantitativa è trascurabile. Sono porte ancora molto piú strette di quella del verde vegetale: consapevolmente o no, l'uomo non ha cercato finora di competere con la natura su questo terreno, e cioè non si è sforzato di attingere dall'anidride carbonica dell'aria il carbonio che gli è necessario per nutrirsi, per vestirsi, per riscaldarsi, e per i cento altri bisogni piú sofisticati della vita moderna. Non lo ha fatto perché non ne ha avuto bisogno: ha trovato, e tuttora trova (ma per quanti decenni ancora?), gigantesche riserve di carbonio già organicato, o almeno ridotto. Oltre al mondo vegetale ed animale, queste riserve sono costituite dai giacimenti di carbon fossile e di petrolio: ma anche questi sono eredità di attività fotosintetiche compiute in epoche lontane, per cui si può bene affermare che la fotosintesi non è solo l'unica via per cui il carbonio si fa vivente, ma anche la sola per cui l'energia del sole si fa utilizzabile chimicamente.

Si può dimostrare che questa storia, del tutto arbitraria, è tuttavia vera. Potrei raccontare innumerevoli storie diverse, e sarebbero tutte vere: tutte letteralmente vere, nella natura dei trapassi, nel loro ordine e nella loro data. Il numero degli atomi è tanto grande che se ne troverebbe sempre uno la cui storia coincida con una qualsiasi storia inventata a capriccio. Potrei raccontare storie a non finire, di atomi di carbonio che si fanno colore o profumo nei fiori; di altri che, da alghe minute a piccoli crostacei, a pesci via via piú grossi, ritornano anidride carbonica nelle acque del mare, in un perpetuo spaventoso girotondo di vita e di morte, in cui ogni divoratore è immediatamente divorato; di altri che raggiungono invece una decorosa semieternità nelle pagine ingiallite di qualche documento d'archivio, o nella tela di un pittore famoso; di quelli a cui toccò il privilegio di fare parte di un granello di polline, e lasciarono la loro impronta fossile nelle rocce per la nostra curiosità; di altri ancora che discesero a far parte dei misteriosi messaggeri di forma del seme umano, e parteciparono al sottile processo di scissione duplicazione e fusione da cui ognuno di noi è nato. Ne racconterò invece soltanto ancora una, la piú segreta, e la racconterò con l'umiltà e il ritegno di chi sa fin dall'inizio che il suo tema è disperato, i mezzi fievoli, e il mestiere di rivestire i fatti con parole fallimentare per sua profonda essenza.

È di nuovo fra noi, in un bicchiere di latte. È inserito in una lunga catena, molto complessa, tuttavia tale che quasi tutti i suoi anelli sono accetti dal corpo umano. Viene ingoiato: e poiché ogni struttura vivente alberga una selvaggia diffidenza verso ogni apporto di altro materiale di origine vivente, la catena viene meticolosamente frantumata, ed i frantumi, uno per uno, accettati o respinti. Uno, quello che ci sta a cuore, varca la soglia intestinale ed entra nel torrente sanguigno: migra, bussa alla porta di una cellula nervosa, entra e soppianta un altro carbonio che ne faceva parte. Questa cellula appartiene ad un cervello, e questo è il mio cervello, di me che scrivo, e la cellula in questione, ed in essa l'atomo in questione, è addetta al mio scrivere, in un gigantesco minuscolo gioco che nessuno ha ancora descritto.

È quella che in questo istante, fuori da un labirintico intreccio di sí e di no, fa sí che la mia mano corra in un certo cammino sulla carta, la segni di queste volute che sono segni; un doppio scatto, in su ed in giú, fra due livelli d'energia guida questa mia mano ad imprimere sulla carta questo punto: questo.

Lilít e altri racconti

Passato prossimo

Capaneo

Nessuno avrebbe potuto amare né odiare Valerio: la sua scarsità, la sua insufficienza erano tali da relegarlo fin dai primi contatti fuori dei comuni rapporti fra uomini. Era stato piccolo e grasso; piccolo era rimasto, e della sua pinguedine di un tempo testimoniavano melanconicamente le flaccide pieghe sul viso e sul corpo. Avevamo lavorato a lungo insieme, nel fango polacco. A tutti noi capitava di caderci, nel fango profondo e viscido del cantiere, ma, per quel tanto di nobiltà animale che sopravvive anche nell'uomo desolato, ci sforzavamo di evitare le cadute, o almeno di ridurne gli effetti; infatti un uomo a terra, un uomo prostrato, è in pericolo, in quanto smuove istinti feroci, e ridesta prima il dileggio che la pietà. Invece Valerio cadeva continuamente, piú di qualsiasi altro. Bastava il piú lieve degli urti, e neppure occorreva; anzi, a volte era chiaro che nel fango ci si lasciava cadere di proposito, se solo qualcuno lo insolentiva, o faceva atto di percuoterlo: giú dalla sua breve statura nella melma, come se fosse stato il seno di sua madre, quasi che per lui la posizione eretta fosse stata di per sé provvisoria, come per chi cammina sui trampoli. Il fango era il suo rifugio, la sua difesa putativa. Era l'omino di fango, il colore del fango era il suo colore. Lui lo sapeva; col poco di luce che le sofferenze gli avevano lasciato, sapeva di essere risibile.

E ne parlava, perché era loquace. Raccontava senza fine delle sue sventure, delle cadute, degli schiaffi, delle derisioni, come un povero pulcinella: senza alcuna velleità di salvare una particella di se stesso, di lasciare velate le note piú abiette, anzi, accentuando gli aspetti piú goffi delle sue sventure, con un'ombra di gusto scenico in cui si indovinavano vestigia di bonomia conviviale. Chi conosce uomini come lui sa che sono adulatori, naturalmente e senza secondi fini. Se ci fossimo incontrati nella vita normale, non so per cosa mi avrebbe adulato; laggiú, ogni mattino lodava l'aspetto sano del mio viso. Benché non gli fossi superiore di molto, provavo pietà per lui, insieme con un indistinto fastidio; ma la pietà di quel tempo, essendo inoperante, si disperdeva appena concepita, come fumo nel vento, e lasciava in bocca un vano sapore di fame. Come tutti, piú o meno consapevolmente cercavo di evitarlo: era in troppo evidente stato di bisogno, e in chi ha bisogno si sente sempre un creditore.

In un fosco giorno di settembre suonarono sul fango le sirene dell'allarme aereo, salendo e scendendo di tono come in un lungo gemito ferino. Non era cosa nuova, e io avevo un nascondiglio segreto: un budello sotterraneo dove erano accatastate balle di sacchi vuoti. Discesi, e ci trovai Valerio; mi accolse con verbosa cordialità mal ricambiata, e senza indugio, mentre io mi andavo appisolando, cominciò a raccontarmi le sue lamentose avventure. Fuori, dopo l'urlo tragico delle sirene, regnava un silenzio pieno di minaccia, ma ad un tratto si udí un calpestio sopra le nostre teste, e subito dopo vedemmo disegnarsi in cima alla scala il contorno nero e vasto di Rappoport con un secchio in mano. Si accorse di noi, esclamò: – Italiani! – e lasciò il secchio, che rotolò con fracasso giú per gli scalini.

Il secchio aveva contenuto zuppa, ma era vuoto e quasi pulito. Io e Valerio ne ricavammo qualche resto, raschiando accuratamente il fondo e le pareti con il cucchiaio, che a quel tempo portavamo addosso giorno e notte, pronto ad ogni improbabile emergenza, come i Templari la spada. Frattanto Rappoport era sceso maestosamente fra noi: non era uomo da regalare zuppa né da chiederla in dono.

Rappoport poteva avere allora trentacinque anni. Polacco di origine, si era laureato in medicina a Pisa: di qui la sua simpatia per gli italiani, e la sua dissimmetrica amicizia con Valerio, che a Pisa era nato. Era un uomo mirabilmente armato. Astuto, violento e allegro come i filibustieri di un tempo, gli era riuscito facile lasciarsi dietro in blocco quanto gli risultava superfluo della educazione civile. Viveva in Lager come una tigre nella giungla: abbattendo e taglieggiando i piú deboli ed evitando i piú forti, pronto a corrompere, a rubare, a fare a pugni, a tirar cinghia, a mentire o a blandire, a seconda delle circostanze. Era dunque un nemico, ma non vile né sgradevole. Scese lentamente le scale, e quando fu vicino potemmo vedere chiaramente dove fosse finito il contenuto del secchio. Questa era fra le sue specialità: al primo latrato dell'allarme aereo, nel subbuglio generale, precipitarsi alla cucina del cantiere, e scappare col bottino prima che arrivasse la ronda. Rappoport lo aveva fatto tre volte con successo; la quarta, da bandito prudente qual era, se ne restò tranquillo con la sua squadra per tutto l'allarme. Lilienthal, che aveva voluto imitarlo, fu colto sul fatto, e impiccato pubblicamente il giorno dopo.

– Salute, italiani, – disse: – ciao, pisano –. Poi fu di nuovo silenzio; stavamo sdraiati sui sacchi fianco a fianco, e poco dopo Valerio ed io eravamo scivolati in un dormiveglia brulicante di immagini. Non occorreva per questo la posizione orizzontale: accadeva, in momenti di riposo, di addormentarsi in piedi. Non cosí Rappoport, che, pur detestando il lavoro, era uno di quei temperamenti sanguigni che non sopportano l'inazione. Cavò di tasca un coltellino e prese ad affilarlo su un sasso, sputandovi sopra a intervalli; ma anche questo non gli bastava. Apostrofò Valerio, che russava già.

– Sveglia, ragazzo: che cosa hai sognato? Ravioli, vero? e vino di Chianti: alla mensa di via dei Mille, per lire sei e cinquanta. E le bistecche, *psza crew*, bistecche di borsa nera che coprivano il piatto; gran paese l'Italia. E poi la Margherita... – e qui fece una smorfia gioviale e si batté fragorosamente una mano sulla coscia. Valerio si era svegliato, e se ne stava accoccolato con un sorriso rappreso nel piccolo viso terreo. Quasi nessuno gli rivolgeva mai la parola, ma non credo che lui fosse in grado di soffrirne molto; invece Rappoport gli parlava spesso, lasciandosi andare sull'onda dei ricordi pisani con abbandono sincero. A me era chiaro che per Rappoport Valerio rappresentava solo un pretesto per quei suoi momenti di vacanza mentale; per Valerio essi erano invece pegni di amicizia, della preziosa amicizia di un potente, elargiti con generosa mano a lui Valerio, da uomo a uomo, se non proprio da pari a pari.

– Come, non conoscevi la Margherita? Non ci sei mai stato insieme? Ma allora cosa sei pisano a fare? Quella era una donna da svegliare i morti: gentile e pulita di giorno, e di notte una vera artista... – Qui si udí nascere un fischio, e poi subito un altro. Sembravano scaturiti da una lontananza remota, ma si avventavano su noi come le locomotive in pazza corsa: la terra tremò, le travi di cemento del soffitto vibrarono per un attimo come se fossero di gomma, ed infine maturarono le due esplosioni, seguite da uno scroscio di rovina, e in noi dalla voluttuosa distensione dello spasimo. Valerio si era trascinato in un angolo, aveva nascosto il viso nel cavo del gomito come a proteggersi da uno schiaffo, e pregava sottovoce.

Sorse un nuovo fischio mostruoso. Le nuove generazioni europee non conoscono questi sibili. non dovevano essere casuali, qualcuno deve averli voluti, per dare alle bombe una voce che esprimesse la loro sete e la loro minaccia. Mi rotolai giú dai sacchi contro il muro: ecco l'esplosione, vicinissima, quasi corporea, e poi il vasto soffio del risucchio. Rappoport si sganasciava dalle risa. – Te la sei fatta sotto, eh pisano? O non ancora? Aspetta, aspetta, il bello ha ancora da venire.

– Hai dei buoni nervi, – dissi io, mentre dalla memoria liceale mi affiorava, sbiadita come da una incarnazione anteriore, l'immagine spavalda di Capaneo, che dal fondo dell'inferno sfida Giove e ne irride le folgori.

– Non è questione di nervi, ma di teoria. Di contabilità: è la mia arma segreta.

Ora, a quel tempo io ero stanco, di una stanchezza ormai antica, incarnata, che credevo irrevocabile. Non era la stanchezza nota a tutti, che si sovrappone al benessere e lo vela come una paralisi temporanea, bensí un vuoto definitivo, una amputazione. Mi sentivo scarico, come un fucile sparato, e come me era Valerio, forse in modo meno cosciente, e come noi tutti gli altri. La vitalità di Rappoport, che in altra condizione avrei ammirata (ed infatti oggi la ammiro) mi appariva importuna, insolente: se la nostra pelle non valeva due soldi, la sua, benché polacco e sazio, non valeva molto di piú, ed era irritante che lui non lo volesse riconoscere. Quanto a quella faccenda della teoria e della contabilità, non avevo voglia di starla a sentire. Avevo altro da fare: dormire, se i padroni del cielo me lo permettevano; se no, succhiarmi la mia paura, in pace, come ogni benpensante.

Ma non era facile reprimere Rappoport, eluderlo od ignorarlo. – Cosa dormite? Io sto per fare testamento e voi dormite. Forse la mia bomba è già in viaggio, e non voglio perdere l'occasione. Se fossi libero, vorrei scrivere un libro con dentro la mia filosofia: per ora, non posso che raccontarla a voialtri due meschini. Se vi serve, tanto meglio; se no, e se voi ve la cavate e io no, che sarebbe poi strano, potrete ripeterla in giro, e verrà magari a taglio a qualcuno. Non che me ne importi molto, però: non ho la stoffa del benefattore.

Ecco: finché ho potuto, io ho bevuto, ho mangiato, ho fatto l'amore, ho lasciato la Polonia piatta e grigia per quella vostra Italia; ho studiato, ho imparato, viaggiato e visto. Ho tenuto gli occhi bene aperti, non ho sprecato una briciola; sono stato diligente, non credo si potesse fare di piú né meglio. Mi è andata molto bene, ho accumulato una grande quantità di bene, e tutto questo bene non è sparito, ma è in me, al sicuro: non lo lascio impallidire. L'ho conservato. Nessuno me lo può togliere.

Poi sono finito qui: sono qui da venti mesi, e da venti

mesi tengo i miei conti. I conti tornano, sono ancora di parecchio in attivo. Per guastare il mio bilancio, ci vorrebbero molti mesi ancora di Lager, o molti giorni di tortura. D'altronde, – e si carezzò affettuosamente lo stomaco, – con un po' d'iniziativa anche qui, ogni tanto, qualcosa di buono si può trovare. Perciò, nel caso deprecabile che uno di voi mi sopravviva, potrete raccontare che Leon Rappoport ha avuto quanto gli spettava, non ha lasciato debiti né crediti, non ha pianto e non ha chiesto pietà. Se all'altro mondo incontrerò Hitler, gli sputerò in faccia con pieno diritto... – Cadde una bomba poco lontano, e seguí un rombo come di frana: doveva essere crollato uno dei magazzini. Rappoport dovette alzare la voce quasi in un urlo: – ... perché non mi ha avuto!

Ho rivisto Rappoport una volta sola e per pochi istanti, e la sua immagine è rimasta in me nella forma quasi fotografica di questa sua ultima apparizione. Ero ammalato nell'infermeria del Lager, nel gennaio 1945. Dalla mia cuccetta si poteva vedere un tratto di strada fra due baracche, dove, nella neve ormai alta, era segnata una pista; vi passavano spesso gli inservienti dell'infermeria, a coppie, portando in barella morti o moribondi. Vidi un giorno due barellieri di cui uno mi colpí per l'alta statura, e per un'obesità perentoria, autorevole, inusitata in quei luoghi. Riconobbi in lui Rappoport, scesi alla finestra e picchiai ai vetri. Lui si arrestò, mi indirizzò una smorfia gaia ed allusiva, e levò la mano in un ampio gesto di saluto, al che il suo triste carico si inclinò scompostamente su un lato.

Due giorni dopo il campo fu evacuato, nelle spaventose circostanze ben note. Ho ragione di ritenere che Rappoport non sia sopravvissuto; perciò stimo doveroso eseguire del mio meglio l'incarico che mi è stato affidato.

Il giocoliere

Li chiamavamo «Grüne Spitzen» («punte verdi»), Criminali comuni, Befauer (dalla sigla BV con cui erano ufficialmente designati, e che a sua volta era l'abbreviazione di qualcosa come «prigionieri in detenzione preventiva a termine»): vivevamo con loro, obbedivamo a loro, li temevamo e detestavamo, ma di loro non sapevamo pressoché nulla: del resto anche ora si sa poco. Erano i «triangoli verdi», i tedeschi già detenuti nelle carceri comuni, ed a cui, secondo criteri misteriosi, veniva offerta l'alternativa di scontare la loro pena in un Lager anziché in una prigione. Di regola erano gentaglia; molti fra loro si vantavano di vivere in Lager meglio che a casa, perché, oltre alla voluttà del comandare, avevano mano libera sulle razioni destinate a noi; molti erano assassini nel senso stretto della parola, non ne facevano mistero e lo dimostravano col loro comportamento.

Eddy (probabilmente un nome d'arte) era un triangolo verde, ma non era un assassino. Aveva due mestieri: era giocoliere, e rapinatore a tempo perso. Nel giugno del 1944 divenne nostro vice-Kapo, e si fece subito notare per diverse sue qualità poco comuni. Era di una bellezza smagliante: biondo, di media statura ma snello, robusto ed agilissimo, aveva tratti nobili, ed una pelle cosí chiara da apparire traslucida; non doveva avere piú di ventitre anni. Si infischiava di tutto e di tutti, delle SS, del lavoro, di noi; aveva un'aria insieme serena ed assorta che lo distingueva. Divenne celebre il giorno stesso del suo arrivo: nel lavatoio, tutto nudo dopo essersi lavato accuratamente con una saponetta profumata, se l'appoggiò sul vertice del cranio, che aveva rasato come tutti noi; poi si curvò in avanti, e con ondulazioni impercettibili del dorso, sapienti e precise, fece scivolare la sontuosa saponetta piano piano, dal capo al collo, poi giú giú lungo tutto il filo della schiena, fino al coccige, dove la fece cadere nella mano. Due o tre fra noi applaudirono, ma lui non mostrò di accorgersene, e se ne andò a rivestirsi, lento e distratto.

Sul lavoro era imprevedibile. Qualche volta lavorava per dieci, ma anche nei lavori piú opachi non mancava di rivelare a un tratto il suo estro professionale. Spalava terra, ed eccolo di colpo interrompersi, afferrare la pala come una chitarra, ed improvvisarvi sopra una canzoncina, battendovi sopra con un ciottolo, ora sul manico, ora sul ferro. Portava mattoni, ritornava col suo incesso danzante e trasognato, e d'improvviso turbinava in un rapido salto mortale. Altri giorni invece se ne stava rincantucciato in un angolo senza muovere un dito, ma, appunto perché era capace di imprese cosí straordinarie, a lui nessuno osava dire niente. Non era un esibizionista: nei suoi giochi, non si curava affatto di chi gli stava intorno; sembrava piuttosto preoccupato di condurli a perfezione, ripetendoli, migliorandoli, come un poeta insoddisfatto che non cessa mai di correggersi. Qualche volta lo vedevamo mettersi in cerca in mezzo alla ferraglia sparpagliata per il cantiere, raccogliere un cerchione, una verga, un ritaglio di lamiera, e rigirarlo poi attentamente fra le mani, equilibrarlo su un dito, farlo frullare in aria, come se ne volesse penetrare l'essenza, e costruirvi sopra un gioco nuovo.

Un giorno arrivò un vagone pieno di tubi di cartone, simili a quelli attorno a cui si avvolgono le pezze di stoffa, e la nostra squadra fu mandata a scaricarli: Eddy mi condusse in un magazzino interrato, sistemò sotto alla finestrella uno scivolo di legno su cui i miei compagni avrebbero fatto scendere i tubi, mi mostrò come avrei dovuto accatastarli ordinatamente contro le pareti, e se ne andò.

Dalla finestrella, potevo vedere i compagni, lieti per quel lavoro insolitamente leggero, ma incerti ed impacciati nei loro movimenti, che facevano la spola fra il vagone e il magazzino, portando venti o trenta tubi per viaggio; Eddy ne portava talvolta pochi e talvolta tanti, ma mai a caso. Ad ogni giro, studiava strutture ed architetture nuove, instabili ma simmetriche come castelli di carte; un viaggio lo fece facendo volteggiare in aria quattro o cinque tubi, come i giocolieri fanno con le palle di gomma.

In quella cantina io ero solo, e mi premeva compiere un'operazione importante. Mi ero procurato un foglio di carta e un mozzicone di matita, e da molti giorni aspettavo che mi si presentasse l'opportunità di scrivere la minuta di una lettera, naturalmente in italiano, che avrei voluto consegnare ad un operaio italiano affinché la copiasse, la firmasse come sua, e la spedisse ai miei in Italia: a noi, infatti, era severamente vietato scrivere, ed ero sicuro che, pensandoci sopra un momento, avrei trovato il modo di compilare un messaggio chiaro abbastanza per loro, ed insieme tanto innocente da non destare l'attenzione della censura. Non avrei dovuto essere visto da nessuno, perché il solo fatto di scrivere era intrinsecamente sospetto (per quale motivo, e a chi, uno di noi avrebbe dovuto scrivere?), e il Lager ed il cantiere pullulavano di delatori. Dopo un'oretta di lavoro ai tubi, mi sentii abbastanza tranquillo da iniziare la stesura: i tubi scendevano dallo scivolo a intervalli radi, e nella cantina non si sentiva alcun rumore allarmante.

Non avevo fatto i conti col passo silenzioso di Eddy: mi accorsi di lui quando mi stava già guardando. Istintivamente, o meglio stupidamente, aprii le dita; la matita cadde, ma il foglio scese a terra ondeggiando come una foglia morta. Eddy si avventò a raccoglierlo, poi mi stese a terra con uno schiaffo violento; ed ecco, mentre scrivo oggi questa frase, mentre batto la parola «schiaffo», mi accorgo di mentire, o almeno di trasmettere al lettore emozioni e notizie falsate. Eddy non era un bruto, non intendeva punirmi né farmi soffrire, ed uno schiaffo dato in Lager aveva un significato assai diverso da quello che potrebbe avere fra noi, oggi e qui. Appunto, aveva un significato, era poco piú che un modo di esprimersi, in quel contesto voleva dire pressappoco «bada a te, guarda che l'hai fatta grossa, ti stai mettendo in pericolo, forse senza saperlo, e metti in pericolo anche me»: ma fra Eddy rapinatore e giocoliere tedesco, e me giovane inesperto italiano frastornato e confuso, un discorso come quello sarebbe stato inutile, non capito (se non altro per ragioni linguistiche), stonato, perifrastico.

Per questo stesso motivo, pugni e schiaffi correvano fra noi come linguaggio quotidiano, ed avevamo imparato presto a distinguere le percosse «espressive» da quelle altre, che venivano inflitte per ferocia, per creare dolore ed umiliazione, e che spesso conducevano a morte. Uno schiaffo come quello di Eddy era affine alla pacca che si dà al cane, o alla bastonata che si dà all'asino, per trasmettere loro, o rafforzare, un ordine o un divieto: poco di piú insomma che una comunicazione non verbale. Fra le molte sofferenze del Lager, le percosse di questo genere erano di gran lunga le meno penose; il che equivale a dire che vivevamo in modo non molto diverso dai cani e dagli asini.

Aspettò che mi rialzassi, e mi chiese a chi scrivevo. Gli risposi nel mio cattivo tedesco che non scrivevo a nessuno; avevo trovato per caso un matita, e stavo scrivendo per capriccio, per nostalgia, per sogno; sapevo bene che scrivere era vietato, ma sapevo anche che inoltrare una lettera era impossibile; gli assicurai che non avrei mai osato contravvenire alle regole del campo. Certo Eddy non mi avrebbe creduto, ma qualcosa dovevo pur dire, se non altro per indurlo a pietà: se mi avesse denunciato alla Sezione Politica, lo sapevo, per me c'era la forca, ma prima della forca un interrogatorio (quale interrogatorio!) per stabilire chi era il mio complice, e forse anche per avere da me l'indirizzo del destinatario in Italia. Eddy mi guardò con un'aria strana; poi mi disse di non muovermi, lui sarebbe ritornato entro un'ora.

IL GIOCOLIERE

Fu un'ora lunga. Eddy ritornò nella cantina, aveva in mano tre fogli, fra cui il mio, e lessi subito sul suo viso che il peggio non sarebbe venuto. Non doveva essere uno sprovveduto, questo Eddy, o forse il suo passato burrascoso gli aveva insegnato i fondamenti del tristo mestiere dello sbirro: aveva cercato fra i miei compagni due (non uno solo) che conoscessero il tedesco e l'italiano, e da loro, separatamente, aveva fatto tradurre in tedesco il mio messaggio, avvisando entrambi che se le due traduzioni non fossero risultate uguali avrebbe denunciato alla Sezione Politica non solo me ma anche loro.

Mi tenne un discorso, difficile da riportare. Mi disse che, per mia fortuna, le due traduzioni erano uguali e il testo non era compromettente. Che io ero matto: non c'erano altre spiegazioni, solo un matto avrebbe potuto pensare di mettere in gioco in quel modo la propria vita, quella del complice italiano che certamente avevo, quella dei miei parenti in Italia, e anche la sua carriera di Kapo. Mi disse che quello schiaffo era stato meritato, che anzi avrei dovuto ringraziarlo perché era stata una buona azione, di quelle che conducono in Paradiso, e lui, di professione «Strassenräuber», rapinatore di strada, di fare buone azioni aveva gran bisogno. Che infine non avrebbe dato corso alla denuncia, ma neppure lui sapeva bene perché: forse appunto perché ero matto, ma già gli italiani sono tutti notoriamente matti, buoni solo a cantare e a mettersi nei guai.

Non credo di aver ringraziato Eddy, ma dopo di allora, pur senza provare alcuna attrazione positiva per i «colleghi» triangoli verdi, mi è capitato piú volte di domandarmi quale sostanza umana si assiepasse dietro al loro simbolo, e di rimpiangere che nessuno della loro ambigua brigata abbia (che io sappia) raccontato la sua storia. Non so come Eddy sia finito. Poche settimane dopo il fatto che ho raccontato, scomparve per qualche giorno; poi lo abbiamo rivisto una sera, stava in piedi nel corridoio fra il filo spinato ed il reticolato elettrico, e portava appeso al collo un cartello con su scritto «Urning», e cioè pederasta, ma non sembrava né afflitto né preoccupato. Assisteva al rientro della nostra schiera con aria svagata, insolente ed indolente, come se nulla di quanto avveniva intorno a lui lo riguardasse.

Lilít

Nel giro di pochi minuti il cielo si era fatto nero ed aveva cominciato a piovere. Poco dopo, la pioggia crebbe fino a diventare un acquazzone ostinato, e la terra grassa del cantiere si mutò in una coltre di fango profonda un palmo; non solo lavorare di pala, ma addirittura reggersi in piedi era diventato impossibile. Il Kapo interrogò il capomastro civile, poi si volse a noi: che ognuno andasse a ripararsi dove voleva. C'erano sparsi in giro diversi spezzoni di tubo di ferro, lunghi cinque o sei metri e del diametro di uno. Mi infilai dentro uno di questi, ed a metà tubo mi incontrai col Tischler, che aveva avuto la stessa idea ed era entrato dall'altra estremità.

«Tischler» vuol dire falegname, e fra noi il Tischler non era conosciuto altrimenti che cosí. C'erano anche il Fabbro, il Russo, lo Scemo, due Sarti (rispettivamente «il Sarto» e «l'altro Sarto»), il Galiziano e il Lungo; io sono stato a lungo «l'Italiano», e poi indifferentemente Primo o Alberto perché venivo confuso con un altro.

Il Tischler era dunque Tischler e nulla piú, ma non aveva l'aspetto del falegname, e tutti noi sospettavamo che non lo fosse affatto; a quel tempo era comune che un ingegnere si facesse schedare come meccanico, o un giornalista come tipografo: si poteva cosí sperare in un lavoro migliore di quello del manovale, senza scatenare la rabbia nazista contro gli intellettuali. Comunque fosse, il Tischler era stato messo al bancone dei carpentieri, e col mestiere non se la cavava male. Cosa inconsueta per un ebreo polacco, parlava un po' d'italiano: glielo aveva insegnato suo padre, che era stato fatto prigioniero dagli italiani nel 1917 e portato in un campo, sí, in un Lager, da qualche parte vicino a Torino. La maggior parte dei compagni di suo padre erano morti di spagnola, e infatti ancora oggi i loro nomi esotici, nomi ungheresi, polacchi, croati, tedeschi, si possono leggere su un colombario del Cimitero Maggiore, ed è una visita che riempie di pena al pensiero di quelle morti sperdute. Anche suo padre si era ammalato, ma era guarito.

L'italiano del Tischler era divertente e difettivo: consisteva principalmente di brandelli di libretti d'opera, di cui suo padre era stato fanatico. Sovente, sul lavoro, lo avevo sentito canticchiare «sconto col sangue mio» e «libiamo nei lieti calici». La sua lingua madre era lo yiddisch, ma parlava anche tedesco, e non faticavamo ad intenderci. Il Tischler mi piaceva perché non cedeva all'ebetudine: il suo passo era svelto, malgrado le scarpe di legno; parlava attento e preciso, ed aveva un viso alacre, ridente e triste. Qualche volta, a sera, dava spettacolo in yiddisch raccontando storielle o recitando filastrocche, e a me spiaceva di non capirlo. A volte cantava anche, e allora nessuno applaudiva e tutti guardavano a terra, ma quando aveva finito lo pregavano di ricominciare.

Quel nostro incontro a quattro gambe, quasi canino, lo aveva rallegrato: magari avesse piovuto tutti i giorni cosí! Ma quello era un giorno speciale: la pioggia era venuta per lui, perché quello era il suo compleanno: venticinque anni. Ora, il caso voleva che quel giorno compissi venticinque anni anch'io: eravamo gemelli. Il Tischler disse che era una data da festeggiare, poiché difficilmente avremmo festeggiato il compleanno successivo. Trasse di tasca mezza mela, ne tagliò una fetta e me la donò, e fu quella, in un anno di prigionia, l'unica volta che gustai un frutto.

Masticammo in silenzio, attenti al prezioso sapore acidulo come ad una sinfonia. Nel tubo di fronte al nostro, frattanto, si era rifugiata una donna: giovane, infagottata in panni neri, forse un'ucraina della Todt. Aveva un viso rosso e largo, lucido di pioggia, ci guardava e rideva; si grattava con indolenza provocatoria sotto la giubba, poi si sciolse i capelli, si pettinò con tutta calma e incominciò a rifarsi le trecce. A quel tempo capitava di rado di vedere una donna da vicino, ed era un'esperienza dolce e feroce, da cui si usciva affranti.

Il Tischler si accorse che io la stavo guardando, e mi chiese se ero sposato. No, non lo ero, lui mi fissò con severità burlesca, essere celibi alla nostra età è peccato. Tuttavia si voltò e rimase per un pezzo a contemplare la ragazza anche lui. Aveva finito di farsi le trecce, si era accovacciata nel suo tubo e canterellava dondolando il capo.

– È Lilít, – mi disse il Tischler ad un tratto.

– La conosci? Si chiama cosí?

– Non la conosco, ma la riconosco. È lei Lilít, la prima moglie di Adamo. Non la sai, la storia di Lilít?

Non la sapevo, e lui rise con indulgenza: si sa bene, gli ebrei d'Occidente sono tutti epicurei, «apicorsím», miscredenti. Poi continuò:

– Se tu avessi letto bene la Bibbia, ricorderesti che la faccenda della creazione della donna è raccontata due volte, in due modi diversi: ma già, a voialtri vi insegnano un po' di ebraico a tredici anni, e poi finito...

Si andava delineando una situazione tipica ed un gioco che mi piaceva, la disputa fra il pio e l'incredulo, che è ignorante per definizione, ed a cui l'avversario, dimostrandogli il suo errore, «fa digrignare i denti». Accettai la mia parte, e risposi con la doverosa insolenza:

– Sí, è raccontata due volte, ma la seconda non è che il commento della prima.

– Falso. Cosí intende chi non va sotto alla superficie. Vedi, se leggi bene e ragioni su quello che leggi, ti accorgi che nel primo racconto sta solo scritto «Dio li creò maschio e femmina»: vuol dire che li ha creati uguali, con la stessa polvere. Invece, nella pagina dopo, si racconta che Dio forma Adamo, poi pensa che non è bene che l'uomo sia solo, gli toglie una costola e con la costola fabbrica una donna; anzi, una «Männin», una uomessa, una femmina d'uomo. Vedi che qui l'uguaglianza non c'è piú: ecco, c'è chi crede che non solo le due storie, ma anche le due donne siano diverse, e che la prima non fosse Eva, la costola d'uomo, ma fosse invece Lilít. Ora, la storia di Eva è scritta, e la sanno tutti; la storia di Lilít invece si racconta soltanto, e cosí la sanno in pochi; anzi le storie, perché sono tante. Te ne racconterò qualcuna, perché è il nostro compleanno e piove, e perché oggi la mia parte è di raccontare e di credere: l'incredulo oggi sei tu.

La prima storia è che il Signore non solo li fece uguali, ma con l'argilla fece una sola forma, anzi un Golem, una forma senza forma. Era una figura con due schiene, cioè l'uomo e la donna già congiunti; poi li separò con un taglio, ma erano smaniosi di ricongiungersi, e subito Adamo volle che Lilít si coricasse in terra. Lilít non volle saperne: perché io di sotto? non siamo forse uguali, due metà della stessa pasta? Adamo cercò di costringerla, ma erano uguali anche di forze e non riuscí, e allora chiese aiuto a Dio: era maschio anche lui, e gli avrebbe dato ragione. Infatti gli diede ragione, ma Lilít si ribellò: o diritti uguali, o niente; e siccome i due maschi insistevano, bestemmiò il nome del Signore, diventò una diavolessa, partí in volo come una freccia, e andò a stabilirsi in fondo al mare. C'è anzi chi pretende di saperne di piú, e racconta che Lilít abita precisamente nel Mar Rosso, ma tutte le notti si leva in volo, gira per il mondo, fruscia contro i vetri delle case dove ci sono dei bambini appena nati e cerca di soffocarli. Bisogna stare attenti; se lei entra, la si acchiappa sotto una scodella capovolta, e non può piú fare danno.

Altre volte entra in corpo a un uomo, e l'uomo diventa spiritato; allora il miglior rimedio è di portarlo davanti a un notaio o a un tribunale rabbinico, e fare stendere un atto in debita forma in cui l'uomo dichiara che vuole ripudiare la diavolessa. Perché ridi? Certo che non ci credo, ma queste storie mi piace raccontarle, mi piaceva quando le raccontavano a me, e mi dispiacerebbe se andassero perdute. Del resto, non ti garantisco di non averci aggiunto qualcosa anch'io: e forse tutti quelli che le raccontano ci aggiungono qualche cosa, e le storie nascono cosí.

Si sentí uno strepito lontano, e poco dopo ci passò accanto un trattore cingolato. Si trascinava dietro uno spartineve, ma il fango spartito si ricongiungeva immediatamente alle spalle dell'arnese: come Adamo e Lilít, pensai. Buono per noi; saremmo rimasti in riposo ancora per parecchio tempo.

– Poi c'è la storia del seme. È golosa di seme d'uomo, e sta sempre in agguato dove il seme può andare sparso: specialmente fra le lenzuola. Tutto il seme che va a finire nell'unico luogo consentito, cioè dentro la matrice della moglie, è suo: tutto il seme che ogni uomo ha sprecato nella sua vita, per sogni o vizio o adulterio. Tu capisci che ne riceve tanto, e cosí è sempre gravida; e non fa che partorire. Essendo una diavolessa, partorisce diavoli, ma questi non fanno molto danno, anche se magari vorrebbero. Sono spiritelli maligni, senza corpo: fanno girare il latte e il vino, corrono di notte per i solai e annodano i capelli alle ragazze.

Però sono anche figli d'uomo, di ogni uomo: figli illegittimi, ma quando il loro padre muore vengono al funerale insieme con i figli legittimi, che sono i loro fratellastri. Svolazzano intorno alle candele funebri come le farfalle notturne, stridono e reclamano la loro parte d'eredità. Tu ridi, perché appunto sei un epicureo, e la tua parte è di ridere: o forse non hai mai sparso il tuo seme. Ma può capitare che tu esca di qui, che tu viva, e che tu veda che in certi funerali il rabbino col suo seguito fa sette giri intorno al morto: ecco, fa barriera intorno al morto perché i suoi figli senza corpo non vengano a dargli pena.

Ma mi resta da raccontarti la storia piú strana, e non è strano che sia strana, perché è scritta nei libri dei cabalisti, e questi erano gente senza paura. Tu sai che Dio ha creato Adamo, e subito dopo ha capito che non è bene che l'uomo sia solo, e gli ha messo accanto una compagna. Ebbene, i cabalisti dicevano che anche per Dio stesso non era bene essere solo, ed allora, fin dagli inizi, si era preso per compagna la Shekinà, cioè la sua stessa presenza nel Creato; cosí la Shekinà è diventata la moglie di Dio, e quindi la madre di tutti i popoli. Quando il Tempio di Gerusalemme è stato distrutto dai Romani, e noi siamo stati dispersi e fatti schiavi, la Shekinà è andata in collera, si è distaccata da Dio ed è venuta con noi nell'esilio. Ti dirò che questo qualche volta l'ho pensato anch'io, che anche la Shekinà si sia fatta schiava, e sia qui intorno a noi, in questo esilio dentro l'esilio, in questa casa del fango e del dolore.

Cosí Dio è rimasto solo, come succede a tanti, non ha saputo resistere alla solitudine e alla tentazione, e si è preso un'amante: sai chi? Lei, Lilít, la diavolessa, e questo è stato uno scandalo inaudito. Pare insomma che sia successo come in una lite, quando a un'offesa si risponde con un'offesa piú grave, e cosí la lite non finisce mai, anzi cresce come una frana. Perché devi sapere che questa tresca indecente non è finita, e non finirà tanto presto: per un verso, è causa del male che avviene sulla terra; per un altro verso, è il suo effetto. Finché Dio continuerà a peccare con Lilít, sulla Terra ci saranno sangue e dolore; ma un giorno verrà un potente, quello che tutti aspettano, farà morire Lilít, e metterà fine alla lussuria di Dio e al nostro esilio. Sí, anche al tuo e al mio, Italiano: Maz'l Tov, Buona Stella.

La Stella è stata abbastanza buona per me, non per il Tischler: ma veramente mi è capitato di assistere, molti anni dopo, a un funerale che si è svolto come lui mi aveva descritto, con la danza difensiva intorno al feretro. Ed è inesplicabile che il destino abbia scelto un epicureo per ripetere questa favola pia ed empia, intessuta di poesia, di ignoranza, di acutezza temeraria, e della tristezza non medicabile che cresce sulle rovine delle civiltà perdute.

Un discepolo

Gli ungheresi arrivarono tra noi non alla spicciolata, ma in massa. Nel giro di due mesi, maggio e giugno 1944, invasero il Lager, convoglio su convoglio, riempiendo il vuoto che i tedeschi non avevano trascurato di creare con una serie di diligenti selezioni. Provocarono un mutamento profondo nel tessuto di tutti i campi. Ad Auschwitz, l'ondata dei magiari ridusse a minoranze tutte le altre nazionalità, senza però intaccare i «quadri», che rimasero in mano ai delinquenti comuni tedeschi e polacchi.

Tutte le baracche e tutte le squadre di lavoro furono allagate dagli ungheresi, intorno a cui, come avviene in tutte le comunità intorno ai nuovi venuti, si condensò rapidamente un'atmosfera di derisione, di pettegolezzo e di vaga intolleranza. Erano operai e contadini, semplici e robusti, che non temevano il lavoro manuale ma erano abituati ad una alimentazione abbondante, e che perciò si ridussero in poche settimane a scheletri pietosi; altri erano professionisti, studenti ed intellettuali che venivano da Budapest o da altre città; erano individui miti, tardi, pazienti e metodici, ed a loro pesava di meno la fame, ma erano di pelle delicata, ed in breve furono pieni di ferite e lividure come cavalli maltrattati.

A fine giugno la mia squadra si trovò composta per una buona metà di bravi tipi ancora ben nutriti, ancora pieni di ottimismo e giovialità. Comunicavano con noi in un curioso tedesco cantato e strascicato, e fra loro, nella loro stramba lingua, che è irta di inflessioni inusitate, e sembra fatta di interminabili parole, pronunciate con lentezza irritante e tutte con l'accento sulla prima sillaba.

Uno di loro mi fu assegnato come compagno. Era un giovanotto robusto e roseo, di media statura, che tutti chiamavano Bandi: il diminutivo di Endre, cioè Andrea, mi spiegò, come se fosse la cosa piú naturale del mondo. Nostro compito, quel giorno, era di portare mattoni su una specie di rozza barella di legno, munita di due stanghe davanti e due dietro: venti mattoni per viaggio. A metà del percorso stava un sorvegliante, e controllava che il carico fosse regolare.

Venti mattoni sono pesanti, perciò nel viaggio di andata non avevamo (o almeno io non avevo) molto fiato per discorrere; ma nel viaggio di ritorno parlavamo, ed appresi molte cose simpatiche sul conto di Bandi. Non potrei oggi ripeterle tutte: ogni memoria svanisce, eppure tengo ai ricordi di questo Bandi come a cose preziose, sono contento di fissarli in una pagina, e vorrei che, per qualche miracolo non impossibile, questa pagina lo raggiungesse nell'angolo di mondo dove forse ancora vive, e lui la leggesse, e ci si ritrovasse.

Mi raccontò di chiamarsi Endre Szántó, nome che si pronuncia all'incirca come «santo» in italiano, il che rafforzò in me la tenue impressione di un'aureola che sembrava cingergli il capo rasato. Glielo dissi; ma no, mi spiegò ridendo, Szántó vuol dire «aratore», o piú genericamente «contadino»: è un cognome molto comune in Ungheria, e del resto lui non era un aratore ma lavorava in fabbrica. I tedeschi lo avevano catturato tre anni prima, non in quanto ebreo ma per la sua attività politica, e lo avevano inquadrato nell'Organizzazione Todt e spedito a fare il taglialegna nei Carpazi ucraini. Aveva passato due inverni fra i boschi, ad abbattere pini con tre compagni: un lavoro duro, ma ci si era trovato bene, quasi felice. D'altronde, mi accorsi presto che Bandi aveva un talento unico per la felicità: l'oppressione, le umiliazioni, la fatica, l'esilio sembravano scivolare su di lui come l'acqua sulla roccia, senza corromperlo né ferirlo, anzi, purificandolo, ed esaltando in lui la nativa capacità di gioia, come si narra avvenisse per i Chassidim ingenui lieti e pii che ha descritti Jirí Langer in *Le nove porte*.

Mi raccontò del suo ingresso in Lager: all'arrivo del convoglio, le SS avevano costretto tutti gli uomini a togliersi le scarpe e ad appenderle al collo, e li avevano fatti camminare a piedi nudi, sui ciottoli della ferrovia, per tutti i sette chilometri che separavano la stazione dal campo. Narrava l'episodio con un sorriso timido, senza cercare commiserazione, anzi, con un'ombra di vanità infantile e sportiva per «avercela fatta».

Facemmo insieme tre viaggi, durante i quali, a frammenti, cercai di spiegargli che il posto in cui era capitato non era per persone gentili né per persone tranquille. Tentai di convincerlo di alcune mie recenti scoperte (per verità non ancora bene digerite): che laggiú, per cavarsela, bisognava darsi da fare, organizzare cibo illegale, scansare il lavoro, trovare amici influenti, nascondersi, nascondere il proprio pensiero, rubare, mentire; che chi non faceva cosí moriva presto, e che la sua santità mi sembrava pericolosa e fuori luogo. E poiché, come dicevo, venti mattoni sono pesanti, al quarto viaggio, invece di prelevare dal vagone venti mattoni, ne prelevai diciassette, e gli mostrai che disponendoli sulla barella in un certo modo, con un vuoto nello strato inferiore, nessuno avrebbe potuto sospettare che non fossero venti. Questa era una malizia che credevo di avere inventata io (seppi poi invece che era di pubblico dominio), e che avevo messo in opera diverse volte con successo, altre volte invece prendendo botte; comunque, mi pareva che si prestasse bene a scopo pedagogico, come illustrazione delle teorie che gli avevo esposte poco prima.

Bandi era molto sensibile alla sua condizione di «Zugang», ossia di nuovo arrivato, ed al rapporto di sudditanza sociale che ne scaturiva, e perciò non si oppose; ma non si mostrò per nulla entusiasta del mio ritrovato. – Se sono diciassette, perché dovremmo far credere che sono venti? – Ma venti mattoni pesano piú di diciassette, – replicai con impazienza, – e se sono messi bene nessuno se ne accorge; del resto, non servono per fabbricare la tua casa né la mia. – Sí, – disse, – però sono sempre diciassette e non venti –. Non era un buon discepolo.

Lavorammo ancora per qualche settimana nella stessa squadra. Seppi da lui che era comunista, simpatizzante, non iscritto al partito, ma il suo linguaggio era quello di un protocristiano. Sul lavoro era destro e forte, il migliore della squadra, ma da questa sua superiorità non cercava di trarre profitto, né per mettersi in buona luce presso i capomastri tedeschi, né per darsi importanza con noi. Gli dissi che, secondo me, lavorare cosí era un inutile spreco di energia, e non era neppure politicamente corretto, ma Bandi non diede segno di aver capito; non voleva mentire, in quel luogo si supponeva che noi lavorassimo, perciò lui lavorava nel suo miglior modo. Bandi, dal viso puerile e radioso, dalla voce energica e dalla goffa andatura, divenne in breve popolarissimo, amico di tutti.

Venne agosto, con un dono straordinario per me: una lettera da casa, fatto inaudito. A giugno, con spaventosa incoscienza, e con la mediazione di un muratore «libero» italiano, avevo scritto un messaggio per mia madre nascosta in Italia, e lo avevo indirizzato ad una mia amica che si chiama Bianca Guidetti Serra. Avevo fatto tutto questo come si ottempera ad un rituale, senza veramente sperare in un successo; invece la mia lettera era arrivata senza intralci, e mia madre aveva risposto per la stessa via. La lettera dal dolce mondo mi bruciava in tasca; sapevo che era prudenza elementare tacere, eppure non potevo non parlarne.

In quel tempo pulivamo cisterne. Scesi nella mia cisterna, e con me era Bandi. Alla debole luce della lampadina, lessi la lettera miracolosa, traducendola frettolosamente in tedesco. Bandi mi ascoltò con attenzione: non poteva certo capire molto, perché il tedesco non era la mia lingua né la sua, e poi perché il messaggio era scarno e reticente. Ma capí quanto era essenziale che capisse: che quel pezzo di carta fra le mie mani, giuntomi cosí preca-

UN DISCEPOLO

riamente, e che avrei distrutto prima di sera, era tuttavia una falla, una lacuna dell'universo nero che ci stringeva, e che attraverso ad essa poteva passare la speranza. O almeno, credo che Bandi, benché «Zugang», abbia capito o intuito tutto questo: perché, a lettura finita, mi si accostò, si frugò a lungo nelle tasche, e ne trasse infine, con cura amorosa, un ravanello. Me lo donò arrossendo intensamente, e mi disse con timido orgoglio: – Ho imparato. È per te: è la prima cosa che ho rubato.

Il nostro sigillo

Al mattino qui le cose vanno cosí: quando suona la sveglia (ed è ancora notte fonda) ci si infila prima di tutto le scarpe, se no qualcuno te le ruba, ed è una tragedia senza nome; poi, in mezzo alla polvere ed alla calca, si cerca di rifare il letto secondo le prescrizioni. Subito dopo si scappa alle latrine e al lavatoio, si corre a mettersi in coda per il pane, e infine ci si precipita in piazza dell'Appello, ci si inquadra col proprio drappello di lavoro, e si aspetta che finisca la conta e che il cielo cominci a schiarire. Ad uno ad uno, nel buio, si avvicinano i fantasmi che sono i nostri compagni. La nostra squadra è una buona squadra: abbiamo un certo spirito di corpo, non ci sono novellini maldestri e piagnucolosi, e fra noi corre una ruvida amicizia. Al mattino, fra noi, è usanza salutarsi con etichetta: buongiorno Herr Doktor, salute a Lei signor Avvocato, come ha passato la notte signor Presidente? Le è piaciuta la prima colazione?

Arrivò Lomnitz, antiquario di Francoforte; arrivò Joulty, matematico di Parigi; arrivò Hirsch, misterioso affarista di Copenaghen; arrivò Janek l'Ariano, gigantesco ferroviere di Cracovia; arrivò Elias, nano di Varsavia, rozzo, matto e probabilmente spia. Da ultimo come sempre, arrivò Wolf, farmacista di Berlino, curvo adunco ed occhialuto, mugolando un motivo musicale. Il suo naso giudaico fendeva l'aria torbida come la prua di una nave: lui lo chiamava, in ebraico, «Hutménu», «il nostro sigillo».

– Ecco che viene l'incantatore, l'ungitore delle scabbie, – annunciò cerimoniosamente Elias: – Benvenuto fra noi, Eccellenza Illustrissima, Hochwohlgeborener. Ha dormito bene? Quali sono le notizie della notte? Hitler è morto? Sono sbarcati gli inglesi?

Wolf prese il suo posto nella fila; il suo mugolio andò crescendo di volume, si arricchí e colorò nei toni, ed alcuni fra i suoi compagni riconobbero le battute finali della Rapsodia op. 53 di Brahms. Wolf, quarantenne, uomo chiuso e dignitoso, viveva di musica: ne era compenetrato, motivi sempre nuovi si inseguivano dentro di lui, altri sembrava aspirarli estraendoli dall'aria del campo, attraverso il suo celebre naso. Secerneva musica come i nostri stomaci secernevano fame: riproduceva con accuratezza (ma senza virtuosismi) i singoli strumenti; ora era violino, ora flauto, ora era direttore d'orchestra e tutto accigliato dirigeva se stesso.

Qualcuno ridacchiava e Wolf (Wòlef, se pronunciato alla maniera yiddisch) accennò stizzito di fare silenzio: non aveva ancora finito. Cantava intento, curvo in avanti, con gli occhi al suolo; in breve, accanto a lui, spalla contro spalla, si formò un crocchio di quattro o cinque compagni, nella sua stessa posizione, come se attingessero calore da un braciere ai loro piedi. Wolf da violino si fece viola, ripeté tre volte il tema in tre varianti gloriose, e poi lo estinse in un ricco accordo finale. Si applaudí discretamente da solo: altri si unirono all'applauso, e Wolf si inchinò con gravità. L'applauso si spense, ma Elias continuò a battere le mani con violenza, gridando: – Wolf, Wolef! Viva Wolef, Rognawolef. Wolef è il piú in gamba di tutti, e sapete perché?

Wolf, ritornato alle dimensioni di un comune mortale, guardava Elias con diffidenza.

– Perché ha la scabbia e non si gratta! – disse Elias. – E questo è un miracolo: benedetto sii Tu, Signore Iddio nostro, Re dell'Universo. Io li conosco, questi prussiani: prussiano il Decano del campo, prussiano il medico della scabbia, prussiano Wolf, ed ecco che Wolf diventa ungitore, diventa Rognawolf. Ma niente da dire: è un ungitore meraviglioso, unge come una mamma ebrea. Unge che è un sogno: ha unto anche me, e mi ha fatto guarire, sia lode a Dio e sia lode a tutti i Giusti. E a forza di ungere tutti, adesso la rogna se l'è presa, e unge se stesso. Non è vero, Maestro? Eh sí, si unge la pancia, perché incomincia di lí: se la unge di nascosto, tutte le sere. L'ho visto io, a me non sfugge niente. Però è un uomo forte e non si gratta: i Giusti non si grattano.

– Storie, – disse Janek l'Ariano: – chi ha la rogna si gratta. La rogna è come essere innamorati; se ce l'hai, si vede.

– Bene, e invece il Maestro Rognawolf ce l'ha e non si gratta. Non ve l'ho detto, che è il piú bravo di tutti?

– Elias, sei un bugiardo, il piú gran bugiardo del campo. Avere la scabbia e non grattarsi è impossibile –. Dicendo cosí, Janek cominciò a grattarsi, senza accorgersene, e a poco a poco si misero a grattarsi anche gli altri: del resto, la scabbia ce l'avevano tutti, o stavano per averla, o erano appena guariti. Elias additò Janek al pubblico con una risata da orco: – Uhh vedete, vedete se Wolef non è un uomo di ferro, si grattano anche quelli sani, e lui che è rognoso sta lí fermo come un re! –; poi, di scatto, si avventò su Wolf, gli abbassò i pantaloni e gli sollevò la camicia. Alla luce incerta dell'alba si intravide il ventre di Wolf, pallido e raggrinzito, coperto di graffi e di irritazioni. Wolf saltò indietro, cercando simultaneamente di respingere Elias: ma questi, che era piú basso di Wolf di tutta la testa, spiccò un balzo e gli si avvinghiò al collo: tutti e due crollarono a terra, nel fango nero; Elias era di sopra, e Wolf boccheggiava mezzo soffocato. Alcuni cercarono di interporsi, ma Elias era forte, e stava abbarbicato all'altro con braccia e gambe, come un polipo. Wolf si difendeva sempre piú debolmente, tentando di colpire Elias con calci e ginocchiate sferrati alla cieca.

Per fortuna di Wolf, arrivò il Kapo, somministrò salomonicamente pedate e pugni ai due aggrovigliati al suolo, li separò e mise tutti in fila: era l'ora di partire in marcia per il lavoro. L'incidente non era di quelli memorabili, ed infatti fu presto dimenticato, ma il nomignolo Rognawolf «Krätzewolf») aderí tenacemente al personaggio, incrinandone la rispettabilità, ancora molti mesi dopo che della scabbia era guarito, ed esonerato dalla carica di ungitore. Lui lo portava male, soffrendone visibilmente, e contribuendo cosí a non lasciarlo svanire.

Venne infine una timida primavera, ed in uno dei primi periodi di sole ci fu un pomeriggio di domenica senza lavoro, fragile e prezioso come un fiore di pesco. Tutti lo passarono dormendo, i piú vitali scambiandosi visite da baracca a baracca, o studiandosi di rammendarsi gli stracci e di attaccarsi i bottoni con filo di ferro, o limandosi le unghie contro un ciottolo. Ma da lontano, coi capricci del vento tiepido e odoroso di terra umida, si sentiva venire un suono nuovo, un suono cosí improbabile, cosí inatteso, che tutti levarono il capo per ascoltare. Era un suono esile come quel cielo e quel sole, e veniva di lontano sí, ma dall'interno del recinto del campo. Alcuni vinsero la loro inerzia, si misero in caccia come segugi, incrociando con passo impedito e con le orecchie tese e trovarono Rognawolf, seduto su una pila di tavole, estatico, che suonava il violino. Il «suo sigillo» vibrava teso al sole, i suoi occhi miopi erano perduti al di là del filo spinato, al di là del pallido cielo polacco. Dove avesse trovato un violino era un mistero, ma i veterani sapevano che in un Lager può capitare tutto: forse l'aveva rubato, forse noleggiato per pane.

Wolf suonava per sé, ma tutti quelli che passavano si fermavano ad ascoltare con un'espressione golosa, come di orsi che fiutino il miele, avidi timidi e perplessi. A pochi passi da Wolf stava Elias, sdraiato con la pancia al suolo, e lo fissava quasi incantato. Sul suo volto da gladiatore ristagnava quel velo di stupore contento che si nota qualche volta sul viso dei morti, e fa pensare che veramente abbiano avuto, per un istante, sulla soglia, la visione di un mondo migliore.

Lo zingaro

Alla porta della baracca era affisso un avviso, e tutti si pigiavano per leggerlo: era scritto in tedesco e in polacco, e un prigioniero francese, stretto fra la folla e la parete di legno, si affannava a tradurlo e a commentarlo. L'avviso diceva che, in via eccezionale, era consentito a tutti i prigionieri di scrivere ai parenti, sotto condizioni che venivano minutamente precisate secondo l'uso tedesco. Si poteva scrivere solo su moduli che ogni capobaracca avrebbe distribuito, uno per ogni prigioniero. L'unica lingua ammessa era il tedesco. Gli unici destinatari ammessi erano quelli che risiedevano in Germania, o nei territori occupati, o in Paesi alleati come l'Italia. Non era permesso chiedere l'invio di pacchi-viveri, ma era permesso ringraziare dei pacchi eventualmente ricevuti. A questo punto il francese esclamò energicamente: – *Les salauds, hein!* – e si interruppe.

Il fracasso e l'affollamento crebbero, e ci fu un confuso scambio di opinioni in diverse lingue. Chi mai aveva ricevuto ufficialmente un pacco, o anche solo una lettera? E del resto, chi conosceva il nostro indirizzo, posto che «KZ Auschwitz» fosse un indirizzo? E a chi avremmo potuto scrivere, dal momento che tutti i nostri parenti erano prigionieri in qualche Lager come noi, o morti, o nascosti qua e là in tutti gli angoli dell'Europa nel terrore di seguire il nostro destino? Chiaro, era un trucco, le lettere di ringraziamento col bollo postale di Auschwitz sarebbero state mostrate alla delegazione della Croce Ros-

LO ZINGARO

sa, o a chissà quale altra autorità neutrale, per dimostrare che gli ebrei di Auschwitz non erano poi trattati cosí male, dal momento che ricevevano pacchi da casa. Una bugia immonda.

Si formarono tre partiti: non scrivere affatto; scrivere senza ringraziare; scrivere e ringraziare. I partigiani di quest'ultima tesi (pochi, in verità) sostenevano che la faccenda della Croce Rossa era verosimile ma non certa, e che sussisteva una probabilità, per quanto piccola, che le lettere arrivassero a destinazione, e che il ringraziamento fosse interpretato come un invito ad inviare pacchi. Io decisi di scrivere senza ringraziare, indirizzando ad amici cristiani che in qualche modo avrebbero trovato la mia famiglia. Mi feci imprestare un mozzicone di matita, ottenni il modulo e mi accinsi al lavoro. Scrissi dapprima una minuta su un brandello di carta da cemento, la stessa che portavo sul petto (illegalmente) per difendermi dal vento, poi incominciai a riportare il testo sul modulo, ma provavo disagio. Mi sentivo, per la prima volta dopo la cattura, in comunicazione e comunione (anche se solo putativa) con la mia famiglia, e perciò avrei avuto bisogno di solitudine, ma la solitudine, in Lager, è piú preziosa e rara del pane.

Provavo l'impressione fastidiosa che qualcuno mi osservasse. Mi voltai: era il mio nuovo compagno di letto. Stava tranquillo a guardarmi mentre scrivevo, con la fissità innocente ma provocatoria dei bambini, che non conoscono il pudore dello sguardo. Era arrivato da poche settimane con un trasporto di ungheresi e di slovacchi; era molto giovane, snello e bruno, ed io non sapevo niente di lui, neppure il nome, perché lavorava in una squadra diversa dalla mia, e veniva in cuccetta a dormire solo al momento del coprifuoco.

Fra noi, il sentimento della *camaraderie* era scarso: si limitava ai compatrioti, ed anche verso di loro era indebolito dalle condizioni di vita minimali. Era poi nullo, anzi negativo, nei riguardi dei nuovi venuti: sotto questo e sotto molti altri aspetti, eravamo fortemente regrediti ed induriti, e nel compagno «nuovo» tendevamo a vedere un estraneo, un barbaro goffo ed ingombrante, che porta via spazio, tempo e pane, che non conosce le regole taciute ma ferree della convivenza e della sopravvivenza, e che per di piú si lamenta; e si lamenta a torto, in modo irritante e ridicolo, perché pochi giorni fa era ancora a casa sua, o almeno fuori dal filo spinato. Il nuovo ha una sola virtú: porta notizie recenti dal mondo, perché ha letto i giornali ed ha sentito la radio, forse perfino le radio alleate; ma se le notizie sono cattive, per esempio che la guerra non finirà fra due settimane, non è altro che un importuno da evitare, o da deridere per la sua ignoranza, o da sottoporre a scherzi crudeli.

Quel nuovo alle mie spalle, invece, benché mi stesse spiando suscitava in me una vaga impressione di pietà. Sembrava inerme e disorientato, bisognoso di sostegno come un bambino; certo non aveva colto l'importanza della scelta da farsi, se scrivere e che cosa scrivere, e non provava né tensione né sospetto. Gli voltai la schiena, in modo da impedirgli di vedere il mio foglio, e continuai nel mio lavoro, che non era agevole. Si trattava di pesare ogni parola, affinché trasferisse il massimo di informazione all'improbabile destinatario, ed insieme non apparisse sospetta al probabile censore. Il fatto di dover scrivere in tedesco accresceva la difficoltà: il tedesco lo avevo imparato in Lager, e riproduceva, senza che io lo immaginassi, il gergo volgare e povero delle caserme. Ignoravo molti termini, in specie proprio quelli che occorrono per esprimere i sentimenti. Mi sentivo inetto come se quella lettera avessi dovuto scalpellarla sulla pietra.

Il vicino attese con pazienza che io avessi finito, poi mi disse qualcosa in una lingua che non comprendevo. Gli chiesi in tedesco che cosa voleva, e lui mi mostrò il suo modulo, che era bianco, e indicò il mio coperto di scrittura: mi chiedeva insomma di scrivere per lui. Doveva aver capito che io ero italiano, ed a chiarire meglio la sua richiesta mi fece un discorso arruffato in un linguaggio sommario che in effetti era assai piú spagnolo che italia-

LO ZINGARO

no. Non solo non sapeva scrivere in tedesco, non sapeva scrivere affatto. Era uno zingaro, era nato in Spagna, e aveva poi girato la Germania, l'Austria e i Balcani per cadere in Ungheria nelle reti dei nazisti. Si presentò compitamente: Grigo, si chiamava Grigo, aveva diciannove anni, e mi pregava di scrivere alla sua fidanzata. Mi avrebbe compensato. Con che cosa? Con un dono, rispose lui senza precisare. Io gli chiesi del pane: mezza razione, mi sembrava un prezzo equo. Oggi mi vergogno un poco di questa mia richiesta, ma devo ricordare al lettore (ed a me stesso) che il galateo di Auschwitz era diverso dal nostro, e inoltre che Grigo, essendo arrivato da poco, era meno affamato di me.

Infatti accettò. Io tesi la mano verso il suo modulo, ma lui lo ritirò, e mi porse invece un altro brandello di carta: era una lettera importante, era meglio stendere una minuta. Incominciò a dettarmi l'indirizzo della ragazza. Doveva aver colto un moto di curiosità, o forse d'invidia, nei miei occhi, perché cavò dal petto una fotografia e me la mostrò con orgoglio: era quasi una bambina, dagli occhi ridenti con accanto un gattino bianco. La mia stima per lo zingaro crebbe, non era facile entrare in Lager nascondendo una fotografia. Grigo, quasi che occorresse giustificarsi, mi precisò che non l'aveva scelta lui, bensí suo padre. Era una fidanzata ufficiale, non una ragazza rapita alla maniera spiccia.

La lettera che mi dettò era una complicata lettera d'amore e di dettagli domestici. Conteneva domande il cui senso mi sfuggiva, e notizie sul Lager che consigliai a Grigo di omettere perché troppo compromettenti. Grigo insistette su un punto: voleva annunciare alla ragazza che lui le avrebbe mandato una «mugneca». Una mugneca? Sí, una bambola, mi spiegò Grigo del suo meglio. La faccenda mi imbarazzava per due motivi, perché non sapevo come si dice «bambola» in tedesco, e perché non riuscivo ad immaginare per quale motivo, e in che modo, Grigo volesse o dovesse impegnarsi in questa operazione pericolosa e insensata. Mi sembrava doveroso spiegargli tutto questo: avevo piú esperienza di lui, e mi pareva che la mia condizione di scrivano mi conferisse qualche obbligo.

Grigo mi regalò un sorriso disarmante, un sorriso da «nuovo», ma non mi spiegò molto, non so se per sua incapacità, o per l'attrito linguistico, o per volontà precisa. Mi disse che la bambola doveva mandarla assolutamente. Che trovarla non era un problema: l'avrebbe fabbricata sul posto, e mi mostrò un bel coltellino a serramanico; no, questo Grigo non doveva proprio essere uno sprovveduto, ancora una volta fui costretto ad ammirarlo. Doveva essere stato ben sveglio all'ingresso in Lager, quando ti tolgono tutto quanto hai addosso, perfino il fazzoletto ed i capelli. Forse lui non se ne rendeva conto, ma un coltello come il suo valeva almeno cinque razioni di pane.

Mi chiese di indicargli se da qualche parte c'era un albero da cui potesse tagliare un ramo, perché era meglio se la bambola fosse stata fatta «de madera viva», con legno vivo. Cercai ancora di dissuaderlo scendendo sul suo terreno: alberi non ce n'erano, e del resto, mandare alla ragazza una bambola fatta con legno di Auschwitz non era come chiamarla qui? Ma Grigo alzò le sopracciglia con aria misteriosa, si toccò il naso con l'indice e mi disse che caso mai era tutto il contrario: la bambola avrebbe chiamato fuori lui, la ragazza sapeva come fare.

Quando la lettera fu finita, Grigo cavò fuori una razione di pane e me la porse insieme con il coltellino. Era usanza, anzi legge non scritta, che in tutti i pagamenti a base di pane fosse uno dei contraenti a tagliare il pane e l'altro a scegliere, poiché cosí il tagliatore era indotto a fare porzioni il piú possibile uguali. Mi stupii che Grigo già conoscesse la regola, ma poi pensai che essa era forse in vigore anche fuori del Lager, nel mondo a me sconosciuto da cui Grigo proveniva. Tagliai, e lui mi lodò cavallerescamente: che le due mezze razioni fossero identiche era suo danno, ma avevo tagliato bene, niente da dire.

Mi ringraziò, e non lo rividi mai piú. Non occorre aggiungere che nessuna delle lettere che scrivemmo quel giorno giunse mai a destinazione.

Il cantore e il veterano

Il nuovo capobaracca era tedesco, ma parlava con un accento dialettale che rendeva poco comprensibili i suoi discorsi; aveva una cinquantina d'anni, era alto, muscoloso e corpulento. Correva voce che fosse della vecchia guardia del partito comunista tedesco, che avesse preso parte alla rivolta spartachista e vi fosse stato ferito, ma, poiché il Lager brulicava di spie, non era questo un argomento di cui si potesse parlare ad alta voce. Una cicatrice l'aveva, di traverso fra le sopracciglia biondicce e cespugliose, e di certo era un veterano: era in Lager da sette anni, e sotto al triangolo rosso dei politici portava con orgoglio un numero di matricola inverosimilmente piccolo, il numero 14. Prima che ad Auschwitz era stato a Dachau, e di Auschwitz era stato uno dei padri fondatori: aveva fatto parte della leggendaria pattuglia di trenta prigionieri che da Dachau erano stati mandati nelle paludi dell'Alta Slesia a costruirvi le prime baracche; uno insomma di quelli che, in tutte le comunità umane, rivendicano il diritto di dire «ai miei tempi», e pretendono per questo di essere rispettati. Era rispettato, infatti: non tanto per i suoi trascorsi, quanto perché aveva i pugni pesanti e i riflessi ancora ben rapidi. Si chiamava Otto.

Ora, Vladek non si lavava. La cosa era notoria, e forniva argomento ai motteggi ed ai pettegolezzi della baracca; era anzi una faccenda comica, perché Vladek non era ebreo, era un ragazzo polacco di campagna che riceveva da casa pacchi con lardo, frutta e calze di lana, insomma era potenzialmente una persona di riguardo: eppure non si lavava. Ossuto e goffo, appena tornato dal lavoro si rintanava nella sua cuccia senza parlare con nessuno. Il fatto è che Vladek non aveva piú cervello di una gallina, poveretto, e se non avesse avuto appunto il privilegio di ricevere pacchi, il cui contenuto tuttavia gli veniva in buona parte rubato, sarebbe finito in gas da un bel pezzo, benché portasse anche lui il triangolo rosso dei politici. Gran politico doveva essere stato Vladek!

Otto lo aveva richiamato all'ordine diverse volte, perché un capobaracca risponde della pulizia dei suoi sudditi: prima con le buone, vale a dire con improperi urlati nel suo dialetto, poi con schiaffi e pugni, ma inutilmente. Secondo ogni apparenza, Vladek (che del resto capiva poco il tedesco) non era in grado di connettere le cause con gli effetti, o non ricordava le botte dall'oggi al domani. Venne una tiepida domenica di settembre: era una delle rare domeniche non lavorative, e Otto fece sapere che ci sarebbe stata una festa, anzi uno spettacolo mai visto, che lui offriva gratis a tutti gli inquilini della baracca 48: la lavatura pubblica di Vladek. Fece portare all'aperto uno dei mastelli della zuppa, sommariamente risciacquato, e lo fece riempire d'acqua calda prelevata dalle docce; ci mise dentro Vladek, nudo e in piedi, e lo lavò personalmente, come si laverebbe un cavallo, strofinandolo dalla testa ai piedi prima con uno spazzolone e poi con gli stracci del pavimento.

Vladek, che era coperto di lividure e scorticature stava lí come un palo, con gli occhi imbambolati; il pubblico si torceva dalle risa, e Otto, tutto accigliato come se stesse facendo un lavoro di precisione, rivolgeva a Vladek quelle voci rozze che appunto usano i maniscalchi coi cavalli perché non si muovano durante la ferratura. Era proprio uno spettacolo buffo, da far dimenticare la fame e da raccontare ai compagni delle altre baracche. Alla fine Otto cavò fuori di peso Vladek dal mastello, e borbottò qualcosa nel suo dialetto a proposito della zuppa che nel mastello era rimasta; Vladek era talmente pulito che aveva cambiato colore e si sarebbe stentato a riconoscerlo.

Ce ne siamo andati, concludendo che questo Otto non era dei peggio: un altro, al suo posto, avrebbe usato per lo meno acqua gelata, o avrebbe fatto trasferire Vladek alla Compagnia di Punizione, o lo avrebbe coperto di botte, perché non è che gli scemi, in Lager, godano di indulgenze particolari. Corrono anzi il rischio di essere catalogati ufficialmente come tali, e (in virtú della passione nazionale tedesca per le etichette) muniti del bracciale bianco con su scritto «Blöd», scemo. Questo contrassegno, specie se accoppiato al triangolo rosso, costituiva per le SS una inesauribile fonte di divertimento.

Che Otto non fosse dei peggio, fu presto confermato. Pochi giorni dopo era Kippur, il giorno del perdono e della purificazione, ma naturalmente si lavorava lo stesso. È difficile dire come la data fosse trapelata in Lager, dato che il calendario ebraico è lunare e non coincide con il calendario comune; forse qualcuno degli ebrei piú pii aveva tenuto un conto preciso del passare dei giorni, o forse la notizia era stata portata da qualcuno dei nuovi arrivati: poiché c'erano sempre dei nuovi arrivati per colmare i vuoti.

La sera della vigilia ci disponemmo in fila per ricevere la zuppa, come ogni sera; davanti a me c'era Ezra, orologiaio di mestiere, cantore il sabato in un remoto villaggio lituano. Di esilio in esilio, per cammini che non saprei descrivere, era arrivato in Italia, ed in Italia era stato catturato; era alto e magro, ma non curvo; i suoi occhi, di taglio orientale, erano mobili e vivi; parlava di rado e non alzava mai la voce. Quando fu davanti ad Otto non porse la gamella, ed invece gli disse: – Signor capobaracca, oggi è per noi un giorno di espiazione, ed io non posso mangiare la zuppa. Le domando rispettosamente di conservarmela fino a domani sera.

Otto era alto quanto Ezra, ma due volte piú spesso di lui. Aveva già attinto dal mastello la razione di zuppa, e si arrestò di colpo, col mestolo sollevato a mezz'aria: si vide la sua mandibola scendere piano piano, senza scosse, e la bocca rimanere aperta. In tutti i suoi anni di Lager non gli era mai successo di incontrare un prigioniero che rifiutasse il cibo. Per qualche istante rimase incerto se ridere o menare uno schiaffo a quello spilungone sconosciuto: che non lo stesse prendendo in giro? Ma non sembrava il tipo. Gli disse di mettersi da parte, e di venire da lui a distribuzione ultimata.

Ezra attese senza impazienza, poi bussò alla porta. Otto lo fece entrare, e fece uscire dalla camera i suoi cortigiani e i suoi parassiti: per quel colloquio voleva essere solo. Sciolto cosí dal suo ruolo, si rivolse ad Ezra con voce un po' meno ruvida e gli chiese cos'era questa storia dell'espiazione. Forse che in quel giorno lui aveva meno fame degli altri giorni?

Ezra rispose che certamente non aveva meno fame; che nel giorno di Kippur avrebbe dovuto anche astenersi dal lavoro, ma sapeva che se lo avesse fatto sarebbe stato denunciato e ucciso, e perciò avrebbe lavorato, poiché la Legge consente di disobbedire a quasi tutti i precetti e divieti per salvare una vita, la propria o d'altri; che tuttavia lui intendeva osservare il digiuno prescritto, da quella sera fino alla sera seguente, perché non era certo che ne sarebbe seguita la sua morte. Otto gli chiese quali erano i peccati che lui doveva espiare, ed Ezra rispose che ne conosceva alcuni, ma che forse ne aveva commessi altri senza averne coscienza; e che inoltre, secondo l'opinione di alcuni sapienti, che lui condivideva, la penitenza e il digiuno non erano una questione strettamente personale. Era probabile che contribuissero ad ottenere da Dio il perdono anche per i peccati commessi dagli altri.

Otto era sempre piú perplesso, disputato fra lo stupore, il riso ed un altro sentimento ancora, a cui non sapeva piú dare un nome, e che credeva fosse morto in lui, ucciso dagli anni di vita ambigua e ferina nei Lager, e prima ancora dalla sua militanza politica, che era stata rigorosa. Con voce sommessa, Ezra intervenne, e gli spiegò che, proprio nel giorno di Kippur, è usanza leggere il libro del profeta Giona: sí, quello che era stato inghiottito dal pesce. Giona era stato un profeta severo; dopo il fatto del pesce, aveva predicato il ravvedimento al re di Ninive, ma quando questo si era pentito delle colpe sue e della sua gente, ed aveva bandito un decreto che imponeva il digiuno a tutti i niniviti, e perfino al bestiame, Giona aveva continuato a sospettare un inganno, a diffidare ed a contendere con l'Eterno che invece era incline al perdono; sí, al perdono, anche dei niniviti, che pure erano idolatri e non sapevano distinguere la destra dalla sinistra. Otto lo interruppe:

– Che cosa mi vuoi dire, con questa tua storia? Che tu digiuni anche per me? E per tutti, anche per... loro? O che dovrei digiunare anche io?

Ezra rispose che lui, a differenza di Giona, non era un profeta, bensí un cantore di provincia, ma che insisteva nel chiedere al signor capobaracca quel favore, che la sua zuppa gli venisse conservata per la sera seguente, e cosí pure il pane del mattino dopo. Ma che la zuppa non fosse tenuta in caldo non ce n'era bisogno, che Otto la lasciasse pure raffreddare. Otto domandò perché, ed Ezra rispose che a questo c'erano due ragioni, una sacra e una profana. In primo luogo (e qui, forse senza volerlo, incominciò a parlare in cantilena e a dondolare leggermente il busto, avanti e indietro, com'è usanza quando si discute di argomenti rituali), secondo alcuni commentatori era sconsigliabile far lavorare il fuoco, o i suoi equivalenti, nel giorno dell'espiazione, anche se per mano di cristiani; in secondo, e piú semplicemente, la zuppa del Lager tendeva ad inacidire rapidamente, specie se tenuta al caldo: tutti i prigionieri preferivano mangiarla fredda piuttosto che acida.

Otto obiettò ancora che la zuppa era assai liquida, era insomma piú acqua che altro e quindi piuttosto che di un mangiare si trattava di un bere: e ritrovava, cosí dicendo, un altro gusto da lungo tempo perduto, quello delle accanite controversie dialettiche nelle assemblee del suo partito. Ezra gli spiegò che la distinzione non aveva rilevanza, nei giorni di digiuno non si mangia e non si beve nulla, nemmeno l'acqua. Tuttavia, non si incorre nella punizione divina se si trangugiano cibi del volume globale inferiore a quello di un dattero, o bevande di volume inferiore a quello che può essere contenuto fra una guancia e i denti. In questo conteggio, cibi e bevande non si sommano.

Otto brontolò una frase incomprensibile, in cui tuttavia ricorreva la parola *meschugghe*, che significa «matto» in yiddisch, ma che tutti i tedeschi conoscono; però si fece dare da Ezra la gamella, la riempí e la ripose nell'armadietto personale a cui lui, come funzionario, aveva diritto, e disse a Ezra che avrebbe potuto passare a ritirarla la sera dopo. Ad Ezra parve che la razione di zuppa fosse particolarmente abbondante.

Non avrei potuto venire a sapere i particolari di questo colloquio se non me li avesse riferiti Ezra medesimo, a pezzi e bocconi, un giorno in cui portavamo insieme sacchi di cemento da un magazzino a un altro. Ora Ezra non era propriamente un *meschugghe*: era erede di una tradizione antica, dolorosa e strana, il cui nocciolo consiste nell'avere il Male in abominio, e nel «fare siepe attorno alla Legge» affinché dalle lacune della siepe il Male non dilaghi a sommergere la Legge medesima. Nel corso dei millenni, intorno a questo nocciolo si è incrostata una gigantesca proliferazione di commenti, di deduzioni, di distinzioni sottili fino alla mania, e di ulteriori precetti e divieti; e nel corso dei millenni molti si sono condotti come Ezra, attraverso migrazioni e stragi senza numero. Per questo la storia del popolo ebreo è cosí antica, dolorosa e strana.

La storia di Avrom

Accade sovente, in questi tempi, di ascoltare gente che dice di vergognarsi di essere italiana. In realtà abbiamo buone ragioni di vergognarci: prima fra tutte, il non essere stati capaci di esprimere una classe politica che ci rappresenti, e di tollerarne da trent'anni invece una che non ci rappresenta. Abbiamo per contro virtú di cui non siamo consapevoli, o di cui almeno non sappiamo quanto siano rare in Europa e nel mondo: ripenso a queste virtú ogni volta che mi avviene di ripetere la storia di Avrom (lo chiamerò cosí), una storia che sono venuto a conoscere per caso. Per ora, essa vive appunto cosí, come una saga trasmessa di bocca in bocca, col rischio che venga distorta o adornata, e possa essere scambiata per una invenzione romanzesca. È una storia che mi piace perché contiene un'immagine del nostro paese visto da occhi ingenui e stranieri, in una luce ferma di salvazione, e visto inoltre nella sua ora piú bella. La riassumerò qui, scusandomi delle possibili imprecisioni.

Avrom aveva tredici anni nel 1939: era un ebreo polacco, figlio di un cappellaio molto povero di Leopoli. Quando in Polonia entrarono i tedeschi, Avrom comprese subito che era meglio non aspettarli chiuso in casa; cosí avevano deciso di fare i suoi genitori, ed erano subito stati catturati ed erano scomparsi. Avrom, rimasto solo, si mimetizzò sul fondo della piccola malavita locale, e visse di piccoli furti, di contrabbando minuto, di borsa nera e di mestieri vaghi e precari, dormendo nelle cantine delle case bombardate, finché non venne a sapere che a Leopoli c'era una caserma di italiani. Era probabilmente una delle basi dell'Armir: in città si sparse immediatamente la voce che i soldati italiani erano diversi dai tedeschi, che erano di buon cuore, andavano con le ragazze, e non stavano a guardare tanto per il sottile in fatto di disciplina militare, di permessi e di divieti. Alla fine del 1942 Avrom abitava ormai stabilmente, e semiufficialmente, in quella caserma. Aveva imparato un po' d'italiano e cercava di rendersi utile facendo vari mestieri, l'interprete, il lustrascarpe, il fattorino. Era diventato la mascotte della caserma, in cui tuttavia non era il solo: come lui vivevano una dozzina di altri ragazzi o bambini che erano rimasti abbandonati, senza parenti, senza casa e senza mezzi. Erano ebrei e cristiani; per gli italiani sembrava che questo non facesse alcuna differenza, del che Avrom non finiva di stupirsi.

Venne nel gennaio 1943 la rotta dell'Armir, la caserma si riempí di sbandati e poi fu smobilitata. Tutti gli italiani ritornavano in Italia, e gli ufficiali lasciarono capire che se qualcuno si voleva portare dietro quei ragazzi figli di nessuno loro avrebbero chiuso un occhio. Avrom aveva fatto amicizia con un alpino del Canavese: attraversarono il Tarvisio nella stessa tradotta, e il governo fascista li relegò insieme a Mestre, in un campo di quarantena. Di nome era una quarantena sanitaria, e del resto tutti avevano i pidocchi; di fatto era una quarantena politica, perché Mussolini non voleva che quei reduci raccontassero troppe cose. Ci restarono fino al 12 settembre, quando arrivarono i tedeschi, come se rincorressero proprio lui Avrom, stanandolo in tutti i nascondigli d'Europa. I tedeschi bloccarono il campo e caricarono tutti sui vagoni merci per portarli in Germania.

Avrom, nel vagone, disse all'alpino che lui in Germania non ci sarebbe andato, perché i tedeschi li conosceva e sapeva di che cosa erano capaci: era meglio buttarsi giú dal treno. L'alpino rispose che anche lui aveva visto che cosa avevano fatto i tedeschi in Russia, ma che lui di but-

LA STORIA DI AVROM

tarsi non aveva il coraggio. Saltasse giú Avrom, lui gli avrebbe fatto una lettera per i suoi in Canavese, con su scritto che quel ragazzo era un suo amico, che gli dessero il suo letto e lo trattassero preciso come se fosse lui. Avrom si buttò dal treno con la lettera in tasca. Era in Italia, ma non nell'Italia lucida e patinata delle cartoline illustrate e dei testi di geografia. Era solo, sulla massicciata della ferrovia, senza soldi, in mezzo alla notte e alle pattuglie tedesche, in un paese sconosciuto, da qualche parte fra Venezia e il Brennero. Sapeva soltanto che doveva raggiungere il Canavese. Tutti lo aiutarono e nessuno lo denunciò: trovò un treno per Milano, poi uno per Torino. A Porta Susa prese la Canavesana, scese a Cuorgné, e prese a piedi la strada per il paesino del suo amico. A questo punto Avrom aveva diciassette anni.

I genitori dell'alpino lo accolsero bene, ma senza tante parole. Gli diedero dei vestiti, da mangiare e un letto, e poiché due braccia giovani servivano, lo misero a lavorare in campagna. In quei mesi l'Italia era piena di gente sbandata, fra cui c'erano anche inglesi, americani, australiani, russi, che erano scappati all'8 settembre dai campi per prigionieri di guerra, e perciò nessuno fece molto caso a quel ragazzino forestiero. Nessuno gli fece domande; ma il parroco, parlandogli insieme, si rese conto che era sveglio, e disse ai genitori dell'alpino che era un peccato non farlo studiare. Cosí lo misero alla scuola dei preti. A lui, che ne aveva viste tante, andare a scuola e studiare piaceva; gli dava una impressione di tranquillità e di normalità. Però trovava buffo che gli facessero studiare il latino: che bisogno avevano i ragazzi italiani di imparare il latino, dal momento che l'italiano era quasi uguale? Ma studiò tutto con impegno, ebbe ottimi voti in tutte le materie, e in marzo il prete lo chiamò a servire messa. Questa faccenda, di un ragazzo ebreo che serve messa, gli sembrava anche piú buffa, ma si guardò bene dal dire in giro che era ebreo, perché non si sa mai. A buon conto, aveva subito imparato a farsi il segno della croce e tutte le preghiere dei cristiani.

Ai primi d'aprile piombò sulla piazza del paese un camion pieno di tedeschi, e tutti scapparono. Ma poi si accorsero che quelli erano tedeschi strani: non urlavano ordini né minacce, non parlavano tedesco, parlavano una lingua mai sentita, e cercavano gentilmente di farsi capire. Qualcuno ebbe l'idea di andare a cercare Avrom, che appunto era forestiero. Avrom arrivò sulla piazza, e lui e quei tedeschi si intesero benissimo, perché non erano tedeschi per niente: erano dei cecoslovacchi che i tedeschi avevano arruolato di forza nella Wehrmacht, e adesso avevano disertato portandosi via un camion militare e volevano andare coi partigiani italiani. Loro parlavano ceco e Avrom rispondeva in polacco, ma si capivano ugualmente. Avrom ringraziò gli amici canavesani e andò coi cechi. Non aveva idee politiche ben definite, ma aveva visto che cosa i tedeschi avevano fatto al suo paese, e gli sembrava giusto combattere contro di loro.

I cechi furono aggregati ad una divisione di partigiani italiani che operava nella valle dell'Orco, e Avrom rimase con loro come interprete e staffetta. Uno dei partigiani italiani era ebreo e lo diceva a tutti; Avrom ne rimase stupito, ma continuò a non dire a nessuno che era ebreo anche lui. Ci fu un rastrellamento, e il suo reparto dovette risalire la valle fino a Ceresole Reale, dove gli raccontarono che si chiamava Reale perché ci veniva il Re d'Italia a cacciare i camosci, e glieli fecero anche vedere col cannocchiale, i camosci, sui costoni del Gran Paradiso. Avrom rimase abbagliato dalla bellezza delle montagne, di quel lago e dei boschi, e gli sembrava assurdo venirci per fare la guerra: infatti, a quel punto avevano armato anche lui. Ci fu combattimento coi fascisti che venivano su da Locana, poi i partigiani ripiegarono nelle valli di Lanzo attraverso il Colle della Crocetta. Per il ragazzo, che veniva dall'orrore del ghetto e dalla Polonia monotona, quella traversata per la montagna scabra e deserta, e le molte altre che seguirono, furono la rivelazione di un mondo splendido e nuovo, che racchiudeva in sé esperienze che lo ubriacavano e lo sconvolgevano: la bellezza

LA STORIA DI AVROM

del Creato, la libertà e la fiducia nei suoi compagni. Si susseguirono combattimenti e marce. Nell'autunno del 1944 il suo gruppo discendeva la Val Susa, di borgata in borgata, fino a Sant'Ambrogio.

Ormai Avrom era un partigiano finito, coraggioso e robusto, disciplinato per profonda natura ma svelto col mitra e con la pistola, poliglotta ed astuto come una volpe. Venne a saperlo un agente del Servizio Segreto americano, e gli affidò una radiotrasmittente: stava in una valigia, lui doveva portarsela dietro spostandola continuamente perché non venisse individuata col radiogoniometro, e tenere i contatti con le armate che risalivano l'Italia dal Sud, e in specie coi polacchi di Anders. Di nascondiglio in nascondiglio, Avrom arrivò a Torino. Gli avevano dato l'indirizzo della parrocchia di San Massimo e la parola d'ordine. Il 25 aprile lo trovò annidato con la sua radio in una cella del campanile.

Dopo la Liberazione, gli Alleati lo convocarono a Roma per regolarizzare la sua posizione, che in effetti era piuttosto imbrogliata. Lo caricarono su di una jeep, ed attraverso le strade sconnesse di allora, attraverso città e villaggi gremiti di gente sbrindellata che applaudiva, giunse in Liguria, e per la prima volta nella sua breve vita vide il mare.

L'impresa del diciottenne Avrom, candido soldato di ventura, che come tanti remoti viaggiatori nordici aveva scoperto l'Italia con occhio vergine, e come tanti eroi del Risorgimento aveva combattuto per la libertà di tutti in un paese che non era il suo, finisce qui, davanti allo splendore del Mediterraneo in pace.

Adesso Avrom vive in un kibbutz in Israele. Lui poliglotta non ha piú una lingua veramente sua: ha quasi dimenticato il polacco, il ceco e l'italiano, e non ha ancora una padronanza piena dell'ebraico. In questo linguaggio per lui nuovo, ha messo giú le sue memorie, sotto forma di appunti scarni, e dimessi, velati dalla distanza nello spazio e nel tempo. È un uomo umile, e li ha scritti senza le ambizioni del letterato e dello storico, pensando ai suoi figli e nipoti, perché resti ricordo delle cose che lui ha viste e vissute. È da sperare che trovino chi restituisca loro il respiro ampio e pulito che potenzialmente contengono.

Stanco di finzioni

Chi ha avuto l'occasione di confrontare l'immagine reale di uno scrittore con quella che si può desumere dai suoi scritti, sa quanto sia frequente il caso che esse non coincidano. Il delicato indagatore di stati d'animo, vibratile come un circuito oscillante, si rivela un tanghero borioso, morbosamente pieno di sé, avido di denaro e di adulazioni, cieco alle sofferenze del prossimo; il poeta orgiastico e suntuoso, in comunione panica con l'universo, è un omino astinente ed astemio, non per scelta ascetica ma per prescrizione medica.

Ma quanto è gradevole, invece, parificante, rasserenante, il caso inverso, dell'uomo che si conserva uguale a se stesso attraverso quello che scrive! Anche se non è geniale, a lui va immediatamente la nostra simpatia: qui non c'è piú finzione né trasfigurazione, non muse né salti quantici, la maschera è il volto, e al lettore sembra di guardare dall'alto un'acqua chiara e di distinguere la ghiaia variopinta del fondo. Ho provato questa impressione leggendo, diversi anni fa, il manoscritto tedesco di un'autobiografia che è poi comparsa anche in italiano, nel 1973, col titolo *Sfuggito alle reti del nazismo*; l'editore è Mursia, l'autore si chiama Joel König, e non a caso il primo capitolo si intitola «Stanco di travestimenti». König non è uno scrittore di professione: è un biologo, ed ha preso la penna solo perché gli sembrava che la sua storia fosse troppo singolare per non essere raccontata.

Joel, ebreo tedesco nato nel 1922 a Heilbronn in Svevia, racconta col candore e con i difetti del non-professionista, spesso si dilunga sul superfluo e trascura fatti essenziali. È un ragazzo borghese, figlio di un rabbino di provincia, e fin dall'infanzia ha praticato il complesso rituale ebraico senza alcun senso di costrizione, ribellione o ironia, anzi, sentendo di rivivere una tradizione antica, lieta e pervasa di poesia simbolica.

Il padre gli ha insegnato che ognuno ha bensí ricevuto da Dio una sola anima, ma che al Sabato, ad ogni uomo pio, Dio ne concede in prestito una seconda, che lo illumina e santifica dal tramonto al tramonto; e che perciò, non solo di Sabato non si lavora, ma neppure si possono toccare strumenti, quali il martello, le forbici e la penna, e tanto meno il denaro, per non avvilire l'anima sabbatica. Neppure possono i bambini acchiappare le farfalle, perché il farlo rientra nel concetto di caccia, e questo in quello piú vasto di lavoro; e inoltre, perché il Sabato è il giorno della libertà per tutti, anche per gli animali. Del resto, anche gli animali onorano il Creatore, e le galline, quando bevono, levano il becco al cielo per ringraziarlo di ogni singolo sorso.

Su questo «idillio svevo» incomincia nel 1933 a stendersi l'ombra nera di Hitler. Il padre, nel frattempo, è stato trasferito (sempre come rabbino) in una piccola città dell'Alta Slesia, non lontano da Auschwitz, ma Auschwitz, a quel tempo, non era che una qualsiasi cittadina di frontiera. Joel e suo padre reagiscono al nuovo clima in un modo molto istruttivo, nel senso che insegna cose essenziali sulla Germania di allora e di oggi.

Il rabbino ha insegnato al figlio che il trattato di Versailles, dopo il Peccato originale e la distruzione del Tempio ad opera di Tito, è stato l'evento piú calamitoso della storia del mondo, ma che tuttavia gli ebrei tedeschi non devono opporsi all'ingiustizia con la violenza: «Soffrire ingiustamente è meglio che agire ingiustamente». Negli anni della crisi economica ha votato per i Cattolici di Centro «perché hanno timor di Dio», ma nel '33 i Cattolici votano i pieni poteri a Hitler: ed egli riconosce nelle leggi di Norimberga la mano ammonitrice di Dio ed una punizione alle trasgressioni degli ebrei.

Facevano affari il Sabato? Ora le loro botteghe vengono boicottate. Sposavano donne cristiane? Le nuove provvide leggi vietano i matrimoni misti.

Le reti del nazismo si stringono intorno agli ebrei tedeschi: pochi chiaroveggenti tentano la fuga in Paesi neutrali, o cercano un precario rifugio nella clandestinità; la maggior parte, come i genitori di Joel, vivono alla giornata, attoniti, nutrendosi di illusioni assurde e di notizie false, mentre ogni giorno, con raffinata crudeltà e progressione, col deliberato intento di infliggere umiliazione e sofferenza, vengono emanate leggi su leggi.

Con empia parodia delle norme rituali, invece delle parole del Signore, accanto al cuore e sulla porta di casa gli ebrei devono portare la stella gialla; non possono possedere biciclette né telefoni; non telefonare dai posti pubblici; non abbonarsi a giornali. Devono consegnare gli indumenti di lana e le pellicce, ed hanno razioni alimentari di fame; incominciano, alla spicciolata, i trasferimenti «verso Oriente»: si pensa ai ghetti, al lavoro forzato, nessuno sospetta la strage, eppure si deportano anche i moribondi e i bambini...

Come molti altri giovani, Joel si rifugia in una fattoria-scuola organizzata dai sionisti allo scopo di allenare ragazzi e ragazze ai lavori agricoli ed alla vita comunitaria, in vista di una sempre meno probabile emigrazione in Palestina. La Gestapo tollera, perché la mano d'opera è scarsissima, e l'azienda (i giovani non sono pagati) è redditizia: ma a poco a poco la fattoria diventa un Lager in miniatura; Joel si strappa la stella gialla e scappa a Berlino.

Poco dopo, i suoi genitori vengono deportati, e Joel si trova solo nella città nemica, sconvolta dai bombardamenti e brulicante di spie, di gendarmi e di lavoratori stranieri di tutte le razze. Ha distrutto i suoi documenti contrassegnati dalla J, iniziale di Jude, e non ha carte annonarie: è un fuorilegge. Ebbene, si direbbe che solo in questa situazione di emarginazione estrema, il giovane innamorato dell'ordine celeste e terreno scopra se stesso, e diventi consapevole delle proprie straordinarie risorse.

Diventa un eroe chapliniano: insieme ingenuo e astuto, pronto all'improvvisazione fantasiosa, mai disperato, radicalmente incapace di odio e violenza, amante della vita, dell'avventura e dell'allegria. Passa attraverso tutte le insidie come per miracolo: come se il patto di Dio col popolo di Israele avesse trovato, in lui e per lui, una pratica applicazione; come se Dio stesso, in cui egli crede, gli tenesse una mano sul capo, come è fama che Egli faccia coi bambini e con gli ebbri.

Trova un primo malsicuro asilo presso un vecchio ciabattino, che si presta ad ospitarlo non tanto per generosità quanto per balordaggine: non si rende conto che dare albergo ad un ebreo nella Berlino della Gestapo può costare la vita, ma Joel lo sa, e per non compromettere un innocente ancora una volta prende il largo. Dove passare le notti, nel duro inverno '42-43? Nella cabina di comando di una gru, nelle baracche degli attrezzi antincendio, nella carcassa di un carro armato sovietico esposto in piazza come un monumento? Joel sceglie a caso, e gli va sempre bene.

Vagabonda per Berlino, deserto di macerie separato dal cielo da sterminate reti mimetiche, e si installa temporaneamente in una latrina in disuso: due metri cubi, ma è meglio che niente. Amante della pulizia, ispeziona diligentemente gli edifici squartati dalle bombe, e trova scaldabagni ancora funzionanti, anche se manca la quarta parete: con le dovute precauzioni, magari con l'aiuto di un complice, si può fare un bagno caldo. È una delizia, ed inoltre la bizzarria dell'invenzione procura a Joel un acuto divertimento infantile che dà sapore al pericolo.

Un controllo della polizia potrebbe essere una trappola mortale. A Joel occorre un documento, uno qualsiasi, perché nella marea di lavoratori stranieri i poliziotti non possono piú andare per il sottile; se lo procura nel modo piú impensato. Dichiarando un nome «ariano», fa domanda di iscrizione al Fascio di Berlino, dove si tengono

STANCO DI FINZIONI

corsi d'italiano per militari e civili tedeschi. Frequenta le lezioni, lui ebreo clandestino in mezzo a condiscepoli che sono in buona parte militi delle SS, ed ottiene quanto desiderava, una tessera intestata a Wilhelm Schneider, con la sua fotografia, un enorme fascio littorio e molti bolli; non è perfetto, un poliziotto intelligente scoprirebbe il trucco con due domande ma, ancora una volta, è meglio che niente. Fidando nella tenue protezione della tessera, Joel riempie le interminabili giornate girovagando e meditando un piano di fuga.

La fortuna lo aiuta: viene casualmente a contatto con un ingegnere, ex socialdemocratico, che dà concretezza ai programmi vaghi di Joel. Potrà raggiungere Vienna, e di lí un contrabbandiere lo farà passare in Ungheria.

Joel ha ventun anni, ma ne dimostra diciassette, e il suo viso non ha tratti ebraici: gli sembra logico travestirsi nella divisa della Gioventú Hitleriana, l'equivalente dei nostri avanguardisti dell'epoca; i giovani hitleriani non sono in età militare, è un controllo di meno, e del resto «giocare ai soldati» gli è sempre piaciuto; anche suo fratello Leon, come lui clandestino in città, va in giro in una uniforme di fantasia, e forse non è mal pensato.

Il giovane hitleriano Joel König - Wilhelm Schneider parte per Vienna nel maggio del 1943: ha nella valigia, fra l'altro, una bibbia in ebraico, una grammatica ed un manuale di conversazione ungheresi, una grammatica araba. È un viaggiatore educato, e prevede che a Budapest avrà poco tempo per gli acquisti: e come avrebbe potuto «vivere in Palestina senza essere in grado di parlare con tutti gli abitanti del paese nella loro lingua?»

In tasca ha sempre la stella gialla, che gli verrà utile a Vienna per essere riconosciuto come ebreo. Nella valigia, follemente sospetta, non ha dimenticato di riporre i suoi due interruttori ad orologeria, per accendere la luce e il fornello elettrico la sera del sabato, perché ad un ebreo pio è vietato accendere manualmente il fuoco o i suoi moderni equivalenti; è un lavoro servile, che profanerebbe il giorno sacro. Al controllo del bagaglio, nel momento cruciale della partenza da Berlino, Joel percepisce distintamente il ticchettio di uno dei congegni, che le scosse hanno messo in movimento: l'impiegato allo sportello potrà udirlo, e pensare che si tratti di un ordigno infernale! Ma ancora una volta la fortuna protegge lo sconsigliato, e nessuno si accorge di nulla.

Qui il libro inopinatamente finisce. Il resto delle avventure di Joel è condensato in due paginette di epilogo, ma mi è stato raccontato molti anni dopo, diffusamente ed a viva voce, da Joel medesimo. Mi ha narrato il suo vagabondaggio dall'uno all'altro degli ultimi ebrei rimasti a Vienna e ormai rassegnati al loro destino: sono atterriti alla vista del Giovane Hitleriano che bussa alla loro porta, e lui ha difficoltà a dimostrare di essere quello che è. Gli dànno quattrini senza risparmio: a loro, ormai, non servono piú.

A Vienna, Joel è sospetto a tutti, e nessuno è disposto ad ospitarlo stabilmente; va alla Comunità Israelitica, spopolata dalle deportazioni, ma ancora funzionante per l'abnegazione di alcuni impiegati superstiti, a sera si lascia chiudere dentro, e pernotta nella latrina chiusa a chiave dall'interno: ma di giorno, da turista attento e curioso, non trascura di visitare la città. Quando domanda ai viennesi l'ubicazione dei monumenti, gli rispondono sgarbatamente: si sono accorti che è ebreo? o non amano la sua divisa? No, non è loro simpatico il suo accento germanico: Joel è felice sentendo mormorare dietro la sua schiena «Saupreuss», «porco prussiano».

Un primo contrabbandiere lo tradisce e lo rapina; al secondo tentativo passa in Ungheria, si sente un uomo libero e si spoglia della scomoda divisa, ma nel marzo del '44 la deve rivestire perché irrompono anche là i carri armati tedeschi. Sconfina senza guai in Romania, tutti lo aiutano, e riesce ad imbarcarsi clandestino su una nave turca che lo porta, in piena guerra, alla Terra dei Padri, a quel tempo Mandato Britannico; e qui, per sommo paradosso, il Servizio Segreto inglese non crede alla sua storia, che infatti è letteralmente incredibile, e caccia final-

STANCO DI FINZIONI

mente in prigione, come sospetto di spionaggio, quel giovane biondo dall'accento tedesco, quel Joel König che aveva attraversato l'intera Europa nazista in armi senza che la Gestapo gli torcesse un capello.

Ma Joel non scriverà questa storia. Si è laureato e sposato, si è stabilito in Olanda, ama ed ammira gli olandesi, che sono tenaci ed amanti della pace come lui. È stanco, stanco di finzioni e di travestimenti: per questo, anche scrivendo la sua straordinaria avventura, non ha cercato di fingere, di rappresentarsi diverso da quello che è e da quello che è sempre stato.

Il ritorno di Cesare

Sono passati molti anni da quando ho raccontato le avventure di Cesare, e molti altri ancora dal tempo, ormai bruno per la distanza, in cui quelle avventure si sono svolte. Ad alcune avevo preso parte anch'io, ad esempio all'acquisto-conquista di una gallina nelle paludi del Pripet; in altre Cesare era stato solo, come quella volta che si era assunto l'incarico di vendere pesci per conto di un consorzio di committenti, ma si era commosso davanti alla fame di tre bambini, e i pesci invece di barattarli li aveva regalati.

Non ho raccontato finora la piú ardita delle sue imprese perché Cesare me lo aveva vietato: era rientrato a Roma e nell'ordine, si era costruita intorno una famiglia, aveva un impiego rispettabile, una decorosa casa borghese, e non si riconosceva volentieri nel picaro ingegnoso che ho descritto in *La tregua*. Oggi però Cesare non è piú il reduce estroso, cencioso ed indomabile della Bielorussia 1945, e neppure il funzionario senza macchia della Roma 1965; incredibilmente, è un pensionato sessantenne, abbastanza tranquillo, abbastanza saggio, provato duramente dal destino, e mi ha sciolto dal divieto, autorizzandomi a scrivere «prima che te passi la vojja».

Prima dunque che mi passi la voglia mi accingo a raccontare qui il modo in cui Cesare, il 2 di ottobre del 1945, stomacato dai ghirigori e dalle soste interminabili della tradotta che ci stava riportando in Italia, ed impaziente di mettere in atto le sue capacità inventive e la mostruosa libertà che ci era stata donata dal destino dopo la prova di Auschwitz, ci abbandonò perché aveva deciso di ritornare a casa in aeroplano. Magari dopo di noi, ma non come noi: non affamato, lacero, stanco, intruppato, scortato dai russi, su un estenuante treno-lumaca. Voleva una rentrée gloriosa, un'apoteosi. Ne vedeva i pericoli, ma «o a Napoli in carozza, o in màchina a fa' er carbone».

La nostra tradotta, col suo carico variopinto di millequattrocento italiani sulla tortuosa via del ritorno, stava confitta da sei giorni nella pioggia e nel fango di un paesino della frontiera fra la Romania e l'Ungheria, e Cesare era furioso d'ozio forzato e d'impotenza-impazienza. Mi invitò a seguirlo, ma io rifiutai perché l'avventura mi spaventava; allora prese brevi accordi col Signor Tornaghi, salutò tutti e partí con lui.

Il Signor Tornaghi era un mafioso del Nord, di professione ricettatore. Era un milanese sanguigno e cordiale sui quarantacinque anni: nei nostri vagabondaggi precedenti si era distinto per l'abbigliamento quasi elegante, che del resto era per lui un'abitudine, un simbolo di condizione sociale ed una necessità imposta dalla sua professione. Fino a pochi giorni prima aveva addirittura ostentato un cappotto col bavero di pelliccia, ma poi l'aveva venduto per fame. Un socio cosí per Cesare andava benissimo: Cesare non ha mai avuto fisime di casta o di classe. I due presero il primo treno in partenza per Bucarest, cioè in direzione contraria alla nostra, e nel corso del viaggio Cesare insegnò al Signor Tornaghi le principali preghiere del rituale ebraico, e da lui si fece insegnare il Pater, il Credo e l'Avemaria, perché aveva già in mente un programma minimale per il primo impianto a Bucarest.

A Bucarest arrivarono senza incidenti, ma dando fondo a tutte le loro poche risorse. Nella metropoli sconvolta dalla guerra ed incerta dei suoi prossimi destini, i due si dedicarono per alcuni giorni a mendicare, imparzialmente, nei conventi e alla Comunità Israelitica: si presentavano volta a volta come due ebrei scampati alla strage, o come due pellegrini cristiani in fuga davanti ai sovietici. Non raccolsero molto, si spartirono i proventi e li investirono in abiti: il Tornaghi per restaurare l'aspetto onesto che la sua professione richiede, e Cesare per far fronte al secondo stadio del suo piano. Ciò fatto, si separarono, e di quanto sia avvenuto al Signor Tornaghi nessuno ha piú saputo nulla.

Cesare, in giacca e cravatta dopo un anno di cranio rapato e di panni a strisce da galeotto, si sentiva agli inizi come stranito, ma non tardò a ritrovare la sicurezza necessaria per il nuovo ruolo che intendeva assumere, e che era quello dell'amante latino: poiché la Romania (Cesare se n'era accorto presto) è un paese assai meno neolatino di quanto assicurino i testi. Cesare non parlava romeno, evidentemente, né alcuna lingua fuori dell'italiano, ma le difficoltà di comunicazione non gli furono d'impedimento. Gli furono anzi d'aiuto, perché è piú facile dire bugie quando si sa di essere capiti male, e del resto nella tecnica del corteggiamento il linguaggio articolato ha una funzione secondaria.

Dopo alcuni tentativi andati a vuoto Cesare incappò in una ragazza che rispondeva ai suoi requisiti: era di famiglia ricca e non faceva troppe domande. Sul suocero putativo le notizie fornite da Cesare sono vaghe; era uno dei padroni dei pozzi di petrolio di Ploesti, e/o direttore di una banca, e abitava in una villa il cui cancello era affiancato da due leoni di marmo. Ma Cesare è un pesce che nuota in tutte le acque, e non mi stupisce che sia stato accolto bene in quella famiglia di borghesi facoltosi, certo già spaventati dai prossimi rivolgimenti politici del loro paese: chissà, forse una figlia sposata in Italia poteva essere vista come una futura testa di ponte.

La ragazza ci stette. Cesare fu presentato, invitato nella villa dei leoni, portò mazzi di fiori e si fidanzò ufficialmente. Fu chiamato a colloquio col futuro suocero, e non fece mistero della sua qualità di reduce dal Lager. Gli accennò che, per il momento, era a corto di denaro: gli avrebbe fatto comodo un piccolo prestito, o un anticipo sulla dote, per sistemarsi in qualche modo in città in attesa dei documenti per le nozze e di aver trovato un lavoro. La ragazza ci stette ancora: era un tipo di grinza, aveva capito subito tutto, da vittima dell'imbroglio era diventata complice; l'avventura esotica era di suo gusto, anche se sapeva bene che sarebbe finita presto, e dei soldi del padre non le importava niente.

Cesare ottenne i quattrini e sparí. Pochi giorni dopo, verso la fine di ottobre, si imbarcò sull'aereo per Bari. Aveva vinto, dunque; rimpatriava sí dopo di noi (che avevamo ripassato il Brennero il 19 del mese), e quell'imbroglio gli era costato parecchio, in forma di compromessi di coscienza e di un affare sentimentale troncato a metà, ma tornava in volo, come i re, e come aveva promesso a se stesso e a noi impantanati nel fango romeno.

Che Cesare sia disceso a Bari dal cielo non ci sono dubbi. È stato visto da numerosi testimoni che erano accorsi ad aspettarlo, ed essi non hanno dimenticato la scena perché Cesare, appena ebbe messo piede sul suolo, fu fermato dai Carabinieri, a quel tempo ancora Reali. La ragione era semplice: dopo che l'aereo era decollato da Bucarest, i funzionari della compagnia aerea si erano accorti che i dollari che Cesare aveva avuti dal suocero, e con cui aveva pagato il biglietto del viaggio, erano falsi, e avevano subito spedito un fonogramma all'aeroporto di arrivo. Non è chiaro se l'ambiguo suocero romeno abbia agito in buona fede, oppure se abbia fiutato l'inganno e si sia vendicato preventivamente, punendo Cesare e ad un tempo liberandosi di lui. Cesare fu interrogato, spedito a Roma con foglio di via e un viatico di pane e fichi secchi, nuovamente interrogato e poi rilasciato definitivamente.

È questa la storia di come Cesare sciolse il suo voto, e scrivendola qui ho sciolto un voto anch'io. Può essere imprecisa in qualche particolare, perché si fonda su due memorie (la sua e la mia), e sulle lunghe distanze la memoria umana è uno strumento erratico, specialmente se non è rafforzata da *souvenirs* materiali, e se invece è drogata dal desiderio (anche questo suo e mio) che la storia narrata sia bella; ma il dettaglio dei dollari falsi è certo, ed ingrana con fatti che appartengono alla storia europea di quegli anni. Dollari e sterline falsi circolavano in abbondanza verso la fine della seconda guerra mondiale, in tutta l'Europa e in specie nei Paesi balcanici; fra l'altro, erano stati usati dai tedeschi per pagare in Turchia la spia bifronte Cicero, la cui storia è stata raccontata piú volte e in vari modi: anche qui, dunque, a risposta di un inganno.

Si dice in proverbio che il denaro è lo sterco del diavolo, e mai denaro è stato piú stercorario e piú diabolico di quello. Esso veniva stampato in Germania, per inflazionare la circolazione monetaria in campo nemico, per seminare sfiducia e sospetto, e per «pagamenti» del tipo di quello accennato. In buona parte, a partire dal 1942, queste banconote erano prodotte nel Lager di Sachsenhausen, dove le SS avevano radunato circa centocinquanta prigionieri d'eccezione: erano grafici, litografi, fotografi, incisori e falsari che costituivano il «Kommando Bernhard», piccolo Lager segretissimo di «specialisti» entro la recinzione del piú grande Lager, abbozzo delle *saraski* staliniane che saranno descritte da Solženicyn in *Il primo cerchio*.

Nel marzo 1945, davanti all'incalzare delle truppe sovietiche, il Kommando Bernhard fu trasferito in blocco, dapprima a Schlier-Redl-Zipf, poi (il 3 maggio 1945, a pochi giorni dalla capitolazione) a Ebensee: erano entrambi Lager dipendenti da Mauthausen. Pare che i falsari abbiano lavorato fino all'ultimo giorno, e che poi le matrici siano state gettate in fondo a un lago.

Il ritorno di Lorenzo

Anche di Lorenzo ho raccontato altrove, ma in termini volutamente vaghi. Lorenzo era ancora vivo quando io stavo scrivendo *Se questo è un uomo*, e l'impresa di trasformare una persona viva in un personaggio lega la mano di chi scrive. Questo avviene perché tale impresa, anche quando è condotta con le intenzioni migliori e su una persona stimata ed amata, sfiora la violenza privata, e non è mai indolore per chi ne è l'oggetto. Ciascuno di noi si costruisce, consapevolmente o no, un'immagine di se stesso, ma essa è fatalmente diversa da quella, o meglio da quelle, a loro volta fra loro diverse, che vengono costruite da chi ci avvicina, e trovarsi ritratti in un libro con lineamenti che non sono quelli che ci attribuiamo è traumatico, come se lo specchio, ad un tratto, ci restituisse l'immagine di un altro: magari piú nobile della nostra, ma non la nostra. Per questo motivo, e per altri piú ovvi, è buona norma non scrivere biografie di viventi; a meno che l'autore non scelga apertamente le due vie opposte dell'agiografia o del pamphlet, che divergono dalla realtà e non sono disinteressate. Quale poi sia l'immagine «vera» di ognuno di noi, è una domanda senza senso.

Adesso Lorenzo è morto da molti anni, io mi sento sciolto dal ritegno che mi impediva prima, e mi sembra invece doveroso cercare di ricostruire l'immagine che di lui ho conservato, in questi racconti del passato prossimo che raccolgono i paralipomeni dei miei primi due libri. Ho incontrato Lorenzo nel giugno del 1944, dopo un bombardamento che aveva sconvolto il grande cantiere in cui entrambi lavoravamo. Lorenzo non era un prigioniero come noi, anzi, non era un prigioniero affatto. Ufficialmente, faceva parte dei lavoratori civili volontari di cui la Germania nazista pullulava, ma la sua scelta era stata ben poco volontaria. Nel 1939 dipendeva come muratore da un'impresa italiana che lavorava in Francia. Era scoppiata la guerra, tutti gli italiani in Francia erano stati internati, ma poi erano venuti i tedeschi, avevano ricostituito l'impresa e l'avevano trasferita in blocco in Alta Slesia.

Questi lavoratori, pur non essendo militarizzati, vivevano alla maniera dei militari: erano accasermati in un campo non lontano dal nostro, dormivano in brande, avevano libera uscita alla domenica, una settimana o due di ferie, erano pagati in marchi, potevano scrivere e mandare rimesse in Italia, e dall'Italia potevano ricevere abiti e pacchi viveri.

Quel bombardamento, uno dei primi, aveva danneggiato gli edifici, e questi erano danni riparabili; ma schegge e macerie avevano anche colpito il delicato macchinario che avrebbe dovuto entrare in funzione quando l'enorme complesso dei Buna-Werke fosse passato alla fase produttiva, e qui il danno era molto maggiore. La direzione degli stabilimenti aveva disposto che le macchine piú preziose fossero protette da spesse tramezze di mattoni, e ne affidò la costruzione all'impresa di Lorenzo. La mia squadra, a quel tempo, faceva lavori di trasporto nello stesso interrato dove lavoravano i muratori italiani, e per puro caso il nostro Kapo mandò proprio me a fare da garzone a due muratori che non avevo mai visti prima.

Il muro che i due stavano tirando su era già alto, e loro lavoravano su un'impalcatura. Io stavo a terra e aspettavo che qualcuno mi dicesse che cosa dovevo fare; i due mettevano giú mattoni di lena, senza parlare, per cui da principio non mi accorsi che erano italiani. Poi uno di loro, alto, un po' curvo, con i capelli grigi, mi disse in pessimo tedesco che la malta stava per finire e che dovevo portare su il bugliolo. Un bugliolo pieno è pesante e in-

IL RITORNO DI LORENZO

gombrante, e se lo si tiene per il manico batte nelle gambe; bisogna issarlo su una spalla, ma questo non è facile. I garzoni esperti fanno cosí: allargano le gambe, afferrano il manico con le due mani, sollevano il bugliolo e gli imprimono un'oscillazione verso l'indietro, cioè fra le gambe stesse; sfruttando poi lo slancio pendolare cosí acquistato, riportano il carico in avanti e lo fanno risalire d'impeto fin sulla spalla. Io provai, con risultati miserabili: lo slancio non era sufficiente e il bugliolo ricadde a terra spandendo metà della malta. Il muratore alto sbuffò, e rivolto al compagno disse: – Oh già, si capisce, con gente come questa... –; poi si accinse a scendere dall'impalcatura. Non avevo sognato: aveva parlato in italiano, e con accento piemontese.

Appartenevamo a due caste diverse dell'universo nazista, e perciò parlando fra noi commettevamo un reato: ma parlammo ugualmente, e ne venne fuori che Lorenzo era di Fossano, che io ero di Torino, ma che a Fossano avevo lontani parenti che Lorenzo conosceva di nome. Non mi pare che ci siamo detti molto di piú, né allora né dopo: non a causa del divieto, ma perché Lorenzo non parlava quasi mai. Sembrava che di parlare non avesse bisogno; il poco che so di lui l'ho ricavato solo in piccola parte dai suoi scarsi accenni, e in parte maggiore da quanto mi hanno raccontato i suoi compagni laggiú e piú tardi i suoi parenti in Italia. Non era sposato, era sempre stato solo; il suo lavoro, che aveva nel sangue, lo aveva invaso fino ad ostacolarlo nei rapporti umani. Da principio era stato muratore al suo paese e nei dintorni, cambiando spesso padrone perché non aveva un carattere facile; se un capomastro gli faceva un'osservazione, anche con il migliore dei modi, lui non rispondeva, si metteva il cappello e se ne andava. D'inverno, spesso andava a lavorare in Francia, sulla Costa Azzurra, dove lavoro ce n'era sempre: non aveva passaporto né documenti, partiva a piedi, da solo, dormiva dove capitava, e passava la frontiera per i valichi dei contrabbandieri; allo stesso modo ritornava in primavera.

Non parlava, ma capiva. Non credo di avergli mai chiesto aiuto, perché allora non avevo un'idea chiara del modo di vivere e delle disponibilità di questi italiani. Lorenzo fece tutto da solo; due o tre giorni dopo il nostro incontro, mi portò una gavetta alpina (di quelle d'alluminio, che tengono press'a poco due litri) piena di zuppa, e mi disse di riportargliela vuota prima di sera. Da allora, la zuppa non mancò mai, accompagnata qualche volta da una fetta di pane. Me la portò tutti i giorni per sei mesi: finché io lavorai da manovale per lui, non c'erano difficoltà per la consegna, ma dopo qualche settimana lui (o io, non ricordo) fu trasferito in un altro angolo del cantiere, ed allora il pericolo crebbe. Il pericolo era che fossimo visti insieme: la Gestapo aveva occhi dappertutto, e chi di noi era visto parlare con un «civile» per ragioni non giustificate dal lavoro rischiava un processo per spionaggio. In realtà, la Gestapo temeva altro: temeva che attraverso i civili trapelasse al mondo esterno il segreto delle camere a gas di Birkenau. Anche i civili rischiavano: chi di loro risultava colpevole di contatti illegali con noi, finiva nel nostro Lager. Non a tempo indefinito, come noi: a termine, per qualche mese soltanto, a scopo di *Umschulung*, di rieducazione. Avevo avvisato io stesso Lorenzo di questo pericolo, ma lui aveva scosso le spalle senza parlare.

Io divido la zuppa di Lorenzo con il mio amico Alberto. Senza di essa non avremmo potuto sopravvivere fino all'evacuazione del Lager: a conti fatti, quel litro di zuppa in piú serviva a far quadrare il bilancio delle calorie giornaliere. Il vitto del Lager ce ne forniva circa 1600, che non bastano per vivere lavorando. Quella zuppa ne forniva altre quattro o cinquecento; ancora insufficienti per un uomo di corporatura media, ma Alberto ed io eravamo già in partenza piccoli e magri, e il nostro fabbisogno era inferiore. Era una zuppa strana. Ci trovammo dentro noccioli di prugna, bucce di salame, una volta perfino l'ala di un passerotto con tutte le penne; un'altra volta, un frammento di un giornale italiano. Ho conosciuto l'origine di questi ingredienti piú tardi, quando ho rivisto

Lorenzo in Italia; aveva detto ai suoi compagni che fra gli ebrei di Auschwitz c'erano due italiani, e tutte le sere faceva il giro della camerata a raccogliere i loro avanzi. Anche loro facevano la fame, anche se non quanto noi, e molti si arrangiavano a farsi un po' di cucina privata, con roba rubata nei campi o trovata in giro. Piú tardi, Lorenzo aveva trovato modo di portare via direttamente dalla cucina del suo campo quanto avanzava nelle marmitte di cottura, ma per farlo doveva andare alla cucina di nascosto, quando tutti dormivano, alle tre di notte: lo fece per quattro mesi.

Per evitare di essere visti insieme, stabilimmo che Lorenzo, arrivando al mattino al suo posto di lavoro, avrebbe lasciato la gavetta in un nascondiglio convenuto, sotto una catasta di tavole. La faccenda andò bene per qualche settimana; poi, evidentemente qualcuno mi doveva avere spiato e seguito, perché un giorno non trovai nel nascondiglio né gavetta né zuppa. Alberto ed io fummo umiliati per lo smacco, ed inoltre atterriti, perché la gavetta era di Lorenzo, e c'era inciso sopra il suo nome. Il ladro avrebbe potuto denunciarci, o piú plausibilmente ricattarci. Lorenzo, a cui avevo subito denunciato il furto, mi disse che della gavetta a lui non importava niente, se ne sarebbe procurata un'altra, ma io sapevo che non era vero: era la sua gavetta di quando aveva fatto la naia, se l'era portata dietro in tutti i suoi viaggi, certamente l'aveva cara. Alberto tanto girò per il Lager finché identificò il ladro, che era molto piú forte di noi, e si portava dietro senza alcun pudore la bellissima e rara gavetta italiana. Ebbe un'idea: offrire ad Elias tre razioni di pane, a rate, purché si prendesse l'incarico di recuperare la gavetta, con le buone o con le cattive, dalle mani del ladro, che era polacco come lui. Elias era il nano erculeo che ho descritto in *Se questo è un uomo* e di cui ho parlato nel racconto *Il nostro sigillo* di questa raccolta: lo lusingammo, lodando la sua forza, e lui accettò, gli piaceva mettersi in mostra. Un mattino, prima dell'appello, affrontò il polacco e gli ingiunse di renderci la gavetta rubata. Quello naturalmente negò: l'aveva comprata e non rubata. Elias lo assalí di sorpresa; lottarono per dieci minuti, poi il polacco cadde nel fango ed Elias, applaudito dal pubblico attratto dallo spettacolo inconsueto, ci rese trionfalmente la gavetta; da allora divenne nostro amico.

Alberto ed io eravamo stupiti di Lorenzo. Nell'ambiente violento ed abietto di Auschwitz, un uomo che aiutasse altri uomini per puro altruismo era incomprensibile, estraneo, come un salvatore venuto dal cielo: ma era un salvatore aggrondato, con cui era difficile comunicare. Gli offrii di fare avere una somma a sua sorella, che stava in Italia, a compenso di quello che lui stava facendo per noi, ma lui rifiutò di darcene l'indirizzo. Tuttavia, per non umiliarci con questo rifiuto, accettò da noi un altro compenso piú consono al luogo; le sue scarpe da lavoro, di cuoio, erano rotte, nel suo campo non c'era ciabattino, e nella città di Auschwitz la riparazione costava molto cara. Nel nostro Lager, invece, chi aveva scarpe di cuoio poteva farsele riparare gratis, perché (ufficialmente) nessuno di noi poteva detenere denaro. Cosí, un giorno, lui ed io ci scambiammo le scarpe, lui camminò e lavorò per quattro giorni con le mie scarpe di legno, ed io feci riparare le sue dai ciabattini di Monowitz, che mi avevano dato nel frattempo un paio di scarpe provvisorie.

Alla fine di dicembre, poco prima che io mi ammalassi di quella scarlattina che mi salvò la vita, Lorenzo era tornato a lavorare vicino a noi, ed io potevo di nuovo ritirare la gavetta direttamente dalle sue mani. Lo vidi arrivare un mattino, avvolto nella sua mantellina grigioverde, in mezzo alla neve, nel cantiere devastato dai bombardamenti notturni. Camminava col suo passo lungo, sicuro e lento. Mi porse la gavetta, che era storta ed ammaccata, e mi disse che la zuppa era un po' sporca. Gli chiesi una spiegazione, ma lui scosse il capo e se ne andò, e non lo rividi piú se non un anno dopo in Italia. Nella zuppa c'erano infatti terriccio e sassolini, e solo dopo un anno, quasi a scusarsi, lui mi raccontò che quella mattina, mentre lui faceva il suo giro di raccolta, il suo campo aveva subito un'incursione aerea. Una bomba era caduta vicino a lui ed era esplosa nella terra molle; aveva sepolto la gavetta e a lui aveva rotto un timpano, ma lui aveva la zuppa da consegnare ed era venuto al lavoro ugualmente.

Lorenzo sapeva che i russi stavano per arrivare, ma di loro aveva paura. Forse non a torto: se li avesse aspettati sarebbe rientrato in Italia molto piú tardi, come infatti successe a noi. Quando il fronte fu prossimo, il 10 gennaio 1945, i tedeschi sciolsero il campo degli italiani: che ognuno andasse dove voleva. Lorenzo e i suoi compagni avevano un'idea molto vaga della collocazione geografica di Auschwitz; anzi, perfino del nome, che lui non sapeva scrivere e che pronunciava «Suíss», forse avvicinandolo alla Svizzera. Ma si mise in marcia ugualmente, insieme con Peruch, il suo collega che aveva lavorato con lui sull'impalcatura. Peruch era friulano, e stava a Lorenzo come Sancio a Don Chisciotte. Lorenzo si muoveva con la naturale dignità di chi non si cura del rischio; Peruch, piccolo e tarchiato, era invece inquieto e nervoso, e volgeva di continuo il capo intorno intorno, a piccoli scatti. Era strabico: i suoi occhi divergevano fortemente, quasi che Peruch, nel suo permanente timore, si sforzasse di guardare allo stesso tempo davanti a sé e ai due lati, come fanno i camaleonti. Anche lui aveva portato pane a prigionieri italiani, ma di nascosto e senza regola, perché aveva troppa paura del mondo incomprensibile e sinistro in cui era stato scaraventato. Porgeva il cibo e subito scappava via, senza neppure aspettare grazie.

I due partirono a piedi. Avevano portato via dalla stazione di Auschwitz una carta ferroviaria, una di quelle carte schematiche e distorte in cui sono solo indicate le stazioni, congiunte dai tratti rettilinei delle vie ferrate. Camminavano di notte, puntando verso il Brennero e pilotandosi con questa carta e con le stelle. Dormivano nei fienili e mangiavano patate che rubavano dai campi; quando erano stanchi di camminare, si fermavano nei villaggi, dove per due muratori c'era sempre qualche lavoro da fare. Si riposavano lavorando, e si facevano pagare in denaro o in natura. Camminarono quattro mesi. Arrivarono al Brennero proprio il 25 aprile, incrociando la fiumana delle divisioni tedesche in fuga dall'Italia del Nord; un carro armato aprí il fuoco contro di loro con la mitragliera, ma non li colpí. Passato il Brennero, Peruch era quasi a casa, e prese verso levante. Lorenzo proseguí, sempre a piedi, e in una ventina di giorni arrivò a Torino. Aveva l'indirizzo della mia famiglia, e trovò mia madre, a cui intendeva portare mie notizie. Era un uomo che non sapeva mentire; o forse pensava che mentire fosse futile, ridicolo, dopo aver visto l'abominio di Auschwitz e lo sfacelo dell'Europa. Disse a mia madre che io non sarei ritornato: gli ebrei di Auschwitz erano morti tutti, nelle camere a gas, sul lavoro, o infine uccisi dai tedeschi in fuga (il che era vero quasi alla lettera). Per di piú, aveva saputo dai miei compagni che al momento dell'evacuazione del Lager io ero ammalato. Era meglio che mia madre si rassegnasse.

Mia madre gli offrí del denaro perché facesse in treno almeno l'ultima tappa, da Torino a Fossano, ma Lorenzo non lo volle, aveva camminato per quattro mesi e per chissà quanti mila chilometri, non valeva proprio la pena di prendere il treno. Incontrò suo cugino sul biroccio, poco oltre Genola, a sei chilometri da Fossano; il cugino lo invitò a montare, ma ormai sarebbe stato proprio un peccato, e Lorenzo arrivò a casa a piedi, come del resto a piedi aveva sempre viaggiato, per tutta la sua vita; per lui il tempo contava poco.

Quando fui ritornato anch'io, cinque mesi piú tardi, dopo il mio lungo giro per la Russia, andai a Fossano per rivederlo e per portargli un maglione per l'inverno. Trovai un uomo stanco; non stanco del cammino, stanco mortalmente, di una stanchezza senza ritorno. Andammo a bere insieme all'osteria, e dalle poche parole che riuscii a strappargli compresi che il suo margine di amore per la vita si era assottigliato, era quasi scomparso. Aveva smesso di fare il muratore, andava in giro per i cascinali con un carrettino, a comprare e vendere ferro vecchio. Non vo-

IL RITORNO DI LORENZO

leva piú regole né padroni né orari. Il poco che guadagnava lo spendeva all'osteria; non beveva per vizio, ma per uscire dal mondo. Il mondo lo aveva visto, non gli piaceva, lo sentiva andare in rovina; vivere non gli interessava piú.

Pensavo che gli sarebbe stato necessario cambiare ambiente, e gli trovai un lavoro da muratore a Torino, ma Lorenzo lo rifiutò. Ormai viveva da nomade, dormiva dove gli capitava, anche all'aperto nel rigido inverno del '45-46. Beveva ma era lucido; non era un credente, non sapeva molto del Vangelo, ma mi raccontò allora una cosa che ad Auschwitz non avevo sospettato. Laggiú non aveva aiutato soltanto me. Aveva altri protetti, italiani e non, ma gli era sembrato giusto non dirmelo: si è al mondo per fare del bene, non per vantarsene. A «Suíss» lui era stato un ricco, almeno rispetto a noi, e aveva potuto aiutarci, ma adesso era finito, non aveva piú occasioni.

Si ammalò; grazie ad amici medici potei farlo ricoverare in ospedale, ma non gli davano vino e lui scappò. Era sicuro e coerente nel suo rifiuto della vita. Fu ritrovato moribondo pochi giorni dopo, e morí all'ospedale in solitudine. Lui che non era un reduce, era morto del male dei reduci.

Il re dei Giudei

Al mio ritorno da Auschwitz mi sono trovato in tasca una curiosa moneta in lega leggera, quella che si vede qui riprodotta. È graffiata e corrosa; reca su una faccia la stella ebraica (lo «Scudo di Davide»), la data 1943, e la parola *getto*, che alla tedesca si legge *ghetto*; sull'altra faccia, le scritte *Quittung über 10 Mark* e *Der Aelteste der Juden in Litzmannstadt*, e cioè rispettivamente «Quietanza su 10 marchi» e «Il decano degli ebrei in Litzmannstadt». Per molti anni non me ne sono curato; ho portato la moneta per qualche tempo nel portamonete, forse attribuendole inavvertitamente il valore di un portafortuna, poi l'ho lasciata a giacere in fondo ad un cassetto. Di recente, notizie che ho trovate presso varie fonti mi hanno permesso di ricostruirne almeno in parte la storia, ed è una storia non comune, affascinante e sinistra.

Sugli atlanti odierni non esiste alcuna città dal nome di Litzmannstadt, ma un generale Litzmann era ed è noto in Germania per avere sfondato nel 1914 il fronte russo presso Lódź, in Polonia; in tempo nazista, in onore di questo generale la città di Lódź era stata ribattezzata Litzmannstadt. Negli ultimi mesi del 1944 gli ultimi superstiti del ghetto di Lódź erano stati deportati ad Auschwitz; io devo aver trovato quella moneta per terra, ad Auschwitz, subito dopo la liberazione: certamente non prima, perché nulla di quanto avevo indosso allora avevo potuto conservare.

Nel 1939 Lódź aveva circa 750 000 abitanti, ed era la piú industriale delle città polacche, la piú «moderna» e la piú brutta: era una città che viveva sull'industria tessile, come Manchester e come Biella, condizionata dalla presenza di numerosi stabilimenti grandi e piccoli, per lo piú antiquati già allora, che in massima parte erano stati fondati vari decenni prima da industriali tedeschi ed ebrei. Come in tutte le città di una certa importanza dell'Europa orientale occupata, anche a Lódź i nazisti si affrettarono ad istituire un ghetto, ripristinandovi, aggravate dalla loro moderna ferocia, le condizioni dei ghetti del medioevo e della controriforma. Il ghetto di Lódź, aperto già nel febbraio 1940, fu il primo in ordine di tempo, e il secondo, dopo di quello di Varsavia, come consistenza numerica: giunse a contenere piú di 160 000 ebrei, e fu sciolto solo nell'autunno del 1944. Fu dunque anche il piú longevo dei ghetti nazisti, e ciò va attribuito a due ragioni: la sua importanza economica per i tedeschi, e la conturbante personalità del suo presidente.

Si chiamava Chaim Rumkowski: già comproprietario di una fabbrica di velluto a Lódź, era fallito ed aveva compiuto diversi viaggi in Inghilterra, forse per trattare con i suoi creditori; si era poi stabilito in Russia, dove in qualche modo si era nuovamente arricchito; rovinato dalla rivoluzione nel 1917 era ritornato a Lódź. Nel 1940 aveva ormai quasi sessant'anni, era rimasto vedovo due volte e non aveva figli; era noto come direttore di opere pie ebraiche, e come uomo energico, incolto ed autoritario. La carica di Presidente (o Decano) di un ghetto era intrinsecamente spaventosa, ma era una carica, costituiva un riconoscimento, sollevava di uno scalino, e conferiva autorità: ora Rumkowski amava l'autorità. Come sia pervenuto all'investitura, non è noto: forse per uno scherzo nel tristo stile nazista (Rumkowski era, o sembrava, uno sciocco dall'aria molto per bene, insomma uno zimbello ideale); forse intrigò egli stesso per ottenerla, tanto doveva essere forte in lui la voglia del potere.

È provato che i quattro anni della sua presidenza, o meglio della sua dittatura, furono un sorprendente groviglio di sogno megalomane, di vitalità barbarica e di reale capacità diplomatica ed organizzativa. Egli giunse presto a vedere se stesso in veste di monarca assoluto ma illuminato, e certo fu sospinto su questa via dai suoi padroni tedeschi, che giocavano bensí con lui, ma apprezzavano i suoi talenti di buon amministratore e di uomo d'ordine. Da loro ottenne l'autorizzazione a battere moneta, sia metallica (quella mia moneta), sia cartacea, su carta a filigrana che gli fu fornita ufficialmente: in questa moneta erano pagati gli estenuati operai del ghetto, e la potevano spendere negli spacci per acquistarvi le loro razioni alimentari, che ammontavano in media ad ottocento calorie giornaliere.

Poiché disponeva di un esercito di eccellenti artisti ed artigiani affamati, pronti ad ogni suo cenno contro un quarto di pane, Rumkowski fece disegnare e stampare francobolli che portavano la sua effigie, coi capelli e la barba candidi nella luce della Speranza e della Fede. Ebbe una carrozza trainata da un ronzino scheletrico, e su questa percorreva le strade del suo minuscolo regno, affollate di mendicanti e di postulanti. Ebbe un mantello regale, e si attorniò di una corte di adulatori, di lacchè e di sicari; dai suoi poeti-cortigiani fece comporre inni in cui si celebrava la sua «mano ferma e potente», e la pace e l'ordine che per suo merito regnavano nel ghetto; ordinò che ai bambini delle nefande scuole, continuamente diradate dalla morte per fame e dalle razzie tedesche, fossero assegnati temi in esaltazione e lode «del nostro amato e provvido Presidente». Come tutti gli autocrati, si affrettò ad organizzare una polizia efficiente, nominalmente per mantenere l'ordine, di fatto per proteggere la sua persona e per imporre la sua disciplina: era costituita da seicento agenti armati di manganello, e da un numero imprecisato di confidenti. Pronunciò molti discorsi, che in parte ci sono stati conservati, ed il cui stile è inconfondibile: aveva adottato (deliberatamente? consapevolmente? o si era inconsciamente identificato col modello dell'uomo provvidenziale, dell'«eroe necessario», che allora dominava in Europa?) la tecnica oratoria di Mussolini e di Hitler, quella della recitazione ispirata, dello pseudocolloquio con la folla, della creazione del consenso attraverso il plagio ed il plauso.

Eppure la sua figura fu piú complessa di quanto appaia fin qui. Rumkowski non fu soltanto un rinnegato ed un complice. In qualche misura, oltre a farlo credere, deve essersi progressivamente convinto egli stesso di essere un «mashíach», un messia, un salvatore del suo popolo, il cui bene, almeno ad intervalli, egli deve avere desiderato. Paradossalmente, alla sua identificazione con l'oppressore si affianca, o forse si alterna, una identificazione con gli oppressi, poiché l'uomo, dice Thomas Mann, è una creatura confusa; e tanto piú confusa diventa, possiamo aggiungere, quando è sottoposta a tensioni estreme: allora sfugge al nostro giudizio, cosí come impazzisce una bussola al polo magnetico.

Benché disprezzato e deriso, e talvolta percosso, dai tedeschi, è probabile che Rumkowski pensasse a se stesso non come a un servo ma come ad un Signore. Deve aver preso sul serio la propria autorità: quando la Gestapo si impadroní senza preavviso dei «suoi» consiglieri, Rumkowski accorse coraggiosamente in loro aiuto, esponendosi agli scherni ed agli schiaffi dei nazi, che seppe subire con dignità. Anche in altre occasioni, cercò di mercanteggiare con i tedeschi, che esigevano sempre piú tela dai suoi schiavi addetti ai telai, e da lui contingenti sempre crescenti di bocche inutili (vecchi, ammalati, bambini) da mandare alle camere a gas. La stessa durezza con cui egli si precipitò a reprimere i moti d'insubordinazione dei suoi soggetti (esistevano, a Lódź come in altri ghetti, nuclei di ostinata e temeraria resistenza politica, di radice sionista o comunista) non scaturiva tanto da servilismo verso i tedeschi, quanto da «lesa maestà», da indignazione per l'offesa inferta alla sua regale persona.

Nel settembre 1944, poiché il fronte russo si stava avvicinando alla zona, i nazi diedero inizio alla liquidazione del ghetto di Lódź. Decine di migliaia di uomini e donne che fino allora erano riusciti a resistere alla fame, al lavoro estenuante ed alle malattie, furono deportati ad Auschwitz, «anus mundi», punto di drenaggio ultimo dell'universo tedesco, e vi morirono quasi tutti nelle camere a gas. Rimasero nel ghetto un migliaio di uomini, a smontare e smobilitare il prezioso macchinario ed a cancellare le tracce della strage: essi furono liberati dall'Armata Rossa poco dopo, ed a loro si debbono in massima parte le notizie qui riportate.

Sul destino finale di Chaim Rumkowski esistono due versioni, come se l'ambiguità sotto il cui segno era vissuto si fosse prolungata ad avvolgere la sua morte. Secondo la prima, durante la liquidazione del ghetto egli avrebbe cercato di opporsi alla deportazione di suo fratello, da cui non voleva separarsi; un ufficiale tedesco gli avrebbe allora proposto di partire volontariamente insieme con lui, e Rumkowski avrebbe accettato. Secondo un'altra versione, il salvataggio di Rumkowski dalla morte tedesca sarebbe stato tentato da Hans Biebow, altro personaggio cinto dalla nube della doppiezza. Questo losco industriale tedesco era il funzionario responsabile dell'amministrazione del ghetto, ed in pari tempo ne era l'appaltatore: il suo era un incarico importante e delicato, perché le fabbriche del ghetto lavoravano per le forze armate tedesche. Biebow non era una belva: non gli interessava creare sofferenze né punire gli ebrei per la loro colpa di essere ebrei, bensí guadagnare quattrini sulle forniture. Il tormento del ghetto lo toccava, ma solo per via indiretta; desiderava che gli operai schiavi lavorassero, e perciò desiderava che non morissero di fame: il suo senso morale si fermava qui. Di fatto, era il vero padrone del ghetto, ed

IL RE DEI GIUDEI

era legato a Rumkowski da quel rapporto committente-fornitore che spesso sfocia in una ruvida amicizia. Biebow, piccolo sciacallo troppo cinico per prendere sul serio la demonologia della razza, avrebbe voluto dilazionare lo scioglimento del ghetto, che per lui era un ottimo affare, e preservare dalla deportazione Rumkowski, suo amico e socio: dove si vede come ben spesso un realista sia migliore di un teorico. Ma i teorici delle SS erano di parere contrario, ed erano i piú forti. Erano *gründlich* radicali: via il ghetto e via Rumkowski.

Non potendo provvedere diversamente, Biebow, che godeva di buone aderenze, consegnò a Rumkowski una lettera sigillata indirizzata al comandante del Lager di destinazione, e lo assicurò che essa lo avrebbe protetto e gli avrebbe garantito un trattamento di favore. Rumkowski avrebbe chiesto a Biebow, ed ottenuto, di viaggiare fino ad Auschwitz con il decoro che si addiceva al suo rango, e cioè in un vagone speciale, agganciato in coda alla tradotta di vagoni merci stipati di deportati senza privilegi; ma il destino degli ebrei in mano tedesca era uno solo, fossero vili od eroi, umili o superbi. Né la lettera né il vagone salvarono dal gas di Auschwitz Chaim Rumkowski, re dei Giudei.

Una storia come questa non è chiusa in sé. È pregna, pone piú domande di quante ne soddisfaccia, e lascia sospesi; grida e chiama per essere interpretata perché vi si intravvede un simbolo, come nei sogni e nei segni del cielo, ma interpretarla non è facile.

Chi è Rumkowski? Non è un mostro, ma neppure un uomo come tutti; è come molti, come i molti frustrati che assaggiano il potere e se ne inebriano. Sotto molti aspetti, il potere è come la droga: il bisogno dell'uno e dell'altra è ignoto a chi non li ha provati, ma dopo l'iniziazione, che può essere fortuita, nasce l'«addiction», la dipendenza, e la necessità di dosi sempre piú alte; nasce anche il rifiuto della realtà ed il ritorno ai sogni infantili di onnipotenza. Se è valida l'ipotesi di un Rumkowski intossicato dal potere, bisogna ammettere che questa intossicazione è sopraggiunta non a causa, ma nonostante l'ambiente del ghetto; che cioè essa è cosí potente da prevalere perfino in condizioni che sembrerebbero tali da spegnere ogni volontà individuale. Di fatto, era ben visibile in lui la nota sindrome del potere protratto ed incontrastato: la visione distorta del mondo, l'arroganza dogmatica, l'aggrapparsi convulso alle leve di comando, il ritenersi al di sopra delle leggi.

Tutto questo non esonera Rumkowski dalla sua responsabilità. Che un Rumkowski sia esistito, duole e brucia; è probabile che, se fosse sopravvissuto alla sua tragedia, ed alla tragedia del ghetto, che lui ha inquinata sovrapponendovi la sua figura di istrione, nessun tribunale lo avrebbe assolto, né certo lo possiamo assolvere noi sul piano morale. Ha però delle attenuanti: un ordine infero, qual era il nazionalsocialismo, esercita uno spaventoso potere di seduzione, da cui è difficile guardarsi. Anziché santificare le sue vittime, le degrada e le corrompe, le fa simili a sé, si circonda di complicità grandi e piccole. Per resistergli occorre una ben solida ossatura morale, e quella di cui disponeva Chaim Rumkowski, il mercante di Łódź, insieme con tutta la sua generazione, era fragile. La sua è la storia incresciosa ed inquietante dei Kapos, dei gerarchetti di retrovia, dei funzionari che firmano tutto, di chi scuote il capo ma acconsente, di chi dice «se non lo facessi io, lo farebbe un altro peggiore di me».

È tipico dei regimi in cui tutto il potere piove dall'alto, e nessuna critica può salire dal basso, di svigorire e confondere la capacità di giudizio, e di creare una vasta fascia di coscienze grigie che sta fra i grandi del male e le vittime pure: in questa fascia va collocato Rumkowski. Se piú in alto o piú in basso, è difficile dire: lui solo lo potrebbe chiarire se potesse parlare davanti a noi, magari mentendo, come forse sempre mentiva; ci aiuterebbe a comprenderlo, come ogni imputato aiuta il suo giudice, e lo aiuta anche se non vuole, anche se mente, perché la capacità dell'uomo di recitare una parte non è illimitata.

Ma tutto questo non basta a spiegare il senso di urgenza e di minaccia che emana da questa storia. Forse il suo significato è diverso e piú vasto: in Rumkowski ci rispecchiamo tutti, la sua ambiguità è la nostra, di ibridi impastati d'argilla e di spirito; la sua febbre è la nostra, quella della nostra civiltà occidentale che «scende all'inferno con trombe e tamburi», e i suoi orpelli miserabili sono l'immagine distorta dei nostri simboli di prestigio sociale. La sua follia è quella dell'Uomo presuntuoso e mortale quale lo descrive Isabella in *Misura per misura*, l'Uomo che,

> ... ammantato d'autorità precaria,
> di ciò ignaro di cui si crede certo
> – della sua essenza, ch'è di vetro –, quale
> una scimmia arrabbiata, gioca tali
> insulse buffonate sotto il cielo
> da far piangere gli angeli.

Come Rumkowski, anche noi siamo cosí abbagliati dal potere e dal denaro da dimenticare la nostra fragilità essenziale: da dimenticare che nel ghetto siamo tutti, che il ghetto è cintato, che fuori del recinto stanno i signori della morte, e che poco lontano aspetta il treno.

Futuro anteriore

Una stella tranquilla

In un luogo dell'universo molto lontano di qui viveva un tempo una stella tranquilla, che si spostava tranquillamente sul fondo dell'abisso, circondata da uno stuolo di tranquilli pianeti sul conto dei quali non siamo in grado di riferire nulla. Questa stella era molto grande, molto calda e il suo peso era enorme: e qui incominciano le nostre difficoltà di relatori. Abbiamo scritto «molto lontano», «grande», «calda», «enorme»: l'Australia è molto lontana, un elefante è grande e una casa è ancora piú grande, stamattina ho fatto un bagno caldo, l'Everest è enorme. È chiaro che nel nostro lessico qualcosa non funziona.

Se davvero questo racconto deve essere scritto bisognerà avere il coraggio di cancellare tutti gli aggettivi che tendono a suscitare stupore: essi otterrebbero l'effetto opposto, quello di immiserire la narrazione. Per discorrere di stelle il nostro linguaggio è inadeguato e appare risibile, come chi volesse arare con una piuma: è un linguaggio nato con noi, atto a descrivere oggetti grandi e duraturi press'a poco quanto noi; ha le nostre dimensioni, è umano. Non va oltre quanto ci raccontano i nostri sensi: fino a due o trecento anni fa, piccolo era l'acaro della scabbia; non c'era niente di piú piccolo, né, di conseguenza, un aggettivo per descriverlo; grandi, anzi, ugualmente grandi, erano il mare e il cielo; caldo era il fuoco. Solo nel 1700 si è sentito il bisogno di introdurre nel linguaggio quotidiano un termine adatto a contare oggetti «molto» numerosi, e, con poca fantasia, si è coniato il milione; poco piú tardi, con fantasia ancora minore, si è coniato il bilione, senza neppure curarsi di definirne il senso preciso, tanto che il termine ha oggi valori diversi in paesi diversi.

Neppure coi superlativi si va molto lontano: di quante volte una torre altissima è piú alta di una torre alta? Né possiamo sperare soccorso da superlativi mascherati, come «immenso, colossale, straordinario»: per raccontare le cose che vogliamo raccontare qui, questi aggettivi sono disperatamente inetti, perché la stella da cui siamo partiti era dieci volte piú grande del nostro Sole, e il Sole è «molte» volte piú grande e piú pesante della nostra Terra, della quale solo con un violento sforzo dell'immaginazione ci possiamo rappresentare la misura, di tanto essa sopraffà la nostra. C'è sí il linguaggio delle cifre, elegante e snello, l'alfabeto delle potenze del dieci: ma questo non sarebbe un raccontare nel senso in cui questa storia desidera raccontare se stessa, cioè come una favola che ridesti echi, ed in cui ciascuno ravvisi lontani modelli propri e del genere umano.

Questa stella tranquilla non doveva poi essere cosí tranquilla. Forse era troppo grande: nel remoto atto originario in cui tutto è stato creato, le era toccata un'eredità troppo impegnativa. O forse conteneva nel suo cuore uno squilibrio o un'infezione, come accade a qualcuno di noi. È consuetudine fra le stelle bruciare quietamente l'idrogeno di cui son fatte, regalando prodigalmente energia al nulla, fino a ridursi a una dignitosa strettezza ed a finire la loro carriera come modeste nane bianche: invece la stella in questione, quando fu trascorso dalla sua nascita qualche miliardo di anni, e le sue scorte incominciarono a rarefarsi, non si appagò del suo destino e divenne inquieta; lo divenne a tal punto che la sua inquietudine si fece visibile perfino a noi «molto» lontani, e circoscritti da una vita «molto» breve.

Di questa inquietezza si erano accorti gli astronomi arabi e quelli cinesi. Gli europei no: gli europei di quel tempo, che era un tempo duro, erano talmente convinti che il cielo delle stelle fosse immutabile, fosse anzi il paradigma e il regno dell'immutabilità, che ritenevano ozioso e blasfemo spiarne i mutamenti: non ci potevano essere, non c'erano per definizione. Ma un diligente osservatore arabo, armato soltanto di buoni occhi, di pazienza, di umiltà, e dell'amore di conoscere le opere del suo Dio, si era accorto che questa stella, a cui si era affezionato, non era immutabile. L'aveva tenuta d'occhio per trent'anni, ed aveva notato che la stella oscillava fra la 4ª e la 6ª delle sei grandezze quali erano state definite molti secoli prima da un greco, che era diligente quanto lui, e che come lui pensava che guardare le stelle fosse una via che porta lontano. L'arabo la sentiva un poco come la sua stella: aveva voluto imporle il suo marchio, e nei suoi appunti l'aveva chiamata Al-Ludra, che nel suo dialetto voleva dire «la capricciosa». Al-Ludra oscillava, ma non regolarmente: non come un pendolo, bensí come uno che sia perplesso fra due scelte. Compieva il suo ciclo ora in un anno, ora in due, ora in cinque, e non sempre, nelle sue attenuazioni, si arrestava alla 6ª grandezza, che è l'ultima ancora visibile dall'occhio non aiutato: a volte spariva del tutto. L'arabo paziente contò sette cicli prima di morire: la sua vita era stata lunga, ma una vita d'uomo è sempre pietosamente breve nei confronti di quella di una stella, anche se questa si comporti in modo da suscitare sospetti sulla sua eternità. Dopo la morte dell'arabo, Al-Ludra, benché munita di un nome, non raccolse piú molto interesse intorno a sé, perché le stelle variabili sono tante, e anche perché, a partire dal 1750, si era ridotta ad un puntino appena visibile coi migliori cannocchiali di allora. Ma nel 1950 (e il messaggio ci è giunto solo adesso) la malattia che doveva roderla dall'interno è giunta a una crisi, e qui, per la seconda volta, entra in crisi anche il racconto: ora non sono piú gli aggettivi che falliscono, ma propriamente i fatti. Non sappiamo ancora molto della convulsa morte-resurrezione delle stelle: sappiamo che, non poi cosí di rado, qualcosa si impenna nel meccanismo atomico dei nuclei stellari, e che allora la stella esplode, non piú sulla scala dei milioni o miliardi di anni, ma su quella delle ore e dei minuti; sappiamo che sono questi i piú brutali fra gli eventi che oggi alberga il cielo; ma ne comprendiamo approssimativamente il come, non il perché. Accontentiamoci del come.

L'osservatore che, per sua sventura, si fosse trovato il 19 di ottobre di quell'anno, alle ore 10 dei nostri orologi, su uno dei silenziosi pianeti di Al-Ludra, avrebbe visto, «a vista d'occhio» come suol dirsi, il suo almo sole gonfiare, non un poco ma «molto», e non avrebbe assistito a lungo allo spettacolo. Entro un quarto d'ora sarebbe stato costretto a cercare un inutile riparo contro il calore intollerabile: e questo lo possiamo affermare indipendentemente da qualsiasi ipotesi circa la misura e la forma di questo osservatore, purché fosse costruito, come noi, di molecole e d'atomi; ed entro mezz'ora la sua testimonianza, e quella di tutti i suoi congeneri, sarebbe terminata. Perciò, per concludere questo rendiconto, ci dobbiamo fondare su altre testimonianze, quelle dei nostri strumenti terrestri, a cui l'evento è pervenuto «molto» diluito nel suo intrinseco orrore, oltre che ritardato dal lungo cammino attraverso l'abisso della luce che ce ne ha recato notizia. Dopo un'ora, i mari e i ghiacci (se c'erano) del non piú silenzioso pianeta sono entrati in ebollizione; dopo tre, tutte le sue rocce sono fuse, e le sue montagne sono crollate a valle in forma di lava; dopo dieci, l'intero pianeta era ridotto in vapore, insieme con tutte le opere delicate e sottili che forse la fatica congiunta del caso e delle necessità vi aveva creato attraverso innumerevoli prove ed errori, ed insieme con tutti i poeti ed i sapienti che forse avevano scrutato quel cielo, e si erano domandati a che valessero tante facelle, e non avevano trovato risposta. Quella era la risposta.

Dopo un giorno dei nostri, la superficie della stella aveva raggiunto l'orbita stessa dei suoi pianeti piú lontani, invadendone tutto il cielo, e spandendo in tutte le direzioni, insieme coi rottami della sua tranquillità, un flutto di energia e la notizia modulata della catastrofe.

Ramón Escojido aveva trentaquattro anni ed aveva due figli molto graziosi. Con la moglie aveva un rapporto complesso e teso: lui era peruviano e lei di origine austriaca, lui solitario, modesto e pigro, lei ambiziosa e avida di contatti: ma quali contatti puoi sognare se abiti in un osservatorio a 2900 metri di quota, a un'ora di volo dalla città piú vicina e a quattro chilometri da un villaggio indio, pieno di polvere d'estate e di ghiaccio d'inverno? Judith amava e odiava il marito, a giorni alterni, qualche volta anche nello stesso istante. Odiava la sua sapienza e la sua collezione di conchiglie; amava il padre dei suoi figli, e l'uomo che si ritrovava al mattino sotto le coperte.

Raggiungevano un fragile accordo nelle gite di fine settimana. Era venerdí sera, e si prepararono con gioia chiassosa all'escursione del giorno dopo. Judith e i bambini si occuparono delle provviste; Ramón salí all'osservatorio, a predisporre le lastre fotografiche per la notte. Al mattino si liberò a fatica dei figli che lo coprivano di domande allegre: quanto era lontano il lago? Sarebbe stato ancora gelato? Si era ricordato del canotto di gomma? Entrò nella camera oscura per sviluppare la lastra, la fece asciugare e la introdusse nel *blink* insieme con la lastra identica che aveva impressionata sette giorni prima. Le esplorò entrambe sotto il microscopio: bene, erano identiche, poteva partire tranquillo. Ma poi ebbe scrupolo e guardò meglio, e si accorse che una novità c'era; non gran che, un puntino appena percettibile, ma sulla lastra vecchia non c'era. Quando capitano queste cose, novantanove volte su cento è un granello di polvere (non si lavora mai abbastanza pulito) o un difetto microscopico dell'emulsione; però sussiste anche la minuscola probabilità che si tratti di una Nova, e bisogna fare rapporto, salvo conferma. Addio gita: avrebbe dovuto ripetere la foto le due notti successive. Cosa avrebbe detto a Judith e ai ragazzi?

I gladiatori

Nicola se ne sarebbe stato a casa molto volentieri, e magari a letto fino alle dieci, ma Stefania non volle sentire ragioni. Alle otto era già al telefono: gli ricordò che era troppo tempo che trovava pretesti, un po' la pioggia, un po' che il programma era scadente, un po' che doveva andare a un comizio, un po' le sue insulse ragioni umanitarie; e poiché aveva notato nella sua voce un velo di malavoglia, anzi forse solo di malumore, finí col dirgli chiaro e tondo che le promesse si mantengono. Era una ragazza con molte virtú, ma quando si cacciava un'idea in capo non c'era verso. Nicola veramente non ricordava di averle mai fatto una promessa vera e propria: le aveva detto, cosí, vagamente, che un giorno o l'altro allo stadio ci sarebbero andati, ci andavano tutti i colleghi di lui, e anche (ahimè!) le colleghe di lei, tutti i venerdí compilavano le schedine del Totoglad; si era trovato d'accordo con lei che non bisogna appartarsi, darsi delle arie da intellettuali; e poi, che era un'esperienza da farsi, una curiosità che una volta nella vita bisognava togliersi, se no non si sa in che mondo si vive. Ecco, e adesso che si veniva al dunque lui si rendeva conto che tutti quei discorsi li aveva fatti con riserva mentale, e che di vedere i gladiatori proprio non ne aveva nessuna voglia, né mai l'avrebbe avuta. D'altra parte, come dire di no a Stefania? L'avrebbe pagata cara, lo sapeva: con sgarbi, bronci, rifiuti. Forse anche con qualcosa di peggio, c'era in giro quel suo cugino con la barba bionda...

Si vestí, sbarbò, lavò, scese in strada. I viali erano deserti, ma al botteghino di San Secondo c'era già la coda. Lui odiava le code, ma si mise ugualmente in fondo alla fila. Alla parete era appeso il manifesto, coi soliti colori volgari. Erano sei entrate; i nomi dei gladiatori non gli dicevano niente, salvo quello di Turi Lorusso. Non che sapesse molto della sua tecnica; sapeva che era bravo, che lo pagavano un'enormità, che andava a letto con una contessa e forse anche col conte relativo, che faceva molta beneficenza e non pagava le tasse. Mentre attendeva il suo turno, tese l'orecchio ai discorsi dei suoi vicini.

– Per conto mio, dopo i trent'anni non dovrebbero piú permettere... – ... si capisce, lo scatto, l'occhio non sono piú quelli di prima, ma in compenso ha un'esperienza dell'arena che... – Ma l'ha visto, lei, nel '91, contro quel demonio che portava la Mercedes? Quando gli ha tirato il martello da venti metri e l'ha preso in pieno? E si ricorda di quella volta che l'hanno espulso per...?

Prese due biglietti in tribuna: non era il caso di badare al risparmio. Tornò a casa e telefonò a Stefania, sarebbe passato a prenderla alle due.

Alle tre lo stadio era già pieno. La prima entrata era annunciata appunto per le tre, ma alle tre e mezza non si muoveva ancora niente. Vicino a loro sedeva un signore anziano, coi capelli bianchi e il colorito abbronzato. Nicola gli chiese se quel ritardo era normale.

– Si fanno sempre aspettare. È incredibile: prendono subito delle arie da prima donna. Ai miei tempi era diverso, sa. Invece dei paraurti di gommapiuma c'erano i rostri, mica storie. Era difficile farla franca. Riuscivano solo gli assi, quelli che il combattimento ce l'avevano nel sangue: già lei è giovane, e non può ricordare che campioni venivano fuori dalla scuderia di Pinerolo, e meglio ancora da quella di Alpignano. Adesso cosa crede? Vengono tutti dai riformatori o dalle Carceri Nuove, qualcuno anche dal manicomio criminale: se accettano, gli condonano la pena. Adesso è roba da ridere, hanno la mutua, l'infortunio, le ferie pagate, e dopo cinquanta entrate gli dànno perfino la pensione. Sí, sí: ce n'è che vanno in pensione a quarant'anni.

Si sentí un mormorio sugli spalti, ed entrò il primo. Era molto giovane, ostentava sicurezza ma si vedeva che aveva paura. Subito dopo entrò in pista una 127 rosso fuoco; si udirono i tre rituali colpi di claxon, Nicola sentí la stretta nervosa della mano di Stefania sul suo bicipite, e l'auto puntò sul ragazzo, che attendeva leggermente curvo, teso, a gambe larghe, stringendo convulsamente il martello nel pugno. Di colpo l'auto accelerò, proiettando indietro due getti di sabbia con le ruote motrici. Il ragazzo si scansò e menò il colpo, ma troppo tardi: il martello toccò di striscio la fiancata rigandola leggermente. Il pilota non doveva avere molta fantasia; ci furono diverse altre cariche, singolarmente monotone, poi suonò il gong e l'entrata si concluse con un nulla di fatto.

Il secondo gladiatore (Nicola diede un'occhiata al programma) si chiamava Blitz, ed era tarchiato e glabro. Ci furono varie schermaglie con l'Alfasud che gli era stata sorteggiata come avversario, l'uomo era abbastanza destro e riuscí a tenersi largo per due o tre minuti, poi l'auto lo investí, in 1ª marcia ma rudemente, e fu sbalzato a una dozzina di metri. Sanguinava dalla testa, venne il medico, lo dichiarò inabile e i barellieri lo portarono via fra i fischi del pubblico. Il vicino di Nicola era indignato, diceva che quel Blitz, che poi si chiamava Craveri, era un simulatore, che si faceva ferire apposta, che avrebbe fatto meglio a cambiare mestiere, anzi avrebbero dovuto farglielo cambiare d'ufficio, dalla Federazione: togliergli il tesserino e rimetterlo nella lista dei disoccupati.

A proposito del terzo che di nuovo aveva contro un'utilitaria, una Renault 4, gli fece poi notare che queste erano piú temibili delle auto grandi e pesanti. – Per conto mio, metterei tutte Minimorris: hanno ripresa, sono maneggevoli. Con quei bestioni da 1600 in su non capita mai niente: sono buoni per i forestieri, solo fumo negli occhi –. Alla terza carica, il gladiatore attese l'auto senza muoversi, all'ultimo istante si buttò piatto a terra e la macchina gli

I GLADIATORI

passò sopra senza toccarlo. Il pubblico urlò di entusiasmo, molte donne gettarono fiori e borsette nell'arena, una anche una scarpa, ma Nicola apprese che quell'impresa spettacolare non era veramente pericolosa. Si chiamava «la rodolfa» perché l'aveva inventata un gladiatore che si chiamava Rodolfo: era poi diventato famoso, aveva fatto carriera politica e adesso era un pezzo grosso del Coni.

Seguí, come d'abitudine, un intermezzo comico, un duello fra due sollevatori a forca. Erano dello stesso modello e colore, ma uno portava dipinta tutto intorno una fascia rossa e l'altro una fascia verde. Pesanti com'erano, manovravano a fatica, affondando nella sabbia fin quasi al mozzo. Cercarono invano di spingersi indietro, con le forche intrecciate insieme come i cervi quando lottano; poi il verde si disimpegnò, fece una rapida marcia indietro, e percorrendo una curva stretta andò a cozzare col retrotreno contro la fiancata del rosso. Il rosso retrocedette a sua volta, ma poi invertí rapidamente la marcia e riuscí a infilare le forche sotto la pancia del verde. Le forche si sollevarono, il verde oscillò e poi crollò su un lato, mostrando sconciamente il differenziale e la marmitta dello scappamento. Il pubblico rise ed applaudí.

Il quarto gladiatore aveva contro una Peugeot tutta scassata. Il pubblico incominciò subito a gridare «camorra»: infatti, il guidatore aveva la sfacciataggine di accendere addirittura il lampeggiatore prima di sterzare.

La quinta entrata fu uno spettacolo. Il gladiatore aveva grinta, e mirava visibilmente a spaccare non solo il parabrezza, ma anche la testa del pilota, e non ci riuscí per un pelo. Evitò di precisione tre cariche, con grazia indolente, senza neanche alzare il martello; alla quarta balzò in aria come una molla davanti al muso della macchina, ricadde sul cofano, e con due violente martellate sbriciolò il cristallo del parabrezza. Nicola sentí il muggito della folla, su cui si distaccò un breve grido strozzato di Stefania che si era stretta a lui. Il pilota sembrava accecato: invece di frenare accelerò e finí di sbieco contro la barriera di legno, l'auto ribaltò e si coricò su un fianco imprigionando nella sabbia un piede del gladiatore. Questo, pazzo di furia, attraverso il vano del parabrezza continuava a menare martellate contro la testa del pilota, che tentava di uscire dalla portiera rivolta verso l'alto. Lo si vide finalmente uscire, col viso insanguinato, strappare il martello al gladiatore e stringergli il collo con le due mani. Il pubblico urlava una parola che Nicola non capiva, ma il suo vicino era rimasto tranquillo, e gli spiegò che chiedevano al direttore di gara che gli fosse risparmiata la vita, il che infatti avvenne. Entrò rapida in pista una camionetta dell'Autosoccorso Aci, e in un momento l'auto fu rimessa in piedi e rimorchiata via. Il pilota e il gladiatore si strinsero la mano fra gli applausi, e poi si incamminarono verso gli spogliatoi salutando, ma dopo pochi passi il gladiatore vacillò e cadde, non si capí se morto o solo svenuto. Caricarono anche lui sull'autosoccorso.

Mentre entrava nell'arena il grande Lorusso, Nicola si accorse che Stefania si era fatta molto pallida. Provava un vago rancore contro di lei, e gli sarebbe piaciuto restare ancora per fargliela pagare: solo per questo, perché di Lorusso non gli importava proprio niente. Per ragioni di principio avrebbe preferito che fosse Stefania a pregare lui di andare via, ma la conosceva, e sapeva che non si sarebbe mai piegata a farlo, cosí le disse che lui ne aveva abbastanza e se ne andarono. Stefania non stava bene, aveva degli impulsi di vomito, ma alle sue domande rispose ruvidamente che era la salsiccia che aveva mangiato a cena. Rifiutò di prendere un amaro al bar, rifiutò di passare la sera con lui, rifiutò tutti gli argomenti di conversazione che lui le offriva: doveva proprio stare poco bene. Nicola la accompagnò a casa, e si accorse che anche lui aveva poco appetito, e neppure aveva voglia di fare la solita partita a bigliardo con Renato. Bevve due cognac e si mise a letto.

La bestia nel tempio

Forse la mancia che gli avevo data la sera prima era eccessiva: non avevamo ancora avuto il tempo di chiarirci le idee sul cambio e sul potere di acquisto della moneta locale. Non erano ancora le sette quando Agustín bussò alle stuoie che chiudevano la nostra camera: gli aprimmo, perché avevamo istintivamente fiducia in lui. Fra tutti gli sconosciuti che ci si erano affollati intorno, con offerte o richieste importune, al momento del nostro arrivo, Agustín si era distinto per la sua efficienza, la sua discrezione e la chiarezza, anzi l'eleganza, dello spagnolo che parlava. Era venuto a farci una proposta: staccarci dalla comitiva, in silenzio e senza farci notare, e seguire lui, noi due con un'altra coppia, al tempio dei Trece Mártires, presso Magaán. Non ne avevamo mai sentito parlare? Fece un sorriso timido e rapido: ci fidassimo di lui, non ci saremmo pentiti della diversione.

Ci consigliammo con i signori Torres, due giovani sposi della nostra città, e in pochi minuti decidemmo di accettare la proposta. Gli altri nostri compagni di viaggio erano chiassosi e volgari, una mattinata di silenzio e di relativa solitudine ci avrebbe fatto bene. Agustín ci spiegò che il tempio non era molto lontano: mezz'ora di taxi (tutti i taxisti erano suoi amici), dieci minuti di barca a remi per raggiungere l'isoletta quasi al centro della laguna di Gorontalo, poi un'altra mezz'ora di salita.

La laguna era piatta come uno specchio, ricoperta per l'altezza di qualche metro da una bruma luminosa che velava il sole, senza però attenuarne il calore. L'aria era umida e pesante, impregnata di odori palustri. Sbarcammo ad un piccolo molo di travi viscide di alghe, e seguimmo Agustín su per un ripido sentiero a giravolte. Le colline intorno erano pietrose e deserte, traforate da grotte; alcune di queste, non lontane dal sentiero, erano state ostruite con tavole e fascine, forse per trasformarle in stalle od ovili, ma parevano abbandonate. Il versante opposto della valle era coperto di vegetazione, e non vi si distingueva alcuna traccia di sentiero; ad intervalli giungeva fino a noi un belato di capre, gracile e breve.

Il tempio sorgeva in cima alla collina, elusivo come un miraggio: vasto ed informe, risultava difficile valutarne la distanza. Lo raggiungemmo con fatica, infastiditi dagli insetti e snervati per l'assoluta mancanza di vento. Era un'alta costruzione di blocchi squadrati di pietra pallida: il suo contorno era un esagono irregolare, e le pareti erano rotte da poche e piccole aperture a livelli diversi. Queste pareti non erano piane: alcune sensibilmente concave, altre convesse; i blocchi che le componevano non erano che approssimativamente allineati, come se i remoti costruttori non avessero conosciuto l'uso del filo a piombo e della cordicella. Nell'ombra delle mura, timorosi del sole, stavano alcuni cavalli, immobili, scuri di sudore, ansimanti per la calura.

Penetrammo nel tempio attraverso una stretta apertura, che sembrava essere stata ricavata scalpellando rozzamente il sasso, o sfondandolo come con un ariete: porte vere e proprie non se ne vedevano. Tanto appariva massiccio l'esterno dell'edificio, tanto invece era articolato e frastagliato il suo interno: vi si succedevano cortili grandi e piccoli, terrazze, serre, giardini pensili, fontane e piscine asciutte; questi elementi erano collegati fra loro (quando erano collegati) da rampe larghe o strette, scalinate ampie, ripide scale a chiocciola. Tutto era in condizione di estremo abbandono. Molte strutture erano crollate, alcune da gran tempo, a giudicare dal portamento delle piante che ovunque erano cresciute sulle rovine; in tutte le fenditure si era accumulato terriccio in cui allignavano erbe selvagge e rovi dall'odore penetrante, muschio e piccoli funghi fragili. Certo non sarebbero bastati dieci giorni per esplorare tutti i meandri della costruzione. Agustín insistette per condurci al Passaggio dei Sepolti, ed attraverso questo al cortile piú interno, che lui chiamava il cortile della Bestia. Il Passaggio dei Sepolti era una lunga lista di terreno battuto, di forse ottanta metri per dieci: stranamente, non vi cresceva un filo d'erba. Agustín ci raccomandò di passare in fila indiana lungo il margine, senza varcare una linea di demarcazione che era contrassegnata con una fila di paletti. Ci mostrò che dal suolo sporgevano qua e là, verticali od obliqui, un centinaio di oggetti metallici, appuntiti e rugginosi: alcuni emergevano di un palmo o due, altri erano appena visibili; e ci disse che erano punte di spade e di lance. Il suo paese, ci raccontò, era stato spesso terra di invasione: alcuni secoli prima dell'arrivo degli europei, era calata dal nord, ma nessuno sapeva bene di dove, un'orda di cavalieri. Erano impetuosi e crudeli, ma pochi di numero; i suoi antenati (– erano piú coraggiosi di noi, – disse con uno dei suoi sorrisi pudichi) avevano tentato invano di respingerli alle loro navi, e loro si erano asserragliati nel Tempio, e di qui avevano tenuto il paese per qualche anno, con scorrerie improvvise, incendi e strage e trascinandosi dietro una pestilenza. I cavalieri morti di peste, o in battaglia, erano stati sepolti dai compagni secondo il loro costume barbarico: ognuno a cavallo del suo cavallo, e con l'arma levata a sfidare il cielo.

Il cortile della Bestia era vasto, ricoperto da una volta ancora quasi integra: la sola luce che vi penetrava era appunto quella che filtrava attraverso le lacune del tetto. Ci occorsero alcuni istanti perché i nostri occhi si avvezzassero alla semioscurità. Vedemmo allora che ci trovavamo al margine di un'arena coperta, di forma approssimativamente ellittica; intorno ad essa, in luogo delle gradinate, erano disposti tutto intorno innumerevoli palchi, in quattro o cinque ordini, sostenuti e divisi fra loro da una selva di colonne di pietra o di legno dorato. Le colonne non erano che approssimativamente verticali, e gli ordini non si svolgevano lungo linee orizzontali, per cui i palchi non erano tutti uguali: ve n'erano di alti e stretti, di larghi e bassi (alcuni erano talmente bassi che un uomo non ci sarebbe potuto entrare che strisciando sul ventre). Di fronte a noi, una intera zona si presentava fortemente inclinata, come una dislocazione geologica, o come un frammento di nido d'api che fosse stato estratto e riinserito in posizione obliqua.

Ci siamo attardati a lungo per cercare di capire come un edificio di quel genere potesse non dico reggersi in piedi per molti secoli, ma addirittura esistere. Nella mezza luce a cui ci stavamo abituando, si distingueva che alcune delle colonne piú vicine a noi presentavano un fenomeno irritante, difficile ad esprimersi qui in parole, e del resto, sul luogo stesso avevamo constatato l'impossibilità di descriverci l'un l'altro quello che pure i nostri occhi vedevano. Sarebbe certamente piú facile rappresentarlo con un disegno; lo sentivamo come un'insolenza, una sfida alla nostra ragione: una cosa che non aveva diritto di esistere, eppure esisteva. Nella loro parte bassa, queste colonne lasciavano intravvedere attraverso i loro intervalli, in secondo piano, il fondale dei palchi, dipinto a festoni neri ed ocra; ma seguendole verso l'alto con lo sguardo, i loro contorni mutavano funzione, gli intervalli diventavano colonne e le colonne diventavano intervalli, ed attraverso questi intervalli si scorgeva il cielo opaco della laguna. Ci sforzammo inutilmente, i Torres e noi, di venire a capo di questa apparenza assurda, che svaniva se ci avvicinavamo, ma si imponeva con l'evidenza pesante delle cose concrete se osservata dalla distanza di qualche decina di metri. Claudia scattò qualche fotografia, ma senza fiducia: la luce era troppo scarsa.

La platea dell'arena appariva invasa da una vegetazione folta e bassa. Agustín ci trattenne ai margini, e ci fece salire su un cumulo di macerie; poi, senza parlare, ci indicò una forma oscura che si spostava frammezzo gli arbusti. Era un animale massiccio, bruno, un po' piú alto e piú grosso di un bufalo di palude; nel silenzio si percepiva il suo respiro profondo ed aspro, e lo strappo e lo scroscio degli arbusti che esso divelleva pascolando. Uno di noi, forse io stesso, domandò smarrito: – Che cosa è quello? – Subito Agustín fece cenno di tacere, ma la bestia doveva avere udito, perché levò la testa e sbuffò forte, al che si levò dai palchi un volo di uccelli inquieti. La bestia mugghiò, si scrollò e partí di corsa, diritta davanti a sé, come se caricasse un nemico invisibile, forse l'insensatezza, l'impossibilità dello scenario entro cui era rinchiusa. Ci guardammo intorno: la platea aveva parecchie aperture, ma strette ed ingombre. Per nessuna di esse la bestia avrebbe potuto passare.

Galoppò sempre piú impetuosa, rompendo davanti a sé arbusti e rami: il suolo risuonava al ritmo ternario della sua corsa, si sentirono frammenti di capitelli staccarsi dalle colonne e cadere. La bestia puntava verso una delle aperture, la meno angusta e la piú sgombra da sfasciumi. Cozzò contro gli stipiti, come se, cieca di collera, non li avesse visti; vi si incastrò per un attimo, emise un ruggito di dolore e si trasse indietro; l'architrave di pietra crollò sgretolato dall'urto, e l'apertura apparve piú stretta di prima, ostruita a mezzo dalle pietre cadute. Claudia mi strinse nervosamente il braccio: – È prigioniera di se stessa. Si chiude intorno tutte le vie d'uscita.

Uscimmo nella luce del pomeriggio, che ci parve abbagliante. La signora Torres ci fece notare che nelle fenditure delle pietre si annidavano molte lucertole grigio-brune, squamose; altre stavano immobili al sole velato, come minuscoli bronzi. Se disturbate, fuggivano fulminee a rintanarsi, oppure si avvolgevano su se stesse come gli armadilli, e in quella forma, ridotte a piccoli dischi compatti, si lasciavano cadere nel vuoto.

Fuori del tempio si era radunata una folla di mendicanti scarni, uomini e donne, dall'aspetto minaccioso. Alcuni avevano eretto poco lontano delle basse tende nere, e vi stavano accovacciati al riparo dal sole. Ci guardavano con curiosità insolente ed insistente, ma non ci rivolsero la parola.

– Aspettano la bestia, – disse Agustín: – aspettano che esca. Vengono tutte le sere, da sempre; passano la notte qui, e nelle tende hanno i coltelli. Aspettano da quando esiste il tempio. Quando uscirà, la uccideranno e la mangeranno, e allora il mondo sarà risanato: ma la bestia non uscirà mai.

Disfilassi

Amelia sapeva bene che non tutte le ore del giorno si prestano ugualmente bene per studiare. Per lei, erano favorevoli le prime ore del mattino, e quelle del tardo pomeriggio fino a cena: poi non piú, si sentiva come impermeabile. Ma l'esame era importante, il piú importante del biennio, e quella sera di vigilia non la poteva sprecare; avrebbe cercato di impiegarla nel modo migliore, unendo un po' di ripasso con una piccola opera buona.

La nonna Letizia usciva poco, ormai, aveva scarse occasioni di parlare, eppure di parlare aveva bisogno; i suoi contatti erano limitati ai bottegai del vicinato, gente incolta e di origine sospetta: in casa apriva bocca di rado perché temeva di ripetersi, e infatti si ripeteva, povera vecchia, ritornava sempre sugli stessi argomenti, sul mondo della sua giovinezza, cosí tranquillo, ragionevole e ordinato. Bene, erano proprio gli argomenti che interessavano ad Amelia: certe cose sui libri di testo non si trovano.

Alla nonna, poi, avrebbe fatto piacere parlarne; tutti i vecchi sono cosí, il mondo che li circonda gli interessa poco, li turba, non lo capiscono, lo sentono ostile, e perciò non lo registrano nella memoria. Per questo ricordano gli eventi lontani e non quelli vicini: non è questione di sclerosi, ma di difesa. Il loro vero mondo è quello dei loro anni verdi, ed è buono per definizione, è il «buon tempo antico», anche se aveva regalato all'umanità due guerre mondiali.

Amelia era di razza sostanzialmente umana, e con nonna Letizia non aveva problemi di comunicazione. Non cosí con la nonna paterna, morta molti anni prima: Amelia la ricordava come un incubo. La mamma della nonna Gianna, ai primi tempi della disfilassi, quando i controlli erano ancora rudimentali, durante una gita in val di Lanzo aveva commesso un'imprudenza ed era stata fecondata da polline di larice: la nonna Gianna era nata cosí. Poveretta, lei non ne aveva colpa, ma come Amelia la ricordava era poco gradevole.

Era fortuna che l'eredità umana avesse prevalso, come del resto avviene di regola, tuttavia chiunque si sarebbe accorto che era una disfilattica: aveva la pelle scura, ruvida e squamosa, e i capelli verdognoli, che d'autunno diventavano giallo-dorati e d'inverno cadevano lasciandola calva; per fortuna ricrescevano rapidamente a primavera. Parlava con una voce spenta, quasi un soffio, e con una lentezza irritante. Era incredibile che avesse trovato marito: forse solo per le sue leggendarie virtú domestiche.

– Eh già, la disfilassi. Tu figliola pensala come vuoi: io per me l'avevo sempre detto. Quando uno ha da morire, è perché Dio ha deciso cosí, e non bisogna andar contro il suo volere. Quella storia dei trapianti io non l'ho mai vista chiara, fin dal principio: gli occhi, e poi i reni, e poi il fegato... e al primo segno di intolleranza giú coso, come si chiama, io già per i nomi non sono mai stata famosa, ma quello poi non lo ricordo perché non lo voglio ricordare.

– Ipostenone, – suggerí Amelia.

– Ipostenone, sí: cosí tutti i trapianti riuscivano. Da tutti i farmacisti, mille lire al flacone. Lo davano come niente, anche a quelli che si facevano mettere i denti finti, e alle signore che si cambiavano il naso. L'avevano provato sui topi, era innocuo. Sicuro, innocuo, come i defoglianti, quelli di quel paese... Innocuo, ma quei sapientoni non sapevano quello che sanno i contadini, che la natura è come una coperta corta, che se la tiri da una parte...

Non era questo che interessava ad Amelia: avrebbe voluto sapere altro, di come si viveva prima, quando nelle cliniche ostetriche non c'erano sorprese e tutti i gatti avevano quattro gambe: le riusciva difficile figurarselo, quel tempo. Ordinato sí, ma forse un po' insipido, era quasi impossibile fare confronti. Quanto alla storia dell'ipostenone, la sapevano anche i bambini: era indistruttibile, ma se n'erano accorti troppo tardi, passava dagli escreti alle fognature al mare, dal mare ai pesci e agli uccelli; volava per l'aria, ricadeva con la pioggia, si infiltrava nel latte, nel pane e nel vino. Adesso il mondo ne era pieno, e tutte le difese immunitarie erano cadute. Era come se la natura vivente avesse perso la sua diffidenza: nessun trapianto veniva rigettato, ma anche tutti i vaccini e i sieri avevano perso il loro potere, e gli antichi flagelli, il vaiolo, la rabbia, il colera, erano ritornati.

E cosí anche le difese immunitarie che un tempo impedivano gli incroci fra specie diverse erano deboli o nulle: nulla vietava di farti impiantare gli occhi di un'aquila o lo stomaco di uno struzzo, o magari un paio di branchie di tonno per fare la caccia subacquea, ma in compenso qualunque seme, animale, vegetale o umano, che il vento o l'acqua o un incidente qualsiasi portassero a contatto con un qualunque ovulo, aveva buone probabilità di dare origine a un ibrido. Tutte le donne in età feconda dovevano stare molto attente. Era una vecchia storia: Amelia aveva sonno, diede la buonanotte alla nonna, preparò la borsa per il giorno dopo e si mise a letto. Era una buona dormitrice: aveva spesso pensato che la sua propensione al sonno fosse dovuta a quell'ottavo di linfa vegetale che le correva per le vene. Fece appena in tempo a rivolgere un saluto mentale a Fabio, poi il suo respiro si fece profondo e regolare.

Glielo aveva detto un mucchio di volte, a Fabio, che quando andava a dare esami preferiva non vederlo: e invece eccolo lí, sorridente, efficiente, ben sbarbato, protettivo.

– Solo per dirti in bocca al lupo; poi me ne vado in Banca.

– Grazie. Vattene, guarda. Sono già nervosa, e lo sai che tu, anche se non vuoi...

– Lo so, lo so. Volevo solo vederti. Ciao, vedrai che tutto andrà bene.

Qualcuno in Banca aveva sparso la voce che Fabio avesse un quarto di sangue di spinarello. Amelia, discretamente, aveva fatto ricerche all'Anagrafe, e tutto risultava regolare; ma si sa come vanno le cose all'Anagrafe, e del resto Amelia non aveva pregiudizi: gli spinarelli sono mariti fedeli, padri affettuosi, e difensori accaniti del loro territorio. Meglio un pizzico di spinarello che un pizzico di certe altre bestie. Si sentivano raccontare tante storie... qualche cosa di vero ci poteva essere: se una donna era poco pulita, e la pulce era maschio, poteva scattare la trappola. Su questi argomenti la Chiesa Restaurata non scherzava: l'anima era sacra, e l'anima c'era dappertutto, anche negli embrioni di un mese, e a maggior ragione negli individui giunti al parto, anche se di umano non avevano gran che. E poi c'era chi diceva che la condizione femminile era migliorata!

Si fece coraggio ed entrò nell'Istituto di Storia Moderna: al confronto col bagliore del sole, l'atrio le parve buio; prima che i visi, incominciò a distinguere le mascherine di garza antisettica che tutti portavano, bianche i maschi, a colori vivaci le ragazze. Si andava per ordine alfabetico: si infilò nel corridoio a sentire che cosa si diceva in giro. Entrò un bidello e chiamò Fissore. Amelia si chiamava Forte: il suo turno sarebbe stato il prossimo. Fissore uscí poco dopo, allegro e soddisfatto: tutto bene, Mancuso era garbato e sensato, lui in cinque minuti se l'era cavata con un 29. No, niente trappole, lui era stato interrogato sulle guerre d'Uganda, e quello prima di lui sulle pedagogie afflittive. Ritornò il bidello e chiamò Amelia.

Mancuso era sulla quarantina, piccolo, nervoso, nero d'occhi e di capelli, neri erano anche i baffetti, radi e rigidi. Parlava talmente veloce che era difficile seguirlo: spesso bisognava fargli ripetere le domande. Aveva una vocetta stridula ed acuta, che ricordò ad Amelia quella dei nastri magnetici che vengono fatti passare troppo in fretta. Amelia si sedette, e per qualche secondo il professore la scrutò dai capelli alle scarpe, con bruschi scatti della testa, degli occhi e delle mani, che giocherellavano con una matita; anche le alette delle sue narici palpitavano rapidamente. Poi si ritrasse indietro, si mise piú comodo sulla sedia con due colpi d'anca, fece ad Amelia un sorriso largo e cordiale che tuttavia si spense in un lampo, sbatté svelto le palpebre, e disse ad Amelia di parlare sull'argomento che preferiva. «Gli ho fatto colpo», pensò Amelia senza entusiasmo, ed annunciò che avrebbe parlato della disfilassi. Le parve di veder passare sul viso di Mancuso una rapida ombra di contrarietà, ma incominciò ugualmente la sua esposizione.

L'argomento le stava a cuore, e non solo per ragioni personali: le era sempre parso ingiusto che nelle scuole di tutti i livelli se ne parlasse cosí poco, come se il mondo di prima non fosse mai esistito. Come potevano, i giovani d'oggi, conoscere se stessi se non conoscevano le proprie radici? Come potevano chiudersi a quello che a lei appariva aperto? Di solito, agli esami era timida e legata, ma quel giorno non riconosceva se stessa: eccitata e sorpresa, udiva la sua voce descrivere il fantastico universo di semi, di germi e di fermenti in cui l'uomo vive senza accorgersene, il pullulare di pollini e di spore nell'aria che respiriamo ad ogni istante, di potenze mascoline e femminine nelle acque dei fiumi e dei mari.

Si sentí addirittura arrossire quando prese a dire del vento dei boschi, saturo di fecondità innumerevoli, di germi invisibili ed infiniti, ed in ogni germe era scritto un messaggio pieno di destino, scagliato nella vacuità del cielo e del mare alla ricerca del suo consorte, latore del secondo misterioso messaggio che avrebbe dato senso al primo. Cosí per miliardi di anni, dagli equiseti del Carbonifero ad oggi: no, non ad oggi, a ieri, al momento in cui la ferrea barriera fra specie e specie era andata infranta, ed ancora non si sapeva se per il bene o per il male.

Si addentrò nella spinosa questione della valutazione della disfilassi sotto l'aspetto morale, religioso ed utilitario, e stava per esporre una sua personale osservazione, un confronto fra le leggi mosaiche dettate contro l'abominio delle mescolanze e le recenti vessatissime leggi intese a controllare l'uso indiscriminato degli agenti antirigetto, quando si rese conto che Mancuso non la stava a sentire. Neppure la guardava: si volgeva intorno con rapidi scatti del capo, si grattava qua e là con un veloce va e vieni delle dita, quasi una vibrazione; a un certo momento cavò di tasca una noce, la schiacciò svelto coi denti e cominciò a rosicchiarla con gli incisivi. Amelia si sentí invadere dalla collera e tacque.

Mancuso, senza smettere di rodere la noce, la fissò con aria interrogativa. – Ha finito? Bene. Abbastanza bene. È libera stasera? No? Peccato. Approvata con 19. Si accomodi pure. Ecco il libretto. Arrivederci – Per parlare, si era cacciata la noce fra la guancia e la mandibola.

Amelia ritirò il libretto e se ne andò senza salutare. Doveva proprio essere vera quella storia di criceti che si mormorava nei corridoi. Sulla soglia ebbe la tentazione di ritornare in aula e di rifiutare il voto, ma poi pensò che se avesse dovuto ridare l'esame le cose sarebbero potute andare anche peggio. Salí sul filobus, scese al capolinea e prese un sentiero nel bosco che conosceva bene: tanto, fino a sera nessuno a casa l'avrebbe aspettata. Mancuso era un asino, su questo non c'era discussione. Forse aveva delle scusanti, forse la storia del criceto era vera, ma guai ad andare troppo in là con le giustificazioni; se un ferroviere fa deragliare un treno, va processato e non perdonato, anche se suo nonno era un caprone. Non siamo razzisti, ma dire che un somaro è un somaro, e un villano è un villano, non è razzismo, chiaro?

Il sentiero era piano, ombroso e solitario, e camminando Amelia si calmò. C'erano fiori sul margine, modesti ma graziosi: primule, miosotis, qualche fiorellino bianco di fragole, ed Amelia se ne sentiva attratta. Non è strano sentirsi attratti dai fiori, ma lei se ne sentiva attratta in un modo strano: Amelia si conosceva bene, e sapeva che quel modo era strano. Anche se comune a molti e a molte, e non tutti col sangue di larice nelle vene. Ci pensava, continuando a camminare: doveva essere ben grigio, ben pieno di noia il buon tempo antico, quando gli uomini erano attratti solo dalle donne, e le donne dagli uomini.

Adesso, molti erano come lei: non tutti certo, ma molti giovani, davanti ai fiori, alle piante, a qualunque animale, alla loro vista, al loro odore, all'ascoltarne le voci o anche solo il fruscio, si accendevano di desiderio. Pochi lo soddisfacevano (via, non sempre era facile soddisfarlo), ma anche insoddisfatto, quel desiderio cosí vario, cosí vivo e sottile, li arricchiva e li nobilitava. Era stupido fermarsi alla superficie, al moralismo puritano, e annoverare la disfilassi fra le catastrofi. Da piú di un secolo l'umanità si era ubriacata di profezie catastrofiche: ora, la morte nucleare non era venuta, la crisi energetica sembrava superata, l'esplosione demografica si era estinta, e a scorno di tutti i profeti il mondo stava invece diventando un altro sul filo della disfilassi, che nessun futurologo aveva pronosticata.

Ed era strano, strano e meraviglioso, che la natura sconvolta avesse ritrovato una sua coerenza. Insieme con la fecondità fra specie diverse era nato il desiderio; talvolta grottesco e assurdo, talvolta impossibile, talvolta felice. Come il suo: o come quello di Graziella perduta dietro i gabbiani. Certo, c'erano i rosicchiamenti di Mancuso (forse non era che un maleducato), ma ogni anno, ogni giorno, nascevano specie nuove, piú in fretta di quanto l'esercito dei naturalisti gli potesse trovare un nome; alcune mostruose, altre graziose, altre ancora inaspettatamente utili, come le querce da latte che crescevano nel Casentino. Perché non sperare nel meglio? Perché non confidare in una nuova selezione millenaria, in un uomo nuovo, rapido e forte come la tigre, longevo come il cedro, prudente come le formiche?

Si fermò davanti ad un ciliegio in fiore: ne accarezzò il tronco lucido in cui sentiva salire la linfa, ne toccò leggera i nodi gommosi, poi si guardò intorno e l'abbracciò stretto, e le parve che l'albero le rispondesse con una pioggia di fiori. Se li scosse di dosso ridendo: «Sarebbe bella se mi capitasse come alla bisnonna!» Ebbene, perché no? Era meglio Fabio o il ciliegio? Meglio Fabio, senza dubbio, non bisogna cedere agli impulsi del momento: ma in quel momento Amelia fu consapevole di desiderare che in qualche modo il ciliegio entrasse in lei, fruttificasse in lei. Giunse alla radura e si sdraiò fra le felci, felce lei stessa, sola leggera e flessibile nel vento.

Calore vorticoso

Di una cosa era certo: non si sarebbe lasciato intrappolare una seconda volta. Tutto vero: siamo in democrazia, e democrazia è partecipazione; partecipazione dal basso. Ma siamo seri, è partecipazione questa? Stare avvitati a un banco, duro e scomodo come i banchi di scuola, anzi, è proprio un banco di scuola; stare nell'afa di Roma in luglio, ad ascoltare una frenetica che ripete senza fine le stesse cose, già dette da lei stessa ieri, il mese scorso e sei mesi fa, e del resto già stampate, rotocalcate, televisionate centinaia di volte? La signora Di Pietro è una malata, è fuori discussione; è una nevrotica, si vede che a casa il marito e i figli non la lasciano parlare, e allora si sfoga qui.

Ettore ormai aveva perso il filo da un pezzo. Se almeno fosse stato permesso accendersi una sigaretta! Ma se siamo noi a dare il cattivo esempio... Aprí la cartellina di plastica davanti a sé, e cominciò a tracciare dei pupazzetti sul foglio, tanto per tenersi sveglio. Poi scrisse «Ettore», in corsivo inglese, e sotto in stampatello maiuscolo e in gotico. A rovescio, si leggeva «e rotte». Scrisse «e rotte» in fondo alla riga, e vide la sua mano, come guidata da un servomeccanismo, che completava la frase: *Ettore evitava le madame lavative e rotte.*

Ettore era una persona per bene, ed allo stato di veglia non si sarebbe permesso di definire cosí la signora Di Pietro: noiosa sí, ma lavativa e rotta mai e poi mai; tuttavia era vero che l'avrebbe evitata volentieri. Ricontrollò, leggendo da destra a sinistra: sí, era giusta. Ma giusta non vuol dire vera: guai se tutte le frasi reversibili fossero vere, fossero sentenze d'oracolo. Eppure... eppure, quando le leggi a rovescio, e il conto torna, c'è qualcosa in loro, qualcosa di magico, di rivelatorio: lo sapevano anche i latini, e le scrivevano sulle meridiane, *Sator Arepo tenet opera rotas. In gyrum imus nocte et consumimur igni*. È come le corna, o come quando trovi un quadrifoglio. Non ci credi, però lo raccogli ed esiti a buttarlo via; non sai perché, ma non si sa mai. È un vizio: ebbene, sissignori, ho anch'io il mio vizio. Non bevo, non gioco, fumo pochissimo, ma ho anch'io il mio vizio, meno distruttivo di tanti altri, quello di leggere a rovescio. Non prendo l'eroina: scrivo frasi reversibili, avete qualche cosa da obiettare? *Eroina motore in Italia – Ai latini erotomani or è*. Ottimo, due decasillabi sonanti, e neppure del tutto insensati.

La Di Pietro continuava: adesso stava parlando dei mercati ortofrutticoli. Anche Ettore continuava. In breve, in mezzo ai ghirigori ed ai profili abbozzati dei suoi vicini, fiorirono altre sentenze: *Oimè Roma amore mio*; e subito accanto, *A Roma fottuta tutto fa mora*, che gli parve piú appropriato. E poi ancora, *Ad orbi, broda*, di significato oscuro, probabilmente sapienziale: un ordine perentorio, da decalogo. *E lí varrete terra vile*. Memento, homo, che sei polvere, e in polvere vile ritornerai. Presto, anche. Ma finché sei su questa terra ti devi cingere i lombi di fortezza, e combattere da buon soldato: *accavalla denari, tirane dalla vacca*. Se ci sai vivere, il mondo non è brutto: venerdí parti, raggiungi Elena a Sperlonga, mangi pesce appena pescato, dimentichi l'ufficio e la sottocommissione e ti senti un altro uomo.

Guai se Elena non ci fosse stata. Di sposarla non se la sentiva, e anche lei non aveva mai insistito: stavano bene cosí. Quando uno passa i quaranta da scapolo, deve poi fare attenzione: magari non se ne accorge, ma certe sue abitudini possono essere fastidiose. Per esempio, se Elena fosse stata lí dietro, a leggere quello che lui scriveva. *Elena, Anele: Essa è leggera, ma regge le asse. È lo senno delle novità, genere negativo nelle donne sole*, per quanto Elena non fosse mai sola, anzi, aveva il talento di trovarsi dappertutto, in pochi giorni, al centro di una piccola truppa di ammiratori. Ma niente da dire, i patti fra loro erano stati chiari, niente gelosia, due persone savie in buona fede reciproca, tutto alla luce del sole.

Il livido sole, poeta ossesso, ateo, peloso di villi. Lo si vedeva attraverso il lucernario semichiuso, ed era proprio livido, spento dalla foschia. Peloso di villi, poi, è come dire villoso, che è un'immagine audace, ma poetica. Accanto alla frase Ettore disegnò un sinistro sole nero, irsuto di raggi mozzi, come un riccio di mare; poi il mare, e lui stesso dentro: *ogni marito unico ci nuoti ramingo.*

Dopo la Di Pietro, prese la parola Moretti, sulla questione dei trasporti urbani. Ettore scrisse ancora *ero erto tre ore,* poi cancellò: niente fanfaronate, al contrario, quella sera si sentiva un po' strano. Forse era colpa del calore e dell'umidità. I trasporti urbani erano del tutto fuori della sua competenza; si alzò e sgusciò via, cercando di non farsi notare, ma il presidente lo salutò con ostentazione ironica. *È mala sorte, ti carbonizzino braci, tetro salame*; ti hanno eletto presidente? bene, tu adesso stai lí e io invece me ne vado. Il presidente era un baciapile e un ipocrita; non gli era mai stato simpatico.

Scese le scale e andò al posteggio; diede le solite duecento lire all'abusivo e mise in moto. Davanti aveva via libera: invece, chissà perché, forse perché era stanco e distratto ingranò la marcia indietro, e fece un brutto sgraffio alla Renault posteggiata accanto, in verità un po' troppo di sbieco. L'abusivo gli fece un gesto tranquillizzante con la mano e sporse il labbro inferiore come a dire «né visto né conosciuto». Ritornò a casa in mezzo al traffico del Lungotevere, rimuginando ovisuba, ivisuba, ma senza carta e matita non riuscí a cavarne niente. A Sperlonga non faceva mai caldo; che solo venerdí arrivasse presto. *O morbidi nèi pieni di bromo!* Elena aveva un neo sul ginocchio destro. Se uno, o una, respira cloro organico, gli viene la cloroacne, come a Seveso: esiste anche la bromoacne? Bisognava che Elena ci stesse attenta.

Non aveva voglia di cenare in trattoria: avrebbe incontrato i soliti avventori, e per quella sera si sentiva saturo di parole. Entrò in casa, aprí tutte le finestre nella speranza vana di creare un po' di corrente e cenò con due uova sode e un'insalata. Accese la Tv, ma la spense subito, dei giochi senza frontiere non gliene importava niente. Sentiva un disagio vago, come se il cervello gli friggesse dentro: forse aveva un pochino di febbre. Se no, non si sarebbe spiegato il fatto della marcia indietro: modestia a parte, era un guidatore abile ed attento. Era stupido e triste passare le serate cosí, solo come un cane; e perché poi come un cane? i cani non sono mai soli; annusano i cantoni, e il compagno, o la compagna, se la trovano a fiuto, in un momento. Si sentiva la barba lunga, ma non aveva voglia di radersi. Quattro giorni, e sarebbe venuto venerdí e sarebbe partito e non sarebbe stato piú solo.

Passò una brutta notte, popolata da sogni sgangherati ed angosciosi. Il mattino dopo si alzò, si lavò e prese il rasoio elettrico, ma poi si toccò le guance e le trovò lisce. Si sentí gonfiare dentro un'ondata d'inquietudine: ieri la marcia indietro, e adesso anche la barba...? O si era raso la sera avanti? Rimase perplesso davanti allo specchio, in maglietta, con le dita sulle guance: nello specchio vide riflesso il termos con il caffè caldo, si voltò, lo afferrò come un salvagente, e cincischiò per qualche istante col tappo a vite, che voleva svitare e invece stava avvitando piú stretto. Lo lasciò, si avviò al comodino e guardò con timore l'orologio da polso che vi stava appoggiato: se avesse visto la lancetta dei secondi girare all'indietro, allora sarebbe stata finita. Ma no, tutto era in ordine. Non c'era niente di obiettivo, nessun sintomo concreto, doveva essere stata tutta colpa dell'afa e dell'umidità. *O soci, troverò la causa, la sua: calore vorticoso.* Ad ogni modo sarebbe stato piú cauto, d'ora in avanti: non avrebbe piú esagerato. Non era detto che anche quel vizio non presentasse qualche pericolo, ma del resto, *in arts it is repose to life: è filo teso per siti strani.*

I costruttori di ponti

«... Boris aveva ricordato l'antica ballata della figlia del gigante che trova un uomo nella foresta, e sorpresa e deliziata se lo porta a casa per trastullarsi; ma il gigante le ordina di lasciarlo andare, poiché tanto non farebbe che mandarlo in pezzi» (Isak Dinesen, *Sette racconti gotici*).

Danuta era contenta di essere stata fatta come i cervi e i daini. Le spiaceva un poco per l'erba, i fiori e le foglie che era costretta a mangiare, ma era felice di poter vivere senza spegnere altre vite, come invece è sorte delle linci e dei lupi. Aveva cura di visitare ogni giorno un luogo diverso, in modo che il verde nuovo cancellasse presto i vuoti; nel camminare, evitava di calpestare gli arbusti di salice, di nocciolo e di ontano, e girava al largo degli alberi d'alto fusto per non ferirli. Anche suo padre Brokne s'era sempre condotto cosí; di sua madre non aveva memoria.

Per bere, avevano un posto fisso, un tonfano profondo del torrente, adombrato al tramonto da un filare di vecchie querce che crescevano sulla sponda destra; invece la sponda sinistra si affacciava ad una radura in cui i due potevano agevolmente stare sdraiati, sia sulla schiena per dormire, sia bocconi per bere. Un tempo c'erano stati molti ceppi che pungevano la schiena, ma Brokne li aveva sradicati uno per uno. Venivano in quel luogo all'abbeverata anche gli unicorni ed i minotauri, timidi come ombre, ma solo ad ora tarda, quando il crepuscolo cede alla notte. Brokne e Danuta non avevano nemici, al di fuori del tuono, e del gelo negli inverni rigidi.

Il pascolo preferito di Danuta era una valle verde e profonda, ricca d'erba e d'acqua; il fondo era percorso da un rio, e questo era scavalcato da un ponte di pietre. Danuta passava lunghe ore a considerare il ponte: in tutto il loro territorio, che girava piú di cento miglia, non c'era niente di simile. Non poteva averlo scavato l'acqua, né poteva essere caduto cosí dalle montagne. Qualcosa o qualcuno lo doveva avere costruito, con pazienza, ingegno, e mani piú sottili delle sue: si curvava per vederlo da vicino, e non si stancava di ammirare la precisione con cui le pietre erano state tagliate e commesse, a formare un arco elegante e regolare che a Danuta rammentava l'arcobaleno.

Doveva essere molto vecchio, perché era ricoperto di licheni gialli e neri sulle parti esposte al sole, e di muschio spesso sulle parti in ombra. Danuta lo toccava delicatamente col dito, ma il ponte resisteva, sembrava proprio fatto di roccia. Un giorno radunò parecchi macigni che le parevano di forma adatta, e cercò di edificare un ponte come quello, ma che fosse della sua misura; non ci fu verso, non appena aveva installato il terzo macigno, e lo abbandonava per afferrare il quarto, il terzo le crollava addosso, e qualche volta le ammaccava le mani. Avrebbe dovuto avere quindici o venti mani, una per ogni pietra.

Un giorno chiese a Brokne come, quando e da chi il ponte era stato fatto, ma Brokne le rispose di malumore che il mondo è pieno di misteri, e che se uno volesse risolverli tutti non digerirebbe piú, non dormirebbe e forse diventerebbe matto. Quel ponte c'era sempre stato; era bello e strano, ebbene? Anche le stelle e i fiori sono belli e strani, e a farsi troppe domande si finisce con il non accorgersi piú che sono belli. Se ne andò a pascolare in un'altra valle; a Brokne l'erba non bastava, e ogni tanto, di nascosto da Danuta, divorava alla svelta un giovane pioppo o un salice.

Sul finire dell'estate, Danuta s'imbatté un mattino in un faggio abbattuto: non poteva essere stato il fulmine, perché splendeva il sole da molti giorni e Danuta era sicura di non averlo urtato lei stessa inavvertitamente. Si avvicinò, e vide che era stato reciso con un taglio netto, si vedeva a terra il disco biancastro del ceppo, largo come due delle sue dita. Mentre guardava stupita, sentí un fruscio, e vide, dall'altra parte della valle, un altro faggio che crollava a terra, sparendo fra gli alberi vicini. Discese e risalí, e scorse un animaletto che fuggiva a tutta forza verso la balza delle caverne. Era diritto e correva con due gambe; buttò a terra un arnese lucente che lo impacciava nella corsa, e s'infilò nella caverna piú vicina.

Danuta sedette lí accanto con le mani tese, ma l'animaletto non accennava ad uscire. Le era sembrato grazioso, e doveva anche essere abile se da solo era riuscito ad abbattere un faggio; Danuta fu subito sicura che il ponte l'aveva costruito lui, voleva fare amicizia, parlargli, non farselo scappare. Infilò un dito nell'apertura della grotta, ma sentí una puntura e lo ritirò subito di scatto con una gocciolina di sangue sul polpastrello. Aspettò fino a buio, poi se ne andò, ma a Brokne non raccontò niente.

Il piccolino doveva avere una gran fame di legno, perché nei giorni seguenti Danuta ne rinvenne le tracce in vari punti della valle. Abbatteva di preferenza i faggi piú grossi, e non si capiva come avrebbe fatto per portarseli via. In una delle prime notti fredde Danuta sognò che la foresta era in fiamme e si svegliò di soprassalto; l'incendio non c'era ma l'odore dell'incendio sí, e Danuta vide sull'altro versante un chiarore rosso che palpitava come una stella. Nei giorni seguenti, quando Danuta tendeva l'orecchio, sentiva un ticchettio minuto e regolare, come quando i picchi perforano le cortecce, ma piú lento. Cercò di avvicinarsi a vedere, ma appena lei si muoveva il rumore cessava.

Venne finalmente un giorno in cui Danuta ebbe fortuna. Il piccolino si era fatto meno timido, forse si era abituato alla presenza di Danuta, e si mostrava di frequente fra un albero e l'altro, ma se Danuta accennava ad avvicinarsi scappava svelto a rintanarsi fra le rocce o in mezzo al fitto del bosco. Danuta lo vide dunque avviarsi verso la radura dell'abbeveratoio; lo seguí di lontano cercando di non fare troppo rumore, e quando lo vide allo scoperto con due lunghi passi gli fu addosso e lo intrappolò fra i cavi delle mani. Era piccolo ma fiero: aveva con sé quel suo arnese lucente, e tirò due o tre colpi contro le mani di Danuta prima che lei riuscisse a pizzicarlo fra l'indice e il pollice ed a buttarglielo lontano.

Adesso che l'aveva catturato, Danuta si rese conto che non sapeva assolutamente cosa farsene. Lo sollevò da terra tenendolo fra le dita: lui strideva, si dibatteva e cercava di mordere; Danuta, incerta, rideva nervosamente e tentava di calmarlo carezzandolo con un dito sulla testa. Si guardò intorno: nel torrente c'era un isolotto lungo pochi passi dei suoi; si sporse dalla sponda e vi depose il piccolino, ma questo, appena libero, si buttò nella corrente, e sarebbe certo annegato se Danuta non si fosse affrettata a ripescarlo. Allora lo portò da Brokne.

Neppure Brokne sapeva che farsene. Brontolò che lei era proprio una ragazza fantastica; il bestiolino mordeva, pungeva e non era buono da mangiare, che Danuta gli desse il largo, altro da fare non c'era. Del resto, stava scendendo la notte, era ora di andare a dormire. Ma Danuta non volle sentire ragione, l'aveva preso lei, era suo, era intelligente e carino, voleva tenerselo per giocare, e poi era sicura che sarebbe diventato domestico. Provò a presentargli un ciuffo d'erba, ma lui girò la testa dall'altra parte.

Brokne sogghignò che tanto domestico non era e che in prigionia sarebbe morto, e si stese in terra già mezzo addormentato, ma Danuta scatenò un capriccio d'inferno, e tanto fece che passarono la notte col piccolino in mano, a turno, uno lo teneva e l'altro dormiva; verso l'alba però anche il piccolino era addormentato. Danuta ne approfittò per osservarlo con calma e da vicino, ed era veramente molto grazioso: aveva viso, mani e piedi minuscoli ma ben disegnati, e non doveva essere un bambino, perché aveva la testa piccola e il corpo snello. Danuta moriva dalla voglia di stringerselo contro il petto.

Appena si svegliò cercò subito di fuggire, ma dopo qualche giorno incominciò a farsi piú lento e pigro. – Per forza, – disse Brokne: – non vuole mangiare –. Infatti il piccolino rifiutava tutto, l'erba, le foglie tenere, perfino le ghiande e le faggiole. Ma non doveva essere per selvatichezza, perché invece beveva avidamente dal cavo della mano di Danuta, che rideva e piangeva dalla tenerezza. Insomma, in pochi giorni si vide che Brokne aveva ragione: era uno di quegli animali che quando si sentono prigionieri rifiutano il cibo. D'altra parte, non era possibile andare avanti cosí, a tenerlo in mano giorno e notte, un po' l'uno, un po' l'altra. Brokne aveva provato a fabbricargli una gabbia, perché Danuta non aveva accettato di tenerlo nella grotta: lo voleva avere sotto gli occhi e temeva che al buio si ammalasse.

Aveva provato, ma senza concludere nulla: aveva divelto dei frassini alti e diritti, li aveva ripiantati in terra a cerchio, ci aveva messo in mezzo il piccolino e aveva legato insieme le chiome con dei giunchi, ma le sue dita erano grosse e maldestre, e ne era venuto fuori un brutto lavoro. Il piccolino, benché indebolito dalla fame, si era arrampicato in un lampo su per uno dei tronchi, aveva trovato una lacuna ed era saltato a terra all'esterno. Brokne disse che era tempo di lasciarlo andare dove voleva; Danuta scoppiò a piangere, tanto che le sue lacrime rammollirono il terreno sotto di lei; il piccolino guardò in su come se avesse capito, poi prese la corsa e scomparve fra gli alberi. Brokne disse: – Va bene cosí. Lo avresti amato, ma era troppo piccolo, e in qualche modo il tuo amore lo avrebbe ucciso.

Passò un mese, e già le fronde dei faggi volgevano al porporino, e di notte il torrente rivestiva i macigni di un sottile strato di ghiaccio. Ancora una volta Danuta fu svegliata in angoscia dall'odore del fuoco, e subito scosse Brokne per ridestarlo, perché questa volta l'incendio c'era. Nel chiarore della luna si vedevano tutto intorno innumerevoli fili di fumo che salivano verso il cielo, diritti nell'aria ferma e gelida: sí, come le sbarre di una gabbia, ma questa volta dentro erano loro. Lungo tutta la cresta delle montagne, sui due lati della valle, bruciavano fuochi, ed altri fuochi occhieggiavano molto piú vicini, fra tronco e tronco. Brokne si levò in piedi brontolando come un tuono: eccoli dunque all'opera, i costruttori di ponti, i piccoli e solerti. Afferrò Danuta per il polso e la trascinò verso la testata della valle dove pareva che i fuochi fossero piú radi, ma poco dopo dovettero tornare indietro tossendo e lacrimando, l'aria era intossicata, non si poteva passare. Nel frattempo, la radura si era popolata di animali di tutte le specie, anelanti ed atterriti. L'anello di fuoco e di fumo si faceva sempre piú vicino; Danuta e Brokne sedettero a terra ad aspettare.

Self-control

Il dottore della mutua non lo aveva preso sul serio. Non che fosse uno stupido o che avesse fretta: lo aveva visitato con tutte le regole, gli aveva anche fatto fare delle analisi, e gli aveva detto che malattie non ne aveva. Si capisce che, se uno fa un lavoro di fatica e di responsabilità, alla fine del turno si sente stanco, è solo naturale. Che Gino si desse d'attorno, era ancora giovane, da manovratore poteva passare controllore, oppure anche, con un po' di fortuna e qualche spinta, entrare nell'amministrazione e sedersi dietro una scrivania. Non è che cosí si risolvano tutti i problemi, ma insomma.

Non che Gino volesse proprio essere malato, ma questo discorso lo aveva lasciato poco soddisfatto. Il fatto è che, quando smontava, si sentiva come un peso a destra, subito sotto le costole. Il dottore lo aveva palpato e gli aveva detto che era il fegato; non era né gonfio né irritato, era un fegato sano, ma era lí, tutti ce l'hanno, e può capitare benissimo che uno, se è stato molte ore in piedi, o seduto scomodo si accorga che c'è e se lo senta pesare. Fumava, beveva? No? Che andasse tranquillo, non mangiasse fritti e non prendesse troppe medicine: sí, perché è proprio il fegato che gestisce le medicine, le lascia passare oppure no, le demolisce dopo che hanno fatto il loro mestiere (posto che lo abbiano fatto), in maniera che non vadano in giro col sangue a fare guai.

È anche il fegato quello che amministra i grassi, cioè fabbrica la bile che sta in posteggio nella cistifellea, e poi, a richiesta, salta fuori e passa nell'intestino a cucinare i grassi; di modo che, meno grassi uno mangia, meno è la bile che ci vuole, e meno il fegato lavora. In buona sostanza, il suo fegato era sano ma lui non gli doveva far fare gli straordinari. A Gino i fritti e la roba grassa piacevano: peccato. Avrebbe tenuto d'occhio il suo fegato come si fa con le vetture, se uno vuole che durino: lavaggio e grassaggio regolari, e un'occhiata ogni tanto all'impianto elettrico, agli iniettori, a tutte le pompe, alla batteria e ai freni.

Gino era manovratore sugli autobus, sull'81 e sull'84, che sono linee noiose e faticose, ma su tutte le linee urbane è su per giú la stessa musica. Ti annoi ma devi stare attento, che è una contraddizione, e poi, da quando hanno messo le macchinette e levato via il bigliettario, non hai neppure il diversivo di scambiare quattro parole con lui quando si arriva al capolinea, che la vettura è vuota; e in piú hai quella seccatura delle porte pneumatiche.

Guidava, un occhio alla strada e un occhio allo specchietto, e intanto pensava che siamo complicati. Oltre al fegato, c'è una infinità di aggeggi. Ti distrai, e resti panato; un organo si pianta, non funziona piú, oppure funziona male e si mette a fare delle cose che non dovrebbe. Come l'Ernesta, che si era trascurata, le era venuta la tiroide, e non riusciva piú a dormire di notte e invece si addormentava di giorno, tanto che lui aveva fatto richiesta di passare al servizio notturno, ma col capo del personale non c'era stato verso. Bisognava stare attenti anche alla tiroide.

Andò in libreria, si comprò un libro e lo trovò interessante ma un po' confuso. Per esempio, già solo quello che devi mangiare è un problema, perché se mangi carne ti sale la pressione e si deposita l'acido urico, se mangi pane e pasta diventi obeso e vivi cinque anni di meno degli altri, e se mangi grassi guai al mondo. Puoi mangiare frutta, ma con quello che costa: del resto Gino aveva provato, e dopo tre giorni aveva un po' di disturbo e si sentiva svenire dalla fame. Dalle illustrazioni, poi, non riusciva a staccarsi. Avere tante cose cosí dentro la pelle era meraviglioso ma anche preoccupante. Si vedevano di fronte, di profilo e in sezione, incastrate di precisione una nell'altra senza neanche un vuoto grosso come un ditale.

Gli veniva in mente il vano motore dei suoi autobus, e in confronto era un lavoro da schiappini, tanto era lo spazio che avevano sprecato; senza dire del calore, del rumore e della puzza. Però, a guardare bene, anche lí avevano risolto il problema della simmetria allo stesso modo, insomma preoccupandosi di salvare le apparenze: simmetrico da fuori, ma dentro mica tanto, proprio come noi. La pancia bella simmetrica che fa piacere guardarla, specie quella delle donne, però dentro il fegato è a destra, il cuore a sinistra, a destra l'appendice; e nel cofano, l'alternatore da una parte e il filtro aria dall'altra. Del resto era giusto non avere tanti scrupoli per l'estetica, dal momento che dentro non si vede quasi mai, salvo quando si apre il cofano o quando ti fanno un'operazione.

Una gran trovata doveva essere stata quella di eliminare tutti i perni e gli ingranaggi, anzi, tutto il materiale metallico. Siamo fatti di roba molle, salvo le ossa, eppure tutto funziona lo stesso. Lo stomaco e l'intestino, per esempio: non si muovono quasi, eppure il mangiare entra da una parte, fa il suo giro in silenzio che neanche te ne accorgi, e dall'altra parte esce lo sfrido. Gino incominciò a starci attento, specie di notte, e poco per volta si accorse che invece sí, tutto si muoveva, ma liscio come un orologio.

Nel libro c'era anche un capitolo sugli ormoni e sulle vitamine, e Gino si sentí a disagio. Va bene per le vitamine, in fondo basta ricordarsi di mangiare i pomodori e i limoni e lo scorbuto non ti viene, ma gli ormoni? Poco da fare, gli ormoni te li devi fabbricare tu. Chissà come e dove, il libro non lo diceva, forse nell'intestino con materiale di recupero, o forse nel midollo delle ossa dove si fabbrica anche il sangue. E come? Mistero: il libro portava figure e formule, non erano delle strutture semplici, eppure se li fabbricano anche le bestie, i bambini e i selvaggi.

Si fabbricano da sé: bella spiegazione! E se la fabbrichetta si guasta? O vengono fuori difettosi? Per esempio l'ormone degli uomini invece di quello delle donne, che a vedere le formule (strane ma belle, tutte fatte a esagoni come i radiatori a nido d'ape che usavano una volta) sono quasi uguali: bene, miei cari signori, e se uno si sbaglia? Basta un niente, un momento di disattenzione, un dettaglio trascurato. In quell'angolino fra i due esagoni ti scappa un CO invece di un CHOH come c'è nel progetto, ed ecco che da uomo ti ritrovi donna, da convesso diventi concavo e magari compri anche un bambino. Insomma non si sta mai abbastanza attenti. Guai se uno si distrae: come ai semafori.

Dopo qualche settimana Ernesta e i colleghi incominciarono a prenderlo in giro perché il libro se lo portava sempre dietro. Lo leggeva in tutti i momenti liberi, ai capolinea, qualche volta appunto anche davanti ai semafori rossi quando i passeggeri non guardavano. Lo finiva e poi lo ricominciava dal principio, e ci trovava sempre delle cose nuove, allarmanti e interessanti. Ne parlava con tutti, anche, ma poi smise perché gli dicevano che era matto e maniaco, come se loro fossero stati fatti d'aria, come se anche loro non avessero dentro quell'arsenale da tenere d'occhio.

Però era faticoso: ogni giorno di piú. Ogni tanto Gino si accorgeva che si stava dimenticando di respirare: cioè, il fiato lo tirava, ma cosí alla spiccia, senza quelle finezze dell'ossigeno e dell'anidride carbonica, uno verso dentro e l'altra verso fuori, e allora si sentiva formicolare le mani e i piedi, segno che il sangue cominciava a inquinarsi. Insomma doveva fare mente locale e tirare il respiro lungo, venti o trenta volte: un giorno gli era successo mentre era di servizio, e i passeggeri lo stavano a guardare ma non osavano dirgli niente perché si prega di non parlare al manovratore. Può anche restare lí secco, il manovratore: ma si prega di non parlargli.

Anche il cervello lo preoccupava, ma un po' meno: infatti, se Gino se ne preoccupava voleva dire che ragionava, cioè che il suo cervello funzionava, e se funzionava non c'era motivo di preoccuparsi. Però si preoccupava lo stesso, lui era fatto cosí. Si preoccupava per esempio di non dimenticare le cose che sapeva: tutto compreso, anche se uno non ha la laurea, di cose ne sa un bel numero, e devono essere tutte scritte dentro il cranio; se sono tante devono essere scritte molto piccole, e allora basta un niente a cancellarle. Non so, una emozione, un piccolo spavento, una sorpresa, e ti dimentichi l'alfabeto, o magari il codice della strada, cosí ti tocca rifare l'esame della patente.

Il problema peggiore si capisce che era quello del cuore. Qui non si scherza, qui in ferie non si va mai: da quando nasci a quando muori. Il cervello può anche andare in vacanza, metti caso quando dormi o quando prendi una sbronza o anche solo quando guidi l'autobus, perché quando uno ci ha preso la mano del cervello non ne ha piú bisogno, tanto è vero che guida pensando a tutt'altro. Anche i polmoni possono andare in vacanza qualche minuto: se no come farebbero i subacquei? Ma il cuore no, mai: non ha supplenti, non ha turni di riposo, non ha capolinea. Bestiale. Mai revisione, mai manutenzione. Servizio permanente effettivo. Eppure di qualche riparazione ne avrà pure bisogno anche lui, dopo trenta o quarant'anni di marcia. Si vede che gliele fanno mentre cammina: te lo immagini, cambiare una valvola o un pistone al Diesel mentre cammina?

Finí che Gino cominciò veramente a sentire delle palpitazioni: come se il cuore si fermasse un momento, e poi prendesse la corsa per recuperare e rimettersi in orario. Se ne accorse anche il medico, prendendo le misure col centimetro sull'elettrocardiogramma: l'aritmia c'era proprio, poco da discutere. Non era una faccenda grave ma c'era. Sí, poteva continuare a fare il suo lavoro, ma prendere delle gocce e stare un po' piú attento. Altro che attento: Gino ormai faceva fatica a stare dietro ai comandi del bus, come si poteva mettere attenzione al gas, alla frizione, al volante, ai semafori, alla manetta delle porte, al campanellino delle fermate, e insieme controllare il cuore e tutto il resto? Un giorno, mentre rallentava a una fermata, sentí tremare tutto, un rumore di ferraglia e gente che gridava. Aveva fatto la barba a un'auto parcheggiata lungo il marciapiede: fortuna che era in sosta vietata e che dentro non c'era nessuno. Però l'azienda lo tolse da manovratore e lo mise a fare pulizia nell'officina, che per uno con la sua anzianità era una vigliaccata.

Nello stesso tempo non ci fu piú modo di trovare l'Ernesta al telefono: rispondeva sempre la sorellina, come un pappagallo che gli avessero insegnato la lezione, che Ernesta era appena uscita e che non sapeva quando sarebbe tornata. Gino si accorse di essere solo, e gli venne voglia di scappare: si fece dare la liquidazione, fece la valigia e prese il primo treno che stava per partire.

Dialogo di un poeta e di un medico

Il giovane poeta esitò a lungo prima di suonare il campanello. Era veramente indispensabile quella visita? Avevano ragione i suoi amici di Milano e di Roma, che gli avevano vantato le virtú quasi miracolose del medico, o non avevano ragione invece suo padre e sua madre, che avevano cercato di trattenerlo, e non gli avevano nascosto il loro dispetto e la loro vergogna, quasi che un colloquio con un uomo savio e sperimentato fosse una macchia sul loro blasone? Ma da qualche anno soffriva ormai troppo: non se la sentiva di andare avanti cosí.

Gli venne ad aprire il medico in persona: era in pantofole, spettinato, infagottato in una veste da camera goffa e logora. Lo fece sedere alla scrivania; no, non occorreva che si sdraiasse sul divano; non per il momento. Il medico lo intimidiva, ma gli fece fin dal principio una buona impressione non si dava importanza, non usava parole difficili, aveva tatto e buone maniere. Forse la sua stessa apparenza sciatta era deliberata, affinché i clienti non si sentissero a disagio. Il poeta provò imbarazzo (ma anche il medico sembrava imbarazzato) quando l'altro gli chiese cautamente conto dell'anamnesi: mai fatto radiografie? Mai prescritto un busto? Ma poi aveva subito cambiato argomento, anzi, lo aveva lasciato entrare in argomento,

Non gli mancavano certo le parole per descrivere il suo male: sentiva l'universo (che pure aveva studiato con diligenza e con amore) come un'immensa macchina inutile, un mulino che macinava in eterno il nulla a fine di nulla; non muto, anzi eloquente, ma cieco e sordo e chiuso al dolore del seme umano; ecco, ogni suo istante di veglia era intriso di questo dolore, sua unica certezza; non provava altre gioie se non quelle negative, e cioè le brevi remissioni della sua sofferenza. Percepiva con spietata lucidità come questa, e non altra, fosse la sorte comune di ogni creatura pensante, tanto da avere spesso invidiato l'inconsapevole gaiezza degli uccelli e delle greggi. Era sensibile allo splendore della natura, ma in esso ravvisava un inganno a cui ogni mente non vile era tenuta a resistere: nessun uomo dotato di ragione poteva negarsi a questa consapevolezza, che la natura non è all'uomo né madre né maestra; è un vasto potere occulto che, obiettivamente, regna a danno comune.

Ad una domanda del medico, ammise di avere occasionalmente sperimentato qualche tregua alla sua angoscia: oltre ai momenti di gioia negativa a cui aveva accennato prima, provava qualche sollievo a tarda sera, quando l'oscurità e il silenzio della campagna gli consentivano di dedicarsi ai suoi studi, anzi, di barricarsi in essi come in una cittadella. – Certo; una cittadella calda, morbida e buia, – disse il medico, crollando il capo con simpatia. Il poeta aggiunse che di recente aveva avuto un momento di respiro in occasione di una passeggiata solitaria che lo aveva condotto su una modesta altura. Al di là della siepe che limitava l'orizzonte aveva colto per un attimo la presenza solenne e tremenda di un universo aperto, indifferente ma non nemico; solo per un attimo, ma era stato pieno di una inesplicabile dolcezza, che scaturiva dal pensiero di un diluirsi e sciogliersi nel seno trasparente del nulla. Era stata un'illuminazione, tanto intensa e nuova che da piú giorni stava tentando invano di esprimerla in versi.

Il medico ascoltava assorto; poi, con garbo professionale, gli chiese qualche notizia sulla sua vita di relazione. Il poeta si sentí arrossire: era quello un argomento di cui non amava parlare con nessuno, meno che mai con i genitori, e neppure con se stesso, se non nei termini sublimati che prediligeva nelle sue poesie. Al medico rispose soltanto che i suoi contatti umani erano scarsi: nulli in famiglia, rari con qualche amico dotto, qualche amore timido e distante. Esitò, poi aggiunse di aver sempre avuto con le donne un rapporto doloroso. Si innamorava spesso ed intensamente, ma poi gli mancava il coraggio di manifestare il suo sentimento perché era conscio di quanto il suo aspetto fosse sgradevole. Perciò i suoi amori erano solitari: nelle ore di studio, o nelle lunghe passeggiate per i campi, portava in sé un'immagine purificata, ideale, perfetta, della donna amata, e adorava quella invece della donna di carne, su cui osava appena levare lo sguardo. Di questo sdoppiamento soffriva atrocemente, tanto che qualche volta aveva cercato sollievo in una sorta di irragionevole vendetta. Voleva punire la sua donna del dolore che aveva suscitato in lui: nel pensiero, e talora nei suoi versi, l'accusava di essere una ingannatrice, di aver tentato di apparire ai suoi occhi migliore di quanto non fosse; di averlo voluto conquistare, abbattere, per ambizione di cacciatrice; di non essere neppure in grado (né lei, né alcuna altra donna) di misurare gli effetti della sua stessa bellezza, poiché questi effetti sono cosí travolgenti da superare la capacità «di quelle anguste fronti». Doveva ammetterlo, l'amore era sempre stato per lui una fonte di travaglio e non di gioia; e senza l'amore, a che vale vivere?

Il medico non insistette. Cercò di rincuorarlo, ricordandogli che era ancora giovane, che la prestanza fisica conta meno di quanto si creda, e che certamente avrebbe incontrato una donna degna di lui, che in un istante avrebbe fatto dileguare le sue angosce. Meditò per un minuto, poi gli disse che per quella volta poteva bastare, e che il suo caso non gli pareva grave: era piuttosto un ipersensibile che un malato. Un trattamento d'appoggio, ripetuto a intervalli di qualche mese, avrebbe certamente attenuato la sua sofferenza. Prese il blocchetto delle ricette e scrisse due o tre righe: – Per intanto provi con questi, se crede: le daranno sollievo, ma si attenga alle dosi che ho indicate.

Il poeta scese le scale e si avviò verso la farmacia piú vicina. Mentre camminava, infilò nella tasca del pastrano la mano che stringeva la prescrizione, e vi ritrovò certi foglietti che aveva dimenticati. Vi aveva annotato alcuni pensieri che gli erano occorsi qualche giorno prima, ed a cui aveva meditato di dare veste di canto. La sua mano, come mossa da una volontà sua propria, appallottolò la prescrizione e la gettò nel rigagnolo che scorreva lungo la via.

I figli del vento

È da sperare che le Isole del Vento (Mahui e Kaenunu) rimangano escluse il piú a lungo possibile dai circuiti turistici. Del resto, attrezzarle non sarebbe facile: il terreno vi è talmente accidentato che non sarebbe possibile ricavarne un aeroporto, e sulle coste non possono approdare natanti piú grossi di una barca a remi. L'acqua vi è scarsa, anzi, in alcune annate manca del tutto, perciò esse non hanno mai ospitato stanziamenti umani permanenti. Tuttavia vi hanno approdato piú volte (forse anche in tempi remoti) equipaggi polinesiani, e vi ha sostato per alcuni mesi un presidio giapponese durante l'ultimo conflitto. A questa effimera presenza risale l'unica traccia umana che sulle isole sia dato trovare: sul punto piú elevato di Mahui, un modesto ma scosceso rilievo di circa cento metri d'altezza, si trovano i ruderi di una postazione antiaerea in pietra a secco. Si direbbe che non abbia mai sparato un colpo: intorno ad essa non abbiamo rinvenuto neanche un bossolo. Abbiamo trovato invece su Kaenunu, incastrato fra due macigni, uno staffile, testimone di una inesplicabile violenza.

Kaenunu è oggi sostanzialmente deserta. Su Mahui, invece, chi si armi di pazienza e disponga di vista buona non è raro che possa avvistare qualche atoúla, o piú sovente una delle loro femmine, una nacunu. Se si escludono i casi ben noti di alcuni animali domestici, è forse questa l'unica specie animale in cui il maschio e la femmina siano stati designati con nomi diversi, ma il fatto trova spiegazione nel netto dimorfismo sessuale che li caratterizza, e che è certamente unico fra i mammiferi. Questa singolarissima specie di roditori si trova solo sulle due isole.

Gli atoúla, cioè i maschi, sono lunghi fino a mezzo metro e pesano dai cinque agli otto chili. Hanno pelo grigio o bruno, coda molto corta, muso appuntito e munito di vibrisse nere, brevi orecchie triangolari; il ventre è nudo, roseo, appena velato da una rada peluria, il che, come vedremo, non è privo di significato evolutivo. Le femmine, di peso alquanto superiore, sono piú lunghe e piú robuste dei maschi: hanno movimenti piú rapidi e sicuri, e a quanto riferiscono i cacciatori malesi anche i loro sensi sono piú sviluppati, soprattutto l'olfatto. Il pelame è totalmente diverso: le nacunu, in tutte le stagioni, portano una vistosa livrea di un nero lucido, solcata da quattro striature fulve, due per parte, che dal muso attraversano i fianchi e si congiungono in prossimità della coda, che è lunga e folta, e dal fulvo sfuma all'arancio, al rosso acceso, o al porpora, a seconda dell'età dell'animale. Mentre i maschi, sullo sfondo delle pietraie in cui soggiornano, sono quasi invisibili, le femmine invece si notano di lontano, anche perché è loro abitudine dimenare la coda alla maniera dei cani. I maschi sono torpidi e pigri, le femmine agili ed attive. Gli uni e le altre sono muti.

Fra gli atoúla non esiste accoppiamento. Nella stagione degli amori, che dura da settembre a novembre, e coincide quindi col periodo di maggior siccità, i maschi, al levar del sole, si inerpicano sulla cima delle alture, talvolta anche sugli alberi piú alti, non senza contese per la conquista delle postazioni piú elevate. Vi sostano senza mangiare né bere, per tutta la durata del giorno: volgono il dorso al vento, e nel vento stesso emettono il loro seme. Questo è costituito da un liquido fluido, che nell'aria calda e secca evapora rapidamente, e si spande sottovento in forma di una nube di polvere sottile: ogni granello di questa polvere è uno spermio. Siamo riusciti a raccoglierli su lastrine di vetro spalmate d'olio: gli spermi degli atoúla sono diversi da quelli di tutte le altre specie animali, e sono piuttosto da assimilarsi ai granelli dei pollini delle piante anemofile. Non hanno filamento caudale, ed invece sono ricoperti da minuti peli ramificati ed aggrovigliati, per cui possono essere trascinati dal vento a distanze rilevanti. Nel viaggio di ritorno, ne abbiamo raccolti a 130 miglia dalle isole, e secondo ogni apparenza erano vitali e fertili. Durante l'emissione del seme gli atoúla si mantengono immobili, ritti sulle anche, con le zampe anteriori ripiegate, scossi da un lieve tremito che forse ha la funzione di accelerare l'evaporazione del liquido seminale dalla superficie glabra del loro ventre. Quando il vento muta improvvisamente (evento frequente in quelle latitudini) è singolare lo spettacolo degli innumerevoli atoúla, ciascuno eretto sulla sua prominenza, che tutti si orientano simultaneamente nella nuova direzione, come le banderuole che un tempo si ponevano sul culmine dei tetti. Appaiono intenti e tesi, e non reagiscono agli stimoli: un simile comportamento è spiegabile solo se si ricorda che questi animali non sono minacciati da alcun predatore, che altrimenti ne avrebbe facilmente ragione. Anche i cacciatori malesi li rispettano; secondo alcuni di essi, perché una antica tradizione li ritiene sacri a Hatola, il loro dio del vento, da cui addirittura trarrebbero il nome; secondo altri, semplicemente perché la loro carne, in questo periodo provocherebbe una imprecisata malattia dell'intestino.

Nella stagione della disseminazione, alla fissità dei maschi fa contrasto l'estrema mobilità delle femmine. Guidate dalla vista e dal fiuto, veloci ed inquiete, si spostano da un punto all'altro della brughiera; non cercano di avvicinarsi ai maschi né di portarsi come loro sui luoghi piú elevati; sembrano alla ricerca delle posizioni in cui meglio le avvolga l'invisibile pioggia del seme, e quando ritengono di averle trovate vi si fermano rigirandosi voluttuosamente, ma non piú che per qualche minuto: subito se ne strappano con un agile balzo e riprendono la loro danza, su e giú per le pietraie e la brughiera. In quei giorni l'intera isola brulica delle fiamme aranciate e violette delle loro code, e il vento si carica di un odore acuto, muschiato, stimolante ed inebriante, che trascina in una ridda senza scopo tutti gli animali dell'isola. Gli uccelli si levano in volo stridendo, si aggirano in cerchi, puntano verso il cielo come impazziti e poi si lasciano precipitare come sassi; i topi saltatori, che di norma è solo possibile intravvedere nelle notti di luna, minuscole ombre inafferrabili, escono allo scoperto, abbagliati ed inetti nello splendore del sole, e si possono acchiappare con le mani; perfino le serpi sgusciano come allucinate dalle loro tane, si ergono sugli ultimi anelli e sulle code, e dimenano le teste come se seguissero un ritmo. Anche noi, nelle brevi notti che interrompevano quei giorni, abbiamo sperimentato sonni irrequieti, gremiti di sogni variopinti ed indecifrabili. Non siamo riusciti a stabilire se quest'odore che pervade l'isola promani direttamente dai maschi, o se invece venga secreto dalle ghiandole inguinali delle nacunu.

La loro gravidanza dura circa trentacinque giorni. Il parto e l'allattamento non presentano nulla di notevole; i nidi, costruiti con sterpi al riparo di qualche roccia, vengono apprestati dai maschi, e rivestiti all'interno con muschio, foglie, talora con sabbia: ogni maschio ne prepara piú d'uno. Le femmine prossime al parto si scelgono ciascuna il suo nido, esaminandone diversi con attenzione ed esitazione, ma senza controversie. I «figli del vento» che nascono, da cinque a otto per figliata, sono minuscoli ma precoci: poche ore dopo il parto escono già nel sole, i maschi imparano subito a presentare il dorso al vento come i loro padri, e le femmine, benché ancora sprovviste di livrea, si esibiscono in una comica parodia della danza delle madri. Dopo soli cinque mesi, atoúla e nacunu sono sessualmente maturi, e già vivono in branchi separati, in attesa che la prossima stagione di vento prepari le loro nozze aeree e lontane.

La fuggitiva

Comporre una poesia degna di essere letta e ricordata, è un dono del destino: accade a poche persone, fuori di ogni regola e volontà, ed anche a queste poche accade poche volte nella vita. Questo forse è un bene; se il fenomeno fosse piú frequente saremmo sommersi dai messaggi poetici, nostri ed altrui, con danno di tutti. Anche a Pasquale era successo poche volte, e sempre la consapevolezza di avere una poesia in corpo, pronta ad essere acchiappata al volo e trafitta sul foglio come una farfalla, era stata accompagnata in lui da una sensazione curiosa, da un'aura come quella che precede gli attacchi epilettici: ogni volta, aveva sentito un leggero fischio agli orecchi, un brivido di solletico che lo aveva percorso dalla testa ai piedi.

Spariti in pochi istanti il fischio e il brivido, si ritrovava lucido, con il nocciolo della poesia chiaro e distinto; non aveva che da scriverlo, ed ecco, gli altri versi non tardavano ad affollarglisi intorno, docili e vigorosi. In un quarto d'ora il lavoro era fatto: ma a Pasquale questa folgorazione, questo processo fulmineo in cui la concezione ed il parto si succedevano quasi come il lampo e il tuono, non era stato concesso che cinque o sei volte nella vita. Per sua fortuna, non era poeta di professione: svolgeva un lavoro tranquillo e noioso in un ufficio.

Avvertí i sintomi sopra descritti dopo due anni di silenzio, mentre sedeva alla sua scrivania e stava controllando una polizza di assicurazione. Li avvertí anzi con un'intensità inconsueta: il fischio era penetrante e il brivido era poco meno di un tremito convulso, che scomparve subito lasciandolo pieno di vertigine. Il verso-chiave era lí, davanti a lui, come scritto sul muro, o addirittura dentro il suo cranio. I colleghi alle scrivanie vicine non gli badavano: Pasquale si concentrò selvaggiamente sul foglio che aveva davanti, dal nocciolo la poesia si irradiò in tutti i sensi come un organismo che cresca, ed in breve gli stette davanti e sembrava che fremesse, appunto come una cosa viva.

Era la poesia piú bella che Pasquale avesse mai scritto. Stava lí sotto i suoi occhi, senza una cancellatura, in una scrittura snella, alta ed elegante: sembrava quasi che il foglio di velina da copie su cui era scritta stentasse a reggerne il peso, come una colonna troppo esile sotto il carico di una statua gigante. Erano le sei; Pasquale la chiuse a chiave nel cassetto e se ne tornò a casa. Gli parve giusto concedersi un premio, e nel tragitto si comperò un gelato.

Il mattino dopo scappò in ufficio con precipitazione. Era impaziente di rileggere, perché sapeva bene quanto sia difficile giudicare un'opera appena scritta: il valore e il senso, o la mancanza di valore e di senso, diventano chiari solo il giorno dopo. Aprí il cassetto e non vide la velina: eppure, ne era sicuro, l'aveva lasciata sopra tutte le altre carte. Frugò fra queste, prima con furia, poi con metodo, ma si dovette persuadere che la poesia era sparita. Cercò negli altri cassetti, poi si accorse che il foglio era proprio lí davanti a lui, nel vassoio della corrispondenza in arrivo. Che scherzi fa la distrazione! Ma come non essere distratti, davanti all'opera fondamentale della propria vita?

Pasquale era sicuro che i suoi futuri biografi non lo avrebbero ricordato per altro: solo per quella «Annunciazione». La rilesse e ne fu entusiasta, quasi innamorato. Stava per portarla alla fotocopiatrice quando lo chiamò il direttore; ne ebbe per un'ora e mezzo, e quando ritornò alla sua scrivania la copiatrice era guasta. L'elettricista la riparò per le quattro, ma la carta sensibile era esaurita.

Per quel giorno non c'era niente da fare: ricordando l'incidente della sera prima, Pasquale ripose il foglio nel cassetto con grande attenzione. Chiuse, poi si pentí e riaprí, infine richiuse e se ne andò. Il giorno dopo il foglio non c'era.

La faccenda diventava seccante. Pasquale mise sottosopra tutti i suoi cassetti, richiamando alla luce carte dimenticate da decenni: mentre frugava, cercava invano di ritrovare nella memoria, se non tutta la composizione, almeno quel primo verso, quel nucleo che lo aveva illuminato, ma non ci riuscí: anzi, ebbe la precisa sensazione che non ci sarebbe riuscito mai. Lui era un altro, altro da quel momento: non era piú lo stesso Pasquale, e non lo sarebbe ridiventato mai, allo stesso modo che un morto non rivive, e che non passa due volte sotto un ponte la stessa acqua di un fiume. Si sentí in bocca un sapore metallico, nauseante: il sapore della frustrazione, del mai piú. Sedette sconsolato sulla poltroncina aziendale, e vide il foglio appiccicato al muro, alla sua sinistra, a pochi palmi dalla sua testa. Era chiaro: qualche collega gli aveva voluto fare uno scherzo di cattivo gusto; forse qualcuno che lo aveva spiato e aveva scoperto il suo segreto.

Afferrò il foglio per un lembo e lo staccò dal muro, quasi senza incontrare resistenza: l'autore dello scherzo doveva avere usato una colla di cattiva qualità, o averne usata poca. Notò che la carta, sul rovescio, era leggermente granulosa. Mise la velina nel sottomano, e per tutta la mattina manovrò in modo da non allontanarsi dalla scrivania, ma quando suonò la sirena di mezzogiorno, e tutti si alzarono per andare a mensa, Pasquale vide che il foglio sporgeva dal sottomano di un buon dito. Lo estrasse, lo piegò in quattro e lo infilò nel portafoglio: dopo tutto, non c'era motivo di non portarlo a casa. Lo avrebbe copiato a mano, oppure lo avrebbe portato in copisteria; sotto quell'aspetto non c'erano problemi.

Rilesse la poesia mentre a sera andava verso casa nella metropolitana. Contrariamente al suo solito, gli parve definitiva: non c'era da cambiare né un verso né una sillaba. Comunque, prima di mostrarla a Gloria ci avrebbe ancora pensato sopra, si sa bene come cambiano i giudizi anche in tempi brevi, il capolavoro del lunedí è diventato insulso il giovedí, o magari viceversa. Chiuse il foglio a chiave nel suo cassetto privato, in camera da letto; ma il mattino seguente, quando aprí gli occhi, lo vide sopra di sé, appiccicato al soffitto. Aderiva all'intonaco per due terzi; un terzo pendeva verso terra.

Pasquale prese la scala, staccò il foglio con precauzione, e di nuovo, toccandolo, lo sentí ruvido, specialmente sul rovescio. Lo sfiorò con le labbra: non c'era dubbio, dalla carta sporgevano delle minuscole asperità, che sembravano messe in fila. Prese una lente, e vide che era proprio cosí: sul rovescio sporgevano come dei pelini, e corrispondevano ai tratti della sua scrittura sul diritto. Sporgevano, in specie, i tratti solitari, le aste delle *d* e delle *p*, e soprattutto le gambette delle *n* e delle *m*: per esempio, sul rovescio del titolo, «Annunciazione», si vedevano nitidamente sporgere le otto zampette delle quattro *n*. Sporgevano come i peli di una barba mal rasa, e parve a Pasquale che vibrassero perfino un poco.

Era ora di andare in ufficio, e Pasquale era perplesso. Non sapeva dove mettere la poesia: aveva capito che, per qualche motivo, forse proprio per la sua unicità, per la vita che palesemente la animava, cercava di sfuggirgli, di staccarsi da lui. Decise di osservarla da vicino: pazienza, per una volta si sarebbe fatto aspettare. Sotto la lente si vedeva che alcuni dei tratti erano circondati da un intaglio sottile e netto, a forma di una U stretta ed allungata, ed erano ripiegati all'indietro, verso il rovescio del foglio, in modo che, appoggiando questo sul piano dello scrittoio, esso rimaneva sollevato di un millimetro o due: si abbassò a traguardare, e vide distintamente la luce fra il foglio e il piano.

Vide anche qualcosa di piú: mentre guardava, il foglio si spostò in direzione del titolo, allontanandosi da lui. Avanzava di qualche millimetro al secondo, con moto lento ma uniforme e sicuro. Lo rigirò, portando il titolo contro di sé; dopo qualche istante la velina riprese la sua marcia, questa volta a rovescio, cioè sempre allontanandosi verso il margine opposto dello scrittoio.

Ormai si stava facendo tardi; Pasquale aveva un appuntamento importante alle nove e mezzo, e non poteva indugiare piú a lungo. Andò nel ripostiglio, trovò un'assicella di compensato, prese la colla e vi incollò sopra la velina: l'«Annunciazione» era opera sua, alla fine dei conti, roba sua, sua proprietà. Si sarebbe visto chi dei due era il piú forte. Andò in ufficio pieno di collera, e non riuscí a calmarsi neppure nel corso della delicata trattativa che doveva svolgere, tanto che la condusse con malgarbo e pesantezza, e spuntò condizioni decisamente mediocri: il che, come è naturale, non fece che accrescere la sua collera e il suo malumore. Si sentiva come un cavallo da corsa aggiogato al bindolo di un mulino: dopo due giorni che giri in tondo sei ancora un cavallo da corsa? Hai ancora voglia di correre, di arrivare primo al traguardo? No, hai voglia di silenzio, di riposo e di greppia. Fortuna che a casa, alla greppia, lo aspettava la poesia. Non sarebbe piú scappata: come avrebbe potuto?

Non era scappata, infatti. Ne trovò i brandelli incollati all'assicella: una ventina di isolotti non piú grandi di un francobollo, per un'area totale non superiore ad un quinto di quella del foglio originale. Il resto dell'«Annunciazione» se n'era andato, sotto forma di truciolini, di minuscoli ritagli sfrangiati e cincischiati, che si erano dispersi in tutti gli angoli della casa: non ne ritrovò che tre o quattro, li spianò con cautela, ma erano illeggibili.

Pasquale trascorse la domenica successiva in tentativi sempre meno fiduciosi di ricostruire la poesia. Da allora in poi non provò piú né fischi né brividi; si sforzò piú volte, per tutto il resto della sua vita, di richiamarsi alla memoria il testo perduto: ne scrisse anzi, ad intervalli sempre piú radi, altre versioni sempre piú gracili, esangui, snervate.

«Cara mamma»

«"Un posto di frontiera nella Britannia Romana". Vindolanda, presso il Vallo Adriano, fu una guarnigione romana dal I al V secolo. L'interramento in assenza d'ossigeno vi ha conservato numerosi oggetti in legno e in cuoio, tessuti ed annotazioni scritte in inchiostro; fra queste, la lettera di accompagnamento di un pacco-dono, che era indirizzato ad un soldato e conteneva un paio di calze di lana» («Scientific American», febbraio 1977).

Cara mamma,

ti prego di perdonarmi se non ti ho piú scritto dopo la tua lettera che hai spedito in marzo dell'anno scorso, e che mi è arrivata quando già la primavera stava per finire. In questo paese la primavera non è come da noi: qui le stagioni non hanno confini, piove d'inverno e d'estate, e il sole, quando compare fra le nuvole, è tiepido d'estate come d'inverno: ma compare di rado.

Ho tardato a risponderti perché lo scrivano di prima è morto. Dopo tanti anni, e tante lettere da lui scritte per me, eravamo diventati amici, e non c'era piú bisogno che io gli spiegassi ogni volta chi sono io, chi sei tu e dove abiti, dov'è e com'è il nostro villaggio, e tutto quello che occorre sapere affinché una lettera parli come parlerebbe un messaggero. Lo scrivano che ti scrive oggi queste mie parole è arrivato da poco. È un uomo savio e dotto, ma non è latino e neppure un britanno, e di come si vive qui non sa ancora molto, cosí io devo aiutare lui piú di quanto lui non aiuti me. Non è latino, ti dicevo: viene dal Canzio, cioè dal meridione, ma ha sempre lavorato nelle amministrazioni, e parla e scrive il latino meglio di me, che lo sto dimenticando. È anche un buon mago e sa far venire la pioggia, ma questo è un mestiere che qui lo saprei fare anch'io, perché piove quasi tutti i giorni.

Cara mamma, fra quattro anni scadrà la mia ferma e potrò tornare in Italia, e allora potrai conoscere mia moglie. Ci siamo sposati l'anno scorso a ottobre: non avevo osato scrivertelo finora perché temevo che tu non saresti stata contenta. Dovresti essere contenta, perché Isidora è una buona moglie. Non ti deve ingannare il nome dal suono greco, è una di qui e non parla altra lingua fuori della sua, ma anche qui i nomi greci sono tenuti per eleganti; del resto, lo scrivano che ti scrive per me mi sta spiegando in questo momento che Isidora, secondo lui, in greco non vuol dire niente, e io l'ho pregato di metterlo nella lettera, cosí sarai piú tranquilla.

È proprio per via di Isidora che io sto dimenticando il latino: tutti noi della guarnigione lo stiamo dimenticando, perché, sposati o no, finisce che parliamo tutto il giorno la lingua dei britanni. Certo è piú pratico, ma i vecchi del presidio dicono che è scandaloso. Cosí viene fuori questa faccenda ridicola, che lo scrivano che ti scrive mi deve correggere come se il barbaro fossi io invece che lui. Si chiama Mandubrivo, e oltre che scrivere le lettere tiene anche la contabilità, perché anche a fare i conti noi non siamo piú molto bravi. Ogni tanto penso che questo è veramente il paese della dimenticaggine, forse proprio quello dove era stato Ulisse quella volta che si era scordato di Itaca e della moglie, come si racconta ai bambini. Io però non ho dimenticato la nostra valle, il vino nostrano, le pecore fra le chiazze di neve al disgelo, quanto tutto è bianco e verde, e l'arco di Cozio in mezzo al paese nei giorni della fiera, quando baciare le ragazze in strada non fa peccato.

Ma non ti voglio rattristare, cara mamma, e invece ti voglio rallegrare raccontandoti come ho conosciuto Isidora. È stato tre anni fa, il giorno del solstizio d'estate, che qui è festa. Eravamo andati tutti al teatro, tutti noi della guarnigione, e anche quelli del paese, voglio dire tutti quelli che contano: malgari, grossisti di lana e di formaggio, mercanti di legname, appaltatori, mezzani, funzionari e sacerdoti. Devi sapere che il circo, cioè il teatro, lo hanno costruito piú di cento anni fa, al tempo in cui essere di guarnigione era magari meno comodo di adesso, ma aveva piú senso, perché c'era guerra con i Vellauni qui oltre il confine di Adriano. A quel tempo venivano da Roma gli attori e i mimi, ballavano, cantavano, recitavano le commedie, e gli impresari organizzavano i giochi con le bestie: ci si divertiva e si sentiva aria di casa. Poi non è venuto piú nessuno, perché si sa, un soldato conta finché fa la guerra, poi non conta piú molto. Adesso il teatro lo fanno la gente di qui, alla maniera loro: ballano scalzi in mezzo alle spade nude, e fanno le gare del lancio del tronco, che è uno spettacolo da orsi. (*Io scrivano qui scrivo ma protesto. Il lancio del tronco è un'arte antica e nobile, che un profano non può capire*). Il lancio del tronco vuol dire alzare da terra un palo di cento libbre, alto piú della persona: correre verso la meta con il palo diritto, quasi rincorrendolo nella sua caduta; poi fermarsi netto alla meta buttando il palo piú lontano che si può. A me sembrava un gioco noioso e stupido, un mestiere da facchini che, non dico al Colosseo, ma perfino da noi in Val Susa avrebbe fatto ridere i polli; invece Isidora, che stava seduta vicino a me, batteva le mani, incitava i campioni chiamandoli per nome, e si divertiva come una pazza, tanto che io mi sono subito innamorato di lei. È una ragazza di buona famiglia, suo padre ha quattrocento pecore e quaranta vacche. Finora, figli non me ne ha dati, però è una brava moglie, anche se nei giorni di umidità tende all'ipocondria, e allora beve molta birra.

Come ti ho detto, il latino non lo ha imparato, e neanche lo vuole imparare, perché dice che tanto fra pochi anni non lo parlerà piú nessuno: cosí io sono stato obbligato a imparare la sua lingua, che del resto è un vantaggio anche per il servizio e per gli approvvigionamenti. Devi pensare che qui tutto è diverso che in Italia: l'erba, le pecore, il mare, i vestiti, le case, i cani, i pesci, le scarpe; e allora viene naturale anche a noi di chiamarli non con i loro nomi latini, ma con i nomi che gli dànno qui. Non ridere se ti parlo di scarpe: in un paese di pioggia e di fango come questo, le scarpe sono piú importanti del pane, tanto che proprio qui a Vindolanda ci sono piú conciapelli e calzolai che soldati. Per tre quarti dell'anno, qui portiamo degli stivali chiodati che pesano bene due libbre l'uno; tutti, anche le donne e i bambini.

Oltre che la lingua, da Isidora ho finito con l'imparare anche i loro giochi di pazienza, che si fanno con delle pietruzze colorate su una tavola dipinta a scacchi. Io invece le ho insegnato a giocare ai dadi, e poi mi sono arrabbiato perché vinceva quasi sempre lei. Dopo un poco mi sono accorto che i dadi erano truccati: ne ho segato uno, e aveva dentro un nocciolo di piombo scentrato, in modo che cadeva di preferenza sull'uno e sul due. Era lei che me li aveva regalati per il mio compleanno. Era solo uno scherzo, ma vedi che è una ragazza sveglia. Isidora mi pare che abbia un po' troppa simpatia per i cristiani, anche se fino ad ora non mi risulta che si sia battezzata; però viene con me al Mitreo, voglio dire nella grotta di Mitra, e quando uccidono il toro per l'aspersione col sangue sta a vedere, e non mi sembra che le dispiaccia, anzi ho l'impressione che fra non molto accetterà di farsi iniziare.

Non lasciarti spaventare dalle notizie che vengono dai confini. Qui corrono voci terribili su quanto succede nel paese dei Daci e in quello dei Parti, e io sono convinto che laggiú racconteranno invece che noialtri siamo stati tutti massacrati. Per contro non c'è paese piú tranquillo di questo: le sentinelle non dànno l'allarme quasi mai, e quando lo dànno, è quasi sempre un daino o un cinghiale, che il giorno dopo finisce arrosto. Figurati che la settimana passata una delle mie sentinelle, che poi è un veterano con non meno di dieci anni di servizio alla frontiera, ha svegliato il campo per un'oca selvatica, e allora io ho dovuto farlo fustigare.

Tutti noi anziani, sposati o no, siamo sistemati abbastanza bene. Abbiamo ciascuno una cameretta, e tutte le camerette sono messe in fila e collegate da un corridoio. In ogni cameretta c'è un braciere, su cui si può fare un po' di cucina privata, e una veranda; il braciere lo usiamo molto, e la veranda poco. Abbiamo anche una lavanderia e un'infermeria per i malati. Le mogli sono tutte britanne, cosí non litigano fra loro: i bambini invece non fanno che litigare rotolandosi nel fango, ma la gente del luogo dice che il fango fa bene: in effetti, le malattie sono rare.

Cara mamma, scrivimi e mandami notizie del paese: il servizio postale è discreto, le tue lettere mi arrivano in sessanta giorni, ed in poco piú di sessanta giorni mi è arrivato anche il tuo pacco. Questo è il paese della lana, ma la lana di qui non è morbida e pulita come quella che fili tu. Ti ringrazio con affetto filiale: ogni volta che infilerò quelle calze, il mio pensiero volerà a te.

A tempo debito

Si erano già accesi i fanali, il traffico serale si faceva sempre piú intenso, ma quella signora non accennava ad andarsene. Aveva già fatto tirare giú mezzo negozio, voleva un taglio di una stoffa che non esisteva in un colore che non esisteva. Giuseppe era stanco, su tutte le scale di tutti gli strumenti di bordo. Stanco di stare in piedi, stanco nei piedi, stanco di dire sissignora, stanco di vendere stoffe, stanco di essere Giuseppe, stanco di essere stanco. Su tutti i quadranti sentiva la lancetta pendere verso il fondoscala, stanca anche lei. Giuseppe aveva cinquant'anni, vendeva stoffa da trenta, e aveva fatto il conto che con la stoffa che aveva venduta si sarebbe potuto fare un tailleur per la Statua della Libertà e un completo per il San Carlone di Arona.

La signora voleva ancora dare un'occhiata alla pezza piú bassa di una pila di pezze, e Giuseppe si stava arrabattando per tirarla fuori, quando lo chiamarono al telefono. Non capitava quasi mai, e Giuseppe, piú che preoccupato, si sentí incuriosito: era una voce maschile che gli chiedeva un appuntamento. Per cosa? Per un affare che lo riguardava: sí, riguardava lui, Giuseppe N., nato a Pavia il 9 ottobre del 1930. Sembrava che lo sconosciuto sapesse non solo i suoi dati anagrafici, ma anche diverse cose sul suo conto. C'era fretta? Non c'era fretta; sí, anche lunedí mattina poteva andare bene. Giuseppe liquidò con pazienza la cliente ed aiutò a chiudere bottega.

Il lunedí mattina il negozio era chiuso, e Giuseppe si alzò tardi. Lo sconosciuto venne alle dieci e mezzo: era di media statura, sulla cinquantina, coi capelli neri sul capo ma bianchi sulla nuca e sulle tempie, e non era né molto istruito né molto educato, infatti si sedette prima che Giuseppe lo invitasse a farlo. Aveva addosso un abito blu scuro di taglio vagamente militaresco, stretto alla vita, con le spalline, e con grosse tasche un po' dappertutto: due, lunghe e strette, erano sui pantaloni sotto i ginocchi, altre due stavano sotto i risvolti della giacca, e su una di queste era cucita un'altra tasca piú piccola, forse per metterci i biglietti del tram o del treno. A Giuseppe, che se ne intendeva, parve che la stoffa fosse di buona qualità, ma non riuscí ad identificarne la natura: forse era roba sintetica, al giorno d'oggi non si sa mai, la lana è fatta di acrilico e le bistecche sono fatte di petrolio.

Il visitatore stava seduto, non parlava, non mostrava impazienza, e neppure sembrava attendere che Giuseppe dicesse o facesse qualche cosa. Per qualche minuto Giuseppe non osò fargli domande, e si soffermò ad osservarlo con piú attenzione. Non era molto bello: aveva la fronte bassa e mal modellata, gli occhi piccoli, spenti e con poche ciglia, il naso breve e largo. Larghe e robuste erano anche le mascelle e la dentatura, ma questa era bassa e sembrava logora, tanto che le guance erano rugose ed infossate piú di quanto non comportasse l'età che traspariva dal resto della persona. Giuseppe si sentiva sempre piú imbarazzato ed anche irritato: gli aveva chiesto un appuntamento, aveva detto che gli doveva parlare: perché non parlava?

Dopo qualche minuto il visitatore sospirò, poi disse:

– Mah, che tempi. Perfino le stagioni sono impazzite, fa inverno fino a maggio e poi è subito estate –. Tacque di nuovo, guardò fuori dalla finestra, poi riprese:

– E i giovani, poi… pensano solo a divertirsi, a studiare non ci pensano mica, e a lavorare ancora meno. Se si continua cosí staremo freschi: eh no, non si può andare avanti cosí. Una volta era diverso, tutti facevano il loro dovere, magari si mangiava un po' di meno ma c'era piú sicurezza di adesso, anche se si andava in bicicletta invece che in auto.

– Ma lei, – interruppe Giuseppe, – aveva detto al telefono che mi doveva parlare...

– Non ho detto proprio cosí, se lei si ricorda: ho solo detto che sono al corrente di un affare che la riguarda, o qualcosa del genere. Sí, in effetti non ricordo bene che cosa le ho potuto dire, ma insomma... sí, ecco, io di lei so parecchie cose. Non ricordo che cosa le ho detto venerdí sera, e invece ricordo che cosa le è successo quando aveva cinque anni, è strano, no? Ma quando s'invecchia capita un po' a tutti. Quella volta che lei faceva le scivolate su una pozzanghera gelata, e il ghiaccio si è rotto, e lei si è ferito alla caviglia con una scheggia di ghiaccio. Non si ricorda? strano: eppure ha ancora la cicatrice, lí a destra – Giuseppe si guardò la caviglia: sí, la cicatrice c'era proprio, ma lui aveva dimenticato da anni come e quando se l'era fatta.

– Tanto per farle vedere che sono bene informato. E quella volta che lei è entrato in camera di sua madre senza chiedere permesso, e l'ha vista mentre si infilava le calze? E poi, molti anni dopo, quando lei ha soffiato la ragazza al suo collega, lí in negozio? ma poi lei si è subito stancato, e l'ha piantata, e lei ha fatto una brutta fine.

Tutte queste cose erano vere, ma il visitatore le raccontava con un'aria distratta e vaga, come se facesse quanto di meglio poteva per perdere tempo. Giuseppe si era impazientito, e chiese bruscamente: – Insomma, lei che cosa vuole da me?

– Sono venuto per ucciderla, – rispose il visitatore.

Giuseppe, benché stanco di molte cose, a morire non era preparato. Non è detto che chi è stanco della vita, o dice di esserlo, desideri sempre di morire: in generale, desidera solo di vivere meglio. Lo disse allo sconosciuto, ma quello gli rispose con durezza:

– Sa, quello che lei desidera o non desidera conta fino a un certo punto. Non vorrà mica credere che sia un'iniziativa mia: queste sono cose che si decidono altrove. Io non c'entro, e non posso neppure dire che il mio mestiere mi piaccia tanto: mi piace press'a poco come a lei il suo, non so se mi spiego. Ma è il mio mestiere, non ne ho un altro; alla mia età, che è poi la sua, non si cambia piú tanto facilmente.

– E... perché proprio io? E quando? adesso? insomma, dal momento che sono io l'interessato, mi piacerebbe saperne qualche cosa di piú.

– Ma lo sa che lei è un bel tipo? Perché, quando, come, dove! Ha una raccomandazione, lei? È parente di qualcuno importante? Ha un conto corrente a Zurigo? No? E allora! Si capisce che piacerebbe a tutti sapere certe cose, ma invece no: la gente come lei (o come me, del resto: quando siamo fuori servizio siamo anche noi delle pezze da piedi qualunque) deve accontentarsi, mettersi tranquilla ad aspettare, e vivere alla giornata, sperando che non sia l'ultima giornata. Ma guardi, una cosa gliela posso dire, per oggi non se ne fa niente. Vede, non sono neppure armato: questo è solo un preavviso, nel caso che lei voglia prendere qualche provvedimento. Anche questo non dipende da noi: anche noi aspettiamo, e quando viene la scadenza andiamo e sistemiamo la faccenda.

Quell'accenno all'arma aveva messo Giuseppe un po' a disagio, ma il visitatore lo rassicurò:

– Ho detto «armato» cosí per dire, no no, guardi pure non ho addosso né pistole né coltelli, sono cose d'altri tempi; queste tasche? Ci tengo le biro, le matite, il blocchetto dei rimessi e delle ricevute, sa bene, nel nostro lavoro bisogna essere precisi. Se si sbaglia data o indirizzo sono guai. Non dovrebbe capitare mai, con tutti i controlli che dobbiamo fare a fine giornata, ma pure qualche volta capita, e allora la gente fa i suoi commenti, «cosí giovane, un fiore, piena di salute» e cosí via, e per noi c'è la penalità. No no, niente armi, adesso abbiamo altri sistemi.

– Sistemi indolori? – osò chiedere Giuseppe. Lo sconosciuto fece un risolino strano, disincrociò le gambe e protese il busto verso di lui.

A TEMPO DEBITO

– Ecco, è ben questo il punto: la aspettavo qui. Vede, ci sono diversi sistemi, non passa anno che non ne venga fuori uno nuovo, e i piú recenti sono praticamente indolori. Però... ecco, sono piuttosto costosi –. Detto questo, lo sconosciuto serrò strette le sue poderose mascelle, per il che le guance flosce si ripiegarono su se stesse in un reticolo complicato, e rimase zitto a fissare Giuseppe in viso. Ci voleva poco a capire che cosa intendeva dire, ma Giuseppe era incerto sulla somma da offrirgli; non riusciva ad immaginare neppure l'ordine di grandezza. L'altro intervenne con disinvoltura: si vedeva che non si trovava in quella situazione per la prima volta, e si vedeva anche che aveva idee precise sul capitale di cui Giuseppe disponeva. Mormorò sorridendo che «i lenzuoli funebri non hanno tasche» e che quelli erano soldi ben spesi, intascò con dignità l'assegno, disse a Giuseppe che sarebbe ripassato a tempo debito, gli chiese quanto era lontana via Flavio De Rege, si fece chiamare un taxi e se ne andò.

Tantalio

Da molti anni, ormai, mi occupo della produzione di vernici, e piú precisamente della loro formulazione: da quest'arte traggo il sostentamento mio e della mia famiglia. È un'arte antica, e perciò nobile: la sua testimonianza piú remota è in *Genesi* 6.14, dove si narra come, in conformità a una precisa specificazione dell'Altissimo, Noè abbia rivestito (verosimilmente a pennello) l'interno e l'esterno dell'Arca con pece fusa; ma è anche un'arte sottilmente frodolenta, come quella che tende a occultare il substrato conferendogli il colore e l'apparenza di ciò che non è: sotto questo aspetto essa è imparentata con la cosmetica e l'adornamento, che sono arti altrettanto ambigue e quasi altrettanto antiche (*Isaia* 3.16 sg.).

A chi esercita questo nostro mestiere vengono di continuo proposte le esigenze piú varie: vernici elettricamente isolanti o conduttive, che trasmettano il calore o lo riflettano, che vietino ai molluschi di aderire alle carene, che assorbano il suono, o che si possano staccare dal substrato come si pela una banana. Ci chiedono vernici che impediscano al piede di scivolare, per i gradini degli aeroporti, e altre quanto è possibile scivolose, per le suole degli sci. Noi siamo dunque gente versatile e di vasta esperienza, abituati al successo e all'insuccesso, e difficili a stupirsi.

Cionondimeno, ci lasciò stupiti la richiesta che ci pervenne dal nostro rappresentante di Napoli, signor Amato Di Prima: si pregiava di informarci che a un importante cliente della sua zona era stata campionata una vernice che proteggeva dalla sfortuna, e che sostituiva con vantaggio i corni, i gobbi, i quadrifogli, e gli amuleti in generale. Non gli era stato possibile intercettare altre informazioni, ad eccezione del prezzo, che era molto alto; era invece riuscito a impadronirsi di un campione, che già aveva spedito per posta. Dato l'eccezionale interesse del prodotto, ci pregava istantemente di dedicare al problema la massima attenzione, si dichiarava fiducioso in una pronta risposta, e porgeva con l'occasione i piú distinti saluti.

Questa faccenda, del campione mirabolante che arriva per posta, insieme con la preghiera istante di dedicare eccetera (ossia, fuori dell'eufemismo, di copiarlo), fa parte del nostro lavoro, e ne costituisce forse l'aspetto piú opaco. A noi piacerebbe fare di testa nostra: scegliere noi il problema, bello ed elegante, partire in caccia, avvistare la soluzione, inseguirla, incantonarla, trafiggerla, sfrondarla del troppo e del vano, realizzarla in laboratorio, poi in semiscala, poi in produzione, e ricavarne danaro e gloria; ma questo non ci riesce quasi mai. A questo mondo siamo in troppi, e i nostri colleghi-rivali in Italia, in America, in Australia, in Giappone, non dormono. Siamo sommersi dai campioni, e cederemmo volentieri alla tentazione di buttarli via o di rimandarli al mittente, se non considerassimo che anche i nostri prodotti subiscono uguale destino, diventano a loro volta mirabolanti, vengono sagacemente catturati e contrabbandati dai rappresentanti dei nostri concorrenti, analizzati, sviscerati e copiati: alcuni male, altri bene, aggiungendogli cioè una particola di originalità e d'ingegno. Ne nasce una sterminata rete di spionaggi e di fecondazioni incrociate, che, illuminata da solitari lampi creativi, costituisce il fondamento del Progresso Tecnologico. Insomma, i campioni della concorrenza non si possono buttare nel serbatoio dei fondami: bisogna proprio vedere cosa c'è dentro, anche se la coscienza professionale dà qualche segno di sofferenza.

La vernice che veniva da Napoli, a prima vista, non presentava niente di speciale: l'aspetto, l'odore, il tempo di essiccazione erano quelli di un comune smalto acrilico trasparente, e l'intera faccenda puzzava d'imbroglio lontano un miglio. Lo telefonai al Di Prima, che si mostrò indignato: lui non era il tipo di mandare campioni in giro cosí per divertimento, quello in specie gli era costato tempo e fatica, il prodotto era interessantissimo e sulla sua piazza stava raccogliendo un successo incredibile. Documentazione tecnica? Non esisteva, non ce n'era bisogno, l'efficacia del prodotto si dimostrava da sé. A un motopeschereccio che da tre mesi tornava con le reti vuote avevano verniciato la carena, e da allora faceva delle pesche spettacolose. Un tipografo aveva miscelato la vernice con l'inchiostro da stampa: l'inchiostro copriva un po' meno, ma gli errori di tipografia erano scomparsi. Se non eravamo capaci di tirare fuori niente di buono, lo dicessimo subito; se no, che ci dessimo da fare, il prezzo era di 7000 lire al chilo, e gli pareva che ci fosse un bel margine di guadagno; lui si impegnava a piazzarne almeno venti tonnellate al mese.

Ne parlai con Chiovatero, che è un ragazzo serio e capace. Da principio storse il naso, poi ci pensò su, e arrischiò la proposta di incominciare dal semplice: di provare cioè la vernice su colture di Bacterium coli. Che cosa si aspettava? Che le colture si moltiplicassero meglio o peggio dei controlli? Chiovatero si spazientí, mi disse che non era sua abitudine mettere il carro avanti ai buoi (sottintendendo con questo che tale era la *mia* abitudine: il che, perdinci, non è assolutamente vero), che si sarebbe visto, che da qualche parte bisogna pure cominciare, e che «il basto si raddrizza per strada». Si procurò le colture, verniciò l'esterno delle provette, e aspettammo. Nessuno di noi era un biologo, ma non occorreva un biologo per interpretare i risultati. Dopo cinque giorni l'effetto era evidente: le colture protette si erano sviluppate in misura almeno tripla dei testimoni, che pure avevamo rivestiti con una vernice acrilica apparentemente simile a quella napoletana. Bisognava concludere che questa «portava fortuna» anche ai microrganismi: conclusione indigesta, ma, come è stato detto autorevolmente, i fatti sono una cosa ostinata. Si imponeva un'analisi approfondita, ma ognuno sa quale impresa complessa e incerta sia l'esame di una vernice: quasi come quello di un organismo vivente. Tutte le fantastiche diavolerie moderne, lo spettro infrarosso, il gascromatografo, l'NMR, ti aiutano fino a un certo punto, lasciano molti angoli inesplorati; e se non hai la fortuna che il componente-chiave sia un metallo, non ti resta che il naso, come ai cani. Ma un metallo là dentro c'era: un metallo fuori mano, talmente inusitato che nessuno del laboratorio ne conosceva per esperienza propria le reazioni, e che dovemmo quindi incenerire quasi l'intero campione per poterne avere in mano una quantità sufficiente a identificarlo; ma infine fu pizzicato e debitamente confermato con tutte le sue reazioni caratteristiche. Era tantalio, metallo assai rispettabile dal nome pieno di significato, mai visto prima in alcuna vernice, e quindi sicuramente responsabile della virtú che stavamo cercando. Come sempre avviene, a ritrovamento ultimato e confermato, la presenza del tantalio, e quella sua specifica funzione, cominciarono a sembrarci via via meno strane, e infine naturali, cosí come adesso nessuno si stupisce piú dei raggi Röntgen. Molino fece notare che col tantalio si fanno recipienti di reazione che resistono agli acidi piú energici; Palazzoni si ricordò che serve anche a fare protesi chirurgiche assolutamente prive di reazioni di rigetto; ne concludemmo che è un metallo palesemente benefico, e che eravamo stati sciocchi a perdere tanto tempo nelle analisi: con un po' di buon senso avremmo potuto pensarci prima.

In pochi giorni ci procurammo un sapone di tantalio, lo mettemmo in vernice e lo provammo sul Coli: funzionava, il risultato era raggiunto.

Mandammo a nostra volta un abbondante campione di vernice al Di Prima, affinché la distribuisse ai clienti e ci desse un parere. Il parere giunse due mesi dopo, e fu entusiastico: lui stesso, Di Prima, si era verniciato dalla testa ai piedi, e poi aveva trascorso quattro ore di un venerdí, sotto una scala, in compagnia di tredici gatti neri, senza riceverne alcun danno. Provò anche Chiovatero, benché riluttante (non perché superstizioso, bensí perché scettico), e dovette ammettere che un certo effetto non si poteva negare: per due o tre giorni dopo il trattamento, aveva trovato tutti i semafori verdi, mai il telefono occupato, la sua ragazza si era riconciliata con lui, e aveva perfino vinto un modesto premio alla lotteria dell'Aci: tutto naturalmente finí dopo che ebbe fatto il bagno.

A me venne in mente Michele Fassio. Fassio è un mio ex compagno di scuola a cui, fin dall'adolescenza, si sono attribuiti poteri misteriosi. Gli sono state addebitate sciagure senza fine, dalle bocciature agli esami al crollo di un ponte, a una valanga e a un naufragio: tutti dovuti, secondo l'insensata opinione dei suoi condiscepoli prima, dei suoi colleghi poi, al nefasto potere penetrante del suo occhio. Io, beninteso, a queste fandonie non ci credo, però confesso che ho sovente cercato di evitare il suo incontro. Fassio, poveretto, ha finito col crederci un poco anche lui, non si è mai sposato e si è ridotto a condurre una vita infelice, di rinunce e di solitudine. Gli scrissi, con tutta la delicatezza di cui fui capace, che io a certe sciocchezze non credevo, ma lui probabilmente sí; che, di conseguenza, io non potevo neppure credere nel rimedio che gli proponevo, ma mi pareva di dovergliene parlare ugualmente, se non altro per aiutarlo a recuperare quella sicurezza di sé che lui aveva perduta. Fassio rispose che mi avrebbe raggiunto al piú presto: era disposto a sottoporsi a una prova. Prima di procedere al trattamento, e su sollecitazione di Chiovatero, cercammo di renderci conto in qualche misura dei poteri di Fassio. Riuscimmo cosí a constatare che in effetti il suo sguardo (e solo il suo sguardo) possedeva un'azione specifica, rilevabile in certe condizioni anche su oggetti inanimati. Lo invitammo a fissare per alcuni minuti un punto determinato di una lamina d'acciaio, poi introducemmo questa nella camera a nebbia salina, e dopo poche ore notammo che il punto fissato da Fassio era nettamente piú corroso del resto della superficie. Un monofilo di polietilene, allungato a rottura, si spezzava costantemente nel punto su cui convergeva lo sguardo di Fassio. Con nostra soddisfazione, entrambi gli effetti sparivano sia rivestendo lamiera e filo con la nostra vernice, sia interponendo fra soggetto e oggetto uno schermo di vetro previamente verniciato colla medesima. Potemmo inoltre accertare che solo l'occhio destro di Fassio era attivo: il sinistro, come del resto entrambi gli occhi miei o di Chiovatero, non esercitavano alcuna azione misurabile. Coi mezzi di cui disponevamo, non ci fu possibile eseguire un'analisi spettrale dell'effetto Fassio se non in modo grossolano; è però probabile che la radiazione in esame abbia un massimo marcato nell'azzurro, con lunghezza d'onda di circa 425 Nm: uscirà entro pochi mesi una nostra esauriente pubblicazione sull'argomento. Ora, è noto che molti jettatori volontari usano occhiali azzurri, e non neri, e questa non può essere una coincidenza, ma il frutto di una lunga somma di esperienze recepite forse inconsapevolmente, e tramandate poi di generazione in generazione, come è avvenuto per certi rimedi della medicina popolare.

In considerazione della tragica conclusione delle nostre prove, tengo a precisare che l'idea di verniciare gli occhiali di Fassio (erano normali occhiali da presbite) non è stata mia né di Chiovatero, ma di Fassio medesimo, che anzi insistette perché l'esperimento venisse fatto subito, senza perdere neppure un'ora: era molto impaziente di liberarsi dal suo triste potere. Verniciammo questi occhiali. Dopo trenta minuti la vernice era essiccata: Fassio li calzò e cadde immediatamente esanime ai nostri piedi. Il medico, che giunse poco dopo, cercò invano di rianimarlo, e ci parlò vagamente di embolo, d'infarto e di trombosi: non poteva sapere che l'occhiale destro di Fassio, concavo verso l'interno, doveva aver riflesso istantaneamente quel qualcosa che non poteva piú trasmettere, e doveva averlo concentrato in un punto come in uno specchio ustorio; e che questo punto si doveva trovare in qualche angolo non precisato, ma importante, dell'emisfero cerebrale destro dell'infelice e incolpevole vittima delle nostre sperimentazioni.

Le sorelle della palude

Sorelle mie miti, non mi arrogherei il diritto di rivolgermi a voi se non fossi spinta dalla gravità dell'ora, e dalla tenue autorità che mi viene dall'essere fra voi la piú anziana, e di questa palude l'abitatrice piú antica.

Voi sapete quanto finora la Provvidenza ci abbia privilegiate. Nella mia lunga vita ho conosciuto paludi ben diverse; paludi solitarie e remote, in cui solo per occasione ed eccezione penetrava una creatura di sangue caldo, talché le loro miserabili inquiline si tenevano contente quando potevano rubare un sorso del sangue delle rane o dei pesci, freddo, viscido e vano; altre paludi ho visto, frequentate da genti selvatiche e feroci, che si ribellavano al nostro morso, che pure è sí lieve da simulare un bacio, e strappavano da sé i nostri corpi indifesi, incuranti se in cosí fare li laceravano, e laceravano forse in pari tempo la loro pelle medesima. Qui non è cosí, o finora non è stato cosí: non lo dimenticate.

Non dimenticate il generoso e sottile disegno della Provvidenza, secondo il quale il Villano è costretto a guadare due volte al giorno queste acque per raggiungere il suo campicello all'alba e rincasare a sera. E ricordate ancora che la complessione del Villano non potrebbe essere a noi piú propizia, poiché egli ha avuto in sorte da Natura una pelle rozza e spessa, insensibile alla nostra puntura; una mente semplice e paziente; ed in pari tempo un sangue mirabilmente ricco di nutrimento vitale.

Proprio di questo sangue vi debbo parlare, sorelle tacite e pie. La nostra, come sapete, è una repubblica bene ordinata: ad ognuna di noi, a seconda dei suoi meriti e dei suoi bisogni, la nostra Assemblea ha assegnato una porzione diligentemente scelta e circoscritta della pelle del Villano, ed è stata cortesia assegnare a me vostra Decana l'incavo dei ginocchi, dove la pelle è piú sottile, e dove la vena poplitea pulsa prossima alla superficie. Ora, per certo voi non avrete dimenticato quanto ci viene insegnato fin dai primi anni di scuola, e cioè che è questa vena la spia piú precisa della pressione del sangue nel corpo dell'uomo. Ebbene, bando alle menzogne pietose, sorelle mie dilette: questa pressione sta rapidamente calando. Noi, tutte noi, abbiamo passato il segno, ed è tempo di provvedere.

Intendetemi: non è un rimprovero che io voglia farvi, io che sono stata avanti a tutte, la piú avida di tutte; ma sentite ciò che v'ho a dire. Dio misericordioso mi ha chiamata a mutar vita: ed io la muterò, l'ho già mutata; cosí faccia con tutte voi.

Non è un rimprovero, vi dico: solo un insensato potrebbe porre in dubbio che il sugger sangue sia un nostro naturale diritto, da cui, oltre a tutto, la nostra stirpe trae il suo nome e il suo vanto. Non solo un diritto, ma una palese e rigida necessità, dal momento che il nostro corpo, in milioni d'anni di assuefazione a questo nutrimento cosí essenziale, ha perduto ogni capacità di ricercare, catturare, digerire e concuocere qualsiasi sostanza meno eletta; che i nostri muscoli si sono talmente indeboliti da vietarci anche la minima fatica; e che i nostri cervelli, che attingono alla perfezione se rivolti alla contemplazione dell'Entelechia, del Paracleto e della Quinta Essenza, sono invece grossi e disadatti davanti alle trivialità dell'agire concreto.

Noi saremmo quindi incapaci di procurarci un sostentamento piú rozzo del sangue: ogni altro alimento, d'altronde, sarebbe veleno per noi, che, uniche nella Creazione, abbiamo saputo scioglierci dalla necessità di evacuare dal nostro alvo le scorie quotidiane, poiché il nostro cibo mirabile non contiene né genera scorie. Non è questo il segno piú eloquente della nostra nobiltà? Chi potrebbe disconoscere in noi il coronamento ed il vertice della Creazione?

Il nostro sugger sangue è dunque necessario e buono, ma è stolto eccedere, come è stolto ogni eccesso. Mi è stato doloroso constatare come alcune fra voi sogliano impinzarsi fino a mettere a repentaglio la nostra invidiata capacità di nuotare a mezz'acqua, talché si riducono a galleggiare inerti, col ventre sconciamente rigonfio, finché la loro laboriosa digestione non si sia compiuta. Né basta, poiché ho saputo di alcune che sono morte per subitanea crepatura dei tegumenti.

Tuttavia, non di questo vi debbo parlare: non di queste trasgressioni, pur vergognose, ma di interesse individuale, e seguite da naturale e quindi giusta sanzione. No, intendo ammonirvi di un pericolo assai piú grave: se persevereremo nel nostro errore, se continueremo a saziarci dell'oggi senza pensare al nostro domani, che sarà di noi? Chi o che cosa succhieremo quando il Villano cadrà esangue? Ritorneremo all'increscioso siero delle carpe e dei rospi? O ci suggeremo a vicenda? O non ci vedremo costrette a ripercorrere un'eternità di fame, di tenebre e di morti precoci, ad attendere cioè che l'Evoluzione ci rinnovi (a quale prezzo, sorelle!) ripristinando in noi quelle facoltà positive ed attive che noi oggi detestiamo ed irridiamo nelle specie vili di cui ci nutriamo, quali i castori e gli uomini?

Perciò vi esorto, blande sorelle: si ridesti in voi il senso della misura e l'orrore per il peccato di gola. Mai come oggi la sopravvivenza del Villano, e quindi la nostra, è stata legata alla vostra continenza, ed alla moderazione che saprete manifestare nell'esercizio del vostro diritto.

Un testamento

Figlio mio diletto, non te ne saranno sfuggiti i segni, la mia vita mortale volge al fine: il sangue mi scorre per le vene pallido e lento, nei miei polsi il vigore di un tempo è venuto meno. Troverai questa lettera fra le mie carte, insieme col mio testamento olografo, ed è un testamento anche questo. Non ti inganni la sua concisione: ogni parola che leggerai è gravida di esperienza; le parole vuote, quelle di cui sono stato cosí prodigo in vita, le ho cancellate ad una ad una.

Non dubito che tu seguirai le mie tracce, e sarai cavadenti come io sono stato, e come prima di me lo sono stati i tuoi maggiori. Se tu non lo facessi, sarebbe per me una seconda morte, e per te un errore: non esiste altra arte che si avvicini alla nostra nel lenire il dolore degli umani, e nel penetrarne il valore, i vizi e le viltà. È mio intento dirtene qui i segreti.

Dei denti. Nella sua sapienza Dio ha creato l'uomo a sua immagine e somiglianza, come tu leggi nelle Sacre Scritture: osserva, a sua somiglianza, non a sua identità. La figura umana diverge da quella divina per alcuni aspetti, e fra questi prima è la dentatura. Dio ha donato all'uomo denti piú corruttibili di ogni sua altra parte affinché egli non dimentichi di essere polvere, ed affinché prosperi la nostra corporazione: vedi dunque che il cavadenti che abbandona il suo ufficio è in abominio a Dio, in quanto si spoglia di un privilegio da Lui donato.

I denti sono fatti d'osso, di carne e di nervo; essi si distinguono in molari, incisivi e canini; un nervo congiunge i denti canini agli occhi; nei molari piú riposti, che sono i denti del giudizio, spesso si annida un vermiciattolo. Queste ed altre qualità dei denti le potrai trovare descritte sui libri profani, e non occorre che io vi insista qui.

Della musica. Che Orfeo con la sua lira ammansisse le fiere e i demoni dell'abisso, e placasse le onde del mare in tempesta, ti sarà stato insegnato dai tuoi maestri. La musica è necessaria all'esercizio del nostro ufficio: un buon cavadenti si deve portare dietro almeno due trombettieri e due tamburini, o meglio due suonatori di grancassa, ed è bene che tutti costoro vestano splendide livree. Tanto piú vigorosa e piena si spande la fanfara sulla piazza ove tu opererai, tanto piú tu verrai rispettato, e di altrettanto si attenuerà il dolore del tuo paziente. Lo avrai notato tu stesso, assistendo bambino al mio lavoro quotidiano: le grida del paziente non si sentono piú, il pubblico ti ammira con reverenza, ed i clienti che aspettano la loro volta si spogliano dei loro segreti timori. Un cavadenti che lavori senza fanfara è indecoroso e vulnerabile come un corpo umano ignudo.

Ora ascolta quanto ti annuncio nella mia preveggenza di morente: verrà un giorno in cui questa mirabile virtú della musica sarà riscoperta dal ceto sciocco e superbo dei medici, ed essi sillogizzeranno sottili argomenti per spiegarne la ragion fisicale. Guardati dai medici: nella loro alterigia essi disdegnano i frutti della nostra esperienza, e si arroccano come in una fortezza per entro gli sterili dettati del loro Aristotele. Fuggili, cosí come essi fuggono noi.

Degli errori. Non dimenticare, figlio, che errare è umano, ma ammettere il proprio errore è diabolico; ricorda, d'altra parte, che il nostro mestiere, per sua intrinseca natura, è propenso agli errori. Cercherai dunque di evitarli, ma in nessun caso confesserai di avere estratto un dente sano; anzi, trarrai profitto dal frastuono dell'orchestra, dallo stordimento del paziente, dallo stesso suo dolore, dalle sue grida e dal suo agitarsi convulso, per estrarre subito dopo il dente malato. Ricorda che un colpo rapido e franco sull'occipite acquieta il paziente piú riottoso senza soffocarne gli spiriti vitali e senza essere percepito dal pubblico. Ricorda altresí che, per queste necessità o per altre simili, un buon cavadenti ha cura di avere il carro sempre pronto, non discosto dal palco, e con i cavalli attaccati.

Del dolore. Dio ti guardi dal diventare insensibile al dolore. Solo i pessimi fra noi si induriscono al punto di ridere dei loro pazienti quando soffrono sotto la nostra mano. L'esperienza insegnerà anche a te che il dolore, anche se forse non è l'unico dato dei sensi di cui sia lecito dubitare, è certo il meno dubbio. È probabile che quel sapiente francese di cui mi sfugge il nome, e che affermava di essere certo di esistere in quanto era sicuro di pensare, non abbia sofferto molto in vita sua, poiché altrimenti avrebbe costruito il suo edificio di certezze su una base diversa. Infatti, spesso chi pensa non è sicuro di pensare, il suo pensiero ondeggia fra l'accorgersi e il sognare, gli sfugge di tra le mani, rifiuta di lasciarsi afferrare e configgere sulla carta in forma di parole. Ma invece chi soffre sí, chi soffre non ha dubbi mai, chi soffre è ahimè sicuro sempre, sicuro di soffrire ed ergo di esistere.

È mio augurio che tu divenga un maestro nell'arte nostra, e che tu non abbia mai ad esserne l'oggetto passivo; ma se mai questo ti dovesse accadere, come a me è accaduto, il dolore della tua carne ti fornirà la brutale certezza di essere vivo, senza che tu debba attingerla alle sorgenti della filosofia. Abbi dunque in istima quest'arte: essa farà di te un ministro del dolore, ti farà arbitro di porre termine ad un lungo dolore passato per mezzo di un breve dolore presente, e di prevenire un lungo dolore di domani grazie alla trafittura spietata inferta oggi. I nostri avversari ci scherniscono dicendo che noi siamo buoni a trasformare il dolore in denaro: stolti! È questo il miglior elogio del nostro magistero.

Del discorso suadente. Il discorso suadente, detto anche imbonimento, conduce alla decisione i clienti che esitano fra il dolore attuale ed il timore delle tenaglie. È di somma importanza: anche il piú inetto fra i cavadenti si industria bene o male a cavare un dente; l'eccellenza nell'arte si manifesta piena invece nel discorso suadente. Esso va proferito con voce alta e ferma e con viso lieto e sereno, come di chi è sicuro, e spande sicurezza intorno a sé; ma, al di fuori di questa, non si dànno altre regole certe. A seconda degli umori che fiuterai fra gli astanti, potrà esso essere giocoso o austero, nobile o scurrile, prolisso o conciso, sottile o crasso. È bene in ogni caso che esso sia oscuro, perché l'uomo teme la chiarezza, memore forse della dolce oscurità del grembo e del letto in cui è stato concepito. Ricorda che i tuoi ascoltatori, quanto meno ti capiranno, tanto maggior fiducia avranno nella tua sapienza e tanta piú musica sentiranno nelle tue parole: cosí è fatto il volgo, e al mondo non è se non volgo.

Perciò intesserai nel tuo sermone voci di Francia e di Spagna, tedesche e turchesche, latine e greche, non importa se proprie ed attinenti; se pronte non ne avrai, abituati a coniarne sul momento di nuove, mai prima udite; e non temere che te ne venga sollecitata una spiegazione, perché ciò non avviene mai, non troverà il coraggio di interrogarti neppure quello che salirà il tuo palco con piede sicuro per farsi cavare un molare.

E mai, nel tuo discorso, chiamerai le cose col loro nome. Non denti dirai, ma protuberanze mandibolari, o qual altra stranezza ti venga in capo; non dolore, ma parossismo od eretismo. Non chiamerai soldi i soldi, e ancor meno chiamerai tenaglie le tenaglie, anzi non le nominerai affatto, neppure per allusione, ed al pubblico e massimamente al paziente non le lascerai vedere, tenendole nascoste nella manica fino all'ultimo istante.

Del mentire. Da quanto hai letto or ora, potrai dedurre che la menzogna è peccato per gli altri, per noi è virtú. Il mendacio è tutt'uno col nostro mestiere: a noi conviene mentire con la favella, con gli occhi, col sorriso, con l'abito. Non solamente per illudere i pazienti; tu lo sai, noi miriamo piú in alto, e la menzogna è la nostra vera forza, non quella dei nostri polsi. Con la menzogna, pazientemente appresa e piamente esercitata, se Dio ci assiste arriveremo a reggere questo paese, e forse il mondo: ma questo avverrà solo se avremo saputo mentire meglio e piú a lungo dei nostri avversari. Tu forse la vedrai, non io: sarà una nuova età dell'oro, in cui noi soltanto in necessità estreme ci indurremo ancora a cavar denti, mentre per il governo dello Stato e per l'amministrazione della cosa pubblica ci basterà con larghezza la menzogna pia, da noi condotta a perfezione. Se ci dimostreremo capaci di questo, l'impero dei cavadenti si estenderà dall'oriente all'occidente fino alle isole piú remote, e non avrà mai fine.

Presente indicativo

Gli stregoni

Wilkins e Goldbaum da due giorni si erano allontanati dal campo base: avevano tentato invano di registrare il dialetto dei Siriono del villaggio Est, dall'altra parte del fiume, a dieci chilometri dal campo e dai Siriono Ovest. Videro il fumo, e si misero subito in marcia per ritornare: era fumo denso e nero, e saliva lentamente verso il cielo della sera proprio nella direzione dove, con l'aiuto degli indigeni, avevano costruito le baracche di legno e di paglia. Giunsero in meno di un'ora sulla riva, guadarono la corrente fangosa, e videro il disastro. Il campo non c'era piú: solo tizzoni e rottami metallici, cenere e vaghi residui carbonizzati. Il villaggio dei Siriono Ovest, a cinquecento metri, era costruito in una piccola ansa del fiume; i Siriono li stavano aspettando, erano molto eccitati, avevano tentato di spegnere il fuoco attingendo acqua dal fiume con le loro rozze scodelle e con i secchi, dono dei due inglesi, ma non erano riusciti a salvare nulla. Difficile pensare a un sabotaggio: i loro rapporti coi Siriono erano buoni, e del resto, questi ultimi non avevano molta familiarità col fuoco. Probabilmente era stato un ritorno di fiamma del gruppo elettrogeno, che era rimasto in funzione durante la loro assenza per alimentare il frigorifero, o forse un corto circuito. Comunque, la situazione era seria: la radio non funzionava piú, e il paese piú vicino era a venti giorni di marcia attraverso la foresta.

Fino a quel giorno i contatti dei due etnografi con i Siriono erano stati sommari. Solo con molta fatica, e corrompendolo con il dono di due scatole di Corned Beef, erano riusciti a vincere la diffidenza di Achtiti, che era l'uomo piú intelligente e curioso del villaggio; aveva accondisceso a rispondere alle loro domande parlando dentro il microfono del registratore. Ma era stato, piú che una necessità o un lavoro, un giochetto accademico: anche Achtiti lo aveva inteso cosí, e si era visibilmente divertito ad insegnare ai due il nome dei colori, degli alberi che circondavano il campo, dei suoi amici e delle sue donne. Achtiti aveva imparato qualche parola d'inglese, e loro un centinaio di vocaboli dal suono aspro ed indistinto: quando tentavano di riprodurli Achtiti si batteva la pancia con tutte e due le mani per l'allegria.

Adesso non era piú un gioco. Di seguire una guida Siriono per venti giorni di marcia attraverso la foresta impregnata d'acqua putrida, loro non si sentivano in grado. Bisognava spiegare ad Achtiti che doveva spedire un messaggero a Candelaria con un loro messaggio, in cui chiedevano una lancia a motore che risalisse il fiume per venirli a prendere, e riportasse il messaggero stesso alla tribú: non sarebbe stato facile spiegare ad Achtiti che cosa era una lettera. Nel frattempo, non c'era altro da fare che chiedere ospitalità ai Siriono per tre o quattro settimane.

Per l'ospitalità, non ci furono ostacoli: Achtiti si rese subito conto della situazione, offrí ai due un giaciglio di paglia, e due delle curiose coperte Siriono, pazientissimi intrecci di fibra di palma e di piume di gazza. Rimandarono le spiegazioni al giorno dopo e dormirono profondamente.

Il giorno dopo, Wilkins preparò la lettera per Suarez a Candelaria. Aveva pensato di stenderla in due versioni, una scritta in spagnolo per Suarez ed una ideografica, affinché Achtiti ed il messaggero si potessero fare un'idea dello scopo della missione, e desistessero dalla loro evidente diffidenza. Si vedeva il messaggero stesso in cammino verso sudovest, lungo il fiume; venti soli dovevano rappresentare la durata del viaggio. Poi si vedeva la città, alte capanne con frammezzo molti uomini e donne vestiti con calzoni e gonne e col cappello in testa. Infine, un uomo piú grande che spingeva la lancia nel fiume, con a bordo tre uomini e sacchi di provviste, e la lancia che risaliva la corrente; in quest'ultima immagine, sulla lancia era anche il messaggero, sdraiato e in atto di mangiare da una scodella.

Uiuna, il messaggero designato da Achtiti, esaminò attentamente i disegni, chiedendo spiegazioni a gesti. La direzione era quella che lui indicava sull'orizzonte? E la distanza? Ma poi si caricò sulla schiena una bisaccia di carne secca, prese l'arco e le frecce e partí, scalzo, rapido e silenzioso, col passo ondulante dei Siriono. Achtiti faceva gesti solenni col capo, come a dire che di Uiuna c'era da fidarsi: Goldbaum e Wilkins si guardarono fra loro perplessi. Era la prima volta che un Siriono si allontanava tanto dal villaggio ed entrava in una città, per quanto Candelaria, coi suoi cinquemila abitanti, si possa considerare una città.

Achtiti fece portare loro da mangiare: erano gamberetti di fiume, crudi, quattro a testa; due noci japara, e un grosso frutto dal succo acquoso ed insipido. Goldbaum disse:

– Forse saranno ospitali, e ci manterranno anche se non lavoreremo: in questo caso, che è il piú fortunato, ci daranno la loro razione, come qualità e quantità, e non sarà allegro. Oppure ci chiederanno di lavorare con loro, e noi non sappiamo né cacciare né arare. Da regalargli, non abbiamo quasi piú niente. Se Uiuna torna senza lancia, o non torna affatto, si mette male: ci espelleranno, e allora morremo nelle paludi; oppure ci uccideranno loro stessi, come fanno coi loro vecchi.

– A tradimento?

– Non credo, e neppure ci faranno violenza. Ci chiederanno di seguire il loro costume.

Wilkins tacque per qualche minuto, e poi disse:

– Abbiamo provviste per due giorni, due orologi, due penne a sfera, molto denaro inutile, e il magnetofono. Nel campo è tutto distrutto, ma forse la lama dei coltelli si potrà ritemprare. Ah, sí, abbiamo anche due scatole di fiammiferi: forse è l'articolo che gli interessa di piú. Dobbiamo pure pagarci la retta, no?

La trattativa con Achtiti fu laboriosa. Achtiti mostrò scarsa attenzione agli orologi, si disinteressò delle penne e del denaro, e si spaventò quando udí la sua voce uscire dal magnetofono. Fu affascinato dai fiammiferi: dopo qualche tentativo fallito gli riuscí di accenderne uno, ma non era convinto che fosse una fiamma vera, finché non ci mise un dito sopra e se lo bruciò. Ne accese un altro, e constatò con evidente soddisfazione che accostandolo alla paglia questa prendeva fuoco. Allora tese una mano con aria interrogativa: avrebbe potuto impossessarsi di tutti i fiammiferi? Goldbaum prontamente se li riprese: mostrò ad Achtiti che la scatola era già incominciata, e che l'altra, piena, era piccola. Fece cenno che serviva a loro due. Gli mostrò un fiammifero, e poi il sole, e il giro che fa il sole nel cielo: gli avrebbe dato un fiammifero per ogni giorno di mantenimento. Achtiti rimase a lungo dubbioso, accovacciato sui calcagni, canticchiando una nenia nel naso; poi entrò in una capanna, ne uscí tenendo in mano una ciotola di terra e un arco. Pose la ciotola al suolo; raccolse un po' di terra argillosa, la intrise d'acqua, e mostrò ai due che l'impasto si poteva modellare nella forma della ciotola, infine additò se stesso. Poi prese l'arco, e lo accarezzò per il lungo affettuosamente: era liscio, simmetrico, robusto. Mostrò ai due un fastello di rami lunghi e diritti che giaceva poco lontano, e fece loro osservare che la qualità e la fibra del legno erano le stesse. Ritornò alla capanna, e ne uscí questa volta con due raschiatoi di ossidiana, uno grosso ed uno piccolo, e con un blocco d'ossidiana greggia.

I due lo osservavano incuriositi e perplessi. Achtiti raccolse un ciottolo di selce, e fece vedere che, con colpetti precisi assestati lungo determinati contorni del blocco, questo si sfaldava nettamente, senza spaccarsi in due; in pochi minuti di lavoro, un raschiatoio era fatto, magari ancora da rifinire, ma già utilizzabile. Allora Achtiti prese due dei rami, ciascuno lungo poco meno di un metro, e incominciò a raschiarne uno. Lavorava con applicazione ed abilità, in silenzio o canticchiando a bocca chiusa: dopo una mezz'ora il legno era già affusolato ad una estremità, e Achtiti lo controllava ad intervalli, piegandolo sul ginocchio per sentire se era già abbastanza cedevole. Forse percepí una traccia di impazienza nell'atteggiamento o nei commenti dei due, perché interruppe il suo lavoro, scappò fra le capanne, e ne ritornò accompagnato da un ragazzo. Gli affidò il secondo ramo ed un altro raschiatoio, e da allora in poi lavorarono in due: del resto, il ragazzo non era meno svelto di Achtiti, era evidente che anche per lui fare archi non era un mestiere nuovo. Quando i due legni furono assottigliati nella misura e sagoma giuste, Achtiti prese a lisciarli con un ciottolo ruvido, che a Wilkins parve un frammento di pietra da cote.

– Non sembra che abbia fretta, – disse Goldbaum.

– I Siriono non hanno mai fretta: la fretta è una malattia nostra, – rispose Wilkins.

– Loro però hanno altre malattie.

– Certo. Però non è detto che non si possa concepire una civiltà senza malattie.

– Cosa credi che voglia da noi?

– Io credo di averlo capito, – disse Wilkins. Achtiti continuava a lisciare i legni con diligenza, rigirandoli da tutte le parti ed esplorandone la superficie con le dita e con gli occhi, che era costretto ad aguzzare perché era un po' presbite. Alla fine, legò insieme, sovrapponendole per un breve tratto, le due estremità non sgrossate, e tese fra le punte una corda di budella ritorte: aveva una certa aria di orgoglio, e mostrò ai due che, pizzicandola, la corda suonava a lungo, come quella di un'arpa. Mandò il ragazzo a prendere una freccia, prese la mira e la scagliò: la freccia si infisse tremolando nel tronco di una palma lontana una cinquantina di metri. Allora, con un gesto enfatico, porse l'arco a Wilkins, facendogli cenno che era suo, lo tenesse, lo provasse. Poi cavò dalla scatola incominciata due fiammiferi, ne porse uno a Wilkins ed uno a Goldbaum, si accovacciò a terra, intrecciò le braccia sui ginocchi e rimase in attesa: ma senza impazienza.

Goldbaum rimase interdetto, col suo fiammifero in mano; poi disse:
- Sí, credo d'aver capito anch'io.
- Già, - rispose Wilkins; - come discorso, è abbastanza chiaro: noi miseri Siriono, se non abbiamo un raschiatoio, ce lo facciamo; e se restiamo senza arco, col raschiatoio ci fabbrichiamo l'arco, e magari lo lisciamo anche, perché faccia piacere vederlo e tenerlo in mano. Voi stregoni stranieri, che rubate la voce degli uomini e la mettete in uno scatolino, siete rimasti senza fiammiferi: su, fabbricateli.
- Allora?
- Bisognerà spiegargli i nostri limiti -. A due voci, o meglio a quattro mani, cercarono di convincere Achtiti che è bensí vero che un fiammifero è piccolo, molto piú piccolo di un arco (questo era un argomento a cui Achtiti sembrava tenere molto), ma che la capocchia del fiammifero conteneva una virtú (come spiegare?) residente lontano da loro, nel sole, nel profondo della terra, di là dei fiumi e della foresta. Erano penosamente consci dell'inadeguatezza della loro difesa: Achtiti sporgeva verso di loro le labbra a imbuto, scuoteva il capo, e diceva al ragazzo cose che lo facevano ridere.
- Gli dirà che siamo cattivi stregoni, furfanti buoni solo a vendere fumo, - disse Goldbaum. Achtiti era un uomo metodico: disse qualche altra cosa al ragazzo, che afferrò l'arco ed alcune frecce e si mise a venti passi da loro con aria risoluta; si allontanò, e tornò con uno dei coltelli ritrovati sul luogo del campo base, e che il fuoco aveva stemprati ed ossidati malamente. Raccattò da terra uno degli orologi e lo porse a Wilkins; Wilkins, col viso terreo di chi si presenta impreparato ad un esame importante, fece un segno di impotenza: aprí la cassa dell'orologio e fece vedere ad Achtiti gli ingranaggi minuti, il bilanciere snello che non si fermava mai, i minuscoli rubini, e poi le proprie dita: impossibile! Lo stesso, o press'a poco, avvenne col registratore magnetico, che però Achtiti non voleva toccare: lo fece raccogliere da terra da Wilkins stesso, e si teneva le orecchie turate per timore di udirne la voce. E il coltello?

Achtiti pareva voler fare intendere che si trattava di una specie di esame di riparazione, o insomma di una prova elementare, buona per qualsiasi sempliciotto, stregone o no: avanti, fabbricate un coltello. Un coltello, via, non è una specie di bestiolina con un cuore che batte, ed è facile ucciderla, ma molto difficile farla ritornare viva: non si muove, non fa rumori, e si divide in due pezzi soltanto, e loro stessi ne possedevano tre o quattro, comperati dieci anni prima e pagati poco, una bracciata di papaie e due pelli di caimano.

– Rispondi tu: io ne ho abbastanza –. Goldbaum dimostrò minore talento mimico e senso diplomatico del suo collega; si sbracciò invano in una gesticolazione che neppure Wilkins comprese, ed Achtiti, per la prima volta, scoppiò a ridere: ma era un riso poco rassicurante.

– Che cosa volevi dirgli?
– Che forse saremmo riusciti a fare un coltello, ma che ci occorrevano delle pietre speciali, altre pietre che bruciano e che in questo paese non ci sono; molto fuoco e molto tempo.
– Io non avevo capito, ma lui probabilmente sí. Aveva ragione a ridere: avrà pensato che volevamo soltanto prendere tempo fino a che non vengano a prenderci. È il trucco numero uno di tutti gli stregoni e di tutti i profeti.

Achtiti chiamò, ed arrivarono sette od otto guerrieri robusti. Afferrarono i due e li chiusero in una capanna di solidi tronchi; non c'erano aperture, la luce entrava soltanto dagli interstizi del tetto. Goldbaum chiese: – Credi che qui ci staremo a lungo? – Wilkins rispose: – Temo di no; spero di sí.

Ma i Siriono non sono gente feroce. Si accontentarono di lasciarli là dentro ad espiare le loro bugie, fornendo loro acqua in abbondanza e poco cibo. Per qualche oscuro motivo, forse perché si sentiva offeso, Achtiti non si fece piú vedere.

Goldbaum disse: – Io sono un bravo fotografo, ma senza lenti e senza pellicole... Forse potrei fabbricare una camera oscura: cosa ne dici?

– Li faresti divertire. Ma ci chiedono qualche cosa di

piú: di dimostrare, in concreto, che la nostra civiltà è superiore alla loro: che i nostri stregoni sono piú bravi dei loro.

– Non è che io sappia fare tante altre cose, con le mie mani. So guidare l'auto. So anche cambiare una lampadina o un fusibile. Disintasare un lavandino, attaccarmi un bottone; ma qui non ci sono né lavandini né aghi.

Wilkins meditava. – No, – disse, – qui ci vorrebbe qualcosa di piú essenziale. Se ci fanno uscire, proverò a smontare il magnetofono; come sia fatto dentro non lo so bene, ma se c'è un magnete permanente siamo a posto: lo facciamo galleggiare sull'acqua di una scodella e gli regaliamo la bussola, e insieme l'arte di fare le bussole.

– Non credo che in un magnetofono ci siano dei magneti, – rispose Goldbaum: – e non sono neppure sicuro che una bussola gli serva molto. A loro basta il sole: non sono dei navigatori, e quando si mettono per la foresta seguono soltanto le piste segnate.

– Come si fa la polvere da sparo? Forse non è difficile: non basta mescolare carbone, zolfo e salnitro?

– Teoricamente sí: ma dove trovi il salnitro qui, in mezzo alle paludi? E lo zolfo ci sarà magari, ma chissà dove; e infine, a che cosa gli serve la polvere, se non hanno una canna forata qualunque?

– Ecco mi viene un'idea. Qui la gente muore per un graffio: di setticemia o di tetano. Facciamo fermentare il loro orzo, distilliamo l'infuso e gli facciamo l'alcool; magari gli piace anche berlo, anche se non è tanto morale. Non mi pare che conoscano né eccitanti né stupefacenti: sarebbe una bella stregoneria.

Goldbaum era stanco. – Lievito non ne abbiamo, io non credo che sarei capace di selezionarne uno, e neppure tu. E poi vorrei vederti alle prese coi vasai locali, per farti costruire una storta. Forse non è del tutto impossibile, ma è un'impresa che ci costerebbe mesi, e qui è questione di giorni.

Non era chiaro se i Siriono intendessero farli morire di fame, o se volessero soltanto mantenerli con la minima spesa, in attesa che arrivasse la lancia su per il fiume, o che maturasse in loro l'idea decisiva e convincente. Le loro giornate passavano sempre piú torpide, in un dormiveglia fatto di calore umido, di zanzare, di fame e di umiliazione. Eppure, tutti e due, avevano studiato per quasi vent'anni, sapevano molte cose su tutte le civiltà umane antiche e recenti, si erano interessati a tutte le tecnologie primitive, alle metallurgie dei Caldei, alle ceramiche micenee, alla tessitura dei precolombiani: e adesso, forse (*forse!*) sarebbero stati capaci di scheggiare una selce perché Achtiti glielo aveva insegnato, e non erano stati in condizione di insegnare ad Achtiti proprio niente: solo a raccontargli a gesti meraviglie a cui lui non aveva creduto, ed a mostrargli i miracoli che loro due avevano portato con sé, fabbricati da altre mani sotto un altro cielo.

Dopo quasi un mese di prigionia erano a corto di idee, e si sentivano ridotti all'impotenza definitiva. L'intero, colossale edificio della tecnologia moderna era fuori della loro portata: avevano dovuto confessarsi a vicenda che neppure uno dei ritrovati di cui la loro civiltà andava fiera poteva essere trasmesso ai Siriono. Mancavano le materie prime da cui partire o, se c'erano nelle vicinanze, loro non sarebbero stati capaci di riconoscerle o isolarle; nessuna delle arti che loro conoscevano sarebbe stata giudicata utile ai Siriono. Se uno di loro fosse stato bravo a disegnare, avrebbero potuto fare il ritratto di Achtiti, e se non altro destare la sua meraviglia. Se avessero avuto un anno di tempo, avrebbero forse potuto convincere i loro ospiti dell'utilità dell'alfabeto, adattarlo al loro linguaggio, ed insegnare ad Achtiti l'arte della scrittura. Per qualche ora discussero il progetto di fabbricare sapone per i Siriono: avrebbero ricavato la potassa dalla cenere di legno, e l'olio dai semi di una palma locale; ma a che cosa avrebbe servito il sapone ai Siriono? Abiti non ne avevano, e non sarebbe stato facile persuaderli dell'utilità di lavarsi col sapone.

Alla fine, si erano ridotti ad un progetto modesto: avrebbero insegnato loro a fabbricare candele. Modesto, ma irreprensibile; i Siriono avevano sego, sego di pécari, che usavano per ungersi i capelli, ed anche per gli stoppini non c'erano difficoltà, si potevano ricavare dal pelo dei pécari stessi. I Siriono avrebbero apprezzato il vantaggio di illuminare a notte l'interno delle loro capanne. Certo avrebbero preferito imparare a fabbricarsi un fucile o un motore fuoribordo: le candele non erano molto, ma valeva la pena di provare.

Stavano proprio cercando di rimettersi in contatto con Achtiti, per contrattare con lui la libertà contro le candele, quando sentirono un grande tramestio fuori della loro prigione. Poco dopo la porta fu aperta tra clamori incomprensibili, ed Achtiti fece loro cenno di uscire nella luce abbagliante del giorno: la lancia era arrivata.

Il congedo non fu lungo né cerimonioso. Achtiti si era subito allontanato dalla porta della prigione; si accovacciò sui talloni voltando loro la schiena, e rimase immobile, come pietrificato, mentre i guerrieri Siriono conducevano i due alla sponda. Due o tre donne, ridendo e strillando, si scoprirono il ventre verso di loro; tutti gli altri del villaggio, anche i bambini, dondolavano il capo cantando «luu, luu», e mostravano loro le due mani molli e come disarticolate, lasciandole ciondolare dai polsi come frutti troppo maturi.

Wilkins e Goldbaum non avevano bagaglio. Salirono sulla lancia, che era pilotata da Suarez in persona, e lo pregarono di partire piú presto che poteva.

I Siriono non sono inventati. Esistono veramente, o almeno esistevano fin verso il 1945, ma quanto si sa di loro fa pensare che, almeno come popolo, non sopravvivranno a lungo. Sono stati descritti da Allan R. Holmberg in una recente monografia (*The Siriono of Eastern Bolivia*): conducono un'esistenza minimale, che oscilla fra il nomadismo ed un'agricoltura primitiva. Non conoscono i metalli, non posseggono termini per i numeri superiori al tre, e, benché debbano sovente attraversare paludi e fiumi, non sanno costruire imbarcazioni; sanno però che un tempo le sapevano costruire, e si tramanda fra loro la notizia di un eroe il cui nome era quello della Luna, che aveva insegnato al loro popolo (allora molto piú numeroso) tre arti: accendere il fuoco, scavare piroghe e fabbricare archi. Di queste, oggi solo l'ultima sopravvive: anche il modo di fare il fuoco lo hanno dimenticato. Hanno raccontato a Holmberg che in un tempo non troppo lontano (due, tre generazioni addietro: press'a poco all'epoca in cui fra noi nascevano i primi motori a combustione interna, si diffondeva l'illuminazione elettrica e si cominciava a comprendere la fine struttura dell'atomo) alcuni fra loro sapevano fare il fuoco frullando uno stecco nel foro di un'assicella; ma a quel tempo i Siriono vivevano in un altro territorio, dal clima quasi desertico, in cui era facile trovare legna secca ed esca. Ora vivono fra paludi e foreste, in perpetua umidità: non trovando piú legna secca, il metodo dell'assicella non è piú stato praticato, ed è stato dimenticato.

Il fuoco, però, l'hanno conservato. In ognuno dei loro villaggi o delle loro bande vaganti c'è almeno una donna anziana, il cui compito è di mantenere vivo il fuoco in un braciere di tufo. Quest'arte non è cosí difficile come quella di accendere il fuoco per strofinio, ma non è neppure elementare: specialmente nella stagione delle piogge occorre alimentare la fiammella coi fiori di una palma, che vengono fatti essiccare al calore della fiamma stessa. Queste vecchie vestali sono molto diligenti, perché se il loro fuoco muore anch'esse vengono messe a morte: non per punizione, ma perché vengono giudicate inutili. Tutti i Siriono che sono giudicati inutili perché incapaci di cacciare, di generare e di arare con l'aratro a piolo sono lasciati morire. Un Siriono è vecchio a quarant'anni.

Ripeto, non sono notizie inventate. Sono state riportate dallo «Scientific American» nell'ottobre 1969, ed hanno un suono sinistro: insegnano che non dappertutto e non in ogni tempo l'umanità è destinata a progredire.

La sfida della molecola

– Ne ho abbastanza, – mi ha detto. – Cambio. Mi licenzio, mi trovo un lavoro qualunque, magari ai mercati generali a scaricare la roba. Oppure parto, me ne vado; se uno viaggia, spende meno che a stare a casa, e per strada qualche modo di guadagnare si trova sempre, ma in fabbrica non ci vado piú.

Gli ho detto che ci pensasse su, che non bisogna mai prendere decisioni a caldo, che un posto in fabbrica non è da buttare via, e che ad ogni modo era meglio se mi raccontava le cose da principio. Rinaldo è iscritto all'università, ma fa i turni in fabbrica: fare i turni è spiacevole, si cambia orario e ritmo di vita tutte le settimane, bisogna insomma abituarsi a non abituarsi. In generale, ci riescono meglio le persone di mezza età che i giovani.

– No, non è questione di turni: è che mi è partita una cottura. Otto tonnellate da gettare.

Una cottura che parte, vuol dire che solidifica a metà strada: che da liquida diventa gelatinosa, o anche dura come il corno. È un fenomeno che viene descritto con nomi decorosi come gelazione o polimerizzazione precoce, ma è un evento traumatico, brutto da vedersi anche a parte i quattrini che fa perdere. Non dovrebbe succedere, ma qualche volta succede, anche se si sta attenti, e quando succede lascia il segno. Ho detto a Rinaldo che piangere sul latte versato è inutile, e subito mi sono pentito, non era quella la cosa giusta da dirgli; ma che dire alla persona per bene che ha sbagliato, che non sa ancora come, e che si porta la sua colpa sulla schiena come una gerla piena di piombo? L'unica è offrirgli un cognac e invitarlo a parlare.

– Non è per il capo, vedi, e neppure per il padrone. È per la faccenda in sé, e per come è andata. Era una cottura semplice, l'avevo già fatta almeno trenta volte, tanto che la prescrizione la sapevo a memoria e non la guardavo neanche piú...

Anche a me sono partite diverse cotture nel corso della mia carriera, e cosí so abbastanza bene di cosa si tratta. Gli ho chiesto: – Non sarà mica per questo, che è successo il guaio? Credevi di sapere tutto a memoria, e invece hai dimenticato qualche dettaglio, o sbagliato una temperatura, o hai messo dentro qualche cosa che non ci andava?

– No. Ho controllato poi, e tutto era regolare. Adesso c'è il laboratorio che ci sta lavorando sopra, per cercare di capire il perché; io sono l'imputato, insomma, ma mi piacerebbe che se ho fatto uno sproposito venisse fuori. Te lo giuro, mi piacerebbe: preferirei che mi dicessero «disgraziato, hai fatto questo e quest'altro e non dovevi», piuttosto che stare qui a farmi delle domande. Ed è poi fortuna che non è morto nessuno, nessuno si è fatto male, e non si è neppure storto l'albero del reattore. C'è solo il danno economico, e se avessi i soldi, parola, lo pagherei io volentieri.

Dunque. Toccava a me il turno del mattino, ero montato alle sei, e tutto era in ordine. Prima di smontare, Morra mi ha lasciato le consegne. Morra è uno vecchiotto, che viene dalla gavetta; mi ha lasciato il buono di produzione con tutti i materiali spuntati alle ore giuste, le schede della bilancia automatica, insomma non c'era niente da dire: non è certo uno che ti faccia degli imbrogli, e poi non aveva motivo, dal momento che tutto andava bene. Incominciava appena a fare giorno, si vedevano le montagne che sembravano a due passi. Io ho dato un'occhiata al termografo, che marcava giusto; sulla curva c'era perfino una gobba alle quattro del mattino, segnava quindici gradi in piú, è una gobba che viene fuori tutti i giorni, sempre alla stessa ora, e né l'ingegnere né l'elettricista hanno mai capito perché; via, come se avesse preso l'abitudine di dire tutti i giorni la sua bugia, e capita appunto come ai bugiardi, che dopo un poco nessuno ci fa piú caso. Ho dato un'occhiata anche dentro la specola del reattore: non c'era fumo, non c'era schiuma, la cottura era bella trasparente e girava liscia come acqua. Non era acqua, era una resina sintetica, una di quelle che sono formulate per indurire, ma solo dopo, negli stampi.

Insomma io me ne stavo tranquillo, non c'era motivo di preoccuparsi. C'era ancora da aspettare due ore prima di cominciare coi controlli, e ti confesso che io pensavo a tutt'altro. Pensavo... beh sí, pensavo a quella confusione di atomi e di molecole che c'erano dentro a quel reattore, ogni molecola come se stesse lí con le mani tese, pronta ad acchiappare la mano della molecola che passava lí vicino per fare una catena. Mi venivano in mente quei bravi uomini che avevano indovinato gli atomi a buon senso, ragionando sul pieno e sul vuoto, duemila anni prima che venissimo noi col nostro armamentario a dargli ragione, e siccome quest'estate, al campeggio, la ragazza mi ha fatto leggere Lucrezio, mi è tornato anche in mente «Còrpora cònstabúnt ex pàrtibus ínfi-nítis», e quell'altro che diceva «tutto scorre». Ogni tanto guardavo dentro la specola, e mi sembrava proprio di vederle, tutte quelle molecole che andavano in giro come le api intorno all'alveare.

Insomma tutto scorreva e io avevo tutte le ragioni di stare tranquillo; anche se non avevo dimenticato quello che ti insegnano quanto ti affidano un reattore. E cioè, che tutto va bene finché una molecola si lega con un'altra molecola come se ognuna avesse solo due mani: piú che una catena un rosario di molecole, non si può formare, magari lungo, ma niente di piú. Però bisogna sempre ricordarsi che, fra le tante, ci sono anche delle molecole che di mani ne hanno tre, e questo è il punto delicato. Anzi, ci si mettono apposta: la terza mano è quella che deve far presa dopo, quando vogliamo noi e non quando vogliono loro. Se le terze mani fanno presa troppo presto, ogni rosario si lega con due o tre altri rosari, e in definitiva si forma una molecola sola, una molecola-mostro grossa come tutto il reattore, e allora si sta freschi: addio al «tutto scorre», non c'è piú niente che scorre, tutto si blocca e non c'è piú niente da fare.

Lo stavo osservando, mentre raccontava, ed evitavo di interromperlo, benché mi stesse dicendo cose che so. Raccontare gli faceva bene: aveva gli occhi lustri, forse anche per effetto del cognac, ma si stava calmando. Raccontare è una medicina sicura.

– Bene: come ti stavo dicendo, io davo uno sguardo ogni tanto alla cottura, e pensavo alle cose che ti ho detto, e anche ad altre che non c'entrano. I motori ronzavano tranquilli, la camma del programmatore girava piano piano, e il pennino del termografo disegnava sul quadrante un profilo uguale preciso a quello della camma. Dentro al reattore si vedeva l'agitatore che girava regolare, e si vedeva che la resina a poco a poco diventava piú spessa. Verso le sette incominciava già ad appiccicarsi alla parete e a fare delle bollicine: questo è un segno che ho scoperto io, e l'ho anche insegnato a Morra e a quello del terzo turno, che siccome cambia sempre non so neanche come si chiama; è segno che la cottura è quasi buona, e che è ora di prendere il primo campione e provare la viscosità.

Scendo al piano di sotto, perché un reattore da ottomila non è un giocattolo, e sporge due metri buoni sotto il pavimento; e mentre sono lí e armeggio col rubinetto del prelievo, sento che il motore dell'agitatore cambia nota. Cambia di poco, forse neanche un diesis, ma era un segno anche questo, e un segno mica bello. Ho sbattuto via il provino e tutto, in un attimo ero sopra con l'occhio incollato alla specola, e si vedeva un gran brutto spettacolo. Tutta la scena era cambiata: le pale dell'agitatore tagliavano una massa che sembrava polenta, e che veniva sempre piú su a vista d'occhio. L'agitatore l'ho fermato, tanto oramai non serviva piú a niente, e sono rimasto lí come incantato, con le ginocchia che mi tremavano. Cosa fare? Per scaricare la cottura, non c'era piú tempo, e neppure per chiamare il dottore, che a quell'ora era ancora a letto: e del resto, quando una cottura parte è come quando muore uno: i rimedi buoni vengono in mente dopo.

Veniva su una massa di schiuma, lenta ma senza pietà. Venivano a galla delle bolle grosse come una testa d'uomo, ma non rotonde: storte, di tutte le forme, con la parete striata come di nervi e di vene; scoppiavano e subito ne nascevano delle altre, ma non come nella birra, dove la schiuma scende, ed è raro che esca dal bicchiere. Lí continuava a salire. Ho chiamato gente, sono venuti in diversi, anche il caporeparto, e ognuno diceva la sua ma nessuno sapeva che cosa fare, e intanto la schiuma era già a mezzo metro sotto la specola. Ogni bolla che scoppiava, volavano degli sputacchi che si appiccicavano sotto il cristallo della specola e lo impiastravano; di lí a poco non si sarebbe visto piú niente. Ormai era chiaro che indietro la schiuma non tornava: sarebbe salita a intasare tutti i tubi del refrigerante, e allora addio.

Con l'agitatore fermo, c'era silenzio, e si sentiva un rumore che cresceva, come nei film di fantascienza quando sta per capitare qualcosa di orribile: un fruscio e un borbottio sempre piú forti, come un intestino malato. Era la mia molecola grossa otto metri cubi, con dentro intrappolato tutto il gas che non riusciva piú a farsi strada, che voleva venir fuori, partorirsi da sé. Io non me la sentivo né di scappare né di restare lí ad aspettare: ero pieno di paura, ma mi sentivo anche responsabile, la cottura era mia. Ormai la specola era accecata, si vedeva soltanto un chiarore rossiccio. Non so se ho fatto bene o male: avevo paura che il reattore scoppiasse, e allora ho preso la chiave e ho aperto tutti i bulloni del portello.

Il portello si è sollevato da solo, non di scatto ma piano, solenne, come quando si scopron le tombe e si levano i morti. È venuta fuori una colata lenta e spessa, schifosa, una roba gialla tutta gnocchi e nodi. Abbiamo fatto tutti un salto indietro, ma appena si è raffreddata sul pavimento si è come seduta e si è visto che come volume non era poi gran che; dentro al reattore la massa è scesa di un mezzo metro, poi si è fermata lí e a poco a poco è diventata dura. Cosí lo spettacolo è finito; ci siamo guardati uno con l'altro e non avevamo delle belle facce. La mia poi doveva essere la piú brutta di tutte, ma specchi non ce n'erano.

Ho cercato di tranquillizzare Rinaldo, o almeno di distrarlo, ma temo di non esserci riuscito, e questo per una buona ragione: fra tutte le mie esperienze di lavoro, nessuna ne ho sentita tanto aliena e nemica quanto quella di una cottura che parte, qualunque ne sia la causa, con danni gravi o scarsi, con colpa o senza. Un incendio o un'esplosione possono essere incidenti molto piú distruttivi, anche tragici, ma non sono turpi come una gelazione. Questa racchiude in sé una qualità beffarda: è un gesto di scherno, l'irrisione delle cose senz'anima che ti dovrebbero obbedire e invece insorgono, una sfida alla tua prudenza e previdenza. La «molecola» unica, degradata ma gigantesca, che nasce-muore fra le tue mani è un messaggio e un simbolo osceno: simbolo delle altre brutture senza ritorno né rimedio che oscurano il nostro avvenire, del prevalere della confusione sull'ordine, e della morte indecente sulla vita.

La valle di Guerrino

Risalire a piedi o in bicicletta una valle di montagna, una di quelle che abbiamo percorso frettolosamente dozzine di volte in automobile o con i mezzi pubblici, è un'impresa talmente remunerativa, e cosí poco costosa, da domandarsi perché siano cosí rari quelli che ci si risolvono. Di solito, si tende all'alta valle, agli alti luoghi del turismo: la valle bassa rimane sconosciuta, eppure proprio qui la natura e le opere dell'uomo portano piú distinte e leggibili le impronte del passato.

In una di queste valli il ricordo di Guerrino, a chi lo sappia rintracciare, è ancora ben vivo: Guerrino, l'eremita girovago, scomparso verso il 1916, nessuno mai seppe come. Solo i vecchi ormai si ricordano di lui, e sono ricordi sbiaditi, stinti, spesso ridotti ad un solo episodio o ad una sola citazione, come sono appunto le memorie che conservano gli anziani di chi era già anziano nella loro giovinezza. Ma le sue memorie materializzate, quelle che Guerrino disseminò con regale prodigalità per tutta quella valle, anche nelle sue diramazioni piú appartate, e nelle due valli adiacenti, quelle sono nitide e perenni, accessibili a chiunque: voglio dire, a chiunque appunto sappia ancora viaggiare da pellegrino, ed abbia conservato l'antico talento di guardarsi intorno e di interrogare le cose e le persone con umiltà e pazienza. Del resto, il suo nome sopravvive in alcune similitudini di uso locale, destinate ad estinguersi presto, già ora stereotipe e mal comprese dai giovani: in quella valle c'è ancora chi dice «brutto come Guerrino», «povero come Guerrino», ed anche «fare a qualcuno il servizio di Guerrino» per indicare una rappresaglia macchinata ed elaborata; ma si dice anche «libero come Guerrino». Eppure fra chi ancora parla cosí, pochi sanno che il libero e povero Guerrino è realmente esistito, e pochissimi conservano di lui un ricordo concreto.

Della sua giovinezza nessuno sa piú nulla, né da dove fosse piovuto in valle, perché piemontese era, ma non indigeno. È ricordato come un uomo tarchiato, dalle guance incavate e dalla mandibola prominente, dalla barba grigia incolta e arruffata, sporco, trasandato, ben piantato sulle gambe ercoline; indossava sempre, estate e inverno, una stessa casacca di taglio vagamente militare, e un paio di pantaloni di velluto nero, spelacchiati e lisi, mal sostenuti dalla cintura che egli teneva sotto la pancia obesa, e contribuiva a reggere anche quella. Come un filosofo cinico, portava con sé tutte le sue cose: esse consistevano nella sua attrezzatura professionale di pittore di madonne (barattoli di vernice e di tempera, pennelli, spatole, raschietti, cazzuole), in un lungo carrettino a due ruote che gli serviva per trasportare questa attrezzatura ed occasionalmente per dormirci, e in un cane da pagliaio ispido e selvaggio che rimorchiava il carrettino ed era perpetuamente incatenato ad esso. Nei trasferimenti, lui seguiva a piedi, con lo sguardo al cielo e alle montagne, perché era un uomo torvo e ipocondriaco, ma amante delle cose create.

Il suo mestiere era di affrescare chiese, cappelle e cimiteri. All'occasione, faceva anche decorazioni profane e restaurava intonaci, opere murarie e tetti, ma accondiscendeva a queste attività solo se aveva fame o se gli accendevano la fantasia. Se non ne aveva né voglia né bisogno, stava all'osteria a bere in silenzio, o sulle rive a fumare la pipa.

Nella valle i suoi dipinti non si contano. Non sono firmati, ma è facile distinguerli per i contorni pesanti, per il predominare dei toni caldi, rossi e violetti, e per una peculiare stilizzazione e simmetria delle sue figure. Aveva sangue di pittore: se avesse studiato, o almeno avuto occasione di vedere opere illustri d'altri tempi, il suo nome non sarebbe dimenticato. Comunque, non dovrebbe essere dimenticata almeno una delle sue opere, un Giudizio Universale dipinto sul frontone di una chiesetta sperduta fra i larici. È costruito con un equilibrio sapiente, con una rustica vigorosa precisione, ed è fitto di simboli macabri e strambi, al limite fra la pietà e l'ironia, che germogliano come gemme mostruose, frammiste ai corpi degli innumerevoli risorti dal terreno bruciato e sconvolto: germogliano gigli e carciofi, piccoli scheletri gobbi, cannoni, falli, una gran màno dal pollice mozzo, una forca, un cavalluccio marino. Una delle anime che si aggirano alla ricerca affannata delle proprie spoglie è un fantasma diafano con gli occhi ciechi rivolti al cielo nero: sta indossando la sua pelle ritrovata col gesto domestico di chi infila una giacchetta.

Questa pianura costellata di aneddoti buffoneschi o ribaldi è illuminata da una luce obliqua e livida, come un lampo pietrificato, e si perde verso un orizzonte d'uragano su cui troneggia la figura statuaria del Redentore. Il Redentore ha folti capelli e barba grigi, gli occhi sbarrati, e stringe in mano una spada che sembra piuttosto un coltello. È il suo autoritratto.

Tutti i dipinti di Guerrino contengono almeno un ritratto, e molti ne contengono piú d'uno. Sono rozzi ma pieni di espressione, alcuni quasi caricaturali. Si distaccano dagli altri visi, che invece sono di maniera, tutti simili, senz'anima, senza tensione creativa, e ognuno dei ritratti ha una sua storia.

Come molti suoi confratelli piú illustri, Guerrino ritraeva i suoi committenti. Se lo pagavano e lo trattavano bene, gli metteva l'aureola e li panneggiava da santi. Se lo pagavano poco, o facevano questione, o stavano a guardarlo mentre dipingeva e criticavano il suo lavoro, in un batter d'occhio li sbatteva sulle due croci dei ladroni, o nei panni dei fustigatori di Nostro Signore: ma erano loro, riconoscibili da lontano, solo con un'espressione piú bestiale, o col naso da porco, o le orecchie d'asino. C'è, in una nicchia del cimitero, una sua Crocifissione in cui l'uomo che inchioda ha la testa di Re Umberto, ed il sacerdote che assiste impassibile ha, sotto la tiara, il viso di Leone XIII.

C'è un altro suo dipinto di cui i vecchi valligiani vanno fieri. È una Natività, piuttosto dimessa e convenzionale, come se ne vedono a centinaia in tutta Italia, salvo che il bue ha fattezze quasi umane, anzi, è la caricatura feroce ed ingegnosa di una fisionomia che nella valle è tuttora abbastanza comune. Secondo la storia che si tramanda, è il ritratto del sindaco: era venuto a vedere, a lavoro finito; si era permesso di dire che i buoi non sono mica cosí, e non aveva neppure invitato Guerrino a bere, come è usanza. Guerrino non aveva risposto (pare che non aprisse bocca quasi mai), ma in piena notte, che era una notte di luna, si era levato scalzo, senza che neppure un cane abbaiasse, e in pochi minuti aveva dipinto la testa del sindaco al posto del muso del bue: però le corna le aveva lasciate. In effetti i colori e le ombre di questa testa sono stridenti e maldestri: non doveva essere facile riconoscere i barattoli delle tinte al chiaro di luna. E il sindaco doveva essere un uomo di spirito, perché aveva lasciato le cose come stavano, e come stanno tuttora.

Amava rappresentare se stesso sotto le spoglie di san Giuseppe: c'è addirittura una Sacra Famiglia, in alta valle, in cui il santo lavoratore, in luogo del martello o della sega, tiene nella destra una pennellessa, e nello sfondo scuro dell'officina si intravede una frattazza, cioè quella tavoletta di legno, con un manico su una faccia, che serve a lisciare gli intonaci. Altre volte, come ho già accennato, non aveva esitato a conferire i suoi tratti a Cristo medesimo: in una cappella votiva c'è un Cristo Deriso membruto e aggrondato, dalle spalle e dagli zigomi larghi, dagli occhi volpini sotto sopraccigli a cespuglio, dalla folta barba grigia. È ben piantato sul pavimento su due gambe solide come colonne, e guarda i suoi persecutori come se volesse dirgli: «questa me la pagherete».

In verità, se la sua identificazione con Giuseppe è giustificata solo in piccola misura, quella con Cristo è offensiva. Guerrino doveva essere un tipo da prendere con le molle: secondo tutte le testimonianze raccolte, beveva, era rissoso, vendicativo, aveva il coltello facile, e gli piacevano le donne. Intendiamoci, quest'ultima qualità non è un difetto: le donne, o almeno alcune donne, sono piaciute a tutti i grandi di ogni tempo e paese, e un uomo a cui non piacciano le donne, o a cui del resto non piacciano gli uomini, è un infelice e tendenzialmente un individuo nocivo. Ma a Guerrino le donne piacevano solo in un certo modo, gli piacevano troppo e gli piacevano tutte, tanto che non c'è villaggio o frazione in cui non vengano indicati ai forestieri uno o piú suoi figli presunti. Poi, tanto per dirla chiara, gli dovevano piacere particolarmente le bambine, ed anche questo si può leggere nelle sue pitture murali: le sue madonne (sono le sue creazioni migliori: dolcissime, ieratiche eppure vive, spesso accurate e nitide su fondi informi o non finiti, come se tutta la sua volontà e il suo estro si fossero concentrati sul loro viso) sono tutte diverse fra loro, ma tutte hanno tratti sorprendentemente infantili. Infatti, è fama che Guerrino condensasse in un ritratto ognuno dei suoi innumerevoli incontri, e che nessuna delle sue figure di donna sia di maniera: ognuna sarebbe un *souvenir*, forse una ricompensa gradita o magari sollecitata, un dono di maschio soddisfatto; o forse solo invece un item, un punto in piú, una tacca nel suo calendario di fauno. Esplorando la valle, ho notato che si trovano sovente affreschi insignificanti, d'altro autore o di mano ignota, su cui una testa femminile è stata aggiunta o sovrapposta piú tardi, spesso fuori posto o fuori tema: agli Inversini ne ho trovata una addirittura in una stalla, isolata in mezzo alla parete fiorita di salnitro. Forse era stato quello il luogo dell'incontro.

In borgata Robatto, alla confluenza dei due torrenti, c'è una Madonna in trono col Bambino e Santi, sul fondo di un cielo azzurro che il tempo ha sbiadito sul verde. In questo cielo si affacciano quattro angioletti, secondo un modello risaputo e stanco: ma uno di questi reca un sensibile viso di fanciulla, dallo sguardo rivolto al suolo, e con le labbra sigillate in un sorriso ermetico evocatore di lontanissime immagini funerarie che Guerrino non poteva assolutamente conoscere. A terra, in primo piano, è inginocchiato di profilo un santo erculeo dalla barba grigia che tende una spiga verso il viso dell'angelo: santo ed angelo, corposi sul fondo manierato, portano il segno robusto della mano di Guerrino. Due di queste madonne bambine hanno il viso nero, come la Madonna di Oropa, di cui Guerrino può bene avere avuto notizia, e quella di Czestochowa: è questo, a quanto si dice, il rudimento di un mito remoto, etrusco prima che cristiano, in cui la Madre di Dio si confonde con Persefone, la dea degli Inferi, a significare il ciclo del seme, che ogni anno viene sepolto e muore per risorgere in frutto, e del Giusto che viene sacrificato per risorgere a nostra salvazione. Sotto l'effigie di una di queste vergini funeree Guerrino aveva scritto un motto sibillino, «Tout est et n'est rien».

Non può che stupire il contrasto fra la gentilezza delle sue opere e la ruvidezza barbarica dei suoi modi. È fama che quegli incontri, da cui nascevano le sue immagini aeree, fossero poco meno che stupri, assalti panici nel fitto dei boschi o sugli alti pascoli, sotto lo sguardo attonito delle pecore, fra i latrati furiosi dei cani. Non era certo lui il solo: l'agguato alla pastorella è il motivo dominante della cultura popolare di queste valli, la pastorella vi compare come un oggetto sessuale per eccellenza, ed almeno metà delle canzoni che si cantano qui svolgono in diverse varianti il tema della bergera spiata, desiderata, conquistata, o della sua seduzione ad opera del ricco signore che viene dalla città, o del forestiero che l'abbaglia con la sua pompa esotica.

Di Guerrino mi è stata raccontata una storia struggente. Si era innamorato, quando era già sulla quarantina, di una giovane molto bella: se n'era innamorato senza mai parlarle, né toccarla, né pure vederla da vicino, ma solo guardandola affacciata alla finestra. La finestra mi è stata mostrata, ed anche la donna: nel 1965 era una vecchina dai tratti minuti e dagli occhi chiari, rugosa e serena; portava con tranquilla dignità la canizie nobile delle donne che sono state bionde. Lei, dalla finestra, l'aveva costantemente rifiutato. Aveva passato l'intera vita a rifiutarlo, prima da ragazza, arrossendo e ridendo, poi da sposa, infine da vedova, e lui aveva trascorso la sua vita a ripeterle il suo invito senza speranza. Quando Guerrino passava per quella borgata, si fermava sotto la finestra e gridava: – Madamina, son sempre qui –; lei, senza mai andare in collera, gli rispondeva: – Andate, Guerrino, fate la vostra strada, – e lui andava, taciturno e solo. Molti pensano che solo per quella donna, e per quel suo amore perenne, testardo e scontroso, Guerrino sia diventato Guerrino. Questa donna, la sua donna vera, Guerrino non l'ha dipinta mai.

Come dicevo, il pittore di madonne è sparito verso la fine della prima guerra mondiale. Nessuno ricorda il suo cognome, ed anche il nome è incerto: Guerrino potrebbe essere uno stranome, come usa qui, perciò una ricerca d'archivio si prospetta come un'impresa disperata. Sulla sua fine non esiste che una traccia. Il vecchio Eliseo, già bracconiere, oggi guardacaccia, mi ha raccontato che verso il 1935, in una grotta, o piuttosto in una fenditura frequentata un tempo dai cercatori di quarzo, aveva trovato lo scheletro di un uomo e quello di un cane, e su una delle pareti di roccia un disegno non finito, che a lui era parso rappresentasse un grande uccello dentro un nido infuocato. Non aveva denunciato nulla, perché a quel tempo aveva debiti con la giustizia. Ci sono ritornato sotto la sua guida, ma non ho trovato piú niente.

La ragazza del libro

Umberto non era piú tanto giovane. Aveva qualche guaio ai polmoni, e la Mutua lo aveva mandato in riviera per un mese. Era il mese di ottobre, ed Umberto detestava la riviera, le mezze stagioni, la solitudine, e soprattutto la malattia; perciò era di pessimo umore, e gli pareva che non sarebbe mai guarito, che anzi la sua malattia si sarebbe aggravata, e che lui sarebbe morto lí, in mutua, in mezzo a gente che non conosceva; morto di umidità, di noia e di aria marina. Ma era un uomo d'ordine, che stava dove lo mettevano; se lo avevano mandato in riviera, era segno che doveva starci. Ogni tanto prendeva il treno e tornava in città per passare la notte con Eva, ma poi se ne ripartiva al mattino tutto triste, perché gli sembrava che Eva stesse abbastanza bene anche senza di lui.

Quando uno è abituato a lavorare, gli fa pena perdere tempo, e per non perderne troppo, o per non avere l'impressione di perderne, Umberto faceva lunghe passeggiate sui lungomare e per le colline dell'interno. Fare una passeggiata non è come fare un viaggio; in un viaggio fai grandi scoperte, in una passeggiata ne fai magari molte, ma piccole. Granchiolini verdi che, anche loro, vanno a spasso sugli scogli, e non è vero che camminino all'indietro, ma piuttosto di fianco, in una maniera buffa: simpatici, ma Umberto si sarebbe fatto tagliare un dito piuttosto che toccarne uno. Norie abbandonate, ma avevano ancora intorno la pista circolare dove aveva camminato l'asino, chissà quanti anni prima e per quanti anni. Due osterie straordinarie, dove si trovava vino e pasta di casa che a Milano neanche te li sogni. Ma la scoperta piú curiosa era stata la Bomboniera.

La Bomboniera era una villa minuscola, candida, quadrata, di due piani, appollaiata su un rilievo. Non aveva facciata, ossia ne aveva quattro, identiche fra loro, ognuna con una porta di legno lucido e con intricati stucchi e decorazioni in stile Liberty. I quattro spigoli finivano in alto in quattro graziose torrette che avevano la forma di corolle di tulipano, ma di fatto erano gabinetti; lo dimostravano i quattro tubi di grès, malamente incassati nella muratura, che scendevano fino al suolo. Le finestre della villa erano sempre chiuse da persiane dipinte in nero, e la targa sul cancelletto portava un nome impossibile: Harmonika Grinkiavicius. Anche la targa era strana, il nome esotico era circondato da una tripla cornice ellittica, su cui, dall'esterno verso l'interno, si susseguivano i colori giallo, verde e rosso. Era questa l'unica nota colorata sull'intonaco bianco della villa.

Quasi senza accorgersene, Umberto prese l'abitudine di passare tutti i giorni davanti alla Bomboniera. Non era disabitata: raramente visibile, ci abitava una signora anziana, linda e smilza, dai capelli candidi come la villa e dal viso un po' troppo rosso. La signora Grinkiavicius usciva una sola volta al giorno, sempre alla stessa ora, con qualunque tempo, ma per pochi minuti; portava abiti di buon taglio ma fuori moda, un ombrellino, un cappello di paglia a larga tesa, e un nastro di velluto nero che le cingeva la gola sotto il mento. Camminava a piccoli passi decisi, come se avesse fretta di raggiungere una meta, ma invece percorreva il solito itinerario, rientrava e subito si richiudeva la porta alle spalle. Alle finestre non si affacciava mai.

Dai bottegai non ricavò molte notizie. Sí, la signora era una straniera, vedova da almeno trent'anni, istruita, ricca. Faceva molta beneficenza. Sorrideva a tutti ma non parlava con nessuno. Andava a messa la domenica mattina. Non era stata mai dal medico e neppure dal farmacista. La villa, l'aveva comperata il marito, ma di lui nessuno si ricordava piú, forse non era neppure un vero marito. Umberto era incuriosito, e inoltre soffriva di solitudine; un giorno si fece animo e fermò la signora col pretesto di chiederle dov'era un certo vicolo: la signora rispose brevemente, con precisione e in buon italiano. Dopo di allora Umberto non seppe immaginare altri artifici per varare una conversazione; si limitò a manovrare in modo da incrociarla nel suo giro mattutino, la salutava, e lei gli rispondeva sorridendo. Umberto guarí e ritornò a Milano.

A Umberto piaceva leggere. Si imbatté in un libro che lo divertiva: erano le memorie di un soldato inglese che aveva combattuto contro gli italiani in Cirenaica, era stato fatto prigioniero e internato presso Pavia, ma poi era evaso e aveva raggiunto i partigiani. Non era stato un grande partigiano; gli piacevano di piú le ragazze che le armi, descriveva diversi suoi amori effimeri ed allegri, ed uno piú lungo e tempestoso con una profuga lituana. Su questo episodio il racconto dell'inglese passava dal passo al trotto e poi al galoppo: sul fondo teso e buio dell'occupazione tedesca e dei bombardamenti alleati, si delineavano pazze fughe a due in bicicletta per le strade oscurate, in barba alle ronde e al coprifuoco, e temerarie avventure nel sottobosco del contrabbando e della borsa nera. Della lituana emergeva un ritratto memorabile; instancabile e indistruttibile, brava a sparare quando occorreva, portentosamente vitale: una Diana-Minerva innestata sul corpo opulento (e diffusamente descritto dall'inglese) di una Giunone. I due indemoniati si perdevano e si ritrovavano per le valli dell'Appennino, impazienti di ogni disciplina, oggi partigiani, domani disertori, poi partigiani di nuovo; consumavano cene vertiginose in bivacchi e caverne, ed a queste facevano seguito notti eroiche. La lituana veniva rappresentata come un'amante senza eguali, impetuosa e raffinata, mai distratta: poliglotta e polivalente, sapeva amare nella sua lingua, in italiano, in inglese, in russo, in tedesco, ed in almeno altre due lingue su cui l'autore sorvolava. Questi amori torrentizi si dipanavano per trenta pagine prima che l'inglese si preoccupasse di svelare il nome della sua amazzone: se ne ricordava alla trentunesima, e il nome era Harmonika.

Umberto sobbalzò e chiuse il libro. La coincidenza del nome poteva essere casuale, ma gli ritornava sullo schermo della memoria quel cognome curioso e l'ellissi colorata che lo circondava; quei colori dovevano pure avere un senso. Cercò invano per casa una documentazione, la sera dopo andò in biblioteca, e trovò quanto desiderava sapere: la bandiera dell'effimera repubblica lituana, fra le due guerre mondiali, era gialla verde e rossa. Non soltanto: alla voce «Lituania» dell'enciclopedia gli cadde l'occhio su Basanavicius, fondatore del primo giornale in lingua lituana, su Slezavicius, Primo Ministro negli anni venti, su Stanevicius poeta settecentesco (dove non si trova un poeta settecentesco!) e su Neveravicius romanziere. Possibile? Possibile che la taciturna benefattrice e la baccante fossero la stessa persona?

Da allora in poi Umberto non fece che pensare a un pretesto per tornare in riviera, fino ad augurarsi una leggera ricaduta della sua pleurite; non ne trovò alcuno plausibile, ma raccontò una fandonia a Eva, e un sabato partí lo stesso, portandosi dietro il libro. Si sentiva ilare e intento come un bracco sulla pista della volpe; marciò dalla stazione alla Bomboniera con passo militare, suonò il campanello senza esitazioni, ed entrò subito in argomento, con una mezza bugia fabbricata all'istante. Lui abitava a Milano ma era della Val Tidone: aveva sentito dire che la signora conosceva bene quei paraggi, aveva nostalgia, gli sarebbe piaciuto parlarne con lei. La signora Grinkiavicius ci guadagnava ad essere vista da vicino; la fronte era rugosa ma fresca e ben modellata, e dagli occhi traspariva una luce ridente. Sí, ci era stata, molti anni prima; ma lui, da dove aveva saputo quelle notizie? Umberto contrattaccò: – Lei è lituana, vero?

– Ci sono nata; è un paese infelice. Ma ho studiato altrove, in diversi luoghi.

– Cosí parla molte lingue?

La signora era ormai visibilmente sulla difensiva, e si impuntò: – Le ho fatto una domanda, e lei mi risponde con altre domande. Voglio sapere da dove lei ha saputo questi fatti miei: mi pare lecito non le sembra?

– Da questo libro, – rispose Umberto.

– Me lo dia!

Umberto tentò una parata e una ritirata, ma con scarsa convinzione; si era reso conto in quel momento che lo scopo vero del suo ritorno in riviera era stato proprio quello: vedere Harmonika in atto di leggere le avventure di Harmonika. La signora si impadroní facilmente del volume, sedette vicino alla finestra e si immerse nella lettura: Umberto, sebbene non invitato, sedette anche lui. Sul viso di Harmonika, ancora giovanile ma rosso per le molte venuzze dilatate, si vedevano passare i moti dell'animo come le ombre delle nuvole su una pianura spazzata dal vento: rimpianto, divertimento, stizza, ed altri meno decifrabili. Lesse per una mezz'ora, poi gli tese il libro senza parlare.

– Sono cose vere? – chiese Umberto. La signora tacque talmente a lungo che Umberto temette si fosse offesa; ma poi sorrise e rispose:

– Mi guardi. Sono passati piú di trent'anni, e io sono un'altra. Anche la memoria è un'altra; non è vero che i ricordi stiano fermi nella memoria, congelati: anche loro vanno alla deriva, come il corpo. Sí, ricordo una stagione in cui io ero diversa. Mi piacerebbe essere la ragazza del libro: mi accontenterei anche solo di esserlo stata, ma non lo sono mai stata. Non ero io a trascinare l'inglese; io ricordo me stessa molle nelle sue mani, come argilla. I miei amori... sono questi che le interessano, vero? Ecco, stanno bene dove sono: nella mia memoria, scoloriti e secchi, con un'ombra di profumo, come fiori in un erbario. Nella sua sono diventati lucidi e chiassosi come giocattoli di plastica. Non so quali siano i piú belli. Scelga lei: via, si riprenda il suo libro e se ne torni a Milano.

Ospiti

La guerra non era ancora finita, ma Sante aveva già il cuore in pace. Discese al paese, andò a casa a salutare il padre: lo voleva anche rassicurare, i tedeschi ormai non si facevano piú vedere, solo qualche retroguardia sull'altipiano e sul Grappa, in valle quasi piú nessuno, e anche quei pochi che erano rimasti avevano perso la superbia; piú che di fare la guerra avevano voglia di tornare a casa. Correva voce che a Padova e a Vicenza fossero già arrivati gli americani. Posò la pistola nel cassetto della credenza, tanto per andare all'osteria non gli serviva di sicuro.

Era un pezzo che non andava all'osteria con calma: perché entrare, tirare giú un bicchiere e scappare via è come neanche andarci. Si fermò un'oretta a cambiare parola con i soliti clienti, quelli che non mancano mai: come in tempo di pace. Quando uscí era buio, il buio spesso dell'oscuramento nelle notti senza luna. Non era ubriaco, solo un po' allegro, anzi solo di buon umore, non tanto per il vino quanto per il pensiero che fra tre o quattro notti avrebbe potuto tornare a dormire nel suo letto anche lui: Ettore, il suo fratello piú piccolo, nel suo letto ci stava già, per la prima volta dopo piú di un anno; se tardava ancora a rientrare finiva che lo trovava addormentato.

Come fu arrivato sulla piazza sentí un passo e si fermò. Sante aveva l'orecchio fino del contrabbandiere e del bracconiere, e si accorse che non era un passo di paesani: era pesante e duro, un passo di gambe stivalate, e infatti la voce che disse «Alt, chi va là» era una voce tedesca. Sante pensò alla pistola e si chiamò testa di legno per averla lasciata a casa; in quel buio, e conoscendo tutti i cantoni del paese, lui un tedesco solo se lo sarebbe potuto lavorare. Ad ogni modo si fermò, e fece bene, perché un momento dopo ne sortí fuori un altro, e alla luce delle stelle si intravedeva che tutti e due avevano il parabello a tracolla.

Gli chiesero chi era, se era del paese, e Sante rispose con delle fandonie preparate da un pezzo. Poi gli chiesero se c'erano partigiani in giro, e Sante, che appunto aveva l'orecchio fino, capí dal tono della voce che quella domanda non voleva dire «se ci sono ci pensiamo noi», ma «se ci sono, silenzio e gambe»; gli rispose che c'erano sí, tanti, armati fino ai denti, con delle mitraglie da spaccare tutto. I tedeschi si parlarono fra loro, e poi uno disse che loro avevano fame; Sante gli disse che gli venissero dietro, a casa sua: non gran che, ma un po' di pane e formaggio glielo avrebbe trovato.

La casa era a venti minuti dal paese, su per una mulattiera a giravolte; Sante andava avanti, fermandosi ogni tanto per aspettare i due. Avevano il fiato corto e si fermavano sovente: non dovevano essere tanto giovani, si sentiva anche dalla voce. Forse erano della territoriale, e questo, dato il progetto che Sante stava rimescolando nella sua testa, era una bella cosa, meglio non avere a che fare con gente troppo svelta. Per strada Sante cercò in tutte le maniere di tranquillizzarli: che lui aveva paura di tutti quanti, dei tedeschi, dei partigiani e dei fascisti, che aveva famiglia, che era invalido da un braccio, che lavorava in fabbrica e che era in licenza per malattia, sí, era convalescente, ancora un po' indebolito. I tedeschi capivano l'italiano abbastanza bene, e anche loro vennero fuori a lamentarsi, uno aveva l'asma ma lo avevano fatto abile lo stesso, e l'altro era stato ferito nei Balcani e allora lo avevano sbattuto in Italia, come se fosse un ospedale, e invece...

In casa era tutto spento: dormivano tutti, e per il momento era meglio non svegliarli. Sante, a bassa voce, invitò i tedeschi a sedersi, a mettersi comodi, a togliersi lo zaino: per togliersi lo zaino avrebbero dovuto per forza sfilarsi anche il parabello. Vide con soddisfazione che i due (tanto furbi proprio non dovevano essere) avevano appoggiato le armi a terra sotto alla panchina, e non avevano tolto la sicura. Trovò del pane, del formaggio e del latte, si sedette di fronte a loro e mangiò qualcosa anche lui: per non metterli in sospetto, per le convenienze, e anche perché aveva fame. Lui continuava a parlare sommesso, ma i tedeschi non capivano che quello era un invito a fare altrettanto, e rispondevano a voce alta, come fanno quelli che parlano con un foresto come con un sordo. Cosa sarebbe successo se Ettore e il padre si svegliavano? Sante sentí tramestare nella camera di sopra e decise che era meglio mettersi al lavoro.

Si voltò, aprí il cassetto della credenza, ne prese la pistola e una bandierina tricolore, e mostrò la bandierina ai tedeschi tenendo la pistola nascosta dietro. Gli contò due o tre fiabe a proposito della bandiera: i due non capivano bene e guardavano come due buoi. A un tratto, lasciò cadere la bandiera e gli fece levare le mani, e subito tirò via i due parabelli e li portò al sicuro nell'angolo del focolare. Proprio in quel momento si udí scricchiolare la scala di legno; entrò prima Ettore stropicciandosi gli occhi, e poi il padre alto e secco, in camicia da notte, coi baffi scompigliati. Sante, senza voltarsi e tutto tranquillo, gli disse che aveva fatto due prigionieri, e che non avessero paura perché li aveva già disarmati; a Ettore disse che portasse un po' piú lontano i due zaini e gli desse un'occhiata dentro; e ai due, che a vedere il padre si erano alzati in piedi e messi sull'attenti, ma sempre con le mani levate, disse che ormai era finita, che avevano solo da non attentarsi a fare delle sciocchezze, ma che se volevano finire il pane e formaggio facessero pure, a quel punto potevano anche abbassare le mani.

Ettore si mise a frugare, ma intanto guardava gli stivali dei tedeschi come un bambino guarderebbe lo zucchero filato. In fondo a uno degli zaini, in mezzo alla biancheria pulita e sporca, Ettore trovò una bella scatola di compassi. Sante l'aprí e riconobbe che erano di marca italiana: che Ettore se li tenesse pure, a scuola gli sarebbero venuti buoni, fra qualche mese si sarebbero pure riaperte le scuole, ma il padre si fece avanti scalzo in mezzo alla cucina e disse che niente affatto.

Sante cercò timidamente di insistere: che era roba rubata lí in paese, lui forse sapeva perfino quando e a chi, e del resto che altro avevano fatto i tedeschi se non rubare, all'ingrosso e al dettaglio, tutto, le bestie, il grano, il tabacco, perfino la legna del bosco? Ma il padre non volle sentire ragione: – Gli altri possono fare quello che vogliono, ma qui siamo a casa mia e voi non toccate niente: se gli altri sono ladri, noi siamo gente per bene. Hanno mangiato sotto questo tetto: sono nostri ospiti, anche se sono prigionieri; io ho fatto la grande guerra, e come si trattano i prigionieri lo so meglio di voi. Gli prendete i parabelli, gli rendete gli zaini e li portate al vostro comando; ma prima gli date ancora un po' di pane e quel salame che c'è sotto il camino, perché la strada è lunga.

I tedeschi non avevano capito e tremavano. Sante, sempre tenendoli sotto tiro, disse al padre che andava bene, che stesse tranquillo, e che lui ed Ettore potevano tornare a letto; ma che prima Ettore facesse un salto a cercare Angelo. Ettore aveva solo diciassette anni, e per un servizio come quello era meglio avere un compagno piú pratico. Il comando era a due ore di cammino e durante il percorso Sante ebbe tempo di pentirsi della sua scelta: Angelo era un tipo spiccio, e Sante dovette sudare quattro camicie per tenerlo buono. Altre quattro camicie, o forse di piú, le dovette poi sudare al comando stesso, perché tutti quanti, a partire dal comandante, avevano parecchi conti in sospeso coi tedeschi, e una gran voglia di chiuderli subito. Insomma Sante dovette fare questione, e fortuna che al comando lo rispettavano, e avevano magari anche un poco di paura di lui per via di certe sue imprese solitarie sull'altipiano; e forse in buona misura la loro pelle se la guadagnarono i due tedeschi stessi, perché durante tutte le trattative se n'erano stati piantati sull'attenti, con una tale aria da poveri cani che non sembravano neppure tedeschi. In definitiva si misero d'accordo di fargli spaccare legna per qualche giorno, senza fargli del male, finché non fosse possibile consegnarli agli alleati. Sante se ne tornò a casa soddisfatto: non è che li considerasse suoi amici, ma prima cosa non gli sembrava una faccenda pulita sparare a gente con le mani alzate, anche se loro lo avevano fatto, perdinci se l'avevano fatto! E seconda cosa, li aveva presi lui, da solo, erano selvaggina sua, roba sua, e non era giusto che fossero degli altri a decidere il loro destino.

Otto giorni dopo la guerra era finita, e Sante, Ettore, e diversi altri paesani stavano tutti nudi a nuotare in una pozza del Brenta, quando videro passare sulla strada un drappello di partigiani che scortavano verso Asiago cinque o sei prigionieri. Uno era un fascista, aveva le manette e la faccia gonfia e livida; dietro a lui c'erano i due tedeschi, a mani sciolte e con l'aria di star bene. Sante saltò a riva nudo com'era, e i tedeschi lo riconobbero, lo salutarono e lo ringraziarono. Sante tornò a tuffarsi nell'acqua limpida e gelata, e si sentí contento di avere finito la sua guerra in quel modo.

Decodificazione

Sulla base della mia coscienza e sensibilità di verniciaio, proibirei la vendita di quelle fantastiche bombolette che spruzzano smalto alla nitrocellulosa e servono a ritoccare le carrozzerie danneggiate. Se servissero solo a questo scopo, pazienza; se servissero anche (come infatti almeno una volta sono servite) a dipingere di giallo un pubblico ufficiale protervo, pazienza ancora; sarà magari vilipendio, ma basta lavarsi con acetato di etile e tutto ritorna come prima. Ma non mi pare ammissibile che sia consentito il loro uso per scrivere sui muri.

I nostri nonni dicevano che «la muraglia è la carta della canaglia», e forse questa è una generalizzazione troppo severa. Si possono immaginare, anzi, esistono senza dubbio, stati d'animo individuali o collettivi davanti a cui ogni giudizio sul lecito e l'illecito deve restare sospeso, ma questo vale, appunto, per condizioni estreme, tempestose, extraordinarie: allora tutte le regole vengono travolte, e non solo si scrive sui muri, ma si fanno le barricate.

A molto maggior ragione, in questo clima passano inavvertiti il disagio e la fatica che il verniciare comporta. Prima dell'era delle bombolette, scrivere sui muri era un'impresa di un certo impegno. Andare per strada col secchiello della vernice, la pennellessa che sgocciola, e il solvente per lavare la pennellessa, è faticoso e scomodo, specie se di notte; richiede un'attrezzatura vistosa e ingombrante, che si presta male ad operazioni tendenzialmente clandestine ed intralcia le fughe; sporca le mani e gli abiti, il che, oltre a tutto, rende identificabili gli operatori; infine, richiede anche un minimo di abilità manuale, se non si vogliono mettere alla luce scritti e segni deformi, e quindi autolesivi. Insomma, è un'attività che non si intraprende senza una motivazione forte, come è giusto che sia: non è bene che si arrivi in cima al Cervino, o si scolpisca una statua, o si cucini una cena, senza una certa fatica. I frutti gratis non erano buoni, come è noto, neppure nel Paradiso Terrestre; nella nostra condizione terrestre attuale, che non è piú paradisiaca, conducono ad un nocivo appiattimento dei valori e dei giudizi, e ad una proliferazione di manufatti che, se non proprio nociva, è almeno fastidiosa. Le arti e le scienze non vanno incoraggiate; anzi, scoraggiate, per limitare l'irruzione dei *soi-disant* e dei dilettanti poco dotati. Per accumulare le acque selvagge, ossia per accumulare energia e renderla sfruttabile, ci vogliono le dighe.

Queste opinioni e considerazioni biliose mi sono venute in mente in un tardo pomeriggio d'estate, mentre scendevo a piedi una strada di collina: alla loro origine stava una palina stradale, con la croce di Sant'Andrea che annuncia un incrocio, in cui ai quattro bracci della croce erano stati aggiunti quattro baffi ortogonali di vernice verde scuro, trasformandola cosí in una svastica. Il segnale successivo aveva subito lo stesso ritocco; invece le paline orientate al contrario, e cioè visibili a chi sale, erano rimaste intatte. Era chiaro che il verniciatore abusivo veniva dall'alto. Continuando a scendere, ho trovato un paracarro con un'altra svastica, ed un muro su cui era dipinta la bipenne stilizzata di Ordine Nuovo, e scritto accanto «Cinesi, ancora pochi mesi». Poco oltre, sulla fiancata di una cappella, si leggeva «W le SS», con le due S irrigidite nella loro forma runica a seggiolina, quella prediletta e prescritta da Hitler e da Rosenberg, e di cui erano munite le linotypes e le macchine per scrivere del Terzo Reich. Ancora piú avanti, e sempre con la stessa vernice verde scuro, stava scritto «A noi!»

A questo punto vorrei chiarire il mio sentimento. Non

solo le scritte fasciste, ma tutte le scritte sui muri mi rattristano, perché sono inutili e stupide, e la stupidità danneggia il consorzio umano. A parte le eccezioni rivoluzionarie di cui parlavo prima, sono ammissibili soltanto se opera di ragazzini, o di chi ha l'età mentale dei ragazzini: piú in generale, di chi non sa antivedere l'effetto dei propri atti. Infatti, questo veicolo di propaganda cosí ingombrante e *untidy* non ha mai fatto mutare opinione a nessuno, neppure al lettore piú sprovveduto, neppure sull'eccellenza di una squadra di calcio; o se sí, nel senso opposto alle intenzioni dello scrivente, come avviene per la pubblicità forzosa al cinematografo. Mi irritano anche piú le scritte (ma sono rare) di chi pensa cose che anch'io penso, perché degradano idee che io ritengo serie.

Insomma, le scritte sui muri mi spiacciono, specie se sono idiozie fasciste. Ho proseguito nel mio cammino, trovando ancora diverse svastiche tutte destrogire, cioè ottenute incrociando la *n* e la *s* iniziali di Nazionalsocialismo. Ora, chi disegna svastiche a caso è probabile che ne farà metà destro e metà levogire: il fatto che fossero tutte destre era dunque un segno, il sintomo di un minimo di preparazione storica o ideologica. Tanto peggio. Allo sbocco sulla Provinciale c'era ancora la scritta «W SAM», poi le tracce si perdevano, sia verso destra sia verso sinistra: forse qui il verniciatore aveva ripreso l'auto o la moto.

Ho sbrigato al capoluogo le faccende che dovevo sbrigare ed ho risalito la stessa strada. Le scritte avevano ancora un leggero odore di solvente, dunque non potevano essere molto vecchie: al massimo due giorni. I punti piú spessi erano ancora molli. Mentre salivo lentamente, cercavo di ricostruire sugli indizi la personalità del verniciatore, il che è sempre un mestiere pieno di fascino. Giovane, senza dubbio, per le ragioni dette prima. Alto, non tanto: le svastiche sulle paline erano state spruzzate di sotto in su, si vedeva dalle sbavature. Robusto probabilmente sí: è noto che cosa i nazisti pensavano dei non-robusti, ed è da presumere che dai non-robusti (a meno di aberrazioni) lo stesso sentimento venga ricambiato. Intelligente no certo. Neppure esperto nella spruzzatura delle vernici, come si vedeva dalla scarsa uniformità dei tratti, e dalle colature e macchie in corrispondenza dei cambiamenti di direzione dei tratti stessi. Colto ed educato? difficile dirlo: errori di grafia non ce n'erano, la scrittura sembrava sciolta. Diciamo una terza media. Riassumendo, l'immagine (ampiamente arbitraria) che avevo ricavata era quella di uno studente sui quindici anni, muscoloso e tarchiato, «di buona famiglia», emotivamente instabile, introverso, tendente alla sopraffazione ed alla violenza. Quanto all'anamnesi famigliare, i dati erano scarsi: forse fascista anche il padre, perché fra le scritte verdi c'era anche un «A noi!», universale nel ventennio ma screditato fra le giovani generazioni; e questo padre doveva possedere un'auto verde-bruno, perché se uno si compra una bomboletta solo per scrivere sui muri è piú facile che se la scelga rossa o nera. Era piú plausibile l'ipotesi che il padre avesse comprato la bombola verde per ritoccare l'auto verde, e che poi l'avesse ceduta al figlio, o che il figlio se ne fosse appropriato.

Rivoltando confusamente questi ragionamenti, come si fa camminando, ero arrivato sulla piazza di B. Ho subito scartato l'idea di denunciare le svastiche ai carabinieri: sono abbastanza bravi ad acciuffare i ladri di galline, ma certe altre faccende, grosse o piccole, non destano i loro riflessi d'agguato, di caccia e di cattura. Invece, sono andato dal «casalinghi», l'unico negozio di B. che venda vernici: si capisce che la bombola poteva anche venire da molto lontano, ma perché non provare? La signora casalinghi è stata efficiente (lo è in tutte le sue cose, la conosco da un pezzo); senza visibili sforzi di memoria, mi ha risposto che sí, negli ultimi tempi aveva venduto una bomboletta sola, Verde Alfa 12004, venerdí scorso, al signor Fissore, alle dieci del mattino. Perfetto.

A B. ci conosciamo tutti. Fissore è un assicuratore, buongustaio e bellimbusto, un po' fanfarone, scettico e credulone insieme, maldicente piú per leggerezza che per malvagità; un tipo fuori del suo tempo, in ritardo di ottant'anni, e nei nostri anni infatti si muove a disagio, nega tutto, non vuole vedere le cose, si barrica nei week-end come i pionieri nei fortini. Non è uomo da svastiche. Per questo non avevo pensato a lui, né alla sua Giulia, che è proprio verde. Ma i suoi figli?

I figli degli altri non mi interessano tanto. Mi interesserebbero se potessi entrare in contatto con loro, ma questo è impossibile. Sono amebe, nuvole; sono indescrivibili, ogni anno, ogni mese, mutano abiti, abitudini, linguaggio, viso; a maggior ragione le opinioni. A che scopo entrare in dimestichezza con Proteo? Lo loderai per la sua bianchezza, e te lo troverai davanti nero come la pece. Avrai pietà dei suoi dolori e ti strozzerà.

Fissore ha un figlio e una figlia, ma questa era fuori questione: era in Scozia da un mese. Il figlio si chiama Piero, e corrisponde male all'immagine tentativa che mi stavo fabbricando, se non per il fatto di avere quindici anni. È magro, timido, miope, e non mi risulta che si occupi di politica: lo posso dire perché l'estate scorsa gli ho dato qualche lezione di algebra e geometria, e chi ha provato sa che le lezioni private sono mirabili strumenti di indagine, sensibili come sismografi. Non è neppure un introverso tipico, perché parla parecchio: è piuttosto un lamentoso, uno di quelli che tendono a vedere il mondo come una vasta rete di cospirazioni al loro danno, e se stessi al centro del mondo, esposti a tutti i soprusi. Da questa tendenza, che è debilitante, è difficile guarire, perché i soprusi esistono. Io penso che a questi perseguitati sia bene insegnare che ai soprusi non sono esposti loro soli, e soprattutto che lamentarsi non serve; occorre difendersi, individualmente o collettivamente, con tenacia e intelligenza, e anche con ottimismo. Senza ottimismo le battaglie si perdono, anche contro i mulini a vento.

Ho incontrato Piero pochi giorni dopo: per caso, perché non mi era sembrato che valesse la spesa di pedinarlo, o di stare fuori del suo cancello in agguato come un leopardo. Gli ho chiesto come era andato con la scuola: primo errore. Male, era andato: aveva storia a ottobre, e anche matematica; me lo ha detto con aria di rimprovero, come se fosse stata colpa mia: non in quanto ex precettore, ma in quanto altro, in quanto non-Piero, e quindi membro della congiura ai suoi danni. Ne ho ricavato una vaga sofferenza, costituita da uno strato superficiale di dispetto, e da uno piú profondo che mi sembrava rimorso, un rimorso impreciso, senza indirizzo, da analizzare poi: la sua evidente infelicità, e il gesto di cui lo sospettavo, potevano proprio essere colpa mia. Dare lezioni di geometria a un adolescente non è solo uno strumento di diagnosi, è anche, o può essere, una terapia drastica: può essere la prima rivelazione, in una carriera scolastica, della severa potenza della ragione, del coraggio intellettuale che respinge i miti, e della salutare emozione di ravvisare nella propria mente uno specchio dell'universo. Può essere un antidoto contro la retorica, l'approssimazione, l'accidia; può essere, per il giovane, una verifica allegra della sua muscolatura mentale, o l'occasione per svilupparla. Forse, di questa terapia avevo fatto uso scarso, o nullo, o inadatto a lui. L'ho guardato bene, da vicino. È piuttosto ossuto che magro, gli occhi dietro gli occhiali sono incerti, malfermi, come esitanti sull'oggetto su cui puntarsi. Non sapevo da dove incominciare per la mia indagine; alla fine, pensando che la via diretta era la migliore, gli ho chiesto se aveva visto le scritte verdi giú sulla strada. – Le ho fatte io, – mi ha risposto con semplicità. – Ne ho abbastanza, è ora di finirla.

– Abbastanza di cosa?

– Di tutto. Della scuola. Di avere quindici anni. Di questo paese. Della matematica: a cosa vuole che mi serva? Tanto io farò l'avvocato; anzi, il magistrato.

– Perché il magistrato?

– Per... cosí, per fare giustizia. Perché la gente paghi; ognuno paghi i suoi conti.

Ci eravamo seduti su un muretto e Piero giocherellava con una mano nella tasca dei calzoni, che era stranamente gonfia. A poco a poco, macchinalmente, ne ha cavato una pallina da ping-pong, poi una caramella, una fotografia appallottolata, due sigarette contorte, un distintivo rosso e nero che non sono riuscito a identificare, una pinza per biancheria, un fazzoletto con due nodi, un pettinino fermacapelli. In silenzio, ha disposto tutto sul muretto, fra me e lui: fingeva di essere distratto, ma ho capito che si trattava di una scena, di una recitazione indirizzata a me. Infine ha detto: – Anche lei mi ha piantato –; ha preso il pettine e con uno scatto iroso lo ha buttato nel rio che scorreva profondo, ai piedi del muretto, fra erbacce e imballaggi sfondati.

Non mi è sembrato opportuno spingere piú oltre l'indagine. Piero guardava nel vuoto rosicchiandosi le unghie: poi ha lasciato cadere nel rio, ad uno ad uno, anche gli altri simboli, per me indecifrabili, ad eccezione del fazzoletto, che ha rimesso in tasca. Io pensavo che, per quanto dipendeva da lui, i cinesi avrebbero potuto sopravvivere a lungo. Pensavo anche alla essenziale ambiguità dei messaggi che ognuno di noi si lascia dietro, dalla nascita alla morte, ed alla nostra incapacità profonda di ricostruire una persona attraverso di essi, l'uomo che vive a partire dall'uomo che scrive: chiunque scriva, anche se solo sui muri, scrive in un codice che è solo suo, e che gli altri non conoscono; anche chi parla. Trasmettere in chiaro, esprimere, esprimersi e rendersi espliciti, è di pochi: alcuni potrebbero e non vogliono, altri vorrebbero e non sanno, la maggior parte né vogliono né sanno.

Ma pensavo anche alla misconosciuta forza dei deboli, dei disadatti: nel nostro mondo instabile, un fallimento, anche un risibile fallimento come quello di Piero quindicenne rimandato a ottobre e piantato dalla ragazza, ne può provocare altri, a catena; una frustrazione, altre frustrazioni. Pensavo a quanto è sgradevole aiutare gli uomini sgradevoli, che sono i piú bisognosi d'aiuto; e pensavo infine alle migliaia di altre scritte sui muri italiani, dilavate dalle piogge e dai soli di quarant'anni, spesso sforacchiate dalla guerra che avevano contribuito a scatenare, eppure ancora leggibili, grazie alla viziosa pervicacia delle vernici e dei cadaveri, che si corrompono in breve, ma le cui spoglie ultime durano macabre in eterno: scritte tragicamente ironiche, eppure forse ancora capaci di suscitare errori dal loro errore, e naufragi dal loro naufragio.

Fine settimana

Nel luglio 1942, Silvio ed io facevamo un gran parlare del Disgrazia. Per chi, come noi, viveva e lavorava in città, il parlare di montagna, il fare minuziosi programmi, il consultare guide e carte, era un surrogato tollerabile, oltre che poco faticoso e costoso: era insomma una forma di voyeurismo che ritenevamo consentita, date le circostanze. Il fatto che su mezzo pianeta imperversasse una guerra spietata, che su Milano piovessero i bombardamenti, e che le catene delle leggi razziali si stessero stringendo intorno a noi, ci preoccupava senza angosciarci, e non ci impediva di trarre profitto dei nostri venticinque anni. La montagna ci permetteva di trovare gratificazioni che compensassero le molte che ci erano vietate e di sentirci uguali ai nostri coetanei di sangue meno biasimevole.

Venne un sabato pieno di sole: prendemmo il laborioso accelerato di Colico, gremito di sfollati che guardavano malevoli i nostri sacchi da montagna, e ci imbarcammo poi sulla corriera che da Sondrio ci doveva portare a Chiesa in Val Malenco. La corda l'avevamo, le piccozze anche; quanto ai ramponi, per scarsità di quattrini ne avevamo un paio solo, destinato al capocordata. Era rimasto vago se, quella volta, il prestigio e le responsabilità relative sarebbero toccate a Silvio o a me: avremmo deciso sul posto. Sul posto, ma non quella volta, decidemmo poi salomonicamente di calzare un rampone ciascuno, perché occorreva fare una lunga traversata di ghiacciaio a mezza costa. Per quanto eretica, è una soluzione che presenta vantaggi pratici: ma questa è un'altra storia.

Quando scendemmo a Chiesa era già quasi notte. Entrammo nel piú modesto fra gli alberghi del luogo, consegnammo i documenti e cenammo. Verso le dieci ci ritirammo in camera e ci disponemmo ad andare a letto, poiché ci aspettava una levataccia, ma sentimmo bussare nervosamente alla porta. Era la cameriera, o forse la figlia dei padroni: una ragazza magra ed olivastra, dall'aria zingara, che ci bisbigliò atterrita: – Ci sono i carabinieri che vi aspettano di sotto.

Scendemmo, piú incuriositi che allarmati. Nel vestibolo c'era un maresciallo, ed a prima vista ci sembrò che fosse ubriaco: piú precisamente, uno di coloro di cui si suole dire che hanno il vino allegro. Aveva in mano un fascicolo e parlava animatamente con l'albergatore. Ci salutò con cortesia, ci indirizzò un sorriso luminoso, e ci disse che eravamo in contravvenzione: ci accorgemmo allora che ubriaco non era, voglio dire non di vino, bensí dell'«esercizio delle sue funzioni»; come è noto, è questo un agente che esalta ed intossica almeno quanto l'alcool. Il fascicolo che aveva in mano era un numero della «Gazzetta Ufficiale» datato di qualche mese prima; ce lo mostrò con entusiasmo professionale, anzi, con toni di gratitudine che ci stupirono, e che comprendemmo solo al procedere del suo discorso: grazie a noi, grazie alle nostre carte d'identità munite della stampigliatura «di razza ebraica» che l'albergatore gli aveva trasmesse, gli era concessa la gioia insolita di tradurre in atto una rara e preziosa disposizione della nominata Gazzetta; un piacere da buongustai. Ecco qui, ai cittadini italiani di razza ebraica non è consentito soggiornare in località di frontiera; e Chiesa, sissignori, è località di frontiera, il confine svizzero è infatti a meno di dieci chilometri. Pochissimo meno di dieci, siamo d'accordo: nove chilometri e novecento metri in linea d'aria, dal Municipio al saliente piú vicino, lo aveva controllato lui stesso sulle carte al 25 000 dell'Istituto Geografico Militare; comunque meno di dieci. Non era dunque uno zelante funzionario?

Pareva che si aspettasse un encomio anche da noi, e si mostrò deluso quando ci lesse in viso piuttosto la contrarietà che l'ammirazione. Il suo sguardo si offuscò, e perfino il suo viso, fino allora lucido di sudore, parve appannarsi lievemente, come uno specchio al di sotto del punto di rugiada. Ci assicurò che contro di noi non aveva alcun risentimento personale, ma che la legge, dura ma legge, non consentiva scappatoie. A Chiesa non potevamo pernottare, era inutile che insistessimo (in realtà, noi non avevamo insistito per nulla), dovevamo tornare indietro; e qui il discorso si fece piú complicato.

Silvio disse: – Indietro dove? A quest'ora corriere non ce n'è piú. Potremmo scendere a piedi fino a Torre, che è fuori dei dieci chilometri.

Il maresciallo meditò, e poi disse: – Ma chi mi assicura che voi prendereste la strada verso valle? Io uomini per scortarvi non ne ho, e nel buio dell'oscuramento nessuno vi vede. Come facciamo?

Io dissi che anche noi avevamo il massimo rispetto per la legge, ma che l'autorità era rappresentata da lui: a lui, e non a noi, spettava decidere il da farsi. Oltre a tutto, il testo noi non lo conoscevamo neppure. A mano a mano che la vicenda si faceva fastidiosa per il maresciallo, diventava divertente per noi; lui trovava irritante e strano che noi, invece di collaborare, andassimo in cerca di cavilli. Ci chiese quali erano le nostre intenzioni per il giorno seguente, e noi, guardandoci bene di parlare del Disgrazia, dichiarammo che eravamo venuti a Chiesa per prendere aria buona; il maresciallo ci pensò su e disse che l'unica soluzione era di portarci in camera di sicurezza, ma l'albergatore intervenne a nostra difesa: eravamo suoi clienti, razza o non razza, e si vedeva subito che eravamo gente per bene, tant'è vero che avevamo pagato il pernottamento in anticipo. Qui Silvio gli fece gli occhiacci: che non gli scappasse detto che lo avevamo fatto perché intendevamo partir l'indomani molto presto per la montagna. L'albergatore era intelligente, e lasciò cadere il discorso; sollevò invece un'altra obiezione, in camera di sicurezza ci stava già un contrabbandiere, tutto il paese lo sapeva, e sul tavolaccio c'era solo posto per due: sarebbe stato disumano.

Il maresciallo fece una proposta conciliante: se fossimo rimasti consegnati in albergo? Se l'albergatore si fosse dichiarato disposto a prendere i provvedimenti opportuni affinché noi non evadessimo, la legge sarebbe stata salva, e in fondo anche noi avremmo raggiunto il nostro scopo di respirare aria buona, anche se solo dalla finestra.

Silvio obiettò che la consegna in albergo equivaleva ad una reclusione, e che perciò i carabinieri avrebbero dovuto rimborsarci il prezzo del pernottamento; e che anzi rimaneva da discutere se non era a loro carico anche la cena, perché l'avevamo consumata quando l'illecito era già stato commesso, e se non era stato scoperto prima era colpa loro e non nostra. Il maresciallo non si divertiva piú: disse che forse, in parte, sotto certi aspetti, potevamo anche avere ragione, ma che del rimborso se ne sarebbe parlato di lí a qualche mese, bisognava fare rapporto alla Tenenza, o magari anche (il caso era nuovo) alla Divisione a Milano, aspettare il mandato eccetera. L'albergatore andò alla cassa, frugò e ci rese i quattrini: disse che cosí era piú semplice e piú decoroso. Il maresciallo disse che per lui andava bene; dovevamo perdonarlo, avrebbe mandato uno dei suoi uomini a verificare che noi salissimo effettivamente sulla prima corriera del giorno dopo, quella delle undici, e tutti andammo a letto.

Noi due ci svegliammo al mattino dopo freschi e riposati, ed inoltre rallegrati per il fatto di aver dormito a spese dello Stato. Di questa nostra avventura in Val Malenco non restano che due fotografie documentarie. In una si vede Silvio in pigiama, seduto sul davanzale della finestra, sullo sfondo di inutili cime dentate e dell'orologio del campanile che segna le dieci e mezza; nell'altra ci sono io che mi sto lavando una faccia molto assonnata: l'ora (la stessa) si può leggere sull'orologio a polso ostentato in direzione dell'obiettivo.

L'anima e gli ingegneri

– Da quanto tempo non ci vediamo? – mi chiese Guido. Ci eravamo incontrati tre anni prima, ad un congresso, e forse anche cinque anni prima, alla cena dei trent'anni di laurea; ma io continuavo a vedere in lui, sotto l'incrostazione degli anni e del successo, il ragazzo grassoccio, pigro, tardo ma non sciocco che avevo avuto come vicino di banco per non so quanti anni, a cui avevo suggerito spudoratamente durante le interrogazioni, ed a cui avevo lasciato copiare le traduzioni di latino.

Contrariamente alla regola, Guido è migliorato con gli anni. La sua pinguedine è sparita, e la sua pigrizia si è evoluta, acquistando eleganza e stile: è diventata la nobile indolenza dell'uomo sicuro di sé, dai nervi distesi e dalle reazioni giuste. Oggi Guido è uno di quei felici ibridi che si trovano a loro agio tanto nella Torre Velasca quanto a Montecarlo o nella Quinta Strada. Ordinò due fritti misti e continuò: – Allora non ti ho ancora raccontato di quello che mi è successo dopo? Del divorzio da Henriette? Della mia colecisti? Dell'anima della signora MacLeish?

I divorzi sono tutti troppo simili fra loro per interessarmi veramente, e la faccenda della sua colecisti non doveva essere stata tanto seria, o doveva comunque essersi risolta bene, dal momento che Guido stava consumando il fritto con la lentezza intenta del buon mangiatore. Perciò cercai di orientarlo verso la storia dell'anima: i suoi racconti sono sempre curiosi, ed ero impaziente di sapere che cosa potesse accomunare una anima anglosassone con Guido Bertone, ingegnere minerario. Che forse, a furia di scavare gallerie sempre piú profonde...?

– Ma no, – rispose Guido alzando impercettibilmente le spalle: – le mie gallerie, quella volta, erano tutt'altro che profonde, e l'anima era fuori terra di un bel po'. Eravamo in Utah: la mia impresa aveva ottenuto una concessione per cercare ed estrarre bitume fossile. Un affare d'oro, bitume ce n'era dappertutto: dovunque calasse la trivella, a cinquanta o cento metri si arrivava sul buono, e il bitume era compatto, pulito, tenero, che quasi si poteva cavare con le mani nude: insomma, una miniera di burro. L'impresa ha cominciato a sentire appetito: comperava terreni a tutta forza pagando prezzi altissimi. In pochi mesi tutti i proprietari hanno venduto, tranne uno. Proprio al centro della concessione c'era un appezzamento minuscolo, mezzo acro di terreno incolto e di bosco, una casetta da bambole e una tettoia con sotto una vecchia Ford; apparteneva alla signorina MacLeish, e la signorina non intendeva vendere.

– Era suo diritto: avrà avuto le sue ragioni, – dissi io.

– Tu tieni per lei, vero? – rispose Guido: – Certo che era suo diritto, ma per l'impresa era un intralcio grave. Il nostro boss le aveva scritto pregandola di stabilire lei stessa un prezzo; lei aveva risposto con cortesia, dicendo che non si trattava tanto di un non volere quanto di un non potere. Lei avrebbe accettato volentieri le offerte dell'impresa perché era povera e sola, ma non poteva vendere il terreno per sue ragioni profonde, *deep-seated*.

– Il boss ha letto la lettera, ha fatto un riso feroce e mi ha detto di andare a vedere come stavano le cose. Le cose stavano in un modo strano: la proprietà MacLeish era ridotta a un'isola, con ruspe, fracasso e gente affaccendata su tutti i quattro lati, ma la signorina non dava segno di risentirsene, anzi, neppure di accorgersene. Era una bella vecchia alta, diritta, vestita con semplicità decorosa: mi ha detto che aveva ottantacinque anni, che era nata su quella terra, e che non la poteva vendere perché nell'albero piú alto risiedeva l'anima di sua madre. Me lo ha mostrato, ed era un rovere splendido, alto quaranta metri, col fogliame a cupola: un duomo vegetale. Dava una straordinaria impressione di giovinezza e di forza, e come di un legame fra la terra e il cielo.

– Robur, roboris, – dissi io che non so resistere al vizio di citare. – In latino vuol dire rovere, ma anche forza.

– Bravo, ma il tuo latino ormai non mi serve piú. Eppure non era giovane, aveva centodieci anni, mi ha detto con orgoglio la proprietaria: era stato piantato il giorno in cui sua madre era nata. Ho fatto il mio rapporto, e mi aspettavo dal boss un'altra risata da orco; invece lui mi ha detto che, se le cose stavano cosí, avrebbe dovuto riferire al consiglio di amministrazione. Lo ha fatto, e dopo quattro mesi è arrivata una commissione di esperti: un contabile fiduciario dell'impresa, un diplomato in scienze forestali, uno psicologo, e due esperti in fenomeni paranormali. È passato un altro mese in sopralluoghi e perizie, e intanto l'assedio delle miniere intorno alla signorina MacLeish si faceva sempre piú stretto; ma lei continuava a sostenere che le era moralmente impossibile abbandonare al suo destino l'anima di sua madre racchiusa nel rovere.

Ho letto il rapporto degli esperti: nessuno di loro aveva messo in discussione la legittimità delle obiezioni sollevate dalla signorina, e, quanto alla possibilità che l'anima stesse nell'albero, si limitavano a dire che non avevano argomenti né per provare il fatto né per confutarlo. Proponevano di estirpare il rovere con tutte le sue radici e di trapiantarlo in un luogo che fosse di gradimento della proprietaria. Dopo qualche esitazione, la signorina ha accettato, ma solo su garanzia scritta che l'albero non avrebbe sofferto, e contro stipulazione (a spese dell'impresa) di una polizza di assicurazione sulla sopravvivenza dell'albero stesso: era assistita da un bravo legale.

Il rovere era cosí grande, e con radici cosí poderose, che trenta sterratori hanno dovuto scavare per una settimana solo per metterle a nudo. Ero sul posto al momento in cui la gru è entrata in trazione, e ti assicuro... sí, insomma, quelle radici lottavano come cose vive: resistevano, gemevano, e poi, quando sono emerse dalla terra, sembravano mani a cui si strappi una cosa cara. È fortuna che l'impresa ha spalle solide e una vecchia esperienza in trasporti eccezionali: per sollevare l'albero e portarlo via si sono dovute costruire macchine apposite, bloccare la circolazione sulla strada principale, mobilitare la polizia, tagliare e poi riconnettere diverse linee elettriche. Adesso il rovere sta in cima a una collina: ai suoi piedi l'impresa ha dovuto costruire una casetta e una tettoia identiche a quelle che la signorina ha dovuto abbandonare.

– Ed è soddisfatta, la signorina?
– Si è comportata in modo corretto. Dopo qualche mese ci ha scritto una lettera liberatoria, in cui dichiara che il rovere ha attecchito bene, e che anzi produce piú ghiande di prima. Ha ceduto il terreno ad una quotazione decisamente modesta.

Breve sogno

Fino ad Alessandria lo scompartimento era rimasto vuoto, e Riccardo si preparò per la notte: dormire seduto in treno gli piaceva, e ci era abituato da molto tempo. Ma prima che spegnesse la luce centrale entrò una ragazza; teneva in mano sia il mantello, sia la borsa da viaggio: veniva dunque da un altro scompartimento. Evidentemente da quello contiguo, da cui si sentiva filtrare un confuso vociferare mascolino. Disse: – Buonasera – con una curiosa cantilena, sistemò le sue cose e sedette di fronte a lui.

A Riccardo la nuova situazione non spiacque. Gli accese immediatamente il ricordo di episodi ferroviari nei racconti di Tolstoj e di Maupassant, di almeno venti storielle ferroviarie grottesche o galanti, di una bella novella, essa pure ferroviaria, di Italo Calvino, e infine di una celebre teorizzazione di Sherlock Holmes a Watson, quella in cui Holmes dimostra come dall'esame di un paio di mani si possa agevolmente risalire al passato, presente, e magari anche futuro del loro titolare. Insieme, provava conflitto e disagio; un suo remoto (e negato) codice di comportamento gli prescriveva di non mandare vano quell'incontro, e invece aveva sonno. Rispose: – Buonasera – e si assorbí nel tentativo di ricavare informazioni dalle mani della ragazza.

Non ne cavò molto. Non erano né callose né troppo curate, né arrossate dai detersivi né nobilitate dai cosmetici. Erano piuttosto robuste e tozze, con lo smalto delle unghie di un colore smorto, un po' scrostato: forse la donna veniva di lontano, certo non era il tipo che dedica molto tempo alle cure personali. Aveva indosso una giacca a vento, e sotto un maglione nero a giro collo; i pantaloni erano di velluto bruno, abbastanza logori, con due rinforzi di cuoio all'interno delle cosce. Un luogo incongruo: a cosa avrebbero potuto servire? A cavalcare una scopa? Ma non aveva l'aria di una strega: sembrava un tipo piuttosto casalingo. Anche il resto della ragazza era robusto e tozzo: Riccardo calcolò che se si fossero alzati entrambi in piedi lei gli sarebbe arrivata a stento alla spalla. In effetti, lei poco dopo si levò in piedi, ma la verifica non fu possibile perché lui era rimasto seduto.

La ragazza dunque si alzò, frugò nella borsa che era sulla reticella, e ne cavò un libro, al che Riccardo si fece tutt'occhi come Argo. Non era un giallo né un romanzo di fantascienza né un Oscar Mondadori: era un vecchio volume dimesso, dalla copertina floscia ed appassita, su cui Riccardo lesse a poco a poco: «Catalogue of the Petrarch Collection, bequeathed by...» non riuscí a decifrare da chi la collezione era stata *bequeathed*, e quel *bequeathed* lo intrigava, ma il resto del titolo gli tolse ogni traccia di sonno. Aveva anche lui un libro nella valigia, ma non si prestava a ricambiare il messaggio, era un tascabile di sesso e orrore: meglio lasciarlo dov'era. Gli vennero in mente le bozze di stampa che doveva consegnare a Napoli, le cavò fuori e si mise a correggerle con ostentazione, quantunque fossero già corrette; ma presto smise di armeggiare perché la ragazza si era addormentata. A poco a poco, nel sonno, la sua stretta sul libro si indebolí; il volume si richiuse, le scivolò fra le ginocchia e finí sul pavimento. Riccardo non osò raccattarlo.

Dormiva tranquilla e composta, e Riccardo ne approfittò per un inventario piú esteso ed approfondito. Dalle scarpe, pesanti ed informi, sembrava proprio che la ragazza fosse inglese: americana no, aveva un'aria troppo domestica. Il viso però non concordava, non aveva nulla d'inglese: era rotondo ed olivastro, i capelli erano castani con una scriminatura, pulita, all'antica. Un viso dormiente, o comunque un viso che non parla, non esprime molto: può essere indifferentemente rozzo o delicato, intelligente o sciocco; lo puoi distinguere solo quando si anima nella parola. Visto cosí, si poteva solo dire che era giovanile ed arguto. Il naso era corto e volto all'in su, la bocca larga ma ben modellata, gli zigomi e gli occhi di un taglio vagamente orientale.

Poco dopo si addormentò anche Riccardo, e subito fu consapevole di essere un grande poeta, pio, colto ed inquieto; era reduce dall'incoronazione in Roma, dove aveva vinto il Premio Strega, ed era in viaggio verso la Valchiusa in un vagone speciale assurdamente suntuoso, dalla tappezzeria costellata d'api e di gigli di Francia. Il materasso su cui riposava, però, frusciava fastidiosamente, perché era pieno di foglie secche di lauro, e di fronde di lauro era piena anche la sua valigia. Ciononostante, la ragazza lí di fronte, che, pur non assomigliandole affatto, coincideva ampiamente con Laura, non si curava né dei suoi trionfi né di lui, anzi, pareva che neppure si accorgesse della sua presenza. Lui si sentiva in qualche modo obbligato a rivolgerle la parola, o almeno a tenderle la mano, ma era impedito da un singolare impaccio.

Era un impaccio materiale, quasi comico: insomma per dirla chiara si sentiva incollato a quel materasso, incollato tutto, dalla testa ai piedi, come una mosca sulla carta moschicida. Stando cosí le cose, neppure lo desiderava veramente, di parlarle. Di tutti i versi splendidi che a suo tempo aveva scritti per lei, non gliene veniva in mente neanche uno, e d'altronde non era neppure del tutto malcontento di essere incollato, perché quella ragazza era moglie di un cavaliere dal nome sinistro (questo nome tuttavia non riusciva a ricordarlo), famoso per la sua gelosia e la sua crudeltà.

C'erano poi altri motivi per sentirsi appiccicati alla cuccetta: in competizione con la giovane straniera esisteva intorno a lui un'altra giovane donna di identità ambigua; di natura, anzi, decisamente duplice, dal momento che viveva a Torino in via Gioberti nel 1966 e simultaneamente da qualche parte in Provenza nel 1366. Su incongruenze di questo genere lui avrebbe potuto benissimo passarci sopra, ma quella era un tipo che non ammetteva compromessi, e non avrebbe accettato concorrenti, neppure nel 1366. Che fare? Riccardo la ricacciò nel subcosciente: per il momento stava meglio lí.

Provava poi anche un disagio piú profondo e piú serio. Era lecito, era decente per un buon cristiano, inventarsi una donna distillandola dai propri sogni allo scopo di amarne l'immagine per tutta una vita, e adoperare questo amore allo scopo di diventare un poeta famoso, e diventare un poeta allo scopo di non morire del tutto, e insieme frequentare quell'altra di via Gioberti? Non era un'ipocrisia?

Già si sentiva pesare addosso la cappa degli ipocriti, dorata fuori, plumbea dentro, quando il treno rallentò e si arrestò in una stazione. Una voce femminile-meccanica, ma sicuramente toscana, annunciò nelle tenebre che quella era la Stazione di Pisa, Stazione di Pisa, e che per Firenze e Volterra si cambiava. Riccardo si svegliò; la ragazza (totalmente ridimensionata) anche: si stirò, sbadigliò con garbo, abbozzò un sorriso timido, e disse: – Pisa. Vituperio de le genti – Aveva proprio un forte accento inglese. Riccardo, ancora confuso dal sonno e dal sogno, boccheggiò per un istante, e poi replicò correttamente: – ... del bel paese là dove il sí suona, – ma non gli riuscí di rammentare il verso successivo.

Era rimasto sbalordito dalla ouverture della ragazza: tuttavia si ripromise di mostrarle la Capraia e la Gorgona, non appena il treno si fosse mosso, e se la luna fosse uscita di tra le nuvole. Ma la luna non uscí, e lui si dovette accontentare della spiegazione teorica: di come cioè le due innocue isolette, viste da Pisa in prospettiva, potessero in effetti fare venire in mente, ad un poeta un po' arrabbiato, l'immagine barocca e truce della diga sulla foce dell'Arno, cosí che a Pisa si annieghi ogni persona. Secondo ogni apparenza se ne accontentò anche la ragazza, che sembrava abbastanza al corrente della faccenda del conte Ugolino, ma cascava dal sonno. Sbadigliò ancora, guardò l'orologio (lo guardò anche Riccardo: era l'una e quaranta), chiese pro forma: – Si può distendere le membra? – e senza attendere la risposta si tolse le scarpe e si sdraiò sul sedile occupando tutti i tre posti. Non portava calze; i piedi erano solidi ma graziosi e freschi, quasi infantili.

Riccardo stentò a riprendere sonno. «... dove le belle membra pose colei che sola a me par donna»: nessun italiano dirà mai «membra», è una di quelle parole che si possono scrivere ma non pronunciare, per via di un nostro misterioso tabú nazionale. Ce ne sono tante: chi, parlando direbbe mai «poiché» o «alcuni» o «ascoltare»? Nessuno: lui, per esempio, si sarebbe fatto scuoiare prima, come del resto qualsiasi piemontese o lombardo si farebbe scuoiare vivo prima di usare un passato remoto. Su cinque parole che il lessico riporta, una almeno è ineffabile, come le brutte parole.

All'alba poco oltre Roma, la ragazza si svegliò, anzi, si ridestò. Riccardo le offerse una sigaretta, e lei accese per sé e per lui. Attaccare discorso non fu difficile: in pochi minuti Riccardo apprese l'essenziale. Che lei studiava letteratura moderna; che era in Italia per la prima volta, e con pochi quattrini, ma che una zia sposata ad un italiano l'aspettava a Salerno. La pronuncia italiana l'aveva studiata sui dischi, e tutto il resto sui trecentisti, in specie proprio sul *Canzoniere* del Petrarca, che era l'argomento della sua tesi.

Riccardo si accingeva a raccontare le tristezze e le lotte, le amarezze e le vittorie della sua vita, il suo scoramento ricorrente, e insieme la sua sicurezza profonda che sarebbe diventato un giorno uno scrittore celebre e stimato, e la noia sfibrante del suo lavoro quotidiano (ma non le avrebbe detto che lavorava in un'agenzia pubblicitaria: quello no), però la ragazza non lo lasciò neppure incominciare. Finita la sigaretta, tirò fuori un piccolo specchio, fece una smorfia disinvolta e divertita, disse: – Faccio proprio paura! – ed uscí dallo scompartimento: annunciò che andava a pettinarsi e a lavarsi le sembianze.

Riccardo, rimasto solo, incominciò a far calcoli. Poteva proseguire anche lui fino a Salerno: avrebbe potuto farle da guida, i luoghi li conosceva bene, quattrini ne aveva; ma c'erano le bozze da consegnare a Napoli e il bozzetto che il cliente doveva approvare. Oppure poteva proporre alla ragazza di scendere a Napoli anche lei: a Napoli il fattore campo sarebbe stato favorevole a lui, del Petrarca non si ricordava piú molto (lo rimpianse sinceramente, per la prima volta in vita sua: e poi dicono che la cultura classica non serve!), ma insomma sperava che sarebbe riuscito ad essere piú divertente della zia di Salerno. Oppure lasciarla andare a Salerno, e proporle un appuntamento a Napoli per il giorno dopo: sarebbe ritornato a Torino con un giorno (o magari due: perché no?) di ritardo, ma un pretesto l'avrebbe trovato. Uno sciopero: scioperi ce n'è sempre.

Ma frattanto la ragazza era rientrata nello scompartimento, e subito dopo il treno cominciò a frenare. Riccardo non era un uomo dalle decisioni rapide e facili: si alzò e tolse la valigia dalla reticella, l'aprí e ne ricompose il contenuto, ma intanto, consapevole dello sguardo curioso della ragazza, andava almanaccando febbrilmente una formula di commiato che non lo impegnasse troppo, e insieme non apparisse definitiva.

Quando il treno fu fermo nella stazione di Napoli, si voltò, e si trovò davanti lo sguardo della ragazza. Era uno sguardo fermo e gentile, ma con una connotazione d'attesa: sembrava che lei gli leggesse dentro in chiaro, come in un libro. Riccardo le chiese: – Perché non scende a Napoli con me? – La ragazza fece di no con il capo. Lo guardava fisso, sorrideva, ed anche lei aveva l'aria di almanaccare, di andare inseguendo una risposta che non si lasciava acchiappare. Si rosicchiava un dito, in atteggiamento infantile; poi, agitandolo solennemente, scandí: – Quanto piacce al mondo è breve sogh-no. – Si pronuncia «sogno», – disse Riccardo, e si avviò nel corridoio per discendere dal vagone.

L'ultimo Natale di guerra

Cena in piedi

Innaminka si trovò a disagio subito, non appena ebbe varcato la porta d'ingresso, e subito si pentí di avere accettato l'invito. C'era una specie di maggiordomo, con una fascia verde intorno alla pancia, che toglieva il mantello a tutti, e lui, che il mantello ce l'aveva incorporato, al pensiero che glielo cavassero si sentiva venire i brividi e la vertigine. Ma c'era di piú: alle spalle del maggiordomo saliva una gran scala a spirale, di bel legno nero e lustro, larga e maestosa ma scomoda. Scomoda per lui, beninteso: gli altri invitati la superavano con estrema disinvoltura, mentre lui non osava neppure provare, e girellava su se stesso imbarazzato in attesa che nessuno lo guardasse. Su terreno pianeggiante lui era bravo, ma la lunghezza stessa delle sue zampe posteriori gli era d'ostacolo: a occhio e croce, i suoi piedi erano lunghi il doppio di quanto gli scalini fossero profondi. Aspettò ancora, annusando le pareti e cercando di darsi un'aria indifferente, e quando tutti gli altri furono saliti si arrabattò per salire anche lui.

Provò in diverse maniere, aggrappandosi al mancorrente con le zampe anteriori, o invece curvandosi e cercando di salire carponi, o anche aiutandosi con la coda, ma anzi, era proprio la coda quella che ingombrava di piú. Finí col salire goffamente di lato, posando i piedi per il lungo sugli scalini, con la coda ripiegata ignobilmente lungo la schiena. Ci mise dieci minuti buoni.

Al piano di sopra c'era una sala lunga e stretta, con un

tavolo per traverso; alle pareti c'erano quadri, di cui alcuni rappresentavano forme umane o animali, altri non rappresentavano nulla. Lungo le pareti, o sparse sul pavimento, c'erano figure di bronzo o di marmo che Innaminka trovò gradevoli e vagamente familiari. La sala era già affollata, eppure altra gente continuava ad arrivare: gli uomini erano in abito da sera, le donne vestite con lunghi abiti neri, tutte ingioiellate, e con le palpebre dipinte di verde o di blu. Innaminka esitò per un minuto, e poi, strisciando lungo la parete ed evitando di fare movimenti bruschi, andò a rifugiarsi in un angolo. I convitati lo guardavano con moderata curiosità. Colse al volo qualche commento svagato: «È grazioso, vero?»; «... no, non ce l'ha, cara: non vedi che è un maschio?»; «Hanno detto alla televisione che sono quasi scomparsi. ... No, non per la pelliccia, che del resto vale poco: è perché distruggono i raccolti».

Dopo un po', la giovane padrona di casa si distaccò da un gruppo e venne verso di lui. Era molto magra, con grandi occhi grigi lontani fra loro, ed un'espressione fra seccata e stupita, come se qualcuno l'avesse bruscamente svegliata in quel momento. Gli disse che aveva molto sentito parlare di lui, e questo ad Innaminka parve poco credibile: forse era come un modo per salutare, e lei lo diceva a tutti quelli che entravano. Gli chiese se gradiva qualcosa, da mangiare o da bere: non sembrava molto intelligente, ma probabilmente era di animo gentile, ed appunto, piú per gentilezza che per intelligenza, si rese conto che Innaminka la capiva abbastanza bene ma non poteva risponderle, e se ne andò.

In realtà, Innaminka aveva fame e sete: non in misura insopportabile, ma quanto bastava per metterlo a disagio; ora quella cena era una di quelle malinconiche cene in piedi, in cui bisogna scegliere da lontano, fra teste e spalle, che cosa si desidera, trovare i piatti, trovare le posate e i tovaglioli di carta, mettersi in coda, arrivare al tavolo, servirsi, e poi allontanarsi a marcia indietro procurando di non sbrodolare né se stessi, né gli altri. A parte tutto, non si vedeva sul tavolo né erba né fieno: c'era un'insalata abbastanza appetitosa, e dei piselli mescolati con una salsetta bruna, ma mentre Innaminka esitava se mettersi o no in coda, l'una e gli altri andarono alla fine. Innaminka rinunciò: volse le spalle al tavolo, ed avanzando con cautela in mezzo alla ressa cercò di ritornare al suo angolo. Pensava con nostalgia affettuosa a sua moglie, ed al suo ultimo nato, che ormai si era fatto grandicello, saltava bene e usciva da solo al pascolo, però ogni tanto pretendeva ancora di ritornare nel marsupio della mamma; insomma, era un po' viziato, e gli piaceva passare la notte in quel buio tiepido.

Nella sua faticosa ritirata incrociò diversi camerieri che reggevano vassoi, e offrivano bicchieri di vino e d'aranciata e tartine dall'aspetto invitante. A prendere un bicchiere in mezzo alla calca, mentre tutti lo urtavano, non ci pensò nemmeno: si fece coraggio, afferrò una tartina e la portò alla bocca, ma gli si disfece subito fra le dita, cosicché dovette leccarsele una per una e poi leccarsi a lungo le labbra e i baffi: si guardò intorno con sospetto, ma no, nessuno badava a lui. Si accucciò nel suo angolo, e tanto per passare il tempo si mise a considerare con attenzione i singoli convitati, cercando di immaginarsi come si sarebbero comportati, uomini e donne, se un cane li avesse inseguiti: non c'era da sbagliarsi, le signore con quelle gonne cosí lunghe e larghe, non si sarebbero neppure staccate da terra; ed anche il piú svelto fra gli uomini, anche con una buona rincorsa, non avrebbe saltato neanche un terzo della distanza che lui poteva saltare da fermo. Ma non si può mai dire: magari loro erano bravi in altre cose.

Aveva caldo e sete, e ad un certo momento si accorse con spavento che gli stava crescendo dentro un bisogno sempre piú acuto. Pensò che doveva pure capitare anche agli altri, e per qualche minuto si guardò intorno per vedere come procedevano, ma pareva che nessuno avesse il suo problema. Allora si avvicinò piano piano a un grosso vaso da cui cresceva un ficus, e fingendo di annusare le foglie ci si mise sopra quasi a cavallo e si liberò. Le foglie erano fresche e lucide ed avevano buon odore: Innaminka ne mangiò due e le trovò gradevoli, ma dovette smettere perché si accorse che una signora lo guardava fisso.

Lo guardava fisso e gli si avvicinò, e Innaminka vide subito che era troppo tardi per fare finta di niente ed allontanarsi. Era giovane, aveva le spalle larghe, le ossa massicce, le mani forti, il viso pallido, gli occhi chiari; ad Innaminka naturalmente interessavano soprattutto i piedi ma la gonna di quella signora era cosí lunga, e le scarpe cosí complicate, che lui non riuscí neppure ad avere un'idea della loro forma e della loro lunghezza. Per un istante temette che la signora si fosse accorta della faccenda del ficus e venisse a rimproverarlo o a punirlo, ma presto vide che non era cosí. Si sedette su una poltroncina accanto a lui e prese a parlargli con dolcezza: Innaminka non capiva quasi niente, ma si sentí subito piú tranquillo, abbassò le orecchie e prese una posizione piú comoda. La signora si avvicinò ancora di piú e cominciò ad accarezzarlo, prima sul collo e sulla schiena, e poi, vedendo che lui socchiudeva gli occhi, sotto il mento e sul petto, fra le zampe anteriori, dove c'è quel triangolo di pelliccia bianca di cui i canguri vanno molto fieri.

La signora parlava e parlava, in tono sommesso, come se avesse avuto paura che gli altri sentissero. Innaminka capí che era infelice, che qualcuno si era comportato male con lei, che questo qualcuno era o era stato il suo uomo, che il fatto era accaduto poco tempo prima, forse in quella sera stessa: ma niente di piú preciso. Ugualmente, poiché anche lui si sentiva infelice, provò simpatia per quella signora, e per la prima volta in quella sera smise di sperare che il ricevimento finisse presto; sperava invece che la signora continuasse ad accarezzarlo, ed in specie che le sue mani scendessero piú in basso, e scorressero leggere e sapienti lungo i poderosi muscoli della sua coda e dei suoi femori, di cui andava ancora piú fiero che del suo triangolo bianco.

Questo invece non avvenne. La signora continuò ad accarezzarlo, ma sempre piú distrattamente, senza fare attenzione ai suoi brividi di piacere, e proseguendo intanto a lamentarsi di certi suoi fastidi di essere umano che ad Innaminka sembravano ridursi poi a poca cosa, a un uomo invece di un altro uomo che lei avrebbe preferito. Innaminka pensava che, se le cose stavano cosí, la signora avrebbe fatto meglio a carezzare questo secondo uomo invece che lui; e che forse era proprio quello che lei stava facendo; e che anche lei gli stava diventando noiosa dato che da un quarto d'ora almeno ripeteva le stesse carezze e le stesse parole; insomma era chiaro che pensava a sé e non a lui.

Ad un tratto, dalla folla accaldata scaturí un uomo, acchiappò un polso della donna, la strappò in piedi e le disse qualcosa di molto sgradevole e brutale. Poi la trascinò via, e lei lo seguí senza neppure rivolgere ad Innaminka uno sguardo di saluto.

Innaminka ne aveva proprio abbastanza. Dal suo osservatorio si rizzò piú alto che potè, rettificando la schiena e sollevandosi come su un treppiede sulle zampe posteriori e sulla coda, per vedere se qualcuno incominciava ad andarsene: non voleva farsi notare andandosene lui per primo. Ma non appena scorse una coppia, elegante ed attempata, fare il giro dei saluti ed avviarsi verso il guardaroba, Innaminka si mise in movimento.

I primi metri li percorse sgusciando fra le gambe dei convitati, al di sotto della quota dei seni e dei ventri; stava tutto basso, appoggiandosi alternativamente sulle zampe posteriori, e su quelle anteriori aiutate dalla coda. Ma quando fu presso il tavolo, che ormai era vuoto e sgombro, si accorse che erano vuote anche le due porzioni di pavimento che stavano al di qua e al di là del tavolo stesso, ed allora saltò il tavolo netto, senza sforzo sentendo che i polmoni gli si riempivano d'aria e di gioia. Con un secondo balzo fu a capo dello scalone: aveva fretta, prese male le misure, atterrò tutto sbilanciato sugli scalini piú alti, e non gli rimase che scendere cosí come un sacco, mezzo strisciando e mezzo rotolando. Però si rimise prontamente in piedi non appena toccò il suolo del pianterreno: sotto gli occhi inespressivi del portiere aspirò con voluttà l'aria umida e fuligginosa della notte e subito si avviò per via Borgospesso, senza piú affrettarsi, a lunghi balzi elastici e felici.

L'intervista

Era ancora buio fitto e piovigginava. Elio rientrava dal turno di notte, ed era stanco e assonnato; scese dal tram e si avviò verso casa, prima per una via dal fondo dissestato, poi per un viottolo privo d'illuminazione. Nell'oscurità udí una voce che gli chiese: – Permette un'intervista?

Era una voce leggermente metallica, priva d'inflessioni dialettali; stranamente, gli parve che provenisse dal basso, presso i suoi piedi. Si fermò, un po' sorpreso, e rispose di sí, ma che aveva fretta di rientrare.

– Ho fretta anch'io, non si preoccupi, – rispose la voce. – In due minuti abbiamo finito. Mi dica: quanti sono gli abitanti della Terra?

– Su per giú quattro miliardi. Ma perché lo chiede proprio a me?

– Per puro caso, mi creda. Non ho avuto il modo di fare scelte. Senta, per favore: come digerite?

Elio era seccato. – Cosa vuol dire, come digerite? C'è chi digerisce bene e chi male. Ma chi è lei? Non vorrà mica vendermi delle medicine a quest'ora, e qui al buio in mezzo alla strada?

– No, è solo per una statistica, – disse la voce, impassibile. – Vengo da una stella qui vicino, dobbiamo compilare un annuario sui pianeti abitati della Galassia, e ci occorrono alcuni dati comparativi.

– E... come mai lei parla cosí bene l'italiano?

– Parlo anche diverse altre lingue. Sa, le trasmissioni delle vostre Tv non si fermano alla ionosfera, ma proseguono nello spazio. Ci mettono undici anni abbondanti, ma arrivano fino a noi abbastanza distinte. Io, per esempio, ho imparato cosí la vostra lingua. Trovo interessanti i vostri sketch pubblicitari: sono molto istruttivi, e credo di essermi reso conto di come mangiate e di quello che mangiate, ma nessuno di noi ha idea di come digerite. Perciò la prego di rispondere alla mia domanda.

– Be', sa, io ho sempre digerito bene e non saprei darle molti dettagli. Abbiamo un... un sacco che si chiama stomaco, con degli acidi dentro, e poi un tubo; si mangia, passano due o tre ore, e il mangiare si scioglie, insomma diventa carne e sangue.

– ... carne e sangue, – ripeté la voce, come se prendesse appunti. Elio notò che quella voce era proprio come quelle che si sentono in Tv: chiara ma insipida e snervata.

– Perché passate tanto tempo a lavarvi e a lavare gli oggetti intorno a voi?

Elio, con un certo imbarazzo, spiegò che non ci si lava che per qualche minuto al giorno, che ci si lava per non essere sporchi, e che se si sta sporchi c'è il rischio di prendere qualche malattia.

– Già, era una delle nostre ipotesi. Vi lavate per non morire. Come morite? A quanti anni? Muoiono tutti?

Anche qui la risposta di Elio fu un po' confusa. Disse che non c'erano regole, si moriva sia giovani sia vecchi, pochi arrivavano ai cento anni.

– Capito. Vivono a lungo quelli che usano lenzuola bianche e dànno la cera ai pavimenti –. Elio cercò di rettificare, ma l'intervistatore aveva fretta, e continuò: – Come vi riproducete?

Sempre piú imbarazzato, Elio si invischiò in una imbrogliata esposizione sull'uomo e sulla donna, sui cromosomi (su cui appunto era stato informato pochi giorni prima dalla Tv), sull'eredità, sulla gravidanza e sul parto, ma lo straniero lo interruppe: voleva sapere a quanti anni incomincia a svilupparsi il vestito. Mentre Elio, ormai spazientito, gli stava spiegando che il vestito non cresce addosso, ma si compera, si accorse che stava spuntando l'alba, e nella luce incerta vide che la voce proveniva da una specie di pozzanghera ai suoi piedi; o meglio, non proprio una pozzanghera, ma come una grossa chiazza di marmellata bruna.

Anche lo straniero si doveva esser accorto che era passato parecchio tempo. La voce disse: – Mille grazie, scusi per il disturbo –. Subito dopo la chiazza si contrasse e si allungò verso l'alto, come se tentasse di staccarsi dal suolo. Parve a Elio che non ci riuscisse, e si udí ancora la voce che diceva: – Per favore, lei che è cosí gentile, potrebbe accendere un cerino? Se non ho un po' di aria ionizzata intorno delle volte non mi riesce di decollare.

Elio accese un cerino, e la chiazza, come se succhiata da un'aspirapolvere, salí e si perse nel cielo fumoso del mattino.

22 maggio 1977.

Erano fatti per stare insieme

Era la prima volta che Plato riusciva a combinare un vero appuntamento con una ragazza. Plato abitava con i suoi in un villino unifamiliare, grazioso ma piuttosto piccolo: tutto era molto semplice, tanto che la porta d'ingresso si riduceva a un sottile rettangolo bruno girevole intorno a un punto. La ragazza si chiamava Surfa e abitava poco lontano: vogliamo dire, poco lontano in linea d'aria, perché fra le due abitazioni scorreva un ruscello, e Plato non poteva compiere il percorso se non risalendolo e aggirando la sorgente, che però era lontana una trentina di chilometri, oppure a guado o a nuoto (per lui non faceva gran differenza).

Ponti non ce n'erano, perché in quel paese non c'era né sopra né sotto, e quindi un ponte non poteva esistere, e neppure essere immaginato; per lo stesso motivo non era immaginabile attraversare il ruscello scavalcandolo o saltandolo, benché esso non fosse molto largo. Insomma, per i nostri criteri usuali era un paese scomodo: non c'era modo di varcare il ruscello se non bagnandosi, cosí Plato passò a nuoto, e poi si asciugò rigirandosi al sole, che percorreva lentamente l'orizzonte.

Poiché intendeva arrivare prima di notte, riprese ad andare di buona lena, senza lasciarsi distrarre dal paesaggio, che in realtà non offriva molto: una linea circolare attorno a lui, interrotta qua e là dai segmenti verdi degli alberi, dietro ai quali appariva e spariva il segmento intensamente luminoso del sole.

Dopo un'ora di cammino Plato incominciò a distinguere, a sinistra del sole, il trattino verde-azzurro della casa di Surfa: la raggiunse in breve, e si rallegrò scorgendo la ragazza che gli stava venendo incontro, esile lineetta che però si andava allungando a mano a mano che la distanza diminuiva; presto distinse i tratti rossi e gialli della sua gonna preferita, e poco dopo i due si tesero la mano. Non se la strinsero: si accontentarono di incastrare una mano nell'altra divaricando le dita, ma provarono entrambi un lieve brivido di piacere.

Conversarono a lungo, guardandosi negli occhi, quantunque ciò li costringesse a una posizione leggermente forzata; passavano le ore e il loro desiderio cresceva. Il sole si andava spegnendo: Surfa trovò modo di far sapere a Plato che in casa non c'era nessuno, e nessuno sarebbe rientrato fino a tarda notte.

Timido e irresoluto, Plato entrò in quella dolce casa che ancora non conosceva, pur avendola infinite volte visitata nei sogni. Non accesero il lume: si ritirarono nell'angolo piú riposto, e mentre ancora parlavano Plato sentiva ridisegnarsi deliziosamente il suo profilo, tanto che un lato di esso venne a riprodurre in negativo, con precisione, il lato corrispondente della ragazza: erano fatti l'uno per l'altra.

Si unirono infine, nell'oscurità e nel solenne silenzio della pianura, e furono una sola figura, delimitata da un unico contorno; e in quel magico istante, ma solo in un lampo subito svanito, balenò in entrambi l'intuizione di un mondo diverso, infinitamente piú ricco e complesso, in cui la prigione dell'orizzonte era spezzata, vanificata da un cielo fulgido e concavo, e in cui i loro corpi, ombre senza spessore, fiorivano invece nuovi, solidi e pieni. Ma la visione superava il loro intendimento, e non durò che un attimo. Si separarono, si salutarono, e Plato riprese tristemente la strada di casa, strisciando lungo la pianura ormai buia.

27 novembre 1977.

In una notte

Faceva molto freddo e l'aria era immobile. Il sole era tramontato da pochi minuti, affondando obliquamente dietro un orizzonte che la limpidezza dell'atmosfera faceva apparire vicino, e si era lasciata dietro una scia luminosa giallo-verde che si estendeva fino quasi allo Zenit: a oriente, invece, il cielo era opaco, violaceo, offuscato da grossi cumuli plumbei che sembravano gravare sul terreno gelato come palloni mal gonfi. L'aria era asciutta o odorava di ghiaccio.

Per tutto l'altipiano non si vedevano tracce umane ad eccezione dei binari, che si estendevano rettilinei a perdita d'occhio, e sembravano convergere nel punto in cui il sole era appena sparito; dalla parte opposta si perdevano nelle ultime propaggini del bosco. Il terreno era lievemente ondulato, e cosparso di quercioli e faggi che il vento dominante aveva inclinati verso sud piegandone alcuni fino al suolo, ma quel giorno era piena bonaccia. Dal suolo affioravano rocce calcaree lavorate dalla pioggia ed incrostate di conchiglie fossili: ruvide e bianche, apparivano come ossa di animali sepolti. Dalle fenditure sporgevano stecchi carbonizzati da un incendio recente: erba non c'era, solo macchie gialle e rossicce di licheni aderenti alla pietra.

Si percepí lo strepito prima che il treno fosse visibile: nel silenzio della pianura, il suono si trasmetteva attraverso la roccia e il ghiaccio come un tuono sotterraneo. Il treno era veloce, ed in breve si distinse che era composto di tre soli vagoni merci oltre alla motrice. Quando fu piú vicino si udí il ronzio acuto dei motori diesel imballati, insieme col fischio dell'aria lacerata dall'impeto della corsa. Il treno oltrepassò in un lampo il punto di osservazione per il che il ronzio ed il fischio si abbassarono di un tono, e si avventò fra le betulle ed i faggi radi ai margini del bosco. Qui i binari erano coperti da un alto strato di foglie secche fragili e brune: l'onda d'aria smossa le investí prima che il treno le toccasse, e le sollevò in una nuvola disordinata piú alta degli alberi piú alti, agitata da vortici come uno sciame d'api, che accompagnava il treno nella sua corsa e lo rendeva visibile di lontano. Le foglie erano leggere ma la loro massa era grande: a dispetto del suo impeto, il treno fu costretto a rallentare.

Davanti alla motrice si andò accumulando un mucchio informe di foglie, che la motrice stessa fendeva in due come una prua; una parte di queste finiva stritolata fra le rotaie e le ruote accrescendo lo sforzo della motrice, la cui velocità diminuí ancora. Simultaneamente, l'attrito fra il convoglio e le foglie, sia quelle accumulate, sia quelle che volteggiavano attorno, provocò un'elettrizzazione dell'aria, del treno e delle foglie stesse. Dal treno al suolo scoccavano lunghe scintille viola, tracciando sullo sfondo scuro della foresta un groviglio mutevole di spezzate luminose. L'aria si caricò di ozono e di odore acre di carta bruciata.

L'ammasso di foglie davanti alla motrice si fece sempre piú voluminoso e l'aderenza delle ruote sui binari sempre piú debole, finché il treno si fermò, ma i motori continuarono a marciare al massimo regime. Le ruote motrici girando a vuoto, si arroventarono, e si fece vagamente luminoso anche il tratto di binario che stava sotto ciascuna; da questi punti incandescenti presero origine onde di fuoco che si allargarono a cerchio a spese delle foglie giacenti, ma si spensero entro pochi metri. Si udí uno scatto, i motori si fermarono, e tutto fu silenzio di nuovo. Al finestrino della motrice apparve il viso del macchinista largo e pallido: era immobile e guardava fisso nel vuoto.

Tutte le foglie erano ricadute. Per molto tempo non avvenne niente, ma si sentiva il leggero scricchiolio delle foglie accumulate davanti alla motrice, che si assestavano riacquistando la loro forma di riposo: in effetti, il mucchio aumentava lentamente di volume, come una pasta che lieviti.

Incuriosite dal treno, alcune cornacchie si erano posate, e beccavano dispettosamente i sassi e le foglie gracchiando in sordina. Poco prima di notte tacquero, poi tutte insieme presero il volo; qualcosa doveva averle spaventate. Infatti, di fra gli alberi proveniva un fruscio ritmico, sommesso ma ampio: dal bosco stava uscendo una piccola gente guardinga. Erano uomini e donne di bassa statura, esili, vestiti di scuro; avevano ai piedi grossolani stivali di feltro. Si avvicinarono al treno esitando e consultandosi fra loro a bassa voce. Non sembrava che avessero un capo: tuttavia, presto sui dubbi prevalse la determinazione. Tutti si strinsero contro i vagoni, ed al fruscio dei loro pesi fece seguito uno stormire metallico simile a quello dei formicai disturbati. I piccolini si affaccendavano intorno al treno; dovevano avere diversi strumenti nascosti sotto le loro giacche imbottite, perché il mormorio indistinto era punteggiato da schianti secchi e da stridori di sega.

Verso l'alba, le lamiere ed il legname di cui i vagoni erano costruiti erano stati smontati pezzo a pezzo ed accatastati lungo i binari, ma alcuni, evidentemente non soddisfatti, vi si accanivano in piccoli gruppi, con seghetti, cesoie e martelli: smontavano, spezzettavano e sfasciavano come se ogni ordine ed ogni struttura contrastasse un loro modello. Una catasta di frammenti di legno era stata accesa, ed i demolitori vi si accostavano a turno per scaldarsi le mani. Intanto altri si davano fatica intorno ai travi ed ai profilati dell'intelaiatura; uno solo non ne sarebbe venuto a capo in un anno, ma erano molti e risoluti, ed il loro numero andava aumentando di ora in ora. Lavoravano intenti e silenziosi, e l'opera progrediva rapida: quando qualcuno mostrava di non riuscire a distruggere un pezzo, un altro piú abile o forte lo spingeva da parte e lo sostituiva. Spesso due si disputavano, tirando dalle due opposte estremità. Demoliti i telai, si affaccendarono intorno ai carrelli, agli alberi ed ai dischi delle ruote; era stupefacente come riuscissero, con strumenti cosí primitivi, a procedere nel lavoro: non abbandonavano un pezzo finché non fosse stato piegato, frantumato, segato in due segmenti disuguali, scheggiato, o comunque reso inutilizzabile.

Demolire la motrice apparve piú difficile. Ci lavorarono attorno per molte ore, avvicendandosi senza regola apparente. Molti, forse per riposarsi, si erano stipati dentro la cabina di comando, dove ristagnava ancora un po' di calore proveniente dai motori, ma altri li trascinarono fuori a proseguire nel lavoro. In breve si formò una catena, che iniziava dentro la motrice ed accanto ai mucchi di frammenti già asportati, e terminava nel bosco: i segmenti irriconoscibili della carrozzeria, dell'intelaiatura, dei motori e dell'impianto elettrico vennero passati di mano in mano nella luce incerta dell'alba; cosí pure il corpo inerte del macchinista. Smontata e frantumata la motrice, con tutti i suoi delicati congegni, i piccolini attaccarono le rotaie, e ne demolirono un centinaio di metri nelle due direzioni, mentre altri estraevano a gran fatica le traversine dal suolo gelato e le spaccavano con le scuri.

Quando sorse il sole, del treno non rimaneva piú nulla, ma la folla non si disperse: i piú vigorosi, con quelle medesime scuri attaccarono alla base le betulle piú vicine, le abbatterono e le spogliarono dei rami; altri, a coppie o in gruppi contrapposti, si scagliarono gli uni contro gli altri con fendenti deliberati. Ne furono visti alcuni ferire ciecamente se stessi.

Anagrafe

Gli ascensori erano quattro, ma uno era fuori esercizio, come al solito. Non era sempre lo stesso, ed anche il cartello appeso alla maniglia non era sempre lo stesso: quello, ad esempio, diceva «fuori esercizio», altri dicevano «non funziona», o «guasto», o «non toccare», o addirittura «torno subito». Forse era il portiere, o l'addetto alla manutenzione, che li alternava secondo un suo capriccio vagamente ironico. Davanti alle altre tre porte c'era la coda, e anche questo avveniva tutti i giorni, all'ora dell'entrata e dell'uscita. Se il suo ufficio non fosse stato al nono piano, Arrigo sarebbe salito a piedi; qualche volta lo faceva, anche per tenersi in esercizio, ma quel mattino si sentiva un po' stanco.

La cabina finalmente arrivò, ed era già piena di impiegati che venivano dal 1° e dal 2° interrato. Arrigo si fece largo con energia, ma senza gesti sgarbati, e la cabina ripartí; si fermava a tutti i piani con uno scossone, e gente entrava e usciva, salutandosi distrattamente. Al 9° piano Arrigo uscí e bollò la cartolina: da due anni c'era un orologio di controllo a ogni piano, e questa era stata una innovazione sensata; prima ce n'era uno solo al pianterreno, il che provocava un ingorgo spaventoso, anche perché c'era poca disciplina e molti cercavano di sorpassare. Nel suo ufficio quasi tutte le scrivanie erano già occupate. Arrigo sedette al suo posto, cavò dal primo cassetto la foto a colori della moglie con la bambina, e dal secondo la cancelleria e le schede avanzate dal giorno precedente.

Questo era effetto di una fissazione del capo ufficio: a fine giornata tutte le scrivanie dovevano essere sgombre. Chissà poi perché; non certo per la pulizia, perché quella si faceva due o tre volte all'anno: se non vuoi la polvere sul tuo piano di lavoro te la devi togliere da te.

Il lavoro di Arrigo era di natura amministrativa. Ogni giorno, dal piano di sopra, gli arrivava un pacchetto di schede; ogni scheda era intestata a un essere umano e portava la data della sua morte; ad Arrigo spettava solo precisarne il modo. Spesso Arrigo si prendeva delle arrabbiature per vari motivi. La scadenza non era sempre la stessa: era prevista a distanza di anni, o di mesi, o di giorni, senza alcuna regola apparente, e questo gli sembrava un'ingiustizia. Neppure gli sembrava ragionevole che non ci fossero regole per l'età: c'erano giorni in cui gli consegnavano centinaia di schede di neonati. Poi il capo ufficio protestava se Arrigo si limitava a formulazioni generiche: doveva essere un sadico o un patito della cronaca nera. Non gli bastava che Arrigo scrivesse «incidente», voleva tutti i particolari e non era mai soddisfatto. Pretendeva anche che ci fosse sempre una correlazione fra i dati delle schede e le modalità, e questo molte volte metteva Arrigo in imbarazzo.

La prima scheda di quel giorno non gli diede problemi. Portava il nome di Yen Ch'ing-Hsu, di 58 anni, celibe, nato a Han Tou ed ivi residente, lavoratore portuale, nessuna malattia notevole. Arrigo non aveva idea di dove fosse Han Tou: se ogni volta si dovesse andare a vedere sull'atlante si starebbe freschi. Yen aveva ancora trentasei giorni di vita, ed Arrigo se lo raffigurò sullo sfondo di un tramonto esotico, seduto su un rotolo di gomene di fronte a un mare torbido color buccia di banana, sfinito dal suo lavoro quotidiano, solo e triste. Un uomo cosí non teme la morte e neppure la cerca, ma un'imprudenza la può commettere. Arrigo ci pensò sopra qualche istante e poi lo fece cadere da una impalcatura: cosí non avrebbe sofferto tanto.

Neppure Pedro Gonzáles de Eslava lo mise in imbarazzo. Nonostante il nome sonante doveva essere un povero diavolo, beveva, era stato coinvolto in diverse risse fra immigrati clandestini, aveva 46 anni e aveva lavorato in mezza dozzina di fattorie del Profondo Sud. Aveva cinque mesi di vita, e lasciava quattro figli, che però stavano con la moglie e non con lui: la moglie era portoricana come Pedro, era giovane e lavorava anche lei. Arrigo consultò l'Enciclopedia Medica e se la cavò con una epatite.

Stava studiando la terza scheda quando Fernanda lo chiamò al telefono. Aveva visto sul giornale che a un certo Cineclub davano *Metropolis*; perché non andarlo a vedere stasera? Arrigo non amava essere interrotto sul lavoro e si tenne sul vago. La terza scheda era addirittura ovvia, uno che corre in motocicletta tutti sanno come va a finire. Nessuno lo obbligava, non aveva che da scegliersi un altro mestiere: in casi come questi non c'è da avere scrupoli. Però si ritenne obbligato a precisare la dinamica dell'incidente mortale e il curriculum ospedaliero.

Pierre-Jean La Motte non gli riuscí simpatico. Era nato a Lione, ma a 32 anni era già ordinario di Scienze Politiche all'Università di Rio: un raccomandato, evidentemente. Aveva solo venti giorni di vita, benché stesse benissimo e giocasse a tennis tutte le mattine. Arrigo stava scervellandosi per trovargli una morte sensata quando venne Lorusso ad invitarlo a prendere un caffè. Arrigo scese con lui al quarto piano dove erano le macchine automatiche. Lorusso era noioso, aveva un figlio che non riusciva bene in matematica, ed Arrigo pensava che con un padre come quello sarebbe stato strano che il ragazzo fosse un'aquila. Poi Lorusso cominciò a lamentarsi della moglie che spendeva troppo e del riscaldamento che non funzionava.

Anche la macchina del caffè non funzionava bene. Lorusso la prese a pacche e finalmente vennero fuori due tazzine di caffè, pallido e insipido ma bollente. Mentre Arrigo si sforzava di trangugiarlo scottandosi la gola, Lorusso continuava a parlare dello stipendio che arrivava sempre in ritardo e delle ritenute che erano eccessive. Arrigo ritornò infine alla sua scrivania e schiacciò Pierre-Jean come un verme: emorragia cerebrale, cosí impara.

Verso le dieci Arrigo aveva finito con gli arretrati, ma l'usciere gli aveva già messo sulla scrivania il pacco delle schede del giorno. La prima era tutta cincischiata, forse dalla macchina datatrice: si capiva solo che riguardava una persona di sesso femminile e di nome Adelia. Arrigo la mise da parte, tanto meglio per Adelia, guadagnare tempo conviene sempre. Comunque si riservava di scrivere una comunicazione di servizio: capita sempre piú spesso che la prima scheda di ogni pacco sia danneggiata, il fatto è increscioso, si prega il servizio manutenzione di provvedere, distinti saluti. Si soffermò invece sulla scheda seguente. Karen Kvarna, di otto anni, nata a Slidre, un paesino di montagna, nel cuore della Norvegia. Karen, figlia unica, malattie n.n., scolara, doveva morire il giorno seguente, ed Arrigo si piantò. Se la immaginò bionda come la canapa, gentile, allegra, serena, sullo sfondo di solenni montagne incontaminate: se doveva morire, allora senza di lui, lui non ci avrebbe messo mano. Prese la scheda e bussò alla porta del capo ufficio: sentí brontolare «avanti», entrò e disse che era un'indecenza. Che il lavoro era organizzato malissimo, che l'acquisto del randomizzatore era stata un'idea idiota, che le schede erano piene di errori, per esempio proprio questa. Che erano tutti pecoroni e carrieristi e nessuno osava protestare e nessuno prendeva il lavoro sul serio. Che lui ne aveva abbastanza, che dell'avanzamento se ne infischiava e che chiedeva il trasferimento.

Si vede che il capo ufficio una scenata da parte di Arrigo se l'aspettava da un pezzo, perché non diede segno di meraviglia e neppure di indignazione. Forse era addirittura contento di togliersi di torno un programmatore dal carattere cosí instabile. Disse ad Arrigo di ripassare da lui il giorno dopo: il giorno dopo gli consegnò l'ordinanza di trasferimento e gli fece firmare due o tre documenti giustificativi. Cosí Arrigo si trovò retrocesso dal grado 7 al 6, e trasferito ad un ufficetto nell'attico del palazzo dove si stabiliva la ferma del naso dei nascituri.

La grande mutazione

Da parecchi giorni Isabella era inquieta: mangiava poco, aveva qualche linea di febbre, e si lamentava di un prurito alla schiena. I suoi dovevano mandare avanti la bottega e non avevano molto tempo da dedicare a lei.

– Si starà sviluppando, – disse la madre; la tenne a dieta e le fece frizioni con una pomata, ma il prurito aumentò. La bambina non riusciva piú a dormire; applicandole la pomata, la madre si accorse che la pelle era ruvida: si stava coprendo di peli, fitti, rigidi, corti e biancastri. Allora si spaventò, si consultò col padre, e mandarono a chiamare il medico.

Il medico la visitò. Era giovane e simpatico, e Isabella notò con stupore che all'inizio della visita appariva preoccupato e perplesso, poi sempre piú attento e interessato, e alla fine sembrava contento come se avesse vinto un premio alla lotteria. Annunciò che non era niente di grave, ma che doveva rivedere certi suoi libri e che sarebbe tornato l'indomani.

L'indomani tornò, aveva una lente, e fece vedere al padre e alla madre che quei peli erano ramificati e piatti: non erano peli, anzi, ma penne che stavano crescendo. Era ancora piú allegro del giorno avanti.

– In gamba, Isabella, – disse. – Non c'è niente da spaventarsi, fra quattro mesi volerai –. Poi, rivolto ai genitori, aggiunse una spiegazione abbastanza confusa: possibile che loro non sapessero nulla? Non leggevano i giornali? Non vedevano la televisione? – È un caso di Grande

Mutazione, il primo in Italia, e proprio qui da noi, in questa valle dimenticata! – Le ali si sarebbero formate a poco a poco, senza danni per l'organismo, e poi altri casi ci sarebbero stati nel vicinato, forse tra i compagni di scuola della bambina, perché la faccenda era contagiosa.

– Ma se è contagiosa è una malattia! – disse il padre.

– È contagiosa, pare che sia un virus, ma non è una malattia. Perché tutte le infezioni virali devono essere nocive? Volare è una bellissima cosa, piacerebbe anche a me: se non altro, per visitare i clienti delle frazioni. È il primo caso in Italia, ve l'ho detto, e dovrò fare rapporto al medico provinciale, ma il fenomeno è già stato descritto, diversi focolai sono stati osservati in Canada, in Svezia e in Giappone. Ma pensate che fortuna, per voi e per me!

Che proprio fosse una fortuna, Isabella non ne era tanto convinta. Le penne crescevano rapidamente, le davano noia quando era a letto e si vedevano attraverso la camicetta. Verso marzo la nuova ossatura era già ben visibile, e a fine maggio il distacco delle ali dal dorso era quasi completo.

Vennero fotografi, giornalisti, commissioni mediche italiane e forestiere: Isabella si divertiva e si sentiva importante, ma rispondeva alle domande con serietà e dignità, e del resto le domande erano stupide e sempre le stesse. Non osava parlare con i genitori per non spaventarli, ma era in allarme: va bene, avrebbe avuto le ali, ma chi le avrebbe insegnato a volare? Alla scuola guida del capoluogo? O all'aeroporto di Poggio Merli? A lei sarebbe piaciuto imparare dal dottorino della mutua: o che magari le ali fossero spuntate anche a lui, non aveva detto che erano contagiose? Cosí dai clienti delle frazioni ci sarebbero andati insieme; e forse avrebbero anche superato le montagne e avrebbero volato insieme sul mare, fianco a fianco, battendo le ali con la stessa cadenza.

A giugno, alla fine dell'anno scolastico, le ali di Isabella erano ben formate e molto belle da vedere. Erano intonate con il colore dei capelli (Isabella era bionda): in alto, verso le spalle, macchiettate di bruno dorato ma le remiganti erano candide, lucide e robuste. Venne una commissione del Cnr, venne un sussidio considerevole dell'Unicef, e venne anche dalla Svezia una fisioterapista: si era sistemata nell'unica locanda del paese, capiva male l'italiano, niente le andava bene, e faceva fare a Isabella una serie di esercizi noiosissimi.

Noiosi e inutili: Isabella sentiva i nuovi muscoli fremere e tendersi, seguiva il volo sicuro delle rondini nel cielo estivo, non aveva piú dubbi, e provava la sensazione precisa che a volare avrebbe imparato da sé, anzi, di saper già volare: di notte ormai non sognava altro. La svedese era severa, le aveva fatto capire che doveva ancora attendere, che non doveva esporsi a pericoli, ma Isabella aspettava solo che le si presentasse l'occasione. Quando riusciva a isolarsi, nei prati in pendio, o qualche volta perfino nel chiuso della sua camera, aveva provato a battere le ali; ne sentiva il fruscio aspro nell'aria, e nelle spalle minute di adolescente una forza che quasi la spaventava. La gravezza del suo corpo le era venuta in odio; sventolando le ali la sentiva ridursi, quasi annullarsi: quasi. Il richiamo della terra era ancora troppo forte, una cavezza, una catena.

L'occasione venne verso Ferragosto. La svedese era tornata in ferie al suo paese, e i genitori di Isabella erano in bottega, indaffarati con i villeggianti. Isabella prese la mulattiera della Costalunga, superò il crinale e si trovò sui prati ripidi dell'altro versante: non c'era nessuno. Si fece il segno della croce, come quando ci si butta in acqua, aprí le ali e prese la corsa verso il basso. A ogni passo, l'urto contro il suolo si faceva piú lieve, finché la terra le mancò; sentí una gran pace, e l'aria fischiarle alle orecchie. Distese le gambe all'indietro: rimpianse di non aver messo i jeans, la gonna sbandierava nel vento e le dava impaccio.

Anche le braccia e le mani la impacciavano, provò a incrociarle sul petto, poi le tenne distese lungo i fianchi. Chi aveva detto che volare era difficile? Non c'era nulla di piú facile al mondo, aveva voglia di ridere e di cantare. Se aumentava l'inclinazione delle ali, il volo rallentava e puntava verso l'alto, ma solo per poco, poi la velocità si riduceva troppo e Isabella si sentiva in pericolo. Provò a battere le ali, e si sentí sostentata, a ogni colpo guadagnava quota, agevolmente, senza sforzo.

Anche mutar direzione era facile come un gioco, si imparava subito, bastava torcere leggermente l'ala destra e subito voltavi a destra: non c'era neppure bisogno di pensarci, ci pensavano le ali stesse, come pensano i piedi a farti deviare a destra o a sinistra quando cammini. A un tratto provò una sensazione di gonfiore, di tensione al basso ventre; si sentí umida, toccò, e ritrasse la mano sporca di sangue. Ma sapeva di che cosa si trattava, sapeva che un giorno o l'altro sarebbe successo, e non si spaventò.

Rimase in aria per un'ora buona e imparò che dai roccioni del Gravio saliva una corrente d'aria calda che le faceva acquistare quota gratis. Seguí la provinciale e si portò a picco sopra il paese, alta forse duecento metri: vide un passante fermarsi, poi indicare il cielo a un altro passante; il secondo guardò in su, poi scappò alla bottega, ne uscirono sua madre e suo padre con tre o quattro clienti. In breve le vie brulicarono di gente. Le sarebbe piaciuto atterrare sulla piazza, ma appunto, la gente era troppa, e aveva paura di prender terra malamente e di farsi ridere dietro.

Si lasciò trasportare dal vento al di là del torrente, sui prati dietro il mulino. Scese, scese ancora finché poté distinguere i fiori rosa del trifoglio. Anche per atterrare, sembrava che le ali la sapessero piú lunga di lei: le sembrò naturale disporle verticalmente, e mulinarle con violenza come per volare all'indietro; abbassò le gambe e si trovò in piedi sull'erba, appena un poco trafelata. Ripiegò le ali e si avviò verso casa.

In autunno spuntarono le ali a quattro compagni di scuola di Isabella, tre ragazzi e una bambina; alla domenica mattina era divertente vederli rincorrersi a mezz'aria intorno al campanile. A dicembre ebbe le ali il figlio del portalettere, e subentrò immediatamente al padre con vantaggio di tutti. Il dottore mise le ali l'anno dopo, ma non si curò di Isabella e sposò in gran fretta una signorina senz'ali che veniva dalla città.

Al padre di Isabella le ali spuntarono quando aveva già passato i cinquant'anni. Non ne trasse molto profitto: prese qualche lezione dalla figlia, con paura e vertigine, e si lussò una caviglia atterrando. Le ali non lo lasciavano dormire, riempivano il letto di penne e di piume, e gli riusciva fastidioso infilarsi la camicia, la giacca e il soprabito. Gli davano ingombro anche quando stava dietro il banco della bottega, cosí se le fece amputare.

21 agosto 1983.

Auschwitz, città tranquilla

Può stupire che in Lager uno degli stati d'animo piú frequenti fosse la curiosità. Eppure eravamo, oltre che spaventati, umiliati e disperati, anche curiosi: affamati di pane e anche di capire. Il mondo intorno a noi appariva capovolto, dunque qualcuno doveva averlo capovolto, e perciò essere un capovolto lui stesso: uno, mille, un milione di esseri antiumani, creati per torcere quello che era diritto, per sporcare il pulito. Era una semplificazione illecita, ma a quel tempo e in quel luogo non eravamo capaci di idee complesse.

Per quanto riguarda i signori del male, questa curiosità, che ammetto di conservare, e che non è limitata ai capi nazisti, è rimasta pendente. Sono usciti centinaia di libri sulla psicologia di Hitler, Stalin, Himmler, Goebbels, e ne ho letti decine senza che mi soddisfacessero: ma è probabile che si tratti qui di una insufficienza essenziale della pagina documentaria; essa non possiede quasi mai il potere di restituirci il fondo di un essere umano: a questo scopo, piú dello storico o dello psicologo sono idonei il drammaturgo o il poeta.

Tuttavia, questa mia ricerca non è stata del tutto infruttuosa: un destino strano, addirittura provocatorio, mi ha messo anni fa sulle tracce di «uno dell'altra parte», non certo un grande del male, forse neppure un malvagio a pieno titolo, tuttavia un campione e un testimone. Un testimone suo malgrado, che non voleva esserlo, ma che ha deposto senza volerlo e forse addirittura senza saperlo. Coloro che testimoniano attraverso il loro comportamento sono i testi piú preziosi, perché certamente veridici.

Era un quasi-me, un altro me stesso ribaltato. Eravamo coetanei, non dissimili come studi, forse neppure come carattere; lui, Mertens, giovane chimico tedesco e cattolico, e io, giovane chimico italiano ed ebreo. Potenzialmente due colleghi: di fatto lavoravamo nella stessa fabbrica, ma io stavo dentro il filo spinato e lui fuori. Tuttavia eravamo quarantamila a lavorare nel cantiere dei Buna-Werke di Auschwitz, e che noi due, lui *Oberingenieur* e io chimico-schiavo, ci siamo incontrati, è improbabile, comunque non piú verificabile. Neppure dopo ci siamo mai visti.

Quello che so di lui proviene da lettere di amici comuni: il mondo si rivela talvolta risibilmente piccolo, tanto da consentire che due chimici di paesi diversi possano trovarsi collegati da una catena di conoscenti, e che questi si prestino a tessere un reticolo di notizie scambiate che è un surrogato scadente dell'incontro diretto, ma che tuttavia è meglio della reciproca ignoranza. Per questa via ho appreso che Mertens aveva letto i miei libri sui Lager, e verosimilmente anche altri, perché non era un cinico né un insensibile: tendeva a rifiutare un certo segmento del suo passato, ma era abbastanza evoluto per astenersi dal mentire a se stesso. Non si regalava bugie, ma lacune, spazi bianchi.

La prima notizia che ho di lui risale alla fine del 1941, epoca di ripensamento per tutti i tedeschi ancora in grado di ragionare e di resistere alla propaganda: i giapponesi dilagano vittoriosi in tutto il Sud-Est asiatico, i tedeschi assediano Leningrado e sono alle porte di Mosca, ma l'era dei blitz è finita, il collasso della Russia non c'è stato, e sono cominciati invece i bombardamenti aerei delle città tedesche. Adesso la guerra è affare di tutti, in tutte le famiglie c'è almeno un uomo al fronte, e nessun uomo al fronte è piú sicuro dell'incolumità della sua famiglia: dietro le porte delle case la retorica bellicista non ha piú corso.

Mertens è chimico in una fabbrica metropolitana di

gomma, e la direzione dell'azienda gli fa una proposta che è quasi un ordine: avrà vantaggi di carriera, e forse anche politici, se accetta di trasferirsi ai Buna-Werke di Auschwitz. La zona è tranquilla, lontana dal fronte e fuori del raggio dei bombardieri, il lavoro è lo stesso, lo stipendio è migliore, nessuna difficoltà per l'alloggio: molte case polacche sono vuote... Mertens ne discute coi colleghi; in maggior parte lo sconsigliano, non si baratta il certo con l'incerto, e inoltre i Buna-Werke sono in una brutta regione paludosa e malsana. Malsana anche storicamente, l'Alta Slesia è uno di quegli angoli d'Europa che hanno cambiato padrone troppe volte, e che sono abitati da genti miste e fra loro nemiche.

Ma contro il nome di Auschwitz nessuno ha obiezioni: è ancora un nome vuoto, che non suscita echi; una delle tante città polacche che dopo l'occupazione tedesca hanno cambiato nome. Oświęcim è diventata Auschwitz, come se bastasse questo a far diventare tedeschi i polacchi che vi abitano da secoli. È una cittadina come tante altre.

Mertens ci pensa su: è fidanzato, e mettere su casa in Germania, sotto i bombardamenti, è imprudente. Chiede un permesso e va a vedere. Che cosa abbia visto in questo primo sopralluogo, non è noto: l'uomo è tornato, si è sposato, non ha parlato con nessuno, ed è ripartito per Auschwitz con la moglie e i mobili per stabilirsi laggiú. Gli amici, quelli appunto che mi hanno scritto questa storia, lo hanno invitato a parlare, ma lui non ha parlato.

Neppure ha parlato nel corso della sua seconda ricomparsa in patria, nell'estate del 1943, in ferie (perché anche nella Germania nazista in guerra, in agosto la gente andava in ferie). Adesso lo scenario è cambiato. Il fascismo italiano, battuto su tutti i fronti, si è sfasciato, e gli alleati risalgono la penisola; la battaglia aerea contro gli inglesi è perduta, e nessun angolo della Germania è ormai al riparo dalle spietate ritorsioni alleate; i russi non solo non sono crollati, ma a Stalingrado hanno inflitto ai tedeschi, e a Hitler stesso che ha diretto le operazioni con l'ostinazione dei folli, la piú bruciante delle sconfitte.

I coniugi Mertens sono oggetto di una cautissima curiosità, perché a questo punto, a dispetto di tutte le precauzioni, Auschwitz non è piú un nome vuoto. Qualche voce ha circolato, imprecisa ma sinistra: è da porre accanto a Dachau e a Buchenwald, pare anzi che sia peggiore; è uno di quei luoghi su cui è rischioso fare domande, ma si è fra amici intimi, di vecchia data: Mertens viene di là, deve pure sapere qualcosa, e se la sa la dovrebbe raccontare.

Ma, mentre si incrociano i discorsi di tutti i salotti, le donne parlano di sfollamenti e di borsa nera, gli uomini del loro lavoro, e qualcuno racconta sottovoce l'ultima storiella antinazista, Mertens si apparta. Nella camera accanto c'è un pianoforte, lui suona e beve, torna in salotto ogni tanto solo per versarsi un altro bicchiere. A mezzanotte è ubriaco, ma il padrone di casa non lo ha perso di vista; lo trascina al tavolo e gli dice chiaro e tondo: – Adesso tu ti siedi qui e ci dici che cosa diavolo succede dalle tue parti, e perché devi ubriacarti invece di parlare con noi.

Mertens si sente conteso tra l'ubriachezza, la prudenza e un certo bisogno di confessarsi. – Auschwitz è un Lager, – dice, – anzi, un gruppo di Lager: uno è proprio contiguo alla fabbrica. Ci sono uomini e donne, sporchi, stracciati, non parlano tedesco. Fanno i lavori piú faticosi. Noi non possiamo parlare con loro. – Chi ve l'ha proibito? – La direzione. Quando siamo arrivati ci hanno detto che sono gente pericolosa, banditi e sovversivi. – E tu non gli hai mai parlato? – chiese il padrone di casa. – No, – rispose Mertens versandosi un altro bicchiere. Qui intervenne la giovane signora Mertens: – Io ho incontrato una donna che faceva le pulizie in casa del direttore. Mi ha solo detto «Frau, Brot»: «signora, pane», ma io... – Mertens non doveva poi essere tanto ubriaco, perché disse seccamente alla moglie: – Smettila – e rivolto agli altri: – Non vorreste cambiare argomento?

Non so molto del comportamento di Mertens dopo il crollo della Germania. So che lui e sua moglie, come molti tedeschi delle regioni orientali, sono fuggiti davanti ai sovietici lungo le interminabili strade della disfatta, piene di neve, di macerie e di morti; e che in seguito lui ha ripreso il suo mestiere di tecnico, ma rifiutando i contatti e chiudendosi sempre piú in se stesso.

Ha parlato un po' di piú parecchi anni dopo la fine della guerra, quando non c'era piú la Gestapo a fargli paura. A interrogarlo, questa volta c'era uno «specialista», un ex prigioniero che oggi è un famoso storico dei Lager, Hermann Langbein. A domande precise, ha risposto che aveva accettato di trasferirsi ad Auschwitz per evitare che al suo posto andasse un nazista; che coi prigionieri non aveva mai parlato per timore di punizioni, ma che aveva sempre cercato di alleviare le loro condizioni di lavoro; che delle camere a gas a quel tempo non sapeva nulla perché non aveva chiesto niente a nessuno. Non si rendeva conto che la sua obbedienza era un aiuto concreto al regime di Hitler? Sí, oggi sí, ma non allora: non gli era mai venuto in mente.

Non ho mai cercato di incontrarmi con Mertens. Provavo un ritegno complesso, di cui l'avversione era solo una delle componenti. Anni addietro, gli ho scritto una lettera: gli dicevo che se Hitler è salito al potere, ha devastato l'Europa e ha condotto la Germania alla rovina, è perché molti buoni cittadini tedeschi si sono comportati come lui, cercando di non vedere e tacendo su quanto vedevano. Mertens non mi ha risposto, ed è morto pochi anni dopo.

8 marzo 1984.

L'ultimo Natale di guerra

Il nostro Lager, Monowitz presso Auschwitz, era per piú versi anomalo. La barriera che ci separava dal mondo, di cui era simbolo la doppia recinzione di filo spinato, non era ermetica come altrove. Per la necessità del lavoro, venivamo ogni giorno a contatto con gente «libera», o comunque meno schiava di noi: tecnici, ingegneri e capisquadra tedeschi, operai russi e polacchi, prigionieri di guerra inglesi, americani, francesi, italiani. Ufficialmente, con noi, paria del KZ (Konzentrations-Zentrum), era proibito parlare, ma il divieto veniva continuamente eluso, e del resto le notizie del mondo libero arrivavano fino a noi per mille canali. Nelle pattumiere della fabbrica si trovavano copie dei quotidiani, magari vecchie di due o tre giorni e macerate dalla pioggia, e vi leggevamo con trepidazione i bollettini tedeschi: monchi, censurati, eufemistici, tuttavia eloquenti. I prigionieri di guerra alleati ascoltavano segretamente Radio Londra, ancora piú segretamente ce ne riportavano le notizie, e queste erano esaltanti: nel dicembre del 1944 i russi erano entrati in Ungheria ed in Polonia, gli inglesi erano in Romagna, gli americani erano duramente impegnati nelle Ardenne, ma vincitori nel Pacifico contro il Giappone.

Del resto, per sapere come andava la guerra non c'era neppure bisogno di notizie da lontano. Di notte, quando tutti i rumori del campo si erano spenti, si sentiva sempre piú vicino il rombo delle artiglierie: il fronte non era piú distante di un centinaio di chilometri, correva voce che l'Armata Rossa fosse già sui Beschidi. La sterminata fabbrica in cui noi lavoravamo era stata bombardata piú volte dall'aria, con precisione scientifica e maligna: una bomba, una sola, sulla centrale termica, in modo da metterla fuori esercizio per due settimane; non appena i danni erano stati riparati, e la ciminiera riprendeva a fumare, un'altra bomba, e cosí via. Era chiaro che i russi, o gli alleati d'accordo con i russi, intendevano impedire la produzione, ma non distruggere gli impianti. Questi, se li volevano prendere intatti a guerra finita, come infatti se li presero: oggi è quella la piú grande fabbrica di gomma sintetica della Polonia. La difesa antiaerea attiva era inesistente, non si vedevano caccia, c'erano batterie sui tetti ma non sparavano: forse non avevano piú munizioni.

La Germania era insomma moribonda, ma sembrava che i tedeschi non se ne accorgessero. Dopo l'attentato a Hitler del luglio, il paese viveva nel terrore; bastava una denunzia, un'assenza sul lavoro, una parola incauta, per finire nelle mani della Gestapo come disfattisti, perciò militari e civili attendevano ai loro compiti come avevano sempre fatto, spinti ad un tempo dalla paura e dall'innato senso di disciplina. C'era una Germania fanatica e suicida che terrorizzava una Germania ormai scoraggiata ed intimamente vinta.

Poco prima, verso la fine di ottobre, avevamo avuto occasione di osservare «in primo piano» una singolare scuola di fanatismo, esempio tipico di educazione nazionalsocialista. Su un terreno incolto attiguo al nostro Lager era stato eretto un attendamento della Gioventú Hitleriana. Erano forse duecento adolescenti, quasi ancora bambini; al mattino facevano l'alzabandiera, cantavano inni truculenti, facevano esercitazioni di marcia e di tiro: erano armati di moschetti vetusti. Comprendemmo piú tardi che venivano preparati per l'arruolamento nel Volkssturm, quell'esercito raccogliticcio di vecchi e di bambini che secondo i folli piani del Führer avrebbe dovuto opporre l'estrema difesa contro i russi avanzanti. Ma al pomeriggio i loro istruttori, che erano veterani delle SS, li conducevano in mezzo a noi, affaccendati a sgomberare le macerie dei bombardamenti, o ad erigere frettolosi ed inutili muretti di protezione di mattoni o di sacchi a sabbia.

Li conducevano in mezzo a noi in «visita guidata», e tenevano loro lezione, ad alta voce, come se noi non avessimo avuto orecchie per sentire né senno per capire. «Questi, vedete, sono i nemici del Reich, i vostri nemici. Guardateli bene: potete chiamarli uomini? Sono *Untermenschen*, sottouomini! Puzzano perché non si lavano; sono stracciati perché non hanno cura della loro persona. Molti addirittura non capiscono il tedesco. Sono sovversivi, banditi, ladri di strada dei quattro angoli d'Europa, ma noi li abbiamo resi innocui; adesso lavorano per noi, ma sono solo buoni per i lavori piú primitivi. Del resto, è giusto che fatichino per riparare i danni della guerra: sono loro che l'hanno voluta. Loro: gli ebrei, i comunisti, e gli agenti delle plutocrazie». I soldati-bambini stavano a sentire, devoti e frastornati. Visti da vicino, facevano pena ed orrore insieme. Erano smunti e spauriti, ma ci guardavano con odio intenso: eravamo dunque noi i colpevoli di tutti i mali, delle città in rovina, della carestia, dei loro padri morti sul fronte russo. Il Führer era severo ma giusto; giusto era servirlo.

In quel tempo io lavoravo come «specialista» in un laboratorio chimico all'interno della fabbrica: sono cose che ho già raccontato altrove, ma, stranamente, col passare degli anni quei ricordi non impallidiscono né si diradano, anzi, si arricchiscono di particolari che credevo dimenticati, e che talvolta acquistano senso alla luce di ricordi altrui, di lettere che ricevo o di libri che leggo. Nevicava, faceva molto freddo, e lavorare in quel laboratorio non era facile. A volte il riscaldamento non funzionava, e nella notte il gelo faceva scoppiare le boccette dei reattivi e il bottiglione dell'acqua distillata.

Spesso mancavano materie prime o reattivi necessari per le analisi, ed allora bisognava arrangiarsi con surrogati o produrli sul posto. Mancava l'acetato d'etile che occorreva per un dosaggio colorimetrico, il capo del laboratorio mi disse di prepararne un litro e mi fece avere l'acido acetico e l'alcool etilico necessari. Il procedimento è semplice, ed io lo ricordavo quasi a memoria: lo avevo eseguito a Torino, nel corso di preparazioni organiche, nel 1941. Tre anni prima, ma sembravano tremila. Tutto andò liscio fino alla distillazione finale; qui, improvvisamente cessò di fluire acqua dai rubinetti.

La faccenda poteva finire con un piccolo disastro, perché stavo usando un refrigerante di vetro: se l'acqua fosse ritornata, la canna del refrigerante, riscaldata all'interno dai vapori del prodotto, a contatto con l'acqua gelida si sarebbe certamente spaccata. Chiusi il rubinetto, trovai un secchiello, lo riempii d'acqua distillata e vi immersi la piccola pompa di un termostato Höppler: la pompa spingeva l'acqua nel refrigerante, e l'acqua calda in uscita tornava per caduta nel secchio. Tutto procedette bene per qualche minuto, poi mi accorsi che l'acetato d'etile non si condensava piú: usciva dalla canna quasi per intero allo stato di vapore. Infatti, l'acqua distillata (altra non ce n'era) che avevo trovato era poca, e si era ormai riscaldata troppo. Che fare? C'era molta neve sui davanzali, ne feci delle palle, e le immersi nel secchiello una per una. Mentre armeggiavo con le mie palle di neve grigia, entrò in laboratorio il dottor Pannwitz, il chimico tedesco che mi aveva sottoposto ad un singolare «esame di stato» per stabilire se le mie conoscenze professionali erano sufficienti. Era un nazista fanatico. Guardò con sospetto il mio impianto di fortuna e l'acqua torbida che avrebbe potuto danneggiare la pompa-gioiello, ma non disse nulla e se ne andò.

Pochi giorni dopo, verso la metà di dicembre, si ostruí il lavandino di una delle cappe d'aspirazione. Il capo mi disse di provvedere a sturarlo: gli pareva naturale che quel lavoro sporco spettasse a me e non al tecnico del laboratorio, che era una ragazza e si chiamava Frau Mayer; e in fondo pareva naturale anche a me. C'ero solo io che mi potessi sdraiare tranquillamente sul pavimento senza timore di insudiciarmi: il mio abito a righe era già tanto sudicio... Mi stavo rialzando dopo aver riavviato il sifone, quando vidi Frau Mayer vicino a me. Mi parlò sottovoce, con aria colpevole; tra le otto o dieci ragazze del laboratorio, tedesche, polacche ed ucraine, era la sola che non mostrasse disprezzo verso di me. Già che avevo le mani sporche, non avrei potuto ripararle la bicicletta, che aveva una gomma forata? Naturalmente m'avrebbe ricompensato.

Questa richiesta apparentemente neutrale era piena d'implicazioni sociologiche. Mi aveva detto «per favore», il che comportava già un'infrazione al codice capovolto che regolava i rapporti dei tedeschi con noi; mi aveva rivolto la parola per ragioni diverse da quelle strettamente legate al lavoro; aveva stipulato con me una sorta di contratto, e un contratto si fa tra uguali; aveva espresso, o almeno sottinteso, riconoscenza per il lavoro del lavandino che io avevo fatto in vece sua. Però la ragazza mi invitava anche a commettere un'infrazione il che poteva essere per me molto pericoloso: io ero lí come chimico, e riparando la sua bicicletta avrei sottratto tempo al mio lavoro professionale. Insomma, mi proponeva una complicità, rischiosa ma potenzialmente utile. Avere rapporti umani con uno «dell'altra parte» comportava un pericolo, una promozione sociale, ed anche cibo in piú, per l'oggi e per il domani. Eseguii in un istante la somma algebrica dei tre addendi, prevalse di gran lunga la fame, ed accettai la proposta.

Frau Mayer mi porse la chiave del lucchetto: andassi a prendere la bicicletta, che era in cortile. Non c'era neanche da pensarci; le spiegai del mio meglio che doveva per forza andare lei, o mandare qualcun altro. «Noi» eravamo per definizione ladri e bugiardi: guai se qualcuno mi avesse visto con una bicicletta! Un problema analogo sorse quando ebbi visto il veicolo. Aveva nel borsellino il mastice, le pezze di gomma e le levette per estrarre il copertone, ma la pompa non c'era, e senza pompa non avrei potuto localizzare il foro nella camera d'aria. Devo precisare, per inciso, che a quei tempi le biciclette, e le relative forature, erano enormemente piú comuni d'adesso, e che quasi tutti gli europei, specie se giovani, sapevano cavarsela a rattoppare una gomma. Una pompa? Nessuna difficoltà, mi disse Frau Mayer, bastava che me la facessi imprestare da Meister Grubach, il suo collega della camera accanto. No, non era cosí semplice; non senza vergogna, dovetti pregarla di scrivermi un biglietto firmato: «*Bitte um die Fahrradpumpe*».

Eseguii la riparazione, e Frau Mayer mi diede in gran segreto un uovo sodo e quattro zollette di zucchero. Non vorrei essere frainteso: data la situazione e le quotazioni di allora, era una retribuzione piú che generosa. Mentre mi consegnava furtivamente l'involto, mi sussurrò una frase che mi diede molto da pensare: «Presto viene Natale». Parole ovvie, anzi assurde se rivolte a un prigioniero ebreo: certamente intendevano significare altro, quello che nessun tedesco allora avrebbe osato formulare in chiaro.

Raccontando dopo quarant'anni questo episodio, non mi propongo di giustificare la Germania nazista. Un tedesco umano non sbianca gli innumerevoli tedeschi inumani o indifferenti, ma ha il merito di rompere uno stereotipo.

Fu un Natale memorabile per il mondo in guerra; memorabile anche per me, perché fu segnato da un miracolo. Ad Auschwitz, le varie categorie di prigionieri (politici, criminali comuni, asociali, omosessuali ecc.) potevano ricevere pacchi dono da casa, ma gli ebrei no. Del resto, da chi avrebbero potuto riceverne? Dalle loro famiglie sterminate o rinchiuse nei ghetti superstiti? Dai pochissimi sfuggiti alle razzie, nascosti nelle cantine, nei solai, atterriti e senza quattrini? E chi conosceva il loro indirizzo? A tutti gli effetti, noi eravamo morti al mondo.

Eppure un pacco arrivò fino a me, mandato da mia sorella e da mia madre nascoste in Italia, attraverso una catena di amici: l'ultimo anello della catena era Lorenzo Perrone, il muratore di Fossano di cui ho parlato in *Se questo è un uomo*, e la cui fine struggente ho raccontato in *Lilít*. Il pacco conteneva cioccolato autarchico, biscotti e latte in polvere, ma per descrivere il suo effettivo valore, l'urto che esercitò su me e sul mio amico Alberto, il linguaggio ordinario si trova in difetto. Mangiare, cibo, fame, erano i termini che in Lager volevano dire cose totalmente diverse da quelle usuali: quel pacco, inatteso, improbabile, impossibile, era come un meteorite, un oggetto celeste, carico di simboli: di valore immenso, e di immensa forza viva.

Non eravamo piú soli: un legame col mondo di fuori era stato stabilito. E c'erano cose deliziose da mangiare per giorni e giorni. Ma c'erano anche problemi pratici gravi, da risolvere all'istante: ci trovavamo nella situazione di un passante a cui venga donato in piena strada un lingotto d'oro. Dove metterlo? Come conservarlo? Come sottrarlo alla cupidigia degli altri? Come investirlo? La nostra fame vecchia di un anno ci spingeva alla soluzione peggiore: mangiare subito tutto. Dovevamo resistere alla tentazione, i nostri stomaci indeboliti non avrebbero retto alla prova, entro un'ora tutto sarebbe finito in una indigestione se non peggio.

Non avevamo nascondigli sicuri. Distribuimmo i viveri in tutte le tasche legali dei nostri abiti, ci cucimmo tasche illegali nel dorso della giacca, in modo che, anche nel caso di una perquisizione, qualcosa si potesse salvare; ma portarsi tutto quanto dietro, anche sul lavoro, anche al lavatoio e alla latrina, era scomodo e goffo. Alberto ed io ne parlammo a lungo alla sera, dopo il coprifuoco. Fra noi vigeva un patto rigoroso: tutto quanto uno dei due riusciva a procurarsi al di fuori della razione doveva essere diviso in due parti esattamente uguali. In queste imprese Alberto riusciva sempre meglio di me, per cui spesso gli avevo chiesto che interesse avesse a rimanere in società con un partner poco efficiente qual ero io; ma Alberto mi aveva sempre risposto: «Non si sa mai; io sono piú svelto, ma tu sei piú fortunato». Per una volta aveva avuto ragione.

Alberto formulò una proposta originale. L'articolo piú ingombrante erano i biscotti: ne avevamo sparsi un po' dappertutto, io ne avevo alcuni addirittura dentro la fodera del berretto, e dovevo fare attenzione per non sbriciolarli quando mi toccava strapparmelo di scatto dal capo per salutare le SS di passaggio. Erano biscotti non tanto buoni ma di bella apparenza; avremmo potuto dividerli in due confezioni e farne omaggio al Kapo ed all'Anziano di baracca. Secondo Alberto, era quello il miglior investimento: avremmo acquistato prestigio, e i due «prominenti», anche senza un vero e proprio contratto, ci avrebbero remunerato con indulgenze di vario tipo. Il resto del pacco lo avremmo consumato noi, a piccole razioni quotidiane ragionevoli, e nel massimo segreto possibile.

Ma in Lager l'affollamento, la promiscuità, il pettegolezzo e il disordine erano tali che il segreto si riduceva a poca cosa. Ce ne accorgemmo entro pochi giorni: compagni e Kapos ci guardavano con occhi diversi. Ci guardavano, appunto: come si fa con qualcosa o qualcuno che si stacca dalla norma, che non fa piú parte dello sfondo ma è in primo piano. A seconda del grado di simpatia che provavano per «i due italiani», ci guardavano con invidia, con aria d'intesa, con compiacimento, con desiderio aperto. Mendi, un rabbino slovacco mio amico, mi disse ammiccando: «*Màzel tov*», «con stella buona», che è la bella formula yiddish ed ebraica con cui ci si congratula per un evento lieto. Parecchi sapevano o avevano indovinato: la cosa ci rallegrava e insieme ci preoccupava; avremmo dovuto stare in guardia. A buon conto, decidemmo di comune accordo di accelerare il ritmo del consumo: una cosa mangiata non si ruba piú.

Il giorno di Natale si lavorò come di consueto: anzi, poiché il laboratorio era chiuso, fui mandato insieme con gli altri a sgomberare macerie e a trasportare sacchi di prodotti chimici da un magazzino bombardato a uno sano. Tornato in campo a sera, andai al lavatoio; nelle tasche avevo ancora una buona dose di cioccolato e di latte in polvere, perciò aspettai finché si fosse fatto libero un posto nell'angolo piú lontano dalla porta d'ingresso. Appesi la giacca a un chiodo, proprio dietro di me: nessuno avrebbe potuto avvicinarsi senza che io lo vedessi. Incominciai a lavarmi, e con la coda dell'occhio vidi che la giacca stava salendo. Mi voltai, ed era già troppo tardi: la giacca, con tutto il suo contenuto, e con il mio numero di matricola cucito sul petto, era ormai fuori dalla mia portata. Qualcuno, dalla finestrella che stava sopra il chiodo, aveva calato una funicella e un amo. Corsi fuori, mezzo vestito com'ero, ma non c'era piú nessuno. Nessuno aveva visto niente, nessuno sapeva niente. Oltre a tutto, ero rimasto senza giacca. Mi toccò andare dal furiere di baracca a confessare la mia colpa, perché in Lager essere derubati era una colpa: mi diede un'altra giacca, ma mi intimò di trovare ago e filo, non importa come; di scucirmi il numero di matricola dai pantaloni e di ricucirlo al piú presto sulla giacca nuova, altrimenti «bekommst du fünfundzwanzig», prendi venticinque bastonate.

Ridividemmo il contenuto delle tasche di Alberto che era rimasto indenne, e che sfoderò le sue migliori risorse filosofiche. Piú di metà del pacco l'avevamo consumato noi, non è vero? E il resto non era del tutto sprecato, qualche altro affamato stava festeggiando il Natale a spese nostre, magari benedicendoci. E comunque, di una cosa si poteva essere sicuri: era quello l'ultimo Natale di guerra e di prigionia.

27 marzo 1984.

Le due bandiere

Bertrando era nato e cresciuto in un paese che si chiamava Lantania e che aveva una bandiera bellissima: o almeno, tale essa sembrava a Bertrando, a tutti i suoi amici e condiscepoli e alla maggior parte dei suoi concittadini. Era diversa da tutte le altre: su un fondo viola vivo si stagliava un ovale arancione, e in questo campeggiava un vulcano, verde in basso e bianco di neve in alto, sormontato da un pennacchio di fumo.

Nel paese di Bertrando non c'erano vulcani; però ce n'era uno nel paese confinante, la Gunduwia, con cui la Lantania era da secoli in guerra aperta o comunque in un rapporto di ostilità. Infatti, il poema nazionale lantanico, in un suo passaggio d'interpretazione discussa, accennava al vulcano come all'«altare lantanico del fuoco» o al «fuoco dell'altare lantanico».

In tutte le scuole di Lantania si insegnava che l'annessione del vulcano da parte dei gunduwi era stata una impresa banditesca, e che il primo dovere di ogni lantano era quello di addestrarsi militarmente, di odiare la Gunduwia con tutte le sue forze, e di prepararsi alla guerra inevitabile e desiderabile, che avrebbe piegato l'arroganza gunduwica e riconquistato il vulcano. Che questo vulcano devastasse ogni tre o quattro anni decine di villaggi, e ogni anno provocasse terremoti disastrosi non aveva importanza: lantanico era e lantanico doveva tornare.

Del resto, come non odiare un paese come la Gunduwia? Il nome stesso cosí cupo, cosí sepolcrale, ispirava avversione. I lantani erano gente rissosa e discorde, si accapigliavano o accoltellavano fra loro per minime divergenze di opinione, ma sul fatto che la Gunduwia fosse un paese di cialtroni e di prepotenti erano tutti d'accordo.

Quanto poi alla loro bandiera, li rappresentava perfettamente: piú brutta non avrebbe potuto essere, era piatta e sciocca, goffa come colori e come disegno. Niente piú che un disco bruno in campo giallo: non un'immagine, non un simbolo. Una bandiera rozza, volgare e stercoraria. I gunduwi dovevano essere proprio degli imbecilli, ed esserlo stati da sempre, per averla scelta, e per bagnarla del loro sangue quando morivano in battaglia, il che avveniva tre o quattro volte per secolo. Inoltre, erano notoriamente avari e dissipatori, lussuriosi e bacchettoni, temerari e codardi.

Bertrando era un giovane dabbene, rispettoso delle leggi e delle tradizioni, e la sola vista della bandiera del suo paese gli faceva correre per le vene un'onda di fierezza e d'orgoglio. La combinazione di quei tre nobili colori, verde, arancio e viola, quando a volte li riconosceva uniti in un prato di primavera, lo rendeva forte e felice, lieto di essere un lantano, lieto di essere al mondo, ma anche pronto a morire per la sua bandiera, meglio se avvolto nella medesima.

Per contro, fin dalla piú lontana infanzia, fin da quando aveva memoria, il giallo e il marrone gunduwici gli erano sgraditi: fastidiosi se separati, odiosi fino alla nausea se accostati. Bertrando era un ragazzo sensibile ed emotivo, e la vista della bandiera nemica, riprodotta per dileggio su manifesti murali o in vignette satiriche, lo metteva di mal umore e gli provocava prurito alla nuca e ai gomiti, salivazione intensa e qualche vertigine.

Una volta, a un concerto, si era trovato vicino a una ragazza graziosa che, certo per disattenzione, portava una camicetta gialla e una gonna marrone; Bertrando aveva dovuto alzarsi e allontanarsi, e, poiché altri posti a sedere non c'erano, assistere al concerto in piedi; se non fosse stato piuttosto timido, a quella ragazza avrebbe detto quello che si meritava. A Bertrando piacevano le albicocche e le nespole, ma le mangiava a occhi chiusi per evitare il disgusto del nocciolo bruno che spiccava sulla polpa giallognola.

Effetti simili esercitava su Bertrando anche il suono della lingua gunduwica, che era aspro, gutturale, quasi inarticolato. Gli sembrava scandaloso che in alcune scuole di Lantania si insegnasse la lingua nemica, e che addirittura ci fossero accademici che ne studiavano la storia e le origini, la grammatica e la sintassi, e ne traducevano la letteratura. Che letteratura poteva mai essere? Che cosa poteva venire di buono da quella terra giallobruna di pervertiti e di degenerati?

Eppure c'era stato un professore che aveva preteso di dimostrare che il lantanico e il gunduwico discendevano da una stessa lingua, estinta da tremila anni, documentata da alcune iscrizioni tombali. Assurdo, o meglio insopportabile. Ci sono cose che *non possono* essere vere, che vanno ignorate, taciute, sepolte. Se fosse dipeso da Bertrando, si sarebbero sepolti sotto tre metri di terra tutti i filogunduwi, e tutti quelli (purtroppo, quasi tutti giovani!) che, per snobismo, ascoltavano di nascosto la radio gunduwica e ne ripetevano le immonde bugie.

Non che la frontiera tra i due paesi fosse ermetica. Era ben sorvegliata, da entrambe le parti, da guardie che sparavano volentieri, ma c'era un varco, e ogni tanto delegazioni commerciali lo oltrepassavano nei due sensi, perché le due economie erano complementari. Lo oltrepassavano, con sorpresa di tutti, anche i contrabbandieri d'armi, con carichi ingenti di cui le guardie di frontiera sembravano non accorgersi.

Una volta Bertrando aveva assistito al passaggio di una delegazione gunduwa lungo la strada principale della capitale. Quei bastardi non erano poi tanto diversi dai lantani: a parte il loro ridicolo modo di vestire, sarebbe stato difficile individuarli se non fosse stato per il loro sguardo obliquo e la loro espressione tipicamente subdola. Bertrando s'era avvicinato per sentire se era vero che puzzavano, ma la polizia glielo aveva impedito. Per forza dovevano puzzare. Nel subconscio dei lantani, da secoli s'era stabilito un nesso etimologico fra Gunduwia e puzzo (*kumt*, in lantanico). Per contro, era noto a tutti che in gunduwico *latnen* sono i foruncoli, e ai lantani questo sembrava una buffonata maligna da lavare col sangue.

Ora avvenne che, dopo lunghe trattative segrete, i presidenti dei due paesi resero noto che in primavera si sarebbero incontrati. Dopo un silenzio imbarazzato, il quotidiano lantanico cominciò a lasciar filtrare materiale inconsueto: fotografie della capitale gunduwa con la sua imponente cattedrale e i bei giardini; immagini di bambini gunduwi ben pettinati, con gli occhi ridenti. Venne pubblicato un volume in cui si dimostrava come, in tempi remoti, una flotta lantano-gunduwa avesse sbaragliato un'accozzaglia di giunche piratesche, dieci volte piú potenti per numero. E finalmente si seppe che, nello stadio della capitale lantanica, si sarebbe svolto un incontro di calcio fra le due squadre campioni.

Bertrando fu tra i primi a precipitarsi a comprare il biglietto d'ingresso, ma era già troppo tardi: dovette rassegnarsi a spendere il quintuplo presso i bagarini. La giornata era splendida e lo stadio gremito; non c'era un alito di vento, e le due bandiere pendevano flosce dai giganteschi pennoni. All'ora stabilita l'arbitro fischiò l'inizio, e nello stesso istante si levò una brezza sostenuta. Le due bandiere, per la prima volta affiancate, sventolarono gloriosamente: il viola-arancio-verde lantanico accanto al giallo-bruno dei gunduwi.

Bertrando si sentí correre lungo il filo della schiena un brivido gelido e rovente, come uno stocco che gli infilasse le vertebre. I suoi occhi mentivano, non potevano trasmettergli quel doppio messaggio, quel sí-no impossibile, lacerante. Provò insieme ribrezzo e amore, in una mistura che lo avvelenava. Vide intorno a sé una folla divisa come lui, esplosa. Sentí contrarsi tutti i suoi muscoli, dolorosamente, gli adduttori e gli abduttori tra loro nemici, i lisci e gli striati e quelli instancabili del cuore; secernere tumultuosamente tutte le ghiandole, inondandolo di ormoni in lotta. Gli si serrarono le mascelle come per tetano e cadde come un blocco di legno.

17 maggio 1984.

Meccano d'amore

Ci si può innamorare a qualsiasi età, con emozioni intense in ogni caso ma disperse su un vasto spettro, che va dall'idillio edenico alla passione pervadente, dalla felicità alla disperazione, dalla pace raggiunta al vizio devastatore, e dalla comunione di interessi (anche di bottega: perché no?) alla polemica competitiva. A undici anni, nel corso di una interminabile vacanza estiva, mi ero innamorato di una Lidia di nove anni, gentile, bruttina, malaticcia e non tanto sveglia. Le regalavo francobolli per la sua collezione, che io stesso l'avevo incoraggiata a iniziare, provavo brividi di raccapriccio ascoltando il suo spesso ripetuto racconto dell'operazione delle tonsille, e la aiutavo a fare i compiti per le vacanze.

Soprattutto ero incantato dal suo rapporto con gli animali, che mi appariva magico, quasi un dono divino: c'era un pastore tedesco che ringhiava a tutti, perforava coi canini tutte le palle di gomma e azzannava i pneumatici dei ciclisti, ma da Lidia si lasciava accarezzare chiudendo gli occhi e scodinzolando, e al mattino mugolava davanti alla sua porta, impaziente che lei uscisse; perfino le galline e i pulcini dell'aia accorrevano al suo richiamo e beccavano il mangime dal palmo della sua mano. A me tornava a mente Circe dell'Odissea appena letta a scuola.

Sarebbe stato un amore sublime e sereno se non mi fossi accorto che la ragazza, affettuosa con me, e riconoscente per i miei servigi cavallereschi, tuttavia preferiva un altro: Carlo, il mio miglior amico di quei mesi, che era piú robusto di me. C'era poco da illudersi: era questo il fattore che determinava la preferenza di Lidia, ed era un fattore massiccio, quantitativo, non eliminabile con riti propiziatori. D'altra parte, Carlo sembrava del tutto indifferente alle timide profferte di Lidia: preferiva giocare al pallone, azzuffarsi con i ragazzi del paese, e fingere di pilotare un vecchio camion senza motore che arrugginiva in mezzo al prato.

Il fondamento della mia amicizia con Carlo era il Meccano: non avevamo altro in comune, ma questo gioco-lavoro ci legava insieme per molte ore del giorno. Io avevo soltanto la scatola n. 4, e Carlo, che era di famiglia piú ricca, la scatola n. 5 piú parecchi pezzi supplementari: in totale, quasi il favoloso n. 6. Gelosi entrambi delle nostre proprietà, avevamo stipulato precisi accordi per lo scambio, il prestito e la messa in comune dei pezzi: sommando i due corredi, il nostro assortimento era di tutto rispetto. Al Meccano eravamo complementari; Carlo aveva una buona abilità manuale, io ero piú bravo nella progettazione. Quando lavoravamo separati, i suoi manufatti erano semplici, solidi e pedestri; i miei erano fantasiosi e complicati, ma poco rigidi perché trascuravo di serrare i bulloni per non perdere tempo; del che mio padre ingegnere non cessava di rimproverarmi. Quando lavoravamo insieme, le nostre virtú si completavano a vicenda.

In questa situazione, il mio doppio amore per Lidia e per il Meccano conduceva a un esito ovvio, sedurre Lidia per mezzo del Meccano. Mi guardai bene dal palesare a Carlo il mio secondo fine, e mi limitai a esporgli il mio progetto nel suo aspetto mondano: per l'onomastico di Lidia avremmo costruito insieme un qualcosa di mai sognato, di unico, mai proposto neppure nei poco attendibili opuscoli illustrati della Meccano Ltd; e pensavo fra me che Lidia non si sarebbe ingannata, avrebbe capito che Carlo, quel suo Carlo, non era che l'esecutore materiale, il serratore di bulloni, ma che l'inventore, il creatore, ero io, il suo devoto, e che la macchina che avremmo inaugurato al suo cospetto era un mio omaggio personale e segreto, una dichiarazione in codice.

Quale macchina costruire? Ne discutemmo: Carlo era ben lontano dall'intuire il messaggio che io intendevo affidare all'opera, e inoltre possedeva un motorino a molla; aveva idee chiare e terrestri, bisognava fare qualcosa che si muovesse da sé, un'auto o una escavatrice o una gru. Io non volevo uno dei soliti giochi, anzi, non volevo un gioco; volevo un dono, un'offerta. Simbolica, beninteso, da recuperare dopo la cerimonia; ero innamorato sí, ma mi sarei ben guardato dal donare materialmente a Lidia anche un solo listello forato; del resto, alle ragazze non si regalano pezzi del Meccano. Ci pensai a lungo, poi proposi a Carlo di costruire un orologio. Nel ricordo di oggi non saprei come giustificare questa mia scelta: forse pensavo confusamente che un orologio batte come un cuore, o che è fedele e costante, o lo ricollegavo alla ricorrenza dell'onomastico.

Carlo mi guardò perplesso: fino allora ci eravamo accontentati di modelli piú semplici. La mia audacia di progettista gli suscitava rispetto e diffidenza insieme; ma un orologio va a molla, e quindi il motorino, suo orgoglio e mia invidia, avrebbe trovato degno impiego.

– Vada per l'orologio, – mi disse in tono di sfida; e io, nello stesso tono, gli risposi che del suo motorino non c'era bisogno: una volta gli orologi andavano a pesi, e anche il nostro sarebbe andato cosí. Sarebbe andato anche meglio, gli spiegai, perché una molla deformata ha meno forza a misura che si allenta mentre un peso che discende esercita una forza costante.

Ci mettemmo al lavoro, io con entusiasmo, Carlo di malumore: forse aveva intuito il ruolo subalterno che io in petto gli riservavo. L'orologio che cresceva fra le nostre mani era molto brutto e non assomigliava per nulla a un orologio. All'inizio intendevo dargli la forma di una pendola a piede, ma presto vidi che la nostra dotazione non permetteva di costruire una struttura alta e snella: i longheroni disponibili erano troppo deboli. Eppure alta doveva essere, perché il peso aveva bisogno di spazio per la sua discesa. Aggirai la difficoltà fissando l'informe congegno al muro: il pendolo pendolava nel vuoto, e il peso aveva un metro e mezzo di largo. Lo scappamento, cioè il dispositivo che trasmette il ritmo del pendolo al rullo su cui è avvolta la funicella del peso, e che ne regola e frena la discesa, mi costò parecchia fatica: mi pare che lo realizzai con due nottolini, uno mio e uno di Carlo.

Venne il 3 d'agosto, Santa Lidia. Io tirai su il peso e diedi il via al pendolo: il congegno si avviò, con un tic-tac di ferraglia. Devo precisare che non mi ero proposto di costruire un orologio che segnasse le ore: mi sembrava già una vittoria che il peso scendesse a velocità costante, perché non avevamo ingranaggi tali da trasformare il moto uniforme del rullo in un ciclo che durasse proprio un'ora. Il nostro orologio aveva bensí un quadrante di cartone e una lancetta (una sola), ma questa segnava un tempo arbitrario: un giro in venti o ventun minuti, e si fermava poco dopo, perché il pendolo era a fondo corsa.

Con inconscia crudeltà Lidia mi chiese: – A cosa serve?

Non dedicò piú di mezzo minuto al nostro capolavoro: le interessavano di piú la torta e i regali veri. Mi sentii la bocca riempirsi del sapore amaro dei tradimenti quando mi accorsi che il regalo piú gradito, quello che Lidia mostrava con orgoglio alle sue amiche, era una bustina di cellofane: le era stata donata pubblicamente, spudoratamente, da Carlo, e conteneva una serie di francobolli del Nicaragua.

20 gennaio 1985.

Pipetta da guerra

Qualche giorno fa, in un gruppo di amici, si parlava dell'influsso delle piccole cause sul corso della storia. È questa una controversia classica, e classicamente priva di soluzione definitiva e assoluta: si può impunemente affermare che la storia del mondo (via, siamo modesti: diciamo del bacino mediterraneo) sarebbe stata totalmente diversa se il naso di Cleopatra fosse stato piú lungo, come voleva Pascal, e si può altrettanto impunemente affermare che essa sarebbe stata esattamente uguale, come vogliono l'ortodossia marxista e la storiografia proposta da Tolstoj in *Guerra e pace*. Poiché non è possibile ricostruire una Cleopatra col naso diverso, ma con un entourage rigorosamente uguale a quello della Cleopatra storica, non esiste alcuna possibilità di dimostrare o confutare sperimentalmente l'una o l'altra tesi, e il problema è uno pseudoproblema.

Ci siamo trovati invece tutti d'accordo nell'osservare che le piccole cause possono avere un effetto determinante sulle storie individuali, allo stesso modo che l'ago di uno scambio ferroviario, spostandosi di pochi centimetri, può avviare un treno con mille passeggeri a Madrid anziché ad Amburgo.

A questo punto, ognuno dei presenti ha preteso di raccontare la piccola causa che aveva radicalmente mutato la sua esistenza, e anch'io, quando la confusione si è calmata, ho raccontato la mia: o per meglio dire, ne ho definito i dettagli, perché l'avevo già narrata molte volte, sia a voce sia per iscritto.

Poco piú che quarant'anni fa ero prigioniero ad Auschwitz e lavoravo in un laboratorio chimico. Avevo fame, e cercavo di rubare qualcosa di piccolo e di insolito (e quindi di alto valore commerciale) per scambiarlo con pane. Dopo vari tentativi, riusciti o falliti, che ho descritti altrove, trovai un cassetto pieno di pipette. Le pipette sono tubetti di vetro graduati con precisione: servono a trasferire quantità ben definite di liquido da un recipiente a un altro, e vengono usate (oggi, veramente, si usano sistemi piú igienici) aspirando il liquido con le labbra da un'estremità, in modo che salga esattamente fino alla graduazione superiore, e lasciando che scenda poi per il suo peso. Le pipette erano tante: ne infilai una dozzina in una tasca clandestina che mi ero cucita all'interno della giacca, me le portai in Lager, e appena finito l'appello corsi all'infermeria: intendevo offrirle a un infermiere polacco che conoscevo, e che lavorava nel Reparto Infettivi. Gli spiegai che potevano servire per le analisi chimiche.

Il polacco guardò la refurtiva con scarso interesse, poi mi disse che per quel giorno era troppo tardi, pane non ne aveva piú: tutto quel che poteva offrirmi era un po' di zuppa.

Accettai il compenso proposto; il polacco scomparve fra i malati del suo reparto e tornò poco dopo con una scodella mezza piena di zuppa. Era mezza piena in un modo curioso, e cioè verticalmente; faceva molto freddo, la zuppa si era rappresa, e qualcuno ne aveva asportato una metà con un cucchiaio, come chi mangiasse mezza torta. Chi poteva aver avanzato mezza scodella di zuppa in quel regno della fame? Quasi certamente un ammalato grave, e, dato il luogo, anche contagioso: nelle ultime settimane, nel campo si erano scatenate in forma epidemica la difterite e la scarlattina.

Ma ad Auschwitz cautele di questo tipo non avevano corso, prima veniva la fame e poi tutto il resto; lasciare non mangiato qualcosa di mangiabile non era quanto comunemente si dice «un peccato», era impensabile, anzi, fisicamente impossibile. Quella sera stessa io e il mio amico ed alter ego Alberto ci spartimmo quella zuppa cosí sospetta. Alberto aveva la mia età, la mia statura, il mio carattere e il mio mestiere, e dormivamo nella stessa cuccetta. Ci somigliavamo perfino un poco; i compagni stranieri e il Kapo ritenevano superfluo distinguere fra noi, e pretendevano che quando chiamavano «Alberto!» o «Primo!» rispondesse comunque quello di noi che era piú vicino.

Eravamo dunque per cosí dire intercambiabili, e chiunque avrebbe pronosticato per noi due lo stesso destino: entrambi sommersi o entrambi salvati. Ma proprio a questo punto entrò in funzione l'ago dello scambio, la piccola causa dagli effetti determinanti. Alberto aveva avuto la scarlattina da bambino, ed era immune; io invece no.

Mi accorsi delle conseguenze della nostra imprudenza pochi giorni dopo. Alla sveglia, mentre Alberto stava bene, a me la gola doleva intensamente, stentavo a deglutire e avevo la febbre alta: ma «marcare visita» al mattino non era consentito, e cosí andai al laboratorio come tutti i giorni. Mi sentivo ammalato a morte, eppure proprio quel giorno venni incaricato di un'impresa insolita. In quel laboratorio lavoravano (o fingevano di lavorare) anche otto ragazze, tedesche, polacche e ucraine; il capo mi disse che dovevo insegnare a Fräulein Drechsel un certo metodo analitico.

La Drechsel era una tedescotta adolescente sgraziata e torva. Per lo piú evitava di rivolgere lo sguardo su noi tre chimici-schiavi: quando lo faceva, i suoi occhi smorti esprimevano un'ostilità vaga, fatta di diffidenza, imbarazzo, repulsione e paura. A me non aveva mai rivolto la parola; mi era antipatica, e anche sospetta, perché nei giorni precedenti l'avevo vista appartarsi col giovanissimo SS che sorvegliava quel reparto; e poi, lei sola, portava appuntato sul camice un distintivo con la croce uncinata. Forse era una caposquadra della Gioventú Hitleriana.

Lei era una pessima allieva perché era stupida, e io un pessimo maestro perché parlavo male il tedesco, e soprattutto perché non ero motivato: anzi, ero contromotivato.

Perché mai avrei dovuto insegnare qualcosa a quella creatura? Il normale rapporto maestro-discepolo, che è discendente, veniva a conflitto con rapporti ascendenti: io ebreo e lei ariana, io sporco e malato e lei pulita e sana.

Credo che sia stata quella l'unica occasione in cui io abbia commesso deliberatamente un'ingiustizia. L'analisi che io le avrei dovuto insegnare comportava l'uso di una pipetta: sí, una sorella di quelle a cui dovevo la malattia che mi correva per le vene. Mostrai alla Drechsel come la si usava, inserendola fra le mie labbra febbricitanti; poi gliela porsi, e la invitai a fare altrettanto. Feci insomma quanto potevo per contagiarla.

Pochi giorni dopo, mentre io ero ricoverato all'infermeria, il campo fu sciolto nelle tragiche condizioni che sono state piú volte descritte. Alberto fu vittima della piccola causa, della scarlattina da cui era guarito bambino. Venne a salutarmi, e poi partí nella notte e nella neve, insieme con altri sessantamila sventurati, per quella marcia mortale da cui pochi tornarono vivi. Io fui salvato, nel modo piú imprevedibile, dall'affare delle pipette rubate, che mi avevano procurato una provvidenziale malattia proprio nel momento in cui, paradossalmente, non poter camminare era una fortuna. Infatti, per ragioni mai chiarite, ad Auschwitz i nazisti in fuga si astennero dall'eseguire gli ordini di Berlino, che erano chiari: non lasciarsi dietro nessun testimone. Se ne andarono abbandonando noi ammalati al nostro destino.

Di quanto sia avvenuto alla signorina Drechsel, non so nulla. Forse non era colpevole se non di qualche bacetto nazista, e perciò spero che la piccola causa da me pilotata non le abbia arrecato gran danno: a diciassette anni una scarlattina guarisce presto e non lascia postumi. Comunque, non sento rimorsi per questo mio tentativo privato di guerra batteriologica. Ho saputo piú tardi che altri, in altri Lager, avevano agito in modo piú sistematico e meglio mirato. Là dove infuriava il tifo esantematico, che spesso è mortale e viene trasmesso dai pidocchi delle vesti, le prigioniere addette alla stiratura delle uniformi delle SS andavano in cerca delle compagne morte di tifo, prelevavano i pidocchi dai cadaveri e li infilavano sotto il colletto delle giacche militari. I pidocchi sono animali poco simpatici, ma non hanno pregiudizi razziali.

23 maggio 1985.

Ranocchi sulla luna

La «campagna» durava quanto le vacanze scolastiche, cioè quasi tre mesi. I preparativi incominciavano presto, di solito a San Giuseppe: mio padre e mia madre andavano per le valli ancora innevate a cercare l'alloggio da affittare, di preferenza in qualche luogo servito dalla ferrovia e non troppo lontano da Torino. Questo perché non avevamo l'auto (quasi nessuno l'aveva) e perché le ferie di mio padre, che pure odiava l'afa estiva, si riducevano a tre giorni intorno a Ferragosto. Cosí, pur di dormire al fresco e in famiglia, si assoggettava alla galera del viaggio quotidiano in treno, fino a Torre Pellice, o a Meana, o a Bardonecchia. Per solidarietà, noi ogni sera andavamo ad aspettarlo alla stazione; lui ripartiva all'alba del giorno dopo, anche al sabato, per essere in ufficio alle otto.

Verso metà giugno mia madre metteva mano ai bagagli. A parte borse e valige, il grosso era costituito da tre cestoni di vimini, che pieni dovevano pesare quasi un quintale ciascuno: venivano i facchini del corriere, se li issavano miracolosamente sulla schiena e li portavano giú per le scale, sudando e imprecando. Contenevano tutto: biancheria, pentole, giocattoli, libri, scorte, abiti leggeri e pesanti, scarpe, medicine, attrezzi, come se si partisse per l'Atlantide. In generale, la scelta del luogo veniva fatta in solido con altre famiglie di amici o di parenti; cosí si era meno soli, e insomma ci si portava dietro un segmento di città.

I tre mesi scorrevano lenti, sereni e noiosi, punteggiati dall'abominio sadico dei Compiti per le Vacanze. Comportavano un sempre nuovo contatto con la natura: modeste erbe e fiori di cui era gradevole imparare il nome, uccelli dalle varie voci, insetti, ragni. Una volta, nella vasca del lavatoio, nulla meno che una sanguisuga, aggraziata nel suo nuoto ondulante come in una danza. Un'altra volta, un pipistrello in camera da letto, o una faina intravista nel crepuscolo, o un grillotalpa né grillo né talpa, mostriciattolo pingue, ripugnante e minaccioso. Nel giardino-cortile si affaccendavano ordinate tribú di formiche, di cui era affascinante studiare le astuzie e le ottusità. I testi di scuola ce le portavano ad esempio: «vanne, o pigro, alla formica»; loro, in vacanza, non ci andavano mai. Sí certo, ma a che prezzo!

Il luogo piú interessante era il torrente, a cui mia madre ci portava tutte le mattine, a prendere il sole e a diguazzare nell'acqua limpida mentre lei lavorava a maglia all'ombra di un salice. Lo si poteva guadare senza pericolo da sponda a sponda, e albergava animali mai visti. Sul fondo, strisciavano insetti neri che sembravano grosse formiche: ognuno si trascinava dietro un astuccio cilindrico fatto di sassolini o di frammenti vegetali in cui teneva infilato l'addome, e da cui sporgevano solo la testa e le zampine. Se li disturbavo, si rintanavano di scatto nella loro casetta ambulante.

A mezz'aria si libravano libellule meravigliose, dai riflessi turchini, metallici; metallico e meccanico era anche il loro ronzio. Erano piccole macchine da guerra: a un tratto calavano come dardi su un'invisibile preda. Sui lembi di sabbia asciutta correvano scarabei verdi, agilissimi, e si aprivano le trappole coniche dei formicaleoni. Assistevamo ai loro agguati con un segreto senso di complicità, e quindi di colpa; al punto che mia sorella, ogni tanto, non resisteva alla pietà, e con uno stecco stornava una formichina che si stava avviando verso una morte subitanea e crudele.

Lungo la sponda sinistra brulicavano i girini, a centinaia. Perché solo a sinistra? Dopo molto ragionare osservammo che lí correva un sentiero frequentato alla domenica dai pescatori; le trote se n'erano accorte, e stavano alla larga, lungo la sponda destra. A loro volta, i girini si erano stabiliti a sinistra per stare alla larga dalle trote. Destavano sentimenti contrastanti: riso e tenerezza, come i cuccioli, i neonati e tutte le creature che hanno la testa troppo grossa rispetto al corpo; indignazione, perché ogni tanto si divoravano fra loro.

Erano chimere, bestie impossibili, tutte testa e coda, eppure navigavano veloci e sicure, spingendosi con un elegante sbandieramento della coda. Disapprovato da mia madre, ne portai a casa una dozzina e li misi in una bacinella, di cui avevo coperto il fondo con sabbia tratta dal letto del torrente. Pareva che ci stessero a loro agio, infatti dopo qualche giorno cominciarono la muta. Questo sí era uno spettacolo inedito, pieno di mistero come una nascita o una morte, tale da far impallidire i compiti per le vacanze, e da rendere fugaci i giorni e interminabili le notti.

La coda di un girino si ingrossava in un piccolo nodo, presso la sua radice. Il nodo cresceva, in due o tre giorni se ne staccavano due zampette palmate, ma la bestiola non se ne serviva: le lasciava pendere inerti, e continuava a menare la coda. Dopo qualche altro giorno, su un lato della testa si formava una pustola; cresceva, poi scoppiava come un ascesso, e ne usciva una zampina anteriore già bella e formata, minuscola, trasparente, quasi una manina di vetro, che cominciava subito a nuotare. Poco dopo lo stesso avveniva sull'altro lato, e allo stesso tempo la coda prendeva ad accorciarsi.

Che fosse un periodo drammatico, si notava a prima vista. Era una brusca e brutale pubertà: la bestiola diventava inquieta, come se avvertisse in sé il travaglio di chi cambia natura, e ne è sconvolto nella mente e nei visceri; forse non sapeva piú chi era. Nuotava frenetica e spersa, con la coda sempre piú corta e le quattro zampine ancora troppo deboli per la bisogna. Nuotava in tondo, cercando qualcosa, forse aria per i suoi polmoni nuovi, forse un approdo da cui salpare verso il mondo. Mi resi conto che le pareti della bacinella erano troppo ripide perché i girini vi si potessero arrampicare, come evidentemente desideravano, e misi nell'acqua due o tre tavolette di legno inclinate.

L'idea era giusta, e alcuni girini ne approfittarono: ma era ancora giusto chiamarli girini? Non piú; non erano piú larve, erano ranocchi bruni grossi come una fava, ma ranocchi, gente come noi, con due mani e due gambe, che nuotavano «a rana» con fatica ma con stile corretto. E non si mangiavano piú fra loro, e verso di loro provavamo ormai un sentimento diverso, materno e paterno: in qualche modo erano nostri figli, anche se alla loro muta avevamo dato piú disturbo che aiuto. Ne mettevo uno sul palmo della mano: aveva un muso, un viso, mi guardava strizzando gli occhi, poi spalancava la bocca di scatto. Cercava aria o voleva dire qualche cosa? Altre volte si avviava con decisione lungo un dito, come su un trampolino, e subito spiccava un salto insensato nel vuoto.

Allevare girini non era poi cosí facile. Solo pochi apprezzarono le nostre tavolette di salvataggio, e uscirono all'asciutto; gli altri, privi ormai delle branchie che avevano provveduto alla loro infanzia acquatica, li trovavamo al mattino annegati, esausti dal troppo nuotare, proprio come sarebbe successo a un nuotatore umano stretto fra le pareti di una chiusa. E anche quegli altri, i piú intelligenti, quelli che avevano capito l'uso degli approdi, non ebbero vita lunga.

Un istinto ben comprensibile, lo stesso che ci ha spinti sulla luna, induce i girini ad allontanarsi dallo specchio d'acqua dove hanno compiuto la muta; non importa verso dove, in qualunque luogo salvo quello. In natura, non è improbabile che accanto a una pozza o ad un'ansa di torrente ve ne siano altre, o prati umidi, o paludi; perciò alcuni si salvano, migrano e colonizzano ambienti nuovi, ma comunque anche nelle condizioni piú favorevoli, una gran parte di loro è destinata a morire. Per questo le rane madri si estenuano nel partorire stringhe interminabili di uova: «sanno» che la mortalità infantile sarà spaventosamente alta, e provvedono come facevano i nostri bisavoli di campagna.

I nostri girini superstiti si sparpagliarono per il giardino-cortile, alla ricerca di un'acqua che non c'era. Li inseguimmo invano fra l'erba e i sassi; uno, il piú baldanzoso, che stava arrabattandosi a saltelli maldestri per valicare il marciapiede di granito, fu avvistato da un pettirosso che ne fece un solo boccone. Nello stesso istante, la gattina bianca nostra compagna di giochi, che assisteva immobile alla scena, fece un balzo portentoso e si avventò sull'uccello distratto dalla caccia fortunata: lo uccise a mezzo, come fanno i gatti, e se lo portò in un angolo per giocare con la sua agonia.

15 agosto 1985.

Il fabbricante di specchi

Timoteo, suo padre, e tutti i suoi ascendenti fino ai tempi piú remoti, avevano sempre fabbricato specchi. In una madia della loro casa si conservavano ancora specchi di rame verdi per l'ossido, e specchi d'argento anneriti da secoli di emanazioni umane; altri di cristallo, incorniciati in avorio o in legni pregiati. Morto suo padre, Timoteo si sentí sciolto dal vincolo della tradizione; continuò a foggiare specchi fatti a regola d'arte, che del resto vendeva con profitto in tutta la regione, ma riprese a meditare su un suo vecchio disegno.

Fin da ragazzo, di nascosto dal padre e dal nonno, aveva trasgredito le regole della corporazione. Di giorno, nelle ore d'officina, da apprendista disciplinato faceva i soliti noiosi specchi piani, trasparenti, incolori, quelli che, come suol dirsi, rendono l'immagine veridica (ma virtuale) del mondo, e in specie quella dei visi umani. A sera, quando nessuno lo sorvegliava, confezionava specchi diversi. Che cosa fa uno specchio? «Riflette», come una mente umana; ma gli specchi usuali obbediscono a una legge fisica semplice e inesorabile; riflettono come una mente rigida, ossessa, che pretende di accogliere in sé la realtà del mondo: come se ce ne fosse una sola! Gli specchi segreti di Timoteo erano piú versatili.

Ce n'erano di vetro colorato, striato, lattescente: riflettevano un mondo piú rosso o piú verde di quello vero, o variopinto, o con contorni delicatamente sfumati, in modo che gli oggetti o le persone sembravano agglomerarsi fra loro come nuvole. Ce n'erano di multipli, fatti di lamine o schegge ingegnosamente angolate: questi frantumavano l'immagine, la riducevano a un mosaico grazioso ma indecifrabile. Un congegno, che a Timoteo era costato settimane di lavoro, invertiva l'alto col basso e la destra con la sinistra; chi vi guardava dentro la prima volta provava una vertigine intensa, ma se insisteva per qualche ora finiva con l'abituarsi al mondo capovolto, e poi provava nausea davanti al mondo improvvisamente raddrizzato. Un altro specchio era fatto di tre ante, e chi ci si guardava vedeva il suo viso moltiplicato per tre: Timoteo lo regalò al parroco perché nell'ora di catechismo, facesse intendere ai bambini il mistero della Trinità.

C'erano specchi che ingrandivano, come sciaccamente si dice facciano gli occhi dei buoi, e altri che impicciolivano, o facevano apparire le cose infinitamente lontane; in alcuni ti vedevi allampanato, in altri pingue e basso come un Budda. Per farne dono ad Agata, Timoteo ricavò uno specchio da armadio da una lastra di vetro leggermente ondulata, ma ottenne un risultato che non aveva previsto. Se il soggetto si guardava senza muoversi, l'immagine mostrava solo lievi deformazioni; se invece si spostava in su e in giú, flettendo un poco le ginocchia o alzandosi in punta di piedi, pancia e petto rifluivano impetuosamente verso l'alto o verso il basso. Agata si vide trasformata ora in una donna-cicogna, con spalle, seno e ventre compressi in un fagotto librato su due lunghissime gambe stecchite; e subito dopo, in un mostro dal collo filiforme a cui era appeso tutto il resto, un ammasso di ernie spiaccicato e tozzo come creta da vasaio che ceda sotto il proprio peso. La storia finí male. Agata ruppe lo specchio e il fidanzamento, e Timoteo si addolorò ma non tanto.

Aveva in mente un progetto piú ambizioso. Provò in gran segreto vari tipi di vetro e di argentatura, sottopose i suoi specchi a campi elettrici, li irradiò con lampade che aveva fatto venire da paesi lontani, finché gli parve di essere vicino al suo scopo, che era quello di ottenere specchi metafisici. Uno Spemet, cioè uno specchio metafisico, non obbedisce alle leggi dell'ottica, ma riproduce la tua immagine quale essa viene vista da chi ti sta di fronte: l'idea era vecchia, l'aveva già pensata Esopo e chissà quanti altri prima e dopo di lui, ma Timoteo era stato il primo a realizzarla.

Gli Spemet di Timoteo erano grandi quanto un biglietto da visita, flessibili e adesivi: infatti erano destinati a essere applicati sulla fronte. Timoteo collaudò il primo esemplare incollandolo al muro, e non ci vide nulla di speciale: la sua solita immagine, di trentenne già stempiato, dall'aria arguta, trasognata e un po' sciatta: ma già, un muro non ti vede, non alberga immagini di te. Preparò una ventina di campioni, e gli parve giusto offrire il primo ad Agata, con cui aveva conservato un rapporto tempestoso, per farsi perdonare la faccenda dello specchio ondulato.

Agata lo ricevette freddamente; ascoltò le spiegazioni con distrazione ostentata, ma quando Timoteo le propose di applicarsi lo Spemet sulla fronte, non si fece pregare: aveva capito fin troppo bene, pensò Timoteo. Infatti, l'immagine di sé che egli vide, come su un piccolo teleschermo, era poco lusinghiera. Non era stempiato ma calvo, aveva le labbra socchiuse in un sogghigno melenso da cui trasparivano i denti guasti (eh sí, era un pezzo che rimandava le cure proposte dal dentista), la sua espressione non era trasognata ma ebete, e il suo sguardo era molto strano. Strano perché? Non tardò a capirlo: in uno specchio normale, gli occhi ti guardano sempre, in quello, invece, guardavano sbiechi verso la sua sinistra. Si avvicinò e si spostò un poco: gli occhi scattarono sfuggendo sulla destra. Timoteo lasciò Agata con sentimenti contrastanti: l'esperimento era andato bene, ma se davvero Agata lo vedeva cosí, la rottura non poteva essere che definitiva.

Offrí il secondo Spemet a sua madre, che non chiese spiegazioni. Si vide sedicenne, biondo, roseo, etereo e angelico, coi capelli ben ravviati e il nodo della cravatta all'altezza giusta: come un ricordino dei morti, pensò fra

IL FABBRICANTE DI SPECCHI

sé. Nulla a che vedere con le fotografie scolastiche ritrovate pochi anni prima in un cassetto, che mostravano un ragazzetto vispo ma intercambiabile con la maggior parte dei suoi condiscepoli.

Il terzo Spemet spettava a Emma, non c'era dubbio. Timoteo era scivolato da Agata a Emma senza scosse brusche. Emma era minuta, pigra, mite e furba. Sotto le coperte, aveva insegnato a Timoteo alcune arti a cui lui da solo non avrebbe mai pensato. Era meno intelligente di Agata, ma non ne possedeva le durezze pietrose: Agata-agata, Timoteo non ci aveva mai fatto caso prima, i nomi sono pure qualcosa. Emma non capiva nulla del lavoro di Timoteo, ma bussava spesso al suo laboratorio, e lo stava a guardare per ore con occhio incantato. Sulla fronte liscia di Emma, Timoteo vide un Timoteo meraviglioso. Era a mezzo busto e a torso nudo: aveva il torace armonioso che lui aveva sempre sofferto di non avere, un viso apollineo dalla chioma folta intorno a cui si intravedeva una ghirlanda di lauro, uno sguardo a un tempo sereno, gaio e grifagno. In quel momento, Timoteo si accorse di amare Emma di un amore intenso, dolce e duraturo.

Distribuí vari Spemet ai suoi amici piú cari. Notò che non due immagini coincidevano fra loro: insomma, un vero Timoteo non esisteva. Notò ancora che lo Spemet possedeva una virtú spiccata: rinsaldava le amicizie antiche e serie, scioglieva rapidamente le amicizie d'abitudine o di convenzione. Tuttavia ogni tentativo di sfruttamento commerciale fallí: tutti i rappresentanti furono concordi nel riferire che i clienti soddisfatti della propria immagine riflessa dalla fronte di amici o parenti erano troppo pochi. Le vendite sarebbero state comunque scarsissime, anche se il prezzo si fosse dimezzato. Timoteo brevettò lo Spemet e si dissanguò per alcuni anni nello sforzo di mantener vivo il brevetto, tentò invano di venderlo, poi si rassegnò, e continuò a fabbricare specchi piani, del resto di qualità eccellente, fino all'età della pensione.

1° novembre 1985.

Il passa-muri

Memnone aveva perso il conto dei giorni e degli anni. Delle quattro mura fra cui era rinserrato conosceva ogni ruga, crepa e grumo: le aveva studiate con gli occhi di giorno, con le dita di notte. Continuava a palpare la pietra, dal pavimento fin dove arrivavano le sue braccia, come se leggesse e rileggesse lo stesso libro: dalla materia, un alchimista impara sempre qualcosa, e del resto non aveva altro da leggere.

Era stata proprio la sua arte a condurlo al carcere. La corporazione era forte, rigida nella sua ortodossia, riconosciuta dall'Imperatore, e il suo dettato era chiaro: la materia era infinitamente divisibile. La sua immagine era l'acqua, non la sabbia; sostenere che ci fossero quei granelli ultimi, gli atomi, era eresia. Forse chi spendesse la vita a dividere l'acqua incontrerebbe alla fine una barriera? Ora Memnone aveva osato pensare di sí, e lo aveva proclamato, scritto, insegnato ai discepoli. Non sarebbe uscito finché non avesse ritrattato.

Non poteva ritrattare. L'occhio della mente gli diceva che la materia era vacua e rada, come il cielo stellato; granelli minuscoli sospesi nel vuoto, retti da odio e amore. Per questo lo avevano murato vivo: affinché parlasse a confutarlo la spietata durezza e impenetrabilità della pietra; ma Memnone sapeva che la pietra mentiva, e sapeva che questo era il nocciolo dell'arte, smentire il mentito. Ricordò quanto aveva visto nella sua officina. Per un vaglio passano l'aria, l'acqua e i semi di sesamo. Per un feltro passano l'aria e l'acqua, ma il sesamo no. Per il cuoio passa l'aria ma non l'acqua. Da un'anfora ben sigillata non escono né l'aria né l'acqua. Ma lui era sicuro che esisteva un'aria piú sottile, un etere capace di attraversare l'argilla indurita, il bronzo, e la pietra che lo seppelliva; e che il suo stesso corpo avrebbe potuto assottigliarsi fino a penetrare la pietra.

Come? «Homo est quod est», l'uomo è ciò che mangia: obeso e rustico se mangia lardo, valido se pane, placido se olio, fiacco se solo rape. Ora il cibo che gli veniva porto dallo spioncino era rozzo, ma lui lo avrebbe potuto affinare. Lacerò un lembo del mantello, lo riempí della polvere che copriva il suolo stendendola in strati graduali e sapienti, e se ne fece un filtro, secondo un disegno che solo lui ed Ecate conoscevano. Da allora, filtrò la broda scartandone le parti piú spesse. Dopo qualche mese, o forse era un anno?, gli effetti si fecero sentire. Dapprima fu solo una gran debolezza, ma poi notò, alla luce della finestrella, che la sua mano si faceva sempre piú diafana, finché ne distinse le ossa, tenui anch'esse.

Si accinse alla prova. Puntò un dito contro la pietra e spinse. Provò un formicolio, e vide che il dito penetrava. Era una doppia vittoria: la conferma della sua visione, e la porta verso la libertà. Attese una notte illune, poi premette le due palme con tutta la sua forza. Entravano, anche se a stento; entrarono anche le braccia. Spinse con la fronte, la sentí fondersi con la pietra, progredire lentissima, e nello stesso tempo fu invaso dalla nausea: era un turbamento doloroso, percepiva il sasso nel suo cervello e il cervello commisto al sasso.

Concentrò lo sforzo nelle braccia, come nuotando in una pegola, in un ronzio che lo assordava e in un buio rotto da lampi inspiegabili, finché sentí, i piedi staccarsi dal pavimento. Quanto era spessa la parete? Forse una tesa: la superficie esterna non poteva essere lontana. S'accorse presto che la sua destra era emersa: la sentiva muovere libera nell'aria, ma stentò a sciogliere il resto del corpo dalla vischiosità della pietra. Non poteva premere dal di fuori contro la parete: le mani tornavano a invischiarsi. Si sentiva come una mosca presa nel miele, che per liberare una zampina ne impania altre due, ma spinse forte con le gambe, e nella prima luce dell'alba emerse nell'aria come una farfalla dalla pupa.

Si lasciò cadere al suolo, da un'altezza di tre tese, non si fece male, ma era ancora intriso di macigno, pietroso, impedito. Doveva nascondersi, subito. Camminava a stento, ma non solo per la debolezza e la fatica del tragitto. Bastava il peso del suo corpo, benché emaciato, perché le piante dei piedi penetrassero il terreno. Trovò erba, e andò meglio; poi di nuovo il selciato della città. Si accorse che, a dispetto della stanchezza, gli conveniva correre, per non dar tempo alle suole di invischiarsi: correre, senza fermarsi mai. Fino a quando? Era questa la libertà? Questo il suo prezzo?

Trovò Ecate. Lo aveva atteso, ma era una vecchia; lo fece sedere e parlare, e subito lui sentí con spavento le natiche fondersi nel legno della sedia, trovò riposo solo nel letto, col suo peso ripartito sulle piume. Spiegò alla donna che doveva nutrirsi, per riaddensarsi, per ristabilire i confini col mondo; o non sarebbe stato meglio aspettare, per sconfiggere i suoi avversari con la testimonianza del fatto? La materia, anche la sua, era penetrabile, dunque discreta, dunque fatta d'atomi: nessuno lo avrebbe potuto contraddire senza contraddirsi.

Prevalse la fame. Ecate porse cibo a Memnone giacente: spalla di montone, legumi. Il montone era coriaceo, e gli fu impossibile masticarlo. Mascella, carne e mandibola si incollavano fra loro, temette che i denti si enucleassero. Dovette aiutarlo Ecate, facendo leva con la punta del coltello. Meglio, per ora, latte, uova e formaggio fresco: quel corpo estenuato non sopportava pressioni, tuttavia, dopo la lunga astinenza, si stava gonfiando di voglia. Memnone attirò la donna nel letto, la spogliò, e come, poche ore prima, aveva esplorato la pietra del carcere, ne esplorò la pelle: era rimasta giovane, la sentí morbida, tesa e profumata. Abbracciò la donna, allegro di quel vigore ridestato: era un effetto imprevisto, un prodotto marginale ma felice della sottigliezza; o forse una residua pietrosità, duri atomi di sasso commisti ai suoi atomi di carne e di spirito non vinto.

Travolto dal desiderio, aveva dimenticato la sua nuova condizione. Strinse a sé la donna, e sentí il proprio confine diluirsi nel suo, le due pelli confluire e sciogliersi. Per un istante o per sempre? In un crepuscolo di consapevolezza tentò di staccarsi e di arretrare, ma le braccia di Ecate, troppo piú forti delle sue, si rinserrarono. Riprovò la vertigine che lo aveva invaso mentre migrava attraverso la pietra: non piú fastidiosa adesso, ma deliziosa e mortale. Trascinò la donna con sé nella notte perpetua dell'impossibile.

2 marzo 1986.

Le fans di spot di Delta Cep.

Caro Piero Bianucci,

lei si stupirà di ricevere una lettera da una sua ammiratrice, in un tempo cosí breve e da cosí lontano. Conosciamo le vostre buffe ubbie sulla velocità della luce; qui da noi basta pagare un modesto supplemento una tantum al canone Tv e riusciamo a ricevere ed a trasmettere messaggi intergalattici in tempo reale o quasi. Per conto mio, sono un'appassionata dei vostri programmi Tv, in specie della pubblicità sulla conserva di pomodoro. Volevo dirle che sono rimasta entusiasta del suo servizio di martedí scorso, quello in cui lei parlava delle Cefeidi. Anzi, mi ha fatto piacere imparare che voi ci chiamate cosí, perché il nostro sole è proprio una Cefeide; voglio dire che è una stella molto piú grande della vostra, e che pulsa regolarmente con un periodo di cinque giorni e nove ore terrestri. E proprio la Cefeide di Cefeo, guardi che combinazione! Ma prima di inoltrarmi a descriverle la nostra *way of life* volevo dirle che alle mie amiche ed a me la sua barba è piaciuta molto: qui da noi gli uomini non hanno barba, anzi neppure testa; sono lunghi dieci o dodici centimetri, assomigliano ai vostri asparagi, e quando desideriamo essere fecondate ce li mettiamo sotto un'ascella per due o tre minuti, come fate voi con i termometri clinici per misurarvi la febbre. Abbiamo dieci ascelle: noi siamo tutte a simmetria binaria, di modo che il nostro lato è la sezione aurea del nostro raggio, cosa unica almeno nella nostra Galassia, e di cui siamo fiere. I maschi costano dalle 20 alle 50 000 lire a seconda dell'età e dello stato di conservazione e non ci dànno molte preoccupazioni.

A proposito: non si faccia illusioni, noi siamo a temperatura variabile, d'inverno sui −20 °C, d'estate sui 110 °C: ma saremo amici ugualmente. Ho saputo che lei è un astrofilo, e questo mi ha... [*indecifrabile*] perché anche le mie amiche ed io passiamo molte sere sull'emisfero posteriore a contemplare il cielo stellato; ci siamo anche divertite a localizzare il vostro sole, che visto di qui è di settima magnitudine un po' scarsa e sta in una costellazione che noi chiamiamo Jadikus (è uno strumento di cucina). Noi, quasi tutte salvo qualcuna che ama la solitudine, abitiamo sull'emisfero anteriore, perché c'è piú luce e piú paesaggio. Del resto, il nostro pianeta non è grande: per cambiare emisfero basta un viaggetto di tre o quattro chilometri che si può fare a piedi, o percorrendo a nuoto i fiumi quando non sono né gelati né secchi.

Siamo anche lontane dal nostro sole, cosí è raro che le rocce fondano, salvo lo zolfo. Quando parlavo di estate e d'inverno mi riferivo alla pulsazione del nostro sole. Per voialtri non sarebbe facile abituarsi: c'è un servizio d'ordine per le distratte e le ritardatarie; suonano le sirene in tutte le città e i villaggi, e bisogna rintanarsi sotto terra entro mezz'ora: ciascuna si porta dietro i suoi maschi. Dicono che sia uno spettacolo, ma lo vedono solo appunto le ragazze del servizio d'ordine, coi periscopi, da dentro i loro osservatori adiabatici: pare che il sole si gonfi a vista d'occhio, e in pochi minuti il mare cominci a bollire. È un mare d'acqua e d'anidride solforosa, con sciolti dentro sali di ferro, d'alluminio, di titanio e di manganese; anche noi abbiamo una corazza di ossido di ferro e manganese, e la cambiamo quando ci viene stretta. In mare non ci andiamo mai, perché siamo basiche e l'acqua è acida e ci scioglierebbe; delle volte succede, a quelle che sono stanche della vita e in mare si gettano apposta. È un mare poco profondo, e quando il sole si gonfia evapora in poche ore; si trasforma in una brutta distesa di sale grigio e bruno, e tutta l'acqua va in cielo ad appannare il sole.

L'estate dura due dei vostri giorni; la trascorriamo dormendo e facendo le uova. La nostra temperatura ottimale è sui 46 °C, di modo che se lei ed io ci incontrassimo nella buona stagione potremmo anche toccarci; questo mi farebbe piacere, ma è poco probabile che avvenga perché... [*indecifrabile*] non ci sono ancora. Poi il calore cala a poco a poco, piove a dirotto acqua calda e poi tiepida, e l'erba torna a spuntare. È la stagione in cui andiamo tutte al pascolo e ci scambiamo le notizie. L'autunno scorso una mia amica mi ha detto che ha visto una supernova; era un pezzo che non succedeva, e mi ha raccomandato di farglielo sapere. Vista da voi, dovrebbe essere dalle parti dello Scorpione; se lei pagasse l'una tantum tachionica la potrebbe vedere fra dieci giorni, se no le toccherà aspettare 3485 anni.

Finito l'autunno, tutto gela: il mare con tutti i suoi sali, l'erba, che resta intrappolata nella pioggia e nella rugiada, e tutti quelli che restano all'aperto. L'inverno è gradevole: le nostre caverne sono ben riscaldate, mangiamo conserve, ci facciamo fecondare tre o quattro volte da maschi diversi, per differenziarci un poco, ma anche perché è la moda; facciamo musica con gli stridulatori, guardiamo tutte le Tv dell'universo e organizziamo premi letterari. Tre anni fa ne ho vinto uno anch'io. Era per un racconto molto sexy, parlava di una ragazza che s'era comprata un maschio col suo primo stipendio e poi s'era affezionata e non voleva piú cambiarlo e neppure mandarlo al macero. L'ho scritto in 2 secondi e 36 centesimi. Noi facciamo tutto piuttosto in fretta.

La vostra Tv è una delle piú seguite, appunto per via delle conserve, che a noi interessano molto. Se lei riuscirà a inoltrare il suo una tantum, e quindi a rispondermi in un tempo ragionevole, la prego di farmi avere la formula dei vostri principali: *a*) antifermentativi; *b*) antiparassitari; *c*) anticoncezionali; *d*) antiestetici; *e*) antisemiti; *f*) antipiretici; *g*) antiquari; *h*) antielmintici; *i*) antifone; *l*) antitesi; *m*) antilopi.

Infatti, anche noi dell'ottavo pianeta di Delta Cephei

siamo sottoposte a molte insidie e minacce da cui dobbiamo preservarci. In specie sulle voci *c)* e *h)* si è molto discusso nella mia tana durante lo scorso inverno, perché i vostri spot pubblicitari relativi non erano chiari; comunque, le mie amiche ed io vorremmo farli produrre dall'industria chimica locale e provarli, perché abbiamo avuto l'impressione che possano dare sollievo ad alcuni dei nostri mali.

Molti cordiali saluti dalla sua... [*firma illeggibile*] e dalle sue amiche.

Delta Cep./8, d.3° a.3,576.10".

Traduzione di Primo Levi.

Nozze della formica

GIORNALISTA   Signora, La vedo molto occupata. Spero di non disturbarla: per una come me questa è un'occasione rara.
REGINA   È quello che voi chiamate uno scoop, vero? Bene, per prima cosa si tolga dai piedi. Voglio dire: tolga i piedi. Sta rovinando la cupola; almeno trecento giorni-formica solo per riparare il danno che ha già fatto. Le nostre cupole, o perfette o niente. Noi, e io in specie, siamo fatte cosí. Ecco, brava. Adesso avanti. Sí, registri pure. A proposito, perché niente Maestà? Come le chiamate, voi, le vostre regine?
GIORNALISTA   Scusi, signora... ehm, scusi, Maestà. Credevo che...
REGINA   Ha poco da credere. Forse perché sono vedova e sto facendo le uova? Ebbene? Proprio per questo. Me la trova Lei, una regina umana capace di fare altrettanto? Maestà! Ma si capisce che io sono una maestà. Sa quante uova ho fatto finora? Un milione e mezzo, e ho solo quattordici anni, e ho fatto l'amore una volta sola.
GIORNALISTA   Vuol dirci qualcosa del Suo matrimonio?
REGINA   Era un pomeriggio splendido, pieno di colori, di profumi e di poesia: uno di quei momenti in cui sembra che il mondo canti. Aveva appena spiovuto e subito era tornato il sole, e io ho provato un desiderio, una spinta irresistibile, i muscoli delle ali turgidi, che sembravano scoppiare. Eh, quando si è giovani... Il mio

marito buonanima era molto robusto e simpatico: il suo odore mi è piaciuto subito, e il mio a lui. Mi ha inseguito per mezz'ora buona, con insistenza, e allora, sa come siamo noi femmine, io ho finto d'essere stanca e mi sono lasciata raggiungere, benché anch'io fossi una splendida volatrice. Sí, è stato indimenticabile, lo scriva pure sul Suo giornale: da lassú non si vedevano piú neppure i nostri formicai, il suo e il mio. E lui, poverino, mi ha consegnato il pacchetto ed è subito piombato giú morto stecchito: neanche il tempo di dirsi addio.

GIORNALISTA ... il pacchetto?

REGINA Un pacchetto come se ne vedono pochi, con piú di quattro milioni di bestioline, tutte vitali. Da allora me lo tengo nell'addome. Lavoro di rubinetto e di pompa, perché noi ce li abbiamo incorporati: ogni uovo tre o quattro spermii, e quando voglio figli maschi non ho che da chiudere il condotto. Mi creda, il vostro sistema noialtre non lo abbiamo mai capito. Voglio dire: sta bene il viaggio di nozze, ma poi che bisogno c'è di tutte quelle repliche? Tutte ore lavorative perdute. Vedrà che col tempo ci arriverete anche voi, come siete arrivati alla divisione del lavoro: per il popolo la fecondità è solo spreco e demagogia. Dovreste delegarla anche voi, avete pure re e regine, o anche solo presidenti; lasciate fare a loro, i lavoratori devono lavorare.

E perché tanti uomini? Quel vostro fifty fifty è roba sorpassata, lasci che glielo dica io; mica per niente, il nostro regime vive da centocinquanta milioni di anni, e il vostro da neanche uno. E il nostro è collaudato, è stabile fin dal Mesozoico, mentre voi lo cambiate ogni vent'anni quando va bene. Guardi, non voglio intromettermi nei fatti vostri, e mi rendo conto che anatomia e fisiologia sono difficili da rinnovare nei tempi brevi, ma anche cosí come stanno le vostre cose, un maschio ogni cinquanta femmine basterebbe con abbondanza. Oltre tutto risolvereste anche il problema della fame nel mondo.

GIORNALISTA E gli altri quarantanove?

REGINA   Il meglio sarebbe che non nascessero. Altrimenti, è da vedersi: ucciderli, o castrarli e farli lavorare, o lasciare che si ammazzino tra di loro, già che ne hanno la tendenza. Ne parli col Suo direttore, faccia un editoriale; sarebbe un disegno di legge da presentare in parlamento.

GIORNALISTA   Gliene parlerò senz'altro. Ma Lei, Maestà, non ha mai rimpianto quel pomeriggio, quel volo, quell'istante di amore?

REGINA   È difficile dirlo. Vede, per noi il dovere viene prima di tutto; e poi, in fondo, io qui dentro ci sto bene, al buio, al caldo, in pace, con le mie centomila figlie intorno che mi leccano tutto il giorno. C'è un tempo per ogni cosa, l'ha detto molti secoli fa qualcuno dei vostri: mi pare che vi invitasse anche a imitarci. Per noi, questa è una regola rigida, c'è il tempo delle uova, quello delle larve, quello delle pupe; c'è il giorno e la notte, l'estate e l'inverno, la guerra e la pace, il lavoro e la fecondità: ma al di sopra di tutto c'è lo Stato, e niente fuori dello Stato.

Be', rimpianti sí, certo. Gliel'ho detto, ero una grande volatrice: forse è per questo che il mio povero marito aveva scelto proprio me in mezzo alla folla delle principesse che sciamavano nel tramonto. Eravamo tante da oscurare il sole: da lontano, sembrava che dal formicaio uscisse una colonna di fumo, ma io ero quella che volava piú alto di tutte. Avevo una muscolatura da atleta. E lui mi ha inseguita, mi ha affidato quel dono che racchiudeva tutti i nostri domani, e poi subito giú: lo vedo ancora adesso, è caduto in vite, come una foglia.

GIORNALISTA   E Lei, Maestà?

REGINA   Il pacchetto è una responsabilità, e pesa: anche materialmente. Sono ridiscesa, anzi, mi sono lasciata cadere: un po' per la stanchezza, un po' per il turbamento. Non piú vergine aviatrice, ma madre vedova, gravida di milioni. La prima cosa da fare, quando una diventa madre, è liberarsi delle ali: sono una frivolezza, una vanità, e tanto non servono piú. Le ho subito strappate, e mi sono scavata una nicchia, come si è sempre fatto. Ho avuto la tentazione di tenermele nella mia cella per ricordo, ma poi ho pensato che anche questa era vanità, e le ho lasciate lí, che il vento se le portasse via.

Sentivo le uova che maturavano in me, fitte come la grandine. Quando viene questo momento, i muscoli delle ali diventano provvidenziali per un altro verso. Me li sono assimilati, consumata, incorporati, in modo da avere sostanza da trasferire alle uova, al mio popolo futuro. Gli ho sacrificato la mia forza e la mia giovinezza, e ne sono fiera. Io, io sola. Ci sono razze che si tengono nel nido anche dieci o venti regine: è una vergogna che qui da noi non s'è mai vista. Che si provi, una delle mie operaie, a diventare feconda, e poi vedrà!

GIORNALISTA   Capisco. Generare è un impegno totalizzante. Comprendo che Lei ne rivendichi il monopolio. La maternità è sacra, anche da noi, sa? Le nostre cronache sono piene di orrori, ma chi nuoce ai piccoli è esecrato da tutti.

REGINA   Sí, sí. Non si devono mangiare le uova, non è bello. Ma ci sono situazioni in cui si deve seguire il senso dello Stato, che è poi il buon senso. Se il cibo è scarso e le uova sono troppe, non c'è piú posto per i moralismi. Si mangiano le uova, io per prima, o magari anche le larve e le pupe. Nutrono; e se si lasciano lí senza cure, perché le operaie hanno fame e non possono piú lavorare, vanno a male, sono buone solo per i vermi, e moriamo anche noi. *So what?* Senza logica non c'è governo.

20 aprile 1986.

Forza maggiore

M. aveva fretta perché aveva un appuntamento importante col direttore di una biblioteca. Non conosceva quel quartiere della città; chiese la via a un passante, che gli indicò un vicolo lungo e stretto. Il suolo era acciottolato. M. vi entrò, e quando fu a mezzo cammino vide venirgli incontro un ragazzo tarchiato in canottiera, forse un marinaio. Notò con disagio che non c'erano slarghi né portoni: benché M. fosse smilzo, al momento dell'incrocio sarebbe stato costretto a un contatto sgradevole. Il marinaio fischiò, M. udí un latrato alle sue spalle, il grattare degli unghioli, poi l'ansito dell'animale accaldato: il cane doveva essersi accovacciato in attesa.

Avanzarono entrambi, finché si trovarono fronte a fronte. M. si addossò al muro per lasciare libero il passaggio, ma l'altro non fece altrettanto; rimase fermo e posò le mani sui fianchi, ostruendo completamente il cammino. Non aveva un'espressione minacciosa; sembrava che aspettasse tranquillamente, ma M. udí il cane ringhiare profondo: doveva essere un animale di grossa taglia. Fece un passo in avanti, al che l'altro appoggiò le mani alle pareti. Vi fu una pausa, poi il marinaio fece un gesto con le due palme rivolte al suolo, come chi carezzasse una lunga schiena o placasse le acque. M. non capí; chiese: – Perché non mi lascia passare? –, ma l'altro rispose ripetendo il gesto. Forse era muto, o sordo, o non intendeva l'italiano: ma avrebbe pur dovuto capire, la questione non era cosí complessa.

Senza preavviso il marinaio sfilò gli occhiali di M., glieli cacciò in tasca e gli sferrò un pugno allo stomaco: non molto forte, ma M., colto di sorpresa, arretrò di parecchi passi. Non si era mai trovato in una situazione simile, neppure da ragazzo, ma ricordava Martin Eden e il suo scontro con Faccia di Formaggio, aveva letto *Ettore Fieramosca*, l'*Orlando Innamorato*, il *Furioso*, la *Gerusalemme* e il *Don Chisciotte*, ricordava la storia di Fra Cristoforo, aveva visto *Un uomo tranquillo*, *Mezzogiorno di fuoco* e cento altri film, e perciò sapeva che prima o poi quell'ora anche per lui sarebbe venuta: viene per tutti. Cercò di farsi animo, e rispose con un diretto, ma si accorse con stupore che il suo braccio era corto: non riuscí neppure a sfiorare il viso dell'avversario, che lo aveva tenuto a distanza puntandogli le mani sulle spalle. Allora caricò il marinaio a testa bassa: non era solo una questione di dignità e d'orgoglio, non solo aveva bisogno di passare, ma in quel momento il farsi strada in quel vicolo gli appariva una questione di vita o di morte. Il giovane gli acchiappò la testa fra le mani, lo respinse, e ripeté il gesto dei due palmi, che M. intravide nella nebbia della miopia.

A M. venne in mente che avrebbe potuto anche lui giocare sulla sorpresa: non aveva mai praticato alcun genere di lotta, ma qualcosa gli era pure rimasto delle sue letture, e gli balenò in mente, da un remoto passato, una frase letta trent'anni prima in un romanzo del selvaggio Nord: «Se il tuo avversario è piú forte di te, abbassati, gettati contro le sue gambe e spaccagli le ginocchia». Indietreggiò di qualche passo, prese la rincorsa, si raccolse a palla e rotolò contro le gambe tozze del marinaio. Questi abbassò una mano, una sola, arrestò M. senza sforzo, lo afferrò per un braccio e lo rialzò: aveva un espressione stupita. Poi rifece il solito gesto. Il cane frattanto si era avvicinato, e annusava i pantaloni di M. con aria minacciosa. M. udí un passo secco e rumoroso alle sue spalle: era una ragazza in abiti vistosi, forse una prostituta. Superò il cane, M. e il marinaio come se non li vedesse, e scomparve in fondo al vicolo. M., che aveva vissuto fino allora una vita normale, cosparsa di gioie, noie e dolori, di successi e di insuccessi, percepí una sensazione che non aveva mai provata prima, quella della sopraffazione, della forza maggiore, dell'impotenza assoluta, senza scampo e senza rimedio, a cui non si può reagire se non con la sottomissione. O con la morte: ma aveva un senso morire per il passaggio in un vicolo?

A un tratto, il marinaio acchiappò M. per le spalle e lo spinse verso il basso: possedeva veramente una forza straordinaria, e M. fu costretto a inginocchiarsi sui ciottoli, ma l'altro continuava a premere. A M. dolevano le ginocchia in modo intollerabile; tentò di scaricare una parte del peso sui calcagni, per il che dovette abbassarsi ancora un poco e inclinarsi all'indietro. Il marinaio ne approfittò: la sua spinta da verticale si fece obliqua, e M. si trovò seduto con le braccia puntellate dietro di sé. La posizione era piú stabile, ma poiché ora M. era assai piú basso, la pressione dell'altro sulle sue spalle si era fatta proporzionalmente piú intensa. Lentamente, con spunti convulsi e inutili di resistenza, M. si trovò appoggiato sui gomiti, poi coricato, ma con le ginocchia ripiegate e alte: almeno quelle. Erano fatte di ossa dure, rigide, difficili da vincere.

Il ragazzo emise un sospiro come fa chi deve fare appello a tutta la sua pazienza, afferrò i calcagni di M., uno per volta, e gli distese le gambe contro il suolo premendo sulle rotule. Era questo dunque il significato del gesto, pensò M.: il marinaio lo voleva disteso, subito; non tollerava resistenze. L'altro cacciò via il cane con un comando secco, si tolse i sandali reggendoli in mano, e si accinse a percorrere il corpo di M. come si percorre in palestra l'asse d'equilibrio: lentamente, a braccia tese, guardando fisso davanti a sé. Pose un piede sulla tibia destra, poi l'altro sul femore sinistro, e via via sul fegato, sul torace sinistro, sulla spalla destra, infine sulla fronte. Si infilò i sandali e se ne andò seguito dal cane.

M. si rialzò, si rimise gli occhiali e si rassettò gli abiti. Fece un rapido inventario: c'erano vantaggi secondari, quelli che il calpestato ricava dalla sua condizione? Compassione, simpatia, maggiore attenzione, minore responsabilità? No, poiché M. viveva solo. Non ce n'erano, né ce ne sarebbero stati; o se sí, minimi. Il duello non aveva corrisposto ai suoi modelli: era stato squilibrato, sleale, sporco, e lo aveva sporcato. I modelli, anche i piú violenti, sono cavallereschi, la vita non lo è. Si avviò al suo appuntamento, sapendo che non sarebbe stato mai piú l'uomo di prima.

27 luglio 1986.

Un «giallo» del Lager

Nel novembre del 1944 avevamo un Kapo olandese che da civile aveva suonato la tromba nell'orchestrina d'un caffè concerto di Amsterdam. Come *Musiker*, faceva parte della banda del campo, ed era quindi un Kapo anomalo dalle doppie funzioni, che alla fine della sfilata dei prigionieri verso il lavoro doveva scendere dal palco, riporre la tromba e rincorrere la schiera per riprendere il suo posto. Era un uomo volgare ma non particolarmente violento, ben nutrito, stupidamente fiero del pigiama a righe quasi pulito a cui la sua funzione gli dava diritto, e assai parziale nei confronti dei suoi sudditi olandesi, quattro o cinque nella nostra squadra di una settantina di prigionieri.

Quando si approssimò il Capodanno, per ingraziarsi ulteriormente il Kapo, e ad un tempo per ringraziarlo, questi olandesi decisero di preparargli un festeggiamento. Come ovvio, i generi alimentari erano pochi, ma uno di loro, grafico di professione, scovò un foglio di carta da cemento, lo verniciò davanti e dietro con olio di lino per renderlo simile alla pergamena, ne sfrangiò i bordi, vi tracciò tutto intorno una greca con minio rubato in cantiere, e vi ricopiò in bella scrittura una poesiola augurale. Naturalmente era in olandese, lingua che non conosco, ma per uno dei curiosi salvataggi operati dalla memoria ne ricordo tuttora alcuni versi. Tutti firmarono, e firmò anche Goldbaum, che olandese non era, bensí austriaco; il fatto mi stupí a fior di pelle, poi non ci pensai piú, travolto anch'io dagli eventi drammatici che segnarono lo scioglimento del Lager pochi giorni dopo.

Il nome di questo Goldbaum è riaffiorato per un istante nel corso di un incontro che ho descritto nel *Sistema periodico*. Per un improbabile gioco del destino, dopo piú di vent'anni mi ero trovato in contatto epistolare con un chimico tedesco, uno dei miei padroni di allora: era afflitto da sensi di colpa, e mi chiedeva qualcosa come un perdono o un'assoluzione. Per dimostrarmi di aver provato interesse umano verso noi prigionieri, citava episodi e personaggi che poteva aver trovati nei molti libri pubblicati sull'argomento (o nel mio stesso *Se questo è un uomo*); ma mi chiedeva anche notizie personali di Goldbaum, che certo nessun libro nominava. Era una prova piccola ma concreta. Gli avevo risposto il poco che sapevo: Goldbaum era morto durante la terribile marcia di trasferimento dei prigionieri di Auschwitz verso Buchenwald.

Questo nome è tornato a galla pochi mesi fa. Il *Sistema* era stato pubblicato in Inghilterra, e una certa famiglia Z., di Bristol ma con diramazioni in Sud Africa e altrove, mi scrisse una lettera complicata. Un loro zio, Gerhard Goldbaum, era stato deportato, non sapevano dove, né avevano piú avuto sue notizie. Sapevano che le probabilità di un'effettiva coincidenza erano minime, perché si trattava di un cognome molto comune, tuttavia una delle nipoti era disposta a venire a Torino a parlarmi, per verificare se per caso il mio Goldbaum non fosse proprio il loro scomparso, alla cui memoria sembravano molto legati.

Prima di rispondere, cercai di mobilitare quanto di Goldbaum ricordavo. Non era molto: appartenevamo alla stessa squadra, ambiziosamente denominata «Kommando Chimico», ma lui chimico non era, e neppure eravamo stati particolarmente amici. Tuttavia, ricollegavo a lui la vaga reminiscenza di una posizione di privilegio simile alla mia: io riconosciuto (in verità assai tardi) come chimico, lui in qualche altra specializzazione tecnica. Il suo tedesco era limpido: senza dubbio era stato un uomo civile e di buona cultura. Rilessi le lettere del chimico tedesco, e vi trovai un dato che avevo dimenticato: il Goldbaum che lui ricordava era un fisico dei suoni, come me era stato esaminato, e poi assegnato a un laboratorio di acustica.

La circostanza mi richiamò alla mente una coincidenza che avevo scordata: nel *Primo cerchio* di A. Solženicyn si descrivono strani Lager specializzati, e in specie uno di questi, i cui prigionieri-ingegneri sono addetti alla ricerca di un analizzatore di suoni «commissionato» dalla polizia segreta di Stalin allo scopo di identificare le voci umane nelle intercettazioni telefoniche. Questi Lager si diffusero in Unione Sovietica dopo la fine della guerra. Ora, nell'aprile 1945, cioè dopo la liberazione, io ero stato invitato a colloquio da un gentilissimo funzionario sovietico: era venuto a sapere che io avevo lavorato da prigioniero in un laboratorio chimico, e voleva sapere da me quanto i tedeschi ci davano da mangiare, quanto ci sorvegliavano, se ci pagavano, come evitavano furti e sabotaggi. È quindi abbastanza probabile che io abbia modestamente contribuito all'organizzazione delle cosiddette *saraski* sovietiche, e non è impossibile che il misterioso lavoro di Goldbaum fosse quello descritto da Solženicyn.

Risposi agli Z. che avrei dovuto recarmi a Londra in aprile: un loro viaggio in Italia era inutile, avremmo potuto vederci là. Vennero all'appuntamento in sette, appartenenti a tre generazioni, mi assediarono, e subito mi mostrarono due fotografie di Gerhard, scattate verso il 1939. Provai una specie di abbagliamento; a distanza di quasi mezzo secolo, il viso era quello, coincideva perfettamente con quello che io, senza saperlo, recavo stampato nella memoria patologica che serbo di quel periodo: a volte, ma solo per quanto riguarda Auschwitz, mi sento fratello di Ireneo Funes «el memorioso» descritto da Borges, quello che ricordava ogni foglia di ogni albero che avesse visto, e che «aveva piú ricordi da solo, di quanti ne avranno avuti tutti gli uomini vissuti da quando esiste il mondo».

Non occorrevano altre prove: lo dissi alla nipote, leader della famiglia, ma invece di allentarsi la loro pressione si fece piú forte; non parlo per metafore, avrei dovuto intrattenermi anche con altre persone, ma gli Z. mi avevano incapsulato come fanno i leucociti attorno a un germe, mi premevano intorno e mi tempestavano di domande e di informazioni. Alle domande non seppi rispondere, salvo che a una: no, Goldbaum non doveva aver sofferto troppo per la fame; lo attestava il fatto stesso dell'averlo io subito riconosciuto in fotografia. Mancavano dalla mia immagine mentale i segni della fame estrema, inconfondibili e a me noti; il suo mestiere, fino agli ultimi giorni, gli doveva aver risparmiato almeno quella sofferenza.

E fu sciolto anche il nodo dell'Olanda. Era una conferma ulteriore: la nipote mi disse che al tempo dell'annessione dell'Austria Gerhard si era rifugiato in Olanda, dove, ormai padrone della lingua, aveva lavorato alla Philips fino all'invasione nazista. Apparteneva alla Resistenza olandese; come me, era stato arrestato come partigiano, e poi riconosciuto come ebreo.

L'affettuoso e tumultuoso clan degli Z. venne disperso a fatica da un improvvisato «servizio d'ordine», ma prima di lasciarmi la nipote mi consegnò un involto. Conteneva una sciarpa di lana: la porterò nel prossimo inverno. Per ora, l'ho riposta in un cassetto, provando la sensazione di chi tocchi un oggetto piovuto dal cosmo, come le pietre lunari, o come gli «apporti» vantati dagli spiritisti.

10 agosto 1986.

Scacco al tempo

GRANDUCATO DI NEUSTRIA
UFFICIO CENTRALE BREVETTI

Domanda di brevetto n. 861731
Classe 23d, Gruppo 2

Data della richiesta: 2 febbraio 1984

Io Theophil Skoptza, nato a Obikon a. L. il 31 luglio 1919, di professione guardia campestre, porgo domanda affinché mi sia concesso il brevetto d'invenzione quale qui di seguito descritto.

Stato dell'arte.

È noto all'esperienza comune che il passo del tempo, quale viene percepito da ogni individuo, non coincide con quello indicato dagli strumenti cosiddetti obiettivi. Secondo le mie misure, un minuto trascorso davanti a un semaforo rosso è mediamente 8 volte piú lungo di un minuto trascorso in una conversazione con un amico; 22 volte se l'amico è di sesso diverso. Uno spot pubblicitario alla Tv di questo Granducato viene percepito da 5 a 10 volte piú lungo del suo tempo effettivo, che raramente supera il minuto. Un'ora trascorsa in condizioni di deprivazione sensoriale acquista valori erratici, che variano da pochi minuti a 15-18 ore. Una notte trascorsa in stato d'insonnia è piú lunga di una notte passata dormendo, ma non mi risulta che fino a oggi siano state svolte ricerche quantitative. Come è noto a tutti, il tempo soggettivo si allunga enormemente se vengono consultati con frequenza orologi o cronometri.

Altrettanto comune è l'osservazione che il tempo soggettivo si allunga nel corso di esperienze o condizioni poco gradite, quali mal di denti o di mare, emicrania, lunghe attese e simili. Per la malignità intrinseca alla natura e alla condizione umana, esso diventa invece breve, fino a evanescente, nel corso delle condizioni opposte.

Invenzione.

È protetta dal marchio registrato PARACRONO, che copre anche i derivati grammaticali. Presuppone condizioni fisiologiche normali da parte del soggetto, e consiste nell'iniezione di dosi estremamente basse di maleato di rubidio nel quarto ventricolo cerebrale. L'operazione non è pericolosa né dolorosa, e non sono stati messi in evidenza finora effetti secondari nocivi, ad eccezione di un lieve senso di vertigine nei primi giorni dopo l'intervento. Dopo un periodo di latenza di qualche giorno, il paziente è in grado di intervenire volontariamente sul proprio senso soggettivo del tempo. Non soltanto può uniformarlo alla durata oggettiva, ma può addirittura invertire il fenomeno, cioè allungare a piacere il tempo delle esperienze gradite, e abbreviare la durata delle esperienze dolorose o fastidiose. In questo secondo caso, occorre notare che, in modo totalmente imprevisto, attività muscolare, memoria, attenzione e percezione rimangono integre; questo distingue il metodo qui descritto da tecniche quali la narcosi, l'ipnosi, il coma o la catalessi indotta, e dalle macchine del tempo inventate per ora solo dai romanzieri.

Esempi.

Esempio 1. H. D., di anni 49, fattorino e autista. Era costretto dalla sua professione a fare ore di coda all'Ufficio del Registro, che in questo Granducato è particolarmente inefficiente. Dopo il trattamento paracronale riferisce di vedere la coda davanti a sé accorciarsi con una cadenza che lui valuta in tre persone al secondo, tanto da provare l'impressione di dover correre per presentarsi allo sportello senza perdere il turno. È aumentato di statura, i suoi capelli grigi hanno ripreso il loro colore primitivo, e si è dedicato con successo allo studio della lingua Urdu.

Esempio 2. L. E., di anni 19, studentessa. Dopo essersi sottoposta al paracrono non percepisce piú l'ansia degli esami, e come conseguenza si è liberata di un'angoscia specifica (causata appunto dalla lunga attesa) che la rendeva incapace di rispondere alle domande e le aveva provocato innumerevoli bocciature, benché possedesse una eccellente preparazione e un QI di 148.

Esempio 3. T. K., 35 anni, tornitore, disoccupato, attualmente in carcere preventivo in attesa di processo. Ha scontato trentacinque mesi di detenzione valutandoli in quattro giorni. Riferisce di veder sorgere il giorno come di scatto, e altrettanto di scatto sopravvenire la notte «dopo pochi secondi». Ciononostante ha letto in prigione le opere complete di Ken Follett, e ne ricorda benissimo il contenuto.

Esempio 4. F. B., operaia, anni 24. Per sua stessa ammissione, ha un carattere difficile, e si risentiva quando il suo fidanzato arrivava agli appuntamenti con venti o trenta minuti di ritardo. Si è fatta paracronare, ora non si accorge dei ritardi, che sono diventati impercettibili, e la loro relazione si è ristabilita con soddisfazione di entrambi.

Esempio 5. T. S., di anni 67 (sono io stesso). Dopo aver subito il trattamento, mi è accaduto di scoprire un piccolo fungo porcino appena spuntato dal sottobosco. Mi sono subito posto in condizione di paracronia, e ho raccolto un fungo di kg 0,760 dopo un'attesa di tre giorni e tre notti, che a me sono apparsi non piú lunghi di mezz'ora globale, tanto che ho visto il fungo crescere letteralmente a vista d'occhio.

Esempio 6. G. G., di anni 27, laureato in lettere neustriane ma temporaneamente imbianchino. Trattato con maleato di rubidio il 25 luglio 1982. Durante il primo amplesso, lungamente desiderato, con la donna che amava, al sommo dell'orgasmo, è riuscito a porsi istantaneamente in condizione di paracronia, cioè a compiere su se stesso l'operazione che era riuscita cosí male a Faust. Riferisce di aver mantenuto l'esaltazione per un tempo che ha valutato in 36 ore, benché i suoi orgasmi normali non durino obiettivamente piú di 5-7 secondi. Ne è uscito non soltanto riposato e lucido, ma pieno di energie fattive: attualmente si sta preparando all'ascensione in solitaria invernale della parete sud dell'Aconcagua. Riferisce inoltre che la sua partner, che pure non si era accorta di nulla sul momento, ha deciso di farsi paracronizzare nel mio laboratorio entro il piú breve tempo possibile.

Rivendicazioni.

1) Un metodo per accelerare, rallentare o arrestare il tempo soggettivo *ad libitum* del soggetto, caratterizzato dal fatto che la modificazione psicofisiologica viene ottenuta mediante introduzione nell'organismo del sale organico di un metallo alcalino.

2) Un metodo come descritto alla rivendicazione precedente, caratterizzato dal fatto che l'introduzione avviene mediante iniezione nel liquor contenuto nel quarto ventricolo cerebrale.

3) Un metodo come descritto alla rivendicazione precedente, caratterizzato dal fatto che la sostanza iniettata (riconosciuta come la piú attiva fra le molte sperimentate) è il maleato di rubidio.

4) Un metodo come descritto alle rivendicazioni precedenti, caratterizzato dal fatto che la quantità di principio attivo impiegata varia fra i 2 e i 12 picogrammi per chilogrammo di peso corporeo del soggetto.

12 settembre 1986.

Il mitra sotto il letto

Al tempo della repubblica di Salò mia sorella aveva ventitre anni. Era staffetta partigiana, il che comportava incarichi svariati ma tutti pericolosi: trasporto e distribuzione della stampa clandestina, estenuanti corse in bicicletta per tenere i collegamenti, borsa nera, fino all'ospitalità e alla cura di partigiani feriti o, cosa frequente, «che non ne potevano piú». Era una staffetta brava perché fortemente motivata: sia il suo fidanzato, sia io, eravamo stati deportati, e a tutti gli effetti eravamo spariti dalla faccia della terra (il fidanzato non tornò mai piú). La sua militanza non scaturiva solo da ragioni politiche, ma era una rappresaglia e una rivalsa.

Doveva stare perennemente all'erta e cambiare spesso residenza: anzi, non aveva una residenza fissa, abitava un po' qua e un po' là, a volte a Torino presso amici non sospetti che la accoglievano volentieri o malvolentieri a volte in campagna presso mia madre nascosta, anche lei in trasferta perpetua. Era una ragazza aliena dalla violenza; tuttavia, nel giugno del 1945, cioè a liberazione avvenuta, aveva un mitra Beretta nascosto sotto il letto. A domanda, mi dice che non ricorda piú da dove venisse né a quale banda fosse destinato: forse gli occorreva una riparazione, poi era semplicemente rimasto lí. C'erano tante altre cose a cui pensare...

Ora accadde che un certo Cravero venne a visitarla. Ho accennato all'episodio nella *Tregua*: Cravero era un ladro professionale con cui avevo convissuto per qualche mese a Katowice dopo l'arrivo dei russi. Era stato il primo a tentare il rimpatrio spontaneo, ed era latore di una mia lettera, cosa in sé buona (furono le sole mie notizie che pervennero in Italia nei diciotto mesi della mia assenza); cosa meno buona, tentò di estorcere quattrini «per tornare in Polonia a cercarmi», e poiché non ci riuscí, rubò la bicicletta di mia sorella ai piedi delle scale. Adocchiò quel mitra cosí mal nascosto e fece una cauta offerta, che mia sorella saviamente rifiutò.

Dopo quella strana visita, e letta la lettera, mia sorella ebbe l'idea di andare a chiedere mie notizie al Comando militare polacco di Milano. È bene precisare che si trattava dei «Polacchi di Anders», quell'armata di valorosi desperados che gli Alleati avevano recuperato dai campi di prigionia sovietici, riarmati e riorganizzati; fra loro e i russi non correva dunque buon sangue. Forse lievemente allergici al nostro cognome Levi, la accolsero con diffidenza e incredulità. Se io ero in mano ai russi, non potevo essere in Polonia, e se ero in Polonia non potevo essere in mano ai russi: del resto, loro stessi avevano difficoltà a comunicare col loro paese. Mia sorella, che non si arrende facilmente, non si accontentò e due giorni dopo andò al Comando militare sovietico. Qui fu accolta con un po' piú di cordialità, ma non riuscí ugualmente a combinare nulla: il funzionario di turno le disse che se io ero in mani sovietiche non avevo nulla da temere, che in Urss gli stranieri godevano del massimo rispetto, ma che ahimè, date le difficoltà di comunicazione, a loro non era possibile metterla in contatto con me, né tanto meno occuparsi di un mio rimpatrio. Che aspettasse con fiducia.

All'uscita dal Comando, mia sorella si accorse di un fatto curioso. Era pedinata: il solito poliziotto italiano travestito da poliziotto, che l'aveva seguita e poi attesa in un caffè dirimpetto. Evidentemente, i polacchi avevano segnalato le mosse e i contatti «sospetti» di mia sorella alla polizia italiana, che si era mossa con tempestività ma con dilettantismo. Nel clima euforico e caotico della liberazione, la cosa non avrebbe avuto niente di preoccupante se non fosse stato del mitra; ma in quello stesso clima, a dispetto delle leggi draconiane, di un mitra non ci si privava né facilmente né volentieri: poteva ancora venire a taglio, chissà come o dove o contro chi. Inoltre, la resistenza era appena finita, e un'arma come quella aveva in sé un carisma che la rendeva poco meno che sacra: ora, un ancile piovuto dal cielo non si vende né si regala né si butta in Po. Imbacuccato in qualche straccio, il mitra restò dunque in casa finché, pochi giorni dopo, il pedinatore maldestro bussò alla porta, e molto cerimoniosamente invitò mia sorella a un colloquio. Fu un colloquio confuso: mia sorella mi dice che verteva principalmente su Cravero, che i polacchi consideravano un bugiardo, un provocatore, o addirittura una spia sovietica. Per puro senso del dovere, o per un riflesso professionale, il poliziotto non trascurò di fare una perquisizione, che tuttavia si limitò a una sommaria occhiata alla soffitta in cui mia sorella abitava allora. Non c'è dubbio che vide la mummia del mitra, ma non batté ciglio e se ne andò. Forse era un ex partigiano: nella Pubblica Sicurezza, per un breve periodo, ci furono anche quelli.

Verso agosto, non senza dolori burocratici, mia sorella ottenne di riprendere possesso del nostro alloggio, che era stato posto sotto sequestro durante le leggi razziali, e si portò il mitra dietro. A questo punto, quello strumento di morte era diventato un qualcosa di mezzo fra il simbolo della passione resistenziale, l'amuleto, il soprammobile e il monumento di se stesso. La mia mite sorella lo oliò bene e lo nascose nella libreria, dietro le opere complete di Balzac che avevano press'a poco la stessa lunghezza. Di fatto, lo dimenticò o quasi. Quando io altrettanto mite ritornai dalla prigionia nell'ottobre, lo scovai per caso, cercando non so piú che cosa, e ne chiesi notizia. – Non lo vedi? È un Beretta, – mi rispose mia sorella con non simulata naturalezza.

Il mitra rimase dietro Balzac fino al 1947, l'anno in cui Scelba divenne ministro degli Interni. La sua efficiente Celere cominciò a darmi qualche preoccupazione: se lo avessero trovato, io come capofamiglia sarei andato in prigione. L'occasione di disfarsene venne improvvisa. Si rifece vivo dal nulla un partigiano, anzi un «partigia», uno cioè delle frange piú spregiudicate e svelte di mano dei nostri compagni combattenti. Era un siciliano, e stanco di tranquillità si era improvvisato separatista. Cercava armi: il cacio sui maccheroni! Gli cedetti il mitra, non senza scrupoli di coscienza, poiché per il separatismo siculo non avevo simpatia. Né lui, né il suo fantomatico movimento, avevano soldi. Ci mettemmo d'accordo su un baratto: lui, che sulle Alpi non sarebbe tornato piú, mi cedette un paio di scarpe da montagna usate, che conservo tuttora.

Poi il partigia sparí, ma poiché il mondo è piccolo, fu avvistato mesi dopo da un mio cugino che allora viveva in Brasile. Il mitra ce l'aveva con sé, non si sa a che scopo; pare che le dogane, cosí attente al cioccolato e alle stecche di sigarette, siano cieche di fronte a oggetti meno innocui. Mi sentirei rassicurato se venissi a sapere che l'arma si trova in mano agli indios dell'Amazzonia, in disperata difesa della loro identità: sarebbe rimasto fedele alla sua vocazione iniziale.

24 ottobre 1986.

Fra Diavolo sul Po

Prima delle attuali confuse riforme, la licenza liceale era un'impresa da far tremare, un decathlon; al maturando si richiedevano quattro prove scritte, ed esami orali su tutte le materie trattate in tutti i tre anni di liceo: in pratica, su un condensato dell'intero scibile. Perciò si arrivava al giorno del primo esame esausti, in uno stato d'animo esagitato ed insieme fatalistico, poiché era chiaro a tutti che sull'esito finale la fortuna avrebbe svolto una funzione predominante.

Appunto all'antivigilia del primo esame, il tema scritto d'italiano, ricevetti, nel luglio 1936, una minacciosa cartolina rossa intestata al ministero della Guerra: mi dovevo presentare il giorno dopo all'Idroscalo (quello sul Po, da cui partiva l'idrovolante per Venezia: quanti torinesi lo ricordano?) per comunicazioni urgenti. Ci andai col cuore presago, trovai accanto a me un altro adolescente che (la cosa non è mai stata chiarita) si chiamava Levi anche lui, e davanti a me un energumeno in divisa fascista, che ci investí con una valanga di insulti, accuse e minacce.

Era scarlatto in viso, in preda ad un parossismo di collera; ci accusò nientemeno che di tentata diserzione. Eravamo due vigliacchi: secondo lui, non avevamo risposto ad una precedente chiamata, allo scopo evidente di evitare il servizio militare nella Regia Marina: sí, perché proprio noi due eravamo stati estratti a sorte a Torino per la leva di mare. Ventiquattro mesi di ferma non ce li levava nessuno.

Io a quel tempo non sapevo neppure nuotare, e a dispetto delle mie letture di Stevenson e di Defoe la prospettiva di diventare un marinaio mi pareva assurda e spaventosa. Tornai a casa terrorizzato; il giorno dopo consegnai un tema d'italiano striminzito e demenziale, tanto che, giustamente, mi presi un 3, fui escluso dalla prova orale e rimandato ad ottobre. Era la prima insufficienza della mia immacolata carriera scolastica, e mi suonò poco meno che come una condanna all'ergastolo. Superai le altre prove solo grazie ad uno sforzo estenuante.

Ci fu un consiglio di famiglia; mio padre, poveretto, già gravemente ammalato, si accinse a fare il giro delle autorità competenti, dal distretto militare al podestà al provveditore agli studi alla federazione fascista. Ne venne fuori una sola soluzione paradossale, una fuga in avanti: avrei evitato la leva di mare se mi fossi arruolato il piú presto possibile al corso premilitare presso la Milizia Volontaria per la Sicurezza Nazionale, insomma la MVSN fascista.

Cosí, nell'autunno seguente, superata la prova d'appello d'italiano, mi iscrissi all'università e mi trovai nei panni di Milite Universitario. A quel tempo non ero né fascista né antifascista; vestire una divisa non mi dava alcuna fierezza, bensí un impreciso fastidio (soprattutto per via degli stivali), mentre invece, lo devo ammettere, la marcia al passo, in ordine chiuso, non mi spiaceva, specialmente se al suono di una banda. Era una danza, e insieme mi dava la sensazione di appartenere a un blocco umano, di fondermi in un gruppo omogeneo. Ho poi saputo che Einstein dichiarava di non comprendere il tipo d'uomo che ricava piacere dal camminare al passo; bene, io a quel tempo appartenevo a questo tipo, anche se sette anni dopo certe altre marce al passo mi hanno fatto mutare radicalmente parere.

Eccomi dunque milite, con tanto di cappello alpino, aquila, fasci littori, giacca e pantaloni grigioverde e camicia nera. La routine dell'istruzione premilitare avrebbe dovuto farmi presagire molto di quello che sarebbe avvenuto in Italia dopo l'entrata in guerra del 1940: basti dire che durante tutto il corso non solo non sparai neppure un colpo d'arma da fuoco, ma neanche vidi mai di lontano come fossero fatti i caricatori del pesantissimo moschetto modello 91.

L'adunata era al sabato pomeriggio nel cortile dell'Università di via Po, in un corridoio della quale stava l'armeria della Milizia Universitaria. Bisognava presentarsi in divisa, e ad ognuno veniva consegnato il moschetto; in cima al moschetto era inastata la baionetta coi suoi due incavi laterali «perché scolasse via il sangue», e nel passante della guaina della baionetta era infilato il cinturone con le giberne, destinate a contenere le munizioni ma naturalmente vuote. Indossato il cinturone, nelle giberne mettevamo pane e salame per la merenda, e i fumatori le sigarette. L'istruzione premilitare consisteva unicamente nel noiosissimo «ordine chiuso», ed in lunghe passeggiate in collina che sarebbero state gradevoli se non fosse stato per gli odiosi stivali che scorticavano caviglie e piedi.

Se non sbaglio, del mio manipolo l'unico universitario autentico ero io. Gli altri studiavano da geometri o da ragionieri; tutti si erano iscritti alla M.U. per i vari vantaggi d'ordine temporale che se ne potevano ricavare, neanche uno per fede fascista. Quelli che mi trovavo sempre vicini nella squadra, perché avevano la mia statura, erano quattro bravi ragazzi arguti e cordiali, un po' puttanieri, che con l'aiuto del moschetto si divertivano a recitare la parte dei Fra Diavolo. Si chiamavano a vicenda Canú Vaché (Canuto il Vaccaro), Cravé (Cravero) Bastard, Comi Schifús e Simoncelli Struns: come nei testi omerici, l'attributo era fisso e faceva parte integrante del nome; per loro era l'equivalente di un titolo onorifico.

Comi Schifús, in specie, era una mia vecchia conoscenza. Era stato mio compagno di scuola nelle elementari, e già allora si studiava di essere schifoso meglio che poteva: di tutta la classe era il solo capace di leccarsi la suola delle scarpe, beninteso senza toglierle. Mi è grato riportare qui il nome di questi lontani commilitoni, nel caso che qualcuno di loro dovesse riconoscersi. Uno di loro aveva composto strofe amabilmente oscene in cui ricorrevano i nomi surreali delle parti in cui si smontava il già nominato moschetto, «cane con guida», «bottone zigrinato», «tubetto con nasello», ed altre che non ricordo perché, di fatto, il moschetto non veniva mai smontato. Piú che come arma veniva inteso come una zavorra atta a impedire i movimenti.

Grazie alle leggi razziali, la mia milizia è durata poco: nel settembre del 1938 fui invitato a restituire la divisa, e lo feci senza rimpianto. Ma al mio ritorno dalla prigionia in Germania, nel 1945, mi dovetti accorgere che l'incubo del servizio militare in marina non era svanito: risultavo tuttora iscritto alla leva di mare, perciò fui convocato al distretto per ricostruire la mia posizione, spogliato nudo e sottoposto alla visita medica regolamentare, insieme con le reclute del '27. Ero un po' malconcio, ma il medico mi voleva fare abile. Ci fu una contrattazione: per quanto strano possa sembrare, io non possedevo alcun documento che attestasse il mio anno di Auschwitz, salvo il numero tatuato sul braccio. Dopo lunghe spiegazioni e suppliche, il medico accondiscese dapprima a «farmi» rivedibile, e poi a riformarmi definitivamente. Cosí si è conclusa la mia breve carriera militare.

Naso contro naso

GIORNALISTA Ma aspetti un momento, perdinci! Sono due giorni interi, quarantott'ore, che sto qui ad aspettare che lei affiori, e lei vuole già rientrare. Il mio direttore non sente scuse, sa: se ritorno senza intervista rischio il mio posto, e la vuole subito, prima che finisca la stagione degli amori.
TALPA Avanti, allora, ma si sbrighi. Non è che io abbia fretta: è solo che la luce non mi piace. Un'altra volta, se lei mi avvisa prima, combiniamo per una notte, di notte è tutto piú semplice, e anche piú tranquillo. Non lo sente, lei, questo ronzio? Trattori, motori, perfino aerei in cielo: è insopportabile. Una volta non era cosí, a quanto si racconta: nei campi c'era la pace. Ma intanto, abbia pazienza, sa che io ci vedo poco: lei è maschio o femmina?
GIORNALISTA Maschio, ma non vedo che differenza faccia.
TALPA Fa differenza sí. Delle femmine non c'è da fidarsi. A me, interessano solo per due settimane all'anno, poi niente, meglio solo. Tutto quello che guardano le femmine, anche le vostre, è la pelliccia. Non che abbiano torto: lo sapeva, lei, che la nostra è la sola pelliccia che si possa carezzare anche contropelo? Se no non potremmo andare a marcia indietro nelle nostre gallerie.
GIORNALISTA Mi dica: la sua è stata una scelta radicale. Niente cielo, niente sole né luna, insomma, il buio e il

silenzio perpetui. Non è un po' monotono? Non si annoia?

TALPA Voi siete tutti uguali, e misurate tutto col vostro metro umano. È stata una scelta, sí, ma ragionata. Alla vista io ho privilegiato l'udito, il fiuto e il tatto. Non creda, poiché non si vedono dal di fuori, che io non abbia orecchie. Ho un udito dieci volte piú fine del vostro, su scala logaritmica, beninteso. Sento crescere una radice, sento il fruscio di un lombrico. E per mettermi al riparo dai vostri fracassi insopportabili, non ho che da scendere di 50 o 60 centimetri: lí sono al riparo anche dal gelo. Altro che monotonia! Io distinguo almeno venti qualità diverse di terreni, e sento l'umido e il vento prima che arrivino.

GIORNALISTA Mi mostra le sue zampe anteriori, per favore? Vorrei fare una foto.

TALPA Ma no, che storie, niente foto. E perché non le chiama mani? Non sono poi tanto diverse dalle vostre, sono solo molto piú robuste. Scommetto che lei, grosso com'è, non resisterebbe alla forza di trazione di una mia mano. Del resto, guardi, provi lei a fare quello che noi facciamo tutti i giorni e tutte le notti. È un pezzo che non piove, il terreno del mio prato è bello friabile, insomma le condizioni non potrebbero essere migliori. Avanti, signor uomo, rinunci per un poco alla stazione eretta, si metta giú prono come noi e partiamo insieme a scavare: ma senza strumenti, intesi? Bene, vedrà che io, il talpone, il lentissimo, sarò lontano dieci metri mentre lei si starà ancora rompendo le unghie in superficie. E mi sarò scavata una galleria perfetta, cilindrica, col terreno ben compresso contro le pareti, perché fin da piccolo ho imparato ad avanzare ruotando, come un succhiello. Anche noi abbiamo i segreti del mestiere.

GIORNALISTA Mi ha detto che le femmine le interessano solo per pochi giorni all'anno. Le va a cercare lei?

TALPA È consensuale. Le femmine hanno uno stile di grattata tutto particolare, piú fitto e piú morbido: noi le sentiamo di lontano, e loro sentono noi. Quando è il tempo degli amori, la ricerca reciproca è un'avventura esaltante: è anche una scelta, senti scavare sopra, sotto, a levante, a ponente, questa piú rude, quella piú liscia, finché non decidiamo per quella, e allora via, a scavare di lena, finché le due gallerie non si incontrano. Anzi, per lo piú ci incontriamo naso contro naso, in modo che possiamo anche sentire se i nostri odori si accordano: se sí, il matrimonio è concluso.

GIORNALISTA Mi vorrebbe presentare la sua signora?

TALPA Lo farei volentieri, perché è una brava ragazza. Bella anche: molto piú giovane di me. Ma adesso è fine marzo, e lei se n'è andata da qualche parte a preparare la camera nuziale. Io ci tenevo e gliel'ho fatto capire: la volevo spaziosa, comoda, ben tappezzata d'erba e di muschio, ma questi sono lavori da femmine.

GIORNALISTA E i lavori maschili, mi scusi, quali sarebbero?

TALPA Press'a poco come da voi: voi cacciate quattrini e noi lombrichi. Voi li investite in beni mobili o immobili, e noi gli tagliamo la testa.

GIORNALISTA A chi? Ai lombrichi?

TALPA Sí, è il miglior investimento. Voi non ci avreste pensato, vero? Ma un lombrico senza testa non scappa e non imputridisce. Sa quanti lombrichi ho in banca io in questo momento? Piú di millecento, piú una quarantina di larve assortite. Bisogna pure pensare all'avvenire, nostro e dei figli. Una volta, scavando, ho perfino incontrato una viperetta appena schiusa. Ho tagliato la testa anche a lei, ma dopo due giorni cominciava già a infrollirsi, e allora, per non mandarla sprecata, l'ho mangiata tutta subito. Sa, la forza delle nostre braccia si paga: se noi non mangiamo tutti i giorni almeno il nostro peso di carne fresca, per noi è la fame.

GIORNALISTA Capisco. Un attimo che prendo nota. Ecco. Ma ora mi dica: davvero non vi prende mai la voglia di esplorare il mondo in superficie? L'erba, i fiori, l'acqua corrente? O anche quegli altri animaletti che sotto terra non ci vanno, i grilli, le lumache, le cavallette?

TALPA Eh sí, non lo nego, ma sono imprese di gioventú. L'ho fatto anch'io, con i ragazzi della mia età, nelle notti senza luna. Eravamo una dozzina. Pensi, una volta ho trovato un nido di allodole a fior di terra, con tutte le uova dentro: che cena è stata! Ma il vero divertimento era un altro: quello di attirare i cani grattando forte contro un sasso, lasciare che si avvicinassero, saltare fuori per un istante col grugno per farli spaventare, e poi subito rintanarsi. Avrebbe dovuto vedere come scavavano! Ma noi inserivamo la retromarcia, e in un secondo eravamo già fuori della loro portata. Insomma, se non andiamo deliberatamente in cerca di grane, nessuno ci secca; abbiamo il buio ma anche la pace.

17 novembre 1986.

In diretta dal nostro intestino: l'Escherichia coli

GIORNALISTA (*bussa delicatamente alla parete intestinale*) È permesso?

ESCHERICHIA COLI   Avanti! Entri pure.

GIORNALISTA   No, guardi, niente di cruento, non intendo danneggiare il Suo ospite, che oltre a tutto è un mio amico. Nessun intervento drastico: se Lei è d'accordo, l'intervista la facciamo cosí, da fuori a dentro. Sto registrando, e il microfono è molto sensibile: cerchi solo di parlare un po' forte. È la prima volta che viene intervistata?

ESCHERICHIA COLI   Sí, ma non si preoccupi, non mi sento per nulla emozionata. Noi non abbiamo un temperamento emotivo, sia per indole, sia perché siamo sprovviste di sistema nervoso.

GIORNALISTA   Si trova bene, costaggiú, al buio, frammezzo a tutta la roba mezza digerita che il Suo ospite Le scaraventa in testa tre o quattro volte al giorno?

ESCHERICHIA COLI   Abbastanza bene, salvo quando gli dànno qualche antibiotico. Allora per noi la vita si fa un po' dura, ma qualcuna di noi se la cava sempre, e riusciamo quasi sempre a perpetuare la stirpe. Adesso abbia pazienza un momento, sono in mitosi, voglio dire che mi sto sdoppiando: ma è una faccenda di pochi minuti, poi una delle mie metà sarà di nuovo a Sua disposizione. Ecco fatto, continui pure, io resto qui e la mia gemella se ne va per la sua strada. Non starà a sentire e non ci darà nessun disturbo, noi sappiamo essere discrete.

GIORNALISTA   Lei lo saprà, voialtre non siete piú dei saprofiti qualunque, tollerati finché non ci fate venire il mal di pancia. Ormai state sulle prime pagine dei quotidiani: abbiamo imparato a prelevare un frammento del vostro Dna ed a sostituirlo con un altro, e cosí vi insegniamo a produrre le proteine che fanno comodo a noi. Su questo argomento si sono sentite voci discordi; c'è chi dice che va tutto bene, e che anzi, per questa via potremo insegnare a voi batteri perfino il modo di fissare l'azoto atmosferico; e c'è chi ha paura che impariate troppo, e che finirete col comandare voi.

ESCHERICHIA COLI   Sí, sí, sono al corrente di tutto, anzi, una mia cugina in 397° grado è stata operata proprio in questo modo, e non ha neppure sofferto tanto, a parte il trauma di trovarsi in un tubetto di vetro invece che nel tepore di un intestino. Bene, io faccio parte del consiglio di azienda dei procarioti, e sotto l'aspetto sindacale non abbiamo niente da obiettare. I tempi delle rivendicazioni egualitarie sono passati: abbiamo compreso anche noi che una specializzazione è indispensabile, e utile ad entrambi i contraenti. È un pezzo, infatti, che non ci mettiamo piú in sciopero, ed io, come rappresentante di categoria, ritengo che lo sciopero sia ormai un'arma spuntata: la controparte dispone di mezzi troppo potenti. La politica è l'arte del possibile, lo ha detto una mia antenata 500 milioni di anni fa, e noi siamo possibiliste per natura. Proprio per questo non dovete sottovalutarci. Ai vostri tubetti di vetro, ascolti il mio consiglio, fate buona guardia. Io personalmente sono di buona indole, ma non posso rispondere delle mie colleghe a cui voi avete cambiato il centralino. Di quelle dovete rispondere voi; perciò state attenti. Se si dovesse scatenare un'epidemia, ne andreste di mezzo voi, ma anche noi che viviamo in pace nei vostri pregiati visceri. Non c'è dubbio che alla lunga ci sapremmo adattare a campare anche nell'intestino di uno scarafaggio o di un'ostrica, ma ci vorrebbe tempo e fatica e un buon numero di defunti.

GIORNALISTA   Signora, La ringrazio. Se non ha altro da aggiungere, io chiuderei qui.

ESCHERICHIA COLI   Beh, questa poi è buona! E l'invenzione della ruota, e del motore asincrono, dove la mette? Ci avete messo duecento anni per accorgervene, fin da quando avete messo su i primi microscopi, ma adesso la nostra priorità è conclamata; e Lei viene qui da me col Suo microfono senza farne parola? Mi creda che è grossa. È la vostra albagia di multicellulari: come se aveste scoperto tutto voi!

GIORNALISTA   Devo scusarmi. Sa, noialtri giornalisti ci dobbiamo occupare di tante cose, della staffetta di Craxi, della tassa sulla salute, del Libano, della topica di Reagan...

ESCHERICHIA COLI   Cosí Lei non ne sa proprio niente? Stia attento, che glielo spiego in due minuti, cosí non sbaglierà nel suo reportage. Noi abbiamo sei flagelli, va bene? Ma non li agitiamo come uno agiterebbe una fune o una frusta: li facciamo girare, proprio come gira il rotore di un motorino elettrico. Abbiamo per ogni flagello un motore e uno statore, ognuno dei flagelli diventa una spira allungata, tutti e sei si dispongono press'a poco come un ciuffo, e ci spingono avanti come un'elica quando sentiamo odore di cibo. Semplice, no? Poi sono venuti i ciliati, che sono tutta un'altra cosa, la ruota è andata dimenticata, e ci sono voluti due miliardi di anni perché voi la riscopriste e veniste fuori coi vostri carri; e i primi erano carri da guerra, o sbaglio?

GIORNALISTA   La ringrazio, la notizia è molto interessante. Lei vuol dire che se non fossero venuti fuori i ciliati, con le loro cilia e col loro stupido moto alternativo, noi oggi potremmo girare la testa di 360 gradi, e magari di 3600 gradi, senza mai tornare indietro? E come la mettiamo coi vasi sanguigni, i nervi e tutto il resto? Si attorciglierebbero tutti.

ESCHERICHIA COLI   Questo è affare vostro, o per meglio dire dell'evoluzione. Ma le vostre auto funzionano bene, e sono fatte proprio cosí. Voglio dire, insomma, che avete mandata sprecata un'idea che non era da trascurarsi. È peccato che sia un po' tardi per brevettarla.

7 dicembre 1986.

Il gabbiano di Chivasso

GIORNALISTA Signor gabbiano, che ci fa lei qui?
GABBIANO Gabbiano reale, prego. Noi siamo stanziali, gli altri, i ridibundi, sono vagabondi, opportunisti senza scrupoli.
GIORNALISTA Signor gabbiano reale mi pare di averla incontrato altre volte, ma in un ambiente diverso: librato sopra la risacca non ricordo piú se alle Cinque Terre o alla Caprazoppa. Però ricordo una sua fantastica planata, alla deriva nel vento, e poi una picchiata improvvisa: giú e subito su con un pesce nel becco. Ho seguito tutto col binocolo: ho rimpianto di non avere una cinepresa.
GABBIANO Ricorda giusto, era una triglia, per i miei piccoli. L'avevo vista dall'alto, e mi sono tuffato due metri sott'acqua per acchiapparla. È stato un bel colpo, lo ricordo anch'io. Eh, erano altri tempi, ma già allora le triglie si facevano rare. Insieme con mia moglie, ci eravamo fatti un nido inaccessibile, anzi invisibile, proprio a picco sul mare. Si viveva sicuri: ogni sortita era un pesce, a volte cosí grosso che facevo fatica a riportarlo al nido, o addirittura a ingollarlo. Era un mestiere degno, nobile, per gente dalle buone ali e dall'occhio acuto. Non c'era mareggiata che mi facesse paura, anzi, piú c'era tempesta e piú mi sentivo padrone del cielo. Ho volato in mezzo ai fulmini, quando perfino i vostri elicotteri restavano a terra, e mi sentivo felice: «realizzato», come dite voi.

GIORNALISTA Appunto: un ambiente adatto per un volatore come lei. Ma che cosa l'ha indotto a venirsi a stabilire a Chivasso?

GABBIANO Sa, le voci corrono. C'è un mio lontano parente che viveva a Chioggia, e non se la cavava neanche tanto male; ma poi l'acqua si è fatta schiumosa, puzzava di nafta, e il pesce ha cominciato a scarseggiare. Lui e sua moglie allora hanno risalito il Po, tappa per tappa, appunto fino a Chivasso. A mano a mano che risalivano, l'acqua era meno inquinata. Bene, anni fa è venuto laggiú in Liguria a raccontarmi che a Chivasso c'è la Lancia, e che assumono tanta gente.

GIORNALISTA Su questo non ci piove. Ma non mi dirà che assumono anche gabbiani? O che sono cosí generosi da rifornirli?

GABBIANO Lei tocca un tasto doloroso. Si capisce che la Lancia non fabbrica pesci, anzi, ne fa morire una buona dose; ma fabbrica rifiuti. Assume gente che di rifiuti ne fabbrica una quantità incredibile, tre o quattrocento quintali all'anno. E ha una mensa aziendale, fabbrica discariche, e nelle discariche arrivano... sí, arrivano i topi. Ecco, me lo ha fatto dire.

GIORNALISTA Vuol dire che da pescatore lei si è trasformato in cacciatore di topi? Beh, guardi, sono cose che capitano anche a noi. Agli uomini in generale, ed a noi giornalisti in specie. Non tutti i giorni né in tutti gli anni c'è qualche guerra da raccontare, o una diga che crolla, o un terremoto, o una eruzione vulcanica, o una catastrofe nucleare, o un volo sulla luna. Anche noi a volte ci dobbiamo accontentare di correre dietro ai topi. E se non ci sono neppure quelli, ce li inventiamo.

GABBIANO ... Oppure andate a intervistare i gabbiani, vero? Tutto fa brodo.

GIORNALISTA No, mi creda, sono pienamente consapevole del vostro disagio. Si vede, per cosí dire, a occhio nudo: non volate piú alti nel cielo, è raro sentirvi stridere. Ho visto due suoi colleghi nidificare allo sbocco di una cloaca, altri sotto un ponte. Altri ancora, e tanti, bazzicano dalle parti dello zoo di Torino e rubano i pesci alle foche e all'orso bianco.

GABBIANO Lo so. È una vergogna, ma ci sono andato anch'io. Di pesce abbiamo bisogno, se no le nostre uova vengono col guscio debole, tanto trasparente che si vede dentro il pulcino, e a covarle si rompono. E di pesce, nel Po, se ne vede poco. Speriamo che adesso, col nuovo collettore, la situazione migliori un poco.

GIORNALISTA Tuttavia, a parte le questioni di prestigio, immagino che un bel ratto, di quelli appunto che frequentano le discariche, non sia una preda da disprezzare.

GABBIANO E lei crede che sia facile acchiappare un ratto? Da principio la caccia riusciva, si vedeva qualcosa muovere in mezzo ai rifiuti, giú in picchiata, un bel colpo di becco nella nuca e il ratto era spacciato. Ma sono una razza terribilmente intelligente, e hanno subito imparato come difendersi. Prima di tutto escono solo di notte, e noi di notte non ci vediamo bene. Poi, mettono uno dei loro di sentinella, e se uno di noi incrocia sulla discarica la sentinella dà l'allarme e tutti si rintanano. E infine, fanno paura ai gatti, ma fanno paura anche a noi, quelle poche volte che ci riesce di affrontarne uno di sorpresa e in campo aperto. Hanno certi denti, e riflessi cosí pronti, che parecchi di noi ci hanno rimesso le penne, e non solo quelle.

GIORNALISTA Cosí non vi restano che i rifiuti?

GABBIANO Lei vuole proprio mettere sale sulla piaga. Rifiuti, sí. È poco dignitoso, ma redditizio. Finirà che anch'io ruberò il mestiere alle cornacchie e mi abituerò a mangiare carogne, ossi male spolpati, o addirittura diventerò vegetariano. A questo mondo chi non si sa adattare soccombe. In questo, devo dirlo, mia moglie ha meno scrupoli di me. Quando è il mio turno di covare, lei se ne va in giro a piedi sulla discarica e mi porta un po' di tutto, tanto che ho dovuto farle una paternale e spiegarle che il polietilene va lasciato dov'è, non serve neppure a foderare il nido perché è troppo impermeabile. Vedesse che cosa mi porta: gattini morti, torsoli di cavolo, bucce di frutta e scorze di cocomeri. Io ho ancora qualche ripugnanza, ma i piccoli mangiano tutto. La prossima generazione mi spaventa, non c'è piú ritegno.

GIORNALISTA Signore, lei mi pare troppo pessimista. Come in Inghilterra hanno risanato il Tamigi cosí risaneremo i nostri fiumi, ed allora anche il mare tornerà ad essere com'era. Del resto, si consoli: anche fra noi uomini ci sono quelli che saprebbero volare e nuotare, ma che invece, per mala sorte o per poco coraggio, girano per gli immondezzai a raccogliere sudiciume. Bisognerà dare a loro, ed a voi, l'occasione di restaurare la loro dignità. La prego, non dimentichi il mare.

14 gennaio 1987.

La giraffa dello zoo

GIRAFFA Cosa va cercando, Lei laggiú? È un pezzo che mi sta d'intorno, con la macchina fotografica e la cinepresa. Glielo dico subito, non sono di buon umore; non intendo dire oggi, intendo dire mai. Con questa rete, e con questa barriera metallica che mi impedisce di abbassare la testa per dare una buona cornata ai tanti seccatori che vengono qui per dire oh ed ah. Una volta, però, una soddisfazione me la sono presa. Uno dei visitatori era molto alto e portava un cappello di paglia; io gliel'ho portato via con un colpo di lingua e me lo sono masticato a dovere. Buono non era, sapeva di colla, ma insomma è stata una rappresaglia.

GIORNALISTA Mi rincresce di doverla disturbare. Non è un capriccio né mio né del mio direttore, ma adesso si parla di sciogliere lo zoo, Lei andrà a finire chissà dove, e certi problemi che La riguardano rischiano di rimanere insoluti.

GIRAFFA Cosí Lei è solo un giornalista in cerca di cose strane?

GIORNALISTA Quanto a stranezza, lo prenda come un complimento, ma Lei è strano la sua parte.

GIRAFFA Avanti, allora; fuori con le domande, ma che siano semplici, chiare e senza trabocchetti.

GIORNALISTA Mettiamola pure cosí; allora, in breve, sesso, statura, peso.

GIRAFFA Che io sia maschio, non per vantarmi, ma penso che si veda di lontano.

GIORNALISTA   Certo. L'ho chiesto solo per completezza. Con un collo cosí lungo, quante sono le Sue vertebre cervicali?
GIRAFFA   Di vertebre ne ho sette, tale e quale come voi e come un topo. Peso sette quintali e sono alto sei metri e venti.
GIORNALISTA   Bene. Questo vuol dire che a testa alta Lei ha nelle zampe una pressione spettacolosa. (*Cava di tasca taccuino e matita*) A conti fatti qualcosa come 450 millimetri di mercurio, piú almeno altri 140 forniti dal cuore. Un totale, diciamo, di 600, e noi con 200 stiamo già poco bene: eppure siamo mammiferi sia voi sia noi, e siamo fatti press'a poco degli stessi materiali. Non soffre di ipertensione, specialmente quando corre? O di vene varicose, o di emorragie interne?
GIRAFFA   Lei deve sapere che fra noi, fin da quando abbiamo deciso di allungarci il collo e le zampe per arrivare a brucare le foglie piú alte, l'idrostatica, la fisiologia e l'istologia sono sempre state coltivate con intelligenza e con passione. Ci siamo resi conto subito che certe innovazioni comportano problemi; per esempio, per noi l'atto di bere non è un problema banale. In primo luogo, anche se abbassiamo il collo per tutta la sua lunghezza, non arriviamo al livello del suolo. Cosí, ai nostri piccoli appena svezzati dobbiamo insegnare che per bere ai fiumi occorre allargare di parecchio le zampe anteriori. Non è elegante ma è necessario. E poi bisogna fare arrivare ogni sorsata a un'altezza di circa tre metri. Abbiamo capito subito che la pompa della glottide non bastava; ebbene, i nostri savi hanno risolto il problema regalandoci tutta una serie di piccole pompe peristaltiche, disposte lungo l'esofago.
Con tutto questo, non posso dire che bere sia per noi l'impresa piú facile del mondo; e in effetti io personalmente sono grato al direttore dello zoo, che mi ha fatto installare quel buffo abbeveratoio che vede lí, e che lei non arriverebbe a toccare con la mano neppure levandosi in punta di piedi. Cosí, data la complicazione

dei preparativi, beviamo di rado, e il piú a lungo possibile.

GIORNALISTA Grazie. Ma resta da definire la questione dei piedi: voglio dire, degli sbalzi di pressione fra quando siete sdraiati e quando siete in piedi.

GIRAFFA Non ci sdraiamo mai: sono mollezze che lasciamo alle vacche ed a voi. Dormiamo in piedi, sempre pronti alla fuga, poiché abbiamo molti nemici.

GIORNALISTA Ma l'ipertensione, insomma...

GIRAFFA A giudicare dalla Sua insistenza, Lei deve avere qualche problema Suo personale.

GIORNALISTA Eh sí, infatti. Ipotensivi, diuretici, niente sale... Non è una vita semplice.

GIRAFFA Tutto perché non avete saputo attrezzarvi a tempo. Noi sí, siamo degli ipertesi, ma non ne soffriamo per nulla. Ha mai portato fasce elastiche? Bene, alle quattro zampe noi abbiamo fasce elastiche congenite ed incorporate. Le dirò che sono comodissime: vene ed arterie non si sfiancano, anche se la pressione è quella che Lei ha calcolato; e sono di un materiale di prim'ordine, che non si logora ed anzi si rinnova col tempo.
Poi abbiamo trovato modo di ridurre la pressione del sangue refluo. A voi pesa il sangue delle arterie, ma anche quello delle vene, che deve risalire fino al cuore. Ebbene, noi abbiamo messo a punto una sfilza di valvoline sistemate in tutte le grosse vene in salita. Si aprono ad ogni pulsazione, e si richiudono impedendo al sangue di pesare sui vasi. È come se ogni vena fosse suddivisa in segmenti indipendenti. Scusi il mio linguaggio primitivo, io non sono un fisiologo, sono solo una giraffa maschio fiera della sua statura e umiliata dalla prigionia. E adesso basta, La prego; devo fare un po' di moto, non è il veterinario che me l'ha prescritto, ma l'istinto e la natura. Devo correre, anche se soltanto dentro lo spiazzo miserabile entro cui mi avete confinato.

GIORNALISTA (*prende il taccuino e scrive*) «A dispetto della loro struttura cosí diversa da quella di tutti gli altri quadrupedi, le giraffe in corsa sono di una straordinaria eleganza. La loro andatura sta fra il galoppo e la danza. Le quattro zampe si staccano dal suolo quasi simultaneamente, mentre il collo equilibra il ritmo maestoso del loro incedere. Sembra lento ed è rapidissimo: ricorda il veleggiare d'una nave, e non rivela il minimo sforzo. Il vasto corpo oscilla con naturalezza, inclinandosi verso l'interno quando l'animale incurva la sua rotta. Osservandolo, mi sono reso conto di quanto sia grande il loro bisogno della libertà dei grandi spazi, e di quanto sia crudele costringerli entro le maglie di un reticolato. Eppure, l'esemplare che ho intervistato è nato qui, in prigionia, ignaro dello splendore intatto della savana: ma ne porta in sé la nobiltà primordiale». (*Legge il testo ad alta voce*).

GIRAFFA Grunt!

1° febbraio 1987.

Amori sulla tela

GIORNALISTA   Buonasera, signor ragno: anzi, signora ragna.
RAGNO (*con voce stridula*)   Lei è commestibile?
GIORNALISTA   Beh, credo di sí, ma è una questione che non mi sono mai posta.
RAGNO   Sa, noi abbiamo parecchi occhi ma siamo molto miopi, e abbiamo fame sempre. Per noi il mondo si divide in due: le cose che si mangiano e le altre.
GIORNALISTA   Vede, non sono qui come vittima potenziale, ma per farle un'intervista.
RAGNO   Un'intervista? Si mangiano, le interviste? Nutrono? Se sí, me la faccia qui subito; oltre a tutto mi incuriosisce, nella mia vita ho mangiato un po' di tutto ma interviste mai. Quante gambe hanno? Hanno le ali?
GIORNALISTA   No, propriamente non si mangiano, ma vengono consumate diversamente. Come dire? Hanno insomma dei lettori, e qualche volta li nutrono un poco.
RAGNO   Allora la faccenda non mi interessa tanto; ma se Lei mi promette di ricompensarmi con qualche mosca o un po' di zanzare... sa, con l'igiene che c'è adesso si sono fatte scarse. Lei è bravo a prendere mosche? Grosso com'è, non Le dovrebbe essere difficile: chissà quanto è grande la Sua tela.
GIORNALISTA   Veramente noi abbiamo metodi diversi, e poi prendere mosche non è una occupazione che ci porti via tanto tempo. Le mosche le mangiamo malvolen-

tieri e solo per incidente. Ad ogni modo è inteso, farò del mio meglio. Allora, posso cominciare? Mi dica, perché sta a testa in giú?

RAGNO   Per concentrarmi: ho pochi pensieri, e cosí tutti fluiscono nel cervello, e le cose le vedo piú chiare. Ma non si avvicini tanto, e stia attento con quell'aggeggio che ha in mano; non vorrei che mi lacerasse la tela: l'ho fatta nuova stamattina. Aveva soltanto un buchino, sa, gli scarabei non hanno riguardi, ma per noi o la perfezione o niente. Al primo difetto, io la tela me la rimangio, la digerisco, e cosí ho materiale pronto per rifarmene un'altra. È una questione di principio. Abbiamo la mente un po' corta, ma la nostra pazienza è senza limiti. A me è successo di rifarmi la tela anche tre volte al giorno, ma è stato uno sforzo inaudito. Dopo la terza tela, che per fortuna nessuno mi ha guastata, ho dovuto starmene a riposo per tre o quattro giorni. Per tutto ci vuole tempo, anche per rifornire le ghiandole delle filiere; ma, come Le dicevo, noi abbiamo molta pazienza, e aspettare non ci dà nessun disagio. Quando uno aspetta non consuma energia.

GIORNALISTA   Le Sue tele, le ho viste, sono dei capolavori, ma le fa tutte uguali? Mai un perfezionamento, mai una innovazione?

RAGNO   A noi non bisogna chiedere troppo. Guardi, è già uno sforzo per me rispondere alle Sue domande; noi non abbiamo fantasia, non siamo inventori, il nostro giro è semplificato. Fame, tela, mosche, digestione, fame, nuova tela. E allora perché rompersi la testa, pardon, i gangli nervosi, per studiare tele nuove? Meglio affidarsi alla memoria che ci portiamo stampata dentro, al modellino di sempre, tutt'al piú cercando di adattarlo al contorno che ci troviamo a disposizione. Per la nostra intelligenza è già fin troppo. Se ricordo bene, ero schiusa dall'uovo da pochi giorni quando mi sono fatta la prima tela, era grossa quanto un francobollo ma, a parte la scala, era identica a questa che Lei ha davanti al naso.

GIORNALISTA   Capisco. Ora mi dica: corrono certe voci sul Suo comportamento, diciamo cosí, matrimoniale... solo voci, intendiamoci, io personalmente non ho mai visto niente di riprovevole, ma sa bene, la gente mormora...

RAGNO   Lei vuole alludere al fatto che il maschio noi ce lo mangiamo? È tutto qui? Ma sicuro, ma certo. È una specie di balletto; i nostri maschi sono magrolini, timidi e deboli, neppure tanto bravi a farsi una tela come si deve. Quando sentono crescere il desiderio si avventurano sulle nostre tele, passo passo, incerti, esitanti, perché sanno anche loro come può andare a finire. Noi li aspettiamo: non prendiamo iniziative, il gioco è chiaro per tutte e due le parti. A noi femmine i maschi piacciono come le mosche se non di piú. Ci piacciono in tutti i sensi della parola, come mariti (ma solo per il minimo tempo indispensabile) e come alimento. Una volta che hanno adempiuto alla loro funzione perdono ogni attrattiva salvo quella della carne fresca, e cosí, in un colpo solo, ci riempiono lo stomaco e la matrice.

GIORNALISTA   Vanno sempre a finire cosí, i Suoi matrimoni?

RAGNO   Non sempre. Ci sono dei maschi previdenti, che conoscono la nostra fame permanente, e che ci portano un dono nuziale. Non per affetto né per complimento, capisce, ma solo per saziarci: una tipula, un moscerino, qualche volta anche qualcosa di piú sostanzioso, e allora tutto va liscio e loro se la cavano con l'inquietudine. Li dovrebbe vedere, i meschini, mentre stanno lí a vedere se il loro dono è bastato a soddisfarci; e se gli sembra che non sia bastato, a volte corrono alla loro tela a prelevare un altro boccone.

GIORNALISTA   Mi sembra un sistema ingegnoso, e tutto compreso rientra in una certa logica. Anch'io, al loro posto, farei cosí, ma capisce, mia moglie ha meno appetito e un carattere piú mite; e poi i nostri matrimoni durano a lungo, a noi sembrerebbe un peccato accontentarsi di una copula sola.

RAGNO   Ognuno a suo modo, beninteso. Ma volevo dirle che non è questo il solo sistema che hanno inventato i maschi per non farsi divorare. Ce ne sono altri, nostri cugini alla lontana, che fanno finta di danzare una danza di tripudio intorno alla femmina che si sono scelta, e intanto la legano a poco a poco incrociando bene i fili. Poi la fecondano e se ne vanno. Ed altri ancora hanno paura della nostra forza; vengono a rapire le femmine appena schiuse, ancora adolescenti e poco pericolose, e le tengono sequestrate in qualche anfratto fino alla pubertà, nutrendole sí, ma il minimo possibile perché restino in vita senza rinforzarsi troppo. Poi, anche loro fanno il loro mestiere, liberano le ragazze e se ne vanno in fretta.

GIORNALISTA   La ringrazio, l'intervista è finita.

RAGNO   Meno male, cominciavo ad essere stanca: il lavoro intellettuale non è mai stato il mio forte. Ma non dimentichi le mosche: ogni promessa è debito.

26 febbraio 1987.

Nota al testo.

I racconti: *L'intervista, Erano fatti per stare insieme, La grande mutazione, Auschwitz, città tranquilla, Le due bandiere, Meccano d'amore, Pipetta di guerra, Ranocchi sulla luna, Il fabbricante di specchi, Il passa-muri, Nozze della formica, Forza maggiore, Un «giallo» del Lager, Scacco al tempo, Il mitra sotto il letto,* sono apparsi sul quotidiano «La Stampa», Torino 1986. *Cena in piedi,* in «La Stampa», 1977; *In una notte,* in «Tuttolibri», V, n. 48-49, 22 dicembre 1979; *Anagrafe,* in «La Stampa», 22 giugno 1981; *L'ultimo Natale di guerra,* edizione privata a cura di Sergio Grandini, Lugano 1984 (poi in *Triangolo rosso,* n. 11-12, dicembre 1986); *Le fans di spot di Delta Cep,* in «L'astronomia», n. 54, aprile 1986; *Fra Diavolo sul Po,* in «La Stampa», 14 dicembre 1986. I racconti-intervista: *Naso contro naso,* in «Airone», gennaio 1987; *In diretta dal nostro intestino: l'Escherichia coli,* ivi, febbraio 1987; *Il gabbiano di Chivasso,* ivi, aprile 1987; *Amori sulla tela,* in «La Stampa», 26 aprile 1987 (poi in «Airone», maggio 1987, con il titolo: *L'ultima storia naturale di Primo Levi*); questi racconti-intervista sono stati raccolti nel volume *Il fabbricante di specchi,* L'Editrice «La Stampa» con differenti titoli (*La talpa, L'escherichia coli, Il gabbiano, La giraffa, Il ragno*). Tutti i racconti raccolti in *L'ultimo Natale di guerra* figurano in Primo Levi, *Opere,* voll. I e II, a cura di Marco Belpoliti, Einaudi, Torino 1997.

Racconti sparsi

Fine del Marinese

Non c'erano stati morti. Soltanto Sante e il Marinese erano caduti in mano ai tedeschi, e, come sempre accade, a tutti noi parve poco naturale ed incredibile che fossero stati proprio loro due; ma i piú vecchi della banda sapevano che quelli che ci restano sono proprio sempre coloro dei quali, poi, si dice «chi l'avrebbe mai detto!»; e sapevano anche il perché.

Quando li portarono via il cielo era grigio, e la strada era coperta di neve ormai rassodata in ghiaccio. L'autocarro scendeva a motore spento: le catene alle ruote crocchiavano nelle curve e tinnivano ritmicamente nei tratti rettilinei. I tedeschi erano una trentina, e stavano in piedi, pigiati spalla contro spalla, alcuni aggrappati al traliccio del telone; questo però non era stato teso, in modo che un sottile nevischio percuoteva i visi e si fermava sul panno delle divise.

Sante era ferito, e sedeva muto ed inerte sulla panchina posteriore dell'autocarro, il Marinese invece era stato collocato sul davanti, in piedi, a ridosso della cabina di guida. Tremava di febbre, e si sentiva a poco a poco sommergere da una crescente sonnolenza, tanto che, profittando di uno scossone della macchina, scivolò sul pavimento umido, e rimase quivi a sedere come una cosa, in mezzo agli stivali infangati, la testa scoperta stretta fra due anche ossute.

L'inseguimento era stato lungo ed estenuante, ed al Marinese pareva di non desiderare ormai molto di piú che questo: che tutto fosse finito, di poter stare seduto, di non avere piú decisioni da prendere, di concedersi al calore della febbre e riposare. Sapeva che sarebbe stato interrogato, probabilmente percosso e poi certamente ucciso, ed anche sapeva che fra poco tutte queste cose avrebbero ripreso la loro importanza; ma per il momento si sentiva stranamente protetto dalla corazza calda della febbre e del sonno, come da una imbottitura di ovatta che lo segregasse dal mondo, dai fatti della giornata e dall'avvenire imminente. In vacanza, pensò quasi in sogno: da quanto tempo non era piú andato in vacanza?

Quando gli occhi gli si chiudevano, si sentiva come immerso in una lunga galleria stretta, scavata in una sostanza tiepida e cedevole, purpurea come la luce che penetra attraverso le palpebre chiuse. I piedi e la testa erano freddi, e gli pareva di progredire con fatica, come sospinto, verso l'uscita, che era molto lontana, ma a cui sarebbe infine certamente arrivato. L'uscita era sbarrata da un turbinio di neve, e da un intrico di metallo duro e gelido.

In questo modo passò per il Marinese molto tempo, durante il quale egli non cercò di uscire dal suo nido di febbre. L'autocarro giunse al piano, dove i tedeschi fermarono per togliere le catene, indi riprese la marcia piú rapido e con scosse piú violente.

Forse nulla sarebbe avvenuto, se i tedeschi non avessero preso ad un tratto a cantare. Aveva cominciato una voce dentro alla cabina, che perciò giungeva fioca e velata: ma quando la prima strofa fu finita, la seconda strofa esplose come un tuono dai petti di tutti, sommergendo il rombo del motore ed il vento della corsa, ed anche la febbre del Marinese ne fu travolta. Egli si trovò nuovamente in grado di agire; e quindi in qualche modo costretto ad agire, come a tutti noi accadeva in quel tempo.

La canzone era lunga; ogni strofa terminava tronca, alla maniera tedesca, ed i soldati battevano due volte il pavimento di legno, pesantemente, con gli stivali ferrati. Il Marinese aveva riaperto gli occhi e rialzato il capo, ed ogni volta che questo accadeva, percepiva un leggero contatto alla spalla: non tardò ad accorgersi che si trattava del manico di una bomba a mano, infilata di sbieco nel cinturone dell'uomo che stava alla sua sinistra. In quel momento l'idea prese forma in lui.

È probabile che, almeno in principio, egli non abbia pensato di servirsene per salvarsi, per aprirsi un varco con le sue mani, anche se, come racconteremo, i suoi ultimi atti non possano venire interpretati diversamente. È piú verosimile che lo abbiano mosso l'odio e il rancore (sentimenti che erano divenuti per noi ormai abituali, quasi riflessi elementari) contro gli uomini biondi e verdi, ben nutriti e bene armati, che da tanti mesi ci costringevano alla vita della tana; e forse piú ancora, che abbia voluto fare vendetta, e purificarsi della vergogna dell'ultima fuga; vergogna che pesava e pesa tuttora sui nostri animi. Infatti il Marinese era di animo semplice, e nessuno di noi lo riteneva in grado di uccidere se non per difesa, per vendetta o per rabbia.

Senza volgere il capo, il Marinese cercò cautamente, a tentoni, il manico della bomba (era del tipo a clava, che esplode a tempo), e a poco a poco, mascherando i suoi movimenti sotto le scosse del veicolo, ne svitò il cappelletto di sicurezza. L'operazione si svolse senza difficoltà, ma il Marinese non avrebbe mai creduto invece che sarebbe stato cosí difficile riempire e percorrere gli ultimi dieci secondi della sua vita; poiché egli dovette lottare duramente, con tutta la sua capacità di volere e con tutte le sue energie corporali, affinché il piano andasse a termine secondo il suo disegno. A questo, non ad altro, egli dedicò i suoi ultimi pochi istanti: non alla pietà di se stesso, non al pensiero di Dio, non ad accomiatarsi dalla memoria delle persone che gli erano care.

Colla funicella già salda nella mano, il Marinese si sforzò di rappresentarsi ordinatamente quali cose sarebbero accadute nei dieci secondi fra lo strappo e lo scoppio. I tedeschi avrebbero potuto non accorgersi di nulla; od accorgersi solo del suo movimento brusco; o invece comprendere tutto. La prima possibilità era la piú favorevole: i dieci secondi sarebbero stati suoi, tempo suo, da spendere secondo il suo volere, forse pensando a casa, forse pensando a come cavarsela, riparandosi all'ultimo istante dietro all'uomo alla sua destra, ma allora avrebbe dovuto contare fino a dieci, e questo pensiero lo preoccupava stranamente. «Idiota», pensò ad un tratto. «Io me ne sto a strologare con la fune in mano. Potevo pensarci prima, potevo. Ora il primo figlio di cane che vede il cappelletto via... Ma no, tirare posso sempre, qualunque cosa accada». Rise tra sé: «(anche questa situazione ha i suoi vantaggi!). Anche se mi colpissero alla nuca? Anche se mi sparassero?»... Ma sí, grazie a qualche meccanismo mentale, evidentemente illusorio e falsato dall'imminenza della decisione, il Marinese si sentiva sicuro di potere tirare la funicella in qualsiasi evenienza, anche nell'istante in cui dovesse perdere coscienza, forse perfino ancora qualche istante dopo.

Ma inaspettatamente, fuori da profondità mai esplorate, da qualche recesso del suo corpo, del corpo animale ribelle che mal si determina a morire, qualcosa nacque allora e crebbe smisurato, qualcosa di buio e antico, e inconoscibile, perché il suo crescere arresta e poi soppianta tutti gli strumenti del conoscere e dello stabilire. Il Marinese seppe, ma non subito, che questo era la paura: ed allora comprese che fra un attimo sarebbe stato tardi. Si riempí i polmoni per prepararsi alla lotta, e tirò la fune con quanta piú forza poté.

Su lui si scatenò la collera. Una zampa si abbatté sulla sua spalla, subito dopo una valanga di corpi: ma il Marinese era riuscito a strappare la bomba dal cinturone, ed a rivoltarsi come un riccio, a faccia in giú, l'ordigno stretto fra le ginocchia, e le ginocchia fra le braccia, contro il petto. Grandinavano sul suo dorso colpi feroci, di pugni, di calci di moschetto, di talloni ferrati; mani dure cercavano di violare la difesa delle sue membra contratte: ma tutto questo fu invano, non valse a superare l'insensibilità al dolore e il vigore primordiale che la natura ci largisce, per pochi attimi, nei momenti di estremo bisogno.

Per tre o quattro secondi il Marinese giacque, in una contrazione suprema di tutte le sue fibre, sotto un cumulo di corpi che si contorcevano nella violenza della lotta; poi sentí stridere i freni, arrestarsi la macchina, e subito dopo tonfi precipitati di gente che balzava al suolo. In quell'istante ebbe la sensazione che il tempo era venuto, ed in un ultimo, forse involontario, distendersi di tutte le sue potenze, cercò, ma troppo tardi, di liberarsi della bomba.

L'esplosione dilaniò i corpi di quattro tedeschi, e il suo. Sante fu finito dai tedeschi sul posto. L'autocarro venne abbandonato, e noi lo catturammo la notte seguente.

In «Il Ponte», agosto-settembre 1949, pp. 1170-73.

La carne dell'orso

Le sere passate in rifugio contano fra le piú alte e intense dell'intera esistenza. Intendo parlare dei rifugi veri, quelli a cui si arriva per rifugiarsi, con quattro, cinque, sei ore di marcia, ed in cui non si trovano molti dei cosiddetti «conforti».

Non già che seggiovie e funivie, ed i conforti sopra nominati, siano in sé disprezzabili: si tratta al contrario di logici portati della nostra civiltà, la quale è quello che è, e deve essere accettata o rifiutata in blocco, e i capaci di rifiutarla sono pochi. Ma con l'avvento della seggiovia viene ad estinguersi un prezioso processo di selezione naturale, in virtú del quale chi sale al rifugio è sicuro di trovarvi, allo stato puro, un piccolo campione di una sottospecie umana poco nota.

È gente che non parla molto, e di cui gli altri non parlano affatto, per cui ne manca ogni menzione nella letteratura di quasi tutti i paesi; e che non deve essere confusa con altri generi vagamente affini, che viceversa parlano, e di cui si parla: i fuoriclasse, i sestogradisti, i membri delle celebri spedizioni internazionali, i professionisti, eccetera. Degne persone tutte; ma non è di loro che qui si racconta.

Arrivai al rifugio al tramonto, ed ero molto stanco. Rimasi fuori, sulla terrazza di legno, a considerare lo sconquasso rigido dei seracchi ai miei piedi, finché tutto sparí dietro silenziosi fantasmi di nebbia, e allora rientrai.

All'interno, era ormai quasi buio. Al chiarore di un lumino a carburo, si distinguevano, attorno a tre o quattro tavoli, una dozzina di sagome umane. Sedetti a un tavolo, e apersi il sacco. Di fronte a me stava un uomo alto e grosso, di mezza età, col quale scambiai qualche parola sul tempo e sui programmi per l'indomani. Si tratta, per chi non lo sapesse, di un discorso-tipo, simile alle aperture classiche degli scacchi, ed in cui, molto piú delle cose che si dicono (che sono brevi ed ovvie) conta, per un giudizio reciproco, il tono con cui si dicono.

Ci trovammo d'accordo sul fatto che il tempo era incerto (lo è sempre, in montagna; quando non lo è, viene dichiarato tale ugualmente, e ciò per evidenti ragioni magiche), e sulle previsioni per il giorno seguente. Poco dopo entrarono due ragazzi sui vent'anni, alti e magri, con lunghe barbe ed occhi famelici. Venivano da un'altra valle, e stavano compiendo una intricata serie di traversate. Sedettero al nostro tavolo.

Dopo mangiato, cominciammo a bere. Il vino, sostanza ben piú complessa di quanto non si pensi, al di sopra dei 2000 metri, ed in prossimità dello zero centigrado, presenta interessanti anomalie di comportamento. Cambia sapore, perde il mordente dell'alcool e riacquista la soavità dell'uva da cui si suppone derivi. Lo si può bere in dosi sostenute senza alcun effetto sgradito; anzi, toglie la fatica, scioglie e scalda le membra, e induce all'umor fantastico. Insomma, non è piú un lusso o un vizio, ma una necessità metabolica, come l'acqua in pianura. D'altronde, è ben noto che la vite alligna meglio sui pendii: che ci sia una relazione?

Dopo iniziato a bere, i discorsi al nostro tavolo si fecero alquanto meno impersonali. Si parlò di iniziazione, ognuno raccontò la propria, e constatammo con un certo stupore che la carriera alpinistica di ciascuno era cominciata con una grossa sciocchezza.

La sciocchezza piú bella, e la meglio raccontata, risultò essere quella del signore alto e grosso.

«Avevo 15 anni. Un mio amico, Saverio, aveva pure 15 anni. Un terzo, Luigi, ne aveva 17. Eravamo usciti varie volte insieme, fra i 1500 e i 2000 metri, senza metodo e senza meta; devo dire, senza meta cosciente, ma in sostanza, spinti dal gusto sottile di metterci nei guai e uscirne. Niente di piú facile: basta salire diritti al naso, in qualunque direzione, per la massima pendenza, poi arrancare un quarto d'ora a mezza costa, e cercare di scendere. Anche cosí, beninteso, si imparano delle cose: che i pini, quando ci sono, costituiscono appoggi simpatici e sicuri, specie in discesa; che per i ghiaioni si sale male e si scende bene; le varie qualità di erba; quei curiosi pendii terrosi fatti a scaletta; l'arte di perdere i sentieri e ritrovarli. Soprattutto, si imparano i limiti delle proprie forze, quantitativi e qualitativi: le scoppie di fiato, quelle di gambe, quelle di cuore, e quelle, dirò cosí, psicosomatiche. E una gran scuola: vorrei averla praticata piú a lungo.

«Venne settembre, e ci sentivamo dei leoni. "Il Passo del G. – disse Luigi – è alto 2400 metri: 1100 metri di dislivello di qui. Secondo i manuali, sarebbero tre ore di salita, ma ce ne mettiamo due scarse. Non c'è niente di difficile, sono ghiaioni e roccette; neve, a questa stagione non ce n'è piú. Dall'altra parte si scende per 600 metri, un'ora, e si arriva al rifugio della Confinaria: si vede bene qui sulla cartina. Poi si torna tranquillamente per la carrozzabile. Partiamo oggi alle 2: alle 4 siamo in cima, alle 5 al rifugio, e siamo a casa per cena".

«Cosí Luigi. Alle 2 ci trovammo sotto casa sua, con buone scarpe ai piedi, niente sacco, niente corda (del cui impiego, d'altronde, nessuno dei tre aveva idee concrete: ma sapevamo molto bene, per averla studiata sul manuale del CAI, la teoria della corda doppia, i meriti relativi della canapa e della manilla, la tecnica dei salvataggi in crepaccio, e altre finezze), un etto di cioccolato in tasca, e (che Dio ci perdoni!) in calzoni corti.

«In salita andavamo bene. Prima per pineta, spregiando la mulattiera e le scorciatoie e piluccando mirtilli; poi per un cono di deiezione, sprecando energie preziose. Era la prima volta che prendevamo il largo senza adulti che ci rompessero l'anima coi consigli, senza zii, senza esperti. Eravamo ubriachi di libertà, e perciò ci compiacevamo del piú sporco linguaggio liceale, ed insieme di dotte citazioni classiche, come ad esempio:

> "... A te convien tenere altro viaggio...
> ... se vuo' campar d'esto loco selvaggio".

oppure:

> "... Non era via da vestito di cappa,
> ché noi a pena, ei lieve ed io sospinto,
> potevam su montar di chiappa in chiappa".

o ancora:

> "... avvisava un'altra scheggia
> dicendo: – Sovra quella poi t'aggrappa,
> ma tenta pria s'è tal ch'ella ti reggia".

«Scusate se mi sono un poco lasciato trascinare: guardate, io non sono un Dantista, eppure credetemi, un giorno o l'altro verrà fuori un valentuomo, e dimostrerà che Dante questi principî fondamentali di tecnica di roccia non se li è potuti inventare, e che da queste parti, o da altre equivalenti, deve pure esserci stato. E dove dice:

> "Ricòrditi, lettor, se mai nell'Alpe
> Ti colse nebbia, per la qual vedessi
> Non altrimenti che per pelle talpe?".

«Onore a lui! Io, per me, non ho mai dubitato che fosse del mestiere.

«Bene, stavo dunque dicendo che salivamo di buona lena, dicendo e facendo sciocchezze. Cosí avvenne che al valico arrivammo alle sei, e non alle quattro, e scoppiati malamente, e con un certo tremolío alle ginocchia che non veniva solo dalla fatica. Saverio, il piú giovane, era il peggio conciato. Noi due eravamo già in cima, e lo vedevamo tribolare fra i sassi mobili 50 metri piú in basso.

«"Omai convien che tu cosí ti spoltre!", ebbe la sfacciataggine di gridargli Luigi. Al che il tapino sostò per raccogliere fiato, volse in su una faccia da Cristo in croce, arrancò fino a noi, ed infine, molto correttamente, esalò con un filo di voce la poco plausibile risposta:

«"... Va, ch'io son forte et ardito!"

«Quando fummo sul valico tutti e tre, si videro due cose poco belle. Una, che stava venendo notte; e vi giuro, davanti a questa bottiglia, che da allora (e di anni ne sono passati) non vedo scendere il buio in montagna senza un certo senso di vuoto qui, alla bocca dello stomaco. L'altra, che ci eravamo messi in trappola.

«Dal valico, non si scendeva al rifugio con un pendío ragionevole. C'era un valloncello pianeggiante, pietroso e privo di qualsiasi traccia umana: oltre quello, uno strapiombo disgustoso, non verticale, no, ma di roccia guasta e di canaloni terrosi, uno di quei paraggi dove nessuno mai va a cacciarsi, perché ci si rompe il collo senza gloria e senza alcuna soddisfazione.

«Ci spingemmo fino sul ciglio nelle ultime luci: si vedeva il gran balzo buio della valle, e sporgendo bene il naso in fuori, anche il lumino del rifugio, quasi sotto di noi. Di scendere coi nostri mezzi, neanche da parlarne; ci sedemmo lí e cominciammo a gridare. Gridavamo per turno. Saverio gridava e pregava. Luigi gridava e bestemmiava. Io gridavo e basta. Gridammo da venire rauchi.

«Verso mezzanotte, il lumino del rifugio si sdoppiò, e uno dei due punti si accese tre volte. Era un segnale: gridammo tre volte in risposta. Allora una voce lontanissima sillabò "Veniamo", e rispondemmo con urli incomposti. La voce chiese: "Dove siete?", e noi, che fra tutti non avevamo neanche un fiammifero, vociammo tutti insieme informazioni confuse e superflue.

«I nostri salvatori, poveri diavoli, venivano su imprecando, e fermandosi ogni tanto a cantare, a bere e a sghignazzare. Non avevano molto entusiasmo. Molti anni dopo, anche a me è poi successo di far parte di una spedizione di soccorso, perciò ora capisco benissimo il loro stato d'animo. Sono faccende scomode e pericolose, e per di piú, nella maggior parte dei casi, fanno capo a grane perché nessuno vuole pagare i viveri di emergenza: meno di tutti i salvati, che raramente sono solvibili.

«Ci raggiunsero verso le due di notte; e qui devo confessare e, per colmo di misura, che erano militi della confinaria. Quando ci ebbero in mano, fecero segnali a valle colla torcia elettrica. "Chi sono?" chiesero dal basso. "A l'é mach tre gagnô brôdôs" suonò la feroce risposta. Poi, rivolti a noi. "L'é lon ch'i 'v môstrô a scola?"».

«Dopo di che, ci legarono come salami, e ci calarono a valle senza piú rivolgerci la parola, ma fermandosi spesso a sghignazzare fra loro, a bere e a imprecare. "Mi passi la bottiglia, per favore".

«Gli passai la bottiglia, e gli chiesi cosa fosse un gagnô.

«"Gagnô – mi disse – vuol dire bambino, ma è un termine carico di irrisione. Lo dicono gli scolari della seconda elementare a quelli di prima".

«Cosí ho incominciato. Non è una storia da andarne molto fieri, direte? Infatti non lo sono. Ma sono sicuro che anche questa stupida avventura mi è servita piú tardi. Sono cose che fanno venire la schiena larga, la quale non è per tutti un dono di natura. Ho letto da qualche parte (e chi lo ha scritto non era uno di montagna, ma un marinaio) che il mare non fa mai doni, se non duri colpi, e, qualche volta, un'occasione di sentirsi forti. Ora io non so molto del mare, ma so che qui è cosí. E quanto importi nella vita, non già di essere forti, ma di sentirsi forti, di essersi misurati almeno una volta, di essersi trovati almeno una volta nella condizione umana piú antica, soli davanti alla pietra cieca e sorda, senza altri aiuti che le proprie mani e la propria testa... ma scusatemi, questa è un'altra storia. Quella che vi ho raccontato finisce cosí. Mi hanno chiamato "gagnô brôdôs" per molti anni, qualcuno mi chiama cosí ancora adesso, e, vi assicuro, non mi dispiace affatto».

Bevve, e si dedicò in silenzio al complesso cerimoniale dei fumatori di pipa.

«Ho anch'io incominciato con una grossa sciocchezza» fece qui una voce; e allora ci accorgemmo che al nostro tavolo non eravamo piú quattro, ma cinque. Chi parlava, alla luce del lumino appariva un ometto mingherlino e stempiato, dal viso aguzzo solcato di rughe mobili. Raccontò la sua storia con ritmo disuguale, mangiandosi molte parole e lasciando molte frasi incompiute, come se la lingua penasse a tener dietro al filo del pensiero; ma altre volte stentava invece a trovare le parole, e si arrestava come incantato.

«Anche noi eravamo tre, ma non cosí giovani, sui vent'anni. Uno era Antonio, e non vorrei, né saprei, dire molto di lui: era un ragazzo buono e bello, intelligente, sensibile, tenace e coraggioso, ma con qualcosa in sé di elusivo, di buio, di selvatico. Eravamo all'età in cui si ha il bisogno e l'istinto e l'impudicizia di infliggersi a vicenda tutto quanto brulica nella testa ed altrove, ed è un'età che può durare anche a lungo, ma finisce col primo compromesso: ebbene, anche in questa età niente era trapelato fuori del suo involucro di ritegno, niente del suo mondo interiore, che pure si sentiva ricco e folto, se non qualche rarissima allusione drammaticamente tronca. Era fatto come i gatti, se cosí posso esprimermi, con cui si convive per decenni, senza che mai vi permettano di penetrare oltre la loro sacra pelle.

«Il terzo era Carlo, il nostro capo. È morto, è meglio dirlo subito, perché dei morti, non si riesce ad evitarlo, si è portati a parlare in modo diverso che dei vivi. È morto in un modo che gli somiglia, non in montagna, ma come si muore in montagna. Per fare quello che doveva: non il dovere che ci impone qualcun altro, o lo Stato, ma il dovere che uno si sceglie. Lui però avrebbe detto diversamente: "per arrivare al capolinea", ad esempio, perché non amava le parole grosse; anzi, le parole.

«Era il tipo di ragazzo che non studia per sette mesi, e passa per ribelle e per tonto, e all'ottavo mese si digerisce tutti i corsi come acqua, ed è approvato con tutti 30. Passava l'estate a fare il pastore: non il pastore d'anime, no, il pastore di pecore, e non per esibizione o per stramberia, ma con felicità, per amore della terra e dell'erba, e per abbondanza di cuore. E d'inverno, quando gli attaccava secco, si legava gli sci alla bicicletta e partiva di buon'ora per "su", da solo e senza soldi, con un carciofo in una tasca, e l'altra piena di insalata: tornava poi a sera, o anche il giorno dopo, dormendo chissà dove, e piú tormenta e fame aveva patito, piú era contento e meglio stava di salute. Quando io l'ho incontrato. Aveva già alle spalle una cospicua carriera alpinistica, mentre io ero alle prime armi. Ma ne parlava con estrema avarizia: non era della razza (che peraltro stimo, perché vi appartengo) di quelli che vanno "su" per poterla raccontare. D'altronde, sembrava che anche a parlare, come a sciare, nessuno gli avesse insegnato: perché parlava come nessuno parla, diceva solo il nòcciolo delle cose.

«Sembrava fatto di ferro. Portava all'occorrenza un sacco di 30 chili come niente, ma di solito andava senza sacco: gli bastavano le tasche, con dentro verdura, come ho detto, un pezzo di pane, un coltellino, qualche volta la guida del CAI, e sempre una matassina di fil di ferro per le riparazioni di emergenza. Poteva camminare due giorni senza mangiare, o mangiare insieme tre pasti e poi partire. L'ho visto a 3000 metri, a febbraio, sotto il nevischio, mangiare tranquillamente a torso nudo, mentre a due altri lí vicino si era rivoltato lo stomaco per il fastidio di quello spettacolo. Ho a casa una fotografia che documenta la scena».

Si fermò, come per riprendere fiato. Dagli altri tavoli tutti se ne erano andati a dormire: nel silenzio improvviso si udí distintamente lo scroscio profondo di una seraccata, come le ossa di un gigante che tenti invano di rigirarsi nel suo letto di pietra.

«Vi chiedo scusa. Non sono piú giovane, e so che è un'impresa disperata rivestire un uomo di parole. Questo mio in specie. Un uomo come questo, quando è morto, è per sempre: non è un uomo da raccontare né da fargli monumenti, sta tutto nelle azioni, e finite quelle non ne resta nulla: nulla che parole, appunto. Perciò, ogni volta che tento di parlare di lui, di farlo rivivere, come adesso, provo una grande tristezza, e il senso del vuoto, come in parete, e allora devo tacere o bere».

Tacque, bevve e proseguí.

«Dunque, a febbraio, un sabato mattina, era venuto Carlo da noi. "Dôma, neh?" aveva detto. Nel suo linguaggio, voleva dire che, essendo buono il tempo, avremmo potuto partire alla sera per l'ascensione invernale del Dente di M., che da tempo era in programma.

«Non starò a raccontarvi i dettagli tecnici. Vi dirò, in breve, che partimmo il mattino dopo a una certa ora, non troppo presto (Carlo non amava gli orologi, ne sentiva il tacito continuo ammonimento come una intrusione arbitraria); che ci cacciammo baldanzosamente nella nebbia; che ne uscimmo verso la una del pomeriggio, in uno splendido sole, e sul crestone d'una cima che non era quella buona.

«Allora Antonio disse che avremmo potuto ridiscendere di un centinaio di metri, traversare a mezza costa, e risalire per il costone successivo; io, che ero il piú prudente e il piú scarso, dissi che, già che c'eravamo, potevamo continuare la cresta e arrivare alla cima sbagliata, che tanto era solo 40 metri piú bassa dell'altra, e accontentarci; e Carlo, con splendida malafede, disse in poche sillabe aspre e chioccie che, stava bene per la mia proposta, ma poi, "per la facile cresta nord-ovest", avremmo raggiunto ugualmente, in mezz'ora, il Dente di M.; e che non valeva la pena di avere vent'anni se non ci si permetteva il lusso di sbagliare strada.

«"La facile cresta nord-ovest" era descritta sasso per sasso nella guida, che Carlo aveva in tasca, tutta sbertucciata, insieme con il già citato filo di ferro. Non la portava dietro perché ci credesse: anzi, per la ragione opposta. La rifiutava perché sentiva anche questa come un vincolo; e non solo come un vincolo, ma come una creatura bastarda, un ibrido detestabile di neve e roccia con carta. La portava in montagna per vilipenderla, felice se poteva coglierla in difetto, magari a spese sue e dei compagni di salita.

«La facile cresta nord-ovest era dunque facile, anzi elementare, d'estate; ma noi la trovammo in condizioni scomode. La roccia era bagnata sul versante al sole, e coperta di vetrato su quello in ombra; fra uno spuntone e l'altro c'erano sacche di neve fradicia dove si affondava fino alle spalle. Arrivammo alla cima giusta alle cinque, noi due tirando l'aia da far pena, e Carlo in preda ad una ilarità sinistra che io trovavo un po' irritante.

«"E per scendere?". "Per scendere vedremo", disse Carlo; ed aggiunse misteriosamente: "Il peggio che ci possa capitare è di assaggiare la carne dell'orso".

«Bene, la gustammo, la carne dell'orso, senza parsimonia, nel corso di quella notte, che fu la piú lunga della mia carriera. Scendemmo in due ore, malamente aiutati dalla corda. Sapete bene che strumento demoniaco è una corda gelata: era diventata un maligno groviglio rigido, che si agganciava a tutti gli spuntoni e suonava sulla roccia come un cavo da teleferica. Alle sette eravamo in riva a un laghetto ghiacciato, ed era buio.

«Mangiammo il poco che ci avanzava, costruimmo un futile muretto a secco dalla parte del vento, e ci mettemmo a dormire per terra, serrati l'uno contro l'altro. Dormiva l'uomo di mezzo, per turno: gli altri servivano da riparo. Per qualche ragione che non saprei spiegarvi, o forse avevamo dimenticato di caricarli, ci si erano fermati gli orologi, e senza gli orologi, era come se anche il tempo si fosse congelato. Ci alzavamo ogni tanto in piedi per riattivare la circolazione, ed era sempre la stessa ora: il vento soffiava sempre, c'era sempre una parvenza di luna, sempre allo stesso punto del cielo, e davanti alla luna una cavalcata fantastica di nuvole stracciate, sempre uguale. Ci eravamo tolte le scarpe, e tenevamo i piedi nei sacchi: alla prima luce spettrale, che sembrava venire dalla neve e non dal cielo, ci levammo con tutte le membra intormentite, e gli occhi spiritati per la veglia, la fame e il buio: e trovammo le scarpe talmente gelate, che a batterle suonavano come campane, e per infilarle dovemmo covarle per mezz'ora sedendoci sopra.

«Ma tornammo a valle coi nostri mezzi: e all'albergatore, che ci chiedeva ridacchiando come ce la eravamo passata, e intanto sogguardava le nostre barbe di tre giorni, rispondemmo imperterriti che avevamo fatto un'ottima gita, pagammo il conto e ce ne andammo senza fare una piega.

«Era questa, la carne dell'orso. Ora mi dovete credere, voi signori: sono passati molti anni, e rimpiango di averne mangiata poca. Penso, e mi auguro, che ognuno di voi abbia avuto dalla vita quanto ho avuto io: un certo agio, stima, amore, successo. Ebbene, ve lo dico in verità, nulla di tutto questo, neppure alla lontana, ha avuto il sapore della carne dell'orso; il sapore di essere forti e liberi, il che significa liberi di sbagliare: il sapore di sentirsi giovani in montagna, padroni di se stessi, e cioè del mondo.

«E credetemi, sono grato a Carlo per averci messi coscientemente nei guai, e per la notte che ci ha fatto passare, e per alcune imprese, insensate solo in apparenza, in cui ci ha coinvolti piú tardi, ed ancora per alcune altre, non di montagna, in cui mi sono cacciato da solo seguendo la sua dottrina. Era un giovane pieno di vigore terrestre e di una sua sapienza; e possa la terra in cui giace, non lontano di qui, essere lieve alle sue ossa, e trasmettergli notizia, ogni anno, del tornare del sole e del gelo».

Qui il secondo narratore tacque, e mi parve guardasse con un certo imbarazzo dalla parte dei due giovani, che avevano ascoltato in silenzio, come se temesse di averli turbati o offesi; poi si riempí il bicchiere, ma non bevve. Le sue ultime parole avevano destato in me un'eco insolita, come se le avessi già sentite; ed infatti, non molto diverse, le ho ritrovate fra le pagine di un libro amico, scritto da quello stesso marinaio che il primo narratore aveva citato a proposito dei doni del mare.

In «il Mondo», 29 agosto 1961, pp. 11-12.

Indice

p. v   *Il centauro e la parodia* di Marco Belpoliti
xv   Nota all'edizione

Tutti i racconti

Storie naturali

5   I mnemagoghi
14   Censura in Bitinia
18   Il Versificatore
38   Angelica Farfalla
46   «Cladonia rapida»
51   L'ordine a buon mercato
61   L'amico dell'uomo
66   Alcune applicazioni del Mimete
74   Versamina
85   La bella addormentata nel frigo
102   La misura della bellezza
112   Quaestio de centauris
124   Pieno impiego
136   Il sesto giorno
155   Trattamento di quiescenza

Vizio di forma

179   *Lettera 1987*
181   Protezione

p. 187	Verso occidente
198	I sintetici
211	Visto di lontano
221	Procacciatori d'affari
239	Lumini rossi
243	Vilmy
250	A fin di bene
262	Knall
266	Lavoro creativo
276	Le nostre belle specificazioni
287	Nel parco
298	Psicofante
307	Recuenco: la Nutrice
314	Recuenco: il rafter
322	Il fabbro di se stesso
331	Il servo
340	Ammutinamento
347	In fronte scritto
355	Ottima è l'acqua

Il sistema periodico

363	Argon
380	Idrogeno
387	Zinco
395	Ferro
407	Potassio
418	Nichel
436	Piombo
450	Mercurio
461	Fosforo
478	Oro
489	Cerio
497	Cromo
509	Zolfo
513	Titanio
516	Arsenico
521	Azoto

p. 530	Stagno
537	Uranio
546	Argento
556	Vanadio
569	Carbonio

Lilít ed altri racconti

Passato prossimo

583	Capaneo
589	Il giocoliere
595	Lilít
601	Un discepolo
606	Il nostro sigillo
610	Lo zingaro
615	Il cantore e il veterano
621	La storia di Avrom
627	Stanco di finzioni
634	Il ritorno di Cesare
639	Il ritorno di Lorenzo
648	Il re dei Giudei

Futuro anteriore

659	Una stella tranquilla
664	I gladiatori
669	La bestia nel tempio
675	Disfilassi
683	Calore vorticoso
687	I costruttori di ponti
693	Self-control
699	Dialogo di un poeta e di un medico
703	I figli del vento
707	La fuggitiva
712	«Cara mamma»
717	A tempo debito
722	Tantalio
728	Le sorelle della palude
731	Un testamento

Presente indicativo

p. 739	Gli stregoni
750	La sfida della molecola
756	La valle di Guerrino
763	La ragazza del libro
768	Ospiti
773	Decodificazione
781	Fine settimana
785	L'anima e gli ingegneri
789	Breve sogno

L'ultimo Natale di guerra

797	Cena in piedi
803	L'intervista
806	Erano fatti per stare insieme
808	In una notte
812	Anagrafe
816	La grande mutazione
821	Auschwitz, città tranquilla
826	L'ultimo Natale di guerra
835	Le due bandiere
840	Meccano d'amore
844	Pipetta da guerra
849	Ranocchi sulla luna
854	Il fabbricante di specchi
858	Il passa-muri
862	Le fans di spot di Delta Cep.
866	Nozze della formica
870	Forza maggiore
874	Un «giallo» del Lager
878	Scacco al tempo
882	Il mitra sotto il letto
886	Fra Diavolo sul Po
890	Naso contro naso
894	In diretta dal nostro intestino: l'Escherichia coli
898	Il gabbiano di Chivasso

p. 902 La giraffa dello zoo
906 Amori sulla tela

Racconti sparsi

913 Fine del Marinese
918 La carne dell'orso

*Stampato per conto della Casa editrice Einaudi
presso ELCOGRAF S.p.A. - Stabilimento di Cles (Tn)*

C.L. 22635

Edizione   Anno

8   9   10   2020   2021   2022